W0348284

Über dieses Buch Die bekannte amerikanische Fantasy-Autorin Marion Zimmer Bradley hat ein gewaltiges Epos in der großen Tradition der Ritterromane geschaffen, in dem sie den Zauber der alten Mythen und Legenden um König Artus wieder heraufbeschwört.

Es ist Morgaine, die Hohepriesterin des Nebelreichs Avalon und Schwester von Artus, die hier die wahre Geschichte von ihrem königlichen Bruder erzählt, von den Rittern seiner Tafelrunde, allen voran Lancelot, und von den Mysterien diesseits und jenseits dieser Welt. Wohl zum ersten Mal erzählt eine Frau diese wundersame Geschichte, zeigt die christlich stilisierten Heldengestalten in einem neuen Licht und erinnert daran, daß einst Frauen die Macht in den Händen hielten: Sie lenken im Verborgenen das Geschick ihrer Zeit und setzen den König der Legenden auf den Thron, geben ihm das heilige Schwert Excalibur mit dem er die Sachsen für immer vertreibt.

Aber es geht um mehr bei diesem Kampf um Leben oder Tod. Rituale, Magie, visonäre Einsichten, Versagen und Größe fordern die Menschen heraus, die um den richtigen Weg des Glaubens und des Lebens ringen. In der Enthüllung des Mysteriums vom Heiligen Gral erfüllt sich das Schicksal von König Artus und seinen Rittern. Es ist Höhepunkt und Abstieg zugleich, denn Avalon, die Insel der Apfelbäume, die alte Welt der Naturreligion, versinkt unwiederbringlich in den Nebeln der Zeit.

Die Autorin Marion Zimmer Bradley wurde 1930 in Albany, New York, geboren. Internationale Bekanntheit erlangte sie vor allem mit ihren Science-fiction- und Fantasy-Romanen. Zu ihren berühmtesten Werken zählen der ›Darkover‹-Zyklus sowie ›Die Nebel von Avalon‹, ›Tochter der Nacht‹ und ›Die Feuer von Troja‹.

Im *Fischer Taschenbuch Verlag* sind außerdem die von ihr herausgegebenen ›Magischen Geschichten‹ in vier Bänden lieferbar, ›Schwertschwestern‹ (Bd. 2701), ›Wolfsschwester‹ (Bd. 2718), ›Windschwester‹ (Bd. 2731) und ›Traumschwester‹ (Bd. 2744).

Marion Zimmer Bradley

Die Nebel von Avalon

Roman

Aus dem Amerikanischen von
Manfred Ohl
und Hans Sartorius

Fischer Taschenbuch Verlag

Ungekürzte Ausgabe
Veröffentlicht im Fischer Taschenbuch Verlag GmbH,
Frankfurt am Main, Mai 1990

Lizenzausgabe mit freundlicher Genehmigung
der S. Fischer Verlags GmbH, Frankfurt am Main
Die amerikanische Originalausgabe erschien 1982
unter dem Titel ›The Mists of Avalon‹ bei
Alfred A. Knopf, Inc. New York.
© 1982 Marion Zimmer Bradley
Deutsche Ausgabe:
© 1983 S. Fischer Verlag GmbH, Frankfurt am Main
Umschlaggestaltung: Friederike Simmel
unter Verwendung einer Illustration von Braldt Bralds
Druck und Bindung: Ebner Ulm
Printed in Germany
ISBN 3-596-10360-6

»... Morgan le Fay wurde nicht verheiratet.
Man gab sie in eine Klosterschule,
und sie wurde eine große Zauberin.«

Thomas Malory
Le morte d'Arthur

PROLOG

Morgaine erzählt...

Zu meiner Zeit hat man mir viele Namen gegeben: Schwester, Geliebte, Priesterin, weise Frau und Königin. Jetzt bin ich wirklich eine weise Frau geworden. Und vielleicht kommt eine Zeit, in der es wichtig ist, daß all diese Dinge bekannt werden. Aber ich glaube, die nüchterne Wahrheit wird sein, daß die Christen das letzte Wort haben. Denn die Welt der Feen entschwindet immer weiter, treibt ab von der Welt, in der die Christen herrschen. Christus ist nicht mein Feind, aber seine Priester, die die Große Göttin einen bösen Geist nennen. Sie leugnen, daß die Macht über diese Welt einmal in ihren Händen lag. Wenn überhaupt, so sagen sie, kam ihre Macht vom Teufel. Oder sie kleiden sie in das blaue Gewand der Maria aus Nazareth – die auf ihre Weise tatsächlich auch Macht besaß – und behaupten, sie sei immer eine Jungfrau gewesen. Aber was kann eine Jungfrau von Leid und Mühsal der Menschen wissen?

Jetzt, nachdem die Welt sich verändert hat und Artus – mein Bruder, mein Geliebter, der König, der war und der König, der sein wird – tot ist (das einfache Volk sagt, er schläft) und auf der Heiligen Insel Avalon ruht, soll die Geschichte erzählt werden. Die Welt soll erfahren, wie es war, ehe die Priester des Weißen Christus in das Land kamen und alles unter ihren Heiligen und Legenden begruben.

Wie ich gesagt habe, die Welt selbst hat sich verändert. Es gab eine Zeit, in der ein Reisender, wenn er den Willen besaß und auch nur einige der Geheimnisse kannte, mit seinem Boot auf den Sommersee hinausfahren konnte und nicht im Glastonbury der Mönche ankam, sondern auf der Heiligen Insel Avalon. Damals trieben die Pforten zwischen den Welten in den Nebeln und waren in beide Richtungen offen – wie der Reisende es dachte und wollte. Es ist das große Geheimnis, das in unserer Zeit jeder Wissende kannte: Die Menschen schaffen die Welt, die uns umgibt, durch das, was sie denken, jeden Tag neu.

Die Priester glauben, dies verkleinere die Macht ihres Gottes, der die Welt ein für allemal unveränderlich geschaffen hat, und haben die Tore geschlossen (die nur in der Vorstellung der Menschen Tore waren). Heute führt der Weg nur noch zur Insel der Mönche, die sie mit dem Läuten ihrer Kirchenglocken schützen. So vertreiben sie alle Gedanken an eine andere Welt, die in der Dunkelheit liegt. Sie sagen sogar, daß jene Welt – wenn es sie überhaupt gibt – dem Teufel gehört und daß die Pforten zur Hölle führen – vielleicht sei diese Welt sogar die Hölle selbst, behaupten sie . . .

Ich weiß nicht, was ihr Gott möglicherweise geschaffen oder nicht geschaffen hat. Entgegen der Geschichten, die verbreitet werden, wußte ich nie viel über ihre Priester. Ich habe auch nie das schwarze Gewand ihrer Sklavinnen, der Nonnen, getragen. Wenn man an König Artus' Hof in Camelot es vorzog, mich für eine Nonne zu halten (denn ich trug immer die dunklen Gewänder der Großen Mutter in ihrer Erscheinung als weise Frau), so habe ich den Irrtum nie aufgeklärt. Gegen Ende von Artus' Herrschaft wäre es sogar gefährlich gewesen, dies zu tun. Klugerweise beugte ich das Haupt, wie meine Große Meisterin Viviane, die Herrin vom See, es niemals getan hätte. Einst war sie – abgesehen von mir – König Artus' beste Freundin und wurde dann seine größte Feindin – auch das abgesehen von mir.

Aber der Kampf ist vorbei. Als Artus im Sterben lag, konnte ich ihm nicht mehr als meinem Feind und dem Gegner meiner Göttin gegenübertreten, sondern nur noch als dem Bruder und als einem Sterbenden, der die Hilfe der Mutter braucht – denn dahin gelangen am Ende alle Menschen. Das wissen selbst die Priester mit ihrer ewig jungfräulichen Maria in dem blauen Gewand – auch sie wird für die Kirchenmänner in der Stunde des Todes zur Mutter der Welt.

Und so hielt ich schließlich Artus' Kopf in meinem Schoß. Er sah in mir weder die Schwester noch die Geliebte, auch nicht die Feindin, sondern nur die weise Frau, die Priesterin, die Herrin vom See. Er ruhte an der Brust der Großen Mutter, von der er bei seiner Geburt kam und zu der er am Ende wie alle Menschen zurückkehren mußte. Vielleicht bereute er unsere Feindschaft, als ich die Barke lenkte, die ihn davontrug – dieses Mal nicht zu der Insel der Mönche, sondern zu der wahrhaft Heiligen Insel in der dunklen Welt hinter unserer Welt – zur Insel Avalon, wohin außer mir nur noch wenige gelangen können.

Im Verlauf dieser Geschichte spreche ich manchmal von Dingen, die sich ereigneten, als ich zu jung war, um sie zu begreifen, oder von Dingen, die sich nicht in meiner Anwesenheit ereigneten. Der Hörer wird sich vielleicht entsetzt abwenden und sagen: Das ist ihre Magie! *Aber ich habe schon immer die Gabe des Gesichts besessen und konnte sehen, was Männer und Frauen dachten. So war ich ihnen allen die ganze Zeit über nahe. Deshalb wurde mir manchmal auf die eine oder andere Weise alles bekannt, was sie dachten, und ich kann diese Geschichte von Anfang bis Ende erzählen.*

Eines Tages werden auch die Priester sie erzählen. Vielleicht liegt die Wahrheit zwischen beiden Geschichten und wird durch sie hindurchschimmern.

Denn das wissen die Priester mit ihrem Einen Gott und der Einen Wahrheit nicht: Die eine wahre Geschichte gibt es nie und nimmer. Die Wahrheit hat viele Gesichter, und die Wahrheit ist wie der alte Weg nach Avalon: Es hängt von deinem Willen und deinen Gedanken ab, wohin der Weg dich führt. Es hängt von dir ab, ob du am Ende die Heilige Insel der Ewigkeit erreichst, oder ob du bei den Mönchen mit ihren Glocken, ihrem Tod, ihrem Teufel, ihrer Hölle und ihrer Verdammnis ankommst ... aber vielleicht bin ich ihnen gegenüber auch ungerecht. Selbst die Herrin vom See, die das Gewand eines Christuspriesters haßte wie eine giftige Schlange – und das aus gutem Grund –, tadelte mich einmal, weil ich schlecht über ihren Gott gesprochen hatte.

»Denn alle Götter sind ein Gott«, sagte sie damals zu mir, wie sie es bereits oft getan hatte, und wie ich viele Male zu meinen Priesterschülerinnen gesagt habe, und wie jede Priesterin, die nach mir kommt, sagen wird. »Und alle Göttinnen sind eine Göttin, und es gibt nur einen Gott, mit dem alles begann. Jeder Mensch hat das Recht auf seine eigene Wahrheit und auf den Gott, der durch sie spricht.«

Und so windet sich die Wahrheit vielleicht irgendwo zwischen dem Weg nach Glastonbury, der Insel der Priester, und dem Weg nach Avalon, das für immer in den Nebeln des Sommersees verloren ist.

Aber dies ist meine Wahrheit. Ich bin Morgaine, und ich erzähle euch diese Dinge ... ich, Morgaine, die in späteren Zeiten Morgan le Fay genannt wurde – die Fee Morgana.

Erstes Buch

Die Hohepriesterin

Selbst mitten im Sommer war Tintagel ein gespenstischer Ort. Igraine, die Gemahlin des Herzogs Gorlois, blickte hinaus auf das Meer. Sie sah in den Dunst und den Nebel und überlegte, wie es ihr gelingen würde, die Tagundnachtgleiche zu bestimmen, damit sie das Neujahrsfest feiern konnte. In diesem Jahr waren die Frühjahrsstürme ungewöhnlich heftig gewesen; das Donnern des Meeres hatte Tag und Nacht im Schloß widergehallt, bis keiner der Bewohner mehr ein Auge zutun konnte und sogar die Hunde klagend heulten.

Tintagel ... es gab immer noch Leute, die glaubten, die Burg auf den Klippen am Ende der weit ins Meer hinausragenden Landspitze sei durch die Magie des Alten Volks von Ys entstanden. Herzog Gorlois lachte darüber und sagte, wenn ihm solche Zauberkräfte zur Verfügung stünden, hätte er sie benutzt, um das Meer daran zu hindern, sich Jahr für Jahr weiter in die Küste hineinzufressen. In den vier Jahren seit ihrer Ankunft als Braut des Herzogs hatte Igraine mitangesehen, wie das Land, gutes Land, im Cornischen Meer verschwand. Lange schwarze Felsenarme ragten scharf und zerklüftet vom Festland in die See. Wenn die Sonne schien, konnte alles klar sein und leuchten. Dann funkelten Himmel und Wasser wie die Juwelen, mit denen Gorlois sie an dem Tag überschüttet hatte, an dem sie ihm sagte, sie sei schwanger und erwarte sein erstes Kind. Aber Igraine trug den Schmuck nicht gerne. Den Edelstein um ihren Hals hatte man ihr in Avalon gegeben; es war ein Mondstein, der manchmal das blaue Strahlen von Himmel und Meer zurückwarf. Aber heute wirkte sogar dieser Stein stumpf und matt.

Der Nebel trug Geräusche über weite Entfernungen. Es schien Igraine, während sie auf der Landzunge stand und zum Festland blickte, als könne sie den Hufschlag von Pferden und Maultieren und das Geräusch von Stimmen hören – Menschenstimmen im einsamen Tintagel? Hier lebte niemand außer Ziegen und Schafen, den Hirten und ihren Hunden, und den Edelfrauen der Burg mit ein paar Dienstmägden und ein paar alten Männern, die sie beschützen sollten.

Igraine drehte sich langsam um und ging zur Burg zurück. Wie immer, wenn sie im Schatten des düsteren, uralten Gemäuers stand, kam sie sich sehr klein vor. Die Hirten glaubten, die Burg sei vom Alten Volk erbaut worden, den Bewohnern der versunkenen Länder Lyonness und Ys. Die Fischer erzählten, an klaren Tagen könne man weit draußen ihre Burgen tief im Wasser sehen. Aber Igraine hielt sie für Felsentürme, für uralte Berge und Hügel, die das ewig vordringende Meer verschlungen hatte; das Meer, das selbst jetzt die Klippen unter der Burg aushöhlte. Hier am Ende der Welt, wo das Meer unaufhörlich das Land fraß, fiel es nicht schwer, an die versunkenen Länder im Westen zu glauben. Es gab Geschichten von einem großen, feuerspeienden Berg weit im Süden, der ein großes Land unter sich begraben hatte. Igraine wußte nie, ob sie diesen Geschichten Glauben schenkte oder nicht.

Ja, sie hörte Stimmen im Nebel. Es konnten nicht die barbarischen Räuber sein, die über das Meer oder von den wilden Küsten Irlands kamen. Die Zeit war längst vorbei, als ein unbekanntes Geräusch oder ein Schatten sie ängstigen mußte. Es war nicht ihr Gemahl, der Herzog. Er war weit im Norden und kämpfte an der Seite von Ambrosius Aurelianus, dem Großkönig von Britannien, gegen die Sachsen. Er hätte ihr Boten geschickt, um seine Rückkehr anzukündigen.

Sie brauchte sich nicht zu fürchten. Die Soldaten und Wachen im Fort auf der Landseite des Damms, die Herzog Gorlois dort stationiert hatte, um Frau und Kind zu beschützen, hätten feindliche Reiter aufgehalten. Nur einem Heer wäre es gelungen, sie zu überwältigen. Und wer würde ein Heer ausschicken, um Tintagel zu erobern?

Es gab eine Zeit – und Igraine erinnerte sich ohne Bitterkeit daran, während sie langsam den Burghof betrat –, da hätte sie gewußt, wer sich der Burg näherte. Der Gedanke stimmte sie jetzt kaum noch traurig. Seit Morgaines Geburt weinte sie nicht mehr aus Heimweh. Und Gorlois war freundlich zu ihr. Er hatte ihre anfängliche Angst und ihren Haß besänftigt. Er hatte ihr Schmuck, schöne Dinge und Kriegsbeute geschenkt; er hatte sie mit Hofdamen umgeben, die ihr zu Diensten standen, und sie immer als Gleichgestellte behandelt – nur nicht im Kriegsrat. Mehr hätte sie sich nicht wünschen können – es sei denn, sie hätte einen Mann aus den Stämmen geheiratet. Und in diesem Punkt hatte man ihr keine Wahl gelassen. Als Tochter der Heiligen Insel mußte sie tun, was das beste für ihr Volk war, gleichgültig, ob dies bedeutete, als Opfer zu sterben, ihre Jungfräulichkeit in der Heiligen Ehe hinzugeben, oder einen Mann zu heiraten, wenn man hoffte, dadurch ein Bündnis zu festigen. Dies hatte Igraine getan. Sie hatte den romanisierten Herzog von Cornwall zum Mann. Obwohl Rom sich aus Britannien zurückgezogen hatte, lebte er nach römischer Sitte.

Sie ließ den Umhang von ihren Schultern gleiten; der schneidende

Wind konnte in den Hof nicht eindringen, und deshalb war es hier wärmer. Der Nebel wogte, lichtete sich, und plötzlich stand eine Gestalt, hervorgetreten aus Nebel und Dunst, vor ihr. Es war ihre Halbschwester Viviane, die Herrin vom See, die Herrin der Heiligen Insel.

»Schwester!« Igraine legte die Hände an die Brust. Ihre Stimme bebte, und sie wußte, daß sie nicht laut gerufen, sondern geflüstert hatte: »Sehe ich dich wirklich vor mir?«

Ihr Gesicht wirkte vorwurfsvoll, und der Wind hinter den Mauern schien die Worte davonzutragen.

Igraine, hast du aus freien Stücken der Sehergabe entsagt?

Gekränkt durch die Ungerechtigkeit des Vorwurfs, erwiderte Igraine: »Ihr habt mir befohlen, Gorlois zu heiraten...«, aber die Gestalt der Schwester hatte sich bereits schattenhaft verflüchtigt. Sie war nicht da, war nie dagewesen. Igraine blinzelte. Die kurze Erscheinung war verschwunden. Sie zog den Mantel eng um sich; ihr war kalt, eiskalt. Sie wußte, die Vision hatte ihre Kraft aus der Wärme und dem Leben ihres eigenen Körpers gezogen. Igraine dachte: *Ich wußte nicht, daß ich immer noch auf diese Weise sehen kann. Ich war sicher, es nicht mehr zu können...* Ein Schauer lief ihr über den Rücken. Sie wußte, Vater Columba würde es für ein Werk des Teufels halten, und sie hatte es ihm zu beichten. Gewiß, hier am Ende der Welt waren die Priester nicht so streng. Aber eine verheimlichte Vision wäre sicher etwas Sündhaftes.

Sie seufzte. Warum eigentlich sollte sie im Besuch ihrer Schwester ein Werk des Teufels sehen? Vater Columba konnte sagen, was er wollte; vielleicht war sein Gott weiser als er. Und das, dachte Igraine und unterdrückte ein Lachen, konnte man sich mühelos vorstellen. Vielleicht war Vater Columba ein Christuspriester geworden, weil keine Druidenschule einen so dummen Mann in ihre Reihen aufgenommen hätte. Dem Gott der Christen schien es gleichgültig zu sein, ob ein Priester klug oder dumm war, solange er die Messe herbeten und ein bißchen lesen und schreiben konnte. Igraine war gelehrter als Vater Columba und sprach auch besser Latein als er, wenn sie wollte. Aber Igraine hielt sich keineswegs für gebildet. Sie hatte nicht die Ausdauer besessen, in die tiefere Weisheit der Alten Religion einzudringen oder weiter in die Mysterien vorzustoßen, als es für eine Tochter der Heiligen Insel unbedingt notwendig war. Trotzdem, obwohl sie in jedem Tempel der Mysterien als unwissend gegolten hätte, war sie unter den romanisierten Barbaren eine gebildete edle Dame.

In dem kleinen Raum neben dem Hof, in den an schönen Tagen das Sonnenlicht fiel, saß ihre jüngere Schwester Morgause, eine dreizehnjährige, aufblühende Jungfrau. Sie trug ein weites Hausgewand aus ungefärbter Wolle, und über ihren Schultern lag ihr alter, abgetragener Umhang. Morgause drehte lustlos die Spindel und wickelte ihren ungleichmäßigen Faden auf eine schwankende Spule; Morgaine saß auf dem Boden beim Feuer und spielte mit einer alten Spindel. Sie beobachtete das ziellose Rollen der ungleichen Walze, die sie mit rundlichen kleinen Fingern hierhin und dorthin schob.
»Habe ich lange genug gesponnen? Mir tun die Finger weh! Warum muß ich den ganzen Tag spinnen und spinnen wie eine Dienstmagd?« fragte Morgause klagend.
»Jede Edelfrau muß spinnen lernen«, antwortete Igraine tadelnd, weil sie wußte, daß man es von ihr erwartete, »und dein Faden ist eine Schande, hier dick und da dünn... Deine Finger werden geschickter, wenn du sie an die Arbeit gewöhnst. Schmerzende Finger sind ein Zeichen von Trägheit; du hast sie nicht richtig abgehärtet.« Sie nahm Morgause Spindel und Spule aus der Hand und bewegte sie mühelos. Unter ihren geübten Fingern verwandelte sich der ungleiche Faden in ein vollkommenes Garn von gleichmäßiger Dicke. »Sieh her, dieses Garn kann man weben, ohne daß das Schiffchen hängenbleibt...«, und plötzlich ihres pflichtbewußten Verhaltens überdrüssig, fügte sie hinzu, »aber du kannst die Spindel jetzt weglegen. Noch vor dem Abend werden Gäste hier sein.«
Morgause sah sie verwundert an. »Ich habe nichts gehört«, sagte sie, »es war auch kein Bote da.«
»Das überrascht mich nicht«, antwortete Igraine, »dazu braucht es keinen Boten, es ist eine Vorahnung. Viviane ist auf dem Weg hierher, und der Merlin begleitet sie.« Ehe sie das sagte, hatte Igraine es selbst nicht gewußt. »Bringe Morgaine jetzt zu ihrer Amme und ziehe dein safranfarbenes Festgewand an.«
Morgause räumte geschwind die Spindel beiseite, blieb aber dann stehen und fragte verwundert: »Das safranfarbene Kleid? Für meine *Schwester*?«
Igraine wies sie scharf zurecht: »Nicht für unsere Schwester, Morgause, sondern für die Herrin der Heiligen Insel und für den Boten der Götter.«
Morgause blickte auf das Muster des Fußbodens. Sie war ein großes, kräftiges Mädchen, das sich gerade zu strecken begann und zur Frau erblühte. Ihr dichtes Haar glänzte rötlich wie das Igraines, und auf

ihrer Haut blühten Sommersprossen, gleichgültig wie sorgfältig sie ihr Gesicht mit Buttermilch wusch und die Kräuterfrau bat, ihr Salben und Pflanzensäfte zu geben. Sie war mit dreizehn bereits so groß wie Igraine, und sie würde noch wachsen. Mißmutig nahm sie Morgaine auf den Arm und ging mit ihr davon. Igraine rief ihr nach: »Sage Isotta, sie soll dem Kind das hübscheste Kleid anziehen und sie dann herunterbringen. Viviane hat sie noch nicht gesehen.«

Morgause murmelte schlechtgelaunt: »Ich kann nicht verstehen, warum eine große Priesterin um alles in der Welt eine Göre sehen will.« Aber sie sprach so leise, daß Igraine nicht darauf reagieren mußte.

Sie ging die schmale Treppe hinauf in ihre eigene kalte Kammer. Nur mitten im Winter brannte hier ein Feuer. Wenn Gorlois abwesend war, teilte sie das Bett mit ihrer Dienerin Gwennis, und seine lange Abwesenheit bot ihr eine gute Entschuldigung, auch Morgaine abends ins Bett zu nehmen. Manchmal kam auch Morgause zu ihnen, um in der bitteren Kälte unter die Pelzdecken zu kriechen. Das Ehebett mit dem Baldachin und den Vorhängen, die den Luftzug abhielten, war mehr als groß genug für die drei Frauen und das Kind.

Die alte Gwen saß in einer Ecke des Zimmers und war eingenickt. Igraine wollte sie nicht wecken; sie streifte ihr Alltagskleid aus ungefärbter Wolle ab und legte schnell ihr schönes Gewand an, das am Hals mit einem seidenen Band geschnürt wurde. Gorlois hatte es ihr vom Markt in Londinium mitgebracht. Sie steckte sich ein paar Silberringe an, die sie seit ihrer Kindheit besaß, ... jetzt paßten sie nur noch an die beiden kleinen Finger. Um den Hals legte sie eine Bernsteinkette, auch ein Geschenk von Gorlois. Das Kleid war rostrot; darüber zog sie eine grüne Tunika. Sie suchte ihren geschnitzten Hornkamm, setzte sich auf eine Bank und kämmte geduldig Strähne um Strähne. Aus einem anderen Zimmer drang lautes Klagen, und Igraine wußte, daß die Amme sich um Morgaines Haare kümmerte. Das Geschrei brach plötzlich ab; vermutlich war Morgaine mit einem Klaps zum Schweigen gebracht worden, oder Morgause kämmte sie selbst mit geschickten und geduldigen Fingern. Sie tat das manchmal, wenn sie guter Laune war. Igraine wußte, daß ihre jüngere Schwester auch gut spinnen konnte, wenn sie nur wollte; denn alles ging ihr leicht von der Hand, sei es Kämmen, Karden oder Kuchenbacken für das Julfest.

Igraine flocht die Haare zu einem Zopf und steckte ihn mit einer goldenen Spange auf. Den Umhang hielt sie mit ihrer schöngearbeiteten goldenen Brosche zusammen. Dann betrachtete sie sich in dem alten Bronzespiegel (wie man sagte, stammte er aus dem fernen Rom), einem Hochzeitsgeschenk von Viviane, ihrer Schwester. Sie schnürte sich das Gewand und spürte, daß ihre Brüste sich kaum verändert hatten. Ein Jahr war vergangen, seit sie Morgaine nicht mehr stillte; und die Brüste waren nur etwas weicher und schwerer geworden. Igraine wußte, daß sie wieder so schlank war wie früher, denn das rostrote Gewand war einst ihr Hochzeitskleid gewesen, und die Seidenbänder spannten sich nicht, als sie bedächtig die Schleifen band.

Wenn Gorlois zurückkehrte, würde er wieder das Bett mit ihr teilen. Als sie sich zum letzten Mal gesehen hatten, lag Morgaine immer noch an ihrer Brust, und er hatte ihrer Bitte nachgegeben, das Kind auch noch die Sommermonate über stillen zu dürfen, weil damals so viele kleine Kinder starben. Igraine wußte, daß Gorlois unzufrieden war, denn mit Morgaine hatte er nicht den Sohn, den er sich so sehnlichst wünschte – für diese Römer zählte nur die männliche Linie, anstatt vernünftigerweise die Erbfolge durch die Mutter anzuerkennen. Es war wirklich unsinnig, denn wie konnte ein Mann mit Sicherheit wissen, daß er der Vater eines Kindes war? Natürlich machten diese Römer großes Aufhebens darum, daß vielleicht jemand mit ihren Frauen schlief, sperrten sie sogar ein und spionierten ihnen nach. Igraine mußte nicht überwacht werden. Ein Mann war bereits schlimm genug; wer würde sich andere wünschen, die noch schlimmer sein mochten?

Obwohl Gorlois sich sehnlichst einen Sohn wünschte, hatte er nachgegeben. Igraine durfte Morgaine weiterhin ins Bett nehmen und stillen. Er blieb ihr sogar fern und schlief nachts bei ihrer Kammerfrau Ettarr, damit sie nicht wieder schwanger wurde und die Milch versiegte. Auch Gorlois wußte, daß viele Neugeborene starben, weil man sie entwöhnte, ehe sie Fleisch und hartes Brot kauen konnten. Kleine Kinder, die mit Hafergrütze ernährt wurden, blieben kränklich. Außerdem gab es im Sommer kaum Ziegenmilch, die sie hätten trinken können; Kuhmilch oder Stutenmilch führte bei ihnen oft zu Erbrechen und Tod, oder sie bekamen Durchfall und starben ebenfalls. Deshalb hatte er Morgaine an ihrer Brust gelassen, und so konnte der erhoffte Sohn erst eineinhalb Jahre später geboren werden. Für dieses Verständnis war sie Gorlois zutiefst dankbar. Jetzt würde sie sich bestimmt nicht beklagen, selbst wenn sie schon bald wieder schwanger war.

Ettarrs Bauch begann sich bald zu wölben, und sie hatte ihn stolz zur Schau getragen. Würde *sie* dem Herzog von Cornwall einen Sohn gebären? Igraine schenkte ihrer Kammerfrau keine Beachtung; Gorlois hatte noch andere Bastarde. Einer seiner Söhne begleitete ihn sogar auf diesem Feldzug und war mit ihm im Lager des Feldherrn Uther. Aber Ettarr war krank geworden und hatte eine Fehlgeburt gehabt. Igraine besaß genug Takt, Gwen nicht zu fragen, warum sie so zufrieden lächelte. Für Igraines Seelenfrieden wußte die alte Gwen zuviel über Kräuter. *Eines Tages,* beschloß sie bei sich, *werde ich sie zum Reden bringen, und sie wird mir haargenau sagen, was sie Ettarr ins Bier gemengt hat.*

Igraine schritt in dem schönen langen Kleid langsam und würdevoll die steinernen Stufen hinab in die Küche. Dort erwartete sie Morgause in ihrem besten Gewand, und auch Morgaine trug ein safrangelbes Festtagskleidchen. Sie wirkte darin so dunkelhäutig wie ein piktisches Kind. Igraine nahm sie hoch und hielt sie voll Freude auf dem Arm. Sie war so klein, dunkel, zart und feingliedrig; es schien, als hielte man einen kleinen, weichen Vogel. Woher hatte dieses Kind sein Aussehen? Sie und Morgause waren groß und rothaarig mit der hellbraunen Haut aller Frauen der Stämme. Gorlois war zwar dunkel, aber er war Römer: groß, hager und mit einer Adlernase. Die jahrelangen Kämpfe gegen die Sachsen hatten ihn hart gemacht, und er war so von einer römischen Würde durchdrungen, daß er seiner jungen Frau kaum Zärtlichkeit entgegenbrachte und die Tochter nur mit Gleichgültigkeit behandelte, die sie ihm anstelle des erhofften Sohnes geschenkt hatte.

Und wieder rief sich Igraine ins Gedächtnis, daß die Römer es als ihr gottgegebenes Recht betrachteten, über Leben und Tod ihrer Kinder zu bestimmen. Viele Männer, Christen oder nicht, hätten gefordert, eine Tochter nicht aufzuziehen, nur damit ihre Frau, ohne Zeit zu verlieren, ihnen einen Sohn schenken konnte. Gorlois war gut zu ihr gewesen; er hatte ihr die Tochter gelassen. Obwohl sie ihm nicht viel Einfühlungsvermögen zutraute, wußte er vielleicht doch, was für sie, eine Frau der Stämme, eine Tochter bedeutete.

Igraine gab Anweisung, alles für den Empfang der Gäste vorzubereiten. Man holte Wein aus den Kellern, Fleisch wurde gebraten – kein Kaninchen, sondern gutes Hammelfleisch vom letzten Schlachttag –, und schon hörte sie das aufgescheuchte Gackern und Flattern der Hühner im Hof. Da wußte sie, daß die Reiter angekommen waren. Die Mägde sahen sich ängstlich an, aber die meisten hatten sich daran gewöhnt, daß ihre Herrin die Sehergabe besaß. Igraine hatte ihnen das durch geschicktes Erraten ihrer Gedanken und ein paar Listen weisgemacht und sich so den nötigen Respekt verschafft. Aber jetzt dachte sie: *Viviane hat vielleicht doch recht. Mag sein, daß ich die Gabe immer noch besitze. Vielleicht habe ich nur geglaubt, ich hätte sie verloren – denn in den Monaten vor Morgaines Geburt fühlte ich mich so schwach und kraftlos. Jetzt aber habe ich mich wieder gefaßt, und meine Mutter war bis zum Tod eine große Priesterin und Mutter mehrerer Kinder.*

Dann dachte sie mit Bitternis daran, daß ihre Mutter die Kinder in Freiheit geboren hatte, wie es eine Frau der Stämme tun sollte. Sie hatte die Väter der Kinder selbst gewählt und war nicht Sklavin eines Römers gewesen, dessen Sitten ihm Macht über Frau und Kinder gaben ... Ungeduldig verscheuchte sie diese Gedanken. Was bedeutete es schon, ob sie das Gesicht besaß oder nur zu besitzen schien, solange der Glaube daran ihre Dienstboten in Zucht und Ordnung hielt?

Igraine ging langsam in den Burghof hinaus. Gorlois nannte ihn noch immer gern das Atrium, obwohl hier nichts der Villa glich, die er bewohnte, bevor Ambrosius ihn zum Herzog von Cornwall gemacht hatte. Die Reiter stiegen bereits ab, und Igraines Blick heftete sich sofort auf die einzige Frau, die kleiner war als sie und nicht mehr jung. Sie trug die Tunika und die wollene Hose eines Mannes und war in Mäntel und breite Schals gehüllt. Über den Hof hinweg tauschten beide Frauen grüßende Blicke; pflichtschuldig näherte sich Igraine dem großen, schlanken alten Mann, der von einem knochigen Maultier stieg, und verbeugte sich vor ihm. Er trug das blaue Gewand des Barden, und eine Harfe hing ihm über die Schulter.

»Ich heiße Euch in Tintagel willkommen, Ehrwürdiger Meister. Ihr segnet unser Haus und erweist ihm durch Euer Kommen große Ehre.«

»Ich danke dir, Igraine«, antwortete er mit wohlklingender Stimme, und Taliesin, der Merlin von Britannien, Druide und Barde, faltete die Hände vor seinem Gesicht und hob sie dann segnend über die Frau.

Fürs erste hatte Igraine ihrer Pflicht Genüge getan und eilte zu ihrer Halbschwester. Sie hätte sich auch vor ihr verbeugt, um ihren Segen zu empfangen, aber Viviane hinderte sie daran.

»Nein, nein, mein Kind, es ist nur ein familiärer Besuch. Wenn du unbedingt willst, kannst du mir später noch genug Ehre erweisen ...« Sie zog Igraine an sich und küßte sie auf den Mund. »Und das ist die Kleine? Man sieht sofort, daß in ihr das Blut des Alten Volkes fließt. Sie gleicht unserer Mutter, Igraine.«

Zu dieser Zeit war Viviane, die Herrin vom See und Herrin der Heiligen Insel, bereits über dreißig Jahre alt und hatte als älteste Tochter der Priesterin des Sees das alte heilige Amt von der Mutter übernommen. Jetzt nahm sie Morgaine auf den Arm, und der kundige Griff verriet, daß sie gewöhnt war, mit kleinen Kindern umzugehen.

»Sie sieht ja wie *du* aus!« rief Igraine überrascht, und ihr wurde bewußt, daß sie das schon längst hätte erkennen müssen. Aber sie hatte Viviane zum letzten Mal vor vier Jahren gesehen, bei ihrer Hochzeit. So vieles war inzwischen geschehen, und Igraine hatte sich sehr verändert. Damals war sie ein furchtsames, fünfzehnjähriges Mädchen gewesen, das man einem Mann überantwortete, der mehr als doppelt so alt war wie sie. »Aber kommt in die Halle, Ehrwürdiger Merlin! Meine Schwester, kommt in die Wärme!«

Ohne Mäntel und Schals war Viviane, die Herrin von Avalon, eine überraschend kleine Frau – nicht viel größer als ein gutgewachsenes acht- oder zehnjähriges Mädchen. In der weiten Tunika mit dem Gürtel, dem Messer in der Scheide an der Hüfte, der dicken wollenen Hose und den unförmigen Wadenwickeln wirkte sie winzig, wie ein Kind in Erwachsenenkleidern. Sie hatte ein kleines, dunkles, dreieckiges Gesicht und eine niedrige Stirn unter schwarzen Haaren, die so dunkel waren, wie die Schatten zwischen den Klippen. Auch ihre Augen waren dunkel und wirkten groß in dem kleinen Gesicht. Nie zuvor war Igraine bewußt geworden, wie klein Viviane war.

Eine Dienerin brachte den Willkommenstrunk: heißen Wein, gemischt mit den letzten Gewürzen, die Gorlois ihr vom Markt in Londinium geschickt hatte. Viviane nahm den Pokal in beide Hände, und Igraine sah sie verwundert an. Die Geste, mit der die Schwester nach dem Pokal griff, machte sie plötzlich groß und eindrucksvoll – als hätte sie den geweihten Kelch der Heiligen Insignien in Händen. Viviane hob ihn hoch und setzte ihn langsam an die Lippen, während sie leise einen Segen sprach. Sie nahm einen Schluck und übergab das Gefäß dem Merlin. Er nahm es mit einer ernsten Verbeugung entgegen und setzte den Pokal an die Lippen. Igraine wußte wenig über die Mysterien, doch sie spürte, daß auch sie Teil dieses schönen Rituals wurde, nahm ebenso feierlich den Pokal von ihrem Gast entgegen, trank und sprach die Begrüßungsformel.

Dann stellte sie das Gefäß beiseite, und der erhabene Augenblick war vorüber. Viviane war nur noch eine kleine, müde wirkende Frau und der Merlin nicht mehr als ein gebeugter alter Mann. Igraine führte beide schnell an die offene Feuerstelle.
»In einer Zeit wie dieser ist es eine weite Reise von den Ufern des Sommersees bis hierher zu uns«, sagte sie und dachte daran, wie sie damals als junge Braut – furchtsam und insgeheim haßerfüllt – den Weg im Gefolge des ihr fremden Gemahls, der noch nicht mehr war als eine Stimme und ein Schrecken in der Nacht, zurückgelegt hatte. »Was führt Euch in den Frühlingsstürmen hierher, meine Herrin und Schwester?«
Und warum bist du nicht früher gekommen? Warum hast du mich hier ganz allein gelassen, wo ich lernen mußte, eine Ehefrau zu werden und voll Angst und Heimweh ein Kind zur Welt zu bringen? Und weshalb kommst du überhaupt, wo du doch vorher nicht kommen konntest? Jetzt ist es zu spät, und ich habe mich schließlich in mein Schicksal ergeben.
»Es ist wahrlich ein weiter Weg«, antwortete Viviane mit sanfter, begütigender Stimme, und Igraine wußte, daß die Priesterin auch diesmal wieder die gedachten Worte ebenso gehört hatte wie die gesprochenen. »Und wir leben in einer gefährlichen Zeit, mein Kind. Aber aus dir ist eine Frau geworden in diesen Jahren, selbst wenn sie einsam waren ... so einsam wie die Jahre der Abgeschiedenheit, die ein Mann durchleben muß, um Barde zu werden ... oder«, fügte sie mit dem leichten Anflug eines erinnernden Lächelns hinzu, »oder eine Frau auf dem Weg zur Priesterin. Hättest du dich dafür entschieden, meine liebe Igraine, wärst du nicht weniger einsam gewesen. Ja natürlich«, sagte sie und beugte sich mit freundlichem Gesicht nach unten, »natürlich darfst du auf meinen Schoß, Kleines.« Sie hob Morgaine hoch, und Igraine sah es voll Verwunderung. Normalerweise war Morgaine scheu wie ein wildes Kaninchen. Halb vorwurfsvoll, halb im Bann des alten Zaubers, beobachtete sie, daß das Kind sich auf Vivianes Schoß wohl fühlte. Viviane wirkte beinahe zu klein, um Morgaine sicher zu halten. Ja, sie war tatsächlich eine feenhafte Frau – eine Frau aus dem Alten Volk. Und Morgaine würde ihr vielleicht wirklich einmal sehr ähnlich werden.
»Und wie hat sich Morgause entwickelt, seit ich sie dir vor einem Jahr geschickt habe?« fragte Viviane und blickte zu Morgause, die in ihrem safranfarbenen Gewand verstimmt im Schatten des Feuers stand. »Komm her und gib mir einen Kuß, kleine Schwester. Ah, ich

sehe, du wirst so groß werden wie Igraine.« Sie streckte dem Mädchen die Arme entgegen, das sich widerwillig und störrisch wie ein ungezogenes Hündchen aus den Schatten löste. »Ja, lehn dich hier an mein Knie, mein Kind.« Morgause setzte sich auf den Boden und legte den Kopf an Vivianes Beine. Igraine sah, wie die trotzigen Augen sich mit Tränen füllten.

Sie hat uns alle in der Hand. Wie kann sie nur solche Macht über uns haben? Oder liegt es daran, daß Morgause nie eine andere Mutter kannte? Viviane war eine erwachsene Frau, als Morgause geboren wurde. Für uns war sie immer Mutter und Schwester. Ihre Mutter war schon zu alt gewesen und bei Morgauses Geburt gestorben. Viviane hatte im selben Jahr bereits ein Kind geboren. Aber es blieb nicht am Leben, und Viviane hatte Morgause zu sich genommen.

Morgaine hatte sich in Vivianes Schoß gekuschelt; Morgause lehnte den Kopf mit den rötlichen, seidig schimmernden Haaren gegen Vivianes Knie. Die Priesterin hielt mit einer Hand das kleine Kind, mit der anderen strich sie sanft über die langen, seidigen Locken des halberwachsenen Mädchens.

»Gern wäre ich bei Morgaines Geburt zu dir gekommen«, sagte Viviane, »aber ich war selbst schwanger. Ich schenkte in diesem Jahr einem Sohn das Leben. Ich habe ihn weggegeben, und ich glaube, seine Pflegemutter wird ihn zu den Mönchen schicken. Sie ist Christin.«

»Und du hast nichts dagegen, daß er als Christ aufwächst?« fragte Morgause. »Ist er hübsch? Wie heißt er?«

Viviane lachte. »Ich nannte ihn Balan«, erwiderte sie, »und seine Ziehmutter nannte ihren Sohn Balin. Sie sind im Abstand von nur zehn Tagen geboren und werden zweifellos als Zwillinge aufwachsen. Nein, ich habe nichts dagegen, daß er christlich erzogen wird. Sein Vater war auch ein Christ, und Priscilla ist eine gute Frau. Du hast gesagt, die Reise hierher sei lang. Aber glaube mir, mein Kind, sie ist heute noch länger als damals, bei deiner Hochzeit mit Gorlois. Von der Insel der Priester, wo ihr Heiliger Dornbusch wächst, vielleicht nicht, aber von Avalon ist sie länger, sehr viel länger...«

»Und deshalb sind wir gekommen«, sagte der Merlin plötzlich, und seine Stimme tönte wie eine große Glocke. Morgaine fuhr erschrokken auf und begann zu weinen.

»Ich verstehe das nicht«, entgegnete Igraine, und ihr war plötzlich unbehaglich. »Die beiden Inseln liegen doch so nahe beieinander...«

»Die zwei sind *eins*«, sprach der Merlin und richtete sich auf, »aber die Anhänger Christi haben sich nicht dafür entschieden zu sagen, daß *sie* keine anderen Götter neben ihrem Gott haben, sondern daß es außer ihrem Gott keinen anderen Gott *gibt*. Sie verkünden, er allein habe die Erde erschaffen und er allein herrsche über sie. Sie behaupten auch, die Sterne, die Menschen, die Tiere und die Pflanzen seien allein sein Werk.«
Igraine schlug schnell das heilige Zeichen bei dieser Gotteslästerung.
»Aber das kann doch nicht sein«, wandte sie ein. »Kein Gott kann allein über alle Dinge herrschen... und die Göttin, die Mutter...?«
»Sie glauben«, sagte Viviane mit ihrer dunklen, sanften Stimme, »daß es keine Göttin gibt. Denn das Wesen der Frau, so behaupten sie, sei das Wesen alles Bösen. Durch die Frau, so sagen sie, kam das Böse in die Welt, und sie beweisen das mit der unwahrscheinlichen Geschichte von einem Apfel und einer Schlange.«
»Die Göttin möge sie bestrafen«, sagte Igraine zutiefst erschüttert, »und doch hast du mich mit einem Christen verheiratet.«
»Wir wußten nicht, daß ihre Verleugnungen so allumfassend sind«, sagte der Merlin, »denn in unserer Zeit gab es Anhänger anderer Götter, und sie achteten die Götter anderer.«
»Was hat das aber alles mit dem weiten Weg von Avalon zu tun?« fragte Igraine.
»Damit kommen wir zum Grund unseres Besuches«, antwortete ihr der Merlin, »denn wie die Druiden wissen, formt der Glaube der Menschen ihre Welt und ihre Wirklichkeit. Vor langer Zeit, als die ersten Anhänger Christi auf unsere Insel kamen, da wußte ich, daß dies der Wendepunkt der Zeit war – ein Augenblick in ihrem Lauf, der die Welt verändern würde.«
Morgause sah ehrfürchtig und mit weit geöffneten Augen zu dem alten Mann auf.
»Seid Ihr so alt, Ehrwürdiger Vater?«
Der Merlin lächelte zu dem Mädchen hinunter und erwiderte: »Mein Körper nicht. Aber ich habe sehr viel in der Großen Halle gelesen, die nicht in dieser Welt ist, und dort ist alles aufgeschrieben. Außerdem *lebte* ich damals. Die Herren dieser anderen Welt erlaubten mir zurückzukehren, aber in einem anderen Körper.«
»Was Ihr da sagt, ist für ein kleines Mädchen unverständlich, Ehrwürdiger Vater«, warf Viviane mit sanftem Tadel ein. »Sie ist keine

Priesterin. Kleine Schwester, der Merlin will damit sagen, daß er schon lebte, als die ersten Christen kamen. Und als er starb, entschied er sich – und es wurde ihm gewährt – wieder auf die Erde zu kommen, um sein Werk hier zu vollenden. Dies sind Mysterien, die du aber nicht verstehen mußt. Sprecht weiter, Vater.«

»Ich wußte, es war einer jener Augenblicke, die die Geschichte der gesamten Menschheit verändern«, sagte der Merlin. »Die Christen versuchen, alles Wissen mit Ausnahme ihres eigenen auszulöschen. Und in diesem Bemühen verbannen sie aus der Welt alle Formen des Mysteriums, die nicht mit ihren Glaubensvorstellungen übereinstimmen. Sie haben verkündet, es sei Ketzerei zu sagen, der Mensch lebe mehr als ein Leben... und dabei weiß jeder Bauer, daß es so ist...«

»Aber wenn die Menschen nur an ein einziges Leben glauben«, erwiderte Igraine fassungslos, »wie sollen sie dann der Verzweiflung entgehen? Welcher gerechte Gott könnte einen Menschen bitter arm machen und einen anderen glücklich und reich, wenn es nur *ein* Leben für sie gäbe?«

»Ich weiß es nicht«, antwortete der Merlin. »Vielleicht wollen sie, daß die Menschen an der Härte des Schicksals verzweifeln, damit sie auf den Knien zu Christus kommen, der sie in den Himmel aufnimmt. Ich weiß nicht, was die Anhänger Christi glauben, oder was sie sich erhoffen.« Er schloß einen Moment lang die Augen, und sein Gesicht wirkte bitter. »Aber was immer sie glauben, die Ansichten, die sie vertreten, verändern die Welt. Nicht nur im Geistigen, sondern auch im Materiellen. Da sie das Reich des Geistes und das Reich von Avalon leugnen, entschwinden ihnen beide. Natürlich sind sie noch immer da, aber nicht länger in der Welt, in der die Anhänger Christi leben. Avalon, die Heilige Insel, ist nicht mehr dieselbe Insel wie das Glastonbury, wo wir vom Alten Glauben vor langer Zeit den Mönchen erlaubten, ihre Kapelle und ihr Kloster zu errichten. Denn unsere Weisheit und ihre Weisheit, unser Wissen und ihr Wissen... wieviel weißt du über die Naturphilosophie, Igraine?«

»Leider sehr wenig«, erwiderte die junge Frau und blickte tiefbewegt auf die Priesterin und den großen Druiden. »Ich habe mich darum nie bemüht.«

»Wie schade«, antwortete der Merlin, »denn du mußt es verstehen, Igraine. Aber ich will es einfach für dich machen. Sieh her.« Mit diesen Worten nahm er den goldenen Ring von seinem Hals und zog den Dolch. »Kann ich das Gold und die Bronze gleichzeitig auf dieselbe Stelle legen?«

Igraine sah ihn ratlos an. Sie verstand nicht. »Nein, natürlich nicht. Sie können nebeneinander liegen, aber nicht auf derselben Stelle. Es sei denn, Ihr verschiebt das eine zuerst.«

»Und so ist es auch mit der Heiligen Insel«, erklärte der Merlin. »Vor vierhundert Jahren schworen die Priester uns einen Eid ... noch ehe die Römer hierherkamen und versuchten, unser Land zu erobern. Sie schworen, sich nie gegen uns zu erheben und uns mit Waffengewalt zu vertreiben. Denn wir waren vor ihnen da; sie kamen damals als Bittsteller, und sie waren schwach. Sie haben den Schwur nicht gebrochen ... das muß ich ihnen zugute halten. Aber im Geist, in ihren Gebeten haben sie nie aufgehört, gegen uns zu kämpfen. Denn ihr Gott soll unsere Götter vertreiben; ihr Wissen soll über unsere Weisheit herrschen. In unserer Welt, Igraine, ist Platz für viele Götter und viele Göttinnen. Aber in der Welt der Christen ... wie soll ich es sagen? ... ist kein Platz für unser Wissen oder unsere Weisheit. In ihrer Welt gibt es nur einen Gott. Er muß nicht nur alle anderen Götter besiegen, er muß auch so tun, als gäbe es keine anderen Götter, ja, habe es nie andere Götter gegeben, sondern nur Götzen, das Werk ihres Teufels. Und das, damit alle Menschen durch den Glauben an ihn in diesem einen Leben gerettet werden. Daran halten sie fest. Und was die Menschen glauben, bestimmt den Lauf der Welt. Deshalb treiben die Welten, die einmal eins waren, auseinander.

Es gibt jetzt zwei Britannien, Igraine: ihre Welt unter dem einen Gott und Christus und daneben und dahinter die Welt, in der die Große Mutter noch immer herrscht, die Welt, in der das Alte Volk beschlossen hat zu leben und der Göttin in Ehrfurcht zu dienen. Es ist schon einmal geschehen. Damals zog sich das Volk der Feen, der leuchtenden Wesen aus unserer Welt zurück. Sie verschwanden weiter und weiter in den Nebeln, und nur hin und wieder kann ein Wanderer eine Nacht in den Bergen der Elfen verbringen. Dann vergeht die Zeit ohne ihn, und wenn er nach einer einzigen Nacht vielleicht wieder zurückkommt, stellt er fest, daß seine Angehörigen alle tot und ein Dutzend Jahre verstrichen sind. Ich sage dir, Igraine, das gleiche geschieht jetzt. Unsere Welt, in der die Göttin und der Gehörnte, ihr Gefährte, herrschen, die Welt, die du kennst, die Welt vieler Wahrheiten, wird aus dem großen Strom der Zeit abgedrängt. Schon heute, Igraine, kann ein Reisender, der sich ohne Führer auf den Weg nach Avalon macht, die Insel nur erreichen, wenn er den Weg wohl weiß. Sonst findet er nur die Insel der Priester. Für die meisten Menschen ist unsere Welt bereits in den Nebeln des Sommersees verschwunden. Es begann schon, bevor die Römer sich aus Britannien zurückzogen. Heute überziehen Kirchen das ganze Land, und unsere Welt entfernt sich weiter und weiter. Deshalb war auch unsere Reise so lang; weniger und weniger Städte und Straßen des Alten Volkes bleiben, um uns aufzunehmen und zu leiten. Noch berühren sich die Welten, noch liegen sie so dicht wie Liebende nebeneinander. Aber sie treiben auseinander; und wenn man dem nicht Einhalt gebietet, wird es eines Tages zwei Welten geben, und niemand kann von der einen in die andere gelangen...«

»Laß sie treiben!« unterbrach ihn Viviane zornig. »Ich glaube immer noch, wir sollten sie auseinandertreiben lassen! Ich möchte nicht in einer Welt von Christen leben, die die Große Mutter leugnen...«

»Aber was ist mit all den anderen, die in Verzweiflung leben werden?« Wieder tönte die Stimme des Merlin wie eine große dunkle Glocke. »Nein! Ein Weg muß bleiben. Selbst wenn es ein geheimer Pfad ist. Teile der Welt sind immer noch eins. Die Sachsen plündern in beiden Welten. Aber mehr und mehr unserer Krieger werden Anhänger Christi. Die Sachsen...«

»Die Sachsen sind grausame Barbaren«, warf Viviane ein. »Die Stämme allein können sie nicht von diesen Küsten vertreiben. Der Merlin und ich haben gesehen, daß Ambrosius nicht mehr lange auf dieser Welt sein wird. Sein Feldherr, der Pendragon... ich glaube, sie nennen ihn Uther... wird sein Nachfolger sein. Aber viele im Land werden den Pendragon nicht unterstützen. Was unserer Welt des Geistes auch zustoßen mag, keine der beiden Welten kann Feuer und Schwert der Sachsen lange überleben. Ehe wir die geistige Schlacht kämpfen, die verhindern soll, daß sich unsere Welten weiter voneinander entfernen, müssen wir das Herz Britanniens davor bewahren, dem Schwert der Sachsen zum Opfer gebracht zu werden. Aber uns bedrohen nicht nur die Sachsen, sondern auch die Jüten, die Schotten, all die wilden Völker aus dem Norden. Jeder Ort, selbst Rom, fällt ihnen zum Opfer; sie sind in der Übermacht. Dein Gemahl hat sein ganzes Leben lang gekämpft. Ambrosius, der Herzog von Britannien, ist ein guter Mann. Aber er kann nur auf die Treue derer rechnen, die einmal Rom folgten. Sein Vater trug den Purpur, und auch Ambrosius strebte danach, Kaiser zu werden. Aber wir müssen einen Führer haben, dem ganz Britannien folgen kann.«

»Aber... Rom besteht weiter«, warf Igraine ein. »Gorlois erzählte mir, wenn Rom die Unruhen in der Ewigen Stadt überwunden hat, werden die Legionen zurückkehren! Können wir nicht von Rom Hilfe gegen die wilden Völker aus dem Norden erwarten? Die Römer waren die besten Kämpfer der Welt. Sie bauten den Großen Wall gegen den Ansturm aus dem Norden ...«

Merlins Stimme begann zu klingen: »Viviane hat es gesehen«, sagte er. »Der Adler ist davongeflogen, und er wird nie wieder nach Britannien zurückkehren.«

»Rom kann uns nicht helfen«, erklärte Viviane. »Wir brauchen unseren eigenen Führer, einen Mann, der über das ganze Land befehlen kann; sonst wird Britannien fallen, wenn sie sich gegen uns sammeln. Und für Hunderte und Aberhunderte von Jahren werden wir unter der Knechtschaft der sächsischen Barbaren leiden. Die Welten werden sich unwiderruflich voneinander trennen, und die Erinnerung an Avalon wird noch nicht einmal in Legenden weiterleben, um den Menschen Hoffnung zu geben. Nein, wir müssen einen Führer haben, dem alle Völker in beiden Britannien Treue schwören ... das Britannien der Priester und die Welt im Nebel, die von Avalon aus beherrscht wird. Vereint unter diesem Großen König ...«, ihre Stimme erhob sich klar, erfüllt von dunkler Prophezeiung, »... werden die Welten wieder zusammenfinden zu einer Welt, in der Platz ist für die Göttin und für Christus, für den Kessel und das Kreuz. Dieser Führer wird uns einen.«

»Aber wo werden wir einen solchen König finden?« fragte Igraine. »Wer wird uns diesen Führer schenken?«

Und plötzlich fürchtete sie sich; ihr wurde eiskalt, als der Merlin und die Priesterin sich ihr zuwandten und sie ansahen. Ihre Augen schienen sie zu bannen wie der Schatten eines großen Falken einen kleinen Vogel. Und sie begriff, warum der Bote und Prophet der Druiden *der Merlin* genannt wurde.

Als Viviane aber sprach, klang ihre Stimme sehr weich.

Sie sagte: »Du, Igraine. Du sollst die Mutter dieses großen Königs sein.«

Schweigen herrschte im Raum. Nur das Feuer knisterte leise. Schließlich hörte Igraine, wie sie tief Luft holte, als sei sie gerade aus dem Schlaf erwacht. »Was sagst du da, Schwester? Meinst du, daß Gorlois der Vater dieses großen Königs sein wird?« Die Worte dröhnten und hallten in ihrem Kopf. Und sie wunderte sich, daß ihr nie in den Sinn gekommen war, das Schicksal könne etwas so Großes mit Gorlois vorhaben. Sie sah die Blicke, die ihre Schwester und der Merlin tauschten, und ihr entging auch nicht der kleine Wink, mit dem die Priesterin den alten Mann am Sprechen hinderte.

»Nein, Ehrwürdiger Merlin, dies muß von Frau zu Frau gesagt werden... Igraine, hör zu! Gorlois ist Römer, und die Stämme werden keinem Manne folgen, der Sohn eines Römers ist. Der Großkönig, dem sie gehorchen werden, muß ein Kind der Heiligen Insel sein, ein wahrer Sohn der Göttin. Ja, es wird dein Sohn sein, Igraine. Aber nicht die Stämme allein werden die Sachsen und die anderen wilden Völker aus dem Norden vertreiben. Wir werden die Unterstützung von Römern, Kelten und Kymren brauchen, und sie folgen nur ihrem eigenen Feldherrn, ihrem Pendragon. Sie folgen nur dem Sohn eines Mannes, dem sie vertrauen, der sie führt und über sie herrscht. Und auch das Alte Volk fordert den Sohn einer Mutter von königlichem Geblüt... deinen Sohn, Igraine... aber sein Vater wird Uther Pendragon sein.«

Igraine starrte die Schwester an; sie verstand, und langsam verdrängte der Zorn ihre Betäubung. »Nein!« schleuderte sie beiden entgegen, »ich habe einen Gemahl und habe ihm ein Kind geboren! Ich werde nicht zulassen, daß ihr mich noch einmal als Stein für eure Spiele benutzt. Ich habe geheiratet, wie du es mir befohlen hast... und du wirst nie wissen...« Die Worte blieben ihr im Halse stecken. Es war unmöglich, ihnen etwas über dieses erste Jahr zu erzählen... selbst Viviane würde es nie erfahren. Sie konnte sagen: *Ich fürchtete mich sehr*, oder *ich war allein und hatte schreckliche Angst*, oder *eine Vergewaltigung wäre leichter zu ertragen gewesen, denn danach hätte ich davonlaufen und sterben können*... aber all das wären nur Worte gewesen, die nur einen geringen Teil dessen vermitteln konnten, was sie damals empfand.

Hätte Viviane alles erfahren, hätte sie ihre Gedanken gelesen und um alles gewußt, was sie nicht aussprechen konnte, dann hätte die Schwester sie voll Mitgefühl und sogar mit leichtem Bedauern angesehen. Aber sie hätte ihre Absichten nicht geändert oder weniger von

Igraine gefordert! Sie hatte ihre Schwester oft sagen hören, als Viviane noch glaubte, Igraine würde eine Priesterin der Großen Geheimnisse werden: *Wenn du versuchst, deinem Schicksal zu entgehen oder dein Leiden aufzuschieben, verurteilst du dich dazu, es in einem anderen Leben doppelt zu erfahren.*

Deshalb sagte Igraine nichts von alldem. Sie funkelte Viviane nur mit dem unterdrückten Groll der letzten vier Jahre an, in denen sie tapfer und allein ihre Pflicht erfüllt und sich ihrem Schicksal unterworfen hatte, ohne mehr zu klagen, als jeder Frau zustand. Aber noch einmal? *Niemals,* beschloß Igraine bei sich, *niemals*! Trotzig schüttelte sie den Kopf.

»Hör mir zu, Igraine«, begann der Merlin wieder, »ich bin dein Vater, obwohl mir das keine Rechte gibt. Das königliche Blut lebt durch das Blut der Herrin. Und du bist vom ältesten königlichen Blut, das auf der Heiligen Insel von Tochter zu Tochter weitergegeben wird. Es steht in den Sternen, mein Kind, daß nur ein König, der aus zwei königlichen Geschlechtern hervorgeht, unser Land aus seiner Zerrissenheit führen und heilen wird ... ein Sohn des königlichen Geschlechts der Stämme, die der Göttin folgen, und aus dem Königsgeschlecht derer, die auf Rom blicken. Es muß ein Frieden kommen, in dem beide Länder Seite an Seite stehen, ein Friede, der für das Kreuz und für den Kessel lange genug dauert, damit sie sich aussöhnen. Unter einer solchen Herrschaft, Igraine, werden auch die Anhänger des Kreuzes um die Mysterien wissen, damit sie in ihrem düsteren Leben der Sünde und des Leids und in ihrem Glauben, sich in einem kurzen Leben für alle Ewigkeit zwischen Himmel und Hölle entscheiden zu müssen, Trost finden. Und wenn dies nicht geschieht, wird unsere Welt im Nebel entschwinden, und für Hunderte von Jahren ... vielleicht auch Tausende ... werden die Göttin und die Heiligen Mysterien von der Menschheit vergessen sein. Und es wird nur wenige geben, die von einer Welt in die andere gelangen können. Willst du zulassen, Igraine, daß die Göttin und ihr Werk dieser Welt verlorengehen? Du, eine Tochter der Herrin der Heiligen Insel und des Merlin von Britannien?«

Igraine senkte den Kopf und verschloß sich der Zärtlichkeit in der Stimme des alten Mannes. Ohne daß man es ihr gesagt hätte, wußte sie schon immer, Taliesin, der Merlin von Britannien, hatte ihrer Mutter den Lebensfunken gebracht, aus dem sie entstanden war. Aber eine Tochter der Heiligen Insel sprach nicht über solche Dinge. Eine Tochter der Herrin gehörte nur der Göttin und dem Mann, in

dessen Hände die Herrin sie gab... meist war es ihr Bruder und nur sehr selten der Mann, der sie gezeugt hatte. Es gab einen Grund dafür: Kein frommer Mann sollte beanspruchen können, Vater eines Kindes der Göttin zu sein. Und alle Kinder, die die Herrin gebar, galten als Kinder der Göttin. Es erschütterte sie zutiefst, daß Taliesin jetzt davon sprach, aber es rührte sie auch.
Trotzdem sagte sie störrisch, ohne ihn anzusehen: »Gorlois hätte zum Pendragon gewählt werden können. Gewiß kann Uther nicht alle Menschensöhne so weit überragen. Wenn ihr einen solchen Helden braucht, könntet ihr durch eure Magie erreichen, daß Gorlois zum Feldherrn von Britannien und zum Großen Drachen ernannt wird. Und wenn unser Sohn geboren wäre, hättet ihr euren großen König...«
Der Merlin schüttelte den Kopf. Und wieder ergriff Viviane das Wort. Diese stillschweigende Übereinstimmung ärgerte Igraine. Warum verbündeten die beiden sich gegen sie?
Viviane sagte freundlich: »Du wirst Gorlois keinen Sohn schenken, Igraine.«
»Bist du die Göttin, daß du den Frauen die Kinder zuteilst?« fragte Igraine herausfordernd und wußte sehr wohl, daß ihre Worte kindisch waren. »Gorlois hat Söhne von anderen Frauen. Warum sollte ich ihm nicht den ehelichen Sohn schenken, den er sich wünscht?«
Viviane antwortete nicht. Sie blickte nur Igraine in die Augen und fragte mit sehr sanfter Stimme: »Liebst du Gorlois, Igraine?«
Igraine blickte zu Boden. »Das hat nichts damit zu tun. Es ist eine Frage der Ehre. Er war gut zu mir...« Sie schwieg, aber ihre Gedanken ließen sich nicht zügeln: *... gut zu mir, als ich mich an niemanden wenden konnte, als ich allein und verlassen war und selbst du mich meinem Schicksal überlassen hattest. Wer fragt da nach Liebe?*
»Es ist eine Frage der Ehre«, wiederholte sie, »ich bin es ihm schuldig. Er erlaubte mir, Morgaine zu behalten, als ich in meiner Einsamkeit niemanden um mich hatte. Er war freundlich und geduldig. Und für einen Mann in seinem Alter kann das nicht leicht sein. Er will einen Sohn. Es gibt in seinem Leben und für seine Ehre nichts Wichtigeres. Ich werde es ihm nicht verweigern. Wenn ich einen Sohn bekomme, dann wird es der Sohn des Herzogs Gorlois sein und keines anderen lebenden Mannes. Das schwöre ich bei Feuer und...«
»Schweig!« Vivianes Stimme hallte gebieterisch durch den Raum,

und Igraine schwieg betroffen. »Ich befehle dir, Igraine, von diesem Schwur abzulassen, damit du nicht für immer mit einem Meineid beladen bist!«
»Und weshalb glaubst du, würde ich meinen Eid nicht halten?« fragte Igraine zornig, »ich habe gelernt, die Wahrheit zu ehren! Auch ich bin ein Kind der Heiligen Insel, Viviane! Du magst meine ältere Schwester sein, meine Priesterin und die Herrin von Avalon, aber du wirst mich nicht behandeln, als sei ich ein plapperndes Kind wie Morgaine auf deinen Knien. Sie versteht kein Wort von dem, was man ihr sagt und weiß nichts von der Bedeutung eines Schwurs...«
Morgaine hörte ihren Namen und richtete sich in Vivianes Schoß auf. Die Herrin vom See lächelte und strich ihr über die dunklen Haare. »Glaube nicht, daß die Kleine nichts versteht. Kleine Kinder wissen mehr, als wir ahnen. Sie können ihre Gedanken nicht aussprechen, und deshalb glauben wir, daß sie nicht denken. Dieses Kind hier wird... aber das liegt in der Zukunft, und ich werde vor ihren Ohren nicht darüber sprechen. Aber wer weiß, eines Tages wird vielleicht auch sie eine große Priesterin sein...«
»Niemals! Selbst wenn ich Christin werden muß, um das zu verhindern«, empörte sich Igraine. »Glaubst du, ich werde zulassen, daß du das Leben meines Kindes verplanst wie mein Leben?«
»Friede, Igraine«, sagte der Merlin, »du bist so frei wie jedes Kind der Götter. Wir sind gekommen, um dich zu bitten, nicht um dir zu befehlen. Nein, Viviane...«, er hob die Hand, als die Priesterin ihn unterbrechen wollte, »Igraine ist kein hilfloses Spielzeug des Schicksals. Aber ich glaube, wenn sie alles weiß, wird sie sich richtig entscheiden.«
Morgaine war unruhig geworden. Viviane sprach besänftigend auf sie ein, strich ihr über die Haare, und sie beruhigte sich wieder. Aber Igraine stand auf und nahm das Kind. Sie war wütend und eifersüchtig auf Vivianes beinahe magische Kraft, das kleine Mädchen zur Ruhe zu bringen. Morgaine lag merkwürdig fremd in ihren Armen, als habe die Zeit auf Vivianes Schoß sie verändert, vergiftet, und sie schien jetzt irgendwie weniger ihr zu gehören. Igraine spürte brennende Tränen in den Augen. Morgaine war alles, was sie hatte. Und jetzt wurde sie auch von ihr getrennt – wie alle unterlag selbst das Kind Vivianes Zauber – dem Zauber, der jeden zu einer hilflosen Puppe ihres Willens machte.
Sie herrschte Morgause an, die immer noch zu Vivianes Füßen saß.

»Steh sofort auf, Morgause, und geh in deine Kammer. Du bist fast eine Frau und solltest dich nicht wie ein verwöhntes Kind benehmen!«
Morgause hob den Kopf, schob den Vorhang ihrer roten Haare aus dem hübschen, schmollenden Gesicht und fragte: »Warum braucht ihr Igraine für eure Pläne? Sie will nichts damit zu tun haben. Aber ich bin eine Frau und auch eine Tochter der Heiligen Insel. Warum habt ihr mich nicht für Uther, den Pendragon, bestimmt? Warum sollte nicht ich die Mutter des großen Königs sein?«
Der Merlin lächelte: »Willst du dich mutwillig dem Schicksal ausliefern, Morgause?«
»Weshalb soll die Wahl auf Igraine fallen und nicht auf mich? Ich habe keinen Gemahl...«
»In deiner Zukunft gibt es einen König und viele Söhne. Und damit mußt du dich zufriedengeben, Morgause. Niemand, kein Mann und keine Frau, kann das Schicksal eines anderen auf sich nehmen. Dein Schicksal und das deiner Söhne sind eng mit diesem mächtigen Großkönig verbunden. Mehr kann ich dir nicht sagen, Morgause«, schloß der Merlin.
Igraine stand würdevoll vor ihren Gästen. Mit Morgaine in den Armen fühlte sie sich der Lage weit besser gewachsen. Tonlos sagte sie: »Ich lasse es leider an Gastfreundlichkeit fehlen, meine Schwester, Ehrwürdiger Merlin. Erlaubt, daß Euch meine Dienerinnen in eure Gemächer geleiten. Sie werden euch Wein bringen und Wasser zum Waschen. Bei Sonnenuntergang wird das Mahl bereitstehen.«
Viviane erhob sich. Ihre Worte klangen förmlich und ruhig. Einen Augenblick lang war Igraine erleichtert. Sie war wieder Herrin im eigenen Haus; kein geduldiges Kind, sondern die Gemahlin von Gorlois, dem Herzog von Cornwall.
»Bis zum Sonnenuntergang, meine Schwester.«
Aber Igraine bemerkte den Blick, den Viviane dem Merlin zuwarf, und er sprach ebenso deutlich wie Worte: *Lassen wir es für den Augenblick. Ich werde sie schon umstimmen, wie ich es immer getan habe.*
Igraine spürte, wie sich ihre Züge verhärteten: *Oh, ja, das hat sie schon immer getan. Aber dieses Mal soll es ihr nicht gelingen. Ich habe mich ihrem Willen einmal gebeugt. Aber damals war ich ein Kind und wußte es nicht besser. Heute bin ich erwachsen und eine Frau, die sich nicht so leicht gängeln läßt, wie das junge Mädchen, das sie Gorlois zur Braut gab. Jetzt werde ich meinem Willen und nicht dem der Herrin vom See gehorchen.*

Dienstboten führten die Gäste hinaus. Igraine ging in ihre Kammer, legte Morgaine in das große Bett und verfiel in eine übertriebene, nervöse Geschäftigkeit, denn ihre Gedanken waren noch immer bei dem, was sie gehört hatte.

Uther Pendragon ... sie hatte ihn nie gesehen. Aber Gorlois erzählte ständig neue Geschichten über seinen Mut und seine Tapferkeit. Er war ein naher Verwandter von Ambrosius Aurelius, dem Großkönig von Britannien, und der Sohn der Schwester des Königs. Aber anders als Ambrosius war Uther Brite mit britischen Vorfahren. In seinen Adern floß nicht ein Tropfen römisches Blut. Deshalb zögerten die Kymren und die Stämme nicht, ihm willig zu folgen. Es gab kaum einen Zweifel, eines Tages würde Uther zum Großkönig gewählt werden. Ambrosius war kein junger Mann; dieser Tag konnte nicht in weiter Ferne liegen.

Und ich wäre Königin ... Was sind das für Gedanken? Würde ich Gorlois und meine Ehre verraten?

Sie griff wieder nach dem Bronzespiegel und sah darin ihre Schwester in der Türe stehen. Viviane hatte die Hose ausgezogen, die sie beim Reiten trug, und ein weites Gewand aus ungefärbter Wolle übergestreift. Die Haare fielen ihr weich und dunkel in den Nacken wie das Fell eines schwarzen Schafes. Sie wirkte klein, zerbrechlich und nicht mehr jung. Ihre Augen waren die wissenden Augen der Priesterin in der Höhle der Einweihungsriten ... das war lange her und in einer anderen Welt ... Ungeduldig verscheuchte Igraine diese Gedanken.

Viviane trat zu ihr, hob die Hand und berührte ihr Haar.

»Kleine Igraine. Jetzt bist du erwachsen«, sagte sie zärtlich, »weißt du, Kleines, ich habe dir deinen Namen gegeben: Grainné, die Göttin der Feldfeuer ... wie lange ist es her, seit du der Göttin beim Beltanefest gedient hast, Igraine?«

Igraines Lippen bewegten sich kaum. Das Lächeln endete an den Zähnen. »Gorlois ist Römer und ein Christ. Glaubst du wirklich, daß in diesem Haus die Beltaneriten abgehalten werden?«

»Nein, vermutlich nicht«, antwortete Viviane belustigt, »obwohl ich an deiner Stelle keinen Eid darauf ablegen würde, daß deine Dienstboten nicht bei der Sonnenwende sich aus dem Haus stehlen, die Feuer entzünden und unter dem Vollmond zusammenliegen. Aber der Herr und die Herrin eines christlichen Hauses können das natürlich nicht – nicht unter den Augen ihrer Priester und ihres strengen lieblosen Gottes ...«

Igraine erwiderte heftig: »So darfst du über den Gott meines Gemahls nicht sprechen. Er ist der Gott der Liebe.«
»Das sagst du. Und doch hat er allen anderen Göttern den Krieg erklärt und jeden erschlagen, der ihn nicht verehren will«, sagte Viviane, »wir können nur beten, daß uns diese tödliche Liebe deines Gottes erspart bleibt. Ich könnte dich bei den Schwüren, die du einst abgelegt hast, im Namen der Göttin und der Heiligen Insel auffordern zu tun, worum ich dich gebeten habe...«
»Wie schön«, erwiderte Igraine sarkastisch, »jetzt fordert meine Göttin, daß ich zur Hure werde. Der Merlin von Britannien und die Herrin vom See sind meine Kuppler!«
Vivianes Augen loderten. Sie machte einen raschen Schritt vorwärts, und einen Moment lang glaubte Igraine, die Priesterin würde sie ins Gesicht schlagen. »Wie kannst du es wagen!« zischte Viviane, und obwohl sie leise sprach, schienen ihre Worte im Raum widerzuhallen; und Morgaine, die im Halbschlaf unter Igraines Wolldecke lag, fuhr plötzlich auf und weinte ängstlich.
»Jetzt hast du mein Kind geweckt«, klagte Igraine, setzte sich auf den Bettrand und beruhigte die Kleine. Die Zornesröte wich allmählich aus Vivianes Gesicht. Sie setzte sich neben die Schwester und sagte begütigend: »Du hast mich nicht verstanden, Grainné. Glaubst du, Gorlois ist unsterblich? Ich sage dir, Kind, ich habe versucht, in den Sternen das Schicksal all derer zu lesen, die für die Einheit Britanniens in den kommenden Jahren entscheidend sind. Und ich sage dir, Kind, Gorlois' Name ist dort nicht verzeichnet.«
Igraine spürte, wie ihr die Knie weich wurden und sie umzusinken drohte. »Wird Uther ihn töten?«
»Ich schwöre dir: Uther wird nichts mit seinem Tod zu tun haben. Und wenn Gorlois stirbt, wird Uther nicht in seiner Nähe sein. Aber bedenke, Kind, Tintagel ist eine große Burg. Glaubst du, Uther Pendragon wird lange zögern, zu einem seiner Feldherren zu sagen: ›*Nimm dir die Burg und die Frau!*‹, wenn kein Gorlois mehr da ist, um Tintagel zu halten? Du nimmst besser Uther als einen seiner Männer.«
Morgaine... was soll aus meinem Kind werden und aus Morgause, meiner kleinen Schwester? Jede Frau, die einen Mann hat, muß darum beten, daß er am Leben bleibt, um sie zu beschützen, dachte Igraine.
»Kann ich denn nicht zur Heiligen Insel zurückkehren und mein Leben dort als Priesterin beenden?«

»Dazu bist du nicht bestimmt, Kleines«, erwiderte Viviane, und ihre Stimme klang wieder zärtlich. »Du kannst dich vor deinem Schicksal nicht verstecken. Dir ist es aufgegeben, an der Rettung dieses Landes mitzuwirken. Der Weg nach Avalon ist dir für immer verschlossen. Willst du aus freiem Willen die Straße deines Schicksals gehen, oder müssen die Götter dich dazu zwingen?«
Viviane wartete Igraines Antwort nicht ab. »Es wird nicht lange dauern, bis Ambrosius Aurelianus stirbt. Er hat die Briten viele Jahre lang geführt, und jetzt werden seine Herzöge sich treffen, um einen neuen Großkönig zu wählen. Außer Uther gibt es niemanden, dem sie alle vertrauen. Deshalb muß Uther beides sein: Feldherr und Großkönig . . . und er wird einen Sohn brauchen.«
Igraine hatte das Gefühl, als schließe sich eine Falle um sie. »Weshalb übernimmst du die Rolle nicht selbst, wenn dir an all dem soviel liegt? »Weshalb versuchst du nicht, Uther mit Zauberkünsten in deinen Bann zu ziehen, um den künftigen König selbst zu gebären, wenn du als Gemahlin des Feldherrn und Großkönigs von Britannien soviel Macht gewinnen kannst?«
Zu ihrer Überraschung zögerte Viviane lange, ehe sie antwortete: »Glaubst du, ich hätte nicht daran gedacht? Aber du hast vergessen, wie alt ich bin, Igraine. Ich bin älter als Uther, und für einen Krieger ist er nicht mehr jung. Ich war sechsundzwanzig, als Morgause geboren wurde. Ich bin neununddreißig, Igraine, und über das Alter hinaus, in dem eine Frau noch ein Kind bekommt.«
In dem Bronzespiegel, den Igraine noch immer in der Hand hielt, sah sie das verzerrte und verunstaltete Spiegelbild ihrer Schwester. Das Bild bewegte sich wie Wasser, wurde plötzlich klar, dann verschwommen und schließlich verschwand es. Igraine sagte: »Glaubst du? Aber ich sage dir, daß du noch ein Kind gebären wirst.«
»Ich hoffe nicht«, antwortete Viviane, »ich bin älter als unsere Mutter war, die bei Morgauses Geburt den Tod fand. Ich könnte nicht erwarten, ihrem Schicksal zu entgehen. In diesem Jahr werde ich zum letzten Mal an den Beltaneriten teilnehmen. Danach werde ich mein Amt einer jüngeren Frau übertragen, und ich werde die Alte sein . . . die weise Frau. Ich hatte gehofft, eines Tages Morgause den Platz der Göttin zu überlassen . . .«
»Weshalb hast du sie dann nicht in Avalon behalten und zur Priesterin, zu deiner Nachfolgerin ausgebildet?«
Viviane wurde sehr traurig. »Sie ist ungeeignet. Sie sieht im Mantel der Göttin nur Macht, nicht die Opfer und Leiden, die kein Ende nehmen. Deshalb ist es kein Weg für sie.«

»Mir scheint nicht, daß du gelitten hast«, entgegnete Igraine.
»Du weißt nichts davon. Auch du hast dich nicht für diesen Weg entschieden. Ich habe ihm mein Leben geweiht und behaupte, es wäre einfacher, das Leben einer Bäuerin zu führen ... eines Lasttiers oder einer trächtigen Stute. Du siehst mich geschmückt und gekrönt als die Göttin in all ihrer Herrlichkeit neben dem Kessel. Du siehst nicht die Dunkelheit der Höhle oder die Tiefen des großen Meeres ... dazu bist du nicht berufen, mein liebes Kind. Und du solltest der Göttin danken, daß dein Schicksal in anderen Bahnen verläuft.«
Igraine dachte: *Glaubst du, ich habe nach vier Jahren nicht gelernt zu leiden und schweigend zu erdulden?* Aber sie sprach es nicht aus. Viviane hatte sich über Morgaine gebeugt und streichelte dem Kind zärtlich lächelnd über die dunklen, seidigen Haare.
»O Igraine, du weißt nicht, wie ich dich beneide ... mein ganzes Leben lang habe ich mich nach einer Tochter gesehnt. Die Göttin weiß, Morgause war für mich wie mein eigenes Kind. Aber sie war mir immer fremd, als sei sie von einer Fremden geboren und nicht von meiner Mutter ... ich sehnte mich nach einer Tochter, in deren Hände ich mein Amt legen würde.« Sie seufzte. »Aber ich bekam nur ein Mädchen, und es starb. Meine Söhne sind nicht um mich.« Ein Schauer durchlief sie. »Das ist mein Schicksal, und ich versuche, ihm zu gehorchen wie du dem deinigen. Nur um dies eine bitte ich dich, Igraine. Alles andere überlasse ich ihr, der Herrin über uns alle. Wenn Gorlois zurückkommt, wird er zur Wahl des Großkönigs nach Londinium reisen. Irgendwie mußt du erreichen, daß du ihn begleitest.«
Igraine lachte laut. »Nur darum bittest du mich? Aber das ist schwieriger als alles andere! Glaubst du wirklich, Gorlois wird seine Männer damit behelligen, eine junge Frau nach Londinium zu eskortieren? Ich würde wirklich gerne gehen. Aber Gorlois wird mich erst dann mitnehmen, wenn im Garten von Tintagel Feigen und Orangen aus dem Süden wachsen!«
»Trotzdem muß es dir irgendwie gelingen. Du mußt Uther Pendragon sehen.«
Igraine lachte wieder. »Vermutlich wirst du mir einen Zauber mitgeben; und er wird sich so in mich verlieben, daß er mir nicht widerstehen kann.«
Viviane strich ihr über die lockigen roten Haare. »Du bist jung, Igraine. Ich glaube, du weißt wirklich nicht, wie schön du bist. Ich denke, Uther wird keinen Zauber brauchen, um sich in dich zu verlieben.«

Igraine spürte, wie ihr Körper plötzlich in einem seltsamen Erschrekken bebte. »Vielleicht solltest du mir den Zauber besser geben, damit ich nicht vor ihm davonlaufe.«
Viviane seufzte. Sie berührte den Mondstein an Igraines Hals und sagte: »Das ist kein Geschenk von Gorlois...«
»Nein, ich habe ihn von dir bei meiner Vermählung bekommen. Erinnerst du dich? Du sagtest, er habe meiner Mutter gehört.«
»Gib ihn mir!« Viviane griff unter die Locken, die über der Schwester Nacken fielen, und öffnete den Verschluß des Halsbandes. »Wenn dieser Stein zu dir zurückkommt, Igraine, erinnere dich an meine Worte und tue, was die Göttin dir eingibt.«
Igraine betrachtete den Stein in den Händen der Priesterin. Sie seufzte, widersprach aber nicht. *Ich habe ihr nichts versprochen*, dachte sie entschlossen, *nichts!*
»Wirst du zur Wahl des Großkönigs nach Londinium reisen, Viviane?«
Die Priesterin schüttelte den Kopf. »Ich begebe mich in das Land eines anderen Königs, der noch nicht weiß, daß er an Uthers Seite zu kämpfen hat. Ban von Armorica wird zum Großkönig der Bretonen ernannt. Und um die Wahl zu bekräftigen, haben ihm seine Druiden geraten, das Große Ritual zu vollziehen. Ich bin beauftragt, die Heilige Ehe zu vollziehen.«
»Ich dachte, die Bretonen seien mittlerweile Christen.«
»Ja, das stimmt«, erwiderte Viviane gleichgültig, »seine Priester werden die Glocken läuten und ihn mit ihrem heiligen Öl salben und ihm sagen, daß sein Gott das Opfer für ihn auf sich genommen hat. Aber das Volk erkennt keinen König an, der sich nicht selbst dem Großen Opfer geweiht hat.«
Igraine holte tief Luft. »Ich weiß so wenig...«
»In früherer Zeit«, sagte Viviane, »war das Leben jedes Königs an das Wohlergehen seines Landes geknüpft, und er gelobte, wie jeder Merlin von Britannien es tut, in Zeiten der Gefahr und des Unglücks zu sterben, damit das Land lebe. Sollte er dieses Opfer verweigern, würde das Land verderben. Ich... dürfte darüber nicht sprechen, es ist ein Geheimnis. Aber du, Igraine, bietest auf deine Weise dein Leben für die Genesung dieses Landes an. Keine Frau weiß bei der Geburt eines Kindes, ob die Göttin nicht ihr Leben fordern wird. Auch ich lag gebunden und hilflos mit dem Messer an der Kehle und wußte, daß mein Blut das Land erlösen würde, wenn der Tod mich ereilte...« Ihre Worte verloren sich im Schweigen. Auch Igraine blieb ehrfurchtsvoll stumm.

»Ein Teil der Bretagne ist im Nebel verschwunden und das Große Heiligtum der Steine ist schon nicht mehr auffindbar. Die Straße, die dort hinführt, ist nichts als Stein, solange man den Weg nach Karnak nicht kennt«, fuhr Viviane fort. »Aber König Ban hat geschworen zu verhindern, daß die Welten auseinandertreiben. Er verbürgt sich dafür, die Pforten zu den Mysterien geöffnet zu halten. Deshalb wird er die Heilige Ehe mit dem Land schließen, zum Zeichen, daß sein Blut vergossen wird, um die Ernte zu retten, wenn es das Schicksal verlangt. Es ist angemessen, daß ich als letzten Dienst, den ich der Mutter erweise, bevor ich meinen Platz unter den weisen Frauen einnehme, sein Land an Avalon binde. Und so werde ich bei diesem Mysterium für ihn die Göttin sein.«

Die Schwester schwieg. Aber Igraine spürte, daß das Echo ihrer Stimme den Raum erfüllte. Viviane beugte sich über die schlafende Morgaine, nahm sie auf den Arm und hielt sie mit großer Zärtlichkeit.

»Noch ist sie nicht Jungfrau, und ich bin noch nicht die weise Frau«, sagte sie. »Aber wir sind die Drei, Igraine. Zusammen sind wir die Göttin, und sie ist mitten unter uns.«

Igraine wunderte sich, weshalb Viviane ihre Schwester Morgause nicht genannt hatte, und sie waren so offen miteinander, daß Igraine die Worte deutlich hörte, als hätte Viviane laut gesprochen.

Sie sagte es flüsternd, und Igraine sah, wie ihre Schwester zitterte: »Die Göttin hat ein viertes Gesicht, das verborgen ist, und du solltest zu ihr beten, wie ich es tue... wie ich es tue, Igraine... daß Morgause nie dieses Gesicht tragen wird.«

Igraine schien es, als reite sie schon eine Ewigkeit durch den Regen. Der Weg nach Londinium war wie die Reise von einem Ende der Welt zum anderen.

Bisher war sie nur wenig gereist. Nur einmal, vor langer Zeit, von Avalon nach Tintagel. Sie verglich das ängstliche und verzweifelte Kind von damals mit der Frau von heute. Jetzt ritt sie an Gorlois' Seite, und er gab sich große Mühe, ihr etwas über das Land zu erzählen, durch das sie kamen. Sie lachte und neckte ihn. Und nachts im Zelt legte sie sich willig in sein Bett. Hin und wieder vermißte sie Morgaine und fragte sich, wie es dem Kind erging – weinte sie des Nachts und verlangte nach ihrer Mutter? Aß sie, was Morgause ihr bereitete? Aber doch war es angenehm, wieder frei zu sein und in einer großen Gesellschaft von Männern zu reiten, sich ihrer bewundernden Blicke und Ehrerbietung bewußt zu sein... keiner von ihnen wagte es, sich der Herzogin anders als mit einem bewundernden Blick zu nähern. Wieder war sie das junge Mädchen. Aber diesmal fürchtete sie sich nicht und schreckte vor dem fremden Mann nicht zurück, der ihr Gemahl war und dem sie zu gefallen hatte. Sie war wieder jung, aber ohne die kindliche Unbeholfenheit der Mädchenzeit, und das genoß sie. Der unaufhörliche Regen, der die Hügel in der Ferne im Dunst verschwimmen ließ, so daß sie wie in Wolken ritten, störte Igraine nicht im geringsten.

Wir könnten im Nebel den Weg verlieren, uns ins Reich der Feen verirren und nie mehr in diese Welt zurückkehren, in der der sterbende Ambrosius und der ehrgeizige Uther die Rettung Britanniens vor den Barbaren planen. Britannien könnte wie Rom unter dem Ansturm der wilden Horden fallen, ohne daß wir es je erfahren würden oder uns deshalb sorgen müßten...

»Bist du müde, Igraine?« fragte Gorlois sanft und besorgt.

Er war wahrhaftig nicht das Ungeheuer, das sie vor vier Jahren während der ersten entsetzlichen Tage in ihm sah. Jetzt war er nur ein alternder Mann, dessen Haare und Bart grau wurden (allerdings rasierte er sich nach römischer Sitte sehr sorgfältig). Er trug die Narben jahrelanger Kämpfe und bemühte sich rührend darum, ihr zu gefallen. Wenn sie nur damals nicht so verängstigt und ablehnend gewesen wäre, hätte Igraine vielleicht gesehen, daß er sich auch damals bemühte, ihr zu gefallen. Er war nicht hart zu ihr gewesen... oder wenn er es war, geschah es nur, weil er so wenig vom Körper einer Frau zu wissen schien und wenig Ahnung hatte, wie man mit ihm umging. Jetzt sah sie darin nur Ungeschicklichkeit, keine Grausamkeit mehr. Und wenn sie ihm sagte, daß er ihr weh tat, wurden seine Liebkosungen zärtlicher. Das Mädchen Igraine hatte die Schmerzen und das Entsetzen für unvermeidlich gehalten, als Frau wußte sie es nun viel besser.

Sie lächelte Gorlois fröhlich an und antwortete: »Nein, überhaupt nicht! Ich glaube, ich könnte ewig so weiterreiten. Aber woher wißt Ihr, daß wir in all diesem Nebel nicht unseren Weg verlieren und Londinium nie erreichen werden.«

»Mache dir darüber keine Sorgen«, sagte er ernst. »Ich habe sehr gute Führer. Sie kennen die Wege und Stege bei jedem Wetter. Noch vor Anbruch der Dunkelheit werden wir die Römische Straße erreichen, die ins Herz der Stadt führt. Heute nacht werden wir unter einem festen Dach und in einem ordentlichen Bett schlafen.«

»Ich freue mich darauf, wieder in einem richtigen Bett zu liegen«, erwiderte Igraine zurückhaltend und sah, wie sie es erwartet hatte, die aufflammende Leidenschaft in Gorlois' Gesicht und in seinen Augen. Aber er wandte sich ab. Er schien sich beinahe vor ihr zu fürchten, und Igraine, die ihre Macht gerade entdeckt hatte, freute sich darüber.

Sie ritt an der Seite ihres Gatten und dachte über die freundlichen Gefühle nach, die sie Gorlois plötzlich entgegenbrachte – eine Freundlichkeit, in die sich Bedauern mischte. Es schien, als sei er ihr erst liebgeworden, nachdem gewiß war, daß sie ihn verlieren würde. So oder so, Igraine wußte, daß ihre Tage an seiner Seite dem Ende zu gingen. Und sie mußte wieder daran denken, wie ihr zum ersten Mal bewußt geworden war, daß er sterben würde.

Sie hatte einen Boten empfangen, der ihr sein Kommen ankündigte. Gorlois hatte einen seiner Männer geschickt, der sich argwöhnisch im Hause umsah und ihr wortlos zu verstehen gab, daß *er* ohne Vorankündigung zurückgekommen wäre, wenn er eine so junge Frau gehabt hätte, in der Hoffnung, sie auf diese Weise beim Ehebruch zu überraschen oder eines Fehltritts zu überführen. Igraine war sich jedoch nicht der geringsten Schuld bewußt gewesen, Haus und Hof waren ordentlich geführt. Sie überging die spähenden Blicke und hieß den Mann willkommen. Sollte er doch die Dienstboten befragen, wenn er wollte. Er würde nur erfahren, daß sie außer ihrer Schwester und dem Ehrwürdigen Merlin keine Gäste auf Tintagel empfangen hatte.

Nachdem der Bote sich verabschiedet hatte, wandte Igraine sich um und wollte über den Burghof zurückgehen. Doch plötzlich blieb sie stehen. Im hellen Sonnenlicht fiel ein Schatten auf sie, und unerklärliche Furcht lähmte ihre Beine. In diesem Augenblick sah sie Gorlois und wunderte sich, daß er ohne Pferd und ohne Gefolge erschienen war. Er wirkte hagerer und älter. Zuerst erkannte sie ihn kaum wieder; sein Gesicht war eingefallen und verzerrt. Auf einer Wange klaffte die Wunde eines Schwerthiebs, an die sie sich nicht erinnern konnte.

»Mein Gemahl«, rief sie, »Gorlois...« Ergriffen von dem unaussprechlichen Leid in seinem Gesicht, hatte Igraine ihre Angst und die Jahre der Ablehnung vergessen. Sie eilte auf ihn zu und sprach mit ihm, wie sie mit ihrem Kind gesprochen hätte. »Oh, mein Lieber, was ist geschehen? Wieso kommst du allein und ohne deine Waffen zurück... bist du krank? Bist du...?« Und dann blieb sie stehen. Ihre Stimme erstarb zitternd im Echo, denn da war niemand. Sie sah nur Licht und die fliehenden Schatten der Wolken und hörte den Widerhall ihrer eigenen Stimme.

Den ganzen Tag über versuchte sie, sich vorzusagen, es sei nur ein Trugbild... ein Gesicht, wie damals, als Viviane ihr Kommen ankündigte. Aber sie wußte es besser. Gorlois besaß nicht die Sehergabe. Selbst wenn er sie gehabt hätte, er hätte nie daran geglaubt oder sie gar eingesetzt. Was Igraine erblickt hatte – und sie wußte es genau, obwohl ihr so etwas noch nicht widerfahren war –, war der Geist ihres Gemahls, sein Doppelgänger, der Schatten und Vorbote seines Todes.

Und als Gorlois schließlich gesund und wohlbehalten zurückkam, versuchte sie die Erinnerung abzuschütteln. Sie sagte sich wieder und wieder, daß es nur eine Spiegelung des Lichts gewesen sei, die ihr den schattenhaften Gemahl mit der Schwertwunde im Gesicht und dem unaussprechlichen Leid in den Augen vorgegaukelt hatte. Gorlois war weder verwundet noch niedergeschlagen. Im Gegenteil, er strahlte gutgelaunt. Er machte ihr Geschenke und brachte sogar eine Kette aus kleinen Korallenperlen für Morgaine mit. Aus den zahlreichen Packen mit Kriegsbeute zog er einen roten Umhang und schenkte ihn Morgause.

»Bestimmt gehörte er irgendeiner sächsischen Dirne, einer Marketenderin, vielleicht sogar einer der Schwertkämpferinnen, die halbnackt und mit lautem Kriegsgeschrei an der Seite ihrer Männer streiten«, sagte er lachend und faßte Morgause unters Kinn, »deshalb ist es nur richtig, wenn ihn jetzt eine ehrbare britische Jungfrau trägt. Die Farbe steht dir gut, kleine Schwester. Wenn du ein bißchen älter bist, wirst du so hübsch wie meine Gemahlin sein.« Morgause hatte geziert gelächelt, gekichert und den Kopf hochgetragen, während sie in dem neuen Umhang stolz auf und ab schritt. Später, als Gorlois und Igraine sich in ihr Schlafgemach zurückzogen, hatte er streng gesagt (Morgaine war trotz wehrenden Weinens in Morgauses Kammer verbannt worden): »Wir müssen das Mädchen verheiraten. Und zwar so schnell wie möglich, Igraine. Sie ist eine junge läufige Hündin und verschlingt alles mit ihren Augen, was nach Mann aussieht. Hast du gesehen, welche Blicke sie nicht nur mir, sondern auch meinen jüngeren Soldaten zugeworfen hat? Ich werde nicht zulassen, daß jemand wie sie meiner Familie Schande bereitet oder einen schlechten Einfluß auf meine Tochter ausübt.«

Igraine antwortete ihm freundlich. Sie konnte nicht vergessen, daß sie seinen Tod gesehen hatte, und sie wollte mit einem Todgeweihten nicht zanken. Morgauses Betragen hatte auch sie verärgert.
Gorlois wird also sterben. Man muß wirklich keine Hellseherin sein, um den Tod eines fünfundvierzigjährigen Mannes vorauszusehen, der den größten Teil seines Lebens gegen die Sachsen gekämpft hat, und zu wissen, daß er nicht mehr erleben wird, wie seine Kinder aufwachsen. Deshalb werde ich noch lange nicht all den Unsinn glauben, den Viviane mir verkündet hat und auch nicht erwarten, daß Gorlois mich nach Londinium mitnimmt!
Als sie am nächsten Tag nach dem Mahl noch am Tische saßen und Igraine einen großen Riß in Gorlois' bester Tunika ausbesserte, sagte er jedoch ohne Umschweife:
»Hast du dich noch nicht gefragt, was mich so plötzlich zurückkommen ließ, Igraine?«
Nach der vergangenen Nacht brachte sie den Mut auf, Gorlois offen anzulächeln. »Sollte ich an dem Glück zweifeln, das meinen Gemahl nach einem Jahr Fernsein nach Hause zurückgebracht hat? Ich hoffe, es bedeutet, daß die Sachsen von den Küsten vertrieben sind und dort wieder Briten herrschen.«
Er nickte abwesend. Dann verschwand das Lächeln auf seinem Gesicht.
»Ambrosius Aurelianus liegt im Sterben. Der alte Adler wird bald nicht mehr die Schwingen erheben, und sein Nest ist leer. Es ist wie damals, als die Legionen abzogen. Schon bei meiner Geburt ist er Großkönig gewesen. Und er war ein guter König für alle, die – wie ich – immer noch hofften, Rom würde eines Tages zurückkehren. Jetzt weiß ich, dieser Tag wird niemals kommen. Die Könige Britanniens reisen aus fern und nah nach Londinium, um ihren Großkönig und Feldherrn zu wählen. Auch ich muß dort erscheinen. Es war eine lange Reise für einen so kurzen Aufenthalt, denn in drei Tagen muß ich mich wieder auf den Weg machen. Ich wollte jedoch nicht hier vorbeireiten, ohne dich und das Kind gesehen zu haben. Es wird eine große Ratsversammlung sein, Igraine. Viele Herzöge und Könige werden mit ihren Gemahlinnen kommen. Willst du mich begleiten?«
»Nach Londinium?«
»Ja, wenn du so weit reisen möchtest«, antwortete er, »und wenn du es über dich bringst, das Kind zurückzulassen. Ich weiß nicht, was dagegen stünde. Morgaine ist gesund und munter. Hier gibt es

genug Frauen, die sich um ein ganzes Dutzend kleiner Kinder kümmern könnten. Und wenn es mir gelungen sein sollte, mit dir wieder ein Kind zu zeugen...«, er begegnete ihrem Blick mit einem Lächeln, das sie sich auf seinem Gesicht kaum hatte vorstellen können, »...wird es dich beim Reiten noch nicht behindern.« In Gorlois' Stimme lag eine Zärtlichkeit, die sie nie für möglich gehalten hätte, als er hinzufügte: »Ich würde mich freuen, von dir nicht wieder so lange getrennt zu sein. Werdet Ihr mich begleiten, meine Gemahlin?«

Irgendwie mußt du erreichen, daß du ihn nach Londinium begleitest. Viviane hatte es gesagt, und gerade eben hatte Gorlois auch nur die Frage danach überflüssig gemacht. Igraine überfiel plötzlich ein Gefühl heller Verzweiflung – als sei sie ein scheu gewordenes Pferd. Sie griff nach einem Becher Bier und trank mit kleinen Schlucken, um ihre Verwirrung zu verbergen. »Natürlich werde ich mit Euch kommen, wenn Ihr es wünscht.« Zwei Tage später waren sie unterwegs nach Osten. Auf sie warteten Londinium, das Heerlager des Uther Pendragon, der sterbende Ambrosius und die Wahl eines Großkönigs...

Am Nachmittag erreichten sie die Römische Straße. Jetzt kamen sie schneller voran, und am frühen Abend sahen sie die ersten Häuser von Londinium. Sie rochen den Gezeitenfluß, der die Ufer bespülte. Igraine hatte sich nie vorgestellt, daß so viele Häuser an einem Ort zusammenstehen könnten. Nach den kühlen Weiten der Heide und südlichen Moore hatte sie einen Augenblick lang das Gefühl, nicht atmen zu können. Die Gebäude bedrängten sie. Igraine ritt wie im Schlaf und spürte, daß die steinernen Straßen und Mauern sie von Licht und Luft, vom Leben selbst abschnitten... Wie konnten Menschen hinter solchen Mauern leben?

»Wir werden heute im Haus eines meiner Lehnsmänner schlafen«, sagte Gorlois, »und morgen werden wir bei Hof erscheinen.«

Als sie spätabends vor dem Feuer saßen (*Welcher Luxus*, dachte sie, *ein Feuer im Sommer!*), fragte sie: »Was glaubt Ihr, wer wird der nächste Großkönig sein?«

»Wieso sollte eine Frau sich darum kümmern wollen, wer das Land regiert?«

Igraine lächelte ihn von der Seite an. Sie hatte das Haar für die Nacht gelöst und konnte spüren, wie ihr Lächeln ihn erfreute. »Auch wenn ich eine Frau bin, Gorlois, muß ich in diesem Lande leben. Und ich wüßte gerne etwas über den Mann, dem mein Gemahl in Krieg und Frieden treu ergeben sein muß.«

»Frieden! Es wird keinen Frieden geben, zumindest werde ich ihn nicht mehr erleben«, sagte Gorlois, »nicht, solange all diese wilden Völker an unseren reichen Küsten landen. Wir müssen uns vereinen, um uns mit allen Kräften zu verteidigen. Es gibt viele, die gerne den Mantel des Ambrosius tragen und uns in den Krieg führen würden. Etwa Lot von Orkney, ein grausamer aber zuverlässiger Mann, ein starker Führer und ein guter Stratege im Kampf. Allerdings ist er noch unverheiratet und ohne Nachkommen. Für einen Großkönig wäre er jung. Aber er ist ehrgeizig. Ich kenne keinen Mann in seinem Alter, der so ehrgeizig ist. Und Uriens von Nordwales: Er hat bereits Söhne und keine Sorgen um seine Nachkommenschaft. Aber ihm fehlt jeder Weitblick. Er möchte am liebsten alles so tun, wie es schon immer getan wurde. Er sagt, wenn es einmal gutgegangen ist, wird es auch das zweite Mal gutgehen. Und ich habe den Verdacht, er ist kein guter Christ.«

»Wer wäre der Mann Eurer Wahl?« wollte Igraine wissen.

Gorlois seufzte. »Keiner von beiden«, antwortete er. »Ich habe Ambrosius mein Leben lang die Treue gehalten, und ich werde dem Manne treu sein, den Ambrosius erwählt hat. Es ist eine Frage der Ehre. Uther ist sein Mann. So einfach ist das. Ich mag Uther nicht. Er ist ein Lüstling und hat ein Dutzend Bastarde. In seiner Umgebung ist keine Frau sicher. Er besucht die Messe, weil das Heer die Messe besucht und weil es sich so gehört. Es wäre mir lieber, er wäre ein aufrichtiger Heide als ein Christ, der nur an die Vorteile denkt, die ihm das bringt.«

»Und doch unterstützt Ihr ihn ...«

»O ja, er ist Soldat genug, um ein Cäsar zu sein. Die Männer würden ihm in die Hölle folgen. Er tut alles, um beim Heer beliebt zu sein ... du weißt schon, er geht durchs Lager und probiert die Rationen. Er vergewissert sich, daß seine Leute etwas Richtiges zu essen haben ... An einem Tag, an dem er sich vergnügen könnte, sucht er den Quartiermeister auf, um sich für einen alten zahnlosen Veteranen einzusetzen, und vor einem Kampf schläft er wie die Soldaten im Feld. Die Männer würden für ihn in den Tod gehen ... und sie tun es. Uther hat Verstand und Weitblick. Ihm gelang es, Frieden mit den Vasallen zu schließen, und im letzten Herbst kämpften sie an seiner Seite gegen die Sachsen ... Er denkt mir selbst ein bißchen zu sehr wie ein Sachse. Er weiß, was in ihren Köpfen vorgeht. Gewiß, ich unterstütze ihn, aber das bedeutet nicht, daß ich ihn mag.«

Igraine hörte aufmerksam zu und dachte: *Gorlois hat mehr über sich gesagt als über die Anwärter auf den Thron.* Schließlich fragte sie: »Habt Ihr nie daran gedacht... Ihr seid der Herzog von Cornwall, und Ambrosius schätzt Euch... daß Ihr zum Großkönig gewählt werden könntet?«

»Glaubt mir, Igraine, ich suche keine Krone. Habt Ihr den Wunsch, Königin zu werden?«

»Ich würde mich nicht weigern«, antwortete sie und erinnerte sich an des Merlins Prophezeiung.

»Das sagt Ihr, weil Ihr zu jung seid, um zu wissen, was es bedeutet«, entgegnete Gorlois lächelnd. »Würdet Ihr wirklich gern über ein Königreich herrschen, wie über Eure Dienstboten in Tintagel und allen jederzeit zur Verfügung stehen? Es gab eine Zeit, als ich noch jünger war... aber ich möchte den Rest meines Lebens nicht auf dem Schlachtfeld verbringen. Vor Jahren schon gab mir Ambrosius Tintagel als Lehen, und bis vor vier Jahren blieb mir nicht die Zeit, eine Gemahlin heimzuführen! Ich werde diese Küsten verteidigen, solange ich ein Schwert halten kann. Aber ich möchte einen Sohn, der mit meiner Tochter spielt, und eine Weile in Frieden leben. Ich möchte auf den Klippen sitzen und angeln. Ich möchte auf die Jagd gehen oder einfach in der Sonne sitzen und zusehen, wie die Bauern die Ernte einbringen. Vielleicht finde ich auch die Zeit, meinen Frieden mit Gott zu machen, damit er mir alles vergeben kann, was ich in meinem Leben als Soldat tun mußte. Aber der Großkönig findet keinen Frieden, selbst wenn im Land Frieden herrscht. Wenn die Feinde von unseren Küsten abziehen, beginnen seine Freunde sich zu streiten... und sei es nur um seine Gunst. Nein, für mich wird es keine Krone geben. Und wenn du so alt bist wie ich, wirst du froh darüber sein.«

Igraine spürte ein Prickeln hinter den Ohren, während Gorlois sprach. Dieser harte Soldat, dieser düstere Mann, den sie gefürchtet hatte, fand nun das Vertrauen, ihr etwas von seinen Wünschen zu enthüllen. Sie hoffte aus ganzem Herzen, ihm würden seine letzten Jahre in der Sonne, umgeben von seinen Kindern, gegönnt sein. Aber selbst jetzt glaubte Igraine im Flackern des Feuers den drohenden Schatten zu erkennen, der über ihm lag.

Es ist meine Einbildung! Die Worte des Merlin verführen mich, solche närrischen Dinge zu denken, sagte sie sich. Und als Gorlois gähnte, sich streckte und sagte, er sei müde vom Reiten, half sie ihm schnell, die Kleider abzulegen.

Igraine schlief kaum in dem fremden Bett und warf sich unruhig hin und her, während sie den gleichmäßigen Atem des Mannes neben sich hörte. Hin und wieder griff er im Schlaf nach ihr. Und sie drückte ihn an ihre Brust, wie sie es mit einem Kind getan hätte. *Vielleicht*, dachte sie, *fürchten der Merlin und die Herrin ihre eigenen Schatten. Vielleicht bleibt Gorlois doch noch Zeit genug, um in der Sonne alt zu werden.* Vielleicht hatte er vor dem Einschlafen tatsächlich den Sohn in ihrem Leib gezeugt, den er, wie die beiden gesagt hatten, nie haben würde. Erst gegen Morgen fiel sie in einen unruhigen Schlaf. Sie träumte von einer Welt im Nebel und sah, wie die Ufer der Heiligen Insel weiter und weiter im Dunst versanken. Sie selbst schien mühsam und erschöpft eine Barke zu rudern und die Insel Avalon zu suchen, wo die Göttin mit Vivianes Antlitz sie erwartete, um sie zu fragen: *Wie gut hast du deine Aufgabe erfüllt?* Aber – obwohl das Ufer und die Apfelbäume vertraut wirkten, die am Wasser wuchsen – stand da im Traum ein Kruzifix im Tempel, und der Chor der schwarzgekleideten Nonnen sang eine ihrer klagenden Hymnen. Igraine begann zu laufen. Sie suchte überall nach ihrer Schwester, doch Glockenklang übertönte ihr Rufen. Sie erwachte mit einem unterdrückten Wimmern, dem Aufschrei einer Schlafenden, richtete sich schnell auf und hörte von überall her das Geläut der Kirchenglocken.

Gorlois setzte sich neben ihr auf. »Die Glocken der Kirche läuten, in der Ambrosius die Messe hört. Beeilt Euch beim Anziehen, Igraine, dann können wir gemeinsam zum Gottesdienst gehen.«

Während sie einen gewebten Seidengürtel um ihren Überwurf aus Leinen band, klopfte es an der Tür. Ein fremder Diener wollte die Gemahlin des Herzogs von Cornwall sprechen. Igraine ging zur Tür. Sie glaubte, den Mann zu kennen, der sich vor ihr verbeugte, und dann erinnerte sie sich. Vor Jahren hatte sie ihn gesehen, als er Vivianes Barke ruderte. Der Traum fiel ihr wieder ein, und sie spürte, wie Kälte in ihr aufstieg.

»Eure Schwester sendet Euch dies vom Merlin«, begann er zu sprechen, »sie bittet Euch, es zu tragen und Euer Versprechen nicht zu vergessen.« Er übergab ihr ein kleines, in Seide gewickeltes Paket.

»Was ist da drinnen, Igraine?« fragte Gorlois stirnrunzelnd und trat zu ihr. »Wer läßt Euch Geschenke überbringen? Kennt Ihr den Boten?«

»Er steht im Dienst meiner Schwester und kommt von der Insel Avalon«, antwortete Igraine und begann das Päckchen auszuwikkeln. Aber Gorlois sagte streng: »Meine Gemahlin nimmt keine

Geschenke von Boten entgegen, die ich nicht kenne«, und nahm es ihr aus der Hand. Empört öffnete sie den Mund, um zu widersprechen, und all ihre neuen zärtlichen Gefühle für Gorlois verschwanden mit einem Atemzug. Wie konnte er es wagen!

»Oh, es ist der blaue Stein, den Ihr getragen habt, als wir heirateten«, sagte Gorlois stirnrunzelnd. »Was habt Ihr denn versprochen? Wie kommt Eure Schwester zu dem Stein, wenn sie es wirklich ist, die ihn Euch schickt?«

Geistesgegenwärtig belog ihn Igraine zum ersten Mal in ihrer Ehe vorsätzlich: »Als meine Schwester mich besuchte«, antwortete sie, »gab ich ihr den Stein und die Kette, um den Verschluß zu erneuern. Sie kennt einen Goldschmied in Avalon, der um vieles besser ist als die Goldschmiede in Cornwall. Und das Versprechen ... ich habe gelobt, besser auf meinen Schmuck aufzupassen, denn jetzt bin ich eine erwachsene Frau und kein unvernünftiges Kind mehr, das nicht versteht, mit kostbaren Dingen umzugehen. Darf ich das Halsband wiederhaben, mein Gemahl?«

Mit finsterer Miene gab ihr Gorlois den Mondstein. »In meinen Diensten stehen Goldschmiede, die den Schaden behoben hätten, ohne Euch eine Lektion zu erteilen, zu der Eure Schwester nicht mehr berechtigt ist. Viviane nimmt sich zuviel heraus. Sie hat an Euch vielleicht Mutterstelle vertreten, als Ihr noch ein Kind wart. Aber das ist doch vorbei. Ihr müßt Euch bemühen, eine erwachsene Frau zu sein.«

»Nun habe ich zwei Lektionen erteilt bekommen«, erwiderte Igraine verstimmt und legte den Schmuck an, »eine von meiner Schwester und eine von meinem Gemahl, als sei ich wirklich ein unvernünftiges Kind.«

Es war ihr, als schwebte über seinem Haupt noch immer der Schatten seines Todes – die grauenvolle Geistererscheinung des Todgeweihten. Plötzlich hoffte Igraine inbrünstig, daß Gorlois kein Kind gezeugt hatte, daß sie nicht das Kind eines todgeweihten Mannes trug ... Igraine fror.

»Kommt Igraine«, sagte Gorlois versöhnlich, streckte die Hand aus und streichelte ihre Haare, »seid mir nicht böse. Ich will wirklich versuchen, nicht zu vergessen, daß Ihr eine erwachsene Frau von neunzehn Jahren seid und kein fünfzehnjähriges Kind mehr! Kommt, wir müssen rechtzeitig zur Messe erscheinen. Die Priester sehen es nicht gerne, wenn der Gottesdienst durch Kommen und Gehen gestört wird.«

In der kleinen Kirche aus Flechtwerk und Strohlehm brannten die Lichter, aber sie vermochten die dumpfe Kälte nicht zu vertreiben. Igraine war froh um ihren dicken Wollumhang. Gorlois flüsterte ihr zu, der weißhaarige Priester sei ein so ehrwürdiger Mann wie jeder Druide. Als Priester des Ambrosius begleitete er das Heer, und heute las er eine Dankmesse für die Rückkehr des Königs.
»Ist der König auch da?«
»Er betritt gerade die Kirche. Er geht zu dem Platz dort drüben, vor dem Altar«, antwortete Gorlois mit gesenkter Stimme und neigte den Kopf.
Igraine erkannte ihn sofort an dem purpurroten Mantel, den er über einer dunklen, reichbestickten Tunika trug, und an dem juwelenbesetzten Schwert an seiner Hüfte. *Aurelius Ambrosius muß ungefähr sechzig Jahre alt sein,* dachte Igraine bei sich. Er war ein hochgewachsener, hagerer Mann, nach römischer Sitte glatt rasiert; er ging gebeugt und so vorsichtig, als schmerze ihn eine innere Wunde. Früher hatte er vielleicht einmal gut ausgesehen; doch jetzt durchzogen Falten sein Gesicht, und die Haut schimmerte gelblich. Sein ehemals dunkler Schnurrbart war dünn und eisgrau wie die Haare. An seiner Seite schritten zwei oder drei Ratgeber – vielleicht waren es aber auch Könige. Igraine hätte gern gewußt, wer diese Männer waren, aber der Priester sah den König und begann, aus seinem großen Buch vorzulesen. Igraine biß sich auf die Lippen und lauschte schweigend dem Gottesdienst. Aber selbst jetzt, nach vier Jahren Unterweisung durch Vater Columba, verstand sie nicht alles, und es interessierte sie auch nicht. Sie wußte, es galt als unziemlich, in der Kirche wie eine Bauernmagd herumzustarren; dennoch spähte sie unter der Kapuze ihres Umhangs nach einigen Männern in der Nähe des Königs und sah einen großen, stämmigen Mann, den sie für Uriens von Nordwales hielt und einen vornehm gekleideten, schlanken, gutaussehenden Mann, dem das dunkle Haar, nach römischer Sitte kurzgeschnitten, nur bis in den Nacken fiel. Igraine überlegte, ob es Uther sei, der Gefährte des Königs und sein erklärter Nachfolger. Während des ganzen langen Gottesdienstes hielt er sich besorgt an der Seite des Ambrosius, und als der alte König ein Zeichen von Schwäche zeigte, bot der schlanke, dunkle Ritter ihm seinen Arm. Er hielt die Augen aufmerksam auf den Priester gerichtet. Aber Igraine, die die Gedanken der Menschen in ihren Gesichtern lesen konnte, wußte, daß er nicht wirklich dem Priester oder der Messe folgte, sondern eigenen Gedanken nachhing. Einmal hob der Dunkle den Kopf und sah zu

Gorlois herüber; dabei streifte sein Blick auch Igraine. Unter dichten, buschigen Brauen sah sie seine schwarzen Augen, und Igraine fröstelte. Sie empfand jähe Abneigung. Wenn dieser Mann Uther war, sagte sie sich, wollte sie nichts mit ihm zu schaffen haben. Die Krone an seiner Seite wäre zu teuer erkauft. Er war höchstens um die fünfundzwanzig Jahre, wirkte aber jünger.
Im Verlauf des Gottesdienstes wurde es plötzlich unruhig am Eingang. Ein großer, breitschultriger, aber schlanker, kriegerisch wirkender Ritter betrat die Kirche. Er trug den dicken, gewebten Umhang der Männer aus dem Norden, und ihm folgten vier oder fünf Soldaten. Der Priester sprach ungerührt weiter, doch der Diakon an seiner Seite hob den Kopf vom Meßbuch und sah die Störenfriede mißbilligend an. Der große Schlanke entblößte das Haupt, und sie sah, daß seine feinen blonden Haare sich bereits lichteten. Er ging durch die stehende Menge. Der Priester sagte: *Lasset uns beten,* und als Igraine niederkniete, sah sie den großen blonden Mann und seine Soldaten ganz in ihrer Nähe. Die Krieger knieten neben Gorlois' Männern, er selbst an ihrer Seite. Vor dem Niederknien hatte er sich mit einem raschen Blick vergewissert, daß alle seine Männer einen Platz gefunden hatten; dann beugte er gottesfürchtig den Kopf und hörte auf das Gebet.
Während des ganzen langen Dankgottesdienstes hob er den Kopf kein einziges Mal. Selbst als die Gemeinde sich dem Altar näherte, um das heilige Brot und den Wein zu empfangen, blieb er kniend an seinem Platz. Gorlois berührte Igraine an der Schulter, und sie ging an seiner Seite zum Altar – bei den Christen war es üblich, daß die Frau den Glauben des Mannes annahm. Deshalb konnte der Christengott Gorlois dafür zur Verantwortung ziehen, wenn sie schlecht vorbereitet das Abendmahl nahm. Vater Columba hatte ihr lange ins Gewissen geredet, die richtigen Gebete und Vorbereitungen zu lernen. Aber Igraine wußte, sie würde nie richtig vorbereitet sein. Gorlois wäre böse auf sie, wenn sie dem Altar fernblieb, und sie konnte das Schweigen in der Kirche nicht durchbrechen, um sich auch nur flüsternd mit ihm auseinanderzusetzen.
Voller Widerwillen gegen das grobe, trockene Brot und den sauren Wein auf nüchternen Magen, kehrte Igraine an ihren Platz zurück und sah, daß der große Mann den Kopf hob. Gorlois nickte ihm höflich zu und ging weiter. Der Mann sah Igraine an, und einen Augenblick lang schien er sie und Gorlois anzulächeln. Igraine merkte, wie sie das Lächeln erwiderte. Dann folgte sie dem stirnrunzeln-

den Gorlois und kniete wieder an seiner Seite nieder. Aber sie spürte, daß der blonde Ritter sie nicht aus den Augen ließ. Dem Mantel nach, den er trug, mußte es Lot von Orkney sein, der Mann, den Gorlois ihr als jung und ehrgeizig geschildert hatte. Manche Leute aus dem Norden waren blond wie Sachsen.
Man begann, den letzten Psalm zu singen; Igraine hörte die Worte, schenkte ihnen aber kaum Aufmerksamkeit.

Seinem Volk hat Er das Heil gesandt, wie es im ewigen Bündnis verheißen ... Sein Name ist heilig und schrecklich. Die Furcht vor dem Herrn ist aller Weisheit Anfang.

Der Segen wurde erteilt, und Gorlois neigte das Haupt. So vieles hatte sie in diesen wenigen Tagen über ihren Gemahl gelernt. Als sie ihn heiratete, wußte sie, daß er ein Christ war. Inzwischen waren die meisten Christen, und wenn nicht, behielten sie das wohlweislich für sich – es sei denn, sie lebten in der Nähe der Heiligen Insel, wo der Alte Glaube herrschte, oder bei den Barbaren im Norden oder bei den Sachsen. Aber Igraine hatte nicht gewußt, daß Gorlois wirklich fromm war.
Der Segen war gegeben; der Priester und seine Diakone schritten mit ihrem großen Kreuz und dem heiligen Buch aus der Kirche. Igraine blickte auf den König. Er wirkte müde und sah noch fahler aus. Als er sich zum Gehen wandte, stützte er sich schwer auf den Arm des dunkelhaarigen jungen Mannes, der während des ganzen Gottesdienstes nicht von seiner Seite gewichen war.
»Lot von Orkney nutzt jede Gelegenheit, nicht wahr, Herzog von Cornwall?« sagte der große blonde Mann im grobgewebten Umhang. »In letzter Zeit hängt er an Ambrosius wie eine Klette und läßt nichts aus, ihm seine Dienste anzubieten!«
Er ist also nicht der Herzog von Orkney, dachte Igraine.
Gorlois brummte zustimmend.
»Eure Frau und Gemahlin, Gorlois?«
Zögernd und fast widerwillig machte Gorlois sie miteinander bekannt: »Liebe Igraine, dies ist unser Feldherr Uther. Die Stämme nennen ihn nach seinem Banner den Pendragon.«
Erstaunt verneigte sich Igraine höflich. Dieser hochgewachsene, jungenhafte Mann, so blond wie ein Sachse, war also Uther Pendragon? Dieser Ritter sollte der Nachfolger von Ambrosius werden – der Mann, der so unbekümmert die heilige Messe gestört hatte? Uther

starrte sie an: Doch wie Igraine verwirrt bemerkte, sah er ihr nicht ins Gesicht, sondern etwas tiefer. Sie überlegte, ob sie beim Abendmahl etwa Wein auf ihr Kleid geschüttet hatte, dann spürte sie, wie Uther den Blick starr auf den Mondstein an ihrem Halse gerichtet hielt. *Was kann er nur für einen Grund haben, mich wie ein Bauer anzustarren?* dachte Igraine.

Auch Gorlois war Uthers Blick nicht entgangen. Er sagte: »Ich möchte meine Gemahlin dem König vorstellen. Ich wünsche Euch einen guten Tag, Herr Uther.« Damit drehte er sich um, ohne Uthers Antwort abzuwarten. Kaum waren sie außer Hörweite, bemerkte Gorlois: »Es gefällt mir nicht, wie er Euch ansieht, Igraine. Er ist kein Mann für eine ehrbare Frau. Haltet Euch fern von ihm.«

Igraine antwortete: »Mein Gemahl, er hat nicht mich angesehen, sondern den Schmuck an meinem Hals. Sammelt er Reichtümer?«

»Er sammelt alles«, erwiderte Gorlois knapp. Er ging so schnell weiter, daß Igraine mit ihren dünnen Schuhen auf der steinigen Straße ins Stolpern kam; aber schließlich erreichten sie die königliche Gesellschaft.

Im Kreise seiner Priester und Ratgeber wirkte Ambrosius wie ein gewöhnlicher, älterer kranker Mann, der die Frühmesse besucht hatte und jetzt nur noch an sein Frühstück dachte und an einen Platz, um sich zu setzen. Er hielt sich mit einer Hand die Seite, als habe er dort Schmerzen. Aber er lächelte Gorlois mit echter Zuneigung an, und Igraine verstand plötzlich, warum alle Edlen Britanniens ihre Streitigkeiten begraben hatten, um diesem Manne zu folgen und mit ihm die Sachsen von den Küsten zu vertreiben.

»Sieh da, Gorlois! So schnell aus Cornwall zurück? Ich hatte wenig Hoffnung, Euch vor der Ratsversammlung... oder in dieser Welt noch einmal zu sehen«, sagte der König kurzatmig mit leiser Stimme. Aber er breitete die Arme aus, Gorlois umarmte den alten Mann vorsichtig und sagte vorwurfsvoll: »Ihr seid krank, mein König. Ihr hättet das Bett nicht verlassen sollen!«

Ambrosius erwiderte mit dem Anflug eines Lächelns: »Ich fürchte, ich werde es bald genug und lange genug nicht mehr verlassen. Der Bischof gab mir den gleichen Rat und hätte mir auf meinen Wunsch die heiligen Sakramente ans Lager gebracht. Aber ich wollte mich noch einmal unter euch zeigen. Kommt, frühstückt mit mir, Gorlois, und berichtet mir, was in Eurem ruhigen Land vorgeht.«

Die beiden Männer gingen weiter. Igraine folgte ihnen und sah sich plötzlich an der Seite des stämmigen Mannes, der Uriens von Nordwales war, wie man ihr gesagt hatte. An der anderen Seite des Königs ging der schlanke, dunkelhaarige Mann mit dem scharlachroten Umhang. *Das ist also Lot von Orkney,* dachte Igraine. In der Königshalle nahm Ambrosius auf einem bequemen Stuhl Platz. Der Großkönig winkte Igraine zu sich.

»Willkommen an meinem Hof, Herzogin Igraine. Euer Gemahl berichtet mir, Ihr seid eine Tochter der Heiligen Insel.«

»So ist es, mein König«, antwortete Igraine schüchtern.

»Ich habe Ratgeber aus Eurem Volk an meinem Hof. Meinen Priestern gefällt es nicht, daß Eure Druiden ihnen gleichgestellt sind, aber ich erkläre ihnen immer wieder, Druiden und Priester dienen dem einen großen Gott, der über uns herrscht, gleichgültig, welchen Namen sie ihm auch geben. Und Weisheit bleibt Weisheit, woher sie auch kommt! Manchmal glaube ich, Eure Götter fordern weisere Männer in ihrem Dienst als unser Gott«, sagte Ambrosius lächelnd zu Igraine und fügte hinzu, »kommt, Gorlois, nehmt an meiner Seite Platz.«

Während Igraine auf der Bank mit den Kissen Platz nahm, dachte sie: *Lot von Orkney ist wie ein Hund, dem man einen Tritt gegeben hat, und der sofort wieder um die Gunst seines Herrn bettelt.* Es war sicher gut, daß Ambrosius Männer um sich hatte, die ihn verehrten. Aber liebte Lot seinen König, oder wollte er nur dem Thron nahe sein, damit seine Macht auf ihn komme? Ambrosius forderte seine Gäste höflich auf, sich von dem feinen Weizenbrot, dem Honig und dem frischen Fisch zu nehmen, der aufgetragen wurde. Aber Igraine beobachtete, daß er nur in Milch eingeweichte Brotstücke aß. Ihr entging auch der gelbe Schleier nicht, der das Weiße seiner Augen überzog. Gorlois hatte gesagt: *Ambrosius liegt im Sterben.* Igraine hatte in ihrem Leben schon genug todkranke Menschen gesehen, um zu wissen, daß er die Wahrheit sprach, und den Worten des Königs konnte man entnehmen, daß er es ebenfalls wußte.

»Ich habe Nachrichten erhalten, daß die Sachsen mit den Stämmen aus dem Norden eine Art Bündnis geschlossen haben. Es wurde ein Pferd geopfert und über seinem Blut ein Schwur gesprochen oder ähnlicher Unsinn«, begann Ambrosius. »Diesmal können die Kämpfe sehr wohl Cornwall erreichen. Uriens, Ihr werdet wahrscheinlich unsere Truppen in den Westen führen müssen. Ihr und Uther, der die Hügel von Wales so gut wie sein Schwert kennt. Gorlois, der Krieg wird vielleicht sogar Euer friedliches Land überziehen.«

»Aber wie wir im Norden seid Ihr durch Eure felsigen Küsten und

steilen Klippen geschützt«, warf Lot von Orkney mit glatter Stimme ein. »Ich kann mir nicht vorstellen, daß es einer Horde Barbaren gelingt, in Tintagel an Land zu gehen ... es sei denn, sie kennen die Klippen und die Buchten. Und selbst auf der Landseite läßt Tintagel sich durch den langen Damm gut verteidigen.«
»Das ist wohl wahr«, antwortete Gorlois, »aber es gibt Häfen und Buchten, in denen Schiffe ankern können, und selbst wenn sie die Burg nicht einnehmen, bleiben die Höfe, die Felder und die reiche Ernte. Die Burg kann ich verteidigen. Aber was geschieht mit dem Land? Ich bin sein Herzog, weil ich mein Volk verteidige!«
»Mir scheint, ein Herzog oder ein König sollten mehr können als das«, entgegnete Ambrosius. »Aber was? Ich weiß es nicht. Ich habe nie den Frieden erlebt, um es herauszufinden. Vielleicht wird es unseren Söhnen gelingen. Ihr werdet es vielleicht noch erleben, Lot, denn Ihr seid der Jüngste unter uns.«
In der Vorhalle hörte man plötzlich Lärm, und Uther betrat den Saal. Er führte zwei Hunde an der Leine. Sie knurrten, sprangen hoch, und die Leinen verwirrten sich. Geduldig blieb Uther an der Tür stehen, beruhigte die Hunde und löste das Knäuel. Dann übergab er die Leinen seinem Diener und kam in die Halle.
»Ihr schafft den ganzen Morgen über Unruhe«, zischte Lot giftig, »zuerst stört Ihr den Priester bei der heiligen Messe und danach den König beim Frühstück.«
»Habe ich Euch gestört, mein König? Ich bitte um Vergebung«, sagte Uther lächelnd, und Ambrosius streckte die Arme nach ihm aus. Er lächelte ihn an, als sei Uther sein Lieblingskind.
»Es sei Euch vergeben, Uther. Aber ich bitte Euch, laßt die Hunde entfernen. Kommt und setzt Euch, mein Sohn«, antwortete Ambrosius, sich mühsam erhebend. Uther umarmte den König. Igraine beobachtete, mit welcher Liebe und Ehrerbietung er das tat. Sie dachte: *O ja, Uther liebt den König. Er handelt nicht aus Ehrgeiz, oder bemüht sich wie ein Höfling um die Gunst seines Herrn!*
Gorlois wollte den Platz neben dem König freimachen, aber Ambrosius hinderte ihn daran. So stieg Uther mit seinen langen Beinen über die Bank und setzte sich neben Igraine. Er stolperte, und sie zog verlegen ihren Rock an sich – *wie unbeholfen er war, wie ein großer tolpatschiger junger Hund!* Uther mußte sich mit der Hand abstützen, um nicht auf Igraine zu fallen.
»Vergebt meine Unbeholfenheit, edle Frau«, entschuldigte er sich und lächelte auf sie herab. »Aber ich bin zu groß, um auf Eurem Schoß zu sitzen.«

Igraine mußte gegen ihren Willen lachen. »Auch Eure Hunde sind aus diesem Alter heraus, edler Uther.«
Er nahm sich Brot und Fisch und reichte ihr einen Löffel Honig. Höflich lehnte sie ab.
»Ich mache mir nichts aus Süßigkeiten«, sagte sie.
»Ihr braucht sie nicht, edle Frau«, entgegnete er, und sie bemerkte, wie Uther wieder auf ihren Hals starrte. Hatte dieser Ritter noch nie einen Mondstein gesehen? Oder blickte er auf den Ansatz ihrer Brüste darunter? Plötzlich wurde Igraine deutlich bewußt, daß ihre Brüste nicht mehr so hoch und fest waren wie vor Morgaines Geburt. Sie spürte, wie ihr das Blut in den Kopf stieg und trank schnell einen Schluck von der frischen kühlen Milch.
Uther war groß und blond, seine Haut glatt und ohne Falten. Sein Schweiß roch frisch und gesund wie der eines Kindes. Und doch war er nicht mehr so jung; unter dem schütteren blonden Haar sah sie die sonnenverbrannte Haut. Igraine empfand eine merkwürdige Unruhe, die sie nicht deuten konnte. Sie spürte den Druck seiner Schenkel an ihrer Seite und wurde sich ihrer Schenkel bewußt, als seien sie losgelöst von ihrem Körper. Rasch schlug sie die Augen nieder, beschäftigte sich mit einem Stückchen Butterbrot und hörte Gorlois zu, der sich mit Lot darüber unterhielt, was geschehen würde, wenn der Krieg den Westen des Landes erreichte.
»Gewiß, die Sachsen sind Krieger«, warf Uther ein, »aber sie kämpfen eher auf geordnete Weise. Die Nordländer, die Schotten, die wilden Völker aus den Ländern hoch im Norden ... das sind Verrückte. Sie stürzen sich nackt und schrecklich schreiend in den Kampf. Für uns ist es wichtig, die Truppen darauf vorzubereiten, damit sie nicht kopflos unter einem solchen Angriff auseinanderlaufen.«
»Diesen Vorteil hatten die Legionen gegenüber unseren Männern«, ergänzte Gorlois, »die Legionäre waren Soldaten aus freien Stücken. Es waren disziplinierte und für den Kampf ausgebildete Truppen, keine Hirten und Bauern, die unerprobt zu den Waffen gerufen werden und wieder auf ihre Felder zurückkehren, wenn die Gefahr vorüber ist. Wir brauchen Legionen für Britannien. Vielleicht sollten wir uns noch einmal an den Kaiser wenden ...«
»Der Kaiser«, antwortete Ambrosius milde lächelnd, »hat genügend eigene Sorgen. Wir brauchen Reiter, berittene Legionen. Aber wenn wir in Britannien berittene Legionen haben wollen, müssen wir sie selbst ausbilden, Gorlois.«
»Das ist unmöglich«, erwiderte Lot mit Bestimmtheit, »unsere Män-

ner kämpfen nur, um ihr Hab und Gut zu verteidigen, ihre Familien zu schützen und aus Treue zu ihren Häuptlingen, nicht für einen Großkönig oder Kaiser... Und worum kämpfen sie, wenn nicht darum, zu ihren Hütten zurückzukehren und im Kreis ihrer Sippe zu leben? Die Männer, die mir folgen, folgen *mir*... nicht irgendeinem Ideal der Freiheit. Ich habe schon Mühe, sie so weit in den Süden zu führen... sie sagen nicht völlig grundlos, daß es keine Sachsen gibt, dort wo wir leben. Warum sollten wir hier unten gegen sie kämpfen? Sie sagen, wenn die Sachsen unsere Heimat bedrohen, ist es Zeit genug, sich ihnen entgegenzustellen und uns zu verteidigen. Die Leute in der Ebene sollen ihr Land selbst verteidigen.«

»Begreifen die Leute denn nicht... wenn wir die Sachsen hier aufhalten können, werden sie nie einen Fuß in ihre Heimat setzen...«, fiel Uther heftig ein, doch Lot hob lachend seine schlanke Hand.

»Friede, Uther. *Ich* weiß es! Meine Männer wissen es nicht! Für Britannien werdet Ihr keine Legionen und auch kein stehendes Heer von den Völkern nördlich der großen Mauer bekommen, Ambrosius.«

Gorlois sagte mit belegter Stimme: »Vielleicht hatte Cäsar damals recht. Vielleicht sollten wir den Wall wieder bemannen. Diesmal nicht, um wie er die wilden Völker aus dem Norden von den Städten fernzuhalten, sondern um die Sachsen nicht in Eure Heimat vordringen zu lassen, Lot.«

»Für ein solches Unternehmen fehlen uns die Leute«, warf Uther ungeduldig ein. »Wir können überhaupt keine Truppen entbehren. Vielleicht müssen sogar die verbündeten Stämme die sächsischen Küsten verteidigen, und wir beziehen im Westen Stellung gegen die Schotten und Nordländer. Ich glaube, wir sollten unser Hauptquartier im Sommerland aufschlagen. Dann können sie im Winter nicht herunterkommen und unsere Lager überfallen, wie sie es vor drei Jahren getan haben, denn sie kennen den Weg um die Inseln nicht.«

Igraine hörte aufmerksam zu; sie war im Sommerland geboren und wußte, daß das Wasser im Winter stieg und alles überflutete. Was im Sommer fester, begehbarer Boden war, wurde im Winter zu Seen und langen Wasserarmen. Einem feindlichen Heer wäre es nur im Hochsommer möglich, in das Land vorzudringen.

»Das hat mir auch der Merlin geraten«, sagte Ambrosius, »und er hat uns einen Platz gewiesen, wo wir unser Heerlager im Sommerland aufschlagen können.«

Uriens entgegnete mit rauher Stimme: »Ich überlasse die sächsische Küste nicht gern den Bündnistruppen. Sachse bleibt Sachse, und er hält einen Eid nur dann, wenn es seinem Nutzen dient. Ich glaube, es ist verhängnisvoll bis zum heutigen Tage, daß damals Constantin das Bündnis mit Häuptling Vortigern schloß...«
»Nein«, erwiderte Ambrosius, »ein Hund, der noch ein halber Wolf ist, wird besser gegen die Wölfe kämpfen als jeder andere Hund. Constantin überließ Vortigerns Sachsen ihr eigenes Land. Und sie kämpften, um es zu verteidigen. Die Sachsen wollen Land; das ist alles. Sie sind Bauern, und sie werden das Land mit ihrem Leben verteidigen! Die Bündnistruppen haben tapfer gegen die Sachsen gekämpft, die unsere Küsten überfielen.«
»Aber inzwischen sind es so viele«, gab Uriens zu bedenken, »sie fordern mehr Land. Und sie haben gedroht zu kommen und es sich zu nehmen, wenn wir es ihnen nicht freiwillig überlassen. Wir müssen deshalb jetzt nicht nur gegen die Sachsen kämpfen, die übers Meer kommen, sondern auch gegen die Sachsen, die Constantin in unser Land gebracht hat...«
»Genug«, sagte Ambrosius und hob die hagere Hand. Igraine dachte: *Er sieht wirklich sehr krank aus.* »Ich kann Fehler nicht wiedergutmachen, wenn es die Fehler von Männern sind, die schon tot waren, als ich geboren wurde. Ich habe alle Hände voll zu tun, um meine eigenen Fehler zu tilgen, und ich werde nicht lange genug leben, um alles wieder in Ordnung zu bringen. Aber solange ich lebe, werde ich alles tun, was in meinen Kräften steht.«
»Ich glaube, das erste und auch das beste, was wir unternehmen sollten«, meldete sich Lot zu Wort, »wäre, die Sachsen aus unseren Ländern zu vertreiben und unsere Grenzen dann so zu befestigen, daß sie nicht wieder zurückkehren können.«
Ambrosius erklärte: »Ich glaube nicht, daß wir das können. Ihre Väter, Großväter und Urgroßväter haben schon hier gelebt, und wenn wir sie nicht alle umbringen wollen, werden sie uns das Land nicht überlassen, das sie zu Recht ihr eigen nennen. Wir dürfen nicht das Bündnis bedrohen. Wenn wir innerhalb unserer eigenen Grenzen in Britannien gegeneinander kämpfen, wie sollen wir dann die Kraft und die Stärke aufbringen, uns gegen die Eindringlinge zur Wehr zu setzen? Außerdem sind manche der verbündeten Sachsen Christen, und sie kämpfen an unserer Seite gegen die Barbaren und ihre heidnischen Götter.«
»Ich glaube«, entgegnete Lot ironisch lächelnd, »ich glaube, die

Bischöfe hatten recht, als sie sich weigerten, Missionare zu den Sachsen an unseren Küsten zu entsenden, um ihre Seelen zu retten. Sie sagten damals, würde man die Sachsen in den Himmel lassen, wollten sie auf den Himmel verzichten! Wir haben mit den Sachsen schon genug Schwierigkeiten hier auf der Erde. Müssen wir uns auch noch im Himmel mit ihnen herumschlagen?«

»Ich glaube, Ihr irrt. Das Wesen des Himmels ist etwas anderes«, sagte eine vertraute Stimme. Igraine überkam plötzlich ein merkwürdig hohles Gefühl. Sie blickte die Tafel entlang und sah den Sprecher, der das einfache, graue Gewand der Mönche trug. In dieser Kleidung hätte sie den Merlin nicht erkannt, aber seine Stimme hätte ihn ihr überall verraten. »Glaubt Ihr wirklich, edler Lot, die Streitigkeiten und Unvollkommenheiten der Menschen werden im Himmel weiterleben?«

»Was das angeht, so habe ich noch mit keinem Menschen gesprochen, der im Himmel war«, entgegnete Lot, »und wie ich glaube, Ihr auch nicht, Ehrwürdiger Merlin. Aber Ihr sprecht weise wie ein Priester ... habt Ihr auf Eure alten Tage die heiligen Gelübde abgelegt?«

Der Merlin lachte und antwortete: »Etwas habe ich mit Euren Priestern gemein. Ich habe viel Zeit darauf verwendet, die menschlichen Belange von den göttlichen zu trennen. Und jedesmal, wenn es mir gelungen war, erkannte ich, daß der Unterschied nicht allzu groß ist. Hier auf der Erde können wir das nicht so deutlich sehen. Aber wenn wir diesen Körper abgelegt haben, werden wir mehr wissen. Wir werden erkennen, daß Unterschiede, die wir sehen, für Gott nicht von Belang sind.«

»Warum kämpfen wir dann?« fragte Uther und lachte schallend, als wolle er sich über den alten Mann lustig machen. »Warum legen wir nicht unsere Waffen nieder und umarmen die Sachsen als Brüder, wenn im Himmel alle unsere Meinungsverschiedenheiten beigelegt werden?«

Der Merlin lächelte und erwiderte freundlich: »Wenn wir alle vollkommen sind, dann wird es so sein, edler Uther. Aber die Sachsen wissen es ebensowenig wie wir. Und da das Schicksal der Menschen sie zum Kampf treibt, müssen wir unseren Teil dazu beitragen, indem wir in diesem sterblichen Leben unsere Aufgabe übernehmen. Aber wir brauchen Frieden in diesem Land, damit die Menschen an den Himmel denken können und nicht nur an Schlachten und Kriege.«

Uther erwiderte lächelnd: »Es schmeckt mir wenig, mich hinzusetzen und an den Himmel zu denken, alter Mann. Das überlasse ich lieber Euch und den Priestern. Ich bin ein Mann des Schwertes. Ich bin es schon immer gewesen, und ich bete darum, daß es Krieg geben möge, solange ich lebe, wie es sich für einen Mann ziemt und nicht für einen Mönch!«
»Bedenket wohl, worum Ihr bittet«, sagte der Merlin und sah Uther scharf an, »denn die Götter werden es Euch gewähren!«
»Ich möchte nicht alt sein und an den Himmel oder den Frieden denken«, entgegnete Uther, »denn das klingt alles so langweilig. Ich will Krieg, Beute und Frauen... o ja, Frauen... und die Priester billigen keines dieser drei Dinge.«
Gorlois sagte: »Dann seid Ihr nicht viel besser als die Sachsen, Uther.«
»Eure Priester fordern, daß wir unsere Feinde lieben, Gorlois«, antwortete Uther lachend. Er streckte hinter Igraines Rücken die Hand aus und klopfte ihrem Gemahl gutmütig auf die Schulter. »Und deshalb liebe ich die Sachsen, denn sie geben mir, was ich dem Leben abverlange! Und Ihr solltet sie auch lieben, denn wenn wir wie jetzt eine kurze Zeit des Friedens haben, können wir feiern und uns mit den Frauen vergnügen. Doch dann stürzen wir uns wieder in den Kampf, wie es sich für richtige Männer gehört! Glaubt Ihr, den Frauen liegt viel an einem Mann, der am Feuer sitzen und seine Felder pflügen möchte? Glaubt Ihr, Eure schöne Gemahlin wäre mit einem Bauern ebenso glücklich wie mit einem Herzog, dem Führer seiner Männer?«
Gorlois erwiderte verdrießlich: »Ihr seid jung genug, um so etwas zu sagen, Uther! Kommt erst einmal in mein Alter, dann werdet Ihr vom Krieg auch genug haben.«
Uther grinste fröhlich und fragte: »Mein Herr und König, habt Ihr auch genug vom Krieg?«
Ambrosius lächelte, sah aber sehr erschöpft aus, als er antwortete: »Es macht keinen Unterschied, ob ich genug vom Krieg habe, Uther. Denn Gott in Seiner Weisheit hat beschlossen, mir mein ganzes Leben lang Krieg zu bescheren, und Sein Wille geschehe. Ich werde mein Volk schützen und verteidigen, und alle, die nach mir kommen, werden das ebenfalls tun. Vielleicht werdet Ihr erleben, vielleicht aber auch erst Eure Söhne, daß wir lange genug Frieden haben, um uns zu fragen, wofür wir kämpfen.«
Lot von Orkney fiel mit seiner glatten verbindlichen Stimme ein:

»Wie ich sehe, sind wir hier unter Philosophen, Edler Merlin und Ihr, mein König und selbst Ihr, Uther, habt Euch dem Philosophieren verschworen. Aber die Philosophie beantwortet unsere Frage nicht, was wir gegen die Barbaren und die Sachsen unternehmen sollen, die im Osten und im Westen an unseren Küsten landen. Ich glaube, wir wissen alle, daß Rom uns nicht helfen wird. Wenn wir Legionen wollen, müssen wir sie selbst schaffen, und ich glaube, wir brauchen auch unseren eigenen Cäsar. Denn wie die Soldaten ihre Hauptleute und ihren König brauchen, so brauchen die Könige dieser Insel einen Mann, der sie regiert.«
»Warum sollten wir unseren Großkönig Cäsar nennen oder ihn als Cäsar sehen?« fragte ein Mann, den man Ectorius nannte, wie Igraine gehört hatte. »Die Cäsaren regierten Britannien bis in unsere Zeit recht gut, aber wir sehen den schlimmen Fehler eines solchen Reiches ... kommt es in der Hauptstadt zu Unruhen, ziehen sie die Legionen ab und überlassen uns den Barbaren. Selbst Magnus Maximus ...«
»Er war kein Kaiser«, unterbrach ihn Ambrosius lächelnd. »Magnus Maximus wollte Kaiser werden, als er Befehlshaber der hiesigen Legionen war ... Feldherren haben diesen Ehrgeiz oft ...« Und Igraine sah, wie der Großkönig über die Köpfe der anderen hinweg Uther kurz zulächelte. »Deshalb marschierte er mit den Legionen nach Rom, um sich zum Kaiser ausrufen zu lassen ... mit dem Heer im Rücken, wäre er nicht der erste und nicht der letzte gewesen. Aber er kam nicht bis nach Rom, und sein Ehrgeiz führte zu nichts, außer zu ein paar hübschen Geschichten ... Uther, spricht man in Eurem walisischen Hügelland nicht noch immer von Magnus dem Großen, der eines Tages mit seinem großen Schwert an der Spitze seiner Legionen zurückkehren wird, um alle Eindringlinge zu vertreiben ...?«
»O ja«, antwortete Uther lachend, »sie haben die uralte Sage vom König, der war, und dem König, der sein wird, auf ihn übertragen. Er wird wiederkommen und sein Volk erretten, wenn es in Not ist. Wenn ich ein solches Schwert fände, würde ich in die Hügel meines Landes ziehen und so viele Legionen um mich scharen, wie ich brauche.«
»Vielleicht«, sagte Ectorius ernst, »ist es das, was wir benötigen ... den König aus unseren Märchen. Wenn der König kommt, wird das Schwert zu finden sein.«
»Euer Priester würde sagen«, warf der Merlin ruhig ein, »der einzige

König, der war und ist und sein wird, ist Christus im Himmel, und wer seiner heiligen Sache dient, muß keiner anderen dienen.«
Ectorius lachte kurz und hart. »Christus kann uns nicht in den Kampf führen. Und die Soldaten... das soll keine Lästerung sein, mein König... würden der Fahne des Friedensfürsten nicht folgen.«
»Vielleicht sollten wir einen König finden, der im Volk die Erinnerung an die alten Geschichten wachruft«, schlug Uther vor, und es wurde still in der Halle. Igraine hatte noch nie dem Rat der Männer beigewohnt, aber sie konnte gut genug Gedanken lesen, um zu hören, was alle schweigend dachten: Der Großkönig, der unter ihnen saß, würde den nächsten Sommer nicht mehr erleben. Aber wer würde im nächsten Jahr zur gleichen Zeit auf seinem Throne sitzen?
Ambrosius legte den Kopf gegen die hohe Rückenlehne seines Stuhls, und dies war das Zeichen für Lot. Diensteifrig sagte er: »Ihr seid erschöpft, mein König. Wir haben Euch ermüdet. Erlaubt, daß ich Euren Kämmerer rufe.«
Ambrosius lächelte ihn freundlich an. »Ich werde bald genug ruhen, Neffe, und zwar lange...« Aber selbst diese Worte strengten ihn an. Er seufzte tief, und Lot half ihm, die Tafel zu verlassen. Nach seinem Weggang löste sich die Runde auf. In kleinen Gruppen standen die Männer beisammen und sprachen leise miteinander.
Ectorius trat näher zu Gorlois. »Der Herr von Orkney versäumt keine Gelegenheit, sich in den Vordergrund zu drängen und das unter dem Deckmantel größter Sorge um den König... jetzt sind wir die Bösen, die Ambrosius erschöpft und sein Leben verkürzt haben.«
»Lot möchte nicht hören, wer zum Großkönig ernannt werden soll«, erwiderte Gorlois, »damit Ambrosius keine Gelegenheit hat, seine Wahl bekanntzugeben, denn viele von uns – und dazu gehöre ich ebensogut wie Ihr, Ectorius – wären dadurch gebunden.«
Ectorius sagte: »So ist es. Ambrosius hat keinen Sohn und kann keinen Erben benennen. Aber sein Wunsch muß uns leiten, und das weiß er. Uther strebt für meinen Geschmack zu sehr nach dem Purpur der Cäsaren. Aber trotzdem ist er besser als Lot. Wenn wir uns also zu entscheiden haben, in welchen sauren Apfel wir beißen müssen...«
Gorlois nickte bedächtig. »Unsere Männer werden Uther folgen. Aber die Stämme, Bendigreid Vran und seine Leute leisten einem Mann, der so sehr Römer ist, keinen Eid. Und wir brauchen die Stämme. Orkney würden sie folgen...«

»Lot taugt nicht zum Großkönig«, erwiderte Ectorius. »Es ist besser, wir verlieren die Stämme als das ganze Land. Lot versteht es, Zwietracht zu säen, damit er der einzige ist, dem alle vertrauen. Pah!« Er spuckte aus. »Dieser Mann ist eine Schlange. Mehr will ich dazu nicht sagen.«
»Und doch kann er überzeugen«, entgegnete Gorlois. »Er ist klug, besitzt Mut und Weitblick...«
»Uther ebenfalls. Und gleichgültig, ob Ambrosius Gelegenheit hat, seine Wahl öffentlich bekanntzugeben oder nicht, Uther ist sein Mann. Soviel steht fest.«
Gorlois knirschte grimmig mit den Zähnen und sagte: »Ja, ja, meine Ehre verpflichtet mich, Ambrosius' Willen zu folgen. Aber ich wünschte, seine Wahl wäre auf einen Mann gefallen, dessen Anstand seinem Mut und seiner Beliebtheit entspräche. Ich traue Uther nicht, und doch...« Mit einem Blick auf Igraine schüttelte er den Kopf. »Mein Kind, das alles wird Euch wohl nicht interessieren. Ich werde Euch von meinen Männern in das Haus zurückbringen lassen, in dem wir die Nacht verbracht haben.«
Weggeschickt wie ein kleines Mädchen, kehrte Igraine fügsam um die Mittagszeit nach Hause zurück. Sie mußte über vieles nachdenken. Also auch Männer, selbst Gorlois, waren durch ihre Ehre gebunden und mußten Dinge tun, die sie nicht tun wollten. Dieser Gedanke war neu für sie.
Und Uthers Augen, die sie gebannt ansahen, verfolgten sie immer noch. Wie er sie angestarrt hatte... nein, nicht sie, sondern den Mondstein. Hatte der Merlin ihn besprochen, damit Uther sich in die Frau verliebte, die ihn trug?
Muß ich Vivianes und Merlins Willen erfüllen? Muß ich mich Uther ebenso fügen wie Gorlois? Schon der Gedanke stieß sie ab. Und doch... Sie spürte immer noch, wie Uthers Hand sie berührt und seine grauen Augen sie durchbohrt hatten.
Man könnte wirklich glauben, daß der Merlin den Stein besprochen hat, damit ich immerzu an Uther denken muß! Sie hatte das Haus erreicht. Igraine ging in ihre Kammer, nahm den Mondstein vom Hals und steckte ihn in einen Beutel, den sie an der Hüfte trug. *Wie albern,* dachte sie, *ich glaube nicht an die Märchen von Liebeszauber.* Sie war eine erwachsene, neunzehnjährige Frau und kein hilfloses Kind mehr. Sie war verheiratet, und in ihrem Leib wuchs vielleicht schon der Sohn, den ihr Gemahl sich wünschte. Sollte sie sich einem anderen Mann als ihrem Gemahl zuwenden, sollte sie überhaupt auf

solche Gedanken kommen, gab es sicherlich begehrenswertere Männer als diesen großen Tolpatsch, der seine Haare wie ein Sachse trug, wie ein Barbar die Messe störte und den König beim Frühstück! Ebensogut konnte sie sich einen der Männer aus Gorlois' Gefolge nehmen; sie waren wenigstens jung, hatten reine Haut und sahen gut aus. Aber als tugendhafte Frau hatte sie keinerlei Interesse daran, außer ihrem angetrauten Gemahl überhaupt einen Mann in ihr Bett zu nehmen.

Und wiederum, wenn sie es tat, würde sie sich nicht für Uther entscheiden. Vermutlich wäre er noch schlimmer als Gorlois, dieser große, plumpe Kerl, trotz seiner grauen Augen, die so grau waren wie das Meer, und seiner starken, glatten Hände... Igraine schimpfte leise vor sich hin, holte den Spinnrocken aus dem Gepäck und begann zu arbeiten. Wie kam sie dazu, mit offenen Augen von Uther zu träumen, als wolle sie wirklich Vivianes Wunsch erfüllen? Und Uther – würde er wirklich Großkönig werden?

Sie hatte wohl bemerkt, wie er sie ansah. Aber Gorlois hatte gesagt, er sei ein Wüstling; vielleicht sah er jede Frau so an. Wenn sie sich schon Tagträumen überließ, konnte es wenigstens etwas Vernünftiges sein... etwa: Wie mochte es wohl Morgaine ergehen ohne ihre Mutter? Hatte Gwen auch ein Auge auf Morgause, damit sie den Wachen nicht den Kopf verdrehte? Morgause war leichtsinnig genug, um ihre Jungfräulichkeit an einen hübschen Mann ohne Ehre und Vermögen zu verlieren. Igraine hoffte, Vater Columba würde ihrer Schwester streng ins Gewissen reden.

Meine Mutter wählte die Männer, die Väter ihrer Kinder werden sollten, selbst; und sie war eine große Priesterin der Heiligen Insel. Viviane hat dasselbe getan. Igraine ließ die Spindel in den Schoß sinken. Sie grübelte und dachte an Vivianes Prophezeiung, daß ihr und Uthers Kind der große König sein sollte, der das Land einen und den kriegerischen Völkern den Frieden bringen konnte. Was sie heute morgen an der Tafel des Königs gehört hatte, überzeugte sie davon, daß ein solcher König wirklich vonnöten war.

Voller Verzweiflung griff Igraine wieder nach der Spindel. *Jetzt* brauchten sie einen solchen König, nicht erst dann, wenn ein Kind erwachsen sein würde, das noch nicht einmal gezeugt war. Hartnäkkig glaubte der Merlin an die alten Legenden über Könige... was hatte einer der Könige... war es Ectorius gewesen... über Magnus den Großen gesagt, den großen Feldherrn, der Britannien im Stich ließ, um sich die Kaiserkrone aufzusetzen? Welch ein Unsinn zu glauben, Uthers Sohn könne der zurückgekehrte Magnus sein!

Gegen Abend begann eine Glocke zu läuten. Kurze Zeit später kam Gorlois traurig und mutlos zurück.
»Vor wenigen Minuten ist Ambrosius gestorben«, sagte er, »die Glocke verkündet sein Scheiden.«
Igraine sah den Kummer in seinem Gesicht und versuchte ihn zu trösten.
»Ambrosius war ein alter Mann«, sagte sie zart, »und wurde sehr geliebt. Ich bin ihm heute zum ersten Mal begegnet, doch kann ich verstehen, daß er ein Mann war, den alle ehrten und dem jeder freudig diente.«
Gorlois seufzte tief. »Ja, es ist wahr. Und wir haben keinen, der sein würdiger Nachfolger wäre. Er ist gegangen und hat uns führerlos zurückgelassen. Ich habe diesen Mann geliebt, Igraine, und ich habe mit Schmerzen gesehen, wie er litt. Wenn es einen Erben gäbe, der diesen Namen verdiente, ich wäre glücklich, daß er Ruhe gefunden hat. Aber jetzt – was soll nun aus Britannien werden?«
Später bat er Igraine, sein bestes Gewand bereitzulegen. »Bei Sonnenuntergang wird die Totenmesse für Ambrosius gelesen, und ich muß daran teilnehmen. Auch du, Igraine, solltest mitkommen. Kannst du dich allein ankleiden, oder soll ich unseren Gastgeber bitten, dir eine Magd zu schicken?«
»Danke, ich kann mich allein ankleiden.« Und Igraine machte sich daran, ein anderes Gewand anzulegen. Es war aus feiner Wolle, an Saum und Ärmeln mit Stickereien besetzt. Ins Haar flocht sie ein seidenes Band. Sie aß ein wenig Brot und Käse. Gorlois wollte nichts essen. Er erklärte, da sein König vor Gottes Thron trete, wo seine Seele gerichtet werde, wolle er fasten und beten, bis Ambrosius begraben sei.
Igraine hatte auf der Heiligen Insel erfahren, daß der Tod nichts anderes war als die Pforte zu einer neuen Geburt. Deshalb konnte sie ihren Gemahl nicht verstehen. Wieso hatte ein Christ solche Angst und zitterte vor seinem ewigen Frieden? Sie erinnerte sich an einige der düsteren Psalmen, die Vater Columba gesungen hatte. Ja, ihr Gott schien ein Gott der Angst und der Strafen zu sein. Igraine verstand, daß der König zum Wohl seines Volkes vielleicht Dinge getan hatte, die schwer auf seinem Gewissen lasteten. Aber wenn selbst *sie* das verstehen und vergeben würde, wie konnte dann ein gnädiger Gott strenger und rachsüchtiger sein als der geringste Mensch? Vermutlich war dies eines dieser christlichen Geheimnisse...

Igraine dachte noch immer über diese Dinge nach, als sie an Gorlois' Seite zur Messe ging und hörte, wie der Priester düster vom Jüngsten Tag, von Gottes Gericht und seinem Zorn sang, wenn die Seele vielleicht der ewigen Verdammnis überantwortet wurde. Und während dieser Hymne entdeckte sie Uther Pendragon. Er kniete am anderen Ende der Kirche; sein Gesicht wirkte bleich über der hellen Tunika. Er hob die Hand vor die Augen, um seine Tränen und sein Schluchzen zu verbergen. Etwas später stand er auf und verließ die Kirche. Igraine bemerkte, daß Gorlois' Augen sie durchbohrten. Sie blickte zu Boden und lauschte ergeben der nicht enden wollenden Messe.
Nach dem Requiem versammelten sich alle vor der Kirche. Gorlois machte Igraine mit der Frau von Uriens, des Königs von Nordwales, bekannt, einer molligen, ernsten Matrone, und mit der Gattin des Ectorius. Sie hieß Flavilla, war schlank und lächelte freundlich. Sie konnte nicht viel älter als Igraine sein, die sich mit den beiden Frauen unterhielt. Aber sie beschäftigten sich nur mit den möglichen Folgen, die Ambrosius' Tod für ihre Ehemänner und die Soldaten haben konnte. Igraines Gedanken schweiften schnell ab; das Gerede der Frauen bedeutete ihr nur wenig, und ihre frömmelnde Trauer bedrückte sie. Flavilla war etwa im sechsten Monat schwanger, und ihr Leib unter der römischen Tunika begann sich zu wölben. Es dauerte nicht lange, und das Gespräch kreiste um die Familien. Flavilla hatte bereits zwei Töchter geboren, die im Jahr zuvor am Sommerfieber gestorben waren. Jetzt hoffte sie auf einen Sohn. Uriens Gemahlin Gwenyth hatte einen Sohn in Morgaines Alter. Sie erkundigte sich nach Igraines Tochter und pries die Wirkung von Bronzeamuletten gegen das Winterfieber. Sie glaubte sogar, ein Meßbuch in der Wiege helfe gegen Rachitis.
»Rachitis kommt von schlechter Ernährung«, erklärte Igraine. »Meine Schwester ist eine heilkundige Priesterin. Sie sagte mir, ein Kind, das zwei Jahre von einer gesunden Mutter gestillt wird, bekommt keine Rachitis. Die Krankheit tritt nur auf, wenn eine unterernährte Amme das Kind stillt, oder wenn es zu früh entwöhnt und mit Hafergrütze gefüttert wird.«
»Das ist dummer heidnischer Aberglaube«, entgegnete Gwenyth, »das Meßbuch ist heilig und wirkt gegen alle Gebrechen, besonders gegen die Krankheiten kleiner Kinder, die getauft und von den Sünden ihrer Väter losgesprochen wurden und selbst noch keine begangen haben.«

Igraine zuckte ungeduldig mit den Schultern. Es war müßig, über solchen Unsinn zu reden. Die Frauen schnatterten weiter über Amulette und ihre besonderen Kräfte gegen Kinderkrankheiten. Igraine stand daneben, blickte sich um und wartete auf eine gute Gelegenheit, die Gesellschaft zu verlassen. Es dauerte nicht lange, und eine andere Frau trat zu ihnen. Igraine kannte sie nicht. Auch sie war hochschwanger, und die beiden anderen Frauen zogen sie sofort in ein Gespräch. Igraine hatten sie völlig vergessen. Kurze Zeit später stahl sie sich davon. Ohne daß jemand ihr zuhörte, sagte sie, sie wolle Gorlois suchen und ging hinter die Kirche.

Dort war ein kleiner Friedhof und dahinter ein Gärtchen mit Apfelbäumen. An den dunklen Zweigen hingen weiße Blüten, die in der Dämmerung leuchteten. Igraine freute sich über den frischen Blütenduft, denn der Gestank in der Stadt war ihr zuwider. Hunde und Menschen verrichteten ihre Notdurft auf den gepflasterten Straßen. Vor jeder Tür häuften sich Küchenabfälle, deren Gerüche sich mit dem Gestank von Urin, verwesendem Fleisch und dem Inhalt der Nachttöpfe vermischte. Auch auf Tintagel gab es Abfall und Kot, aber Igraine achtete peinlich darauf, daß alles nach ein paar Wochen vergraben wurde; und die reine Meeresluft trug die üblen Gerüche davon.

Langsam ging sie durch den Garten. Manche Bäume waren sehr alt und hatten knorrige Äste, die tief bis auf den Boden hingen. Plötzlich hörte sie ein Geräusch und sah auf einem der niedrigen Äste einen Mann sitzen. Er nahm Igraine nicht wahr, hielt den Kopf gesenkt und bedeckte das Gesicht mit den Händen. Aber an den blonden Haaren erkannte sie Uther Pendragon. Igraine wollte sich umdrehen und leise davongehen, denn sie wußte, er würde nicht wollen, daß sie seinen Kummer sah. Aber Uther hatte ihre leichten Schritte gehört und hob den Kopf.

»Ach, Ihr seid es, Herzogin von Cornwall?« Sein tränenüberströmtes Gesicht zuckte. »Jetzt könnt Ihr Eurem tapferen Gorlois berichten, daß der Feldherr von Britannien sich versteckt hat, um wie eine Frau zu heulen.«

Igraine trat schnell näher; sein zorniges, abweisendes Gesicht bekümmerte sie. »Glaubt Ihr nicht, Gorlois trauert ebenfalls, edler Uther? Wie kalt und herzlos müßte ein Mann sein, der nicht um den König weint, den er sein ganzes Leben lang verehrt hat! Wäre ich ein Mann, ich würde nur ungern einem Führer in den Kampf folgen, der nicht um die Toten, die er geliebt hat, um die gefallenen Gefährten, ja selbst um die tapferen Feinde weinen kann.«

Uther holte tief Luft und fuhr sich mit dem bestickten Ärmel seiner Tunika über das Gesicht. Er antwortete: »Das ist wahr. Als junger Mann erschlug ich Horsa, den Häuptling der Sachsen, auf dem Schlachtfeld. Er hatte mich in vielen Kämpfen herausgefordert und war mir immer entkommen. Ich beweinte ihn, denn er war ein tapferer Mann gewesen. Und obwohl er ein Sachse war, beklagte ich, daß wir Feinde sein mußten und nicht Bruder und Freund sein konnten. Aber nach all den Jahren, die seither vergangen sind, bin ich gewiß schon zu alt, um über Dinge zu weinen, die sich nicht ändern lassen. Doch als ich den Priester dort drinnen vom Gericht und der ewigen Verdammnis vor dem Thron Gottes sprechen hörte, dachte ich daran, wie gut und wie fromm Ambrosius gewesen war. Er liebte und fürchtete Gott, er strebte immer danach, gut und ehrenvoll zu handeln ... manchmal ist mir dieser Gott unerträglich und ich wünsche, ich könnte ohne die Androhung der Verdammnis den weisen Druiden glauben; sie sprechen nicht vom Gericht, sondern nur von dem, was der Mensch sich im Laufe seines Lebens selbst aufbürdet. Wenn es wahr ist, was der heilige Bischof sagt, schmachtet Ambrosius jetzt in den Feuern der Hölle und wird erst am Ende der Welt erlöst werden. Ich weiß wenig über den Himmel, aber dort wünsche ich mir meinen König.«
Igraine streckte ihm die Hand entgegen und sagte: »Ich glaube nicht, daß die Christenpriester mehr über das wissen, was nach dem Tode kommt, als irgendein anderer Sterblicher. Nur die Götter wissen es. Auf der Heiligen Insel, auf der ich groß wurde, lehrt man, daß der Tod immer das Tor zu einem neuen Leben ist. Er führt zu größerer Weisheit. Obwohl ich König Ambrosius kaum kannte, stelle ich mir lieber vor, daß er zu Füßen seines Gottes sitzt und erfährt, was Weisheit wirklich ist. Welcher weise Gott könnte einen Mann wegen seiner Unwissenheit in die Hölle schicken, anstatt ihn zu lehren, im nächsten Leben besser zu handeln?«
Sie spürte Uthers Händedruck, und er sagte in die Dunkelheit: »Gewiß, so ist es! Was verheißt ihr Apostel? ... *Jetzt sehe ich nur undeutlich wie durch einen Kristall, aber dann werde ich von Angesicht zu Angesicht schauen ...* Vielleicht wissen wir nicht, und auch die Priester nicht, was nach dem Tode sein wird. Warum sollten wir glauben, daß Gott weniger Gnade übt als die Menschen, wenn er allwissend ist? Sie sagen, Christus kam auf die Welt, um uns Gottes Liebe zu offenbaren und nicht seinen Zorn.«
Sie saßen eine Weile schweigend auf dem Baum. Dann sagte Uther:

»Wo habt Ihr so weise Dinge gelernt, Igraine? In unserer Kirche gibt es heilige Frauen, aber sie sind nicht verheiratet und leben auch nicht unter uns Sündern.«

»Ich wurde auf der Insel Avalon geboren. Meine Mutter war dort im Großen Tempel Priesterin.«

»Avalon«, sagte er, »liegt doch im Sommersee. Ihr habt es heute morgen gehört, wir sollen dorthin ziehen. Der Merlin hat versprochen, mich zu König Leodegranz zu führen und mich an seinem Hofe einzuführen. Aber wenn Lot von Orkney sich durchsetzt, werden Uriens und ich wie geprügelte Hunde nach Wales zurückkehren müssen, oder wir werden in seinem Gefolge kämpfen und ihm die Treue schwören. Das aber werde ich erst dann tun, wenn sich die Sonne entschließt, im Westen, hinter der Küste Irlands, aufzugehen.«

»Gorlois meint, Ihr werdet mit Sicherheit der nächste Großkönig sein«, erwiderte Igraine. Mit Staunen wurde ihr plötzlich bewußt, daß sie hier auf dem Ast eines Apfelbaumes neben dem künftigen Großkönig von Britannien saß und mit ihm über Religion und Politik redete. Uther dachte das gleiche; sie hörte es an seiner Stimme, als er sagte: »Ich hätte mir nicht träumen lassen, mit der Gemahlin des Herzogs von Cornwall solche Dinge zu besprechen.«

»Glaubt Ihr wirklich, daß Frauen nichts von Staatsgeschäften verstehen?« fragte sie. »Meine Schwester Viviane ist die Herrin von Avalon, wie unsere Mutter es war. König Leodegranz und andere Könige suchten oft ihren Rat, wenn es um das Schicksal Britanniens ging...«

Uther erwiderte lächelnd: »Vielleicht sollte ich sie um Rat fragen, wie ich Leodegranz und Ban, den König der Bretagne, zu meinen Verbündeten machen kann. Denn wenn die beiden auf sie hören, muß ich nur das Vertrauen Eurer Schwester gewinnen. Sagt mir, ist die Dame verheiratet? Ist sie hübsch?«

Igraine mußte lachen. »Sie ist eine Priesterin, und die Priesterinnen der Großen Mutter heiraten nicht. Sie verbinden sich auch nicht mit einem Sterblichen; sie gehören den Göttern.« Dann fiel ihr ein, was Viviane ihr verkündet hatte: Der Mann neben ihr war Teil der Prophezeiung. Sie erstarrte, erschrocken über das, was sie getan hatte... ging sie freiwillig in die Falle, die Viviane und der Merlin ihr gestellt hatten?

»Was ist Euch, Igraine? Friert Ihr, oder fürchtet Ihr Euch vor dem Krieg«, fragte Uther.

Sie sagte das erste, was ihr in den Kopf kam: »Ich habe mich mit den Gemahlinnen von Uriens und Ectorius unterhalten... sie scheinen sich nicht sehr mit Staatsdingen zu beschäftigen. Vielleicht denkt Gorlois deshalb, ich verstünde auch nichts davon.«
Uther lachte und sagte: »Ich kenne die Damen Flavilla und Gwyneth... sie überlassen ihren Ehemännern wirklich alles, mit Ausnahme von Spinnen und Weben, dem Kinderkriegen und ähnlichen Frauengeschäften. Interessiert Euch das nicht, oder seid Ihr wirklich so jung, wie Ihr ausseht... beinahe zu jung, um verheiratet zu sein, ganz zu schweigen davon, Kinder zu haben.«
»Ich bin seit vier Jahren verheiratet«, antwortete Igraine, »und ich habe eine dreijährige Tochter.«
»Darum könnte ich Gorlois beneiden. Jeder Mann wünscht sich Kinder. Hätte Ambrosius einen Sohn gehabt, wären wir jetzt nicht in dieser schwierigen Lage. Oh...«, Uther seufzte, »ich möchte nicht daran denken, was über Britannien hereinbricht, wenn diese Kröte Lot von Orkney Großkönig werden sollte. Uriens wäre nicht besser, denn er glaubt, alle Schwierigkeiten seien dadurch zu lösen, daß man einen Boten nach Rom schickt.« Er schluchzte von neuem. »Man sagt, ich wolle unbedingt Großkönig werden, aber wie gerne würde ich all meinen Ehrgeiz opfern, wenn nur Ambrosius hier bei uns auf dem Ast sitzen könnte, oder sein Sohn noch heute nacht in dieser Kirche gekrönt würde. Ambrosius dachte immer mit Schrecken daran, was geschehen würde, wenn ihn der Tod ereilt. Er hätte schon im letzten Winter sterben können. Aber er wollte noch erleben, daß wir uns auf seinen Nachfolger einigen...«
»Wieso hat er keine Söhne?«
»Oh, er hatte zwei Söhne. Der eine wurde von den Sachsen erschlagen... er hieß Constantin, wie der König, der das Land zum Christentum bekehrt hat. Der andere wurde nur zwölf Jahre alt... er starb am Fieber. Ambrosius sagte immer wieder, ich sei ihm zu einem Sohn geworden, wie er ihn sich schon immer wünschte.« Weinend vergrub Uther das Gesicht in den Händen. »Er hätte mich auch als seinen Erben eingesetzt, aber die anderen Könige ließen das nicht zu. Sie folgten mir als Heerführer, aber viele neideten mir meinen Einfluß... Lot war der schlimmste. Ich schwöre, Igraine, ich strebe nicht aus Ehrgeiz nach der Krone, sondern um zu beenden, was unser toter König begonnen hat!«
»Ich glaube, das weiß jeder«, sagte sie und streichelte seine Hände. Seine Trauer lähmte sie.

»Ich glaube, Ambrosius wäre selbst im Himmel nicht glücklich, wenn er hinunterblicken und das Leid und die Verwirrung im Lande sehen würde... und die Könige, die schon Ränke schmieden, weil jeder versucht, die Macht an sich zu reißen. Ich frage mich, ob es sein Wille wäre, wenn ich Lot ermorde, um an die Macht zu kommen; es war Ambrosius' Werk, daß wir uns Blutsbrüderschaft schworen. Und diesen Eid werde ich nicht brechen«, bekannte Uther, und die Tränen rannen ihm über das Gesicht. Igraine nahm den dünnen Schleier vom Kopf und trocknete dem Feldherrn die Tränen, wie sie es bei ihrem Kind getan hätte.

»Ich weiß, Ihr werdet ehrenhaft handeln, Uther, wenn Ihr tut, was Ihr tun müßt... sonst wärt Ihr nicht der Mann, dem König Ambrosius sein Vertrauen schenkte.«

Plötzlich fiel der blendende Schein einer Fackel auf sie. Igraine erstarrte; ihre Hand mit dem Schleier lag immer noch auf Uthers Gesicht. Gorlois fragte scharf: »Seid Ihr es, Uther Pendragon? Habt Ihr meine... ah, meine Gemahlin, da seid Ihr?!«

Igraine glitt beschämt und plötzlich schuldbewußt vom Ast. Ihr Rock verfing sich in einem Zweig; man sah die leinerne Unterhose über den Knien. Hastig streifte sie den Rock glatt und hörte den Stoff reißen.

»Ich glaubte, Ihr hättet Euch verirrt... Ich fand Euch nicht im Haus unseres Gastgebers«, sagte Gorlois streng, »was tut Ihr hier, um Himmels willen?«

Auch Uther stieg vom Baum. Von dem Mann, der sich ihr offenbart hatte, der um seinen toten König und väterlichen Freund geweint, und den die ihm auferlegte schwere Last in Verzweiflung gestürzt hatte, war nichts mehr zu bemerken. Er sprach laut und freundlich.

»Ach, Gorlois, das Geschwätz dieses Priesters hat mich ungeduldig gemacht, und ich kam hierher, um frische Luft zu atmen und den frommen Singsang nicht mehr anhören zu müssen. Und Eure Gemahlin, der das Geplapper der guten Damen ebensowenig gefiel, traf mich hier an. Ich danke Euch, Herrin«, sagte er mit einer kühlen Verbeugung und schritt davon. Igraine bemerkte, daß Uther den Schein der Fackel mied.

Gorlois blieb mit Igraine allein zurück. Er sah sie wütend und argwöhnisch an. Mit einem kurzen Wink bedeutete er ihr voranzugehen und sagte: »Meine Gemahlin, Ihr solltet wirklich peinlichst darauf achten, daß Ihr nicht ins Gerede kommt. Ich habe Euch doch geraten, Uther nach Möglichkeit zu meiden. Er hat einen so schlechten Ruf, daß keine ehrbare Frau sich mit ihm in ein vertrauliches Gespräch einlassen sollte.«

Igraine drehte sich um und erwiderte zornig: »Was denkt Ihr von mir? Glaubt Ihr wohl, ich bin die Sorte Frau, die sich davonstiehlt, um sich mit einem Fremden wie ein Tier im Gebüsch zu paaren? Glaubt Ihr wirklich, ich habe auf dem Ast bei ihm gelegen wie ein Vogel? Möchtet Ihr mein Gewand untersuchen, um zu sehen, ob es zerknittert ist, weil ich mit Uther im Gras gelegen habe?«

Gorlois hob die Hand und schlug sie auf den Mund – allerdings nicht sehr fest. »Ich dulde keine Widerrede! Ich habe Euch befohlen, ihm aus dem Weg zu gehen. Also gehorcht! Ich halte Euch für aufrichtig und ehrbar. Aber ich traue diesem Mann nicht und dulde nicht, daß andere Frauen über Euch reden.«

»Sicher hat niemand schlimmere Gedanken als eine gute Frau ... von einem Priester vielleicht abgesehen«, schleuderte ihm Igraine entgegen. Sie rieb sich den Mund, wo Gorlois ihre Lippen gegen die Zähne geschlagen hatte. »Wie könnt Ihr wagen, mich zu schlagen? Wenn ich Euch betrüge, könnt Ihr Euren gerechten Zorn an mir auslassen. Aber wegen meiner Worte nicht! Bei den Göttern, glaubt Ihr, wir haben von Liebe gesprochen?«

»Bei Gott, worüber habt Ihr denn um diese Zeit mit diesem Mann gesprochen?«

»Über vieles«, antwortete Igraine, »hauptsächlich über Ambrosius im Himmel und ... ja, über den Himmel und darüber, was man für das Leben nach dem Tod erhoffen kann.«

Gorlois starrte sie mißtrauisch und ungläubig an. »Das halte ich für unwahrscheinlich. Er brachte noch nicht einmal soviel Achtung für den Toten auf, ein Requiem zu hören.«

»Er konnte diese düsteren Psalmen nicht ertragen. Mir ging es nicht anders! Es war, als trauere man um den schlechtesten aller Menschen und nicht um den besten aller Könige!«

»Vor Gott sind alle Menschen elende Sünder, Igraine. Und in den Augen Christi ist ein König nicht besser als jeder andere Sterbliche.«

»Ja, ja«, sagte sie ungeduldig, »das habe ich Eure Priester sagen hören. Sie nehmen sich auch viel Zeit und machen sich große Mühe, uns zu erzählen, daß Gott die Liebe und unser gütiger Vater im Himmel ist. Aber ich sehe, daß sie es sorgfältig vermeiden, ihm in die Hände zu fallen. Sie trauern um alle, die in den ewigen Frieden eingehen, wie um jene, die auf dem Blutaltar der Göttin, des Großen

Raben, geopfert werden. Ich sage Euch, Uther und ich haben darüber gesprochen, was die Priester vom Himmel wissen ... und ich glaube, das ist sehr wenig!«
»Wenn Ihr und Uther euch über Religion unterhalten habt, ist das sicher das erste Gespräch dieser Art in seinem Leben«, knurrte Gorlois.
Igraine war nun wirklich zornig, als sie antwortete: »Er weinte, Gorlois! Er weinte um den König, der wie ein Vater zu ihm gewesen war. Und wenn man seine Achtung für einen Toten dadurch beweist, daß man sich das Gezeter eines Priesters anhört, dann werde ich diese Achtung nie teilen! Ich beneide Uther darum, daß er ein Mann ist und kommen und gehen konnte, wie es ihm gefiel. Wenn ich ein Mann wäre, hätte ich mir dieses erbärmliche Gerede in der Kirche sicher nicht lange angehört. Aber ich konnte nicht gehen, denn mich fesselte das Wort eines Mannes an meinen Platz, der mehr von Priestern und Psalmen hält als von dem Toten!«
Sie hatten das Haus erreicht. Gorlois sah Igraine dunkelrot vor Zorn an und stieß sie wütend durch die Tür: »Ich verbiete Euch, in diesem Ton mit mir zu sprechen, sonst werde ich Euch wirklich prügeln!«
Igraine spürte, daß sie wie eine wütende Katze die Zähne fletschte. Mit scharfem Atem fauchte sie ihn an: »Wagt es nur, Gorlois! Ich werde Euch lehren, daß die Tochter der Heiligen Insel weder die Sklavin noch die Dienerin eines Mannes ist!«
Gorlois öffnete den Mund zu einer wütenden Antwort, und Igraine glaubte einen Augenblick, er würde sie noch einmal schlagen. Doch der Herzog unterdrückte mühsam seinen Zorn und wendete sich von ihr ab. »Es ziemt sich wirklich nicht, mich hier zu streiten, solange mein König und Herr noch nicht begraben ist. Wenn Ihr Euch vor dem Alleinsein nicht fürchtet, könnt Ihr heute nacht hier schlafen, sonst lasse ich Euch in das Haus des Ectorius geleiten, und Ihr könnt bei Flavilla übernachten. Meine Männer und ich werden bis Sonnenaufgang fasten und beten. Denn Ambrosius wird morgen zur letzten Ruhe gebettet.«
Igraine sah ihn überrascht und mit wachsender Verachtung an. Gorlois würde also aus Furcht vor dem Schatten eines Toten – obwohl er das in hehre Worte kleidete und von Achtung sprach – weder essen noch trinken und auch nicht mit seiner Frau schlafen, bis sein König begraben war. Die Christen behaupteten, über den Aberglauben der Druiden erhaben zu sein. Aber sie hatten ihren eigenen. Igraine fand ihn unbegreiflich erbärmlich, denn er hatte nichts mehr

mit der Natur zu tun. Plötzlich war sie froh, daß sie in dieser Nacht nicht bei Gorlois schlafen mußte. »Nein«, erwiderte sie, »ich fürchte mich nicht davor, allein zu bleiben.«

Ambrosius wurde bei Sonnenaufgang zu Grabe getragen. Igraine stand neben dem noch immer zornigen und schweigsamen Gorlois und verfolgte die Zeremonie mit seltsamer Teilnahmslosigkeit. Vier lange Jahre hatte sie darum gekämpft, sich mit diesem Glauben anzufreunden. Jetzt wußte Igraine, sie würde diesem Gott höflichen Respekt entgegenbringen, um Gorlois nicht zu verärgern – man hatte ihr schon als Kind gesagt, daß alle Götter ein Gott sind. Man durfte nie den Namen verspotten, unter dem jemand Gott anbetete. Aber sie würde nicht mehr versuchen, so fromm zu sein wie er. Eine Frau sollte den Göttern ihres Gemahls dienen, und sie würde auf schickliche und angemessene Weise vorgeben, das zu tun. Sie würde aber nie mehr in den Irrtum verfallen zu fürchten, daß dieser allwissende, rachsüchtige Gott Macht über sie besaß.
Igraine sah auch Uther. Er wirkte verstört, erschöpft und hatte rotgeränderte Augen, als habe auch er schlaflos gewacht und gefastet. Sein Anblick rührte sie. Armer Mann, niemand sorgte sich um ihn, wenn er hungerte, oder sagte ihm, welcher Unsinn das war! Wie konnten die Christen glauben, die Toten weilten bei den Lebenden, um zu sehen, was sie taten. Die Toten hatten nichts dagegen, daß die Lebenden aßen und tranken! Igraine war überzeugt, daß König Uriens kein solcher Narr war. Er wirkte satt und ausgeruht. Plötzlich wünschte sie, so alt und weise zu sein, wie Uriens Gemahlin. Sie konnte mit ihm reden und ihm sagen, was er in solchen Fällen tun sollte. Ihr Gemahl war nicht doppelt so alt wie sie und konnte sie wie ein Kind behandeln.
Nach dem Begräbnis brachte Gorlois Igraine in das Haus zurück. Er aß und trank mit ihr. Aber er war noch immer schlecht gelaunt und schweigsam und verabschiedete sich sofort nach der Mahlzeit. »Ich muß an der Ratssitzung teilnehmen«, erklärte er, »Lot und Uther werden sich in den Haaren liegen. Und irgendwie muß ich ihnen helfen, sich daran zu erinnern, was König Ambrosius wünschte. Es tut mir leid, Euch allein zurückzulassen. Aber ich werde Euch einen Mann senden, der Euch begleitet, wenn Ihr durch die Stadt gehen wollt.« Er gab ihr eine Münze und sagte, sie solle sich auf dem Markt

etwas kaufen. Der Mann, so fügte er hinzu, würde ebenfalls Geld bei sich haben, falls sie Gewürze und andere Dinge für den Haushalt in Cornwall besorgen wollte. »Denn warum solltet Ihr von einer so langen Reise nicht etwas zurückbringen, das Ihr braucht? Ich bin kein armer Mann. Ihr könnt kaufen, was Ihr für ein ordentliches Haus benötigt, ohne mich vorher zu fragen. Vergeßt nicht, ich vertraue Euch, Igraine«, sagte er, nahm ihr Gesicht in beide Hände und küßte sie. Obwohl er kein Wort darüber verlor, wußte sie, daß er sich auf seine barsche Weise entschuldigte. Sie sollte die Verdächtigungen und den Schlag ins Gesicht vergessen. Das rührte Igraine, und sie erwiderte seinen Kuß mit echter Zärtlichkeit.

Der große Markt von Londinium war herrlich aufregend, trotz Schmutz und Gestank. Ihr kam es vor, als fänden vier oder fünf Jahrmärkte gleichzeitig statt. Gorlois' Banner, das einer seiner Gefolgsleute vor ihr her trug, schützte Igraine weitgehend vor dem Gedränge und Geschiebe der Menschen. Trotzdem ängstigte sie dieser riesige Marktplatz ein bißchen. Hier priesen etwa hundert Händler lautstark ihre Waren an. Alles, was sie sah, erschien ihr neu, schön und wünschenswert. Aber sie beschloß, zuerst über den ganzen Markt zu gehen, ehe sie etwas kaufte. Schließlich erstand sie Gewürze, eine Länge feines Wolltuch von den Inseln – eine weichere Wolle als die der Schafe in Cornwall. Gorlois brauchte in diesem Jahr einen neuen Mantel. Sobald sie wieder in Tintagel war, wollte sie die Bordüre dazu weben. Für sich kaufte sie kleine Knäuel farbiger Seide. Es würde Spaß machen, mit solch leuchtenden Farben zu weben und nach der groben Wolle und dem Flachs eine Erholung für die Finger sein. Sie würde auch Morgause lehren, Seide zu weben. Und im nächsten Jahr war es höchste Zeit, Morgaine das Spinnen beizubringen. Wenn sie tatsächlich ein zweites Kind von Gorlois bekommen sollte, würde sie im nächsten Jahr schwerfällig und unförmig sein. Dann hätte sie Zeit, ihrer Tochter das Spinnen zu zeigen. Mit vier Jahren war sie alt genug, mit einer Spindel umzugehen und den Faden zu zwirnen – auch wenn man damit nur das Garn vor dem Färben zusammenbinden konnte.

Igraine entschied sich auch für ein paar bunte Bänder. Sie würden hübsch an Morgaines Festtagskleid aussehen. Man konnte sie immer wieder abtrennen, wenn das Kind größer geworden war, und sie an die Ärmel und den Halsausschnitt des neuen Kleidchens nähen. Morgaine war jetzt alt genug, um ihre Sachen nicht mehr zu beschmutzen. Sie sollte standesgemäß gekleidet sein, wie es sich für die Tochter des Herzogs von Cornwall gehörte.

Auf dem Markt herrschte geschäftiges Treiben. Von ferne sah sie die Gemahlin König Uriens' und andere gutgekleidete Damen. Sie fragte sich, ob die Männer alle ihre Ehefrauen heute morgen auf den Markt zum Einkaufen geschickt hatten, während in der Ratsversammlung die Wogen der Meinungen hochschlugen. Igraine erstand Silberschnallen für ihre Schuhe, obwohl sie sicher war, sie hätte in Cornwall ebenso schöne finden können. Sie kaufte sie nur, weil ihr die Vorstellung gefiel, Schnallen auf den Schuhen zu tragen, die aus dem fernen Londinium stammten. Aber als der Mann versuchte, ihr eine Brosche aus Silberfiligran mit einem Bernstein in der Mitte zu verkaufen, lehnte sie bei der Vorstellung, soviel Geld auszugeben, erschrokken ab. Sie war sehr durstig. Der Apfelwein und die heißen Kuchen, die an verschiedenen Ständen angeboten wurden, reizten sie. Aber sie fand es unanständig, sich auf den offenen Markt zu setzen und zu essen wie ein Hund oder ein Bauer. Sie befahl dem Mann, sie zum Haus zurückzubringen. Dort wollte sie Brot und Käse essen und Bier trinken. Der Mann wirkte verdrießlich, und so schenkte sie ihm eine der kleinen Münzen, die sie als Wechselgeld zurückbekommen hatte und forderte ihn auf, sich dafür einen Krug Apfelwein oder Bier zu kaufen.

Zurückgekehrt saß Igraine müde und lustlos in der Kammer und musterte ihre Einkäufe. Gerne hätte sie sofort mit der Bordüre begonnen. Doch damit mußte sie warten, bis sie wieder an ihrem kleinen Webstuhl zu Hause saß. Zwar hatte sie das Spinnzeug bei sich, aber es erschien ihr zu langweilig, und so betrachtete sie nur all die schönen Dinge. Schließlich kehrte Gorlois zurück. Er sah müde aus.

Der Herzog versuchte, Interesse für ihre Einkäufe aufzubringen und stellte fest, sie sei sehr sparsam gewesen. Aber Igraine konnte unschwer erkennen, daß er mit seinen Gedanken weit weg war, obwohl er die Bänder für Morgaines Kleid bewunderte und sie lobte, sie habe gut daran getan, die Silberschnallen zu kaufen. »Du solltest auch einen silbernen Kamm haben und vielleicht einen neuen Spiegel. Dein alter Bronzespiegel ist doch zerkratzt. Gib ihn Morgause. Sie ist jetzt fast erwachsen. Du kannst dir morgen einen neuen Spiegel kaufen, wenn du möchtest.«

»Wird der Rat noch einmal zusammentreten?«

»Ich fürchte ja, und vermutlich noch einmal und noch einmal, bis wir Lot dazu überreden können, sich dem Willen des Ambrosius zu beugen und Uther als Großkönig anzuerkennen«, brummte Gorlois,

»sie sind alle störrische Esel! Hätte Ambrosius doch nur einen Sohn hinterlassen, dann könnten wir ihm alle den Treueschwur leisten und einen Feldherren wählen, der seinen Mut in der Schlacht unter Beweis gestellt hat! Das wäre ohne Zweifel Uther ... selbst Lot weiß das! Aber Lot hat den Ehrgeiz, Großkönig zu werden. Für ihn ist nur wichtig, eine Krone zu tragen und unseren Eid entgegenzunehmen. Im Norden gibt es Männer, die lieber einen eigenen König hätten, und deshalb unterstützen sie Lot ... ich glaube sogar, wenn Uther schließlich doch gewählt wird, kehren alle Könige aus dem Norden in ihre Heimat zurück und sagen Uther die Gefolgschaft auf, Uriens vielleicht ausgenommen. Ich werde Lot nicht unterstützen, nur damit die Könige aus dem Norden nicht abfallen. Ich traue ihm nicht über den Weg!« Gorlois zuckte die Schultern. »Das sind langweilige Geschichten für die Ohren einer Frau, Igraine. Bringe mir Brot und kaltes Fleisch. Ich habe letzte Nacht nicht geschlafen und bin so müde wie nach einem Tag auf dem Schlachtfeld. Auch mit Worten streiten ist schwere Arbeit.«

Igraine wollte sagen, daß sie gerne mehr zu hören wünsche. Aber dann ließ sie es achselzuckend sein. Sie würde sich nicht herablassen und ihm Neuigkeiten entlocken, als sei sie ein Kind, das vor dem Einschlafen um eine Geschichte bettelt. Wenn sie dem Klatsch auf dem Marktplatz entnehmen mußte, was bei Hofe geschah, dann ließ es sich eben nicht ändern. Gorlois war müde und würde heute nacht nichts als schlafen wollen.

Igraine lag noch spät in der Nacht wach neben ihm und dachte an Uther. Welches Gefühl mußte es für den Feldherrn sein zu wissen, daß Ambrosius ihn zum Großkönig ausersehen hatte, um dann zu erkennen, daß er seine Wahl vielleicht mit dem Schwert durchsetzen mußte! Unruhig warf sie sich im Bett hin und her und überlegte, ob der Merlin wirklich einen Zauber über sie geworfen hatte, damit sie nicht aufhören konnte, an Uther zu denken. Schließlich schlief Igraine ein und fand sich im Traum wieder in dem Obstgarten, wo sie mit ihm gesprochen und seine Tränen mit ihrem Schleier getrocknet hatte. Doch diesmal packte Uther das Ende ihres Schleiers und zog sie damit an sich. Er preßte seinen Mund auf den ihren, und in diesem Kuß lag eine Süße, die sie in all den Jahren mit Gorlois nie empfunden hatte. Sie überließ sich seinen Lippen und spürte, wie sie unter ihnen dahinschmolz. Sie blickte ihm in die blauen Augen und dachte: *Ich war immer noch ein Kind. Bis zu diesem Augenblick habe ich wirklich nicht gewußt, was es heißt, eine Frau zu sein.* Sie flüsterte: »Ich habe nie gewußt, was es heißt zu lieben.« Da zog er sie eng an sich, legte sich auf sie, und Igraine spürte, wie Süße und Wärme ihren Körper durchdrangen. Sie hob sich ihm entgegen und erwachte. Verwirrt stellte Igraine fest, daß Gorlois sie im Schlaf in die Arme gezogen hatte. Das köstliche Gefühl des Traumes erfüllte noch ihren Körper, und sie umarmte den Gatten im Halbschlaf gefügig. Aber sie wurde schnell ungeduldig und konnte kaum erwarten, daß Gorlois von ihr abließ und wieder in seinen schweren geräuschvollen Schlaf zurückfiel. Bebend und zitternd lag sie bis zum Morgengrauen wach und fragte sich, was mit ihr geschehen war.

Die Sitzungen des Großen Rates dauerten die ganze Woche, und Gorlois kam jeden Abend zornig und erschöpft zurück. Einmal brach es aus ihm heraus: »Wir sitzen herum und reden, während die Sachsen an den Küsten sich vielleicht schon zum Krieg gegen uns rüsten! Begreifen diese Dummköpfe nicht, daß unsere Sicherheit von den Bündnistruppen abhängt? Sie sind es, die die sächsischen Küsten verteidigen müssen, und sie werden nur Uther folgen oder einem Mann aus ihren eigenen Reihen! Und Lot mit seinem Haß auf Uther würde lieber einem bemalten Häuptling folgen, der dem Pferdegott dient!«

Selbst die Vergnügungen des Markts konnten Igraine bald nicht mehr reizen. Es hatte beinahe jeden Tag geregnet, und Igraine, die beim zweiten Marktgang ein paar Nadeln gekauft hatte, saß von nun an im Haus und besserte ihre Kleider und die ihres Mannes aus. Sie wünschte, sie hätte ihren Webstuhl hier, damit sie mit dem feinen Garn weben konnte. Sie zerteilte den gekauften Stoff und begann, Handtücher zu nähen, säumte den Rand und faßte ihn mit farbigem Garn ein. In der zweiten Woche bekam sie ihre Tage, die dem Mond unterlagen; sie war traurig und fühlte sich betrogen. Also hatte sie doch nicht den Sohn empfangen, den Gorlois sich erhoffte. Sie war noch nicht zwanzig; sie konnte wohl kaum schon unfruchtbar sein! Sie dachte an die alte Geschichte, die sie einmal gehört hatte. Eine Frau, die mit einem älteren Mann verheiratet war, schenkte ihm keinen Sohn. Schließlich stahl sie sich nachts aus dem Haus, legte sich zu einem Hirten, und der alte Ehemann war sehr stolz auf den gesunden Sohn, den sie ihm gebar. Wenn ihr Leib keine Frucht trug, dachte Igraine gereizt, lag es vermutlich nur an Gorlois! *Er* war alt, und die jahrelangen Feldzüge und Kriege hatten sein Blut dünn und kraftlos werden lassen. Zwischen Bestürzung und Schuldgefühlen schwankend, dachte sie an ihren Traum. Merlin und Viviane hatten

es gesagt: Sie sollte dem Großkönig einen Sohn schenken, der das Land aus seiner Zerrissenheit herausführen würde. Und Gorlois selbst hatte erklärt, wenn Ambrosius einen Sohn hinterlassen hätte, gäbe es jetzt nicht dieses unwürdige Streiten. Falls Uther zum Großkönig gewählt wurde, brauchte er wirklich dringend einen Sohn.
Ich bin jung und gesund. Als seine Königin könnte ich ihm den Sohn schenken ... Und jedesmal, wenn ihre Gedanken hier ankamen, weinte sie voller Verzweiflung über die Ausweglosigkeit der Lage.
Ich bin mit einem alten Mann verheiratet; mein Leben ist mit neunzehn Jahren schon vorbei. Ebensogut könnte ich eine alte verbrauchte Frau sein, der nichts mehr daran liegt, ob sie lebt oder stirbt; die nur noch am Feuer sitzt und an den Himmel denkt! Igraine legte sich ins Bett und sagte Gorlois, sie sei krank.
Einmal besuchte sie der Merlin in dieser Woche, während Gorlois in der Ratsversammlung saß. Sie hätte ihm am liebsten all ihren Zorn und ihr Elend ins Gesicht geschleudert – er hatte das angerichtet! Sie war zufrieden gewesen und hatte sich ihrem Schicksal gefügt, bis er sie aufstörte! Aber Vater hin, Vater her, es war undenkbar, den Merlin von Britannien zu beschimpfen.
»Gorlois hat mir gesagt, daß du krank bist, Igraine. Kann ich dir mit meinen Heilkünsten helfen?«
Igraine sah ihn verzweifelt an. »Nur wenn Ihr mich jung machen könnt, Vater. Ich fühle mich so alt, Vater, so alt!«
Er strich ihr über die glänzenden kupferfarbenen Locken und erwiderte: »Ich sehe weder graue Haare noch Falten in deinem Gesicht, mein Kind.«
»Aber mein Leben ist vorbei. Ich bin eine alte Frau, die Ehefrau eines alten Mannes ...«
»Beruhige dich, beruhige dich«, sagte der Merlin tröstend, »du bist müde und krank. Wenn der Mond wechselt, wirst du dich sicher wieder besser fühlen. Es ist das beste, Igraine«, sagte er und sah seine Tochter scharf an. Plötzlich wußte sie, daß er ihre Gedanken gelesen hatte; er schien geradewegs zu ihnen zu sprechen und zu wiederholen, was er in Tintagel zu ihr gesagt hatte: *Du wirst Gorlois keinen Sohn gebären.*
»Ich fühle mich ... wie in einer Falle gefangen«, klagte sie, senkte weinend den Kopf und schwieg.
Er strich ihr über das wirre Haar: »Schlaf ist das beste Mittel gegen deine Krankheit, Igraine, und Träume heilen dein Leiden. Ich bin ein Meister der Träume und will dir einen Traum senden, der dich gesund macht.« Segnend hob er die Hände über sie und ging.

Igraine fragte sich, ob es daran lag, daß der Merlin ihr etwas angetan oder Viviane sie verzaubert hatte – vielleicht hatte sie doch ein Kind von Gorlois empfangen und es wieder abgestoßen? Das kam vor. Sie konnte sich aber nicht vorstellen, daß der Merlin ihr Kräuter oder ein Mittel ins Bier gemischt hatte; vielleicht stand es in seiner Macht, es durch Magie oder Zaubersprüche zu bewirken. Dann dachte sie, daß es vielleicht tatsächlich so das beste war. Gorlois war alt. Sie hatte den Schatten seines Todes gesehen. Sollte sie vielleicht seinen Sohn ohne den Vater aufziehen? Als Gorlois an diesem Abend zurückkam, schien sie wieder den Schatten hinter ihm zu sehen, den gefürchteten Geist... den stumm wartenden Tod. Wieder klaffte die Wunde unter seinem Auge. Sein Gesicht war gezeichnet von Leid und Verzweiflung. Igraine wandte sich ab, und als er sie berührte, hatte sie das Gefühl, von eisigen Händen umarmt zu werden.

»Ach, meine Liebe, sei nicht so bedrückt«, versuchte Gorlois sie zu trösten und setzte sich auf den Bettrand. »Ich weiß, du bist krank und unglücklich. Du sehnst dich sicher danach, zu deinem Kind zurückzukehren. Lange wird es nicht mehr dauern. Ich habe Neuigkeiten für dich. Wenn du mir zuhörst, werde ich sie dir berichten.«

»Ist der Rat inzwischen einer Einigung näher?«

»Vielleicht«, antwortete Gorlois, »hast du heute nachmittag die Unruhe auf der Straße bemerkt? Lot von Orkney und die Könige aus dem Norden sind abgezogen. Sie haben sich inzwischen damit abgefunden, daß wir Lot erst dann zum Großkönig wählen werden, wenn Sonne und Mond im Westen aufgehen. Also sind sie davongeritten und überlassen es uns, Ambrosius' Willen zu vollziehen. An Uthers Stelle würde ich nach Sonnenuntergang nicht mehr allein auf die Straße gehen... das habe ich ihm auch gesagt. Lot zog ab wie ein geprügelter Hund. Ich halte es nicht für ausgeschlossen, daß er sich Genugtuung verschafft und Uther einen gedungenen Mörder auf die Fersen setzt.«

Sie flüsterte: »Glaubst du wirklich, Lot wird versuchen, Uther umzubringen?«

»Im offenen Kampf kann er es mit Uther nicht aufnehmen. Doch ein Messer in den Rücken, das entspräche Lot! Ich bin nur froh, daß er keiner der Unseren ist, obwohl es mich beruhigen würde, wenn Lot den Treueschwur geleistet hätte und Frieden halten müßte. Einen heiligen Eid wagt er nicht zu brechen... aber selbst dann würde ich ihn nicht aus den Augen lassen«, sagte Gorlois.

Als sie im Bett lagen, griff er nach ihr, aber Igraine schüttelte den

Kopf und schob ihn von sich. »Warte noch einen Tag«, sagte sie. Ergeben seufzend, drehte er sich zur Seite und schlief sofort ein. Sehr viel länger würde sie ihn nicht mehr hinhalten können, dachte sie. Aber das Entsetzen hatte sie gepackt, als wieder der unheilvolle Doppelgänger hinter Gorlois stand. Sie sagte sich vor, was auch immer geschehen würde, es sei ihre Pflicht, diesem ehrenhaften Mann, der so gut zu ihr gewesen war, eine treuergebene Frau zu bleiben. Und dies erinnerte sie wieder an Tintagel, wo Viviane und der Merlin ihre Sicherheit und ihren Frieden zerstört hatten. Igraine fühlte Tränen in sich aufsteigen, aber sie versuchte, ihr Schluchzen zu unterdrücken, denn sie wollte Gorlois nicht wecken.

Der Merlin hatte versprochen, ihr einen Traum zu senden, um sie von ihrer Trübsal zu erlösen. Und doch hatte all dies mit einem Traum begonnen. Sie fürchtete sich davor, einzuschlafen, denn sie hatte Angst, ein neuer Traum würde das bißchen Frieden, das sie gefunden hatte, ebenfalls zerstören. Igraine wußte, wenn sie es geschehen ließ, würde diese Geschichte ihr Leben zerstören und das Gelöbnis vor dem Altar wäre gebrochen. Zwar war sie keine Christin, aber sie kannte die Predigten inzwischen gut genug, um zu wissen, daß es in ihren Augen eine schwere Sünde war.

Wenn Gorlois tot wäre... Igraine hielt entsetzt den Atem an. Zum ersten Mal hatte sie sich einen solchen Gedanken erlaubt. Wie konnte sie ihm den Tod wünschen... ihrem Gemahl, dem Vater ihrer Tochter? Wie konnte sie wissen, daß Uther sie wollte, selbst wenn Gorlois nicht mehr zwischen ihnen stand? Wie konnte sie an der Seite eines Mannes liegen und sich nach einem anderen sehnen?

Viviane sprach darüber, als sei es nichts Ungewöhnliches... bin ich einfach zu kindlich und zu unerfahren?

Ich will wach bleiben, damit ich nicht träume...

Wenn ich mich weiter so unruhig im Bett hin und her werfe, dachte Igraine, wird Gorlois sicher aufwachen. Und wenn ich weine, wird er wissen wollen, warum. Doch was könnte ich ihm schon sagen? Igraine erhob sich leise, verbarg ihre Nacktheit in einem weiten Umhang und setzte sich vor die Glut des ersterbenden Feuers. Sie starrte in das glühende Rot und fragte sich, weshalb der Merlin von Britannien, ein Priester der Druiden, Ratgeber von Königen und ein Bote der Götter, auf diese Weise in das Leben einer jungen Frau eingreifen sollte. Und außerdem: Was hatte ein Druide als Ratgeber des Königs an einem christlichen Hof zu suchen?

Weshalb bin ich nicht bereit, mich dem Willen des Merlin zu fügen, wenn ich ihn schon für so weise halte?

Nachdem Igraine lange Zeit in das erlöschende Feuer gestarrt hatte, schmerzten ihre Augen, und sie überlegte, ob sie zurück ins Bett gehen und sich neben Gorlois legen sollte oder sich lieber doch anziehen und hinausgehen, damit sie nicht einschlief und dem angekündigten Traum des Merlin auswich?
Igraine erhob sich und tappte leise durch den Raum zur Pforte. Es erstaunte sie nicht übermäßig, daß sie sich, eingehüllt in den Umhang, immer noch am Feuer sitzen sah, als sie sich umdrehte. Sie machte sich nicht die Mühe, die Tür der Kammer zu öffnen oder den Riegel an der großen Haustür zurückzuschieben. Wie ein Geist glitt sie mühelos hindurch.
Doch der Hof, der zum Hause gehörte, war verschwunden. Sie stand mitten in einer weiten Ebene. Riesige Steine schlossen sich zu einem großen Kreis, auf den die ersten Strahlen der aufgehenden Sonne fielen ... nein, nicht das Sonnenlicht, im Westen setzte ein mächtiges Feuer den Himmel in Flammen.
Im Westen ... dort lagen die verschollenen Länder Lyonness und Ys und auch die große Insel Atlas-Alamesios oder auch Atlantis – das vergessene Reich im Meer. Ja, das große Feuer hatte dort gewütet, als der Berg auseinanderbrach in einer einzigen Nacht. Hunderttausend Männer, Frauen und Kinder kamen dort ums Leben.
»Aber die Priester wußten es«, hörte Igraine eine Stimme an ihrer Seite. »In den letzten hundert Jahren haben sie den Sternentempel hier in der Ebene erbaut, damit sie auch fürderhin den Gang der Jahre verfolgen und die Finsternis von Sonne und Mond voraussagen können. Die Menschen hier kennen nichts davon. Aber sie wissen, daß wir weise Priester und Priesterinnen von jenseits des Meeres sind. Sie werden für uns bauen, so wie sie für andere gebaut haben ...«
Igraine blickte auf und sah ohne zu erstaunen einen Mann in einem blauen Mantel neben sich. Seine Augen waren die blauen Augen von Uther Pendragon; aber er hatte ein anderes Gesicht und trug einen seltsam hohen Kopfschmuck, um den sich Schlangen wanden. Auch an seinen Armen sah sie goldene Schlangen – Armreife oder Armbänder ...
Ein kalter Wind jagte über die Hochebene, wo der Ring aus Steinen auf die Sonne wartete, die über dem Fersenstein aufging. Igraine hatte den Sonnentempel in Salisbury nie gesehen, denn die Druiden mieden ihn. Wer, so sagten sie, konnte die Großen Götter hinter einem Tempel anbeten, der von Menschenhand geschaffen war?

Deshalb fanden ihre Riten in Hainen statt, welche die Götter angelegt hatten. Aber als sie noch ein Mädchen war, hatte Viviane ihr von diesem Tempel erzählt, und seine Baumeister hatten ein Wissen und Können besessen, das heute verloren war. Auch wer die Geheimnisse der Priester nicht kannte, konnte damals die Finsternis von Sonne und Mond vorausberechnen, den Lauf der Gestirne verfolgen und das Kommen und Gehen der Jahreszeiten bestimmen.
Igraine wußte, daß Uther neben ihr – war er es wirklich, dieser hochgewachsene Mann im Gewand einer Priesterkaste, die vor Jahrhunderten mit einem Land unterging, das nur noch als Legende lebte, war das wirklich Uther? – nach Westen auf den brennenden Himmel blickte.
»Und es begab sich, was sie geweissagt haben«, sagte er und legte ihr den Arm um die Schultern. »Bis zu diesem Augenblick habe ich es nie wirklich geglaubt, Morgan.«
Einen Augenblick lang überlegte Igraine, die Gemahlin des Herzogs Gorlois, weshalb dieser Mann sie mit dem Namen ihres Kindes anredete. Aber noch während sie darüber nachdachte, wußte sie, daß Morgan kein Name, sondern der Titel einer Priesterin war. Er bedeutete nicht mehr als *die Frau, die aus dem Meer kommt*. Und selbst für den weisen Merlin von Britannien wäre ihre Religion nicht mehr als eine Legende, nicht mehr als der Schatten einer Legende gewesen...
Igraine hörte sich ohne eigenes Zutun sagen: »Auch ich hielt es für unmöglich, daß Lyonness, Ahtarrath und Ruta vergehen und verschwinden würden, als hätte es sie niemals gegeben. Glaubst du, es ist wahr, daß die Götter Atlantis bestrafen, weil die Menschen gesündigt haben?«
»Ich glaube nicht, daß die Götter so handeln«, antwortete der Mann an ihrer Seite. »Das Land erbebt in dem großen Ozean jenseits des Wassers, das wir kennen. Und obwohl man in Atlantis von den verschollenen Ländern Mu und Hy-Brasil redete, weiß ich, daß in dem größten der Meere, das noch hinter dem Sonnenuntergang liegt, die Erde erzittert. Inseln tauchen auf und versinken wieder, obwohl die Menschen die Sünde und das Böse nicht kennen und in Unschuld leben, wie wir es taten, ehe uns die Götter die Erkenntnis von Gut und Böse gaben. Und wenn die Erdgötter an den Unschuldigen und den Sündern gleichermaßen Rache üben, kann dieses Zerstören keine Strafe für Sünden sein, sondern liegt im Wesen der Natur. Ich weiß nicht, ob sich dahinter ein tieferer Sinn verbirgt, oder ob das

Land nur noch nicht seine endgültige Form gefunden hat, so wie Männer und Frauen als Kinder noch nicht vollkommen sind. Vielleicht kämpft auch das Land um die Reife seiner Seele und sucht Vollkommenheit. Ich weiß es nicht, Morgaine. Diese Fragen beschäftigen die Priester mit den höchsten Weihen. Ich weiß nur, daß wir die Geheimnisse der Tempel mit uns genommen haben. Und wir hatten geschworen, das nie zu tun. Also sind wir eidbrüchig geworden.«
Zitternd sagte Igraine: »Wir handelten auf Geheiß der Priester.«
»Kein Priester kann uns von diesem Wortbruch lossprechen, denn das Echo eines Schwurs im Angesicht der Götter klingt durch alle Zeiten. Wir werden leiden müssen. Es war nicht recht, daß das Wissen unserer Tempel im Meer versinken sollte, und man schickte uns in voller Kenntnis, daß wir für den gebrochenen Schwur Leben um Leben leiden werden, aus dem Land, um das Wissen zu retten. Es mußte so sein, meine Schwester.«
Sie erwiderte vorwurfsvoll: »Aber weshalb sollten wir über dieses Leben hinaus für etwas bestraft werden, das zu tun man uns befohlen hat? Hielten die Priester es für richtig, daß wir leiden, weil wir ihnen gehorchen?«
»Nein«, antwortete der Mann, »doch denke an den Eid, den wir abgelegt haben ...«, plötzlich erstarb seine Stimme, »... den Schwur in einem Tempel, der jetzt im Meer versunken ist, und wo der große Orion niemals mehr herrschen wird. Wir haben geschworen, das Los dessen zu teilen, der das Feuer vom Himmel stahl, damit die Menschen nicht länger in Dunkelheit leben. Das Geschenk des Feuers brachte viel Gutes ... aber auch viel Böses, denn der Mensch lernte, sich zu versündigen und Mißbrauch damit zu treiben. Und er, der das Feuer stahl, leidet deshalb bis in alle Ewigkeit an den Felsen geschmiedet, und der Geier frißt noch immer an seiner Leber, obwohl sein Name in jedem Tempel verehrt wird, weil er den Menschen das Licht gebracht hat ... Geheimnisse sind das und Mysterien. Der Mensch kann den Priestern und ihren Gesetzen, die sie machen, blind gehorchen und in Unwissenheit leben. Er kann jedoch auch mit Absicht ungehorsam sein, dem Lichtbringer folgen und das Leid auf dem Rad der Wiedergeburt erdulden. Und sieh ...«, er deutete auf den Himmel, wo das Bild des Einen stand, der größer war als die Götter: An seinem Gürtel funkelten die drei Sterne der Reinheit, der Gerechtigkeit und der freien Wahl. »Dort steht er noch immer, obwohl sein Tempel versunken ist. Sieh, das Rad dreht sich auf seinem kreisenden Pfad, auch wenn die Erde unten sich in

Qualen windet und Städte, Tempel und Menschen in den Feuertod stürzt. Wir haben hier einen neuen Tempel errichtet, damit seine Weisheit niemals stirbt.«

Der Mann, von dem sie wußte, daß er auch Uther war, umarmte sie und weinte. Ungestüm zog er ihr Gesicht an sich und küßte sie. Sie schmeckte das Salz ihrer eigenen Tränen auf seinen Lippen. Er sagte: »Ich kann es nicht bedauern. Im Tempel lehrte man uns, daß die wahre Freude nur in der Befreiung aus dem kreisenden Rad von Tod und Wiedergeburt liegt. Wir müssen irdische Freuden und irdisches Leid verachten und uns nur nach dem ewigen Frieden sehnen. Trotzdem liebe ich das Leben auf dieser Erde, Morgaine. Ich liebe dich, und meine Liebe ist stärker als der Tod. Und wenn die Sünde der Preis dafür ist, daß wir uns Leben um Leben durch die Jahrhunderte hinweg aneinanderbinden, will ich mit Freuden und ohne Bedauern sündigen, damit du, meine Geliebte, zu mir zurückkommst.«

In ihrem ganzen Leben hatte Igraine noch keinen so leidenschaftlichen Kuß erlebt... etwas, das über reine Sinnenlust hinausging, schien sie mit diesem Mann zu verbinden. In diesem Augenblick durchzuckte sie die Erinnerung; plötzlich wußte sie, woher sie ihn kannte. Zwischen den hohen Marmorsäulen auf den goldenen Stufen des großen Tempels des Orion, der sich über der Stadt der Schlange erhob und zu dem die breite Allee der Sphinxen führte – Fabelwesen mit dem Körper von Löwen und dem Gesicht einer Frau –, sah sie ihn... Jetzt standen sie hier auf dieser kahlen Ebene inmitten des Rings unbehauener Steine, und im Westen loderte ein Feuer. Es kündete, daß das Licht im Land ihrer Geburt verlosch, wo sie von Kindheit an zusammen im Tempel gelebt und sich im heiligen Feuer vereint hatten, um sich in diesem Leben nicht mehr zu trennen. Nun hatten sie etwas getan, das sie über den Tod hinaus vereinte...

»Ich liebe dieses Land«, bekannte der Mann leidenschaftlich, »und wir stehen hier, wo man Tempel aus unbehauenen Steinen errichtet, nicht aus Silber, Gold und edlen Steinen. Aber ich liebe dieses Land bereits... das kalte Land, in dem die Sonne niemals scheint. Ich bin bereit, mein Leben zu opfern, um es zu beschützen.« Er zitterte unter seinem Mantel, Igraine zog ihn mit sich, und sie drehten dem erlöschenden Feuer von Atlantis den Rücken.

»Sieh nach Osten«, sagte sie, »denn jedesmal, wenn im Westen das Licht stirbt, erhebt sich im Osten das Versprechen der Wiederge-

burt.« Eng umschlungen standen sie da und sahen, wie die Sonne strahlend hinter dem Auge des großen Steines aufging.
Der Mann flüsterte: »Ja, wahrhaftig, es ist der große Kreislauf von Leben und Tod...«, und als er so sprach, zog er sie an sich, »der Tag wird kommen, an dem die Menschen alles vergessen haben. Dann ist das hier nur noch ein Ring von Steinen. Ich aber werde nichts vergessen, ich werde zu dir zurückkommen, Geliebte. Ich schwöre es.«
Dann hörte sie plötzlich die ernste Stimme des Merlin: »Bedenke wohl, worum du bittest, denn es wird dir gewährt werden...«
Igraine fand sich, nackt, nur den leichten Umhang über, vor der kalten Asche des Feuers in der Kammer sitzend. Gorlois schnarchte leise im Bett.
Zitternd zog sie den Stoff enger um sich und kroch in das Bett zurück. Sie spürte die Kälte bis ins Mark und suchte nur noch Wärme. Morgan? Morgaine? Hatte sie ihrem Kind diesen Namen gegeben, weil es in Wirklichkeit ihr eigener war? War es nur ein wirrer Traum, den der Merlin ihr geschickt hatte, um sie davon zu überzeugen, daß sie Uther Pendragon aus einem früheren Leben kannte?
Aber es war kein Traum gewesen – Träume waren wirr und trügerisch, eine närrische Welt voller Gaukeleien. Igraine wußte, irgendwie war sie in das Land der Wahrheit gelangt. Dorthin wandert nur die Seele, während der Körper zurückbleibt. Von dieser Reise hatte sie keinen Traum zurückgebracht, sondern eine Erinnerung.
Etwas verstand sie jetzt: Wenn sie und Uther sich kannten, sich in der Vergangenheit geliebt hatten, erklärte dies das außergewöhnliche Gefühl der Vertrautheit. Er schien ihr kein Fremder zu sein; selbst sein tölpelhaftes – oder jungenhaftes – Verhalten beleidigte sie nicht. Es gehörte zu dem Menschen, den sie kannte und immer gekannt hatte. Sie erinnerte sich an die Zärtlichkeit, mit der sie seine Tränen mit ihrem Schleier getrocknet hatte. Jetzt wußte sie, daß sie dabei gedacht hatte: *Ja, so war er schon immer...* impulsiv, jungenhaft, stürmisch an sich reißend, was er begehrte, ohne Rücksicht auf den Preis.
Hatten sie wirklich diesem Land die Geheimnisse der versunkenen Weisheit gebracht, vor Generationen, als die jetzt entschwundenen Länder im westlichen Meer verschwanden? Hatten sie wirklich gemeinsam die Strafe für den Eidbruch auf sich geladen? *Strafe?* Und dann, ohne zu wissen, warum, erinnerte sie sich daran, daß die

Wiedergeburt – das menschliche Leben – an sich als Strafe galt; die Strafe eines Lebens im menschlichen Körper anstelle ewigen Friedens. Igraines Lippen verzogen sich zu einem Lächeln, und sie dachte: *Ist es eine Belohnung oder eine Strafe, in diesem Körper zu leben?* Sie erinnerte sich an das plötzliche Erwachen ihres Körpers in den Armen des Mannes, der war oder sein würde oder einmal gewesen war: Uther Pendragon! Igraine wußte, was sie zuvor nicht erkannt hatte. Mochten die Priester über Geburt und über die Wiedergeburt sagen, was sie wollten, das Leben in diesem Körper war Belohnung genug.
Sie kuschelte sich tiefer in die Decken und blickte hellwach in die Dunkelheit. Viviane und der Merlin hatten vielleicht gewußt, was zu erfahren ihr bestimmt war: Mit Uther verband sie etwas, das ihre Bindung an Gorlois lediglich zu etwas Künstlichem und Vorübergehendem machte. Sie würde sich ihren Wünschen nicht länger widersetzen; Uther gehörte zu ihrem Schicksal. Sie und der Mann, der jetzt Uther war, hatten sich vor vielen Leben an das Geschick dieses Landes gebunden. Sie kamen hierher, als der alte Tempel versank. Und jetzt waren die Mysterien wieder in Gefahr; diesmal durch die Barbaren und die Wilden Männer aus dem Norden, die sie bedrohten. Deshalb waren sie und er zurückgekommen; und es war Igraines Bestimmung, einen der großen Helden zu gebären, die, wie man sagte, ins Leben zurückkehrten, wenn sie gebraucht wurden. Sie würde dem König das Leben schenken, der war und ist, und der wiederkommen wird, um sein Volk zu erretten ... selbst die Christen glaubten ähnliches. Sie sagten, auch der Mutter ihres Christus wurde einst prophezeit, sie würde einen König gebären. Igraine lächelte in die Dunkelheit und dachte an das Schicksal, das sie wieder mit dem Mann vereinte, den sie vor so vielen Jahrhunderten geliebt hatte ... Und Gorlois? Was hatte Gorlois mit diesem Schicksal zu tun; er bereitete sie nur darauf vor. Sie wäre sonst zu jung gewesen, um zu begreifen, was mit ihr geschah.
In diesem Leben bin ich keine Priesterin. Doch ich weiß, ich bin noch immer das gehorsame Kind meines Schicksals, wie jeder Mann und jede Frau es zu sein haben.
Und für die Priester und die Priesterinnen gibt es das Band der Ehe nicht. Sie überantworten sich dem Willen der Götter, wie es ihre heilige Pflicht ist. Doch sie bereiten jenen den Weg, die das Schicksal der Menschheit zu wenden vermögen.
Igraine dachte an das große Sternbild im Norden, das man das Rad

nannte. Die Bauern sprachen vom Wagen oder vom Großen Bären, der auf ewig um den nördlichsten Stern kreiste. Igraine wußte, mit seinem Kommen und Gehen war es ein Sinnbild für das endlose Rad von Geburt, Tod und Wiedergeburt. Der Riese schritt über den Himmel, und an seiner Seite hing das Schwert... einen Augenblick lang glaubte Igraine den Helden zu sehen, der mit einem großen Schwert in der Hand, dem Schwert des Siegers, kommen sollte. Die Priester der Heiligen Insel würden sicherstellen, daß er ein Schwert bekam – das legendäre, sagenhafte Schwert!

Gorlois regte sich neben ihr und griff nach Igraine. Ergeben ließ sie sich von ihm umarmen. Ihre Abneigung hatte sich in Zärtlichkeit und Mitleid verwandelt. Sie fürchtete auch nicht mehr, daß sie ein ungewolltes Kind von ihm empfangen würde. Ihr Schicksal forderte etwas anderes von ihr. Armer, zum Tode verurteilter Mann! Er hatte keinen Anteil an diesem Mysterium. Er gehörte zu den Einmalgeborenen, und wenn nicht, fehlte Gorlois die Erinnerung. Igraine war froh, daß ihm der Trost seines einfachen Glaubens blieb.

Am Morgen, beim Aufstehen, hörte sie sich singen, und Gorlois sah sie forschend an.

»Mir scheint, Ihr seid wieder gesund«, bemerkte er lächelnd.

»O ja«, antwortete sie, »ich habe mich nie besser gefühlt.«

»Dann hat die Medizin des Merlin Wunder gewirkt«, murmelte Gorlois. Igraine lächelte und schwieg.

Einige Tage lang schien man in der Stadt von nichts anderem zu reden, als daß Lot von Orkney abgezogen und in den Norden zurückgekehrt sei, und man befürchtete, dies würde die endgültige Königswahl verzögern. Aber bereits drei Tage später kam Gorlois ins Haus zurück – Igraine nähte gerade die letzten Stiche an einem neuen Gewand aus dem Wolltuch, das sie auf dem Markt erstanden hatte – und sagte, die Ratgeber des Ambrosius hätten Uther Pendragon zum Großkönig gewählt und damit den Wunsch des Verstorbenen erfüllt.

»Aber was ist mit dem Norden?« fragte Igraine.

»Uther wird Lot zur Vernunft bringen, oder ihm den Kampf ansagen«, antwortete Gorlois. »Ich mag Uther nicht, aber er ist unser bester Kämpfer. Ich fürchte Lot nicht, und ich bin sicher, Uther ebenso wenig.«

Igraine spürte die vertraute Unruhe, die eine Vision ankündigte, und wußte, Lot würde in den kommenden Jahren eine große Rolle spielen... aber sie schwieg. Gorlois hatte ihr deutlich zu verstehen gegeben, daß er nichts davon hielt, wenn sie über die Angelegenheiten von Männern sprach. Sie wollte in der kurzen Zeit, die dem todgeweihten Mann noch blieb, nicht mit ihm streiten.
»Ich sehe, dein neues Gewand ist fertig. Du kannst es tragen, wenn Uther in der Kirche zum Großkönig gekrönt wird. Danach wird er alle seine Gefolgsleute und ihre Gemahlinnen bei Hofe empfangen, ehe er in den Westen zieht, um sich dort zum König machen zu lassen«, sagte Gorlois. »Nach seinem Banner trägt er den Namen Pendragon, der Größte Drache. Und nach ihrem Aberglauben an Drachen und Könige halten sie ein Ritual ab...«
»Der Drache ist nichts anderes als die Schlange«, erklärte Igraine, »ein Symbol der Weisheit... ein Symbol der Druiden.«
Gorlois runzelte unwillig die Stirn und erklärte, er habe für solche Dinge in einem christlichen Land nichts übrig. »Sie sollten sich mit der Salbung durch einen Bischof zufriedengeben.«
»Aber nicht alle Menschen können die höheren Mysterien begreifen«, erwiderte Igraine. Das hatte sie als Kind auf der Heiligen Insel gelernt, und seit ihrem Traum von Atlantis hatten die Lehren der Kindheit über die Mysterien, die sie vergessen zu haben glaubte, eine neue Bedeutung und eine neue Tiefe für sie gewonnen. »Die Weisen wissen, daß man keine Abbilder braucht. Aber die einfachen Menschen im Land brauchen die Drachen, die ihrem König voranziehen, ebenso wie die Feldfeuer und die Große Ehe, durch die sich der König mit dem Land vermählt...«
»Solche Rituale sind Christen untersagt«, entgegnete Gorlois streng. »Der Apostel hat darauf bestanden, es gibt nur einen Namen unter dem Himmel, der uns retten kann! All diese Zeichen und Vorstellungen sind schlimmster Aberglaube. Es würde mich nicht überraschen zu erfahren, daß der zügellose Uther sich solchen wollüstigen heidnischen Riten überläßt und das einfache Landvolk noch in seiner Sittenlosigkeit bestärkt. Ich hoffe, eines Tages in Britannien einen Großkönig zu erleben, für den nur die christlichen Zeremonien gelten!«
Igraine lächelte und sagte: »Ich glaube, wir werden beide nicht lange genug leben, um diesen Tag zu sehen, mein Gemahl. Selbst der Apostel in Euren heiligen Büchern schreibt, kleine Kinder brauchen Milch und die starken Männer Fleisch. So braucht der einfache

Mann, der Einmalgeborene, die Heiligen Brunnen, die Frühlingsfeste und die Tanzriten. Es wäre ein trauriger Tag für Britannien, wenn die Julfeuer nicht mehr brennen und keine Blumen in die Heiligen Brunnen geworfen würden.«

»Selbst Teufel können die heiligen Worte verdrehen«, entgegnete Gorlois, aber nicht ärgerlich. »Vielleicht hatte der Apostel das im Sinn, als er sagte, die Frauen sollten in der Kirche schweigen, denn es läge in ihrem Wesen, solchen Irrtümern zu verfallen. Wenn du älter und klüger bist, Igraine, wirst du es besser wissen. Aber jetzt mache dich für den Gottesdienst und für die Feier danach so schön wie du willst.«

Igraine legte das neue Gewand an und kämmte ihr Haar, bis es wie Kupfer glänzte. Als sie in den silbernen Spiegel blickte – Gorlois hatte ihn schließlich doch auf dem Markt kaufen lassen –, fragte sie sich mit einem plötzlichen Gefühl der Verzagtheit, ob Uther sie denn überhaupt bemerken würde. Gewiß, sie war schön, aber es gab andere Frauen – schönere und jüngere, unverheiratete Frauen, die noch keine Kinder geboren hatten. Warum sollte er sie wollen, alt und verheiratet, wie sie war?

Während der langen Zeremonie in der Kirche verfolgte sie aufmerksam, wie Uther vom Bischof gesalbt wurde und den Eid ablegte. Endlich gab es einmal keine bedrückenden Hymnen von Gottes Zorn und seinem Strafgericht; es erklangen fröhliche Lieder voll Jubel und Dank; selbst die Glocken läuteten froh und nicht mehr traurig. In dem Haus, in dem Ambrosius Hof gehalten hatte, gab es danach ein Mahl und Wein; und die Gefolgsleute des Ambrosius kamen einer nach dem anderen, um Uther die Treue zu schwören.

Das Zeremoniell ermüdete Igraine. Doch schließlich ging auch das vorüber; die Edlen und ihre Gemahlinnen versammelten sich um die Tafel, tranken Wein und genossen die Speisen. Igraine trat etwas abseits und beobachtete die festliche Versammlung. Und dort fand Uther sie endlich, wie sie es halb erwartet hatte.

»Edle Dame, Herrin von Cornwall.«

Igraine machte einen tiefen Knicks: »Edler Pendragon! Mein König...«

Er unterbrach sie ungestüm: »Es besteht kein Grund zu solchen Förmlichkeiten zwischen uns, Herrin«, und zog sie an den Schultern hoch. Wie im Traum erwartete sie beinahe, an seinem Arm die goldenen Schlangen zu sehen.

Doch Uther sagte nur: »Ihr tragt heute nicht den Mondstein. Dieser

Stein ist so seltsam. Als ich ihn zum ersten Mal an Euch sah, erinnerte er mich an einen Traum ... Im letzten Frühling lag ich im Fieber, und der Merlin pflegte mich. Damals träumte ich etwas Merkwürdiges, und heute weiß ich, daß ich Euch dort zum ersten Mal erblickte ... lange bevor ich Euch begegnete. Ich muß Euch wie ein Bauer angestarrt haben, Igraine, aber ich versuchte krampfhaft, mich an meinen Traum zu erinnern und an die Bedeutung, die Ihr und der Mondstein an Eurem Hals darin hattet.«

Igraine erwiderte: »Man hat mir gesagt, es sei eine der Eigenschaften des Mondsteins, die wahren Erinnerungen der Seele zu wecken. Auch ich hatte einen Traum ...«

Er legte ihr sanft die Hand auf den Arm. »Ich kann mich nicht mehr erinnern. Aber weshalb scheine ich an Eurem Handgelenk immer einen Goldschmuck zu sehen, Igraine? Besitzt Ihr wirklich einen Armreif in der Form eines ... eines goldenen Drachen?«

Igraine schüttelte den Kopf. »Nicht mehr«, antwortete sie, und das Bewußtsein, daß König Uther auf irgendeine Art und ohne ihr Wissen die seltsame Erinnerung und den Traum teilte, lähmte sie.

»Herzogin von Cornwall, Ihr haltet mich bestimmt für unhöflich. Dorf ich Euch Wein anbieten?«

Igraine schüttelte wortlos den Kopf. Sie wußte, sie zitterte so sehr, daß sie den Wein verschüttet hätte.

»Ich weiß nicht, was mit mir los ist«, redete Uther erregt weiter. »So viel ist in den letzten Tagen geschehen ... der Tod meines Vaters und Königs, die Streitereien der anderen Edlen, meine Wahl zum Großkönig ... es erscheint mir alles so unwirklich, und Ihr, Igraine, seid am unwirklichsten von allem. Wart Ihr schon einmal im Westen, auf der großen Ebene, wo der Ring der Steine steht? Man erzählt sich, es sei in alter Zeit ein Tempel der Druiden gewesen. Aber der Merlin sagt, dieses Heiligtum wurde schon errichtet, lange bevor die Druiden in dieses Land kamen. Seid Ihr einmal dort gewesen?«

»Nicht in diesem Leben, mein König.«

»Euch würde ich es gerne zeigen, denn mir träumte einmal, ich sei mit Euch dort ... o nein, haltet mich nicht für verrückt, Igraine, ich bin kein Mann, der nur von Träumen und Prophezeiungen redet«, sagte er plötzlich mit jungenhaftem Lächeln. »Laßt uns vernünftig von gewöhnlichen Dingen sprechen. Ich bin nur ein armer Heerführer aus dem Norden, der plötzlich aufwacht und Großkönig von Britannien ist. Vielleicht bringt mich das alles etwas durcheinander.«

»Auch ich will vernünftig sein«, erwiderte Igraine zustimmend lächelnd. »Wenn Ihr ein verheirateter Mann wärt, würde ich Euch fragen, wie es Eurer Gemahlin geht, und welche Sorgen Ihr mit Eurem ältesten Sohn habt... oh, was wäre das Vernünftigste, das ich Euch fragen könnte... vielleicht, ob er gezahnt hat, ehe es heiß wurde, oder ob er einen Ausschlag von den Windeln hatte!«

Uther lachte. »Ihr glaubt wohl, ich sei schon zu alt, um noch unverheiratet zu sein«, scherzte er. »Weiß Gott, Frauen hatte ich genug. Vielleicht sollte ich das nicht gerade der Gemahlin meines allerchristlichsten Herzogs offenbaren. Vater Jerome würde sicher behaupten, es seien zu viele Frauen für mein Seelenheil gewesen. Aber ich habe noch keine gefunden, die mir etwas bedeutet hätte, nachdem ich mit ihr im Bett war. Und ich fürchte, wenn ich eine Frau heirate, ehe ich mit ihr geschlafen habe, wird es mir nicht anders ergehen. Ich glaube, zwischen Mann und Frau sollte ein stärkeres Band bestehen, obwohl die Christen denken, das Bett sei Band genug... wie sagen sie noch?... besser heiraten als brennen. Nun ja, ich habe nicht gebrannt, sondern das Feuer gelöscht, und danach schlugen die Flammen nicht mehr hoch. Trotzdem glaube ich, es könnte ein Brennen geben, das nicht so leicht zu löschen ist. Und wenn ich eine solche Frau finde, könnte ich sie heiraten.« Unvermittelt fragte Uther: »Liebt Ihr Gorlois?«

Viviane hatte ihr diese Frage gestellt, und Igraine hatte geantwortet, das sei nicht wichtig. Doch damals wußte sie nicht, was sie sagte. Jetzt erwiderte sie ruhig: »Nein, denn als ich ihm gegeben wurde, war ich zu jung, um darüber nachzudenken, was für eine Art Mann ich heirate.«

Uther ging erregt auf und ab. Schließlich sagte er: »Ich sehe, Ihr seid keine Hure, die man sich einfach nehmen kann. Aber warum, ihr Götter, muß mich eine Frau in ihren Bann ziehen, deren Gemahl der treueste meiner Gefolgsleute ist...«

Also hat der Merlin seinen schlauen Zauber auch über Uther geworfen. Jetzt verübelte Igraine es ihm nicht mehr, denn es ging um ihrer beider Schicksal, und was geschehen sollte, hatte zu geschehen. Aber sie konnte nicht glauben, daß es ihr Los war, Gorlois zu betrügen und zu entehren. Und wieder schien sie auf der großen Ebene zu stehen, sie konnte beinahe die Schatten der großen Steine sehen, als ihr König Uther die Hand auf die Schulter legte. Igraine war verwirrt. *Nein, dies war eine andere Welt und ein anderes Leben.* Und doch schien sie sich mit Leib und Seele nach dem geträumten Kuß zu

verzehren. Schnell schlug sie die Hände vor das Gesicht und weinte. Er starrte sie verzagt und hilflos an und trat einen Schritt zurück.
»Igraine«, flüsterte Uther, »was können wir tun?«
»Ich weiß es nicht«, antwortete sie schluchzend, »ich weiß es nicht.« Und ihre Sicherheit verwandelte sich in grausame Verwirrung. War dieser Traum ihr nur geschickt worden, um sie zu verhexen? Ging es nur darum, Gorlois zu betrügen, sie zu entehren und ihren ehelichen Treueschwur zu brechen?
Plötzlich spürte sich Igraine grob an der Schulter gepackt. Gorlois sah sie zornig und argwöhnisch an.
»Was ist das für ein ungebührliches Benehmen, meine Gemahlin? Was habt Ihr gesagt, mein König, daß meine Frau so verstört ist? Ich weiß, Ihr seid ein Mann, der vor nichts zurückschreckt. Aber soviel Anstand solltet Ihr wenigstens wahren, am Tag Eurer Krönung nicht die Gemahlin eines Eurer Vasallen zu verführen!«
Igraine blickte wütend zu ihm auf: »Gorlois, das habe ich nicht von Euch verdient! Was habe ich Euch getan, daß Ihr mich vor aller Augen derart beschuldigt?« Denn inzwischen drehten sich die Gäste neugierig nach ihnen um.
»Warum weint Ihr dann, Herrin, wenn König Uther nichts Unschickliches zu Euch sagte?« Er packte Igraine am Handgelenk, und sie glaubte, er würde es zermalmen.
»Was das angeht«, sagte Uther, »so müßt Ihr die Dame fragen, weshalb sie weint. Ich weiß es nicht. Aber, laßt sie los, oder ich werde Euch dazu zwingen. Gemahl oder nicht, in meinem Haus wird niemand eine Frau mißhandeln.«
Gorlois ließ Igraine los. Die roten Spuren seiner Finger färbten sich bereits dunkel. Sie rieb sich das Handgelenk, und die Tränen strömten über ihr Gesicht. Unter den Augen der vielen Menschen fühlte sie sich tief beschämt, geradezu entehrt. Sie verbarg ihr Gesicht hinter dem Schleier und weinte noch heftiger. Gorlois stieß seine Frau vor sich her, dem Ausgang zu. Sie hörte nicht, was er zu Uther sagte; erst als sie auf der Straße standen, sah sie ihn fassungslos an.
Gorlois erklärte wutschnaubend: »Ich will Euch nicht vor allen Männern beschuldigen, Igraine. Aber Gott ist mein Zeuge, ich hätte jedes Recht dazu. Uther verschlang Euch geradezu mit den Augen. Nur ein Mann, der eine Frau auf eine Weise kennt, wie ein Christ sie nur als seine Ehefrau kennen darf, kann sie so ansehen!«
Igraine spürte ihr klopfendes Herz und wußte, er sprach die Wahrheit. Sie war verwirrt und verzweifelt zugleich. Obwohl sie Uther

erst viermal gesehen und zweimal von ihm geträumt hatte, wußte sie, daß sie sich angesehen und miteinander gesprochen hatten, als seien sie schon seit vielen Jahren Verliebte, als wüßten sie alles und mehr als alles voneinander, als seien ihnen Körper, Herz und Gedanken des anderen nah und vertraut. Sie erinnerte sich an den Traum, in dem sie seit vielen, vielen Jahren einander verbunden zu sein schienen – und wenn nicht durch das Band der Ehe, es hätte doch so sein können. Liebende, Vertraute – Priester und Priesterin, es zählte nicht, wie man es nannte. Wie sollte sie Gorlois erklären, daß sie Uther nur aus ihren Träumen kannte? Jetzt sah sie in Uther den Mann, den sie schon vor langer Zeit geliebt hatte; doch damals war sie als Igraine noch nicht geboren... Igraine war früher ein Schatten gewesen; nur das Wesen in ihr war ein und dieselbe Frau, die diesen fremden Mann geliebt hatte, der die goldenen Schlangen an seinen Armen trug... Wie nur sollte sie das Gorlois erklären, der nichts über die Mysterien wußte und auch nicht das geringste darüber wissen wollte?

Er stieß sie weiter vor sich her, bis sie ihre Unterkunft erreichten. Sie wußte, ein Wort von ihr, und er hätte sie geschlagen. Aber ihr Schweigen reizte Gorlois noch mehr. Er schrie sie an: »Habt Ihr mir nichts zu sagen, meine Gemahlin?« Er packte sie wieder so heftig an dem bereits schwellenden Armgelenk, daß Igraine vor Schmerzen aufschrie. »Glaubt ja nicht, ich hätte nicht gesehen, welche Blicke Ihr Eurem Verehrer zugeworfen habt!«

Mühsam entwand sie sich seinem Griff, denn sie glaubte, er würde ihr den Arm ausreißen. »Wenn Euch das nicht entgangen ist, dann habt Ihr auch gesehen, daß ich mich abwandte, als König Uther nichts weiter als einen Kuß von mir wollte! Und habt Ihr denn nicht gehört, wie er sagte, Ihr wärt ihm treu ergeben, und er würde einem Freund nie die Frau nehmen...?«

»Wenn ich je sein Freund war, jetzt bin ich es nicht mehr«, entgegnete Gorlois, und sein Gesicht glühte vor Zorn. »Glaubt Ihr wirklich, ich würde einen Mann unterstützen, der meine Frau vor den Augen der Edlen des ganzen Landes begehrt und mich so demütigt?«

»Das hat er nicht getan«, rief Igraine weinend. »Ich habe noch nicht einmal seine Lippen berührt!« Alles schien so widersinnig. Sie hatte Uther wirklich begehrt, sich aber gerade deshalb von ihm ferngehalten. *Wenn ich schon angeklagt werde, obwohl ich völlig unschuldig bin – selbst Gorlois kann nichts anderes sagen –, hätte ich ebensogut tun können, was Uther wünschte.*

»Mir ist nicht entgangen, wie Ihr ihn angesehen habt! Und seit Eurer ersten Begegnung mit Uther wolltet Ihr mit mir nicht mehr schlafen, treulose Hure!«
»Wie könnt Ihr es wagen!« schrie Igraine in ohnmächtiger Wut, ergriff den Silberspiegel, den Gorlois ihr geschenkt hatte, und warf ihn nach ihm. »Nehmt dieses Wort zurück, oder ich schwöre, ich werde mich in den Fluß stürzen, ehe Ihr mich noch einmal berührt! Ihr lügt, und Ihr wißt, daß Ihr lügt!«
Gorlois duckte sich rasch, und der Spiegel flog gegen die Wand. Igraine riß sich die Bernsteinkette vom Hals – ein weiteres Geschenk von ihm – und schleuderte sie dem Spiegel nach. Fieberhaft riß sie sich das neue Gewand vom Leib und warf es ihm an den Kopf. »Wie könnt Ihr es wagen, mich so zu beschimpfen! Ihr habt mich mit Geschenken überhäuft wie eine Eurer Lagerdirnen. Wenn ich eine Hure bin, so zeigt mir die Geschenke, die ich von meinen Liebhabern bekommen habe! Alle Geschenke, die ich besitze, stammen von meinem Gemahl, dem Hurensohn mit dem Schandmaul, der versucht, mich für seine Lust zu kaufen, weil seine Priester ihn zu einem halben Eunuchen gemacht haben. Von jetzt an werde ich nur noch tragen, was ich selbst webe und nicht mehr Eure widerwärtigen Geschenke. Ihr seid ein Schuft! Eure Gedanken und Eure Worte sind so schmutzig wie Eure abscheulichen Küsse!«
»Schweig, böses Weib!« schrie Gorlois außer sich und schlug sie so heftig, daß sie zu Boden fiel. »Jetzt steh auf und bedecke dich, wie es sich für die Frau eines Christenmenschen ziemt! Du wirfst deine Kleider von dir, damit ich den Verstand verlieren soll, wenn ich dich ansehe. Hast du auf diese Weise meinen König in deine Arme gelockt?«
Igraine stand mühsam auf, versetzte dem zerfetzten Kleid einen Fußtritt, stürzte sich auf Gorlois und schlug heftig auf ihn ein. Er packte sie, versuchte sie festzuhalten und preßte sie an sich. Igraine war stark, aber Gorlois war ein großer Mann und ein Krieger. Nach kurzem Widerstand gab sie auf, da sie wußte, sie würde unterliegen.
Während Gorlois sie zum Bett drängte, flüsterte er: »Ich werde dich lehren, einen anderen Mann so anzuschauen!«
Igraine warf den Kopf zurück und sagte voll Verachtung: »Ich verabscheue Euch wie eine giftige, widerliche Schlange! Nie mehr werde ich etwas anderes in Euch erblicken! O ja, Ihr könnt mich aufs Bett werfen und mich zwingen, Euch zu Willen zu sein. Nur zu, Eure

Christenfrömmigkeit gestattet Euch, die eigene Gemahlin gegen ihren Willen zu verkehren. Ihr könnt sagen, was Ihr wollt, Gorlois. Ich weiß in meinem Herzen, daß ich unschuldig bin! Bis zu diesem Augenblick fühlte ich mich schuldig, weil ich glaubte, irgendein Zauber zwinge mich, Uther zu lieben. Jetzt wünsche ich, ich hätte getan, worum er mich bat. Und sei es nur, weil Ihr nur zu bereitwillig den Lügen glaubt, die mich schuldig sprechen, und nicht der Wahrheit. Während ich mich um meine Ehre und die Eurige sorge, wollt Ihr gerne glauben, ich würde meine Ehre in den Wind schlagen!«
Die grenzenlose Verachtung in ihrer Stimme brachte Gorlois dazu, Igraine loszulassen. Er starrte sie an und fragte mit gepreßter Stimme: »Stimmt das wirklich, Igraine? Seid Ihr wirklich unschuldig? Habt Ihr Euch nichts vorzuwerfen?«
»Glaubt Ihr, ich würde mich soweit erniedrigen, es zu leugnen, *Euch* zu belügen?«
»Igraine, Igraine!« stammelte Gorlois demütig, »ich weiß sehr wohl, ich bin zu alt für Euch. Ihr wurdet mir ohne Liebe und gegen Euren Willen zur Frau gegeben. Aber ich dachte, in der letzten Zeit hättet Ihr eine bessere Meinung von mir bekommen. Und als ich Euch vor König Uther weinen sah...«, seine Stimme brach, »... konnte ich es nicht ertragen, daß Ihr diesen verderbten und lüsternen Mann so anseht und mich nur mit Pflichtgefühl und Ergebenheit... vergebt mir, vergebt mir. Ich bitte Euch... wenn ich Euch wirklich Unrecht getan habe...«
»Ihr habt mir Unrecht getan«, erwiderte sie kalt, »und Ihr tut gut daran, mich um Verzeihung zu bitten, die ich Euch erst dann gewähren werde, wenn die Erde im Westen versinkt und die Hölle aus den Tiefen aufsteigt. Ich rate Euch, geht und macht Euren Frieden mit Uther... glaubt Ihr denn wirklich, Ihr könntet vor dem Zorn des Großkönigs von Britannien bestehen? Oder wollt Ihr am Ende seine Gunst kaufen, wie Ihr die meinige erkaufen wolltet?«
»Schweigt!« rief Gorlois mit hochrotem Kopf. Er hatte sich vor ihr gedemütigt, und Igraine wußte, auch das würde er ihr nie vergeben. »Bedeckt Euch endlich!«
Igraine stellte fest, daß sie noch immer bis zur Hüfte nackt war. Sie ging zum Bett, auf dem ihr altes Gewand lag und streifte es langsam über. Gorlois hob die Bernsteinkette und den Spiegel auf und hielt ihr beides entgegen. Aber sie wendete sich ab und übersah ihn. Nach einer Weile legte er Spiegel und Kette auf das Bett. Igraine ließ sie dort liegen, ohne einen Blick darauf zu werfen.

Er starrte sie einen Augenblick lang an, dann stieß er die Tür auf und ging hinaus.
Endlich allein, begann Igraine, ihre Habe in die Satteltaschen zu packen. Sie wußte nicht, was sie beginnen sollte; vielleicht würde sie den Merlin suchen und ihn ins Vertrauen ziehen. Er hatte schließlich die Ereignisse in Gang gesetzt, die sie und Gorlois entzweiten. Aber eines wußte sie genau: Sie würde nicht länger ergeben mit Gorlois unter einem Dach leben! Ein Schmerz durchzuckte sie. Sie hatten die Ehe nach römischem Gesetz geschlossen, und dies gab Gorlois uneingeschränkte Macht über ihre Tochter Morgaine. Es mußte ihr gelingen, ihn hinzuhalten, bis Morgaine an einen sicheren Ort gebracht war! Vielleicht zu Viviane auf die Heilige Insel?
Igraine ließ den Schmuck, den Gorlois ihr geschenkt hatte, auf dem Bett liegen und packte nur die Gewänder ein, die sie in Tintagel selbst gewebt hatte. Auch den Mondstein, das Geschenk Vivianes, wollte sie mitnehmen. Später wurde ihr klar, daß dieser Augenblick des Zögerns ihre Flucht vereitelt hatte, denn während sie seine Geschenke aussortierte, kam Gorlois zurück. Er warf einen kurzen Blick auf die gepackten Satteltaschen und nickte: »Gut«, sagte er, »Ihr bereitet Euch auf die Abreise vor. Wir werden die Stadt vor Sonnenuntergang verlassen.«
»Was soll das bedeuten, Gorlois?«
»Ich habe Uther die Gefolgschaft aufgekündigt und ihm gesagt, was ich ihm sofort hätte sagen sollen: Von nun an sind wir Feinde. Ich werde die Verteidigung des Westens gegen die Sachsen und die Iren vorbereiten. Und ich habe ihm gesagt, daß ich ihn wie einen Dieb an den nächstbesten Baum hängen werde, wenn er versucht, mit seinen Truppen in mein Land zu kommen.«
Igraine starrte ihn an. Schließlich sagte sie: »Ihr seid von Sinnen, mein Gemahl. Die Männer von Cornwall können den Westen niemals allein gegen die Sachsen halten. Ambrosius wußte das, der Merlin weiß es, *ich* weiß es, so wahr mir Gott helfe, und ich bin nur eine Frau! Wollt Ihr in einem Augenblick geistiger Umnachtung alles vernichten, wofür Ambrosius gelebt und gekämpft hat, nur weil Euch Eure krankhafte Eifersucht in einen unseligen Streit mit Uther stürzt?«
»Ihr seid sehr schnell um Uther besorgt!«
»Ich würde ebenso schnell den Anführer der Sachsen bedauern, wenn er seine besten Männer durch einen grundlosen Streit verlöre. In Gottes Namen, Gorlois, ich bitte Euch, denkt an unser

Leben und an das Leben der Menschen, die von Euch Hilfe erwarten, wenn die Sachsen kommen. Ich bitte Euch, begrabt Eure Streitigkeit mit Uther und zerstört nicht das Bündnis. Lot ist bereits abgezogen. Wenn Ihr geht, werden nur noch die Bündnistruppen und ein paar unbedeutende Könige an Uthers Seite kämpfen!« Sie schüttelte verzweifelt den Kopf. »Hätte ich mich doch in Tintagel von den Klippen gestürzt, anstatt nach Londinium zu kommen. Ich schwöre jeden Eid, daß ich noch nicht einmal Uther Pendragons Lippen berührt habe! Wollt Ihr wegen einer Frau das Bündnis zerstören, für das Ambrosius gestorben ist?«

Gorlois funkelte sie an und erwiderte: »Selbst wenn Uther Euch nie zu Gesicht bekommen hätte, würde mir mein Gewissen verbieten, einem solchen Lüstling und schlechten Christen zu folgen. Ich traue Lot nicht, aber jetzt weiß ich, daß ich Uther noch viel weniger trauen kann... Ich hätte von Anfang an der Stimme meines Gewissens folgen sollen, dann hätte ich mich nie darauf eingelassen, ihn zu unterstützen. Packt meine Sachen in die andere Satteltasche. Ich habe nach den Pferden und meinen Soldaten geschickt.«

Igraine sah den unversöhnlichen Haß in seinem Gesicht und wußte, wenn sie widersprach, würde er sie wieder schlagen. Kochend vor Wut, gehorchte sie schweigend. Jetzt saß sie in der Falle. Sie konnte nicht mehr fliehen, noch nicht einmal auf die Heilige Insel in den Schutz ihrer Schwester – nicht, solange Gorlois ihre Tochter in seiner Gewalt hatte.

Noch während sie Hemden und Gewänder zusammenfaltete und in die Tasche packte, hörte sie die Glocken Sturm läuten. Gorlois erklärte knapp: »Bleibt hier!«, und eilte aus dem Haus.

Wütend rannte Igraine hinter ihm her. Doch da versperrte ihr ein kräftiger Soldat den Weg, einer von Gorlois' Männern, den sie noch nie gesehen hatte. Er hielt den Spieß quer vor die Tür, und sie konnte nicht einmal über die Schwelle treten. Sie verstand seinen fremdartigen Dialekt kaum, begriff aber, daß der Herzog ihm befohlen hatte, seine Gemahlin zu bewachen und dafür zu sorgen, daß sie das Haus nicht verließ.

Es war unter ihrer Würde, sich mit dem Mann zu streiten, und sie hatte die dunkle Ahnung, er würde sie sich wie einen Sack über die Schulter werfen und ins Haus zurücktragen, wenn sie versuchen sollte, den Durchgang zu erzwingen. Ergeben seufzend ging sie in die Kammer zurück und packte weiter. Von der Straße drangen Schreie, Waffenlärm und das Geräusch vorbeihastender Menschen.

Die Glocken der nahe gelegenen Kirche läuteten, obwohl es nicht die Zeit für den Gottesdienst war. Einmal hörte Igraine Schwertergeklirr und überlegte, ob die Sachsen in die Stadt eingedrungen waren... eine gute Gelegenheit für einen Angriff, da Uthers Gefolgsleute sich zerstritten hatten; immerhin würde das eines ihrer Probleme lösen. Aber was sollte aus Morgaine werden?
Der Tag verging, und als der Abend nahte, begann Igraine sich zu fürchten. Standen die Sachsen vor den Toren der Stadt? Hatten Uther und Gorlois sich wieder gestritten? War einer von beiden tot? Als Gorlois schließlich die Tür aufstieß, war sie beinahe froh, ihn zu sehen. Er wirkte müde und abwesend; er preßte die Lippen bitter zusammen; seine Worte waren kurz und bestimmt.
»Wir reiten bei Anbruch der Dunkelheit. Könnt Ihr Euch im Sattel halten, oder soll einer meiner Männer Euch hinter sich aufs Pferd nehmen? Wir haben keine Zeit, Euretwegen langsam zu reiten.«
Sie wollte ihn mit tausend Fragen überschütten, aber er sollte nicht die Genugtuung haben, ihre Besorgnis zu spüren. »Solange Ihr reitet, mein Gemahl, kann ich mich ebenfalls im Sattel halten.«
»Tut das, denn wir werden nicht anhalten können, wenn Ihr Eure Meinung ändert. Zieht Euren wärmsten Mantel an; es wird kalt werden in der Nacht, und vom Meer treibt Nebel heran.«
Igraine steckte ihr Haar zu einem Knoten auf, zog die Hose an, die sie beim Reiten trug, hüllte sich in den dicken Umhang und verließ das Haus. Gorlois hob sie auf das Pferd. Die Straße wimmelte von den dunklen Gestalten der Soldaten mit langen Speeren. Gorlois sprach leise mit einem der Rottenführer, kam zurück und stieg in den Sattel. Etwa ein Dutzend Reiter folgten Gorlois und Igraine. Er entwand Igraine die Zügel ihres Pferdes und befahl mit einer ärgerlichen Kopfbewegung: »Kommt!«
Igraine kannte den Weg nicht; schweigend ritt sie in der zunehmenden Dunkelheit neben Gorlois. In der Ferne sah sie Feuerschein, aber sie wußte nicht, ob es Wachfeuer, ein brennendes Haus oder einfach die Feuer der fahrenden Händler waren, die auf dem Marktplatz ihr Abendessen kochten. Sie hatte nicht gelernt, zwischen den dichtgedrängten Häusern und engen Gassen den Weg zum Fluß zu finden. Aber als dichte Nebelschwaden über sie hinwegzogen, nahm sie an, daß man sich dem Ufer näherte; und schon bald hörte sie das Ächzen der Seilwinden, die die schweren Holzflöße über den Fluß zogen.
Einer der Männer saß ab und führte ihr Pferd auf die Fähre; Gorlois wich nicht von ihrer Seite. Einige Männer schwammen mit ihren

Pferden ans andere Ufer. *Es muß sehr spät sein,* dachte Igraine, denn zu dieser Jahreszeit blieb es lange hell, und niemand ritt freiwillig in der Dunkelheit. Dann hörte sie vom Ufer wildes Geschrei.

»Sie gehen! Sie gehen! Zuerst Lot und jetzt der Herzog von Cornwall! Und wir bleiben ohne Schutz zurück!«

»Alle Soldaten verlassen die Stadt! Was sollen wir tun, wenn die Sachsen landen?«

»Feiglinge!« rief ihnen jemand nach, während die Fähre ächzend und stöhnend ablegte. »Feiglinge! Sie laufen davon, und das Land steht in Flammen!«

Ein Stein zischte durch die Dunkelheit und traf die lederne Brustplatte eines der Männer, der lauthals fluchte. Gorlois wies ihn scharf zurecht, und der Soldat verstummte. Vom Ufer erreichten sie noch manche Verwünschung und etliche Steine, aber bald war das Floß weit genug entfernt. Nachdem Igraines Augen sich an die Dunkelheit gewöhnt hatten, konnte sie Gorlois erkennen, dessen Gesicht blaß und unbewegt war wie das einer Statue. Er sprach die ganze Nacht lang nicht mit ihr. Sie ritten bis zum Morgengrauen, und selbst als die Dämmerung den Nebel hinter ihnen rosa färbte, machten sie nur eine kurze Rast, damit Mensch und Pferd sich ausruhen konnten. Gorlois breitete einen Mantel auf den Boden, damit Igraine sich niederlegen konnte; er brachte ihr hartes Brot, Käse und einen Becher Wein – die Ration der Soldaten. Aber er schwieg immer noch. Sie war müde, verstört und wund vom Reiten. Sie wußte, Gorlois hatte sich mit Uther zerstritten und seine Männer abgezogen, mehr aber nicht. Hatte Uther ihn so ohne weiteres gehen lassen? Nun, Lot hatte er nicht daran gehindert.

Schon bald brachte Gorlois die Pferde wieder und wollte Igraine in den Sattel helfen. Aber sie weigerte sich.

»Ich werde nicht weiterreiten, wenn Ihr mir nicht sagt, warum und wohin.« Sie sprach leise, da sie Gorlois vor seinen Männern nicht beschämen wollte, doch sie sah ihm furchtlos in die Augen. »Warum stehlen wir uns in der Nacht wie Diebe aus Londinium? Sagt mir, was geschehen ist, ich bitte Euch, oder Ihr müßt mich auf den Rücken meines Pferdes binden, und ich werde den ganzen Weg nach Cornwall aus Leibeskräften schreien.«

»Glaubt Ihr, ich handle aus freien Stücken?« erwiderte Gorlois. »Verärgert mich nicht, denn Euretwegen habe ich meine Ehre verloren, Eide gebrochen, die ich bis heute gehalten habe, und das Andenken meines verstorbenen Königs mißachtet.«

»Wie könnt Ihr wagen, mir dafür die Schuld zu geben!« schleuderte ihm Igraine entgegen. »Ihr habt es nicht meinetwegen getan, sondern um Eurer Eifersucht willen! Ich bin unschuldig, selbst wenn Eure schmutzigen Gedanken mir alle möglichen Sünden unterstellen . . .«

»Schweigt, Weib! Auch Uther hat geschworen, daß Ihr unschuldig seid. Ihr seid eine Frau, und ich glaube, Ihr habt einen Zauber über ihn geworfen . . . Ich ging zu Uther und hoffte, unseren Streit beizulegen. Wißt Ihr, was dieser schändliche Lüstling mir entgegnete? Er forderte, ich solle mich scheiden lassen und Euch ihm geben.«

Igraine starrte ihn mit weitaufgerissenen Augen an. »Wenn Ihr so schlecht von mir denkt und mich für eine Ehebrecherin, für eine Hexe haltet, warum habt Ihr dann nicht freudig die Gelegenheit ergriffen, mich loszuwerden?«

Neuer Zorn stieg in ihr auf. Selbst Uther hielt sie für eine Frau, die man einfach weitergeben konnte. Er hatte sich an Gorlois gewendet und versucht, ihn zu überreden, ihm die ungewollte Ehefrau zu überlassen; nicht anders hatte Gorlois die Herrin von Avalon um ihre Hand gebeten. War sie nichts weiter als ein Pferd, das auf dem Frühjahrsmarkt gehandelt wurde? Aber insgeheim bebte sie auch vor Freude – Uther wollte sie! Er wollte sie so sehr, daß er sich mit Gorlois überwarf und wegen dieses Streits um eine Frau seine Verbündeten vor den Kopf stieß. Trotzdem zürnte sie ihm. Warum hatte sich Uther nicht an sie gewendet? Warum hatte er sie nicht aufgefordert, Gorlois zu verlassen und aus freien Stücken zu ihm zu kommen?

Gorlois nahm ihre Frage ernst und antwortete: »Ihr habt geschworen, keine Ehebrecherin zu sein, und ein Christ darf seine Frau nur aus diesem einen Grund verstoßen.«

Igraine schwankte zwischen Ungeduld und plötzlicher Reue. Sie schwieg. Dankbar konnte sie ihm nicht sein, aber wenigstens hatte Gorlois ihr zugehört. Und doch wurde ihr klar, daß es ihm dabei in erster Linie um seinen Stolz ging; selbst wenn er nicht an ihre Unschuld glaubte, wollte er vor seinen Soldaten nicht eingestehen, daß seine junge Frau einen anderen Mann ihm vorzog. Vielleicht würde er sich eher mit einem Ehebruch abfinden, als in den Soldaten den Glauben aufkommen zu lassen, er könne eine junge Frau nicht an sich fesseln.

Sie sagte: »Gorlois . . .«, doch er unterbrach sie mit einer knappen Geste.

»Genug. Ich habe nicht die Muße, mich lange mit Euch zu unterhalten. In Tintagel habt Ihr Zeit genug, zu vergessen was geschehen ist. Und der Pendragon wird vollauf beschäftigt sein, sich der Sachsen zu erwehren. Wenn Ihr Euch von ihm habt betören lassen... nun, Ihr seid jung und eine Frau, die wenig von der Welt und noch weniger über die Männer weiß. Ich will Euch keine Vorwürfe mehr machen. In ein oder zwei Jahren werdet Ihr einen Sohn haben und den Mann vergessen, der Euch den Kopf verdreht hat.«

Schweigend ließ sich Igraine von Gorlois auf das Pferd heben; er mußte glauben, was zu glauben er sich entschlossen hatte; keines ihrer Worte konnte den eisernen Panzer seiner Überzeugung durchdringen. In Gedanken klammerte sie sich an das, was Viviane und der Merlin ihr gesagt hatten: Ihr Schicksal und Uthers Schicksal waren miteinander verknüpft. Der Traum gab ihr Gewißheit. Sie wußte, warum sie beide zurückgekommen waren. Igraine fand sich allmählich damit ab, daß dies dem Willen der Götter entsprach. Und doch saß sie auf dem Pferd und ritt mit Gorlois aus Londinium davon. Das Bündnis war zerbrochen, und Gorlois war fest entschlossen, Uther keine Gelegenheit zu geben, sie noch einmal zu sehen. Der Krieg gegen die Sachsen würde dem Großkönig kaum Zeit zu einer Reise nach Tintagel lassen, an das Ende der Welt. Und selbst wenn er es einrichten konnte, so gab es keinen Weg in die Burg, die von wenigen Männern gehalten werden konnte, bis der Himmel einstürzte. Gorlois konnte sie beruhigt zurücklassen; sie würde noch als alte Frau dort sitzen, eingekerkert zwischen düsteren Mauern und den Abgründen der schwarzen Klippen. Igraine zog den Umhang über ihr Gesicht und weinte.

Sie würde Uther nie wiedersehen. Die Pläne des Merlin hatten sich zerschlagen. Sie war an einen alten Mann gefesselt, den sie haßte – jetzt wußte sie, daß sie ihn haßte, bis jetzt hatte sie sich dieser Erkenntnis verschlossen –, und dem Mann, den sie liebte, fiel nichts Besseres ein, als sie dem stolzen Gorlois abzufordern. Später glaubte Igraine, auf der ganzen langen Reise geweint zu haben – tage- und nächtelang, während sie durch die Moore und über die Hügel von Cornwall ritten.

In der zweiten Nacht schlugen sie Zelte auf. Igraine freute sich auf ein warmes Mahl und die Aussicht, nicht im Freien schlafen zu müssen, obwohl sie wußte, daß sie Gorlois' Umarmungen nicht entgehen konnte.

Im Zelt, in Hörweite seiner Soldaten, konnte sie nicht schreien und sich auch nicht gegen ihn wehren. Vier Jahre war sie jetzt seine Frau, und niemand würde glauben, daß er sie vergewaltigte. Sie hätte auch nicht mehr die Kraft, sich gegen ihn zu wehren und wollte ihre Würde in einem solch schmutzigen Kampf nicht verlieren. Igraine biß sich heftig auf die Lippen und beschloß, ihm zu Willen zu sein – aber sie wünschte, ein paar der Zaubersprüche zu kennen, von denen man sagte, daß sie die Jungfrauen der Göttin beschützten. Wenn diese sich im Schein der Feldfeuer den Männern hingaben, empfingen sie nur ein Kind, wenn sie es wollten. Es war bitter, daß er vielleicht den ersehnten Sohn zeugen würde, während sie so gedemütigt und am Ende ihrer Kraft war.

Der Merlin hatte es ihr prophezeit: *Du wirst Gorlois keinen Sohn schenken.* Aber Igraine glaubte dem Merlin nicht mehr, nachdem sie erlebt hatte, wie alle Pläne gescheitert waren. Grausamer, ränkeschmiedender alter Mann! Er hatte sie benutzt, wie die Väter ihre Töchter benutzten, seit die Römer ins Land gekommen waren – als Dreingabe oder als Pfänder, die man diesem oder jenem Manne überließ; als Vieh, das man wie Pferde oder Ziegen verschacherte. Mit Gorlois hatte sie sich irgendwie abgefunden, aber nun hatte man diesen Frieden grausam und sinnlos zerstört. Igraine weinte still vor sich hin, als sie sich zu ihm legte – ergeben, verzweifelt und sich noch nicht einmal mehr ihrer Fähigkeit sicher, ihn mit zornigen Worten abzuweisen. Sie spürte, daß er nur darauf wartete, seinen Besitzanspruch unter Beweis zu stellen, um die Erinnerung an den anderen Mann zu vertreiben. Gorlois zwang sie, ihn zur Kenntnis zu nehmen, und zwar auf die einzige Weise, in der er sich ihr noch aufdrängen konnte.

Die vertrauten Hände und das Gesicht über ihr in der Dunkelheit schienen einem Fremden zu gehören. Doch als er Igraine an sich zog, blieben seine Lenden schlaff und kraftlos, obwohl er verzweifelt versuchte, sich an ihrem Körper zu erregen. Es gelang ihm nicht, und schließlich ließ er mit einem wilden, geflüsterten Fluch von ihr ab.

»Verfluchte Hexe, hast du meine Männlichkeit verzaubert?«

»Nein«, sagte sie leise und voller Verachtung. »Aber wenn ich solche Zaubersprüche kennen würde, ich hätte es getan, mein starker und feuriger Gemahl. Glaubt Ihr, ich würde weinen, weil Ihr mich nicht mit Gewalt nehmen könnt? Versucht es doch. Ich werde hier liegen und Euch ins Gesicht lachen.«

Gorlois richtete sich auf und ballte die Faust.

»Nur zu«, sagte sie, »schlagt mich nur. Es wäre nicht das erste Mal. Vielleicht fühlt Ihr Euch dann Manns genug, und Euer Speer hebt sich!«

Mit einem schrecklichen Fluch wendete er sich von ihr ab und legte sich wieder hin. Igraine konnte keine Ruhe finden. Sie zitterte am ganzen Körper, aber sie wußte, sie hatte sich gerächt.
Und wirklich, während der langen Rückreise nach Cornwall vermochte Gorlois nicht mehr in sie einzudringen, so sehr er sich auch mühte. Und am Ende fragte sich Igraine, ob sie in ihrem gerechten Zorn ohne es zu wissen tatsächlich seine Männlichkeit verzaubert hatte. Und mit der Hellsicht einer Priesterin erkannte sie, daß Gorlois bei ihr nie wieder Befriedigung finden würde.

Cornwall schien mehr denn je am Ende der Welt zu liegen. Gorlois hatte sie dort unter Bewachung zurückgelassen. Er war kalt und schweigsam gewesen und fand weder ein gutes noch ein böses Wort für sie. Und in den ersten Tagen des Alleinseins fragte sich Igraine, ob Tintagel noch in der wirklichen Welt war oder bereits wie Avalon im Nebelreich... im Feenreich lag. Wie abgeschnitten war sie von der Welt, die sie auf der einen kurzen Reise kennengelernt hatte.
Aus Morgaine schien inzwischen ein kleines, ernsthaftes, ruhiges Mädchen geworden zu sein. Ständig stellte sie Fragen über alles, was sie sah. Auch Morgause war gewachsen. Ihr Körper hatte sich gerundet, und das Gesicht mit den hohen Wangenknochen und den langen Wimpern unter den dunklen Augenbrauen verlor seine Kindlichkeit. *Sie ist schön,* dachte Igraine, ohne sich bewußt zu sein, daß sie mit vierzehn Jahren selbst so ausgesehen hatte wie die Schwester. Morgause freute sich unbändig über die Geschenke, die Igraine ihr mitgebracht hatte. Wie ein verspieltes Hündchen hüpfte und tanzte sie ausgelassen um Igraine und auch um Gorlois herum. Sie redete übersprudelnd auf ihn ein, warf ihm verstohlene Blicke zu und versuchte, sich auf seinen Schoß zu setzen, als sei sie nicht älter als Morgaine. Igraine beobachtete, das Gorlois sie nicht lachend wie ein Hündchen beiseite schob, sondern ihr lächelnd über die langen roten Haare strich und ihr in die Wangen kniff.
»Du bist zu alt für solche Albernheiten, Morgause«, sagte Igraine streng. »Bedanke dich bei dem Herzog von Cornwall, nimm die Geschenke und geh in deine Kammer. Die Seidenstoffe kannst du wegräumen, denn solange du nicht erwachsen bist, wirst du solche Dinge nicht tragen. Und glaube nicht, jetzt schon die Dame spielen zu können!«

Morgause nahm die hübschen Dinge und ging weinend in ihre Kammer. Igraine beobachtete, mit welchen Blicken Gorlois dem Mädchen nachsah. Abgestoßen dachte sie: *Morgause ist erst vierzehn!* Dann erinnerte sie sich verwirrt daran, daß sie selbst nur ein Jahr älter gewesen war, als man sie mit Gorlois verheiratet hatte.
Später sah sie die beiden zusammen in der Halle. Morgause legte vertraulich den Kopf an seine Schulter, und Igraine bemerkte seinen Blick. Heftiger Zorn überkam sie – nicht so sehr auf Morgause, sondern auf Gorlois. Ihr entging nicht, daß die beiden wie ertappt auseinanderfuhren, als sie die Halle betrat. Nachdem Gorlois die Schwestern allein gelassen hatte, heftete Igraine ihre Augen so lange unerbittlich auf Morgause, bis das junge Mädchen verlegen zu kichern begann und auf den Fußboden starrte.
»Weshalb siehst du mich so an, Igraine? Fürchtest du, daß Gorlois mich lieber hat als dich?«
»Gorlois ist zu alt für mich. Wieviel älter muß er dann für dich sein! In dir glaubt er mich wieder zu haben, wie ich damals war, als wir uns kennenlernten ... zu jung, um ihn zurückzuweisen oder nach anderen Männern zu schauen. Ich bin nicht länger ein gefügiges Mädchen, sondern eine Frau mit eigenen Vorstellungen. Vielleicht glaubt er, mit dir ein leichteres Spiel zu haben.«
»Vielleicht«, erwiderte Morgause frech, »solltest du dich darum bemühen, deinen Mann zufriedenzustellen, anstatt dich darüber zu beklagen, daß eine andere Frau ihm geben kann, wozu du nicht in der Lage bist.«
Igraine hob die Hand, um die Schwester zu schlagen, bezwang sich aber selbstbeherrscht und sagte: »Glaubst du wirklich, mich kümmert, wen Gorlois sich ins Bett holt? Ich zweifle nicht daran, daß er alle möglichen Huren gehabt hat. Aber es wäre mir lieber, meine Schwester gehörte nicht dazu. Ich sehne mich nicht nach seinen Umarmungen. Und wenn ich dich haßte, würde ich dich ihm freiwillig überlassen. Aber du bist zu jung ... wie ich zu jung war. Und Gorlois ist ein Christ. Wenn du ihm erlaubst, in dein Bett zu kommen und dann von ihm schwanger wirst, bleibt ihm keine andere Wahl, als dich so schnell wie möglich dem nächstbesten seiner Soldaten zur Frau zu geben, der sich auch mit gebrauchter Ware abfindet ... die Römer sind nicht wie unser Volk, Morgause. Gorlois mag vielleicht vernarrt in dich sein. Aber glaube mir, er wird mich nicht verstoßen und dich zur Frau nehmen. Unser Volk mißt der Jungfräulichkeit keine große Bedeutung zu. Die Frau, die ihre Fruchtbarkeit bewiesen

hat, in deren Leib ein gesundes Kind heranwächst, ist eine sehr begehrenswerte Gemahlin. Aber die Christen sind anders. Das sage ich dir! Für sie bist du dann eine Entehrte. Und der Mann, den Gorlois überredet, dich zu nehmen, wird dich dein ganzes Leben lang spüren lassen, daß nicht er der Vater deines Kindes ist. Willst du das, Morgause? Du könntest einen König heiraten! Willst du dich wegwerfen, Schwester, nur um mich zu kränken?«

Morgause wurde blaß. »Das wußte ich nicht...«, flüsterte sie. »O nein, ich möchte nicht entehrt sein... Igraine, bitte vergib mir!«

Igraine küßte sie und gab ihr den silbernen Spiegel und die Bernsteinkette. Morgause starrte sie ungläubig an.

»Aber Gorlois hat diese Dinge dir geschenkt...«

»Ich habe geschworen, nie mehr ein Geschenk von Gorlois anzunehmen«, antwortete Igraine. »Sie gehören dir, Schwester. Sie sind für den König, den der Merlin in deiner Zukunft gesehen hat. Aber du mußt keusch bleiben, bis er kommt.«

»Hab keine Angst«, entgegnete Morgause und lächelte wieder. Igraine bemerkte erleichtert, daß sie mit ihrer Ermahnung Morgauses Ehrgeiz geweckt hatte. Ihre Schwester war kühl und berechnend. Sie würde sich nie von Gefühlen fortreißen lassen. Igraine sah sie an und wünschte, auch sie wäre ohne die Fähigkeit zu lieben geboren worden.

Ich wünschte, ich könnte mich mit Gorlois zufriedengeben... oder ich könnte kaltblütig – wie Morgause es sicher tun würde – mir Gorlois vom Halse schaffen und Uthers Königin werden.

Gorlois blieb nur vier Tage auf Tintagel, und Igraine sah ihn mit Erleichterung ziehen. Er ließ ein Dutzend Bewaffneter zurück. Ehe er davonritt, rief er Igraine zu sich.

»Ihr und das Kind werdet hier sicher und gut geschützt sein«, bemerkte er knapp. »Ich sammle die Männer von Cornwall gegen die irischen Räuber oder gegen die Nordmänner... auch gegen Uther, wenn er versuchen sollte zu kommen und sich zu nehmen, was ihm nicht gehört... Frau oder Burg.«

»Ich vermute, Uther wird in seinem Land genug zu tun haben und nicht darauf verfallen«, erwiderte Igraine und preßte die Lippen zusammen, um die aufsteigende Verzweiflung zu unterdrücken.

»Das gebe Gott«, sagte Gorlois, »denn wir haben auch ohne ihn genügend Feinde. Aber fast wünsche ich mir, daß er kommt. Dann kann ich ihm zeigen, daß Cornwall nicht ihm gehört, wie alles andere, was er glaubt, sich nehmen zu können.«

Igraine erwiderte nichts. Gorlois ritt mit seinen Männern davon, und Igraine ging daran, sich um den Haushalt zu kümmern. Auch mußte sie die alte Nähe zu ihrem Kind wiederherstellen und versuchen, die zerbrochene Freundschaft mit ihrer Schwester Morgause zu erneuern.

Aber ihre Gedanken kreisten nur um Uther, wie sehr sie sich auch mit anderen Dingen beschäftigen mochte. Nicht der wirkliche Uther verfolgte sie, nicht der, den sie im Obstgarten, am Hof und in der Kirche gesehen hatte, nicht der gefühlsbetonte und beinahe jungenhafte, sogar etwas ungehobelte und täppische Mann; vor Uther, dem Pendragon, dem Großkönig, fürchtete sie sich ein bißchen – sie glaubte, vor ihm würde sie sich sogar ängstigen wie damals vor Gorlois. Aber wenn sie an den Mann Uther dachte, an Küsse, Umarmungen und an all das, was er von ihr begehren konnte, glaubte sie manchmal dahinzuschmelzen. Ein Gefühl der Süße überwältigte sie wie in ihrem Traum. Manchmal überkam sie jedoch panisches Entsetzen, und sie fühlte sich wie das geschändete Kind, das am Morgen nach seiner Hochzeit starr vor Furcht und Grauen erwachte. Der Gedanke an den Vollzug der Ehe erschien ihr angsteinflößend und so absonderlich wie damals.

Der *andere* Uther kam immer und immer wieder zurück. Er kam in der Stille der Nacht, wenn Morgaine an ihrer Seite schlief, oder wenn Igraine auf dem Söller am Meer saß und ihrer Tochter die Hände führte, die ihre ersten ungeschickten Versuche machte zu spinnen. Sie mußte an den Uther denken, den sie außerhalb von Zeit und Raum beim Ring der Steine gekannt hatte ... den Priester aus Atlantis, mit dem sie die Mysterien geteilt hatte. Sie wußte, *diesen* Uther würde sie lieben wie ihr eigenes Leben. Ihn konnte sie niemals fürchten. Was immer zwischen ihnen auch geschah, eine Süße und eine Freude würde sie umgeben, die alles überstieg, was sie bisher kannte. Und wenn sie sich ihm näherte, wußte sie einfach, daß sie einen verlorenen Teil ihrer selbst wiedergefunden hatte. Mit ihm und bei ihm war sie ganz. Es gab etwas, das über alles hinausreichte, das nie sterben oder in seiner Kraft nachlassen würde, was ihnen als Mann und Frau im gewöhnlichen Leben widerfahren konnte. Sie teilten ein Schicksal. Und auf irgendeine Weise mußten sie es gemeinsam erfüllen ... Wenn ihre Gedanken diesen Punkt erreicht hatten, hielt Igraine oft inne und wunderte sich über sich selbst. War sie schon wahnsinnig mit ihren Hirngespinsten von geteiltem Schicksal und der anderen Hälfte ihrer Seele? Die Wirklichkeit war sicher einfacher und weniger verklärt. Sie, eine verheiratete, sittsame Frau und Mutter eines Kindes, war einfach vernarrt in einen jüngeren und besser aussehenden Mann als ihren rechtmäßigen Gemahl. Sie hatte sich einem Tagtraum überlassen und sich deshalb mit dem guten und ehrbaren Gorlois zerstritten... Und dann saß sie da und biß, von heftigen Schuldgefühlen gequält, die Zähne zusammen. Sie fragte sich, ob sie ihr ganzes Leben lang für eine Sünde büßen mußte, die sie halb unbewußt begangen hatte.

Der Frühling wich dem Sommer. Die Feldfeuer lagen schon lange zurück. Hitze breitete ihren Dunstschleier über das Land. Das Meer war so blau und so klar, daß Igraine manchmal fern in den Wolken die vergessenen Städte Lyonness und Atlantis zu sehen glaubte. Die Tage wurden bereits kürzer, und manchmal gab es nachts wieder Frost, als Igraine das ferne Grollen des Krieges vernahm. Die Soldaten brachten Neuigkeiten aus der Marktstadt mit. Die Küste wurde von irischen Räubern heimgesucht. Sie hatten ein Dorf und eine Kirche in Brand gesteckt, auch ein oder zwei Frauen verschleppt. Und Heere – nicht unter Gorlois' Befehl – marschierten nach Westen in das Sommerland und nach Norden, auf Wales zu.

»Welche Heere?« fragte Igraine den Mann. Er erwiderte: »Ich weiß nicht, Herrin. Ich habe sie nicht gesehen. Die Männer, die sie gesehen haben, sagen, sie tragen Adler wie früher die römischen Legionen. Und das ist nicht möglich. Aber man sagt auch, daß sie unter dem Banner eines roten Drachen marschieren.«

Uther! dachte Igraine, und es gab ihr plötzlich einen Stich. *Uther ist in der Nähe, und er wird nicht einmal wissen, wo ich bin!* Erst dann erkundigte sie sich nach Gorlois. Der Mann berichtete, daß auch ihr Gemahl im Sommerland sei, und daß man dort eine Heerschau abhalte.

An diesem Abend sah Igraine lange in ihren alten Bronzespiegel und wünschte, er wäre der Kristall einer Priesterin, der sichtbar machen konnte, was weit entfernt geschah!

Sie wünschte sehr, sich mit Viviane oder dem Merlin beraten zu können. All die Schwierigkeiten hatten *sie* in die Wege geleitet. Und jetzt... hatten die beiden sie aufgegeben. Warum kamen sie nicht, um zu sehen, wie ihre Pläne sich zerschlagen hatten? Hatten sie eine andere Frau aus dem richtigen Geschlecht gefunden, die sie Uther zuführten, damit *sie* diesen König gebar, der eines Tages das ganze Land und die sich bekriegenden Stämme befrieden würde?

Aber aus Avalon erreichte sie keine Nachricht. Die Soldaten erlaubten Igraine noch nicht einmal, auf den Markt in die Stadt zu reiten. Gorlois, so sagten die Männer ehrerbietig, habe es wegen der Unsicherheit im Land verboten. Einmal sah sie vom Turmfenster einen Reiter. Er kam über den Damm und sprach mit dem Anführer der Wache. Der Ritter schien zornig zu sein und blickte verbittert auf die hohen Mauern. Aber schließlich wendete er und ritt davon. Igraine fragte sich, ob es ein Bote mit Nachrichten für sie gewesen war, dem die Wachen den Zugang verwehrten.

Eine Gefangene in der Burg ihres Gemahls, das war sie also! Er mochte sagen oder sogar selbst glauben, daß er sie zu ihrem eigenen Schutz vor dem Aufruhr im Land hier oben gelassen hatte. Aber die Wahrheit sah ganz anders aus. Gorlois hielt sie aus Eifersucht gefangen. Sie überprüfte ihre Vermutung ein paar Tage später, als sie den Hauptmann der Wache zu sich rief.

»Ich will meiner Schwester Viviane eine Nachricht schicken und sie bitten, mich auf Tintagel zu besuchen«, sagte sie. »Sendet einen Boten nach Avalon.«

Der Mann schien ihrem Blick auszuweichen. Er antwortete: »Ja ... also, Herrin ... das kann ich nicht. Der Herzog von Cornwall hat ausdrücklich angeordnet, daß alle Männer hierzubleiben haben, um Tintagel im Fall einer Belagerung zu verteidigen.«

»Könnt Ihr dann nicht einen Reiter aus dem Dorf damit beauftragen, wenn ich ihn gut entlohne?«

»Der Herzog sähe das nicht gern, Herrin. Es tut mir leid.«

»Ach so«, antwortete Igraine und schickte ihn weg. Sie war noch nicht so verzweifelt, daß sie versuchen würde, einen der Männer zu bestechen. Aber je länger sie darüber nachdachte, desto größer wurde ihr Zorn. Wie konnte Gorlois es wagen, sie hier gefangenzuhalten! Sie, eine Schwester der Herrin von Avalon. Sie war seine Gemahlin, nicht seine Sklavin und Dienerin! Schließlich entschloß sie sich zu einem verzweifelten Schritt.

Man hatte sie nicht zur Seherin ausgebildet. Früher, als Mädchen, hatte sie diese Gabe gelegentlich, einem plötzlichen Einfall folgend, eingesetzt. Aber als erwachsene Frau hatte sie es nie getan – mit Ausnahme ihrer kurzen Vision von Viviane. Und seit sie Gorlois als Todgeweihten gesehen hatte, verschloß sie sich energisch weiteren Gesichten. *Diese Vision* – und die Götter waren Zeuge – hatte zu nichts geführt, denn Gorlois war noch immer sehr lebendig. Aber sie vermutete, daß es ihr irgendwie gelingen würde zu sehen, was geschehen sollte. Es war ein gefährliches Unterfangen. Igraine war mit Geschichten über Menschen aufgewachsen, die sich in Künsten versuchten, in denen sie nicht ausgebildet waren. Und so versuchte sie es zunächst mit einem Kompromiß. Als die ersten Blätter gelb wurden, rief sie den Burghauptmann wieder zu sich.

»Ich kann nicht ewig wie eine Ratte in der Falle sitzen«, sagte sie bestimmt. »Ich muß auf den Markt. Wir müssen Farben kaufen. Wir brauchen eine neue Milchziege, Nadeln und viele andere Dinge für den Winter.«

»Herrin, ich habe keinen Befehl, Euch zu erlauben, die Burg zu verlassen«, erwiderte der Mann und schlug die Augen nieder. »Ich nehme Befehle nur von meinem Herrn entgegen, und ich habe nichts von ihm gehört.«

»Dann werde ich hierbleiben und eine meiner Frauen schicken«, beharrte Igraine. »Ettarr kann gehen oder Isotta, und die Dame Morgause soll sie begleiten . . . ist es so recht?«

Der Hauptmann wirkte erleichtert; sie hatte eine Lösung gefunden, die ausschloß, daß er seinem Herren untreu wurde. Es war notwendig, daß man noch vor dem Winter den Markt besuchte. Er wußte das ebenso gut wie Igraine. Es war unerhört, die Herrin des Hauses an der Erfüllung einer ihrer wichtigsten Pflichten zu hindern.

Morgause war begeistert, als Igraine ihr auftrug, die Besorgungen zu überwachen. *Kein Wunder. Niemand von uns hat die Burg in diesem Sommer verlassen. Selbst die Hirten sind freier als wir, denn sie können ihre Schafe wenigstens zum Weiden auf das Festland bringen!*

Igraine beobachtete mit unverhülltem Neid, wie Morgause den roten Umhang anlegte, den Gorlois ihr geschenkt hatte, und unter der Obhut von zwei Bewaffneten und in Begleitung von Ettarr, Isotta und zwei Küchenmägden, die die Einkäufe zu tragen hatten, auf ihrem Pony davonritt. Sie stand vor dem Burgtor, hielt Morgaine an der Hand und sah ihnen nach, bis die Gruppe ihren Blicken entschwand. Igraine glaubte, es fast nicht ertragen zu können, in die Burg zurückzukehren, die für sie zum Gefängnis geworden war.

»Mutter«, fragte Morgaine an ihrer Seite, »warum können wir nicht mit zum Markt?«

»Weil dein Vater nicht wünscht, daß wir ausgehen, mein Liebes.«

»Warum will er das nicht? Denkt er, wir werden unartig sein?«

Igraine lachte und antwortete: »O ja, ich glaube, das denkt er, meine Tochter.«

Morgaine schwieg – sie war ein ruhiges, selbstbewußtes kleines

Geschöpf. Ihre dunklen Haare waren inzwischen lang genug, um sie zu einem Zopf zu flechten, der ihr bis auf die Schulter fiel; aber dort lösten sich die feinen Haare wieder zu zarten Elfenlocken. Sie hatte dunkle und ernste Augen und gerade, kräftige Augenbrauen – so dicht, daß sie dem jungen Gesicht bereits ausgeprägte Züge gaben. *Eine kleine Fee,* dachte Igraine. *Überhaupt nicht menschlich. Sie ist eine Elfe.* Morgaine war nicht größer als das knapp zweijährige Mädchen des Schafhirten, obwohl sie bald vier wurde und so klar und vernünftig sprach wie ein großes Mädchen von acht oder neun Jahren. Igraine nahm das Kind in ihre Arme und preßte es an sich. »Mein kleines Elfenkind.«
Morgaine duldete die Zärtlichkeit und küßte ihre Mutter sogar, was Igraine erstaunte. Morgaine war nicht von überschwenglicher Natur. Schon bald begann sie, sich unruhig im Arm der Mutter zu winden – sie gehörte nicht zu den Kindern, die lange gehalten werden wollen. Morgaine beharrte auf Selbständigkeit. In letzter Zeit zog sie sich sogar selbst an und schloß auch eigenhändig die Schnallen an ihren kleinen Schuhen. Igraine stellte das Kind auf den Boden. Friedlich ging es neben ihr in die Burg zurück. Igraine setzte sich an den Webstuhl und bedeutete Morgaine, sich mit ihrer Spindel neben sie zu setzen. Das kleine Mädchen gehorchte, und Igraine, die bereits ihr Schiffchen in Bewegung gesetzt hatte, hielt inne, um sie zu beobachten. Morgaine besaß geschickte Hände und sichere Bewegungen. Der Faden geriet zwar ungleichmäßig, aber sie drehte die Spindel mühelos wie ein Spielzeug und ließ das Garn durch ihre kleinen Finger gleiten. Mit größeren Händen hätte sie bereits ebenso gut wie Morgause spinnen können. Nach einiger Zeit sagte Morgaine: »Ich erinnere mich nicht an meinen Vater. Wo ist er, Mutter?«
»Er ist mit seinen Soldaten im Sommerland, meine Tochter.«
»Wann wird er wiederkommen?«
»Ich weiß nicht, Morgaine. Möchtest du, daß er wiederkommt?«
Das Kind überlegte einen Moment. »Nein«, erwiderte Morgaine, »denn als er hier war ... ich weiß nur noch wenig ... mußte ich bei Tante Morgause schlafen. In ihrem Zimmer war es dunkel, und anfangs fürchtete ich mich. Ich war damals sehr klein«, fügte sie ernsthaft hinzu. Igraine unterdrückte ein Lächeln. Nach einer Weile fuhr sie fort: »Und ich möchte nicht, daß er nach Hause kommt. Er hat dich zum Weinen gebracht.«
Ja, Viviane hatte es gesagt: Frauen billigen Kindern nicht genug Verstand zu, um zu begreifen, was um sie herum geschieht.

»Warum hast du nicht noch ein Kind, Mutter? Andere bekommen wieder eines, sobald das ältere Kind entwöhnt ist. Und ich bin bereits vier Jahre alt. Ich habe gehört, wie Isotta sagte, du hättest mir einen Bruder schenken sollen. Ich glaube, ich hätte gerne einen kleinen Bruder oder auch eine kleine Schwester... zum Spielen.«
Igraine setzte zur Antwort an und sagte: »Weil dein Vater Gorlois...« Aber dann brach sie ab. Gleichgültig, wie erwachsen Morgaines Worte auch klangen, sie war noch ein Kind, und man konnte ihr solche Dinge nicht anvertrauen. »Weil die Muttergöttin es nicht für richtig gehalten hat, mir einen Sohn zu schenken, Morgaine.«
Vater Columba trat zu ihnen und sagte streng: »Ihr solltet mit dem Kind nicht über Göttinnen und Aberglauben sprechen. Gorlois wünscht, daß sie als gute Christin erzogen wird. Morgaine, deine Mutter hat keinen Sohn, weil dein Vater böse auf sie war. Und Gott versagte ihr einen Sohn, um sie für ihren sündigen Willen zu bestrafen.«
Nicht zum ersten Mal hatte Igraine das Gefühl, ihr Weberschiffchen nach dieser schwarzen Unglückskrähe werfen zu müssen. Hatte Gorlois diesem Mann gebeichtet? Wußte er alles, was zwischen ihnen vorgefallen war? In den vergangenen Monaten hatte sie sich das oft gefragt. Aber es bot sich nie ein Vorwand, ihn zur Rede zu stellen. Außerdem wußte sie, daß Vater Columba ihr nichts sagen würde, wenn er etwas wußte. Plötzlich stand Morgaine auf und schnitt dem Priester eine Fratze. »Geh weg, alter Mann!« sagte sie laut und deutlich, »ich mag dich nicht. Du hast meine Mutter zum Weinen gebracht. Meine Mutter weiß mehr als du. Wenn sie sagt, es ist die Göttin, die ihr kein Kind geschickt hat, glaube ich ihr und nicht dir, denn meine Mutter lügt nicht!«
Vater Columba wandte sich ärgerlich an Igraine: »Hier seht Ihr, wohin Euer Starrsinn führt, Herrin! Man sollte dieses Kind züchtigen. Übergebt mir Morgaine, und ich werde sie für ihre Unart bestrafen.«
Jetzt konnte Igraine ihren Zorn nicht länger zügeln. Vater Columba hatte sich Morgaine genähert, die furchtlos zu ihm aufsah. Igraine stellte sich rasch zwischen beide. »Wenn Ihr meine Tochter anrührt, Priester«, fauchte sie, »bringe ich Euch auf der Stelle um! Mein Gemahl hat Euch hierhergeholt, und ich kann Euch nicht wegschikken. Aber wenn Ihr mir noch einmal unter die Augen tretet, werde ich Euch ins Gesicht spucken. Befreit mich von Eurer Anwesenheit!«

Vater Columba wich nicht von der Stelle: »Herzog Gorlois hat mir die Sorge um das geistige Wohl seines Haushalts anvertraut, Herrin. Ich neige nicht zu Stolz, deshalb will ich Euch vergeben, was Ihr gesagt habt.«

»An Eurer Vergebung liegt mir ebensoviel wie an der eines Ziegenbocks! Geht mir aus den Augen, oder ich werde meine Mägde rufen und Euch hinausschaffen lassen. Wenn ihr nicht weggeschleppt werden wollt, alter Mann, dann macht Euch davon und wagt nie wieder vor mir zu erscheinen, bevor ich nicht nach Euch schicke... und das wird an dem Tag sein, an dem die Sonne im Westen über Irland aufgeht! *Geht!*«

Der Priester starrte auf ihre flammenden Augen, ihre zum Schlag erhobene Hand und hastete davon.

Igraine hatte sich soeben offen gegen Gorlois' Anordnung erhoben und erstarrte vor ihrer eigenen Kühnheit. Wenigstens hatte sie sich und auch Morgaine von diesem Priester befreit. Ihre Tochter sollte nicht in dem Bewußtsein aufwachsen, sich ihrer Weiblichkeit schämen zu müssen.

Spät am Abend kam Morgause vom Markt zurück. Sie hatte umsichtig eingekauft; Igraine wußte, sie selbst hätte es nicht besser machen können. Von ihrem Zugeld hatte sie Morgaine ein Stück Zuckerhut zum Lutschen mitgebracht, und sie sprudelte über von Geschichten, die sie auf dem Markt gehört hatte. Die Schwestern saßen bis Mitternacht in Igraines Kammer und unterhielten sich noch lange, nachdem Morgaine eingeschlafen war. Ihr kleines Gesicht war verschmiert, und sie hielt den Zucker noch immer fest umklammert, als Igraine ihn ihr wegnahm und einwickelte. Dann kam sie zurück und fragte Morgause nach weiteren Neuigkeiten.

Es ist meiner nicht würdig, daß ich durch das Gerede vom Markt Neuigkeiten über Gorlois erfahren muß.

»Im Sommerland wird eine große Versammlung abgehalten«, berichtete Morgause. »Man erzählt sich, daß der Merlin Frieden zwischen Lot und Uther gestiftet hat. Und man sagt, daß Ban von der Bretagne sich mit ihnen verbündet hat und Pferde aus Spanien schickt...« Sie stolperte etwas über den Namen. »Wo liegt das, Igraine? In Rom?«

»Nein, weit im Süden... viele, viele Meilen näher an Rom als wir«, erklärte Igraine.

»Es gab eine Schlacht mit den Sachsen. Uther mit dem Drachenbanner war dabei«, fuhr Morgause fort. »Ich hörte einen Barden, der ein Lied darüber sang, wie der Herzog von Cornwall seine Gemahlin in

Tintagel gefangenhält...« Igraine sah in der Dunkelheit die weitaufgerissenen Augen und die halbgeöffneten Lippen des Mädchens. »Igraine, sag mir die Wahrheit. *War* Uther dein Geliebter?«
»Nein«, antwortete Igraine, »aber Gorlois glaubt es, und deshalb kam es zu dem Zwist mit Uther. Er glaubte mir nicht, als ich ihm die Wahrheit sagte.« Und mit tränenerstickter Stimme fügte sie hinzu: »Jetzt wünsche ich, daß es die Wahrheit gewesen wäre.«
»Man sagt, König Lot sieht besser aus als Uther«, redete Morgause weiter, »und er sucht eine Frau. Man tuschelt, daß er Uther den Rang des Großkönigs streitig machen würde, wenn er sicher wäre, damit Erfolg zu haben. Sieht er wirklich besser aus als Uther? Ist Uther wirklich wie ein Gott? Man behauptet es zumindest...«
Igraine schüttelte den Kopf. »Ich weiß nicht, Morgause.«
»Warum nicht, wenn er doch dein Geliebter war...«
»Mir ist gleichgültig, was man erzählt«, unterbrach sie Igraine, »aber eines kann ich dir sagen, da solche Dinge in der Welt wichtig sind... beide sehen sie gut aus! Lot ist dunkel und Uther blond wie ein Mann aus dem Norden. Aber es lag nicht an seinem hellen Gesicht, daß mir Uther besser gefiel.«
»Woran denn?« fragte Morgause, hellwach geworden und neugierig. Igraine seufzte, weil sie wußte, das Mädchen würde sie nicht verstehen. Aber das Verlangen, wenigstens etwas von dem zu teilen, was sie empfand und niemandem mitteilen konnte, brachte sie dazu zu sagen: »Ach... ich weiß es selbst kaum. Nur... es war, als kenne ich ihn schon, solange die Welt besteht... als könne er mir nie fremd sein, gleichgültig, was er tut und was zwischen uns geschieht.«
»Aber wenn er dich noch nicht einmal geküßt hat...«
»Das bedeutet nichts«, entgegnete Igraine traurig und sagte dann endlich weinend, was sie schon lange wußte und sich nur ungern eingestand: »Selbst wenn ich ihn nie mehr sehen sollte, bin ich an ihn gebunden und werde an ihn gebunden sein, solange ich lebe. Ich kann nicht glauben, daß die Göttin mein Leben bis in die Grundfesten erschüttert hat, wenn ich ihn nie wieder sehen soll.«
Igraine konnte im schwachen Licht erkennen, wie Morgause sie voll Ehrfurcht und mit einem gewissen Maß von Neid ansah, als sei sie in den Augen ihrer jüngeren Schwester plötzlich zur Heldin einer alten Liebeslegende geworden. Es drängte sie zu sagen, nein, so ist es nicht. Es ist überhaupt nichts Besonderes. Es ist einfach das, was geschehen ist. Aber sie wußte, es gab keine Möglichkeit, es zu erklären, denn Morgause fehlte die Erfahrung, um Verliebtsein von

dieser Art endgültiger Wirklichkeit zu unterscheiden, die hart wie ein Stein auf dem Grund aller Einbildung lag. *Soll sie es eben für eine Liebesgeschichte halten, wenn es ihr gefällt,* dachte Igraine und erkannte, daß Morgause diese Wirklichkeit nie verstehen würde, denn sie lebte in einer anderen Welt.

Igraine hatte den ersten Schritt getan und sich den Priester zum Feind gemacht, dem Gorlois vertraute. Jetzt tat sie den zweiten und gestand Morgause ihre Liebe zu Uther. Viviane hatte etwas über Welten erzählt, die sich voneinander entfernten; Igraine erschien es, als lebe sie inzwischen in einer anderen Welt, die mit der gewöhnlichen Welt nichts mehr zu tun hatte, in der Gorlois vielleicht zu Recht erwartete, daß sie seine treue Leibeigene, Dienerin, Sklavin – seine Ehefrau war. Und nur Morgaine band sie noch an diese Welt. Igraine betrachtete das schlafende Kind mit den klebrigen Händen, dessen dunkle Haare wirr den Kopf umgaben, und ihre jüngere Schwester mit den weitgeöffneten Augen. Sie fragte sich, ob sie diese letzten Pfänder, die sie noch an die Wirklichkeit banden, zugunsten dessen, was ihr widerfahren war, aufgeben würde.

Der Gedanke verursachte ihr große Pein. Aber tief im Innern flüsterte sie: »Ja. Sogar das!«

Und so fiel ihr der nächste Schritt leicht, vor dem Igraine sich so gefürchtet hatte.

In dieser Nacht lag sie wach zwischen Morgause und ihrem Kind und versuchte zu entscheiden, was sie zu tun hatte. Sollte sie davonlaufen und darauf vertrauen, daß Uther hellsichtig genug war, sie zu finden? Sie verwarf diesen Gedanken. Sollte sie Morgause insgeheim beauftragen, nach Avalon zu fliehen und die Nachricht zu überbringen, daß sie gefangengehalten wurde? Nein. Wenn man schon auf dem Markt darüber redete, daß sie gefangensaß, wäre Viviane bestimmt gekommen, wenn sie geglaubt hätte, es würde der Schwester helfen. Immer wieder nagte an ihrem Herzen die stumme Stimme des Zweifels und der Verzweiflung. Ihr inneres Gesicht hatte sie getäuscht ... oder sie hatten den Plan aufgegeben, nachdem sie nicht alles für Uther beiseite schob. Vielleicht hatten Viviane und der Merlin eine andere Frau für Uther gefunden, um das Land zu retten. Man wählte auch eine andere Priesterin, wenn die Hohepriesterin die Große Feier nicht leiten konnte.

Gegen Morgen, der Himmel verfärbte sich bereits, fiel Igraine in einen lähmenden Schlaf. Aber dann bekam sie die Unterweisung, auf die sie schon nicht mehr gehofft hatte. Im Augenblick des Erwachens sagte eine Stimme in ihr: *Befreie dich diesen einen Tag lang von dem Kind und dem Mädchen, und du wirst wissen, was du tun sollst!*

Der neue Tag brach klar und strahlend an. Als sie zusammensaßen und Ziegenkäse und frischgebackenes Brot aßen, blickte Morgause auf das schimmernde Meer hinaus und sagte: »Ich habe es so satt, immer im Haus zu sein... Bis gestern auf dem Markt wußte ich nicht, wie sehr ich mich hier langweile.«
»Dann geh mit Morgaine zu den Schäferinnen«, schlug Igraine vor. »Ich glaube, sie wäre auch gerne im Freien.«
Igraine packte Fleisch und Brot für sie ein. Für Morgaine war es wie ein Fest. Igraine sah ihnen nach und hoffte, eine Möglichkeit zu finden, den wachsamen Augen von Vater Columba zu entgehen. Obwohl er sich ihrem Willen beugte und nicht mehr mit ihr gesprochen hatte, folgten ihr seine Augen überall hin. Doch gegen Mittag kam er zu ihr, während sie am Webstuhl saß, und sagte: »Herrin...«
Sie blickte nicht auf. »Ich habe Euch geheißen, Euch von mir fernzuhalten, Priester. Beschwert Euch bei Gorlois über mich bei seiner Rückkehr, wenn Ihr wollt. Aber sprecht nicht mit mir.«
»Einer der Männer des Herzogs ist von den Klippen gefallen und hat sich verletzt. Seine Kameraden glauben, daß er sterben wird und haben mich gebeten, zu ihm zu kommen. Ihr braucht Euch nicht zu fürchten, Ihr werdet in guter Hut sein.«
Igraine wußte es... nur war es ihr nicht in den Sinn gekommen: Ohne den Priester würde ihr die Flucht vielleicht gelingen. Aber wohin konnte sie sich wenden? Das Land gehörte Gorlois, und keiner seiner Untertanen würde der entflohenen Gemahlin des Herzogs Schutz vor seinem Zorn gewähren. Einfache Flucht war nie ihre Absicht gewesen. »Geht, und der Teufel möge Euch holen, damit Ihr mir nie wieder unter die Augen tretet«, sagte sie und drehte ihm den Rücken zu.
»Wenn Ihr Euch erdreistet, mich zu verfluchen, Weib...«
»Warum sollte ich meinen Atem an einen Fluch verschwenden? Ich will Euch ebensogern eine angenehme Reise in Euren Himmel wünschen. Vielleicht findet Euer Gott größeren Gefallen an Eurer Gesellschaft als ich.«
Sobald er auf seinem kleinen Esel über den Weg zum Festland ritt, wußte Igraine, weshalb sie das Gefühl gehabt hatte, sich von diesem

Priester befreien zu müssen. Er war auf seine Weise in die Mysterien eingeweiht, wenn auch nicht in ihre Geheimnisse. Er würde schnell wissen, was sie beabsichtigte, und es mißbilligen. Sie ging in Morgauses Kammer und fand den silbernen Spiegel. Dann befahl sie den Mägden in der Küche, in ihrem Zimmer ein Feuer zu machen; man starrte sie verwundert an, denn es war nicht kalt. Aber Igraine wiederholte ihren Befehl, als sei es die gewöhnlichste Sache der Welt. Sie nahm selbst ein paar Dinge aus der Küche mit: Salz und ein wenig Öl, etwas Brot und eine kleine Flasche Wein – ohne Zweifel glaubten die Frauen, es sei für ihr Mittagsmahl bestimmt –, und um ihre Absicht zu verbergen, nahm sie auch ein bißchen Käse, mit dem sie später die Möwen fütterte.

Im Garten fand sie Lavendelblüten und sogar etliche Hagebutten von den Heckenrosen. Mit ihrem kleinen Messer schnitt sie sich einige Wacholderzweige und einen dünnen Haselnußzweig. Wieder in der Kammer, schob sie den Riegel vor, streifte ihr Gewand ab und stand nackt und zitternd am Feuer. Sie hatte das noch nie getan und wußte, Viviane würde es nicht billigen. Jemand, der in den Zauberkünsten nicht bewandert war, konnte Schlimmes erleben, wenn er sich darin versuchte. Aber sie wußte, nur so konnte sie das Gesicht heraufbeschwören, auch wenn sie es nicht besaß.

Igraine warf den Wacholder in das Feuer und band sich den Haselnußzweig um die Stirn, während der Rauch aufstieg. Sie legte Früchte und Blumen vor den Flammen nieder, betupfte ihre Brüste mit Salz und Öl, nahm einen Bissen Brot und trank einen Schluck Wein. Dann legte sie bebend den silbernen Spiegel an eine Stelle auf den Boden, wo ihn der Feuerschein traf. Sie goß Wasser aus dem Faß mit reinem Regenwasser, das zum Haarewaschen bestimmt war, auf die silberne Oberfläche.

Dann flüsterte sie: »Bei allem Gewöhnlichen und Ungewöhnlichen, bei Wasser und Feuer, Salz, Öl und Wein, bei Früchten und Blüten flehe ich dich an, Große Göttin, zeige mir meine Schwester Viviane.«

Langsam geriet die Wasseroberfläche in Bewegung. Igraine zitterte plötzlich unter einem eisigen Wind. Einen Augenblick lang fragte sie sich, ob der Zauber fehlschlagen würde, ob ihre Zauberei Lästerung sei. Im Spiegel formte sich zunächst undeutlich ihr eigenes Gesicht. Dann veränderte es sich langsam, verwandelte sich in das ehrfurchterregende Gesicht der Göttin mit dem Kranz aus Vogelbeeren auf der Stirn. Und dann, als das Bild klarer hervortrat und die Umrisse

deutlicher wurden, sah Igraine – nicht wie sie gehofft und vorausgesehen hatte – ein lebendes und sprechendes Gesicht vor sich. Sie blickte in einen Raum, den sie kannte; er war einmal die Kammer ihrer Mutter in Avalon gewesen. Und dort befanden sich Frauen in den dunklen Gewändern der Priesterinnen. Zunächst suchte Igraine ihre Schwester vergeblich, denn die Frauen kamen und gingen, bewegten sich hin und her. In der Kammer herrschte große Aufregung. Und dann sah sie Viviane. Sie wirkte erschöpft, krank, und ihr Gesicht verzerrte sich vor Schmerzen. Sie ging hin und her und stützte sich auf den Arm einer Priesterin. Igraine begriff voller Entsetzen, was sie sah. Viviane in ihrem Gewand aus ungefärbter Wolle war hochschwanger, ihr Bauch wölbte sich, ihr Gesicht war von Schmerzen gezeichnet. Sie ging ruhelos auf und ab, auf und ab. Igraine erinnerte sich, daß die Hebammen ihr befohlen hatten, das gleiche zu tun, als bei ihr die Wehen einsetzten... *Nein! Nein! O Große Mutter Ceridwen, heilige Göttin, o nein... so starb unsere Mutter! Und Viviane war sich so sicher gewesen, daß sie für ein Kind zu alt war. Jetzt wird sie sterben. In ihrem Alter kann sie nicht gebären und leben... warum nur hat sie keinen Trank genommen, um sich von dem Kind zu befreien, nachdem sie wußte, daß sie empfangen hatte? Das macht alle ihre Pläne zunichte. Es ist das Ende...*
Auch ich habe mein Leben durch einen Traum zerstört...
Und dann schämte sich Igraine, daß sie an ihr Elend dachte, während Viviane sich ins Kindbett legen sollte, und man kaum hoffen konnte, daß sie sich wieder daraus erhob. Weinend vor Entsetzen und Grauen, konnte sie ihren Blick nicht einmal vom Spiegel wenden. Plötzlich hob Viviane den Kopf und blickte über die Priesterin hinweg, auf deren Arm sie sich stützte. In ihre vor Angst und Qualen stumpfen Augen trat ein Ausdruck des Erkennens und der Zärtlichkeit. Und Viviane schien direkt in Igraines Kopf zu sprechen.
Mein kleines Mädchen... kleine Schwester... Grainné...
Igraine wollte vor Angst, Leid und Qual nach ihrer Schwester rufen. Aber jetzt konnte sie Viviane nicht mit dem Gewicht ihrer Kümmernisse beschweren, und so verströmte sie ihr ganzes Herz in einem einzigen Aufschrei.
Ich höre dich, meine Mutter, meine Schwester, meine Priesterin und meine Göttin...
Igraine, ich sage dir, verliere die Hoffnung selbst in dieser Stunde nicht. Verzweifle nicht! Hinter all unserem Leiden liegt ein Sinn. Ich habe es gesehen... verzweifle nicht... Und während sich die Haare

an ihren Armen aufrichteten, spürte Igraine wirklich einen Augenblick lang eine leichte Berührung auf ihrer Wange wie einen federleichten Kuß, und Viviane flüsterte: »*Kleine Schwester . . .*« Igraine sah, wie das Gesicht ihrer Schwester sich vor Schmerzen verzerrte und sie ohnmächtig in die Arme der Priesterin sank. Dann kräuselte der Wind das Wasser auf dem Spiegel, und Igraine erblickte ihr eigenes Gesicht, das ihr tränenüberströmt aus dem Wasser entgegenleuchtete. Sie zitterte wie Espenlaub, griff nach einem Umhang, nach irgend etwas, um sich rasch zu wärmen. Sie schleuderte den Zauberspiegel in das Feuer, warf sich auf das Bett und weinte.

Viviane hat mir gesagt, ich soll nicht verzweifeln. Aber was kann ich anderes tun als verzweifeln, wenn sie stirbt?

Igraine blieb liegen und weinte sich in eine Art Betäubung. Schließlich, als sie keine Tränen mehr hatte, stand sie erschöpft auf und wusch sich das Gesicht mit kaltem Wasser. Viviane starb gerade, war vielleicht schon tot. Aber mit ihren letzten Worten hatte die Schwester ihr aufgetragen, die Hoffnung nicht zu verlieren. Sie kleidete sich an und legte den Mondstein um den Hals, den Viviane ihr geschenkt hatte. Plötzlich bewegte sich die Luft vor ihr, und sie sah Uther.

Diesmal wußte Igraine, daß es sich um ein Gesicht handelte und nicht um den Mann selbst. Kein Mensch, und ganz bestimmt nicht Uther Pendragon, hätte in ihr gutbewachtes Gemach vordringen können, ohne von jemandem gesehen und aufgehalten zu werden. Er trug einen schweren Umhang, aber um seine Arme – und dadurch wußte Igraine, daß es kein Traum war – ringelten sich die Schlangen, die sie gesehen hatte, als sie von seinem Leben in Atlantis träumte. Doch jetzt waren es keine goldenen Armringe, sondern lebendige Schlangen, die zischend den Kopf erhoben. Aber Igraine fürchtete sich nicht.

»Meine Geliebte«, sagte er. Obwohl sie den Klang seiner Stimme vernahm, lag Schweigen über dem Raum mit dem flackernden Feuer. Sie hörte durch das Flüstern der Stimme das leise Knistern der Wacholderzweige. »Ich komme zu dir am Tag der Wintersonnenwende. Ich schwöre es, ich werde kommen, gleichgültig, was sich mir in den Weg stellen mag. Halte dich bereit. Erwarte mich zur Wintersonnenwende . . .«

Dann war sie allein. Nur die Sonne schien ins Zimmer, und das Glitzern des Meeres drang herein. Drunten im Hof hörte sie das Lachen von Morgause und ihrer kleinen Tochter.

Igraine holte tief Luft und leerte ruhig den Becher. Ihr Magen war leer; sie spürte, wie ihr der Wein zu Kopf stieg und sie mit einem schwindligen Hochgefühl erfüllte. Dann ging sie ruhig die Treppe hinunter, um die Nachricht zu erwarten, von der sie wußte, daß sie kommen würde.

Doch zunächst kam Gorlois zurück.

Igraine spürte noch immer das erregende Gefühl der Erscheinung und litt doch unter der Furcht, Viviane könnte wirklich sterben. Denn trotz der Worte, die ihr Hoffnung gaben, konnte sie sich nicht vorstellen, daß Viviane leben sollte ... Etwas ganz anderes hatte sie eigentlich erwartet. Etwa wunderbare Neuigkeiten von Uther oder die Nachricht, daß Gorlois nicht mehr lebte und sie somit frei war. Doch vor ihr stand nun ihr Gemahl, staubbedeckt, hungrig und verdrießlich, was Igraine beinahe glauben ließ, ihre Vision sei nichts anderes als Selbstbetrug oder ein Wahnbild des Bösen gewesen.

Wenn das so ist, hat das auch etwas Gutes. Denn das würde bedeuten, daß meine Schwester lebt und meine Vision von ihr ein Trugbild war, das meine Ängste heraufbeschworen haben.

Igraine begrüßte Gorlois ruhig. Sie bereitete ihm ein Mahl, ein Bad, brachte ihm saubere und trockene Kleidung und sprach freundlich mit ihm. Sollte er doch glauben, wenn er wollte, daß sie ihre Grausamkeit bereute und versuchte, seine Gunst wieder zu erlangen. Es kümmerte sie nicht mehr, was Gorlois dachte oder tat. Sie haßte ihn nicht mehr oder machte ihm die ersten Jahre der Verzweiflung und der Leiden zum Vorwurf. Ihre Qualen hatten sie auf das vorbereitet, was danach kommen sollte. Sie trug Gorlois Essen und Trinken auf. Sie kümmerte sich darum, daß seine Männer angemessen untergebracht wurden und vermied es, ihm Fragen zu stellen. Sie brachte die gewaschene, gekämmte und hübsche Morgaine für einen Moment herein, damit sie ihren Vater begrüßen konnte. Dann hieß sie Isotta, das Kind ins Bett zu bringen.

Gorlois seufzte und schob seinen Teller von sich. »Sie wird einmal gut aussehen. Aber sie ist wie ein Feenkind aus dem Volk, das in den Hügeln unter der Erde lebt. Woher hat sie das? In meiner Familie gibt es niemanden dieses Blutes.«

»Meine Mutter war vom Alten Blut«, antwortete Igraine, »und

Viviane ist es ebenfalls. Ich glaube, ihr Vater muß aus dem Feenreich stammen.«
Gorlois überlief ein Schauer, und er sagte: »Und du weißt nicht einmal, wer sie gezeugt hat. Wenigstens dem haben die Römer ein Ende gesetzt. Ich fürchte keinen bewaffneten Mann, den ich im Kampf besiegen kann. Aber ich fürchte dieses Erdvolk aus den Hügeln mit seinen Bannkreisen und den Speisen, die einen Menschen hundert Jahre lang verzaubern. Ich fürchte ihre Elfenpfeile, die einen Mann aus dem Dunkel treffen und ihn mit all seinen Sünden in die Hölle schicken... Der Teufel hat sie geschaffen, um Christen zu töten. Ich glaube, es ist ein Gott gefälliges Werk, dieses Volk zu vernichten.«
Igraine dachte an die Kräuter und Tränke, welche die Elfenfrauen selbst ihren verletzten Eroberern brachten, um sie zu heilen. Sie dachte an die Giftpfeile, mit denen man Wild erlegen konnte, das man auf keine andere Weise töten konnte, an ihre eigene Mutter und an Vivianes unbekannten Vater. Und wie die Römer würde Gorlois dieses schlichte Volk im Namen seines Gottes ausrotten. »Ach«, sagte sie, »das liegt doch alles in Gottes Hand.«
»Morgaine sollte vielleicht in einem Konvent der heiligen Frauen erzogen werden, damit all das Böse, ein Erbe Eures alten Bluts, Igraine, sie nie beflecken wird«, überlegte Gorlois laut. »Wir werden sehen, wenn sie alt genug ist. Ein heiliger Mann hat mir vor Zeiten gesagt, daß in den Frauen das Blut ihrer Mütter fließt. Und das ist seit Eva so. Was in Frauen liegt, die voll Sünde sind, kann nicht von ihrer Tochter überwunden werden. Aber in einem Sohn fließt das Blut seines Vaters. So wie Christus nach dem Bild Gottes, seines Vaters geschaffen wurde. Wenn wir also bald einen Sohn haben, Igraine, müssen wir nicht fürchten, daß er das Blut des Alten Volkes aus den Hügeln erbt.«
Zorn überflutete Igraine. Aber sie hatte sich geschworen, Gorlois nicht zu verärgern. »Auch das wird geschehen, wie dein Gott will«, bemerkte sie. Denn wenn Gorlois es auch vergessen hatte, sie wußte, daß er sie nie wieder berühren konnte, wie ein Mann eine Frau berührt. Es war ihr ohne Wert, was er sagte und was er tat. »Sagt mir, was Euch so unerwartet nach Hause zurückgeführt hat, mein Gemahl?«
»Uther natürlich«, antwortete Gorlois. »Auf der Dracheninsel nahe dem Kloster Glastonbury hat man ein großes Fest anberaumt, auf dem Uther zum König gemacht wurde... ich weiß nicht, weshalb die

Priester zulassen, daß die Dracheninsel dort besteht, denn es ist ein heidnischer Platz. Man hat dem Gehörnten aus dem Wald gehuldigt; man hat Schlangen aufgerichtet und andere albernen Dinge getan, die in einem christlichen Land nicht gestattet sein sollten. König Leodegranz, der König des Sommerlandes, steht auf meiner Seite und hat sich geweigert, mit Uther einen Pakt zu schließen. Leodegranz mag Uther ebensowenig wie ich. Aber er wird gegen den Pendragon jetzt nicht zu Felde ziehen. Es ist nicht recht, daß wir uns gegenseitig bekriegen, während die Sachsen sich an der Ostküste zum Angriff sammeln. Wenn auch noch die Schotten in diesem Sommer kommen, stecken wir zwischen Hammer und Amboß. Uther hat mich zum letzten Mal aufgefordert... ich muß meine Männer seinem Oberbefehl unterstellen, oder er will kommen und mich dazu zwingen. Deshalb bin ich hier... wir können Tintagel ewig halten, wenn es sein muß. Aber ich habe Uther gewarnt. Wenn er auch nur einen Fuß auf Cornwall setzt, werde ich gegen ihn kämpfen. Leodegranz hat mit Uther einen Waffenstillstand geschlossen, bis die Sachsen aus dem Land vertrieben sind. Ich aber weigere mich.«
»Bei Gott, ist das eine Torheit«, entfuhr es Igraine, »Leodegranz hat recht... die Sachsen könnten nicht standhalten, wenn alle Männer Britanniens gemeinsam gegen sie kämpfen. Wenn ihr untereinander zerstritten seid, können die Sachsen ein Reich nach dem anderen überfallen. Es wird nicht lange dauern, ehe ganz Britannien die Pferdegötter anbetet!«
Gorlois schob das Geschirr beiseite. »Ich erwarte nicht, daß eine Frau etwas von Ehre versteht. Kommt zu Bett, Igraine!«

Sie hatte geglaubt, es würde sie nicht mehr berühren, was er mit ihr tat. Aber auf den verzweifelten Kampf, den Gorlois seinem Stolz schuldig zu sein schien, war sie nicht vorbereitet gewesen. Schließlich hatte er wieder geflucht und sie geschlagen. »Du hast meine Männlichkeit verzaubert, du verdammte Hexe!«
Nachdem Gorlois erschöpft eingeschlafen war, lag Igraine wach neben ihm. Ihr geschundenes Gesicht schmerzte, und sie weinte lautlos vor sich hin. War dies also die Belohnung für ihre harten Worte wie auch für ihre Nachgiebigkeit? Jetzt konnte sie Gorlois mit gutem Gewissen hassen, und in gewisser Weise fühlte sie sich erleichtert, daß sie dabei keine Schuldgefühle haben mußte. Plötzlich hoffte sie inständig, Uther würde ihn töten.
Am nächsten Tag ritt er im Morgengrauen davon und ließ zur

Verteidigung der Burg nur knapp ein halbes Dutzend Männer zurück. Vor dem Aufbruch war Igraine in die Halle gekommen und hatte ihren Gesprächen entnommen, daß Gorlois hoffte, Uthers Armee aus dem Hinterhalt zu überfallen, während sie aus dem hügligen Heideland hinunter ins Tal vordrang. Und all dies geschah unter dem Vorwand, seine Ehre zu verteidigen! Er würde Britannien den Großkönig nehmen, und das Land schutzlos wie eine Frau den räuberischen Horden der Sachsen ausliefern – nur weil er nicht Mann genug für seine Frau war und fürchtete, Uther würde es sein.

Die regnerischen und stillen Tage nach Gorlois' Abmarsch zogen sich endlos dahin. Dann kam der erste Frost; Schnee wirbelte über die Heide, und nur an sehr klaren Tagen konnte man einen Blick auf das Festland werfen. Igraine sehnte sich nach Neuigkeiten; sie fühlte sich eingeschlossen wie ein Dachs im Winterbau.

Wintersonnenwende! Uther hatte versprochen, zur Wintersonnenwende dazusein – aber inzwischen begann Igraine sich zu fragen, ob alles nur ein Traum gewesen war. Während sich die Herbsttage dunkel und kalt dahinschleppten, stiegen Zweifel in ihr auf. Aber Igraine wußte, jeder Versuch, sich durch nochmaliges Beschwören Gewißheit zu verschaffen, würde fehlschlagen. In ihrer Kindheit hatte sie gelernt, daß die Abhängigkeit von der Zauberkunst gefährlich war. Man durfte nach einem Schimmer des Lichts in der Dunkelheit suchen, und das hatte sie getan; aber Zauberei durfte nie zur Krücke im Leben werden, denn sonst würde sie bald keinen einzigen Schritt ohne übernatürliche Führung tun können.

Ich habe mich nie auf mich selbst verlassen können, dachte sie bitter. Als Kind hatte sie sich von Viviane leiten lassen, und kaum war sie zur Frau herangewachsen, hatte man sie Gorlois gegeben, der darauf achtete, daß sie in allem ihn um Rat fragte und sich in seiner Abwesenheit an Vater Columba wendete.

Jetzt wußte Igraine, daß sie die Möglichkeit hatte, eigene Gedanken zu entwickeln, und sie wendete sich nach innen, um sich selbst zu finden. Sie brachte ihrer Tochter das Spinnen bei und lehrte ihre Schwester Morgause, mit mehrfarbigen Garnen zu weben. Sie legte Vorräte an, denn der Winter drohte länger und kälter als gewöhnlich zu werden, und sie lauschte begierig den spärlichen Nachrichten, die Schafhirten oder Reisende vom Markt mitbrachten – aber es kamen nur wenige, denn der Winter umschloß Tintagel mit eisiger Faust.

Samhain war bereits vorüber, als sich eine Hökerin zur Burg hochschleppte. Sie ging in Lumpen und war erschöpft und konnte sich kaum noch aufrecht halten. Um die Füße hatte die Frau Lappen gewickelt; sie starrte vor Schmutz. Aber Igraine ließ sie hereinführen und wies ihr einen Platz am Feuer zu. Außer dem trockenen Kanten Brot, der ihre übliche Ration gewesen wäre, gab sie ihr noch eine Schale kräftigen Eintopf mit Ziegenfleisch. Igraine bemerkte, daß die Frau hinkte, weil sie sich an einem Stein verletzt hatte, und sie befahl der Köchin, Wasser heiß zu machen. Dann verband sie die Wunde mit einem sauberen Tuch. Sie kaufte der Frau zwei Nadeln ab – sie waren ziemlich dick; Igraine hatte bessere, aber immerhin konnte sie Morgaine damit das Nähen beibringen. Dann fragte sie im Gefühl, es verdient zu haben, die Frau nach Neuigkeiten aus dem Norden.

»Überall Soldaten, Herrin«, sagte die alte Frau seufzend, »die Sachsen sammeln sich auf den Straßen im Norden, und es gab auch eine Schlacht... Uther kämpft unter dem Drachenbanner, die Sachsen stehen nördlich von ihm, und man sagt, der Herzog von Cornwall bedrängt ihn im Süden. Überall gibt es Kämpfe, selbst auf der Heiligen Insel...«

Igraine fragte: »Kommst du von der Heiligen Insel?«

»Ja, Herrin, die Dunkelheit überfiel mich am See, und ich verirrte mich im Nebel... die Priester gaben mir trockenes Brot. Sie wollten, daß ich die Messe höre und zur Beichte gehe. Aber was für Sünden hat eine alte Frau wie ich zu beichten? Mein Leben liegt hinter mir. Meine Sünden sind vergessen, vergeben, und ich bedaure sie noch nicht einmal«, erwiderte sie leise kichernd. Igraine hielt die Hökerin für nicht besonders klug und glaubte, das bißchen Verstand, das sie besaß, sei durch die Einsamkeit auf der langen Wanderschaft abhanden gekommen. »Ja, es stimmt, die Alten und Armen haben wirklich wenig Gelegenheit zu sündigen. Sie können höchstens an Gottes Güte zweifeln«, redete das Weib weiter. »Wenn Gott nicht versteht, warum wir daran zweifeln, dann ist er eben nicht so weise, wie seine Priester behaupten, hi, hi, hi... Aber ich wollte die Messe nicht hören, und in ihrer Kirche war es kälter als im Freien. Also wanderte ich im Nebel und im Dunst weiter. Dann sah ich ein Boot. Irgendwie kam ich auf die Heilige Insel. Die Frauen der Herrin gaben mir zu essen und einen Platz am Feuer wie Ihr... hi, hi, hi...«

»Du hast die Herrin gesehen?« fragte Igraine, beugte sich vor und sah der Frau ins Gesicht. »Sag mir, wie es ihr geht. Sie ist meine Schwester...«

»Ja, das hat sie mir gesagt. Sie sagte, ihre Schwester sei die Gemahlin des Herzogs von Cornwall... wenn der Herzog von Cornwall noch am Leben ist, und das wußte sie nicht ... hi, hi, hi ... Ach ja, sie gab mir eine Botschaft für Euch mit auf den Weg. Deshalb bin ich über die Heide und die Felsen gekommen, und meine armen Füße sind von den Steinen schlimm zerschunden, hi, hi, hi ... o je, was hat sie mir noch gesagt? Ich kann mich nicht daran erinnern. Ich glaube, ich habe die Botschaft im Nebel, der die Heilige Insel umgibt, verloren. Wißt Ihr, die Priester sagen, es gibt keine Heilige Insel mehr. Sie behaupten, Gott hat sie ins Meer versenkt. Sie sagten, wenn ich glaube, ich sei dort aufgenommen worden, dann sei das nur Zauberei und Blendwerk des Bösen gewesen ...« Die Alte schwieg und kicherte in sich hinein. Igraine wartete geduldig.

Schließlich fragte sie: »Erzähle mir von der Herrin von Avalon. Hast du sie gesehen?«

»O ja, ich habe sie gesehen. Sie ist nicht wie Ihr, sie ist eine Fee, klein und dunkel ...« Die Augen der Frau leuchteten auf und wurden klar. »Jetzt erinnere ich mich an die Botschaft. Sie sagte zu mir, richte meiner Schwester Igraine aus, sie soll ihre Träume nicht vergessen und die Hoffnung nicht verlieren. Ich lachte darüber, hi, hi, hi, wozu sind Träume gut, außer vielleicht für Damen in großen Burgen. Uns nutzen sie wenig, die wir im Nebel auf den Straßen wandern ... Ach ja, das auch noch. Sie hat zur Erntezeit einem Sohn das Leben geschenkt. Sie trug mir auf, Euch zu sagen, es gehe ihr wider Erwarten gut. Dem Kind gab sie den Namen Galahad.«

Igraine seufzte erleichtert. Also hatte Viviane entgegen allen Befürchtungen die Geburt überlebt!

Die Alte sprach weiter: »Sie sagte außerdem, hi, hi, hi, das Kind sei der Sohn eines Königs, und es sei nur recht, daß ein Königssohn dem anderen diene ... Versteht Ihr das, Herrin? Für mich klingt das mehr nach Träumen und Mondschatten, hi, hi, hi ...« Sie kicherte hemmungslos, zog die Lumpen enger um sich und wärmte die mageren Hände über den Flammen.

Aber Igraine verstand die Botschaft. *Ein Königssohn soll dem anderen dienen.* Also hatte Viviane tatsächlich nach dem Ritus der Großen Ehe König Ban von der Bretagne einen Sohn geboren. Und wenn sie, Igraine, dem Großkönig von Britannien, Uther, einen Sohn schenkte, wie Viviane und der Merlin prophezeit hatten, dann sollte einer dem anderen dienen. Einen winzigen Augenblick spürte Igraine in sich das verrückte Kichern der Blödsinnigen aufsteigen. *Die Braut liegt noch nicht im Brautbett, und wir machen bereits Pläne für die Söhne.*

In der Erregung des Augenblicks sah Igraine die Kinder vor sich, das geborene und das ungeborene. Sie drängten sich wie Schatten um sie. Sollte Vivianes Sohn Galahad der dunkle Zwilling sein, der ihrem und Uthers ungeborenem Sohn Verderben brachte? Im flackernden Feuerschein glaubte Igraine beide vor sich zu sehen: ein dunkler schlanker Junge mit Vivianes Augen, ein blonder Knabe mit den glänzenden Haaren der Nordmänner... und dann sah sie in den zuckenden Flammen die Heiligen Insignien der Druiden, die in Avalon gehütet wurden, seit die Römer die Heiligen Haine niedergebrannt hatten – die Schale, den Kelch, das Schwert und den Speer. Sie strahlten und leuchteten als Sinnbilder der vier Elemente: die Schale der Erde, der Kelch des Wassers, das Schwert des Feuers und der Speer oder der Zauberstab der Luft... Benommen richtete Igraine sich auf, während das Feuer knisterte und die Flammen unruhig zuckten. Sie dachte: *Es sind genug Zeichen für beide. Wie gut!*
Igraine blinzelte heftig und schüttelte sich. Das Feuer glimmte nur noch. Die alte Frau war eingeschlafen; sie hatte sich mit Tüchern und Lumpen zugedeckt und lag so dicht wie möglich an der Glut. Die Halle war leer. Die Kammerfrau döste auf einer Bank, fest in ihr Tuch und ihren Umhang gewickelt. Die anderen Dienstleute waren bereits schlafen gegangen. Hatte sie die halbe Nacht hier am Feuer geschlafen und alles nur geträumt? Sie weckte die schlafende Gwen, die sich mürrisch in ihr Bett schleppte. Igraine ließ die Alte am Feuer zurück und ging vor Kälte zitternd in ihre eigene Kammer. Dort kroch sie neben Morgaine ins Bett und drückte das Kind fest an sich, als wolle sie Träume und Ängste vertreiben.

Der Winter kam mit aller Macht. Viel Holz gab es nicht in Tintagel; man hatte nur die harten dunklen Steine, die man verbrennen konnte. Aber sie rauchten schrecklich, und der Ruß färbte Türen und Decken schwarz. Manchmal mußte man trockenen Seetang verbrennen, und dann stank es in der ganzen Burg wie bei Ebbe nach totem Fisch. Schließlich verbreitete sich das Gerücht, Uthers Heer nähere sich Tintagel und bereite sich auf den Marsch über das Heideland vor.
Unter üblichen Umständen hätte Uthers Heer Gorlois und seine Männer schlagen können. *Aber wenn sie in einen Hinterhalt geraten? Uther kennt das Land nicht!* Das felsige, unbekannte Gelände würde ihm genug zu schaffen machen, da er glaubte, Gorlois würde ihn mit seinem Heer in der Nähe von Tintagel erwarten. Vorher würde Uther gewiß nicht auf einen Hinterhalt gefaßt sein!

Igraine konnte nur abwarten. Es war das Schicksal einer Frau, daheim zu sitzen – in einer Burg oder in einer Hütte. So war es seit den Römern. Früher waren die keltischen Stämme dem Rat ihrer Frauen gefolgt; weit im Norden hatte es eine Insel der Kriegerinnen gegeben. Sie fertigten Waffen und unterwiesen die Häuptlinge in ihrem Gebrauch...

Nacht für Nacht lag Igraine wach und dachte an ihren Gemahl und an ihren Geliebten. *Wenn man einen Mann als Geliebten bezeichnen kann, den man noch nicht ein einziges Mal geküßt hat*, dachte sie. Uther hatte geschworen, zur Wintersonnenwende zu kommen. Aber wie sollte er über die Heide ziehen und der Falle entgehen, die Gorlois ihm stellte...?

Wenn sie doch nur eine Zauberin oder eine Priesterin wäre wie Viviane. Igraine war mit den Geschichten über das Böse großgeworden, das entstand, wenn man sich der Zauberei bediente, um den Göttern den eigenen Willen aufzuzwingen. War es also gut, zuzulassen, daß Uther in einen Hinterhalt geriet und seine Männer erschlagen wurden? Sie beruhigte sich damit, Uther habe Spione und Späher, und er brauche nicht die Hilfe einer Frau. Trotzdem war Igraine rastlos. Es mußte etwas Besseres geben, als auf der Burg zu sitzen und abzuwarten.

Wenige Wochen vor der Nacht zur Wintersonnenwende erhob sich ein Sturm, der zwei Tage lang tobte, und zwar so heftig, daß Igraine wußte, daß auf der Heide im Norden nichts überlebt hatte, das nicht wie ein Kaninchen in seinen Bau geflüchtet war. Selbst in der starken, sicheren Burg scharten sich die Menschen um die wenigen Feuerstellen und lauschten zitternd auf den heulenden Wind. Durch Schnee und Hagel blieb es tagsüber so dunkel, daß Igraine nicht einmal genug Licht hatte, um zu spinnen. Der Vorrat an Fackeln schmolz so schnell dahin, daß man sparen mußte, denn vor ihnen lag noch ein langer Winter. Deshalb saßen die Bewohner von Tintagel meist im Dunkeln; Igraine erinnerte sich an die alten Geschichten von Avalon, um Morgaine zu unterhalten und Morgauses Unmut zu vertreiben.

Einmal, als das Kind und das junge Mädchen schließlich eingeschlafen waren, fühlte Igraine eine merkwürdige Spannung in sich, die sie wach hielt. In ihren Mantel gehüllt, saß sie vor der erlöschenden Glut des kleinen Feuers und starrte mit schmerzenden Augen in die Dunkelheit. Sie versuchte, mit ihren Gedanken die Meilen zu überwinden, die zwischen ihnen lagen... aber wohin? Etwa zu Gorlois,

um herauszufinden, wo er seinen Verrat plante? Denn es war Verrat! Er hatte Uther, seinem Großkönig, Treue geschworen, aber aus Mißtrauen und Eifersucht sein Wort gebrochen.
Sie dachte an den König von Britannien und versuchte, sich vorzustellen, wie er in dem fremden felsigen Heideland sein Lager aufschlug, das der Sturm verwüstete. War er vielleicht vom Wege abgekommen und verloren?
Wie konnte sie Uther erreichen? Sie versuchte, sich an die wenigen Zauberkünste zu erinnern, die sie als Mädchen in Avalon gelernt hatte. Dort lehrte man sie, daß Körper und Seele nicht fest miteinander verbunden sind. Denn im Schlaf verläßt die Seele den Körper und wandert in das Land der Träume, in dem alles Trug und Täuschung ist. Aber manchmal gelangt der von den Druiden Geschulte auch in das Land der Wahrheit, wohin der Merlin sie einmal im Traum geführt hatte.
... Als Morgaine geboren wurde und die Schmerzen kein Ende nehmen wollten, hatte Igraine einmal für kurze Zeit ihren Körper verlassen. Einen Augenblick lang sah sie ihren Leib dort unten liegen, eine zerschundene Hülle, an der sich die Hebammen zu schaffen machten, und dem ihre Kammerfrauen zu helfen versuchten. Sie dagegen schwebte frei von Schmerzen und erfüllt von einem Hochgefühl irgendwo darüber. Dann hatte sich jemand über sie gebeugt und ihr eindringlich gesagt, sie müsse sich jetzt sehr bemühen, denn der Kopf des Kindes sei bereits zu sehen. Sie war in ihren Körper zurückgekehrt, zu neuen Schmerzen und größter Anstrengung. Und sie hatte alles vergessen. Aber was ihr damals gelungen war, konnte sie auch heute! Igraine zitterte trotz ihres Umhangs. Sie starrte ins Feuer und befahl sich plötzlich, *anderswo* zu sein...
Und es gelang ihr. Igraine schien vor sich selbst zu stehen und wußte,was geschah. Die größte Veränderung war jedoch die, daß sie den wild heulenden Sturm nicht mehr hörte, der die Burg umbrauste. Igraine schaute nicht zurück – sie wußte, man durfte nie zurückblicken, wenn man den Körper verlassen hatte, da sonst der Leib die Seele wieder an sich zog –, aber auf irgendeine Weise konnte sie ihre Umgebung auch ohne Augen sehen. Sie wußte, daß ihr Körper immer noch bewegungslos vor dem erloschenen Feuer kauerte. Nachdem sie schon soweit gegangen war, überfiel sie Furcht, und sie dachte: *Zuerst sollte ich mich um das Feuer kümmern.* Doch sie wußte auch, wenn sie jetzt in ihren Körper zurückkehrte, hätte sie nicht mehr den Mut, das Ganze noch einmal zu wagen.

Sie dachte an Morgaine, das lebende Band zwischen ihr und Gorlois – selbst wenn er das Kind jetzt zurückwies und abfällig über seine Tochter sprach, so bestand dieses Band doch, und deshalb konnte sie Gorlois finden, wenn sie ihn nur suchte. Noch als sich dieser Gedanke in ihr formte, war Igraine ... *anderswo.*

... Wo war sie? Sie sah den Schein einer kleinen Lampe und entdeckte im zuckenden Licht den Herzog inmitten etlicher Köpfe – Männer, die sich in einer kleinen Steinhütte im Moor zusammendrängten.

Gorlois sagte gerade: »Unter Ambrosius habe ich viele Jahre lang an Uthers Seite gekämpft, und wenn ich ihn überhaupt kenne, dann verläßt er sich auf seinen Mut und den Augenblick der Überraschung. Seine Männer kennen das Wetter in Cornwall nicht; sie werden nicht wissen, daß es sich bald nach Mitternacht aufklärt, wenn die Sonne im Sturm untergeht. Deshalb werden sie sich vor den ersten Sonnenstrahlen nicht von der Stelle rühren. Aber bei Sonnenaufgang wird Uther sich auf den Weg machen, in der Hoffnung, uns in der Frühe zu überraschen. Wenn es uns jedoch gelingt, sein Lager in den Stunden vor Sonnenaufgang zu umzingeln, ist die Überraschung auf unserer Seite. Sie werden sich auf den Abmarsch vorbereiten und an nichts Böses denken. Mit etwas Glück haben wir sie niedergemacht, ehe sie ihre Schwerter ziehen können. Ist Uthers Heer erst einmal zerschlagen, wird er die Flucht ergreifen, Cornwall verlassen, um nie mehr zurückzukehren, falls er nicht selbst unter den Toten ist.«

Im schwachen Licht der Lampe sah Igraine, daß Gorlois die Zähne fletschte wie ein Raubtier. »Und wenn er tot ist, werden sich seine Soldaten wie ein Bienenschwarm zerstreuen, dessen Königin gestorben ist.«

Igraine spürte, wie sie zurückwich. Selbst körperlos, als Geist glaubte sie, daß Gorlois sie dort sehen *mußte.* Und tatsächlich, er hob den Kopf, runzelte die Stirn und fuhr sich über das Gesicht. »Ich spüre einen Luftzug ... es ist kalt hier«, murmelte er.

»Wie könnte es auch anders sein? Hier drinnen ist es so eisig wie in einem Grab, während dieser Schneesturm draußen tobt«, schimpfte einer seiner Männer. Aber noch ehe er ausgesprochen hatte, war Igraine verschwunden. Körperlos schwebte sie im Nirgendwo, zitterte und widerstand dem starken Drang, nach Tintagel zurückzukehren. Sie sehnte sich nach dem Gefühl ihres Körpers und des Feuers und wollte nicht wie ein toter Geist zwischen den Welten wandern ...

Uther! Wie konnte sie Uther erreichen, um ihn zu warnen? Zwischen ihnen gab es kein Band, noch nicht einmal einen leidenschaftlichen Kuß, der ihre Körper verbinden und den körperlosen Geist anziehen würde. Gorlois hatte sie des Ehebruchs beschuldigt, und wieder wünschte Igraine mit Inbrunst, es wäre so gewesen. Körperlos und blind irrte sie in der Dunkelheit, im Nirgendwo umher; sie wußte, schon der Anflug eines Gedankens würde sie in die Halle nach Tintagel zurückversetzen, wo ihr Körper eiskalt vor dem erloschenen Feuer lag. Verzweifelt kämpfte sie darum, in dieser tödlichen, augenlosen Dunkelheit zu bleiben und betete wortlos: *Laß mich Uther finden.* Doch sie wußte, daß die seltsamen Gesetze der Welt, in der sie sich befand, dies nicht erlaubten. Diesen Leib, der sie umhüllte, band nichts an Uther.

Aber meine Bindung zu Uther ist stärker als das körperliche Band, denn sie hat mehr als ein Leben überdauert! Igraine spürte, daß sie mit etwas Unfaßlichem argumentierte, als wende sie sich an einen höheren Richter als den, der die Gesetze dieses Lebens machte. Die Dunkelheit schien auf ihr zu lasten; sie spürte, daß sie nicht mehr atmen konnte. Irgendwo unter ihr erfror ihr Körper, den sie verlassen hatte, und hörte auf zu atmen. Etwas in ihr schrie: *Kehr um, kehr um! Uther ist ein Mann, er braucht deine Hilfe nicht.*

Sie gab sich selbst Antwort und kämpfte darum, hier draußen zu bleiben, wo sie war: *Er ist doch nur ein Mensch und nicht gewappnet gegen Verrat!*

Nun legte sich auf die bedrückende Dunkelheit eine tiefe Finsternis. Igraine wußte, sie blickte jetzt nicht auf ihr unsichtbares Ich, sondern auf etwas anderes. Frierend, zitternd und zerschlagen hörte sie nicht mit den Ohren ihres Körpers, spürte aber mit jedem Nerv ihres ganzen Wesens den Befehl: *Kehr um! Zurück! Du hast kein Recht hier zu sein. Die Gesetze sind gemacht, und sie sind unumstößlich. Du darfst nicht straflos hier bleiben!*

Igraine hörte sich in die merkwürdige Dunkelheit sagen: *»Wenn es sein muß, will ich die Strafe auf mich nehmen.«*

»Warum versuchst du, an einen Ort zu gelangen, der dir verboten ist?«

»Ich muß ihn warnen!« erwiderte sie heftig; und plötzlich öffnete sich etwas in Igraine wie ein Schmetterling, der die Flügel entfaltet, nachdem er den Kokon verlassen hat. Es breitete die Flügel aus, und die Dunkelheit, die sie umgab, war verschwunden. Das Furchteinflößende, das sie gewarnt hatte, war nichts weiter als eine verschleierte

Gestalt, eine Frau wie sie selbst – eine Priesterin, bestimmt keine Göttin und auch nicht die uralte Todesbotin. Igraine sagte entschlossen: *»Uns bindet der Schwur von Leben zu Leben und darüber hinaus, du hast kein Recht, es zu verbieten.«* Plötzlich sah Igraine an ihren Armen die goldenen Schlangen, die sie in ihrem seltsamen Traum vom Ring der Steine getragen hatte. Sie hob die Arme und rief ein Wort in einer fremden Sprache. Später konnte sie sich noch nicht einmal an eine einzige Silbe erinnern. Sie wußte nur, es begann mit einem großen *»Aaahhh...«*, und es war ein Wort der Macht. Sie wußte auch nicht, wie ihr dieses Wort im Augenblick höchster Not eingefallen war, denn in diesem Leben war sie keine Priesterin. Die bedrohliche Gestalt war verschwunden, und Igraine sah Licht, ein Licht, wie von den Strahlen der aufgehenden Sonne...

Nein, es war das schwache Glühen eines Sturmlichts, das durch ein Hornblättchen in dem Holzkasten drang. Es war nur ein Funken im eisigen Schatten einer kleinen steinernen Hütte, deren Mauern halb eingefallen und nur notdürftig mit Schilf ausgebessert waren. Aber durch ein merkwürdiges, nicht vorhandenes Licht – oder konnte sie körperlos und ohne Augen in der Dunkelheit sehen? – entdeckte sie ein paar Gesichter, Gesichter, die Uther in Londinium umgeben hatten: Könige, Häuptlinge und Soldaten. Erschöpft und halb erfroren kauerten sie um dieses winzige Licht, als könne das zittrige Flämmchen sie erwärmen. Uther befand sich unter ihnen – ausgemergelt und erschöpft; seine Hände voll blutiger Frostbeulen, den wollenen Umhang hatte er fest um den Kopf gewickelt und unter dem Kinn gebunden. Dies war nicht der stolze und königliche Priester und Geliebte, den sie in ihrer ersten Vision gesehen hatte; auch nicht der unbeholfene und täppische junge Mann, der den Gottesdienst gestört hatte. Aber dieser erschöpfte, abgezehrte Mann, dem die feuchten Haare strähnig ins Gesicht fielen, das die Kälte dunkel rötete, erschien ihr plötzlich wirklicher und schöner als je zuvor. Igraine überkam Mitleid, sie wollte den König in die Arme nehmen, ihn wärmen, und es schien, als rufe sie: *Uther!*

Sie wußte, er hatte es gehört, denn sie sah, wie er den Kopf hob und sich in der bitterkalten Hütte umblickte und zitterte, als habe ihn ein noch eisigerer Wind gestreift. Dann *sah* sie durch die Mäntel und Umhänge, in die sein Körper gehüllt war, die Schlangen an seinen Armen. Sie waren nicht wirklich; sie wanden sich wie lebendiges Getier, aber keine Schlange der Welt hätte bei diesem Wetter ihr Nest verlassen. Und doch sah Igraine sie; auf irgendeine Weise sah Uther auch Igraine, öffnete den Mund und wollte sprechen. Aber sie gebot ihm zu schweigen.

Du mußt dich marschbereit machen, oder du bist verloren! Diese Botschaft formte sich auf ihren Lippen, aber nicht zu Worten. Igraine wußte, ihre Gedanken sprachen zu seinen Gedanken.

Kurz nach Mitternacht wird das Schneetreiben aufhören. Gorlois und seine Soldaten glauben, ihr könntet euch nicht von der Stelle rühren. Sie wollen euch überfallen und niedermachen. Bereite dich auf ihren Angriff vor!

Tonlos drangen diese Worte mit dem letzten Funken Kraft, der ihr geblieben war, auf Uther ein. Noch während sie die Gedanken formte, wußte Igraine, daß ihre Willenskraft schwand, die sie entgegen den Gesetzen dieser Welt über den Abgrund zu ihm gebracht hatte. Sie war an solche Dinge nicht gewöhnt; sie kämpfte darum, Uther nicht ohne Warnung verlassen zu müssen. Würden die Männer ihm glauben, würden sie sich auf den Angriff vorbereiten? Oder würden sie nach dem Sturm reglos in der Dunkelheit verharren, und Gorlois würde sie finden wie der Fuchs die Hühner auf der Stange?

Igraine konnte nicht mehr. Eine tödliche Kälte, die Ohnmacht völliger Erschöpfung, überkam sie, und sie spürte sich in die Eiseskälte und in die Dunkelheit entschwinden. Der Sturm schien durch ihren Körper hindurchzutoben...

...Sie lag auf dem Steinboden vor der kalten Asche. Ein eiskalter Wind blies, als sei der Sturm, der die ganze Vision begleitet hatte, ihr gefolgt und rase auch hier, in ihrem Körper... Nein, das war es nicht! Die hölzernen Fensterläden waren aufgeflogen und schlugen in den letzten Sturmböen heftig auf und zu, während wütende Regenschauer in die Kammer peitschten.

Igraine fror. Ihr war so kalt, daß sie glaubte, sich nie mehr bewegen zu können. Sie dachte, sie würde vor dem Kamin liegenbleiben und erstarren; die Kälte ihres Körpers würde sich allmählich in den Todesschlaf verwandeln. In diesem Augenblick war ihr alles gleichgültig.

Wenn man die Grenzen des Verbotenen überschreitet, muß es eine Strafe geben. So lautet das Gesetz. Ich habe etwas Verbotenes getan und kann nicht unbeschadet daraus hervorgehen. Wenn Uther in Sicherheit ist, nehme ich die Strafe an, selbst wenn es meinen Tod bedeutet...

Und während Igraine sich zusammenkauerte und versuchte, mit dem viel zu dünnen Mantel sich zu wärmen, glaubte sie in der Tat, daß der Tod eine Gnade wäre, denn dann würde sie wenigstens die Kälte nicht mehr spüren...

Aber Morgaine! Ihre Tochter schlief im Bett am Fenster. Und wenn es nicht geschlossen wurde, konnte sie sich auf den Tod erkälten... Um ihrer selbst willen hätte Igraine sich nicht von der Stelle gerührt. Aber der Gedanke an ihr Kind und an ihre unschuldige Schwester zwang sie, trotz aller Schmerzen sich zu regen, die gefühllosen Hände und Füße zu zwingen, ihr zu gehorchen. Wie eine Betrunkene torkelte sie zum Fenster und mühte sich, es mit froststarren Händen zu schließen. Zweimal entriß der Wind ihr die Läden. Und sie hörte sich schluchzen, während sie sich mühte. Igraine spürte nichts, doch sie wußte, im Kampf mit dem Holzladen, der sich wie ein lebendiges Wesen wehrte, hatte sie sich einen Fingernagel abgerissen. Schließlich gelang es ihr, den Riegel zu fassen und den Laden mit beinahe übermenschlicher Kraft zu schließen. Als sie den Holzpflock zuschob, quetschte sie sich die blaukalten Finger am Rahmen.

In der Kammer war es immer noch kalt... eiskalt! Igraine wußte, ohne wärmendes Feuer würden Morgaine und Morgause krank werden... Sie wünschte nichts sehnlicher, als zu ihnen ins Bett zu kriechen und sich an ihren jungen Körpern zu wärmen. Aber der Morgen war noch Stunden entfernt, und sie hatte das Feuer verlöschen lassen. Zitternd zog sie den Umhang fester um sich, nahm eine Feuerpfanne und ging die Stufen hinunter. Sie spürte, wie ihre eisigen Füße über die Steine stolperten. In der Küche lagen drei Mägde zusammengerollt wie Hunde vor dem glühenden Feuer. Hier war es warm. An einem langen Haken hing ein dampfender Kessel über der Glut – die Hafersuppe für das Frühstück. Nun, es war ihre Küche und ihre Suppe. Igraine schöpfte sich eine Schale heiße, ungesalzene Hafergrütze und trank sie langsam. Aber auch das vermochte sie nicht aufzuwärmen. Dann füllte sie die Feuerpfanne mit glühenden Kohlen, richtete den Brand, bedeckte die Feuerpfanne, wickelte ihren Rocksaum um den heißen Stiel und stieg die Treppe nach oben. Sie war schwach und zitterte. Trotz der heißen Suppe durchliefen sie solche Kälteschauer, daß sie fürchtete, zu fallen. *Ich darf nicht fallen. Denn wenn ich falle, werde ich nicht wieder aufstehen, und die Feuerpfanne wird alles in Brand setzen...*

Igraine kniete sich vor die kalte Feuerstelle in ihrer Kammer und spürte, wie sie ein heftiges Zittern durchlief, das ihre Brust vor Schmerzen fast zerriß. Aber sie fror nicht mehr, jetzt glühte ihr ganzer Körper. Geduldig legte sie zunächst Holzspäne und dann dünne Äste auf die Glut; schließlich brannte auch der quergelegte Holzklotz, und die Flammen schlugen hoch. Igraine war es jetzt so heiß, daß sie den Mantel von sich warf, zum Bett stolperte, Morgaine hochhob und sich mit dem Kind im Arm niederlegte. Aber sie wußte nicht mehr, ob sie nun schlief oder starb.

Nein, sie war nicht tot. Der Tod würde ihr nicht diese qualvollen Hitze- und Kälteschauer bringen... Sie wußte, daß sie lange Zeit in dampfende Tücher gehüllt im Bett lag, daß die abgekühlten Laken weggenommen und erneuert wurden. Sie wußte, daß man ihr heiße Getränke einflößte – manchmal Übelkeit erregendes Kräutergebräu gegen Fieber und dann wieder heißer Branntwein mit Wasser vermischt. Tage, Wochen, Jahre, Jahrhunderte vergingen, während sie so dalag, brannte, zitterte und unter den schrecklichen Getränken litt, die man ihr einflößte; und sie war so schwach, daß sie es noch nicht einmal erbrechen konnte. Einmal stand Morgause vor ihr und fragte ärgerlich: »Igraine, warum hast du mich nicht geweckt und mich gebeten, das Feuer zu richten, wenn du krank warst?« Die dunkle Gestalt, die ihr den Weg versperrt hatte, stand jetzt in einer Ecke der Kammer. Nun konnte Igraine ihr Gesicht sehen: Es war die alte Botin des Todes, die die Tore des Verbotenen bewacht. Jetzt würde sie Igraine bestrafen... Morgaine kam und blickte auf sie hinunter. Ihr kleines, ernstes Gesicht wirkte angsterfüllt. Igraine wollte ihre Tochter trösten, aber sie war zu schwach, um laut zu sprechen. Auch Uther war da, aber sie wußte, daß niemand außer ihr ihn sehen konnte. Es schickte sich nicht, nach einem Manne zu rufen, der nicht ihr Gemahl war... Niemand würde schlecht von ihr denken, wenn sie nach Gorlois rief. Aber selbst wenn sie sterben sollte, wollte sie diesen Namen nicht mehr aussprechen. Sie wollte nichts mehr von ihm wissen, weder im Leben noch im Tod.
Hatte sie mit ihrer Zauberei Gorlois verraten? Oder war es nur ein Traum gewesen, ebenso unwirklich, wie ihr Versuch, Uther zu warnen? Hätte sie ihn retten können? Igraine schien es, als wandere sie wieder durch die eiskalten Welten und versuche blindlings, sich durch den Sturm zu kämpfen, um Uther zu warnen. Einmal trat Vater Columba an ihr Bett und murmelte lateinische Worte. Igraine geriet außer sich. Mit welchem Recht quälte er sie mit den Sterbesakramenten, wo sie sich doch nicht verteidigen konnte? Auf Zauberkünste hatte sie sich eingelassen, und in den Augen des Priesters war

sie eine verworfene Frau. Er wollte sie verdammen, weil sie Gorlois verraten hatte; und er kam, um seinen Herrn zu rächen. Auch der Sturm tobte wieder. Er blies durch sie hindurch. Ziellos irrte sie umher und versuchte, Morgaine zu finden, die in der tobenden Natur verschwunden war. Sie fand nur Morgause, die eine Krone trug – die Krone der Großkönige von Britannien. Dann stand Morgaine am Bug der Barke, die über den Sommersee glitt und sie an das Ufer von Avalon brachte; Morgaine trug die Gewänder einer Priesterin, die gleichen Gewänder wie Viviane ... Dann umgaben sie Dunkelheit und Schweigen.

Sonnenlicht fiel in den Raum. Igraine wollte sich aufrichten, merkte jedoch, daß sie zu kraftlos war.

»Bleibt ruhig liegen, Herrin«, sagte Isotta, »ich bringe Euch gleich Eure Medizin.«

Igraine antwortete ihr und stellte überrascht fest, daß sie flüsterte: »Wenn ich deine Kräutertränke überlebt habe, werde ich das wohl auch noch überstehen. Was für ein Tag ist heute?«

»In zehn Tagen ist Wintersonnenwende, Herrin, und was geschehen ist ... wir wissen nur, daß das Feuer in Eurer Kammer im Laufe der Nacht erloschen ist und der Wind das Fenster aufgerissen hat. Eure Schwester Morgause sagte, sie sei erwacht und habe Euch beim Schließen der Läden gesehen. Dann seid Ihr aus dem Zimmer gegangen und nach einiger Zeit mit der Feuerpfanne zurückgekehrt. Aber Ihr habt nicht gesprochen, nur das Feuer wieder angefacht, und deshalb wußte sie nicht, daß Ihr krank seid. Aber am nächsten Morgen schüttelte Euch das Fieber, und Ihr erkanntet weder sie noch das Kind.«

Das war eine einfache Erklärung. Nur Igraine wußte, daß hinter ihrer Krankheit mehr lag. Sie war die Strafe für ihre Zauberei, die ihre Kräfte weit überstiegen und Körper und Geist so erschöpft hatten, daß ihr der Rückweg fast versperrt geblieben war.

»Was ist mit ...«, Igraine unterbrach sich. Sie konnte doch nicht nach Uther fragen! »Gibt es Nachrichten von meinem Gemahl, dem Herzog?«

»Nein, Herrin. Wir wissen nur, daß es eine Schlacht gegeben hat. Aber wir werden erst etwas Genaues erfahren, wenn die Wege nach dem großen Sturm wieder zu begehen sind«, antwortete Isotta. »Aber Ihr dürft jetzt nicht mehr sprechen, Herrin! Ihr müßt die heiße Hafersuppe zu Euch nehmen und wieder schlafen.«

Fügsam trank Igraine die heiße Suppe und schlief wieder ein. Wenn die Zeit reif war, würde die Nachricht kommen.

Am Abend vor der Wintersonnenwende schlug das Wetter um, und es wurde schön. Den ganzen Tag lang schmolz der Schnee, die Straßen wurden schlammig und Nebel zog auf. Er legte sich sanft über das Meer und den Burghof; wenn jemand sprach, verhallten Stimmen und sogar Flüstern in einem Echo ohne Ende. Am frühen Nachmittag zeigte sich kurz die Sonne. Zum ersten Mal ging Igraine wieder in den Burghof. Sie fühlte sich gesund, aber wie alle anderen wartete sie ungeduldig auf Nachrichten.

Uther hatte geschworen, in der Nacht zur Wintersonnenwende zu kommen. Wie sollte ihm das gelingen, solange das Heer des Herzogs ihm den Weg versperrte? Den ganzen Tag über war Igraine in Schweigen versunken und mit ihren Gedanken woanders. Sie schimpfte sogar mit Morgaine, die ausgelassen herumtobte, weil sie sich freute, nach so langer Zeit des Eingesperrtseins und der winterlichen Kälte wieder an die Luft zu können.

Ich sollte zu meinem Kind nicht so hart sein, nur weil ich in Gedanken bei meinem Geliebten bin, dachte Igraine. Wütend auf sich selbst, rief sie Morgaine zu sich und gab ihr einen Kuß. Als ihre Lippen die sanfte Wange berührten, durchlief sie ein Schauer. Durch ihre unerlaubten Zauberkünste hatte sie ihren Geliebten vor dem Hinterhalt gewarnt und damit vielleicht dem Vater ihres Kindes den Tod gebracht ...

... Nein! Gorlois hatte seinen Großkönig verraten. Unabhängig davon, was Igraine getan oder nicht getan hatte, drohte Gorlois der Tod, und durch seinen Wortbruch hatte er ihn auch verdient. Es sei denn, er konnte seinen Frevel in der Tat dadurch vollkommen machen, daß er den Mann tötete, den Ambrosius dazu bestimmt hatte, Britannien zu verteidigen ...

Vater Columba trat zu Igraine und bestand darauf, daß sie den Frauen und Dienstboten verbat, die Sonnwendfeuer zu entzünden.

»Ihr solltet ihnen mit gutem Beispiel vorangehen, indem Ihr heute abend zur Messe kommt«, verlangte er. »Es ist schon lange her, Herrin, daß Ihr die heiligen Sakramente empfangen habt.«

»Ich bin krank gewesen«, erwiderte sie ungerührt, »und was die Sakramente angeht, glaube ich mich zu erinnern, daß Ihr mir die Letzte Ölung auf dem Krankenlager erteilt habt. Vielleicht habe ich das auch nur geträumt ... ich habe viel geträumt.«

»Ja, vieles«, antwortete der Priester, »und Dinge, die eine Christin nicht träumen darf. Ich gab Euch die Sterbesakramente um des Herzogs willen, denn Ihr hattet nicht die Kraft zu beichten und sie würdig zu empfangen.«

»Ja, ja, ich weiß wohl, es geschah nicht um meiner selbst willen«, erwiderte Igraine, und es zuckte um ihre Lippen.

»Ich maße mir nicht an, der Barmherzigkeit Gottes Grenzen zu setzen«, sagte der Priester, und Igraine wußte, was er nicht aussprach: Er würde aus Barmherzigkeit auch eine Sünde begehen, denn aus irgendeinem Grunde lag Gorlois etwas an Igraine. Er würde es Gott überlassen, sie zu bestrafen... und Gott würde das zweifellos auch tun...

Schließlich versprach Igraine, die Messe zu besuchen. Die neue Religion behagte ihr zwar nicht, aber Ambrosius war ein Christ gewesen; das Christentum war die Religion aller vernünftigen Menschen in ganz Britannien, und in Zukunft würde sich dies noch verstärken. Uther würde sich der öffentlichen Meinung beugen müssen, gleichgültig, was er insgeheim vom neuen Glauben hielt. Sie wußte nicht wirklich, wie er in Gewissensfragen dachte – würde sie es je wissen? *Er hat geschworen, zur Wintersonnenwende hierzusein.* Igraine senkte den Blick und versuchte, sich auf die Liturgie zu konzentrieren...

Es dämmerte bereits, und Igraine unterhielt sich mit ihren Frauen in der Küche. Plötzlich entstand am Landende des Damms Unruhe. Sie hörte Reiter und dann Rufen im Burghof. Sie warf sich schnell einen Schal über und rannte hinaus. Morgause folgte ihr. Am Tor standen Männer in römischen Umhängen, wie Gorlois' Truppen sie trugen. Aber die Wachen versperrten ihnen mit ihren langen Lanzen den Weg.

»Herzog Gorlois hat Befehl gegeben, daß niemand außer ihm selbst oder in seiner Begleitung die Burg betreten darf.«

Ein Mann inmitten der Ankömmlinge richtete sich auf. Er war sehr groß.

»Ich bin der Merlin von Britannien«, verkündete er mit seiner volltönenden Stimme, die durch Nebel und Dunkelheit hallte. »Tretet beiseite, Männer! Ihr werdet *mir* nicht den Durchgang verwehren.«

In tiefer Ehrerbietung trat die Wache zurück, aber Vater Columba stellte sich dem Merlin mit einer herrischen Gebärde in den Weg.

»Ich verbiete es Euch! Mein Herr, der Herzog von Cornwall, hat befohlen, daß gerade Ihr, alter Zauberer, zu keiner Zeit die Burg betreten dürft!« Die Soldaten standen mit offenem Mund daneben, und trotz ihres Zorns mußte Igraine den Mut des Christen bewundern: dummer, lästiger Priester! Aber es war nicht so einfach, sich dem Merlin von Britannien entgegenzustellen.

Vater Columba hielt das schwere Holzkreuz hoch, das an seinem Gürtel hing. »Im Namen des Herrn Jesus Christus befehle ich Euch zu gehen! Im Namen Gottes, kehrt in das Reich der Dunkelheit zurück, aus dem Ihr kommt!«
An den hohen Mauern von Tintagel brach sich das dröhnende Lachen des Merlin. »Guter Bruder in Christus«, sagte er dann, »dein Gott und mein Gott sind ein und derselbe! Glaubst du wirklich, ich würde aufgrund deiner Verwünschung verschwinden? Oder hältst du mich für einen bösen Geist der Dunkelheit? Nein, denn sonst müßtest du die anbrechende Nacht Gottes als den Einbruch der Finsternis bezeichnen! Ich komme aus einem Reich, das nicht dunkler ist als das Sommerland, und sieh her, diese Männer tragen den Ring des Herzogs von Cornwall!« Eine Fackel flammte auf, und einer der verhüllten Männer streckte die Hand aus. Am Zeigefinger funkelte Gorlois' Ring.
»Jetzt laßt uns ein, Vater. Wir sind keine Geister, sondern Sterbliche. Uns ist kalt; wir sind müde, denn wir hatten lange zu reiten. Oder müssen wir erst das Zeichen des Kreuzes machen und ein Gebet sprechen, um Euch zu überzeugen?«
Igraine trat zu den Männern und fuhr sich hastig mit der Zunge über die Lippen. Was geschah hier eigentlich? Wie konnte jemand des Herzogs Ring tragen, wenn er nicht sein Bote war? Gewiß hätte einer seiner Männer sich an sie gewandt. Sie kannte niemanden der Reiter, und Gorlois hätte niemals den Merlin zu seinem Boten gewählt. War Gorlois gefallen, und man überbrachte ihr auf diesem Wege die Nachricht von seinem Tod? So sagte sie nur knapp und herrisch: »Zeigt mir den Ring! Ist er wirklich echt oder eine Fälschung?«
»Es ist wirklich sein Ring, Herrin«, erklärte eine Stimme, die sie erkannte. Igraine beugte sich über den Ring, um ihn im Fackelschein zu prüfen, und sah vertraute, große Hände, kräftig und von Schwielen bedeckt. An den Unterarmen erkannte Igraine, was sie bisher nur in Visionen gesehen hatte: Um Uthers behaarte Arme wanden sich zwei blaue, in die Haut gezeichnete Schlangen. Igraine glaubte, ihre Beine würden sie nicht mehr tragen und sie müßte auf das Pflaster im Hof niedersinken ...
Er hatte es geschworen: *Ich komme zur Wintersonnenwende.* Nun war er da und trug den Ring des Herzogs!
»Mein Herr! Mein Herzog!« rief Vater Columba aus und trat einen Schritt vor. Doch der Merlin hob gebieterisch die Hand.
»Der Bote darf nicht erkannt werden«, sagte er. »Schweigt!« Der

Priester wich zurück und glaubte, der Reiter mit dem Umhang sei Gorlois. Er war verwirrt, gehorchte jedoch.

Igraine verneigte sich und kämpfte noch immer gegen die Ungläubigkeit und Furcht in ihrem Herzen. Sie sagte: »Tretet ein, Herr.« Uther verbarg sein Gesicht unter der Kapuze, reichte ihr die beringte Hand und umfaßte ihre Finger. Ihre Hand schien eiskalt in seiner warmen, festen Rechten zu liegen, und er stützte sie, als sie in die Halle traten.

Sie flüchtete sich in Förmlichkeiten: »Soll ich Euch Wein bringen, Herr, oder ein Mahl bereiten lassen?«

Uther flüsterte ihr ins Ohr: »Um Gottes willen, Igraine, findet einen Weg, damit wir allein sein können! Der Priester hat selbst in der Dunkelheit noch scharfe Augen. Ich wünsche wirklich, daß man glaubt, Gorlois sei zurückgekommen.«

Igraine befahl Isotta: »Bringt den Männern das Essen und Bier in die Halle. Versorgt auch den Ehrwürdigen Merlin. Bringt Wasser zum Waschen und alles, was sie brauchen. Ich ziehe mich mit meinem Herrn in unsere Gemächer zurück. Bringt uns Speisen und Getränke.«

Die Dienstleute stoben in alle Richtungen davon, um ihre Befehle auszuführen. Der Merlin ließ sich von einem Mann den Mantel abnehmen und stellte seine Harfe mit Bedacht auf eine Bank. Morgause erschien in der Tür und musterte keck die Soldaten. Ihr Blick fiel auf den großen Uther, und sie machte einen Knicks.

»Mein Herr. Edler Gorlois! Willkommen, lieber Bruder!« begrüßte sie ihn und ging ihm entgegen. Uther machte eine leicht abwehrende Bewegung mit der Hand, und Igraine stellte sich schnell vor ihn. Stirnrunzelnd dachte sie: *Wie lächerlich! Selbst in diesem Umhang sieht Uther Gorlois nicht ähnlicher als ich!*

Und mit Strenge sagte sie: »Mein Gemahl ist müde, Morgause, und nicht gestimmt, sich mit Kindern zu unterhalten. Nimm Morgaine mit in deine Kammer und bleibe dort. Heute nacht schläft sie bei dir.«

Morgause nahm mißmutig und verdrießlich Morgaine auf den Arm und ging mit ihr die Treppe hinauf. Igraine wartete, bis die beiden nicht mehr zu sehen waren. Dann ergriff sie Uthers Hand und stieg mit ihm die Stufen nach oben. Was sollte das alles? Warum diese Täuschung? Ihr Herz pochte, und sie glaubte ohnmächtig zu werden, als sie Uther in den Raum führte, den sie mit Gorlois geteilt hatte, und die Tür verriegelte.

Kaum war das geschehen, wollte Uther sie umarmen; er schob die Kapuze zurück und stand vor ihr, Haupthaar und Bart feucht vom Nebel, die Arme weit ausgebreitet. Aber Igraine rührte sich nicht von der Stelle.

»Mein König! Warum halten Euch alle für meinen Gemahl?«

»Eine kleine Zauberei des Merlin«, antwortete Uther, »im wesentlichen eine Sache des Umhangs und des Rings. Etwas Blendwerk war auch dabei. Doch es würde nicht standhalten, sähe man mich ohne Umhang und im vollen Lichte. Ich stelle fest, du hast dich davon nicht täuschen lassen. Ich hatte es auch nicht erwartet. Es ist Schein und keine Erscheinung. Ich habe geschworen, zur Wintersonnenwende hierzusein, und ich habe meinen Schwur gehalten. Und nun bekomme ich noch nicht mal einen Kuß für all meine Mühen?«

Sie trat zu ihm und nahm ihm den Mantel ab, wich aber seiner Umarmung aus.

»Mein König. Wie kommt es, daß Ihr den Ring des Herzogs tragt?«

Uthers Gesicht wurde hart. »Den Ring habe ich ihm im Kampf zusammen mit dem Finger von der Hand getrennt. Doch der Eidbrüchige ist geflohen und mir entkommen. Sieh das nicht falsch, Igraine, ich komme rechtmäßig hierher, nicht als Dieb in der Nacht. Das Blendwerk soll deinen Ruf vor den Augen und Mündern der Welt schützen, nicht mehr und nicht weniger. Ich möchte nicht, daß meine zukünftige Gemahlin als Ehebrecherin gilt. Ich komme rechtmäßig, wie gesagt. Gorlois hat sein Leben verwirkt. Tintagel erhielt er als treuer Vasall von Ambrosius Aurelianus, den Eid hat er auch mir geschworen, und sein Lehen ist nunmehr verwirkt. Das versteht Ihr doch sicher, Igraine? Kein König kann hinnehmen, daß seine Vasallen eidbrüchig werden und sich gegen ihn stellen.«

Igraine nickte zustimmend.

»Durch ihn habe ich alles verloren, was ich in einjährigem Kampf gegen die Sachsen gewonnen hatte. Als er mit seinen Leuten Londinium verließ, konnte ich die Stadt nicht halten. Ich mußte fliehen und zusehen, wie sie geplündert wurde. Ich hatte meinem Volk geschworen, es zu verteidigen.« Auf Uthers Gesicht trat Bitternis. »Lot kann ich vergeben. Er hat mir den Eid verweigert. Eine Rechnung habe ich mit ihm noch zu begleichen. Entweder wird er mit mir Frieden schließen, oder ich werde ihn von seinem Thron verjagen und hängen lassen. Aber verraten hat er mich nicht oder seinen Eid gebrochen. Gorlois habe ich vertraut. Er schwor mir Treue und brach sein Wort. Nun stehe ich vor den Trümmern des Lebenswerks von

Ambrosius und muß wieder von vorne beginnen. Das habe ich Gorlois zu verdanken. Und ich bin gekommen, ihm Tintagel zu nehmen. Ich will auch sein Leben, und er weiß es.«
Sein Gesicht war versteinert.
Igraine schluckte. »Und seine Gemahlin wollt Ihr auch ... als Siegespreis und mit Recht, wie Tintagel?«
»Ah, Igraine«, sagte er und zog sie mit beiden Händen an sich. »Ich weiß wohl, für wen du dich entschieden hast, seit ich dich nachts in dem großen Sturm gesehen habe. Hättest du mich nicht gewarnt, hätte ich meine besten Männer verloren, und ohne Zweifel auch mein Leben. Dir habe ich es zu verdanken, daß ich auf den Angriff vorbereitet war, als Gorlois' Truppen uns überfielen. Im Kampf Mann gegen Mann nahm ich ihm den Ring ab. Ich hätte ihm auch die Hand und den Kopf abgeschlagen, doch er floh.«
»Ich weiß sehr wohl, daß Ihr keine Wahl hattet, mein König und Gebieter«, antwortete Igraine. Es pochte an die Tür. Eine der Mägde brachte Speisen und einen Krug Wein. Sie stammelte: »Mein Herr«, und machte einen Knicks. Igraine befreite sich aus Uthers Armen, nahm das Tablett entgegen und schloß die Tür wieder hinter der Frau. Sie nahm Uther den Umhang ab, der sich in der Tat nur sehr wenig von Gorlois' Umhang unterschied, und hängte ihn zum Trocknen an einen Bettpfosten. Sie beugte sich hinunter, half dem König, die Stiefel auszuziehen und nahm ihm das Schwert ab. *Wie eine pflichtbewußte Ehefrau*, erinnerte sie eine innere Stimme. Aber Igraine wußte, sie hatte ihre Wahl getroffen. Selbst als Uther sagte: »Tintagel gehört dem Großkönig von Britannien und seine Herrin ebenfalls«, erhob sie keine Widerrede. Sie vertraute sich dem König an.
Auf dem Tablett standen Schalen mit getrocknetem Fleisch in Linsen gekocht, ein Laib frischgebackenes Brot, Weichkäse und ein Krug Wein. Uther aß gierig, als wenn er am Verhungern wäre. Er sagte: »Die beiden letzten Monate habe ich wegen dieses Verräters, den du deinen Gemahl nennst, im Felde verbracht. Es ist die erste ordentliche Mahlzeit, die ich seit Samhain esse ... zweifellos würde der gute Vater dort unten mich daran erinnern, Allerseelen zu sagen.«
»Es ist nur das Abendessen für die Dienstboten und mich, mein König, keineswegs Euch angemessen ...«
»Mir scheint es gut genug, um Weihnachten damit zu feiern, nach allem, was ich im Lager bei Eis und Schnee gegessen habe«, erwiderte er, kaute geräuschvoll, brach das Brot mit seinen kraftvollen

Händen und schnitt ein Stück Käse ab. »Und von dir bekomme ich nichts zu hören als *›mein König, mein Herr und Gebieter‹*? Wie oft habe ich von diesem Moment geträumt, Igraine«, sagte er, legte den Käse zurück und blickte zu ihr auf. Er faßte sie um die Hüfte und zog sie an seinen Stuhl. »Hast du kein Wort der Liebe für mich? Ist es denn möglich, daß du Gorlois immer noch treu bist?«

Igraine ließ zu, daß Uther sie an sich zog, und sagte: »Ich habe gewählt.«

»Ich habe so lange gewartet...«, flüsterte er und zog sie zu sich hinunter, so daß Igraine halb kniend gegen seine Beine lehnte; mit seinem Finger fuhr er die Linien ihres Gesichtes nach.

»Ich begann schon zu fürchten, es würde nie wahr werden. Und jetzt hast du kein Wort der Liebe und keinen freundlichen Blick für mich... Igraine, Igraine! Habe ich etwa geträumt, daß du mich liebst, daß du mich willst? Hätte ich dich vielleicht zufrieden lassen sollen?«

Ihr wurde kalt; sie zitterte am ganzen Körper und flüsterte: »Nein, nein... oder wenn es ein Traum war, habe auch ich ihn geträumt.« Sie blickte zu ihm auf und wußte nicht, was sie sagen oder tun sollte. Sie fürchtete sich nicht vor ihm, wie sie sich vor Gorlois gefürchtet hatte, aber jetzt fragte sie sich mit Schrecken, warum es soweit mit ihr gekommen war. Und er hielt sie noch immer in seiner Armbeuge, zog sie auf seine Knie, drückte sie an sich, und sie ließ ihren Kopf an seine Brust sinken.

Mit seiner großen Hand umspannte er ihre schmale Taille und sagte: »Ich wußte nicht, wie schlank du bist. Du bist groß; ich hielt dich für eine starke, königliche Frau... und jetzt stelle ich fest, du bist nur ein kleines Wesen, das ich wie einen Vogel mit beiden Händen zerdrükken kann...« Seine Finger schlossen sich um ihre Handgelenke. »Und so jung...«

»So jung bin ich auch wieder nicht«, sagte Igraine und lachte plötzlich. »Ich bin seit fünf Jahren verheiratet und habe ein Kind.«

»So alt wirkst du nicht«, antwortete Uther, »ist es die Kleine, die ich unten gesehen habe?«

»Ja, das ist meine Tochter Morgaine«, erwiderte Igraine. Und plötzlich wurde ihr klar, daß auch er verlegen zögerte. Instinktiv erkannte sie, daß er trotz seiner mehr als dreißig Jahre nur Erfahrung mit Frauen hatte, die sich ihm willig überließen. Eine ehrbare, gleichrangige Frau war für ihn etwas Neues. Schmerzlich wünschte sie sich plötzlich, zu wissen, was sie nun sagen oder tun mußte.

Sie versuchte, Zeit zu gewinnen und fuhr mit dem Finger der freien Hand die Linien der eingeritzten Schlangen nach, die sich um sein Handgelenk wanden. »Ich sehe sie zum ersten Mal...«
»Ja«, antwortete er, »sie wurden mir als Zeichen meines Königtums auf der Dracheninsel gegeben. Ich wünschte, du hättest als meine Königin bei mir sein können«, flüsterte er, nahm ihr Gesicht in seine Hände, legte ihren Kopf zurück und küßte sie auf den Mund.
»Ich will dich nicht ängstigen«, flüsterte er, »aber ich habe so lange von diesem Augenblick geträumt, so lange...«
Erschauernd ließ Igraine sich küssen und spürte, wie etwas Neues sich tief in ihrem Körper regte. So war es bei Gorlois nie gewesen... und plötzlich fürchtete sie sich wieder. Gorlois hatte immer etwas mit ihr getan, an dem sie keinen Anteil hatte – etwas, von dem sie abrücken und das sie teilnahmslos beobachten konnte. Jetzt, unter der Berührung von Uthers Lippen wußte sie, daß sie nicht länger abseits stehen konnte. Nie mehr würde sie die Frau sein, die sie kannte. Der Gedanke entsetzte sie. Aber das Erkennen, wie sehr er nach ihr verlangte, pulsierte in ihren Adern. Ihre Hände umklammerten die blauen Schlangen an seinen Armen. »Ich habe sie in einem Traum gesehen... aber ich hielt es nur für einen Traum.«
Er nickte ernst. »Ich träumte von ihnen, noch ehe ich sie trug. Und ich hatte ein Gesicht, daß du an deinen Armen ähnlich gezeichnet wärest...« Er nahm Igraines Handgelenk und fuhr mit dem Finger zart darüber. »Allerdings waren sie golden.«
Es überlief sie eiskalt: Wahrhaftig, es war kein Traum gewesen, sondern ein Bild aus dem Land der Wahrheit.
»Ich kann mich nicht an alles im Traum erinnern«, sprach Uther weiter und starrte über ihre Schulter ins Leere. »Ich weiß nur noch, daß wir uns beide auf einer großen Ebene befanden. Dort stand etwas, das dem Ring der Steine glich... Was bedeutet es, Igraine, daß wir dieselben Träume haben?«
Sie antwortete mit erstickter Stimme, als müßte sie weinen: »Vielleicht bedeutet es nur, daß das Schicksal uns füreinander bestimmt hat, mein König... mein Gebieter... mein Geliebter...«
»Meine Königin und meine Geliebte...« Er schaute ihr plötzlich in die Augen – ein langer Blick und eine lange Frage. »Die Zeit der Träume ist doch wohl vorbei, Igraine.« Er vergrub die Hände in ihren Haaren, löste die Spangen, und sie fielen über den bestickten Kragen und über ihr Gesicht, während er die langen Locken mit zitternden Händen glättete. Uther stand auf, ohne sie aus seinen Armen zu

lassen. Sie hatte nicht geahnt, welche Kraft er besaß. Er durchquerte den Raum mit zwei großen Schritten und legte sie auf das Bett, kniete sich neben sie, beugte sich vor und küßte ihren Mund.

»Meine Königin«, murmelte er, »ich wünschte, du wärst mit mir an meiner Seite gekrönt worden... Es gab Rituale, von denen kein Christ auch das geringste wissen dürfte. Aber das Alte Volk, das schon hier lebte, bevor die Römer auf die Insel kamen, hätte mich sonst nicht als König anerkannt. Der Weg dorthin war lang. Ich bin mir sicher, er verlief eine weite Strecke nicht in dieser Welt.«

Diese Worte erinnerten Igraine an das, was Viviane ihr über das Auseinandertreiben der Welten im Nebel erzählt hatte. Und beim Gedanken an die Schwester fiel ihr wieder ein, was Viviane von ihr gefordert und wie sehr sie sich dagegen gesträubt hatte.

Ich wußte nichts. Damals war ich so jung und unerfahren. Ich wußte nichts und ahnte nicht, daß mein Ich dahinschmelzen, zerfließen und davongetragen würde...

»Hat man von dir verlangt, daß du mit dem Land die Große Ehe schließt, wie es in alter Zeit gebräuchlich war? Ich weiß, König Ban von Benwick in der Bretagne mußte diese Ehe auch vollziehen...«

Und plötzlich durchzuckte sie heftige Eifersucht. Sie dachte daran, daß der Körper irgendeiner Frau oder Priesterin für Uther Sinnbild für das Land gewesen war, das zu verteidigen er geschworen hatte.

»Nein«, antwortete er, »und ich weiß nicht, ob ich eingewilligt hätte. Aber man hat es nicht von mir verlangt. Außerdem sagte der Merlin, daß auch er, wie jeder Merlin von Britannien, geschworen hat, sich für sein Volk zu opfern, wenn die Not es gebietet...« Uther schwieg. »Aber für dich hat das wenig Bedeutung.«

»Du hast vergessen«, sagte sie, »daß ich in Avalon erzogen wurde. Meine Mutter war Priesterin, und meine ältere Schwester ist jetzt die Herrin vom See.«

»Bist du auch eine Priesterin, Igraine?«

Sie schüttelte den Kopf und wollte es verneinen, sagte dann aber: »Nicht in diesem Leben.«

»Ich frage mich...«, wieder fuhr er mit dem Finger die Linien der unsichtbaren Schlangen an ihrem Handgelenk nach und berührte mit der Linken die Schlangen an seinem Arm. »Ich glaube, ich wußte immer, daß ich schon einmal gelebt habe... mir scheint, das Leben ist etwas zu Großes, um es nur einmal zu leben und dann zu verlöschen wie ein Licht im Wind. Und warum hatte ich das Gefühl,

daß ich dich bereits kannte, ehe die Welt entstand, als ich dich zum ersten Mal erblickte? Das sind Mysterien. Ich glaube, du weißt wohl mehr darüber als ich. Du sagst, du bist keine Priesterin, trotzdem besitzt du Zauberkräfte genug und konntest in der Nacht des großen Sturmes zu mir gelangen und mich warnen... vermutlich sollte ich nicht weiter fragen, damit ich nicht von dir höre, was kein Christ wissen darf. Aber sie...«, wieder berührte er mit der Fingerspitze die Schlangen, »... vielleicht sagte deshalb der alte Mann, der sie in der Nacht, in der ich zum König gemacht wurde, in meine Arme stach, es sei mein Recht, sie zu tragen... sie gehörten mir schon vor diesem Leben. Ich habe gehört, daß die christlichen Priester die Schlangen von unseren Inseln vertrieben haben... aber ich fürchte die Drachen nicht. Ich trage sie als Zeichen, daß ich meinen Schutz über das Land breite, wie die Flügel des Drachen.«
»Wenn du das tust«, flüsterte Igraine, »wirst du sicher der größte aller Könige sein.«
»Sag das nicht!« unterbrach er sie heftig, beugte sich über sie und bedeckte ihren Mund mit Küssen.
»Uther«, flüsterte sie wie im Traum.
Seine Hände öffneten ihren Kragen, und er beugte sich über ihre nackte Schulter, um sie zu küssen. Doch als er begann, ihr das Gewand abzustreifen, wollte Igraine sich erschrocken wehren. Tränen strömten über ihr Gesicht, und sie konnte nicht sprechen. Er faßte sie um die Schultern und sah ihr in die Augen.
Sanft fragte er: »Bist du so mißhandelt worden, Geliebte? Gott strafe mich, wenn du jemals, jetzt oder in Zukunft, etwas von mir zu fürchten haben solltest. Aus ganzem Herzen wünsche ich, du wärst Gorlois nie gegeben worden. Wenn ich dich vor ihm gefunden hätte... aber was geschehen ist, das ist geschehen. Meine Königin, ich schwöre dir, du wirst mich nie zu fürchten haben.« Im flackernden Licht wirkten seine Augen dunkel, obwohl sie blau waren, wie Igraine wußte. »Igraine, ich habe... ich habe das für selbstverständlich gehalten, denn irgendwie glaube ich, du weißt, was ich fühle. Ich habe kaum Erfahrungen mit Frauen deiner Art. Du bist meine einzige Liebe, meine Gemahlin, meine Königin. Bei meiner Krone und meiner Ehre als Mann schwöre ich: Du sollst meine Königin sein, und nie werde ich eine andere Frau über dich setzen oder dich gar verstoßen! Glaubst du, ich behandle dich wie eine Hure?« Seine Stimme zitterte, und Igraine wußte, daß ihn Angst erfaßte – die Angst, sie zu verlieren. Das Wissen, daß auch er Furcht kannte und

verwundbar war, ließ ihre Angst schwinden. Sie legte ihm die Arme um den Hals und antwortete mit fester Stimme: »Auch du bist meine einzige Liebe, mein Gebieter und mein König. Ich werde dich lieben, solange ich lebe, und nach diesem Leben, solange die Göttin will.«
Jetzt ließ sie zu, daß er ihr das Gewand abstreifte und übergab sich willig seinen Armen. Nie, niemals hatte sie geglaubt, daß es so sein könne. Trotz der Jahre an Gorlois' Seite und der Geburt des Kindes war sie bis zu diesem Augenblick noch immer rein, im Herzen eine Jungfrau gewesen. Doch jetzt verschmolzen Körper, Geist und Herz, ließen sie eins werden mit Uther. Und flüchtig dachte sie, daß noch nicht einmal ein Kind im Mutterleib größere Nähe empfinden konnte...
Müde lag er an ihrer Schulter, und seine struppigen blonden Haare kitzelten sie an den Brüsten. Er murmelte: »Ich liebe dich, Igraine. Was daraus auch entstehen mag, ich liebe dich. Und wenn Gorlois wiederkommt, werde ich ihn töten, noch ehe er dich noch einmal berühren kann.«
Igraine wollte nicht an Gorlois denken. Sie strich ihm die Haare aus der Stirn und flüsterte: »Schlaf, mein Geliebter, schlaf ein!«
Sie wollte nicht ruhen. Sie lag noch wach, als er schon ruhig und langsam atmete, und streichelte ihn zart, um ihn nicht zu wecken. Seine Brust war beinahe so glatt wie die ihre. Man sah nur wenige blonde Haare. Igraine hatte immer geglaubt, alle Männer seien grob und behaart. Trotz der Gerüche nach Schweiß und den Säften der Liebe duftete sein Körper angenehm. Sie dachte, sie würde nie genug davon haben, ihn zu berühren. Sie sehnte sich danach, daß er aufwachen und sie wieder in seine Arme schließen würde, aber gleichzeitig wachte sie hingebungsvoll über seinen erschöpften Schlaf. Jetzt empfand sie weder Furcht noch Scham; denn was sie bei Gorlois als Pflicht und Nötigung empfunden hatte, war zu einem beinahe unerträglichen Genuß geworden. Es schien, als sei sie mit einem vergessenen Teil ihres Körpers und ihrer Seele wiedervereint worden.
Eng an seinen Körper geschmiegt, fiel Igraine schließlich in einen unruhigen Schlaf. Es war eine Weile vergangen, als eine Unruhe im Burghof sie plötzlich weckte. Schnell richtete sie sich auf und warf die langen Haare zurück. Schläfrig zog Uther sie wieder an sich.
»Bleib liegen, mein Liebes, es dämmert noch lange nicht.«
»Nein«, erwiderte Igraine, »wir können nicht wagen, liegen zu bleiben.« Sie zog ein Kleid an und warf sich den Umhang über. Mit

zitternden Händen steckte sie die Haare hoch. Die Lampe war erloschen, und in der Dunkelheit konnte sie ihre Spange nicht finden. Schließlich griff sie nach einem Schleier, schlüpfte in ihre Schuhe und rannte die Treppe hinunter. Es war noch zu dunkel, um deutlich sehen zu können. In der weiten Halle glimmte das Feuer nur schwach. Plötzlich bewegte sich leicht die Luft vor ihr, und sie blieb wie angewurzelt stehen.

Gorlois stand vor ihr. Quer über das Gesicht zog sich eine tiefe Schwertwunde, und er sah sie mit unaussprechlichem Leid zugleich vorwurfsvoll und traurig an. Es war das Gesicht, das sie schon einmal gesehen hatte ... der Doppelgänger, der Todesbote! Gorlois hob langsam die Hand, und sie sah, daß drei Finger und der Ring fehlten. Er wirkte geisterhaft blaß, aber in seinem Blick lagen Schmerz und Liebe. Seine Lippen formten ihren Namen, obwohl sie in dem erstarrten Schweigen, das sie umgab, nichts hörte. In diesem Augenblick wußte Igraine, daß auch er sie geliebt hatte – auf seine rauhe Art. Alles, was er getan hatte, um sie zu verletzen, war aus Liebe geschehen. Um ihretwillen hatte er sich mit Uther überworfen, seine Ehre und seine Herzogswürde verloren. Doch sie hatte seine Liebe nur mit Haß und Ungeduld erwidert. Erst jetzt verstand Igraine, Gorlois hatte für sie empfunden, was sie jetzt für Uther empfand. Entsetzen schnürte ihr die Kehle zu. Sie wollte nach ihm rufen. Aber die stille Luft bewegte sich. Er war verschwunden und hatte nie vor ihr gestanden. In diesem Augenblick durchbrach lautes Rufen im Burghof das erstarrte Schweigen.

»Macht Platz!« rief man, »macht Platz! Licht ... hierher ... Licht!«

Vater Columba schlurfte eilig in die Halle, stieß eine Fackel ins Feuer und setzte sie in Brand. Dann hastete er zum Tor und öffnete es weit.

»Was bedeutet dieses Geschrei ...?«

»Männer von Cornwall, Euer Herzog ist tot! Wir bringen den Leichnam des Herzogs. Macht Platz! Gorlois von Cornwall ist tot. Wir bringen seinen Leichnam, auf daß ihr ihn begraben könnt!«

Igraine spürte, wie Uthers Arm sie stützte, sonst wäre sie gefallen. Vater Columba erhob lauten Protest: »Nein! Das ist nicht möglich! Der Herzog kam gestern abend mit einigen seiner Männer zurück und schläft oben in seinen Gemächern ...«

»Nein.« Die Stimme des Merlin klang ruhig, aber sie drang bis in die entferntesten Winkel des Burghofs. Er griff nach einem Kienspan, entzündete ihn an Vater Columbas Fackel und reichte ihn dann

einem Soldaten. »Der eidbrüchige Herzog kam nicht als Lebender nach Tintagel zurück. Hier steht Eure Herrin mit Eurem obersten Herrn, Eurem Großkönig Uther Pendragon! Ihr werdet sie heute vermählen, Vater.«
Unter den Männern erhob sich Geschrei und Murren. Die Dienstleute, die herbeigerannt waren, standen wie betäubt im Saal, als die grob gezimmerte und aus Tierhäuten gefertigte Bahre hereingetragen wurde. Igraine wich vor dem bedeckten Leichnam scheu zurück. Vater Columba beugte sich vor, enthüllte kurz das Haupt des Toten, schlug ein Kreuz und wendete sich wieder ab. Sein Gesicht war von Schmerz und Zorn verzerrt.
»Das ist Zauberei, das reinste Hexenwerk!« Er spuckte aus und hielt das Holzkreuz zwischen sich und den Merlin. »Diese üble Täuschung war dein Werk, alter Zauberer.«
Igraine fiel ihm hart ins Wort: »Ich verbiete dir, so mit meinem Vater zu sprechen, Priester!«
Der Merlin hob den Arm. »Ich brauche nicht den Schutz einer Frau... auch nicht den eines Mannes, mein König!« sagte er. »Es war keine Zauberei. Ihr habt gesehen, was Ihr sehen wolltet... Euren Herrn, der nach Tintagel zurückkehrte. Allerdings ist Euer Herr nicht der eidbrüchige Gorlois, der Ehre und Lehen verwirkt hatte, sondern der wahre Großkönig und Herrscher. Er kam, um sich zu nehmen, was ihm gehört. Bleibt bei Eurer Aufgabe als Priester, Vater. Ein Toter ist zu Grabe zu tragen, und wenn das vorüber ist, eine Hochzeitsmesse für Euren König und meine Herrin zu lesen, die er als Königin gewählt hat.«
Igraine stand neben Uther, der seinen Arm um sie gelegt hatte. Sie hielt dem giftigen und verächtlichen Blick von Vater Columba stand. Sie wußte, er hätte sich auf sie gestürzt, sie als Dirne und Hexe beschimpft, wenn ihm seine Furcht vor Uther nicht den Mund verschlossen hätte. Der Priester wandte sich von ihr ab, kniete neben dem toten Herzog nieder und betete inbrünstig. Nach einem kurzen Augenblick des Zögerns kniete auch Uther. Seine blonden Haare glänzten im Licht der Fackeln. Igraine wollte an seiner Seite niederknien. *Armer Gorlois.* Er war tot. Er hatte das Schicksal des Verräters erlitten. Es war mehr als verdient. Aber er hatte sie geliebt, und er war gestorben.
Eine Hand legte sich plötzlich auf ihre Schulter und hielt sie fest. Der Merlin sah ihr kurz in die Augen und sagte sanft: »Also ist es geschehen, Grainné. Dein Schicksal hat sich erfüllt, wie es geweissagt wurde. Nimm es mit allem Mut an, den du aufbringst.«

Sie kniete nieder und betete ... sie betete für Gorlois und dann weinend für sich. Sie erflehte den göttlichen Segen für das unbekannte Schicksal, das vor ihnen lag. War es wirklich vom Anbeginn der Welt so bestimmt gewesen? Oder hatte ein Zauber es geschehen lassen ... der Merlin, Avalon und sie selbst? Gorlois war tot. Als sie in Uthers Gesicht blickte, das ihr bereits lieb und teuer war, wußte sie, daß bald andere kommen würden und er die Bürde seines Amtes auf sich nehmen mußte. Er würde ihr nie mehr so uneingeschränkt gehören wie in dieser einen Nacht. Und während Igraine dort zwischen ihrem toten Gemahl und dem Mann kniete, den sie ihr ganzes Leben lang lieben würde, kämpfte sie gegen die Versuchung, sich Uthers Liebe zunutze zu machen und seine Gedanken von Königtum und Staat abzulenken und auf sich zu richten. Sie wußte, es würde ihr gelingen. Aber der Merlin hatte sie beide nicht zu ihrem Vergnügen zusammengebracht. Igraine wußte, wenn sie Uther nur für sich behalten wollte, würde sie sich gegen das Schicksal auflehnen, das sie zusammengeführt hatte, und großen Schaden anrichten.
Vater Columba erhob sich und bedeutete den Soldaten, den Leichnam in die Kapelle zu tragen. Igraine berührte ihn am Arm. Er wandte sich ihr ungeduldig zu.
»Herrin?«
»Ich muß Euch viel beichten, ehe mein Herr, der Herzog, im Grabe liegt ... und ehe ich vermählt werde. Wollt Ihr mir die Beichte abnehmen?«
Der Priester sah sie stirnrunzelnd und überrascht an. Schließlich sagte er: »Im Morgengrauen, Herrin«, und schritt davon. Der Merlin ließ Igraine nicht aus den Augen, als sie zu ihm zurückkam. Sie sah ihn an und sagte: »Hier und jetzt, mein Vater, seid mein Zeuge, daß ich von diesem Augenblick an für immer der Zauberei entsage. Gottes Wille geschehe.«
Der Merlin blickte zärtlich in ihr aufgewühltes Gesicht. Seine Stimme klang sanfter, als Igraine sie je gehört hatte. »Glaubst du, all unser Zauber könnte etwas anderes als Gottes Wille sein, mein Kind?«
Mit Mühe nahm sie sich zusammen – sie wußte, sie würde gleich wie ein Kind vor all diesen Männern zu weinen beginnen – und sagte: »Ich werde nun gehen und mich ankleiden, wie es sich ziemt, mein Vater.«
»Du mußt den Tag begrüßen, wie es einer Königin würdig ist, meine Tochter!«
Königin. Bei diesem Wort rannen Schauer durch ihren Körper. Aber

hierfür hatte sie alles getan, was sie getan hatte. Dafür war sie geboren worden. Langsam schritt Igraine die Treppe nach oben. Sie mußte Morgaine wecken und ihr sagen, daß ihr Vater tot war. Zum Glück war das Kind zu jung, um sich deutlich an ihn zu erinnern oder um ihn gar zu trauern.
Igraine rief ihre Frauen und befahl ihnen, die besten Gewänder, den schönsten Schmuck zu bringen und ihre Haare zu flechten. Nachdenklich legte sie ihre Hand auf ihren Leib. In dem Augenblick, in dem sie der Zauberei abgeschworen hatte, sagte ihr eine letzte wunderbare Ahnung, daß nach dieser einen Nacht, in der sie nur Liebende gewesen waren, noch nicht König und Königin, Uthers Sohn in ihr heranwachsen würde. Ob der Merlin es auch wußte?

Morgaine erzählt . . .

Ich glaube, meine erste wirkliche Erinnerung ist die Hochzeit meiner Mutter mit Uther Pendragon. Von meinem Vater weiß ich nicht mehr viel. Wenn ich als kleines Mädchen unglücklich war, schien er in meiner Erinnerung ein ernster Mann mit dunklem Bart und dunklem Haar. Ich weiß noch, daß ich mit einer Kette spielte, die er um den Hals trug. Ich erinnere mich, wenn ich als Mädchen unglücklich war, wenn meine Mutter oder meine Lehrer mit mir schimpften oder Uther . . . aber das kam nur selten vor . . . mich tadelnd zur Kenntnis nahm, tröstete ich mich mit dem Gedanken, wenn mein Vater noch lebte, würde er mich gernhaben, mich auf seinen Schoß setzen und mir hübsche Dinge schenken. Jetzt bin ich älter und weiß, was für ein Mann er war. Wahrscheinlich hätte er mich in ein Kloster gesteckt, sobald ich einen Bruder gehabt hätte, und mich dann völlig vergessen.
Uther war nie unfreundlich zu mir. Aber ihn interessierte eine Tochter einfach nicht. In seinem Herzen war nur Platz für meine Mutter und in ihrem nur Platz für ihn. Ich lehnte mich dagegen auf, meine Mutter an diesen großen, blonden, ungeschlachten Mann verloren zu haben. Wenn Uther im Feld war – und in meiner Kindheit gab es immer Krieg –, liebte und verwöhnte mich meine Mutter Igraine. Sie brachte mir das Spinnen bei, und von ihr lernte ich mit farbigen Garnen zu weben. Aber sobald Uthers Männer in Sicht kamen, wurde ich in meine Kammer geschickt und war vergessen, bis er wieder davonzog. So ist es nicht verwunderlich, daß ich ihn haßte und aus ganzem Herzen den Anblick des Drachenbanners ebenso verabscheute wie jeden Reiter, der sich Tintagel näherte.

Nach der Geburt meines Bruders wurde es noch schlimmer. Denn jetzt lag dieses wimmernde, rosaweiße Wesen an der Brust meiner Mutter. Es machte alles nur noch unerträglicher, daß sie von mir erwartete, ich solle ihn ebenso liebhaben wie sie. »Er ist dein kleiner Bruder«, sagte sie, »paß gut auf ihn auf und liebe ihn, Morgaine.«
Ihn lieben? Ich haßte ihn aus tiefstem Herzen, denn wenn ich mich ihr näherte, wich sie mir aus und sagte, ich sei jetzt ein großes Mädchen. Ich sei zu groß, um auf ihrem Schoß zu sitzen, zu groß, um mit meinen Bändern zu ihr zu kommen, damit sie mir Schleifen band ... zu groß, um ihr trostsuchend den Kopf auf die Knie zu legen. Ich hätte ihn gerne gezwickt, den kleinen Bruder, aber dann hätte mich Igraine nicht mehr gemocht. Manchmal dachte ich ohnedies: Sie haßt mich.
Uther machte viel Aufhebens um meinen Bruder. Ich glaube, er hoffte immer auf einen zweiten Sohn. Niemand hatte es mir gesagt, aber auf irgendeine Weise wußte ich es – vielleicht hörte ich, wie die Frauen sich darüber unterhielten, vielleicht war die Gabe des Gesichts größer als ich damals wußte –, daß meine Mutter noch mit Gorlois verheiratet war, als sie zum ersten Mal das Bett teilten. Es gab immer noch Leute, die glaubten, mein Bruder sei nicht Uthers Sohn, sondern der Sohn des Herzogs von Cornwall.
Weshalb sie das glaubten, verstand ich damals nicht. Wie man sagt, war Gorlois dunkel und hager. Aber mein Bruder war blond, wie Uther, und er hatte graue Augen.
Selbst zu Lebzeiten meines Bruders, der später als Arthur den Thron bestieg, hörte ich alle möglichen Geschichten, wie er zu seinem Namen gekommen sei. Eine Geschichte behauptet sogar, er bedeute Arth-Uther, *was soviel heißt wie Uthers Stamm. Aber das stimmt nicht. Als kleines Kind nannte man ihn Gwydion, der Strahlende, wegen seiner glänzenden Haare. Später trug sein Sohn diesen Namen ... aber das ist eine andere Geschichte. Die Wahrheit ist einfach: Man schickte Gwydion als Sechsjährigen zu Ectorius, einem von Uthers Vasallen, ins Nordland, in die Nähe von Eboracum. Damals ordnete Uther an, daß mein Bruder als Christ getauft wurde. Und so erhielt er den Namen Arthur.*
Vom Tag seiner Geburt an bis zu dem Tag, an dem er zu seinem Ziehvater Ectorius gebracht wurde, hing Gwydion an meinen Rockzipfeln. Sobald er entwöhnt war, übergab ihn meine Mutter mir und sagte: »Dies ist dein kleiner Bruder. Du mußt ihn lieben und für ihn sorgen.« Am liebsten hätte ich das schreiende Bündel umgebracht und über die Klippen geworfen. Ich wollte bei meiner Mutter sein und sie

flehentlich darum bitten, wieder ganz mir zu gehören. Aber Igraine sorgte sich um Gwydions Wohl.

Einmal kam Uther zurück, und sie schmückte sich wie immer mit ihrem besten Gewand. Sie legte ihre Kette aus Bernstein und den Mondstein um den Hals. Mir und meinem kleinen Bruder gab sie einen flüchtigen Kuß, um im nächsten Augenblick mit glühenden Wangen Uther entgegenzulaufen. Ihr Atem ging schneller vor Freude, da ihr Mann zurückgekommen war ... und ich haßte beide: Uther und meinen Bruder. Ich stand weinend oben an der Treppe und wartete darauf, daß die Amme uns wegbrachte. Gwydion stolperte schreiend hinter Igraine her und rief: »Mama! Mama!« Er konnte damals kaum ein Wort sprechen. Er stürzte hin und stieß sich das Kinn an der Treppenstufe. Ich rief verzweifelt nach meiner Mutter. Aber sie war auf dem Weg zum König, drehte sich um, herrschte mich an: »Ich habe dir doch gesagt, du sollst auf das Kind aufpassen, Morgaine!« und eilte weiter.

Ich hob den Schreienden auf und wischte ihm mit meinem Schleier das Kinn ab. Gwydion hatte sich die Lippe an einem Zahn verletzt – ich glaube, er hatte damals erst acht oder zehn Zähne. Er jammerte und rief nach meiner Mutter. Als sie nicht kam, setzte ich mich auf die Treppenstufe und nahm ihn auf den Schoß. Er legte mir die kleinen Arme um den Hals und vergrub sein Gesicht in meiner Tunika. Nach einer Weile versiegte sein Schluchzen, und er schlief ein. Gwydion war schwer. Seine Haare fühlten sich weich und feucht an. An der Art, wie er sich an mich klammerte, erkannte ich, daß er im Schlaf nicht wußte, daß ich ihn in den Armen hielt. Ich dachte: Igraine hat uns beide vergessen. Sie hat dich verlassen, wie sie mich verließ. Vermutlich muß ich jetzt deine Mutter sein.

Deshalb wiegte ich ihn ein bißchen. Als Gwydion aufwachte, streckte er die kleinen Arme aus und legte sie wieder um meinen Hals, damit ich ihn tragen konnte. Ich setzte ihn auf meine Hüfte, wie die Amme es tat.

»Weine nicht«, sagte ich, »ich bringe dich zur Amme.«

»Mama«, wimmerte er.

»Mutter ist fort. Sie ist beim König«, sagte ich. »Aber ich werde für dich sorgen, Brüderchen.« Als ich seine Fingerchen in meiner Hand fühlte, verstand ich, was Igraine meinte: Ich war zu groß, um zu weinen oder nach meiner Mutter zu jammern. Ich hatte einen kleinen Bruder, um den ich mich kümmern mußte.

Ich glaube, ich war damals erst sieben Jahre alt.

Von der Hochzeit der Schwester meiner Mutter . . . Morgause heiratete König Lot von Orkney . . . weiß ich nur noch, daß ich an diesem Tag zum ersten Mal ein richtiges Gewand trug wie eine erwachsene Frau und eine silberne Bernsteinkette. Ich mochte Morgause, denn sie hatte oft Zeit für mich gehabt, wenn meine Mutter zu beschäftigt war. Sie erzählte mir Geschichten von meinem Vater . . . ich glaube, nach seinem Tod sprach Igraine Gorlois' Namen nie mehr aus. Obwohl ich Morgause liebte, fürchtete ich sie auch. Denn manchmal zwickte sie mich, riß mich an den Haaren und schimpfte, ich sei ein lästiger Balg. Sie verspottete mich zum ersten Mal mit einem Schimpfwort, über das ich damals weinte, auf das ich heute aber stolz bin: »Du bist ein Feenkind. Warum färbst du dir nicht das Gesicht blau und trägst Hirschfelle? Morgaine, du bist eine Fee!«

Ich wußte nur wenig über die Gründe für diese Hochzeit oder darüber, weshalb Morgause so jung verheiratet wurde. Ich wußte nur, meine Mutter war froh, sie unter die Haube gebracht und aus dem Haus zu haben, denn sie bildete sich ein, Morgause werfe Uther lüsterne Blicke zu. Vermutlich merkte sie nicht, daß Morgause alle Männer lüstern ansah, die ihr über den Weg liefen. Sie war eine läufige Hündin. Aber ich glaube, im Grunde lag es nur daran, daß niemand sich darum kümmerte, was sie tat. Bei ihrer Vermählung hörte ich, wie man darüber sprach, wie gut es sei, daß Uther seine Streitigkeit mit Lot von Orkney so schnell begraben und ihm sogar die eigene Schwägerin zur Frau gegeben hatte. Ich fand Lot liebenswürdig, und ich glaube, nur Uther war gegen sein einnehmendes Wesen gefeit. Morgause schien ihn tatsächlich zu lieben . . . vielleicht hielt sie es auch nur für richtig, so zu tun.

Ich glaube, an diesem Tag bin ich der Herrin von Avalon zum ersten Mal begegnet. Sie war wie meine Tante Morgause, eine Schwester meiner Mutter, und sie entstammte ebenfalls dem Alten Volk. Viviane war klein, dunkel, lebhaft; sie trug rote Bänder in ihren dunklen Haaren. Selbst damals war sie nicht mehr jung. Aber ich fand sie schön. Für mich war sie immer schön. Ihre Stimme klang tief und voll. Am besten gefiel mir, daß sie sich mit mir wie mit ihresgleichen unterhielt und nicht mit der süßlichen Falschheit der meisten Erwachsenen, die mit Kindern reden . . .

Ich kam zu spät in die weite Halle; der Amme war es nicht gelungen, Bänder in meine Zöpfe zu flechten, und ich hatte es schließlich selbst fertiggebracht. Schon immer hatte ich geschickte Hände und konnte gut und schnell Dinge tun, mit denen Erwachsene sich lange quälten.

Spinnen konnte ich bereits so gut wie meine Mutter und besser, als es Morgause je gelang. Ich war sehr stolz auf mein safrangelbes Gewand mit den goldgefaßten Bändern und der Bernsteinkette anstelle der Korallen. Und als ich nun kam, war an der Tafel des Königs kein Platz mehr für mich. Ich umkreiste sie enttäuscht, denn ich wußte, meine Mutter würde mich an einen der Tische unten im Saal verbannen, sobald sie mich sah, oder die Amme rufen, damit sie mich wegbrachte. Vielleicht würde sie auch die Blicke aller auf mich lenken und einer Dienerin befehlen, mir einen Stuhl zu bringen. In Cornwall war ich eine Prinzessin, aber an Uthers Hof in Caerleon war ich nicht mehr als die Tochter der Königin, deren Vater den Großkönig verraten hatte.

Plötzlich entdeckte ich die kleine dunkle Frau ... sie war so klein, daß ich zunächst glaubte, sie sei ein Mädchen und kaum älter als ich. Sie saß auf einem Hocker mit einem bestickten Kissen. Sie breitete die Arme aus und sagte: »Komm her, Morgaine! Erinnerst du dich noch an mich?«

Ich wußte nichts von ihr. Aber ich blickte in das dunkle, freundliche Gesicht und glaubte, sie seit Ewigkeiten zu kennen.

Ich zierte mich ein bißchen und fürchtete, sie würde mich auffordern, mich wie ein kleines Kind auf ihren Schoß zu setzen. Statt dessen lächelte sie und machte mir auf ihrem Hocker Platz. Jetzt sah ich, daß sie kein Mädchen, sondern eine Dame war.

»Wir sind beide nicht sehr groß«, sagte sie, »ich denke, wir werden zusammen auf dem Hocker Platz haben, denn er ist für größere Menschen gemacht.«

Von diesem Augenblick an liebte ich sie. Ich liebte sie so sehr, daß ich manchmal Schuldgefühle hatte, weil Priester Columba mir sagte, ich müsse Vater und Mutter mehr als alle anderen Menschen ehren.

Und so saß ich die ganze Hochzeitsfeier über neben Viviane. Ich erfuhr, daß sie Morgauses Ziehmutter war. Ihre eigene Mutter war bei Morgauses Geburt gestorben, und Viviane hatte sie selbst gestillt. Das erfüllte mich mit großer Bewunderung. Denn ich war zornig geworden, als Igraine sich weigerte, meinen kleinen Bruder einer Amme zu übergeben und ihn selbst stillte. Uther sagte, es schicke sich nicht für eine Königin, und ich hatte ihm zugestimmt. Ich haßte den Anblick von Gwydion an Igraines Brust. Ich glaube, in Wirklichkeit nagte Eifersucht in mir, obwohl ich mich geschämt hätte, es zuzugeben.

»War Eure und Igraines Mutter eine Königin?« fragte ich sie, denn Viviane war ebenso reich gekleidet wie Igraine oder eine der Königinnen aus dem Norden.

»Nein, Morgaine, keine Königin. Sie war eine große Priesterin, die Herrin vom See, und ich bin jetzt an ihrer Stelle die Herrin von Avalon. Vielleicht wirst auch du eines Tages eine Priesterin sein. Du bist vom Alten Blut, und vielleicht hast du auch das Gesicht.«

»Was ist ›das Gesicht‹?«

Sie runzelte die Stirn. »Hat es dir Igraine nicht gesagt? Morgaine, Kleines, siehst du je Dinge, die andere nicht sehen können?«

»Immerzu«, antwortete ich, denn mir war klar, daß Viviane mich ganz und gar verstand. »Aber Vater Columba behauptet, es sei das Werk des Teufels. Mutter sagt, ich sollte nicht darüber sprechen, mit niemandem, nicht einmal mit ihr. Sie sagt, diese Dinge seien an einem Christenhof nicht passend, und wenn Uther davon erfahren sollte, würde er mich in ein Kloster schicken. Ich glaube, ich möchte nicht in ein Kloster gehen, schwarze Gewänder tragen und nichts mehr zu lachen haben.«

Viviane sagte ein Wort, wofür meine Amme mir einmal den Mund mit Seifenlauge ausgewaschen hatte: »Hör zu, Morgaine. Deine Mutter hat recht, wenn sie sagt, du solltest über diese Dinge nie mit Vater Columba sprechen ...«

»Aber Gott wird mir zürnen, wenn ich einen Priester belüge.«

Sie wiederholte das schlimme Wort. »Hör zu, liebes Kind: Ein Priester wird zornig, wenn du ihn anlügst. Er wird behaupten, sein Gott zürne. Aber der große Schöpfer hat besseres im Sinn, als auf junge Menschen zornig zu sein. Und dies ist eine Sache, die nur dein eigenes Gewissen etwas angeht. Glaube mir, Morgaine. Sage Vater Columba nie mehr, als du mußt, aber glaube immer, was das Gesicht dir zeigt, denn es kommt direkt von der Göttin zu dir.«

»Ist die Göttin dasselbe wie die Jungfrau Maria, die Mutter Gottes?«

Sie runzelte die Stirn. »Alle Götter sind ein Gott, und alle Göttinnen sind eine Göttin. Die Große Göttin wird nicht zornig sein, wenn du sie Maria nennst, denn Maria war gut und liebte die Menschen. Hör zu, mein Liebes, das ist kein Gespräch für ein Fest. Aber ich schwöre, du sollst nie in ein Kloster gehen müssen, solange ich lebe ... was Uther auch immer sagen mag. Ich weiß jetzt, daß du das Gesicht hast, und ich werde Himmel und Erde in Bewegung setzen, wenn es sein muß, um dich nach Avalon zu holen. Wollen wir dies als ein Geheimnis zwischen uns bewahren, Morgaine? Versprichst du es?«

»Ich verspreche es«, antwortete ich. Sie beugte sich zu mir und gab mir einen Kuß auf die Wange.

An einem Frühlingstag im siebenten Jahr der Herrschaft von Uther Pendragon, der in Caerleon Hof hielt, ging Viviane, die Priesterin von Avalon und Herrin vom See, in die Dämmerung hinaus, um in ihren magischen Spiegel zu blicken.

Die Überlieferung, in deren Folge die Herrin als Priesterin stand, war älter als die der Druiden. Trotzdem teilte sie eine der großen Lehren des Druidenglaubens: Die großen Kräfte, die Land, Meer, Himmel und Sterne geschaffen hatten, konnten in einem von Menschen geschaffenen Haus nicht angemessen verehrt werden, und es gelang keinem Gegenstand, den Menschenhände geformt hatten, das Unendliche in sich aufzunehmen. Deshalb war der Spiegel der Herrin weder aus Bronze noch aus Silber.

Hinter Viviane erhoben sich die grauen Mauern des uralten Sonnentempels, den das Strahlende Volk erbaut hatte, das vor Jahrhunderten aus Atlantis hierhergekommen war. Vor ihr lag der Große See, gesäumt vom hohen, wogenden Schilf. Selbst an einem klaren Tag breitete sich inzwischen Nebel über das Wasser und das Land. Aber hinter dem See lagen Inseln und andere Seen, die das ganze Gebiet umfaßten, das man das Sommerland nannte. Meist lag es im Wasser, bestand aus Mooren und Salzmarschen. Aber im heißesten Sommer trockneten die Teiche und manche der brackigen Seen aus; fruchtbares Land tauchte auf und bot dem Vieh fette Weiden.

An dieser Stelle wich der Binnensee sogar Jahr für Jahr zurück und gab trockenes Land frei. Eines Tages würden hier fruchtbare Felder liegen ... aber nicht in Avalon. Avalon war jetzt für immer in Nebel gehüllt und für alle außer den Gläubigen verborgen. Wenn die Menschen zu dem Kloster pilgerten, das die christlichen Mönche *Glass Town* nannten, konnten sie den Sonnentempel nicht erkennen, der in einer fremden, anderen Welt lag. Wenn Viviane ihren inneren Blick auf das Kloster richtete, sah sie die Kirche, die die Mönche gebaut hatten.

Viviane wußte, daß die Kirche dort stand, obwohl sie nie den Fuß dorthin gesetzt hatte und es bis zu ihrem Tode auch nie tun würde. Vor Jahrhunderten, so hatte der Merlin ihr gesagt, und sie glaubte ihm, waren etliche Priester aus dem Süden hierhergekommen. Sie hatten den Propheten aus Nazareth bei sich, den sie hier zu lehren gedachten. Jesus wurde von den Druiden in ihre Weisheit eingeweiht – an dem Platz, an dem sich früher der Sonnentempel erhob. Und Jahre später ... so erzählte die Legende ... wurde ihr Christus geopfert und verwirklichte in seinem Leben die alten Mysterien des geopferten Gottes, die älter waren als die Seele Britanniens. Danach kam einer seiner Anhänger hierher zurück und stieß auf dem Heiligen Felsen seinen Stab in die Erde, der Wurzeln schlug und zu dem Dornbusch wurde, der nicht nur wie das andere dornige Gesträuch im Sommer blüht, sondern auch mitten im Winter in Eis und Schnee. Im Gedenken an den freundlichen Propheten, den die Druiden gekannt und geliebt hatten, gestatteten sie Joseph von Arimathia, auf dem Boden der Heiligen Insel ihrem Gott eine Kapelle und ein Kloster zu errichten: *Denn alle Götter sind ein Gott.*

Aber das lag weit zurück. Eine Zeitlang hatten Druiden und Mönche Seite an Seite gelebt und den Einen Gott verehrt. Dann aber waren die Römer auf die Insel gekommen. Und obwohl sie dafür bekannt waren, daß sie fremde Götter achteten, gingen sie ohne Rücksicht gegen die Druiden vor, fällten die Bäume ihrer heiligen Haine und verbreiteten Lügen. Sie sagten, die Druiden hätten Menschenopfer dargebracht. Ihr wahres Verbrechen bestand jedoch darin, daß sie das Volk ermutigten, sich gegen das römische Gesetz und gegen die *Pax Romana* aufzulehnen. Und schließlich hatten sie in einem letzten großen Akt druidischer Magie die letzte große Veränderung in der Welt bewirkt, um den letzten unersetzlichen Zufluchtsort ihrer Schule zu schützen. Durch diese Veränderung entfernten sie Avalon aus der Welt der Menschen. Jetzt lag die Insel verborgen im Nebel, der sie umgab. Nur die Eingeweihten, die dort ausgebildet worden waren, oder denen man die geheimen Wege über den See zeigte, konnten dorthin gelangen. Die Stämme wußten, wo Avalon lag, und verehrten dort ihre Götter. Die Römer waren Christen seit Constantin, der nach einer Vision, die er in einer Schlacht gehabt hatte, alle seine Legionen taufen ließ. Sie glaubten, ihr Christus hätte den druidischen Glauben vernichtet, ohne zu ahnen, daß die wenigen überlebenden Druiden ihr uraltes Wissen in dem verborgenen Land lehrten und weitergaben.

Als Hohepriesterin von Avalon vermochte Viviane, wenn sie es wünschte, mit dem zweiten Gesicht zu sehen. Wenn sie wollte, konnte sie den Turm erkennen, den die Mönche auf dem Gipfel des Felsens errichtet hatten, auf dem Heiligen Berg der Weihung. Der Turm war Michael geweiht, einem ihrer jüdischen Engel, der von alters her die Aufgabe hatte, die niedere, sich schlängelnde Welt der Dämonen zurückzuschlagen. Selbst jetzt empfand Viviane das als Lästerung. Aber sie tröstete sich mit dem Gedanken, daß dies nicht in *ihrer* Welt geschah. Wenn die engstirnigen Christen die großen alten Götter als Dämonen ansahen, war es ihr eigener Schaden. Die Göttin lebte, gleichgültig, was die Christen von ihr dachten. Viviane richtete ihre Gedanken auf ihre Aufgabe und wollte in den magischen Spiegel blicken, während der neue Mond noch am Himmel stand.

Es war bereits hell genug, um alles zu sehen. Aber die Herrin trug eine kleine Lampe mit einer winzigen, flackernden Flamme bei sich. Sie wendete dem Schilf und den Salzmarschen den Rücken und ging auf dem Pfad landeinwärts. Langsam stieg sie durch das hohe Ufergras nach oben und kam an den modrigen Pfählen vorbei, auf denen in einer längst vergangenen Zeit hier am See die Siedler ihre Hütten errichtet hatten.

Ihre kleine Lampe flackerte und war immer deutlicher in der Dunkelheit zu erkennen. Über den Bäumen glänzte kaum sichtbar die reine, schlanke Sichel des jungen Mondes wie der silberne *Torques* am Hals der Priesterin. Viviane folgte dem uralten Prozessionsweg und stieg langsam hinauf – sie war zwar noch immer stark und kräftig, aber keine junge Frau mehr –, bis sie den Spiegelteich erreichte. Steine umgaben ihn, die vor undenklichen Zeiten dort aufgerichtet worden waren.

Das klare Wasser glänzte im Mondlicht. Als sie sich darüberbeugte, flammte es im Schein ihrer kleinen Lampe auf. Sie beugte sich tiefer, tauchte die Hand ins Wasser und trank – es war verboten, etwas von Menschenhand Geschaffenes mit dem Wasser in Berührung zu bringen. Weiter oben, wo die Quelle entsprang, war es den Pilgern erlaubt, Flaschen und Krüge zu füllen. Viviane kostete das klare, nach Eisen schmeckende Wasser und wurde wie immer von Ehrfurcht ergriffen. Die Quelle floß, seitdem die Welt entstanden war, und sie würde freigebig und wunderbar für alle Menschen ewig weitersprudeln. Eine solche Quelle mußte das Geschenk der Großen Göttin sein. Viviane kniete, während sie trank, und hob ihr Gesicht zu der schlanken Sichel am Himmel empor.

Nach diesem kurzen Augenblick der Ehrfurcht, die Viviane empfand, seit sie als Neuling im Haus der Jungfrauen zum ersten Mal hierhergekommen war, wendete sie sich wieder ihrer Aufgabe zu. Sie stellte die Lampe auf einen flachen Stein am Rand des Spiegelteichs. Jetzt spiegelte sich die Lampe ebenso wie die Mondsichel im Wasser. Die vier Elemente waren versammelt: Feuer in ihrer Lampe; Wasser, das sie getrunken hatte; die Erde, auf der sie stand. Und während sie die Kräfte der Luft beschwor, sah sie – wie immer

während einer solchen Anrufung –, daß eine leichte Brise die Wasseroberfläche kräuselte.
Sie setzte sich und versenkte sich einen Moment lang in ihr Innerstes. Schließlich formulierte sie in Gedanken die Frage, die sie dem magischen Spiegel stellen wollte.
Wie steht es um Britannien? Wie geht es meiner Schwester und Morgaine, die zur Priesterin geboren ist? Was ist mit dem Sohn, der Hoffnung von Britannien?
Der Wind kräuselte das Wasser im Spiegelteich, und sie sah zunächst nur fließende, wirre Bilder – entstanden sie in ihrem Geist oder auf der unruhigen Wasseroberfläche? Viviane sah Schlachtengetümmel, aber nur verschwommen im unruhigen Wasser. Sie sah Uthers Drachenbanner und sah die Stämme an seiner Seite kämpfen. Sie sah Igraine im Krönungsmantel und mit der Krone, wie sie es mit eigenen Augen gesehen hatte. Dann erschrak sie, und ihr Herz pochte: Morgaine weinte. Und in einem zweiten, schrecklichen Aufblitzen sah sie ein blondes Kind bewußtlos und reglos auf dem Boden liegen ... tot oder lebendig?
Nebel schob sich vor den Mond, und die Erscheinung war vorüber. So sehr sie sich auch bemühte, es gelang ihr nicht, etwas anderes zu beschwören als kurze knappe Bilder, die sie zu verhöhnen schienen: Morgause hielt ihren zweiten Sohn im Arm, Lot und Uther gingen erregt in einer weiten Halle auf und ab und stritten sich zornig, und sie sah noch einmal verschwommen das verletzte und sterbende Kind. Hatte sich das alles schon ereignet, oder warnten die Bilder sie vor Dingen, die geschehen sollten?
Viviane biß sich auf die Lippen und bückte sich nach ihrer Lampe. Sie schüttete die letzten Tropfen des reinen Öls ins Wasser – Öl, das bei Anrufung des Gesichtes brannte, durfte niemals wieder zu weltlichen Zwecken gebraucht werden. Dann schritt sie rasch in der zunehmenden Dunkelheit den Prozessionsweg zurück zu den Gebäuden der Priesterinnen.
Dort rief sie ihre Kammerfrau.
»Bereite alles vor. Ich reise bei Tagesanbruch«, sagte sie, »meine Novizin soll sich darauf vorbereiten, das Vollmondritual zu leiten. Denn ich muß in Caerleon sein, ehe der Mond wieder aufgeht. Benachrichtige den Merlin.«

Sie ritten meist frühmorgens. Tagsüber verbargen sie sich und reisten bei Einbruch der Dämmerung weiter. Im Land herrschte zur Zeit Frieden. Der Krieg tobte im Osten. Aber immer wieder hatten streunende Räuberhorden der Nordmänner oder Sachsen Dörfer oder einsam gelegene Güter überfallen. Alle Reisenden waren vorsichtig und trauten niemanden, wenn sie nicht Bewaffnete zu ihrem Schutz dabei hatten.

Viviane rechnete fast damit, Uthers Hof verlassen vorzufinden und erwartete, nur Frauen und Kinder anzutreffen, die nicht kämpfen konnten. Aber schon von weitem sah sie auf den Zinnen das Drachenbanner wehen: Der König war auf der Burg. Sie preßte die Lippen zusammen. König Uther mochte die Druiden der Heiligen Insel nicht und mißtraute ihnen. Doch sie hatte diesen Mann, den sie ablehnte, auf den Thron gesetzt, denn er war der beste Führer, den die Insel hervorgebracht hatte. Jetzt mußte sie mit ihm zusammenarbeiten, so gut es eben ging. Zumindest war er kein so fanatischer Christ, daß er es sich zur Aufgabe machte, alle anderen Religionen auszurotten. *Besser, ein gottloser Mann ist Großkönig, als ein religiöser Eiferer,* dachte sie.

Seit ihrem letzten Aufenthalt am Hof hatte man die Befestigungsmauer erhöht. Auf den Zinnen standen Wachen, die sie anriefen. Viviane hatte ihre Männer angewiesen, keinen ihrer Titel zu nennen, sondern nur zu sagen, die Schwester der Königin sei gekommen. Es war nicht der Zeitpunkt, zu verlangen, daß sie als Herrin von Avalon mit allen Ehren begrüßt wurde. Ihre Mission ließ keinen Aufschub zu.

Man führte sie durch die grasbewachsenen Außenanlagen, wo das übliche geschäftige Treiben einer Festung herrschte. Irgendwo hörte sie einen Schmied, der auf seinen Amboß hämmerte. Frauen in groben Fellkleidern trieben Schafe für die Nacht in den Schutz der Burgmauern. Viviane erkannte dies alles als Vorbereitung für eine Belagerung und hob verwundert die Augenbrauen.

Noch vor wenigen Jahren war Igraine herbeigeeilt, um sie im Burghof von Tintagel willkommen zu heißen. Jetzt begrüßte sie ein prächtig gekleideter Kämmerer – er hatte nur noch einen Arm und war ohne Zweifel einer von Uthers Altgedienten. Er verneigte sich feierlich und geleitete sie nach oben in eine Kammer.

»Ich bedaure, Herrin«, sagte er, »wir sind sehr beengt. Ihr müßt diesen Raum mit zwei Hofdamen der Königin teilen.«

»Es wird mir eine Ehre sein«, antwortete sie ebenso ernst.

»Ich werde Euch eine Magd senden. Ihr müßt nur Eure Wünsche äußern.«
»Ein wenig Wasser«, sagte Viviane, »und ich möchte wissen, wann ich meine Schwester sehen kann.«
»Ich bin sicher, Herrin, die Königin wird Euch zur rechten Zeit empfangen...«
»Hält Uther Hof wie die Cäsaren? Guter Mann! Ich bin die Herrin von Avalon und nicht gewohnt, daß man mich warten läßt. Aber wenn Igraine einen so hohen Stand einnimmt, dann bitte ich Euch, schickt mir so schnell wie möglich die Dame Morgaine.«
Der einarmige Kämmerer erschrak. Aber als er sprach, klang seine Stimme wärmer, weniger förmlich. »Herrin, ich bin sicher, die Königin wird Euch bereitwilligst sofort empfangen. Aber Ihr kommt in einer Zeit der Gefahr und der Sorge. Der junge Prinz Gwydion ist heute morgen von einem Pferd gefallen, das zu reiten ihm niemand hätte erlauben sollen. Die Königin läßt ihn keinen Augenblick allein.«
»Bei der Großen Göttin, also bin ich zu spät«, flüsterte Viviane, laut sagte sie: »Bringt mich sofort zu ihr! Ich bin in den Heilkünsten bewandert, Igraine hätte sicher nach mir geschickt, wenn sie wüßte, daß ich hier bin.«
Er verbeugte sich und sagte: »Folgt mir, Herrin!«
Während sie hinter ihm herging, dachte sie, daß sie noch nicht einmal Zeit gehabt hatte, ihren Umhang abzulegen oder die Männerhose auszuziehen, die sie beim Reiten trug. Sie wollte sich eigentlich mit der ganzen Würde der Herrin von Avalon präsentieren. Nun, das hier war wichtiger.
Der Kämmerer blieb vor einer Tür stehen. »Es kann mich den Kopf kosten, wenn ich die Königin störe. Sie gestattet ihren Hofdamen noch nicht einmal, ihr Speisen oder Getränke zu bringen...«
Viviane drückte die schwere Tür auf und betrat den Raum. Tödliches Schweigen – grabkammergleich – empfing sie. Igraine kniete blaß und verstört wie eine Statue neben dem Bett. Ihr Schleier war völlig zerknittert. Ein schwarz gewandeter Priester stand regungslos am Kopfende und murmelte leise Gebete. Obwohl Viviane beinahe geräuschlos ins Zimmer trat, hörte Igraine sie.
»Du wagst es...«, flüsterte sie wutentbrannt, hielt aber sofort inne und rief dann: »Viviane! Dich muß Gott geschickt haben.«
»Ich ahnte nicht, daß du mich brauchst«, antwortete Viviane. Jetzt war nicht die Zeit, um über das Gesicht zu sprechen. »Nein, Igraine,

weinen hilft jetzt nicht. Ich will ihn untersuchen und sehen, wie schwer die Verletzung ist.«
»Der Arzt des Königs ...«
»... ist vermutlich ein alter Narr, der nur Arzneien aus Ziegenmist kennt«, erwiderte Viviane ruhig. »Ich habe solche Wunden bereits behandelt, als du noch in den Windeln lagst, Igraine. Ich möchte das Kind sehen.«
Nur einmal hatte sie Uthers Sohn kurz zu Gesicht bekommen. Damals war er etwa drei Jahre alt gewesen und hatte wie jedes andere blonde, blauäugige kleine Kind ausgesehen. Für sein Alter war er inzwischen ungewöhnlich groß geworden – hager, aber mit muskulösen Armen und Beinen, die von Dornengebüsch und Brombeerhecken zerkratzt waren. Sie schlug das Laken zurück und sah die großen Blutergüsse und Quetschungen an seinem Körper.
»Hat er Blut gehustet?«
»Nein, überhaupt nicht. Das Blut am Mund stammt von einem ausgeschlagenen Zahn, aber der saß ohnedies nicht mehr fest.«
Viviane säh die aufgeplatzte Lippe und die Zahnlücke. Die Platzwunde an der Schläfe war schlimmer. Einen Augenblick lang hatte Viviane wirklich Angst. Sollten ihre Pläne so enden?
Sie betastete mit ihren kleinen Fingern den Kopf. Sie sah, wie Gwydion zusammenzuckte, wenn sie die Wunde berührte. Dies war das beste Zeichen, das sie haben konnte. Bei Blutungen unter der Schädeldecke wäre des Königs Sohn inzwischen so tief im Koma, daß kein Schmerz ihn mehr erreichte. Viviane griff nach unten und kniff Gwydion sehr fest in den Schenkel, und er wimmerte im Schlaf.
Igraine warnte erschrocken: »Du tust ihm weh!«
»Nein«, erwiderte die Schwester, »ich versuche nur herauszufinden, ob er leben oder sterben wird. Aber er wird es überleben, glaube mir!« Sie klopfte ihm sanft auf die Wange, und Gwydion schlug die Augen auf.
»Gib mir die Kerze«, sagte Viviane und bewegte sie langsam vor den Augen des Jungen hin und her. Er folgte dem Licht mit seinen Blicken, ehe ihm die Augen wieder zufielen und er vor Schmerzen stöhnte.
Viviane erhob sich. »Achte darauf, Igraine, daß er Ruhe hat und ein oder zwei Tage nur Suppe zu essen bekommt, nichts Festes! Tauche sein Brot nicht in Wein, sondern nur in Suppe oder Milch. In drei Tagen wird er wieder munter herumspringen.«
»Wie könnt Ihr das wissen?« wollte der Priester wissen.

»Weil ich die Heilkunst erlernt habe, was glaubt Ihr sonst?«
»Seid Ihr nicht eine Zauberin von der Insel der Hexen?«
Viviane lachte leise. »Keineswegs, Vater. Ich bin eine Frau, die, wie Ihr selbst, ihr Leben damit zubringt, die heiligen Dinge zu studieren. Gott hat mich für würdig befunden, mir die Kunst des Heilens zu schenken.« Sie dachte daran, daß es ihr gelang, die Priester mit ihren eigenen Worten zu schlagen. Auch wenn der Schwarzgewandete es nicht wahrhaben wollte; sie wußte, die Gottheit, die sie beide verehrten, war größer und weniger eifernd als alle Priester zusammen.
»Igraine, ich muß mit dir sprechen. Komm...«
»Ich muß hierbleiben. Wenn Gwydion wieder aufwacht, wird er nach mir verlangen...«
»Unsinn. Seine Kinderfrau soll sich um ihn kümmern. Es geht um Wichtigeres!«
Igraine sah sie vorwurfsvoll an. »Isotta soll bei ihm wachen«, sagte sie dann ärgerlich zu einer der Frauen und folgte Viviane hinaus in die Halle.
»Igraine, wie ist es geschehen?«
»Ich weiß nicht genau... man erzählt, er ritt den Hengst seines Vaters... ich bin völlig durcheinander. Ich weiß nur, daß sie ihn wie einen Toten hereintrugen...«
»Du hast es nur deinem Glück zu verdanken, daß er *nicht* tot ist«, erwiderte Viviane unverblümt. »Wacht Uther so über das Leben seines einzigen Sohnes?«
»Mache mir keine Vorwürfe, Viviane... ich habe versucht, ihm andere Söhne zu schenken«, sagte Igraine mit zitternder Stimme. »Aber ich glaube, ich werde für meinen Ehebruch bestraft und kann Uther keinen Sohn mehr gebären...«
»Bist du verrückt, Igraine?« schimpfte Viviane, schwieg dann aber. Es war nicht richtig, ihre Schwester zurechtzuweisen. Die Wache am Krankenbett ihres Kindes hatte sie mitgenommen. »Ich kam hierher, weil ich sah, daß dir oder dem Kind Gefahr drohte. Aber davon können wir später sprechen. Rufe deine Frauen, laß dir ein neues Gewand anlegen... wann hast du zum letzten Mal etwas gegessen?« fragte sie mitfühlend.
»Ich weiß es nicht... ich glaube, gestern abend hatte ich etwas, Brot und Wein...«
»Dann sollen deine Frauen dir zu essen bringen«, entgegnete Viviane ungeduldig. »Ich bin noch staubig von der Reise. Ich will mich waschen und umkleiden, wie es sich für eine Dame am Hof schickt. Dann können wir miteinander sprechen.«

»Bist du zornig auf mich, Viviane?«
Viviane tätschelte ihr die Schultern. »Wenn ich zornig bin, dann nur auf das Schicksal, und das ist dumm von mir. Geh, Igraine, zieh dich um und iß etwas. Diesmal ist dem Kind nichts geschehen.«
In ihrer Kammer brannte jetzt ein Feuer. Auf einem niedrigen Hocker saß eine kleine Frau in einem einfachen, dunklen Gewand, und Viviane hielt sie im ersten Augenblick für eine Magd. Doch dann bemerkte sie, daß dieses Gewand aus feinstem Stoff gefertigt und das leinene Kopftuch kunstvoll bestickt war; dann erkannte sie Igraines Tochter wieder.
»Morgaine«, rief Viviane und küßte sie. Das Mädchen war inzwischen beinahe so groß wie sie selbst. »Warum halte ich dich immer noch für ein Kind? Du bist fast schon eine Frau...«
»Ich hörte, daß Ihr gekommen seid, Tante, und wollte Euch begrüßen. Aber man sagte mir, daß Ihr sofort zum Bett meines Bruders gegangen seid. Wie geht es ihm, Herrin?«
»Er hat schlimme Prellungen und Quetschungen. Aber er wird auch ohne Behandlung wieder gesund werden... er braucht jetzt nur Ruhe«, erwiderte Viviane. »Wenn er wieder zu sich kommt, muß ich Igraine und Uther dazu bringen, ihm die Ärzte und ihre lächerlichen Heiltränke vom Leib zu halten. Es macht die Sache nur schlimmer, wenn er sie erbrechen muß. Von deiner Mutter habe ich nichts als Wehklagen und Weinen gehört. Kannst du mir sagen, wie es geschehen konnte? Ist denn niemand da, der richtig auf ein Kind aufpassen kann?«
Morgaine zog an ihren kleinen Fingern. »Ich weiß nicht genau, wie es geschah. Mein Bruder ist sehr mutig. Er möchte immer Pferde reiten, die für ihn zu stark und zu schnell sind. Uther hat Befehl gegeben, daß er nur in Begleitung eines Stallburschen ausreiten darf. Am Unglückstag lahmte sein Pferd, und er verlangte ein anderes. Aber wie es Gwydion in den Sinn kam, König Uthers Hengst aus dem Stall zu holen, weiß niemand. Alle Stallburschen sind angewiesen, ihn nicht in die Nähe von *Thunder* zu lassen, und keiner will ihn bei dem Hengst gesehen haben. König Uther hat geschworen, den Mann zu hängen, der es ihm erlaubte. Aber ich vermute, der Bursche hat inzwischen längst das Weite gesucht. Wie man sagt, hing Gwydion auf *Thunders* Rücken wie ein Schaf in den Dornen. Aber dann tauchte eine rossende Stute auf. Wir wissen nicht, wer sie losgebunden hat! Natürlich war der Hengst im nächsten Augenblick hinter der Stute her, und mein Bruder lag am Boden.« In ihrem kleinen,

dunklen und offenen Gesicht zuckte es. »Wird er es wirklich überleben?«
»Er wird es überleben.«
»Hat jemand den König benachrichtigt? Meine Mutter und der Priester behaupten, er wäre am Krankenbett alles andere als eine Hilfe...«
»Igraine wird sich zweifellos darum kümmern.«
»Zweifellos«, wiederholte Morgaine, und Viviane bemerkte überrascht ihr spöttisches Lächeln. Offensichtlich hegte Morgaine keine allzu große Liebe für Uther und dachte über ihre Mutter nicht anders, die Uther liebte. Trotzdem war sie gewissenhaft genug gewesen, daran zu erinnern, daß Uther erfahren mußte, sein Sohn würde am Leben bleiben. Morgaine war kein gewöhnliches Mädchen!
»Wie alt bist du, Morgaine? Die Jahre gehen so schnell vorüber. Ich werde älter und kann mich nicht mehr daran erinnern.«
»Am Tag der Sommersonnenwende werde ich elf.«
Alt genug, dachte Viviane, *um zur Priesterin ausgebildet zu werden.* Dann fiel ihr ein, daß sie immer noch ihre staubbedeckten Reisekleider trug. »Morgaine, kannst du die Mägde beauftragen, mir Wasser zum Waschen zu bringen? Und schicke jemanden, der mir beim Ankleiden zur Hand geht, damit ich angemessen vor dem König und der Königin erscheinen kann.«
»Wasser habe ich bereits bringen lassen. Es ist dort in dem Kessel am Feuer.« Morgaine zögerte und fügte scheu hinzu: »Es wäre mir eine Ehre, Euch behilflich sein zu dürfen, Herrin.«
»Wenn du möchtest.« Viviane ließ sich von Morgaine aus den Überkleidern helfen und wusch sich. Man hatte ihre Satteltaschen heraufgebracht, und sie wählte ein grünes Gewand. Bewundernd ließ Morgaine den Stoff durch ihre Finger gleiten.
»Es ist ein schönes Grün. Unsere Frauen können kein so zartes Grün färben. Sagt mir, woraus macht Ihr diese Farbe?«
»Aus Waid.«
»Ich dachte, damit färbt man nur blau.«
»Nein. Für grün wird es anders zubereitet, gekocht und gebunden... aber über das Färben können wir uns später unterhalten, wenn du über Kräuterkunde etwas erfahren willst«, sagte Viviane. »Jetzt müssen wir uns anderen Dingen zuwenden. Sag mir, neigt dein Bruder zu solchen tollkühnen Abenteuern?«
»Eigentlich nicht. Er ist kräftig und wagemutig. Aber er ist auch gehorsam«, antwortete Morgaine. »Einmal neckte ihn jemand, weil

er ein Pony reitet. Er antwortete, die erste Pflicht eines Kriegers und Soldaten sei es, Befehlen zu gehorchen. Und er fügte hinzu, sein Vater habe ihm verboten, ein großes Pferd zu reiten. Ich kann mir nicht vorstellen, weshalb er *Thunder* reiten wollte. Trotzdem, es wäre ihm nichts zugestoßen, wenn...«
Viviane nickte. »Ich wüßte gern, wer die Stute losgebunden hat und warum.«
Morgaines Augen wurden groß, als sie begriff, was hinter diesen Worten lag.
Viviane beobachtete sie und sagte: »Denk nach. Gab es andere Gelegenheiten, bei denen er nur knapp dem Tod entronnen ist, Morgaine?«
Morgaine antwortete zögernd: »Im Sommer hatte er Fieber... aber im letzten Jahr hatten alle Kinder Fieber. Uther sagte, man hätte ihm nicht erlauben dürfen, mit den Kindern der Schäfer zu spielen. Bei ihnen hat er sich angesteckt... und vier der Kinder starben. Aber einmal wurde er auch vergiftet...«
»Vergiftet?«
»Isotta... und ich würde ihr mein Leben anvertrauen, Herrin, schwört, daß sie nur gesunde Zutaten in die Speise getan hat. Trotzdem wurde er so krank, als sei ein giftiger Pilz in seiner Grütze gewesen. Wie konnte das geschehen? Isotta kann die giftigen von den eßbaren Pilzen unterscheiden. Sie ist noch nicht so alt und sieht auch noch gut.« Wieder weiteten sich Morgaines Augen. »Herrin, glaubt Ihr wirklich, daß es jemanden gibt, der meinem Bruder Böses will?«
Viviane zog das Mädchen neben sich auf die Bank. »Ich bin hierhergekommen, weil man mich gewarnt hat. Ich hatte noch keine Zeit herauszufinden, woher die Gefahr droht. Hast du immer noch das Gesicht, Morgaine? Als wir das letzte Mal miteinander sprachen, sagtest du...«
Das Mädchen wurde rot und senkte den Blick. »Ihr habt mir aufgetragen, nicht darüber zu sprechen. Igraine sagt, ich soll meine Gedanken auf die wirklichen Dinge und nicht auf Tagträume richten. Deshalb habe ich versucht...«
»In einem hat Igraine recht. Du darfst nicht leichtsinnig mit den Einmalgeborenen über solche Dinge reden«, entgegnete Viviane. »Aber zu mir kannst du immer offen sein. Mein Gesicht kann mir nur Dinge zeigen, die wichtig sind für die Sicherheit der Heiligen Insel und das Fortbestehen von Avalon. Uthers Sohn ist auch der Sohn

deiner Mutter, und durch dieses Band wird dein Gesicht ihn finden und in der Lage sein, uns zu sagen, wer seinen Tod plant. Die Götter wissen wohl, König Uther hat Feinde genug.«
»Aber ich weiß nicht, wie ich das Gesicht befragen soll.«
»Wenn du willst, werde ich es dir zeigen«, erwiderte Viviane.
Das Mädchen sah sie ängstlich an. »König Uther hat Zauberei an seinem Hof verboten.«
»Uther ist nicht mein Herr«, entgegnete Viviane langsam, »und niemand kann über das Gewissen eines anderen herrschen. Glaubst du... es ist eine Sünde, wenn man versucht herauszufinden, ob jemand deinen Bruder ums Leben bringen wollte, oder ob es nur ein Unglück war?«
Morgaine sagte unsicher: »Nein, ich glaube, es ist keine Sünde.« Sie schwieg, schluckte und fügte hinzu: »Und ich glaube nicht, daß Ihr mir zu etwas ratet, das böse ist, Tante.«
Vivianes Herz krampfte sich zusammen. Was hatte sie getan, um dieses Vertrauen zu verdienen? Sie wünschte aus tiefstem Herzen, dieses zierliche, ernste Mädchen wäre ihre eigene Tochter – die Tochter, die sie der Heiligen Insel schuldete und ihr nie hatte schenken können. Obwohl sie im Alter noch gewagt hatte, ein Kind zur Welt zu bringen, bei dessen Geburt sie beinahe gestorben wäre, hatte sie nur Söhne. Und wie es schien, stand vor ihr die Nachfolgerin, die die Göttin ihr gesandt hatte – eine Verwandte, die die Gabe des Gesichts besaß. Das Mädchen sah sie mit völligem Vertrauen an. Einen Augenblick lang konnte Viviane nicht sprechen.
Bin ich bereit, auch gegen dieses Mädchen hart zu sein? Kann ich sie ausbilden, ohne ihr etwas zu ersparen, oder wird meine Liebe mich weniger hart werden lassen, als ich sein muß, um eine Hohepriesterin aus ihr zu machen?
Kann ich ihre Liebe, die ich durch nichts verdient habe, für mich benutzen, um sie der Göttin zu weihen?
Aber die lebenslange Selbstbeherrschung gebot ihr zu warten, bis ihre Stimme wieder klar und ruhig klang. »So sei es denn. Bringe mir ein Becken aus Silber oder Bronze. Es muß vollkommen sauber und mit Sand gescheuert sein. Fülle es mit frischem Regenwasser; es darf kein Wasser aus dem Brunnen sein! Achte darauf, daß du mit keinem Menschen sprichst, nachdem du das Becken gefüllt hast.«
Viviane saß am Feuer und wartete geduldig, bis Morgaine schließlich zurückkam.
»Ich mußte das Becken selbst scheuern«, sagte sie. In den Händen

hielt sie ein glänzendes und sauberes Gefäß, das bis zum Rand mit klarem Wasser gefüllt war.
»Löse jetzt deine Haare, Morgaine.«
Das Mädchen sah sie neugierig an, aber Viviane sagte leise und ernst: »Stell jetzt keine Fragen.«
Morgaine nahm die Haarspange ab, und ihr langes, dunkles, dichtes und glattes Haar fiel ihr über die Schultern.
»Wenn du irgendwelchen Schmuck trägst, so nimm ihn ab und lege ihn dorthin. Er darf nicht in der Nähe des Beckens sein.«
Morgaine zog zwei kleine Goldringe vom Finger und nahm eine Brosche von ihrem Kleid. Ohne die Nadel glitt das Oberkleid von ihren Schultern. Wortlos half Viviane ihr, es auszuziehen. Viviane öffnete einen Beutel, den sie um den Hals trug, und nahm ein paar zerstoßene Kräuter heraus, die einen süßlichen, schweren Geruch in der Kammer verbreiteten. Sie warf ein paar der Blättchen in das Becken und sagte mit leiser, ruhiger Stimme: »Blicke in das Wasser, Morgaine. Laß deine eigenen Gedanken ruhen und sage mir, was du siehst.«
Morgaine kniete vor dem Becken nieder und blickte gesammelt in das klare Wasser. In der Kammer war es still – so still, daß Viviane das Zirpen der Insekten draußen hörte. Dann sagte Morgaine mit tonloser, schwankender Stimme: »Ich sehe ein Boot. Es ist schwarz ausgeschlagen... vier Frauen stehen darin... Königinnen, denn sie tragen Kronen... eine seid Ihr... oder bin ich es?«
»Es ist die Barke von Avalon«, erklärte Viviane leise. »Ich weiß, was du siehst.« Sie bewegte die Hand leicht über dem Wasser, und es kräuselte sich. »Sieh hin, Morgaine. Sage mir, was du siehst.«
Diesmal dauerte das Schweigen länger. Schließlich sagte Morgaine mit derselben merkwürdigen Stimme: »Ich sehe Hirsche, ein großes Rudel Hirsche. Unter ihnen ist ein Mann mit bemaltem Körper... sie haben ihm das Geweih aufgesetzt... oh, er ist gestürzt; sie werden ihn töten...« Ihre Stimme zitterte, und wieder bewegte Viviane die Hand über dem Wasser, das sich kräuselte.
»Genug«, befahl sie. »Jetzt versuche deinen Bruder zu sehen.«
Und wieder herrschte Schweigen, ein langes, quälendes Schweigen. Vivianes Körper verkrampfte sich unter der Anstrengung, still dazusitzen, aber ihre übergroße Selbstbeherrschung half ihr, sich nicht zu bewegen. Endlich murmelte Morgaine: »Er liegt so still... aber er atmet. Er wird bald erwachen. Ich sehe meine Mutter... nein, es ist nicht Mutter, es ist meine Tante Morgause. Ihre Söhne sind alle bei

ihr... vier... Merkwürdig, sie tragen alle Kronen... da ist noch jemand; er hält einen Dolch in der Hand... warum ist er so jung? Ist es *ihr* Sohn? Oh, er will ihn töten, er will ihn töten... o nein!« Sie schrie auf, und Viviane berührte sie an der Schulter.
»Genug!« sagte sie. »Wach auf, Morgaine.«
Morgaine schüttelte den Kopf wie ein kleiner Hund nach langem Schlaf. »Habe ich wirklich etwas gesehen?« fragte sie.
Viviane nickte. »Eines Tages wirst du lernen zu sehen, und dich daran zu erinnern. Aber für heute reicht es.«
Jetzt war sie gewappnet, um sich Uther und Igraine zu stellen. Soweit sie wußte, war Lot von Orkney ein ehrenwerter Mann, und er hatte Uther die Treue geschworen. Aber wenn der Großkönig ohne Erben starb... Morgause hatte bereits zwei Söhne, vermutlich würde sie noch mehr bekommen... Morgaine hatte vier gesehen; und für vier Prinzen war das Königreich von Orkney viel zu klein. Wenn die Brüder heranwuchsen, würden sie sich unvermeidlich streiten. Morgause... Viviane seufzte und dachte an den unersättlichen Ehrgeiz der jüngsten Schwester. Starb Uther ohne Erben, war Lot, der die Schwester der Königin geheiratet hatte, der väterliche Nachfolger auf dem Thron. Lot würde Großkönig, und jeder seiner Söhne würde über eins der kleineren Königreiche herrschen...
Würde Morgause so rücksichtslos sein, das Leben eines Kindes zu vernichten?
Viviane sträubte sich gegen den Gedanken, daß das Mädchen, das sie einst an ihrer Brust genährt hatte, zu einer solchen Schandtat fähig sein sollte. Aber Morgause und Lot... beide waren ehrgeizig!
Vermutlich war es leicht genug, einen Stallburschen zu bestechen, oder einen von Lots Männern an Uthers Hof einzuschmuggeln und zu beauftragen, das Kind möglichst oft in Lebensgefahr zu bringen. Natürlich war es schwieriger, eine treuergebene Kinderfrau auszuschalten, die schon der Mutter gedient hatte. Aber man konnte sie betäuben, ihr etwas in den Wein mischen, um sie zu verwirren, und das tödliche Gift bereithalten, wenn ihre Wachsamkeit nachließ. Wie gut ein Kind auch reiten mochte, es erforderte größere Kraft, als ein Sechsjähriger besaß, um einen Hengst im Zaum zu halten, der eine rossige Stute witterte.
Ein einziger Augenblick hätte alle unsere Pläne zunichte machen können...
Beim Abendessen saß König Uther allein an seiner Tafel; seine

Vasallen und Diener aßen ihr Brot und den Speck an Tischen unten in der Halle. Als Viviane eintrat, erhob er sich und begrüßte sie höflich.

»Igraine weicht nicht von der Seite ihres Sohnes, Schwägerin. Ich habe sie gebeten, sich auszuruhen, aber sie erwiderte, sie wolle erst schlafen, nachdem er aufgewacht sei und sie wiedererkannt habe.«

»Ich habe bereits mit Igraine gesprochen, Uther.«

»O ja, sie hat mir gesagt, Ihr steht mit Eurem Wort dafür, daß Gwydion am Leben bleibt. War das klug? Wenn er jetzt stirbt...«

Uthers Gesicht verriet Angst und Besorgnis. Er wirkte nicht älter als bei seiner Hochzeit. *Seine Haare sind so blond,* dachte Viviane, *daß man nicht sieht, ob sie grau werden.* Er war nach römischer Sitte reich gekleidet und glatt rasiert. Er trug keine Krone, aber um die Oberarme zwei Torques aus reinem Gold und einen kostbaren goldenen Kragen.

»Diesmal wird er nicht sterben. Ich habe Erfahrung mit Kopfwunden. Und die Verletzungen am Körper haben die Lunge nicht beschädigt. In ein oder zwei Tagen hat er es überstanden.«

Uthers Gesicht entspannte sich etwas: »Wenn ich den zu fassen bekomme, der die Stute losgebunden hat... Ich sollte den Jungen grün und blau schlagen, weil er den Hengst geritten hat.«

»Das wäre sinnlos. Er hat bereits den Preis für seine Unbesonnenheit bezahlt, und ich bin sicher, er hat aus dieser Lektion gelernt, was er lernen mußte«, erwiderte Viviane. »Aber Ihr solltet auf Euren Sohn besser aufpassen!«

»Ich kann ihn nicht Tag und Nacht bewachen«, sagte Uther bitter. »Ich bin oft auf Feldzügen, und ich kann einen so großen Jungen nicht an die Schürze seiner Amme binden. Und es ist nicht das erste Mal, daß wir ihn fast verloren hätten...«

»Morgaine hat es mir erzählt.«

»Pech, einfach Pech. Der Mann mit nur einem Sohn ist dem Schicksal auf Gnade und Barmherzigkeit ausgeliefert«, erwiderte Uther. »Aber ich lasse es an Höflichkeit fehlen, Schwägerin. Bitte setzt Euch neben mich und eßt mit mir, wenn es Euch gefällt. Ich weiß, Igraine wollte nach Euch schicken, und ich gab ihr Erlaubnis, einen Boten zu senden. Aber Ihr seid schneller gekommen, als wir uns hätten träumen lassen... es stimmt also, daß die Hexen von den Heiligen Inseln fliegen können?«

Viviane lachte. »Wenn ich das nur könnte! Dann hätte die Reise durch den Schlamm mich nicht zwei Paar guter Schuhe gekostet.

Leider müssen die Bewohner von Avalon und der Merlin gehen oder reiten wie alle anderen Sterblichen auch.« Sie nahm ein Stück Weizenbrot und etwas Butter aus einer Holzschale. »Ihr tragt die Schlangen an den Handgelenken und solltet eigentlich wissen, was von solchen Geschichten zu halten ist! Aber uns verbinden Blutsbande. Igraine ist die Tochter meiner Mutter, und so weiß ich, wenn sie meiner Hilfe bedarf.«

Uther preßte die Lippen zusammen. »Ich habe von Träumen und Zauberei genug. Ich wünsche mir in meinem Leben nichts mehr davon.«

Das brachte Viviane wie beabsichtigt zum Schweigen. Sie ließ sich von einem Diener gesalzenes Hammelfleisch vorlegen und lobte das frisch bereitete Kräutergemüse – das erste in diesem Jahr. Sie aß jedoch wenig, legte bald das Messer auf den Tisch und sagte: »Mich hat ein gütiges Geschick hergeführt, Uther, und ich sehe darin ein Zeichen, daß Euer Kind von den Göttern behütet wird, denn es wird gebraucht.«

»Von diesem gütigen Geschick könnte ich mehr gebrauchen«, entgegnete Uther mit gepreßter Stimme. »Wenn Ihr wirklich eine Zauberin seid, Schwägerin, dann bitte ich Euch, Igraine einen Zauber gegen ihre Unfruchtbarkeit zu geben! Als wir uns vermählten, dachte ich, sie würde mir viele Kinder schenken, denn sie hatte dem alten Gorlois bereits eine Tochter geboren. Aber wir haben nur einen einzigen Sohn, und der ist bereits sechs Jahre alt.«

Es steht in den Sternen, daß du keinen anderen Sohn haben wirst. Aber Viviane hütete sich, Uther das zu sagen. Statt dessen antwortete sie: »Ich werde mit Igraine darüber sprechen und mich davon überzeugen, daß keine verborgene Krankheit sie daran hindert zu empfangen.«

»Oh, sie empfängt sehr wohl, doch sie kann das Kind nie länger als einen oder zwei Monate tragen. Das eine, das sie bekam, verblutete, als die Nabelschnur durchtrennt wurde«, klagte Uther bitter. »Es war mißgestaltet, und vielleicht war es so das beste. Möglicherweise habt Ihr aber auch einen Zauber, der Igraine hilft, ein gesundes Kind zur Welt zu bringen ... Ich weiß nicht, ob ich an solche Dinge glaube. Ich bin jedoch bereits soweit, mich an alles zu klammern, was helfen könnte.«

»Über derartige Zauber verfüge ich nicht«, sagte Viviane mit aufrichtigem Bedauern. »Ich bin nicht die Große Göttin. Selbst wenn ich wollte, ich könnte Euch keine Kinder geben oder sie Euch vorenthalten. Ich kann das Schicksal nicht beeinflussen. Sagt Euer Priester nicht dasselbe?«

»O ja, Vater Columba spricht immer davon, ich solle mich dem Willen Gottes beugen. Aber der Priester hat nicht über ein Reich zu herrschen, in dem es drunter und drüber geht, wenn ich ohne Erben sterbe«, erwiderte Uther. »Ich kann nicht glauben, daß Gott so etwas will.«

»Niemand von uns kennt Gottes Willen«, antwortete Viviane, »weder Ihr noch ich... und Vater Columba auch nicht. Aber eins weiß ich sicher, und man braucht weder Zauberei noch Magie, um das zu sehen: Ihr müßt das Leben Eures Sohnes schützen, denn er soll nach Euch den Thron besteigen.«

Uthers Mund wurde schmal. »Gott bewahre uns vor diesem Schicksal«, sagte er. »Mir täte es schon um Igraines willen leid, wenn ihr Sohn sterben sollte, nicht nur meinetwegen... Gwydion ist ein gutes und vielversprechendes Kind, aber er kann nicht Nachfolger des Großkönigs von Britannien sein. In diesem Reich gibt es keinen Menschen, der nicht weiß, daß er gezeugt wurde, als Igraine Gorlois' Frau war. Gwydion kam einen Mond früher, als er hätte geboren werden sollen, um wirklich mein Sohn zu sein. Sicher, er war klein und schwächlich, und manche Kinder *werden* vor der Zeit geboren. Aber ich kann nicht herumgehen und allen im Reich, die selbst bis neun zählen können, das erzählen. Er wird Herzog von Cornwall werden, wenn er erwachsen ist. Ich kann nicht hoffen, ihn zum Thronfolger zu ernennen... selbst wenn er heranwächst, was bei seinem Pech sehr unwahrscheinlich ist.«

»Er sieht Euch ähnlich genug«, erwiderte Viviane, »glaubt Ihr, die Leute bei Hofe sind blind?«

»Aber was ist mit all jenen, die nie an den Hof kommen? Nein, ich muß einen Erben haben, dessen Geburt keine Zweifel aufkommen läßt. Igraine *muß* mir einen Sohn schenken!«

»Gott gebe es«, sagte Viviane, »aber Ihr könnt Gott weder Euren Willen aufzwingen noch zulassen, daß Gwydions Leben leichtsinnig aufs Spiel gesetzt wird. Warum laßt Ihr ihn nicht in Tintagel erziehen? Dort ist es einsam. Wenn Ihr ihn in die Obhut Eures treuesten Vasallen gebt, wird jeder davon überzeugt sein, daß er wirklich ein Cornwall ist, und Ihr nicht die Absicht habt, ihn zum Großkönig zu machen. Vielleicht wird man ihm dann nicht mehr nach dem Leben trachten.«

Uther runzelte die Stirn. »Sein Leben ist so lange nicht sicher, wie

Igraine mir nicht einen anderen Sohn geboren hat«, sagte er, »selbst wenn ich ihn nach Rom oder zu den Goten schicken würde!«
»Und die Gefahren einer solchen Reise verbieten das«, stimmte Viviane ihm zu. »Ich mache Euch einen anderen Vorschlag. Schickt ihn zu mir, damit er in Avalon aufwächst. Niemand außer den Gläubigen im Dienst der Heiligen Insel können dorthin gelangen. Mein jüngster Sohn ist bereits sieben Jahre alt; ich werde ihn bald an den Hof des Königs Ban in die Bretagne schicken, damit er dort aufwächst, wie es sich für den Sohn eines Königs ziemt. Ban hat noch andere Söhne, Galahad ist nicht sein Erbe. Aber Ban erkennt ihn als seinen Sohn an. Er gab ihm Ländereien und Besitz. Galahad soll als Page und später als Soldat an seinem Hof bleiben. In Avalon wird Euer Sohn alles lernen, was er über die Geschichte seines Landes und über seine Bestimmung wissen muß ... ebenso wie über das Schicksal Britanniens. Uther, keiner Eurer Feinde weiß, wo Avalon liegt. Dort wird ihm kein Leid geschehen.«
»Er wäre wohl in Sicherheit. Aber das ist aus einem anderen Grund nicht möglich. Mein Sohn muß als Christ erzogen werden. Die Kirche ist mächtig; sie würde keinen König hinnehmen ...«
»Ich dachte, Ihr hättet gesagt, er könne nicht König nach Euch werden«, entgegnete Viviane trocken.
»Die Möglichkeit besteht immer«, klagte Uther verzweifelt, »wenn Igraine keinen anderen Sohn bekommt. Würde er unter Druiden und Zauberern aufwachsen ... die Priester sprächen von Sünde.«
»Verkörpere ich in Euren Augen das Böse, Uther ... oder der Merlin?« Viviane blickte dem König offen in die Augen, und Uther senkte den Blick.
»Nein, natürlich nicht.«
»Warum wollt Ihr dann Igraines Sohn nicht seiner und meiner Weisheit anvertrauen?«
»Weil auch ich dem Zauber von Avalon nicht traue«, bekannte Uther schließlich und berührte fahrig die tätowierten Schlangen an seinem Handgelenk. »Ich habe auf dieser Insel Dinge gesehen, die jeden Christen erbleichen ließen ... und wenn mein Sohn herangewachsen ist, wird dieses Land christlich sein. Ein König wird sich dann nicht mehr mit solchen Dingen beschäftigen müssen.«
Viviane spürte Zorn in sich aufsteigen. *Du Narr, der Merlin und ich haben dich auf den Thron gesetzt, nicht deine christlichen Priester und Bischöfe.* Aber es konnte zu nichts Gutem führen, sich mit Uther zu streiten.

»Ihr müßt tun, was Euch Euer Gewissen befiehlt, Uther. Aber ich bitte Euch, laßt ihn an einem geheimen Ort erziehen. Verkündet, daß er in der Abgeschiedenheit aufwächst, damit er nicht den Schmeicheleien erliegt, die einen Prinzen bei Hofe verderben ... das ist einleuchtend genug. Laßt die Leute glauben, er gehe in die Bretagne, an Bans Hof. Dann schickt Ihn zu einem Eurer ärmeren Vasallen ... vielleicht zu einem der alten Getreuen des Ambrosius ... zu Uriens oder Ectorius, zu jemandem, der zurückgezogen lebt und Eures Vertrauens würdig ist.«
Uther nickte bedächtig. »Igraine wird es schwerfallen, sich von ihrem Sohn zu trennen«, sagte er, »aber ein Prinz muß aufwachsen, wie seine Bestimmung es verlangt. Er muß Selbstbeherrschung üben und sich zu fügen wissen. Ich werde noch nicht einmal Euch, Schwägerin, sagen, wohin ich ihn schicken werde.«
Viviane lächelte und dachte: *Glaubst du wirklich, Uther, du kannst es vor mir verbergen, wenn ich es erfahren will?* Aber sie war zu klug, um es laut auszusprechen.
»Ich möchte Euch noch um einen anderen Gefallen bitten, Schwager«, sagte sie. »Gebt mir Morgaine, ich will sie in Avalon erziehen.«
Uther sah sie einen Augenblick verblüfft an und schüttelte dann den Kopf. »Unmöglich!«
»Was ist dem Großkönig, dem Pendragon unmöglich?«
»Für Morgaine gibt es nur zwei Wege«, erwiderte Uther. »Sie wird einem mir treu ergebenen Mann zur Frau gegeben, dem ich vertrauen kann. Und wenn ich keinen solchen Mann unter meinen Verbündeten finde, muß sie den Schleier nehmen und ins Kloster gehen. In meinem Reich wird sie keine Cornwall-Erben großziehen.«
»Für eine gute Nonne erscheint sie mir jedoch nicht fromm genug.«
Uther zuckte mit den Schultern. »Bei der Mitgift, die ich ihr gebe, wird jedes Kloster Morgaine mit offenen Armen aufnehmen.«
Plötzlich wurde Viviane zornig. Sie blickte Uther fest in die Augen und sagte: »Glaubt Ihr wirklich, Ihr könnt das Reich lange ohne die Unterstützung der Stämme halten, Uther? Ihnen liegt nichts an Eurem Christus und an Eurer Religion! Sie blicken nach Avalon, und als diese Schlangen ...«, sie berührte mit dem Finger die Zeichen an seinem Gelenk – hastig zog Uther die Hand zurück –, »... als diese Schlangen um Eure Arme gelegt wurden, haben die Stämme dem Pendragon Treue geschworen!« mahnte Viviane. »Wenn Avalon Euch

seine Unterstützung versagt, Uther... so hoch wir Euch gesetzt haben, so tief können wir Euch auch stürzen.«

»Wohl gesprochen, Herrin. Aber könnt Ihr Eure Drohung wahrmachen?« entgegnete Uther. »Würdet Ihr das wegen eines Mädchens tun, die dazu noch die Tochter eines Cornwall ist?«

»Stellt mich auf die Probe.« Viviane nahm den Blick nicht von ihm. Doch diesmal wich er ihren Augen nicht aus. Uther war wütend genug, um ihrem Blick standzuhalten. Viviane dachte: *Große Göttin! Wäre ich zehn Jahre jünger gewesen, wie hätten dieser Mann und ich das Land regieren können!* In ihrem ganzen Leben hatte sie nur ein oder zwei Männer getroffen, die ihr ebenbürtig waren. Und in Uther fand sie einen würdigen Gegner. Das mußte er auch sein, um dieses Reich zusammenzuhalten, bis der vom Schicksal bestimmte König zum Mann herangereift war. Selbst um Morgaines willen durfte sie dieses Ziel nicht gefährden. Trotzdem wollte Viviane versuchen, den Großkönig zu überzeugen.

»Hört mich an, Uther. Dieses Mädchen hat das Gesicht. Sie ist dafür geschaffen. Es gibt für sie keinen Weg, dem Unsichtbaren zu entfliehen. Es wird ihr folgen, wohin sie sich auch wendet. Und wenn ihr das anhaftet, wird man sie als Hexe brandmarken und hassen. Möchtet Ihr, daß einer Prinzessin Eures Hofes dies widerfährt?«

»Zweifelt Ihr an Igraines Fähigkeit, ihre Tochter als gehorsame Christin zu erziehen? Und im schlimmsten Fall – hinter Klostermauern kann sie niemandem schaden...«

»Nein!« sagte Viviane so laut, daß etliche Männer am unteren Tisch in der Halle die Köpfe hoben und sie verwundert ansahen. »Uther, dieses Mädchen ist zur Priesterin geboren! Steckt sie hinter Klostermauern, und sie wird dahinsiechen wie eine Möwe im Käfig. Könnt Ihr Igraines Kind zum Tode oder zu lebenslangem Leiden verurteilen? Ich glaube... und ich habe mit ihr darüber gesprochen... sie würde sich das Leben nehmen.«

Viviane bemerkte, wie ihre Worte ihn betroffen machten und fuhr schnell fort:

»Sie ist dazu geboren. Erlaubt, daß sie ausgebildet wird, wie es ihren Gaben entspricht. Ich frage Euch, ist sie hier glücklich oder eine solche Zierde Eures Hofes, daß Ihr traurig sein müßtet, wenn sie ihn verläßt?«

Uther schüttelte langsam den Kopf. »Um Igraines willen habe ich versucht, Morgaine zu lieben. Aber sie ist... unheimlich. Morgause neckte sie früher damit, daß sie sagte, Morgaine sei ein Kind der

Feen. Und wenn ich ihre Eltern nicht kennen würde, könnte ich es sehr wohl glauben.«

Viviane lächelte dünn. »Ja. Sie ist wie ich und wie unsere Mutter. Sie gehört nicht hinter Klostermauern oder unter das Kreuz.«

»Wie kann ich Igraine zur selben Zeit beide Kinder nehmen?« fragte Uther gequält. Seine Worte versetzten Viviane einen schmerzhaften Stich. Fast empfand sie Schuldgefühle, schüttelte aber dann den Kopf.

»Auch Igraine stammt aus Avalon. Sie wird sich ihrem Schicksal beugen, wie Ihr es tut, Uther. Und wenn Ihr den Zorn Eures Priesters fürchtet«, fügte sie hinzu und äußerte, was sie vermutete – an seinen Augen sah Viviane, daß sie sich nicht geirrt hatte –, »dann sagt niemandem, wohin Ihr sie schickt. Wenn Ihr wollt, könnt Ihr verbreiten, sie werde in einem Kloster erzogen. Morgaine ist zu klug und zu ernsthaft für das Leben am Hofe, für die Tändeleien und das Geschwätz der Frauen. Igraine wird zufrieden sein, wenn sie weiß, daß ihre Kinder in Sicherheit und glücklich sind und ihrem Schicksal entgegenwachsen. Sie wird zufrieden sein, solange sie Euch hat.«

Uther senkte den Kopf. »So soll es geschehen«, sagte er. »Gwydion wird bei meinem treuesten Vasallen in größter Abgeschiedenheit aufwachsen ... aber wie soll ich ihn ohne Spur dorthin bringen? Wird ihm die Gefahr nicht folgen?«

»Er kann auf geheimen Wegen reisen im Schutz eines Zaubermantels ... So ähnlich seid Ihr nach Tintagel gekommen«, antwortete Viviane. »Mir traut Ihr nicht. Werdet Ihr dem Merlin trauen?«

»Aus ganzem Herzen«, erwiderte Uther. »Der Merlin soll ihn dorthin bringen, und Morgaine geht nach Avalon.«

Er stützte den Kopf in die Hände, als sei die Last zu groß, die er trug. »Ihr seid klug«, sagte er, blickte auf und sah sie mit unverhülltem Haß an. »Ich wünschte, Ihr wärt ein närrisches Weib, und ich könnte Euch verachten und verdammen!«

»Wenn Eure Priester recht haben«, entgegnete Viviane gelassen, »bin ich bereits verdammt, und Ihr könnt Euch die Mühe sparen, mich zu verfluchen.«

Die Sonne ging gerade unter, als sie den See erreichten. Viviane auf ihrem Pony drehte den Kopf nach Morgaine, die hinter ihr ritt. Das Gesicht des Mädchens zeigte die Spuren von Erschöpfung und Hunger, aber sie hatte sich nicht beklagt. Viviane war zufrieden; sie war schnell geritten, um die Ausdauer des Kindes zu erproben. Das Leben einer Priesterin von Avalon war nicht leicht, und sie wollte feststellen, ob Morgaine Müdigkeit und Entbehrungen ohne Murren ertragen konnte. Jetzt zügelte sie ihr Tier und ließ Morgaine neben sich reiten.

»Dort liegt der See«, erklärte sie. »Es dauert nicht mehr lange, und wir werden im Schutz der Mauern sein. Dort erwarten uns ein Feuer, ein Mahl und etwas zu trinken.«

»Ich werde mich über alle drei Dinge freuen«, erwiderte Morgaine.

»Bist du müde, Morgaine?«

»Ein wenig«, antwortete das Mädchen schüchtern, »aber ich bedaure, daß die Reise zu Ende geht. Ich sehe gern etwas Neues, und bisher bin ich noch nie gereist.«

Sie brachten ihre Pferde am Wasser zum Stehen. Viviane versuchte, die vertraute Küste mit den Augen eines Fremden zu sehen ... das stumpfe graue Wasser, das hohe Schilfgras, das die stillen Ufer säumte, die niedrighängenden Wolken und die Schlingpflanzen im Wasser. Es war ein Bild des Schweigens, und Viviane hörte, wie Morgaine dachte: *Es ist einsam hier, dunkel und düster.*

»Wie kommen wir nach Avalon? Ich sehe keine Brücke ... sicher werden wir doch nicht mit den Pferden schwimmen?« fragte Morgaine. Viviane erinnerte sich daran, daß sie einen vom Regen angeschwollenen Fluß auf diese Weise überquert hatten, und sagte schnell beruhigend:

»Nein. Ich werde das Boot rufen.«

Viviane bedeckte ihr Gesicht mit den Händen, um jeden unerwünschten Anblick und jedes Geräusch fernzuhalten. Dann sandte sie den stummen Ruf aus ... Und wenige Augenblicke später tauchte auf der grauen Wasseroberfläche eine flache Barke auf. An einem Ende trug sie einen schwarzsilbernen Baldachin; sie glitt so ruhig dahin, als schwebe sie über dem See wie ein Wasservogel ... man hörte keinen Ruderschlag, aber als sie näher kam, sah Morgaine die schweigenden Ruderer, die das Boot ohne den leisesten Laut ans Ufer brachten. Es waren halbnackte, dunkle kleine Männer mit magischen blauen Tätowierungen. Viviane sah, wie sich Morgaines Augen bei diesem Anblick weiteten, aber sie sagte nichts.

Sie nimmt das alles viel zu ruhig hin. Sie ist zu jung, um das Geheimnis unseres Tuns zu begreifen. Ich muß es ihr bewußt machen.

Schweigend machten die kleinen Männer das Boot fest und benutzten dazu ein merkwürdiges Tau aus geflochtenem Schilf. Viviane bedeutete dem Mädchen abzusitzen, und man führte die Pferde an Bord. Einer der Männer streckte die Hand aus, um Morgaine auf das Boot zu helfen. Das Mädchen erwartete beinahe, die Hand sei nicht aus Fleisch und Blut, sondern eine Erscheinung, wie das Boot; statt dessen spürte sie harte, hornige Schwielen. Als letzte nahm Viviane ihren Platz am Bug ein, und die Barke glitt langsam und lautlos auf den See hinaus.

Vor ihnen erhob sich die Insel und der Berg mit dem hohen Turm, der dem heiligen Michael geweiht war; über das schweigende Wasser drang das gedämpfte Angelusläuten der Kirchenglocken. Wie sie es gelernt hatte, bekreuzigte sich Morgaine, aber einer der kleinen Männer sah das Mädchen so scharf und mißbilligend an, daß es zusammenzuckte und die Hand schnell sinken ließ. Während das Boot durch das mannshohe Schilf glitt, sah sie die Mauern der Kirche und des Klosters. Viviane spürte die plötzliche Angst Morgaines – fuhren sie am Ende doch zur Insel der Priester, wo die Klostermauern sich um sie schließen würden?

»Fahren wir zur Kirche auf der Insel, Tante?«

»Wir kommen nicht zur Kirche«, antwortete Viviane ruhig. »Aber es stimmt. Ein gewöhnlicher Reisender, oder auch du, wenn du allein auf dem See wärst, würde Avalon niemals erreichen. Warte, halte die Augen offen und stelle keine Fragen mehr. Das ist dein Los, solange du in der Ausbildung bist.«

Zurechtgewiesen schwieg Morgaine. Aber in ihren Augen stand immer noch die Furcht. Und mit leiser Stimme sagte sie: »Es ist wie die Geschichte von der Feenbarke, die von den Inseln ablegt und in das Land der Jugend segelt...«

Viviane achtete nicht weiter auf das Mädchen. Sie stand am Bug, atmete tief und sammelte sich für die magische Handlung, die sie nun vollziehen mußte. Einen Augenblick lang fragte sie sich, ob sie noch immer die Kraft dazu besaß. Angstvoll dachte sie: *Ich bin schon alt, aber ich muß noch leben, bis Morgaine und ihr Bruder erwachsen sind. Der Frieden dieses Landes hängt von dem ab, was ich tun kann, um sie zu schützen.*

Sie verdrängte diesen Gedanken. Jeder Zweifel war von Übel. Sie erinnerte sich selbst daran, daß sie dies fast jeden Tag getan hatte, seit sie erwachsen war. Inzwischen empfand Viviane es als natürlich, daß sie es im Schlaf oder auf dem Sterbelager hätte tun können. Aufrecht und starr stand sie, gefangen in der Spannung des Zaubers, hob die Arme hoch über den Kopf, streckte sie aus, die Handflächen dem Himmel zugewendet, dann stieß sie schnell den Atem aus, ließ die Hände sinken – und mit ihnen senkten sich die Nebel herab. Die Kirche verschwand, die Insel der Priester und selbst der Berg. Das Boot glitt durch dicken, undurchdringlichen Nebel, der sie wie dunkle Nacht umgab. Viviane hörte, wie Morgaine in der Dunkelheit ängstlich wie ein erschrockenes Tier schneller atmete; sie wollte sprechen, um dem Mädchen zu versichern, daß nichts zu befürchten sei, beschloß aber dann zu schweigen. Morgaine war jetzt eine Priesterin in der Ausbildung, und sie mußte lernen, die Angst ebenso zu besiegen wie Müdigkeit, Hunger und Mühsal.

Das Boot glitt schnell und sicher durch den Nebel; auf diesem See gab es keine anderen Schiffe. Viviane spürte die durchdringende Feuchtigkeit auf Haar und Augenbrauen. Auch ihr wollener Umhang wurde naß. Morgaine zitterte in der plötzlichen Kälte.

Dann verschwand der Nebel wie ein Vorhang, den jemand zur Seite zieht. Vor ihnen im Sonnenlicht lag eine grüne Küste. Auch der Berg war wieder da. Viviane bemerkte, wie das junge Mädchen vor Überraschung und Staunen den Atem anhielt. Auf der Spitze des Berges erhob sich im strahlenden Sonnenlicht ein Kreis aufrechter Steine. Dorthin führte der breite Prozessionsweg, der sich wie eine Spirale den hohen Berg hinaufwand. Am Fuß des Berges standen die Gebäude, in denen die Priesterinnen lebten. Auf einer Anhöhe sah das Mädchen den Heiligen Brunnen und etwas tiefer gelegen das silberne Glitzern des Spiegelteiches. Am Ufer erstreckten sich Haine mit Apfelbäumen, und dahinter wuchsen mächtige Eichen. In ihren Zweigen hingen goldene Misteln.

Morgaine flüsterte ergriffen: »Wie schön . . .«, und Viviane hörte die Ehrfurcht in der Stimme, als sie fragte: »Ist das alles Wirklichkeit, Herrin?«

»Es ist wirklicher als jeder andere Ort, den du je gesehen hast«, antwortete Viviane, »und bald wirst du es selbst wissen.«

Die Barke näherte sich dem Ufer und stieß knirschend auf den Sand. Die schweigenden Ruderer vertäuten sie und halfen der Herrin an Land. Dann führten sie die Pferde von Bord; Morgaine mußte das Boot alleine verlassen.

Sie sollte den ersten Blick auf Avalon im Sonnenuntergang nie vergessen. Grüne Wiesen erstreckten sich bis hinunter zum hohen Schilf, das den See säumte. Schwäne glitten still wie das Boot über das Wasser. Hinter den Eichen und Apfelbäumen erhob sich ein niedriges Gebäude aus grauen Steinen, und Morgaine sah weißgewandete Gestalten, die langsam durch den Säulengang schritten. Von irgendwoher drangen die leisen Klänge einer Harfe. Die schrägen Sonnenstrahlen – war das die Sonne, die sie kannte? – tauchten das Land in goldenes Schweigen. Morgaine spürte Tränen in sich aufsteigen. Ohne zu wissen warum, dachte sie: *Ich komme nach Hause,* obwohl sie ihr ganzes Leben in Tintagel und Caerleon verbracht und das Feenreich noch nie gesehen hatte.

Viviane gab Anweisung, die Pferde zu versorgen, und wendete sich dann wieder Morgaine zu. Sie sah die Ehrfurcht und die Ergriffenheit auf dem Gesicht des Mädchens, und sie schwieg, bis Morgaine tief Luft holte, als erwache sie aus tiefem Schlaf. Auf dem Pfad kamen ihnen Frauen in dunklen Gewändern, über denen sie Umhänge aus Hirschleder trugen, entgegen; manche hatten einen blauen Halbmond zwischen den Augenbrauen. Einige waren klein und dunkel wie Viviane und Morgaine, aber andere waren groß und schlank mit blonden oder rötlichbraunen Haaren. Morgaine entdeckte zwei oder drei, denen man deutlich die römische Abkunft ansah. Die Frauen verbeugten sich in schweigender Ehrfurcht vor Viviane, und die Priesterin hob segnend die Hand.

»Dies ist meine Verwandte«, erklärte Viviane. »Sie heißt Morgaine, und sie wird eine der euren sein. Bringt sie . . .« Dann blickte sie auf das junge Mädchen, das zitternd dastand, während die Sonne versank und die graue Dunkelheit sich ausbreitete, die alle Farben aufsaugte. Das Kind war müde und verängstigt. Vor ihm lagen noch genug Prüfungen und Entbehrungen. Sie mußte nicht schon jetzt damit beginnen.

». . . bringt sie morgen in das Haus der Jungfrauen.« Sie wendete sich an Morgaine und sagte: »Dort ist es unwichtig, daß du meine Verwandte und eine Prinzessin bist. Du hast keinen Namen und keine Vergünstigungen, sondern nur das, was du dir selbst verdienst. Aber heute abend kommst du mit mir. Wir hatten auf der Reise wenig Zeit, miteinander zu sprechen.«

Morgaine spürte, wie ihr plötzlich vor Erleichterung die Knie weich wurden. Die Frauen, die sie ansahen, waren alle so merkwürdig in ihren fremdartigen Gewändern und mit dem blauen Zeichen auf der

Stirn; diese Frauen ängstigten sie mehr als Uthers versammelter Hofstaat. Sie bemerkte, daß Viviane die Priesterinnen – denn dafür hielt sie die Frauen – mit einer knappen Geste entließ. Viviane streckte ihr die Hand entgegen; Morgaine ergriff sie, und der Druck der kühlen starken Finger gab ihr wieder Sicherheit.
Viviane war wieder die Tante, die sie kannte, gleichzeitig aber auch die ehrfurchtgebietende Priesterin, die die Nebel gerufen hatte. Wieder spürte Morgaine den Drang, sich zu bekreuzigen und fragte sich, ob dieses Reich verschwinden würde. Vater Columba hatte gesagt, das Reich der Dämonen und jedes Teufelswerk müsse vor dem Zeichen des Kreuzes weichen.
Aber Morgaine bekreuzigte sich nicht. Und plötzlich wußte sie, daß sie es nie wieder tun würde. *Jene* Welt lag für immer hinter ihr...
Am Rand des Apfelhains stand ein kleines Haus aus Flechtwerk und Lehm zwischen zwei Bäumen, deren Blüten sich gerade öffneten. Im Innern brannte ein Feuer, und eine junge Frau begrüßte sie schweigend mit einer Verbeugung – wie die anderen trug sie ein dunkles Gewand und darüber ein Hirschfell.
»Sprich nicht mit ihr«, sagte Viviane. »Sie steht zur Zeit unter einem Schweigegelübde. Sie ist seit vier Jahren Priesterin und heißt Raven.«
Schweigend half Raven Viviane aus der Reisekleidung und aus den schmutzbedeckten, zerrissenen Schuhen. Auf ein Zeichen von Viviane half sie auch Morgaine. Sie brachte ihnen Wasser zum Waschen und später etwas zu essen: Gerstenbrot und getrocknetes Fleisch. Zu trinken gab es nur kaltes Wasser; es war frisch und schmeckte köstlich. Morgaine hatte ein solches Naß noch nie getrunken.
»Es ist Wasser aus dem Heiligen Brunnen«, erklärte Viviane, »wir trinken nichts anderes. Es bringt Erleuchtungen und klärt den Blick. Der Honig stammt von unseren eigenen Bienenvölkern. Iß dein Fleisch und laß es dir schmecken. In den nächsten Jahren wirst du kein Fleisch mehr bekommen; die Priesterinnen essen kein Fleisch, solange sie ihre Ausbildung noch nicht beendet haben.«
»Warum ist das so, Herrin?« Morgaine konnte nicht mehr Tante zu Viviane sagen. Zwischen ihr und der vertrauten Anrede stand die Erinnerung an die gottähnliche Gestalt, die den Nebel beschwor. »Ist es nicht rechtens, Fleisch zu essen?«
»Gewiß nicht, und der Tag wird kommen, an dem du essen kannst, was du willst. Aber wenn man sich ohne Fleisch ernährt, schärft sich das Bewußtsein. Das ist wichtig für dich, während du lernst, dein

Gesicht zu gebrauchen und die magischen Kräfte dienstbar zu machen, die sonst dich beherrschen. Die Priesterinnen essen in den ersten Jahren ihrer Ausbildung wie die Druiden nur Brot und Früchte und manchmal ein wenig Fisch aus dem See. Sie trinken nur Wasser aus der Heiligen Quelle.«

Morgaine entgegnete scheu: »Aber in Caerleon habt Ihr Wein getrunken, Herrin.«

»Sicher, auch du wirst Wein trinken dürfen, wenn du die Zeiten kennst, in denen du essen und trinken darfst und weißt, wenn du enthaltsam leben mußt«, sagte Viviane knapp. Dies brachte Morgaine zum Schweigen, und sie aß ein wenig vom Honig und etwas Brot. Sie hatte Hunger, aber alles schien ihr in der Kehle zu verklumpen.

»Hast du genug gegessen?« fragte Viviane, »gut... dann kann Raven abräumen. Du solltest eigentlich schlafen, mein Kind. Aber setz dich hierher zu mir ans Feuer. Wir wollen uns ein wenig unterhalten. Morgen wird Raven dich in das Haus der Jungfrauen bringen, und du wirst mich so lange nur noch bei den Zeremonien sehen, bis du ausgebildet bist. Dann wirst du deinen Platz in der Reihe der Priesterinnen einnehmen, die abwechselnd hier im Haus schlafen und mir dienen. Dann kannst du auch unter einem Schweigegelübde stehen und weder sprechen noch antworten dürfen. Heute abend noch bist du nichts anderes als meine Verwandte und hast noch nicht geschworen, der Göttin treu zu dienen. Heute kannst du mich noch alles fragen, was du wissen möchtest.«

Sie streckte die Hand aus, und Morgaine setzte sich neben sie auf die Bank am Feuer. Viviane drehte sich um und sagte: »Nimm mir bitte die Spange aus dem Haar. Raven hat sich schon niedergelegt, und ich möchte sie nicht mehr stören.«

Morgaine zog die geschnitzte beinerne Nadel aus dem Haar der älteren Frau. Die langen, dunklen Haare fielen ihr auf die Schulter, und Morgaine sah eine weiße Strähne über der Schläfe. Seufzend streckte Viviane ihre nackten Füße vor dem Feuer aus.

»Es ist schön, wieder zu Hause zu sein... ich mußte in den letzten Jahren zu viel reisen«, sagte sie. »Ich bin nicht mehr jung genug, um daran Gefallen zu finden.«

»Ihr habt gesagt, ich darf Euch Fragen stellen«, begann Morgaine schüchtern. »Weshalb tragen manche Frauen blaue Zeichen auf der Stirn und andere nicht?«

»Der blaue Halbmond ist ein Zeichen dafür, daß sie sich dem Dienst der Göttin geweiht haben und nach ihrem Willen leben und sterben«,

erwiderte Viviane. »Die Frauen, die nur das Gesicht zu gebrauchen lernen, legen diese Gelübde nicht ab.«
»Werde ich es tun?«
»Das ist deine eigene Entscheidung«, antwortete Viviane. »Die Göttin wird dir sagen, ob sie die Hand auf dich legen will. Nur die Christen benutzen ihre Klöster gleich einer Abfallgrube, um ihre unerwünschten Töchter und Witwen loszuwerden.«
»Aber woran werde ich erkennen, ob die Göttin mich will?«
Viviane lächelte im Dunkeln. »Sie wird dich mit einer Stimme rufen, die du nicht überhören kannst. Und wenn du ihren Ruf vernommen hast, gibt es keinen Platz auf dieser Welt, an dem du dich vor ihrer Stimme verbergen könntest.«
Morgaine wollte gern wissen, ob Viviane den Schwur geleistet hatte, aber sie war zu schüchtern, um danach zu fragen. *Natürlich! Sie ist die Hohepriesterin, die Herrin von Avalon . . .*
»Ich habe das Gelübde abgelegt«, beantwortete Viviane gelassen die stumme Frage. »Aber das Zeichen ist mit der Zeit verblaßt . . . ich glaube, wenn du genau hinsiehst, kannst du es immer noch am Haaransatz erkennen.«
»Ja, ganz schwach . . . aber was bedeutet es, Herrin, der Göttin geweiht zu sein? Wer ist diese Göttin? Ich habe Vater Columba einmal gefragt, ob Gott noch einen Namen trägt. Er verneinte das und sagte, es gäbe nur einen Namen, durch den wir alle gerettet werden können . . . durch Jesus, den Christus, aber . . .«, sie schwieg verlegen, »ich weiß sehr wenig von solchen Dingen.«
»Zu wissen, daß man wenig weiß, ist der erste Schritt zur Weisheit«, bemerkte Viviane. »Denn dann mußt du nicht alles vergessen, was du zu wissen glaubst, wenn du beginnst zu lernen. Gott hat viele Namen, aber er ist immer und überall der Eine. Wenn du daher zu Maria betest, der Mutter des Jesus, betest du, ohne es zu wissen, zur Mutter der Welt in einer ihrer vielen Gestalten. Der Gott der Priester und der Große Eine der Druiden ist der Eine. Deshalb nimmt der Merlin manchmal seinen Platz unter den christlichen Ratgebern des Großkönigs ein. Er weiß, daß es nur den Einen Gott gibt, auch wenn sie es nicht wissen.«
»Meine Mutter hat erzählt, Eure Mutter war vor Euch hier Hohepriesterin . . .«
»Das ist wahr. Aber es war nicht nur eine Frage des Blutes. Von ihr habe ich die Gabe des Gesichts, aber ich weihte mich aus freien Stücken der Göttin. Die Göttin hat weder deine Mutter noch Morgau-

se gerufen. Deshalb verheiratete ich Igraine mit deinem Vater und danach mit Uther. Morgause sollte und wurde nach dem Willen des Königs vermählt. Igraines Ehe diente der Göttin. An Morgause erging kein Ruf, und die Göttin hatte keine Macht über sie.«

»Heiraten die berufenen Priesterinnen der Göttin nie?«

»Meist nicht. Sie binden sich an keinen Mann. Eine Ausnahme ist die Große Ehe. Dort vereinigen sich Priester und Priesterin gleichnishaft als Gott und Göttin. Die Kinder, die daraus entstehen, sind nicht die Kinder eines Sterblichen, sondern Kinder der Göttin. Dies ist ein Mysterium, und du wirst zur richtigen Zeit alles darüber erfahren. Ich selbst wurde so geboren und habe keinen sterblichen Vater...«

Morgaine starrte sie an und flüsterte: »Wollt Ihr damit sagen... daß Eure Mutter bei einem Gott lag?«

»Nein, natürlich nicht. Nur mit einem Priester, den die Macht Gottes überschattete. Wahrscheinlich war es ein Priester, den sie nicht kannte. Denn in diesem Augenblick oder in jener Zeit kam Gott über ihn und ergriff von ihm Besitz. Und der Mann war vergessen und unbekannt.« Viviane wirkte abwesend und dachte an seltsame Dinge, die Morgaine über ihre Stirn ziehen sah. Das Feuer schien Bilder zu erschaffen... die große Gestalt eines Gehörnten... Plötzlich zitterte sie und zog ihren Umhang eng an sich.

»Bist du müde, mein Kind? Du solltest jetzt schlafen...«

Aber Morgaines Neugier war wieder erwacht. »Wurdet Ihr in Avalon geboren?«

»Ja, aber ich wuchs auf der Insel der Druiden auf, weit im Norden. Als ich Frau wurde, legte die Göttin ihre Hand auf mich... das Blut der zur Priesterin Geborenen ist in mir. Mein Kind, ich glaube, es fließt auch in dir.« Vivianes Stimme schien von weit her zu kommen. Sie stand auf und blickte ins Feuer.

»Ich versuche, mich daran zu erinnern, wieviele Jahre schon vergangen sind, seit ich mit der alten Frau nach Avalon gekommen bin... der Mond stand damals weiter im Süden, denn es war zur Erntezeit. Die dunklen Wintertage lagen vor uns, in denen das Jahr stirbt. Es war dann ein bitterkalter Winter, selbst in Avalon. Nachts hörten wir die Wölfe, und hoher Schnee türmte sich ringsum. Wir hungerten, denn niemand konnte sich durch die Stürme wagen. Einige der kleinen Kinder starben an der Mutterbrust, weil die Milch versiegte... Dann fror der See zu, und man brachte uns mit Schlitten das Notwendigste. Damals war ich noch Jungfrau, und meine Brüste hatten sich noch nicht geformt. Und jetzt bin ich betagt. Ich bin eine alte Frau... so viele Jahre sind vergangen, mein Kind.«

Morgaine spürte, daß die Hand Vivianes zitterte, die ihre Finger preßte. Einen Augenblick später zog die Priesterin das Mädchen an ihre Seite und legte ihr den Arm um die Hüfte.

»Soviele Monde, soviele Sommersonnenwenden sind vergangen... jetzt scheint Samhain schneller auf die Feldfeuer zu folgen, als in meiner Kindheit der jungfräuliche Mond sich füllte. Auch du wirst hier vor dem Feuer stehen und alt werden, wie ich alt geworden bin... es sei denn, die Große Mutter stellt dir andere Aufgaben... oh, Morgaine, Morgaine, meine Kleine, ich hätte dich bei *deiner* Mutter lassen sollen...«

Morgaine umarmte die Priesterin heftig. »Ich konnte dort nicht bleiben. Dort wäre ich gestorben...«

»Das wußte ich«, antwortete Viviane seufzend. »Ich glaube, die Große Mutter hat ihre Hand auch auf dich gelegt, mein Kind. Aber du hast ein behagliches Leben gegen eine harte und bittere Zeit eingetauscht, Morgaine. Und vielleicht werde ich dir ebenso grausame Aufgaben stellen müssen, wie die Große Mutter sie mir auferlegt hat. Noch denkst du nur daran zu lernen, wie man das Gesicht benutzt. Noch freust du dich, im schönen Land von Avalon zu leben. Aber es ist nicht leicht, meine Tochter, Ceridwen zu dienen. Sie ist nicht nur die Große Mutter, in deren Händen Liebe und Geburt ruhen, sie ist auch die Herrin der Dunkelheit und des Todes.« Seufzend strich sie über das weiche Haar des Mädchens. »Sie ist auch Morrigán, die Zwist und Hader bringt, sie ist der Große Rabe... oh, Morgaine, Morgaine! Ich wünschte, du wärst meine Tochter. Aber selbst dann könnte ich dich nicht schonen und müßte dich für ihre Zwecke hingeben, wie ich hingegeben wurde.« Sie senkte den Kopf und legte ihn einen Augenblick lang auf die Schulter des Mädchens. »Glaube mir, ich liebe dich, Morgaine. Aber die Zeit wird kommen, in der du mich ebenso haßt, wie du mich jetzt liebst...«

Morgaine fiel auf die Knie. »Niemals«, flüsterte sie, »ich bin in der Hand der Göttin... und in Eurer Hand...«

»Die Göttin gebe, daß du diese Worte nie bereust«, sagte Viviane. Sie hielt ihre Hände über das Feuer; kleine, starke Finger, vom Alter etwas angeschwollen. »Mit diesen Händen habe ich Kinder zur Welt gebracht, und durch sie habe ich das Lebensblut eines Mannes fließen sehen. Ich lieferte einst einen Mann zum Tode aus. Er hatte in meinen Armen gelegen, und ich hatte ihm geschworen, ihn zu lieben. Ich raubte deiner Mutter den Frieden, und jetzt habe ich ihr die Kinder genommen. Haßt du mich nicht, Morgaine? Fürchtest du mich nicht?«

»Ich fürchte Euch«, antwortete das Mädchen, das noch immer vor ihr kniete. Ihr dunkles, aufgewühltes Gesicht glühte im Feuerschein. »Aber hassen könnte ich Euch nie!«
Viviane seufzte tief und schob Zukunft und Furcht beiseite. »Und du fürchtest nicht mich«, sagte Viviane, »sondern *Sie*. Wir sind beide in ihrer Hand, mein Kind. Deine Jungfräulichkeit ist der Göttin heilig. Bewahre sie, bis die Göttin dir ihren Willen bekundet.«
Morgaine legte ihre kleinen Hände in Vivianes. »So sei es«, flüsterte sie. »Ich schwör's.«
Am nächsten Tag brachte man Morgaine in das Haus der Jungfrauen, und dort blieb sie viele Jahre.

Morgaine erzählt...

Wie schildert man den Werdegang einer Priesterin? Was nicht bekannt ist, ist geheim. Alle, die diesen Weg gegangen sind, wissen das. Und jene, die es nicht getan haben, werden es nie wissen, selbst wenn ich alles Verbotene niederschreiben würde. Siebenmal kamen und gingen die Beltanefeuer. Siebenmal ließ uns der Winter unter seiner Eisfaust zittern. Das Gesicht stellte sich bei mir ohne Mühe ein. Viviane hatte gesagt, daß ich zur Priesterin geboren sei. Schwieriger fiel es, das Gesicht nach meinem Willen und nur nach meinem Willen zu rufen, und die Pforten zu schließen, wenn ich nichts sehen sollte.
Doch die kleinen magischen Dinge fielen mir am schwersten. Sie zwangen meinen Geist, auf ungewohnten Wegen zu wandern. Das Feuer zu beschwören, die Flammen auflodern zu lassen, die Nebel zu rufen und den Regen zu bringen... all das war einfach. Aber zu wissen, wann man Regen oder Nebel beschwören und wann man dies den Göttern überlassen sollte, das war sehr viel schwerer. Auf anderen Gebieten half mir das Gesicht nichts: bei der Kräuterkunde, der Heilkunde, bei den langen Gesängen, von denen kein Wort je niedergeschrieben werden durfte. Denn wie kann das Wissen der Großen Götter etwas von Menschen Geschaffenem anvertraut werden? Manche Lektionen waren reine Freude. Mar erlaubte mir, die Harfe zu spielen und mir selbst aus heiligem Holz und den Därmen eines Opfertiers eine Harfe zu bauen. Andere Übungen jagten mir Entsetzen ein.
Am schwersten fiel mir vielleicht, mir selbst zu begegnen, wenn sich unter der Wirkung von berauschenden Mitteln der Geist vom kranken und gepeinigten Körper löste. Dann überschritt der Geist die Grenzen

von Zeit und Raum und las in den Büchern der Vergangenheit und der Zukunft. Aber darüber darf ich nicht sprechen. Doch schließlich kam der Tag, an dem ich nur mit einem dünnen Untergewand bekleidet und nur dem kleinen Dolch der Priesterin bewaffnet, Avalon verlassen mußte – um zurückzukehren, wenn ich konnte. Ich wußte, man würde mich wie eine Tote betrauern, wenn es mir nicht gelang. Aber die Pforten würden sich mir nie wieder öffnen, wenn ich sie nicht mit meinem Willen und durch meinen Befehl selbst zu öffnen vermochte. Als die Nebel sich um mich schlossen, wanderte ich lange an den Ufern des unbekannten Sees entlang, nur die Glocken und die düsteren Gesänge der Mönche in den Ohren. Schließlich durchdrang ich die Nebel und beschwor die Göttin. Meine Füße standen auf der Erde, und der Kopf ragte bis hoch zu den Sternen, die sich von Horizont zu Horizont erstreckten, und laut rief ich das große Wort der Macht . . .

Die Nebel teilten sich. Und vor mir lag das sonnenüberflutete Ufer, an das die Herrin mich vor sieben Jahren gebracht hatte. Ich setzte den Fuß auf die feste Erde meiner Heimat. Ich weinte, wie ich damals geweint hatte, als ich – ein verängstigtes Kind – zum erstenmal an Land ging. Dann erhielt ich durch die Hand der Göttin ihr Zeichen: den Halbmond auf der Stirn . . . aber das ist ein Geheimnis, und es ist verboten, davon zu künden. Alle, die den glühenden Kuß Ceridwens auf die Stirn empfangen haben, wissen, wovon ich spreche.

Im zweiten Frühling danach – ich war vom Schweigegelübde entbunden – kehrte Galahad nach Avalon zurück. Sein Vater König Ban von der Bretagne hatte ihn selbst zu einem guten Ritter im Kampf gegen die Sachsen gemacht.

Priesterinnen, die bereits eine gewisse Ausbildung hinter sich hatten, wechselten sich im Dienst bei der Herrin vom See ab. In dieser Jahreszeit war die Herrin sehr in Anspruch genommen von den Vorbereitungen für das kommende Fest der Sommersonnenwende. Deshalb schlief eine der Priesterinnen in dem kleinen Lehmhaus, damit der Herrin Tag und Nacht jemand zur Verfügung stand . . .

Es war früh morgens. Die Sonne verbarg sich noch im Nebel am Horizont, als Viviane aus ihrem Zimmer trat und die diensthabende Priesterin in der dahinter liegenden Kammer durch ein Zeichen weckte.

Die Frau setzte sich rasch im Bett auf und warf ihren Hirschfellumhang über.
»Die Ruderer sollen sich bereithalten. Geh und bitte meine Verwandte, Morgaine, den Dienst bei mir zu versehen.«
Wenige Minuten später stand Morgaine ehrerbietig vor dem Eingang. Viviane kniete gerade vor dem Feuer, um es anzuzünden. Morgaine bewegte sich geräuschlos. Nach neunjähriger Ausbildung als Priesterin konnte sie so lautlos sein, daß weder ihre Schritte noch ein Lufthauch ihr Näherkommen verrieten. Nach dieser Zeit wußte sie aber auch so viel über die Priesterinnen, daß es sie nicht erstaunte, als Viviane sich umdrehte, sobald sie die Tür erreicht hatte, und sagte: »Komm herein, Morgaine.«
Aber diesmal forderte Viviane sie nicht wie üblich auf, sich zu setzen. Morgaine blieb stehen, und Viviane musterte sie einen Augenblick lang schweigend.
Morgaine war nicht groß. Sie würde nie groß sein, und nach all den Jahren in Avalon war sie nur um eine Spur größer als die Herrin. Ihr dunkles Haar war zu einem Zopf geflochten, der ihr im Nacken lag und mit einem Band aus Hirschleder umwickelt war. Sie trug das dunkelblaue Gewand und den ledernen Umhang wie jede andere Priesterin. Auf ihrer Stirn leuchtete dunkel der blaue Halbmond. Wie unauffällig und unerkannt sie zwischen den anderen Priesterinnen auch wirken mochte, in ihren Augen lag ein Leuchten, das Vivianes kühlem Blick standhielt. Viviane wußte aus Erfahrung, daß die kleine und zarte Morgaine einen Zauber über sich werfen konnte, der sie nicht nur groß, sondern majestätisch wirken ließ. Schon jetzt wirkte sie alterslos, und Viviane wußte, sie würde auch dann nicht anders aussehen, wenn weiße Strähnen ihr dunkles Haar durchzogen.
Erleichtert dachte Viviane: *Nein, sie ist nicht schön,* und fragte sich dann, weshalb das für sie wichtig sein sollte. Denn zweifellos wäre Morgaine wie alle jungen Frauen lieber schön gewesen und war äußerst unglücklich darüber, es nicht zu sein – selbst eine Priesterin, die ihr Leben der Göttin geweiht hatte, empfand das nicht anders. Sie hob leicht die Augenbrauen und dachte: *In meinem Alter, mein Kind, wird es dir gleichgültig sein, ob du schön bist oder nicht. Denn jeder, der dich kennt, wird dich für eine große Schönheit halten, wann immer du dafür gehalten werden willst. Wenn nicht, kannst du dich bescheiden und so tun, als seist du eine einfache ältliche Frau, die die Gedanken an Schönheit schon lange hinter sich gelassen hat.* Viviane hatte diesen Kampf vor mehr als zwanzig Jahren mit sich ausgefoch-

ten, als sie sah, wie Igraine zu einer hellhäutigen Schönen mit rötlichem Haar heranwuchs. Damals hätte Viviane frohen Herzens ihre Seele und all ihre Macht für ein Ebenbild gegeben. Und in Augenblicken des Selbstzweifels fragte sie sich manches Mal, ob sie Igraine zu der Ehe mit Gorlois gedrängt hatte, damit sie nicht ständig diese bezaubernde junge Frau vor Augen hatte, deren Schönheit ihrem dunklen, herben Wesen zu spotten schien. *Aber ich habe sie dem liebenden Mann zugeführt, der ihr bereits bestimmt war, noch ehe der Ring der Steine auf der Ebene von Salisbury aufgetürmt wurde.*

Viviane wurde bewußt, daß Morgaine noch immer ruhig vor ihr stand und darauf wartete, daß sie sprach. Viviane lächelte. »Ich werde wirklich alt«, sagte sie. »Ich war einen Augenblick lang in Erinnerungen versunken. Du bist nicht mehr das Kind, das vor vielen Jahren hierherkam. Aber es gibt Zeiten, in denen ich das vergesse, meine Morgaine.«

Morgaine lächelte, und das Lächeln verwandelte das Gesicht, das sonst eher mürrisch wirkte. *Wie Morgause*, dachte Viviane, *aber sonst ähneln sie sich nicht. Es ist Taliesins Erbe.*

Morgaine bemerkte: »Ich glaube, Ihr vergeßt nichts, Tante.«

»Vielleicht nicht. Hast du schon etwas gegessen, mein Kind?«

»Nein, aber ich bin nicht hungrig.«

»Gut, ich möchte, daß du mit der Barke übersetzt.«

Morgaine zeigte mit einer ehrerbietigenden Geste ihre Zustimmung, wie die Priesterinnen es taten, die unter dem Schweigegelübde standen.

Es war keineswegs ein ungewöhnlicher Auftrag – die Barke von Avalon mußte immer von einer Priesterin geleitet werden, die den geheimen Weg durch die Nebel kannte.

»Es ist mir eine Herzensangelegenheit«, erklärte Viviane, »mein Sohn nähert sich der Insel. Ich denke, eine Verwandte sollte ihn willkommen heißen.«

Morgaine lächelte. »Balan?« fragte sie. »Wird sein Ziehbruder Balin nicht um seine Seele fürchten, wenn er den Klang der Kirchenglokken hinter sich läßt?«

In Vivianes Augen trat ein belustigtes Glitzern, als sie antwortete: »Beide sind stolze Männer und hervorragende Krieger, beide führen ein Leben ohne Tadel ... selbst nach den Maßstäben der Druiden. Sie fügen niemandem Schaden zu, sie bringen niemanden unters Joch, und sie versuchen, jedes Unrecht gutzumachen, das ihnen bekannt

wird. Ich zweifele nicht daran, daß sie den Sachsen doppelten Schrecken bereiten, wenn sie Seite an Seite gegen sie kämpfen. Sie fürchten nichts und niemanden ... außer der bösen Magie der verruchten Zauberin, die die Mutter des einen ist ...« Viviane lachte wie ein junges Mädchen, und Morgaine kicherte ebenfalls.
Wieder ernst, sagte sie: »Ich bedaure es nicht, Balan in die äußere Welt geschickt zu haben, damit er dort seinen Platz findet. Er war nicht zum Druiden berufen, und er wäre kein guter geworden. Obwohl er für die Göttin verloren ist, wird sie auf ihre Weise immer noch über ihn wachen, auch wenn er mit dem Perlenkranz in der Hand zu ihr betet und sie Jungfrau Maria nennt. Nein, Balan ist an der Küste und kämpft an Uthers Seite gegen die Sachsen. Mir ist das ganz recht. Ich habe von meinem jüngeren Sohn gesprochen.«
»Ich dachte, Galahad sei in der Bretagne.«
»Ich auch. Aber gestern abend hat das Gesicht ihn mir gezeigt. Er ist hier ... Als ich ihn das letzte Mal sah, war er erst zwölf Jahre alt. Er ist inzwischen fast ein Mann geworden, sechzehn oder noch älter muß er sein, bereit, die Waffen zu tragen. Aber ich bin nicht sicher, ob er überhaupt das Kriegerhandwerk erlernen soll.«
Morgaine lächelte, und Viviane erinnerte sich, daß Morgaine in den ersten Jahren, als sie noch einsam hier war, manchmal ihre freie Zeit mit dem einzig anderen Kind verbringen durfte, das hier erzogen wurde – mit Galahad.
»Ban von Benwick muß inzwischen alt sein«, bemerkte Morgaine.
»Alt? Ja, und er hat viele Söhne. Und *mein* Sohn ist unter ihnen nur einer der vielen Bastarde, die nicht von Bedeutung sind. Doch seine Halbbrüder fürchten Galahad und hätten es lieber, wenn er an einem anderen Ort wäre. Als Kind der Großen Ehe kann er nicht wie alle anderen Bastarde behandelt werden«, beantwortete Viviane die unausgesprochene Frage. »Sein Vater gab ihm Ländereien und Güter in der Bretagne. Aber noch ehe er sechs Jahre alt war, habe ich dafür gesorgt, daß Galahads Herz für immer hier an den See gebunden ist.« Sie sah das Funkeln in Morgaines Augen und beantwortete wieder das Unausgesprochene.
»Ist es grausam, ihn für immer unzufrieden zu machen? Vielleicht ... nicht ich war grausam, sondern die Göttin. Seine Bestimmung liegt in Avalon. Das Gesicht hat ihn mir gezeigt, wie er vor dem Heiligen Kelch kniet ...«
Morgaine wiederholte die kleine zustimmende Geste, mit der die schweigenden Priesterinnen einen Befehl entgegennahmen, aber diesmal mit einem Anflug von Ironie.

Plötzlich ärgerte sich Viviane über sich selbst. *Ich sitze hier und rechtfertige vor einem Mädchen, was ich mit meinem Leben und dem Leben meiner Söhne angefangen habe. Doch Morgaine bin ich keine Rechenschaft schuldig.* Und sie sagte mit kühler und verhaltener Stimme: »Nimm die Barke und bringe ihn zu mir!«

Zum dritten Mal stimmte Morgaine schweigend zu und wandte sich zum Gehen.

»Einen Augenblick noch«, hielt Viviane sie zurück, »du wirst mit uns essen, wenn du ihn gebracht hast. Er ist dein Vetter und auch mit dir verwandt.«

Als Morgaine daraufhin lächelte, wurde Viviane bewußt, daß sie versucht hatte, das Mädchen zum Lächeln zu bringen, und sie staunte über sich selbst.

Morgaine ging den Pfad zum Seeufer hinunter. Immer noch klopfte ihr Herz in Hast. In letzter Zeit kam es öfter vor, daß sich Zorn in ihre Zuneigung mischte, wenn sie mit der Herrin sprach. Es war ihr nicht gestattet, den Gefühlen freien Lauf zu lassen, und dies rief Merkwürdiges in ihr hervor. Sie wunderte sich über sich selbst, hatte man ihr doch beigebracht, ihre Gefühle ebenso zu beherrschen wie ihre Worte und ihre Gedanken.

An Galahad erinnerte sie sich aus ihren ersten Jahren in Avalon – ein magerer, dunkler, lebhafter Junge. Damals mochte sie ihn nicht sehr, denn ihr Herz sehnte sich nach dem kleinen Bruder Gwydion. Doch sie ließ zu, daß der einsame Junge sich an ihre Fersen heftete. Dann schickte man ihn an den Hof von König Ban. Und seither hatte sie ihn nur einmal gesehen – als Galahad zwölf Jahre zählte. Er schien nur noch aus Augen, Zähnen und Knochen zu bestehen, die aus den viel zu kleinen Kleidern hervorschauten. Alles Weibliche behandelte er mit größter Geringschätzung, und da sie sich zu dieser Zeit im schwierigsten Abschnitt ihrer Ausbildung befand, beachtete sie ihn kaum.

Die kleinen dunklen Männer, die die Barke ruderten, verbeugten sich schweigend vor Morgaine, um der Göttin ihre Ehrerbietung zu erweisen, die für sie die höheren Priesterinnen verkörperten. Schweigend gab sie das Zeichen und nahm ihren Platz am Bug ein.

Die verhängte Barke glitt schnell und lautlos durch die Nebel. Morgaine spürte die Feuchtigkeit, die sich auf ihren Augenbrauen und in ihren Haaren in kleinen Tröpfchen niederschlug. Sie war hungrig und fror entsetzlich. Aber sie hatte gelernt, auch das nicht zu beachten. Als sie die Nebel hinter sich ließen, ging am anderen Ufer die Sonne auf. Sie sah einen Reiter mit seinem Pferd dort warten. Das Boot glitt unter bedächtigen Ruderschlägen langsam vorwärts. Morgaine blickte in einem seltenen Augenblick der Selbstvergessenheit neugierig zu dem Mann hinüber.

Der Reiter war feingliedrig, mit einem hübschen dunklen, scharf geschnittenen Gesicht, das durch die rote Kappe mit der Adlerfeder im Band und den weiten roten Umhang, der ihm anmutig über die Schultern fiel, noch betont wurde. Er saß ab; die natürliche Anmut seiner Bewegungen – die Anmut eines Tänzers – nahm ihr den Atem. Hatte sie sich je gewünscht, blond und rundlich zu sein, wenn schwarz und schlank zu sein so schön sein konnte? Er hatte auch dunkle Augen, und in ihnen blitzte es übermütig – nur daran erkannte Morgaine, um wen es sich handeln mußte, denn sonst erinnerte nichts mehr an den hageren Jungen mit den knochigen Beinen und den viel zu großen Füßen.

»Galahad«, sagte sie leise, um zu verhindern, daß ihre Stimme zitterte – eine Angewohnheit der Priesterinnen. »Ich hätte Euch beinahe nicht erkannt.«

Er machte eine höfische Verbeugung, und der Mantel öffnete sich in großem Schwung. Hatte sie dies je verächtlich als ein Kunststück der Gaukler abgetan? Bei Galahad war diese Bewegung vollkommen eins mit seinem Körper.

»Herrin«, sagte er.

Er hat mich nicht erkannt. Lassen wir es dabei.

Weshalb erinnerte sie sich in diesem Augenblick an Vivianes Worte: *Deine Jungfräulichkeit ist der Göttin geweiht. Bewahre sie, bis die Mutter dir ihren Willen kundtut.* Erschrocken stellte Morgaine fest, daß sie zum ersten Mal in ihrem Leben einen Mann mit Verlangen ansah. Sie wußte, daß solches nicht für sie bestimmt war, und daß sie ihr Leben nach den Geboten der Göttin zu führen hatte, und hatte deshalb in den Männern verächtlich nur die natürliche Beute der Göttin in Gestalt ihrer Priesterinnen gesehen. Sie wurden genommen oder zurückgewiesen, wie es der Augenblick ergab. Viviane hatte befohlen, daß Morgaine in diesem Jahr nicht an den Ritualen der Feldfeuer teilnehmen sollte. Manche Priesterinnen empfingen nach dem Willen der Göttin bei diesem Fest und bekamen ein Kind oder verhinderten dieses mit Kräutergetränken und Tinkturen. Wenn man sich einer solchen – unangenehmen – Behandlung jedoch nicht unterzog, folgten darauf unvermeidlich die noch unangenehmere

und gefährlichere Geburt und lästige Kinder. Sie wurden großgezogen oder zu Zieheltern gebracht, ganz wie die Herrin es befahl. Morgaine war froh gewesen, diesmal alldem zu entgehen. Sie wußte, Viviane hatte andere Pläne mit ihr.
Sie bedeutete Galahad mit einem Wink, an Bord zu kommen. *Berühre niemals einen Außenseiter* – das waren die Worte der alten Priesterin, die sie ausgebildet hatte; *eine Priesterin von Avalon muß immer eine Besucherin aus einer anderen Welt sein*. Morgaine überlegte, weshalb sie ihre Hand zurückgezogen hatte, mit der sie sein Handgelenk umfassen wollte. Und mit einer Sicherheit, die das Blut in ihren Schläfen pochen ließ, wußte sie, daß unter der glatten Haut harte, vor Leben pulsierende Muskeln lagen. Sie sehnte sich danach, ihm wieder in die Augen zu blicken. Sie wendete sich ab und versuchte, sich zu beherrschen.
Galahads Stimme klang tief und tönte voll, als er sagte: »Oh, jetzt, wo Ihr Eure Hände bewegt, erkenne ich Euch... sonst hat sich alles an Euch verändert. Wart Ihr früher nicht meine Base Morgaine, Priesterin?« Die dunklen Augen blitzten: »Nichts ist mehr wie damals, als ich dich Morgaine, die Fee nannte...«
»Das war ich und das bin ich. Aber Jahre sind vergangen«, antwortete sie, wandte sich ab und befahl den stillen Ruderern mit einem Wink, vom Ufer abzulegen.
»Aber der Zauber von Avalon verändert sich nie«, murmelte er, und sie wußte, daß er nicht zu ihr sprach. »Der Nebel, die Binsen und der Ruf der Wasservögel... und dann die Barke, die, wie von Zauberhand geführt, sich vom ruhigen Ufer löst... Ich weiß, ich habe hier nichts zu erwarten, und doch kehre ich immer wieder zurück...«
Das Boot glitt lautlos über den See. Selbst jetzt, nachdem sie seit Jahren wußte, daß keine Magie vonnöten war, sondern geduldiges Üben, die Ruder geräuschlos zu bewegen, beeindruckte Morgaine das mystische Schweigen, in dem sie dahinfuhren. Sie richtete den Blick nach vorne, um die Nebel zu rufen, und war sich der Anwesenheit des jungen Mannes hinter ihr bewußt. Anmutig stand er neben seinem Pferd und hatte einen Arm auf die Satteldecke gelegt. Er verlagerte geschickt sein Gewicht, ohne sich zu bewegen, so daß er nicht schwankte oder das Gleichgewicht verlor, während das Boot auf dem Wasser schaukelte. Morgaine stand bewegungslos durch langjährige Übung, Galahad schien das mit natürlicher Anmut zu gelingen.
Als sie zum Bug ging und die Arme hob, spürte sie seine dunklen

Augen wie warme Strahlen auf ihrem Rücken. Die weiten Ärmel glitten zurück; sie atmete tief ein und sammelte sich für die magische Handlung im Bewußtsein, daß sie ihre ganze Kraft aufbringen mußte. Sie zürnte sich selbst, weil sie die Augen des Mannes auf sich spürte.

Soll er es ruhig sehen! Soll er mich fürchten und mich als die Göttin erkennen! Sie wußte, etwas in ihr, das lange unterdrückt gewesen war, lehnte sich auf und rief: *Nein, ich möchte, daß er die Frau sieht und nicht die Göttin ... nicht einmal die Priesterin!* Aber noch ein Atemzug, und selbst die Erinnerung an diesen Wunsch löste sich in Luft auf.

Ihre Arme streckten sich dem Himmelsgewölbe entgegen. Sie sanken, und mit ihren weiten Ärmeln sanken die Nebel herab. Dunst und das Große Schweigen legten sich dunkel auf alles. Morgaine stand reglos da und spürte die Wärme des jungen Mannes dicht hinter sich. Bei der kleinsten Bewegung würde sie seine Hand berühren. Sie wußte, wie seine Hand sich anfühlen würde – glühendheiß auf ihrer kalten Haut. Mit einem leichten Schwung ihres Gewandes machte sie einen Schritt nach vorne und legte den Abstand um sich wie einen Schleier. Sie staunte dabei über sich selbst und sagte sich in Gedanken vor: *Er ist nur mein Vetter. Er ist Vivianes Sohn, der als kleines, einsames Kind auf meinem Schoß saß.* Sie rief sich das Bild dieses unbeholfenen Wesens vor Augen mit seinen zerkratzten Armen und Beinen. Aber als sie die Nebel hinter sich ließen, lächelten seine dunklen Augen ihr zu, und sie fühlte sich benommen.

Natürlich fühle ich mich schwach, ich habe noch nichts gegessen, redete sie sich ein und beobachtete den Hunger in Galahads Augen beim Anblick von Avalon. Sie sah, wie er sich bekreuzigte. Viviane wäre zornig geworden, wenn sie das gesehen hätte.

»Es ist wirklich das Land der Feen«, bekannte er leise, »und du bist wie immer Morgaine, die Fee ... aber nun bist du eine Frau, und du bist schön, Base.«

Gereizt dachte sie: *Ich bin nicht schön. Er sieht den Zauber von Avalon.* Eine aufbegehrende Stimme in ihr sagte: *Ich will aber, daß er mich für schön hält! Mich und nicht den Zauber!* Morgaine preßte die Lippen zusammen und wußte, daß sie streng und unnahbar wirkte – wieder ganz die Priesterin.

»Hier entlang«, sagte sie knapp, als die Barke mit leisem Knirschen auf das sandige Ufer glitt. Sie wies die Ruderer schweigend an, sich um das Pferd zu kümmern.

»Wenn Ihr erlaubt, Herrin«, sagte Galahad, »werde ich es selbst versorgen. Es trägt keinen gewöhnlichen Sattel.«
»Wie es Euch beliebt«, Morgaine beobachtete, wie er das Pferd absattelte. Aber alles, was ihn betraf, machte sie so neugierig, daß sie nicht schweigen konnte.
»Es ist wirklich ein sonderbarer Sattel... wozu diese langen Ledergurte?«
»Die Skythen benutzen sie... man nennt sie Steigbügel. Mein Pflegevater nahm mich mit auf eine Pilgerreise, und ich sah sie in ihrem Land. Selbst in den römischen Legionen kannte man nicht diese Art zu reiten. Die Skythen können ihre Pferde damit lenken und mitten im Galopp anhalten. Deshalb können sie vom Pferd aus kämpfen«, erklärte er. »Selbst in der leichten Rüstung, die ihre Reiter tragen, ist ein Ritter zu Pferd einem Gegner zu Fuß weit überlegen.« Er lächelte, und sein dunkles, lebhaftes Gesicht hellte sich auf. »Die Sachsen nennen mich Alfgar – den Elfenpfeil, der aus der Dunkelheit kommt und unsichtbar trifft. An Bans Hof hat man den Namen übernommen und nennt mich dort Lancelot, was dem am nächsten kommt. Eines Tages werde ich eine Legion von Reitern damit ausrüsten. Dann sollen die Sachsen sich hüten!«
»Deine Mutter hat mir erzählt, daß du bereits ein Krieger bist«, sagte Morgaine und vergaß, leise zu sprechen. Er lächelte sie wieder an.
»Und jetzt erkenne ich deine Stimme wieder, Morgaine, die Fee... wie kannst du es wagen, als Priesterin zu mir zu kommen? Ich vermute, es ist der Wille der Herrin. Aber so gefällst du mir besser, wenn du nicht so ernst wie die Göttin bist«, sagte er übermütig, als hätten sie sich erst gestern zum letzten Mal gesehen.
Morgaine klammerte sich an die Überreste ihrer Würde und sagte: »Ja, die Herrin erwartet uns, und wir dürfen sie nicht warten lassen!«
»O ja«, spottete er, »wir müssen uns immer sputen, ihren Willen zu erfüllen... ich nehme an, du gehörst zu den Frauen, die eilfertig kommen und gehen, Dinge bringen und wegtragen und bebend an ihren Lippen hängen.«
Darauf wußte Morgaine nichts zu sagen, außer: »Komm, folge mir!«
»Ich kenne den Weg«, sagte Galahad und ging wie selbstverständlich neben ihr her, anstatt ihr respektvoll in angemessener Entfernung zu folgen. »Auch ich bin früher zu ihr gelaufen, habe sie bedient und gezittert, wenn sie die Stirn runzelte, bis ich herausfand, daß sie

nicht nur meine Mutter war, sondern sich für größer hielt als jede Königin.«
»Das ist sie auch«, erwiderte Morgaine scharf.
»Zweifellos! Aber ich habe in einer Welt gelebt, in der die Männer nicht nach dem Willen einer Frau kommen und gehen.« Sie sah, wie er die Zähne zusammenbiß, und daß der Übermut aus seinen Augen gewichen war. »Ich wollte, ich hätte eine liebevolle Mutter und keine strenge Göttin, die mit jedem Atemzug das Leben und Sterben von Menschen nach ihrem Willen bestimmt.«
Auch diesmal fand Morgaine keine Antwort. Sie ging schneller, und er mußte sich beeilen, um nicht zurückzubleiben.
Raven ließ sie schweigend mit einer leichten Neigung des Kopfs ins Haus treten – sie hatte inzwischen ein lebenslanges Schweigegelübde abgelegt und sprach nur als Prophetin. Nachdem Morgaines Augen sich an das dämmrige Licht gewöhnt hatten, sah sie Viviane am Feuer sitzen. Sie hatte beschlossen, ihren Sohn nicht in dem gewöhnlichen dunklen Kleid und dem Hirschlederüberwurf der Priesterin zu begrüßen. Sie trug ein leuchtend rotes Gewand, hatte die Haare aufgesteckt, und auf der Stirne glitzerten Edelsteine. Selbst Morgaine, die sich auf die Kunst des Blendens verstand, stockte der Atem angesichts Vivianes Majestät, die wie die Göttin wirkte, die einen Bittsteller in ihrem unterirdischen Schrein empfängt.
Morgaine bemerkte, wie Galahad entschlossen das Kinn vorschob und die Knöchel seiner Finger sich weiß von den dunklen Fäusten abhoben. Sie hörte ihn tief einatmen und ahnte, welche Anstrengung es ihn kostete, seine Stimme ruhig zu halten, als er sich aus seiner Verbeugung aufrichtete.
»Meine Herrin und Mutter, seid gegrüßt.«
»Galahad«, sagte sie, »komm, setze dich neben mich.«
Aber er setzte sich ihr gegenüber. Morgaine stand an der Tür, und Viviane forderte sie durch ein Zeichen auf, sich ebenfalls zu setzen.
»Ich habe mit dem Frühstück noch auf euch gewartet. Laßt uns etwas essen.«
Es gab gekochten Fisch aus dem See mit Kräutern und zerlassener Butter, dazu warmes Gerstenbrot und frische Früchte – Dinge, die Morgaine im harten Leben einer Priesterin selten zu essen bekam. Sie und Viviane nahmen sich nur wenig, aber Galahad aß mit dem gesunden Hunger eines jungen Mannes. »Ihr habt ein Mahl wie für einen König bereiten lassen, Mutter.«
»Wie geht es deinem Vater, und wie steht es in der Bretagne?«

»Gut, doch ich habe mich im letzten Jahr dort nicht lange aufgehalten. Im Auftrag meines Vaters habe ich eine lange Reise unternommen, um für seinen Hof die neue Reiterei der Skythen zu studieren. Ich glaube, selbst unter den Soldaten von Rom gibt es keine solchen Reiter. Wir haben viele Pferde aus dem spanischen Land... aber Euch vermögen die Einzelheiten der Pferdezucht vermutlich nicht zu fesseln. Ich bin gekommen, um den Hof des Pendragon davon zu unterrichten, daß die sächsischen Heere sich sammeln. Ich zweifle nicht daran, daß sie noch vor der Sonnenwende angreifen wollen. Ich wünschte, ich hätte Zeit und genügend Gold, um eine Legion dieser Reiter auszubilden.«
»Du liebst Pferde!« stellte Viviane überrascht fest.
»Erstaunt Euch das, Herrin? Bei Tieren weiß man immer genau, was sie denken. Sie können weder lügen noch vorgeben, etwas anderes zu sein, als sie wirklich sind«, erwiderte er.
»Das Wirken der Natur wird sich dir offenbaren«, sagte Viviane, »wenn du nach Avalon zurückkehrst, um das Leben eines Druiden zu führen.«
Er erwiderte: »Noch immer Euer altes Lied, Herrin? Ich dachte, ich hätte Euch meine Antwort gegeben, als wir uns das letzte Mal sahen.«
»Galahad«, erwiderte sie, »damals warst du zwölf Jahre alt und zu jung, um zu wissen, wo das bessere Leben liegt.«
Mit einer ungeduldigen Handbewegung erklärte er: »Niemand außer Euch und dem Druiden, der mir den Namen gegeben hat, nennt mich mehr Galahad. In der Bretagne und im Feld kennt man mich nur als Lancelot.«
Sie lächelte. »Glaubst du, ich kümmere mich darum, was die Soldaten sagen?«
»Euch wäre es also lieber, ich säße still in Avalon und würde die Harfe spielen, während draußen in der wirklichen Welt der Kampf auf Leben und Tod entbrennt, Herrin?«
Viviane wirkte zornig: »Willst du damit sagen, diese Welt hier sei nicht wirklich, mein Sohn?«
»Sie ist wirklich«, erwiderte Lancelot mit ungeduldiger Hand, »aber sie ist wirklich auf eine andere Weise. Sie ist abgeschnitten von dem Kämpfen da draußen. Feenland... ewiger Friede... o ja, es ist meine Heimat, dafür habt Ihr gesorgt, Herrin. Aber mir kommt es vor, als scheine selbst die Sonne hier anders. Es ist nicht der Ort, wo das wirkliche Leben kämpfend geführt wird. Selbst der Merlin ist klug genug, das zu wissen.«

»Die Jahre, in denen der Merlin lernte, das Wirkliche vom Unwirklichen zu unterscheiden, haben ihn zu dem gemacht, was er ist«, sagte Viviane, »und auch dir bleibt das nicht erspart. Es gibt genug Krieger auf der Welt, mein Sohn. Deine Aufgabe ist es, weiter zu sehen, als einer von ihnen. Vielleicht sollst du sogar ihr Kommen und Gehen lenken.«

Lancelot schüttelte den Kopf: »Nein, Herrin, redet nicht mehr davon. Das ist nicht mein Weg!«

»Du bist immer noch nicht erwachsen genug, um zu wissen, was du willst«, entgegnete Viviane trocken. »Willst du uns sieben Jahre deines Lebens schenken, wie deinem Vater, um herauszufinden, ob dies dein Weg ist?«

»In sieben Jahren«, antwortete Lancelot lächelnd, »hoffe ich zu erleben, daß die Sachsen von unseren Küsten vertrieben sind. Und ich hoffe, das Meinige dazu beizutragen. Ich habe keine Zeit für die Magie und die Mysterien der Druiden, Herrin. Selbst wenn ich sie hätte, würde ich es nicht tun. Nein, meine Mutter, ich bitte Euch, entlaßt mich mit Eurem Segen aus Avalon. Und um die Wahrheit zu sagen, Herrin, ich werde Euch auch ohne Eure Zustimmung verlassen. Zu lange habe ich in einer Welt gelebt, wo Männer nicht zu warten haben, bis ihnen eine Frau befiehlt, zu kommen und zu gehen.«

Morgaine erschrak, als sie sah, wie Viviane vor Zorn leichenblaß wurde. Die Priesterin erhob sich – eine zierliche Frau, der der heilige Zorn jedoch Größe und Majestät verlieh.

»Ihr widersetzt Euch der Herrin von Avalon, Galahad vom See?«

Morgaine sah, wie er unter der dunklen Haut blaß wurde. Sie wußte, daß sich hinter seiner Sanftheit und Anmut eine stählerne Kraft verbarg, die sich mit der der Herrin messen konnte. Lancelot erwiderte ruhig: »Hättet Ihr mich darum gebeten, als ich mich noch nach Eurer Liebe und Zuneigung verzehrte, ich hätte ohne Zweifel alles getan, um Euren Willen zu erfüllen ... Aber ich bin kein Kind mehr, meine Herrin und Mutter. Je eher wir uns damit abfinden, desto eher werden wir Frieden schließen und aufhören, uns zu streiten. Das Leben eines Druiden taugt nicht für mich.«

»Bist du etwa ein Christ geworden?« fragte Viviane glühend vor Zorn.

Er schüttelte seufzend den Kopf. »Nicht wirklich. Selbst dieser Trost ist mir versagt, obwohl ich an Bans Hof als Christ durchgehen würde, wenn ich es wollte. Ich denke, ich glaube an keinen anderen Gott als an diesen«, dabei legte er die Hand an sein Schwert.

Die Herrin vom See sank auf ihre Bank zurück und seufzte. Sie holte tief Luft und lächelte dann.

»So«, sagte sie, »du bist also ein Mann und läßt dich zu nichts zwingen! Trotzdem möchte ich, daß du mit dem Merlin darüber sprichst.«

Morgaine sah, wie sich die Hände des jungen Mannes entspannten. Sie dachte: *Er glaubt, sie hat nachgegeben. Er kennt sie nicht und weiß nicht, daß sie zorniger ist denn je.* Lancelot war jung genug, um die Erleichterung in seiner Stimme hören zu lassen. »Ich bin Euch dankbar für Euer Verständnis, Herrin. Und wenn es Euch gefällt, will ich gern den Rat des Merlin suchen. Aber selbst die Christenpriester wissen, daß die Berufung zum Dienst Gottes ein Geschenk Gottes ist und nicht etwas, das sich einstellt, wenn man es wünscht oder nicht wünscht. Gott oder die Götter, wenn Ihr wollt, haben mich nicht gerufen oder auch nur einen Beweis dafür gegeben, daß Er ... oder Sie ... Wirklichkeit sind.«

Morgaine erinnerte sich an Vivianes Worte vor vielen Jahren: *Es ist eine zu schwere Bürde, geboren zu werden und sich dem Willen der Götter nicht zu beugen.*

Aber zum ersten Mal fragte sie sich: *Was hätte Viviane wirklich getan, wenn ich im Lauf dieser Jahre vor sie getreten wäre und hätte ihr gesagt, ich wolle Avalon verlassen? Die Herrin ist zu sicher, den Willen der Göttin allein zu kennen.* Diese unbotmäßigen Gedanken erfüllten Morgaine mit Sorge. Sie schob sie schnell beiseite und richtete die Augen wieder auf Lancelot. Anfangs hatten sie nur seine Schönheit und seine Anmut geblendet. Jetzt betrachtete sie ihn genauer: der erste Flaum am Kinn – er hatte keine Zeit gehabt, sich nach römischer Sitte zu rasieren ... oder wollte es nicht. Seine schlanken, wohlgeformten Hände, die für die Saiten einer Harfe oder das Heft eines Schwertes wie geschaffen waren ... nur in der Handfläche und auf der Innenseite der Finger sah sie Schwielen ... mehr an der rechten als an der linken Hand ... an einem Unterarm trug er eine kleine Narbe ... eine weißliche Linie, die schon sehr alt zu sein schien ... auf der linken Wange sah sie eine andere ... halbmondförmig ... seine Augenwimpern waren lang wie die eines Mädchens, aber er hatte nicht dieses geschlechtslose Aussehen vieler junger Männer vor ihrer Reife ... sie dachte an einen jungen Hirsch ... sie glaubte, noch nie ein so männliches Wesen gesehen zu haben ...

Ihr waren solche Gedanken geläufig, und deshalb dachte sie: *Er hat nichts von der Weichheit einer weiblichen Erziehung an sich, was ihn irgendeiner Frau gefügig machen könnte. Er hat die Berührung der Göttin verweigert. Eines Tages wird er durch sie zu leiden haben . . .* Wieder wanderten Morgaines Gedanken weiter. Eines Tages, bei einer der großen Zeremonien, würde sie die Stelle der Göttin übernehmen. In ihrem Körper breitete sich eine angenehme Wärme aus, und sie dachte: *Ich wollte, dann wäre er der Gott . . .* versunken in ihre Tagträume, entging ihr, was Lancelot und die Herrin sprachen, bis sie ihren Namen hörte. Sie kam zu sich, als sei sie irgendwo in einer anderen Welt gewesen.

»Morgaine?« wiederholte Viviane, »mein Sohn ist lange nicht in Avalon gewesen. Nimm ihn mit dir. Wenn ihr wollt, verbringt den Tag am See. Du bist heute von deinen Pflichten befreit. Ich erinnere mich, als Kinder seid ihr gern am Ufer entlanggegangen. Galahad, du wirst heute mit dem Merlin zu Abend essen und bei den jungen Priestern untergebracht werden, die sich nicht zum Schweigen verpflichtet haben. Und wenn es dein Wunsch ist, kannst du morgen mit meinem Segen ziehen.«

Er verbeugte sich tief, und sie gingen hinaus.

Die Sonne stand hoch am Himmel. Morgaine wurde bewußt, daß sie die Anrufung der aufgehenden Sonne versäumt hatte. Nun ja, die Herrin hatte ihr erlaubt fernzubleiben. Außerdem gehörte sie nicht mehr zu den jüngeren Priesterinnen, die nur unter Schuldgefühlen dem Gebet fernbleiben konnten und dafür bestraft wurden. Eigentlich wollte sie heute ein paar der jüngeren Frauen bei der Zubereitung der Farbe für die Ritualgewänder beaufsichtigen – aber das konnte einen oder auch mehrere Tage warten.

»Ich hole uns aus der Küche Brot«, sagte sie, »wir können Wasserhühner jagen, wenn du möchtest . . . jagst du gerne?«

Er nickte und lächelte sie an. »Vielleicht ist meine Mutter weniger wütend auf mich, wenn ich ihr ein paar Enten bringe«, sagte er beinahe lachend. »Ich würde gerne Frieden mit ihr schließen. Im Zorn ist sie immer noch furchteinflößend. Als kleiner Junge glaubte ich, daß sie ihre Sterblichkeit ablegte und zur Göttin wurde, wenn ich nicht bei ihr war. Aber ich sollte nicht so über sie sprechen. Wie ich sehe, bist du ihr sehr ergeben.«

»Sie war mir eine liebevolle Pflegemutter«, antwortete Morgaine zögernd.

»Weshalb auch nicht? Sie ist doch deine Tante! Deine Mutter war, wenn ich mich recht besinne, mit Cornwall verheiratet und ist jetzt die Gemahlin des Pendragon . . . so ist es doch?!«

Morgaine nickte. All das lag so weit zurück, daß sie sich nur schwach an Igraine erinnerte. Inzwischen erschien es ihr manchmal, daß sie schon lange keine Mutter mehr hatte. Sie hatte gelernt, ohne das Bedürfnis nach einer anderen Mutter außer der Göttin zu leben. Und in vielen der Priesterinnen sah sie ihre Schwestern. Sie brauchte keine irdische Mutter. »Ich habe sie seit vielen Jahren nicht mehr gesehen.«

»Ich sah Uthers Königin nur einmal aus der Ferne... sie ist sehr schön, aber sie wirkt kalt und unnahbar.« Lancelot lachte verlegen. »Am Hof meines Vaters bin ich an Frauen gewöhnt, die nur Augen für hübsche Gewänder, für Schmuck und ihre kleinen Kinder haben, und wenn sie nicht verheiratet sind, für Männer, mit denen sie vermählt sein möchten... Ich weiß wenig über Frauen. Du bist auch nicht wie sie. Du scheinst mir anders zu sein als jede Frau, die ich kenne.«

Morgaine spürte, daß sie rot wurde. Leise, um ihn daran zu erinnern, erwiderte sie: »Ich bin wie deine Mutter eine Priesterin...«

»Oh«, sagte Lancelot, »aber du unterscheidest dich von ihr wie die Nacht vom Tag. Sie ist groß, sie ist schrecklich, und sie ist schön. Man kann sie nur lieben, anbeten und fürchten! Aber ich spüre, du bist aus Fleisch und Blut, und trotz all der Mysterien, die dich umgeben, noch immer wirklich. Du bist gekleidet wie eine Priesterin, und du siehst aus wie eine von ihnen. Aber wenn ich dir in die Augen blicke, sehe ich eine richtige Frau, die ich berühren könnte.« Er sprach leidenschaftlich und lachte. Morgaine griff nach seinen Händen und erwiderte sein Lachen.

»O ja, ich bin wirklich... so wirklich wie der Boden unter deinen Füßen oder die Vögel auf diesem Baum...«

Sie gingen zusammen hinunter zum Wasser. Morgaine führte ihn einen schmalen Pfad entlang, wobei sie mit Bedacht den Prozessionsweg vermied.

»Ist es ein heiliger Ort?« fragte er. »Ist es nur Priesterinnen und Druiden erlaubt, den Berg zu ersteigen?«

»Es ist nur an hohen Festtagen verboten«, antwortete sie. »Natürlich kannst du mit mir hinaufgehen. Ich darf überall hin. Auf dem Berg ist jetzt niemand außer den weidenden Schafen. Möchtest du gerne hinauf?«

»Ja«, sagte er. »Ich erinnere mich, einmal als Kind dort oben gewesen zu sein, und dachte, es sei verboten und fürchtete, bestraft zu werden, wenn man mich entdeckte. Ich erinnere mich noch an den

Blick aus der Höhe und frage mich, ob alles so gewaltig ist, wie es mir damals erschien.«

»Wenn du möchtest, können wir auf dem Prozessionsweg nach oben gehen. Er ist nicht so steil, denn er windet sich um den Berg, aber er ist länger.«

»Nein«, antwortete Lancelot, »ich würde gern auf dem kürzesten Weg zum Gipfel klettern... aber«, er zögerte, »... vielleicht ist das Steigen für eine Frau zu beschwerlich und zu schwierig. Auf der Jagd bin ich oft in schwierigerem Fels geklettert; doch dich stört sicher dein langer Rock.«

Morgaine lachte und erklärte beruhigend, sie sei schon oft auf den Berg geklettert. »Und den langen Rock bin ich gewohnt. Wenn er mich stört, nehme ich ihn einfach hoch.«

Sein versonnenes Lächeln war unwiderstehlich. »Die meisten Frauen, die ich kenne, wären zu sittsam, um ihre nackten Beine zu zeigen.«

Morgaine wurde rot. »Es ist mir neu, daß Sittsamkeit etwas mit nackten Beinen beim Klettern zu tun haben soll... die Männer wissen doch sicher, daß Frauen ebenfalls Beine haben. Es kann der Sittsamkeit wenig schaden, wenn sie sehen, was sie sich ohnedies leicht vorstellen können. Ich weiß, manche Christenpriester behaupten es. Sie scheinen unseren Körper für Teufelswerk zu halten, nicht für eine Schöpfung Gottes. Und sie denken, kein Mann könne den Körper einer Frau sehen, ohne ihn sofort besitzen zu wollen.«

Er blickte beiseite; sie erkannte, daß er unter seiner äußeren Sicherheit noch schüchtern war, und das gefiel ihr. Sie machten sich auf den Weg. Morgaine war vom vielen Laufen und Wandern kräftig und ausdauernd. Sie ging mit schnellen Schritten vor ihm her, und er glaubte bald erstaunt, nicht mithalten zu können. In halber Höhe hielt Morgaine an. Es befriedigte sie zutiefst, Lancelot heftig Luft holen zu hören, während ihr Atem ruhig und gleichmäßig ging. Dann band sie sich den langen weiten Rock so um die Hüfte, daß er ihr nur noch bis zu den Knien reichte, und kletterte das steilere und felsigere Stück des Berges hinauf. Sie hatte noch nie zuvor gezögert, ihre Beine zu entblößen; aber jetzt, wo sie wußte, daß sie ein anderer ansah, kam auch ihr in den Sinn, daß sie stark und wohlgeformt waren. Morgaine überlegte, ob er sie wirklich für unanständig hielt, schwang sich schließlich über den Felsrand nach oben und setzte sich in den Schatten der Ringsteine. Etwas später tauchte Lancelot auf und ließ sich keuchend neben sie fallen.

Als er wieder sprechen konnte, sagte er: »Vermutlich bin ich zuviel geritten und zuwenig gelaufen und geklettert. Dein Atem geht noch nicht einmal schneller.«
»Ich kenne den Aufstieg und nehme den Prozessionsweg nur selten«, erwiderte sie.
»Auf der Insel der Priester sieht man nicht einmal den Schatten der Ringsteine«, sagte er.
»Nein«, antwortete sie, »in ihrer Welt gibt es nur die Kirche und den Turm dazu. Mit dem Inneren Ohr können wir ihre Glocken hören ... hier sind sie Schatten, und in ihrer Welt halten sie uns für Schatten. Manchmal denke ich, daß sie deshalb an unseren heiligen Festen die Kirche meiden, fasten und Vigilien halten – es ist ihnen nicht geheuer, die Schatten der Ringsteine um sich zu spüren. Vielleicht würden alle, die noch eine Spur des Gesichts besitzen, das Kommen und Gehen der Druiden um sie herum ahnen und sogar das Geflüster *ihrer* Gesänge hören.«
Lancelot erschauerte, und einen Augenblick lang schien eine Wolke die Sonne zu verdunkeln. »Und du ... hast du auch das Gesicht? Kannst du durch den Schleier hindurchsehen, der die Welten trennt?«
»Jeder kann das«, antwortete Morgaine, »aber ich bin dessen besser kundig als die meisten Frauen. Und du, Galahad?«
Wieder durchlief ihn ein Schauer, und er antwortete: »Ich bitte dich, nenne mich nicht bei diesem Namen.«
Morgaine lachte. »Obwohl du unter Christen lebst, hängst du immer noch dem alten Glauben der Feen an, die sagen, wenn man den wahren Namen eines Wesens kennt, kann man seinen Geist beherrschen. Du kennst *meinen* Namen, Vetter. Wie also soll ich dich anreden? Lance ...?«
»Nenne mich, wie du willst, nur nicht beim Namen, den meine Mutter mir gab. Ich fürchte ihre Stimme immer noch, wenn sie den Namen in einem bestimmten Ton ausspricht. Ich scheine diese Furcht mit der Muttermilch eingesogen zu haben ...«
Sie beugte sich zu ihm und legte eine Fingerspitze auf die Stelle zwischen seinen Augenbrauen, die für das Gesicht empfänglich war. Sie hauchte sanft dagegen und hörte, wie Lancelot erstaunt die Luft anhielt. Die Ringsteine über ihnen schienen sich in Schatten aufzulösen. Vor ihnen erstreckte sich jetzt der ganze Bergrücken. Neben einem niedrigen Steinturm mit dem kunstlosen Bild eines Engels stand eine kleine Kirche aus Flechtwerk und Lehm.

Lancelot bekreuzigte sich schnell, als ein Zug grau verhüllter Gestalten sich ihnen zu nähern schien.
»Können sie uns sehen, Morgaine?« flüsterte er heiser.
»Vielleicht nehmen einige uns als Schatten wahr. Andere halten uns vielleicht für zwei von ihnen oder glauben, die Sonne blende sie und gaukle ihnen ein Trugbild vor«, antwortete Morgaine zögernd. Was sie ihm erzählte, war ein Mysterium, und darüber sollte sie mit keinem Uneingeweihten sprechen. Aber noch nie im Leben hatte sie sich einem Menschen so nahe gefühlt. Sie konnte es nicht ertragen, Geheimnisse vor ihm zu haben; deshalb machte sie Lancelot dieses Geschenk und beruhigte sich damit, daß die Herrin ihn für Avalon wollte. Was für ein Merlin würde er sein!
Sie hörte den leisen Gesang: *O du Lamm Gottes, befreie uns von allem Bösen dieser Welt. Erbarm dich unser, Jesus Christus* . . . Lancelot sang es leise, fast tonlos, während die Kirche verschwand und die Ringsteine wieder über ihnen aufragten.
»Bitte«, sagte Morgaine ruhig, »es ist eine Beleidigung der Göttin, solches hier zu singen. Die Welt, die sie geschaffen hat, ist nicht böse, und keine ihrer Priesterinnen wird einem Menschen erlauben, sie böse zu nennen.«
»Wie du willst.« Er schwieg, und wieder glitt der Schatten einer Wolke über sein Gesicht. Seine Stimme hatte so sanft und melodisch geklungen; als er aufgehört hatte zu singen, sehnte sie sich danach, sie wieder zu hören.
»Spielst du Harfe, Lance? Deine Stimme ist schön genug für einen Barden.«
»Ich habe es als Kind erlernt. Aber später wurde ich erzogen, wie es sich für den Sohn eines Edelmannes schickt«, antwortete Lancelot. »Ich lernte nur, die Musik so sehr zu lieben, um mit meinem eigenen Gesang unzufrieden zu sein.«
»Wirklich? Ein Druide muß ein Barde sein, bevor er ein Priester wird. Denn die Musik ist einer der Schlüssel zu den Gesetzen des Universums.«
Lancelot seufzte. »Das ist eine Versuchung, und einer der wenigen Gründe, die ich sehe, dieser Berufung zu folgen. Aber meine Mutter möchte, daß ich in Avalon sitze und Harfe spiele, während die Welt um uns herum in Trümmer fällt und die Sachsen und die Wilden aus dem Norden alles niederbrennen . . . Hast du je ein Dorf gesehen, das von den Sachsen geplündert wurde, Morgaine?« Schnell beantwortete er die Frage selbst: »Nein, du lebst im Schutz von Avalon, in einer

Welt, in der man solches nicht kennt. Aber ich muß immer daran denken. Ich bin ein Krieger, und ich fühle, daß es in unserer Zeit die einzige würdige Aufgabe für einen Mann ist, dieses schöne Land vor dem Plündern und Morden zu schützen.« Er wirkte in sich gekehrt und schien schreckliche Dinge vor Augen zu haben.

»Wenn der Krieg etwas so Böses ist«, fragte Morgaine, »warum sollte man dann nicht hier Schutz suchen? Schon viele Druiden haben für diese letzte große magische Tat ihr Leben gelassen, um den heiligen Platz der Entweihung zu entheben. Wir haben nicht genug Männer, um ihre Plätze zu füllen.«

Lancelot seufzte. »Avalon ist schön. Wenn ich das Reich so friedlich machen könnte wie Avalon, würde ich frohen Herzens für immer hierbleiben und meine Tage damit verbringen, die Harfe zu spielen, Musik zu machen und mit dem Geist der Großen Bäume zu sprechen ... Aber mir scheint, es ist nicht die Aufgabe eines Mannes, sich hier in der Sicherheit zu verkriechen, während draußen andere leiden ... Morgaine, laß uns von etwas anderem sprechen, denn heute möchte ich vergessen. Die Welt draußen ist erfüllt von Hader und Kampf, und ich kam hierher, um ein oder zwei Tage Frieden zu finden. Willst du mir das nicht gewähren?« Seine tiefe und wohlklingende Stimme schwankte leicht, und die Qual, die daraus sprach, schmerzte Morgaine so sehr, daß sie einen Augenblick lang glaubte, sie müsse weinen. Sie griff nach seiner Hand und drückte sie.

»Komm, du wolltest sehen, ob der Blick noch so ist, wie du ihn in Erinnerung hast ...«

Morgaine führte ihn weg von den Ringsteinen, und sie blickten über den See. Das schimmernde Wasser, das die Insel umgab, kräuselte sich sanft im Sonnenlicht. Tief unten zog ein kleines Boot eine silberne Spur auf dem Wasser – von hier oben wirkte es nicht größer als ein springender Fisch. Andere Inseln tauchten in der Ferne undeutlich im Nebel auf. Der magische Schleier, der Avalon der Welt enthob, machte sie zu unbestimmten Gebilden.

»Nicht weit von hier«, sagte Lancelot, »liegt auf einem Hügel die alte Burg der Feen. Oben, von ihren Mauern aus, kann man den Berg und den See überblicken ... und dort liegt eine Insel ... fast wie ein Drachen.« Er wies mit seiner wohlgeformten Hand in die Richtung.

»Ich kenne den Ort«, entgegnete Morgaine. »Er liegt auf einer der alten magischen Linien der Macht, welche die Welt überziehen. Man brachte mich einmal dorthin, um die Kräfte der Erde zu spüren. Die

Feen wissen Bescheid... Ich spüre sie ein wenig, diese Kräfte. Ich fühle die Erde und die Luft erzittern. Spürst du es auch? Als Vivianes Sohn fließt ihr Blut auch in dir.«

Lancelot sagte leise: »Hier auf der Magischen Insel ist es nicht schwer, des Bebens der Macht von Erde und Luft teilhaftig zu werden.«

Er drehte sich um, streckte sich und gähnte: »Das Klettern hat mich stärker erschöpft, als ich dachte. Auch ritt ich durch die ganze Nacht und würde mich nun gerne in die Sonne setzen und von dem Brot essen, das du mitgebracht hast.«

Morgaine führte ihn in die Mitte des Steinrings. *Wenn er überhaupt dafür empfänglich ist,* dachte sie, *wird er die ungeheure Kraft an dieser Stelle spüren.*

»Lege dich auf die Erde, und du wirst von ihrer Kraft erfüllt«, sagte sie und gab ihm ein Stück Brot, das sie in der Küche dick mit Butter und Honig bestrichen hatte, ehe sie es in das Hirschleder wickelte.

Sie aßen langsam und leckten sich den Honig von den Fingern. Er griff nach ihrer Hand, hob sie spielerisch an seine Lippen und leckte an ihrem Finger.

»Wie süß du bist«, sagte er lachend, und sie spürte seine Berührung am ganzen Körper. Morgaine nahm seine Hand, um es ihm nachzutun, ließ sie aber plötzlich fallen, als habe sie sich verbrannt. Für Lancelot war es vielleicht nur Spiel, für sie aber nicht. Sie wandte sich ab und verbarg ihr glühendes Gesicht im Gras. Die Kraft der Erde schien durch sie hindurchzufließen und füllte sie mit der Macht der Göttin.

»Du bist ein Kind der Göttin«, sagte sie schließlich, »und weißt wirklich nichts von ihren Mysterien?«

»Nur wenig«, antwortete er, »obwohl mein Vater mir berichtet hat, wie ich gezeugt wurde. Ich bin ein Kind der Großen Ehe, die der König mit dem Lande schloß. Ich glaube, deshalb dachte er, ich solle Britannien treu sein, das für mich Mutter und Vater ist... Ich war in der Großen Mitte der alten Mysterien; ich habe die große Straße der Steine in Karnak gesehen, wo einst der alte Tempel stand. Es ist wie hier ein Ort der Macht. Ich spüre die Kraft auch hier.« Er drehte sich um und sah ihr ins Gesicht. »Du bist wie die Göttin dieser Stätte«, sagte er nachdenklich. Ich weiß, im alten Glauben vereinigen sich Männer und Frauen im Zeichen ihrer Macht. Die Christenpriester würden das gerne verbieten und auch das heilige Gestein hier und in Karnak zerstören... Manche sind schon umgestürzt. Aber sie sind zu groß.«

»Die Göttin wird sie daran hindern«, erwiderte Morgaine einfach.

»Vielleicht«, sagte Lancelot und berührte den blauen Halbmond auf ihrer Stirn. »Hast du mich an dieser Stelle berührt, um mich die andere Welt sehen zu lassen? Hat es etwas mit dem Gesicht zu tun, Morgaine, oder ist dies auch ein Mysterium, über das du nicht sprechen willst? Gut, ich werde dich nicht danach fragen. Aber mir kommt es vor, als habe man mich auf eine der alten Feenburgen entführt, wo, wie man sagt, hundert Jahre wie eine einzige Nacht vergehen.«

»So schnell auch wieder nicht«, erwiderte Morgaine lachend, »aber es stimmt, die Zeit fließt dort anders. Ich habe gehört, einige Barden können noch immer ins Land der Elfen gelangen und es auch wieder verlassen . . . Es ist noch weiter in den Nebeln versunken als Avalon, das ist alles.« Und während sie sprach, lief ihr ein Schauer über den Rücken.

Lancelot sagte: »Wenn ich in die Welt dort draußen zurückkomme, sind die Sachsen vielleicht alle verschwunden . . . oder tot.«

»Dann wirst du weinen, weil du keine Aufgabe mehr in deinem Leben hast.«

Er lachte, schüttelte den Kopf und griff nach ihrer Hand. Dann sagte er leise: »Bist du schon bei den Feldfeuern gewesen, um der Göttin zu dienen?«

»Nein«, antwortete Morgaine ruhig. »Ich bleibe Jungfrau, solange die Göttin es will. Wahrscheinlich bin ich für die Große Ehe bestimmt . . . Viviane hat mir ihren Willen oder den Willen der Göttin noch nicht kundgetan.« Sie senkte den Kopf, und die Haare fielen ihr ins Gesicht. Sie empfand Scheu vor ihm, als könne er ihre Gedanken lesen und wisse, daß das Verlangen wie eine plötzliche Flamme in ihr aufloderte. Würde sie das bis jetzt Behütete opfern, wenn er sie darum bat? Sie hatte dieses Verbot noch nie als Härte empfunden. Jetzt schien es wie ein feuriges Schwert zwischen ihnen zu liegen. Es herrschte ein langes Schweigen, während die Schatten über die Sonne zogen. Kein Laut war zu hören, außer dem Zirpen der Grillen im Gras. Schließlich streckte Lancelot die Hand aus und zog sie an sich. Er drückte einen sanften Kuß auf den Halbmond, der wie Feuer brannte, und sagte leise und voller Leidenschaft:

»Mögen alle Götter mich davor bewahren, daß ich das Gebot der Göttin übertrete, die dich auserwählt hat. Du bist mir so heilig wie die Göttin selbst.«

Er drückte sie an sich, und sie spürte, daß er zitterte. Ein so heftiges Glücksgefühl durchflutete sie, daß es sie schmerzte.

Morgaine hatte nie gewußt, was es hieß, glücklich zu sein; nicht, seit sie ein Kind und unwissend gewesen war. An Glück erinnerte sie sich nur mit Mühe... damals, ehe die Mutter ihr den kleinen Bruder aufgeladen hatte. Hier auf der Insel hatte sich das Leben in die freien Räume des Geistes aufgeschwungen, und sie lernte die Erregung und die Wonnen der Macht ebenso kennen, wie das Leid und den Kampf mit Entbehrung und Mühsal, aber nie das reine Glücksgefühl, das sie jetzt empfand. Die Strahlen der Sonne schienen noch heller zu leuchten, die Wolken wie große Schwingen schneller über den großen Himmel und durch die berauschende prickelnde Luft zu gleiten. Jede Kleeblüte im Gras strahlte wie von innen erleuchtet – ein Licht, das auch von ihr auszugehen schien. Sie sah sich im Spiegel von Lancelots Augen und wußte, daß sie schön war, daß er sie begehrte, und daß seine Liebe und Achtung für sie so groß waren, daß er sein Verlangen bezähmte. Sie glaubte, vor Freude zu zerspringen.

Die Zeit blieb stehen; Morgaine berauschte sich an ihrem Glück. Lancelot streichelte mit federleichter Zärtlichkeit ihre Wangen, und sie wollten beide nicht mehr. Sie spielte sanft mit seinen Fingern und spürte die Schwielen in seiner Handfläche.

Nach langer Zeit zog er Morgaine an sich und breitete seinen Mantel über sie. Sie lagen Seite an Seite, beinahe ohne sich zu berühren und ließen die Kräfte der Sonne, der Erde und der Luft in Eintracht durch sich hindurchfließen. Morgaine fiel in einen traumlosen Schlaf, in dem sie sich noch immer ihrer verschlungenen Hände bewußt war. Ihr schien, daß sie einmal, vor sehr langer Zeit, so beisammen gelegen hatten – zufrieden, zeitlos, sich eines unendlichen, frohen Friedens bewußt, als seien sie Teil dieser aufrechten Steine, die hier schon immer gestanden hatten. Sie schien das Zusammensein mit ihm hier zu erleben und sich gleichzeitig daran zu erinnern. Später erwachte sie und sah ihn schlafen. Sie setzte sich auf und prägte sich mit leidenschaftlicher Zärtlichkeit jede Linie seines Gesichtes ein.

Die Sonne hatte ihren höchsten Punkt bereits passiert, als Lancelot erwachte. Er lächelte sie an und streckte sich wie eine Katze. Immer noch im Bann ihrer Freude, hörte sie ihn sagen: »Wir wollten doch Enten jagen. Ich würde gern Frieden mit meiner Mutter schließen... Ich bin so glücklich und kann den Gedanken nicht ertragen, mit irgendeinem Wesen heute in Unfrieden zu leben. Vielleicht schicken uns die Naturgeister ein paar Vögel, denen es bestimmt ist, für uns zum bekömmlichen Mahl zu werden...«

Morgaine lachte und griff nach seiner Hand. »Ich will dich an eine Stelle bringen, wo du Enten jagen und auch fischen kannst. Und wenn es der Wille der Göttin ist, werden wir nichts fangen und müssen uns nicht schuldig fühlen, den Frieden gestört zu haben. Aber es ist sehr schlammig dort, und du mußt deine Reitstiefel ausziehen; ich muß wieder meinen Rock hochbinden. Benutzt du Wurfspieße oder vergiftete Pfeile, wie die Pikten, oder fängst du sie in Schlingen und drehst ihnen dann den Hals um?«

»Ich glaube, sie leiden weniger, wenn sie mit dem Netz gefangen werden und man ihnen schnell das Genick bricht«, antwortete Lancelot nachdenklich. Morgaine nickte.

»Ich bringe dir ein Netz und eine Schlinge...«

Sie begegneten niemandem, während sie den Berg hinunterstiegen. Morgaine lief rasch zum Schuppen, in dem Netze und Schlingen aufbewahrt wurden, und kam mit zwei davon zurück. Schweigend gingen sie am Ufer entlang bis zum Schilf am anderen Ende der Insel. Barfuß wateten sie durch das Wasser, legten die Netze aus und verbargen sich im Schilf. Sie standen im großen Schatten des Berges, und die Luft war kühl. Die Wasservögel fielen bereits in Scharen auf der Suche nach Nahrung ein. Nach kurzer Zeit flatterte ein Vogel im Wasser – er hatte sich mit einem Fuß in Morgaines Schlinge gefangen. Mit einer schnellen Bewegung nahm sie ihn hoch und brach ihm blitzschnell den Hals. Bald fing auch Lancelot eine Ente und dann noch eine. Er band die Hälse der Tiere mit Schilfgras zusammen.

»Das ist genug«, sagte er, »es macht Spaß, aber an einem Tag wie heute möchte ich lieber nicht nutzlos töten. Ein Vogel ist für meine Mutter, die beiden anderen sind für den Merlin. Möchtest du auch einen?«

Sie schüttelte den Kopf. »Ich esse kein Fleisch«, antwortete sie.

»Du bist so zierlich«, sagte er, »ich glaube, du brauchst nur wenig zu essen. Ich bin groß und habe schnell Hunger.«

»Bist du hungrig? Für die meisten Beeren ist es noch zu früh, aber vielleicht finden wir noch ein paar Schlehen vom letzten Winter...«

»Nein, danke«, entgegnete er, »wirklich nicht. Mit einer leichten Leere im Magen wird mir das Abendessen noch viel besser schmecken.«

Triefendnaß kletterten sie wieder ans Ufer. Morgaine zog ihre Hirschledertunika aus und hängte sie zum Trocknen über einen Busch; das Leder würde hart werden. Auch des Rocks entledigte sie sich;

selbstvergessen stand sie in ihrem Unterkleid aus ungebleichtem Leinen da und wrang ihren Rock aus. Sie fanden die Stelle, wo ihr Schuhwerk stand, zogen es aber nicht an, setzten sich ins Gras, faßten sich schweigend an den Händen und beobachteten die Enten, wie sie plötzlich die Köpfe ins Wasser streckten und nach kleinen Fischen tauchten.

»Wie ruhig es ist«, bemerkte Lancelot, »es ist so still, als seien wir heute die einzigen Menschen auf der Welt... als seien wir außerhalb von Zeit und Raum, und als gäbe es keine Sorgen und Schwierigkeiten, oder Gedanken an Krieg, Schlachten, Königreiche oder Streit...«

»Ich wünschte, dieser Tag würde nie zu Ende gehen«, antwortete Morgaine, und ihre Stimme zitterte, als der Gedanke sie durchfuhr, daß die schöne Zeit enden mußte.

»Weinst du, Morgaine?« fragte Lancelot plötzlich in Sorge.

»Nein«, erwiderte sie heftig, schüttelte eine große Träne des Aufbegehrens von ihren Wimpern und sah die ganze Welt in den Farben des Regenbogens. Nie hatte sie weinen können, in all den Jahren der Pein und Entbehrung, in denen sie zur Priesterin gemacht wurde, nie eine einzige Träne der Angst oder Qual vergossen.

»Base... Morgaine«, sagte er, drückte sie an sich und streichelte ihre Wange. Sie wendete sich ihm zu, schlang die Arme um ihn und vergrub das Gesicht in seiner Tunika. Sie spürte seine Wärme und hörte den gleichmäßigen Schlag seines Herzens. Dann beugte er den Kopf, schob eine Hand unter ihr Kinn, hob ihr Gesicht und küßte sie.

Er flüsterte: »Wärst du doch nicht der Göttin geweiht.«

»Das wünschte ich auch«, antwortete sie leise.

»Komm, komm... laß mich dich umarmen... so... ich habe gelobt, ich werde nicht... mehr verlangen.«

Morgaine schloß die Augen – sie würde sich ihm überlassen. Ihr Schwur schien tausend Meilen und tausend Jahre entfernt zu sein, und nicht einmal der Gedanke an Viviane hätte sie davon abhalten können. Jahre später fragte sich Morgaine, was geschehen wäre, wenn sie auch nur einen Herzschlag länger in dieser Umarmung verharrt hätten. Ohne Zweifel hätte die Göttin, in deren Hand sie waren, den Bann gebrochen. Aber als sich ihre Lippen wieder berührten, spannten sich Lancelots Muskeln ein wenig, als höre er etwas, was eigentlich nicht zu hören war.

Morgaine löste sich von ihm und setzte sich auf.

»Was war das, Morgaine?«
»Ich weiß es nicht«, antwortete sie und lauschte aufmerksam, ohne mehr zu hören, als das plätschernde Wasser, den Wind im Schilf und das gelegentliche Klatschen eines springenden Fisches. Dann hörten sie es beide. Es klang wie ein schwaches Seufzen... wie leises Weinen.
»Jemand weint«, sagte Lancelot und stand auf. »Dort drüben... jemand hat sich verletzt oder verirrt. Es klingt wie das Weinen eines Mädchens...«
Morgaine ging schnell barfuß hinter ihm her und ließ Rock und Tunika auf dem Busch zurück. Vielleicht hatte sich eine der jüngeren Priesterinnen hierher verirrt, obwohl sie die Umgebung des Jungfrauenhauses nicht verlassen durften. Aber Mädchen waren Mädchen, und man mußte damit rechnen, daß sie gegen die Regeln verstießen. Eine der alten Priesterinnen hatte einmal gesagt, das Haus der Jungfrauen sei für kleine Mädchen bestimmt, deren einzige Aufgabe im Leben darin bestehe, Dinge zu zerbrechen, zu verschütten und zu vergessen, unter anderem auch die Regeln des täglichen Lebens, bis sie alles zerbrochen, verschüttet und vergessen hatten und so in ihrem Leben Platz für ein wenig Weisheit schufen. Inzwischen unterwies Morgaine als Priesterin die Jüngsten und dachte manchmal daran, wie recht die alte Priesterin gehabt hatte. Sie war aber gewiß nicht so albern und gedankenlos gewesen, wie diese Mädchen heute.
Lancelot und Morgaine gingen dem Geräusch nach. Sie hörten es nur schwach, manchmal längere Zeit nicht, aber dann ließ es sich wieder deutlich vernehmen. Dicke Nebelschwaden trieben über den See, und Morgaine wußte nicht genau, ob es die Dunstschleier vor dem Sonnenuntergang waren oder aber die Nebel, die das magische Reich umgaben.
»Da!« sagte Lancelot und verschwand plötzlich im Nebel. Morgaine folgte ihm und sah die verschwommene Gestalt eines jungen Mädchens, die zum Schatten verblaßte, dann aber wirklich wurde. Das Mädchen stand bis zu den Knöcheln im Wasser und weinte.
Ja, stellte Morgaine fest, *sie steht wirklich dort,* und dann: *Nein, sie ist keine Novizin.* Das Mädchen war sehr jung und von entzückender Schönheit. Es schien nur golden und weiß zu sein; die blasse Haut wirkte wie Elfenbein mit einem Anflug von rosa; die Augen waren von hellstem Himmelblau, und die langen blonden Haare schimmerten im Nebel wie reines Gold. Es trug ein weißes Kleidchen und

mühte sich vergeblich, es nicht naß werden zu lassen. Die Kleine weinte, und es sah nicht häßlich aus; ihre Tränen schienen sie nur noch hübscher zu machen.
Morgaine fragte: »Was ist dir, mein Kind? Hast du dich verirrt?«
Das Mädchen starrte beide an, während sie näher kamen, und flüsterte: »Wer seid ihr? Ich dachte, niemand würde mich hören... ich rief nach den Schwestern. Aber keine gab Antwort. Dann bewegte sich das Land, und wo vorher noch Erde war, war plötzlich Wasser. Ich stand im Schilf und fürchtete mich... Wo bin ich hier? Ich kenne diesen Ort nicht. Ich bin im Konvent, seit fast einem Jahr...« Bei diesen Worten bekreuzigte sie sich.
Plötzlich wußte Morgaine, was geschehen war. Die Nebelschleier hatten sich verdünnt, wie es manchmal an Punkten konzentrierter Kraft geschah. Und dieses Mädchen besaß irgendwie genug Empfindsamkeit, um es zu bemerken. Es kam vor, daß jemand in einer kurzen Vision die andere Welt schattenhaft sehen, aber nur sehr selten auch dorthin gehen konnte.
Das Mädchen machte einen Schritt auf sie zu; doch der sumpfige Boden gab nach, und es blieb erschrocken stehen.
»Bleibe, wo du bist«, sagte Morgaine ruhig. »Der Boden ist hier trügerisch. Ich kenne den Weg und werde dir heraushelfen, Kleine.«
Als sie aber mit ausgestreckter Hand vorwärtsging, schritt Lancelot an ihr vorbei, nahm das junge Mädchen auf den Arm, trug es ans trockene Ufer und setzte es dort ab.
»Deine Schuhe sind naß«, sagte er. »Zieh sie aus, damit sie trocknen.«
Die Kleine sah ihn verwundert an und hatte aufgehört zu weinen. »Ihr seid sehr stark, nicht einmal mein Vater hat soviel Kraft. Ich glaube, ich habe Euch schon einmal gesehen. Ist das möglich?«
»Ich weiß nicht«, antwortete Lancelot. »Wer bist du, und wer ist dein Vater?«
»Mein Vater ist König Leodegranz«, sagte sie, »und ich bin hier in der Klosterschule...«, ihre Stimme zitterte jetzt wieder. »Wo ist sie denn? Ich kann das Haus nirgends sehen, noch nicht einmal die Kirche...«
»Weine nicht«, sagte Morgaine und trat auf sie zu. Aber die Kleine wich vor ihr zurück.
»Seid Ihr eine der Feen? Ihr tragt das blaue Zeichen auf der Stirn...« Sie hob die Hand und bekreuzigte sich. »Nein«, sagte sie nachdenk-

lich, »Ihr könnt kein Dämon sein, denn Ihr verschwindet nicht, wenn ich das Kreuz schlage. Und die Schwestern sagen, vor dem Kreuz muß jeder Dämon weichen... Aber Ihr seid klein und häßlich wie die Feen...«

Lancelot fiel ihr schnell ins Wort: »Nein, natürlich sind wir beide keine Außerirdischen. Ich glaube, wir können dich zurück in dein Kloster bringen.« Morgaine sank das Herz, als sie bemerkte, wie Lancelot der Fremden mit den gleichen liebevollen, verlangenden und beinahe ehrfürchtigen Blicken begegnete wie vorher ihr. Er wandte sich ihr zu und fragte eifrig: »Wir können ihr doch helfen, nicht wahr?« Morgaine sah plötzlich, wie sie auf Lancelot und das fremde blonde Mädchen wirken mußte – klein, dunkel, das heidnische blaue Zeichen auf der Stirn, das Unterkleid beschmutzt bis zu den Knien, unschicklich nackt die Arme, die Füße voller Lehm und das Haar zerzaust. *Klein und häßlich wie eine Fee... Morgaine, die Fee.* So hatte man sie bereits in der Kindheit geneckt. Sie spürte eine Woge von Selbsthaß und Abneigung gegen ihren kleinen dunklen Körper, die halbnackten Arme und Beine und das schmutzige Hirschledergewand in sich aufsteigen. Schnell griff sie nach dem nassen Rock, der über dem Gebüsch hing, zog ihn an und streifte die Ledertunika darüber. Lancelot sah sie kurz an, und Morgaine spürte, daß auch er sie für häßlich, barbarisch und heidnisch hielt. Dieses wunderschöne blonde Mädchen gehörte zu seiner Welt.

Er trat zu der Kleinen, ergriff sanft ihre Hand und verbeugte sich ehrerbietig. »Komm mit, wir können dir den Rückweg zeigen.«

»Ja«, sagte Morgaine verdrießlich, »ich werde ihn dir weisen. Folge mir auf den Fersen, denn der Boden ist trügerisch. Du könntest im Schlamm versinken und so schnell nicht wieder herauskommen.« Zornig geworden, fühlte sie sich einen Augenblick lang versucht, die beiden in das unbegehbare Sumpfland zu führen... sie konnte es tun, denn nur sie kannte den Weg... dort mochten sie versinken, ertrinken oder für immer im Nebel umherirren.

Lancelot fragte: »Wie heißt du?«

Das blonde Mädchen antwortete: »Ich heiße Gwenhwyfar«, und Morgaine hörte Lancelot murmeln: »Welch ein schöner Name, schön wie die junge Dame, die ihn trägt.« Morgaine spürte einen solchen Haß in sich aufsteigen, daß sie glaubte, ohnmächtig zu werden. Sie wußte, dieser Haß würde sie bis an ihr Ende begleiten, und in diesem Augenblick sehnte sie sich nach dem Tod. Die Schönheit des Tages war im Nebel, in dem Sumpf und dem trostlosen Schilfgras versunken, und ihr Glück war dahin.

»Komm«, wiederholte sie tonlos, »ich will dir den Weg weisen.«
Sie wandte sich zum Gehen und hörte, wie die beiden hinter ihrem Rücken lachten und fragte sich voll dumpfen Zorns, ob dies Lachen ihr galt. Sie hörte, wie Gwenhwyfar mit mädchenzarter Stimme fragte: »Aber Ihr, Ihr gehört doch nicht an diesen schlimmen Ort, nicht wahr? Denn Ihr seid nicht klein und häßlich wie diese aus dem Volk der Feen.«
Nein, dachte Morgaine, *nein, er ist schön, und ich bin . . . klein und häßlich.* Die Worte brannten sich in ihr Herz. Morgaine vergaß, daß sie wie Viviane aussah, und daß Viviane in ihren Augen schön war. Sie hörte, wie Lancelot antwortete: »Nein, nein, und ich würde gern mit dir zurückkehren . . . wirklich. Aber ich habe versprochen, heute mit einem Verwandten zu Abend zu essen. Meine Mutter ist bereits zornig auf mich, und ich möchte den alten ehrwürdigen Herrn nicht auch noch zornig machen. Nein, ich gehöre nicht nach Avalon . . .« Und nach einer Pause fügte er hinzu: »Sie . . . sie ist eine Nichte meiner Mutter oder irgendeine Verwandte. Wir haben als Kinder zusammen gespielt. Das ist alles.« Jetzt wußte Morgaine, daß Lancelot von ihr sprach. So hurtig also wurde alles, was zwischen ihnen vorgefallen war, auf entfernte Familienzugehörigkeit verwiesen. Verzweifelt kämpfte Morgaine gegen die Tränen. Sie wußte, Tränen würde sie in deren Augen noch häßlicher machen. Sie betrat das feste, trockene Land und sagte: »Dort liegt dein Kloster, Gwenhwyfar. Achte auf den Weg, oder du wirst dich wieder im Nebel verlieren.«
Sie sah, daß Lancelot das Mädchen an der Hand hielt und sie nur zögernd losließ. Es sagte: »Danke, oh, vielen Dank!«
»Du solltest dich bei Morgaine bedanken«, entgegnete Lancelot. »Sie kennt den Weg, der nach Avalon und wieder zurück führt.« Das Mädchen sah sie scheu an und machte einen kleinen höflichen Knicks: »Ich danke Euch, Dame Morgaine.«
Morgaine holte tief Luft, warf sich den Mantel der Priesterin wieder um – den Zauber, der ihr zu Gebote stand. Trotz ihrer schmutzigen und zerrissenen Kleidung, den nackten Füßen und dem aufgelösten, nassen Haar wußte Morgaine, daß sie plötzlich groß und eindrucksvoll aussah. Sie erhob feierlich segnend die Hand, drehte sich schweigend um und forderte mit einem Wink Lancelot auf, ihr zu folgen. Auch ohne sich umzusehen wußte sie, daß das Mädchen ihr voll Angst und Ehrfurcht nachblickte. Doch schweigend schritt Morgaine mit dem lautlosen Gang der Priesterin von Avalon davon. Lancelot folgte ihr zögernd.

Nach einer Weile blickte sie zurück. Die Nebel hatten sich gesenkt, und das Mädchen war verschwunden. Beklommen fragte Lancelot: »Wie hast du das gemacht, Morgaine?«
»Wie habe ich was gemacht?« fragte sie zurück.
»Plötzlich wirkst du so ... so ... wie meine Mutter. Groß, kühl und entrückt und ... nicht ganz wirklich. Wie ein Dämon. Du hast dem armen Mädchen Furcht eingejagt. Das hättest du nicht tun sollen!«
Morgaine biß sich zornig auf die Lippen. Dann antwortete sie kühl und rätselhaft: »Vetter, ich bin, was ich bin.« Damit drehte sie sich um und eilte voraus. Sie fror, fühlte sich müde und zerschlagen, wie von einer inneren Krankheit gepackt. Sie sehnte sich nach der Einsamkeit im Haus der Jungfrauen. Lancelot schien immer weiter zurückzubleiben, aber es kümmerte sie nicht. Von hier aus konnte er den Weg selbst finden.

Im Frühling des nächsten Jahres kam der Merlin im peitschenden Regen eines letzten Wintersturms spätabends nach Avalon. Als er Viviane gemeldet wurde, blickte diese erstaunt auf.
»In einer solchen Nacht würden selbst die Frösche ertrinken«, sagte sie. »Was bringt ihn dazu, in einem solchen Wetter zu uns zu kommen?«
»Ich weiß es nicht, Herrin«, antwortete der junge Druidenzögling, der ihr die Nachricht überbrachte. »Er nahm sich nicht einmal die Zeit, die Barke zu rufen, sondern kam auf den geheimen Wegen. Er sagte, er müsse Euch unbedingt noch heute abend sehen, ehe Ihr Euch zur Ruhe begebt. Ich habe ihm trockene Kleider bringen lassen. Seine eigenen waren nicht mehr tragbar. Ich hatte ihm auch etwas zu essen und Wein angeboten, aber er läßt fragen, ob er mit Euch speisen kann.«
»Richte ihm aus, er ist willkommen«, sagte Viviane, sorgsam bedacht, daß ihr Gesicht sie nicht verriet. Sie kannte sehr wohl die Kunst, die Gedanken zu verbergen. Aber als der junge Mann sie alleingelassen hatte, konnte sie ein Erstaunen nicht länger unterdrücken, und sie runzelte die Stirn.
Viviane rief die diensttuende Priesterin und bat sie, nicht das übliche Abendbrot zu bringen, sondern Speisen und Wein für den Merlin, und das Feuer neu zu schüren.
Es dauerte nicht lange, und sie hörte seine Schritte. Er trat ein und

ging zum Feuer. Taliesin hatte inzwischen weißes Haar und einen weißen Bart. Er schritt gebeugt und wirkte etwas seltsam im grünen Gewand eines Druidenzöglings. Es war zu kurz und enthüllte seine mageren Fußknöchel. Viviane bot ihm einen Platz nahe am Feuer an – sie sah, daß er immer noch zitterte – und stellte einen vollen Teller und einen getriebenen Silberpokal mit Apfelwein aus Avalon vor ihn.

Dann setzte sie sich auf einen kleinen Hocker ihm gegenüber und aß ihr Brot und getrocknete Früchte. Als er den Teller beiseite schob und von dem Wein trank, sagte sie: »Jetzt erzählt mir alles, Vater.«

Der alte Mann lächelte sie an: »Ich hätte nie gedacht, daß du mich jemals so nennst, Viviane. Oder glaubst du, ich hätte aus Altersschwäche die heiligen Gelübde abgelegt?«

Sie schüttelte den Kopf. »Nein«, antwortete sie. »Aber Ihr wart der Geliebte meiner Mutter. Und sie war vor mir hier die Herrin. Ihr habt zwei meiner Schwestern gezeugt. Wir beide haben zusammen mehr Jahre der Göttin gedient, als ich zu zählen vermag. Vielleicht sehne ich mich in dieser Nacht nach der tröstlichen Stimme eines Vaters ... ich weiß nicht, ich fühle mich heute nacht sehr alt, Va ... Taliesin. Haltet Ihr mich für zu alt, um Eure Tochter zu sein?«

Der alte Druide lächelte. »Niemals, Viviane. Du hast kein Alter. Ich weiß, wie alt du bist ... oder ich könnte es nachrechnen, wenn ich wollte. Aber für mich bist du immer noch ein Mädchen. Selbst jetzt könntest du dir noch so viele Liebhaber nehmen, wie du möchtest.«

Viviane machte eine abwehrende Geste. »Ihr könnt sicher sein, ich habe nie einen Mann gefunden, der mir mehr bedeutete, als die Notwendigkeit oder die Pflicht gebot, oder der mir mehr als das Vergnügen einer Nacht bereitete«, erwiderte sie. »Und ich glaube, außer Euch konnte sich nur einmal ein Mann mit meiner Stärke messen.« Sie lachte. »Obwohl, wenn ich zehn Jahre jünger gewesen wäre ... wie, glaubt Ihr, hätte ich mich als Gemahlin des Großkönigs gemacht und wie mein Sohn auf dem Thron?«

»Ich glaube nicht, daß Galahad ... er läßt sich jetzt, hörte ich, Lancelot nennen ... aus dem Stoff ist, aus dem Könige gemacht werden. Er ist ein Träumer, ein schwankendes Rohr im Wind.«

»Aber wenn Uther Pendragon sein Vater wäre ...«

Taliesin schüttelte den Kopf. »Er läßt sich beherrschen, Viviane, und herrscht nicht.«

»Trotzdem ... es rührt daher, daß er an Bans Hof als Bastard aufgewachsen ist. Wäre er als Sohn eines Königs erzogen worden ...«

»Und wer hätte in diesen Jahren Avalon regiert, wenn du dich für eine Krone im Christenland entschieden hättest?«
»Mit mir an Uthers Seite wäre es kein Christenreich«, sagte Viviane. »Ich dachte, Igraine hätte Macht über ihn und nutze sie für Avalon . . .«
Der Merlin schüttelte den Kopf. »Ich sehe keinen Sinn, dem Schnee des letzten Winters nachzuweinen, Viviane. Ich bin gekommen, um über Uther zu sprechen. Er liegt im Sterben.«
Sie hob den Kopf und starrte ihn an. »Also ist es bereits soweit.« Sie spürte, wie ihr Herz heftig zu klopfen begann. »Er ist so jung . . .«
»Älter als du«, entgegnete der Merlin. »Aber er hält sich für jung. Er führt noch immer seine Männer in die Schlacht. Ein klügerer Mann in seinem Alter würde das den Feldherrn überlassen. Er wurde verwundet und das Fieber packte ihn. Ich bot meine Hilfe als Heilkundiger an, aber Igraine und die Christenpriester wollten nichts davon wissen. Es hätte ohnedies nicht viel genützt. Uthers Zeit ist gekommen. Ich sah es in seinen Augen.«
»Wie macht sich Igraine als Königin?«
»So wie du es vorausgesehen hattest«, antwortete der alte Druide. »Sie ist schön, würdevoll, fromm und geht immer in Trauergewändern wegen der Kinder, die sie verloren hat. An Allerheiligen gebar sie wieder einen Sohn, er lebte nur vier Tage. Der Christenpriester hat ihr erfolgreich weisgemacht, daß dies die Strafe für ihre Sünden ist. Seit Uther sie geheiratet hat, kann man ihr nicht das geringste nachsagen . . . wenn man davon absieht, daß ihr erster Sohn zu früh geboren wurde. Ich fragte sie, was nach des Großkönigs Tod aus ihr werden soll. Nachdem sie bei diesem Gedanken lange genug geweint hatte, erklärte sie, sie wolle in ein Kloster gehen. Ich bot ihr den Schutz von Avalon an und erinnerte Igraine, sie könne hier bei ihrer Tochter sein. Doch sie antwortete mir, das schicke sich nicht für eine christliche Königin.«
Vivianes Lächeln gefror. »Ich hätte nie geglaubt, solches von Igraine zu hören.«
»Viviane, du darfst ihr das nicht vorwerfen, denn du selbst hast sie in dieses Leben gestoßen. Sie mußte Avalon verlassen, als sie es am nötigsten brauchte. Tadle das Mädchen nicht dafür, daß es Trost in einem einfacheren Glauben als dem unseren gefunden hat.«
»Ich zweifle nicht daran . . . Ihr seid der einzige Mann im ganzen Land, der von der Großkönigin als einem Mädchen spricht.«
»Für mich, Viviane, bist auch du manchmal ein kleines Mädchen . . .

das kleine Mädchen, das auf meinen Schoß kletterte und an den Saiten meiner Harfe zupfte.«

»Und jetzt kann ich sie kaum noch spielen. Meine Finger haben im Laufe der Zeit ihre Fertigkeit verloren«, sagte Viviane bedauernd.

Er schüttelte den Kopf. »Aber nein, meine Liebe«, erwiderte er und streckte seine knochigen, gekrümmten Finger aus. »Im Vergleich zu diesen Händen sind deine flink und jung; trotzdem sprechen sie täglich mit meiner Harfe, und du hättest das auch tun können. Deine Hände entschieden sich dafür, die Macht zu halten und nicht die Harfe.«

»Und was wäre aus Britannien geworden, wenn ich es nicht getan hätte?« fragte sie ihn mit funkelnden Augen.

»Viviane«, sagte Taliesin mit einem Anflug von Strenge in der Stimme. »Ich habe dich nicht angreifen wollen. Ich habe lediglich ausgesprochen, was ist.«

Sie seufzte und stützte das Kinn in die Hand. »Ich habe wahr gesagt, als ich meinte, ich brauche heute abend einen Vater. So ist also bereits geschehen, was wir befürchtet und worauf wir uns in all den Jahren vorbereitet haben. Was ist mit Uthers Sohn, mein Vater? Ist er bereit?«

»Er muß bereit sein«, antwortete der Merlin. »Uther wird die Sommersonnenwende nicht erleben. Die Aasgeier sammeln sich schon, wie damals, als Ambrosius im Sterben lag. Der Junge ... hast du ihn nicht gesehen?«

»Hin und wieder sah ich ihn flüchtig im magischen Spiegel«, erwiderte sie. »Er wirkt gesund und stark. Aber das sagt mir nichts, außer, daß er den Königsthron besteigen kann, wenn es soweit ist. Ihr habt ihn doch besucht, nicht wahr?«

»Uther wünschte, daß ich ihn gelegentlich besuche, um zu sehen, was aus ihm wird. Ich entdeckte die gleichen lateinischen und griechischen Bücher, aus denen auch dein Sohn viel über Kriegführung und Waffenhandwerk gelernt hat. Ectorius ist durch und durch Römer, und Cäsars Eroberungen sind neben den Feldzügen des großen Alexander Teil seines Alltags. Er ist ein gebildeter Mann, der seine Söhne im Kriegshandwerk gut ausgebildet hat. Der junge Cajus war im letzten Jahr zum ersten Mal in der Schlacht; Artus wollte unbedingt mit ihm ziehen. Aber als gehorsamer Sohn des Ectorius tat er, was man ihm befahl.«

»Wenn Artus so sehr Römer ist«, fragte Viviane, »wird er dann bereit sein, Avalon den Schwur zu leisten? Vergeßt nicht, er muß auch über die Stämme und über die Pikten herrschen.«

»Ich habe dafür gesorgt«, erwiderte der Merlin, »auf meine Anweisung traf er sich mit einigen Männern vom Kleinen Volk. Ich sagte ihm, sie seien in diesem Krieg Uthers Verbündete. Bei ihnen lernte er, Elfenpfeile zu schießen und sich in Heide und Moor geräuschlos zu bewegen. Und . . .«, er zögerte und sagte dann mit Nachdruck: »Er kann den Hirsch jagen und fürchtet sich nicht, mit dem Rudel zu laufen!«

Viviane schloß kurz die Augen. »Er ist so jung . . .«

»Die Göttin hat immer die jüngsten und stärksten Männer gewählt, um ihre Krieger zu führen«, sagte Taliesin.

Viviane senkte den Kopf. »So soll es geschehen. Er soll geprüft werden. Bringt ihn nach Avalon, ehe Uther stirbt, wenn Ihr könnt.«

»Hierher?« Der Merlin schüttelte den Kopf. »Nicht ehe er die Probe bestanden hat. Erst dann können wir ihm den Weg nach Avalon und die beiden Reiche zeigen, über die er zu herrschen hat.«

Und wieder senkte Viviane das Haupt. »Bringt ihn also auf die Dracheninsel.«

»Soll es die alte Probe sein? Uther mußte sich ihr nicht unterziehen . . .«

»Uther war ein Krieger; es genügte, ihn zum Herren des Drachen zu machen«, sagte Viviane. »Der Knabe ist jung und unerfahren. Er muß die Prüfung ablegen und sich darin beweisen.«

»Und wenn er versagt . . .«

Vivianes Mund wurde schmal: »Er darf nicht versagen!«

Taliesin wartete, bis ihre Blicke sich wieder trafen, und wiederholte: »Und wenn er versagt . . .«

Sie seufzte: »Zweifellos steht Lot bereit, wenn es dahin kommen sollte.«

»Du hättest einen von Morgauses Söhnen zu dir nehmen und hier in Avalon erziehen sollen«, sagte der Merlin. »Gawain ist ein vielversprechender Bursche . . . heißblütig und immer zu einem Streit bereit. Ein Stier, während Uthers Sohn ein Hirsch ist. Ich glaube, Gawain hat das Zeug zum König, und er ist auch ein Sohn der Göttin . . . Morgause war die Tochter deiner Mutter, und ihre Söhne sind von königlichem Geblüt.«

»Ich traue Lot nicht«, erwiderte die Herrin heftig, »und Morgause traue ich noch weniger!«

»Und doch stehen die Sippen des Nordens hinter Lot, und ich glaube, die Stämme würden ihm huldigen . . .«

»Aber alle, die zu Rom stehen... niemals«, entgegnete die Herrin, »dann gäbe es zwei Reiche in Britannien. Sie würden ewig miteinander im Krieg liegen, und keines von beiden wäre stark genug, die Sachsen und die Nordmänner zurückzuhalten. Nein, Uthers Sohn muß es sein. Er *darf* nicht versagen!«

»Der Göttin Wille geschehe!« sagte der Merlin streng. »Hüte dich davor, deinen Willen für ihren zu halten!«

Viviane bedeckte ihr Gesicht mit den Händen. »Wenn er versagt... wenn er versagt, war alles umsonst«, klagte sie heftig, »... alles, was ich Igraine antat; alles, was ich denen angetan habe, die ich liebe. Vater, habt Ihr gesehen, daß er versagt?«

Der alte Mann schüttelte sein weißes Haupt, und in seiner Stimme schwang Mitleid.

»Die Göttin tut mir ihren Willen nicht kund«, antwortete er. »Du hast gesehen, daß dieser Junge die Kraft besitzen würde, Britannien zu einen. Ich warne dich vor deinem Stolz, Viviane... du glaubst zu wissen, was für jeden Mann und für jede Frau das beste ist. Du hast Avalon gut regiert...«

»Aber ich bin alt«, sagte sie, hob die Augen und sah das Mitleid auf seinem Gesicht. »Und eines Tages... in naher Zukunft...«

Der Merlin senkte den Kopf. Auch er stand unter diesem Gesetz. »Wenn die Zeit gekommen ist, wirst du es wissen. Noch ist es nicht soweit, Viviane.«

»Nein«, sagte sie und kämpfte gegen die plötzliche Verzweiflung an, die sie überfallen hatte, wie es in letzter Zeit manches Mal geschah. Dann glühte ihr Körper, und quälende Gedanken marterten sie. »Wenn die Zeit gekommen ist, und ich nicht mehr sehe, was die Zukunft bringt, werde ich wissen, daß ich die Herrschaft über Avalon einer anderen zu übergeben habe. Morgaine ist noch sehr jung. Raven, die ich zwar von Herzen liebe, hat sich jedoch dem Schweigen und der Stimme der Göttin geweiht. Noch ist es nicht soweit, aber wenn die Zeit zu früh kommt...«

»Wann immer es ist, Viviane, es wird zur rechten Stunde sein«, sagte der Merlin. Er erhob sich und stand groß vor ihr. Viviane sah, daß er leicht schwankte und sich schwer auf seinen Stock stützte. »Ich werde den Jungen auf die Dracheninsel bringen, wenn das Tauwetter einsetzt. Dann werden wir sehen, ob er zum König gemacht werden kann. Du wirst ihm das Schwert und den Kelch geben zum Zeichen des ewigen Bandes zwischen Avalon und der Welt draußen...«

»Das Schwert, gewiß«, erwiderte Viviane, »den Kelch... das weiß ich nicht.«

Der Merlin neigte den Kopf. »Das zu entscheiden überlasse ich dir und deiner Weisheit. Du bist die Stimme der Göttin und nicht ich. Doch du wirst die Göttin für ihn nicht sein ...«

Viviane schüttelte den Kopf. »Er wird der Mutter nach dem Sieg begegnen«, sagte sie, »und aus ihrer Hand wird er das Schwert des Triumphes entgegennehmen. Aber zuvor muß er sich beweisen und der jungfräulichen Jägerin begegnen ...« Der Anflug eines Lächelns lag auf ihrem Gesicht: »Was danach auch geschehen mag, ein solches Wagnis wie mit Uther und Igraine werden wir nicht wieder eingehen. Wir werden die königliche Linie festigen, geschehe, was geschehen mag.«

Nachdem der Merlin sie alleingelassen hatte, saß Viviane noch lange am Feuer, und vor ihrem Geist zogen die Bilder vorüber. Sie erblickte nur das Vergangene und versuchte nicht, den Nebel der Zeit zu durchdringen, der vor dem Zukünftigen lag.

Auch sie hatte vor Jahren – vor so vielen Jahren, daß sie sich nicht mehr daran erinnern konnte, wie viele es waren – ihre Jungfräulichkeit dem Gehörnten Gott dargebracht, dem Großen Jäger, dem Herrn der Lebenden Spirale. Sie verschwendete kaum einen Gedanken an die Jungfrau, die sich diesmal für den jungen König bereitzuhalten hatte. Ihre Gedanken wanderten in die Vergangenheit, als sie die Göttin beim Ritual der Großen Ehe verkörperte ...

... es war für sie nie mehr als eine Pflicht gewesen ... manchmal angenehm, manchmal schmerzlich ... aber immer im Bann der Großen Mutter, die über ihr Leben herrschte, seit sie nach Avalon gekommen war. Plötzlich beneidete sie Igraine. Und eine teilnahmslose Stimme in ihr fragte, wie sie eine Frau beneiden konnte, die alle ihre Kinder an den Tod oder an Pflegeeltern verloren hatte und jetzt ihr Leben als Witwe hinter Klostermauern beenden mußte.

Ich beneide sie um die Liebe, die sie erlebt hat ... ich habe keine Tochter. Meine Söhne sind mir fremd und leben fern von mir ... ich habe nie geliebt, dachte sie: *Ich habe nie erfahren, was es heißt, geliebt zu werden. Furcht, Ehrfurcht, Ehrerbietung ... das wurde mir entgegengebracht ... doch Liebe nie ... und es gibt Zeiten, in denen ich denke, ich würde alles hingeben für den Blick eines Menschen, für einen Blick, wie Uther ihn Igraine bei der Hochzeit geschenkt hat.*

Viviane seufzte niedergeschlagen und wiederholte halblaut die Worte des Merlin. »Es macht keinen Sinn, dem Schnee des vergangenen Winters nachzuweinen.« Sie hob den Kopf, und die diensttuende Priesterin betrat lautlos das Zimmer.

»Herrin . . .?«
»Schick mir . . . nein«, sagte sie und änderte ihre Absicht. »Laß das Mädchen schlafen.«

Es ist nicht wahr, daß ich nie geliebt habe oder nie geliebt wurde. Ich liebe Morgaine über alle Maßen, und sie liebt mich.

Aber nun würde wohl auch diese Liebe enden. Der Wille der Göttin würde geschehen.

Die schlanke Sichel des neuen Mondes stand am westlichen Himmel über Avalon. Morgaine ging barfuß und gemessenen Schritts den Prozessionsweg hinan, der sich wie eine Spirale um den Berg wand. Sie war so blaß wie der junge Mond. Das Haar floß ihr über die Schultern, und sie trug keinen Gürtel um das Gewand. Sie wußte, die stummen Wachen und die Priesterinnen beobachteten sie, damit niemand die Stille mit einem ungeweihten Wort durchbrach. Der dichte Vorhang ihrer dunklen Haare verdeckte ihre gesenkten Lider. Trotzdem ging sie sicheren Fußes – sie mußte nichts sehen. Raven folgte ihr lautlos, ebenfalls barfuß, ungegürtet, mit wallendem Haar und geschlossenen Augen.

Sie stiegen höher und höher in der zunehmenden Dämmerung. Nur wenige Sterne hingen blaß am tiefblauen Himmel. Vor ihnen erhob sich grau und düster der Ring der Steine. Im magischen Kreis flackerte ein einsames, fahles Licht – kein Feuer –, ein Irrlicht, ein Hexenfeuer, eine Zauberflamme . . .

Im letzten Schimmer des verlöschenden Mondes, der sich einen Augenblick lang im glänzenden See weit unten spiegelte, trat ihnen schweigend eine Priesterin entgegen. Sie war noch ein Mädchen und trug ein Gewand aus ungefärbter Wolle. Ihre geschorenen Haare wirkten wie dunkler Flaum. Sie reichte Morgaine einen Becher; Morgaine nahm ihn, trank schweigend und übergab ihn Raven, die ihn bis zum letzten Tropfen leerte. Im ersterbenden Licht funkelte er silbern und golden. Morgaine nahm aus unsichtbaren Händen das Große Schwert entgegen. Das unerwartete Gewicht raubte ihr schier den Atem. Barfuß und frierend – aber ohne die Kälte zu spüren – schritt sie den Kreis im Ring der Steine ab. Raven ergriff den langen Speer und stieß ihn tief ins Herz der geisterhaften Flamme. Ein Licht züngelte auf und entzündete das Seil, das dort lag. Raven folgte Morgaine mit dem Seil. Plötzlich bildete sich ein Feuerkreis und erhellte mit den blassen, schwachen Flammen die Dunkelheit. Im fahlen Lichtschein traten sie vor bis in die Mitte des Kreises und sahen Vivianes altersloses, zeitloses Gesicht in der Luft schweben – das strahlende Antlitz der Göttin! Morgaine wußte, daß die Wirkung durch eine Leuchtsubstanz hervorgerufen wurde, die man auf Wangen und Stirn strich. Trotzdem nahm es ihr jedesmal aufs neue den Atem.

Strahlende, entkörperte Hände legten etwas in ihre und dann in Ravens Hände. Morgaine biß in eine scharfe, bittere, holzähnliche Substanz und zwang sich zu schlucken, obwohl ihr mittlerweile übel wurde. Schweigen senkte sich herab. Augen glänzten in der Dunkelheit. Sie glaubte, von unzähligen Menschen umgeben auf dem Berg zu stehen, konnte aber kein einziges Gesicht erkennen. Die Dunkelheit hatte selbst Vivianes entkörpertes Gesicht verschluckt. Morgaine spürte die Wärme von Ravens Körper, obwohl sich beide nicht berührten. Sie versuchte, alle Gedanken anzuhalten und in sich zu gehen. Sie fiel in das geübte Schweigen und wußte nicht mehr, warum man sie hierher gebracht hatte.

Zeit verging. Die Sterne strahlten heller am dunklen Himmel. *Zeit*, dachte Morgaine, *die Zeit vergeht anders in Avalon. Vielleicht gibt es keine Zeit*. Während der langen Jahre war sie in vielen Nächten den spiralförmigen Weg zum Gipfel des Berges hinaufgegangen, um dem Mysterium von Zeit und Raum im Kreis der Steine nachzuspüren. Doch der Abend heute schien seltsamer, dunkler, irgendwie geheimnisvoller zu sein. Noch nie hatte man sie unter allen Priesterinnen ausgewählt, um das wichtigste Amt bei der Zeremonie zu übernehmen. Sie wußte, man hatte ihr die magische Speise gereicht – ein Kraut, um das Gesicht zu rufen, ohne ihm aber etwas von seiner Macht oder seiner Magie zu nehmen.

Nach einiger Zeit begann sie, vor ihrem geistigen Auge Bilder zu sehen – kleine bunte Bilder in weiter Ferne. Sie sah ein fliehendes Rudel Hirsche. Sie sah wieder die große Dunkelheit, die sich über das Land senkte, als die Sonne verlosch. Sie sah, wie sich ein kalter Wind erhob, und sie fürchtete, die Erde würde untergehen. Sie sah die Priesterinnen sich alle im Hof versammeln, und die älteren erklärten ihr, der Mondgott verdunkle die Strahlen der Göttin. Morgaine rannte fröhlich mit ihnen nach draußen und stimmte in die Schreie der Frauen ein, um den Gott zu vertreiben. Später hatte man ihr den Lauf von Sonne und Mond erklärt und weshalb hin und wieder eines der Gestirne vor das Gesicht des anderen trat. Sie begriff, daß es sich

um Naturgesetze handelte. Die Gesichter der Götter, an die das Volk glaubte, waren Zeichen, die die Menschen brauchten, um sich dem jeweiligen Stand ihrer Entwicklung entsprechend die Großen Wahrheiten vorstellen zu können. Eines Tages würden alle Frauen und Männer die Innere Wahrheit erkennen; zur Zeit noch nicht.
Mit ihrem inneren Auge sah Morgaine, wie der Jahreslauf wieder und wieder um den großen Ring der Steine kreiste. Sie sah die Geburt, die Reife und schließlich den Tod des Gottes. Sie sah die großen Prozessionen, die sich den spiralförmigen Weg zu dem Eichenhain hinaufwanden, noch ehe die Ringsteine hier oben standen... die Zeit wurde durchsichtig und verlor an Bedeutung. Das Kleine bemalte Volk tauchte auf, gelangte zur Reife und wurde niedergemäht. Dann kamen die Stämme, nach ihnen die Römer und große Fremde von der Küste Galliens, und nach ihnen... die Zeit löste sich auf, und sie sah nur noch die Bewegungen der Völker. Die Erde bevölkerte sich, das Eis kam, wich zurück und kam wieder. Sie sah die großen Tempel von Atlantis, die nun für immer im Meer versunken waren. Sie sah neue Welten sich erheben und versinken... Schweigen, und jenseits der Nacht kreisten und drehten sich die großen Sterne...
Hinter sich hörte Morgaine einen unheimlichen Schrei, und ihr wurde eisig. Raven klagte! Raven, deren Stimme sie nie gehört hatte; Raven, die einmal beim gemeinsamen Dienst im Tempel schnellhändig eine überfließende brennende Lampe vor dem Umfallen bewahrt und sich am heißen Öl verbrannt hatte. Als man ihre Wunden verband, erstickte sie mit beiden Händen ihre Schmerzensschreie, um ihr Gelübde nicht zu brechen. Denn sie hatte ihre Stimme der Göttin geweiht. Sie würde ihr Leben lang die Narben tragen, und mit einem Blick darauf hatte Morgaine einmal gedacht: *Dagegen bedeutet mein Schwur fast nichts. Trotzdem stand ich dicht davor, ihn wegen eines dunklen Mannes mit einer betörenden Stimme zu brechen.*
Und jetzt in der mondlosen Nacht schrie Raven aus Leibeskräften! Es war ein hoher, geisterhafter Laut, wie eine Frau im Kindbett ihn ausstößt. Dreimal hallte die schrille Klage über den Berg. Morgaine zitterte wieder. Sie wußte, selbst die Christenpriester auf der anderen Insel, die an derselben Stelle lag, würden in ihren einsamen Zellen aufschrecken und sich bekreuzigen, wenn sie diesen quälenden Schrei vernahmen, der zwischen den Welten widerhallte...
Auf den Schrei folgte tiefes Schweigen... ein Schweigen, das schließlich Atmen erfüllte, der angehaltene Atem der unsichtbaren

Eingeweihten, die einen Kreis um diese schreckliche Einsamkeit bildeten, in der es nur die drei reglosen Priesterinnen gab. Dann rief Raven keuchend und mit erstickter Stimme, als mache ihr dieses lange Schweigen das Sprechen zunichte:

»Ahhh ... siebenmal dreht sich das Rad, das Rad mit den dreizehn Speichen, das Rad, das sich am Himmel dreht ... siebenmal schenkt die Mutter ihrem dunklen Sohn das Leben ... Sie rennen! Sie rennen, getrieben von der Brunst des Frühlings ... sie kämpfen, sie wählen ihren König ... ah, das Blut, das Blut ... und der größte, er springt, und an seinem stolzen Geweih klebt Blut ...«

Wieder herrschte langes Schweigen. Morgaine sah in der Dunkelheit hinter geschlossenen Lidern die brünstigen Hirsche dahinjagen; sie sah, was sie in einem halbvergessenen Augenblick einst in der Silberschale gesehen hatte: Einen Mann unter den Hirschen, der sich wehrte und kämpfte ...

»Er ist der Sohn der Göttin ... er rennt, er rennt ... der Gehörnte muß sterben ... und der Gehörnte muß gekrönt werden ... die Jungfräuliche Jägerin muß den König zu sich rufen ... sie muß sich dem Gott darbringen ... ah, das alte Opfer, das alte Opfer ... ich brenne, ich brenne ...« Ravens Worte überstürzten sich und erstarben in einem langen schluchzenden Schrei. Durch geschlossene Augen sah Morgaine, wie die Priesterin hinter ihr besinnungslos zu Boden sank. Sie keuchte, und ihr Keuchen war der einzige Laut im dichter werdenden Schweigen.

Von irgendwoher drang der Ruf einer Eule ... einmal, zweimal, dreimal.

Aus der Dunkelheit lösten sich stumm dunkle Priesterinnen mit dem blauen Zeichen auf der Stirn. Vorsichtig hoben sie Raven auf und trugen sie davon. Auch Morgaine fühlte sich hochgehoben; und während sie aus dem Kreis getragen wurde, ruhte ihr schmerzender Kopf liebevoll an der Brust einer Priesterin. Danach wußte sie nichts mehr.

Drei Tage später, als sie wieder etwas zu Kräften gekommen war, ließ Viviane sie rufen.

Morgaine stand auf und versuchte, sich anzukleiden. Sie war noch immer sehr schwach und nahm dankbar die Hilfe einer jüngeren Priesterin an. Sie war froh, daß das Mädchen unter einem Schweigegelübde stand und nicht mit ihr sprach. Das lange Fasten, die schreckliche Krankheit, welche die Zauberkräuter hervorgerufen hatten, die schier unerträgliche Spannung des Rituals zehrten noch immer an ihr. Am Abend zuvor hatte sie ein wenig Suppe zu sich genommen und an diesem Morgen in Milch geweichtes Brot. Trotzdem fühlte sie sich nach der langen Qual ausgebrannt und leer. Ihr Kopf schien zu bersten, und ihr Neumondbluten hatte sie mit einer Heftigkeit wie nie zuvor heimgesucht. Auch dies, wußte sie, war wohl eine Nachwirkung der Heiligen Kräuter. Krank und teilnahmslos wünschte sie, Viviane hätte sie in Frieden gelassen. Aber Morgaine beugte sich dem Willen der Herrin, wie sie sich dem Willen der Göttin gebeugt hätte, wenn sie sich vom Himmel herabbegeben und einen Wunsch geäußert hätte. Schon wurden ihr die Gewänder übergestreift, die Haare zu einem dicken Zopf geflochten und mit dem Hirschlederband umwunden; der blaue Halbmond auf der Stirn mußte nachgezogen werden, und dann ging sie den gewohnten Pfad zum Haus der Herrin.

Morgaine besaß inzwischen das Vorrecht, ohne Klopfen oder Voranmeldung einzutreten. Irgendwie stellte sie sich immer vor, daß Viviane sie in diesem Haus erwartete – auf dem thronähnlichen Stuhl, als sei sie die Göttin auf dem dunklen Thron. Aber heute ging Viviane am anderen Ende des Zimmers auf und ab. Es brannte kein Feuer. Die Herrin trug das einfache Gewand aus ungefärbter Wolle und hatte die Kapuze über den Kopf gezogen. Zum ersten Mal erkannte Morgaine, daß Viviane eine Priesterin war – aber keine Priesterin der Jungfrau oder der Großen Mutter, sondern der Weisen Alten, die auch die Alte Todesbotin war. Vivianes Gesicht wirkte faltig und hager. Morgaine dachte: *Natürlich, wenn das Ritual schon Raven und mich aufs Lager geworfen hat, obwohl wir beide jung und stark sind, wie muß dann erst Viviane gelitten haben, die im Dienst der Göttin alt geworden ist, der wir uns alle geweiht haben?*

Viviane drehte sich um und lächelte sie liebevoll an. Wieder spürte Morgaine die alte Liebe und Zärtlichkeit in sich aufsteigen. Aber wie es sich für eine jüngere Priesterin in Anwesenheit der Herrin gehörte, wartete sie, bis Viviane das Wort ergriff.

Viviane bedeutete ihr durch eine Geste, sich zu setzen. »Hast du dich erholt, mein Kind?«

Morgaine ließ sich auf den Schemel sinken und spürte, daß selbst der kurze Weg sie erschöpft hatte. Sie schüttelte den Kopf.

»Ich weiß«, sagte Viviane. »Manchmal geben sie einem zuviel. Nimm beim nächsten Mal nicht alles, was sie dir geben . . . beurteile selbst, wieviel du verträgst . . . genug, um das Gesicht zu rufen, aber nicht

soviel, um dich krank zu machen. Du hast jetzt das Recht dazu. Du hast eine Stufe erreicht, auf der du nach deinem Urteil gehorsam sein kannst.«
Die Worte hallten wie ein Echo in Morgaine wider: *Gehorsam nach deinem Urteil, gehorsam nach deinem Urteil* ... Sie dachte: *Ich bin noch immer krank von dem betäubenden Mittel,* und schüttelte ungeduldig den Kopf, um den Nachklang zu verscheuchen. Sie wollte Viviane lauschen.
»Wieviel von Ravens Prophezeiung hast du verstanden?«
»Sehr wenig«, gestand Morgaine. »Ihre Worte klangen rätselhaft. Ich bin nicht sicher, warum ich überhaupt dort war.«
»Zum Teil«, erwiderte Viviane, »um ihr deine Kraft zu leihen. Sie ist nicht sehr stark. Sie liegt immer noch auf dem Lager. Ich mache mir Sorgen um Raven. Sie weiß, wieviel sie von den Kräutern verträgt, und doch scheint selbst das wenige zuviel für sie zu sein. Sie erbricht Blut. Aber sterben wird sie nicht.«
Morgaine streckte die Hand aus, um ihr Gleichgewicht nicht zu verlieren. Sie hatte ein flaues Gefühl, und plötzlich überkam sie wieder Übelkeit. Sie wurde blaß und ihr war schwindlig. Ohne sich zu entschuldigen, stand sie auf, schwankte nach draußen und erbrach das Brot und die Milch vom Frühstück. Sie hörte ihren Namen, richtete sich auf und klammerte sich noch immer würgend an den Türrahmen. Morgaine bemerkte, wie eine der jungen diensttuenden Priesterinnen vor ihr stand und ihr mit einem wohlriechenden Tuch das Gesicht abtupfte. Viviane stützte sie beim Hineingehen und drückte ihr einen kleinen Becher in die Hand.
»Trinke das langsam«, riet sie.
Es brannte auf der Zunge und verstärkte einen Augenblick lang das Gefühl der Übelkeit – es war der starke Alkohol, den die Stämme im Norden brannten; sie nannten ihn *Wasser des Lebens*. Morgaine hatte erst ein- oder zweimal davon getrunken. Aber sie spürte sofort, wie sich in ihrem leeren Magen wohltuende Wärme ausbreitete. Nach wenigen Minuten fühlte sie sich besser, stärker und beinahe beschwingt.
»Nimm noch einen Schluck«, riet Viviane, »es stärkt dein Herz. Geht es dir jetzt besser?«
Morgaine nickte: »Danke.«
»Du wirst heute abend etwas essen können«, sagte Viviane. Und für Morgaine in ihrem seltsamen Zustand klang es wie ein Befehl – als könne die Herrin selbst ihrem Magen befehlen, sich gut zu beneh-

men. »So, und nun wollen wir über Ravens Prophezeiung sprechen. In alter Zeit, lange ehe die Weisheit und die Religion der Druiden aus den versunkenen Tempeln des westlichen Kontinents hierherkamen, lebte das Volk der Feen ... dem wir beide entstammen, meine Morgaine, du und ich, hier an den Ufern des Inlandsees. Und ehe sie lernten, Gerste zu säen und zu ernten, ernährten sie sich von den Früchten des Landes, die sie sammelten, und von der Jagd auf den Hirsch. In jenen Tagen hatten sie keinen König, sondern nur eine Königin, die ihre Mutter war. Allerdings hatten sie noch nicht gelernt, in ihr die Göttin zu sehen. Da sie von der Jagd lebten, erwarb ihre Königin und Priesterin das Wissen, mit dem sie die Hirsche rufen und von ihren Geistern verlangen konnte, daß sie sich opferten und für das Leben des Stammes starben. Aber Opfer steht gegen Opfer ... die Hirsche starben für den Stamm, und zum Ausgleich mußte ein Mann der Stämme für das Leben der Hirsche sterben, oder zumindest das Wagnis eingehen, daß die Hirsche sein Leben für ihr Leben forderten. So blieb das Gleichgewicht bewahrt. Mein Liebling, verstehst du das?«

Morgaine vernahm die ungewohnte Anrede und dachte benommen: *Verkündet sie mir, daß ich das Opfer sein soll? Wird mein Leben für den Stamm gefordert?*

Gleichviel ... ich bin der Göttin auf Leben und Tod geweiht.

»Ich verstehe, Mutter ... zumindest glaube ich zu verstehen.«

»Und deshalb wählte die Mutter des Stammes Jahr für Jahr ihren Gefährten. Und da er sich bereit erklärt hatte, sein Leben für die anderen hinzugeben, opferte ihm der Stamm alles, was er hatte. Selbst wenn die kleinen Kinder an der Mutterbrust hungerten, er lebte im Überfluß. Er konnte mit jeder Frau des Stammes zusammenliegen, damit er, der Stärkste und Beste, die Kinder zeugte. Die Mutter des Stammes war oft zu alt, um selbst Kinder zu gebären, und so konnte er auch seine Wahl unter den Jungfrauen treffen. Kein Mann des Stammes widersetzte sich seinen Wünschen. Und wenn das Jahr vergangen war ... in jener Zeit wiederholte sich das Jahr für Jahr ... legte er das Hirschgeweih an und trug einen Umhang aus ungegerbten Hirschfellen, damit die Hirsche ihn für einen der ihren hielten. Und wenn die Mutter Jägerin den Zauber über sie warf, der sie in wildem Lauf durch das Gehölz brechen ließ, rannte er mit dem Wild. Aber dann hatte das Rudel bereits den Hirschkönig gewählt. Manchmal witterte der Hirschkönig den Fremden, griff ihn an, und der Gehörnte mußte sterben.«

Morgaine spürte wieder, wie es ihr eiskalt über den Rücken lief – wie auf dem Berg, als sie dieses Ritual mit geschlossenen Augen erlebte. *Der Jahreskönig muß für das Leben seines Stammes sterben*. Wirkte das Mittel immer noch, da sie immer noch alles so deutlich vor sich sah?

»Die Zeiten haben sich geändert«, sprach Viviane ruhig weiter, »und die alten Rituale werden nicht mehr gebraucht. Die Gerste wächst, und das Opfer ist unblutig. Nur in Zeiten großer Gefahr fordert der Stamm einen solchen Führer. Raven hat gesehen, dies ist eine Zeit größter Gefahr. Und deshalb findet die Prüfung wieder statt. Einer wird sein Leben für sein Volk wagen, damit es ihm bis in den Tod treu ist ... Du hast mich von der Großen Ehe sprechen hören ...«

Morgaine nickte. Ja, Lancelot war daraus hervorgegangen.

»Den Stämmen des Feenvolks und allen Stämmen des Nordens wurde ein großer Führer geschenkt. Der Auserwählte wird sich dem alten Ritual unterziehen. Wenn er die Probe überlebt ... in gewisser Weise hängt das auch von der Kraft ab, mit der die Jungfräuliche Jägerin ihren Zauber über die Hirsche werfen kann ... wird er der Gehörnte sein, der Hirschkönig, der Gefährte der Jungfräulichen Jägerin, und er wird mit dem Geweih des Gottes gekrönt werden. Ich habe dir vor vielen Jahren gesagt, daß deine Jungfräulichkeit der Göttin gehört. Jetzt verlangt die Göttin sie als Opfer für den Gehörnten Gott. Du sollst die Jungfräuliche Jägerin sein, die Braut des Gehörnten Gottes. Für diesen Dienst bist du auserwählt.«

Im Raum war es sehr still ... so still wie beim Ritual in der Mitte der Ringsteine. Morgaine wagte nicht, das Schweigen zu durchbrechen. Schließlich neigte sie den Kopf; sie wußte, Viviane wartete auf ein Wort der Zustimmung. Und wie hatte sie vor so langer Zeit gesagt? *Es ist eine zu schwere Bürde, geboren zu werden, um sich dem Schicksal zu widersetzen ...*

»Mein Körper und meine Seele gehören der Göttin. Ihr Wille geschehe«, flüsterte Morgaine. »Und Euer Wille ist ihr Wille, Mutter.«

Morgaine hatte Avalon bisher nur zwei- oder dreimal verlassen. Es waren nur kurze Reisen ins Umland des Sommersees gewesen, um die heiligen Stätten kennenzulernen, die trotz der Entweihung durch die Christen ihre alten Kräfte bewahrten.

Zeit und Ort bedeuteten ihr diesmal nichts. Man hatte Morgaine im Morgengrauen schweigend von der Insel gebracht, eingehüllt und verschleiert, damit kein ungeweihtes Auge die Geweihte sehen sollte. Man trug sie in einer geschlossenen Sänfte, damit nicht einmal die Sonne auf ihr Gesicht fiel. In weniger als einem Tag, nachdem sie die Abgeschiedenheit der Heiligen Insel verlassen hatte, verlor sie das Gefühl für Zeit, Raum und Richtung. Sie versank in ihr Innerstes und wurde sich dunkel der einsetzenden magischen Trance bewußt. Es gab Zeiten, in denen sie sich gegen die Verzückung wehrte. Jetzt öffnete sie ihren Geist weit der Göttin und flehte sie an, in sie, ihr Medium, einzudringen, Besitz von ihr zu ergreifen, von Körper und Seele, damit sie selbst in allem als die Göttin handelte.

Es wurde Nacht. Ein beinahe voller Mond warf einen milden Schein durch die Vorhänge der Sänfte. Als die Träger anhielten, spürte Morgaine, wie der Mond sie in seinem kalten Licht badete. Es war wie ein Kuß der Göttin, und die beginnende Ekstase ließ sie beinahe ohnmächtig werden. Sie wußte nicht, wo sie sich befand, und es war ihr auch gleichgültig. Sie ging, wohin man sie führte – ohne Widerstand, blind, benommen und nur wissend, daß sie ihrem Schicksal entgegenging.

Man brachte sie in ein Haus und übergab sie einer Fremden, die ihr Brot und Honig brachte. Morgaine aß nichts. Sie würde fasten bis zum rituellen Mahl. Das Wasser trank sie durstig. Im Raum stand ein Bett, auf das die Mondstrahlen fielen. Die Frau wollte die Holzläden schließen, aber Morgaine hinderte sie mit gebieterischer Geste. Den größten Teil der Nacht verbrachte sie in Trance und spürte das Mondlicht wie eine sichtbare Berührung. Schließlich fiel sie in einen unruhigen Schlaf, pendelte zwischen Schlafen und Wachen wie eine unruhig Wandernde. Seltsame Bilder blitzten in ihr auf – ihre Mutter, die sich über den blonden Eindringling Gwydion beugte, wobei ihre weißen Brüste und kupferroten Haare eher abweisend als einladend wirkten ... Viviane ... Morgaine war ein Opfertier, das die Herrin von Avalon an einem Seil führte. Sie hörte sich sagen: *Ihr braucht nicht zu zerren. Ich komme ...* Raven, die lautlos schrie ... plötzlich riß eine große gehörnte Gestalt, halb Mann, halb Tier den Vorhang zur Seite und kam mit großen Schritten in den Raum – Morgaine erwachte und setzte sich auf. Doch nur der Mond schien ins Zimmer, und die fremde Frau schlief ruhig neben ihr. Schnell legte sie sich wieder hin und schlief – diesmal traumlos und tief.

Etwa eine Stunde vor der Morgendämmerung weckte man sie. Im Gegensatz zum Vortag war sie nicht mehr in dem benommenen Zustand der Trance. Morgaine war hellwach und nahm alles sehr gut wahr: die kalte frische Luft; das Rosa, das den Nebel dort färbte, wo die Sonne später aufgehen würde; der scharfe Geruch der kleinen dunklen Frauen in ihren Umhängen aus schlecht gegerbten Häuten; alles trat deutlich hervor und leuchtete in strahlenden Farben, als komme es gerade aus der Hand der Göttin ... Die dunklen Frauen flüsterten miteinander. Sie wollten die fremde Priesterin nicht stören. Morgaine hörte sie, verstand aber nur wenige Worte ihrer Sprache.

Nach einiger Zeit kam die Älteste – die Frau, die sie am Vorabend begrüßt, hereingeleitet und in deren Bett sie die Nacht verbracht hatte – und brachte frisches Wasser. Morgaine dankte ihr mit einer Verbeugung – ein Gruß von Priesterin zu Priesterin – und fragte sich danach, weshalb sie das getan hatte. Die Frau war alt; ihre wirren, langen Haare, die von einer beinernen Spange zusammengehalten wurden, waren beinahe völlig weiß. Auf der dunklen Haut trug sie verblaßte blaue Zeichen. Auch ihr Gewand bestand aus fleckig gefärbten Häuten. Aber sie trug einen Umhang aus Hirschfellen darüber, bemalt mit magischen Zeichen, und an ihrem Hals hingen zwei Ketten – eine aus klaren Bernsteinperlen – selbst Viviane besaß keine schöneren – und die andere aus Hornplättchen und wundervoll getriebenen Goldstäben. Sie bewegte sich mit derselben Würde wie Viviane; und Morgaine wußte, sie war die Mutter des Stammes und die Priesterin des Kleinen Volkes.

Die Frau bereitete Morgaine auf das Ritual vor. Sie zog sie nackt aus, bemalte ihre Fußsohlen und Handflächen mit blauer Farbe. Sie erneuerte die Mondsichel auf der Stirn. Auf Brust und Bauch zeichnete sie die Linie des Vollmonds, und dicht über der dunklen Scham den schwarzen Mond. Kurz, beinahe gleichgültig, öffnete sie Morgaines Schenkel und tastete prüfend. Ohne verlegen zu werden, wußte Morgaine, was sie suchte; die Stammespriesterin nickte zufrieden. Morgaine war unberührt. Dennoch verspürte sie einen Herzschlag halb genußvolle Angst. Gleichzeitig wurde ihr bewußt, daß sie schrecklichen Hunger hatte. Nun, sie hatte gelernt, ihn zu bezwingen, und nach einiger Zeit verschwand er auch.

Die Sonne ging auf, als die Frau Morgaine nach draußen führte. Sie trug wie die alte Frau einen Umhang mit den magischen Zeichen: der Mond und das Hirschgeweih. Sie spürte, wie die Farbe auf ihrem Körper die Haut spannte, und irgend etwas in ihr schien aus weiter Ferne verwundert und mit Verachtung auf diese Symbole eines Mysteriums zu starren, das weit älter war als die Weisheit der Druiden, in der man sie so sorgfältig unterwiesen hatte. Es dauerte nur einen Augenblick und verschwand dann sofort. Der Glaube zahlloser Geschlechter verlieh diesem Ritual seine eigene Kraft und Heiligkeit. Morgaine sah das runde Steinhaus hinter sich, vor ihr lag ein zweites und von dort führte man einen jungen Mann heraus. Sie konnte ihn nur undeutlich erkennen; die aufgehende Sonne schien ihr in die Augen. Sie sah nur, daß er groß und stark war und dichtes blondes Haar hatte. *Ist er kein Mann des Kleinen Volkes?* Doch es stand ihr nicht zu, danach zu fragen. Die Männer des Stammes – allen voran ein alter Mann mit den sehnigen Muskeln eines Schmieds und so schwarz wie seine Esse – bemalten den jungen Mann von Kopf bis Fuß mit blauem Waid. Dann warfen sie ihm einen Umhang aus ungegerbten Fellen um und rieben ihn mit Hirschfett ein. Auf seinem Kopf befestigten sie ein Geweih. Ein leiser Befehl, und er hob und senkte das Haupt, um festzustellen, daß sich nichts lockerte. Morgaine blickte auf und sah die stolze Bewegung seines Kopfes. Plötzlich durchrann sie ein Schauer, ihre Waden spannten sich, und das Wissen drang in den geheimsten Teil ihres Körpers.

Es ist der Gehörnte. Es ist der Gott. Es ist der Gefährte der Jungfräulichen Jägerin.

Man band ihr ein Gewinde aus roten Beeren um den Kopf und krönte sie mit den ersten Frühlingsblumen. Die kostbare Kette aus Gold und Horn wurde ehrfürchtig vom Hals der Stammesmutter genommen und Morgaine umgelegt. Sie spürte ihre Schwere wie das Gewicht des Zaubers. Die aufgehende Sonne blendete sie. Man gab ihr etwas in die Hand – eine Trommel aus gespannter Haut über einem umwundenen Reifen. Sie hörte sich trommeln, als kämen die Töne von weit her.

Sie standen an einem Abhang und blickten in ein dicht bewaldetes Tal, das sich leer und schweigend vor ihnen ausdehnte. Doch Morgaine sah das Leben des Waldes – sah die Hirsche, die auf schlanken Beinen lautlos zwischen den Bäumen wanderten; sah die Tiere, die im Geäst kletterten, und sah die Vögel, die ihre Nester bauten. Alles schwirrte, sprang und eilte dahin im Überschwang der ersten schäumenden Woge des Frühlings. Sie drehte sich um und sah den Hügel hinter sich. Über ihnen, eingeritzt in den weißen Kalkstein, leuchtete eine riesige Figur, sie konnte nicht sagen, ob Mensch oder Tier. Alles verschwamm vor ihren Augen. War es ein springender Hirsch, ein schreitender Mann mit aufgerichtetem Geschlecht... auch er im Frühlingsrausch?

Den jungen Mann an ihrer Seite sah sie nicht. Sie spürte nur das drängende Leben in ihm. Ein feierliches, erwartungsvolles Schweigen lag über dem Hügel. Die Zeit löste sich auf, wurde wieder durchsichtig. Zeit war etwas, in dem sie sich bewegte, badete und das sie frei durcheilte. Die Trommel lag wieder in der Hand der Alten. Aber Morgaine wußte nicht mehr, daß sie ihr die Trommel gegeben hatte. Und wieder blendete die Sonne sie, als Morgaine den Kopf des Gottes in ihren Händen spürte und ihn segnete. Etwas in diesem Gesicht... natürlich, ehe diese Hügel aufstiegen, kannte sie dies Gesicht schon... diesen Mann, ihren Gefährten. Sie kannte ihn, schon ehe die Welt begann... Sie hörte ihre rituellen Worte nicht, sondern spürte nur die Kraft, die in ihnen lag: *Geh und erringe den Sieg... laufe mit den Hirschen... schnell und stark wie die Fluten des Frühlings... gesegnet seien auf ewig die Füße, die dich hierher trugen...* Sie war sich der Worte nicht bewußt, nur der Kraft, nur der segnenden Hände und der Stärke, die ihrem Körper entströmte... *durch* ihren Körper strömte, als fließe die Kraft der Sonne mitten durch sie hindurch und in den Mann vor ihr.

Die Kraft des Winters ist gebrochen, das neue Leben des Frühlings soll dich begleiten und dir den Sieg bringen... das Leben der Göttin, das Leben der Welt, das Blut der Erde, das unsere Mutter für ihr Volk vergossen hat...

Morgaine hob die Hände und segnete den Wald, die Erde und spürte, daß die Wogen der Macht wie sichtbares Licht durch ihre Hände strömten. Der Körper des jungen Mannes strahlte in der Sonne wie ihr eigener. Niemand der Umstehenden wagte zu sprechen. Mit einer schnellen Bewegung erhob sie die Hände. Sie spürte, wie die Woge der Kraft sich nun über alle ausbreitete – das Zeichen für den Gesang, der sich mit Mächtigkeit erhob. Sie hörte nicht die Worte, nur den Pulsschlag der Macht, die ihnen innewohnte:

Das Leben erwacht im Frühling. Die Hirsche hetzen durch den Wald, und unser Leben hetzt hinter ihnen her. Der König der Hirsche wird sie bezwingen... der König der Hirsche, der Gehörnte, den die Mutter gesegnet hat, soll triumphieren...

Morgaines Körper war bis zum Zerreißen gespannt ... ein schußbereiter Bogen, auf dessen Sehne der Pfeil der Macht lag, der sein Ziel finden mußte. Dann berührte sie den Gehörnten und ließ der Macht freien Lauf. Alle schienen von ihr erfaßt; sie sprangen auf und davon, jagten wie der Wind den Abhang hinunter, wogten, wie von den Fluten des Frühlings getragen, zu Tal. Morgaine spürte, wie die Macht von ihr wich und brach zusammen. Still lag sie auf der Erde und spürte, wie die feuchte Kälte ihren Körper durchdrang. Aber die Trance des Gesichts nahm ihr das Bewußtsein.
Wie leblos lag Morgaine am Boden. Doch ein Teil von ihr begleitete die anderen, rannte mit ihnen den Abhang hinunter, sprang mit den Männern des Stammes hinter dem Gehörnten her. Bellende Rufe folgten ihnen, als seien sie Hunde, und etwas in Morgaine erkannte, daß es die Frauen waren, die die Jagenden mit Rufen antrieben.

Die Sonne stieg höher; das Große Rad des Lebens kreiste am Himmel und eilte vergebens dem dunklen Gefährten, dem Dunklen Sohn hinterher ...
Das Leben der Erde, die reißenden Ströme des Frühlings, schäumten in den schier berstenden Herzen der rennenden Männer. Und wie die Ebbe nach der Flut schloß sich die Dunkelheit des Waldes über ihnen, verschluckte sie. Sie rannten nicht mehr, sondern liefen geschwind und geräuschlos mit den federnden Schritten der Hirsche; sie *waren* die Hirsche, die dem Gehörnten folgten. Sie trugen die Umhänge, die die Hirsche bannten. Die Halsketten standen für das Leben, eine endlose Kette: Leben und sich ernähren, gebären und sterben, selbst gegessen werden, um die Kinder der Mutter zu nähren.
... Mutter, schütze deine Kinder. Dein Königshirsch muß sterben, um das Leben deines Dunklen Sohnes zu bewahren ...
Dunkelheit, das verborgene Leben des Waldes umgab sie. Schweigen ... das Schweigen der Hirsche ... Morgaine nahm jetzt den Wald als Leben wahr und die Hirsche als das Herz des Waldes. Sie gab ihre Macht und den Segen dem Wald.
Ein Teil von ihr lag erschöpft auf dem sonnenbeschienenen Abhang in Trance und ließ sich vom Leben der Sonne durchtränken – Körper, Seele und innerstes Wesen. Ein anderer Teil aber rannte mit den Hirschen und den Männern, bis sie eins waren ... miteinander verschmolzen ... die Lebensströme der ruhenden Hirsche im Dickicht, der kleinen, schlanken Hirschkälber, in denen das Leben

pulsierte wie in ihrem Körper, vereinten sich mit den Lebensströmen der Männer, die lautlos und wachsam durch den Schatten glitten ...
Morgaine fühlte, wie irgendwo im Wald der Königshirsch den Kopf hochwarf, in den Wind schnupperte und die Witterung eines Feindes aufnahm, einer der Seinen, einer des fremden Lebens ... sie wußte nicht, ob es der vierbeinige Königshirsch war oder der zweibeinige, den sie gesegnet hatte. Im Leben der Mutter Erde waren sie eins. Ihr Schicksal lag in der Hand der Göttin. Ein zweites Geweih hob sich, der witternde Atem nahm das Leben des Waldes in sich auf, suchte das Fremde, die Beute, den Räuber, den Rivalen, den es nicht geben konnte.
Ah, Göttin ... sie stoben dahin, brachen durch das Unterholz. Die flinken Männer folgten ihnen ... nur leiser, sie rannten und rannten ... Rennen, bis das Herz wie rasend klopft und die Brust zu zerspringen scheint ... Rennen, bis das Leben des Körpers alles Wissen und jeden Gedanken auslöscht ... dahinjagen ... suchen und gesucht werden ... mit den Hirschen rennen, die fliehen und den Männern, die sie jagen ... rennen mit dem kreisenden Leben der großen Sonne auf den aufschießenden Wogen des Frühlings ... rennen mit dem Fluß des Lebens ...
Morgaine lag immer noch bewegungslos, das Gesicht auf die Erde gepreßt. Die Strahlen der Sonne brannten auf ihrem Rücken. Die Zeit raste und schlich dann wieder dahin. Morgaine sah ... und es schien ihr, daß sie solches schon einmal gesehen hatte in einer Vision – irgendwann, irgendwo, vor langer Zeit ... wie der große sehnige Mann mit dem Messer in der Hand stürzte. Er fiel zwischen die Hirsche, zwischen die stampfenden Hufe ... Morgaine erkannte nun alles, sie schrie auf und wußte gleichzeitig, daß der Schrei alles durchdrang und selbst der Königshirsch den tödlichen Angriff verhielt. Einen Augenblick lang schien alles stillzustehen. Und in diesem kurzen Schweigen sah sie, wie sich der große sehnige Mann keuchend aufrichtete, auf die Füße sprang und mit gesenktem Kopf vorwärtsstürmte. Er stieß das Geweih gegen den Hirsch, verhakte sich. Er schwankte und kämpfte, klammerte sich mit seinen starken Händen und seinem jungen Körper an das Tier ... ein Messer blitzte auf. Blut strömte auf die Erde, und auch er blutete, der Gehörnte ... Blut rann über seine Hände, Blut aus einer klaffenden Wunde in seiner Seite ... Sein Blut floß auf die Erde – ein Opfer, das für die Mutter vergossen wurde, damit das Leben trinken konnte ... doch

dann sprudelte das Blut des Königshirschs in einem Schwall über ihn, als seine Klinge das Herz fand. Die Männer stürzten mit ihren Speeren herbei...

Morgaine sah, wie man ihn davontrug... rot vom Blut seines Zwillings und Rivalen, des Königshirsches. Die Messer der kleinen dunklen Männer blitzten auf. Sie legten dem Gehörnten das blutige warme Fell um die Schultern. Im Triumphzug kehrten sie zurück. Feuer flammten in der Dämmerung auf. Und als die Frauen Morgaine hochhoben, sah sie, ohne überrascht zu sein, daß die Sonne unterging. Sie taumelte, als sei auch sie den ganzen Tag lang mit den Männern und den Hirschen gelaufen.

Man krönte sie noch einmal mit dem Rot des Sieges. Man brachte den Gehörnten blutend zu ihr. Sie segnete ihn und zeichnete seine Stirn mit dem Hirschblut. Der Kopf mit dem Geweih, das den nächsten Königshirsch zur Strecke bringen sollte, wurde weggetragen. Das Geweih des Gehörnten war zersplittert und geborsten und wurde ins Feuer geworfen. Bald verbreitete sich der Geruch verbrannten Fleisches. Morgaine fragte sich, ob es von Mann oder Tier war...

Man setzte sie nebeneinander und brachte ihnen das erste Stück, aus dem noch Blut und Fett tropften. Morgaine spürte, wie alles vor ihr verschwamm. Fettes Fleisch war nichts für sie nach dem langen Fasten. Einen Augenblick lang war ihr, als müsse sie sich übergeben. Er saß neben ihr und aß hungrig. Im Schein des Feuers sah sie seine wohlgeformten, starken Hände... sie schloß die Augen, öffnete sie wieder und sah in einem merkwürdigen Augenblick doppelten Sehens Schlangen, die sich um seine Handgelenke wanden. Dann waren sie wieder verschwunden. Die Männer und Frauen des Stammes begannen, das rituelle Fest zu feiern. Sie sangen die Siegeshymne in der Alten Sprache, die Morgaine nur halb verstand:

»Er hat gesiegt, er hat getötet...
...die Erde wird mit dem Blut unserer Mutter getränkt...
...die Erde wird mit dem Blut des Gottes besprengt...
...er wird erscheinen und ewig herrschen...
...er hat gesiegt, er wird siegreich sein,
bis ans Ende der Welt...«

Die alte Priesterin, die Morgaine am Morgen bemalt und geschmückt hatte, hielt ihr einen silbernen Becher an die Lippen. Sie spürte, wie das scharfe Getränk brennend durch ihre Kehle floß... Feuer und dahinter der bittersüße Geschmack des Honigs. Das blutige Fleisch hatte sie bereits trunken gemacht... in den letzten sieben Jahren hatte sie nur ab und an Fleisch gegessen. Alles verschwamm, als man sie davontrug, entkleidete und ihren nackten Körper mit neuen Farben und Gewinden schmückte; die Augenbrauen und die Knospen ihrer Brüste wurden mit dem Blut des erlegten Hirsches bemalt.

Die Göttin empfängt ihren Gefährten. Und sie wird ihn am Ende der Zeit wieder töten. Sie wird ihren dunklen Sohn gebären, der den Königshirsch fällen wird ...

Ein kleines Mädchen, von Kopf bis Fuß blau bemalt, rannte mit einem großen Teller über die gepflügten Felder und besprengte die Erde mit dunklen Tropfen. Morgaine hörte ein gewaltiges Rufen, das sich hinter ihr erhob.

»Die Felder sind gesegnet! Gib uns Nahrung, Mutter!«

Einen winzigen Augenblick lang flüsterte eine Stimme in Morgaine, die benommen, trunken und nur halb in ihrem Körper weilte: *Du bist verrückt. Du, eine gut unterrichtete und gebildete Frau, eine Prinzessin und Priesterin aus dem königlichen Geschlecht von Avalon, erzogen in der Weisheit der Druiden, du liegst hier bemalt wie eine Wilde herum, stinkst nach frischem Blut und erduldest diesen barbarischen Mummenschanz ...*

...dann war alles vorüber. Der Vollmond stieg majestätisch und stolz aus den Wolken auf, die ihn verdeckt hatten. Vom Glanz geblendet, spürte sie, wie das Licht der Göttin auf ihren Körper fiel und durch ihn hindurchströmte... sie war nicht mehr Morgaine. Sie war namenlos, Priesterin und Jungfrau und Mutter... Man schlang ein Gewinde aus roten Beeren um ihre Lenden, und sie fühlte, wie die Schwere ihrer Scham sie wie das Frühlingsfluten in die Tiefe zog. Eine Fackel flammte vor ihr auf. Man führte sie in die finstere Dunkelheit, wo das Echo des Schweigens alles umgab – in eine Höhle. Die Wände, die um sie herum in die Höhe wuchsen, trugen die Heiligen Zeichen, die seit Anbeginn der Zeit auf den Fels gemalt wurden: der Hirsch und das Geweih, der Mann mit dem Gehörn auf der Stirn, der gewölbte Leib und die vollen Brüste der Gebärerin, der Großen Mutter...

Die Priesterin legte Morgaine auf ein Lager aus Hirschfellen. Einen Augenblick lang war ihr kalt, und sie fürchtete sich sehr. Sie zitterte; die alte Frau krauste voller Mitleid die Stirn. Sie nahm Morgaine in die Arme und küßte sie auf den Mund. Morgaine klammerte sich an die alte Frau und drückte sie in plötzlicher Angst an sich, als seien die schützenden Arme der Frau die Arme ihrer Mutter ... die Priesterin lächelte sie an, küßte sie noch einmal. Dann berührte sie segnend ihre Brüste und ging.

Morgaine ruhte auf dem Lager und fühlte, wie das Leben der Erde sie umgab; sie schien sich auszudehnen, die ganze Höhle auszufüllen. Die kleinen geritzten Bilder waren auf ihren Brüsten und auf der Haut des Bauches, und über ihr dräute die große, schreitende Kreidegestalt – Hirsch oder Mann – mit dem hochaufgerichteten Geschlecht ... der unsichtbare Mond draußen überflutete ihren Körper mit Licht, als die Göttin von ihrem Körper und ihrer Seele Besitz ergriff. Sie streckte die Arme aus und wußte, daß vor der Höhle im Licht der Fruchtbarkeitsfeuer Männer und Frauen, die vom schäumenden Strom des Lebens zueinander gezogen wurden, sich auf ihren Befehl vereinigten. Das kleine, blaubemalte Mädchen, das mit dem befruchtenden Blut über die Felder gelaufen war, wurde in die Arme eines alten sehnigen Jägers gelegt; Morgaine sah, wie sich die Kleine kurze Zeit wehrte, aufschrie und unter seinem Körper begraben wurde, während sich ihre Schenkel auftaten – bezwungen von der unwiderstehlichen Kraft der Natur. Morgaine sah es, ohne etwas zu sehen. Sie schloß die Augen vor der blendenden Fackel und hörte die Schreie.

Er stand im Eingang der Höhle. Das Geweih war von der Stirn verschwunden. Die Haare fielen ihm in Strähnen ins Gesicht. Sein Körper war blau bemalt und blutbefleckt. Die blasse Haut war so weiß wie die riesige Figur an der Decke der Höhle ... der Gehörnte, der Gefährte war gekommen ... Er bewegte sich benommen. Auch er war nackt und trug ein Gewinde um die Hüften. Sie sah sein zuckendes, aufgerichtetes Geschlecht, in dem das Leben pulsierte wie bei der weißen Figur an der Decke. Er kniete neben ihr nieder, und im Licht der Fackel sah sie erstaunt, daß er kaum mehr als ein Junge war – keiner aus dem dunklen, Kleinen Volk, sondern groß und blond ... *Warum haben sie nicht einen der ihren zum König gewählt?* Der Gedanke durchzuckte Morgaine wie ein Mondstrahl. Dann war er ausgelöscht, und sie dachte nichts mehr.

Es ist Zeit für die Göttin, den Gehörnten willkommen zu heißen ... Er kniete am Rand des Fellagers und schwankte geblendet vom Licht der Fackel. Sie griff nach seinen Händen, zog ihn zu sich hinunter und spürte den geschmeidigen, warmen, kräftigen Körper. Sie mußte ihn führen: *Ich bin die Große Mutter, die alles weiß ... die*

Jungfrau, die Mutter, die Allwissende. Ich führe die Jungfrau und ihren Gefährten . . .
Benommen, erschrocken und erregt zugleich spürte sie halb unbewußt, wie die Kräfte des Lebens von ihnen Besitz ergriffen. Sie bewegte ihren Körper willenlos, bewegte auch ihn, der auf ihr lag, führte ihn ungestüm in sich, bis sie sich beide bewegten, ohne zu wissen, welche Macht sie dazu trieb. Sie hörte sich wie in großer Ferne aufschreien und hörte seine hohe, flirrende Stimme, die das Schweigen durchbrach. Keiner von beiden sollte je erfahren, was sie in diesem Augenblick gerufen hatten. Die Fackel knisterte und verlosch. In der Dunkelheit zerstob die rasende Wildheit seines jungen Körpers und ergoß sich in ihren Leib.
Er stöhnte und fiel über sie, und nur sein keuchender Atem verriet, daß er lebte. Sie schob ihn sanft von sich, wiegte ihn in ihren Armen und umfaßte ihn voller Erschöpfung und Wärme. Sie spürte, wie er ihre nackten Brüste küßte. Dann beruhigte sich allmählich sein Atem. Bald wußte sie, daß er in ihren Armen schlief. Sie küßte seine Haare und seine weichen Wangen mit wilder Zärtlichkeit . . . und schlief ebenfalls ein.

Als Morgaine erwachte, war viel Zeit vergangen. Das Mondlicht drang in die Höhle. Sie fühlte sich unendlich müde. Ihr ganzer Körper schmerzte. Sie griff sich zwischen die Beine und wußte, daß sie blutete. Sie warf die feuchten Haare aus dem Gesicht und sah auf den blassen ausgestreckten Körper des Mannes hinunter, der neben ihr den tiefen Schlaf der Erschöpfung schlief. Er war groß und stark und schön. Aber im Mondlicht konnte sie seine Züge nicht deutlich erkennen. Das magische Gesicht hatte sie verlassen; jetzt gab es nur noch Helligkeit des Mondes, nicht mehr das alles überstrahlende Gesicht der Göttin. Sie war Morgaine und nicht mehr der Schatten der Großen Mutter; sie war wieder die Priesterin und wußte um das Geschehene.
Einen Augenblick lang dachte sie an Lancelot, den sie geliebt und dem sie das Geschenk hatte machen wollen. Jetzt gehörte es nicht dem einst geliebten Mann, sondern einem namenlosen Fremden . . . nein, das durfte sie nicht denken. Sie war keine Frau, sondern Priesterin. Sie hatte die Kraft der Jungfrau dem Gehörnten gegeben, wie es ihr Schicksal schon bestimmte, noch ehe die Welt geschaffen war. Dies war ihr Los als Priesterin von Avalon. Sie hatte getan, was sie tun mußte.

Morgaine fror, legte sich wieder auf das Lager und zog die Felldecke über sich. Man hatte das Lager mit stark duftenden Kräutern bestreut; sie rümpfte leicht die Nase über den scharfen Geruch. Sie kannte die Zeiten des Tages und wußte, daß die Sonne bald aufgehen würde. Der junge Mann spürte ihre Bewegung und richtete sich schlaftrunken auf.

»Wo sind wir?« fragte er. »Ach ja, ich erinnere mich ... in der Höhle. Oh, es wird schon hell.« Er lächelte und griff nach ihr. Er zog sie an sich, küßte sie und nahm sie in seine starken Arme. »Gestern abend warst du die Göttin«, murmelte er, »heute morgen wache ich auf und stelle fest, du bist eine Frau.«

Sie lachte leise: »Und du? Bist du nicht der Gott, sondern ein Mann?«

»Ich glaube, mir reicht es, ein Gott gewesen zu sein, und außerdem, glaube ich, ist es für einen Menschen aus Fleisch und Blut höchst anmaßend, wie Gott sein zu wollen«, sagte er und preßte sie an sich. »Ich bin zufrieden, ein Mann zu sein.«

Morgaine erwiderte: »Vielleicht gibt es eine Zeit, in der man Göttin und Gott sein muß, und eine Zeit, in der man nur Fleisch und Blut ist.«

»Gestern abend habe ich mich vor dir gefürchtet«, gestand er. »Ich hielt dich für die überlebensgroße Göttin ... und dabei bist du so zierlich!« Plötzlich blinzelte er und sagte: »Oh, du sprichst meine Sprache. Es war mir noch nicht aufgefallen ... du gehörst also nicht zu diesem Volk.«

»Ich bin eine Priesterin der Heiligen Insel.«

»Und die Priesterin ist eine Frau«, stellte er fest, und seine Hände glitten sacht über ihre Brüste, die sich unter der Berührung plötzlich verlangend regten. »Glaubst du, die Göttin wird zürnen, wenn ich die Frau ihr vorziehe?«

Morgaine lachte: »Die Göttin kennt die Männer.«

»Und ihre Priesterin?«

Plötzlich überfiel sie Scheu. »Ich habe vorher noch keinen Mann gekannt«, sagte sie, »und gestern war es die Göttin, nicht ich ...«

Er zog sie an sich und sagte in die Dämmerung: »Da der Gott und die Göttin ihre Lust gehabt haben, sollten der Mann und die Frau sie nicht auch kennenlernen?« Seine Hände wurden kühner, und sie zog ihn an sich. »Es scheint nur richtig«, antwortete sie.

Dieses Mal konnte Morgaine es in vollem Wissen ihrer Weiblichkeit genießen – die Sanftheit und Härte, die starken jungen Hände und

die überraschende Zärtlichkeit, die sich hinter seiner Kühnheit verbarg. Sie lachte voll Entzücken über diesen unerwarteten Genuß, öffnete sich ihm und gab sich ihm hin, denn sie empfand seine Freude als ihre eigene. Noch nie im Leben war sie so glücklich gewesen. Hinterher lagen sie ineinander verschlungen und liebkosten sich in wohliger Erschöpfung.
Es wurde hell, und er sagte schließlich seufzend:
»Sie werden mich bald holen kommen. Mir steht noch mehr bevor ... man bringt mich irgendwohin und gibt mir ein Schwert, und ich weiß nicht, was sonst noch.« Er setzte sich auf und lächelte sie an. »Ich würde mich gern waschen und mich wie ein gesitteter Mensch bekleiden, dieses Blut und all die blaue Farbe loswerden ... wie schnell doch alles vorbei ist. Gestern abend war mir nicht einmal bewußt, daß ich über und über mit Blut besudelt war ... sieh nur, auch an deinem Körper klebt Hirschblut, weil ich auf dir lag ...«
»Ich glaube, wenn sie mich holen, werden sie mich im Fluß baden und mir frische Gewänder bringen«, sagte sie, »und dir vermutlich auch.«
Er seufzte mit leichter Trauer in der Stimme. Wie konnte er so jung sein, dieser Riese, der mit dem Königshirsch gekämpft und ihn mit dem Messer erlegt hatte?
»Vermutlich werde ich dir nie wieder begegnen«, sagte er, »du bist eine Priesterin und der Göttin geweiht. Aber eines möchte ich dir sagen ...«, er beugte sich über sie und küßte sie zwischen die Brüste, »... du warst die erste Frau; wie viele nach dir auch kommen mögen, ich werde mein Leben lang an dich denken, dich lieben und dich segnen. Ich verspreche es dir!«
Tränen rannen über seine Wangen. Morgaine griff nach ihrem Rock, trocknete sie zärtlich und wiegte seinen Kopf an ihrer Brust.
Bei dieser Geste schien er den Atem anzuhalten.
»Deine Stimme«, flüsterte er, »und das, was du gerade tust ... weshalb nur glaube ich, dich zu kennen? Liegt es daran, daß du die Göttin bist, die alle Frauen ist? Nein ...«, er erstarrte, richtete sich auf und nahm ihr Gesicht in seine Hände. Morgaine sah im zunehmenden Licht, daß die knabenhaften Züge bereits männlich wurden und glaubte unbestimmt, auch ihn zu kennen. Plötzlich hörte sie ihn heiser rufen: »Morgaine! Du bist Morgaine! Morgaine, meine Schwester! O Gott, Heilige Jungfrau Maria, was haben wir getan?«
Sie legte langsam die Hände auf ihre Augen und flüsterte: »Mein Bruder! O Göttin! Bruder! Gwydion ...«

»Artus«, murmelte er.
Sie hielt ihn fest umschlungen, und dann schluchzte er, ohne sie loszulassen. »Kein Wunder, daß ich glaubte, dich schon zu kennen, bevor die Welt erschaffen wurde.« Weinend fügte er hinzu: »Ich habe dich immer geliebt. Und das ... o Gott, was haben wir getan ...«
»Weine nicht«, bat Morgaine hilflos, »weine nicht. Wir sind in ihrer Hand. Sie hat uns hierher gebracht. Wir sind hier nicht Bruder und Schwester; vor der Göttin sind wir Mann und Frau, mehr nicht.«
Und ich habe dich nicht wiedererkannt, dachte Morgaine. *Mein Bruder, mein Brüderchen! Du lagst wie ein kleines Kind an meiner Brust. »Morgaine, Morgaine, ich habe dir doch gesagt, du sollst auf deinen kleinen Bruder aufpassen.« Mit diesen Worten ging Igraine davon und ließ uns zurück. Und du weintest dich in meinen Armen in den Schlaf ... Ich wußte es nicht.*
»Es ist alles gut«, wiederholte sie und wiegte ihn. »Weine nicht, Bruder, mein geliebter kleiner Bruder, weine nicht, es ist alles gut.«
Aber noch während sie ihn tröstete, erfaßte sie Verzweiflung.
Warum hast du uns das angetan, Große Mutter? Herrin, warum?
Morgaine wußte nicht, ob sie die Göttin oder Viviane fragte.

Auf dem ganzen Weg nach Avalon lag Morgaine mit schmerzendem Kopf in der Sänfte, gequält von der bohrenden Frage: *Warum?* Das dreitägige Fasten und der lange Tag des Rituals hatten sie erschöpft. Undeutlich war ihr bewußt, daß die nächtliche Feier und die Vereinigung dazu gedient hatten, die Heilige Kraft freizusetzen. Und ohne die Erschöpfung am Morgen wäre das Leben wie üblich weitergegangen.
Morgaine wußte nur zu gut, wenn Erschrecken und Erschöpfung erst überwunden waren, würde der Zorn folgen. Sie hoffte, Viviane zu erreichen, ehe der Ausbruch erfolgte, um wenigstens den Schein von Ruhe bewahren zu können.
Dieses Mal nahm man den Weg am See entlang, und auf ihr eindringliches Bitten hin wurde ihr erlaubt, einen Teil der Strecke zu Fuß zurückzulegen. Sie war nicht länger das besondere Medium der Zeremonie, sondern nur noch eine der Priesterinnen der Herrin vom See. Auf der Barke forderte man sie auf, die Nebel zu rufen, um den Weg nach Avalon freizumachen; wie von selbst erhob sich ihr Körper – inzwischen war dieses Mysterium ein eigengesetzlicher Bestandteil ihres Lebens.

Als Morgaine jedoch die Arme hob, überfiel sie ein lähmender Gedanke des Zweifels. Die Veränderung in ihr schien nicht gering zu sein, und sie fragte sich ernsthaft, ob sie immer noch die Macht besaß, den Weg zu öffnen. Ihr inneres Auflehnen ging sogar soweit, daß sie einen Augenblick lang zögerte. Die kleinen dunklen Männer im Boot sahen sie geduldig, doch mit großer Sorge an, und ihre Augen schienen sie zu durchbohren. Ein brennendes Schamgefühl stieg in ihr auf, als hätten die Ereignisse der vergangenen Nacht sich in der Sprache der Lust auf ihrem Antlitz eingegraben. Das Geläut der Glocken verklang ruhig über dem Wasser, und Morgaine fühlte sich in ihre Kindheit zurückgeweht. Sie hörte Vater Columba streng über die Keuschheit predigen. Er sagte, sie sei der einzige Weg, um der Heiligkeit der Jungfrau Maria am nächsten zu kommen. Die Mutter Gottes hatte durch ein Wunder ihren Sohn unbefleckt von der Sünde der Welt empfangen. Selbst damals dachte Morgaine: *Was für ein Unsinn! Wie kann eine Frau ein Kind gebären, ohne bei einem Mann gelegen zu haben?* Doch der Klang der geweihten Glocken schien etwas in ihr aufzubrechen und mit sich fortzutragen. Sie spürte plötzlich Tränen auf ihren Wangen.

»Seid Ihr krank, Herrin?«

Morgaine schüttelte den Kopf und erwiderte bestimmt: »Ich fühlte mich einen Augenblick lang schwindlig.« Sie holte tief Luft. Artus war nicht im Boot – nein, natürlich nicht. Der Merlin hatte ihn auf dem Verborgenen Weg mit sich genommen. *Die Göttin ist alles in einem – die Jungfrau Maria, die Große Mutter, die Jägerin ... und ich habe Teil an ihrer Größe.*

Morgaine machte eine abwehrende Geste, hob die Arme, und die Nebel senkten sich, die sie nach Avalon bringen würden.

Es dunkelte bereits, und obwohl Morgaine hungrig und müde war, ging sie geradewegs zum Haus der Herrin. An der Tür stand eine Priesterin, die ihr den Eintritt verwehrte.

»Die Herrin kann niemanden empfangen.«

»Unsinn«, erwiderte Morgaine. Sie spürte durch die gnädige Betäubung hindurch den Zorn in sich aufsteigen und hoffte, er würde erst ausbrechen, nachdem sie mit Viviane gesprochen hatte. »Ich bin ihre Verwandte. Frage sie, ob ich sie sehen kann.«

Die Priesterin verschwand im Haus und kehrte schnell zurück. »Die Herrin befiehlt Euch, auf der Stelle ins Haus der Jungfrauen zurückzukehren. Zur rechten Zeit wird sie Euch rufen lassen.«

Der Zorn packte Morgaine mit solcher Wucht, daß sie im ersten

Augenblick die Frau beiseite schieben und sich den Weg ins Haus erzwingen wollte. Aber die Ehrfurcht vor Viviane hielt sie zurück. Sie kannte die Strafe nicht, die einer Priesterin drohte, die den gelobten Gehorsam verweigerte; und hinter ihrem Zorn riet ihr die leise, kühle Stimme der Vernunft, daß dies sicher nicht der Weg sei, um solches herauszufinden. Tief holte sie Luft, zwang sich ruhig zu wirken, verneigte sich gehorsam und schritt davon. Die Tränen, die sie beim Klang der Glocken während der Überfahrt unterdrückt hatte, stiegen wieder in ihr auf, und erschöpft wünschte sie zu weinen. Im Haus der Jungfrauen, allein in ihrer Kammer, hätte sie schließlich weinen können. Aber die Tränen kamen nicht; sie spürte nur Scham, Pein und den Zorn, dem sie keinen freien Lauf lassen konnte. Körper und Seele schienen ihr durch einen einzigen großen Knoten der Angst gefesselt zu sein.

Zehn Tage vergingen, ehe Viviane sie rufen ließ. Der Vollmond, der beim Sieg des Gehörnten geleuchtet hatte, wurde zu einer schmalen, verblassenden Sichel. Als eine junge Priesterin Morgaine die Nachricht überbrachte, Viviane wünsche sie zu sehen, erfüllte sie ein dumpfer, schwelender Zorn.

Sie hat mit mir gespielt wie auf einer Harfe. Dieser Gedanke wich nicht aus ihrem Kopf, und als sie aus Vivianes Haus Harfenmusik hörte, hielt sie es zunächst für ein Echo ihrer bitteren Worte. Dann dachte sie: *Viviane spielt.* Aber in all den Jahren in Avalon hatte sie viel von Musik gelernt und kannte den Klang von Vivianes Harfe; die ältliche Frau war kaum mehr als eine durchschnittliche Spielerin.

Sie lauschte den Klängen und überlegte gegen ihren Willen, wer dort spielen mochte. Taliesin? Morgaine wußte, er war der größte Barde seiner Zeit gewesen, ehe er Merlin wurde. Sie hatte ihn oft genug an den hohen Festtagen und bei feierlichen Ritualen spielen hören. Inzwischen waren seine Hände alt; er besaß das frühere Können nicht mehr. Aber selbst in seinen besten Zeiten hatte er seinem Instrument keine solchen Töne entlocken können ... Nein, es war ein neuer Harfner – einer, den sie noch nie im Leben gehört hatte. Noch ehe sie ihn wirklich sah, wußte sie auch, daß er eine größere Harfe als Taliesin spielte; die Finger des Unbekannten redeten mit den Saiten, als habe er sie verzaubert.

Viviane hatte ihr einmal eine alte Geschichte aus einem fremden Land erzählt. Es war die Geschichte eines Barden, dessen Saitenspiel die Ringsteine zum Tanzen brachte; sein Gesang versetzte die Bäume in wehmütige Trauer, sie ließen die Zweige hängen und die Blätter fallen. Und als er in das Totenreich hinabstieg, willigten die strengen Richter ein, daß sein geliebtes Weib ihm in die Oberwelt folgen durfte... Regungslos stand Morgaine vor der Tür, und alles in ihr verschmolz mit der Musik. Plötzlich spürte sie, daß die Tränen, die sie in den zehn langen Tagen zurückgedrängt hatte, aufsteigen würden und ihr Zorn sich wieder verflüchtigte, wenn sie sich diesen Tönen noch weiter hingab. Die Tränen würden alles davonschwemmen und ein schwaches, hilfloses Mädchen zurücklassen. Abrupt stieß sie die Tür auf und trat ohne Zögern ein.

Im Zimmer saß Taliesin, der Merlin. Doch er spielte nicht; er hielt die Hände im Schoß gefaltet und beugte sich aufmerksam lauschend vor. Sie sah auch Viviane in einem einfachen Hausgewand – nicht an ihrem gewohnten Platz, sondern etwas weiter vom Feuer entfernt. Sie hatte den Ehrenplatz dem fremden Harfner überlassen.

Es war ein junger Mann im grünen Gewand des Barden; er war nach römischer Sitte rasiert und hatte rötlich schimmerndes, schwarzbraunes lockiges Haar. Seine Stirn wirkte beinahe zu hoch, und Morgaine erwartete, daß die tiefliegenden Augen unter den Brauen dunkel wären, aber sie waren leuchtend blau. Er runzelte die Stirn über die Störung, und seine Hände verhielten mitten in einem Akkord.

Auch Viviane sah mißbilligend auf, überging jedoch Morgaines unhöfliches Benehmen. »Komm her, Morgaine, und setze dich neben mich. Ich weiß, du liebst Musik; ich dachte, du würdest gerne Kevin, den Barden, hören.«

»Ich habe vor der Tür gelauscht.«

Der Merlin lächelte. »Dann komm schon herein und setze dich zu uns. Kevin ist neu in Avalon. Ich glaube, wir können viel von ihm lernen.«

Morgaine ging zu Viviane hinüber und setzte sich auf einen niedrigen Hocker neben sie. Die Herrin vom See sagte: »Meine Nichte Morgaine, Herr. Auch in ihr fließt das königliche Blut von Avalon. Vor Euch, Kevin, seht Ihr die Frau, die in den kommenden Jahren Herrin hier sein wird.«

Morgaine machte eine überraschte Bewegung. Sie hatte bis jetzt nicht gewußt, was Viviane mit ihr plante. Doch der Zorn erstickte die aufsteigende Dankbarkeit. *Sie glaubt, ein freundliches Wort oder eine Schmeichelei genügen, und ich werde ihr wie ein Hündchen die Füße lecken!*

»Möge dieser Tag fern sein, Herrin von Avalon, und möge Eure

Weisheit uns noch lange leiten«, sagte Kevin glatt. Er schien ihre Sprache gut gelernt zu haben – Morgaine konnte mehr ahnen als hören, daß es nicht seine Muttersprache war. Ein kurzes Zögern und Nachdenken, ehe er redete, verrieten ihn, obwohl die Setzung der Worte fast fehlerlos war; schließlich besaß er das Ohr eines Musikers. Morgaine schätzte ihn auf etwa dreißig Jahre – vielleicht etwas älter. Aber sie sah ihn nach dem ersten überraschenden Blick in seine strahlend blauen Augen nicht genauer an und betrachtete statt dessen die große Harfe auf seinen Knien um so eifriger.

Wie Morgaine vermutet hatte, war sie sogar etwas größer als die Harfe, die Taliesin an hohen Festtagen spielte. Sie unterschied sich durch ihr dunkles, rötlich glänzendes Holz von den Harfen in Avalon, die aus der hellen Weide geschnitzt wurden. Morgaine fragte sich, ob sie deshalb diese seidigen, klaren Töne hervorbrachte. Die Rundungen waren vom anmutigen Schwung einer Wolke, die Wirbel bestanden aus merkwürdig blassem Bein, und das ganze Instrument schmückten fremdartige aufgemalte Runen, die Morgaine, die wie jede gebildete Frau Griechisch lesen und schreiben konnte, jedoch nicht kannte. Kevin bemerkte ihre Aufmerksamkeit und sagte etwas weniger mißbilligend: »Ihr bewundert *meine* Herrin.« Seine Finger strichen zärtlich über das dunkle Holz. »Ich gab ihr diesen Namen, als sie für mich gebaut wurde ... Sie ist das Geschenk eines Königs. Sie ist die einzige Frau, ob Mädchen oder Matrone, deren Zärtlichkeiten ich nie überdrüssig werde und deren Stimme ich immer hören kann.«

Viviane lächelte Kevin an. »Wenige Männer können sich einer so treuen Geliebten rühmen.«

Sein Lächeln wurde bitter: »Oh, wie alle Frauen liebt sie die Hand, die sie streichelt. Aber ich glaube, sie weiß, daß ihr meine Berührung den höchsten Genuß bereitet. Und da sie wie alle Frauen unersättlich ist, bin ich sicher, daß sie mich am meisten liebt.«

Viviane entgegnete: »Das klingt, als hättet Ihr keine gute Meinung von Frauen aus Fleisch und Blut.«

»Das stimmt, Herrin ... die Göttin ausgenommen ...« Er sprach mit einem Anflug von Ironie, aber nicht spöttisch. »Ich bin damit zufrieden, keine andere Geliebte als meine Herrin zu haben. Sie tadelt mich nie, wenn ich sie vernachlässige; sie ist immer dieselbe liebevolle Gefährtin.«

Morgaine hob den Blick und sagte: »Vielleicht behandelt Ihr sie besser als eine Frau aus Fleisch und Blut, und sie belohnt Euch pflichtschuldigst und in höchsten Tönen dafür.«

Viviane runzelte die Stirn, und Morgaine wußte, daß sie zu weit gegangen war. Plötzlich hob Kevin den Kopf und blickte sie an. Morgaine sah verwundert die bittere Feindseligkeit in seinem Blick und spürte, daß er ihren Zorn verstand, denn einst hatte er ihn selbst kennengelernt und damit gerungen.

Kevin hätte vielleicht geantwortet. Aber Taliesin nickte ihm zu, und er senkte den Kopf wieder über die Harfe. Jetzt fiel Morgaine auf, daß er anders spielte als die meisten Harfner, die ihre kleinen Instrumente im Arm hielten und mit der linken Hand die Saiten schlugen. Er nahm die Harfe zwischen die Knie und beugte sich darüber. Sie sah es mit Überraschung; und die Musik erfüllte den Raum, erhob sich von den Saiten wie strahlendes Mondlicht, und sie vergaß das Ungewohnte seines Spiels. Sie sah, wie Kevins Gesicht sich veränderte, ruhig wurde und entrückt wirkte. Nichts blieb zurück von den spöttischen Worten. Sie wußte, sie mochte ihn mehr, wenn er spielte und weniger, wenn er sprach.

Im Raum herrschte Schweigen. Die Klänge der Harfe erfüllten ihn bis unter das Dach, und es schien, als hätten die Lauschenden aufgehört zu atmen. Die Töne trugen alles davon; Morgaine zog sich den Schleier vor das Gesicht. In der Musik schien sie wieder das Brausen des Frühlings zu hören; sie spürte das süße Wissen, das ihren Körper erfüllt hatte, als sie in jener Nacht wach im Mondlicht lag und auf die Morgendämmerung wartete. Viviane griff nach ihrer Hand und streichelte sanft einen ihrer Finger nach dem anderen, wie sie es getan hatte, als Morgaine noch ein Kind gewesen war. Sie konnte die Tränen nicht mehr halten. Dann hob sie Vivianes Hand an die Lippen und bedeckte sie mit Küssen. Und mit einem überwältigenden Gefühl des Verlustes dachte sie: *Oh, sie ist alt; sie ist alt geworden, seit ich hier bin ...* Viviane schien für sie immer alterslos, unveränderlich gewesen zu sein, wie die Göttin selbst. *Oh, aber auch ich habe mich verändert, ich bin kein Kind mehr ... Damals, als ich hierherkam, sagte sie, der Tag würde kommen, an dem ich sie so sehr hasse, wie ich sie damals liebte. Und ich konnte es nicht glauben ...*

Morgaine kämpfte gegen die Tränen an, da sie fürchtete, sich durch ein Schluchzen zu verraten und noch einmal das Harfenspiel zu unterbrechen. Sie dachte: *Nein, ich kann Viviane nicht hassen.* Ihr ganzer Zorn zerschmolz und verwandelte sich in so großes Leid, daß sie glaubte, hemmungslos schluchzen zu müssen. Weinen um sich; weinen um die Veränderungen in ihr ... weinen um Viviane, die so schön, die das Antlitz der Göttin gewesen war und jetzt eher der

Todesbotin glich... weinen um das Wissen, daß auch sie, wie Viviane, eines Tages die Todesbotin verkörpern würde; denn die Jahre zogen unbarmherzig vorüber... weinen um den Tag, an dem sie mit Lancelot auf den Berg gestiegen war und mit ihm in der Sonne gelegen, sich nach seiner Hand gesehnt hatte, ohne genau zu wissen, wonach es sie verlangte... und weinen um etwas, das sie unwiderruflich verloren hatte – nicht nur die Jungfräulichkeit, sondern ein Vertrauen und einen Glauben, den sie nie mehr empfinden würde. Morgaine wußte, daß auch Viviane still hinter ihrem Schleier weinte.

Sie blickte auf. Kevin saß reglos da; nur seine Finger glitten über die Saiten. Dann verebbte der seufzende Wahnsinn der Musik, der Raum versank in tiefem Schweigen. Der Harfner hob den Kopf, seine Finger griffen in die Saiten und schlugen eine fröhliche Melodie an – ein Lied der Gerstensäer auf den Feldern mit einem wilden Wirbel und Worten, die alles andere als feierlich waren. Er sang, und seine Stimme klang stark und rein. Morgaine richtete sich im Schutz der heiteren Musik auf und beobachtete seine Hände. Sie schob den Schleier beiseite und wischte die verräterischen Tränen ab.

Dann fiel ihr auf, daß trotz aller Fingerfertigkeit irgend etwas mit seinen Händen nicht stimmte. Sie schienen mißgestaltet zu sein; und als sie genauer hinsah, bemerkte sie, daß an einem oder zwei Fingern ein Glied fehlte und von der linken Hand ganz der kleine Finger – er spielte geschickt mit den Stummeln. So schön und geschmeidig seine Finger beim Spielen auch schienen, sie waren merkwürdig verfärbt. Als er dann die Harfe absetzte und sich vorbeugte, um sie festzuhalten, verschob sich ein Ärmel, und sie sah weiße Striemen auf seinem Arm, die wie Brandnarben oder schrecklich verheilte Wunden wirkten. Sie sah ihn genauer an und bemerkte, daß auch Kinn und Wangen von feinen Narben überzogen waren. Kevin spürte ihren Blick, und wieder trafen sich ihre Augen. Er starrte sie so kalt und zornig an, daß Morgaine errötend die Augen niederschlug. Nach seiner Musik, die ihre Seele ergriffen hatte, wollte sie des Spielers Gefühle nicht verletzen.

Kevin erklärte unvermittelt: »Meine Herrin und ich sind immer glücklich, vor Menschen zu singen, die ihre Stimme lieben. Aber ich glaube, Ihr, Herrin, habt uns nicht nur hierher befohlen, um Euch die Zeit mit Musik zu vertreiben.«

»Nicht nur«, erwiderte Viviane mit ihrer tiefen, klangvollen Stimme. »Aber Ihr habt uns eine Freude geschenkt, an die ich mich viele Jahre erinnern werde.«

»Und ich«, sagte Morgaine so schüchtern, wie sie vorher mutig gewesen war, trat aber trotzdem näher und sah die Harfe genauer an, »ich habe noch nie eine solche Harfe gesehen.«
»Das will ich gern glauben«, entgegnete Kevin, »denn sie wurde nach meinen eigenen Entwürfen gebaut. Der Harfner, bei dem ich mein Handwerk gelernt habe, rang darüber entsetzt die Hände, als hätte ich mich gegen die Götter versündigt. Er schwor, sie würde einen unheiligen Lärm bewirken, der höchstens dazu geeignet sei, den Feind zu vertreiben, wie die großen Kriegsharfen, die doppelt so hoch sind wie ein Mann. Früher stellte man sie in Gallien auf Anhöhen, und der Wind brachte so schreckliche Töne darauf hervor, daß es selbst die römischen Legionen mit der Angst zu tun bekamen, wie man sich erzählt. Ja, ich habe auf einer dieser Kriegsharfen gespielt... und ein dankbarer König gewährte mir die Gunst, eine Harfe nach meinen Vorstellungen bauen zu lassen...«
Taliesin fiel ein: »Er spricht die Wahrheit«, und zu Viviane gewandt sagte er: »Als ich das erste Mal davon hörte, wollte ich es auch nicht glauben... welcher Sterbliche, welcher Mann sollte diese Ungeheuer spielen können?«
»Ich tat es«, erklärte Kevin, »und der König ließ meine Herrin für mich bauen. Ich besitze noch eine kleinere in derselben Art, aber sie ist nicht so schön.«
»Sie ist herrlich«, sagte Morgaine. »Woraus sind die Wirbel gefertigt? Aus Walroßzähnen?«
Kevin schüttelte den Kopf. »Man sagte mir, sie sind aus den Zähnen eines riesenhaften Tieres gemacht, das in den warmen Ländern weit im Süden lebt«, erklärte er. »Ich weiß nur, das Material ist glatt, aber sehr hart und beständig. Es ist kostbarer als Gold, aber weniger auffallend.«
»Ich habe noch niemanden gesehen, der die Harfe so hält wie Ihr...«
»Gewiß«, erwiderte Kevin mit schmerzlichem Lächeln. »Ich habe nicht viel Kraft in den Armen und muß sehen, daß ich mit der wenigen, die mir blieb, auskomme. Ich sah Euren Blick auf meine Hände. Als ich sechs Jahre alt war, brannten die Sachsen das Haus nieder, in dem ich lebte. Man zog mich zu spät aus dem Feuer, und niemand glaubte, ich würde es überleben. Aber ich tat es, zum Erstaunen aller, und da ich weder gehen noch kämpfen konnte, setzte man mich in eine Ecke. Man glaubte, mit meinen verunstalteten Händen...«, er streckte sie gelassen vor ihnen aus, »könnte ich

vielleicht von den Frauen Spinnen und Weben lernen. Dazu hatte ich wenig Neigung. Eines Tages kam ein alter Harfner ins Haus, und für einen Teller Suppe setzte er sich zu mir, um mir, dem Krüppel, die Zeit zu vertreiben. Er erklärte mir die Saiten, und ich versuchte zu spielen. Es gelang mir tatsächlich, passende Töne hervorzubringen. In diesem und im nächsten Winter verdiente er sich sein Brot damit, mir das Spielen und Singen beizubringen. Er sagte, er würde mich soweit ausbilden, daß ich mich damit ernähren könnte. Zehn Jahre lang saß ich in einer Ecke und spielte und spielte. Schließlich wurden meine Beine stark genug, und ich lernte wieder laufen.« Kevin zuckte die Schultern, griff nach einem Tuch, das hinter ihm lag, wickelte die Harfe darin ein und schob sie in eine mit Zeichen bestickte Lederhülle. »Später wurde ich Harfner in einem Dorf und schließlich spielte ich am Hof eines Königs. Der alte König starb, und sein Sohn hatte kein Ohr für Musik. Ich hielt es für das beste, sein Reich zu verlassen, ehe er verstohlene Blicke auf das Gold an meiner Harfe warf. Danach kam ich auf die Insel der Druiden und lernte dort das Handwerk eines Barden. Schließlich schickte man mich nach Avalon... und hier bin ich nun«, fügte er hinzu und zuckte noch einmal mit den Schultern. »Aber Ihr habt mir immer noch nicht gesagt, Ehrwürdiger Merlin, weshalb ich Euch hierher begleiten sollte, und Ihr, meine Damen, auch nicht.«

»Weil ich alt bin«, erwiderte der Merlin, »und die Ereignisse, die wir heute abend in Bewegung setzen, sich vielleicht erst im nächsten Geschlecht in voller Blüte entfalten werden. Denn wenn es soweit ist, werde ich nicht mehr sein.«

Viviane beugte sich vor und fragte: »Habt Ihr ein Zeichen bekommen, Vater?«

»Nein, nein, meine Liebe. Ich möchte das Gesicht nicht an solche Dinge verschwenden. Wir fragen die Götter nicht, ob im nächsten Winter Schnee fällt. So wie du Morgaine zu dir genommen hast, habe ich Kevin, den Barden, mitgebracht, damit ein Jüngerer verfolgen kann, was geschehen mag, wenn ich nicht mehr bin. Hört also, was ich zu sagen habe: Uther Pendragon liegt in Caerleon im Sterben, und wenn der Löwe fällt, versammeln sich die Geier. Man hat uns davon in Kenntnis gesetzt, daß sich in Kent ein großes Heer zusammenzieht. Die verbündeten Stämme glauben, der Augenblick sei gekommen, sich zu erheben und uns das restliche Britannien auch noch zu nehmen. Sie haben Söldner vom Festland angeworben, im Land nördlich von Gallien, um unser Volk zu besiegen. Sie wollen alles zerstören, was Uther geschaffen hat. Jetzt ist die Zeit gekommen. Das ganze Volk muß unter dem Banner kämpfen, das wir in jahrelanger Mühe aufgerichtet haben. Es bleibt nicht viel Zeit... sie sollen ihren König bekommen, und es muß jetzt geschehen. Wir dürfen keinen Monat länger zögern, sonst ist es zu spät. Lot möchte auf den Thron. Aber die Männer aus dem Süden folgen ihm nicht. Es gibt noch andere Bewerber... Herzog Marcus aus Cornwall... Uriens von Nordwales. Aber sie haben alle nur das Wort ihrer eigenen Leute. Es könnte leicht sein, daß es uns wie dem Esel Buridans geht, der zwischen zwei Heuhaufen verhungert, weil er nicht entscheiden kann, welchen von beiden er zuerst fressen soll... Wir müssen den Sohn des Pendragon zum König machen, wie jung er auch sein mag.«

Kevin sagte: »Ich habe nie gehört, daß der Pendragon einen Sohn hat. Oder hat er den Sohn anerkannt, den seine Gemahlin bald nach der Hochzeit in Cornwall gebar? Uther muß es mit seiner Vermählung mit Igraine wirklich eilig gehabt haben, wenn er noch nicht einmal die Geburt des Kindes abwarten konnte, ehe er sie in sein Bett nahm.«

Viviane hob die Hand. »Der junge Prinz ist Uthers Sohn«, erklärte sie. »Niemand wird daran zweifeln, wenn er am Hofe erscheint.«

»Wirklich? Uther tat gut daran, ihn zu verbergen«, erwiderte Kevin, »denn sein Sohn ist von der Frau eines anderen Mannes...«

Viviane brachte ihn mit einer knappen Geste zum Schweigen: »Igraine ist meine Schwester, und sie entstammt dem königlichen Geschlecht von Avalon. Der Sohn von Uther und Igraine ist der Mann, dessen Kommen geweissagt wurde. Er ist der König, der war, und der sein wird. Er hat bereits das Geweih getragen, und die Stämme haben ihn gekrönt...«

»Welcher König in Britannien, glaubt Ihr, wird einen Siebzehnjährigen als Großkönig anerkennen?« fragte Kevin zweifelnd. »Er könnte so tapfer sein wie der hochgerühmte Cuculain, und sie würden einen noch größeren Helden fordern.«

»Er hat das Kriegshandwerk gelernt und alles, was der Sohn eines Königs wissen muß«, sagte Taliesin. »Aber er weiß noch nicht, daß er königlicher Abkunft ist. Ich glaube, seit dem letzten Vollmond ahnt er etwas von seiner Bestimmung. Uther wird wie kein König vor ihm verehrt; Artus wird das Königtum zu noch größeren Ehren führen; ich habe ihn auf dem Thron sitzen sehen. Die Frage ist nicht, ob sie ihm huldigen werden, sondern, was wir tun können, um ihn mit der ganzen Majestät eines Großkönigs auf den Thron zu bringen, damit all die zerstrittenen Könige sich gegen die Sachsen vereinen, anstatt gegeneinander zu kämpfen.«

»Ich weiß, was zu tun ist«, sagte Viviane, »und bei Neumond soll es geschehen. Ich habe ein Schwert für ihn, ein Schwert aus dem Reich der Legenden. Noch kein lebender Held hat es je geschwungen.« Sie schwieg und sagte dann langsam: »Für dieses Schwert verlange ich von ihm einen Eid. Er muß bei diesem Schwert schwören, Avalon die Treue zu halten, ungeachtet dessen, was die Christenmenschen auch tun mögen. Dann wird sich vielleicht alles wenden. Avalon kehrt aus den Nebeln zurück, während die Mönche mit ihrem toten Gott im Schatten und in den Nebeln verschwinden und Avalon wieder im Licht der äußeren Welt erstrahlt.«

»Ein ehrgeiziger Plan«, warf Kevin ein, »aber wenn der Großkönig von Britannien tatsächlich Treue schwört...«

»So wurde es schon vor seiner Geburt geplant.«

Taliesin sagte langsam: »Der Junge ist als Christ erzogen worden. Wird er einen solchen Eid ablegen?«

»Was bedeutet einem jungen Mann alles Gerede über Götter, wenn er mit einem sagenhaften Schwert sein Volk zu großen Taten führen soll?« fragte Viviane. Und achselzuckend fügte sie hinzu: »Was auch daraus entstehen mag, wir sind zu weit gegangen, um jetzt einzuhalten. Wir sind alle gebunden. In drei Tagen wird der Mond sich erneuern, und bei dieser günstigen Gelegenheit soll er das Schwert erhalten.«

Diesen Worten war wenig hinzuzufügen. Morgaine hörte schweigend zu, erregt und gleichzeitig entsetzt. Sie war schon zu lange in Avalon, dachte sie, zu lange unter Priesterinnen und nur mit heiligen Dingen und der geheimen Weisheit beschäftigt. Sie hatte vergessen, daß es da draußen noch eine Welt gab. Es war ihr nie richtig in den Sinn gekommen, daß Uther Pendragon, der Gemahl ihrer Mutter, Großkönig von Britannien war, und daß ihr Bruder ihm eines Tages auf den Thron folgen sollte. *Selbst*, so dachte sie mit einem Anflug ihres neuerworbenen Zynismus, *mit dem Makel des Zweifels an seiner Abkunft*. Vielleicht würden die verfeindeten Könige sogar einen Thronanwärter begrüßen, der keiner ihrer Parteien und Gruppierungen angehörte, der aber ein Sohn des Pendragon war. Er sah gut aus, war nicht anmaßend und konnte ein Symbol sein, unter dem sich alle verbündeten. Darüber hinaus war er ein Anwärter auf den

Thron des Großkönigs, den die Stämme, die Pikten und Avalon bereits anerkannt hatten ... Morgaine dachte bitter an die Rolle, die sie dabei gespielt hatte. Ihr Zorn kehrte zurück. Als Taliesin und Kevin sich erhoben, um zu gehen, wußte sie wieder, warum sie vor zehn Tagen ihren Zorn Viviane entgegenschleudern wollte.

Kevins Harfe in der verzierten Lederhülle war schwierig zu tragen, da sie viel größer als andere Harfen war. Kevin wirkte unter ihrer Last fast unbeholfen; er hatte ein steifes Knie und zog das andere Bein nach. *Wie häßlich er ist,* dachte Morgaine. *Ein häßlicher, grotesker Mann. Aber wer denkt schon daran, wenn er spielt? In ihm steckt mehr, als wir alle ahnen.* Sie dachte wieder an Taliesins Worte und wußte, sie sah den künftigen Merlin von Britannien vor sich, so wie er nach Vivianes Verkündigung in ihr die nächste Herrin von Avalon zu sehen hatte. Diese Aussicht versetzte sie nicht in Hochstimmung. Hätte Viviane es ihr vor der Reise gesagt, die ihr ganzes Leben veränderte, wäre sie stolz und glücklich gewesen. Jetzt überschattete das Geschehene alles.

Mit meinem Bruder ... mit meinem Bruder. Es zählte nicht, solange wir Priester und Priesterin, Gott und Göttin waren und uns im Bann des Rituals vereinigten. Aber morgens, nach dem Erwachen, vereinigten wir uns als Mann und Frau ... das war wirklich ... es war Sünde ...

Viviane stand an der Tür und sah Taliesin und Kevin nach. »Für einen Mann mit solchen Verletzungen kann er noch wacker gehen. Es ist wahrlich ein Glück für die Welt, daß er überlebt hat, und daß man ihn nicht als Bettler auf die Straße setzte oder auf den Markt, um Strohmatten zu flechten. Sein Können durfte nicht in der Dunkelheit verborgen bleiben oder am Hof eines unmusischen Königs vergeudet werden. Seine Stimme und diese Hände gehören den Göttern.«

»Er ist zweifellos begabt«, sagte Morgaine, »aber ... ist er auch weise? Der Merlin von Britannien muß nicht nur gebildet und begabt sein, sondern auch weise und ... tugendsam.«

»Das überlasse ich Taliesin«, entgegnete Viviane. »Was sein soll, muß geschehen. Ich habe dabei nichts zu befehlen.«

Plötzlich brach sich Morgaines Zorn die lang gestaute Bahn. »Gibt es wirklich etwas auf dieser Erde, von dem Ihr glaubt, es unterstehe nicht Eurem Befehl, Herrin? Ich dachte, Ihr glaubt, Euer Wille sei der Wille der Göttin, und wir seien alle Puppen in Euren Diensten!«

»So darfst du nicht reden, mein Kind«, entgegnete Viviane und sah sie erstaunt an. »Du kannst mich doch nicht wirklich beleidigen wollen.«

Hätte Viviane überheblich geantwortet, hätte Morgaines Zorn zu rasen begonnen; die Freundlichkeit Vivianes verwirrte sie jedoch. Sie fragte: »Viviane, *warum?*«, und spürte voll Scham wieder Tränen aufsteigen.

Jetzt klang Vivianes Stimme kalt, als sie antwortete: »Habe ich dich doch zu lange unter den Christenmenschen mit ihrem Gerede von Sünde gelassen? Denke daran, Kind: Du entstammst wie er dem königlichen Geschlecht von Avalon. Hätte ich dich einem Geringeren geben können? Und wer sonst wäre des künftigen Großkönigs würdig gewesen?«

»Ich habe Euch geglaubt... ich glaubte, es sei das Werk der Göttin...«

»Das war es«, entgegnete Viviane sanft, ohne zu begreifen, »aber trotzdem konnte ich dich niemandem geben, der deiner unwürdig gewesen wäre, Morgaine.« Und zärtlich fügte sie hinzu: »Er war so jung, als man euch trennte... ich glaubte, er würde dich nicht erkennen. Ich bedaure, daß du ihn erkannt hast, aber früher oder später hättest du es doch erfahren. Er hätte es nicht wissen müssen.«

Morgaine unterdrückte ihren Zorn mit aller Macht: »Er weiß es bereits. Er weiß es. Und ich glaube, ihn hat es noch mehr entsetzt als mich.«

Viviane seufzte. »Wir können nichts mehr dagegen tun. Was geschehen ist, ist geschehen. Und jetzt ist die Hoffnung Britanniens wichtiger als eure Gefühle.«

Morgaine wandte sich ab und ging hinaus. Sie wollte nichts mehr hören.

Der Mond zeigte sich nicht am Himmel. Dann, so sagte man den jungen Priesterinnen im Haus der Jungfrauen, verschleiert die Göttin ihr Gesicht vor den Menschen und holt sich Rat in den Himmeln und bei den Göttern, die hinter den Göttern stehen, die wir kennen. Auch Viviane zog sich vor dem Neumond in die Abgeschiedenheit zurück; zwei junge Priesterinnen bewachten ihre Einsamkeit.

Den größten Teil des Tages verbrachte sie im Bett und dachte mit geschlossenen Augen darüber nach, ob es vielleicht doch stimmte, was Morgaine von ihr hielt. War sie wirklich machthungrig und glaubte, alles stünde unter ihrem Befehl, damit sie nach Gutdünken damit spielen konnte?

Was habe ich denn getan? dachte sie. *Ich habe dieses Land vor Raub und Zerstörung gerettet. Ich habe es davor bewahrt, in das Vorzeitige zurückzufallen und eine Plünderung verhütet, die schlimmer gewesen wäre als alles, was Rom unter den Goten erleiden mußte.*

Sie hätte gern Morgaine rufen lassen; sie sehnte sich nach der alten Vertrautheit. Wenn das Mädchen sie wirklich hassen sollte, wäre das der höchste Preis, den sie je für eine ihrer Taten zu bezahlen hatte. Morgaine war der einzige Mensch, den Viviane wirklich liebte. *Sie ist die Tochter, die ich der Göttin schulde ... Aber was geschehen ist, ist geschehen. Es kann nicht rückgängig gemacht werden. Das königliche Geschlecht von Avalon durfte nicht durch das Blut einer Geringeren entehrt werden.* Traurig hoffte die Herrin vom See, daß Morgaine sie eines Tages verstehen würde. Aber wie auch immer, Viviane wußte, sie hatte getan, was sie tun mußte, und nicht mehr.

Sie schlief wenig in dieser Nacht, glitt in wirre Träume und Visionen, dachte an die Söhne, die sich von ihr abgewendet hatten, an die andere Welt draußen, in die der junge Artus an der Seite des Merlin zurückgekehrt war. Erreichte er seinen sterbenden Vater noch zur rechten Zeit? Uther Pendragon lag nun schon seit sechs Wochen krank in Caerleon; es schien unwahrscheinlich, daß er noch sehr viel länger leben würde.

Noch vor dem Morgengrauen stand sie auf und kleidete sich so geräuschlos an, daß sie keine der Priesterinnen weckte. Schlief Morgaine im Haus der Jungfrauen, oder lag auch sie mit schwerem Herzen wach und weinte? Morgaine hatte noch nie geweint; ihre Tränen waren erst geflossen, als Kevins Harfe ihr Herz anrührte. Aber auch dann hatte sie sie hinter ihrem Schleier verborgen.

Was geschehen ist, ist geschehen. Ich kann sie nicht schonen. Aber ich wünsche aus ganzem Herzen, es hätte einen anderen Weg gegeben ...

Leise ging sie in den Garten hinter ihrem Haus. Die Vögel erwachten, und zart duftende Apfelblüten fielen von den Bäumen, die der Insel ihren Namen gegeben hatten.

Sie werden Früchte tragen, wenn die Zeit dafür gekommen ist, und so wird das heranreifen, was ich jetzt tue. Ich werde weder Blüten noch Früchte tragen. Ich bin alt; manchmal versagt sich mir sogar das Gesicht ... das Gesicht, das mir gegeben ist, um dieses Land zu lenken.

Ihre Mutter war nicht so bejahrt. Die Zeit würde bald kommen, da sie ihre Bürde und das heilige Amt niederlegen und die Regentschaft der nächsten Herrin von Avalon zu übergeben hatte. Dann würde sie als Weise Frau oder Todesbotin hinter ihr im Schatten stehen.

Morgaine ist noch nicht bereit. Sie lebt immer noch in der Zeit der anderen Welt. Sie kann noch zittern und weinen um das, was unvermeidbar ist.

Viviane ließ die jungen und die alten Priesterinnen von Avalon vor ihrem inneren Auge vorüberziehen. Es gab keine andere, der sie die Herrschaft über das Land anvertrauen konnte. Morgaine würde eines Tages der schwierigen Aufgabe gewachsen sein, aber jetzt noch nicht. Raven... Raven hätte vielleicht die Kraft gehabt. Aber sie hatte ihre Stimme den Göttern geweiht. Raven hatte sich dem göttlichen Wahnsinn der jenseitigen Welten überstellt; sie war nicht für die Entscheidungen und Beratungen dieser Welt bestimmt. Was würde aus Britannien werden, wenn sie starb, ehe Morgaine die ganze Fülle ihrer Macht in Händen hielt?

Der Himmel über ihr war noch dunkel, obwohl sich die Nebel im Osten langsam lichteten. Sie beobachtete die zunehmende Helligkeit; langsam formten sich rote Wolken zur Gestalt eines gewundenen Drachens, der sich über den ganzen Horizont ringelte. Dann schoß eine große Sternschnuppe über den Himmel und ließ den roten Drachen verblassen. Ihr Leuchten blendete Viviane, und als sie wieder sehen konnte, war der rote Drachen verschwunden; nur die dahinziehenden Wolken leuchteten weiß in der aufgehenden Sonne.

Ein schmerzhaftes Zittern rann über Vivianes Rücken. Ein so unheilvolles Zeichen sah man nicht zweimal in seinem Leben; ganz Britannien mußte erbeben. *So scheidet Uther. Ein Lebewohl dem Drachen, der seine Flügel über unsere Küsten gebreitet hat. Jetzt werden die Sachsen über unser Land herfallen.*

Sie seufzte, und ohne Vorwarnung kräuselte sich die Luft vor ihr. Ein Mann stand im Garten. Viviane begann zu zittern – nicht aus Furcht vor einem Eindringling; sie fürchtete keinen Sterblichen, aber sie hatte schon lange keine Erscheinung dieser Art mehr gehabt. Das Gesicht drängte sich ihr ungerufen auf, und dahinter mußte eine große Macht stehen.

Eine Macht wie die Sternschnuppe; ein Zeichen, wie es zu meinen Lebzeiten noch niemand gesehen hat...

Im ersten Augenblick erkannte sie den Mann nicht. Die Krankheit hatte seine blonden Haare grau werden lassen; die breiten Schultern waren gekrümmt, und er hielt den Rücken gebeugt. Seine Haut war gelb, und aus den tiefliegenden Augen sprach Pein. Aber selbst so wirkte Uther Pendragon größer als die meisten Männer. In dem ummauerten Garten herrschte fast völlige Stille. Nur die Vögel zwitscherten, und Viviane sah durch Uthers Körper die blühenden Apfelbäume. Wie immer sprach er hart und ohne Wärme mit ihr.

So sehen wir uns also zum letzten Mal, Viviane! Zwischen uns besteht ein Band; doch keines meiner Wahl. Gut waren wir uns nie, Schwägerin. Aber ich traue deinem Weitblick, denn was du vorausgesagt hast, ist immer eingetroffen. Und du bist die einzige, die dafür sorgen kann, daß der nächste Großkönig von Britannien bekommt, was ihm rechtmäßig zusteht.

Jetzt sah sie eine große Wunde, die über seine ganze Brust lief. Wie konnte es geschehen, daß Uther Pendragon, der krank in Caerleon lag, an einer Wunde und nicht an Siechtum starb?

Ich bin gestorben, wie ein Krieger sterben soll. Die Bündnistruppen haben ihren Schwur gebrochen, und meine Krieger konnten sie nicht überwältigen, bis ich mich auf das Schlachtfeld tragen ließ, um mich zu zeigen; dann faßten sie Mut. Aesc, der Häuptling der Sachsen – ich werde diesem Wilden die Bezeichnung König nicht zubilligen – durchbrach unsere Reihen, machte drei meiner Wachen nieder, und ich tötete ihn, bevor seine Leibwache mich tötete. Der Sieg war unser. Die nächste Schlacht muß Artus schlagen, wenn er den Thron besteigt.

Viviane hörte sich laut in die Stille sagen: »Artus ist König durch die alte, edle Linie von Avalon. Er braucht das Blut des Pendragon nicht, um seinen rechtmäßigen Platz als Großkönig einzunehmen.«

Aber was bei dem Uther der diesseitigen Welt einen Zornesausbruch zur Folge gehabt hätte, rief jetzt nur ein trockenes Lächeln hervor, und sie schien seine Stimme zum letzten Mal zu hören.

Ich bezweifle nicht, daß es mehr als Eurer Zauberkunst bedarf, Schwägerin, um die Könige von Britannien hiervon zu überzeugen. Ihr mögt das Blut des Pendragon geringschätzen. Aber darauf muß der Merlin sich berufen, wenn er Artus auf meinen Thron setzen will.

Die Gestalt von Uther Pendragon verblaßte vor ihren Augen. Und vor ihr stand ein anderer Mann, den Viviane nur in Träumen gesehen hatte. Und plötzlich wußte sie, warum kein Mann für sie je mehr als eine Pflicht gewesen war, ein Mittel zur Macht oder das Vergnügen einer Nacht. Sie stand einen Augenblick lang in einem Land, das versunken war, noch ehe die Ringsteine auf dem Berg aufgerichtet wurden, und um ihre Arme wanden sich die goldenen Schlangen... die blasse Mondsichel brannte wie ein großer gehörnter Mond auf ihrer Stirn, und sie *kannte* ihn, mit einem Wissen, das jenseits von Zeit und Raum lag... Sie schrie auf; sie erhob die Große Klage um alles, was sie in diesem Leben nicht gekannt hatte; der Todeskampf eines Verlustes, von dem sie bis zu diesem Augenblick nichts geahnt hatte, überwältigte sie. Dann war der Garten leer. Nur die Vögel zwitscherten selbstvergessen im wabernden Schweigen der Nebel, die die aufgehende Sonne verhüllten.

Und weit entfernt in Caerleon weint Igraine um ihre Liebe... sie weiß, daß sie Witwe ist... und sie darf ihn betrauern... Viviane griff haltsuchend nach dem taufeuchten Stamm des großen Baumes; geschüttelt von diesem unerwarteten Schmerz lehnte sie sich dagegen. Er hatte sie nicht erkannt. Er hatte sie abgelehnt, hatte ihr bis zum Augenblick seines Todes mißtraut, als die sterbliche Hülle eines Lebens von ihm abfiel. *Sei barmherzig, Göttin... ein Leben ist vergangen, und ich habe ihn nicht erkannt... vorbei, wieder einmal vorbei! Werde ich ihn erkennen, wenn wir uns wiederbegegnen, oder werden wir auch dann blind sein und wie Fremde aneinander vorübergehen?* Sie erhielt keine Antwort; nur Schweigen umgab sie, und Viviane konnte noch nicht einmal weinen.

Igraine wird um ihn weinen... ich kann es nicht.

Sie nahm sich zusammen. Es war nicht die Zeit, hier herumzustehen und eine Liebe zu betrauern, die wie ein Traum im Traum war. Die Zeit stand für Viviane nicht mehr still, und sie dachte mit leichter Bestürzung an die Vision; sie empfand keine Trauer um den Gestorbenen, nichts außer Bitterkeit. Sie hätte wissen können, daß es ihm gelingen würde, im ungeeignetsten Augenblick zu sterben, ehe er Zeit gefunden hatte, seinen Sohn den rivalisierenden Königen, die alle nach der Krone strebten, als Nachfolger vorzustellen. Warum war er nicht in Caerleon geblieben? Warum mußte er seinem Stolz nachgeben und sich noch einmal auf dem Schlachtfeld zeigen? Hatte er seinen Sohn wenigstens noch einmal gesehen? War der Merlin zur rechten Zeit mit ihm gekommen?

Die Vision ließ sich durch nichts mehr zurückrufen. Sie konnte ihm keine Fragen mehr stellen. Uther war wirklich im Augenblick seines Todes zu ihr gekommen – Igraine würde das besser nie erfahren. Aber nun war er gegangen.

Viviane blickte zum Himmel empor. Die Sichel des neuen Mondes war noch nicht zu entdecken. Vielleicht würde sie noch etwas in ihrem Spiegel sehen. Sollte sie Raven rufen? Nein, dazu blieb keine Zeit. Und vielleicht wäre Raven nicht bereit, ihr Schweigen wegen einer Erscheinung weltlicher Dinge zu brechen. Morgaine? Sie schreckte vor dem Gedanken zurück, Morgaine zu sehen. *Wird sie wie ich ihr ganzes Leben lang mit einem toten Herzen in der Brust leben?*

Erschauernd holte sie tief Luft. Dann wandte sie sich um und verließ den Garten. Es war ein feuchter und sehr kühler Morgen. Die aufgehende Sonne verbarg sich noch hinter den Nebeln. Niemand war zu sehen, als sie mit schnellen Schritten den geheimen Weg zur Heiligen Quelle hinaufging. Sie beugte sich nieder, um zu trinken, strich sich die Haare aus dem Gesicht und tauchte die Hände in das Wasser. Dann ging sie zum Spiegelteich. Sie verrichtete seit so vielen Jahren ihren Dienst in diesem Heiligtum, daß sie die Gabe des Gesichts für selbstverständlich hielt. Doch ganz gegen ihre Gewohnheit betete sie heute.

Göttin, nimm die Macht nicht von mir, noch nicht . . . noch eine Weile nicht. Große Mutter, du weißt, ich bitte nicht für mich. Ich bitte, damit das Land in Sicherheit ist, bis ich es in die Hände übergeben kann, die ich darauf vorbereitet habe, es zu schützen.

Sie sah nur, wie das Wasser des Teichs sich kräuselte und ballte die Fäuste, als könne sie die Vision erzwingen. Langsam begannen sich Bilder zu formen. Sie sah den Merlin, der auf seinen geheimen Wegen das ganze Land durchstreifte . . . einmal als Druide und Barde, wie es dem Boten der Götter geziemte, dann wieder als alter Bettler, als fahrender Händler oder als einfacher Harfenspieler. Das Gesicht verschob und veränderte sich, und sie sah Kevin, den Barden, einmal in den weißen Gewändern des Boten von Avalon, dann in der Kleidung eines Edelmannes, der vor den Christenpriestern stand . . . hinter seinem Kopf lag ein Schatten. Schatten umkreisten ihn . . . der Schatten des Eichenhains, der Schatten des Kreuzes . . . sie sah ihn mit dem Heiligen Kelch aus dem Schatz der Druiden . . . sie sah den jungen Artus, auf dessen Stirn noch das Blut des Hirsches klebte, mit dem er gekämpft und den er getötet hatte . . . und Morgaine mit der Blütenkrone und dem blutigen Zeichen im Gesicht. Sie lachten . . . Sie wollte es nicht sehen und zwang sich ungestüm, die Augen abzuwenden, aber sie wagte nicht, den Fluß der Bilder zu stören. Sie sah ein römisches Landhaus. Artus stand

zwischen zwei Knaben... einer war ihr jüngerer Sohn Lancelot, der andere vermutlich Artus' Ziehbruder Cajus, der Sohn des Ectorius... sie sah Morgause inmitten ihrer Söhne, und einer nach dem anderen beugte vor Artus das Knie. Dann sah sie die Barke von Avalon, schwarz verhängt wie ein Katafalk, und am Bug stand Morgaine. Aber Morgaine war älter... älter... und sie weinte.
Ungeduldig bewegte Viviane die Hand über die Wasseroberfläche. Es war nicht die Zeit, hier zu stehen und Rat aus Visionen zu suchen, die für den Augenblick keinen Sinn ergaben. Schnell ging sie den Hügel hinunter zu ihrem Haus und rief die diensttuenden Priesterinnen zu sich.
»Kleidet mich an«, sagte sie knapp, »und laßt den Merlin rufen. Er muß nach Caerleon reiten und Artus zu mir bringen, ehe der neue Mond älter ist als ein Tag. Es ist keine Zeit zu verlieren.«

Aber Artus kam mit dem neuen Mond nicht nach Avalon. Morgaine sah im Haus der Jungfrauen die Geburt des Neumonds, aber sie beendete das Fasten nicht. Ihr war schwindlig, und sie wußte, wenn sie etwas aß, würde sie sich übergeben müssen. Wahrscheinlich bedeutete es nichts. Sie fühlte sich manchmal nicht gut, wenn ihre Tage einsetzten. Es würde ihr später schon wieder bessergehen. Und im Laufe des Tages fühlte sie sich wirklich besser. Sie trank einen Schluck Milch und aß vom Brot. Am Nachmittag ließ Viviane sie rufen.
»Uther ist tot«, sagte sie, »wenn du glaubst, zu deiner Mutter nach Caerleon gehen zu müssen...«
Morgaine überlegte, aber dann schüttelte sie den Kopf. »Ich habe Uther nie geliebt«, sagte sie, »und Igraine weiß das sehr gut. Die Göttin gebe, daß die Mönche ihr besseren Trost spenden, als ich es tun könnte.«
Viviane seufzte. Sie wirkte müde und verbraucht. Morgaine fragte sich, ob auch sie unter den Nachwirkungen der anstrengenden Zeit des dunklen Mondes litt. Viviane sagte: »So leid es mir tut, das sagen zu müssen, ich fürchte, du hast recht. Ich hätte dir Urlaub gegeben, wenn es vonnöten gewesen wäre. Du hättest Muße genug, nach Avalon zurückzukehren, ehe...« Sie brach ab und sagte dann: »Du weißt, daß Uther, als er lebte, die Sachsen in Schach gehalten hat. Das bedeutete für ihn zwar ununterbrochene Kämpfe, und wir

hatten nie länger als wenige Monde Frieden im Jahr, aber ich fürchte, es wird jetzt noch Schlimmeres kommen. Vielleicht dringen sie sogar bis nach Avalon vor. Morgaine, du bist jetzt eine Priesterin. Du hast die Heiligen Waffen gesehen...«

Morgaine antwortete mit einem Zeichen. Viviane nickte und fuhr fort: »Vielleicht kommt der Tag, an dem das Schwert zur Verteidigung von Avalon und ganz Britannien gezogen werden muß.«

Morgaine dachte: *Weshalb sagt sie mir das? Ich bin eine Priesterin, kein Krieger. Ich kann das Schwert nicht schwingen und Avalon verteidigen.*

»Du kennst das Schwert?«

Barfuß, frierend schritt sie den Kreis ab, und das Schwert lag schwer in ihrer Hand. Hinter sich hörte sie den lauten entsetzten Aufschrei der sonst so stummen Raven...

»Ich kenne es.«

»Ich habe eine Aufgabe für dich«, sagte Viviane. »Wenn das Schwert in die Schlacht getragen wird, muß es mit allem Zauber versehen sein, den wir besitzen. Du wirst eine Scheide für dieses Schwert anfertigen, Morgaine, und jeden Zauberspruch hineinweben, den du kennst, damit sein Träger in der Schlacht kein Blut verliert. Kannst du das tun?«

Ich hatte vergessen, dachte Morgaine, *daß es nicht nur für einen Krieger, sondern auch für eine Priesterin Aufgaben geben könnte.* Mit ihrem Geschick, einen Gedanken aufzugreifen, fuhr Viviane fort: »Auf diese Weise wirst auch du deinen Teil beitragen, um unser Land zu verteidigen.«

»So sei es«, sagte Morgaine und überlegte, warum Viviane, die große Priesterin von Avalon, diese Aufgabe nicht selbst übernahm. Die Ältere ging nicht darauf ein, sondern sagte: »Du mußt das Schwert bei der Arbeit vor dir haben. Komm mit! Raven soll dir mit dem Zauber des Schweigens dienen.«

Morgaine versuchte, nicht zu vergessen, daß sie nur ein Gefäß der Macht und nicht die Macht selber war. Die Macht kam von der Göttin. Aber sie war noch jung genug, um sich über die Auszeichnung zu freuen, als man sie schweigend an die geheime Stätte brachte, wo die Arbeit durchzuführen war. Priesterinnen umgaben sie, die ihr jeden Wunsch von den Augen ablesen mußten, damit sie das Schweigen nicht brach, in dem die Macht entstand, die für das Binden der Zaubersprüche notwendig war. Man legte das Schwert auf einem Leinentuch vor sie hin. Daneben stand der flache Kelch aus Silber mit dem goldenen Rand. Er war mit dem Wasser aus der Heiligen Quelle gefüllt – nicht, um daraus zu trinken, denn Speisen und Wasser standen für sie bereit, sondern damit sie hineinblicken und darin Dinge sehen konnte, die sie für ihre Arbeit brauchte.

Am ersten Tag schnitt sie ein Futteral aus dünnem Hirschkalbleder und benutzte dazu das Schwert. Zum ersten Mal arbeitete Morgaine mit feinem Handwerkszeug. Sie freute sich über die besondere Eisennadel, die man ihr gegeben hatte, um das Futteral zusammenzunähen. Mit beinahe kindlichem Stolz unterdrückte sie selbst den leisesten Aufschrei, als sie sich ein- oder zweimal damit in den Finger stach. Als man ihr den kostbaren tiefroten Samt zeigte, der mit Farben gefärbt war, von denen eine Unze mehr kostete als man brauchte, um ein Landhaus zu kaufen und Männer zu bezahlen, die ein Jahr lang die umliegenden Felder bestellten – man hatte ihr das einmal erzählt –, hielt sie vor Entzücken den Atem an. Sie würde das Hirschleder mit dem Samt beziehen, und darauf mußte sie mit goldenen und silbernen Fäden die magischen Sprüche und ihre Zeichen sticken.

Morgaine verbrachte den ersten Tag damit, das Futteral zu nähen und mit dem Samt zu beziehen. Ehe sie sich schlafen legte, schnitt sie sich, ganz versunken in Gedanken an ihre Aufgabe, in den Arm und ließ einen Blutstropfen auf das Hirschleder fallen.

O Göttin! Großer Rabe! Blut ist auf dieser Scheide vergossen worden, damit kein Blut darauf fallen muß, wenn sie in der Schlacht am Gürtel des Befreiers hängt.

Morgaine schlief unruhig. Im Traum saß sie auf einem hohen Hügel, von dem man ganz Britannien überblicken konnte, und stickte Zaubersprüche. Sie webte den Zauber wie sichtbares Licht in das Geschling der Erde. Unter ihr rannte der Königshirsch. Ein Mann kam mit großen Schritten den Hügel herauf und nahm das Schwert aus ihren Händen...

Sie fuhr aus dem Schlaf hoch und dachte: *Artus! Artus wird dieses Schwert tragen. Er ist der Sohn des Pendragon...*, lag in der Dunkelheit und dachte: *Deshalb hat Viviane mir die Aufgabe übertragen, die magische Scheide für das Schwert zu fertigen, das er als Zeichen seiner Herrschaft über das ganze Land tragen soll.* Artus hatte das Blut ihrer Jungfräulichkeit vergossen, und sie entstammte ebenfalls dem heiligen Geschlecht von Avalon. Deshalb mußte *sie* die Zauberscheide fertigen, die über seine Sicherheit wachte und das königliche Blut beschützte.

Morgaine arbeitete den ganzen Tag in tiefem Schweigen. Sie blickte in den Kelch, ließ die Bilder aufsteigen, wartete hin und wieder auf eine neue Eingebung im selbstversunkenen Fließen ihrer Bilder. Sie stickte den gehörnten Mond, damit die Göttin für immer über das Schwert wachen und das heilige Blut schützen sollte. Das magische Schweigen hüllte sie so vollkommen ein, daß jeder Gegenstand, den ihr Blick traf, jede Bewegung ihrer geweihten Hände dem Zauber Macht verlieh. Manchmal schienen ihre Finger Lichtspuren zu hinterlassen, während sie dem gehörnten Mond zunächst den Vollmond und dann den dunklen Mond folgen ließ. Denn alles hatte in der richtigen Reihenfolge zu geschehen. Da sie wußte, daß der Großkönig von Britannien über ein zum Christentum bekehrtes Land herrschte, und weil die ersten Anhänger Christi, die nach Britannien kamen, bei den Druiden Schutz gefunden hatten, arbeitete sie die friedlich vereinten Zeichen von Mönchen und Druiden in den Samt – das Kreuz im dreiflügligen Kreis. Auf dem roten Stoff erschienen die Zeichen der magischen Elemente – Erde, Luft, Wasser und Feuer. Ihnen folgte der flache Kelch, der vor ihr stand, in dem Erscheinungen aufstiegen und ineinanderflossen, aus der Dunkelheit auftauchten und wieder in ihr verschwanden: Speer und irdene Schale, die heilende Schlange, die Schwingen der Weisheit und das flammende Schwert der Macht... manchmal schienen Nadel und Faden sich durch ihren Körper zu bohren oder durch das Land. Sie verband Erde und Himmel, ihr Blut und ihren Körper... Zeichen folgte auf Zeichen, Symbol auf Symbol, alle benetzt mit ihrem Blut und dem Wasser der Heiligen Quelle. Drei Tage lang arbeitete Morgaine. Sie schlief kaum, aß nur ein paar getrocknete Früchte und trank nur das Wasser der Heiligen Quelle. Es gab Zeiten, in denen sie aus großer Entfernung mit ihrem inneren Auge auf ihre Finger zu blicken schien, die sich beinahe ohne ihren Willen bewegten. Die Zaubersprüche woben sich von selbst: Blut und Gebeine des Landes, das Blut ihrer Jungfräulichkeit und die Kraft des Königshirsches, der gestorben war und sein Blut vergossen hatte, damit der Sieger nicht sterben sollte...

Bei Sonnenuntergang des dritten Tages war das Werk vollbracht. Ineinanderverwobene Zeichen, von denen sie manche nicht einmal kannte und die gewiß aus den Händen der Göttin in ihre Finger geflossen waren, überzogen die Scheide des Schwertes wie ein dichtes Netz. Morgaine nahm sie hoch, ließ das Eisen hineingleiten, wog es in ihren Händen und brach das magische Schweigen mit den lauten Worten: »Es ist vollbracht.«

Die lange Spannung löste sich in ihr, und sie merkte, wie erschöpft und schwach sie war. Das Ritual und zu viele Visionen hatten sicher ihren Teil daran und zweifellos auch ihre Tage unterbrochen, die üblicherweise bei Neumond kamen. Man hielt das allgemein für günstig, denn in dieser Zeit trennten sich die Priesterinnen, um ihre Macht zu schützen, und es entsprach der rituellen Abgeschiedenheit zur Zeit des dunklen Mondes, wenn die Göttin sich selbst zurückzog, um die Quelle ihrer Macht zu beschirmen.
Viviane kam und nahm die Scheide entgegen. Sie konnte einen leisen Ausruf des Erstaunens nicht unterdrücken. Selbst Morgaine, die wußte, daß es die Arbeit ihrer Hände war, kam es vor, als sei das Futteral kein Menschenwerk, sondern durchtränkt von Zauber und Magie. Viviane berührte sie nur kurz und hüllte sie dann in ein großes Seidentuch.
»Das hast du gut gemacht«, lobte die Herrin. Morgaine durchzuckte der Gedanke: *Weshalb glaubt sie, sich ein Urteil erlauben zu können? Auch ich bin eine Priesterin und ihren Lehren entwachsen ...*, und sie war über sich selbst entsetzt.
Viviane streichelte ihr liebevoll die Wange. »Geh schlafen, meine Liebe. Die schwere Arbeit hat dich sicher erschöpft.«
Morgaine schlief tief und lange, ohne zu träumen. Aber nach Mitternacht weckte wilder Lärm sie auf – Sturmglocken, Sturmglocken, Kirchenglocken ... das Entsetzen der Kindheit. *Die Sachsen greifen an! Steht auf und wappnet euch!*
Morgaine schreckte hoch und schien nicht im Haus der Jungfrauen zu sein, sondern in einer Kirche. Auf dem Altarstein häuften sich Waffen, und daneben lag aufgebahrt ein Mann in seiner Rüstung unter einem Leichentuch. Über ihr dröhnten und lärmten die Glokken so gewaltig, daß sie hätten Tote aufwecken können ... aber der tote Ritter rührte sich nicht, und mit der Bitte um Vergebung griff sie plötzlich nach dem Schwert ... Dann wachte sie auf und fand sich in ihrer stillen Kammer. Nicht einmal die Glocken von der anderen Insel durchbrachen die Stille. Sie hatte das Geläut und den toten Ritter geträumt, die Kirche mit den brennenden Wachsstöcken, die Waffen auf dem Altar, das Schwert, alles ... *Wieso habe ich das gesehen? Das Gesicht kommt nie ungerufen über mich ... war es denn doch nur ein Traum?*
Später am Tag wurde Morgaine gerufen. Ganz klar erinnerte sie sich an einige der Visionen, die ihr bei der Arbeit an der Scheide und mit dem Schwert vor sich oft nur undeutlich durch den Kopf gezogen

waren: Mit einem Donnerschlag fiel ein blendender, heißer Strahl Licht wie ein Sternenstreif zur Erde... noch rauchend wurde er davongeschleppt und von den kleinen dunklen Schmieden, die in den Kreidehügeln hausten, ehe die Ringsteine aufgerichtet wurden, zur Waffe eines Königs geformt... zerbrochen und wieder neu geschmiedet, diesmal zur blattförmigen langen Klinge... in Feuer und Blut gehärtet und gehämmert... *ein dreimal geschmiedetes Schwert, das dem Leib der Erde noch nie entrissen wurde und somit doppelt heilig ist...*

Man hatte ihr den Namen des Schwerts gesagt: *Excalibur, der schneidende Stahl.* Schwerter aus dem Eisen der gefallenen Steine waren selten und kostbar. Excalibur mochte ein ganzes Königreich wert sein.

Viviane bat sie, sich zu verschleiern und ihr zu folgen. Langsam gingen beide den Hügel hinunter, und Morgaine sah die große Gestalt von Taliesin, dem Merlin. Kevin, der Barde, ging schleppenden Schrittes neben ihm. Mehr denn je wirkte er häßlich und grotesk. Er schien so fehl am Platz wie ein Talgklumpen am Rand eines fein getriebenen silbernen Leuchters. An ihrer Seite – Morgaine erstarrte, als sie den schlanken, muskulösen Körper, die goldschimmernden Haare erkannte – war Artus!

Aber sie hatte doch gewußt, daß Excalibur für ihn bestimmt war. Es war nur natürlich, daß er hierherkam, um es zu empfangen.

Er ist ein Krieger, ein König. Mein kleiner Bruder, der auf meinem Schoß saß. Es kam ihr so unwirklich vor. Doch in diesem Artus, dem ernsten Jungen, der zwischen den beiden Druiden einherschritt, sah sie noch eine Spur des jungen Mannes, der das Geweih des Gehörnten Gottes getragen hatte. So gemessen und feierlich er jetzt auch wirkte, so sah sie doch das schwankende Geweih, den tödlichen, verzweifelten Kampf und dann sein Auftauchen in der Höhle, besudelt mit dem Blut des Königshirsches – kein Kind mehr, sondern ein Mann, ein Krieger, ein König.

Der Merlin flüsterte Artus etwas zu, und er beugte ehrfürchtig das Knie vor der Herrin vom See. *Natürlich,* dachte Morgaine, *er hat Viviane noch nie gesehen... nur mich, und das im Dunkeln.*

Aber dann sah er sie. Morgaine bemerkte es an seinem Gesichtsausdruck, wie er sie wiedererkannte. Er verbeugte sich auch vor ihr – *zumindest,* dachte sie überflüssigerweise, *hat man ihm dort, wo er erzogen wurde, beigebracht, sich wie der Sohn eines Königs zu benehmen* – und murmelte: »Morgaine.«

Die Schwester neigte den Kopf. Er hatte sie selbst durch den Schleier erkannt. Vielleicht sollte sie vor dem König niederknien? Aber eine Herrin von Avalon beugte das Knie vor keiner irdischen Macht. Der Merlin würde knien und auch Kevin, wenn man es forderte. Viviane niemals. Sie war nicht nur die Priesterin der Göttin, sondern verkörperte die Göttin in sich auf eine Weise, welche die Priester der männlichen Gottheiten nie kennen oder verstehen. Und so würde auch Morgaine nie wieder das Knie beugen.
Die Herrin vom See streckte die Hand aus und bat Uthers Sohn, sich zu erheben. »Ihr habt eine lange Reise hinter Euch. Und Ihr seid sicher müde. Morgaine, bringe ihn in mein Haus und gib ihm Speise und Trank, ehe wir beginnen.«
Artus lächelte – nicht wie ein Mann, der zum König gemacht wird, nicht wie ein Auserwählter, sondern nur wie ein hungriger Junge. »Ich danke Euch, Herrin.«
In Vivianes Haus bedankte er sich bei den Priesterinnen, die ihm zu essen brachten, und aß mit großem Vergnügen. Nach einer Weile fragte er Morgaine: »Lebst du auch hier?«
»Die Herrin wohnt allein in diesem Haus. Aber sie hat Priesterinnen um sich, die sich in ihrem Dienst abwechseln. Ich habe hier gewohnt, als ich an der Reihe war.«
»Du, die Tochter eines Königs . . . du *bedienst* jemanden?«
Morgaine antwortete streng: »Wir müssen dienen, ehe wir befehlen! Auch sie diente in ihrer Jugend, und ich diene in ihr der Göttin.«
Er dachte nach. »Ich kenne die Große Göttin nicht«, sagte er endlich. »Der Merlin erzählte mir, daß die Herrin deine . . . unsere Verwandte ist.«
»Sie ist eine Schwester von Igraine, unserer Mutter.«
»Oh, dann ist sie meine Tante«, sagte Artus und versuchte das Wort auf seiner Zunge, als sei es ihm ungewohnt und ein neuer Geschmack. »Das ist alles so neu für mich. Ich habe immer versucht, in Ectorius meinen Vater und in Flavilla meine Mutter zu sehen. Ich wußte natürlich, daß es ein Geheimnis gab. Und weil Ectorius sich weigerte, mit mir darüber zu sprechen, hielt ich es für etwas Schmachvolles. Ich glaubte, ich sei ein Bastard oder etwas noch Schlimmeres. Ich kann mich an Uther, meinen Vater, überhaupt nicht erinnern . . . auch nicht an meine Mutter. Obwohl, wenn Flavilla mich bestrafte, träumte ich manchmal von einem anderen Leben . . . von einer Frau, die mich liebkoste und dann beiseite schob . . . ist Igraine, unsere Mutter, so wie du?«

»Nein, sie ist groß und hat rote Haare«, erwiderte Morgaine.
Artus seufzte. »Dann erinnere ich mich wohl überhaupt nicht an sie. Denn in meinen Träumen war es jemand wie du... *du* warst es...«
Er schwieg. Seine Stimme hatte bei den letzten Worten gezittert.
Ein gefährliches Gespräch, dachte Morgaine, *das dürfen wir nicht weiterführen,* und sagte ruhig: »Nimm noch einen der Äpfel. Sie wachsen hier auf der Insel.«
»Danke«, er nahm sich einen Apfel und biß herzhaft hinein. »Wirklich, es ist alles so neu und fremd. So vieles ist geschehen... seit... seit...« Ihm versagte die Stimme. »Ich denke unaufhörlich an dich, Morgaine. Ich kann einfach nichts dagegen tun. Es stimmt, was ich gesagt habe, Morgaine... ich werde dich mein ganzes Leben nicht vergessen, denn du warst die erste. Ich werde immer an dich denken und dich lieben...«
Sie wußte, sie sollte etwas Hartes und Verletzendes sagen. Statt dessen klangen ihre Worte freundlich, aber kühl: »Du darfst nicht auf diese Weise an mich denken. Für dich bin ich keine Frau, sondern eine Vertreterin der Göttin. Es ist Gotteslästerung, wenn du an mich denkst, als sei ich nur eine sterbliche Frau. Vergiß mich und erinnere dich an die Göttin.«
»Ich habe es versucht...« Artus brach ab und ballte die Fäuste. Dann sagte er: »Recht hast du. So muß man es sehen... es ist nur eines der vielen merkwürdigen Dinge, die mir widerfahren sind, seit man mich vom Hofe des Ectorius geholt hat. Geheimnisvolle, magische Dinge... wie die Schlacht mit den Sachsen...« Er streckte den Arm aus und schob den Ärmel seines Gewandes zurück. Sie sah einen Verband, dick mit Harz bestrichen, das bereits schwarz geworden war. »Ich wurde verwundet. Aber es war alles wie ein Traum. Meine erste Schlacht. König Uther...« Er senkte den Kopf und schluckte. »Ich kam zu spät. Er lebte nicht mehr. Er lag aufgebahrt in der Kirche, und seine Waffen lagen neben ihm auf dem Altar... Man sagte mir, es sei Brauch, daß die Waffen eines tapferen Ritters Wache bei ihm halten, wenn er im Feld geblieben ist. Und dann, noch während der Priester das *Nunc Dimittis* sang, läuteten die Glocken. Die Sachsen griffen an! Die Wachposten kamen in die Kirche gelaufen und rissen dem Mönch, der die Totenglocke läutete, die Seile aus der Hand. Alle Männer des Königs griffen nach ihren Waffen und eilten hinaus. Ich hatte kein Schwert, nur meinen Dolch. Aber ich riß einem Soldaten den Speer aus der Hand. Meine erste Schlacht, dachte ich. Aber dann

sagte Cai – mein Ziehbruder Cajus, der Sohn des Ectorius –, er habe sein Schwert in der Unterkunft liegenlassen und ich solle es ihm schnell bringen. Ich wußte, es war nur eine Ausrede, um mich vom Kampf fernzuhalten. Cai und mein Pflegevater meinten, ich sei für die Mutprobe nicht alt genug. Anstatt zur Unterkunft zurückzulaufen, ging ich in die Kirche und nahm das Schwert des Königs von der Bahre... Er hat zwanzig Jahre lang damit gegen die Sachsen gekämpft und wäre sicher froh gewesen zu wissen, daß es wieder gebraucht wurde, anstatt nutzlos auf einem alten Stein zu liegen. Ich rannte also davon und wollte es Cai geben, während wir uns alle sammelten, um den Angriff abzuwehren. Dann sah ich den Merlin, und er fragte mit der lautesten Stimme, die ich je gehört habe: ›Woher hast du dieses Schwert, Junge?‹
Ich war wütend, weil er mich *Junge* nannte, nach allem, was ich auf der Dracheninsel vollbracht hatte. Und ich erwiderte, es sei ein Schwert, um damit gegen die Sachsen zu kämpfen und nicht um auf alten Steinen herumzuliegen. Dann tauchte Ectorius auf. Er sah mich mit dem Schwert in der Hand, und plötzlich knieten beide, er und Cai, vor mir nieder... einfach so. Ich kam mir seltsam vor und sagte zu ihm: ›Vater, warum kniet Ihr und zwingt meinen Bruder dazu? Steht doch auf, das ist schrecklich.‹ Und der Merlin sagte mit seiner donnernden Stimme: ›Er ist der König. Es ist nur recht, daß er das Schwert trägt.‹ Und schon tauchten die Sachsen auf den Mauern auf. Wir hörten ihre Hörner, und es blieb keine Zeit, über Schwerter oder über etwas anderes zu reden. Cai packte den Speer; ich umklammerte das Schwert, und wir stürmten los. Ich weiß nicht mehr viel von dem Kampf... ich glaube, das ist immer so. Cai wurde verwundet... er bekam einen schweren Hieb ins Bein. Später, als der Merlin meinen Arm verband, sagte er mir, wer ich wirklich bin, das heißt, wer mein Vater war. Ectorius kam, kniete vor mir nieder und sagte, er wolle mir ein ebenso treuer Ritter sein wie meinem Vater und dem Ambrosius. Das machte mich sehr verlegen... das einzige, worum er mich bat, war, daß ich Cai zum Hofmarschall ernenne, wenn ich meinen Thron bestiegen habe. Und natürlich versprach ich ihm das gerne... schließlich ist Cai mein Bruder. Ich meine, ich werde in ihm immer meinen Bruder sehen. Es gab ein großes Staunen wegen der Sache mit dem Schwert. Aber der Merlin kündete allen Königen, es sei Schicksal, daß ich es vom Stein genommen hätte. Und ich sage dir, sie hörten tatsächlich auf ihn.« Er lächelte, und Morgaine sah seine Verwirrung voll Liebe und Mitleid.

Die Glocken, die sie aufgeweckt hatten ... sie hatte es gesehen, ohne zu wissen, was sie sah.

Morgaine senkte die Augen. Nun bestand für immer ein Band zwischen ihnen. Würde jeder Hieb, der ihn traf, wie ein blankes Schwert in ihr Herz dringen?

»Es sieht so aus, als sollte ich jetzt noch ein weiteres Schwert bekommen«, fuhr Artus fort. »Zuerst hatte ich überhaupt kein Schwert, und nun sind plötzlich zwei ganz besondere Schwerter mein!« Er seufzte und sagte beinahe verzagt: »Ich weiß nicht, was das alles damit zu tun hat, ein König zu sein.«

Morgaine hatte Viviane oft in den Gewändern der Hohepriesterin von Avalon gesehen. Aber der Anblick überwältigte sie jedes Mal von neuem. Sie bemerkte, wie Artus' Blick zwischen ihnen hin und her wanderte und sah, wie die Ähnlichkeit zwischen ihr und Viviane sich in seinen Augen widerspiegelte. Er schwieg, von Ehrfurcht ergriffen. *Wenigstens haben sie ihn nicht gezwungen, das magische Fasten einzuhalten,* dachte Morgaine und spürte wieder, wie ihr übel wurde. Vielleicht hätte sie etwas mit ihm essen sollen. Aber bereits der Gedanke an Speise machte sie krank. Lange Anrufung der Magie bewirkte das. Kein Wunder, daß Viviane so ausgezehrt wirkte.

»Kommt«, sagte Viviane und ging voran – in ihrem Reich gebührte der Herrin von Avalon der Vortritt, auch wenn ein König zugegen war. Sie verließen das Haus und gingen am Seeufer entlang zum Gebäude der Priester. Artus schritt schweigend neben Morgaine. Sie erwartete fast, er würde nach ihrer Hand greifen, wie er es als kleines Kind getan hatte ... Aber jetzt war die kleine Hand, die sie gehalten hatte, die Hand eines Kriegers geworden – größer als ihre eigene und hart von vielen Schwertkampfübungen und der Ertüchtigung an anderen Waffen. Hinter ihnen folgten der Merlin und Kevin.

Sie stiegen eine schmale Treppe hinunter, und der dumpf-feuchte Geruch der Erde schlug ihnen entgegen. Morgaine sah niemanden Feuer schlagen, aber plötzlich glühte es in der Dunkelheit auf, und ein fahles Licht erleuchtete das Gewölbe. Viviane blieb so plötzlich stehen, daß sie gegen sie prallten. Morgaine dachte überrascht: *Viviane ist klein und weich. Sie hat den Körper einer gewöhnlichen Frau. Sie ist kein entrücktes Abbild der Göttin.* Die Herrin griff nach Artus' Arm. Ihre kleinen dunklen Finger konnten sein Handgelenk bei weitem nicht umspannen.

»Artus, Sohn der Igraine von Avalon und des Uther Pendragon, des

rechtmäßigen Königs von ganz Britannien«, sagte sie, »vor dir liegen die heiligsten Dinge deines Reiches.«
Im Licht blitzten Gold und Juwelen auf – der Kelch und die Schale, der lange Speer und die Schwertscheide mit den goldenen und silbernen Symbolen und Zeichen. Viviane zog aus der Scheide die lange, dunkle Klinge, an deren Knauf Edelsteine funkelten.
»Das Schwert der Heiligen Insignien der Druiden«, sagte sie ruhig. »Schwöre mir, Artus Pendragon, König von Britannien, daß du Druiden ebenso gerecht behandeln wirst wie Mönche, wenn du den Thron besteigst. Schwöre, daß dich die Heilige Magie derer leiten wird, die dich auf den Thron gesetzt haben.«
Artus wollte mit großen Augen nach dem Schwert greifen. Morgaine erkannte an seinem Blick, daß er wußte, was für ein Schwert vor ihm lag. Viviane hielt ihn mit einer schnellen Geste zurück.
»Das Heilige unvorbereitet zu berühren, bedeutet den Tod«, warnte sie. »Erst schwöre, Artus. Mit diesem Schwert in der Hand wird dir kein Häuptling, Christ oder Heide, widerstehen können. Aber es ist kein Schwert für einen König, der sich verpflichtet hat, nur auf die Christenpriester zu hören. Wenn du nicht schwören willst, kannst du zurückgehen und die Waffen tragen, die deine Anhänger in Jesu dir geben. Alle, die unter dem Gesetz von Avalon stehen, werden dir nur folgen, wenn wir es befehlen. Willst du den Schwur ablegen und sie durch die Heiligen Waffen von Avalon an dich binden? Triff deine Wahl, Artus!«
Er starrte sie an, runzelte leicht die Stirn, sein Haar wirkte fast weiß und glänzte im fahlen Licht. Er antwortete: »In diesem Land kann es nur einen Herrscher geben. Ich darf nicht von Avalon beherrscht werden.«
»Auch nicht von den Mönchen, die dich zum willenlosen Werkzeug ihres toten Gottes machen wollen«, entgegnete Viviane ruhig. »Aber wir werden dich nicht drängen. Entscheide dich, ob du das Schwert annehmen oder es zurückweisen willst, um in deinem Namen zu regieren, die Hilfe der Alten Götter füglich verschmähend.«
Morgaine sah, wie die Worte ihn betroffen machten – Artus dachte an den Tag, an dem er mit den Hirschen gerannt war und die Alten Götter ihm den Sieg geschenkt hatten. Die Stämme hatten ihn zum König gewählt und ihm als erste gehuldigt. Schnell sagte er: »Gott bewahre, daß ich sie verschmähen sollte...« Er schluckte schwer und fragte: »Was muß ich schwören, Herrin?«
»Nur soviel: Allen Menschen Gerechtigkeit widerfahren zu lassen,

gleich ob sie Christen sind oder nicht, und die Götter von Avalon zu ehren. Denn was die Christen auch sagen, Artus Pendragon, und wie sie ihren Gott auch nennen mögen, alle Götter sind ein Gott und alle Göttinnen nur eine Göttin. Schwöre, diese Wahrheit nie zu verleugnen, dich nicht an eine zu klammern und die andere zu verachten.«

»Du hast gesehen«, sagte der Merlin, und seine tiefe, volltönende Stimme drang durch die Stille, »daß ich Christus wahrhaft verehre. Ich habe an ihrem Altar gekniet und ihr geweihtes Brot genommen.«

Artus sagte verwirrt: »O ja, das ist wahr, Ehrwürdiger Merlin. Und Ihr seid ein Ratgeber, dem ich mehr als allen anderen vertraue. Wollt Ihr, daß ich schwöre?«

»Mein Gebieter und mein König«, antwortete Taliesin. »Ihr seid sehr jung für den Thron. Eure Christenpriester und Bischöfe maßen sich vielleicht sogar Macht über das Gewissen eines Königs an. Ich bin kein Priester, ich bin Druide. Ich sage nur: Weisheit und Wahrheit sind nicht das Eigentum eines Gottesdieners, welchen Glaubens auch immer. Befrage dein Gewissen, Artus. Es wird dir antworten, ob es falsch ist zu schwören, allen Menschen und Göttern Gerechtigkeit widerfahren zu lassen, anstatt nur einem Gefolgschaft zu geloben.«

Artus sagte gemessen: »Gut, dann will ich schwören und das Schwert annehmen.«

»Knie nieder«, befahl Viviane, »zum Zeichen, daß ein König nur ein Mann ist und eine Priesterin, selbst eine Hohepriesterin, nicht mehr als eine Frau, und daß die Götter über uns allen stehen.«

Artus kniete nieder. *Das Licht liegt auf seinen blonden Haaren wie eine Krone,* dachte Morgaine. Viviane legte das Schwert in seine Hand, und seine Faust schloß sich um den Griff. Er atmete tief.

»Nehmt dieses Schwert, mein König«, fuhr Viviane fort, »und führt es gerecht. Dieses Heilige Schwert ist nicht aus Eisen, das dem Leib der Erde, unserer Mutter geraubt ist. Es wurde aus Metall geschmiedet, das in grauen Zeiten vom Himmel fiel, daß selbst in den Überlieferungen der Druiden die Jahre nicht zu zählen sind; denn es geschah, ehe Druiden auf diesen Inseln lebten.«

Artus erhob sich mit dem Schwert in der Hand.

»Was gefällt Euch besser«, fragte Viviane, »das Schwert oder die Scheide?«

Artus betrachtete bewundernd die reich bestickte Scheide, aber er

sagte: »Ich bin ein Krieger, Herrin. Die Scheide ist schön, aber das Schwert ist mir lieber.«
»Trotzdem«, entgegnete Viviane, »tragt die Scheide immer bei Euch. In sie ist alle Magie von Avalon hineingewoben. Solange Ihr die Scheide tragt, wird keine Wunde Euch soviel Blut kosten, daß Euer Leben gefährdet ist. Die blutstillenden Zauber werden es verhindern. Diese Scheide ist einzigartig, kostbar und besitzt magische Kräfte.«
Artus lächelte und sagte – beinahe lachend, und löste damit die Spannung –: »Hätte ich sie nur schon gehabt, als ich im Kampf gegen die Sachsen diese Wunde davontrug. Ich habe geblutet wie ein abgestochenes Schaf.«
»Ihr wart noch kein König, mein Gebieter. Aber von jetzt an wird Euch die magische Scheide schützen.«
»Trotzdem, mein König«, ließ sich die melodiöse Stimme von Kevin, dem Barden, vernehmen, der im Schatten hinter dem Merlin stand, »wie sehr Ihr auch der Scheide trauen mögt, ich rate Euch, nach einem Waffenmeister zu verlangen und Euch auch weiterhin im Gebrauch der Waffen zu üben.«
Artus lachte leise, während er das Schwert gürtete. »Zweifelt nicht daran, mein Herr. Mein Ziehvater ließ mir von einem alten Priester das Lesen beibringen. Er las mir aus den Evangelien vor, wie der Teufel den Herrn Jesus versuchte und ihm sagte, Gott habe ihm Engel gegeben, die über ihn wachten. Und Jesus erwiderte, es sei unrecht, Gott zu versuchen. Ein König ist nur aus Fleisch und Blut... vergeßt nicht, ich nahm mein erstes Schwert von Uthers Bahre. Glaubt nicht, daß ich Gott auf diese Weise versuchen werde, ehrwürdiger Druide.«
Mit dem Heiligen Schwert an der Seite wirkte Artus noch größer und eindrucksvoller. Morgaine sah ihn gekrönt und mit dem Königsmantel auf dem Thron vor sich... und einen Augenblick lang schienen sich in dem kleinen Raum schattenhaft andere Männer zu drängen, bewaffnete, reich gekleidete, edle Mannen, die ihn dicht umgaben... seine Ritter... Das Bild verschwand, und Artus war wieder ein junger Mann, der unsicher lächelte und seine Würde noch etwas unbeholfen trug.
Sie verließen das Heiligtum unter der Erde. Aber in der Tür drehte Artus sich noch einmal um und betrachtete die anderen Heiligen Insignien, die im Dämmerlicht schimmerten. Zaghaftigkeit und die fast sichtbare Frage standen in seinem Gesicht geschrieben: *Habe ich richtig gehandelt? Lästere ich den Gott, den man mich gelehrt hat, als den einzigen zu verehren?*

Taliesin fragte leise und sanft: »Kennt Ihr meinen sehnlichsten Wunsch, mein Gebieter und König?«
»Was ist es, Ehrwürdiger Merlin?«
»Ich wünsche mir, daß eines Tages ... nicht jetzt, denn das Land und die Christusgläubigen sind noch nicht reif dafür ... daß eines Tages Druiden und Mönche in Eintracht Gott dienen. Ich wünsche mir, daß in ihrer großen Kirche ihr heiliges Abendmahl mit diesem Kelch und dieser Schale gefeiert wird, um Brot und Wein zu spenden, zum Zeichen, daß alle Götter ein Gott sind.«
Artus bekreuzigte sich und flüsterte: »Amen, Ehrwürdiger Merlin. Der heilige Herr Jesus möge den Tag für diese Inseln kommen lassen.«
Morgaine spürte das Prickeln an ihren Armen und hörte sich sagen, ohne zu wissen, daß sie sprach, da das Gesicht durch sie redete: »Der Tag wird kommen, Artus. Aber nicht wie du es dir denkst. Hüte dich vor diesem Tag, denn er könnte ein Zeichen sein, daß dein Werk vollbracht ist.«
Mit gedämpfter Stimme entgegnete Artus: »Wenn dieser Tag wirklich kommen sollte, Herrin, wird er mir sicherlich ein Zeichen sein, daß ich getan habe, weshalb ich auf den Thron gekommen bin, und damit will ich mich zufriedengeben.«
»Hütet Euch«, sagte der Merlin sehr sanft, »denn die Worte, die wir sprechen, werfen die Schatten der Dinge, die kommen werden. Indem wir sie aussprechen, reden wir sie herbei, mein König.«
Morgaine blinzelte, als sie ins Sonnenlicht trat. Sie schwankte, und Kevin streckte die Hand aus, um sie zu stützen.
»Ist Euch nicht gut, Herrin?«
Sie schüttelte unwillig den Kopf und kämpfte gegen das Schwindelgefühl. Artus sah sie besorgt an. Dann standen sie alle im Sonnenlicht, und seine Gedanken kehrten wieder zu seinen Aufgaben zurück.
»Ich werde in Glastonbury, auf der Insel der Priester, gekrönt. Werdet Ihr dort sein, Herrin, wenn Ihr Avalon verlassen könnt?«
Viviane antwortete lächelnd: »Ich glaube nicht. Aber der Merlin soll Euch begleiten. Und Morgaine soll an Eurer Krönung teilnehmen, wenn Ihr es wünscht ... und wenn sie will«, fügte sie hinzu. Morgaine wunderte sich über Vivianes Worte und ihr Lächeln. »Morgaine, mein Kind. Wirst du ihnen auf der Barke das Geleit geben?«
Morgaine verbeugte sich. Sie stand am Bug, als das Boot, auf dem sich außer ihr nur Artus und der Merlin befanden, lautlos das Ufer

erreichte. Dort erwarteten sie mehrere Bewaffnete, die ehrfürchtig der Barke entgegenblickten, die plötzlich aus den Nebeln auftauchte. Morgaine erkannte einen der Männer: Lancelot hatte sich in den zwei Jahren nicht verändert. Er war nur größer, sah noch besser aus und trug einen kostbaren dunkelroten Umhang sowie Schwert und Schild.

Auch er erkannte sie und verbeugte sich. »Seid gegrüßt, Base«, sagte er.

»Ihr kennt meine Schwester, die Herrin Morgaine, Herzogin von Cornwall und Priesterin von Avalon?« fragte Artus. »Morgaine, dies ist mein liebster Freund, unser Vetter.«

»Wir sind uns schon begegnet«, erwiderte Lancelot und beugte sich über die Hand der Priesterin. Trotz ihres Unwohlseins spürte Morgaine ein plötzlich aufflammendes Verlangen nach diesem Mann, das sie nie wirklich verlassen würde.

Er und ich waren füreinander bestimmt. Ich hätte an jenem Tag den Mut aufbringen sollen, selbst wenn es bedeutet hätte, mein Gelübde zu brechen . . .

An seinen Augen und der Zärtlichkeit, mit der er ihre Hand berührte, erkannte sie, daß auch er sich erinnerte.

Morgaine seufzte, hob den Kopf, und die anderen Männer wurden ihr vorgestellt.

»Mein Ziehbruder Cai«, sagte Artus. Cai war groß und dunkel – durch und durch Römer. Und als er mit natürlicher Ehrerbietung und Zuneigung zu Artus sprach, wußte sie, daß Artus tatsächlich zwei starke Männer besaß, um sein Heer zu führen. Die anderen Ritter waren Bedwyr, Lucan und Balin – bei diesem Namen blickten Morgaine und auch der Merlin überrascht auf: Es war der Ziehbruder von Vivianes älterem Sohn Balan. Balin war blond und hatte breite Schultern. Er trug zerschlissene Kleidung, bewegte sich aber so anmutig wie Lancelot. Seine Waffen und die Rüstung schimmerten blank, und man sah auf ihnen die Spuren großer Kämpfe.

Morgaine war es zufrieden, Artus seinen Rittern zu überlassen. Doch ehe sie ging, hob der Bruder feierlich ihre Hand an seine Lippen und küßte sie.

»Kommt zu meiner Krönung, wenn Ihr könnt, meine Schwester«, sagte er.

Wenige Tage später machte sich Morgaine in Begleitung einiger weniger Bewohner von Avalon auf den Weg zu Artus' Krönung. In all den Jahren hatte sie keinen Fuß auf die Insel der Mönche gesetzt – mit Ausnahme der wenigen Augenblicke, als sie die Nebel öffnete, damit Gwenhwyfar ihr Kloster wiederfand. Ynis Witrin, die Gläserne Insel ... hier schien die Sonne seltsam grell zu sein ... nicht so weich und verschleiert wie in Avalon. Sie mußte sich erst ins Gedächtnis rufen, daß für fast alle Menschen in Britannien *dies* die wirkliche Welt war und das Land von Avalon nur ein verzauberter Traum ... so entrückt wie das Reich der Feen. Für Morgaine aber war Avalon wirklich und Ynis Witrin ein garstiger Traum, aus dem sie nicht zu erwachen schien.

Auf dem freien Platz vor der Kirche waren bunte Rundzelte und Pavillons wie merkwürdige Pilze aus dem Boden geschossen. Morgaine kam es vor, als läuteten die Glocken Tag und Nacht, Stunde um Stunde ... ein mißtönendes Klingen, das ihr auf die Nerven ging. Artus begrüßte sie. Sie sah zum ersten Mal Ectorius – den guten Ritter und Kämpen, der ihren Bruder großgezogen hatte – und auch seine Frau Flavilla.

Für ihre Reise in die äußere Welt hatte Morgaine auf Vivianes Rat die blauen Gewänder und die gescheckte Hirschledertunika einer Priesterin von Avalon beiseite gelegt. Sie trug ein einfaches Kleid aus schwarzer Wolle, ein weißes leinenes Untergewand und über dem geflochtenen Haar einen weißen Schleier. Sie merkte bald, daß sie wie eine Matrone wirkte, denn die britischen Frauen und jungen Mädchen hatten die Haare offen und trugen Kleider in leuchtenden Farben. Man hielt sie allgemein für eine der Frauen aus dem Kloster von Ynis Witrin; die Nonnen dort trugen solch düstere Gewandung. Morgaine unternahm nichts, sie über den Irrtum aufzuklären. Artus zog die Augenbrauen hoch und lächelte vielsagend, sagte aber ebenfalls nichts.

Er wendete sich an Flavilla: »Liebe Ziehmutter, so vieles muß getan werden ... die Priester wollen mit mir über meine Seele sprechen, und der König von Orkney und der König von Wales haben um eine Audienz gebeten ... seid so freundlich und bringt meine Schwester zu unserer Mutter.«

Zu unserer Mutter, dachte Morgaine, *doch diese Mutter ist uns beiden eine Fremde geworden.* Sie suchte in sich nach einer Freude, die dieses Zusammentreffen mit sich bringen konnte, fand aber keine. Igraine hatte sich damit abgefunden, daß ihre beiden Kinder –

das Kind aus ihrer ersten, freudlosen Ehe und das Kind der Liebe ihrer zweiten Ehe – weggegeben wurden. Was für eine Frau mußte sie sein! Morgaine stellte fest, daß sie sich mit Kopf und Herz gegen Igraines Anblick sträubte. *Ich erinnere mich nicht einmal an ihr Gesicht,* dachte sie.

Doch als sie Igraine gegenüberstand, wußte sie, daß sie Igraine unter allen Menschen erkennen würde.

»Morgaine!« Sie hatte Igraines warme und klangvolle Stimme vergessen oder erinnerte sich nur noch im Traum daran. »Mein Liebes, mein Kind! Oh, du bist eine Frau geworden, in meinem Herzen jedoch immer noch das kleine Mädchen... und wie müde und nachtgeplagt du aussiehst... haben dich die Zeremonien so sehr bedrückt, Morgaine?«

Morgaine küßte ihre Mutter und mußte die Tränen zurückhalten. Igraine war eine schöne Frau, und sie? Wieder stiegen die halbvergessenen Worte in ihr auf: *Sie ist klein und häßlich wie eine Fee...* Hielt Igraine sie auch für unansehnlich?

»Was ist denn das?« Igraines zarte Hand berührte die Mondsichel auf ihrer Stirn. »Du bist bemalt wie eine Feenfrau... schickt sich das, Morgaine?«

Morgaine antwortete steif: »Ich bin eine Priesterin von Avalon, und ich trage das Zeichen der Göttin mit Stolz.«

»Verbirg es hinter dem Schleier, mein Kind. Die Äbtissin würde Anstoß daran nehmen. Du sollst bei mir im Kloster wohnen.«

Morgaines Mund wurde hart. *Würde die Äbtissin ihr Kreuz verstekken, wenn sie nach Avalon käme, aus Furcht, mich oder die Herrin zu beleidigen?* »Ich möchte Euch nicht kränken, Mutter. Aber es wäre nicht recht, wenn ich hinter Klostermauern nächtige. Es würde der Äbtissin nicht gefallen und Viviane auch nicht. Ich unterstehe dem Befehl der Herrin und lebe nach ihren Gesetzen.« Ihr stockte das Blut in den Adern bei dem Gedanken, die drei Nächte der Krönungsfeierlichkeiten im Kloster verbringen zu müssen und Tag und Nacht von dem ohrenbetäubenden Gebimmel der Glocken gemartert zu werden.

Igraine wirkte besorgt. »Gut. Wie du willst. Vielleicht kannst du bei meiner Schwester, der Königin von Orkney, wohnen. Erinnerst du dich noch an Morgause?«

»Mit Freude werde ich Morgaine bei mir aufnehmen«, sagte da eine sanfte Stimme. Morgaine hob den Kopf und sah das Ebenbild ihrer Mutter vor sich, die Frau, an die sie sich aus der Kindheit erinnerte:

eine stattliche Dame in prächtigen, kostbaren Seidengewändern, geschmückt mit Edelsteinen und einem kunstvoll geflochtenen Haarkranz über der Stirn. »Ach, damals warst du ein kleines Mädchen. Jetzt bist du groß und eine Priesterin!« Morgaine versank in einer herzlichen, süß duftenden Umarmung. »Willkommen, Morgaine! Komm zu mir und setze dich neben mich. Wie geht es unserer Schwester Viviane? Wir hören große Dinge über sie. Man sagt, sie ist die Treibende hinter all dem großen Geschehen, das Igraines Sohn auf den Thron setzte. Selbst Lot konnte sich nicht gegen einen Mann stellen, der die Unterstützung des Merlin, des Feenvolks, der Stämme und der Römer hat. Und so wird dein kleiner Bruder König! Wirst du an den Hof kommen und ihm mit deinem Rat zur Seite stehen? Uther hätte gut daran getan, die Herrin von Avalon an seiner Seite zu haben.«
Morgaine lachte und überließ sich Morgauses Umarmung. »Ein König tut das, was ihm richtig erscheint. Das ist die erste Lektion, die alle lernen müssen, die sich ihm nahen. Ich glaube, Artus ist Uther ähnlich genug, um das schnell zu begreifen, auch ohne daß man es ihm unter die Nase reibt.«
»Ja, trotz allen Geredes damals zweifelt heute kaum noch jemand daran, wer sein Vater war«, sagte Morgause reumütig. »Aber Igraine, du darfst nicht wieder weinen... es sollte eine Freude für dich sein, keine Pein, daß dein Sohn so sehr seinem Vater gleicht. Das ganze Volk von Britannien jubelt ihm zu, weil er geschworen hat, gerecht über Land und Leute zu herrschen.«
Igraine wischte sich die Augen. *Sie hat in den letzten Tagen zuviel geweint*, dachte Morgaine. »Ich freue mich für Artus...«, erklärte seine Mutter, aber die Stimme versagte ihr, und sie konnte nicht weitersprechen. Morgaine streichelte ihre Hand und empfand wieder die alte Ungeduld. Niemals, niemals seit sie denken konnte, hatte diese Frau etwas für ihre Kinder übrig gehabt. Für sie gab es nur Uther, Uther... Jetzt war er tot und lag im Grab, aber ihre Mutter schob sie und Artus beim Gedenken an den Mann beiseite, den sie so sehr geliebt hatte, daß sie alles andere vergaß. Erleichtert wendete sie sich wieder Morgause zu.
»Viviane erzählt, daß Ihr Söhne habt...«
»Ja«, erwiderte Morgause, »aber die meisten sind noch zu jung, um hier bei den Frauen zu sein. Nur der älteste ist mitgekommen, um dem König den Treueid zu leisten. Sollte Artus im Kampf sterben... und gegen dieses Schicksal war selbst Uther nicht gefeit... mein

Gawain ist sein nächster Verwandter. Es sei denn, *du* hast bereits einen Sohn, Morgaine...? Geloben die Priesterinnen von Avalon wie die Nonnen Keuschheit? Sonst müßtest du in diesem Alter der Göttin bereits einen Sohn oder eine Tochter geboren haben. Oder teilst du das Schicksal deiner Mutter und hast schon viele Kinder bei der Geburt verloren? Vergib mir, Igraine... ich wollte dich nicht daran erinnern...«

Igraine kämpfte mit den Tränen. »Ich sollte mich Gottes Willen beugen und nicht weinen. Ich habe mehr bekommen als viele andere Frauen. Ich habe eine Tochter, die der Göttin dient, unter deren Schutz ich aufwuchs... und einen Sohn, der morgen den Thron seines Vaters besteigt. Meine anderen Kinder ruhen im Schoß Christi.«

O Göttin! dachte Morgaine, *sich einen Gott vorzustellen, dem alle Toten auf den Schenkeln sitzen!* Natürlich wußte sie, daß dies nur die tröstende Rede einer trauernden Mutter war, und doch entsetzte sie die Gotteslästerung. Morgaine fiel ein, daß Morgause ihr eine Frage gestellt hatte und schüttelte den Kopf:

»Nein, ich habe keine Kinder, Morgause... ich hatte bis zum Beltanefest in diesem Jahr meine Jungfräulichkeit der Göttin geweiht.« Sie brach ab. Mehr durfte sie nicht sagen. Igraine war eine gläubigere Christin, als Morgaine sich vorgestellt hatte. Der Gedanke an das Ritual, in dem sie für ihren Bruder die Göttin verkörperte, hätte die Mutter bestimmt mit Entsetzen erfüllt.

Plötzlich erfaßte Morgaine ein zweiter Schrecken – schlimmer als der erste –, und ihm folgte eine Woge der Übelkeit. Es war bei Vollmond geschehen... der Mond hatte dann abgenommen, zugenommen und wieder abgenommen; trotzdem hatte sich ihr Neumondbluten nicht eingestellt – es gab nicht einmal Anzeichen dafür! Sie war zunächst erleichtert gewesen, daß ihr diese Last bei der Krönung erspart bleiben würde und hielt es für eine Wirkung der Großen Magie. Bis zu diesem Augenblick war ihr keine andere Erklärung in den Sinn gekommen.

Ein Ritual der Erneuerung und Fruchtbarkeit der Ernte, des Landes und der Leiber der Frauen der Stämme... Sie hatte es gewußt. Und doch glaubte Morgaine in ihrer Blindheit und ihrem Stolz, daß die Mittlerin der Göttin vom eigentlichen Zweck des Rituals vielleicht ausgenommen sein würde, obwohl sie andere junge Priesterinnen gesehen hatte, die nach dem Ritual blaß und krank wurden, ehe sie mit der heranreifenden Frucht in ihrem Leib wieder aufblühten. Sie hatte erlebt, wie die Kinder geboren wurden, manche waren sogar mit Hilfe ihrer eigenen geübten Hände zur Welt gekommen. Aber in ihrer Verblendung war ihr nicht einmal der Gedanke gekommen, daß nach dem Ritual auch ihr Leib schwellen könnte.

Morgaine bemerkte, wie Morgause sie scharf musterte; deshalb holte sie tief Luft und gähnte, um das lange Schweigen zu überbrücken: »Ich bin seit Tagesanbruch unterwegs«, erklärte sie, »habe noch nichts gegessen und bin hungrig.« Igraine entschuldigte sich und hieß ihre Frauen Brot und Gerstenbier auftischen. Morgaine zwang sich, etwas zu essen, obwohl ihr dabei leicht übel wurde. Und sie wußte, warum.

Göttin! Mutter Göttin! Viviane wußte, daß es geschehen konnte. Aber sie hat mich nicht geschont! Morgaine wußte, was zu tun war, aber sie mußte noch drei Tage bis nach Artus' Krönung warten. Hier fand sie die nötigen Wurzeln und Kräuter nicht, die in Avalon wuchsen. Außerdem wagte sie nicht, hier krank zu werden. Ihr graute vor dem unheilvollen Trank und vor der Schwäche, die darauf folgte. Aber es mußte getan werden, ohne Zögern, oder sie würde zur Wintersonnenwende dem Sohn ihrer eigenen Mutter einen Sohn gebären. Vor allem durfte Igraine nichts davon erfahren – die Vorstellung würde ihr als unfaßbare Sünde erscheinen. Morgaine zwang sich wieder zu essen und redete über Unbedeutendes, wie Frauen bei Hofe es tun.

Aber ihre Gedanken kamen nicht zur Ruhe ... »Ja, das feine Leinen, das ich trage, stammt aus Avalon ... feineres Leinen gibt es auf der ganzen Welt nicht ... vielleicht liegt es daran, daß der Flachs am See längere, stärkere und hellere Fasern hat ...« Insgeheim aber dachte sie: *Artus darf es nie erfahren! Die Krönung lastet schwer genug auf ihm. Wenn ich diese Bürde tragen und Schweigen bewahren kann, um sein Herz nicht zu beschweren, dann will ich es tun.* »... Ja, ich habe gelernt, die Harfe zu spielen ...« Wie einfältig von ihrer Mutter, zu glauben, es sei nicht richtig für eine Frau, Musik zu machen. Selbst wenn in einem der Evangelien stand, die Frauen sollten in der Kirche schweigen, war der Gedanke unglaublich, die Stimme einer Frau, die Gottes Lob besang, könne seine Ohren beleidigen. Hatte nicht des Jesus eigene Mutter die Stimme erhoben, um sein Lob zu singen, als sie wußte, daß sie sein und des Heiligen Geistes Kind trug? Morgaine griff nach der Harfe und sang für ihre Mutter, und unter dem Lied lag tiefe Verzweiflung. Sie wußte so gut wie Viviane, daß sie die nächste Herrin von Avalon sein würde, und sie schuldete der Göttin zumindest eine Tochter. Es war nicht recht, ein Kind abzustoßen, daß bei der Großen Ehe empfangen worden war. Aber was konnte sie sonst tun? Die Mutter des Christengottes hatte Gott für das Kind gepriesen, das er ihr schenkte. Morgaine konnte nur in schweigender Bitterkeit dem Gott zürnen, der in Gestalt des unbekannten Bruders zu ihr gekommen war ... sie war gewohnt, auf zwei Ebenen gleichzeitig zu leben; trotzdem wurden ihre Lippen blaß, und ihre Stimme klang vor Anstrengung gepreßt. Sie war Morgause dankbar, die sie unterbrach.

»Morgaine, du hast eine schöne Stimme. Ich hoffe, sie auch an meinem Hof zu hören. Igraine, ich hoffe sehr, dir noch oft zu begegnen, ehe die Krönungsfeierlichkeiten vorüber sind. Aber nun muß ich in mein Quartier zurück, um zu sehen, ob man das Kind richtig versorgt. Auch mache ich mir nicht viel aus Kirchenglocken und langen Litaneien. Wie ich sehe, ist Morgaine von der Reise recht erschöpft. Ich glaube, ich nehme sie mit in meine Zelte und sorge dafür, daß sie zur Ruhe kommt, damit sie morgen, am Tag der Krönung, wieder bei Kräften ist.«

Igraine gab sich kaum Mühe, ihre Erleichterung zu verbergen. »Gewiß doch. Ich sollte mich zur Mittagsmesse begeben«, sagte sie. »Wie ihr wißt, werde ich mich nach Artus' Krönung in das Kloster bei Tintagel nach Cornwall zurückziehen. Artus hat mich zwar gebeten, am Hof zu bleiben, doch ich hoffe, daß er bald eine Königin hat und meiner dann nicht mehr bedarf.«

Ja, man würde darauf drängen, daß Artus ehelichte – und zwar bald. Morgaine überlegte, welchem der ehrgeizigen Könige es gelingen würde, die Ehre zu erringen, Schwiegervater des Königs zu werden. *Und mein Sohn könnte vielleicht Erbe seines Throns werden ... nein, nein, ich will so etwas noch nicht einmal denken.*

Und wieder würgte sie bitterer Zorn: Warum, warum nur hatte Viviane ihr das angetan? Warum hatte sie alles bewegt, damit Artus und sie bei einem Mummenschanz den Gott und die Göttin spielten ... mehr war es doch wirklich nicht!

Igraine küßte und umarmte beide zum Abschied mit dem Versprechen, sie später wiederzusehen. Sie gingen zwischen den leuchtenden Rundzelten hindurch, und Morgause sagte: »Igraine hat sich sehr verändert. Ich hätte sie fast nicht wiedererkannt ... Wer hätte gedacht, daß sie einmal so fromm und gläubig wird? Zweifellos beschließt sie ihre Tage als Schrecken des ganzen Nonnenklosters. Obwohl es mir schwerfällt es einzugestehen, ich freue mich, nicht dazuzugehören. Ich bin nicht zur Nonne berufen.«

Morgaine zwang sich zu einem Lächeln und antwortete: »Das glaube ich gerne, Morgause. Ehe und Mutterschaft scheinen Euch gut bekommen zu sein. Ihr blüht wie die wilden Rosen, Tante.«
Morgause lächelte zufrieden: »Mein Mann ist gut zu mir, und es gefällt mir, Königin zu sein«, erwiderte sie. »Er kommt aus dem Norden. Er findet nichts dabei, auf den Rat einer Frau zu hören, im Gegensatz zu diesen törichten Römern. Ich hoffe, man hat Artus in dem römischen Haushalt nicht verdorben, in dem er aufgewachsen ist... Vielleicht macht ihn das zu einem Kriegshelden. Doch wenn er die Stämme verachtet, wird er nicht lange herrschen. Selbst Uther war weise genug, das zu begreifen und ließ sich auf der Dracheninsel zum König krönen.«
»Das hat Artus auch getan«, entgegnete Morgaine. Mehr konnte sie nicht sagen.
»Richtig. Ich habe so etwas gehört, und ich glaube, es war klug. Was mich angeht, ich habe meinen Ehrgeiz. Lot berät sich mit mir, und in unserem Land geht alles gut. Die Kirchenmänner sehen es nicht gern und sagen, daß ich mich mit dem Platz begnügen sollte, der einer Frau angemessen ist... Zweifellos halten sie mich für eine Zauberin oder eine böse Hexe, weil ich nicht bescheiden in meinen Gemächern sitze mit meinen Frauen und spinne und webe. Aber Lot macht sich nicht viel aus den Christenpriestern, obwohl es in seinem Volk genug Getaufte gibt... Um die Wahrheit zu sagen, den meisten ist es gleichgültig, ob der Gott dieses Landes der weiße Christus, die Göttin, der Gehörnte oder der Pferdegott der Sachsen ist, solange sie gute Ernten haben, und ihre Bäuche voll sind. Ich glaube, das ist ganz gut so... ein Land, das von Kirchenmännern beherrscht wird, ist auf der Erde und im Himmel von Tyrannen bevölkert. Uther neigte in den letzten Jahren etwas zu sehr in diese Richtung, wenn du mich fragst. Die Göttin gebe, daß Artus klüger ist.«
»Er hat bei den Göttern von Avalon geschworen, gerecht zu sein, ehe Viviane ihm das Schwert der Druiden gab.«
»Hat sie das?« fragte Morgause. »Ich möchte wohl wissen, wieso ihr das in den Sinn kam. Aber genug von Göttern und Königen... was fehlt dir eigentlich?« Und als Morgaine nicht antwortete, fuhr sie fort: »Glaubst du, ich kann einer Frau nicht ansehen, daß sie schwanger ist? Igraine hat nichts gemerkt. Sie ist mit ihrer Trauer vollauf beschäftigt.«
Morgaine zwang sich, unbeschwert zu klingen, als sie sagte: »Vielleicht habt Ihr recht. Ich habe an den Beltaneriten teilgenommen.«

Morgause lachte leise: »Wenn es das erste Mal war, weißt du es vielleicht erst nach einem oder zwei Monden, aber ich wünsche dir alles Gute! Du bist schon über die besten Jahre hinaus, um Mutter zu werden, Morgaine ... Ich hatte in deinem Alter schon drei Kinder. Ich rate dir, Igraine nichts zu sagen. Sie ist viel zu christengläubig, um ein Kind der Göttin zu billigen. Ach ja, ich glaube, alle Frauen werden irgendwann einmal alt. Auch Viviane muß nicht mehr die Jüngste sein. Ich habe sie seit Gawains Geburt nicht mehr gesehen.«
»Für mich ist sie noch immer wie sie war«, erwiderte Morgaine.
»Und warum ist sie nicht zu Artus' Krönung mitgekommen? Nun, wir werden das auch ohne sie erledigen. Aber ich glaube, sie wird sich nicht lange damit zufriedengeben, im Hintergrund zu bleiben. Ich zweifle nicht daran, daß sie sich eines Tages vornimmt, den Kessel der Göttin auf unseren Altar am Hof zu stellen, anstelle des Kelchs der Christen. Nicht einmal traurig wäre ich darüber.«
Morgaine überlief ein prophetischer Schauer, und sie sah einen Priester, wie er den Heiligen Kelch der Mysterien am Altar des Christus in die Höhe hielt. Und dann stand Lancelot vor ihren Augen. Er kniete, und sein Antlitz strahlte in einem Licht, wie sie es noch nie gesehen hatte ... Sie schüttelte den Kopf, um das ungerufene Gesicht zu vertreiben.

Der Tag der Krönung brach strahlend und leuchtend an. Die ganze Nacht hindurch waren die Menschen aus ganz Britannien herbeigeströmt, um mitzuerleben, wie der Großkönig hier, auf der Insel der Mönche, gekrönt wurde. Man sah Gruppen des dunklen Kleinen Volks, Männer aus den Stämmen in ihren Fellen und dem gescheckten Tuch, geschmückt mit den dunklen Steinen des Nordens; sie hatten rote Haare und Bärte und waren sehr groß. Aber das romanisierte Volk aus den fortschrittsträchtigen Ländern überwog bei weitem. Unter sie mischten sich die großen, blonden breitschultrigen Männer, die Angeln und Sachsen der Bündnistruppen, die man im Süden von Kent angesiedelt hatte. Sie waren erschienen, um das gebrochene Bündnis zu erneuern. Die Hänge waren schwarz vor Menschen; selbst an den Beltane-Festen hatte Morgaine nie so viele zusammen gesehen; die Menge ängstigte sie.
Sie hatte einen privilegierten Platz neben Igraine, Lot, Morgause mit ihren Söhnen und der Familie des Ectorius. Der schlanke, dunkle und liebenswürdige König Lot beugte sich über ihre Hand, umarmte

sie und nannte sie vor aller Ohren immer wieder Verwandte und Nichte. Morgaine durchschaute das aufgesetzte Lächeln und sah den Mißmut und die Bitterkeit in Lots Augen. Er hatte Ränke geschmiedet und hintertrieben, um diesen Tag zu verhindern. Jetzt sollte sein Sohn Gawain als Thronanwärter verkündet werden. Könnte das seinen Ehrgeiz befriedigen, oder würde er weiterhin daran arbeiten, das Ansehen des Großkönigs zu untergraben? Morgaine sah Lot schräg von der Seite an und wußte, daß sie ihn mit Sicherheit nicht mochte.

Die Glocken begannen zu läuten; auf den Hängen und dem Platz vor der Kirche erhob sich tosende Begeisterung, als ein junger Mann aus dem Gotteshaus trat. Sein glänzendes Haar leuchtete in der Sonne. *Artus*, dachte Morgaine, *mein junger König, wie ein Held aus der Legende, und er hält das Heilige Schwert in der Hand.* Obwohl sie auf ihrem Platz die Worte nicht hörte, sah sie, wie der Kirchenmann Uthers schmalen Goldreif auf Artus' Haupt setzte.

Artus hob Excalibur und sagte etwas, das Morgaine nicht verstehen konnte. Doch es lief von Mund zu Mund, und als sie die Worte hörte, empfand Morgaine die gleiche Erregung wie nach seinem Sieg über den Königshirsch und der Krönung auf der Dracheninsel.

Für alle Völker von Britannien, hatte er gesagt, *mein Schwert diene eurem Schutz, und meine Hand der Gerechtigkeit.*

Der Merlin trat in seinem weißen Festgewand vor; neben ihm stand der ehrwürdige Bischof von Glastonbury; er wirkte freundlich und mild. Artus verbeugte sich kurz vor ihnen und nahm sie beide an der Hand. *Das hat ihm die Göttin eingegeben,* dachte Morgaine ... und in diesem Augenblick hörte sie Lot bemerken:

»Wie schlau, den Merlin und den Bischof sich zur Seite zu stellen, damit jeder sieht, daß beide seine Ratgeber sind.«

Morgause sagte: »Ich weiß nicht, bei wem er gelernt hat, aber glaubt mir, Uthers Sohn ist nicht dumm.«

»Wir sind an der Reihe«, verkündete Lot, erhob sich und reichte Morgause die Hand. »Kommt, meine Gemahlin, macht Euch keine Sorgen wegen der alten Graubärte und Priester. Ich schäme mich nicht zu gestehen, daß Ihr in allen Dingen ebenbürtig an meiner Seite sitzt. Es ist eine Schande, daß Uther Eure Schwester nicht ebenso behandelt hat.«

Morgause lächelte gequält: »Vielleicht ist es unser Glück, daß Igraine nicht die Willenskraft besaß, darauf zu bestehen.«

Von einem plötzlichen Gedanken getrieben, erhob Morgaine sich ebenfalls und folgte ihnen. Morgause und Lot ließen ihr höflich den Vortritt. Sie kniete nicht, sondern beugte nur leicht den Kopf: »Ich überbringe Euch, Artus, mein Gebieter, die Huldigung von Avalon und aller, die der Göttin dienen.« Hinter sich hörte sie die Christenpriester murmeln, und sie sah Igraine unter den schwarzgewandeten Nonnen des Klosters. Sie hörte Igraines Gedanken, als hätte ihre Mutter laut gesprochen: *Kühn und direkt. Sie hatte schon als Kind einen ausgeprägten Willen.* Morgaine zwang sich, es zu überhören. Sie war eine Priesterin von Avalon, und keines dieser eingesperrten Hühner Gottes!

»Ich heiße Euch willkommen, Euch, Morgaine, und Avalon.«

Artus ergriff sie bei der Hand und führte sie auf einen Platz in seiner Nähe. »Ich erweise Euch alle Ehre als das einzig andere Kind meiner Mutter und als Herzogin von Cornwall, teure Schwester.« Er ließ ihre Hand los, und sie beugte den Kopf, um nicht ohnmächtig zu werden. Vor ihren Augen verschwamm alles, und ihr wurde schwindlig. *Warum ausgerechnet jetzt? Es ist Artus' Werk. Nein, nicht sein Werk! Es ist das Werk der Göttin. Es ist ihr Wille, der geschieht, nicht unser Trachten.*

Lot trat vor, kniete vor Artus nieder, der ihn aufhob und ihn begrüßte: »Willkommen, lieber Oheim.«

Dieser liebe Oheim, dachte Morgaine, *hätte sich sicher mehr darüber gefreut, wenn du als Kind gestorben wärst.*

»Lot von Orkney. Wollt Ihr Euer Land gegen die Nordmänner verteidigen und mir Beistand leisten, wenn Britanniens Küsten bedroht sind?«

»Ich werde es, edler Neffe. Ich schwöre es.«

»Dann bitte ich Euch, den Thron von Orkney und Lothian in Frieden zu behalten. Ich werde ihn nie von Euch fordern oder mit Euch darum kämpfen«, sagte Artus, beugte sich vor und küßte Lot auf die Wange. »Möget Ihr mit Eurer Gemahlin lange und in Frieden herrschen, Oheim.«

Lot erwiderte: »Ich bitte um die Ehre, Euch einen Ritter bringen zu dürfen. Macht ihn zu einem Eurer Gefährten, edler Artus. Mein Sohn Gawain ...«

Gawain war kräftig, groß und stark. Er wirkte wie das männliche Gegenstück zu Igraine und Morgause mit seinem roten, lockigen Haar. Obwohl er nicht viel älter als Artus sein konnte – er mochte sogar etwas jünger sein, dachte Morgaine, denn Morgause hatte Lot erst nach Artus' Geburt geehelicht –, war Gawain bereits ein riesen-

hafter Mann. Er kniete vor Artus nieder, der ihn aufhob und umarmte.
»Seid willkommen, Vetter. Euch ernenne ich mit Freuden zu meinem ersten Ritter. Ich hoffe, Ihr werdet Euch meinen besten Freunden nicht verschließen. Euch werden sie willkommen heißen«, sagte er und nickte den drei jungen Männern an seiner Seite zu. »Lancelot, Gawain ist unser Vetter. Dies ist Cai und dies ist Bedwyr... meine Ziehbrüder. Jetzt habe ich wirklich Ritter um mich wie einst Alexander der Große.«
Stunde um Stunde saß Morgaine neben Artus und erlebte, wie Könige aus ganz Britannien dem Thron des Großkönigs Treue schworen und Artus gelobten, im Krieg an seiner Seite das Land zu verteidigen. Der blonde König Pellinore, Herr über das Seenland, kniete vor Artus und bat darum, sich noch vor dem Ende der Feier zurückziehen zu dürfen.
»Was, Pellinore?« fragte Artus lachend, »ich hielt Euch für einen meiner Treuesten, und nun wollt Ihr mich schon so bald verlassen?«
»Ich habe Kunde aus meinem Land, mein Gebieter. Ein Drache treibt dort sein Unwesen. Ich schwor, das Untier so lange zu verfolgen, bis ich es getötet habe.«
Artus umarmte den Getreuen und gab ihm einen goldenen Ring. »Ich will keinem Volk den König vorenthalten, wenn es ihn braucht. Geht und versucht, den Drachen zu vernichten. Bringt mir seinen Kopf, wenn Ihr ihn erschlagen habt.«
Die Sonne neigte sich bereits am Horizont, als alle Könige und Edlen des Landes dem Großkönig die Treue geschworen und ihm gehuldigt hatten. Artus war fast noch ein Junge, aber er blieb den ganzen langen Nachmittag über von untadeliger Höflichkeit. Mit jedem sprach er, der zu ihm kam, als sei er der erste. Nur Morgaine, die in Avalon gelernt hatte, in Gesichtern zu lesen, erkannte die Spuren der Müdigkeit. Schließlich war auch das vorüber, und die Diener brachten das Mahl.
Morgaine hatte erwartet, Artus würde im Kreis der jungen Männer Platz nehmen, die er zu seinen Rittern gemacht hatte. Hinter dem neuen Großkönig lag ein langer Tag; er war jung und hatte sich seinen Pflichten aufmerksam und freundlich unterzogen. Aber Artus setzte sich zu den Bischöfen und den älteren Königen, den Ratgebern seines Vaters – Morgaine sah mit Genugtuung den Merlin unter ihnen. Schließlich war Taliesin sein Großvater, obwohl sie nicht

sicher war, ob Artus das wußte. Nachdem er gegessen hatte, erhob er sich und mischte sich unter die Gäste.

In seiner schlichten weißen Tunika und dem schmalen Goldreif auf dem Haupt als einzigem Schmuck wirkte er unter den farbenprächtig gekleideten Königen und Edlen wie ein weißer Hirsch im dunkelgrünen Wald. Seine Ritter waren um ihn: der große Gawain und der dunkle Cai mit den scharfgeschnittenen römischen Zügen und dem zynischen Lächeln – beim Näherkommen sah Morgaine an seinem Mundwinkel eine Narbe, die immer noch rot und häßlich war und seinem Gesicht etwas Verschlagenes gab. Schade, denn zuvor hatte er wahrscheinlich gut ausgesehen. Lancelot wirkte neben ihm hübsch wie ein Mädchen – nein, irgendwie leidenschaftlich, männlich und schön; vielleicht eher wie eine Wildkatze. Morgause verschlang ihn mit ihren Blicken.

»Morgaine, wer ist der schöne junge Mann in Rot... der neben Cai und Gawain steht?«

Morgaine lachte: »Euer Neffe, Tante! Es ist Vivianes Sohn Galahad. Aber die Sachsen gaben ihm den Namen Elfenpfeil, und meist ruft man ihn Lancelot.«

»Wer hätte gedacht, daß die unscheinbare Viviane einen so gutaussehenden Sohn hat? Ihr älterer Sohn Balan... *er* ist nicht hübsch; rauh, stark und herzlich... und treu wie ein alter Hund. Er ist wie Viviane, und kein Mensch könnte *sie* als schön bezeichnen.«

Die Worte schnitten Morgaine ins Herz. *Man sagt, ich bin wie Viviane. Halten mich also alle für häßlich? Das kleine Mädchen damals sagte... klein und häßlich wie eine Fee.*

Morgaine erwiderte kühl: »Ich finde, Viviane ist sehr schön.«

Morgause kicherte anzüglich: »Man merkt, daß du in Avalon aufgewachsen bist. Dort lebt man noch einsamer als in den meisten Klöstern. Ich glaube, du weißt nicht, was Männer an Frauen schön finden.«

»Aber Morgause«, sagte Igraine besänftigend, »es gibt auch andere Tugenden als Schönheit. Dieser Lancelot hat die Augen seiner Mutter, und niemand hat je geleugnet, daß Viviane herrliche Augen hat. Viviane besitzt soviel Liebreiz, daß niemand danach fragt oder sich darum kümmert, ob sie schön ist. Alle hängen an ihren wunderbaren Augen und lassen sich von ihrer wundervollen Stimme bezaubern. Schönheit liegt nicht nur in einer königlichen Gestalt, heller Haut und goldenen Locken, Morgause.«

Die Schwester erwiderte: »Ach, Ihr seid der Welt zu fremd, Igraine!

Ihr seid Königin, und jeder hält eine Königin für schön. Und Euer Gemahl hat Euch sehr geliebt. Die meisten von uns sind nicht so glücklich dran, und es ist tröstlich zu wissen, daß andere Männer unsere Schönheit bewundern. Hättet Ihr Euer ganzes Leben mit dem alten Gorlois zugebracht, wärt Ihr auch froh über Eure weiße Haut und Eure schönen Haare. Ihr hättet Euch alle Mühe gegeben, jene Frauen auszustechen, die nur Liebreiz, wunderbare Augen und eine wohlklingende Stimme besitzen. Männer sind wie kleine Kinder... sie sehen nur das erste, was sie wollen, eine pralle Brust...«

»Schwester!« rief Igraine entrüstet, und Morgause erwiderte mit einem trockenen Lachen: »Ja, ja, Schwester, Ihr konntet leichten Herzens tugendsam sein, denn der Mann, der Euch liebte, war ein König. Die meisten von uns sitzen nicht so hoch.«

»Liebst du Lot nach all diesen Jahren etwa nicht, Morgause?«

Morgause zuckte die Schultern. »Liebe ist ein Zeitvertreib in der Kemenate und für den Winter. Lot berät sich mit mir in allen Angelegenheiten. In Kriegszeiten überläßt er mir die Aufsicht über den Hof. Wenn er die Beute, Gold, Edelsteine oder prächtige Kleider, mitbringt, habe ich die erste Wahl. Dafür bin ich ihm dankbar, und er mußte nie auch nur im geringsten daran zweifeln, daß er etwa den Sohn eines anderen Mannes an den Waffen üben läßt. Aber das bedeutet nicht, daß ich blind zu sein habe, wenn ein Jüngling mir gefällt und Schultern wie ein Stier hat, oder... wenn er ein Auge auf seine Königin wirft.«

Ich zweifle nicht, dachte Morgaine mit leichtem Widerwillen, *daß Morgause dies alles als große Tugend betrachtet und sich für eine sehr tugendhafte Königin hält.* Zum ersten Mal seit vielen Jahren war sie verwirrt; sie wußte wohl, man konnte Tugend nicht so einfach definieren. Die Christenmenschen hielten Keuschheit für das höchste Gut der Frau; in Avalon dagegen galt als höchste Tugend das Einssein des eigenen Körpers mit dem Gott oder der Göttin im Einklang zur Natur. In beiden Fällen war die Tugend des anderen schwärzeste Sünde und Undank dem eigenen Gott gegenüber. Wenn der eine Glaube recht hatte, mußte der andere notwendigerweise das Böse lehren. Morgaine erschien es, als ob die Christen das heiligste aller Dinge unter dem Himmel ablehnten. In ihren Augen wäre sie selbst nicht viel besser als eine Hure gewesen. Wollte sie den Christen den Beischlaf anläßlich der Feldfeuer als heiligen Dienst an der Göttin darstellen, würde selbst Igraine, die in Avalon aufgewachsen war, sie entsetzt anstarren und glauben, ein böser Geist spreche aus ihr.

Morgaine wendete den Blick den jungen Männern zu, die sich ihnen näherten: der blonde Artus mit den blaugrauen Augen, der schlanke, anmutige Lancelot und der große rothaarige Gawain, der die anderen überragte wie ein Stier ein Paar edle spanische Pferde. Artus trat auf die Frauen zu und verbeugte sich vor seiner Mutter.
»Meine Herrin.« Er korrigierte sich: »Mutter. Ist dieser Tag Euch lang geworden?«
»Nicht länger als Euch, mein Sohn. Setzt Euch zu mir.«
»Für einen Augenblick, Mutter.« Er nahm neben ihr Platz und griff gedankenverloren nach ein paar Spezereien, die Morgaine auf ihrem Teller beiseite geschoben hatte. Dies rief der Schwester wieder ins Gedächtnis, wie jung der Bruder war. Er kaute an einem Stück Mandelkuchen und fragte: »Mutter, wollt Ihr wieder heiraten? Wenn ja, suche ich Euch den reichsten ... und den liebenswürdigsten König als Gemahl. König Uriens von Nordwales ist Witwer geworden. Bestimmt wäre er über eine gute Frau nur allzu glücklich.«
Igraine lächelte: »Ich danke Euch, lieber Sohn. Aber nachdem ich Gemahlin des Großkönigs war, möchte ich nicht die Frau eines Geringeren sein. Und ich habe Euren Vater sehr geliebt. Ich möchte ihn nicht durch einen anderen ersetzen.«
»Es soll geschehen, wie Ihr wünscht, Mutter«, erklärte Artus, »ich habe nur befürchtet, Ihr würdet einsam sein.«
»Es ist schwer, in einem Kloster in Gesellschaft anderer Frauen einsam zu sein, mein Sohn. Und es gibt Gott.«
Morgause sagte: »Lieber würde ich in einer Einsiedelei tief im Wald leben als in einem Gotteshaus voll schnatternder Damen. Wenn Gott tatsächlich dort weilt, muß es ihm schwerfallen, wenigstens einmal zu Wort zu kommen!«
Einen Augenblick lang sah Morgaine die lebhafte Mutter ihrer Kindheit wieder vor sich, als Igraine der Schwester entgegnete: »Ich denke, er wird wie jeder Hahn im Hühnerhof die meiste Zeit damit verbringen, seinen Bräuten zuzuhören ... aber wenn jemand wirklich ernsthaft Gottes Stimme lauscht, ist sie nicht so weit entfernt, wie du denkst. Bist du jemals ruhig genug gewesen, ihn zu hören, Morgause?«
Lachend gab Morgause durch einen Wink zu erkennen, daß sie den Treffer hinnahm. »Und wie steht es mit Euch, Lancelot?« fragte sie, verführerisch lächelnd. »Seid Ihr schon versprochen oder vielleicht sogar vermählt?«
Der Ritter schüttelte lachend den Kopf. »O nein, Tante. Mein Vater,

König Ban, würde zweifellos eine Frau für mich finden. Aber noch wünsche ich, an der Seite meines Königs zu sein und ihm zu dienen.«

Artus sah lächelnd zu seinem Freund auf und klopfte ihm auf die Schulter. »Meine beiden starken Vettern hier werden mich wohl behüten... sicher ebenso gut wie einen der alten Cäsaren.«

Igraine sagte leise zu ihm: »Artus, ich glaube, Cai ist eifersüchtig. Sagt auch ihm etwas Freundliches.« Morgaine hörte ihre Worte und blickte auf den mißmutig blickenden Cai mit der Narbe. Es war sicher nicht leicht für ihn. Er hatte Artus jahrelang für einen unbedeutenden Zögling seines Vaters gehalten, und jetzt wurde sein jüngerer Bruder ihm vorgezogen; ja, der jüngere Bruder wurde Großkönig! Und er mußte feststellen, daß dieser Bruder zwei Freunde hatte, denen er sein Herz schenkte.

Artus sagte: »Wenn in diesem Land Frieden herrscht, werden wir für euch alle Frauen und Burgen finden. Aber Ihr, Cai, sollt als Hofmarschall meine Burg halten.«

»Damit bin ich zufrieden, Ziehbruder... vergebt, ich sollte ›mein Gebieter und König‹ sagen...«

»Nein«, rief Artus, drehte sich um und umarmte Cai. »Gott soll mich strafen, wenn ich das je von dir verlange, Bruder.«

Igraine schluckte. »Wenn du so sprichst, Artus, glaube ich manchmal, die Stimme deines Vaters zu hören.«

»Ich wünsche um meinetwillen, Mutter, ich hätte ihn wirklich gekannt. Aber ich weiß auch, daß ein König und eine Königin nicht immer handeln können, wie sie wollen.« Er ergriff Igraines Hand und küßte sie. Morgaine dachte: *Soviel vom Königsein hat er also bereits gelernt.*

»Ich vermute«, sagte Igraine, »man hat Euch bereits nahegelegt zu heiraten.«

»O ja«, erwiderte Artus achselzuckend, »vermutlich hat jeder Edle eine Tochter, die er gern dem Großkönig zur Frau zu geben gedenkt. Ich glaube, ich werde den Merlin fragen, welche ich wählen soll.« Sein Blick suchte Morgaine, und einen Augenblick lang lag in ihnen eine große Verwundbarkeit. »Schließlich weiß ich nicht viel über Frauen.«

Lancelot sagte heiter: »Oh, dann müssen wir für Euch die schönste und edelste Dame des ganzen Reiches finden.«

»Nein«, widersprach Cai nachdenklich, »Artus sagt sehr verständig, daß für ihn alle Frauen gleich sind. Also suchen wir ihm die Dame mit der größten Mitgift.«

Artus lachte leise. »Dann überlasse ich Euch die Wahl, Cai, und werde zweifellos ebenso gut verheiratet wie gekrönt sein. Ich schlage vor, Ihr beratet Euch mit dem Merlin. Sicher wird Seine Heiligkeit der Erzbischof auch ein Wort dazu zu sagen haben. Und wie steht es mit Euch, Morgaine? Soll ich Euch einen Gemahl suchen oder wollt Ihr eine der Hofdamen meiner Königin werden? Wer sollte in meinem Reich höherstehen als die Tochter meiner Mutter?«
Morgaine gelang es zu antworten: »Mein Gebieter und König, ich bin in Avalon zufrieden. Bitte bemüht Euch nicht, mir einen Gemahl zu suchen.« *Nicht einmal,* dachte sie heftig, *nicht einmal, wenn ich schwanger bin! Nicht einmal dann!*
»Wie Ihr wünscht, Schwester. Aber sicher wird Seine Heiligkeit etwas dazu zu sagen haben ... er beharrt darauf, daß alle Frauen von Avalon böse Zauberinnen oder Harpyien sind.«
Morgaine gab keine Antwort, und Artus blickte beinahe schuldbewußt zu den anderen Königen und den Ratgebern hinüber. Der Merlin sah ihn an, und Artus sagte: »Wie ich sehe, ist die Zeit zerronnen, die mir bleibt, um mich mit meiner Mutter, meiner Schwester und meinen Rittern zu befassen. Meine Pflicht als König ruft mich, Herrin.« Er verabschiedete sich mit einer leichten Verbeugung von Igraine, mit einer förmlicheren von Morgause, aber als er vor Morgaine stand, beugte er sich vor und küßte sie auf die Wange. Sie erstarrte.
Große Mutter! Göttin! Wir haben alles durcheinandergebracht. Er sagte, er wird mich immer lieben und sich nach mir sehnen ... das ist das einzige, was er nicht darf! Oh, wenn es doch Lancelot wäre ... Sie seufzte; Igraine trat zu ihr und nahm ihre Hand. »Du mußt müde sein, meine Tochter. Das lange Sitzen in der Sonne heute morgen hat dich wohl erschöpft. Bist du sicher, du würdest nicht lieber mit mir zurück ins Kloster gehen? Dort ist es ruhig ... Nein? Nun gut, Morgause, nimm sie mit in deine Unterkunft.«
»Ja, liebe Schwester, geht und ruht Euch aus.« Morgaine sah den jungen Männern nach, die sich entfernten. Taktvoll ging Artus nicht schneller als der hinkende Cai.

Morgaine kehrte mit Morgause in das Zelt zurück. Sie war müde, aber sie mußte aufmerksam und höflich zuhören, während Lot von einem Plan berichtete, über den Artus gesprochen hatte – der gepanzerte Kampf zu Pferd, eine Art Angriff, mit der man bewaffnete Banden sächsischer Räuber und Fußtruppen mit Sicherheit zerspren-

gen würde. Die wilden Horden waren es nicht gewöhnt, gegen geschulte Reiter zu kämpfen.
»Der Junge ist ein Meister der Kriegskunst«, sagte Lot anerkennend. »Es kann gelingen. Schließlich ist es den Pikten, Schotten und den Stämmen durch Vorstöße kleinerer Verbände aus dem Hinterhalt gelungen, die Legionen aufzureiben. Zumindest hat man mir es so erzählt ... die Römer kannten nur den Kampf in Schlachtordnung gegen einen Feind, der sich ihnen auf offenem Felde stellte. Und Reiter waren den Fußsoldaten schon immer überlegen. Die *Equites*, so sagt man, trugen im römischen Heer schon immer den größten Sieg davon.«
Morgaine mußte an Lancelot denken, und wie begeistert er von den Kampfweisen zu Pferde gesprochen hatte. Wenn Artus diese Begeisterung teilte und bereit war, zusammen mit Lancelot Berittene Kämpen auszubilden, kam vielleicht wirklich die Zeit, in der alle Sachsen aus dem Land zu vertreiben waren. Dann würde wieder Frieden herrschen – ein größerer Friede als die sagenhaften zweihundert Jahre der *Pax Romana*. Wenn das Schwert von Avalon und die Insignien der Druiden den Thron schützten, konnte die Zeit danach wirklich eine Zeit der Wunder sein ... Viviane hatte einmal davon gesprochen, daß Artus ein sagenhafter König mit einem sagenhaften Schwert sein würde. *Vielleicht herrscht dann die Göttin wieder über das Land, nicht mehr der gekreuzigte Gott der Christen mit seinem Leiden und seinem Sterben* ... Sie versank in Tagträumen, aus denen sie erst wieder erwachte, als Morgause sie leicht an der Schulter rüttelte.
»Aber Liebes, du schläfst ja schon halb. Geh zu Bett. Wir werden dich entschuldigen«, sagte sie und schickte ihre eigene Kammerfrau, um Morgaine zu entkleiden, ihr die Füße zu waschen und die Haare zu flechten.
Morgaine schlief tief und lange, ohne zu träumen. Die Anstrengungen der letzten Tage machten sich bemerkbar. Aber als sie erwachte, wußte sie kaum, wo sie sich befand, oder was geschehen war. Sie fühlte sich nur sterbenskrank und stolperte aus dem Rundzelt, um sich zu übergeben. Als sie sich mit schmerzendem Kopf aufrichtete, stand Morgause neben ihr und half ihr freundlich und bestimmt ins Zelt zurück. So hatte Morgaine sie aus frühester Kindheit in Erinnerung – die abwechselnd freundliche und bissige Morgause. Jetzt tupfte sie Morgaine mit einem feuchten Tuch den Schweiß von der Stirn, setzte sich dann neben sie und befahl der Kammerfrau, ihrer Nichte einen Becher Wein zu bringen.

»Nein, nein, ich möchte nichts trinken. Mir wird nur wieder schlecht...«
»Trink«, sagte Morgause streng. »Versuche auch ein wenig Brot zu essen. Es ist trocken und wird dir nicht schaden... in einer solchen Zeit mußt du etwas im Bauch haben.« Sie lachte: »Ja, ja... es ist etwas im Bauch, was dir diese Unannehmlichkeiten bereitet.«
Gedemütigt blickte Morgaine zu Boden.
Morgause klang wieder freundlich: »Aber Mädchen, wir alle haben das durchgemacht. Du bist schwanger... Das ist alles. Du bist nicht die erste und nicht die letzte. Wer ist der Vater? Oder sollte ich das lieber nicht fragen? Ich habe bemerkt, wie du Vivianes hübschen Sohn angesehen hast... war er der Glückliche? Wer könnte dir daraus schon einen Vorwurf machen? Nein? Also ein Kind der Beltanefeuer? Das habe ich mir gedacht. Warum auch nicht?«
Morgaine ballte die Fäuste. Morgauses wohlmeinende munteren Worte waren einfach zuviel. »Ich werde es nicht bekommen. Ich weiß, was ich zu tun habe, wenn ich nur wieder in Avalon bin.«
Morgause sah sie besorgt an. »Muß das sein, Liebes? In Avalon nimmt man ein Kind des Gottes mit offenen Armen auf. Und du kommst aus dem königlichen Geschlecht. Ich will nicht gerade behaupten, ich hätte so etwas nie getan... ich habe dir gesagt, daß ich immer darauf geachtet habe, nur Lots Kinder zur Welt zu bringen. Was nicht bedeutet, daß ich die ganze Zeit allein geschlafen habe, wenn er seine Kriege führte. Warum sollte ich auch? Ich nehme nicht an, daß auch er immer allein ins Bett gestiegen ist. Aber eine alte Hebamme sagte mir einmal... und ich muß sagen, sie verstand ihr Geschäft sehr gut... sie sagte also, eine Frau soll nie versuchen, das erste Kind abzustoßen. Wenn sie es tut, kann sie sich damit so verletzen, daß sie keine Kinder mehr bekommen kann.«
»Ich bin eine Priesterin, Morgause, und Viviane wird alt. Ich möchte nicht, daß ich deshalb meine Pflichten im Tempel vernachlässigen muß.« Noch während sie sprach, wußte Morgaine, daß sie die Wahrheit einfach verdrängte. Es gab Frauen in Avalon, die ihre Aufgaben bis in die letzten Wochen des Schwangerseins erfüllten. Dann teilten die anderen bereitwillig die Arbeit unter sich auf, damit die Frau vor der Geburt ruhen konnte. Hinterher ließ man ihnen sogar Zeit, die Kinder zu stillen, ehe man die Kleinen in Pflege gab. Manche Mädchen wuchsen sogar – wie Igraine – bei den Priesterinnen auf. Morgause hatte ebenfalls als Vivianes Pflegetochter bis zum zwölften Jahr in Avalon gelebt.

Morgause sah sie gutmütig an. »Ja, ja ... ich glaube, jede Frau hat bei ihrem ersten Kind solche Gedanken ... sie fühlt sich wie in einer Falle. Sie ist zornig. Denn es geschieht mit ihr etwas, das sie nicht ändern kann, etwas, vor dem sie sich fürchtet. Ich weiß, es war so bei Igraine, auch bei mir, und ich glaube, es ist bei keiner Frau anders.« Sie streckte die Arme aus und drückte Morgaine an sich. »Aber die Göttin ist freundlich, Liebste. Das Menschlein wächst schnell in dir, und die Göttin weckt in deinem Herzen die Liebe für das Kind ... selbst wenn dir nichts an seinem Vater liegt. Liebes, ich wurde mit fünfzehn Jahren einem weit älteren Mann zur Frau gegeben. An dem Tag, an dem ich wußte, daß ich ein Kind in mir trug, war ich sogar bereit, mich ins tosende Meer zu stürzen ... ich glaubte, es sei das Ende meiner Jugend, das Ende meines Lebens. Aber, aber, weine nicht ...«, fügte sie besorgt hinzu und streichelte Morgaines weiche Haare. »Es wird dir bald bessergehen. Ich trage auch nicht gerne einen dicken Bauch mit mir herum. Aber das geht vorbei. Und ein Kind an der Brust bringt dir ebensoviel Freude wie das Schwangersein Last; ich habe vier geboren und hätte wirklich nichts gegen ein fünftes. Ich habe oft gewünscht, einer meiner Söhne wäre eine Tochter. Wenn du das Kind nicht in Avalon haben willst, ich ziehe es für dich auf ... was hältst du davon?«
Morgaine schluchzte tief auf und hob den Kopf von Morgauses Schulter. »Es tut mir leid ... dein schönes Gewand ist naß von meinen Tränen.«
Morgause erwiderte achselzuckend: »Wenn nichts Schlimmeres damit geschieht ... siehst du? Die Übelkeit geht vorüber, und für den Rest des Tages geht es dir gut. Glaubst du, Viviane würde dir erlauben, mich zu besuchen? Du kannst mit uns nach Lothian zurückkehren, wenn du willst ... du kennst die Orkney-Inseln nicht, und eine Luftveränderung wird dir sicher guttun.«
Morgaine bedankte sich, sagte aber, sie müsse nach Avalon zurück und vor ihrer Abreise Igraine Lebewohl sagen.
»Ich rate dir, ziehe sie nicht ins Vertrauen«, sagte Morgause. »Deine Mutter ist so gläubig geworden, daß sie entsetzt wäre ... oder es für ihre Pflicht hielt, es zu sein.«
Morgaine lächelte schwach. Sie hatte nicht die Absicht, sich Igraine anzuvertrauen oder überhaupt einem Menschen. Ehe Viviane es wissen konnte, würde nichts mehr sein, was es zu wissen gab. Sie war Morgause für ihr Wohlwollen und ihren guten Rat dankbar. Doch sie dachte nicht daran, ihn zu befolgen. Morgaine sagte heftig

zu sich selbst, es sei ihr Recht, selbst zu entscheiden. Sie war eine Priesterin, und was immer sie tat, mußte allein sie verantworten.
Der Abschied von Igraine dauerte lange und wurde mehr als einmal von diesem schrecklichen Gebimmel unterbrochen, das die Nonnen zu ihren Pflichten rief. Gequält dachte Morgaine die ganze Zeit über, daß Morgause mehr der Mutter glich, an die sie sich erinnerte, als Igraine, die ihr alt, hart und fromm erschien. Erleichtert verabschiedete sie sich schließlich. Sie wußte, die Rückkehr nach Avalon war ein Zurück nach Hause. Sie hatte kein anderes Zuhause mehr auf dieser Welt.
Aber wenn Avalon nicht mehr ihre Heimat war? Was dann?

Morgaine verließ frühmorgens leise das Haus der Jungfrauen und lief in das Sumpfgebiet hinter dem See. Sie umging den Berg und erreichte ein Wäldchen. Mit etwas Glück fand sie hier, was sie brauchte, ohne in den Nebeln herumirren zu müssen. Sie wußte, was sie suchte: eine bestimmte Wurzel, die Rinde eines Strauchs und zwei Kräuter. Sie wuchsen alle auf Avalon. Sie hätte die Dinge aus den Vorratsräumen im Haus der Jungfrauen nehmen können, würde aber dann erklären müssen, was sie damit wollte, und das galt es zu vermeiden. Sie wollte weder den gutmütigen Spott noch das Mitgefühl der anderen Frauen. Lieber machte sie sich selbst auf die Suche. Morgaine verstand etwas von Kräutern und war eine gute Hebamme. Sie brauchte sich niemandem anzuvertrauen.
Eines der Kräuter wuchs im Garten, und sie hatte es unbemerkt gepflückt. Die anderen wuchsen wild. Sie war bereits eine beachtliche Strecke gegangen, als ihr auffiel, daß sie die Nebelfelder immer noch nicht erreicht hatte. Sie sah sich um und stellte fest, daß sie diesen Teil von Avalon nicht kannte... doch das war nichts als Wahnsinn! Lebte sie doch seit zehn Jahren oder schon länger in Avalon! Kannte beinahe jeden Strauch und jeden Baum, jeden Pfad und selbst die kleinste Erhebung. Unmöglich, daß sie sich in Avalon verirrte! Und doch war es so. Sie befand sich plötzlich in einem dichten Wald, wo die Bäume älter waren und enger standen, als sie es je gesehen hatte. Hier wuchsen Büsche, Kräuter und Bäume, die sie nicht kannte.
Konnte es sein, daß sie die Nebel durchquert hatte, ohne es zu bemerken? Befand sie sich jetzt auf dem Festland? Auf der anderen

Seite des Sees? Nein, in Gedanken ging sie noch einmal Schritt um Schritt zurück. Sie hatte keinen Nebel bemerkt. Außerdem, Avalon war fast eine Insel, man wäre immer auf Wasser gestoßen. Es gab zwar den verborgenen, beinahe trockenen Saumpfad, aber sie befand sich in einer wirklich anderen Gegend.

Selbst an dem Tag, als sie und Lancelot Gwenhwyfar in den Nebeln fanden, waren sie durch Sumpfiges und nicht durch Wald gegangen. Nein, dies war nicht die Insel der Christenpriester. Und wenn sie nicht das magische Können entwickelt hatte, den See zu überqueren, ohne zu schwimmen, befand sie sich auch nicht auf dem Festland – aber auch nicht auf Avalon. Morgaine blickte zum Himmel, um nach dem Stand der Sonne zu schauen. Aber sie sah das Lichtrad nicht, nur ein sanftes Strahlen, das von überall her zu kommen schien.

Morgaine überkam kalte Furcht. Sie war nicht mehr auf der Welt, die sie kannte. Umfaßte die Magie der Druiden, die Avalon der Welt entrückt hatte, noch ein anderes, unbekanntes Land – eine Welt um oder hinter Avalon? Sie betrachtete die uralten Bäume, die dicken Eichen, die Haselnußsträucher, den Farn und die tiefhängenden Weiden und wußte, das war nicht mehr die Welt, die sie kannte. Vor ihr stand eine einzelne, uralte verkrümmte Eiche. Diesen Baum hätte sie nie übersehen oder nicht kennen können. Ein so alter und verehrungswürdiger Baum hätte bei den Druiden sicher als heilig gegolten. »O Göttin, wo bin ich?«

Wo immer sie auch war, sie konnte hier nicht bleiben. Entweder würde sie in einen bekannten Teil der Welt zurückfinden, einen Orientierungspunkt, den sie kannte, oder eine Stelle erreichen, wo die Nebel begannen, und auf diese Weise nach Avalon zurückkehren.

Langsam ging Morgaine durch den immer dichter werdenden Wald. Weit vor ihr schien eine Lichtung zu liegen, und sie schritt darauf zu. Sie betrachtete Haselsträucher, die sie umgaben, und wußte, daß sie noch nie von Menschenhand berührt worden waren – nicht einmal vom metallenen Messer eines Druiden, der sich einen Zauberstab geschnitten hätte, mit dem er Wasser, verborgenen Schätzen oder Gift nachspürte. Es gab einen Haselnußhain auf Avalon. Aber die Sträucher dort kannte sie. Vor Jahren, als sie diese Dinge lernte, hatte sie sich ihren eigenen Stab geschnitten. Es war wirklich ein anderer Platz! Am Rand der Lichtung entdeckte sie die Kräuter, die sie suchte. Sie konnte sie ebensogut gleich mitnehmen, dann war sie nicht umsonst hierhergekommen. Morgaine durchquerte die Lichtung, ließ sich nieder, benutzte den Rocksaum als Polster für die Knie, damit sie besser arbeiten konnte und begann, nach den Wurzeln zu graben.

Zweimal während ihrer Arbeit hatte sie das Gefühl, beobachtet zu werden – das leichte Prickeln im Rücken, das jeder kennt, der in der Wildnis lebt, verriet es ihr. Aber als sie aufblickte, sah sie nichts – nur Schattenhaftes unter den Bäumen.

Beim dritten Mal vermied sie so lange wie möglich, den Kopf zu heben, zog die Pflanze aus dem Erdreich und begann die Wurzeln zu lösen, während sie den nötigen Spruch murmelte – ein Gebet an die Göttin, der entwurzelten Pflanze wieder Leben zu schenken, damit andere an ihrer Stelle wachsen würden. Doch das Gefühl, beobachtet zu werden, wuchs. Schließlich blickte Morgaine auf. Unter den Bäumen am Rand der Lichtung stand schier unsichtbar im Schatten eine Frau und schaute zu ihr herüber.

Sie war keine Priesterin. Morgaine hatte sie noch nie gesehen. Sie trug ein fahles graugrünes Gewand von der Farbe der Weidenblätter, wenn sie im Spätsommer alt werden und verbleichen... und darüber einen dunklen Umhang. An ihrem Hals schimmerte etwas Goldenes. Im ersten Augenblick hielt Morgaine sie für eine Frau aus dem dunklen Kleinen Volk, bei dem sie die Jagd auf den Königshirsch erlebt hatte. Aber die Haltung der Frau unterschied sich sehr von dem Gebaren der kleinen, im Grunde ängstlichen Menschen. Sie wirkte eher wie eine Priesterin oder Königin. Ihr Alter zu schätzen war unmöglich. Aber die tiefliegenden Augen und die Falten des Gesichts sagten ihr, daß die Frau nicht jung sein konnte.

»Was tust du hier, Morgaine, aus dem Volk der Feen?«

Ihr rann es eiskalt über den Rücken. Woher wußte diese Frau ihren Namen? Mit dem Geschick einer Priesterin verbarg Morgaine ihre Furcht und erwiderte: »Wenn Ihr meinen Namen wißt, Herrin, seht Ihr sicher auch, was ich tue.« Entschlossen zwang sie sich, den Blick von den dunklen Augen der Frau abzuwenden und machte sich daran, die Wurzeln zu schälen. Dann sah sie wieder auf und erwartete fast, die Fremde wäre ebenso schnell verschwunden, wie sie gekommen war. Aber sie stand noch immer auf derselben Stelle und musterte Morgaine unbewegt. Ihre Augen richteten sich auf Morgaines erdverschmierte Hände und die Fingernägel, die sie sich beim Graben eingerissen hatte: »Ja, ich sehe, was du tust, und weiß, was du tun willst. Aber warum?«

»Weshalb wollt Ihr das wissen?«

»Leben ist für mein Volk etwas Kostbares«, antwortete ihr die Frau. »Obwohl wir weder so leicht gebären noch so leicht sterben wie ihr. Aber es ist mir ein Rätsel, weshalb du, Morgaine aus dem königlichen Geschlecht des Alten Volkes und deshalb meine entfernteste Verwandte, das einzige Kind abstoßen willst, das du je in deinem Leben haben wirst.«

Morgaine schluckte schwer. Sie erhob sich ungeschickt – im Bewußtsein der schmutzigen, erdverkrusteten Hände, der halbgeschälten Wurzel in der Hand und des Rocks, der vom Knien auf dem feuchten Boden naß und zerknittert war – und stand wie eine Gänsemagd vor einer Hohepriesterin. Trotzig entgegnete sie: »Wie könnt Ihr solches sagen? Ich bin noch jung. Wieso glaubt Ihr, ich könnte nicht noch ein Dutzend Kinder haben, wenn ich dieses eine nicht bekomme?«

»Ich hatte vergessen, daß das Gesicht nur verzerrt und unvollständig ist, wenn das Feenblut verdünnt fließt«, antwortete die Fremde. »Laß dir genug sein, wenn ich es sage. Ich habe es gesehen. Überlege dir gut, Morgaine, ehe du zurückweist, was die Göttin dir vom Königshirsch geschenkt hat.«

Plötzlich brach Morgaine wieder in Tränen aus und stammelte: »Ich will es nicht. Ich wollte es nicht... warum hat die Göttin mir das angetan? Könnt Ihr mir darauf eine Antwort geben? Ihr kommt doch von ihr?«

Die Fremde sah sie traurig an. »Ich bin nicht die Göttin, Morgaine... nicht einmal ihre Botin. Wir kennen weder Götter noch Göttinnen, sondern nur die Brust unserer Mutter, die unter unseren Füßen und über unseren Köpfen ist, von der wir kommen und zu der wir gehen, wenn unsere Zeit gekommen ist. Deshalb halten wir das Leben in hohen Ehren und weinen, wenn wir sehen, daß es weggeworfen wird.« Sie trat auf Morgaine zu, nahm ihr die Wurzel aus der Hand und sagte: »Du willst es nicht.« Damit warf sie die Wurzel auf den Boden.

»Wie heißt Ihr?« rief Morgaine. »Wo bin ich hier?«

»Du könntest meinen Namen in deiner Sprache nicht nennen«, erwiderte die Fremde. Und plötzlich fragte sich Morgaine verwundert, mit welchen Worten sie sich unterhielten. »Du bist hier im Haselhain, und das sagt genug. Er reicht bis zu meinem Haus, und dieser Pfad dort drüben...«, sie deutete mit dem Finger darauf, »führt dich zu deinem Haus nach Avalon zurück.«

Morgaine folgte dem ausgestreckten Finger mit den Augen. Ja, richtig, dort wand sich ein Pfad. Sie hätte schwören mögen, daß er nicht dagewesen war, als sie den Hain betrat.

Die Fremde stand immer noch vor ihr. Ein seltsamer Geruch ging von ihr aus – nicht der aufdringliche Brodem eines ungewaschenen Körpers wie bei der alten Stammespriesterin, sondern nur ein merkwürdig unbestimmter Duft wie von unbekannten Kräutern oder Blättern – ein fremder, frischer, beinahe bitterer Duft. Er erinnerte sie an die rituellen Kräuter, die das Gesicht heraufbeschworen, und rief in ihr das Gefühl hervor, über ihren Augen läge ein Zauber. Sie schien mehr zu sehen als gewöhnlich. Alles wirkte neu und klar, nichts alltäglich und wie sonst.
Die Fremde sagte leise mit hypnotisierender Stimme: »Du kannst bei mir bleiben, wenn du willst. Ich werde dich in den Großen Schlaf versetzen, und du wirst deinen Sohn ohne Schmerzen gebären. Ich werde ihn annehmen. In ihm fließt starkes Blut. Hier wird er länger leben als bei euch. Ich sehe sein Schicksal, ich sehe seine Bestimmung in deiner Welt... er wird versuchen, Gutes zu tun, aber nur Schaden anrichten, wie die meisten von euch. Wenn er aber hier bei meinem Volke bleibt, wird er lange leben, sehr lange... beinahe ewig, wie *du* sagen würdest... vielleicht als Magier oder Zauberer, unter Bäumen und wilden Geschöpfen, die kein Mensch je gezähmt hat. Bleib hier, Mädchen, gib mir das kleine Kind, das du nicht haben willst. Danach kehre zurück zu deinem Volk im Bewußtsein, daß er glücklich ist und ihm nichts Böses widerfährt.«
Morgaine spürte plötzlich eine tödliche Kälte in sich aufsteigen. Sie wußte, die Frau vor ihr war nicht ganz Mensch. In ihr selbst floß etwas von dem Elfenblut – *Morgaine, die Fee,* der Name, mit dem auch Lancelot sie verspottet hatte. Sie wich vor der Frauenhand zurück und rannte auf den Pfad zu, den man ihr gewiesen hatte, rannte wie von Furien gehetzt. Die Frau rief ihr nach: »Stoße dein Kind ab oder erwürge es bei der Geburt, Fee Morgaine, denn dein Volk hat sein eigenes Schicksal... und was widerfährt dem Sohn des Königshirsches? Der König muß sterben und gestürzt werden, wenn seine Zeit gekommen ist...« Aber die Stimme verhallte, während Morgaine in die Nebel stürzte. Sie rannte, stolperte; dornige Ranken griffen nach ihr, warfen sie zu Boden und zerkratzten sie auf ihrer panischen Flucht. Schließlich durchbrach sie das Verhangene und starrte in die gleißende Sonne. Schweigen umgab sie, und Morgaine wußte, daß sie wieder auf dem vertrauten Boden von Avalon stand.

Am Himmel zeigte sich wieder kein Mond. Avalon lag unter Dunst und Sommernebeln. Aber Viviane war schon so lange Priesterin, daß sie den Mondwechsel spürte, als fände er in ihrem Körper statt. Schweigend ging sie in ihrem Zimmer auf und ab. Nach einer Weile befahl sie einer Priesterin: »Bringe mir meine Harfe.« Aber als sie das Instrument aus hellem Weidenholz auf den Knien hielt, glitten ihre Finger nur gedankenverloren über die Saiten. Sie besaß weder den Willen noch den Mut, Musik zu machen.
Die Nacht verblaßte, und der Morgen dämmerte. Viviane erhob sich und langte nach einer kleinen Lampe. Die diensttuende Priesterin eilte aus dem Nebenraum herbei, in dem sie schlief. Aber Viviane schüttelte schweigend den Kopf und bedeutete ihr mit einer Geste, sich wieder zu Bett zu legen. Geräuschlos wie ein Geist ging sie den Pfad zum Haus der Jungfrauen hinunter und schlich sich leise wie eine Katze in Morgaines Kammer.
Sie ging zum Bett und blickte auf das schlafende Gesicht, das dem ihren so ähnlich war. Morgaine hatte im Schlaf noch immer das Gesicht des kleinen Mädchens, das vor vielen Jahren nach Avalon gekommen war, und das Viviane so sehr in ihr Herz geschlossen hatte. Die Haut unter den dunklen Wimpern war bläulich wie von einem Schlag, und die Augenränder waren gerötet, als habe Morgaine bitterlich geweint.
Viviane hob die Lampe und betrachtete lange ihre schlafende Nichte. Sowenig sie Igraine und Morgause, die sie an der eigenen Brust genährt hatte, mochte, so sehr liebte sie Morgaine. Keinen der Männer hatte sie so geliebt, die ihr Bett eine Nacht oder auch etliche Monate teilten – noch nicht einmal Raven, die sie bereits mit sieben Jahren auf ihren Weg als Priesterin vorbereitet hatte. Nur einmal hatte sie diese brennende Liebe gespürt, diesen inneren Schmerz, als bereite ihr jeder Atemzug des geliebten Menschen unsägliche Pein, und zwar für die Tochter, die sie im ersten Jahr nach ihrer Priesterweihe geboren hatte. Das Mädchen erlebte kaum sechs Monde. Viviane mußte sie begraben, als sie selbst noch nicht ganz fünfzehn war. Damals weinte sie zum letzten Mal. Vom Augenblick, in dem man ihr die Tochter in den Arm legte bis zum letzten Atemzug des zarten Kindes, hatte sie in einem Wahn aus Liebe und Schmerz gelebt, als sei das geliebte Wesen ein Teil ihres Körpers. Jeden Augenblick der Zufriedenheit oder des Leids erlebte sie selbst. Inzwischen lag das ein ganzes Leben zurück. Viviane wußte, die Frau, die zu sein der kleine Mensch bestimmt war, lag im Haselhain begraben.

Und die Frau, die das winzige Grab tränenlos verließ, war ein anderer Mensch – Gefühle ihrer Art erreichten sie nicht mehr. Sie war zufrieden gewesen, manchmal sogar glücklich ... aber nicht mehr dieselbe Frau! Sie hatte ihre Söhne geliebt, sich aber vom Augenblick ihrer Geburt damit abgefunden, sie an Pflegemütter zu verlieren.

Sie hatte sich erlaubt, Raven ein wenig zu lieben ... und manchmal dachte Viviane im tiefsten Innern ihres Herzens, die Göttin habe ihr die eigene Tochter in Gestalt von Igraines Kind wiedergegeben.

Jetzt weint sie, und jede ihrer Tränen scheint sich in mein eigenes Herz zu brennen. Du hast mir dieses Kind gegeben, Göttin, damit ich es liebe. Und doch muß ich Morgaine diesen Qualen überlassen ... Die ganze Menschheit leidet in dieser Zeit. Die Erde selbst schreit auf unter den Qualen ihrer Söhne. In unserem Leid, Mutter Ceridwen, wachsen wir dir entgegen ... Viviane fuhr sich schnell mit der Hand über die Augen. Sie schüttelte den Kopf, und die Träne in ihrem Auge verschwand ohne Spur. *Auch sie hat sich dem geweiht, was geschehen muß. Und ihre Leiden haben noch nicht begonnen.*

Morgaine regte sich im Schlaf und drehte sich auf die Seite. Viviane befürchtete plötzlich, Morgaine würde erwachen, und sie müsse sich der Anklage in ihren Augen stellen. Deshalb stahl sie sich schnell aus der Kammer und kehrte lautlos in ihr Gemach zurück.

Sie legte sich auf ihr Bett und versuchte zu schlafen, aber ihre Augen schlossen sich nicht. Einmal, gegen Morgen, sah sie, wie ein Schatten über die Wand glitt. Im Halbdunkel erkannte sie ein Gesicht. Es war die Todesbotin, die, in Lumpen- und Schattenfetzen gehüllt, auf sie wartete.

Mutter, kommt Ihr meinetwegen?

Noch nicht, meine Tochter. Es ist mein anderes Ich. Du sollst dich nur daran erinnern, daß ich dich wie alles Sterbliche erwarte ...

Viviane blinzelte. Doch die Ecke des Raums war dunkel und leer. *Sie muß mich bestimmt nicht daran erinnern, daß sie mich erwartet ...*

Viviane blieb still liegen und wartete, wie sie es seit langem tat, bis Morgenlicht ins Zimmer drang. Selbst dann wartete sie noch bis nach dem Ankleiden – sie würde das Neumondfasten erst beenden, wenn am Abend die zarte Sichel wieder am Himmel stand. Dann rief sie nach der Priesterin und sagte zu ihr: »Bringe mir meine Nichte Morgaine.«

Als Morgaine eintrat, bemerkte Viviane, daß sie das Gewand einer Priesterin der höchsten Stufe trug. Das Haar war geflochten und

aufgesteckt, und an der schwarzen Kordel hing das kleine sichelförmige Messer. Viviane lächelte trocken. Nachdem sie sich begrüßt hatten und Morgaine neben ihr saß, begann die Herrin: »Zweimal hat sich der Mond erneuert. Sag mir, Morgaine, hat der Gehörnte aus dem Hain deinen Leib gesegnet?«
Morgaine warf ihr einen schnellen Blick zu, den Blick eines kleinen verängstigten Tieres in der Schlinge. Dann antwortete sie wütend und trotzig: »Ihr habt mir selbst geraten, nach meinem eigenen Gewissen zu handeln. Ich habe es abgestoßen!«
»Das hast du nicht«, erwiderte Viviane und gab sich Mühe, ihre Stimme unbewegt klingen zu lassen. »Warum belügst du mich? Ich sage, du wirst es nicht tun.«
»Ich werde es aber.«
Viviane spürte die Kraft dieser Frau. Als Morgaine sich schnell von der Bank erhob, wirkte sie einen Augenblick lang groß und erhaben – aber es war der Kunstgriff einer Priesterin, und Viviane wußte es. *Sie ist mir entwachsen. Ich kann sie nicht mehr einschüchtern.* Trotzdem setzte Vivane ihre ganze Würde ein und sagte: »Und du wirst es *nicht* tun! Das königliche Blut von Avalon darf nicht verworfen werden!«
Morgaine fiel auf die Knie, und die Herrin vom See fürchtete, das Mädchen würde wild zu schluchzen beginnen. »Warum hast du mir das angetan, Viviane? Warum hast du mich auf diese Weise benutzt? Ich habe geglaubt, du liebst mich?« In dem jungen Gesicht zuckte es, aber sie weinte nicht.
»Die Göttin weiß, mein Kind, daß ich dich liebe, wie ich keinen anderen Menschen auf der Erde je geliebt habe«, antwortete Viviane mit fester Stimme, trotz der unsäglichen Qual in ihrem Herzen. »Doch als ich dich hierher brachte, habe ich dir gesagt: Die Zeit wird kommen, und von da an haßt du mich vielleicht ebenso wie du mich jetzt liebst. Ich bin die Herrin von Avalon. Ich nenne keine Gründe für mein Handeln. Ich tue, was ich tun muß . . . nicht mehr und nicht weniger. Und wenn der Tag kommt, wirst du ebenso handeln.«
»Dieser Tag wird niemals kommen!« schrie Morgaine. »Denn ich sage dir: Du hast mich das letzte Mal benutzt und mit mir wie mit einer Puppe gespielt! Das ist vorbei . . . vorbei!«
Viviane antwortete mit gefaßter Stimme, der Stimme der erfahrenen Priesterin, die ruhig stehenbleiben würde, selbst wenn der Himmel über ihr zusammenfiele: »Hüte dich, Morgaine, wenn du mich verfluchst. Worte, die du einem Menschen im Zorn entgegenschleu-

derst, sind tückisch. Sie wenden sich gegen dich, wenn du es am wenigsten verkraften kannst.«

»Euch verfluchen? Das ist nicht mein Trachten«, entgegnete Morgaine rasch. »Aber ich bin nicht länger Euer Spielzeug. Das Kind, um dessentwillen Ihr Himmel und Erde in Bewegung gesetzt habt, werde ich nicht in Avalon gebären. Diesen Triumph gönne ich Euch nicht!«

»Morgaine...«, Viviane streckte ihr die Hand entgegen, aber Morgaine wich zurück. »Möge die Göttin an Euch handeln, wie Ihr an mir gehandelt habt, Herrin.«

Ohne ein weiteres Wort drehte sie sich um und stürzte aus dem Haus. Erstarrt blieb Viviane sitzen, als seien Morgaines letzte Worte wirklich ein Fluch gewesen.

Als Viviane schließlich wieder klar denken konnte – es war schon spät am Tag und die scharfe Mondsichel hing bereits silbern am westlichen Himmel –, befahl sie einer Priesterin: »Ich möchte, daß meine Nichte Morgaine, die junge Herrin, sich bei mir einfindet. Ich habe ihr nicht erlaubt zu gehen.«

Die Priesterin ging, kam aber lange nicht wieder; es war bereits finster, und Viviane hatte sich von einer anderen Priesterin etwas Speise bringen lassen, als sie schließlich zurückkehrte.

»Herrin«, sagte die Angekommene, noch ganz außer Atem, und verbeugte sich mit bleichem Gesicht.

Vivianes Kehle war wie zugeschnürt. Sie mußte wieder daran denken, wie vor langer Zeit eine Priesterin nach der Geburt eines ungewollten Kindes sich aus Verzweiflung mit dem Gürtel an einer der Eichen im Hain erhängt hatte. *Morgaine! Kam die Todesbotin, um mich davor zu warnen? Würde sie Hand an sich legen?* Mit trockenem Mund sagte sie: »Ich habe dir befohlen, meine Nichte Morgaine hierher zu bringen.«

»Herrin, ich kann nicht.«

Viviane erhob sich mit einem schrecklichen Gesichtsausdruck. Die junge Priesterin wich so schnell zurück, daß sie fast über ihren Rock fiel. »Was ist mit der Herrin Morgaine?«

»Herrin...«, stammelte die junge Frau, »...sie... war nicht in ihrem Zimmer. Ich fragte überall nach ihr. Ich fand... das fand ich in ihrer Kammer.« Sie hielt den Schleier, die Tunika aus Hirschleder, den silbernen Halbmond und die kleine Sichel, die Morgaine bei ihrer Priesterweihe erhalten hatte, in den Händen. »Am Ufer sagte man mir, sie habe die Barke gerufen und sich zum Festland fahren lassen. Man glaubte, sie handle auf Euren Befehl.«

Viviane holte tief Luft, streckte die Hand aus und nahm der Priesterin Messer und Halbmond ab. Sie blickte auf den Tisch mit dem Essen, und ein entsetzliches Gefühl der Schwäche überfiel sie. Sie setzte sich, aß schnell ein Stück Brot und trank einen Becher Wasser aus der Heiligen Quelle. Dann sagte sie: »Es ist nicht deine Schuld. Es tut mir leid, daß ich so streng zu dir war.« In ihrer Hand lag Morgaines kleines Messer, und als sie es ansah, fiel ihr Blick zum ersten Mal in ihrem Leben auf die pulsierende Ader. Sie dachte, wie leicht man doch das Messer über das Handgelenk ziehen und beobachten konnte, wie das eigene Leben verströmte. *Dann wäre die Todesbotin für mich gekommen und nicht für Morgaine. Wenn sie Blut haben muß, soll sie mein Blut haben.* Aber Morgaine hatte das Messer zurückgelassen. Sie würde sich weder erhängen noch die Adern öffnen. Sie war sicher zu ihrer Mutter gegangen, um Rat und Trost zu suchen. Eines Tages würde sie zurückkommen. Und wenn nicht, lag es in der Hand der Göttin.

Als die Priesterinnen Viviane allein gelassen hatten, verließ sie das Haus und ging im blassen Schimmer des neuen Mondes den Pfad zum Spiegelsee hinauf.

Artus ist gekrönt und ein König, dachte sie. *Alles, was ich in den letzten zwanzig Jahren geplant hatte, hat sich ergeben ... und doch bin ich allein, und das Liebste auf der Welt ist von mir gegangen. Mit mir soll geschehen, was die Göttin will. Aber noch einmal, bevor ich sterbe, möchte ich das Gesicht meiner Tochter, meines einzigen Kindes sehen. Laß mich wissen, Mutter, daß es ihr gutgeht.*

Aber auf der Fläche des Spiegels zeigten sich nur Schatten und Schweigen. Dahinter blitzte jedoch ein Schwert in der Hand ihres Sohnes Balan.

Morgaine erzählt ...

Die kleinen dunklen Ruderer schenkten mir keine besondere Aufmerksamkeit. Sie waren an das Kommen und Gehen auf der Insel gewöhnt, und in ihren Augen war alles gut, was eine Priesterin tat. Keiner kam auf den Gedanken, mit mir zu sprechen, und ich richtete meinen Blick entschlossen auf die äußere Welt.

Ich hätte mich auf dem geheimen Pfad aus Avalon wegstehlen können. Indem ich das Boot benutzte, konnte ich sicher sein, daß Viviane von meinem Gehen erfuhr ... Aber selbst mir fürchtete ich einzugestehen, daß ich Angst vor dem geheimen Weg hatte. Vielleicht würden mich meine Schritte nicht zum Festland führen, sondern in jenes unbekannte Reich, in dem seltsame Pflanzen und Bäume wuchsen, die noch kein Mensch berührt hatte, wo die Sonne nie schien und die spöttischen Augen der Fee bis auf den Grund meiner Seele geblickt hatten. In einem kleinen Beutel an meiner Hüfte trug ich immer noch die Kräuter. Aber als das Boot lautlos in die Nebel eintauchte, band ich den Beutel los und ließ ihn ins Wasser fallen. Unter der Wasseroberfläche leuchtete etwas wie ein Schatten . . . schimmerndes Gold, vielleicht waren es auch Edelsteine. Ich wandte den Blick ab, da ich wußte, die Ruderer warteten darauf, daß ich die Nebel rief.

Avalon lag hinter mir; ich hatte es aufgegeben, ohne noch einen Blick auf den Berg oder die Ringsteine zu werfen.

Ich wollte nicht Vivianes Werkzeug sein und meinem Bruder einen Sohn schenken, weil die Herrin vom See ein geheimes Ziel verfolgte. Ich zweifelte nicht daran, daß es ein Sohn sein würde. Hätte ich geglaubt, ich bekäme eine Tochter, wäre ich in Avalon geblieben und hätte der Göttin die Tochter geschenkt, die ich ihrem Heiligtum schuldete. In all den Jahren habe ich immer bedauert, daß die Göttin mir einen Sohn und keine Tochter schickte – eine Tochter, um in Tempel und Hain zu dienen.

Ich sprach die magischen Worte zum letzten Mal, wie ich damals glaubte. Die Nebel senkten sich, und wir gelangten an das andere Ufer des Sees. Ich glaubte, aus einem langen Traum zu erwachen. Als ich Avalon zum ersten Mal erblickt hatte, fragte ich: »Ist es wirklich?«, und ich erinnerte mich daran, daß Viviane geantwortet hatte: »Es ist wirklicher als jeder andere Ort.« Aber jetzt war es für mich nicht länger wirklich. Ich sah das trostlos graue Schilfgras und dachte: Nur das ist wirklich. Die Jahre in Avalon sind nicht mehr als ein Traum, der verblaßt und verschwindet, wenn man erwacht.

Es regnete; kalte, dicke Tropfen fielen auf das Wasser. Ich zog die Kapuze meines dicken Umhangs über den Kopf und betrat die wirkliche Küste. Einen Augenblick lang beobachtete ich das Boot, das wieder in den Nebeln verschwand. Dann wandte ich mich entschlossen ab.

Ich wußte genau, wohin ich gehen würde . . . nicht nach Cornwall, obwohl ich mich aus tiefstem Herzen nach dem Land meiner Kindheit sehnte; nach den langen, kräftigen Felsarmen, die sich in das dunkel brodelnde Meer reckten, nach den tiefen und schattigen Tälern zwischen den Klippen und nach der geliebten und halbvergessenen Küste von Tintagel. Igraine hätte mich mit Freuden dort aufgenommen; aber sie lebte zufrieden hinter Klostermauern. Und ich hielt es für besser,

daß ihr Friede nicht gestört wurde. Ich dachte auch nie daran, zu Artus zu gehen, obwohl ich nicht daran zweifelte, daß er mich getröstet und mir Schutz geboten hätte.
Wir hatten den Willen der Göttin erfüllt. Ich spürte wieder etwas von dem Bedauern, das wir beide an jenem Morgen empfunden hatten. Der Brauch verlangte, daß wir uns als Göttin und Gott vereinigten. Was dann aber bei Sonnenaufgang geschehen war, hatten wir zu unserem eigenen Genuß getan. Aber auch das geschah, wie die Göttin es wollte. Nur Menschen haben die Vorstellung von Blutsbanden und Verwandtschaft; die Tiere wissen nichts davon, und schließlich sind Männer und Frauen wie Tiere. Aber Artus, der als Christenmensch erzogen worden war, durfte nie erfahren, daß er mit seiner Schwester einen Sohn gezeugt hatte – für ihn eine Todsünde.
Die Christenpriester bedeuteten mir nichts. Das Kind in meinem Leib – und daran glaubte ich – hatte keinen sterblichen Vater. Es war mir vom Hirschkönig, vom Gehörnten als das rechtmäßige erste Kind einer geweihten Priesterin gegeben worden.
Und ich lenkte meine Schritte nach Norden. Ich fürchtete die lange Reise durch Hochland und Sümpfe nicht, die mich schließlich in das Königreich von Orkney und zu meiner Tante Morgause führen würde.

Zweites Buch

Die Königin

Lots Reich lag hoch im Norden. Schnee bedeckte die Berge, und selbst um die Mittagszeit herrschte oft nur nebliges Zwielicht. An den wenigen sonnigen Tagen konnten die Männer auf die Jagd gehen; die Frauen waren den ganzen Winter über in der Burg eingeschlossen. Morgause drehte müßig die Spindel. Sie haßte das Spinnen noch ebensosehr wie in ihrer Jugend, aber für eine andere Arbeit war es in der Kammer zu dunkel. Die Tür ging auf, ein eiskalter Wind wehte herein, und sie blickte hoch. Leicht vorwurfsvoll sagte sie: »Morgaine, dafür ist es doch viel zu kalt. Den ganzen Tag hast du dich über die Kälte beklagt, und jetzt willst du uns alle in Eiszapfen verwandeln.«

»Ich habe mich nicht beklagt«, erwiderte Morgaine, »nicht mit einem einzigen Wort. Hier ist es so stickig wie auf dem Abtritt, und der Rauch beißt in den Augen. Ich brauche Luft zum Atmen... mehr nicht.« Sie zog die Tür zu, ging ans Feuer zurück und rieb sich zitternd die Hände. »Seit der Sommer vorbei ist, habe ich nur noch gefroren.«

»Ich bezweifle es nicht«, entgegnete Morgause, »dein kleiner Gast da drinnen nimmt dir alle Wärme aus den Knochen. Er hat es warm und gemütlich, während seine Mutter friert. So ist es immer.«

»Wenigstens ist die Wintersonnenwende schon vorüber. Es wird früher hell und später dunkel«, bemerkte eine der Hofdamen. »Vielleicht habt Ihr in zwei Wochen schon Euer Kind...«

Morgaine antwortete nicht. Sie stand immer noch zitternd am Feuer und rieb sich die Hände, als ob sie schmerzten. Morgause dachte: Sie sieht aus wie ihr eigener Geist. Das Gesicht ist spitz, die Hände sind so knochig wie bei einer Toten. Welcher Gegensatz zu ihrem unförmigen Bauch! Unter den Augen hatte sie Ringe, und die Lider waren gerötet wie von ständigem Weinen. Aber in all den Monden, die Morgaine nun schon hier lebte, hatte Morgause nie gesehen, daß sie auch nur eine einzige Träne vergoß.

Ich würde sie gerne trösten. Aber wie kann ich das, wenn sie nicht weint?

Morgaine trug eines von Morgauses abgelegten Gewändern, ein verblichenes, fadenscheiniges, dunkelblaues Kleid, das viel zu lang war. Sie wirkte darin häßlich und beinahe schlampig, und es trieb Morgause fast zur Verzweiflung, daß ihre Nichte sich nicht einmal die Mühe gemacht hatte, den Saum umzunähen. Ihre geschwollenen Knöchel quollen über die Schuhe. Solche Schwellungen kamen von dem vielen gesalzenen Fleisch und dem spärlichen Gemüse zu dieser

Jahreszeit. Alle brauchten etwas Frisches zu essen, doch das war bei diesem Wetter nicht leicht zu beschaffen. Vielleicht hatten die Männer Glück auf der Jagd, und sie konnte Morgaine überreden, etwas Fleisch zu essen. Nach vier Schwangerschaften wußte Morgause nur zu gut, daß man zuletzt fast verhungerte. Sie erinnerte sich, daß sie einmal in die Meierei gegangen war und von dem Lehm gegessen hatte, mit dem die Wände getüncht wurden. Damals ging sie mit Gawain schwanger. Eine alte Hebamme hatte ihr erzählt: Wenn eine Frau den Drang hat, so merkwürdige Dinge zu essen, hungert das Kind. Dann soll sie ihm geben, was es fordert. Vielleicht fand Morgaine am Bachrand ein paar frische Kräuter... danach sehnte sich jede Schwangere, besonders im tiefen Winter.

Auch Morgaines schönes Haar hing ihr, nur unordentlich zu einem lockeren Zopf geflochten, auf die Schultern herab, als hätte sie es wochenlang nicht ausgekämmt. Jetzt wandte sie sich vom Feuer ab, griff nach dem Kamm, der auf einem Sims lag, nahm eines von Morgauses Hündchen hoch und begann es zu kämmen. Morgause dachte: *Du würdest besser dich selbst kämmen,* aber sie schwieg. In letzter Zeit war Morgaine so empfindsam geworden, daß man überhaupt nicht mit ihr reden konnte. So kurz vor der Geburt war das nur natürlich. Morgause beobachtete, wie die knochigen Hände den Kamm durch das dichte Hundefell zogen. Der kleine Köter winselte und bellte, und Morgaine sprach leise und beruhigend auf ihn ein. So freundlich war sie zur Zeit zu keinem Menschen.

»Es kann nicht mehr lange dauern, Morgaine«, sagte Morgause sanft. »An Lichtmeß hast du sicher alles überstanden.«

»Es kann mir nicht schnell genug gehen«, antwortete Morgaine, streichelte den Hund noch einmal kurz und setzte ihn auf den Boden. »Siehst du, jetzt bist du wieder hübsch und kannst dich bei den Damen sehen lassen... wie schön du bist mit deinem glatten Fell!«

»Ich lege Holz nach«, sagte eine der Frauen, die Beth hieß. Sie packte Spindel und Rocken beiseite: »Die Männer werden bald zurück sein... es ist schon dunkel.« Sie ging hinüber zum Feuer, stolperte dabei über einen Stock und fiel beinahe in den Kamin. »Gareth, du Lausbub. Wann räumst du endlich deine Sachen auf?« Mit diesen Worten warf sie das Stöckchen ins Feuer. Der fünfjährige Gareth, der damit gespielt und leise mit ihm gesprochen hatte, erhob lautes Wutgeheul: »Das sind meine Soldaten!«

»Es ist schon Nacht, Gareth, und deine Soldaten müssen in die

Zelte«, erklärte Morgause entschlossen. Der Junge schob schmollend ein Bündel Stöckchen in eine Ecke, steckte aber ein oder zwei behutsam in die Falten seines Kittels; sie waren dicker als die anderen. Morgaine hatte sie vor einigen Monaten geschnitzt und mit rotem Beerensaft gefärbt; sie hatten entfernte Ähnlichkeit mit Männern in Helm und Rüstung und einer roten Tunika.
»Machst du mir noch einen römischen Ritter, Morgaine?«
»Jetzt nicht«, antwortete sie, »meine Hände sind starr vor Kälte und Schmerzen. Vielleicht morgen.«
Gareth kam verdrießlich herüber, baute sich vor ihr auf und fragte: »Wann bin ich endlich alt genug, um mit Vater und Agravain auf die Jagd zu gehen?«
»Das wird noch ein paar Jahre dauern, glaube ich«, antwortete Morgaine lächelnd. »Du mußt noch etwas wachsen, damit du nicht in einer Schneewehe versinkst.«
»Ich bin groß«, sagte der Kleine und reckte sich. »Siehst du, Morgaine, wenn du sitzt, bin ich größer als du!« Mißmutig trat er gegen das Stuhlbein. »Ach, hier drinnen ist nichts zu tun!«
»Wenn du willst«, bot Morgaine ihm an, »kann ich dir das Spinnen beibringen. Dann hast du immer etwas zu tun.« Sie nahm Beths Spindel und Rocken hoch und streckte sie ihm entgegen; doch der Junge wich mit einer Grimasse zurück.
»Ich werde ein Ritter! Und Ritter müssen nicht spinnen!«
»Wie schade«, sagte Beth ärgerlich. »Denn sie würden vielleicht nicht so viele Umhänge zerreißen, wenn sie wüßten, welche Arbeit es ist, sie zu fertigen.«
»Aber wie man sich erzählt, gab es einmal einen Ritter, der sich auf das Spinnen verstand«, sagte Morgaine und breitete die Arme aus. »Komm her... nein, auf die Bank, Gareth. Du bist zu schwer, um wie ein Hündchen auf meinem Schoß zu sitzen. Vor langer Zeit, noch ehe die Römer kamen, gab es einen Ritter, der hieß Achilles. Auf ihm lag ein Fluch. Eine alte Zauberin weissagte seiner Mutter, er würde auf dem Schlachtfeld sterben. Deshalb zog sie ihm Röcke an und verbarg ihn bei den Frauen. Dort lernte er spinnen und weben und alles, was sich für ein junges Mädchen ziemt.«
»Und starb er auf dem Schlachtfeld?«
»Ja. Er starb bei der Belagerung von Troja. Damals rief man alle Ritter und Krieger zusammen, um die Stadt einzunehmen. Achilles schloß sich ihnen an und war der beste aller Ritter. Man erzählt, daß er die Wahl hatte, entweder ein langes Leben in Sicherheit zu führen und

als alter Mann im Bett zu sterben und vergessen zu werden, oder in jungen Jahren, ruhmbedeckt zu fallen. Er entschied sich für den Ruhm, und noch heute erzählen sich die Männer seine Geschichte. Er kämpfte gegen Hector, einen Ritter aus Troja... Ectorius in unserer Sprache...«

»Der Ritter Ectorius, bei dem unser König Artus aufgewachsen ist?« fragte der kleine Junge mit großen Augen.

»Ganz sicher nicht, denn diese Geschichte ereignete sich vor aberhundert Jahren. Aber vielleicht war er einer seiner Ahnen.«

»Wenn ich einmal am Hof und einer von König Artus' Rittern bin«, erklärte Gareth atemlos, »werde ich der beste Kämpe in der Schlacht sein, und bei den Turnieren werde ich alle Preise gewinnen! Was geschah dann mit Achilles?«

»Ich erinnere mich nicht mehr. Ich habe die Geschichte vor langer Zeit an Uthers Hof gehört«, erwiderte Morgaine und preßte ihre Hände in den Rücken, als habe sie Schmerzen.

»Erzähle mir von Artus' Rittern, Morgaine. Du hast Lancelot wirklich gesehen, nicht wahr? Ich sah ihn bei der Krönung... hat er Drachen getötet? Erzähle es mir, Morgaine.«

»Laß Morgaine bitte in Ruhe, Gareth. Es geht ihr nicht gut«, unterbrach ihn Morgause. »Lauf in die Küche und sieh, ob du ein paar Gerstenkuchen findest.«

Der Kleine wirkte enttäuscht. Aber er zog seinen geschnitzten Ritter aus der Tunika, ging davon und unterhielt sich leise mit ihm: »Also, Ritter Lancelot, wir reiten jetzt aus und werden alle Drachen am See töten...«

»Er redet nur von Krieg und Kämpfen«, sagte Morgause unwillig, »sein Lancelot geht ihm über alles. Als ob es nicht genug wäre, daß Gawain mit Artus in den Krieg zieht. Ich hoffe, es wird Frieden im Land herrschen, wenn Gareth erwachsen ist.«

»Dann wird Frieden sein«, erwiderte Morgaine geistesabwesend, »aber trotzdem wird er von der Hand seines besten Freundes sterben...«

»Wie?!« schrie Morgause und starrte sie an. Aber die Augen der jüngeren Frau blickten ins Leere. Morgause schüttelte sie sanft und fragte: »Morgaine, Morgaine, bist du krank?«

Morgaine blinzelte und schüttelte den Kopf. »Tut mir leid... Was hast du gesagt?«

»Was *ich* gesagt habe? Was hast *du mir* gesagt?« wollte Morgause wissen. Da sah sie Morgaines todtraurigen Blick, und ihr rann ein

Schauer über den Rücken. Sie streichelte die Hand der Jüngeren und verwarf ihre unheilvollen Worte als Wahn. »Ich glaube, du hast mit offenen Augen geträumt.« Sie wollte sich lieber nicht vorstellen, Morgaine habe einen Augenblick lang mit dem Gesicht gesehen. »Du mußt besser auf dich aufpassen. Du ißt kaum und schläfst nicht...«

»Das Essen macht mich krank«, erwiderte Morgaine seufzend. »Wäre es doch Sommer, dann könnte ich mir Obst pflücken... heute nacht habe ich geträumt, ich esse einen Apfel aus Avalon...« Ihre Stimme zitterte, und sie senkte den Kopf, damit Morgause nicht die Tränen an ihren Wimpern sah. Sie ballte die Fäuste und unterdrückte das Weinen.

»Wir alle können keinen gesalzenen Fisch und geräucherten Speck mehr sehen«, sagte Morgause, »wenn Lot etwas erlegt hat, mußt du von dem frischen Fleisch versuchen.« Sie wußte, Morgaine hatte in Avalon gelernt, Hunger, Durst und Müdigkeit zu übergehen. Und jetzt, während ihrer Schwangerschaft, wo sie weniger hart gegen sich sein sollte, setzte sie ihren ganzen Stolz darein, alles klaglos zu ertragen.

»Du bist eine Priesterin, Morgaine. Dir macht das Fasten nichts aus. Aber dein Kind kann nicht Hunger und Durst leiden. Du bist viel zu dünn...«

»Spotte nicht«, erwiderte Morgaine und wies auf ihren trächtigen, gewölbten Bauch.

»Aber dein Gesicht und deine Hände sind nur noch Haut und Knochen«, ließ Morgause nicht locker. »Du darfst dich nicht so aushungern. Du hast ein Kind, und du mußt daran denken.«

»Ich werde an sein Wohlergehen denken, wenn es an mich denkt!« entgegnete die Schwangere und stand plötzlich auf. Aber Morgause nahm ihre Hände und zog Morgaine wieder auf die Bank. »Mein liebes Kind, ich weiß, was du erleidest. Vergiß nicht, ich habe vier Kinder geboren. Die letzten Tage sind nach all den langen Monaten die schlimmsten.«

»Wäre ich doch klug genug gewesen, es abzustoßen, als noch Zeit dazu war.«

Morgause öffnete den Mund, um sie zurechtzuweisen, seufzte dann nur tief auf und sagte: »Jetzt ist es zu spät, um zu sagen, ich hätte es so oder so machen sollen. In zehn Tagen ist alles vorbei.« Sie zog ihren Kamm aus der Tunika und begann, Morgaines Zopf zu lösen.

»Bitte nicht...«, sagte Morgaine unwillig und wich dem Kamm aus.

»Ich werde es morgen selbst tun. Ich war zu müde, um daran zu denken. Aber wenn du mich nicht mehr so sehen kannst... gib mir den Kamm!«

»Halt still, *lennavan*«, rief Morgause. »Weißt du nicht mehr, wie du in Tintagel gebettelt hast, daß ich dich kämme, weil deine Amme... wie hieß sie noch?... ach ja, Gwennis, dich immer so an den Haaren zog? Dann sagtest du immer: ›Tante Morgause soll mich kämmen!‹ Weißt du das noch?« Sie zog den Kamm durch das wirre Haar und glättete Strähne um Strähne. Dabei strich sie Morgaine liebevoll über den Kopf: »Du hast so schöne Haare.«

»So dunkel und struppig wie die Mähne eines Ponys im Winter!«

»Nein, so weich wie die Wolle eines schwarzen Schafs und so glänzend wie Seide«, entgegnete Morgause und fuhr mit dem Kamm durch das dunkle Haar. »Bleib sitzen. Ich will es dir flechten... Ich habe mir immer eine Tochter gewünscht, um sie hübsch anziehen und ihr die Haare flechten zu können... Aber die Göttin hat mir nur Söhne geschenkt. Nun mußt du eben meine kleine Tochter sein, die mich braucht, Morgaine...« Sie drückte den dunklen Kopf an ihre Brust, und Morgaine zitterte unter den Tränen, die nicht fließen konnten. »Komm, komm, Kleines, weine nicht. Es wird nicht mehr lange dauern. Es ist ja alles gut... du warst zu hart gegen dich selbst. Du brauchst eine Mutter, die sich um dich sorgt, mein kleines Mädchen...«

»Es ist nur... hier ist es so dunkel... ich sehne mich so nach der Sonne...«

»Im Sommer haben wir hier mehr als genug. Dann ist es selbst um Mitternacht noch hell«, erwiderte Morgause. »Deshalb bekommen wir im Winter so wenig.« Morgaine wurde immer noch von trockenem Schluchzen geschüttelt. Morgause drückte sie an sich und wiegte sie zärtlich. »Komm, komm, meine kleine *lennavan*. Ich weiß, wie's in dir aussieht... Ich bekam meinen Gawain mitten im Winter, und es war so dunkel und stürmisch wie jetzt. Ich war erst sechzehn, hatte große Angst und wußte nur wenig vom Kinderkriegen. Wie sehr habe ich damals gewünscht, ich wäre Priesterin geworden und in Avalon, oder an Uthers Hof, irgendwo auf der Welt geblieben und nie hierhergekommen. Ich verabscheute meinen aufgeblähten Körper. Mir war die ganze Zeit so schlecht, mein Rücken schmerzte, ich war allein, hatte nur Frauen um mich, die ich nicht kannte. Du wirst es nicht glauben, aber in diesem Winter nahm ich verstohlen meine alte Puppe mit ins Bett. Ich hielt sie im Arm und weinte mich jede

Nacht in den Schlaf. So ein kleines Kind war ich damals! Du bist eine Frau, Morgaine.«

Mit erstickter Stimme antwortete Morgaine: »Ich weiß, ich bin zu alt, um mich wie ein Kind zu benehmen...«, aber trotzdem drückte sie sich weiterhin fest an Morgause, und die Ältere streichelte ihr über das Haar.

»Und das Kleine, das ich damals gebar, als ich selbst noch nicht erwachsen war, kämpft jetzt gegen die Sachsen«, fuhr sie fort. »Du wirst jetzt selbst ein Kind haben, und mit dir habe ich damals wie mit einer Puppe gespielt. Ach ja, das wollte ich dir noch erzählen. Marged, die Frau des Kochs, hat ihr Kind bekommen... deshalb waren heute morgen in der Grütze so viele Spelzen... jedenfalls wird eine Amme für dich zur Stelle sein. Obwohl... wenn du dein Kind erst einmal siehst, wirst du es bestimmt gern selbst ernähren wollen.«

Morgaine machte eine abwehrende Geste, und Morgause lächelte. »Das dachte ich jedesmal, bevor meine Söhne geboren wurden. Wenn ich dann aber ihre kleinen Gesichter sah, wollte ich sie nicht mehr von mir lassen.« Sie spürte, wie die Jüngere sich verkrampfte. »Was ist, Morgaine?«

»Mein Rücken schmerzt. Ich habe zu lange gesessen, das ist alles«, antwortete Morgaine. Sie stand auf und ging unruhig im Zimmer hin und her, während sie sich mit den Händen den Rücken hielt. Morgause beobachtete sie nachdenklich. Ja, seit einigen Tagen hatte sich ihr Bauch leicht gesenkt. Es konnte nicht mehr lange dauern. Sie mußte dafür sorgen, daß im Frauengemach frisches Stroh aufgeschüttet wurde, und sie sollte mit den Ammen sprechen, daß sie sich bereithielten.

Lots Männer hatten in den Hügeln einen Hirsch erlegt. Man hatte das Tier gehäutet und ausgewaidet. Jetzt verbreitete sich der Geruch von bratendem Fleisch in der ganzen Burg. Selbst Morgaine lehnte eine Scheibe rohe, blutige Leber nicht ab – nach alter Sitte gab man sie den schwangeren Frauen.

Morgause beobachtete, wie Morgaine vor Widerwillen das Gesicht verzog, wie sie es früher selbst getan hatte. Dennoch verzehrte Morgaine die Leber gierig, da ihr Körper nach Nahrung verlangte, selbst wenn ihr Kopf sich dagegen wehrte. Später, als das gebratene Fleisch in Stücken herumgereicht wurde, lehnte sie jedoch ab. Morgause nahm eine Scheibe und legte sie auf Morgaines Teller.

»Iß das«, befahl sie. »Nein, Morgaine, du mußt mir jetzt gehorchen. Du kannst dich und das Kind nicht verhungern lassen.«
»Ich kann nicht«, entgegnete Morgaine leise. »Mir wird übel. Leg es beiseite. Ich will es später versuchen.«
»Was ist denn los?«
Morgaine senkte den Kopf und murmelte: »Ich kann ... kein Hirschfleisch essen. Ich aß es an Beltane, als ... jetzt wird mir schon bei dem Geruch speiübel ...«
Es ist ein Kind der Beltanefeuer. Warum beunruhigt es sie so sehr? Es müßte doch eine schöne Erinnerung sein, dachte Morgause und lächelte in Erinnerung an die Freiheiten, die man sich an Beltane nehmen konnte. Sie überlegte, ob Morgaine einem besonders rohen Mann in die Hände gefallen und möglicherweise vergewaltigt worden war – das würde ihren Zorn und die Verzweiflung über die Schwangerschaft erklären. Doch was geschehen war, ließ sich nicht ändern. Außerdem war Morgaine alt genug, um zu wissen, daß nicht alle Männer Rohlinge waren, selbst wenn sie einmal an einen geraten sein sollte, der nicht gerade sanft mit ihr umsprang oder wenig Erfahrung mit Frauen hatte.
Morgause nahm ein Stück Haferbrot, tauchte es in den Bratensaft und sagte: »Dann iß dies wenigstens ... es ist so nahrhaft wie Fleisch. Ich habe dir Hagebuttentee gekocht. Er ist säuerlich und wird dir schmecken. Ich weiß noch, wie ich mich nach sauren Dingen sehnte, wenn ich gebären sollte.«
Morgaine aß folgsam; und Morgause glaubte zu sehen, daß der Schwester Gesicht ein wenig Farbe bekam. Sie verzog den Mund nach dem ersten Schluck Tee, trank ihn aber trotzdem gierig. »Er schmeckt mir nicht«, sagte sie, »aber merkwürdigerweise muß ich immer weitertrinken!«
»Dein Kind verlangt danach«, erwiderte Morgause ernst. »Kinder im Mutterleib wissen, was gut für sie ist. Und sie verlangen es von uns.«
Heiteren Sinnes saß Lot bei seinen Jägern und lächelte seine Schwägerin freundlich an. »Es ist ein altes, mageres Tier. Aber mitten im Winter ist es eine gute Mahlzeit«, sagte er. »Ich bin froh, daß wir keine trächtige Hirschkuh erlegt haben. Wir sahen zwei oder drei, aber ich hielt meine Männer davon ab, sie zu jagen und rief sogar die Hunde zurück ... Ich möchte, daß sie in Frieden ihre Kälber bekommen, und wie ich sehen konnte, wird es nicht mehr lange dauern.« Er gähnte, setzte den kleinen Gareth, dessen Gesicht vom Fett

glänzte, auf sein Knie und sagte: »Bald wirst du auch groß genug sein, um mit uns auf die Jagd zu gehen. Du, und der kleine Herzog von Cornwall.«

»Wer ist der Herzog von Cornwall, Vater?« fragte Gareth.

»Oh, das ist Morgaines Kind«, antwortete Lot lächelnd. Gareth starrte Morgaine an: »Ich seh kein Kind. Morgaine, wo ist dein Kind?«

Morgaine lachte gezwungen: »Im nächsten Monat werde ich es dir zeigen.«

»Bringt es die Frühlingsjungfer?«

»So kann man es sagen«, antwortete Morgaine und lächelte unfreiwillig.

»Wie kann ein kleines Kind ein Herzog sein?«

»Mein Vater war der Herzog von Cornwall. Ich bin sein einziges Kind. Als Artus den Thron bestieg, gab er Tintagel an Igraine zurück. Sie gibt es mir und meinen Söhnen, wenn ich welche bekomme.«

Morgause sah die junge Frau an und dachte: *Ihr Sohn steht dem Thron näher als mein Gawain. Ich bin Igraines Schwester; Viviane ist es nur halb. Deshalb steht Gawain dem Thron näher als Lancelot. Aber Morgaines Sohn wird Artus' Neffe sein. Ob Morgaine daran gedacht hat?*

»Sicher, Morgaine, dann ist dein Kind Herzog von Cornwall...«

»Oder Herzogin«, sagte Morgaine und lächelte wieder.

»Nein, ich kann an deinem Leib sehen, daß es ein Sohn sein wird«, erklärte Morgause. »Ich habe vier Söhne geboren und meine Frauen während ihres Schwangerseins beobachtet...« Mit einem boshaften Lächeln sagte sie in Lots Richtung: »Mein Gemahl nimmt das alte Wort sehr ernst, das sagt, ein König soll der Vater seines Volkes sein.«

Gutmütig antwortete Lot: »Ich glaube, es ist nur richtig, daß die Söhne meiner rechtmäßigen Königin viele Halbbrüder um sich haben. Ohne Bruder bleibt der Rücken ungedeckt, sagt man, und ich habe viele Söhne... Kommt, Schwägerin, wollt Ihr nicht die Harfe nehmen und uns etwas vorsingen?«

Morgaine schob die Reste des fetttriefenden Haferbrotes beiseite. »Ich habe zuviel gegessen, um singen zu können«, entgegnete sie stirnrunzelnd. Wieder ging sie in der Halle auf und ab, und Morgause sah, daß sie ihre Hände gegen den Rücken preßte. Gareth lief zu ihr und zog an ihrem Rock.

»Sing, Morgaine! Sing mir das Lied vom Drachen.«

»Das ist zu lang für heute abend ... Du mußt jetzt schlafen«, sagte sie, ging aber in eine Ecke, wo die kleine Harfe stand, und setzte sich auf eine Bank. Spielerisch fuhr sie über die Saiten, stimmte das Instrument und sang ein derbes Soldatenlied.
Lot und seine Männer fielen ein, und ihre rauhen Stimmen hallten von der verräucherten Decke wider.

»Die Sachsen kamen in finsterer Nacht
Und alles lag in tiefem Schlaf.
Sie brachten alle Frauen um, denn
sie treiben's lieber mit einem Schaf!«

»Das hast du bestimmt nicht in Avalon gelernt«, sagte Lot, als Morgaine sich erhob und die Harfe an ihren Platz zurückstellte.
»Sing weiter«, bettelte Gareth. Aber sie schüttelte den Kopf.
»Mir fällt das Atmen heute schwer. Deshalb kann ich nicht singen«, erwiderte Morgaine. Sie griff nach ihrer Spindel, legte sie aber nur wenig später beiseite und ging wieder in der Halle auf und ab.
»Was ist los mit dir, Morgaine?« fragte Lot. »Du bist so unruhig wie ein Bär im Käfig.«
»Mir schmerzt der Rücken, wenn ich sitze«, antwortete sie, »und das Fleisch, das mir meine Tante zu essen gegeben hat, macht mir Leibschmerzen.«
Sie preßte die Hände wieder gegen ihren Rücken und beugte sich plötzlich wie in einem Krampf nach vorne. Dann stieß sie einen Schrei aus. Morgause sah, wie der zu lange Kittel an ihren Knien dunkel und feucht wurde.
»Oh, Morgaine, du hast dich naßgemacht«, krähte Gareth. »Du bist zu groß, um dich naß zu machen ... Meine Amme würde mich dafür schlagen!«
»Ruhig, Gareth!« wies Morgause ihn streng zurecht. Sie eilte zu Morgaine, die überrascht und beschämt mit hochrotem Kopf vornübergebeugt dastand.
»Es ist schon gut, Morgaine«, beruhigte sie Morgause und legte ihr die Hand auf den Arm. »Hast du hier Schmerzen ... und hier? Das habe ich mir gedacht. Es sind die Wehen, Kind. Weißt du das nicht?«
Sie rief Beth herbei und sagte: »Bring die Herzogin von Cornwall in das Frauengemach. Dann rufst du Megan und Branwen. Löse ihr das Haar. Auch am Leib darf sie nichts haben, was geknotet oder gebunden ist.« Sie streichelte Morgaine über das Haar und fügte

hinzu: »Hätte ich es früher gewußt, hätte ich dir keinen Zopf geflochten ... Ich komme bald hinunter und bleibe bei dir, Morgaine.«
Sie sah Morgaine nach, die schwer auf Beths Arm gestützt den Raum verließ. Dann sagte sie zu Lot: »Ich muß bei ihr bleiben. Für sie ist es das erste Mal. Sie wird Angst haben, die arme Morgaine.«
»Es hat keine Eile«, antwortete Lot gelassen. »Wenn es das erste ist, werden die Wehen die ganze Nacht über dauern. Du hast noch genug Zeit, ihr die Hand zu halten.« Er sah Morgause mit einem gutmütigen Lächeln an: »Du hast es sehr eilig, den Rivalen unseres Gawain auf die Welt zu bringen.«
»Was meinst du damit?« fragte Morgause leise.
»Nur soviel, daß Artus und Morgaine dieselbe Mutter haben. Und damit steht Morgaines Sohn dem Thron noch etwas näher als Gawain.«
»Artus ist jung«, entgegnete Morgause kalt, »er hat Zeit genug, Vater von einem Dutzend Söhnen zu werden. Wieso, glaubst du, braucht er einen Erben?«
Lot zuckte die Schultern: »Das Schicksal ist launisch. In der Schlacht ist Artus' Leben durch einen Zauber geschützt ... ich bin sicher, daß die Herrin vom See daran nicht ganz ohne Schuld ist ... und Gawain ist seinem König nur allzu treu ergeben. Aber das Glück kann Artus verlassen. Wenn dieser Tag kommt, hätte ich gern, daß Gawain dem Thron am nächsten steht. Du weißt selbst, Morgause, das Leben eines Neugeborenen hängt an einem schwachen Faden. Vielleicht solltest du deine Göttin anflehen, daß der kleine Herzog von Cornwall keinen zweiten Atemzug macht.«
»Wie könnte ich Morgaine das antun? Sie ist mir wie eine Tochter!«
Lot griff seiner Frau liebevoll unter das Kinn: »Du bist eine gute Mutter, Morgause, und das ist mir auch sehr wichtig. Aber ich bezweifle, daß Morgaine wirklich so begierig ist, ein Kind im Arm zu halten. Ich habe gehört, wie sie sagte, sie hätte besser daran getan, das Kind abzustoßen ...«
»Sie war krank und erschöpft«, entgegnete Morgause ärgerlich. »Glaubst du, ich hätte das nicht ebenfalls gesagt, wenn ich es satt hatte, einen dicken Bauch vor mir herzutragen? Jede Frau sagt das in den letzten Monaten ihres Schwangerseins.«
»Das mag alles zutreffen. Aber ich glaube, Morgaine wäre nicht allzu traurig, wenn das Kind nicht am Leben bleibt. Und dir sollte es nicht anders ergehen ... mehr habe ich nicht gesagt.«
Morgause verteidigte ihre Nichte: »Sie ist gut zu unserem Gareth. Sie

hat ihm Spielzeug geschnitzt, und sie erzählt ihm Geschichten. Ich bin sicher, daß sie ihrem Kind eine ebensogute Mutter sein wird.«
»Trotzdem liegt es nicht in unserem Sinn oder im Interesse unseres Sohnes, daß Morgaine *ihren* Sohn als Artus' Erben betrachtet.« Er legte den Arm um seine Frau. »Hör zu, mein Lieb. Wir haben vier Söhne und wissen genau, sie werden sich gegenseitig an die Kehle fahren, wenn sie alle erwachsen sind... Lothian ist kein großes Reich. Aber wenn Gawain Großkönig wird, gibt es genug Reiche für alle.«
Morgause nickte nachdenklich. Lot liebte Artus ebensowenig wie einst Uther. Aber für so rücksichtslos hätte sie ihn nie gehalten. »Verlangst du von mir, das Kind gleich nach der Geburt zu töten?«
»Sie ist unsere Verwandte und mein Gast«, erwiderte Lot, »und deshalb ist sie mir heilig. Ich würde nicht den Fluch eines Kindsmordes auf mich laden wollen. Ich sage nur... das Leben eines Neugeborenen hängt an einem seidenen Faden. Man muß sich pfleglich um die kleinen Kinder kümmern. Wenn Morgaine eine schwere Geburt haben sollte, kann es gut sein, daß niemand Zeit hat, auf das Kind zu achten.«
Morgause biß sich auf die Lippen und wendete sich ab: »Ich muß zu meiner Nichte.«
Lot sah ihr lächelnd nach. »Denkt gut darüber nach, meine Gemahlin.«
Man hatte in der kleinen Halle ein Feuer für die Frauen angezündet, und im Kessel kochte Hafergrütze. Es würde eine lange Nacht werden. Frisches Stroh war aufgeschüttet. Bei diesem Anblick lief es Morgause kalt über den Rücken, denn als glückliche Mutter hatte sie immer schnell vergessen, welche Qual Gebären bedeutete. Morgaine trug jetzt ein loses Gewand, und das Haar fiel ihr auf die Schultern. Auf Megans Arm gestützt, ging sie in der Halle auf und ab. In der Luft lag eine Erregung wie bei einem Fest – und für die anderen Frauen war es das auch. Morgause trat zu ihrer Nichte und ergriff ihren Arm.
»Wir gehen jetzt ein wenig zusammen. Megan kann die Tücher für das Kind vorbereiten«, sagte sie. Morgaine sah sie an. Die Augen der jungen Frau erinnerten Morgause an ein Tier in der Falle, das darauf wartet, daß ihm der Jäger die Kehle durchschneidet.
»Wird es lange dauern, Tante?«
»Na, na, du darfst jetzt nicht an die Zukunft denken«, erwiderte Morgause zärtlich. »Wenn du unbedingt denken mußt, dann denke

daran, daß du beinahe schon den ganzen Tag in den Wehen bist. Das meiste liegt jedoch hinter dir.« Zu sich sagte sie aber: *Morgaine wird es nicht leicht haben. Sie ist so klein und findet sich nur widerstrebend mit der Geburt ab. Sicherlich liegt eine lange schwere Nacht vor ihr . . .*

Dann fiel ihr ein, daß Morgaine das Gesicht besaß; man konnte sie nicht belügen. Morgause tätschelte ihr die blassen Wangen: »Was auch geschieht, mein Kind, wir werden gut für dich sorgen. Beim ersten Mal dauert es immer lange . . . sie wollen das warme Nest nicht verlassen . . . Aber wir tun, was wir können. Hat jemand eine Katze hereingeholt?«

»Eine Katze? Ja, hier ist eine. Aber warum, Tante?« erkundigte sich Morgaine.

»Mein Kind, wenn du einmal gesehen hast, wie eine Katze ihre Jungen bekommt, dann weißt du, daß sie dabei schnurrt und nicht vor Schmerzen schreit. Vielleicht hilft ihr Wohlbehagen bei der Geburt auch dir, weniger Schmerzen zu empfinden«, erklärte Morgause und streichelte das weiche Fell des Tieres. »Es ist ein Geburtszauber, den ihr in Avalon nicht kennt. Ja, setz dich jetzt für eine Weile. Dann ruhst du dich mit der Katze auf dem Schoß aus.« Sie sah zu, wie Morgaine das Tier streichelte, aber bald krümmte sie sich wieder in heftigen Krämpfen. Morgause drängte sie, wieder aufzustehen und hin und her zu gehen. »Solange du es ertragen kannst . . . es geht dann schneller«, sagte sie.

»Ich bin so müde, so müde . . .«, stöhnte Morgaine leise.

Du wirst noch müder sein, ehe es vorüber ist, dachte Morgause und legte den Arm um die junge Frau. »Komm, stütze dich auf mich, mein Kind . . .«

»Du bist wie meine Mutter . . .«, sagte Morgaine und klammerte sich am Morgause. Sie verzog das Gesicht, als wolle sie weinen. »Wenn doch Igraine hier wäre . . .« Dann biß sie sich auf die Lippen, als bedaure sie den Augenblick der Schwäche, und begann langsam in dem Raum voller Frauen auf und ab zu gehen.

Die Stunden schlichen dahin. Einige Frauen schliefen ein, aber es blieben genug, um Morgaine beim Gehen zu stützen. Je mehr Zeit verging, desto ängstlicher und blasser wurde sie. Die Sonne ging auf, und noch immer rieten die Hebammen Morgaine nicht, sich auf das Stroh zu legen, obwohl sie vor Erschöpfung stolperte und kaum noch einen Fuß vor den anderen setzen konnte. In einem Augenblick erklärte sie, es sei kalt und hüllte sich in ihren warmen Pelzumhang, dann wieder warf sie ihn von sich und sagte, sie glühe vor Hitze. Immer wieder würgte sie und mußte sich übergeben; schließlich kam nur noch grüne Galle. Aber der Brechreiz wollte nicht nachlassen, obwohl die Frauen ihr heiße Kräutertränke einflößten, die Morgaine durstig schluckte, aber nur, um sich bald wieder zu übergeben. Morgause beobachtete sie genau, und ihre Gedanken kreisten um Lots Worte. Sie überlegte, ob das, was sie tat oder nicht tat, einen Unterschied machte ... Es konnte sehr wohl geschehen, daß Morgaine die Geburt nicht überlebte.

Schließlich vermochte Morgaine nicht mehr zu gehen, und die Frauen erlaubten ihr, sich hinzulegen. Sie rang vor Schmerzen nach Luft und biß sich auf die Lippen; Morgause kniete neben ihr und hielt ihre Hand, während die Stunden verstrichen. Mittag war schon lange vorüber, als Morgause leise fragte: »War er ... der Vater des Kindes ... sehr viel größer als du? Manchmal, wenn es lange dauert, bis ein Kind kommt, bedeutet es, daß es dem Vater nachschlägt und zu groß für die Mutter ist.«

Sie überlegte, wie schon öfter, wer wohl der Vater des Kindes sein mochte. Ihr war nicht entgangen, mit welchen Blicken Morgaine bei Artus' Krönung Lancelot angesehen hatte. War es Lancelots Kind? Das würde auch erklären, weshalb Viviane Morgaine so sehr zürnte, daß sie aus Avalon geflohen war ... In all den Monaten hatte Morgaine den Grund ihres Weggehens von der Insel nicht genannt. Viviane liebte Morgaine zu sehr, als daß sie zugelassen hätte, daß sie das Kind eines beliebigen Mannes trug ...

Aber wenn Morgaine sich gegen ihre selbstgewählte Bestimmung aufgelehnt und sich Lancelot zum Liebhaber genommen oder ihn in den Beltane-Hain gelockt hatte, dann war dies eine Erklärung dafür, warum Vivianes erwählte Priesterin, ihre Nachfolgerin als Herrin vom See, aus Avalon hatte fliehen müssen.

Doch Morgaine antwortete nur: »Ich habe sein Gesicht nicht gesehen; er kam als der Gehörnte zu mir.« Morgause wußte bestimmt, daß die Jüngere log. Aber warum?«

Die Stunden schleppten sich dahin. Einmal ging Morgause in die Große Halle, wo Lots Männer sich beim Würfelspiel die Zeit vertrieben. Lot saß dabei und sah ihnen zu. Eine der jüngeren Hofdamen saß auf seinem Schoß, und Lots Hand spielte an ihrer Brust. Die Frau blickte erschrocken auf, als Morgause eintrat, und wollte schnell aufstehen. Aber Morgause sagte achselzuckend: »Bleib, wo du bist.

Wir brauchen dich nicht bei den Ammen. Zumindest heute nacht muß ich bei meiner Nichte bleiben, also habe ich keine Zeit, dir den Platz in seinem Bette streitig zu machen. Morgen sieht es vielleicht schon anders aus.« Errötend senkte die junge Frau den Kopf. Lot erkundigte sich: »Wie geht es Morgaine, meine Liebe?«

»Nicht sehr gut«, antwortete Morgause. »Bei mir war es nie so schwer.« Dann schrie sie wütend: »Hast du meiner Nichte gewünscht, daß sie sich nicht mehr vom Kindbett erhebt?«

Lot schüttelte den Kopf. »Ihr besitzt in diesem Reich die Zauber und die Magie, Herrin. Ich wünsche Morgaine weiß Gott nichts Schlechtes. Es wäre der traurige Verlust einer hübschen Frau ... und Morgaine hat trotz der scharfen Zunge ihre Reize. Und daß sie aus deiner Familie kommt, meine Liebe, macht den Braten nur noch saftiger ...«

Morgause lächelte ihrem Mann liebevoll zu. Er mochte sich noch so hübsches Spielzeug für sein Lager suchen – und die Kleine auf seinem Schoß war nichts anderes –, Morgause wußte, daß Lot mit ihr sehr zufrieden war.

»Wo ist Morgaine, Mutter?« fragte Gareth. »Sie hat versprochen, mir heute noch einen Ritter zu schnitzen.«

»Sie ist krank, mein Söhnchen.« Morgause holte tief Luft; die Angst legte sich wieder auf sie.

»Es geht ihr bald wieder gut«, erklärte Lot, »und dann bekommst du einen kleinen Vetter, Gareth, mit dem du spielen kannst. Er wird dein Ziehbruder und dein Freund sein ... Bei uns sagt man, daß Blutsbande drei Generationen lang halten, aber die Bande zwischen Ziehgeschwistern sieben. Und da Morgaines Sohn beides für dich ist, wirst du ihn auch mehr lieben als deine eigenen Brüder.«

»Ich freu mich darauf, einen Freund zu haben«, sagte Gareth. »Agravain ärgert mich immer und stichelt, ich sei ein dummer Kerl und schon zu alt, um noch mit hölzernen Rittern zu spielen.«

»Morgaines Sohn wird erst dein Freund sein, wenn er etwas gewachsen ist«, sagte Morgause. »Anfangs ist er noch wie ein Hündchen mit geschlossenen Augen. Aber in ein oder zwei Jahren ist er alt genug, dann kannst du mit ihm spielen. Die Göttin erhört die Gebete kleiner Kinder, mein Sohn. Also bete zur Göttin, daß sie dich erhört und Morgaine einen kräftigen und gesunden Jungen schenkt und ihr nicht die Todesbotin schickt ...« Plötzlich mußte sie weinen. Staunend sah Gareth die Tränen seiner Mutter, und Lot fragte: »Steht es so schlimm, meine Liebe?«

Morgause nickte. Sie wollte das Kind nicht erschrecken und wischte sich die Tränen ab.
Gareth blickte nach oben und sagte flehend: »Bitte, liebe Göttin. Bring meiner Tante Morgaine einen kräftigen Sohn, damit wir zusammen groß werden und Ritter sein können.«
Morgause mußte nun unwillkürlich lachen und streichelte ihm die Pausbacken: »Ich bin ganz sicher, daß die Göttin dein Gebet erhört. Aber jetzt muß ich zurück zu Morgaine.«
Als sie die Halle verließ, spürte Morgause Lots Blicke in ihrem Rücken. Sie dachte wieder an seine Worte ... es wäre vielleicht für sie alle das beste, wenn Morgaines Sohn nicht am Leben blieb.
Ich will zufrieden sein, wenn Morgaine es lebend übersteht, dachte sie und bedauerte es zum ersten Mal, daß sie so wenig von den großen Zauberkünsten Avalons gelernt hatte. Jetzt könnte nur ein Zauber helfen, um Morgaine die Qualen zu erleichtern. Das Mädchen hatte es so schwer, so furchtbar schwer ...
Sie kam in das Frauengemach zurück. Morgaine kniete jetzt aufrecht im Stroh, damit das Kind besser aus dem Leib gleiten sollte. Die Ammen stützten sie auf beiden Seiten, und sie hing beinahe leblos zwischen ihnen, schrie stöhnend auf und biß sich dann im Versuch, tapfer zu sein, auf die Lippen, um die Schreie zu unterdrücken. Morgause kniete sich vor ihr auf das blutige Stroh. Sie streckte ihr die Hände entgegen; Morgaine ergriff sie und sah sie an, als erkenne sie sie kaum wieder.
»Mutter«, schrie sie, »Mutter, ich wußte, du würdest kommen ...«
Morgaines Gesicht verzerrte sich von neuem; sie warf den Kopf zurück, und ihr verschlossener Mund unterdrückte die Schreie. Megan bat: »Haltet sie, Herrin ... stellt Euch hinter sie und haltet sie aufrecht ...« Morgause packte Morgaine unter den Armen und spürte, wie die junge Frau zitterte, würgte und blindlings versuchte, sich zu befreien. Sie konnte den Frauen nicht mehr helfen, sie noch nicht einmal mehr tun lassen, was sie tun mußten, sondern schrie bei jeder Berührung laut auf. Morgause schloß die Augen. Mit aller Kraft hielt sie Morgaines zarten, sich aufbäumenden Körper. Morgaine schrie wieder: »Mutter! Mutter!«, aber sie wußte selbst nicht mehr, ob sie Igraine oder die Göttin rief. Dann sank sie besinnungslos in Morgauses Arme. Im Raum verbreitete sich der scharfe Geruch von Blut, und Megan hielt ein dunkles und faltiges Etwas hoch.
»Seht, meine Herrin Morgaine, Ihr habt einen schönen Sohn ...«, dann beugte sie sich über das Kind und atmete in seinen kleinen

Mund. Man hörte den durchdringenden, entsetzten Schrei eines Neugeborenen, der zornig über die kalte Welt aufschrie, in die er gekommen war.
Morgaine lag wie besinnungslos in Morgauses Armen; sie war zu Tode erschöpft und öffnete noch nicht einmal die Augen, um einen Blick auf das Kind zu werfen.

Das Neugeborene wurde gewaschen und gewickelt, Morgaine trank einen Becher heiße Milch mit Honig und Kräutern gegen das Bluten und lag dann benommen und erschöpft auf dem Lager. Als Morgause sich über sie beugte und sie leicht auf die Stirn küßte, rührte sie sich nicht.
Sie würde wieder gesund werden, obwohl Morgause noch nicht erlebt hatte, daß eine Frau bei der Geburt so kämpfen und leiden mußte und trotzdem ein gesundes Kind zur Welt brachte. Die Amme sagte, es sei unwahrscheinlich, daß Morgaine noch einmal ein Kind haben könne, nach allem, was man bei dieser Geburt hatte tun müssen. *Das ist nicht so schlimm,* dachte Morgause.
Sie nahm das gewickelte Kind auf den Arm und betrachtete sein kleines Gesicht. Es schien normal zu atmen. Wenn ein Kind nicht sofort nach der Geburt schrie, und man es beatmen mußte, kam es vor, daß die Atmung später wieder aussetzte, und es starb. Aber Morgaines Kind war gesund und rosig, selbst die winzigen Fingernägel schimmerten rosa. Es hatte glatte, dunkle Haare und einen zarten dunklen Flaum an Armen und Beinen – ja, es stammte wie Morgaine von den Feen. Es mochte tatsächlich Lancelots Sohn sein, und so dem Thron noch näherstehen.
Man mußte das Kind sofort einer Amme übergeben... Morgause zögerte. Wenn Morgaine sich etwas erholt hatte, würde sie es sicher halten und stillen wollen; es war immer so, ganz gleich wie schwer die Geburt auch gewesen war. Je schwieriger die Geburt, desto größer schien die Freude der Mutter zu sein, wenn sie das Neugeborene stillte. Nach dem schweren Kampf kamen Liebe und Freude über das Kind an der Brust.
Sie dachte unfreiwillig an Lots Worte. *Wenn Gawain auf dem Thron sitzen soll, steht ihm dieses Kind im Wege.* Sie hatte Lot nicht zuhören wollen, als er das sagte – aber jetzt, mit dem Kind auf dem Arm, mußte sie unwillkürlich denken, daß es nicht so schlecht wäre, wenn das Kind nachts im Schlaf von seiner Amme erdrückt wurde, oder zu schwach zum Trinken war. Wenn Morgaine es weder im Arm gehal-

ten noch gestillt hatte, würde ihre Trauer auch nicht so groß sein, wenn er nach dem Willen der Göttin nicht am Leben bleiben sollte ...

Ich will ihr nur noch mehr Leid ersparen ...

Mit Morgaine als Mutter und Lancelot als Vater ... Eltern aus der königlichen Linie von Avalon ... würde das Volk ihn als Thronfolger anerkennen, wenn Artus etwas zustieß.

Aber sie wußte nicht einmal mit Gewißheit, ob Lancelot der Vater war.

Zwar hatte Morgause vier Söhne geboren, aber Morgaine war das kleine Mädchen, das sie wie eine Puppe geliebt und umsorgt hatte. Sie hatte sie auf den Armen getragen, sie gewaschen, ihre Haare gebürstet und ihr Geschenke gemacht. Konnte sie Morgaines Kind so etwas antun? Wer konnte behaupten, daß Artus nicht viele Söhne von seiner zukünftigen Königin haben würde?

Aber Lancelots Sohn ... ja, Lancelots Sohn konnte sie ohne Gewissensbisse dem Tod überantworten. Lancelot stand Artus nicht näher als Gawain. Aber Artus zog ihn dem anderen vor, wandte sich in allen Dingen an ihn. Sie, Morgause, stand immer unbeachtet in Vivianes Schatten und war als Großkönigin nicht in Betracht gezogen worden – sie hatte Viviane nie vergeben, daß sie Igraine für Uther bestimmte –, immer stand sie im Schatten, und so würde der treue Gawain immer im Schatten Lancelots stehen, dem alle Herzen zuflogen. Wenn Lancelot mit Morgaine gespielt oder sie entehrt hatte, war dies nur ein Grund mehr, ihn zu hassen.

Eigentlich bestand kein Grund, daß Morgaine Lancelots Bastard insgeheim und unter all diesen Leiden zur Welt bringen mußte. War Morgaine vielleicht Viviane für ihren teuren Sohn nicht gut genug? Morgause hatte in den vergangenen Monaten immer wieder beobachtet, wie Morgaine heimlich weinte. Verzehrte sie sich vor Liebe und Verlassenheit?

Viviane spielt mit dem Leben der Menschen wie mit Würfeln! Sie trieb Igraine in Uthers Arme, ohne auch nur im geringsten an Gorlois zu denken. Sie verlangte Morgaine für Avalon. Wird sie nun auch Morgaines Leben zerstören?

Könnte sie doch nur sicher sein, daß es Lancelots Kind war!

Als Morgaine in den Wehen lag, hatte Morgause bedauert, nicht genug von Magie zu verstehen, um ihr die Geburt zu erleichtern. Jetzt bedauerte sie ihre fehlende Kenntnis um so mehr. In Avalon hatte sie weder das Interesse noch die Geduld aufgebracht, um das

Wissen der Druiden zu erlernen. Aber als Vivianes Pflegekind erfuhr sie einiges von den Priesterinnen, die sie verhätschelten und verwöhnten. Gutmütig und ohne sich viel dabei zu denken, brachten die Frauen ihr einfache Bannsprüche und Zauber bei.
Nun, jetzt waren sie anzuwenden! Sie schloß die Türen der Kammer und entzündete ein neues Feuer; schnitt dann drei der dunklen Haare vom Kopf des Kindes ab, beugte sich über die schlafende Morgaine und tat das gleiche bei ihr. Mit ihrer Haarnadel stach sie in den Finger des Kindes und wiegte es dann, um sein Weinen zu besänftigen. Dann warf sie ein paar Kräuter zusammen mit den Haaren und dem Blut ins Feuer, flüsterte das Wort, das sie gelernt hatte, und starrte in die Flammen.
Atemlos sah Morgause, wie das Feuer aufloderte, erstarb und ein Gesicht sie anblickte – ein junges Gesicht mit blonden Haaren, gekrönt mit einem Hirschgeweih, das Schatten auf die blauen Augen warf... Augen, wie Uther sie gehabt hatte...
Morgaine hatte nicht gelogen, als sie sagte, er sei als der Gehörnte Gott zu ihr gekommen, aber trotzdem hatte sie nicht die Wahrheit gesagt... Morgause hätte es wissen müssen. Also hatte man Artus vor der Krönung verpflichtet, die Große Ehe zu schließen. Steckte Viviane auch dahinter? Wollte sie ein Kind, dessen Vater und Mutter königlichen Linien entstammten?
Hinter sich hörte sie ein leises Geräusch. Sie blickte auf und sah, daß Morgaine sich mühsam aufgerichtet hatte. Bleich wie der Tod klammerte sie sich an den Bettpfosten.
Ihre Lippen bewegten sich kaum. Nur ihre dunklen Augen glitten vom Feuer zu den Zauberkräutern auf dem Boden. »Morgause«, sagte sie tonlos, und ihre tiefliegenden Augen waren schmerzerfüllt, »schwöre... wenn du mich liebst, schwöre mir... daß du weder mit Lot noch mit einem anderen Menschen darüber sprichst! Schwöre es, oder ich werde dich mit allen Flüchen belegen, derer ich kundig bin!«
Morgause legte das Kind in die Wiege zurück, nahm Morgaine beim Arm und half ihr, sich wieder ins Bett zu legen.
»Leg dich hin, ruh dich aus, Kleines... wir müssen darüber sprechen. Artus! Warum? War es Vivianes Plan?«
Morgaine wiederholte noch erregter: »Schwöre, daß du nichts sagst! Schwöre, nie mehr darüber zu sprechen! Schwöre! Schwöre!« Ihre Augen funkelten. Morgause sah sie an und fürchtete, Morgaines Erregung würde sich zu einem Fieber steigern.

»Morgaine, mein Kind...«
»Schwöre, oder ich verfluche dich bei Wind und Feuer, Meer und Stein...«
»Nein«, unterbrach sie Morgause und nahm ihre Hand, um sie zu beruhigen. »Ich schwöre es! Siehst du, ich schwöre.«
Sie hatte doch nicht schwören wollen. Morgause dachte: *Ich hätte mich weigern... hätte mit Lot darüber sprechen sollen...* Aber es war zu spät. Sie hatte geschworen. Und Morgause wollte keinesfalls den Fluch einer Priesterin aus Avalon auf sich laden.
»Bleib ruhig liegen«, sagte sie leise. »Du mußt jetzt schlafen, Morgaine.« Die junge Frau schloß die Augen. Morgause saß auf dem Bettrand, tätschelte ihr die Hand und dachte: *Gawain ist Artus treu ergeben... was auch geschehen mag. Lot hätte nichts davon, wenn er auf den Thron käme. Dieses Kind ist Artus' Erstgeborener... mag er noch soviele andere Söhne bekommen. Artus ist Christ und hält sich zugute, über Christen zu herrschen. Dieses Kind wäre eine Schande für ihn. Es ist nicht schlecht, ein solches Geheimnis mit einem König zu teilen. Ich habe auch bei Lot darauf geachtet, gewisse Einzelheiten seiner Sünden und Ausschweifungen zu kennen, obwohl ich ihn liebe.*
Das Kind erwachte und weinte. Morgaine öffnete die Augen wie alle Mütter, die ihr Kind weinen hören. Sie war zu schwach, um sich zu bewegen. Aber sie flüsterte: »Mein Kind... ist das mein Kind? Morgause, ich möchte mein Kind im Arm halten.«
Morgause beugte sich über die Wiege, um das strampelnde Bündel herauszunehmen, zögerte aber – wenn Morgaine das Kind erst einmal im Arm hielt, würde sie es auch stillen wollen. Sie würde es lieben und sich um sein Wohlergehen sorgen. Aber wenn man es einer Amme gab, ehe Morgaine es auch nur zu Gesicht bekommen hatte... dann würde sie ihm keine besonderen Gefühle entgegenbringen. Es wäre ganz und gar das Kind seiner Pflegeeltern. Es war nicht schlecht, wenn Artus' Erstgeborener – der Sohn, den er nicht anzuerkennen wagte – hier aufwuchs und Lot und Morgause für seine wahren Eltern hielt. Lots Kinder sollten seine Brüder sein und nicht Artus' Söhne, die er vielleicht bekam, wenn er heiratete.
Tränen der Schwäche rannen über Morgaines Gesicht. Sie flehte: »Gib mir mein Kind, Morgause... laß mich mein Kind im Arm halten. Gib mir meinen Sohn...«
Morgause erwiderte zärtlich, aber unnachgiebig: »Nein, Morgaine, du bist nicht stark genug, um ihn zu halten, zu stillen und...« Sie

suchte schnell nach einer Lüge, die Morgaine überzeugen würde: »Wenn du ihn auch nur einmal im Arm hältst, wird er die Brust seiner Amme verweigern. Deshalb muß man ihn sofort zu ihr bringen. Du kannst ihn halten, wenn du wieder bei Kräften bist, und er gut trinkt.« Morgause trug das Kind aus dem Raum, obwohl Morgaine weinte und schluchzend die Arme nach dem Kind ausstreckte. *Nun ist er Lots Pflegekind*, dachte Morgause. *Wir werden immer eine Waffe gegen den Großkönig in der Hand haben. Ich habe dafür gesorgt, daß Morgaine, auch wenn es ihr wieder bessergeht, wenig für ihn empfindet und ihn mir überläßt.*

Gwenhwyfar, die Tochter von König Leodegranz, saß auf der hohen Gartenmauer, klammerte sich an die Steine und beobachtete die Pferde in der Koppel unter ihr.

Sie roch die Kräuter und Gewürze, aus denen ihre Stiefmutter Arzneien und Heiltränke zubereitete. Der Garten gehörte zu ihren Lieblingsplätzen. Es war vielleicht der einzige Ort unter freiem Himmel, den Gwenhwyfar wirklich mochte. Im allgemeinen fühlte sie sich nur im Haus und hinter Mauern sicher – der ummauerte Küchengarten bot beinahe soviel Schutz wie das Innere der Burg. Von hier oben auf der Mauer blickte sie über das Tal. Es war so groß und erstreckte sich weiter als das Auge reichte... Gwenhwyfar wendete den Blick wieder dem sicheren Garten zu, denn in ihren Händen kribbelte es, und die Kehle wurde ihr trocken. Hier auf der Mauer, die ihren eigenen Garten umgab, war sie sicher. Wenn die erstickende Furcht sie wieder überfiel, konnte sie sich umdrehen, die Mauer hinuntergleiten und in den sicheren Garten zurückkehren.

Einmal sprach sie mit ihrer Stiefmutter Alinor darüber, die Gwenhwyfar fassungslos fragte: »Wovor denn sicher, mein Kind? Die Sachsen kommen niemals so weit in den Westen. Die Burg liegt hoch oben. Und wenn sie tatsächlich kommen sollten, können wir sie schon aus drei Meilen Entfernung sehen... gerade der weite Blick bürgt für unsere Sicherheit!«

Gwenhwyfar konnte es ihr nie erklären. So gesehen, klang es nur vernünftig. Aber wie sollte sie der vernünftigen, tatkräftigen Alinor erklären, daß der Himmel und das weite Land sie mit ihrem Gewicht zu erdrücken schienen. Es gab nichts, wovor man sich fürchten konnte. Es war dumm, sich zu ängstigen.

Das änderte nichts daran, daß es ihr die Kehle zuschnürte; daß sie nach Luft rang; daß ihr flau im Magen wurde und die schweißfeuchten Hände gefühllos kribbelten. Sie brachte alle zur Verzweiflung – den Priester, der ihr zuredete, daß es hier nichts gab außer Gottes grünem Land... ihren Vater, der schrie, er dulde solchen törichten Weiberkram nicht in seiner Burg... und so hatte Gwenhwyfar gelernt, sich keinem Menschen mehr anzuvertrauen. Nur im Kloster zeigte man Verständnis für sie. Oh, das schöne Kloster. Dort fühlte sie sich so wohl wie eine Maus in ihrem Loch. Sie mußte die Burg nie verlassen, außer um in dem ummauerten Klostergarten spazierenzugehen. Wie gern wäre sie wieder dort gewesen. Aber jetzt war sie eine erwachsene Frau. Ihre Stiefmutter hatte kleine Kinder und brauchte Gwenhwyfars Hilfe.
Auch der Gedanke zu heiraten bereitete ihr Angst. Aber dann würde sie endlich ihr eigenes Haus haben, in dem sie tun und lassen konnte, was sie wollte. Dann war sie die Herrin, und niemand würde es wagen, sich über sie lustig zu machen!
Unter ihr in der Koppel galoppierten die Pferde. Aber Gwenhwyfars Blick richtete sich auf den schlanken, rot gekleideten Mann, dem die dunklen Locken in die gebräunte Stirn fielen. Er schien eins zu sein mit den Pferden, und sie verstand, daß die feindlichen Sachsen ihn »Elfenpfeil« nannten. Jemand hatte ihr zugeflüstert, daß in ihm tatsächlich Feenblut floß. Lancelot vom See nannte er sich, und sie hatte ihn an jenem schrecklichen Tag gesehen, als sie sich verirrte, und er war in Begleitung einer furchteinjagenden Fee gekommen, um sie zu retten...
Lancelot hatte das Pferd eingefangen, das er wollte. Ein paar Männer ihres Vaters riefen ihm eine Warnung zu, und Gwenhwyfar stockte vor Entsetzen der Atem. Sie war selbst nahe daran aufzuschreien. Nicht einmal der König ritt dieses Pferd, nur ein oder zwei seiner besten Zureiter wurden mit ihm fertig. Lancelot machte lachend eine wegwerfende Bewegung. Ein Mann rannte herbei und hielt das Pferd, während er ihm den Sattel auflegte. Seine Worte und sein Lachen drangen bis zu ihr.
»Einen Zelter kann jede Dame mit einem Zügel aus geflochtenem Stroh reiten. Ich will euch zeigen, daß ich mit diesem Lederzaumzeug das wildeste Pferd bändigen kann, das ihr habt, und ein Streitroß aus ihm mache. Seht ihr... so!« Er zog unter dem Bauch des Pferdes einen Gurt fest und schwang sich dann mit einer Hand auf den Rücken des Tiers. Das Pferd stieg, und Gwenhwyfar sah mit

vor Erstaunen offenem Mund, wie er sich vorbeugte und es zwang, die Vorderhufe wieder auf den Boden zu setzen. Er hatte es fest in der Hand und brachte es dazu, versammelt zu gehen. Das feurige Tier versuchte immer wieder auszubrechen und kämpfte gegen seinen Reiter. Lancelot wies einen der Männer an, ihm einen langen Spieß zu geben.

»Paßt auf...«, rief er. »Angenommen, dieser Strohballen da ist ein Sachse mit seinem großen Stumpfschwert...« Das Pferd schoß los und donnerte über die Koppel. Die anderen Pferde stoben auseinander, als er auf den Strohballen zugaloppierte und ihn in der Mitte aufspießte. Dann riß er das Schwert aus der Scheide, wendete das Pferd mitten im Galopp und schwang dabei das Eisen über dem Kopf. Selbst der König wich ein paar Schritte zurück, als Lancelot auf die Männer zuraste. Aus vollem Galopp brachte er das Pferd vor dem König zum Stehen, saß ab und verbeugte sich.

»Mein König! Gestattet mir, Pferde und Männer auszubilden, damit Ihr sie in die Schlacht führen könnt, wenn die Sachsen wiederkommen. Dann werdet Ihr sie so vernichtend schlagen wie Artus letztes Jahr im Wald von Celidon. Wir haben Siege errungen. Aber eines Tages werden wir vielleicht die große Schlacht schlagen müssen, bei der sich entscheidet, ob Sachsen oder Römer für alle Zeiten über dieses Land herrschen. Wir richten jedes Pferd ab, das wir bekommen. Aber Eure Pferde sind besser als alle, die wir kaufen oder züchten können.«

»Ich bin nicht Artus' Vasall«, erwiderte ihr Vater. »Bei Uther war das etwas anderes. Er war ein erprobter Kämpfer, und Ambrosius vertraute ihm. Artus ist kaum mehr als ein Junge...«

»Das glaubt Ihr noch, nach all den Schlachten, die er gewonnen hat?« fragte Lancelot. »Er sitzt seit über einem Jahr auf dem Thron und ist Euer Großkönig, Herr. Ob Ihr ihm Treue geschworen habt oder nicht, jede Schlacht, die er gegen die Sachsen gewinnt, schützt auch Euch. Pferde und Männer... das ist eine bescheidene Bitte.«

Leodegranz nickte. »Hier ist nicht der Ort, um über das Reich zu sprechen, Ritter Lancelot! Ich habe gesehen, wie Ihr mit dem Hengst umgehen könnt. Er gehört Euch, nehmt ihn als Gastgeschenk.«

Lancelot bedankte sich formvollendet mit einer tiefen Verneigung vor König Leodegranz. Aber Gwenhwyfar sah, daß seine Augen glänzten wie die eines beschenkten Jungen. Sie fragte sich, wie alt er wohl sein mochte.

»Kommt mit mir in die Halle«, sagte ihr Vater. »Wir wollen zusammen trinken, und ich werde Euch ein Angebot machen.«

Gwenhwyfar glitt von der Mauer und rannte durch den Garten in die Küche, wo ihre Stiefmutter die Frauen beim Backen beaufsichtigte.
»Herrin, mein Vater führt den Gesandten des Großkönigs herein. Sie werden etwas zu essen und zu trinken haben wollen.«
Alinor sah sie überrascht an. »Danke, Gwenhwyfar. Geh und mach dich zurecht. Du kannst ihnen den Wein bringen. Ich habe zuviel zu tun.«
Gwenhwyfar rannte in ihre Kammer, zog das beste Gewand über den einfachen Kittel, den sie trug, und legte sich eine Kette aus Korallen um den Hals. Sie löste den blonden Zopf, und die Haare fielen ihr vom Flechten sanft gewellt auf die Schultern. Dann setzte sie sich das kleine Goldkrönchen auf und ging hinunter. Gwenhwyfar bemühte sich, gemessen und leichtfüßig zu schreiten; sie wußte, das blaue Gewand stand ihr am besten, mochte sie auch noch so prächtig gekleidet sein.
Sie holte ein Bronzebecken und füllte es mit warmem Wasser aus dem Kessel am Feuer. Dann streute sie ein paar Rosenblätter hinein und ging damit in die Halle. Ihr Vater und Lancelot kamen gerade von der anderen Seite. Gwenhwyfar stellte das Becken ab, nahm die Mäntel der Männer entgegen und hängte sie an einen Haken. Dann ging sie zu ihrem Vater und dem Ritter zurück und bot ihnen das warme Wasser zum Händewaschen an. Lancelot lächelte, und sie wußte, er hatte sie wiedererkannt.
»Haben wir uns nicht auf der Insel der Priester schon einmal gesehen, edles Fräulein?«
»Ihr kennt meine Tochter, Herr?«
Lancelot nickte, und Gwenhwyfar hauchte scheu – sie hatte vor langer Zeit herausgefunden, daß es ihrem Vater mißfiel, wenn sie mit normaler oder lauter Stimme sprach –: »Vater, er zeigte mir den Weg zurück ins Kloster, als ich mich verirrt hatte.«
Leodegranz lächelte nachsichtig. »Mein kleines Dummchen. Sie verirrt sich, wenn sie nur drei Schritte vor die Tür geht. Nun, Ritter Lancelot, was haltet Ihr von meinen Pferden?«
»Ich habe Euch gesagt, sie sind besser als alle, die wir kaufen oder züchten können«, antwortete er. »Wir haben ein paar aus den maurischen Ländern in Spanien gekauft und sie mit den Hochlandponys zusammengebracht. So bekommen wir ausdauernde und kräftige Pferde, die trotzdem schnell und mutig sind. Aber wir brauchen mehr. Wir können nicht genug züchten. Ihr habt Pferde im Überfluß. Ich kann Euch zeigen, wie man sie zureitet, und Ihr führt sie in die Schlacht ...«

»Nein«, unterbrach ihn der König, »ich bin ein alter Mann. Ich habe kein Verlangen danach, neue Kampfmethoden zu lernen. Ich war viermal verheiratet, aber alle meine früheren Frauen haben nur kränkliche Mädchen geboren, die starben, ehe sie entwöhnt, manchmal, noch ehe sie getauft wurden. Ich habe Töchter. Wenn die Älteste erst einmal verheiratet ist, wird ihr Gemahl meine Männer in den Kampf führen, und er kann sie ausbilden, wie er will! Sagt Eurem Großkönig, er kann hierherkommen, und wir werden die Sache beraten.«

Lancelot erwiderte frostig: »Ich bin der Vetter meines Königs und sein Reiteroberst, aber selbst ich sage ihm nicht, was er tun oder lassen soll.«

»Dann bittet ihn eben, zu einem alten Mann zu kommen, der seinen Platz am Feuer nicht verlassen will«, sagte der König ungerührt. »Wenn er meinetwegen nicht kommen will, kommt er vielleicht, um zu erfahren, was ich mit meinen Pferden und den Bewaffneten vorhabe, die sie reiten.«

Lancelot verneigte sich. »Ich bin sicher, daß er kommen wird.«

»Genug davon. Schenk uns Wein ein, meine Tochter«, sagte der König. Gwenhwyfar trat schüchtern an den Tisch und füllte ihre Becher. »Nun geh schon, mein Mädchen, damit ich mich mit meinem Gast besprechen kann.«

Gwenhwyfar wartete im Garten, bis ein Diener kam und Pferd und Waffen des Herrn Lancelot verlangte. Man brachte den Hengst, den ihr Vater dem Ritter geschenkt hatte, und sein Pferd zum Bergtor. Gwenhwyfar wartete im Schatten der Mauer, bis sie sah, daß Lancelot anritt. Dann trat sie ihm mit klopfendem Herzen in den Weg – würde er sie für zu dreist halten? Aber als Lancelot sie sah, lächelte er, und mit diesem Lächeln gewann er ihr Herz.

»Habt Ihr keine Angst vor diesem großen, wilden Pferd?«

Lancelot schüttelte den Kopf. »Edles Fräulein, ich glaube, das Pferd, das ich nicht reiten kann, ist noch nicht geboren.«

Sie fragte beinahe flüsternd: »Ist es wahr, daß Ihr die Pferde mit Magie beherrscht?«

Der Ritter warf den Kopf zurück und lachte schallend. »Keineswegs, edles Fräulein. Ich besitze keine Magie. Ich mag Pferde, ich verstehe sie und weiß, was in ihren Köpfen vorgeht. Das ist alles. Haltet Ihr mich für einen Zauberer?«

»Aber ... man sagt, in Euch fließt das Blut der Feen«, entgegnete sie.

Lancelots Lachen erstarb, und er antwortete: »Meine Mutter gehört in der Tat zu dem Alten Volk, das über dieses Land herrschte, ehe die Römer oder die Stämme aus dem Norden kamen. Sie ist Priesterin auf der Insel Avalon und sehr weise.«

»Ich kann verstehen, daß Ihr nicht schlecht über Eure Mutter sprechen wollt«, sagte Gwenhwyfar, »aber die Schwestern auf Ynis Witrin behaupten, daß die Frauen von Avalon böse Hexen sind und dem Teufel dienen . . .«

Er schüttelte ernst den Kopf. »Nein, nein. Zwar kenne ich meine Mutter nicht besonders gut, denn ich bin nicht bei ihr aufgewachsen. Ich fürchte sie ebenso sehr wie ich sie liebe. Aber ich sage Euch, sie ist keine böse Frau. Sie brachte meinen Herrn und Gebieter Artus auf den Thron und gab ihm das Schwert Excalibur für den Kampf gegen die Sachsen . . . haltet Ihr das für böse? Und was die Magie angeht . . . nur die Unwissenden behaupten, sie sei eine Zauberin. Ich halte es für eine gute Sache, wenn eine Frau klug ist.«

Gwenhwyfar ließ den Kopf hängen. »Ich bin nicht klug. Ich bin sehr töricht. Selbst bei den Schwestern habe ich nur soviel gelernt, daß ich das Meßbuch lesen kann. Sie sagten, mehr müsse ich nicht lernen . . . und natürlich Dinge, die eine Frau wissen muß . . . Kochen, etwas über Kräuter und Heiltränke, das Verbinden von Wunden . . .«

»Für mich sind das alles größere Geheimnisse als das Abrichten von Pferden, das Ihr für Magie haltet«, entgegnete Lancelot mit einem breiten Lächeln. Dann beugte er sich vom Pferd und berührte ihre Wange. »Wenn Gott es gut mit uns meint und die Sachsen noch ein paar Monde Ruhe halten, werde ich Euch wiedersehen, wenn ich im Gefolge des Großkönigs zurückkehre. Betet für mich, edles Fräulein.«

Lancelot ritt davon, und Gwenhwyfar sah ihm mit klopfendem Herzen nach. Dieses Mal war das Gefühl fast angenehm. Er würde wiederkommen. Er *wollte* wiederkommen, und ihr Vater hatte gesagt, sie sollte jemanden heiraten, der Pferde und Männer in den Kampf führen konnte. Es konnte keinen besseren Mann geben als den Vetter des Großkönigs, der seine Reiterei befehligte! Dachte ihr Vater daran, sie mit Lancelot zu vermählen? Gwenhwyfar spürte, wie sie vor Glück und Freude ganz rot wurde. Zum ersten Mal in ihrem Leben kam sie sich hübsch, mutig und tapfer vor.

Aber als sie in die Halle zurückkam, sagte ihr Vater: »Er sieht gut aus, dieser Elfenpfeil . . . und er kann gut mit Pferden umgehen. Aber er sieht viel zu gut aus, als daß ich ihm mehr zutrauen würde.«

Erstaunt über ihre eigene Kühnheit, entgegnete Gwenhwyfar: »Wenn der Großkönig ihn zu seinem Feldherrn gemacht hat, muß er der beste seiner Ritter sein.«

Leodegranz sagte achselzuckend: »Als Vetter des Königs hatte er Anspruch auf einen Posten in der Armee. Will er dir dein Herz rauben . . . oder«, fügte er grollend hinzu, und sie erschrak, »deine Ehrbarkeit?«

Gwenhwyfar spürte, wie sie wieder rot wurde und ärgerte sich über sich selbst. »Nein, er ist ein ehrenwerter Mann, und alles, was er mir gesagt hat, hätte er in Eurer Gegenwart sagen können, Vater.«

»Komm mir nicht auf törichte Gedanken«, knurrte Leodegranz. »Du sollst einen Besseren bekommen als ihn. Er ist nicht mehr als einer von König Bans Bastarden, und seine Mutter ist Gott weiß wer, irgendein Edelfräulein aus Avalon!«

»Seine Mutter ist die Herrin von Avalon, die große Hohepriesterin des Alten Volks . . . und er ist der Sohn eines Königs . . .«

»Ban von Benwick! Ban hat ein halbes Dutzend legitimer Söhne«, erwiderte ihr Vater. »Warum sollst du den Feldherrn eines Königs heiraten? Wenn alles so geht, wie ich mir vorstelle, wirst du die Gemahlin des Großkönigs!«

Gwenhwyfar sank das Herz. »Ich hätte Angst, seine Königin zu sein.«

»Du fürchtest dich sowieso vor allem und jedem«, grollte ihr Vater. »Du brauchst einen Mann, der gut für dich sorgt. Und der König ist dazu besser geeignet als sein Feldherr!« Er sah, wie es um ihren Mund zuckte und fügte etwas freundlicher hinzu: »Na, na, mein Täubchen, wer wird denn gleich weinen. Du kannst mir glauben, ich weiß, was das beste für dich ist; bin doch dein Vater. Ich beschütze dich und vermähle dich mit einem zuverlässigen Mann, der sich gut um mein hübsches, kleines Hasenherzchen kümmert.«

Seinem Zorn hätte sie sich standhaft widersetzen können. *Aber wie,* dachte Gwenhwyfar verzweifelt, *kann ich mich über den besten aller Väter beklagen, dem nur mein Wohlergehen am Herzen liegt?*

An einem der ersten Frühlingstage, ein Jahr nach Artus' Krönung, saß die Königinmutter Igraine in ihrer Klosterzelle über eine Altardecke gebeugt und stickte.

Ihr ganzes Leben lang hatte sie diese feine Arbeit geliebt. Aber als junges Mädchen und nach ihrer Vermählung mit Gorlois war sie – wie alle Frauen – völlig vom Weben, Spinnen und Nähen der Kleider für den Haushalt in Anspruch genommen. Als Uthers Königin standen ihr dann genügend Dienstleute zur Verfügung, und sie hatte die Muße, feine Stickarbeiten herzustellen, seidene Borten und Bänder zu weben. Und hier im Kloster nutzte sie ihr Können für einen guten Zweck. Sonst, dachte Igraine mit leiser Wehmut, würde sie wie so viele Nonnen nur diese einfachen dunklen Wollstoffe weben, aus denen alle Kleider, auch ihre eigenen, genäht wurden, oder das glatte aber langweilige weiße Leinen für Schleier, Hauben und Altartücher. Nur zwei oder drei Schwestern konnten Seide weben oder feine Stickarbeiten übernehmen, und Igraine war die Geschickteste von allen.

Sie war unruhig. Als sie sich heute morgen an den Stickrahmen gesetzt hatte, glaubte sie wieder diesen Schrei zu hören und drehte sich unwillkürlich um. Es schien, als rufe Morgaine von irgendwoher in tiefster Not und Verzweiflung: »Mutter!« Aber in der Zelle herrschte Schweigen, und sie war allein. Igraine schlug ein Kreuz und machte sich wieder an die Arbeit.

Trotzdem ... entschlossen kämpfte sie gegen die Versuchung an. Sie hatte vor langer Zeit das Gesicht als Werk des Bösen erkannt und ihm abgeschworen, wollte mit Zauberei nichts mehr zu tun haben. Sie glaubte nicht, daß Viviane ein schlechter Mensch war, aber die Alten Götter von Avalon standen sicher mit dem Teufel im Bund, denn sonst hätten sie in einem christlichen Land schon lange keine Macht mehr gehabt. Und sie hatte ihre Tochter den Alten Göttern überlassen ...

Im vergangenen Spätsommer hatte Viviane ihr eine Botschaft überbringen lassen. *Wenn Morgaine sich bei dir aufhält, sage ihr, daß alles gut ist.* Aufgeschreckt hatte Igraine ihr geantwortet, sie habe Morgaine seit Artus' Krönung nicht gesehen und angenommen, sie sei auf Avalon. Die Äbtissin des Klosters mißbilligte, daß eine ihrer Stiftsdamen einen Boten aus Avalon empfing. Auch als Igraine erklärte, es handle sich um eine Nachricht von ihrer Schwester, hatte sie energisch erwidert, sie könne nicht zulassen, daß zwischen dem Kloster und diesem gottlosen Platz eine Verbindung bestehe.

Igraine machte sich damals große Sorgen. Morgaine hatte Avalon verlassen. Das konnte nur bedeuten, daß sie sich mit Viviane zerstritten hatte Noch nie war es vorgekommen, daß eine Priesterin mit den höchsten Weihen ohne Auftrag die Insel verließ. Wenn Morgaine ohne Wissen und Erlaubnis der Herrin gegangen war, stellte dies einen so unerhörten Verstoß dar, das Igraine schauderte. Wohin konnte sie wohl gegangen sein? War sie gar mit einem Mann davongelaufen? Lebte sie gesetzlos, ohne den Segen von Avalon oder der Kirche? War sie zu Morgause gegangen? Lag sie tot an einem unbekannten Ort? Igraine betete ununterbrochen für ihre Tochter, unterdrückte aber immer wieder die Versuchung, das Gesicht zu befragen.
Trotzdem schien Morgaine in diesem Winter oft bei ihr zu sein – nicht die blasse, ernste Priesterin wie bei der Krönung, sondern das kleine Mädchen, der einzige Trost in den verzweifelten, einsamen Jahren in Cornwall. Die kleine Morgaine in einem safranfarbenen Kleidchen mit den hübschen Bändern. Das ernste Kind mit den dunklen Augen und im scharlachroten Mantel... Morgaine mit ihrem kleinen Bruder im Arm... ihre beiden schlafenden Kinder, der dunkle und der blonde Schopf nebeneinander auf dem Kissen. Sie dachte daran, wie oft sie Morgaine vernachlässigt hatte, nachdem sie ihrem geliebten Uther den Sohn und Erben seines Reichs geboren hatte. Morgaine war an Uthers Hof nicht glücklich gewesen und hatte Uther nicht geliebt. Deshalb hatte sie Vivianes Bitte erfüllt und ihr das Kind mit nach Avalon gegeben.
Erst jetzt überkamen sie Schuldgefühle. Hatte sie ihre Tochter nicht zu bereitwillig weggeschickt, um sich Uther und *seinen* Kindern widmen zu können? Unfreiwillig mußte sie an ein altes Wort aus Avalon denken: *Die Göttin überschüttet niemanden mit ihren Gaben, der sie zurückweist...* Sie hatte ihre Kinder weggegeben – ihren Sohn zu Pflegeeltern und ihre Tochter nach Avalon – und damit vielleicht selbst ihre Kinderlosigkeit heraufbeschworen. Wollte die Göttin ihr kein anderes mehr schenken, nachdem sie die beiden Kinder so bereitwillig hatte ziehen lassen? Mehr als einmal hatte sie darüber mit ihrem Beichtvater gesprochen, der ihr immer wieder versicherte, es sei richtig gewesen, Artus wegzuschicken. Jeder Junge müsse früher oder später seine Eltern verlassen. Aber Morgaine hätte sie nicht nach Avalon schicken dürfen, sagte er. Wenn das Kind an Uthers Hof nicht glücklich war, wäre es in einer Klosterschule besser aufgehoben gewesen.

Nachdem Igraine wußte, daß Morgaine nicht in Avalon war, dachte sie daran, einen Boten an Lots Hof zu schicken, um herauszufinden, ob sie sich etwa dort aufhielt. Aber dann brach der Winter herein. Und jeder Tag bedeutete einen neuen Kampf gegen die Kälte, gegen Frostbeulen und die tückische Feuchtigkeit, die alles durchdrang. Selbst die Nonnen mußten mitten im Winter hungern und teilten, was ihnen geblieben war, mit Bettlern und Bauern.

In den harten Winterwochen glaubte Igraine einmal, Morgaine zu hören, die aus tiefster Not nach ihr rief: »Mutter! Mutter!« *Morgaine allein und verzweifelt – starb Morgaine? Wo, o Gott, wo?* Ihre Finger umklammerten das Kreuz, welches sie wie alle Schwestern am Gürtel trug. *Herr Jesus, bewahre und schütze Morgaine! Heilige Mutter Maria, selbst wenn sie eine Sünderin und eine Zauberin ist ... erbarme dich ihrer, Jesus, wie du dich der Maria Magdalena erbarmt hast, die Schlimmeres getan hat ...*

Erschrocken stellte sie fest, daß eine Träne auf die Stickerei gefallen war. Das konnte einen Fleck geben. Sie wischte sich die Augen mit ihrem Schleier und hielt die Stickerei weiter von sich; nun mußte sie die Augen zusammenkneifen, um besser zu sehen – ach, sie wurde alt. Manchmal verschwamm ihr alles vor den Augen – oder waren die Tränen daran schuld?

Entschlossen beugte sie sich über ihre Arbeit. Aber wieder schien sie Morgaines Gesicht zu sehen und diesen verzweifelten Aufschrei zu hören, als würde Morgaine das Herz aus dem Leib gerissen. So hatte sie bei Morgaines Geburt selbst geschrien und nach der Mutter gerufen, an die sie sich kaum erinnern konnte ... riefen alle Frauen im Kindbett nach ihren Müttern? Entsetzen packte sie ... Morgaine bekam in diesem entsetzlichen Winter ein Kind ... irgendwo ... Morgause hatte sie bei Artus' Krönung geneckt und gesagt, sie sei beim Essen so eigen wie eine schwangere Frau. Gegen ihren Willen zählte Igraine an ihren Fingern nach ... ja, wenn Morgause recht hatte, mußte Morgaine ihr Kind mitten im schlimmsten Winter bekommen haben. Selbst jetzt im milden Frühling schien sie diesen Aufschrei wieder zu hören. Es drängte sie, ihre Tochter zu suchen ... aber wo ... wo?

Igraine hörte Schritte hinter sich, ein Räuspern, und eines der Mädchen, die im Konvent erzogen wurden, sagte: »Herrin, im Besucherzimmer sind Gäste für Euch ... einer der Männer ist der Erzbischof!«

Igraine legte die Stickerei beiseite. Es hatte keinen Fleck gegeben.

Nichts bleibt übrig von all den Tränen, die die Frauen auf dieser Welt weinen, dachte sie bitter.

»Weshalb um alles in der Welt wünscht der Erzbischof mich zu sehen?«

»Das hat er mir nicht gesagt, Herrin, und ich glaube, der Schwester Oberin auch nicht«, erwiderte das Mädchen, nur zu bereit, einen Augenblick lang noch zu plaudern. »Aber habt Ihr bei der Krönung des Großkönigs nicht der dortigen Kirche Geschenke übergeben lassen?«

Das hatte Igraine getan. Aber sie glaubte nicht, der Erzbischof sei gekommen, um über vergangene Wohltaten zu reden. Vielleicht wollte er mehr. Für sich forderten die Kirchenmänner zwar selten etwas, aber alle Priester, besonders die der reichen Gemeinden, waren geradezu gierig nach Silber und Gold für ihre Altäre.

»Wer sind die anderen?« fragte sie, denn sie wußte, daß das Mädchen gerne reden wollte.

»Ich weiß es nicht, Herrin. Aber ich weiß, daß die Äbtissin einen nicht einlassen wollte, weil...«, und ihre Augen wurden groß, »... weil er ein Zauberer und Hexenmeister ist, wie sie sagt... und ein Druide!«

Igraine erhob sich. »Es ist der Merlin von Britannien, Kind. Er ist mein Vater und kein Zauberer, sondern ein Gelehrter, der das Wissen der Weisen erworben hat. Selbst die Kirchenväter sagen, daß die Druiden gute und edle Männer sind. Sie beten gemeinsam mit ihnen zu Gott. Denn die Druiden sehen Gott in allen Dingen, und für sie ist Christus einer der vielen Künder Gottes.«

Das Mädchen machte einen kleinen Knicks zum Dank für die Belehrung. Igraine räumte ihr Stickzeug auf und glättete den Schleier.

Sie trat in das Besucherzimmer und sah nicht nur den Merlin und einen Fremden, der streng wirkte und die dunkle Tracht der Kirchenmänner trug, durch die sie sich in letzter Zeit von allen anderen unterschieden, sondern einen dritten Mann, den sie beinahe nicht erkannt hätte. Als er sich umdrehte, glaubte sie in Uthers Gesicht zu blicken.

»Gwydion!« rief sie und verbesserte sich schnell: »Artus! Vergebt mir, ich vergaß...« Sie wollte vor dem König niederknien, aber er griff schnell nach ihrer Hand und hinderte sie daran.

»Mutter, kniet niemals vor mir. Ich verbiete es Euch!«

Igraine verneigte sich vor dem Merlin und dem mürrischen und gestrengen Erzbischof.

»Meine Mutter, Uthers Königin«, sagte Artus. Der Erzbischof bewegte die Lippen – Igraine dachte: *Das soll wohl ein Lächeln sein* –, und Artus fuhr fort: »Aber sie hat höhere Ehren erlangt als die Königswürde. Sie ist jetzt eine Braut Christi.«

Wohl kaum eine Braut, dachte Igraine, *ganz schlicht und einfach eine Witwe, die sich in dieses Haus geflüchtet hat*. Aber sie neigte nur schweigend den Kopf.

Artus sagte: »Mutter, das ist Patricius, Erzbischof von der Insel der Priester, Glastonbury, wie man sie jetzt nennt. Er weilt noch nicht lange bei uns.«

»Ja, nach Gottes Willen«, begann der Erzbischof, »habe ich alle bösen Zauberer aus Irland vertrieben. Und ich bin gekommen, sie aus allen Christenländern zu verjagen. In Glastonbury traf ich auf eine verderbte Priesterschaft, die Gott sogar gemeinsam mit den Druiden verehrte. Unser Herr Jesus, der für uns gestorben ist, hätte blutige Tränen darüber geweint.«

Taliesin fragte sehr freundlich: »Wollt Ihr härter sein als Christus, Bruder? Denn ich glaube mich zu erinnern, daß er sehr dafür getadelt wurde, sich in die Gesellschaft von Zöllnern, Sündern, sogar Steuereintreibern und Frauen wie Magdalena zu begeben. Man hätte es lieber gesehen, wenn er wie Johannes der Täufer ein Einsiedler gewesen wäre. Und als er schließlich sterbend am Kreuz hing, versprach er dem Dieb, daß er noch in derselben Nacht bei ihm im Paradies sein würde . . . nein?«

»Ich glaube, zu viele Menschen maßen sich an, die Heilige Schrift lesen und verstehen zu können und verfallen dabei in solche Fehler«, erwiderte Patricius kalt. »Ich sage, wer sich auf seine Gelehrsamkeit etwas zugute hält, wird lernen müssen, die richtige Auslegung der Schrift der Kirche zu überlassen.«

Der Merlin lächelte freundlich. »Ich kann mich Eurem Wunsch nicht anschließen, Bruder. Nach meiner heiligen Überzeugung ist es Gottes Wille, daß alle Menschen in sich die Weisheit suchen und nicht bei anderen. Kleinen Kindern muß die Amme vielleicht die Speisen vorkauen, aber erwachsene Menschen können die Weisheit selbst trinken und essen.«

»Aber, aber!« meinte Artus lächelnd, »zwischen meinen beiden engsten Ratgebern darf es nicht zu Wortgefechten kommen. Die Weisheit des Ehrwürdigen Merlin ist unentbehrlich. Er hat mich auf den Thron gesetzt.«

»Gott hat Euch dorthin gesetzt, mein König«, entgegnete der Erzbischof.

»Mit Hilfe des Merlin«, sprach Artus unbeirrt weiter. »Ich habe ihm gelobt, immer auf seinen Rat zu hören. Möchtet Ihr, daß ich eidbrüchig werde, Vater Patricius?« Mit freundlichem Lächeln wendete er sich Igraine zu. »Setzt Euch, Mutter. Wir wollen miteinander sprechen.«

»Ich will zuerst Wein bringen lassen, damit Ihr Euch nach dem langen Ritt erfrischen könnt.«

»Danke, Mutter. Vielleicht laßt Ihr auch Cai und Gawain Wein auftischen, die mich begleiten. Sie wollten mich nicht ohne ihren Schutz ziehen lassen und beharren darauf, mir als Kammerherren zu dienen, als ob ich keine Hand rühren könnte. Ich komme so gut wie jeder Ritter mit einem oder zwei Burschen zurecht. Aber sie erlauben es nicht...«

»Eure Ritter sollen aufs beste versorgt werden«, sagte Igraine und ging hinaus, um Anweisung zu geben, den Fremden und ihrem Gefolge Wein und Essen aufzutragen. Man brachte Wein, und Igraine füllte die Becher.

»Wie geht es Euch, mein Sohn?« Artus wirkte um zehn Jahre älter als der schlanke junge Mann, der im letzten Sommer gekrönt worden war. Er schien noch eine Handbreit gewachsen zu sein, und seine Schultern waren breiter. Auf seinem Gesicht sah sie eine rote Narbe. Sie heilte sauber ab... Gott sei Dank... nun, kein Krieger blieb ohne Wunden.

»Wie Ihr seht, Mutter, habe ich gekämpft, aber Gott hat mich behütet«, sagte er. »Und ich komme in friedlicher Mission. Doch wie geht es Euch hier?«

Igraine lächelte. »Ach, hier geschieht nichts«, sagte sie. »Aber ich höre aus Avalon, daß Morgaine die Insel verlassen hat. Ist sie an Eurem Hof?«

König Artus schüttelte den Kopf. »Nein, Mutter. Ich habe kaum einen Hof, der diesen Namen verdient«, erwiderte er. »Cai hält meine Burg... ich mußte ihn dazu schier zwingen. Er würde lieber mit mir in den Krieg ziehen. Aber ich bat ihn, sich um meinen Hof zu kümmern. Dort leben zwei oder drei von Vaters Rittern, die zu alt sind, um noch in offener Schlacht zu kämpfen. Sie wohnen dort mit ihren Frauen und den jüngsten Söhnen. Morgaine ist am Hof von Lot... Gawain erzählte es mir, als sein Bruder, der junge Agravain, in den Süden kam, um mit uns zu kämpfen. Er sagte, Morgaine leiste seiner Mutter Gesellschaft. Er hat sie nur das eine oder andere Mal gesehen. Aber es geht ihr gut. Sie spielt für Morgause die Harfe und

verwaltet die Gewürze. Agravain scheint sie sehr zu verehren.« Ein schmerzlicher Ausdruck zog über sein Gesicht. Igraine wunderte sich, sagte aber nichts.
»Ich danke Gott, daß Morgaine bei Verwandten und in Sicherheit ist. Ich habe mir in der Tat Sorgen um sie gemacht.« Es war, dachte Igraine bei sich, nicht der richtige Zeitpunkt, in Anwesenheit eines Erzbischofs danach zu fragen, ob Morgaine ein Kind bekommen hatte. »Wann kam Agravain in den Süden?«
»Früh im letzten Herbst. Nicht wahr, Ehrwürdiger Merlin.«
»Ja, ich glaube.«
Dann konnte Agravain nichts wissen. Sie selbst hatte Morgaine gesehen, ohne etwas zu ahnen – wenn sie richtig vermutete und sich das alles nicht nur eingeredet hatte...
»Mutter, ich bin gekommen, um über Frauenangelegenheiten zu sprechen... wie es aussieht, sollte ich heiraten. Ich habe keinen Erben außer Gawain...«
»Das gefällt mir nicht«, sagte Igraine. »Lot wartet schon seit vielen Jahren auf seine Stunde. Traut seinem Sohn nicht über den Weg.«
Artus funkelte sie zornig an. »Selbst Ihr dürft nicht so über meinen Vetter Gawain sprechen, Mutter! Er ist mir ein treuer Ritter. Ich liebe ihn wie den Bruder, den ich nie hatte. Ich liebe ihn ebenso sehr wie Lancelot! Wenn Gawain meinen Thron wollte, hätte er nur einen Augenblick in seiner Wachsamkeit nachlassen müssen, und ich hätte ein gebrochenes Genick und nicht diese Narbe im Gesicht. Dann *wäre* Gawain Großkönig! Ich vertraue ihm jederzeit alles an, auch mein Leben und meine Ehre!«
Igraine staunte über seine Heftigkeit. »Ich bin glücklich, daß Ihr einen so getreuen und würdigen Gefolgsmann habt.« Und mit einem bissigen Lächeln fügte sie hinzu: »Lot muß bestimmt nicht glücklich darüber sein, daß seine Söhne Euch so sehr lieben!«
»Ich weiß nicht, was ich getan habe, um ihr Wohlwollen zu verdienen. Auf jeden Fall ist es ein Segen!«
»Gewiß«, stimmte Taliesin zu, »Gawain wird Euch treu bis in den Tod sein, und wenn Gott will auch darüber hinaus.«
Der Erzbischof warf streng tönend ein: »Der Mensch darf sich nicht anmaßen, Gottes Willen zu kennen...«
Taliesin sprach unbeeindruckt weiter: »Er ist vertrauenswürdiger als Lancelot, Artus, obwohl ich das nur ungern sage.«
König Artus lächelte. Igraine gab es einen Stich ins Herz, und sie dachte: *Er ist wie Uther. Auch ihm sind seine Gefolgsleute treu*

ergeben! Wie er doch seinem Vater ähnelt. Artus sagte: »Ich muß auch Euch tadeln, Ehrwürdiger Merlin, wenn Ihr so über meinen liebsten Freund sprecht. Auch Lancelot würde ich mein Leben und meine Ehre anvertrauen.«

Seufzend erwiderte der Merlin: »O ja, Euer Leben könnt Ihr ihm anvertrauen. Da bin ich sicher... doch bin ich nicht sicher, daß er die letzte Prüfung besteht. Aber er liebt Euch und würde sein Leben für Euch geben.«

Patricius sagte: »Gawain ist zweifellos ein guter Christ. Aber bei Lancelot bin ich mir nicht so sicher. Ich hoffe, die Zeit wird kommen, wenn alle, die sich Christen nennen, ohne es zu sein, als die Teufelsanbeter entlarvt werden, die sie in Wahrheit sind. Wer die *auctoritas* der Heiligen Kirche in Hinblick auf den Willen Gottes nicht anerkennt... wie sagt doch der Apostel: ›Wer nicht für mich ist, ist gegen mich!‹ Und doch gibt es in ganz Britannien viele, die kaum besser als Heiden sind. In Tara habe ich ein warnendes Beispiel gegeben. Ich habe das Osterfeuer auf einem ihrer unheiligen Hügel entzündet, und die Druiden des Königs konnten sich mir nicht widersetzen. Selbst auf der geweihten Insel Glastonbury, wo der heilige Joseph von Arimathia wandelte, stelle ich fest, daß die Priester eine Quelle verehren! Das ist Heidentum! Ich werde dem ein Ende setzen, und wenn ich mich an den Bischof von Rom wenden muß!«

König Artus erwiderte mit einem Lächeln: »Ich kann mir nicht vorstellen, daß der Bischof von Rom auch nur die leiseste Ahnung davon hat, was in Britannien geschieht.«

Und Taliesin fügte freundlich hinzu: »Vater Patricius, Ihr würdet den Menschen dieses Landes einen schlechten Dienst erweisen, wenn Ihr die Heilige Quelle zuschütten würdet. Sie ist ein Geschenk Gottes...«

»Sie ist Teil eures Götzendienstes.« Die Augen des Erzbischofs glühten in fanatischem Zorn.

»Sie kommt von Gott«, beharrte der alte Druide. »In diesem Universum gibt es nichts, was nicht von Gott kommt. Und einfache Menschen brauchen einfache Zeichen und Symbole. Wie kann es etwas Böses sein, wenn sie Gott im Wasser verehren, das Er in seiner großen Güte fließen läßt?«

»Gott kann nicht in Symbolen verehrt werden, die von Menschen geschaffen wurden...«

»Darin stimmen wir völlig überein, mein Bruder«, sagte der Merlin.

»Denn ein Teil der Weisheit der Druiden beruht auf dem Wort, daß Gott, der über allem ist, nicht unter einem von Menschenhand geschaffenen Dach verehrt werden kann, sondern nur unter seinem Himmelsdach. Und doch baut Ihr Kirchen und schmückt sie reich mit Gold und Silber. Was ist also daran böse, aus den Heiligen Quellen zu trinken, die Gott geschaffen und gesegnet hat, damit die Menschen sehen und geheilt werden?«
»Euer Wissen gibt Euch der Teufel ein«, erklärte Patricius finster, und Taliesin lachte.
»Aber Gott gibt uns den Zweifel und den Teufel! Am Ende der Zeit werden alle zu Ihm kommen und Seinem Willen gehorchen.«
König Artus griff ein, ehe Patricius antworten konnte: »Ehrwürdige Väter, wir sind nicht hierhergekommen, um über Theologie und Glaubensfragen zu streiten!«
»Wahrhaftig nicht«, stimmte Igraine erleichtert zu. »Wir haben über Gawain und Morgauses anderen Sohn... Agravain heißt er doch?... und von Eurer Hochzeit gesprochen.«
»Wie schade«, sagte Artus. »Lots Söhne lieben mich, und Lot, das bezweifle ich nicht, wünscht sehnlichst sein Haus an den Thron des Großkönigs zu binden. Warum hat Morgause keine Tochter? Ich könnte sein Schwiegersohn sein, und er wüßte mit Sicherheit, daß der Sohn seiner Tochter mein Nachfolger ist.«
»Das wäre gut«, sagte Taliesin. »Denn ihr kommt beide aus dem königlichen Geschlecht von Avalon.«
Patricius runzelte bedenklich die Stirn. »Ist Morgause nicht die Schwester Eurer Mutter, mein König? Eine Heirat mit ihrer Tochter wäre nicht viel besser, als Eure Schwester zu ehelichen!«
Artus wirkte bekümmert. Igraine erklärte: »Ihr habt recht! Es wäre undenkbar, selbst wenn Morgause eine Tochter hätte.«
Artus warf beinahe wehmütig ein: »Eine Schwester von Gawain gern zu haben, würde mir leichtfallen. Die Vorstellung, eine Fremde zu heiraten, gefällt mir nicht so gut. Ich glaube, dem Mädchen ergeht es nicht besser.«
»Jede Frau muß sich damit bescheiden«, sagte Igraine und staunte über ihre Worte. Dachte sie immer noch mit Bitterkeit an etwas, das so lange zurücklag? »Ehen müssen von klügeren Köpfen geplant werden, als junge Mädchen sie besitzen.«
König Artus seufzte. »König Leodegranz hat mir seine Tochter angeboten... ich vergesse ihren Namen immer wieder... Als Mitgift soll sie hundert seiner besten Männer bekommen, alle bewaffnet und...

hört Ihr das, Mutter? ... ebensoviele seiner guten Pferde, die er züchtet! Lancelot könnte sie abrichten. Das war eines der großen Geheimnisse der Cäsaren: Ihre besten Kohorten waren Berittene. Und davor hat niemand außer den Skythen Pferde jemals für etwas anderes eingesetzt als Lasten zu ziehen und manchmal Boten schneller ans Ziel zu bringen. Mit vierhundert Männern hätte ich eine Reiterei ... Mutter, ich könnte die Sachsen wie heulende Hunde an ihre Küsten zurücktreiben!«
Igraine lachte: »Das ist wohl kaum ein Grund für eine Heirat, mein Sohn! Pferde kann man kaufen und Männer in Sold nehmen.«
»Aber«, erwiderte König Artus, »Leodegranz denkt nicht daran, sie zu verkaufen. Ich glaube, er stellt sich vor, daß er als Gegenleistung für diese Mitgift ... und es ist ohne Zweifel eine königliche Mitgift ... verwandtschaftliche Bande zum Großkönig knüpft. Er ist nicht der einzige. Aber er hat mehr geboten, als jeder andere bieten wird. Worum ich Euch bitten wollte, Mutter ... ich möchte nicht irgendeinen Boten schicken, der dem König sagt, daß ich seine Tochter nehme und er sie wie ein Paket verschnüren und sie an meinen Hof schicken soll. Würdet Ihr dem König meine Antwort überbringen und sie an meinen Hof geleiten?«
Igraine wollte zustimmend nicken. Aber dann fiel ihr ein, daß sie gewisse Gelübde banden. »Könnt Ihr nicht einen Eurer vertrauenswürdigen Männer schicken ... Gawain oder Lancelot?«
»Gawain ist ein Held der Frauen. Ich weiß nicht so recht, ob ich ihm meine Braut anvertrauen soll«, bekannte Artus lachend. »Dann muß es eben Lancelot sein.«
Der Merlin erklärte bedächtig: »Igraine, ich glaube, Ihr solltet gehen!«
»Weshalb, Großvater?« fragte Artus. »Besitzt Lancelot einen Zauber, und Ihr fürchtet, meine Braut werde ihn und nicht mich lieben?«
Taliesin seufzte. Igraine sagte schnell: »Ich werde gehen, wenn die Äbtissin es erlaubt.« Die Schwester Oberin konnte ihr nicht verweigern, an der Hochzeit ihres Sohnes teilzunehmen. Und ihr wurde deutlich bewußt, daß es nicht so leicht war, geduldig hinter Klostermauern zu sitzen und darauf zu warten, daß die großen Neuigkeiten in die Einsamkeit drangen, wenn man so lange Königin gewesen war. Das Warten war vielleicht das Los jeder Frau. Aber sie würde solange wie möglich versuchen, ihm zu entgehen.

Gwenhwyfar spürte wieder das vertraute Gefühl der Übelkeit und fragte sich, ob sie vielleicht noch einmal auf den Abtritt eilen sollte, ehe man aufbrach. Was würde sie tun, wenn sie mußte, nachdem sie auf dem Pferd saß und unterwegs war? Sie warf einen Blick auf Igraine, die groß und ruhig neben ihr stand und ein wenig wie die Äbtissin ihres Klosters aussah. Bei ihrem ersten Besuch vor einem Jahr hatte Igraine freundlich und mütterlich gewirkt. Damals wurde die Hochzeit beschlossen; jetzt sollte sie Gwenhwyfar zu ihrem Bräutigam begleiten, und diesmal erschien sie der jungen Frau streng und fordernd. Wie konnte König Artus' Mutter nur so gelassen sein? Gwenhwyfar spähte zu den wartenden Pferden und der Sänfte und wagte mit kläglicher Stimme die Frage: »Fürchtet Ihr Euch nicht? Es ist so weit bis . . .«

»Fürchten? Oh, nein«, antwortete Igraine. »Ich war schon oft in Caerleon, und es ist unwahrscheinlich, daß die Sachsen um diese Jahreszeit Krieg führen wollen. Im Winter zu reisen, ist unangenehm . . . der Schlamm und der Regen. Aber es ist besser, als in die Hände der Barbaren zu fallen.«

Gwenhwyfar spürte, wie Entsetzen und Scham sie packten. Sie ballte die Fäuste und blickte auf ihre derben und häßlichen Reiseschuhe.

Igraine ergriff ihre Hand und streichelte ihre kleinen Finger. »Ich habe vergessen, daß Ihr noch nie von zu Hause weggekommen seid, abgesehen von der Reise zum Kloster und wieder zurück. Ihr wart in Glastonbury, nicht wahr?«

Gwenhwyfar nickte: »Ich wünschte, ich könnte dorthin zurück . . .«

Sie spürte Igraines scharfen Blick und verlor den letzten Mut. Die Dame würde vielleicht bemerken, wie wenig glücklich sie über diese Hochzeit war, und sie nicht mehr mögen. Aber Igraine hielt ihre Hand fest und sagte nur: »Ich war nicht glücklich, als ich mich auf den Weg machte, den Herzog von Cornwall zu heiraten. Ich war nicht glücklich, bis ich meine Tochter in den Armen hielt. Aber ich war damals kaum vierzehn, und Ihr zählt beinahe achtzehn Lenze, nicht wahr?«

An Igraines Hand geklammert, ließ Gwenhwyfars Angst etwas nach. Aber als sie aus dem Tor trat, kam es ihr trotzdem vor, als hinge der Himmel mit den dicken, niedrig ziehenden Regenwolken wie eine schreckliche Drohung über ihr. Der Burgweg glich einem schlammigen Bach, durch den die Pferde wateten. Gwenhwyfar schien noch nie in ihrem Leben so viele Männer auf einmal gesehen zu haben. Sie schrien und riefen einander zu, die Pferde wieherten, der Burghof befand sich in wildem Aufruhr. Aber Igraine hielt sie fest bei der Hand, und Gwenhwyfar folgte ihr mit sinkendem Herzen.

»Ich bin dankbar, daß Ihr gekommen seid, um mir das Geleit zu geben, Herrin...«

Igraine lächelte. »Ich bin viel zu weltlich... Ich freue mich über jede Möglichkeit, den Klostermauern zu entrinnen.« Mit einem großen Schritt vermied sie einen Haufen Pferdeäpfel, die im Schlamm dampften. »Paßt auf, wo Ihr hintretet, mein Kind... seht Ihr, Euer Vater hat diese beiden hübschen Ponys für uns bereitgestellt. Reitet Ihr gern?«

Gwenhwyfar schüttelte den Kopf und hauchte: »Ich dachte, ich könnte in der Sänfte reisen...«

»Wenn Ihr es wünscht«, sagte Igraine und sah sie verwundert an. »Aber ich stelle mir vor, daß Ihr Euch bald langweilen werdet. Meine Schwester trug auf ihren Reisen Männerhosen. Ich hätte für Euch eine besorgen sollen. In meinem Alter ist das unschicklich.«

Gwenhwyfars Wangen leuchteten hochrot. »Unmöglich«, stammelte sie. »Es ist einer Frau verboten, Männerkleidung anzuziehen. Das steht in der Heiligen Schrift...«

Igraine lachte leise. »Der Apostel scheint den Norden nicht gekannt zu haben. Wo er lebte, ist es heiß«, sagte sie. »Ich habe gehört, daß die Männer in dem Land, in dem der Herr lebte, noch nie etwas von Hosen gehört hatten. Sie trugen lange Gewänder, wie die Römer es taten, und manche es noch immer tun. Ich glaube, der Apostel wollte es nicht generell verbieten, sondern nur sagen, eine Frau soll sich nicht die Kleidung ihres Mannes anmaßen. Meine Schwester Viviane ist sicherlich eine höchst tugendsame Frau. Sie ist eine Priesterin von Avalon.«

Gwenhwyfars Augen wurden groß: »Ist sie eine Hexe, Herrin?«

»Nein, nein. Sie ist eine Weise Frau. Sie weiß über Kräuter und Heilkunst Bescheid, und sie besitzt das Gesicht. Sie hat gelobt, nie einem Menschen oder einem Tier etwas zuleide zu tun. Sie ißt noch nicht einmal Fleisch. Sie lebt so enthaltsam wie eine Äbtissin. Seht doch«, sagte sie und wies mit dem Finger auf einen Mann. »Da ist Lancelot, Artus' bester Ritter. Er wird uns das Geleit geben und Pferde und Männer an den Hof bringen...«

Gwenhwyfar lächelte und spürte, wie ihre Wangen erblühten. Sie sagte: »Ich kenne Lancelot. Er kam hierher, um meinem Vater zu zeigen, was er alles mit Pferden tun kann.«

Igraine sagte: »Ja, wenn er reitet, ist er fast wie einer der Zentauren, von denen uns die Sage berichtet, die halb Pferd, halb Mann waren.«

Lancelot sprang vom Pferd. Seine Wangen waren von der Kälte so rot wie der römische Umhang mit dem hochgestellten Kragen, den er trug. Er verbeugte sich vor den Damen.

»Herrin«, fragte er Igraine, »seid Ihr zur Abreise bereit?«

»Ich glaube. Das Gepäck der Prinzessin ist bereits auf diesem Karren verstaut«, erwiderte Igraine und deutete zu dem unförmigen hochbeladenen Wagen hinüber, unter dessen Fellplanen ein Bettgestell, eine große geschnitzte Truhe, ein großer und ein kleiner Webstuhl neben Töpfen und Pfannen zu sehen waren.

»Ich hoffe, die Sachen werden im Schlamm und in der Nässe nicht zu sehr leiden«, sagte Lancelot mit einem Blick auf die Ochsen im Joch. »Über diesen Wagen mache ich mir keine Sorgen. Aber der andere ... mit dem Hochzeitsgeschenk des Königs«, fügte er ohne große Begeisterung hinzu und warf einen Blick auf den zweiten, sehr viel größeren Karren. »Ich hätte es besser gefunden, einen Tisch am Hof des Königs in Caerleon bauen zu lassen, wenn Uther nicht genügend Tische und Möbel hinterlassen hat ... nicht, daß ich meiner Herrin den Brautstaat nicht gönne ...«, er lächelte Gwenhwyfar kurz an, und sie wurde rot, »... aber warum einen Tisch, als habe mein Gebieter und König nicht genug Tische für seine Halle?«

»Ja, aber diese Tafel ist einer der Schätze meines Vaters«, erwiderte Gwenhwyfar. »Sie ist eine Kriegsbeute, die mein Großvater einem der Könige von Tara abnahm ... Ihr müßt wissen, sie ist rund, und in der Mitte kann ein Barde sitzen und singen, oder die Diener können von innen Wein und Bier ausschenken. Und wenn er mit den anderen Königen an der Tafel saß, brauchte er keinen höher als die anderen zu setzen ... deshalb dachte mein Vater, er sei das Richtige für einen Großkönig, der seine edlen Ritter um sich versammeln muß, ohne einen zu bevorzugen.«

»Ein wahrhaft königliches Geschenk«, räumte Lancelot höflich ein. »Aber wir brauchen drei Paar Ochsen, um den Karren zu ziehen, und Gott weiß wieviele Tischler und Schreiner, um ihn am Ziel wieder zusammenzubauen. Und wir kommen nicht wie eine Gruppe Berittener voran, sondern müssen uns den langsamen Ochsen beugen. Aber was macht es schon, ohne Euch kann die Hochzeit nicht beginnen, Herrin.« Er reckte den Kopf, lauschte und rief: »Ich komme sofort! Ich kann nicht überall gleichzeitig sein!« Er verbeugte

sich: »Meine Damen, ich muß den Trupp in Marsch setzen! Darf ich Euch auf die Pferde helfen?«
»Ich glaube, Gwenhwyfar möchte in der Sänfte reisen«, sagte Igraine.
Lancelot erwiderte lächelnd: »Oh, das ist, als ob die Sonne sich hinter einer Wolke verbirgt... aber ganz wie es Euch gefällt, Herrin. Ich hoffe, Ihr werdet Euren Glanz ein andermal über uns erstrahlen lassen.«
Wie immer, wenn Lancelot so hübsche Dinge sagte, fühlte Gwenhwyfar sich angenehm verlegen. Sie wußte nie, ob er es ernst meinte oder sich über sie lustig machte. Als er davonritt, fürchtete sie sich plötzlich wieder. Die riesigen Pferde, die vielen Männer, die hin und her eilten – es schien fast ein Heer zu sein und sie nicht mehr als ein unwichtiges Gepäckstück... eine Kriegsbeute. Schweigend ließ sie sich von Igraine in die Sänfte helfen, in der Kissen und eine Pelzdekke lagen, und verkroch sich in eine Ecke.
»Soll ich die Vorhänge offen lassen, damit Licht und Luft hereinkommen?« fragte Igraine und ließ sich auf den Kissen nieder.
»Nein, nein!« rief Gwenhwyfar mit erstickter Stimme, »ich... mir geht es besser, wenn sie geschlossen sind.«
Achselzuckend zog Igraine die Vorhänge zu. Durch einen Spalt beobachtete sie, wie die vordersten Reiter sich in Marsch setzten und die Wagen ihnen folgten. Ja, diese Männer waren wirklich eine königliche Mitgift! So viele bewaffnete Ritter, die Artus' Armee verstärken würden... nach allem, was sie gehört hatte, glichen sie beinahe einer römischen Legion.
Gwenhwyfar lag mit blassem Gesicht und geschlossenen Augen in den Kissen.
»Seid Ihr krank?« erkundigte Igraine sich erstaunt.
Gwenhwyfar schüttelte den Kopf: »Es ist nur... alles so groß...«, antwortete sie. »Ich... fürchte mich«, flüsterte sie.
»Ihr fürchtet Euch? Aber mein liebes Kind...« Sie sprach nicht zu Ende, aber nach einem Augenblick sagte sie: »Bald wird es dir bessergehen.«
Gwenhwyfar vergrub das Gesicht in den Armen und bemerkte kaum, daß die Sänfte sich in Bewegung setzte. Sie zwang sich in eine Art Halbschlaf, denn nur so konnte sie ihre Furcht in Grenzen halten. Wohin gingen sie, unter diesem riesigen, grauen, alles bedeckenden Himmel, über endlose Sümpfe und die vielen Hügel? Der Knoten der Angst in ihrem Magen zog sich enger und enger. Von überall her

drangen die Geräusche von Pferden und Männern – ein marschierendes Heer. Sie gehörte lediglich zur Ausstattung, wie die Pferde, die Männer, ihre Ausrüstung und die Met-Tafel. Sie war nur eine Braut, mit allem, was dazugehörte: Wäsche, Gewänder, Edelsteine, ein Webstuhl, ein Kessel, Kämme und Hechler für den Flachs. Sie war nicht sie selbst; für sie blieb kein Platz. Sie gehörte nur zur Habe eines Großkönigs, der sich noch nicht einmal die Mühe gemacht hatte, zu kommen und sich die Frau anzusehen, die man ihm mit all den Pferden und Waffen schickte. Sie war auch nur eine Stute, eine Zuchtstute für das Gestüt des Großkönigs, von der man sich einen königlichen Sohn erhoffte.

Gwenhwyfar glaubte, an dem Zorn zu ersticken, der plötzlich in ihr tobte. Aber nein, sie durfte nicht zürnen... es schickte sich nicht. Die Schwester Oberin im Konvent hatte ihr gesagt, es sei die Aufgabe einer Frau, zu heiraten und Kinder zu bekommen. Gwenhwyfar wollte lieber Nonne werden und im Kloster bleiben; sie hätte gern noch besser lesen gelernt und mit Pinsel und Feder schöne Buchstaben gemalt. Aber das ziemte sich nicht für eine Prinzessin. Sie mußte sich dem Willen des Vaters beugen, als sei sein Wille Gottes Gebot. Frauen mußten sich besonders darum bemühen, dem Willen Gottes zu gehorchen, denn die Erbsünde war durch ein Weib in die Welt gekommen. Keine Frau durfte je vergessen, daß es ihre Pflicht war, das Vergehen im Garten Eden zu sühnen. Mit Ausnahme der heiligen Maria, der Mutter Christi, konnte keine Frau gut sein. Alle Frauen waren Sünderinnen; sie hatten nie die Möglichkeit gehabt, etwas anderes zu sein. Es war die Strafe dafür, Eva, also Frau zu sein: sündhaft, voller Auflehnung und Zorn gegen den Willen Gottes. Gwenhwyfar flüsterte ein Gebet und zwang sich, wieder im Halbschlaf zu versinken.

Igraine fand sich damit ab, hinter geschlossenen Vorhängen zu reisen, obwohl sie sich nach frischer Luft sehnte. Sie überlegte, was in aller Welt mit diesem Mädchen los sein konnte. Gwenhwyfar hatte sich mit keinem Wort gegen die Vermählung gesträubt – nun, auch sie hatte sich nicht gegen ihre Heirat mit Gorlois aufgelehnt. Wenn sie an das wütende und verängstigte Mädchen dachte, das sie gewesen war, empfand sie Mitgefühl für Gwenhwyfar. Aber weshalb verkroch sie sich hinter Vorhängen, anstatt dem Leben mit hocherhobenem Haupt entgegenzutreten? Wovor fürchtete sie sich? Hielt sie Artus für ein Ungeheuer? Schließlich heiratete sie keinen alten Mann; Artus war jung und bereit, sie mit Ehrerbietung und Achtung zu behandeln.

obwohl man von ihm nicht verlangte, die Ehe mit dem Land zu schließen. In Britannien tut das der Merlin, und er wird anstelle des Königs geopfert, wenn es die Not fordert...«

Gwenhwyfar erwiderte erstaunt: »Ich wußte nicht, daß man die alten heidnischen Gebräuche in Britannien immer noch pflegt. Wurde... wurde auch König Artus so gekrönt?«

»Wenn ja«, antwortete Igraine, »dann hat er mir nichts davon gesagt. Vielleicht haben sich die Zeiten geändert, und Artus gibt sich damit zufrieden, daß der Merlin sein Erster Ratgeber ist.«

»Kennt Ihr den Merlin, Mutter?«

»Er ist mein Vater.«

»Wirklich?« Gwenhwyfar starrte sie in der Dunkelheit an. »Ist es wahr, daß Uther Pendragon durch die Zauberkünste des Merlin in Gestalt des Gorlois vor Eurer Hochzeit zu Euch kam, und Ihr hieltet ihn für den Herzog von Cornwall und glaubtet, eine treue und sittsame Gemahlin zu sein, als er bei Euch lag?«

Igraine machte große Augen. Sie hatte Gerüchte gehört, sie habe Uthers Sohn in unziemlicher Eile geboren, aber diese Darstellung kannte sie noch nicht. »Erzählt man sich das?«

»Manchmal, Herrin. Die Barden singen Balladen darüber.«

»Es stimmt nicht«, entgegnete Igraine. »Er trug Gorlois' Umhang und seinen Ring, den er ihm beim Kampf abgenommen hatte... Gorlois verriet seinen Großkönig und verwirkte dadurch sein Leben. Man mag erzählen, was man will, ich wußte sehr wohl, daß es Uther war und kein anderer.« Sie schluckte. Selbst heute noch kam es ihr vor, als sei Uther am Leben und irgendwo auf einem Feldzug...

»Habt Ihr Uther geliebt? Es war also kein Zauber des Merlin?«

»Gewiß«, antwortete Igraine, »ich liebte ihn sehr! Obwohl ich glaube, anfangs wollte er mich nur, weil ich der alten Königslinie von Avalon entstamme. Und so siehst du, eine Ehe, die zum Besten des Reichs geschlossen wird, kann sehr glücklich werden. Ich habe Uther geliebt, und ich wünsche dir dasselbe Glück. Ich hoffe, daß ihr, du und mein Sohn, euch ebenso lieben werdet.«

»Das hoffe ich auch.« Gwenhwyfar umklammerte Igraines Hand. Igraine dachte: *Sie hat so kleine, zarte Finger, die man leicht zerdrükken kann. Das sind keine Hände, mit denen man kleine Kinder oder verwundete Männer pflegen kann; sie sind für feine Nadelarbeiten oder Gebete geschaffen. Leodegranz hätte das Kind im Kloster lassen und Artus sich eine andere Braut suchen sollen. Es wird geschehen, wie Gott es will.* Sie hatte Mitleid mit Gwenhwyfar, aber sie bedauerte auch Artus, weil seine Braut so kindlich und ängstlich war.

obwohl man von ihm nicht verlangte, die Ehe mit dem Land zu schließen. In Britannien tut das der Merlin, und er wird anstelle des Königs geopfert, wenn es die Not fordert...«

Gwenhwyfar erwiderte erstaunt: »Ich wußte nicht, daß man die alten heidnischen Gebräuche in Britannien immer noch pflegt. Wurde... wurde auch König Artus so gekrönt?«

»Wenn ja«, antwortete Igraine, »dann hat er mir nichts davon gesagt. Vielleicht haben sich die Zeiten geändert, und Artus gibt sich damit zufrieden, daß der Merlin sein Erster Ratgeber ist.«

»Kennt Ihr den Merlin, Mutter?«

»Er ist mein Vater.«

»Wirklich?« Gwenhwyfar starrte sie in der Dunkelheit an. »Ist es wahr, daß Uther Pendragon durch die Zauberkünste des Merlin in Gestalt des Gorlois vor Eurer Hochzeit zu Euch kam, und Ihr hieltet ihn für den Herzog von Cornwall und glaubtet, eine treue und sittsame Gemahlin zu sein, als er bei Euch lag?«

Igraine machte große Augen. Sie hatte Gerüchte gehört, sie habe Uthers Sohn in unziemlicher Eile geboren, aber diese Darstellung kannte sie noch nicht. »Erzählt man sich das?«

»Manchmal, Herrin. Die Barden singen Balladen darüber.«

»Es stimmt nicht«, entgegnete Igraine. »Er trug Gorlois' Umhang und seinen Ring, den er ihm beim Kampf abgenommen hatte... Gorlois verriet seinen Großkönig und verwirkte dadurch sein Leben. Man mag erzählen, was man will, ich wußte sehr wohl, daß es Uther war und kein anderer.« Sie schluckte. Selbst heute noch kam es ihr vor, als sei Uther am Leben und irgendwo auf einem Feldzug...

»Habt Ihr Uther geliebt? Es war also kein Zauber des Merlin?«

»Gewiß«, antwortete Igraine, »ich liebte ihn sehr! Obwohl ich glaube, anfangs wollte er mich nur, weil ich der alten Königslinie von Avalon entstamme. Und so siehst du, eine Ehe, die zum Besten des Reichs geschlossen wird, kann sehr glücklich werden. Ich habe Uther geliebt, und ich wünsche dir dasselbe Glück. Ich hoffe, daß ihr, du und mein Sohn, euch ebenso lieben werdet.«

»Das hoffe ich auch.« Gwenhwyfar umklammerte Igraines Hand. Igraine dachte: *Sie hat so kleine, zarte Finger, die man leicht zerdrükken kann. Das sind keine Hände, mit denen man kleine Kinder oder verwundete Männer pflegen kann; sie sind für feine Nadelarbeiten oder Gebete geschaffen. Leodegranz hätte das Kind im Kloster lassen und Artus sich eine andere Braut suchen sollen. Es wird geschehen, wie Gott es will.* Sie hatte Mitleid mit Gwenhwyfar, aber sie bedauerte auch Artus, weil seine Braut so kindlich und ängstlich war.

Und doch, als man sie damals zu Gorlois schickte, unterschied sie sich wenig von diesem Mädchen. Vielleicht würde Gwenhwyfar mit den Jahren stärker werden.

Mit den ersten Sonnenstrahlen wurde es im Lager lebendig. Die Männer machten sich für den Marsch bereit, der sie nach Caerleon bringen sollte. Gwenhwyfar wirkte bleich und geschwächt; als sie versuchte aufzustehen, wendete sie sich zur Seite und übergab sich. Einen Augenblick lang hegte Igraine einen schlimmen Verdacht, schob ihn aber beiseite. Dieses schüchterne und tugendsame Mädchen war krank vor Angst, mehr nicht. Igraine sagte energisch: »Ich habe Euch vorausgesagt, daß es Euch in der Sänfte übel werden wird. Heute müßt Ihr aufs Pferd steigen und an der frischen Luft bleiben, sonst bringen wir Euch mit blassen, anstatt mit rosigen Wangen zu Eurem Bräutigam.« Und insgeheim dachte sie: *Wenn ich noch einen Tag hinter geschlossenen Vorhängen reisen soll, werde ich noch verrückt. Das wäre sicher eine denkwürdige Hochzeit: Die Braut krank und blaß, und die Mutter des Bräutigams rasend vor Zorn.* »Steigt aufs Pferd und reitet. Dann wird Lancelot Euch Gesellschaft leisten, Euch unterhalten und aufheitern.«

Gwenhwyfar flocht ihre Haare und gab sich die Mühe, ihren Schleier zu drapieren. Sie aß wenig, trank aber einen Schluck Gerstenbier. Sie steckte sich ein Stück Brot ein und sagte, sie wolle es später beim Reiten essen.

Lancelot war seit dem Morgengrauen auf den Beinen. Igraine wandte sich an ihn: »Ihr müßt bei der Prinzessin reiten, Herr Ritter. Sie ist niedergeschlagen, denn es ist das erste Mal, daß sie ihr Elternhaus verläßt.« Er strahlte und antwortete lächelnd: »Es wird mir ein Vergnügen sein, Herrin.«

Igraine ritt hinter den jungen Leuten her und freute sich, ihren Gedanken nachhängen zu können. Wie gut sie aussahen – der dunkle, lebhafte Lancelot und die goldblonde Gwenhwyfar mit ihrer weißen Haut. Auch Artus war blond; ihre Kinder würden bildhübsch sein. Überrascht stellte sie fest, daß sie sich darauf freute, Großmutter zu werden. Wie schön würde es sein, kleine Kinder um sich zu haben, sie zu verwöhnen und mit ihnen zu spielen. Aber es wären nicht ihre Kinder. Sie müßte sich keine Sorgen und Gedanken um sie machen. In angenehme Gedanken versunken ritt Igraine dahin; sie hatte im Kloster gelernt, sich ihren Tagträumen hinzugeben. Sie betrachtete die jungen Leute, die Seite an Seite vor ihr herritten, und ihr fiel auf, daß Gwenhwyfar aufrecht auf dem Pferd saß, wieder

Farbe im Gesicht hatte und lächelte. Es war richtig gewesen, sie aus der Sänfte zu holen.
Dann bemerkte sie, wie die beiden sich ansahen.
Guter Gott! Mit diesen Blicken verschlang Uther mich, als ich noch mit Gorlois vermählt war – als sei er am Verhungern und ich die Nahrung, an die er nicht kommen konnte. Was soll werden, wenn sie sich lieben? Lancelot ist ehrenhaft, und ich könnte schwören, Gwenhwyfar tugendhaft. Nichts als Unglück kann daraus entstehen. Igraine verwarf ihren Verdacht. Beide ritten in sittsamem Abstand voneinander und versuchten nicht, sich an den Händen zu halten. Sie lächelten, denn sie waren jung und freuten sich über den strahlenden Frühlingstag. Gwenhwyfar ritt zu ihrer Hochzeit, und Lancelot brachte seinem König, Vetter und Freund Pferde und Männer. *Warum sollten sie nicht glücklich sein und froh und übermütig miteinander scherzen? Ich bin eine mißtrauische alte Frau, die nur Schlechtes denken kann.* Aber Besorgnis blieb in ihrem Herzen.
Was soll daraus werden? Lieber Gott, wäre es Verrat, einen kurzen Blick in die Zukunft zu erbitten? Dann überlegte sie – gab es für Artus einen ehrenhaften Weg, sich dieser Ehe zu entschlagen? Es wäre ein schlimmes Los, wenn der Großkönig eine Frau heiratete, die ihr Herz bereits verschenkt hat. Es gab in Britannien genügend junge Frauen, die ihn lieben und mit Freuden heiraten würden. Aber die Mitgift war übergeben, die Braut hatte das Haus ihres Vaters verlassen, die lehenspflichtigen Könige und Vasallen versammelten sich bereits, um die Hochzeit des jungen Königs zu feiern.
Igraine beschloß, mit dem Merlin zu sprechen. Er, der Erste Ratgeber des Königs, konnte diese Vermählung vielleicht verhindern – aber war das ohne Krieg und Hader möglich? Es wäre auch für Gwenhwyfar eine Schande, vor den Augen ganz Britanniens zurückgewiesen zu werden. Nein, es war zu spät! Die Hochzeit mußte stattfinden wie geplant. Igraine ritt seufzend weiter. Jetzt hielt sie den Kopf gesenkt, und der strahlende Frühlingstag hatte für sie seine ganze Schönheit verloren. Ärgerlich mahnte sie sich, ihre Zweifel und Ängste seien ohne Grund und nur die Hirngespinste einer alten Frau. Oder schickte ihr der Teufel diese Schreckgedanken, um sie zu verleiten, das Gesicht anzurufen, dem sie abgeschworen hatte? Denn dann wäre sie wieder das Mittel der sündigen Magie und Zauberei.
Immer wieder kehrten Igraines Augen zu Gwenhwyfar und Lancelot zurück. Ja, beide umgab beinahe sichtbar und wie eine Wolke die Aura von Hunger, Sehnsucht und Verlangen!

Kurz vor Sonnenuntergang erreichten sie Caerleon. Die Burg stand auf einem Hügel, an der Stätte eines früheren römischen Kastells, und man sah noch immer ein paar römische Mauern. Igraine dachte: Sehr viel anders hatte es bei den Römern wohl auch nicht ausgesehen. Auf den Hängen wimmelte es von Zelten und Menschen, und sie glaubte einen Augenblick lang an eine Belagerung. Aber dann fiel ihr ein, daß die Menschen alle zur Hochzeit des Großkönigs gekommen sein mußten. Gwenhwyfar wurde wieder bleich und ängstlich. Lancelot versuchte, in die auseinandergefallene Kolonne wenigstens wieder etwas Ordnung zu bringen. Gwenhwyfar verschleierte sich und ritt schweigend neben Igraine.

»Wie bedauerlich, daß alle Euch müde und erschöpft von der Reise sehen«, sagte Igraine zu der Braut. »Aber dort kommt Artus! Er reitet uns entgegen.«

Gwenhwyfar war so erschöpft, daß sie kaum den Kopf hob. Artus trug eine lange blaue Tunika und das Schwert in der kostbaren roten Scheide an der Seite. An der Spitze des Zuges hielt er kurz an, um mit Lancelot zu sprechen. Dann teilten sich Fußvolk und Reiter vor ihm, während er sich Igraine und Gwenhwyfar näherte.

Artus verbeugte sich vor Igraine: »Hattet Ihr eine gute Reise, Mutter?« Aber seine Augen richteten sich dabei auf Gwenhwyfar, und Igraine bemerkte, wie sie sich angesichts ihrer Schönheit weiteten. Die Gedanken des jungen Mädchens konnte sie beinahe lesen.

Ja, ich bin schön, Lancelot findet mich auch schön. Werde ich aber meinem Herrn, werde ich Artus gefallen?

Artus streckte die Hand aus, um seiner Braut beim Absitzen zu helfen; sie schwankte leicht, und er griff mit beiden Armen nach ihr.

»Meine Herrin und Gemahlin, seid willkommen in Eurem Heim und meinem Haus. Ich hoffe, Ihr werdet hier glücklich sein! Möge dies ein ebenso froher Tag für Euch wie für mich sein.«

Gwenhwyfar spürte die Röte in ihren Wangen. *Ja, König Artus sieht gut aus,* sagte sie sich entschlossen, *mit den blonden Haaren und den ernsten grauen Augen.* Wie sehr unterschied er sich aber von Lancelots munterem, fröhlichem Wesen; mit welch anderen Augen er sie ansah – für Lancelot war sie wie die Statue der Jungfrau Maria auf dem Altar einer Kirche, und König Artus betrachtete sie ernst und prüfend, als sei sie eine Fremde, und er wisse nicht genau, ob Freund oder Feind.

Gwenhwyfar anwortete: »Ich danke Euch, mein Gemahl und Gebieter. Wie Ihr seht, habe ich die Mitgift – Männer und Pferde – bei mir...«

»Wie viele Pferde?« fragte Artus rasch. Verwirrt dachte Gwenhwyfar: *Was verstehe ich schon von seinen kostbaren Pferden? Muß er so deutlich zeigen, daß er bei diesem Ehegeschäft mehr auf die Pferde aus ist als auf mich?* Sie richtete sich zu voller Größe auf – sie war größer als manche Männer – und erwiderte mit Würde: »Ich weiß es nicht, mein Herr und Gebieter. Ich habe sie nicht gezählt. Die Frage müßt Ihr Eurem Ritter stellen. Der edle Lancelot wird Euch sicher die Zahl bis hin zur letzten Stute und den Fohlen nennen können.«

Ein tapferes Mädchen, dachte Igraine und bemerkte, wie Artus unter der Zurechtweisung errötete. Er lächelte reumütig: »Vergebt mir, Herrin. Niemand erwartet, daß Ihr Euch mit solchen Dingen abgebt. Ich bin sicher, Lancelot wird mir zur rechten Zeit darüber Bericht erstatten. Ich dachte auch an die Männer, die Euch begleiten... es ist nur richtig, daß ich sie als meine neuen Untertanen ebenso willkommen heiße wie ihre Herrin und meine Königin.« Einen Augenblick lang wirkte er beinahe so jung wie er tatsächlich war. Artus warf einen Blick auf das Gedränge von Soldaten, Pferden, Karren, Ochsen und Treibern, streckte hilflos die Hände aus und sagte: »In diesem Durcheinander werden sie mich vermutlich ohnedies nicht hören. Erlaubt mir, Euch zum Burgtor zu geleiten.« Er nahm sie bei der Hand und führte sie auf einem möglichst trockenen Pfad davon. »Ich fürchte, dies ist ein trostloses altes Gemäuer; es war die Feste meines Vaters, ich kann mich aber nicht daran erinnern, je hier gelebt zu haben. Wenn uns die Sachsen einmal Ruhe gönnen, werden wir vielleicht einen Platz finden, der Euch angenehmer ist. Im Augenblick müssen wir uns damit zufriedengeben.«

Als er sie durch das Tor der Burg führte, streckte Gwenhwyfar die Hand aus und berührte die Mauer. Sie war aus mächtigen, harten Steinen und erhob sich hoch und sicher, als habe sie seit Anbeginn der Welt hier gestanden. Ja, hier war sie sicher! Beinahe liebevoll ließ sie die Finger über die Mauer gleiten: »Ich finde es schön hier. Ich bin überzeugt, die Burg ist sicher... ich meine, ich werde hier sicher glücklich sein.«

»Ich hoffe es, Herrin... Gwenhwyfar.« Er sprach zum ersten Mal ihren Namen aus, aber mit einem merkwürdigen Akzent. Plötzlich überlegte sie, wo er wohl aufgewachsen war. »Ich bin sehr jung, um die Verantwortung für all das hier zu tragen... für die Männer und das Reich. Ich freue mich, jemanden zu haben, der mich dabei unterstützt.« Seine Stimme schwankte, als fürchte er sich. Aber wovor in aller Welt konnte ein Mann sich fürchten? »Mein Onkel Lot, der König von Orkney... er ist mit der Schwester meiner Mutter verheiratet... Lot sagt, seine Frau Morgause regiert so gut wie er, wenn er im Krieg oder bei einer Ratsversammlung ist. Ich bin bereit, Euch die gleiche Ehre zuteil werden zu lassen, Herrin. Ihr sollt an meiner Seite herrschen.«

Die Angst schlug Gwenhwyfar wieder in Bann. Wie konnte er das von ihr erwarten? Wie konnte es Aufgabe einer Frau sein, zu herrschen? Was kümmerte es sie, was die Barbaren, die wilden Stammesfürsten im Norden oder ihre schrecklichen Frauen, taten? Mit zitternder Stimme antwortete sie zaghaft: »Ich würde mir das nie anmaßen, mein Herr und Gebieter.«

Igraine ließ sich energisch vernehmen: »Artus, mein Sohn, was denkt Ihr Euch? Das Mädchen ist zwei Tage lang geritten und völlig am Ende seiner Kraft. Jetzt ist nicht der richtige Zeitpunkt, um Staatsgeschäfte zu besprechen. Uns klebt noch der Straßenschlamm an den Schuhen. Ich bitte Euch, überlaßt uns Euren Kammerherren. Ihr habt morgen Muße genug, Euch mit Eurer Braut bekannt zu machen!«

Gwenhwyfar dachte: *Seine Haut ist noch heller als meine.* Zum zweiten Mal erlebte sie, daß König Artus wie ein getadeltes Kind errötete. »Ich bitte um Vergebung, Mutter, und auch Euch, Herrin.« Er hob die Hand, und ein dunkler schlanker Mann mit einer Narbe im Gesicht kam hinkend auf sie zu.

»Mein Pflegebruder Cai, mein Hofmarschall. Cai, dies ist Gwenhwyfar, meine Herrin und Eure Königin.«

Cai verbeugte sich lächelnd: »Ich stehe zu Euren Diensten.«

»Wie Ihr seht«, fuhr Artus fort, »hat meine Gemahlin ihre Ausstattung und ihre Habe mitgebracht. Meine Herrin, ich heiße Euch in Eurem Haus willkommen. Wendet Euch in allem an Cai und gebt ihm Weisung, wo Ihr die Dinge untergebracht haben wollt. Erlaubt mir, daß ich Euch jetzt alleinlasse. Ich muß mich um die Männer, die Pferde und die Ausrüstung kümmern.« Er verbeugte sich tief, und Gwenhwyfar sah die Erleichterung in seinem Gesicht. Sie fragte sich, ob sie ihn enttäuscht hatte, oder ob er sich wirklich nur für die Mitgift – Pferde und Männer – interessierte, wie sie insgeheim befürchtete. Sie war darauf vorbereitet gewesen, aber über ein freundliches Wort, das ihr persönlich galt, hätte sie sich doch gefreut. Sie bemerkte, daß der dunkle junge Mann mit der Narbe, den er Cai genannt hatte, auf ihre Weisungen wartete. Er wirkte freundlich und ehrerbietig – ihn mußte sie nicht fürchten.

Gwenhwyfar seufzte, streckte die Hand nach den starken Mauern aus, um sich Sicherheit zu geben und ihrer Stimme Kraft zu verleihen, damit sie wie eine Königin sprach: »Auf dem größten Wagen, edler Cai, ist eine irische Met-Tafel. Sie ist das Hochzeitsgeschenk meines Vaters für meinen König Artus. Es ist ein Beutestück. Sie ist sehr alt und von höchstem Wert. Sorgt dafür, daß sie in Artus' größter Halle ihren Platz bekommt. Aber zuvor bitte ich Euch, die Herrin Igraine in ihr Gemach zu geleiten und jemanden zu schicken, der ihr heute abend aufwartet.« Insgeheim stellte sie überrascht fest, daß sie wirklich wie eine Königin sprach. Und Cai zögerte auch keinen Augenblick, sie als Gebieterin anzuerkennen. Tief verneigte er sich und sagte: »Es soll alles sogleich geschehen, meine Herrin und Königin.«

Die ganze Nacht über kamen ständig neue Gruppen von Reisenden und versammelten sich vor der Burg. Der Morgen dämmerte bereits, als Gwenhwyfar aus dem Fenster blickte. So weit man sehen konnte, tummelten sich zwischen den Zelten auf dem ganzen Hügel zahllose Männer, Frauen und Pferde.
»Es sieht wie bei einem Fest aus«, sagte sie zu Igraine, die in der letzten Nacht ihrer Mädchenzeit das Bett mit ihr geteilt hatte. Die ältere Frau lächelte.
»Wenn der Großkönig sich eine Frau nimmt, ist das für die Insel das größte aller Feste. Seht nur, dort sind die Männer des Lot von Orkney.« Sie dachte: *Vielleicht ist Morgaine mit ihnen gekommen.* Als junge Frau hatte sie jeden Gedanken ausgesprochen, der ihr in den Sinn kam, aber diese Zeiten waren lange vorbei...
Es ist doch merkwürdig, dachte Igraine, in all den Jahren, in denen eine Frau Kinder bekommt, sagt man ihr, sie müsse in erster Linie an ihre Söhne denken. Wenn man an Töchter überhaupt einen Gedanken verschwendet, dann nur den, daß man sie in andere Hände gibt, sobald sie erwachsen sind. Man zieht sie für eine andere Familie groß. Stand Morgaine ihrem Herzen nur deshalb am nächsten, weil sie ihr erstes Kind war? Artus kehrte nach langem Leben in der Fremde zu ihr zurück. Aber wie alle Männer war er ihrer so entwachsen, daß es keine Möglichkeit mehr gab, die Entfernung zu überbrükken. Aber bei Artus' Krönung hatte sie entdeckt, daß sie an Morgaine mit ihrer Seele gebunden war; und dieses Band konnte nie zerreißen.

Lag es nur daran, daß auch Morgaine das Erbe von Avalon in sich trug? Sehnte sich deshalb jede Priesterin nach einer Tochter, die in ihre Fußstapfen treten und ihr nie verlorengehen würde?
»Es sind so viele Menschen«, sagte Gwenhwyfar, »ich wußte nicht, daß in Britannien so viele Menschen leben.«
»Und Ihr werdet ihre Königin sein ... es ist beängstigend, ich weiß. Als Uther mich heiratete, ging es mir nicht anders«, sagte Igraine.
Sie dachte plötzlich: *Artus hat mit seiner Königin eine ungute Wahl getroffen. Gwenwyfar ist zwar schön, liebenswürdig und gebildet. Aber eine Königin muß auch in der Lage sein, den ersten Platz am Hofe einzunehmen.* Vielleicht war Gwenhwyfar zu scheu und in sich gekehrt?
Anders gesagt: Die Königin war die Herrin des Königs, nicht nur Gastgeberin und Haushälterin – jeder Hofmarschall oder Haushofmeister konnte diese Pflichten übernehmen –, sondern wie die Priesterin von Avalon ein Symbol der Gesamtheit des Lebens. Die Königin erinnerte daran, daß das Leben nicht nur aus Kampf, Krieg und Herrschaft bestand. Ein König kämpfte für den Schutz der Schwachen: schwangere Frauen, kleine Kinder, alte Männer und Großmütter. Bei den Stämmen kämpften die starken Frauen an der Seite der Männer. In frühester Zeit hatte es sogar eine von Frauen geleitete Schule gegeben, in der das Kriegshandwerk gelehrt wurde. Aber nach und nach war es Aufgabe der Männer geworden, auf die Jagd zu gehen und Eindringlinge vom Feuer fernzuhalten, wo die Schwangeren, die kleinen Kinder und die Alten Schutz suchten. Die Frau mußte dafür sorgen, daß der Mann seinen Platz an diesem Herd fand. Der Großkönig wurde von der Hohepriesterin in der Großen Ehe mit dem Land vereint, zum Zeichen, daß er das Reich stärkte; die Königin war das Symbol einender Stärke, die hinter dem Heer und dem Krieg stand – das Heim und der Mittelpunkt, für den die Männer ihre ganze Stärke aufboten. Igraine schüttelte ungeduldig den Kopf. Über diese Symbole und inneren Wahrheiten mochte sich vielleicht eine Priesterin von Avalon Gedanken machen; sie war lange genug ohne solche Überlegungen Königin gewesen. Gwenhwyfar würde als alte Frau genug Muße haben, darüber nachzudenken, doch dann nutzte es ihr auch nichts mehr. In der heutigen, christlich gewordenen Zeit war eine Königin nicht mehr eine Priesterin von Bauern, die ihre Felder pflügten, und der König nicht mehr der große Jäger, der die Hirsche erlegte.
»Kommt, Gwenhwyfar, Cai hat zwar Kammerfrauen geschickt, um

Euch zu helfen, aber als Mutter Eures Gemahls ist es nur richtig, daß ich Euch für die Hochzeit ankleide, wenn Eure Mutter nicht hier sein kann, um Euch an diesem Tag zu schmücken.«
Gwenhwyfar wirkte in ihrem Festgewand wie ein Engel. Ihr seidiges Haar umfloß sie wie gesponnenes Gold und überstrahlte beinahe den goldenen Kranz auf ihrem Haupt. Das Kleid war aus einem weißen Stoff, so fein wie ein Spinnengewebe. Voll schüchternen Stolzes erzählte Gwenhwyfar, daß der Stoff aus einem fremden Land kam, das weiter entfernt als Rom lag und kostbarer war als Gold. Ihr Vater hatte eine Länge für den Altar ihrer Kirche und ein kleineres Stück für eine Reliquie erworben; und er hatte auch ihr ein Stück geschenkt, aus dem ihr Hochzeitskleid gefertigt worden war. Sie besaß noch genug für eine Festtagstunika für Artus... ihr Hochzeitsgeschenk für ihn.
Lancelot kam, um sie zur Frühmesse zu geleiten, die der Hochzeit voranging. Danach würde man den ganzen Tag feiern und fröhlich sein. Er trug seinen prächtigen roten Umhang, darunter aber Reitkleidung.
»Verlaßt Ihr uns, Lancelot?«
»Nein«, antwortete er, ohne die Augen von Gwenhwyfar zu wenden: »Zur Unterhaltung der Gäste werden die neuen Reiter und Artus' Krieger vorführen, was sie können. Ich nehme auch teil am Turnier heute nachmittag. Artus hält die Zeit für gekommen, seine Absichten bekanntzumachen.«
Wieder bemerkte Igraine den hoffnungslosen, entrückten Blick, den er auf Gwenhwyfar richtete und das strahlende Lächeln, mit dem sie zu ihm aufsah. Sie hörte nicht, was sie miteinander sprachen – es war sicher unschuldig genug. Aber sie brauchten keine Worte. Mit verzweifelter Deutlichkeit spürte Igraine, daß dies zu keinem guten Ende, sondern nur zu Leid führen konnte.
Sie gingen durch die Flure, und ihnen schlossen sich die Diener, die Edlen und alle an, die zur Frühmesse kamen. Vor den Stufen der Kapelle traten zwei junge Männer zu ihnen, die wie Lancelot lange schwarze Federn an ihren Kappen trugen. Auch Cai trug eine solche Zier, erinnerte sich Gwenhwyfar. War es eine Art Zeichen von Artus' Gefährten?
Lancelot fragte: »Wo ist Cai, lieber Bruder? Sollte er nicht unsere Herrin in die Kirche geleiten?«
Einer der Ankömmlinge, ein großer, kräftiger Mann, der, wie Gwenhwyfar dachte, trotzdem Lancelot ähnlich sah, antwortete:

»Cai und Gawain kleiden Artus für die Hochzeit an. Ich dachte, du wärst bei ihnen, denn ihr drei seid wie Artus' Brüder. Er schickt mich an ihrer Stelle. Herrin, ich bin Euer Verwandter.« Mit diesen Worten wendete er sich an Igraine und verbeugte sich: »Ist es möglich, daß Ihr mich nicht kennt? Ich bin der Sohn der Herrin vom See. Ich bin Balan, und dies ist mein Ziehbruder Balin.«
Gwenhwyfar neigte höflich den Kopf. Sie dachte: *Wie ist es möglich, daß dieser große, grobe Balan Lancelots Bruder sein soll? Ebenso könnte sich ein Stier als Bruder eines edlen Hengstes bezeichnen!* Sein Ziehbruder Balin war klein, hatte ein rotes Gesicht und strohgelbe Haare wie ein Sachse. Er trug auch einen Bart wie ein Sachse. Sie sagte: »Lancelot, wenn Ihr Euch zu meinem Herrn und König begeben wollt...«
»Ich glaube, du solltest wirklich zu ihm gehen«, sagte Balan lachend. »Wie alle Männer ist Artus vor der Hochzeit völlig durcheinander. Auf dem Schlachtfeld mag unser Herr vielleicht wie der Pendragon selbst kämpfen, aber heute morgen, ehe er mit seiner Braut zusammentrifft, scheint er wieder wie ein kleiner Junge zu sein.«
Armer Artus, dachte Gwenhwyfar. *Diese Hochzeit ist für ihn eine größere Prüfung als für mich... Ich brauche wenigstens nicht mehr zu tun, als mich dem Willen meines Vaters und des Königs zu beugen. Armer Artus, er müßte mich nehmen, weil es das Wohl seines Reiches verlangt, selbst wenn ich wirklich alt, häßlich oder pockennarbig wäre. Ich bin nur eine seiner schweren Pflichten, zu denen es auch gehört, seine Männer in die Schlacht gegen die Sachsen zu führen. Aber von den Sachsen weiß er wenigstens, was er zu erwarten hat.*
Freundlich fragte sie Lancelot: »Mein edler Ritter, wäret Ihr lieber an der Seite meines Gebieters?«
Seine Augen antworteten deutlich, daß er sie nicht verlassen wollte. In den wenigen Tagen hatte sie gelernt, diese unausgesprochenen Botschaften zu verstehen. Niemals hatte sie mit Lancelot auch nur ein Wort gewechselt, das nicht in Anwesenheit von Igraine, ihrem Vater und allen Bischöfen von Britannien hätte ausgesprochen werden dürfen. Aber zum ersten Mal schienen widersprüchliche Gefühle ihn zu bedrängen.
»Ich wünsche nichts weniger, als Euch zu verlassen, Herrin. Aber Artus ist mein Freund und mein Vetter...«
»Gott behüte, daß ich je zwischen Euch und Eurem Vetter stehen sollte«, sagte Gwenhwyfar und hielt ihm die zierliche Hand zum Kuß hin. »Durch diese Ehe werdet Ihr auch mein treuer Gefolgsmann und

Vetter. Geht zu meinem Gebieter, dem König, und sagt ihm...« Erstaunt über ihre Kühnheit zögerte sie; waren solche Worte schicklich? Gott helfe ihnen allen. Innerhalb einer Stunde würde sie Artus' Gemahlin sein. Was machte es da schon, wenn es zu kühn klang, daß sie ein paar besorgte Worte über Artus sagte? »Sagt ihm, ich gebe ihm frohen Herzens seinen treuesten Ritter zurück und erwarte ihn in Liebe und Gehorsam.«

Lancelot lächelte, und dieses Lächeln schien tief in ihrem Innern eine Saite zum Klingen zu bringen. Sie spürte, wie ihr Mund sich ebenfalls bewegte. Wie konnte es geschehen, daß sie sich so sehr als Teil von ihm empfand? Ihr ganzes Leben schien in die Berührung seiner Lippen auf ihren Fingern geströmt zu sein. Gwenhwyfar schluckte, und plötzlich wußte sie, was sie empfand: Trotz der pflichtbewußten Botschaft von Liebe und Gehorsam an Artus würde sie mit Freuden ihre Seele hingeben, wenn sich dafür das Rad der Zeit zurückdrehen ließe und sie ihrem Vater sagen könnte, sie würde keinen anderen Mann als Lancelot heiraten. Das Gefühl war plötzlich so wirklich wie die Sonne am Himmel, das Gras unter ihren Füßen, so wirklich... sie schluckte wieder... so wirklich wie Artus, der gerade für die Hochzeit angekleidet wurde. Und für diese Vermählung mußte sie jetzt die heilige Messe besuchen und sich vorbereiten.

Es ist einer der grausamen Scherze Gottes, daß ich nicht wußte, was ich empfand, bis es zu spät war. Oder ist es eine teuflische Machenschaft des Bösen, um mich zu verleiten, meine Pflicht gegenüber meinem Vater und meinem Gemahl zu vernachlässigen?

Lancelots Antwort hörte sie nicht; Gwenhwyfar wußte nur, daß er ihre Hand losgelassen, sich umgedreht hatte und davongegangen war. Sie vermerkte kaum die höflichen Worte der Ziehbrüder Balin und Balan – welcher von beiden war eigentlich der Sohn der Priesterin vom See? Balan... Lancelots Bruder... aber er war ihm so ähnlich wie der Rabe einem Adler.

Ihr wurde bewußt, daß Igraine zu ihr sprach.

»Ich überlasse Euch den Rittern, meine Liebe. Vor der Messe möchte ich noch mit dem Merlin sprechen.«

Es dauerte einige Zeit, bis ihr klar wurde, daß Igraine auf ihre Erlaubnis zum Gehen wartete. Gwenhwyfars Rang als Königin hatte bereits Selbstverständlichkeit. Sie hörte kaum ihre Worte, die sie an Igraine richtete, und die ältere Frau zog sich zurück.

Igraine hastete über den Hof, murmelte Entschuldigungen, weil sie mit Leuten zusammenstieß; sie wollte unbedingt Taliesin in der

Menge finden. Alle trugen prächtige, farbenfrohe Festtagskleider, er aber kam in den üblichen schlichten, grauen Gewändern daher.
»Vater...«
»Igraine, mein Kind.« Taliesin blickte auf sie herab, und Igraine empfand es merkwürdigerweise als tröstlich, daß der alte Druide mit ihr sprach, als zähle sie immer noch vierzehn Jahre. »Ich dachte, du würdest unsere Braut in die Kirche geleiten. Wie schön sie ist! Artus hat einen wahren Schatz gefunden. Ich habe gehört, daß sie klug und gebildet ist... und fromm, worüber sich der Bischof sicher freuen wird...«
»Vater«, sagte Igraine bittend und senkte die Stimme, damit niemand sie hören konnte. »Ich muß Euch eine Frage stellen... gibt es für Artus einen ehrenhaften Ausweg aus dieser Ehe?«
Taliesin sah sie fassungslos an. »Nein, ich glaube nicht. Alles ist vorbereitet, um sie nach der Messe zu verheiraten. Gott helfe uns. Sind wir alle getäuscht worden? Ist sie unfruchtbar, unkeusch, oder...« Der Merlin schüttelte verzweifelt den Kopf. »Selbst wenn sie den Aussatz hätte, oder von einem anderen Mann schwanger wäre, gäbe es keine Möglichkeit, dies alles hier aufzuhalten. Es gäbe ein schlimmes Aufsehen. Es wäre eine Beleidigung und würde Leodegranz für immer zu unserem Feind machen. Weshalb fragst du, Igraine?«
»Ich glaube an ihre Sittsamkeit. Aber ich habe beobachtet, wie sie Lancelot ansieht und welche Blicke er ihr zuwirft. Kann etwas Gutes daraus entstehen, wenn die Braut sich in einen anderen Mann verliebt, und dieser andere der beste Freund des Bräutigams ist?«
Der Merlin sah sie durchdringend an, und seine alten Augen waren klar wie immer. »Oh, steht es so? Ich habe immer gedacht, unser Lancelot sieht zu gut aus. Aber er ist ein Mann von Ehre. Vielleicht sind es bei ihm nur Flausen, Frühlingsregungen ohne Bestand. Wenn das Brautpaar erst verheiratet ist und sich das Lager teilt, werden sie es vergessen, oder wehmütig an etwas denken, was vielleicht hätte sein können.«
»In neun von zehn Fällen würde ich sagen, Ihr habt recht, Vater. Aber Ihr habt sie nicht erlebt, ich schon«, erklärte Igraine.
Der Merlin seufzte. »Igraine, Igraine. Ich will nicht behaupten, du irrst dich. Aber was können wir noch dagegen unternehmen? Leodegranz empfände es als solche Schande, daß er gegen Artus ins Feld ziehen würde. Und Artus hat bereits genug zu kämpfen... Oder hast du nichts von diesem König im Norden gehört, der Artus die

Botschaft überbringen ließ, er habe sich die Bärte von elf Königen geholt, um sich einen Mantel daraus zu machen? Und wenn Artus ihm keinen Tribut zahle, so drohte er, würde er kommen und sich auch Artus' Barthaar holen.«

»Was hat der Großkönig geantwortet?«

Der Merlin sagte: »Oh, er ließ dem alten König antworten, sein Bart sei noch nicht lang und sicherlich noch keine Zierde. Aber wenn er unbedingt wolle, könne er kommen und versuchen, ihn sich zu holen. Nur müsse er sich erst den Weg durch Berge von Sachsenleichen bahnen. Artus schickte der Botschaft den Kopf eines Sachsen mit – er war gerade von einem Raubzug zurückgekommen – und ließ ausrichten, *dessen* Bart eigne sich besser für einen Mantel als der Bart eines Freundes, an dessen Seite er zu kämpfen habe. Und«, so fügte Taliesin hinzu, »er übersende seinem Nachbarkönig ein Geschenk. Er fordere von seinen Freunden keinen Tribut und entrichte auch keinen. Damit war die Sache erledigt. Aber du siehst, Artus kann sich keine Feinde leisten, und Leodegranz wäre ein übler Feind. Er heiratet das Mädchen besser, und ich glaube, ich würde ihm das auch raten, selbst wenn er sie mit Lancelot im Bett gefunden hätte ... das ist nicht geschehen und wird wahrscheinlich auch nie geschehen.«

Igraine fiel auf, daß sie die Hände rang. »Was sollen wir nur tun?«

Der Merlin strich ihr sehr sanft über die Wange. »Wir werden tun, was wir immer getan haben, Igraine; was wir tun müssen, was uns die Götter befehlen. Wir tun unser Bestes. Auf diesem Weg kann keiner von uns an sein eigenes Glück denken. Du wurdest in Avalon erzogen, und du weißt es. Was wir auch tun, um unser Schicksal zu beeinflussen oder zu lenken, am Ende liegt alles in der Hand der Götter ... oder wie der Bischof zweifellos lieber hören würde, in der Hand Gottes. Je älter ich werde, desto sicherer bin ich, daß es nicht auf die Worte ankommt, die wir wählen, um dieselben Wahrheiten auszudrücken.«

»Die Herrin wäre nicht erfreut, Eure Worte zu hören«, sagte plötzlich ein dunkler Mann mit einem schmalen Gesicht hinter ihnen. Er trug die Gewänder eines Priesters oder Druiden. Taliesin drehte den Kopf und lächelte.

»Trotzdem weiß Viviane so gut wie ich, daß es die Wahrheit ist ... Igraine, ich glaube, Ihr kennt unseren neuen Barden noch nicht ... Ich habe ihn mitgebracht, damit er bei Artus' Hochzeit singen und spielen kann. Dies ist Kevin, Herrin.«

Kevin machte eine tiefe Verbeugung. Igraine sah, daß er sich beim Gehen auf einen geschnitzten Stock stützte. Ein zwölf- oder dreizehnjähriger Junge trug die Harfe in der Hülle. Viele Barden oder Harfner waren blind oder lahm – in diesen kriegerischen Zeiten ließ man einem gesunden jungen Mann selten die Zeit oder Muße, sich solchen Künsten zuzuwenden –, aber die Druiden wählten meist nur Männer, die an Geist und Körper gesund waren. Selten wurde einem Mann mit Gebrechen erlaubt, die Weisheiten der Druiden zu erlernen – man glaubte, die Götter machten innere Fehler der Menschen auf diese Weise sichtbar. Aber es wäre unverzeihlich gewesen, jetzt darüber zu sprechen. Igraine konnte nur vermuten, daß seine Kunst so groß war, daß man ihn trotz allem angenommen hatte.
Er hatte sie von ihrem eigentlichen Vorhaben abgelenkt. Aber wenn sie daran dachte, wußte sie, Taliesin war im Recht. Es gab keine Möglichkeit, die Hochzeit ohne Aufsehen oder sogar Krieg abzublasen ... In der Kirche aus Lehm und Flechtwerk flammten die Kerzen auf, und die Glocken läuteten. Igraine trat ein. Taliesin kniete umständlich nieder; der Junge, der Kevins Harfe trug, ebenfalls, aber Kevin nicht – Igraine überlegte, ob er als Nichtchrist den Gottesdienst ablehnte, wie früher Uther. Dann fiel ihr seine Behinderung ein – wahrscheinlich hatte er ein steifes Bein und konnte nicht knien. Der Bischof sah Kevin stirnrunzelnd an.
»Hört die Worte unseres Herrn Jesus Christus«, begann er. »Wo sich zwei oder drei in meinem Namen versammeln, werde ich unter ihnen sein. Und was sie in meinem Namen erbitten, das sollen sie erhalten ...«
Igraine kniete nieder und zog sich den Schleier über das Gesicht. Trotzdem entging ihr nicht, daß Artus in Begleitung von Cai, Lancelot und Gawain die Kirche betrat. Er trug eine feingewebte weiße Tunika und einen blauen Mantel und als Schmuck nur den schmalen Goldring, wie bei seiner Krönung. An der Seite glühte der rote Samt und funkelten die Edelsteine auf der Scheide seines großen Schwertes. Ohne den Blick zu heben, glaubte sie Gwenhwyfar in ihrem seidenen Gewand zu sehen. Sie kniete, ganz in Weiß und Gold wie Artus, zwischen Balin und Balan. Der magere Lot mit inzwischen grauen Schläfen kniete zwischen Morgause und einem seiner jüngeren Söhne; hinter ihm – es schien, als höre sie durch den Gesang des Priesters den hohen, verbotenen Klang einer Harfe. Vorsichtig hob Igraine den Kopf und versuchte zu erkennen, wer dort kniete. Sie wußte es, obwohl Morgaines Gesicht und Gestalt von Morgause verdeckt wurden.

Trotzdem glaubte Igraine sie zu *spüren* wie einen falschen Ton im Einklang des heiligen Gottesdienstes. Konnte sie nach all den Jahren wieder Gedanken lesen? Doch was tat eine Priesterin von Avalon hier in der Kirche? Wenn Viviane sie und Uther besuchte, war sie entweder dem Gottesdienst ferngeblieben oder hatte nur mit der höflichen Aufmerksamkeit zugehört, die man einem Kind schenkt, das mit Puppen spielt. Jetzt sah sie Morgaine – sie hatte sich verändert, war schlanker und schöner geworden. Sie trug ein einfaches Kleid aus feiner dunkler Wolle und, wie es sich gehörte, eine weiße Haube. Sie tat nichts; sie kniete mit gebeugtem Kopf und gesenktem Blick – ein Bild ehrfurchtsvoller Aufmerksamkeit. Aber selbst der Priester spürte wohl die Störung und die Ungeduld, die von Morgaine ausging. Er unterbrach sich zweimal und blickte sie an, obwohl er ihr nichts vorwerfen konnte, und fuhr dann im Gottesdienst fort.

Aber auch Igraines Aufmerksamkeit war abgelenkt. Sie versuchte, ihre Gedanken auf die Messe zu richten, murmelte die richtigen Worte, aber sie konnte dem Priester nicht folgen. Sie konnte nicht an ihren Sohn denken, der heiratete, und auch nicht an Gwenhwyfar, die unter dem Schutz ihres Schleiers zu Lancelot an Artus' Seite blickte. Sie hatte nur noch Gedanken für ihre Tochter. Nach dem Gottesdienst und der Hochzeitszeremonie würde sie Morgaine sehen! Sie würde erfahren, wohin sie gegangen, und was ihr zugestoßen war.

Der Diakon verlas gerade die Geschichte der Hochzeit von Kanaan, als sie kurz die Augen hob und zu Artus hinüberblickte. Auch er wandte den Blick nicht von Morgaine.

Morgaine folgte mit gesenktem Kopf und dem Ausdruck höflicher Aufmerksamkeit im Kreis von Morgauses Hofdamen dem Gottesdienst. Innerlich bebte sie voll Ungeduld. Welch ein Unsinn... als könnte ein von Menschenhand erbautes Haus durch die Worte des Priesters in die Wohnstätte des Geistes verwandelt werden, der mit Menschenwerk nicht das geringste zu tun hatte! Sie hatte Morgauses Hof satt gehabt, war endlich in den Mittelpunkt des Geschehens zurückgekehrt, und fühlte sich wie aus dem stillen, abgestandenen Wasser eines Teichs plötzlich in einen schnell dahinfließenden Strom versetzt. Sie lebte wieder. Selbst in dem ruhigen und abgeschiedenen Avalon hatte sie das Gefühl, mit dem Leben in Berührung zu stehen. Aber unter Morgauses Hofdamen kam sie sich müßig, festgefahren und nutzlos vor. Jetzt bewegte sie sich wieder, während sie seit der Geburt ihres Sohnes auf der Stelle getreten war. Morgaine dachte flüchtig an ihren kleinen Sohn, an Gwydion. Er kannte sie kaum mehr. Wenn sie ihn hochnahm, um ihn zu liebkosen, wehrte er sich heftig und kämpfte darum, zu seiner Pflegemutter zurückzukehren. Der Gedanke an seine kleinen Arme, die sich um ihren Hals schlangen, machte sie selbst jetzt schwach und reumütig. Aber sie verdrängte die Erinnerung. Er wußte nicht einmal, daß er ihr Sohn war. Er würde sich immer für eines von Morgauses Kindern halten. Morgaine war das nur recht, aber trotzdem konnte sie den heimlichen Kummer darüber nicht unterdrücken.

Vermutlich empfanden alle Frauen dieses Bedauern, wenn sie ihr Kind weggeben mußten. Nur die Frauen, die keine größeren Aufgaben zu bewältigen hatten, die zu Hause blieben und sich damit zufriedengaben, für ihre Kinder zu sorgen – etwas, das jede Pflegemutter oder Dienerin ebensogut tun konnte – kannten dieses Bedauern nicht. Selbst eine Kuhmagd mußte die Kinder zu Hause lassen und sich um die Herden kümmern. Um wieviel mehr traf das auf eine Königin oder eine Priesterin zu? Auch Viviane hatte ihre Kinder aufgegeben und Igraine ebenfalls.

Artus sah gut aus und wirkte männlich. Er war gewachsen und hatte breitere Schultern – er war nicht mehr der schlanke Jüngling, der mit dem Hirschblut auf der Stirn zu ihr gekommen war. *Dort* hatte sich die Macht gezeigt, nicht hier bei diesen blassen Sprüchen, in denen die Taten des Christengottes aufgezählt wurden. Dieser Gott mischte sich in alles ein, verwandelte Wasser in Wein – und bereits das wäre eine Lästerung der Göttin und ihrer Gaben. Oder sollte die Geschichte bedeuten, daß der Gärstoff des Geistes die Vereinigung von Mann und Frau in der Ehe in etwas Heiliges verwandelte wie in der Großen Ehe? Um Artus' willen hoffte Morgaine, es würde mit dieser Frau so sein – wer immer sie auch war. Von ihrem Platz hinter Morgause sah sie nur eine Wolke blaßgoldener Haare unter einem noch helleren, goldenen Brautkranz und ein weißes Gewand aus einem kostbaren, feinen Gewebe. Artus hob den Kopf, um seine Braut anzusehen, und sein Blick fiel auf Morgaine. Sie sah, wie sich sein Gesichtsausdruck veränderte und dachte seltsam berührt: *Er hat mich also erkannt. Ich kann mich nicht so sehr verändert haben wie er sich. Er ist vom Jüngling zum Mann herangewachsen, während ich ... ich war bereits eine Frau. Mich hat es nicht so sehr verändert.*

Sie hoffte, daß Artus' Braut ihn liebte und er sie. Im Geist hörte Morgaine Artus' verzweifelte, traurige Worte: *Du wirst immer alle Frauen für mich sein. In dir werde ich immer die Göttin sehen.* Aber das durfte er nicht! Er mußte es vergessen. Er durfte die Göttin nur in seiner rechtmäßigen Gemahlin sehen. Neben ihm stand Lancelot. Wie konnte es sein, daß die Zeit Artus so verändert, ihn so ernst gemacht hatte und Lancelot unberührt und unverändert ließ? Nein, auch er hatte sich verändert. Er wirkte traurig. Über sein Gesicht zog sich eine lange Narbe bis zu den Haaren – ein schmaler, weißer Streif. Cai war schlanker und gebeugter, sein Hinken ausgeprägter. Er sah Artus an wie ein treuer Hund seinen Herrn. Halb hoffend, halb ängstlich blickte Morgaine sich um: War Viviane zu Artus' Hochzeit gekommen? Aber sie sah die Herrin vom See nicht. Dort kniete der Merlin. Er hielt den grauen Kopf beinahe wie im Gebet gesenkt, und hinter ihm stand – ein großer Schatten, zu vernünftig, um das Knie vor diesem albernen Mummenschanz zu beugen – Kevin der Barde. Gut für ihn!

Die Messe ging zu Ende. Der Bischof, ein großer, asketisch wirkender Mann mit einem griesgrämigen Gesicht, sprach den Segen. Selbst Morgaine senkte den Kopf – sie hatte von Viviane gelernt, zumindest nach außen Achtung vor einem anderen Glauben zu zeigen; denn, wie sagte sie: Jeder Glaube kommt von den Göttern! Kevin stand als Einziger hoch aufgerichtet in der Kirche, ohne den Kopf zu beugen. Morgaine wünschte, sie hätte den Mut, sich mit erhobenem Haupt neben ihn zu stellen. Warum zeigte Artus soviel Ergebenheit? Hatte er nicht einen heiligen Eid geschworen, Avalon ebenso zu achten wie die Christenpriester? Würde der Tag kommen, an dem sie oder Kevin Artus an den Schwur erinnern mußten? Der fromme weißgewandete Kirchenengel, den er heiratete, war sicher keine Hilfe. Man hätte Artus mit einer Frau aus Avalon vermählen sollen. Es wäre nicht das erste Mal gewesen, daß eine geweihte Priesterin einem König gegeben wurde. Dieser Gedanke wühlte sie auf; sie unterdrückte ihr Unbehagen schnell mit der Vorstellung von Raven als Königin. Zumindest beherrschte sie die christliche Tugend des Schweigens ... Morgaine senkte den Kopf und biß sich auf die Lippen, denn sie fürchtete, kichern zu müssen.

Der Gottesdienst war zu Ende. Die Menge strömte dem Ausgang zu. Artus und seine Ritter blieben auf ihren Plätzen. Auf einen Wink von Cai näherten sich ihnen Lot und Morgause. Morgaine folgte ihnen. Sie sah, daß auch Igraine, der Merlin und der schweigsame Barde in der Kirche geblieben waren. Sie hob den Kopf und blickte in die Augen ihrer Mutter. Sie wußte mit aller Deutlichkeit, ohne die Anwesenheit des Bischofs läge sie selbst in einem solchen Augenblick in Igraines Armen. Sie errötete leicht und wich Igraines forschendem Blick aus.

Sie hatte so wenig wie möglich an Igraine gedacht. Sie wußte, Igraine durfte nie erfahren, wer der Vater ihres Kindes war... während des langen, verzweifelten Kampfes bei der Geburt, an den sie sich kaum erinnerte, glaubte sie einmal wie ein Kind laut nach ihrer Mutter gerufen zu haben. Sie war sich dessen aber nicht sicher. Selbst jetzt fürchtete sie die Begegnung mit der Mutter, die das Gesicht besaß und Avalon kannte. Morgaine konnte vielleicht alles vergessen, was man ihr in der Kindheit beigebracht hatte, auch die Schuldgefühle... aber würde Igraine sie nicht tadeln? Schließlich hatte sie es nicht aus eigenem Willen getan!

Lot trat vor König Artus und beugte das Knie. Artus mit seinem ernsten, freundlichen jungen Gesicht hob Lot auf und küßte ihn auf beide Wangen. »Ich freue mich, daß Ihr zu meiner Hochzeit kommen konntet, Onkel. Ich schätze mich glücklich, einen so treuen Freund und Verwandten zu haben, der meine nördlichen Grenzen schützt. Euer Sohn Gawain ist mein teurer Freund. Er steht mir von all meinen Freunden am nächsten. Und Euch, Tante, Euch schulde ich Dank, denn Ihr habt mir Euren Sohn als treuen Gefährten überlassen.«

Morgause lächelte. Sie ist immer noch schön, dachte Morgaine... viel schöner als Igraine. »Ja, mein König, Ihr werdet bald genug Grund haben, mir noch mehr zu danken, denn ich habe jüngere Söhne, die von nichts anderem reden, als von der Zeit, wenn sie dem Großkönig dienen dürfen.«

»Sie werden mir ebenso willkommen sein wie ihr älterer Bruder«, entgegnete Artus höflich und sah an Morgause vorbei zu Morgaine.

»Willkommen, Schwester. Bei meiner Krönung habe ich ein Versprechen gegeben, das ich jetzt einlösen will.« Er streckte die Hand nach ihr aus, Morgaine erhob sich und spürte an dem Händedruck seine Anspannung. Artus wich ihrem Blick aus und führte sie an den anderen vorbei zu der weißgekleideten Braut.

»Meine Gebieterin«, sagte er leise, und Morgaine wußte einen Augenblick lang nicht, wen er damit meinte. Er blickte von einer zur anderen, und als Gwenhwyfar sich erhob und aufblickte, spiegelte sich in ihren Augen erschrockenes Wiedererkennen.

»Gwenhwyfar, dies ist meine Schwester Morgaine, Herzogin von Cornwall. Ich wünsche, daß sie die erste Eurer Hofdamen wird, denn ihr gebührt der höchste Rang.«

Morgaine sah, wie Gwenhwyfar sich mit der kleinen rosa Zunge über die Lippen fuhr. »Mein Herr und König, die Herzogin Morgaine und ich sind uns schon einmal begegnet.«

»Tatsächlich? Wo denn?« erkundigte sich Artus lächelnd.

Morgaine antwortete förmlich: »Damals war sie noch in der Klosterschule von Glastonbury, mein Gebieter. Sie verirrte sich im Nebel und geriet an das Ufer von Avalon.« Wie an jenem fernen Tag schien plötzlich etwas Graues und Trostloses wie Asche über diesen schönen Tag zu fallen und ihn unter sich zu begraben. Trotz ihres feinen, weichen Gewandes und des schön gewebten Schleiers fühlte sich Morgaine angesichts der himmlischen Gwenhwyfar in Weiß und kostbarem Gold wie eine unscheinbare, derbe einfache Frau. Aber im nächsten Augenblick trat Gwenhwyfar auf sie zu, umarmte und küßte sie auf die Wange, wie es sich für eine Verwandte gehörte. Morgaine erwiderte die Umarmung. Gwenhwyfar schien so zerbrechlich wie kostbares Glas zu sein – anders als ihr abgehärteter, kräftiger Körper; sie spürte, wie sie selbst scheu und kühl zurückwich, damit sie nicht erleben mußte, daß Gwenhwyfar vor *ihr* zurückwich. Im Vergleich zu Gwenhwyfars Wange, die so zart war wie Rosenblüten, wirkten ihre Lippen richtig rauh.

Gwenhwyfar sagte leise: »Seid mir willkommen als die Schwester meines Gemahls, Herzogin von Cornwall... darf ich Euch Morgaine nennen, Schwester?«

Morgaine holte tief Luft und murmelte: »Wie es Euch beliebt, Herrin.« Als sie es gesagt hatte, wußte sie, daß es unfreundlich klang. Aber was hätte sie sonst erwidern sollen? Sie stand neben Artus, und als sie aufblickte, bemerkte sie, wie Gawain sie leicht mißbilligend musterte. Lot war nur Christ, weil es seinen Zwecken diente, aber Gawain war auf seine schlichte Art aufrichtig gläubig. Seine Mißbilligung forderte Morgaine heraus. Sie hatte ebensogut ein Recht hierzusein wie Gawain. Es wäre lustig zu erleben, wie diese hochmütigen Ritter am Beltanefeuer ihre edlen Manieren verlören! Artus hatte geschworen, Avalon ebenso zu ehren wie die Kirche der Christen. Bis jetzt war an Artus' Hof nicht viel davon zu spüren. Vielleicht war sie deshalb hier?

Gwenhwyfar sagte: »Ich hoffe, wir werden Freundinnen sein, Schwester. Ich erinnere mich, wie Ihr und der edle Lancelot mich wieder auf den rechten Weg geführt habt, als ich mich in den schrecklichen Nebeln verirrte ... mir läuft heute noch ein Schauder über den Rücken, wenn ich daran denke.« Dabei sah sie Lancelot an, der hinter Artus stand. Morgaine folgte ihrem Blick und fragte sich, weshalb Gwenhwyfar sich an ihn wandte. Dann wurde ihr klar, daß die neue Königin nicht anders konnte. Sie hing an Lancelots Augen, als sei sie an ihn gebunden ... und Lancelot sah Gwenhwyfar an wie ein hungriger Hund einen saftigen Knochen. Wenn Morgaine dieses zerbrechliche rosa und weiße Geschöpf wieder in Lancelots Gegenwart treffen mußte, dann war es ganz gut, daß es in dem Augenblick geschah, in dem Gwenhwyfar einen anderen heiraten sollte. Noch immer spürte sie Artus' Hand in der ihren, und es beunruhigte sie. Auch dieses Band würde zerbrechen, wenn Gwenhwyfar in seinen Armen lag. Gwenhwyfar würde seine Göttin werden, und er würde Morgaine nie mehr auf diese beunruhigende Weise ansehen. Sie war Artus' Schwester, nicht seine Geliebte. Ihr Sohn war nicht sein Sohn, sondern der Sohn des Gehörnten. Und daran durfte sich nichts ändern.

Aber ich habe das Band auch nicht zerrissen. Nun ja, ich war nach der Geburt darniedergelegen und hatte keine Lust gehabt, wie ein reifer Apfel in Lots Bett zu fallen. Deshalb spielte ich die Keusche, wenn er meiner ansichtig wurde.

Sie sah Lancelot an in der Hoffnung, seinen Blick von Gwenhwyfar abzulenken.

Er lächelte, sah aber durch sie hindurch. Gwenhwyfar nahm Morgaine an der Hand und griff mit der anderen nach Igraines Hand. »Bald werdet ihr Schwester und Mutter für mich sein«, sagte sie. »Denn ich habe keine Schwester oder Mutter mehr. Kommt und steht neben mir, wenn wir den Bund der Ehe eingehen, Mutter und Schwester.«

Morgaine mochte sich noch so sehr gegen Gwenhwyfars Liebenswürdigkeit wehren, diese Worte rührten sie. Sie erwiderte den Druck der warmen kleinen Finger. Igraine berührte Morgaines Hand, und Morgaine sagte: »Ich hatte noch keine Zeit, Euch gebührend zu begrüßen, Mutter.« Sie ließ Gwenhwyfars Hand einen Augenblick lang los und küßte Igraine. Die drei Frauen umarmten sich kurz, und Morgaine dachte: *Ja, vor der Göttin sind alle Frauen Schwestern.*

»Nun«, sagte der Merlin freundlich, »laßt uns die Ehe besiegeln und bezeugen. Dann können wir feiern und fröhlich sein.«

Morgaine fand, der Bischof wirke sehr streng, aber auch er sagte verbindlich: »Unsere Herzen sind erhoben und in Liebe vereint. Nun wollen wir fröhlich sein, wie es sich an einem solchen verheißungsvollen Tag Christen geziemt.«

Morgaine stand während der Zeremonie neben Gwenhwyfar und spürte, wie sie zitterte. Ihre Gedanken kehrten zum Tag der Hirschjagd zurück. Das Ritual hatte sie damals erregt und in Verzückung versetzt, aber trotzdem hatte sie sich angstvoll an die alte Priesterin geklammert. Plötzlich wünschte sie aus einem freundschaftlichen Gefühl heraus, sie könne Gwenhwyfar, die schließlich im Kloster aufgewachsen war und nichts von den Alten Weisheiten wußte, einiges von dem vermitteln, was man den jüngeren Priesterinnen erklärte. Dann würde sie wissen, wie sie die lebendigen Ströme von Sonne, Sommer, Erde und Leben durch sich hindurchfließen lassen konnte. Dann könnte sie wirklich für Artus zur Göttin werden und er für sie zum Gott. Dann wäre ihre Ehe keine leere Form, sondern gelebte Wirklichkeit, eine innere Bindung an alles Lebendige... Sie suchte bereits nach Worten, als ihr einfiel, daß Gwenhwyfar Christin war und sich für dieses Wissen gewiß nicht bedanken würde... Morgaine seufzte entmutigt und wußte, sie würde schweigen.

Sie hob den Kopf und begegnete Lancelots Augen. Einen Blick lang sahen sie sich an, und sie erinnerte sich an diese kurze, sonnenüberflutete Zeitspanne auf dem Berg. Dort hätten sie sich als Mann und als Frau, als Göttin und als Gott vereinigen sollen... Morgaine spürte, auch er dachte daran. Aber Lancelot senkte den Kopf und schlug ein Kreuz wie der Priester.

Die schlichte Zeremonie war vorüber. Morgaine unterzeichnete als Zeugin den Ehevertrag. Ihr fiel auf, wie glatt und fließend ihre Handschrift neben Artus' eckigem Namenszug und Gwenhwyfars holprigen und kindlichen Buchstaben wirkte – lernte man bei den Nonnen in Glastonbury wirklich so wenig? Auch Lancelot unterschrieb, außerdem Gawain, König Bors von Brittany, Lot und Ectorius, auch König Pellinore, dessen Schwester Gwenwyfars Mutter gewesen war. Pellinore hatte seine junge Tochter bei sich, die er gemessen herbeiwinkte.

»Meine Tochter Elaine... Eure Base, meine Herrin und Königin. Ich bitte Euch, nehmt sie in Euren Dienst.«

»Ich freue mich, sie unter meinen Hofdamen zu begrüßen«, erwiderte Gwenhwyfar lächelnd. Morgaine fand, Pellinores Tochter sah Gwenhwyfar sehr ähnlich. Auch sie hatte rosafarbene Haut und

goldblondes Haar. Aber sie war nicht so strahlend schön wie Gwenhwyfar und trug ein schlichtes, safranfarbenes Leinengewand, das den goldenen Kupferton ihrer Haare dämpfte. »Wie ist Euer Name, Base? Wie alt seid Ihr?«
»Ich heiße Elaine, meine Herrin, und zähle dreizehn Jahre.« Sie machte einen so tiefen Knicks, daß sie das Gleichgewicht verlor und Lancelot sie stützen mußte. Elaine verbarg ihren hochroten Kopf hinter dem Schleier. Lancelot lächelte nachsichtig, und Morgaine durchzuckte heftige Eifersucht. Er sah das Mädchen nicht einmal an, er hatte nur Augen für diesen blassen, weißgoldenen Engel! Bestimmt fand er Elaine auch klein und häßlich. In diesem Augenblick verwandelten sich alle ihre freundlichen Gefühle in Ärger, und sie mußte sich abwenden.
Gwenhwyfar verbrachte die nächsten Stunden damit, die Könige von Britannien zu empfangen und sich ihre Frauen, Töchter und Schwestern vorstellen zu lassen – und alle schienen gekommen zu sein. Als man an der langen Tafel Platz nahm, mußte sie sich neben Morgaine, Elaine, Igraine und Morgause auch noch Flavilla, Artus' Ziehmutter und Mutter von Cai, widmen, der Königin von Nordwales, die ebenfalls Gwenhwyfar hieß, aber dunkel und römisch aussah, und einem halben Dutzend anderer Frauen. Sie flüsterte Morgaine zu: »Ich weiß nicht, wie ich all diese Namen je behalten soll! Ob ich sie alle ›edle Dame‹ nenne und hoffe, sie wissen nicht, aus welchem Grund?«
Morgaine ließ sich von der heiteren Vertraulichkeit anstecken und flüsterte zurück: »Es ist Euer Privileg als Königin; niemand wird wagen, Euch nach dem Grund zu fragen. Ihr könnt tun, was Ihr wollt, man hält es für richtig. Und wenn nicht, wagt niemand, es Euch zu sagen!«
Gwenhwyfar kicherte: »Aber mich müßt Ihr bei meinem Namen nennen, Morgaine... nicht ›Herrin‹. Wenn Ihr ›Herrin‹ sagt, denke ich immer an eine alte rundliche Dame wie die Flavilla oder König Pellinores Gemahlin.«
Endlich begann das Mahl. Morgaine hatte diesmal größeren Appetit als bei König Artus' Krönung. Sie saß zwischen Gwenhwyfar und Igraine und griff herzhaft zu. Das enthaltsame Leben von Avalon schien weit hinter ihr zu liegen. Sie aß sogar Fleisch, obwohl es ihr nicht schmeckte. Da es an der Tafel kein Wasser gab und das Bier hauptsächlich für die Dienerschaft bestimmt war, trank sie Wein, den sie aber wirklich nicht mochte. Ihr schwamm der Kopf ein wenig,

aber nicht so stark wie nach dem Gerstenbrannt, der am Hof von Orkney getrunken wurde. Doch sie hatte sich längst angewöhnt, darauf zu verzichten.
Nach einer Weile trat Kevin vor, um zu spielen. Die Unterhaltung versiegte; Morgaine hatte seit ihrem Weggang aus Avalon keinen guten Harfenspieler mehr gehört und gab sich völlig der Musik hin. Plötzlich sehnte sie sich nach Viviane. Selbst wenn sie den Kopf hob und Lancelot sah, der als Artus' engster Vertrauter ihm näher saß als jeder andere – Gawain, sein Erbe, nicht ausgenommen – und von seinem Teller aß, dachte sie an ihn nur als Spielgefährten ihrer Jugend am See.
Viviane ist meine wirkliche Mutter, nicht Igraine! Nach ihr habe ich gerufen . . . Sie senkte den Kopf und unterdrückte die Tränen, die sie nicht weinen konnte.
Die Harfentöne verklangen, und sie hörte Kevins volle, wohlklingende Stimme: »Unter uns weilt noch jemand, der die Harfe spielt. Ist die Lady Morgaine bereit, auf diesem Fest zu singen?«
Verwundert dachte sie: *Woher weiß er, daß ich mich nach meiner Harfe sehne?* »Es wird mir eine Freude sein, Eure Harfe zu spielen, edler Kevin. Aber ich habe schon lange kein gutes Instrument mehr in der Hand gehalten.«
Artus fragte unangenehm berührt: »Meine Schwester soll wie ein bezahlter Barde für uns singen?«
Kevin wirkte beleidigt, und das zu Recht, dachte Morgaine. In plötzlichem Zorn stand sie auf und sagte: »Wozu der Große Barde von Avalon sich bereitfindet, wird auch mir eine Ehre sein! Mit Musik dient man nur den Göttern!«
Morgaine nahm die Harfe aus seiner Hand entgegen und setzte sich auf eine Bank. Das Instrument war größer als ihr eigenes, und es dauerte eine Weile, bis sie sich zurechtfand. Aber dann griff sie sicher in die Saiten und spielte ein Lied aus dem Norden, das sie an Lots Hof gehört hatte. Plötzlich war sie dankbar, daß der Wein ihre Kehle gelöst hatte. Sie hörte ihre volle, weiche Stimme – sie klang wieder so kraftvoll wie früher, obwohl ihr das erst in diesem Augenblick bewußt wurde. Ihre tiefe Stimme hatten die Barden in Avalon geschult, und sie war wieder stolz: *Gwenhwyfar mag schön sein, aber ich habe die Stimme eines Barden.*
Als Ihr Lied verklungen war, kam selbst Gwenhwyfar zu ihr, um zu sagen: »Ihr habt eine wunderschöne Stimme, Schwester. Habt Ihr in Avalon das Singen gelernt?«

»Ja, Herrin... Musik ist heilig. Habt Ihr in Eurem Kloster nicht gelernt, die Harfe zu spielen?«
Gwenhwyfar antwortete erschrocken: »O nein, für eine Frau ist es unschicklich, vor Gott die Stimme zu erheben...«
Morgaine lachte leise: »Ihr Christen liebt das Wort *unschicklich* sehr... besonders, wenn es um Frauen geht. Wenn aus Musik das Böse spricht, dann gilt das auch für Männer. Wenn sie etwas Gutes ist... sollten die Frauen dann nicht alles Gute tun, das sie tun können, um die vermeintliche Sünde bei der Erschaffung der Welt wiedergutzumachen!«
»Man hätte es mir nicht erlaubt... ich wurde einmal geschlagen, weil ich eine Harfe berührte«, erklärte Gwenhwyfar wehmütig. »Aber Ihr habt einen Zauber über uns geworfen, und ich kann nicht anders: Diese Magie halte ich für gut!«
Kevin mischte sich ein: »In Avalon lernen alle Männer und Frauen wenigstens etwas Musik. Aber wenige haben solche Gaben wie Lady Morgaine. Eine schöne Stimme wird geboren, nicht gebildet. Und wenn sie eine Gabe Gottes ist, dann halte ich es für überheblich, diese Gabe geringzuachten und zu verdammen... sei es nun bei Mann oder Frau. Wir können nicht glauben, daß Gott einen Fehler gemacht hat, wenn er einer Frau diese Gabe schenkt. Gott begeht keine Fehler! Deshalb müssen wir annehmen, was uns gegeben wird.«
»Ich kann mich mit einem Druiden nicht über Glaubensdinge streiten«, sagte Ectorius. »Aber wenn ich eine Tochter mit dieser Gabe hätte, würde ich darin nur eine Gefahr sehen. Wie leicht könnte sie in Versuchung geraten, den angestammten Platz einer Frau verlassen zu wollen. Es wird nichts darüber berichtet, daß Maria, die Mutter unseres Herrn, gesungen oder getanzt hätte...«
Der Merlin erklärte freundlich: »Obwohl uns erzählt wird, daß sie die Stimme erhob und sang: ›Meine Seele preiset den Herrn...‹ Aber er sagte es auf griechisch: *Kaì eîpen Mariám; Megalýnei hē psychḗ mou tòn Kýrion...*
Nur Ectorius, Lancelot und der Bischof verstanden die griechischen Worte. Auch Morgaine hatte sie mehr als einmal gehört. Der Bischof erwiderte streng: »Aber sie sang nur in Gegenwart Gottes. Man berichtet nur, Maria Magdalena habe vor Männern gesungen und getanzt. Und das, ehe der Erlöser sie für Gott rettete, denn es gehörte zu ihrem sündigen Leben.«
Igraine sagte mit einem Anflug von Spott: »König David war ein

Sänger und spielte die Harfe, wie die Schrift sagt. Glaubt Ihr, er hat eine seiner Frauen oder Töchter bestraft, wenn sie die Leier schlugen?«

Und Morgaine ergänzte heftig: »Obwohl Maria Magdalena auf der Harfe spielte und dazu tanzte – ich kenne die Geschichte – wurde sie gerettet. Und es steht nirgends geschrieben, daß Jesus ihr befohlen habe, bescheiden und still in der Ecke zu sitzen! Sie salbte sein Haupt mit kostbaren Ölen, und Jesus ließ nicht zu, daß seine Jünger sie dafür tadelten. Er mag sich durchaus auch an ihren anderen Gaben erfreut haben! Die Götter schenken den Menschen das Beste, nicht das Schlechteste.«

Bischof Patricius erwiderte ungerührt: »Wenn dies die Art Religion ist, die man hier in Britannien kennt, dann brauchen wir wahrhaftig Konzile, wie unsere Kirche sie einberufen hat!« Er blickte finster drein, und Morgaine bedauerte bereits ihre übereilten Worte und senkte den Kopf – Artus' Hochzeit war kaum der richtige Augenblick für einen Streit zwischen der Kirche und Avalon. Aber warum schwieg der König? Plötzlich begannen alle gleichzeitig zu reden. Kevin griff nach der Harfe und spielte eine fröhliche Melodie. Die Diener reichten neue Köstlichkeiten, die aber niemand mehr wollte.

Nach einer Weile legte Kevin die Harfe beiseite. Wie sie es in Avalon getan hätte, schenkte ihm Morgaine Wein ein und reichte ihm den Becher kniend. Er nahm ihn lächelnd entgegen und bedeutete ihr mit einer Geste, sich zu erheben und neben ihn zu setzen.

»Ich danke Euch, Herrin.«

»Es ist meine Pflicht und eine Freude, einem solchen Barden zu dienen, Großer Meister. Wart Ihr in letzter Zeit in Avalon? Geht es meiner Tante Viviane gut?«

»Gewiß, aber sie ist sehr gealtert, und ich glaube, sie sehnt sich nach Euch.«

Morgaine erfaßte wieder die alte Verzweiflung. Sie blickte zur Seite. »Ich kann nicht... Aber erzählt, was gibt es Neues in meiner Heimat?«

»Wenn Ihr mehr über Avalon erfahren wollt, müßt Ihr schon selbst hingehen. Ich war seit einem Jahr nicht mehr dort, denn es gehört zu meinen Diensten, der Herrin die Neuigkeiten aus dem ganzen Reich zu bringen... Taliesin ist zu alt, um noch der Bote der Götter zu sein.«

»Nun«, sagte Morgaine, »Ihr werdet Viviane sicher etwas über diese Hochzeit zu berichten haben.«

»Ich werde der Herrin sagen, daß Ihr am Leben seid und es Euch gut geht. Denn sie hat um Euch getrauert. Das Gesicht kommt nicht mehr zu ihr... ich werde ihr auch von ihrem jüngeren Sohn berichten, der Artus' engster Vertrauter ist«, und sein Mund verzog sich zu einem bitteren Lächeln. »Wenn ich ihn so neben König Artus sehe, dann muß ich an diesen Jünger denken, der beim Abendmahl an der Brust Christi lag...«
Morgaine konnte ein leises Lachen nicht unterdrücken. »Bischof Patricius würde Euch zweifellos wegen Gotteslästerung auspeitschen lassen, wenn er Euch jetzt hören könnte.«
»Nun, mich ficht es nicht an. Schaut, dort sitzt Artus wie Jesus mit seinen Aposteln, um dem ganzen Land das Christentum zu bringen«, sagte Kevin. »Und was den Bischof angeht... er ist ein Dummkopf!«
»Wieso, weil er kein Ohr für Musik hat?« Morgaine hatte nicht gewußt, wie sehr sie sich nach einem solch freundlichen Streitgespräch mit einem Gleichgesinnten sehnte. Morgause und der Klatsch ihrer Hofdamen waren so kleinlich, so beschränkt.
»Ich behaupte, jeder Mann ohne ein Ohr für Musik ist ein Dummkopf... er redet nicht, sondern plappert«, gab Kevin zurück. »Aber es geht um mehr. Ist das vielleicht der Zeitpunkt für eine Hochzeit?«
Morgaine war schon so lange nicht mehr in Avalon, daß sie im ersten Augenblick nicht begriff, was er meinte. Kevin deutete zum Himmel.
»Der Mond nimmt ab. Das ist ein schlechtes Omen für eine Ehe. Der Ehrwürdige Taliesin hat es ihnen gesagt. Aber der Bischof wollte das Fest kurz nach Vollmond, damit all diese Leute im Mondlicht wieder nach Hause zurückkehren können... und weil es das Fest eines ihrer Heiligen ist. Ich weiß nicht, welches. Der Merlin sprach auch mit König Artus darüber und sagte ihm, er würde an dieser Ehe keine Freude haben... ich weiß nicht, weshalb. Aber es gab wohl keinen ehrenhaften Ausweg. Die Vorbereitungen waren zu weit gediehen.«
Morgaine wußte plötzlich, was der alte Druide befürchtete. Auch sie hatte bemerkt, wie Gwenhwyfar Lancelot ansah. Hatte eine Vorahnung sie veranlaßt, an diesem Tag in Avalon Gwenhwyfar abzulehnen?
Damals hat sie mir Lancelot für immer weggenommen, dachte Morgaine und erinnerte sich, daß sie geschworen hatte, ihre Unschuld

der Göttin zu bewahren, und lauschte mit dumpfem Erstaunen in sich hinein. Wäre sie seinetwegen eidbrüchig geworden? Beschämt senkte sie den Kopf, denn sie fürchtete, Kevin könne ihre Gedanken lesen.

Viviane hatte ihr gesagt, eine Priesterin müsse alles ihrem eigenen Urteil unterwerfen. Gelübde hin, Gelübde her... es war eine treffende Ahnung gewesen, die in ihr das Verlangen nach Lancelot weckte... *Es wäre sogar Avalon besser bekommen, wenn ich Lancelot damals genommen hätte. Dann wäre Artus' Königin mit reinem Herzen zu ihm gekommen. Lancelot hätte das mystische Band zu mir geknüpft, und das Kind, das ich geboren habe, wäre ebenfalls aus dem Königsgeschlecht von Avalon...*

Aber man hatte andere Pläne mit ihr gehabt; und um sie zum Scheitern zu bringen, hatte sie Avalon für immer verlassen. Ihr Sohn hatte jede Hoffnung zunichte gemacht, sie könne der Göttin eine Tochter schenken. Nach der Geburt von Gwydion konnte sie kein Kind mehr gebären. Hätte sie ihrer Ahnung und ihrem Urteil vertraut, wäre Viviane zornig gewesen, aber für Artus hätte sich ein anderes Mädchen finden lassen...

Indem ich das Richtige tat, geschah das Falsche. Indem ich Viviane gehorchte, trug ich zur Zerrüttung und zum verhängnisvollen Scheitern dieser Ehe bei, denn jetzt weiß ich, daß daraus nichts Gutes entstehen kann...

»Lady Morgaine«, sagte Kevin rücksichtsvoll, »Ihr seid bekümmert. Kann ich Euch vielleicht helfen?«

Morgaine schüttelte den Kopf und kämpfte mit den Tränen. Sie fragte sich, ob er wußte, daß man sie für die Große Ehe mit Artus gewählt hatte. Sie konnte Kevins Mitgefühl nicht ertragen. »Nichts, edler Druide. Vielleicht teile ich Eure Befürchtungen für die Ehe, die beim abnehmenden Mond geschlossen wurde. Ich mache mir Sorgen um meinen Bruder. Und ich bedaure die Frau, die er geheiratet hat.«

Noch während sie sprach, wußte sie, daß es stimmte – trotz all ihrer Angst vor Gwenhwyfar, die nicht frei von Haß war, bedauerte sie die junge Königin – Gwenhwyfar heiratete einen Mann, der sie nicht liebte, und liebte einen Mann, den sie nicht heiraten konnte.

Wenn ich Gwenhwyfar Lancelot wegnehme, erweise ich meinem Bruder und auch ihr einen Dienst. Denn wenn ich das tue, wird sie ihn vergessen. Man hatte sie in Avalon gelehrt, ihr Wollen zu erforschen, und ihr Innerstes krümmte sich zusammen. Sie war unehrlich zu sich selbst. Wenn sie Lancelot an sich zog, hatte sie

dabei nicht das Wohl ihres Bruders oder das Wohl des Reiches im Auge, sie tat es einzig und allein, weil sie Lancelot begehrte.
Nicht für dich selbst! Zum Wohle eines anderen darfst du dich der Magie bedienen. Aber du sollst dich nicht betrügen! Sie kannte viele Liebeszauber. Es wäre das beste für Artus. Es *wäre* zum Besten für das Reich, sagte sie sich beständig, wenn sie Lancelot der Frau ihres Bruders entfremdete. Aber das unerbittliche Gewissen einer Priesterin wiederholte: *Du darfst es nicht! Es ist dir verboten, die magische Kraft zu benutzen, um dem Universum deinen Willen aufzuzwingen!*
Trotz alledem, sie würde es versuchen. Aber ohne Zauber, nur mit den Künsten einer Frau. Heftig sagte sie sich, Lancelot habe sie einmal begehrt, ohne Hilfe von Magie. Er hatte sie einmal begehrt, er würde sie wieder begehren.

Gwenhwyfar wollte nicht länger an der Tafel sitzen. Sie hatte mehr gegessen, als sie wollte. Obwohl sie nur ein Glas Wein getrunken hatte, war ihr heiß. Sie schob den Schleier zurück und fächelte ihr Gesicht. Artus unterhielt sich mit den Gästen. Er näherte sich langsam dem Tisch, an dem sie mit den Damen saß, und erreichte sie schließlich in Begleitung von Lancelot und Gawain. Die Frauen rückten auf der Bank zur Seite, und er setzte sich neben sie.
»Es ist der erste Augenblick, an dem ich Gelegenheit habe, mit Euch zu sprechen, meine Gemahlin.« Sie streckte ihm die kleine Hand entgegen. »Ich verstehe, das ist eher eine Ratsversammlung als eine Hochzeit, mein Gemahl und Gebieter.«
König Artus erwiderte etwas schwermütig: »Alles in meinem Leben scheint sich dahin zu entwickeln. Ein König tut alles unter den Augen der anderen. Nun...«, verbesserte er sich lächelnd, als er die Röte in Gwenhwyfars Gesicht aufsteigen sah, »*beinahe* alles... ich glaube, es wird ein paar Ausnahmen geben, meine Gemahlin. Das Gesetz verlangt, daß wir vor ihren Augen ins Bett gelegt werden. Aber ich weiß, was danach geschieht, geht niemanden außer uns etwas an.«
Sie senkte den Kopf, wohl wissend, daß er bemerkt hatte, wie sie rot wurde. Wieder einmal wurde ihr beschämt bewußt, daß sie Artus vergessen hatte, daß sie Lancelot beobachtete und mit der einschläfernden Süße eines Traums daran gedacht hatte, wie sehr sie sich danach sehnte, ihn zum Gemahl zu haben. Welcher Fluch hatte sie zu Artus' Königin gemacht? Er sah sie mit einem hungrigen Blick an,

und Gwenhwyfar wagte nicht, den Kopf zu heben. Sie bemerkte, daß er die Augen abwandte, noch ehe ein Schatten über sie fiel, und Morgaine vor ihnen stand. Artus machte an seiner Seite für sie Platz.

»Komm, setze dich zu uns, Schwester! Für dich ist hier immer Platz«, sagte er, und seine Stimme klang so merkwürdig, daß Gwenhwyfar sich fragte, ob er zuviel getrunken habe. »Nach dem Festmahl haben wir für Zeitvertreib und Unterhaltung gesorgt... vielleicht etwas Besseres, etwas Aufregenderes als die Musik des Barden, obwohl sie sehr schön ist. Ich wußte nicht, daß du eine Sängerin bist, Schwester. Ich weiß, du bist eine Zauberin, aber daß du dich auch auf Musik verstehst, wußte ich nicht. Hast du uns alle verzaubert?«

»Ich hoffe nicht«, antwortete Morgaine lachend, »sonst würde ich nie mehr wagen zu singen... wie war die alte Geschichte von dem Barden, der die bösen Riesen durch seinen Gesang in einen Ring aus Steinen verwandelte, wo sie bis heute noch kalt und versteinert stehen?«

»Davon habe ich nie gehört«, bekannte Gwenhwyfar. »Aber in meinem Kloster erzählte man sich, daß diese Steine böse Menschen waren, die Christus auf seinem Weg zum Kreuz verspotteten. Ein Heiliger hob die Hand und verwandelte sie in Krähen, die bis zum Jüngsten Tag jammernd und krächzend durch die Welt fliegen... und eine andere Geschichte berichtet von einem Heiligen, der Zauberinnen bei ihren teuflischen Riten überraschte und in einen Steinkreis verwandelte.«

Lancelot sagte versonnen: »Wenn ich die Muße hätte, mich mit Philosophie zu beschäftigen, anstatt Kriegsmann, Ratgeber oder Ritter zu sein, würde ich wohl versuchen herauszufinden, wer die Ringsteine aufgerichtet hat und warum.«

Morgaine lachte: »In Avalon ist das bekannt. Viviane könnte es dir sagen, wenn sie wollte.«

»Aber«, erwiderte Lancelot, »was die Priesterinnen und Druiden sagen, ist vielleicht ebensowenig die Wahrheit wie die frommen Geschichten Eurer Nonnen, Gwenhwyfar. Vergebt mir, ich sollte sagen, meine Gebieterin und Königin. Vergebt mir, Artus, ich wollte es nicht an Ehrerbietung fehlen lassen, aber ich nannte Eure Gemahlin bei ihrem Namen, als sie jünger und noch keine Königin war...«

Morgaine wußte, daß er nur eine Entschuldigung gesucht hatte, um ihren Namen laut auszusprechen.

Artus sagte gähnend: »Mein lieber Freund, ich habe nichts dagegen,

wenn es meiner Gemahlin recht ist. Gott behüte, daß ich zu den Ehemännern gehöre, die ihre Frau in einen Käfig sperren und von allen anderen Menschen fernhalten. Ein Ehemann, der die Treue und die Zuneigung seiner Frau nicht erringen kann, verdient sie vermutlich auch nicht.« Er beugte sich vor und ergriff Gwenhwyfars Hand: »Ich finde, das Mahl dauert lange. Lancelot, wann sind die Reiter bereit?«
»Ich glaube, bald«, antwortete Lancelot und wendete betont den Blick von Gwenhwyfar. »Wünscht mein Herr und König, daß ich mich davon überzeuge?«
Morgaine dachte: *Er spannt sich selbst auf die Folter. Er kann es nicht ertragen, Gwenhwyfar bei Artus zu sehen. Er kann es aber auch nicht ertragen, sie mit ihm allein zu lassen.* Sie hüllte die Wahrheit bewußt in einen Scherz, als sie sagte: »Lancelot, ich glaube, unser Brautpaar möchte ein wenig alleinsein. Warum lassen wir sie nicht hier und gehen zusammen hinunter, um zu sehen, wie weit die Reiter mit ihren Vorbereitungen sind?«
Lancelot wollte erwidern: »Mein Herr...«, und als Gwenhwyfar den Mund öffnete, um dagegen zu reden, sagte er entschlossen: »Erlaubt mir zu gehen.«
Artus nickte zustimmend, und Morgaine nahm Lancelot bei der Hand. Er ließ sich von ihr wegziehen. Aber sie sah, wie er auf halbem Weg den Kopf wendete, als könne er sich nicht von Gwenhwyfar lösen. Es schnitt ihr ins Herz. Sie glaubte, seine Qualen nicht mitansehen zu können; andererseits war sie bereit, alles zu tun, um ihn aus dem Saal zu bringen, damit sie nicht mehr erleben mußte, wie er Gwenhwyfar mit Blicken verschlang. Sie hörte noch, wie Artus sagte: »Bis gestern abend wußte ich nicht, daß das Schicksal mir eine so schöne Braut bestimmt hat.« Gwenhwyfar antwortete: »Aber es war nicht das Schicksal, mein Gebieter, es war mein Vater.« Was Artus darauf erwiderte, hörte sie nicht mehr.
»Ich weiß noch«, sagte Morgaine, »daß du vor Jahren einmal in Avalon gesagt hast, die Reiterei sei der Schlüssel zum Sieg über die Sachsen... sie und ein gutausgebildetes Heer, wie die Römer es hatten. Ich vermute, das sind die Pläne mit den Reitern.«
»Gewiß, ich habe sie ausgebildet... ich kann mir nur nicht vorstellen, wieso eine Frau sich an militärische Strategie erinnert, Base.«
Morgaine lachte: »Wie jede andere Frau auf den Inseln lebe ich in Furcht vor den Sachsen. Ich kam einmal durch ein Dorf, daß eine Barbarenhorde überfallen hatte. Jede, vom fünfjährigen Mädchen bis

zur alten, zahnlosen Frau, war vergewaltigt worden. Alles, was hoffen läßt, uns ein für allemal von ihnen zu befreien, hat für mich vielleicht größere Bedeutung als für Männer und Soldaten, die nur den Tod zu fürchten haben.«
»Daran habe ich nicht gedacht«, erwiderte Lancelot nachdenklich. »Uther Pendragons Truppen haben das Land immer nur nach willigen Frauen durchsucht... Artus' Männer tun dasselbe... aber Schändungen sind im allgemeinen nicht üblich. Ich hatte vergessen, Morgaine, du bist in Avalon aufgewachsen und denkst über Dinge nach, die anderen Frauen wenig oder nichts bedeuten.« Er sah sie an und nahm ihren Kopf in seine Hände. »Ich hatte die Harfen von Avalon vergessen. Ich glaubte, diesen Ort so zu hassen, daß ich nie zurückgehen wollte, und doch... manchmal... versetzen mich Kleinigkeiten dorthin zurück: der Klang einer Harfe, das Sonnenlicht auf Ringsteinen, der Duft von Äpfeln und das Summen von Bienen in der Sonne. Fische, die aus dem Wasser springen und der Ruf der Wasservögel bei Sonnenuntergang...«
»Erinnerst du dich«, fragte sie weich, »an den Tag, an dem wir den Berg hinaufstiegen?«
»Gewiß, ich erinnere mich«, antwortete Lancelot und fügte mit plötzlicher Bitterkeit hinzu, »was hätte ich an diesem Tag darum gegeben, wenn du nicht der Göttin geweiht gewesen wärst...«
Leise sagte sie: »Das wünsche ich mir seit langem.« Ihre Stimme versagte, und der Ritter sah sie besorgt an.
»Morgaine, Morgaine... ich habe dich noch nie weinen sehen.«
»Fürchtest du dich wie so viele Männer vor den Tränen einer Frau?«
Er schüttelte den Kopf und legte ihr den Arm um die Schulter. »Nein«, gestand er leise. »Es macht sie soviel wirklicher, soviel verletzlicher... Frauen, die nie weinen, machen mir angst, denn ich weiß, sie sind stärker als ich. Ich fürchte mich immer ein wenig davor, was sie tun werden. Ich habe mich immer vor... Viviane gefürchtet.« Sie spürte, daß er hatte sagen wollen: *vor meiner Mutter,* aber er brachte das Wort nicht über die Lippen.
Sie gingen durch die niedrige Tür in den Stall. Die lange Reihe der festgebundenen Pferde verdunkelte das Licht. Es roch angenehm nach Heu und Stroh. Sie sah draußen Männer kommen und gehen. Sie stapelten Heu, stellten ausgestopfte Lederpuppen auf und sattelten Pferde.
Einer entdeckte Lancelot und rief: »Wie lange wird es noch dauern,

bis der Großkönig und seine Gesellschaft für uns bereit sind? Wir möchten nicht die Pferde ins Freie bringen und sie dort stehenlassen. Sie werden sonst unruhig.«
»Nicht mehr lange«, antwortete Lancelot.
Der Soldat hinter dem Pferd war jedoch Gawain. »Ah, Base«, sagte er zu Morgaine. »Lance, warum bringst du sie hierherein? Es ist kein Ort für eine Dame, und ein paar dieser Bestien sind noch nicht eingeritten. Bist du immer noch gewillt, den weißen Hengst zu nehmen?«
»Ich habe beschlossen, ihn soweit zu bringen, daß Artus auf ihm in die nächste Schlacht reiten kann... und wenn ich mir dabei das Genick breche!«
»Mit solchen Dingen spaßt man nicht«, sagte Gawain.
»Wer sagt, daß ich spaße? Wenn Artus ihn nicht reiten kann, werde ich ihn selbst in der Schlacht reiten. Und heute nachmittag werde ich ihn zu Ehren der Königin vorführen!«
»Lancelot«, rief Morgaine, »setze doch nicht dafür dein Leben aufs Spiel! Gwenhwyfar kann ein Pferd nicht vom anderen unterscheiden. Sie wäre ebenso beeindruckt, wenn du mit einem Steckenpferd über den Hof hüpfen würdest.«
Er sah sie fast verächtlich an, aber sie las seine Gedanken: *Wie kannst du mein Bedürfnis verstehen, allen zu zeigen, daß ich diesen Tag unbeschadet überlebe?*
»Geh und laß satteln, Gawain. Wir sind in einer halben Stunde bereit, und frage Cai, ob er den Anfang machen will!«
»O je, Cai wird doch nicht mit seinem Hinkebein zu reiten versuchen?« ließ sich eine Stimme vernehmen. Gawain drehte sich nach dem fremden Ritter um und antwortete hitzig: »Wollt Ihr ihm das verübeln... es ist die einzige Kampfesweise, bei der das Bein nicht so wichtig ist. Sonst steht er doch nur in der Küche und bedient die Damen!«
»Ach so, ich verstehe...«, sagte der Fremde und ging daran, sein Pferd zu satteln. Morgaine berührte Lancelots Hand. Er sah sie an, und die Fröhlichkeit war in seine Augen zurückgekehrt.
Da haben wir's, dachte sie, *kaum gibt es etwas zu richten, etwas zu riskieren, etwas für Artus zu tun, und schon hat er die Liebe vergessen und ist wieder glücklich. Wenn er sich nur immer für Artus nützlich machen könnte, brauchte er weder Gwenhwyfar noch eine andere Frau anzuhimmeln.*
Sie sagte: »Zeig mir dieses Untier, das du reiten willst.«

Er führte sie durch die Reihe der Tiere. Sie sah blasse, silbrige Nüstern, die lange seidige Mähne – ein mächtiges Pferd, am Widerrist so groß wie Lancelot. Der Gaul warf den Kopf hin und her und schnaubte wie ein feuerspeiender Drache.
»Du bist der Schönste«, murmelte Lancelot und streichelte das Pferd an den Nüstern. Es warf den Kopf hoch und wich zurück. Lancelot sagte zu Morgaine: »Ich habe ihn mit eigenen Händen an Sattel und Zaumzeug gewöhnt . . . es ist mein Hochzeitsgeschenk für Artus, der keine Zeit hat, ein Pferd für sich einzureiten. Ich habe geschworen, es an seinem Hochzeitstag soweit zu haben, daß er es reiten kann . . . sanft wie ein Lamm.«
»Ein schönes Geschenk«, bekannte Morgaine.
»Das einzige, was ich ihm schenken konnte«, sagte Lancelot. »Ich bin nicht reich. Außerdem braucht er weder Gold noch Juwelen. Er hat von beidem reichlich. Dieses Geschenk kann nur ich ihm machen.«
»Ein Geschenk, das aus deinem Herzen kommt«, sagte Morgaine und dachte: *Wie sehr er Artus liebt! Deshalb leidet er so. Nicht das Verlangen nach Gwenhwyfar quält ihn, sondern die Erkenntnis, daß er seinen König nicht weniger liebt. Wenn er einfach ein Held der Frauen wäre wie Gawain, hätte ich nicht einmal Mitleid mit ihm. Gwenhwyfar ist tugendsam, und ich könnte genußvoll zusehen, wie sie ihn abweist.* Laut sagte sie: »Ich würde den Hengst gerne reiten. Es gibt kein Pferd, vor dem ich mich fürchte.«
Er lachte: »Morgaine, du fürchtest nichts.«
»Oh, doch, Vetter«, sagte sie plötzlich ernst. »Ich fürchte mich vor vielem.«
»Nun, ich bin nicht so furchtlos wie du. Ich fürchte mich in der Schlacht. Ich habe Angst vor den Sachsen, und ich fürchte, ich werde umkommen, ehe ich das Leben ausgekostet habe«, sagte Lancelot. »Und deshalb wage ich nie, eine Herausforderung abzulehnen . . . Und ich fürchte, daß Avalon und die Kirche sich irren könnten und es weder Götter noch einen Himmel, noch ein Leben nach dem Tod gibt, und ich für immer vergehe! Deshalb fürchte ich zu sterben, ehe ich mein Leben gelebt habe . . .«
»Mir scheint, du hast nicht viel ausgelassen«, bemerkte Morgaine.
»Oh, doch, Morgaine! Es gibt so viele Dinge, nach denen ich mich sehne. Jedesmal, wenn ich eines auslasse, bedauere ich es unendlich. Dann frage ich mich, welche Schwäche oder welche Torheit mich daran hindert zu tun, was ich will . . .« Plötzlich drehte er sich um, umarmte sie und zog sie hungrig an sich.

Verzweiflung . . ., dachte Morgaine bitter, *. . . er will nicht mich! Er sucht einen Augenblick des Vergessens, damit er nicht daran denken muß, daß Artus und Gwenhwyfar sich heute nacht in den Armen liegen.* Seine Hände glitten geschickt und geübt über ihre Brüste. Er preßte seine Lippen auf ihren Mund, und sie spürte, wie sein muskulöser Körper sich gegen sie drängte. Morgaine verharrte bewegungslos in seiner Umarmung und spürte ein beinahe schmerzhaftes Sehnen und zunehmenden Hunger. Sie war sich kaum der Bewegung bewußt, mit der sie ihren Körper ihm überließ. Ihr Mund öffnete sich unter seinen Lippen. Seine Hände waren überall. Aber als er sie gegen einen Heuhaufen drücken wollte, erhob sie schwachen Widerstand.

»Du bist verrückt. Hier im Stall wimmelt es von Soldaten und Reitern . . .«

»Macht es dir etwas aus?« flüsterte er. Und sie flüsterte vor Erregung: »Nein . . . *Nein!*« Und sie ließ zu, daß er sie ins Heu drückte. Aber trotzdem wurde Morgaine den bitteren Gedanken nicht los: *Eine Prinzessin, die Herzogin von Cornwall, eine Priesterin von Avalon wird im Stall umgelegt wie eine Kuhmagd. Noch nicht einmal das Beltanefeuer dient als Entschuldigung.* Aber sie verdrängte ihre Bitterkeit und überließ sich den Händen auf ihrem Körper. *Besser das, als Artus das Herz zu brechen!* Sie wußte nicht, ob es ihr eigener Gedanke war oder der des Mannes, dessen Körper überall zu sein schien. Seine heftigen, leidenschaftlichen Hände taten ihr weh. Lancelot küßte sie wild, und seine Zunge drang wie in Raserei in ihren Mund. Sie spürte, wie er an ihrem Kleid zerrte; und sie rollte sich herum, um ihm zu helfen.

Plötzlich dröhnten Stimmen, Schreie und Rufe durch den Stall. Ein hämmerndes Geräusch, ein entsetzter Aufschrei und ein Dutzend Stimmen brüllten gleichzeitig: »Lord Lancelot! Wo ist er, der Reiteroberst?«

»Ich glaube hier . . .«, ein junger Krieger rannte durch die Reihen der Pferde. Leise fluchend warf Lancelot sich zwischen Morgaine und den jungen Soldaten, während sie sich halbnackt, das Gesicht unter dem Schleier verborgen, ins Stroh kauerte, um nicht gesehen zu werden.

»Zum Teufel! Kann ich nicht einen Augenblick alleine sein . . .«

»Oh, Herr, kommt schnell! Eines der fremden Pferde . . . eine rossende Stute und zwei Hengste begannen miteinander zu kämpfen. Ich glaube, der eine hat sich das Bein gebrochen . . .«

»Hölle, Tod und Teufel!« Lancelot brachte schnell seine Kleidung in Ordnung, stand auf, überragte den Jungen, der sie unterbrochen hatte, um mehr als Haupteslänge, und sagte: »Ich komme...«

Der junge Mann erblickte Morgaine. Entsetzt hoffte sie, er habe sie nicht erkannt... das wäre ein saftiges Fressen für den Hof. *Doch nicht so schlimm, wie das, was sie nicht wissen... daß ich ein Kind von meinem Bruder habe...*

»Habe ich gestört, Herr?« fragte der junge Mann beinahe hämisch und versuchte, an Lancelot vorbeizuspähen. Morgaine dachte verzweifelt: *Was wird aus seinem Ruf? Oder bringt es ihm Ruhm, im Heu ertappt zu werden?* Lancelot antwortete nicht. Er schob den jungen Mann einfach vor sich her, daß er fast hinfiel. »Los, suche Cai und den Tierarzt! Nun geh schon!« Schnell wie der Wind kam Lancelot zurück und küßte Morgaine, die sich aufgerafft hatte. »Oh, bei den Göttern...« Er preßte sie an sich und küßte sie so stürmisch, daß sie glaubte, seine Lippen würden rote brennende Male auf ihrem Gesicht hinterlassen. »O Götter! Heute nacht... schwöre! Schwöre!«

Morgaine konnte nicht sprechen, nur verwirrt und wie betäubt nicken. Ihr ganzer Körper schrie und verlangte die nicht eingelöste Erfüllung. Und sie sah ihm nach, wie er davoneilte. Kurze Zeit später kam ein junger Mann und verbeugte sich ehrerbietig, während die Soldaten hin und her rannten und sie von draußen den schrecklichen, beinahe menschlichen Schrei eines sterbenden Tieres hörte.

»Lady Morgaine? Ich bin Griflet. Mein Herr Lancelot schickt mich, Euch zu den Pavillons zu geleiten. Er sagte mir, er habe Euch hierher gebracht, damit Ihr das Pferd seht, das er für unseren Gebieter, den König, zureitet. Aber wie ich höre, seid Ihr ausgeglitten und ins Heu gefallen. Mein Herr wollte gerade feststellen, ob Ihr Euch verletzt habt, als man nach ihm rief... als diese Sache mit König Pellinores Pferd geschah. Er bittet Euch, ihn zu entschuldigen.«

Wenigstens, so dachte sie, *erklärt das mein zerknittertes Kleid, an dem das Heu klebt.* Überall hing Heu, in den Haaren, auf der Haube, im Schleier... Sie mußte Gwenhwyfar und ihrer Mutter nicht unter die Augen treten wie die Ehebrecherin in der Heiligen Schrift. Der junge Griflet reichte ihr den Arm; sie stützte sich schwer auf ihn und sagte: »Ich glaube, ich habe mir den Knöchel verzerrt.« Sie hinkte den ganzen Weg zur Burg zurück – ein Sturz erklärte das Heu. Sie freute sich über Lancelots geschickte Ausrede, fühlte sich aber auch verlassen und sehnte sich danach, daß Lancelot sich zu ihr bekannte und sie schützte.

Bestürzt über den Unfall, war Artus mit Cai in die Stallungen geeilt. Morgaine ließ zu, daß Gwenhwyfar sich um sie bemühte und Igraine nach kaltem Wasser und Leinen rief, um ihr den Knöchel zu verbinden. Sie setzte sich willig neben Igraine in den Schatten, um den Kampfspielen der Ritter zuzusehen. Artus hielt eine kleine Rede über die Aufgaben der neuen Legion von Caerleon, die den Ruhm aus den Tagen Roms zu neuem Leben erwecken und das Land vor den Feinden schützen würde. Sein Pflegevater Ectorius strahlte. Ein Dutzend Reiter galoppierte auf den Platz und zeigten ihre neuen Künste, die ihnen erlaubten, die Pferde aus dem Galopp zum Stehen zu bringen, die Gangart zu wechseln, auf der Stelle zu wenden und sich zu formieren.
»Nach diesem Tag«, erklärte Artus stolz, »wird niemand mehr behaupten können, Pferde seien nur gut genug, einen Wagen zu ziehen!« Er lächelte Gwenhwyfar an: »Wie gefallen Euch meine Ritter, Herrin? Ich nenne sie so nach alter römischer Sitte *Equites* – Edelmänner, die ihr eigenes Pferd besitzen und ihre eigene Ausrüstung.«
»Cai reitet wie ein Zentaur«, sagte Igraine zu Ectorius, und der alte Mann strahlte vor Freude. »Artus, Ihr habt nie etwas Besseres getan, als Cai eines dieser guten Pferde zu geben.«
»Cai ist ein zu guter Kämpe und ein zu guter Freund, um im Haus zu verkümmern«, antwortete Artus nachdrücklich.
Gwenhwyfar fragte: »Ist er nicht Euer Ziehbruder?«
»Ja, das stimmt. Er wurde in seiner ersten Schlacht verwundet und fürchtete, für den Rest seines Lebens bei den Frauen im Haus sitzen zu müssen«, erklärte Artus, »ein schreckliches Schicksal für einen Krieger. Aber auf dem Pferd kämpft er so gut wie jeder andere.«
»Seht doch nur!« rief Igraine, »die Legion hat alle Puppen getroffen. So etwas habe ich noch nie gesehen!«
»Ich glaube, ihrem Angriff kann niemand standhalten«, sagte König Pellinore bewundernd. »Wie schade, daß Uther Pendragon das nicht mehr erlebt, mein Junge ... vergebt mir ... mein Herr und König.«
Artus erwiderte herzlich: »Der Freund meines Vaters mag mich anreden, wie er will, lieber Pellinore. Aber das Lob gebührt meinem Freund und Hauptmann Lancelot.«
Morgauses Sohn Gaheris verbeugte sich vor Artus: »Mein König, darf ich in die Ställe laufen und beim Absatteln zusehen?« Gaheris war ein aufgeweckter, fröhlicher, etwa vierzehnjähriger Junge.
»Du darfst«, entgegnete Artus und fragte: »Wann wird er Gawain und Agravain an unseren Hof folgen, Tante?«

»Vielleicht noch in diesem Jahr. Wenn seine Brüder ihm das Kriegshandwerk beibringen und ein Auge auf ihn haben«, erwiderte Morgause. Aber dann rief sie plötzlich laut: »Nein, du nicht, Gareth!«, und versuchte, den flinken Sechsjährigen festzuhalten. »Gaheris! Bring ihn sofort zurück!«

Artus hob lachend die Hände: »Macht Euch keine Sorgen ... kleine Jungen werden von den Ställen angezogen wie die Flöhe von Hunden. Man hat mir erzählt, ich ritt den Hengst meines Vaters, als ich kaum sechs Jahre alt war, kurz ehe ich zu Ectorius kam«, sagte er.

Morgaine fröstelte plötzlich bei der Erinnerung an das blonde Kind, das wie tot am Boden gelegen hatte, und bei dem Gedanken an einen Schatten in einem Wasserbecken ... aber das war vorbei.

»Schmerzt Euer Knöchel sehr, Schwester?« fragte Gwenhwyfar besorgt. »Stützt Euch auf mich ...«

»Gawain wird sich um ihn kümmern«, sagte Artus leichthin. »Ich glaube, er ist am besten geeignet, die jungen Ritter und Reiter auszubilden.«

»Besser als der edle Lancelot?« erkundigte sich Gwenhwyfar.

Sie möchte nur seinen Namen nennen, dachte Morgaine. *Aber es ist noch nicht lange her, da begehrte er mich. Und heute nacht wird es zu spät sein ... Es ist besser so, als Artus das Herz zu brechen. Wenn es nötig ist, werde ich es Gwenhwyfar erzählen ...*

Artus entgegnete: »Lancelot? Er ist unser bester Reiter, aber für meinen Geschmack zu wagemutig. Die Männer bewundern und verehren ihn natürlich alle ... Seht Ihr, Tante, dort ist Euer kleiner Gareth. Er folgt ihm wie ein Hündchen ... für ein freundliches Wort von ihm tun sie alles. Aber um ihnen das Kämpfen beizubringen, ist er nicht so geeignet wie Gawain. Er ist zu hitzig und zeigt gern, was er kann. Gawain geht langsam und spielerisch vor. Bei ihm lernen die Jungen alles Schritt für Schritt, und keiner verletzt sich dabei ... Gawain ist mein bester Waffenmeister. Seht, dort kommt Lancelot mit dem Hengst, den er für mich zureitet ...« Er lachte laut auf, und Igraine sagte: »Dieser kleine Teufel!«

Denn Gareth klammerte sich wie ein Äffchen an den Sattel; Lancelot hob ihn lachend vor sich auf das Pferd und galoppierte in atemberaubender Geschwindigkeit den Hügel hinauf geradewegs auf den Pavillon zu, wo die königliche Gesellschaft saß. Selbst Artus holte tief Luft; Igraine wich mit bleichem Gesicht zurück; Lancelot riß den Hengst zurück, der sich aufbäumte, hochaufstieg und schließlich auf Lancelots Zügelbefehl wieder wendete.

»Euer Pferd, mein Gebieter«, sagte der Ritter mit großer Gebärde und hielt die Zügel in einer Hand. »Und Euer Vetter. Tante Morgause, nehmt diesen kleinen Tunichtgut und zieht ihm die Hosen stramm!« Damit ließ er Gareth vom Pferd und beinahe auf Morgauses Schoß gleiten. »Der Hengst hätte ihn wie nichts zertrampeln können!«
Gareth hörte nicht, wie Morgause mit ihm schimpfte; er sah Lancelot mit großen blauen Augen hingebungsvoll an.
»Wenn du größer bist«, sagte Artus und knuffte ihn liebevoll, »werde ich dich zum Ritter schlagen. Dann wirst du in die Welt hinausreiten, Riesen und Räuber besiegen und edle Damen retten.«
»O nein, mein König«, erwiderte das Kind und ließ dabei den weißen Hengst nicht aus den Augen, den Lancelot auf und ab ritt. »Der edle Lancelot soll mich zum Ritter schlagen, und wir werden zusammen Abenteuer suchen.«
Ectorius lachte leise und sagte: »Der junge Achilles hat seinen Patroclus gefunden, wie es scheint.«
»Ich stehe also im Schatten«, sagte Artus gutmütig. »Selbst meine junge Gemahlin kann den Blick nicht von Lancelot wenden und bittet ihn, sie beim Vornamen zu nennen. Jetzt möchte der kleine Gareth auch noch von *ihm* zum Ritter geschlagen werden. Wäre Lancelot nicht mein bester Freund, ich würde rasend werden vor Eifersucht.«
Pellinore beobachtete den dahingaloppierenden Reiter und sagte: »Dieser verfluchte Drache haust noch immer in einem meiner Seen, überfällt immer wieder meine Untertanen und tötet ihre Kühe. Mit einem solchen Pferd könnte ich vielleicht den Kampf gegen ihn wagen ... Ich glaube, ich werde ein Schlachtroß nehmen und mich wieder auf die Suche begeben. Das letzte Mal bin ich kaum mit dem Leben davongekommen.«
»Ein Drache?« fragte der kleine Gareth, »mit feurigem Atem?«
»Nein, mein Kleiner. Aber er verbreitet einen unerträglichen Gestank, und aus seinem Bauch dringt ein Lärm wie von einer ganzen Meute bellender Hunde«, sagte Pellinore, und Ectorius fügte hinzu: »Drachen speien kein Feuer, Gareth. Das kommt von dem alten Brauch, eine Sternschnuppe einen Drachen zu nennen, da sie einen Feuerschweif nach sich zieht ... *früher* mag es einmal feuerspeiende Drachen gegeben haben, in unserer Zeit nicht mehr.«
Morgaine hörte ihm nicht zu, sondern überlegte, was an Pellinores Geschichte wahr und was übertrieben sein mochte, um das Kind zu beeindrucken. Sie beobachtete Lancelot, der die Gangarten des Pferdes vorführte.

Artus wandte sich an Gwenhwyfar: »Ich könnte nie ein Pferd zureiten... Lancelot bereitet es für mich auf die Schlacht vor. Dieser Hengst war noch vor zwei Monaten so wild wie Pellinores Drachen... Seht ihn Euch jetzt an.«
Für mich ist er immer noch wild«, erwiderte Gwenhwyfar, »aber ich fürchte mich auch vor dem sanftesten Pferd.«
»Ein Schlachtroß darf nicht so zahm sein wie der Zelter einer Dame«, erklärte Artus, »sein Blut muß schon schäumen... Um Himmels willen!« rief er plötzlich und stand auf. Etwas Weißes flog durch die Luft; ein Vogel, vielleicht eine Gans flatterte plötzlich auf und kam unter die Hufe des Pferdes. Lancelot saß gerade entspannt im Sattel und war nicht darauf gefaßt, daß das Pferd sich jäh aufbäumte und stieg. Er kämpfte wie wild, um im Sattel zu bleiben, stürzte aber und fiel beinahe unter die Hufe. Schnell rollte er zur Seite.
Gwenhwyfar schrie entsetzt auf. Morgause und die anderen Frauen stimmten in den Schrei mit ein; Morgaine vergaß völlig, daß sie einen verzerrten Knöchel zu beklagen hatte, sprang auf, rannte zu Lancelot und zog ihn unter den Hufen hervor. Artus griff nach den Zügeln und zerrte das Pferd mit aller Macht aus des Ritters Nähe, der ohnmächtig am Boden lag. Morgaine kniete neben ihm und griff an seine Schläfe, wo aus einer bläulichen Wunde Blut tropfte und sich mit dem Staub vermischte.
»Ist er tot?« schrie Gwenhwyfar, »ist er tot?«
»Nein«, antwortete Morgaine schroff. »Bringt kaltes Wasser, es muß auch noch etwas Leinen von meinem Umschlag dasein. Ich glaube, er hat sich den Arm gebrochen. Er fing den Sturz mit der Hand ab, um sich nicht das Genick zu brechen. Und der Hufschlag gegen den Kopf...«, sie beugte sich über ihn und preßte ihr Ohr gegen seine Brust. Sie spürte, wie sie sich hob und senkte. Pellinores Tochter reichte ihr ein Becken mit kaltem Wasser, und sie betupfte seine Stirn mit dem feuchten Leinen. »Jemand soll diese Gans fangen und ihr den Hals umdrehen... und dem Gänsejungen eine ordentliche Tracht Prügel überziehen. Der edle Lancelot hätte sich den Hals brechen, oder das Pferd des Königs hätte verunglücken können.«
Gawain rannte herbei und führte das Pferd in den Stall zurück. Das Unglück mit dem fast tragischen Ausgang dämpfte die allgemeine Feststimmung. Die Gäste verstreuten sich allmählich und kehrten in ihre Pavillons und Zelte zurück. Morgaine verband Lancelots Kopf und das gebrochene Handgelenk. Glücklicherweise erwachte er erst, nachdem sie den Bruch gerichtet hatte. Er stöhnte und griff schmerz-

gepeinigt nach dem Verband. Sie beratschlagte mit Cai, der ihr einige Kräuter brachte, die ihn in Schlaf versetzen sollten. Dann trug man ihn ins Bett. Sie blieb bei ihm, obwohl er sie nicht erkannte. Er stöhnte nur und starrte sie an, ohne etwas zu sehen.
Einmal öffnete Lancelot die Augen und murmelte: »Mutter . . .« Morgaine sank das Herz. Dann fiel er in einen schweren, unruhigen Schlaf, und als er erwachte, erkannte er sie.
»Morgaine? Base? Was ist geschehen?«
»Du bist vom Pferd gefallen.«
»Vom Pferd? Von welchem Pferd?« fragte er verwirrt. Als sie es ihm erzählte, erklärte er unbeirrt: »Das ist ja lächerlich. Ich falle nicht vom Pferd!« und versank wieder in Schlaf.
Morgaine saß neben ihm auf dem Bett; er hielt ihre Hand umklammert, und sie glaubte, das Herz würde ihr brechen. Sie spürte noch seine brennenden Küsse auf ihren Lippen und schmerzenden Brüsten. Doch die Gelegenheit war vorüber, und sie wußte es. Selbst wenn er sich daran erinnern sollte, würde er sie nicht mehr begehren. Er hatte sie nie begehrt, außer um den Schmerz zu betäuben, den er beim Gedanken an Gwenhwyfar und an seine Liebe für den König empfand.
Es dunkelte; von der Burg drang Musik herüber . . . Kevin spielte die Harfe. Sie hörte das Lachen und Singen der feiernden Gesellschaft. Plötzlich öffnete sich die Tür, und Artus kam mit einer Fackel in der Hand herein.
»Schwester, wie geht es Lancelot?«
»Er wird am Leben bleiben. Sein harter Kopf ist nicht so leicht zu brechen«, sagte sie spöttisch.
»Wir möchten, daß du unter den Zeugen bist, wenn die Braut zu Bett gebracht wird, denn du hast auch den Ehevertrag unterschrieben«, sagte Artus. »Aber ich glaube, er sollte nicht alleingelassen werden. Ich möchte ihn nicht einem Kammerherrn übergeben, nicht einmal Cai. Er hat Glück, daß du bei ihm bleibst. Du bist seine Ziehschwester, nicht wahr?«
»Nein«, antwortete Morgaine mit plötzlichem Zorn.
Artus trat an das Bett und griff nach Lancelots schlaffer Hand. Der Verletzte stöhnte, bewegte sich und fragte blinzelnd: »Artus?«
»Ich bin bei dir, mein Freund«, antwortete der König, und Morgaine glaubte, noch nie soviel Zärtlichkeit in der Stimme eines Mannes gehört zu haben.
»Ist deinem Pferd . . . etwas geschehen?«

»Dem Pferd geht es gut. Dieser verfluchte Gaul!« sagte Artus. »Was würde mir das Tier nützen, wenn du tot wärst?« Er schluchzte beinahe.
»Wie ist es . . . geschehen?«
»Eine alberne Gans flog aus dem Gras auf. Der Gänsejunge hat sich verkrochen. Ich glaube, er weiß, daß er grün und blau geschlagen wird.«
»Tu das nicht«, bat Lancelot, »er ist nur ein dummer Junge. Es ist nicht seine Schuld, daß die Gänse klüger sind als er und sich eine davongemacht hat. Versprich es, Gwydion.« Erstaunt hörte sie, daß Lancelot des Königs alten Namen benutzte. Artus drückte seine Hand, beugte sich über ihn und küßte ihn auf die Wange. Vorsichtig vermied er dabei die Wunde an der Schläfe.
»Ich verspreche es, Galahad. Schlafe jetzt.«
Lancelot hielt seine Hand umklammert: »Ich habe beinahe deine Hochzeitsnacht zunichte gemacht«, und Morgaine hörte die bittere Ironie darin.
»Das hast du . . . meine Braut hat so sehr um dich geweint. Ich möchte wissen, was sie tun würde, wenn *ich* mir den Hals gebrochen hätte«, meinte Artus lachend.
Morgaine sagte bestimmt: »Artus, auch wenn du der König bist, muß er jetzt Ruhe haben.«
»Gewiß.« Artus erhob sich. »Ich werde morgen den Merlin schicken, um nach ihm zu sehen. Obwohl . . . er sollte auch heute nacht nicht alleinbleiben.«
»Ich bleibe bei ihm.« Morgaine klang gereizt.
»Bist du sicher . . .?«
»Geh jetzt zu Gwenhwyfar. Deine Braut wartet auf dich!«
Artus seufzte ergeben. Dann sagte er: »Ich weiß nicht, was ich mit ihr sprechen . . . oder was ich mit ihr machen soll.«
Das ist lächerlich! Erwartet er von mir, daß ich es ihm oder seiner Braut zeige?
Aber unter seinem Blick senkte sie den Kopf und sagte weich: »Artus, es ist sehr einfach. Du tust, was die Göttin dir eingibt.«
Der König wirkte wie ein geschlagenes Kind. Schließlich sagte er mit heiserer Stimme und rang dabei um jedes Wort: »Sie . . . ist nicht die Göttin. Sie ist nur ein Mädchen, und sie . . . hat Angst.« Dann stieß er hervor:
»Morgaine, weißt du nicht, daß ich noch immer . . .?«
Sie konnte nicht ertragen, was er vielleicht sagen würde. »Nein!«

unterbrach ihn die Schwester heftig und machte eine abwehrende Geste. »Artus, vergiß wenigstens eines nicht: Für sie wirst du immer der Gott sein. Komme zu ihr als der Gehörnte.«
Artus bekreuzigte sich schaudernd. Schließlich flüsterte er: »Gott möge mir vergeben. Das ist die Strafe...« Er schwieg. Unfähig zu sprechen, sahen sich beide lange an. Endlich sagte er: »Morgaine, ich habe kein Recht... aber willst du mich nicht noch einmal küssen?«
»Mein Bruder...« Sie seufzte, stellte sich auf die Zehenspitzen und küßte ihn auf die Stirn. Dann machte sie das Zeichen der Göttin über seinem Kopf: »Sei gesegnet«, flüsterte sie. »Artus, geh zu ihr. Geh zu deiner Braut. Ich verspreche dir im Namen der Göttin, daß alles gutgehen wird. Ich schwöre es dir.«
Er schluckte – sie sah, wie sich die Muskeln an seinem Hals bewegten. Dann riß er sich von ihren Augen los und murmelte: »Gott segne dich, Schwester.« Die Türe schloß sich hinter ihm.
Morgaine sank auf einen Stuhl und betrachtete starr den schlafenden Lancelot. Quälende Bilder stiegen in ihr auf... Lancelot, der sie im Sonnenlicht auf dem Berg anlächelte... Gwenhwyfar in ihrem schmutzigen, nassen Kleidchen, die sich schutzsuchend an Lancelots Hand klammerte... Der Gehörnte Gott mit dem Hirschblut auf der Stirn, der den Vorhang am Eingang der Höhle beiseite schob... Lancelot, der ihre Brüste mit heißen Küssen bedeckte... war das wirklich erst einige Stunden her?
»Wenigstens«, murmelte sie heftig, »wird er in Artus' Hochzeitsnacht nicht von Gwenhwyfar träumen.« Sie legte sich auf das Bett und schmiegte sich vorsichtig an den Körper des verletzten Lancelot. Schweigend, nicht einmal weinend lag sie in tiefster Verzweiflung neben ihm. Aber sie schloß kein Auge in dieser Nacht. Sie kämpfte gegen das Gesicht, kämpfte gegen Träume, rang um Schweigen und um den Stillstand ihrer Gedanken, wie sie es in Avalon gelernt hatte.
Weit weg, in einem anderen Flügel der Burg lag Gwenhwyfar wach. Sie betrachtete voll schuldbewußter Zärtlichkeit Artus' Haare, die im Mondlicht schimmerten, und seine Brust, die sich ruhig hob und senkte. Tränen rannen ihr langsam über die Wangen.
Ich möchte ihn so gerne lieben, dachte Gwenhwyfar. Dann betete sie: »O Gott, Heilige Jungfrau Maria, helft mir, ihn so zu lieben, wie ich sollte. Er ist mein König und mein Gebieter... und er ist so gut. Er verdient jemanden, der ihn mehr liebt, als ich es vermag.« Die Nacht,

die sie umgab, schien Trauer und Verzweiflung zu verströmen. *Aber weshalb? Artus ist glücklich. Er kann mir nichts vorwerfen. Woher kommt nur diese Trauer?*

An einem Tag im Spätsommer saß Königin Gwenhwyfar mit einigen ihrer Hofdamen in der Halle von Caerleon. Es war ein heißer Nachmittag; die meisten Frauen gaben nur vor zu spinnen, oder die letzte Wolle vom Frühjahr aufzurauhen; und die Spindeln bewegten sich sehr langsam. Selbst die Königin, die die geschicktesten Hände von allen hatte, hörte auf, an dem feinen Altartuch zu sticken, das sie dem Bischof schenken wollte.

Morgaine schob die aufgerauhte Wolle beiseite und seufzte. In dieser Jahreszeit bekam sie immer Heimweh. Sie sehnte sich nach dem Dunst, der vom Meer aufstieg und die Felsen von Tintagel einhüllte ... sie hatte sie seit ihrer Kindheit nicht mehr gesehen.

Artus war mit seinen Rittern und der Legion Caerleon an die Südküste gezogen, um die neuen Befestigungsanlagen zu besichtigen, die die Bündnistruppen dort gebaut hatten. In diesem Sommer hatte es keine Überfälle gegeben; und es konnte sehr gut sein, daß die Sachsen, mit Ausnahme der Stämme, die ihren Frieden mit Artus gemacht hatten und in Kent lebten, Britannien endgültig aufgaben. Zwei Jahre Reiterlegion hatten die Kämpfe gegen die Sachsen zu kurzen Sommerübungen werden lassen. Aber Artus benutzte dieses friedliche Jahr, um die Befestigungen entlang der Küste auszubauen.

»Ich habe schon wieder Durst«, klagte Pellinores Tochter Elaine. »Darf ich vielleicht gehen und veranlassen, daß man uns ein paar Krüge Wasser bringt, Herrin?«

»Rufe Cai ... er wird sich darum kümmern«, erwiderte Gwenhwyfar.

Morgaine dachte: *Sie hat sich gemacht. Aus einem ängstlichen und furchtsamen Mädchen ist eine Königin geworden.*

»Ihr hättet Cai heiraten sollen, als der König Euch darum bat, Lady Morgaine«, sagte Elaine, als sie zurückkehrte und sich neben der Herzogin auf die Bank setzte. »Er ist der einzige Mann unter fünfzig auf der Burg. Seine Frau wird nie ein halbes Jahr allein im Bett verbringen müssen.«

»Er ist dein, wenn du ihn möchtest«, antwortete Morgaine freundlich.

»Ich frage mich immer noch, warum Ihr nicht eingewilligt habt«, ließ sich Gwenhwyfar vernehmen, als sei es ein alter Kummer. »Es wäre so passend gewesen . . . Cai steht als Ziehbruder des Königs hoch in seiner Gunst, Ihr seid Artus' Schwester, und seit Lady Igraine das Kloster nicht mehr verläßt, rechtmäßige Herzogin von Cornwall!«
Drusilla, die Tochter eines der kleineren Könige im Osten, stichelte: »Sagt mir, wenn die Schwester des Königs und sein Bruder heiraten, ist das nicht Inzest?«
»Sie sind Halbschwester und Ziehbruder, du Gans«, schimpfte Elaine. »Aber ich würde gerne wissen, Lady Morgaine, sind es nur sein Hinken und die Narben, die Euch abschrecken? Cai ist bestimmt keine Schönheit. Aber ich glaube, er wäre ein guter Gemahl.«
»Du kannst mir nichts vormachen«, antwortete Morgaine und gab sich gutgelaunt – hatten diese Frauen denn nichts anderes als Ehen im Kopf? »Dir liegt nichts an meinem Eheglück mit Cai. Du hoffst doch nur, daß eine Hochzeit die Langeweile des Sommers vertreibt. Sei nicht so anspruchsvoll. Griflet hat im Frühling Meleas geheiratet, und damit haben wir erst einmal genug gehabt.« Sie warf einen Blick auf Meleas, deren Gewand sich bereits über dem gewölbten Leib spannte. »Im nächsten Jahr um diese Zeit hast du sogar ein kleines Kind, das du verwöhnen und verhätscheln kannst.«
»Aber Ihr seid immer noch unverheiratet, Herrin«, ließ sich Alienor von Galis vernehmen. »Und Ihr könnt kaum auf eine bessere Verbindung hoffen, als mit dem Ziehbruder des Königs!«
»Ich habe es nicht eilig, mich zu verheiraten, und Cai liegt ebensowenig an mir wie mir an ihm.«
Gwenhwyfar kicherte: »Das stimmt. Er hat eine so spitze Zunge wie Ihr, und er ist nicht der Geduldigste . . . seine Frau wird friedfertiger sein müssen als die heilige Brigid. Und Ihr, Morgaine, habt auf alles eine scharfe Antwort.«
»Wenn sie heiratet, müßte sie für ihren Hausstand spinnen«, meinte Meleas. »Und wie üblich drückt Morgaine sich wieder einmal um ihren Anteil an dieser Arbeit.« Damit ließ sie die Spindel wieder kreisen, und die Spule sank langsam zu Boden.
Morgaine antwortete achselzuckend: »Es stimmt. Ich rauhe lieber Wolle auf, aber es ist keine mehr da.« Sie griff zögernd nach ihrer Spindel.
»Trotzdem seid Ihr die beste Spinnerin unter uns«, sagte Gwenhwyfar, »Euer Faden ist immer gleichmäßig und reißt nie. Meiner reißt schon, wenn man ihn nur ansieht.«

»Ich hatte schon immer geschickte Hände. Vielleicht bin ich das Spinnen einfach leid. Denn ich habe es schon als sehr kleines Mädchen von meiner Mutter gelernt.« Widerstrebend begann Morgaine, die Spindel zu drehen.

Ja, es stimmte. Sie haßte das Spinnen und drückte sich nach Möglichkeit. Sie drehte und zwirnte den Faden zwischen den Fingern, zwang ihren Körper zur Ruhe, und nur ihre Finger bewegten sich, während sich die Spule drehte und drehte und auf den Boden sank... hinunter und wieder hinauf; der Faden glitt durch ihre Finger... allzu leicht versank man dabei in Gedanken. Die Frauen schnatterten über die kleinen alltäglichen Begebenheiten... Meleas und ihre morgendliche Übelkeit... eine Frau war mit unerhörten Geschichten über Lots Lüsternheit von dessen Hof zurückgekommen... *Ich könnte ihnen viel erzählen, wenn ich wollte. Nicht einmal die Nichte seiner Frau war vor seinen gierigen Händen sicher... Ich mußte meine ganze Klugheit und meine scharfe Zunge einsetzen, um mich nicht in seinem Bett wiederzufinden. Ihm ist jede recht, Jungfrau oder Matrone, Herzogin oder Stallmagd, wenn sie nur einen Rock und das richtige darunterträgt...*

Sie zwirbelte den Faden, zwirbelte ihn, sah, wie die Spindel sich drehte und drehte... Gwydion mußte inzwischen ein großer Junge sein... drei Jahre war er alt. Man konnte ihm schon ein Holzschwert und hölzerne Ritter geben, wie sie damals Gareth welche geschnitzt hatte. Er würde nicht mehr mit kleinen Katzen und Klötzchen spielen wollen... Sie erinnerte sich an Artus' Gewicht auf ihrem Schoß, als sie sich hier in Caerleon, an Uthers Hof, um ihn kümmerte... Wie gut, daß Gwydion seinem Vater nicht ähnlich sah. Ein kleines Ebenbild von Artus an Lots Hof hätte in der Tat zu Gerüchten geführt. Früher oder später würde jemand Spule und Spindel zusammenfügen und den richtigen Faden spinnen, der zur Antwort führte... Ärgerlich warf Morgaine den Kopf zurück. Man fiel beim Spinnen zu leicht in Gedanken. Aber sie mußte ihren Teil der Arbeit erledigen; im Winter brauchte man das Garn zum Weben. Die Damen wollten eine Tafeldecke für Festtage nähen... Cai war nicht der einzige Mann unter fünfzig auf der Burg; es gab noch Kevin, den Barden. Er war mit Neuigkeiten aus dem Sommerland gekommen... Wie langsam die Spindel zu Boden sank... drehen und drehen... als führten die Finger ein ihr eigenes Leben... selbst in Avalon hatte sie das Spinnen gehaßt... in Avalon, bei den Priesterinnen, wollte sie immer Stoffe färben, um dem verhaßten Spinnen zu entgehen...

Beim Spinnen verselbständigten sich ihre Gedanken ... Der drehende Faden erschien ihr wie der Schlangentanz den Berg hinauf ... rund und rund wie die Erde, die um die Sonne kreiste, obwohl die unwissenden Menschen glaubten, die Sonne drehe sich um die Erde ... Die Dinge waren nicht immer, wie sie zu sein schienen ... Vielleicht kreiste die Spindel um den Faden, wie der Faden immer wieder um sich selbst kreiste und sich wand wie eine Schlange ... oder wie ein Drachen am Himmel ... Wenn sie ein Mann wäre, könnte sie mit der Legion Caerleon reiten. Dann brauchte sie wenigstens nicht hier zu sitzen und spinnen, spinnen, spinnen, rund und rund und rund ... Aber selbst die Legion kreiste um die Sachsen, und die Sachsen umkreisten sie, rund und rund, ebenso wie das Blut in ihren Adern kreiste, das rote, fließende Blut ... es floß ... floß ... spritzte ins Feuer ...

Morgaine hörte ihren Schrei erst, nachdem er das Schweigen im Raum zerrissen hatte. Sie ließ die Spindel fallen, die in das Blut rollte, das hellrot aufspritzte und ins Feuer fiel ...

»Morgaine! Schwester, habt Ihr Euch mit der Spindel in die Hand gestochen? Was ist mit Euch?«

»Blut auf dem Herd ...«, stammelte Morgaine. »Seht doch, dort, dort vor dem Thron des Königs, vor dem König erschlagen wie ein Schaf auf der Schlachtbank ...«

Elaine schüttelte sie; verwirrt legte Moraine ihre Hand auf die Augen. Dort floß kein Blut, nur die schrägen Strahlen der Nachmittagssonne fielen auf den Boden.

»Schwester, was habt Ihr gesehen?« fragte Gwenhwyfar sanft.

Mutter Göttin! Es ist wieder geschehen! Morgaine versuchte, ruhig zu atmen. »Nichts, nichts ... ich muß eingeschlafen sein und einen Augenblick lang geträumt haben.«

»Habt Ihr nichts gesehen?« erkundigte sich Calla, die dicke Frau des Kämmerers, und sah Morgaine neugierig an. Morgaine erinnerte sich daran, wie sie das letzte Mal – es lag schon länger als ein Jahr zurück – beim Spinnen in Trance gefallen war und vorausgesehen hatte, daß Cais Lieblingspferd sich im Stall das Bein brach und getötet werden mußte. Ungeduldig erwiderte sie: »Nein, es war nichts als ein Traum ... gestern nacht habe ich davon geträumt, eine Gans zu essen. Und seit Ostern habe ich kein Geflügel mehr gesehen. Nicht jeder Traum muß ein Zeichen sein.«

»Wenn Ihr weissagen wollt, Morgaine ...«, neckte sie Elaine, »... dann kündet uns etwas Vernünftiges. Sagt uns, wann die Männer nach Hause kommen, damit wir den Wein vorwärmen, oder ob Meleas Borten für ein Mädchen oder einen Jungen sticken soll. Oder wann die Königin schwanger werden wird!«

»Halte den Mund, du Biest«, zischte Calla, denn Gwenhwyfars Augen füllten sich mit Tränen. Morgaines Kopf schmerzte unter den Nachwehen der ungewollten Trance. Vor ihren Augen tanzten kleine Lichter; blasse, glühende Farbtupfen, die größer und größer wurden, bis sie nichts anderes mehr sah. Sie wußte, sie sollte sich nicht dagegen wehren, aber noch während sie das dachte, wurde sie wütend: »Ich habe diese alten Späße so satt! Ich bin keine Dorfhexe, die sich mit Geburtszaubern, Liebestränken, Wahrsagerei und Bannsprüchen abgibt. Ich bin eine Priesterin, keine Kräuterhexe!«

»Nun, nun«, redete Meleas beruhigend auf die anderen ein. »Laßt Morgaine in Frieden. Diese stechende Sonne bringt jeden dazu, Dinge zu sehen, die nicht da sind. Wenn sie Blut im Feuer gesehen hat, kommt es vermutlich daher, daß irgendwann ein hirnloser Page eine halbrohe Keule dort absetzt und der rote Bratensaft ins Feuer spritzt. Wollt Ihr etwas trinken, Herrin?« Sie ging zum Wasserkrug, schöpfte eine Kelle voll und reichte Morgaine das Wasser, die durstig trank. »Ich habe immer gehört, daß die meisten Prophezeiungen nicht in Erfüllung gehen ... Wir könnten sie ebensogut fragen, ob Elaines Vater diesen Drachen finden und töten wird, den er jahrein, jahraus verfolgt.«

Wie erwartet, gelang das Ablenkungsmanöver. Calla spottete: »Wenn es überhaupt einen Drachen gibt und Pellinore nicht nur eine Entschuldigung sucht, um die Burg zu verlassen, wenn er sich am Herd langweilt!«

»Wenn ich ein Mann und mit Pellinores Gemahlin verheiratet wäre«, sagte Alienor, »würde ich auch die Gesellschaft eines Drachens vorziehen, den ich nie finde, um nicht mit ihr ins Bett zu müssen.«

»Sag mir, Elaine«, fragte Meleas, »gibt es wirklich einen Drachen, oder jagt dein Vater ihn nur, weil das unterhaltsamer ist, als sich um die Kühe zu kümmern? Solange Krieg ist, müssen die Männer nicht zu Hause sitzen und spinnen, aber im Frieden langweilen sie sich vielleicht mit Hühnern und Kühen auf der Weide.«

»Ich habe den Drachen nie gesehen«, antwortete Elaine. »Gott behüte. Aber *etwas* wütet von Zeit zu Zeit unter den Kühen. Einmal sah ich eine große Schleimspur auf den Feldern und roch den stechenden Gestank. Außerdem lagen die Überreste einer Kuh dort, noch ganz überzogen vom stinkenden Schleim. Es war nicht das Werk eines Wolfes oder eines Bären.«

»Verschwindende Kühe«, echote Calla. »Ich vermute, die Männer vom Feenvolk sind nicht christlich genug, um nicht hin und wieder eine Kuh zu stibitzen, wenn ihnen kein Hirsch über den Weg läuft.«
»Da wir gerade von Kühen reden«, ließ sich Gwenhwyfar energisch vernehmen, »ich glaube, ich muß Cai fragen, ob wir nicht ein Schaf oder ein Lamm schlachten können. Wir brauchen Fleisch. Wenn die Männer heute oder morgen zurückkommen sollten, können wir sie nicht mit Grütze und Schmalzbrot füttern. Außerdem wird bei dieser Hitze die Butter ranzig. Begleitet mich doch, Morgaine. Ich wollte, Euer Gesicht würde uns verraten, wann es endlich regnen wird! Und ihr anderen, räumt Faden und Wolle beiseite. Für heute ist es genug. Elaine, mein Kind, bringe die Stickerei in meine Kammer und paß auf, daß keine Flecken daraufkommen.«
Als sie die Halle verließen, fragte sie leise: »Habt Ihr wirklich Blut gesehen, Morgaine?«
»Ich habe geträumt«, wiederholte Morgaine beharrlich.
Gwenhwyfar sah sie prüfend an, aber manchmal empfanden beide echte Zuneigung füreinander, und so ließ sie das Thema fallen. »Wenn Ihr wirklich Blut gesehen habt, dann gebe Gott, daß es das Blut von Sachsen war, das aber nicht an diesem Herd vergossen wurde. Kommt, wir wollen Cai fragen, ob wir noch genug Fleisch vorrätig haben. Es ist keine Jagdzeit, und ich möchte auch nicht, daß die Männer gleich auf die Jagd gehen müssen, wenn sie zurückkommen.« Sie gähnte: »Ach, wäre doch diese Hitze endlich vorbei. Vielleicht gibt es ein Gewitter. Die Milch war heute morgen sauer. Ich sollte den Mägden sagen, sie sollen Kochkäse daraus machen, anstatt sie den Schweinen zu verfüttern.«
»Du bist eine gute Hausfrau, Gwenhwyfar«, sagte Morgaine trocken. »Ich hätte das nicht gedacht. Da sieht man wieder einmal, was mir mein Gesicht nützt. Aber der Geruch nach saurer Milch und Kochkäse hängt noch tagelang in der Meierei. Ich würde lieber die Schweine damit mästen.«
»Bei diesem Wetter sind sie von den vielen reifen Eicheln fett genug«, entgegnete Gwenhwyfar und blickte wieder zum Himmel. »War das nicht ein Blitz?«
Morgaine sah den Lichtschein am Himmel. »Ja. Die Männer werden naß und durchfroren zurückkommen. Wir sollten heißen Wein für sie bereithalten«, sagte sie geistesabwesend und fuhr auf, als sie Gwenhwyfars erstauntes Gesicht sah.

»Jetzt glaube ich wirklich, daß du die Zukunft siehst... Man hört keinen Hufschlag, und auch vom Turm haben sie kein Signal gegeben«, sagte Gwenhwyfar. »Ich werde Cai auf jeden Fall anweisen, für Fleisch zu sorgen.« Sie ging über den Hof, während Morgaine stehenblieb und die Hand gegen die schmerzende Stirn drückte.

Das ist nicht gut. In Avalon hatte sie gelernt, das Gesicht unter Aufsicht zu halten, damit es sie nicht unbeabsichtigt überraschen konnte... Bald würde sie wirklich eine Dorfhexe sein. Das Geschnatter der Frauen langweilte sie so sehr, daß sie beim Spinnen in Trance fiel... *Eines Tages sinke ich sicher noch tief genug, um Gwenhwyfar den Zauber zu geben, nach dem sie sich sehnt, um Artus einen Sohn zu gebären... Unfruchtbarkeit ist für eine Königin eine schwere Bürde... Nur einmal in den zwei Jahren gab es Anzeichen einer Schwangerschaft.*

Trotzdem fand sie die Gesellschaft von Gwenhwyfar und Elaine erträglich. Die meisten anderen Frauen hatten nichts anderes im Kopf als die nächste Mahlzeit oder die nächste Spule auf ihrer Spindel. Gwenhwyfar und Elaine besaßen eine gewisse Bildung; und manchmal, wenn sie heiter zusammensaßen, konnte Morgaine sich beinahe vorstellen, im Haus der Jungfrauen bei den Priesterinnen zu sitzen.

Kurz vor Sonnenuntergang brach das Unwetter los – Hagel prasselte auf das Pflaster und hüpfte über die Steine; es goß in Strömen, und als vom Wachturm das Nahen von Reitern gemeldet wurde, zweifelte Morgaine nicht daran, daß es sich um Artus und seine Ritter handelte. Gwenwyfar befahl, den Hof mit Fackeln zu erleuchten, und kurze Zeit später drängten sich in den Mauern von Caerleon Männer und Pferde. Gwenhwyfar hatte sich mit Cai verständigt; er hatte ein Schaf geschlachtet; jetzt briet das Fleisch über dem Feuer, und im Kessel kochte die Suppe. Die meisten der Männer lagerten im äußeren Hof und auf offenem Feld; Artus kümmerte sich wie jeder Feldherr darum, daß Reiter und Pferde gut untergebracht waren, ehe er den Hof betrat, wo Gwenhwyfar ihn erwartete.

Er trug eine Binde um den Kopf und stützte sich leicht auf Lancelots Arm, aber er wehrte ihre ängstlichen Fragen ab.

»Ein Geplänkel. Jütische Räuber an der Küste. Die verbündeten Sachsen hatten sie schon beinahe vertrieben, als wir ankamen. Oh, ich rieche Hammelbraten... Das ist Zauberei. Woher wußtet Ihr, daß wir kommen?«

»Morgaine kündigte mir Eure Ankunft an. Wir haben auch heißen Wein«, erwiderte Gwenhwyfar.

»Ja, es ist schon ein Glück für einen hungrigen Mann, eine hellsichtige Schwester zu haben«, sagte Artus und lächelte Morgaine gutmütig zu, was sie wegen ihrer Kopfschmerzen und der inneren Anspannung noch mehr reizte. Er küßte sie und wendete sich Gwenhwyfar zu.
»Ihr seid verletzt, mein Gemahl. Laßt mich die Wunde sehen...«
»Aber nein, ich habe Euch doch gesagt, es ist nur ein Kratzer. Ihr wißt doch, ich verliere nie viel Blut, wenn ich die Scheide trage. Aber wie geht es Euch, meine Gemahlin? Nach all den Monden habe ich gehofft...«
Ihre Augen füllten sich langsam mit Tränen. »Ich hatte mich wieder geirrt. O mein Gebieter, dieses Mal war ich so sicher, so sicher...«
Er nahm ihre Hand, unfähig, seine Enttäuschung angesichts dieser Tränen zu zeigen. »Schon gut. Wahrscheinlich müssen wir Morgaine bitten, Euch einen Zauber zu geben«, sagte er. Aber als er sah, wie Meleas ihren Griflet mit einem liebevollen Kuß begrüßte und dabei stolz ihren schwangeren Leib vorstreckte, wurde sein Gesicht einen Augenblick lang bitter. »Wir sind noch nicht alt, Gwenhwyfar.«
Aber ich bin auch nicht mehr so jung, dachte Gwenhwyfar. *Mit Ausnahme von Morgaine und Elaine, die noch unverheiratet sind, haben die Frauen, die ich kenne, mit zwanzig Jahren bereits große Söhne und Töchter. Igraine bekam Morgaine mit fünfzehn, und Meleas ist vierzehneinhalb, nicht älter!*
Sie versuchte ruhig und heiter zu wirken, aber die Schuldgefühle nagten an ihr. Was eine Königin für ihren Gebieter auch tun mochte, ihre erste Pflicht war, ihm einen Sohn zu schenken! Sie hatte diese Pflicht nicht erfüllt, obwohl sie darum betete, bis ihr die Knie schmerzten.
»Wie geht es meiner teuren Herrin?« Lancelot verbeugte sich lächelnd vor ihr, und sie reichte ihm die Hand zum Kuß... »Wieder einmal kehren wir zurück, und Ihr seid schöner denn je. Ihr seid die einzige Frau, deren Schönheit niemals verblaßt. Allmählich glaube ich, Gott hat es so gewollt: Wenn alle anderen Frauen alt, dick und häßlich werden, sollt Ihr immer noch schön sein.«
Sie lächelte ihn an und fühlte sich getröstet. Vielleicht war es ganz gut, daß sie nicht schwanger und häßlich war... Sie bemerkte, wie er Meleas mit einem leicht abschätzigen Lächeln musterte und dachte, sie würde es nicht ertragen, vor Lancelot so unförmig zu erscheinen. Auch Artus wirkte vernachlässigt, als hätte er den ganzen Feldzug über in der einen, zerknitterten Tunika geschlafen. Darüber trug er

einen schlammbespritzten, nassen und ziemlich abgetragenen Mantel. Nur Lancelot wirkte sauber und gepflegt; Umhang und Tunika waren gebürstet, als habe er sich für das Osterfest gekleidet – die Haare waren geschnitten und gekämmt, der Ledergürtel glänzte, und selbst die Adlerfeder an seiner Kappe war unzerzaust und trocken. Gwenhwyfar dachte: Man könnte glauben, *er* sei der König und nicht Artus.

Während die Pagen Fleisch und Brot auftrugen, zog Artus Gwenhwyfar an seine Seite.

»Setze dich zwischen Lancelot und mich, Gwen, wir wollen uns unterhalten... Es ist lange her, seit ich eine sanfte Frauenstimme gehört und den angenehmen Duft eines Frauengewandes gerochen habe.« Er fuhr mit der Hand über ihren Zopf. »Komm, Morgaine, setze dich auf meine andere Seite... Ich habe genug vom Leben im Feld. Ich möchte zur Abwechslung etwas anderes hören als Geschichten über Pferde und Kämpfe.« Er biß hungrig in ein Stück Brot: »Und wie gut das frisch gebackene Brot ist. Ich kann das alte harte Brot und das schlechtgewordene Fleisch nicht mehr ertragen!«

Lancelot wandte sich mit einem Lächeln an Morgaine.

»Wie ist es dir ergangen, Base? Ich vermute, du hast keine Kunde aus dem Sommerland oder aus Avalon. Hier ist noch jemand, der gerne etwas erfahren würde... mein Bruder Balan hat uns begleitet.«

»Ich habe keine Neuigkeiten aus Avalon«, erwiderte sie und spürte Gwenhwyfars Blick... oder sah sie Lancelot an? »Aber ich habe Balan seit vielen Jahren nicht gesehen... Ich glaube, er weiß mehr als ich.«

»Da ist er«, sagte Lancelot und deutete auf eine Gruppe Männer in der Halle. »Artus, bittet ihn doch als meinen Halbbruder an Eure Tafel. Es wäre sehr freundlich, Morgaine, wenn du ihn mit einem Becher Wein begrüßen würdest... Wie alle Männer sehnt er sich danach, von einer Frau willkommen geheißen zu werden, und sei es auch nur eine Verwandte und keine Geliebte.«

Morgaine ergriff ein in Holz gefaßtes Trinkhorn, wie sie auf der königlichen Tafel standen, und forderte einen Pagen auf, es zu füllen. Dann nahm sie es in beide Hände und ging damit um den Tisch zu den Rittern. Sie freute sich über die bewundernden Blicke, obwohl sie wußte, daß die Männer nach so vielen Monden im Feld jede gutgekleidete Edelfrau so ansehen würden; die Bewunderung galt nicht ihrer Schönheit. Zumindest ihr Vetter Balan, der beinahe ihr Bruder war, würde sie nicht so hungrig anstarren.

»Ich begrüße Euch, Vetter. Euer Bruder Lancelot schickt Euch diesen Wein von der Tafel des Königs.«

»Ich bitte Euch, trinkt zuerst, Herrin«, sagte er und sah sie verwundert an. »Morgaine, seid Ihr es? Ich habe Euch kaum erkannt. Ihr seht so vornehm aus. Ich sehe Euch immer noch im Gewand von Avalon vor mir. Aber Ihr seht wirklich wie meine Mutter aus. Wie geht es der Herrin vom See?«

Morgaine setzte das Horn an die Lippen – an diesem Hof eine höfliche Geste, die vielleicht aus einer Zeit stammte, in der Geschenke des Königs vorgekostet wurden, da es nicht ungewöhnlich war, daß rivalisierende Könige sich gegenseitig vergifteten. Morgaine reichte Balan das Horn, und er nahm einen tiefen Zug, ehe er sie wieder ansah.

»Ich hoffte von Euch, Neues über Viviane zu erfahren ... Ich war seit vielen Jahren nicht mehr in Avalon«, sagte Morgaine.

»Ja, ich habe gehört, Ihr wart an Lots Hof«, erwiderte er. »Habt Ihr Euch mit Morgause überworfen? Wie ich höre, kommt das bei Frauen nicht selten vor ...«

Morgaine schüttelte den Kopf: »Gewiß nicht. Ich wollte weit genug entfernt sein, um mich nicht unversehens in Lots Bett zu finden, denn das geschieht leichter, als man glaubt. Die Entfernung von Lothian bis Caerleon ist kaum groß genug.«

»Und so seid Ihr bei Artus als Hofdame seiner Königin«, sagte Balan bedächtig nickend. »Ich wage zu behaupten, es ist ein anständigerer Hof. Gwenhwyfar hat ein wachsames Auge auf ihre Damen und sorgt auch dafür, daß sie gut verheiratet werden ... Wie ich sehe, ist Griflets Frau bereits schwanger. Hat sie nicht auch einen Ehemann für Euch gefunden, Base?«

Morgaine zwang sich, fröhlich zu antworten: »Wollt Ihr um meine Hand anhalten, edler Balan?«

Er lachte. »Ihr seid eine zu nahe Verwandte, Morgaine, sonst würde ich es tun. Aber ich hörte Gerüchte, daß Artus Euch Cai geben wollte. Es scheint mir ein guter Plan, denn Ihr habt Avalon verlassen ...«

»Cai hat mit mir ebensowenig im Sinn wie ich mit ihm«, erwiderte Morgaine heftig, »und ich habe nie behauptet, ich würde nicht nach Avalon zurückkehren. Vielleicht kommt der Tag, an dem Viviane mich rufen läßt.«

»Als Kind ...«, sagte Balan – und seine dunklen Augen ruhten einen Augenblick lang auf Morgaine. *Auch in diesem großen, rauhen Mann*

sehe ich eine Ähnlichkeit mit Lancelot, dachte sie – »dachte ich schlecht von der Herrin ... von Viviane. Ich glaubte, sie liebe mich nicht, wie es sich für eine Mutter gehört. Aber jetzt denke ich besser von ihr. Als Priesterin hatte sie nicht die Muße, einen Sohn zu erziehen. Und deshalb übergab sie mich einer Frau, die nichts anderes zu tun hatte, und die mir meinen Ziehbruder Balin schenkte ... O ja, als Junge fühlte ich mich auch schuldig, weil mir mehr an Balin lag als an Lancelot. Heute weiß ich, daß Balin wirklich mein Herzensbruder ist. Obwohl ich Lancelot bewundere und für einen vorzüglichen Ritter halte, ist er für mich immer ein Fremder. Und ...«, sprach Balan ernst weiter, »... als Viviane mich Priscilla übergab, kam ich in ein Haus, in dem ich den wahren Gott und Christus verehren lernte. Es kommt mir seltsam vor. Wenn ich bei meiner Mutter in Avalon geblieben wäre, müßte ich wie Lancelot ein Heide sein ...«
Morgaine lächelte flüchtig. »Ich kann Eure Dankbarkeit nicht teilen, denn ich finde es schlecht, daß die Herrin vom See ihren Sohn anderen Göttern überließ. Aber Viviane hat oft zu mir gesagt, die Menschen sollten die Religion annehmen, die ihnen als die richtige erscheint und sich dort geistigen Rat holen. Wäre ich wirklich eine gläubige Christin gewesen, hätte sie mir zweifellos meinen Glauben gelassen. Aber obwohl ich bei Igraine aufwuchs, die eine gute Christin ist, glaube ich, war es meine Bestimmung, die geistigen Dinge zu sehen, wie die Göttin sie uns gibt.«
»Balin könnte Euch besser darauf antworten als ich«, erwiderte Balan. »Er ist gläubiger und ein besserer Christ. Ich sollte Euch vermutlich sagen, was jeder Kirchenmann sagen würde: Es gibt nur einen Glauben, auf den alle Menschen, Mann oder Frau, bauen sollen! Aber Ihr seid meine Base, und ich weiß, meine Mutter ist eine gute Frau. Ich vertraue darauf, daß selbst Christus am Jüngsten Tag das Gute an ihr sehen wird. Aber ich bin kein Kirchenmann und sehe keinen Grund, diese Dinge nicht den Priestern zu überlassen, die sie studieren. Ich liebe Balin sehr, aber er hätte Priester werden sollen und kein Krieger. Er ist so heikel in Glaubensdingen und besonders, was das Gewissen angeht.« Balan blickte zur Tafel des Königs und fragte: »Sagt mir, Base, Ihr kennt ihn besser als ich ... was lastet unserem Bruder Lancelot so schwer auf dem Herzen?«
Morgaine senkte den Kopf und antwortete: »Selbst wenn ich es wüßte, Balan, ist es nicht mein Geheimnis, über das *ich* sprechen darf.«

»Ihr habt recht, mich daran zu erinnern, mich um meine eigenen Dinge zu kümmern«, sagte Balan. »Aber ich sehe ihn nicht gerne leiden ... und er leidet. Ich verübelte unserer Mutter, daß sie mich so jung von sich fortschickte. Aber sie gab mir eine liebevolle Ziehmutter und einen gleichaltrigen Bruder, der an meiner Seite aufwuchs, und mit dem ich alles, sogar ein Heim, teilte. Lancelot behandelte sie weniger gut. Er hatte nirgends eine richtige Heimat. Weder in Avalon noch am Hof von Ban von Benwick, denn dort war er nur einer von vielen Bastarden des Königs ... Viviane hat schlecht an ihm gehandelt, und ich wünsche, Artus würde ihm eine Frau geben, damit er endlich weiß, wo er hingehört.«

»Gut«, sagte Morgaine leichthin, »wenn der König mich mit Lancelot verheiraten will, muß er nur den Tag der Hochzeit festsetzen.«

»Ihr und Lancelot? Seid ihr nicht zu nahe verwandt?« fragte Balan und dachte nach. »Nein, ich glaube nicht ... Igraine und Viviane waren nur Halbschwestern. Gorlois und Ban von Benwick sind nicht miteinander verwandt. Obwohl manche Priester sagen, bei einer Ehe sollten auch Ziehgeschwister als Blutsverwandte angesehen werden ... Morgaine, an dem Tag, an dem Artus Euch meinem Bruder gibt, werde ich mit Freuden auf eure Hochzeit trinken. Ich bitte Euch nur, liebt ihn und sorgt besser für ihn als Viviane. Und ihr müßt beide Caerleon nicht verlassen ... Ihr nicht, die Ihr erste Hofdame der Königin seid, und Lancelot nicht, der beste Freund unseres Königs. Ich hoffe, es wird noch dahin kommen.«

Er sah sie mit freundlicher Besorgtheit an: »Ihr seid schon über das Alter hinaus, in dem Artus Euch einen Mann hätte geben sollen.«

Und warum ist es Aufgabe des Königs, mich einem Mann zu geben, als sei ich ein Pferd oder ein Hund? dachte Morgaine, zuckte dann aber nur mit den Achseln. Sie hatte zu lange in Avalon gelebt und vergaß manchmal, daß die Römer es zum Gesetz erhoben hatten, Frauen wie Vieh zu behandeln. Die Welt hatte sich verändert; es war sinnlos, sich gegen etwas aufzulehnen, das sich nicht ändern ließ.

Kurze Zeit später bahnte sie sich den Rückweg an die große Tafel – das Hochzeitsgeschenk von König Leodegranz. Die Halle in Caerleon war groß, aber für den Tisch nicht groß genug. An einer Stelle mußte sie sogar über die Bänke klettern, denn die Männer saßen so dicht an der Mauer. Auch die Pagen und Küchenjungen kämpften sich mit ihren dampfenden Platten und Krügen nur mühsam durch das Gedränge.

»Ist Kevin nicht hier?« fragte Artus. »Dann muß Morgaine für uns

singen ... Ich sehne mich nach dem Klang einer Harfe und einem feineren Leben. Ich wundere mich, warum die Sachsen nur Kriege zu führen wissen. Ich habe das gräßliche Heulen ihrer Sänger gehört. Vielleicht haben sie deshalb keinen Grund, am Herd zu sitzen!«
Morgaine bat einen von Cais Gehilfen, ihre Harfe aus der Kammer zu holen. Er mußte über die Bank steigen und verlor dabei das Gleichgewicht. Lancelot packte schnell zu, stützte ihn und verhinderte, daß der Junge mit dem Instrument zu Schaden kam.
Artus sagte nachdenklich: »Es war von meinem Schwiegervater gut gemeint, mir diese große runde Tafel zu schenken, aber es gibt in Caerleon keine Halle, die groß genug dafür ist. Wenn die Sachsen endgültig vertrieben sind, werde ich wohl für die Tafel eine Halle bauen müssen.«
»Dann wird sie nie gebaut«, erwiderte Cai lachend. »Man könnte ebensogut sagen: ›Wenn Jesus wieder in die Welt kommt‹, oder ›Wenn in der Hölle Schnee fällt‹, oder ›Wenn an den Apfelbäumen von Glastonbury Himbeeren wachsen‹.«
»Oder wenn König Pellinore seinen Drachen erlegt hat«, warf Meleas ein und kicherte.
Artus lächelte: »Ihr dürft Euch über Pellinores Drachen nicht lustig machen«, sagte er. »Denn man hat mir berichtet, daß er wieder gesehen wurde, und Pellinore hat sich wieder aufgemacht, um ihn dieses Mal wirklich zu töten ... er hat sogar den Merlin gefragt, ob er Drachenbannsprüche kennt!«
»O ja, man hat ihn gesehen ... wie ein Troll auf den Hügeln, den das Tageslicht in Stein verwandelt, oder wie die Ringsteine, die in der Vollmondnacht tanzen«, spöttelte Lancelot. »Es gibt immer Leute, die sehen jedes Hirngespinst, das sie sehen wollen ... manche sehen Heilige und Wunder, andere sehen Drachen oder das Alte Feenvolk. Aber ich kenne keinen lebenden Menschen, der je einen Drachen oder eine Fee gesehen hätte.«
Morgaine mußte unwillkürlich daran denken, wie sie in Avalon auf der Suche nach Wurzeln und Kräutern in ein fremdes Land gelangt war und die Feenfrau mit ihr gesprochen und sie gebeten hatte, ihr Kind aufziehen zu dürfen ... was hatte sie damals wirklich gesehen? Oder war es nur die überreizte Phantasie einer Schwangeren gewesen?
»Ihr sagt das? Und Ihr seid als Lancelot vom See in Avalon aufgewachsen?« fragte sie ruhig, und Lancelot wandte sich ihr zu. »Es gibt Zeiten, in denen mir das sehr unwirklich vorkommt ... Euch nicht, Morgaine?«

Sie antwortete: »Ja, es stimmt. Aber manchmal habe ich Heimweh nach Avalon...«
»Ich auch, Base«, sagte er. Seit Artus' Hochzeitsnacht hatte er weder durch einen Blick noch durch ein Wort zu erkennen gegeben, daß er mehr für sie empfand als für eine Kindheitsgefährtin und nahe Verwandte. Morgaine glaubte, diesen Schmerz schon lange verwunden zu haben. Aber als er sie mit seinen dunklen, schönen Augen so liebevoll ansah, durchzuckte sie die Pein von neuem.
Früher oder später wird es soweit kommen, wie Balan sagte: Wir sind beide unvermählt – die Schwester des Königs und sein bester Freund...
Artus sagte: »Nun, wenn die Sachsen endgültig vertrieben sind... lacht nicht, als sei dies ein Märchen! Jetzt kann es geschehen, und ich glaube, sie wissen es... dann werde ich mir eine Burg bauen lassen mit einer großen Halle, in der diese Tafel ihren Platz findet! Die Stelle habe ich schon ausgewählt... Es ist eine Feste auf einem Hügel, die schon lange vor den Römern dort stand. Sie überblickt den See und ist nicht weit entfernt vom Inselreich Eures Vaters, Gwenhwyfar. Ihr kennt die Stelle, wo der Fluß in den See mündet...«
»Ich weiß«, erwiderte sie. »Als kleines Kind ging ich einmal dorthin, um Erdbeeren zu pflücken. Es gibt dort einen verfallenen Brunnen. Wir fanden Elfenpfeile, die das Alte Volk, das dort auf den Kreidehügeln lebte, zurückgelassen hat.« *Wie seltsam,* überlegte Gwenhwyfar, *daran zu denken, daß es eine Zeit gab, in der ich mich wirklich gern unter dem großen weiten Himmel aufhielt. Damals fragte ich nicht nach Mauern oder einem sicheren Garten. Jetzt wird mir übel und schwindlig, wenn ich mich so weit von den Mauern entferne, daß ich sie nicht berühren oder gar sehen kann. Manchmal spüre ich den Knoten der Angst in meinem Magen, wenn ich nur über den Burghof gehe. Dann muß ich mich beeilen, wieder in meine Gemächer zu kommen.*
»Der Platz ist leicht zu befestigen«, sagte Artus. »Obwohl ich hoffe, daß friedliche Zeiten für das Land anbrechen, wenn wir die Sachsen verjagt haben.«
»Ein unwürdiger Wunsch für einen Kriegsmann, Bruder«, sagte Cai. »Was wollt Ihr denn in Friedenszeiten tun?«
»Ich werde Kevin, den Barden, bitten, daß er Lieder dichtet. Ich werde meine Pferde selbst zureiten und zu meinem Vergnügen durch das Land ziehen«, entgegnete Artus. »Meine Söhne und die Söhne meiner Ritter werden aufwachsen, ohne daß jede kleine Hand ein

Schwert hält, ehe sie alt genug dazu ist. Ich muß nicht befürchten, daß sie getötet oder zu Krüppeln werden, noch ehe sie erwachsen sind. Cai... wäre es nicht besser gewesen, Ihr hättet nicht in den Krieg ziehen müssen, ehe Ihr alt genug wart, um Euch selbst zu schützen? Manchmal glaube ich, es war nicht recht, daß Ihr verwundet wurdet und nicht ich, weil Ectorius mich Uther heil und ganz übergeben wollte!«

Er sah Cai liebevoll und besorgt an, und sein Ziehbruder lachte zurück.

»Und«, warf Lancelot ein, »wir werden die Kriegskünste durch Spiele am Leben halten, wie man es in früherer Zeit tat, und den Sieger mit Lorbeerkränzen krönen... was ist Lorbeer, Artus? Wächst er hier auf der Insel oder nur im Land von Achilles und Alexander?«

»Der Merlin könnte Euch das sagen«, antwortete Morgaine, als sie Artus' verblüfftes Gesicht sah. »Ich weiß auch nicht, ob bei uns der Lorbeer wächst. Aber es gibt genügend andere Pflanzen, aus denen wir den Siegern Eurer Spiele Kränze flechten können.«

»Auch den Harfenspielern werden wir Preise überreichen«, sagte Lancelot. »Singt, Morgaine.«

»Ich singe besser jetzt«, sagte Morgaine. »Denn ich nehme nicht an, daß Ihr bei Euern Männerspielen erlauben werdet, daß Frauen singen.« Sie nahm die Harfe und begann zu spielen. Sie saß nicht weit entfernt von der Stelle, wo sie heute nachmittag gesessen hatte, als das Blut auf den Herd des Königs spritzte... würde es wirklich geschehen oder war alles nur Einbildung? Warum sollte sie überhaupt noch glauben, daß sie die Gabe des Gesichts hatte? Sie sah nur noch, wenn sie gegen ihren Willen in Trance fiel...

Morgaine sang eine alte Klage, die sie in Tintagel gehört hatte... die Klage einer Fischersfrau, die zusehen mußte, wie die Boote ohne Rettung aufs Meer hinausgetrieben wurden. Morgaine wußte, sie konnte mit ihrer Stimme alle in ihren Bann ziehen. Schweigen breitete sich aus. Sie sang die alten Lieder von den Inseln, die sie an Lots Hof gehört hatte... die Legende einer Seejungfrau, die das Meer verließ, um einen sterblichen Geliebten zu finden... Lieder der einsamen Hirtinnen... Lieder, die man beim Spinnen und Flachskämmen sang. Ihre Zuhörer verlangten immer mehr, selbst als sie müde wurde. Morgaine hob schließlich abwehrend die Hand.

»Genug... nein, wirklich, ich kann nicht mehr. Ich krächze schon wie ein Rabe.«

Bald darauf befahl Artus den Dienern, die Fackeln in der Halle zu löschen und die Gäste zu ihren Kammern zu geleiten. Es gehörte zu Morgaines Aufgaben, darauf zu achten, daß die unvermählten Hofdamen der Königin in dem großen Raum hinter dem Gemach der Königin sicher in ihren Betten lagen – weit entfernt von den Kriegern und Bewaffneten. Aber sie blieb noch einen Augenblick sitzen und beobachtete Artus und Gwenhwyfar, die Lancelot eine gute Nacht wünschten.

»Ich habe den Frauen befohlen, Euch das beste freie Bett zurechtzumachen«, sagte Gwenhwyfar. Aber der Ritter schüttelte lachend den Kopf.

»Ich bin ein Kriegsmann... es ist meine Pflicht, darauf zu achten, daß Pferde und Leute gut untergebracht sind, ehe ich schlafen gehe.«

Artus, den Arm um Gwenhwyfars Hüfte gelegt, lachte leise: »Wir müssen dich verheiraten, Lance. Dann mußt du deine Nächte nicht auf einem kalten Lager verbringen. Ich habe dich zum Obersten meiner Reiterei gemacht. Aber deshalb mußt du nicht deine Nächte im Stall verbringen.«

Gwenhwyfar spürte den Schmerz in ihrer Brust, als sie Lancelots Blick erwiderte. Sie glaubte, seine Gedanken lesen zu können; fast hoffte sie, er würde wiederholen, was er schon einmal gesagt hatte: *Mein Herz ist erfüllt von meiner Königin. Für eine andere Frau ist dort kein Platz!!!* Sie hielt den Atem an, aber Lancelot seufzte nur, lächelte sie an, und Gwenhwyfar dachte: *Nein, ich bin eine Ehefrau, eine christliche Frau. Solches zu denken ist schon Sünde. Ich muß morgen Buße tun.* Die Kehle war ihr wie zugeschnürt. Sie konnte kaum schlucken, und unwillkürlich dachte sie: *Es ist Strafe genug, daß ich nicht bei dem Mann sein kann, den ich liebe...* Sie rang dabei so laut nach Luft, daß Artus sie erschreckt ansah.

»Was ist, Liebes? Hast du dir wehgetan?«

»Eine... Nadel hat mich gestochen«, sagte Gwenhwyfar, senkte den Blick und gab vor, die Nadel in den Falten ihres Gewandes zu suchen. Sie sah, daß Morgaine sie beobachtete, und biß sich auf die Lippen. *Immer beobachtet sie mich... und sie hat das Gesicht. Kennt sie alle meine sündigen Gedanken? Sieht sie mich deshalb voller Vorwurf an?*

Und doch hatte Morgaine ihr nie etwas anderes als die Freundlichkeit einer Schwester entgegengebracht. Als Gwenhwyfar im ersten Jahr ihrer Ehe schwanger gewesen war – damals bekam sie Fieber und

verlor das Kind im fünften Monat –, konnte sie keine ihrer Hofdamen um sich ertragen. Morgaine hatte sie damals beinahe wie eine Mutter umsorgt. Warum war sie jetzt so undankbar?
Lancelot zog sich zurück. Gwenhwyfar spürte beinahe schmerzlich Artus' Arm um ihre Hüfte und den erwartungsvollen Blick seiner Augen. Sie waren lange getrennt gewesen. Trotzdem empfand sie plötzlich eine starke Abneigung. Seit dieser Zeit bin ich kein einziges Mal schwanger gewesen – kann er mir nicht einmal ein Kind schenken?
Aber das lag sicher an ihr – eine der Ammen hatte ihr erzählt, es sei eine Krankheit wie bei den Kühen, die immer wieder ihre Kälber abstießen. Auch bei Frauen kam das manchmal vor. Sie konnten ein Kind nicht länger als einen, zwei, höchstens drei Monate tragen. Durch eine Unvorsichtigkeit mußte sie diese Krankheit auch bekommen haben... vielleicht war sie zur falschen Zeit in die Meierei gegangen und hatte die Milch einer kranken Kuh getrunken. Sie hatte das Leben des Thronerben verspielt, und es war *ihre* Schuld... gepeinigt von Schuldgefühlen folgte sie Artus ins Schlafgemach.
»Es ist mehr als ein Spaß, Gwen«, sagte Artus, der auf dem Bett saß und seine lederne Hose auszog. »Wir müssen Lancelot verheiraten. Hast du nicht gesehen, wie die jungen Burschen alle hinter ihm herrennen und wie gut er mit ihnen umgehen kann? Er sollte eigene Söhne haben... Ich weiß es, Gwenhwyfar. Wir verheiraten ihn mit Morgaine!«
»Nein!« entfuhr es ihr, noch ehe sie es dachte. Artus sah sie überrascht an.
»Was hast du? Das ist doch das Richtige, die beste Wahl! Meine liebe Schwester und mein bester Freund. Vergiß nicht, ihre Kinder wären die nächsten Anwärter auf den Thron, wenn uns die Götter keinen Sohn schenken... nein, nein, weine nicht, Liebes«, bat er. Gedemütigt und beschämt wußte Gwenhwyfar, daß ihr Gesicht vor Weinen verzerrt war. »Ich habe das nicht als Vorwurf gesagt, mein Herz, Kinder kommen, wenn die Göttin es will. Aber sie allein weiß, wann wir Kinder haben werden oder ob überhaupt. Gawain steht mir nahe. Aber ich beabsichtige nicht, einen Sohn Lots auf den Thron zu setzen, wenn ich sterbe. Morgaine ist die Tochter meiner Mutter und Lancelot mein Vetter...«
»Lancelot kann es doch gleichgültig sein, ob er Söhne hat«, wandte Gwenwyfar ein. »Er ist der fünfte oder sechste Sohn König Bans und noch dazu ein Bastard.«

»Ich habe nie geglaubt, daß ausgerechnet du meinem Vetter und besten Freund seine Herkunft vorwerfen würdest. Außerdem ist er kein gewöhnlicher Bastard, sondern ein Sohn des Heiligen Hains und der Großen Ehe ...«

»Heidnische Zügellosigkeit! Wenn ich König Ban wäre, würde ich in meinem Reich diese lasterhaften Zaubereien nicht dulden ... und das solltest du auch nicht!«

Artus zog unbehaglich die Bettdecke über sich. »Lancelot hätte wenig Grund, mich zu lieben, wenn ich seine Mutter aus diesem Reich vertreiben würde. Und bei dem Schwert, das sie mir bei meiner Krönung gaben, habe ich geschworen, Avalon zu ehren.«

Gwenhwyfar betrachtete das große Schwert Excalibur, das in seiner Magischen Scheide mit den mystischen Zeichen an einem Bettpfosten hing und dessen blasser Silberglanz sie zu verspotten schien. Sie löschte das Licht, legte sich neben Artus und sagte: »Unser Herr Jesus würde dich besser als all diese teuflischen Zauber schützen. Hattest *du* etwas mit einer ihrer verderbten Göttinnen und ihrer Zauberei zu tun, ehe du zum König gemacht wurdest? Ich weiß, zu Uthers Zeiten war das so. Aber wir leben in einem christlichen Land.«

Artus antwortete unbehaglich: »Auf der Insel gibt es viele Völker und Stämme. Dem Alten Volk, das schon lange vor den Römern hier lebte, können wir nicht die Götter nehmen. Und ... was vor meiner Krönung geschah ... nun, das berührt dich nicht, meine Gwenhwyfar.«

»Ein Mann kann nicht zwei Herren dienen«, erklärte sie und staunte über ihren eigenen Mut. »Ich wünsche, daß Ihr ganz und gar ein christlicher König seid, mein Gebieter.«

»Ich bin all meinen Untertanen verpflichtet«, erwiderte Artus, »nicht nur den Anhängern Jesu Christi ...«

»Mir scheint«, sagte Gwenhwyfar, »dies sind Eure Feinde, nicht die Sachsen. Der einzig gerechte Krieg für einen christlichen König ist der Kampf gegen alle, die nicht an Christus glauben.«

Artus lachte gezwungen: »Jetzt sprichst du schon wie der Bischof Patricius. Er würde die Sachsen lieber taufen als sie erschlagen und will, daß wir im Frieden mit ihnen leben. Ich denke da eher wie die frühen Kirchenmänner. Als man sie bat, Missionare zu den Sachsen zu schicken ... weißt du, was sie da antworteten?«

»Nein, davon habe ich noch nie etwas gehört ...«

»Diese Männer der Kirche erklärten, sie würden den Sachsen keine

Missionare schicken, damit sie nicht gezwungen wären, ihnen in Frieden vor dem Thron Gottes zu begegnen.« Artus lachte laut, aber Gwenhwyfar lächelte noch nicht einmal. Nach einer Weile seufzte er.

»Denk darüber nach, meine Gwen. Mir erscheint es die bestmögliche Ehe... mein liebster Freund und meine Schwester. Dann wäre er mein Bruder und seine Söhne meine Erben...«

Er legte in der Dunkelheit den Arm um sie und fügte hinzu: »Aber jetzt müssen wir uns darum bemühen, daß wir keine anderen Erben brauchen als die, die du mir schenken kannst, mein Herz.«

»Das gebe Gott«, flüsterte Gwenhwyfar, kam in seine Arme und versuchte, an nichts anderes zu denken als an Artus, den König...

Morgaine hatte darauf geachtet, daß alle Hofdamen in ihren Betten lagen und stand noch ruhelos am Fenster. Elaine, die das Bett mit ihr teilte, murmelte: »Komm schlafen, Morgaine. Es ist spät. Du mußt müde sein.«

Sie schüttelte den Kopf. »Ich glaube, der Mond muß heute nacht in mich gefahren sein... ich bin nicht müde.« Sie wollte sich nicht hinlegen und die Augen schließen. Selbst wenn das Gesicht sie nicht bedrängte, würde ihre Phantasie sie quälen. Um sie herum vereinigten sich die zurückgekehrten Männer mit ihren Frauen – mit einem freudlosen Lächeln dachte sie: *Es ist wie an Beltane in Avalon*... Sie war sicher, daß selbst die unverheirateten Krieger eine Frau für die Nacht gefunden hatten. Heute nacht lag jeder vom König bis hinunter zu den Stallburschen in den Armen einer Frau... nur nicht die Jungfrauen der Königin. Gwenhwyfar hielt es für ihre Pflicht, deren Keuschheit zu schützen, wie Balan richtig gesagt hatte. *Und ich werde mit den Jungfrauen der Königin bewacht.*

Lancelot... bei Artus' Hochzeit... nun, daraus war ohne ihr Verschulden nichts geworden. *Und Lancelot bleibt so oft er kann dem Hofe fern... zweifellos will er Gwenhwyfar nicht in Artus' Armen sehen. Aber jetzt ist er hier...* Und wie sie war er in dieser Nacht allein, lag unter Soldaten und Reitern. Er träumte bestimmt von der Königin – von der einen Frau im Reich, die er nicht haben konnte. Denn sicher würde jede andere Frau am Hof – verheiratet oder Jungfrau – sich ihm ebenso bereitwillig hingeben wie sie selbst. Ohne das Mißgeschick bei Artus' Hochzeit hätte sie ihn besessen. Als ehrenhafter Mann, der er war, hätte er sie geheiratet, falls sie schwanger geworden wäre.

Es ist unwahrscheinlich, daß ich nach den Verletzungen bei Gwydions Geburt noch einmal empfangen hätte ... aber ich hätte ihm das nicht sagen müssen. Ich hätte ihn glücklich machen können – selbst ohne Sohn. Es gab eine Zeit, als er mich wollte ... ehe er Gwenhwyfar zum ersten Mal sah, aber auch danach ... ohne den unglückseligen Zwischenfall hätte er die Königin in meinen Armen vergessen ...
Und ich bin begehrenswert ... als ich heute abend sang, haben mich viele Ritter verlangend angesehen ...
Ich könnte Lancelots Verlangen nach mir wecken ...
Elaine flüsterte ungeduldig: »Kommst du nicht, Morgaine?«
»Nein ... ich glaube, ich gehe noch einmal an die frische Luft«, antwortete Morgaine.
Den Frauen der Königin war das verboten. Elaine schlug erschrocken die Hände vor das Gesicht. Manchmal trieb sie Morgaine mit dieser Zimperlichkeit zur Verzweiflung. Hatte Elaine sich vielleicht bei der Königin angesteckt wie mit einem Fieber, oder war es eine neue Mode?
»Hast du keine Angst vor all den Männern, die überall kampieren?«
Morgaine lachte: »Glaubst du, ich bin es nicht leid, allein zu liegen?«
Sie bemerkte, daß sie Elaine verletzt hatte und sagte freundlicher: »Ich bin die Schwester des Königs. Niemand würde mich gegen meinen Willen anrühren. Hältst du mich wirklich für so verführerisch, daß mir kein Mann widerstehen kann? Ich bin nun sechsundzwanzig, keine zarte Jungfrau wie du, Elaine.«
Ohne sich auszukleiden, legte sich Morgaine neben Elaine. Wie sie gefürchtet hatte, sah sie in der Dunkelheit Bilder vor ihren Augen – Phantasie oder das Gesicht? Artus und Gwenhwyfar ... Männer und Frauen, die sich überall in der Burg in Liebe oder auch nur in Lust vereinigten.
Und Lancelot ... war er auch allein? Die Erinnerung verdrängte ihre Phantasien, und sie dachte an den Tag im strahlenden Sonnenschein auf dem Gipfel des Berges. Sie spürte wieder Lancelots Küsse, unter denen ihr Körper erwachte ... und das bittere Bedauern, daß sie der Göttin geweiht gewesen war. Und dann ... bei Artus' Hochzeit hatte er ihr beinahe die Kleider vom Leib gerissen und sie fast im Stall genommen ... damals begehrte er sie ...
Jetzt stand ihr plötzlich ein Bild vor Augen: Lancelot ging allein im Burghof hin und her. Sein Gesicht war versteinert vor Einsamkeit

und Enttäuschung ... *ich habe weder das Gesicht benutzt noch meinen Zauber, um ihn selbstsüchtig an mich zu ziehen ... dieses Bild hat sich mir aufgedrängt ...*
Vorsichtig befreite sich Morgaine aus Elaines Arm, um sie nicht zu wecken, und glitt leise aus dem Bett. Sie hatte vorhin nur die Schuhe ausgezogen und beugte sich nun hinunter, um sie anzuziehen. Dann verließ sie geräuschlos wie ein Schatten aus Avalon den Raum.
Wenn es ein Traum war, der meiner Phantasie entsprungen ist ... wenn er nicht da ist, werde ich im Mondlicht umhergehen und meine Erregung kühlen. Dann gehe ich zurück ins Bett ... Daran ist nichts Schlechtes. Aber das Bild ließ sich nicht verdrängen, und sie wußte, daß Lancelot allein im Freien war und nicht schlafen konnte.
Auch er kam aus Avalon ... *der Mond liegt auch ihm im Blut ...*
Morgaine stahl sich geräuschlos an der dösenden Wache vorbei und warf einen Blick zum Himmel hinauf. Die hellen Strahlen des Viertelmonds erleuchteten den gepflasterten Platz vor den Ställen. *Nein ... hier nicht ... um die Ecke.* Einen Augenblick lang dachte sie: *Er ist nicht da. Es war ein Traum. Meine Phantasie hat mich getäuscht ...*
Beinahe hätte Morgaine sich umgedreht und wäre wieder ins Bett gegangen, denn sie schämte sich plötzlich – angenommen, der Wachposten entdeckte sie, dann würden alle wissen, daß die Schwester des Königs durch das Haus schlich, wenn alle anständigen Leute schon lange schliefen – zweifellos suchte sie ein Abenteuer ...
»Wer da? Bleibt stehen! Zeigt Euch!« Die leise Stimme klang streng ... Lancelots Stimme! Trotz der freudigen Erregung fürchtete sich Morgaine. Das Gesicht hatte sich bewahrheitet, aber was jetzt? Lancelots Hand lag am Schwertknauf. Im Schatten wirkte er sehr groß und schmal.
»Morgaine?« fragte er weich, und die Hand fiel vom Schwert. »Bist du es, Base?«
Sie trat aus dem Schatten. Sein wachsames, besorgtes Gesicht wurde freundlich, als er sie sah.
»So spät noch auf? Suchst du mich ... ist etwas geschehen? Mit Artus ... der Königin ...«
Selbst jetzt denkt er nur an die Königin! Morgaine spürte in den Fingerspitzen und Fußknöcheln prickelnde Erregung und Zorn. Sie antwortete: »Nein, es ist alles, wie es sein soll ... soweit ich weiß. Ich bin nicht in die Geheimnisse des königlichen Schlafgemaches eingeweiht!«

Lancelot errötete – in der Dunkelheit wirkte es wie ein Schatten auf seinem Gesicht. Er wendete den Kopf zur Seite. Sie sagte: »Ich konnte nicht schlafen ... wieso fragst du, was ich hier tue, wenn du selbst nicht ruhst? Oder hat Artus dich zum Nachtwächter bestellt?«
Sie ahnte Lancelots Lächeln. »Ebensowenig wie dich! Ich wurde unruhig, als alles um mich herum in Schlaf versank ... ich glaube, der Mond liegt mir im Blut.«
Das hatte sie auch zu Elaine gesagt, und sie sah darin ein gutes Omen ... ein Zeichen, daß ihre Gedanken aufeinander eingestimmt waren. Sie reagierten auf den Ruf des anderen, so wie die Saite einer Harfe in Schwingungen gerät, wenn auf einer anderen gespielt wird.
Lancelot sprach leise in die Dunkelheit: »In solchen Nächten bin ich unruhig und denke an die vielen Nächte im Feld ...«
»Und wie alle Krieger wünschst auch du dich dorthin zurück.«
Er seufzte: »Nein ... obwohl es vielleicht eines Ritters nicht würdig ist, von morgens bis abends an den Frieden zu denken.«
»Das glaube ich nicht«, entgegnete Morgaine freundlich. »Denn weshalb zieht man in den Krieg, wenn man nicht darauf hofft, daß danach im ganzen Land Friede herrscht? Ein Krieger, der sein Handwerk zu sehr liebt, wird nur noch eine Waffe zum Töten. Was sonst brachte die Römer auf unsere friedliche Insel ... doch nur der Drang zu erobern und Krieg um des Krieges willen zu führen!«
Lancelot lächelte. »Dein Vater war einer dieser Römer, Base ... und auch meiner.«
»Ich denke eher an die friedlichen Stämme, die nichts anderes wünschten, als in Frieden ihre Felder zu bestellen und die Göttin zu verehren. Ich bin eine Tochter vom Volk meiner Mutter ... und deiner.«
»Ja, aber diese großen Helden aus früherer Zeit, von denen wir sprachen ... Achilles, Alexander ... sie sahen im Kampf die wahre Aufgabe des Mannes. Selbst heute und auf diesen Inseln denken alle Männer zuerst an den Kampf und sehen im Frieden nur eine kurze Unterbrechung ... es ist die Zeit der Frauen.« Er seufzte. »Welch schwere Gedanken ... kein Wunder, daß wir nicht schlafen können, Morgaine. Heute nacht würde ich alle großen Waffen, die je geschmiedet wurden, und alle Heldenlieder über deinen tapferen Achilles und Alexander für einen Apfel von den Bäumen von Avalon geben ...« Er wendete sich ab. Morgaine ließ ihre Hand in seine gleiten.

»Ich auch, Vetter.«
»Ich weiß nicht, weshalb ich mich nach Avalon sehne... ich habe nicht lange dort gelebt«, sagte Lancelot nachdenklich. »Und doch ist es für mich der schönste Platz auf der Erde... wenn es tatsächlich auf dieser Erde liegt. Ich glaube, die Magie der Alten Druiden entrückte es aus dieser Welt, denn es war für uns unvollkommene Menschen zu schön und es mußte wie ein Traum vom Himmel sein, den wir unmöglich...« Mit einem kurzen Lachen unterbrach er sein Schwärmen. »Mein Beichtvater würde solche Dinge nicht gerne hören.«
Morgaine lachte leise: »Oh, bist du ein Christ geworden, Lance?«
»Ich fürchte, kein guter Christ. Aber ihr Glaube erscheint mir so einfach und gut. Ich wünschte, ich könnte daran glauben... sie sagen: Glaube an das, was du nicht gesehen hast. Bekenne dich zu dem, was du nicht kennst, das ist eine größere Tugend, als zu wissen, was man gesehen hat und kennt. Wie man sagt, tadelte selbst Jesus nach seiner Auferstehung von den Toten einen Mann, der seine Hände in die Wunden Christi legen wollte, um sich davon zu überzeugen, daß er kein Geist und kein Gespenst war, und sagte: Gesegnet sind alle, die glauben, ohne zu sehen.«
»Aber wir werden auferstehen«, sagte Morgaine sehr leise, »immer und immer wieder. Wir kommen nicht nur einmal auf diese Erde und gehen dann in ihren Himmel oder in ihre Hölle. Wir leben und leben immer wieder, bis wir alle wie die Götter sind.«
Er senkte den Kopf. Ihre Augen hatten sich an die Dunkelheit gewöhnt, und sie sah ihn jetzt deutlich – die zarte Linie der Schläfe, die sich an dem Auge nach innen wölbte, die schmalen, langen Backenknochen, die weichen, dunklen Brauen und darüber das lockige Haar. Wieder schnitt ihr seine Schönheit ins Herz. Lancelot sagte: »Ich habe vergessen, daß du eine Priesterin bist und glaubst...«
Ihre Hände lagen leicht ineinander verschlungen. Sie spürte die zarte Bewegung seiner Finger und ließ seine Hand los. »Manchmal weiß ich nicht, was ich glaube. Vielleicht bin ich zu lange nicht mehr in Avalon gewesen.«
»Auch ich weiß nicht, woran ich glaube«, bekannte er. »Aber in diesem langen, langen Krieg habe ich soviele Männer, Frauen und kleine Kinder sterben sehen. Mir kommt es vor, als kämpfe ich schon, seit ich ein Schwert tragen kann. Wenn ich sehe, wie sie sterben, denke ich, der Glaube ist eine Einbildung. In Wahrheit

sterben wir, wir alle, wie die Tiere. Wir sind nicht mehr als... gemähtes Gras oder der Schnee vom letzten Jahr.«
»Aber auch diese Dinge kehren wieder«, flüsterte Morgaine.
»Wirklich? Oder ist *das* die Einbildung!« Es klang bitter, als er sagte: »Ich glaube, hinter alldem liegt kein Sinn... das Gerede von Göttern und Göttinnen... das alles sind nur Geschichten, um Kinder zu trösten. Oh, Morgaine! Wieso reden wir über solche Dinge? Du solltest schlafen gehen, Base, und ich auch...«
»Wenn du willst, gehe ich«, sagte sie. Als sie sich zum Gehen wandte, durchströmte sie ein Glücksgefühl, denn Lancelot griff nach ihrer Hand.
»Nein, nein... wenn ich alleine bin, überfallen mich immer solche Gedanken und Zweifel. Wenn sie schon kommen müssen, will ich sie lieber laut aussprechen, denn dann höre ich, wie albern sie sind. Bleib bei mir, Morgaine.«
»Solange du willst«, flüsterte sie und spürte Tränen in ihren Augen. Sie legte ihre Arme um seine Hüften, seine starken Arme umschlossen sie fest... dann lockerte er reumütig seinen Griff.
»Du bist so klein... ich hatte vergessen, wie klein du bist... ich könnte dich mit meinen Händen zerbrechen, Morgaine...« Er tastete nach ihren Haaren, die sie lose unter dem Schleier trug, streichelte sie und wickelte eine Strähne um seine Finger. »Morgaine, Morgaine... manchmal glaube ich, daß du zu dem Wenigen in meinem Leben zählst, das gut ist... wie eine Frau aus dem Alten Volk der Feen, von denen man in den Legenden erzählt... die Elfe aus dem unbekannten fernen Land, die dem Sterblichen Worte der Schönheit und der Hoffnung gibt und dann wieder zu den Inseln im Westen zurückkehrt, um nie wiederzukommen...«
»Aber ich werde nicht weggehen«, flüsterte sie.
»Nein.« Auf einer Seite des gepflasterten Hofes stand ein Block, auf dem manchmal die Männer saßen, wenn sie auf ihre Pferde warteten. Er zog sie dorthin und sagte: »Setze dich hier neben mich.« Dann zögerte er: »Nein, das ist kein Platz für eine Dame...«, und begann zu lachen, »noch war es der Stall an jenem Tag. Erinnerst du dich, Morgaine?«
»Ich glaubte, du hättest es vergessen, nachdem dieses teuflische Pferd dich...«
»Du solltest es nicht als teuflisch bezeichnen. Es hat mehr als einmal Artus das Leben in der Schlacht gerettet, und er wird es sicher für seinen Schutzengel halten«, entgegnete Lancelot. »Oh, was war das

für ein unglückseliger Tag. Es wäre Unrecht gewesen, dich so zu nehmen. Ich habe mir oft gewünscht, dich um Verzeihung zu bitten. Ich wollte hören, daß du mir vergibst und mir nicht böse bist ...«

»Böse?« Sie sah zu ihm auf, und ihre Gefühle überwältigten sie. »Böse?« fragte sie wie betäubt noch einmal. »Vielleicht nur auf jene, die uns unterbrachen ...«

»Ist das wahr?« Seine Stimme klang weich. Er nahm ihr Gesicht in die Hände und preßte langsam seine Lippen auf ihre. Morgaine überließ sich ihm und öffnete ihren Mund unter seinem Kuß. Er war nach römischer Sitte glatt rasiert; sie spürte das rauh-weiche Gesicht an ihrer Wange und seine warme, süße Zunge, die ihren Mund erforschte. Er zog sie enger an sich, hob sie beinahe hoch und stöhnte leise. Der Kuß nahm kein Ende, bis sie sich widerstrebend freimachen mußte, um Luft zu holen. Er lachte weich, voll Verwunderung.

»Da sind wir wieder ... soweit sind wir schon einmal gekommen ... und dieses Mal werde ich jedem den Kopf abschlagen, der uns unterbricht ... aber wir stehen hier vor dem Stall und küssen uns wie ein Pferdebursche die Küchenmagd. Was jetzt, Morgaine? Wohin gehen wir?«

Sie wußte es nicht ... es schien keinen sicheren Platz für sie zu geben. Sie konnte ihn nicht mit in ihr Gemach nehmen, wo sie mit Elaine und vier anderen Hofdamen schlief. Lancelot hatte erklärt, er schlafe bei den Soldaten. Irgend etwas in ihr sagte: *Das nicht!* Die Schwester des Königs und der Freund des Königs sollten nicht nach einem Heustapel suchen müssen. Wenn sie wirklich soviel füreinander empfanden, war es richtig, bis zum Morgen zu warten und Artus zu bitten, heiraten zu dürfen ...

Aber in einem Winkel ihres Herzens, wo sie es nicht sehen mußte, wußte sie, daß Lancelot dieses nicht wollte. Er begehrte sie vielleicht in einem Augenblick der Leidenschaft wirklich ... mehr nicht. Und wollte sie ihm für einen Augenblick der Leidenschaft ein Eheversprechen entlocken? Die Stammesfeste waren ehrlicher: Mann und Frau sollten sich vereinigen nach den Gezeiten von Sonne und Mond, die sie im Blut spürten ... so wollte es die Göttin. Und nur wenn es später ihr Wunsch war, ein Heim zu teilen und Kinder großzuziehen, sollten sie heiraten. Morgaine wußte in ihrem Herzen, daß sie weder Lancelot noch einen anderen Mann wirklich für die Ehe wollte – obwohl sie glaubte, es wäre für ihn, für Artus und sogar für Gwenwyfar das beste, Lancelot von Caerleon zu entfernen.

Aber das waren flüchtige Gedanken. Lancelots Nähe verwirrte sie.

Sie spürte das Klopfen seines Herzens an ihrer Wange ... er begehrte sie. Und jetzt dachte er weder an Gwenwyfar noch an eine andere Frau. Er dachte nur an sie!

Soll mit uns geschehen, was die Göttin will. Mann und Frau ...

»Ich weiß«, flüsterte Morgaine und nahm ihn bei der Hand. Hinter den Ställen und der Schmiede führte ein Pfad in den Obstgarten. Dort wuchs dichtes und weiches Gras. An sonnigen Nachmittagen saßen die Frauen manchmal unter den Bäumen.

Lancelot breitete seinen Mantel aus. Der Duft von grünen Äpfeln und Gras lag in der Luft. Morgaine dachte: *Es könnte beinahe auf Avalon sein.* Mit seiner Gabe, ihre Gedanken aufzunehmen, murmelte er: »Heute nacht haben wir für uns einen Winkel von Avalon gefunden ...«, und zog sie neben sich auf den Mantel. Er nahm ihr den Schleier ab, liebkoste ihre Haare, schien aber keine Eile zu haben. Er hielt sie zart im Arm, beugte sich immer wieder über sie und küßte sie auf die Wange und auf die Stirn.

»Das Gras ist trocken ... es ist kein Tau gefallen. Wahrscheinlich wird es noch vor dem Morgen regnen«, murmelte er und streichelte zärtlich ihre Schultern und die kleinen Hände. Sie spürte die Schwielen und die harte Haut seiner Schwerthand ... sie war so hart, und er war doch vier Jahre jünger als sie – Morgaine kannte die Geschichte. Er wurde geboren, als Viviane glaubte, schon zu alt zu sein, um noch ein Kind zu kriegen. Lancelot konnte ihre ganze Hand mit den Fingern umfassen. Er spielte mit ihren Fingern, mit den Ringen, seine Hand glitt über den Stoff zu ihrer Brust, und er öffnete die Bänder. Morgaine fühlte sich benommen und aufgewühlt. Eine Woge der Leidenschaft überflutete sie wie Wellen den Strand, trug sie davon, und sie ertrank in seinen Küssen. Er murmelte etwas, das sie nicht verstand. Aber sie fragte ihn nicht; sie hörte nichts mehr.

Er mußte ihr aus dem Gewand helfen. Die Kleider am Hof waren aufwendiger als die einfachen Gewänder der Priesterinnen. Sie kam sich ungeschickt und unbeholfen vor. Würde sie ihm gefallen? Ihre Brüste schienen weich und schlaff ... nach Gwydions Geburt waren sie so geworden. Sie erinnerte sich, daß sie klein und fest gewesen waren, als er sie zum ersten Mal berührte. Aber er schien nichts zu bemerken. Er liebkoste ihre Brüste, nahm die Knospen zwischen die Finger und dann zart zwischen Lippen und Zähne. Sie konnte nichts mehr denken. Auf der ganzen Welt gab es für sie nur noch seine Hände, die sie berührten, die bebende Wahrnehmung ihrer Finger, die über seine geschmeidigen Schultern und seinen Rücken hinunterglitten zu den feinen, dunklen Haaren dort... sie hatte immer geglaubt, die Haare auf der Brust eines Mannes seien hart und rauh. Aber die seinen waren weich und seidig wie ihre Haare und kräuselten sich zu vielen Löckchen. Benommen dachte sie daran, daß sie ihr erstes Erleben mit einem siebzehnjährigen Jüngling gehabt hatte, der kaum wußte, was er tat. Sie hatte ihn leiten, es ihm zeigen müssen... in plötzlicher Trauer wünschte sie, es wäre das erste Mal, damit sie sich immer voll Glück daran erinnern könnte. Es hätte so sein sollen... sie kam seinem Körper entgegen, umklammerte ihn flehend und stöhnte. Sie konnte es nicht ertragen, noch länger zu warten...

Er schien noch nicht bereit zu sein, obwohl sie sich ihm öffnete. Ihren Körper durchströmte pulsierendes Leben und wildes Verlangen. Sie drängte sich hungrig, mit gierigem, flehendem Mund an ihn; sie flüsterte seinen Namen, bettelnd, beinahe furchtsam. Er küßte sie immer noch sanft, seine Hände glitten über ihren Leib, streichelten und beruhigten sie. Aber Morgaine wollte jetzt nicht besänftigt werden. Alles in ihr schrie nach Erfüllung, schrie vor Hunger und Verlangen! Sie versuchte zu sprechen, ihn anzuflehen, aber sie brachte nur ein schluchzendes Wimmern hervor.

Lancelot hielt sie sanft in seinen Armen, streichelte sie noch immer. »Still, nein, still, Morgaine, warte, nein, nicht mehr... ich will dir nicht weh tun oder dich entehren. Das darfst du nicht glauben... bleib ruhig, bleib in meinen Armen liegen. Ich werde dich glücklich machen...« Verwirrt und verzweifelt ließ sie ihn gewähren. Aber selbst während ihr Körper nach dem Genuß schrie, den er ihr mit seinen Händen verschaffte, stieg ein befremdlicher Zorn in ihr auf, der immer stärker wurde. Wo blieb der Fluß des Lebens zwischen ihren beiden Körpern, dem männlichen und dem weiblichen... die Fluten der Göttin, die sich aufstauten und sie mitrissen? Er schien sich gegen diese Kraft zu stemmen, schien ihre Liebe für ihn zum Spott, zum Spiel, zu einem *als ob* zu erniedrigen. Er nahm daran keinen Anstoß. Für ihn schien es so richtig zu sein. Sie hatten beide ihren Genuß... als ginge es nur um ihre Körper. Als gäbe es keine Vereinigung, die das ganze Leben mit einbezog. Der Priesterin, die in Avalon erzogen und auf den großen Gezeitenstrom von Leben und Ewigkeit eingestimmt war, erschien dieses vorsichtige, sinnliche und bewußte Liebesspiel beinahe als Lästerung – die Weigerung, sich dem Willen der Göttin zu unterwerfen.

Auf den Höhen des Genusses, in den sich das Gefühl der Demütigung mischte, begann Morgaine ihn zu entschuldigen. Lancelot war nicht in Avalon aufgewachsen, sondern einer Pflegemutter übergeben worden, war an einen Hof und dann zu den Soldaten gekommen. Kampf und Krieg bestimmten sein Leben. Vielleicht wußte er es nicht besser, vielleicht kannte er auch nur Frauen, die ihm nicht mehr als eine kurze körperliche Entspannung verschafften, oder nur Frauen, die mit der Liebe spielten und nichts geben wollten... er hatte gesagt: *Ich will dir nicht weh tun oder dich entehren,* als glaube er wahrhaftig, an ihrer Vereinigung sei etwas Falsches oder Unehrenhaftes. Lancelot stöhnte auf und drehte sich zur Seite, berührte sie aber noch immer; seine Finger glitten zart über die weichen Haare zwischen ihren Schenkeln. Er küßte ihren Nacken und ihre Brüste. Sie schloß die Augen, drückte sich zornig und verzweifelt an ihn – *ja, ja, vielleicht hatte sie nicht mehr verdient!* Sie hatte sich wie eine Hure benommen, indem sie so zu ihm kam... vielleicht geschah es ihr recht, daß er sie nicht besser als eine Hure behandelte... und sie war so versessen auf ihn, daß sie sich nicht dagegen wehrte, als er sie so nahm. Er hätte mit ihr tun können, was er wollte. Sie hätte sich nicht gewehrt; sie wußte wohl, selbst das würde sie verlieren, wenn sie mehr verlangte... sie begehrte ihn, sie hungerte nach ihm mit einem unerträglichen Sehnen, von dem sie wußte, daß es nie gestillt werden würde. Doch er begehrte sie nicht... sein Herz verzehrte sich immer noch nach Gwenhwyfar oder nach einer Frau, die er nehmen konnte, ohne mehr von sich geben zu müssen als diese leere Berührung zweier Körper... eine Frau, die damit zufrieden war, sich ihm zu schenken und von ihm nicht mehr verlangte als Genuß. In die Qual und den Hunger ihrer Liebe mischte sich ein Anflug von Verachtung. Und darin lag die größte Qual... sie wußte, sie liebte ihn auch jetzt nicht weniger... sie würde ihn immer lieben, wie in diesem Augenblick des Hungers und der Verzweiflung.

Morgaine richtete sich auf, zog ihr Kleid über und schnürte es mit zitternden Fingern. Schweigend beobachtete Lancelot sie und half ihr dabei. Nach langem Schweigen sagte er traurig: »Wir hätten es nicht tun sollen, meine liebe Morgaine. Bist du mir böse?«

Sie konnte nicht antworten. Ihr war die Kehle wie zugeschnürt. Schließlich entrang sie sich die Worte: »Nein... nicht böse«, aber sie wußte: Eigentlich sollte sie die Stimme erheben, ihn anschreien und von ihm fordern, was er ihr nicht geben konnte... vielleicht auch keiner anderen Frau.

»Du bist meine Base und meine Verwandte... aber es ist nichts

Schlimmes geschehen . . .«, sagte er mit unsicherer Stimme. »Wenigstens muß ich mir nicht vorwerfen . . . dich vor dem ganzen Hof zu entehren . . . um alles in der Welt würde ich das nicht tun . . . glaube mir, Morgaine . . . ich liebe dich . . .«

Sie konnte ihr Schluchzen nicht länger unterdrücken. »Lancelot, ich bitte dich im Namen der Göttin, du darfst so nicht sprechen . . . was ist denn schon geschehen? Was wir uns beide ersehnten, ist im Sinne der Göttin!«

Verzagt antwortete er: »Du sprichst von der Göttin und solch heidnischen Dingen . . . du machst mir beinahe Angst, Morgaine. Ich wollte mich von der Sünde fernhalten, und trotzdem habe ich dich mit Lust und Begierde angesehen . . . ich wußte wohl, es war nicht richtig.« Er zog sich mit zitternden Händen an. Schließlich sagte er mit erstickter Stimme: »Es scheint mir eine größere Todsünde zu sein, als es wahrscheinlich ist . . . wenn du nur nicht so wie meine Mutter wärst, Morgaine . . .«

Es traf sie wie ein Schlag ins Gesicht . . . ein grausamer, hinterhältiger Schlag. Einen Augenblick lang konnte sie nicht sprechen. Dann schien der ganze Zorn der beleidigten Göttin wie ein Blitz in sie zu fahren. Sie spürte, wie sie sich aufrichtete, wuchs . . . sie wußte, der Glanz der Göttin kam über sie wie auf der Barke von Avalon. So klein und unbedeutend sie sonst war, hatte sie doch das Gefühl, drohend vor ihm aufzuragen. Sie sah, wie der starke Ritter, der Oberste der königlichen Legion klein und erschrocken vor ihr zurückwich, so klein wurde wie alle Männer im Angesicht der Göttin.

»Du bist . . . du bist ein Narr, Lancelot! Du bist es noch nicht einmal wert, daß man dich verflucht!« Morgaine drehte sich um und ging. Er saß da, die Hose noch nicht ganz hochgezogen und starrte ihr erstaunt und beschämt nach. Ihr Herz klopfte wie rasend. Halb hatte sie gewünscht, ihn streitsüchtig wie eine Möwe anzuschreien, halb wollte sie zusammenbrechen, gequält und gepeinigt weinen und ihn um die Liebe anflehen, die er ihr verweigerte, die er zurückwies und damit die Göttin in ihr beleidigte . . . Gedankenfetzen jagten Morgaine durch den Kopf – sie dachte an eine alte Geschichte: Ein Mann überraschte die Göttin und wies sie zurück . . . Sie ließ ihn von ihren Jagdhunden zerreißen . . . und Morgaine war traurig darüber, daß sich der Traum vieler Jahre erfüllt und in Staub und Asche aufgelöst hatte.

Ein Christenpriester würde sagen: Das ist der Lohn der Sünde. Ich habe es oft genug von Igraines Kirchenmann gehört, ehe ich nach

Avalon kam. Bin ich mehr Christin, als ich weiß? Ihr Herz schien zu zerspringen, denn ihre Liebe lag in Trümmern.

In Avalon wäre das nie geschehen... wer sich der Göttin auf diese Weise näherte, würde nie wagen, sich ihrer Macht zu widersetzen...

Morgaine ging erregt auf und ab; in ihren Adern loderte ein ungelöschtes Feuer. Niemand außer einer Priesterin der Göttin konnte verstehen, was sie empfand. *Viviane,* dachte sie sehnsüchtig, *Viviane würde mich verstehen oder Raven... jede von uns, die im Haus der Jungfrauen aufgewachsen ist... warum habe ich mich all diese Jahre von der Göttin ferngehalten?*

Morgaine erzählt...

Drei Tage später gab König Artus mir die Erlaubnis, seinen Hof Caerleon zu verlassen und nach Avalon zu reiten. Ich sagte nur, ich sehne mich nach der Insel und nach meiner Pflegemutter Viviane. In diesen Tagen wechselte ich mit Lancelot die täglichen Höflichkeiten, wenn wir ein Zusammentreffen nicht vermeiden konnten. Selbst dabei stellte ich fest, daß er meinem Blick auswich. Ich war zornig und gedemütigt. Ich machte Umwege und tat alles, ihm nicht zu begegnen.

Ich nahm ein Pferd und ritt durch die Hügel nach Osten. Ich kehrte viele Jahre nicht nach Caerleon zurück und erfuhr auch nicht, was an König Artus' Hof geschah... aber das ist eine andere Geschichte.

Im Sommer des nächsten Jahres sammelten sich die Sachsen vor der Küste. Artus und seine Ritter verbrachten das ganze Jahr damit, ein Heer aufzustellen für die Schlacht, von der sie wußten, daß sie kommen mußte. Artus führte seine Männer in den Kampf und trieb die Sachsen zurück. Aber es war nicht die alles entscheidende Schlacht gewesen, die ihm den endgültigen Sieg brachte, den er so erhoffte. Die Sachsen mußten große Verluste hinnehmen, und es würde länger als ein Jahr dauern, bevor sie sich wieder erholten. Aber Artus hatte nicht genug Pferde und Soldaten, um sie endgültig und für alle Zeiten zu schlagen. Und in dieser Schlacht wurde er verwundet. Es schien keine schlimme Wunde zu sein, aber sie entzündete sich und eiterte. Er mußte einen großen Teil des Herbstes im Bett verbringen – die ersten Schneeflocken trieben über die

Mauern von Caerleon, ehe er, auf einen Stock gestützt, im Burghof hin und her gehen konnte. Die Narben würden nie verschwinden...

»Es wird Frühling sein, ehe ich wieder auf einem Pferd sitzen kann«, bemerkte er düster zu Gwenhwyfar, die, ihren blauen Mantel eng um sich gezogen, dicht an der Mauer stand.

»Das kann schon sein«, sagte Lancelot. »Vielleicht dauert es noch länger, mein König, wenn Kälte in die Wunde kommt, ehe sie ganz verheilt ist. Kommt mit hinein, ich bitte Euch. Seht Ihr, auf Gwenhwyfars Mantel liegt schon Schnee.«

»Und auf deinem Bart, Lance... oder ist es das erste Grau?« fragte Artus spöttisch, und Lancelot lachte.

»Vermutlich beides... darin seid Ihr mir gegenüber im Vorteil, mein König. Euer Bart ist so blond, daß man das Grau nicht sehen wird. Stützt Euch auf meinen Arm.«

Artus wollte abwehren, aber Gwenhwyfar mahnte: »Nehmt seinen Arm, Artus. Wenn Ihr fallt, waren alle Heilkünste vergebens... das Pflaster ist schlüpfrig, denn der Schnee schmilzt schnell.«

König Artus stützte sich seufzend auf den Arm seines Freundes. »Jetzt habe ich einen Vorgeschmack auf das Alter.« Gwenhwyfar nahm seinen anderen Arm. Lachend fragte er: »Werdet ihr mich so lieben und stützen, wenn mein Bart und meine Haare tatsächlich grau sind und ich am Stock gehe wie der Merlin?«

»Selbst wenn Ihr neunzig seid, mein Gebieter«, antwortete Lancelot und stimmte in sein Lachen ein. »Ich sehe es schon vor mir: Gwenhwyfar stützt Euch an einem Arm, ich am anderen, und wir schlurfen auf Euern Thron zu... dann werden wir alle bald neunzig sein!« Er wurde plötzlich ernst: »Ich mache mir Sorgen um Taliesin, mein König. Er wird schwach und sieht nicht mehr gut. Sollte er nicht nach Avalon zurückkehren und dort friedlich seine letzten Jahre verbringen?«

»Ganz sicher sollte er das«, antwortete Artus. »Aber er sagt, er will mich nicht meinen Ratgebern in Christo überlassen...«

»Welch bessere Ratgeber als christliche Priester könntet Ihr haben, mein Gemahl?« brauste Gwenhwyfar auf. Sie mißbilligte dieses sündige Wort *Avalon*. Sie fürchtete sich bei dem Gedanken, daß Artus geschworen hatte, die heidnischen Bräuche zu schützen.

Sie traten in die Halle. Dort brannte ein Feuer, und Artus machte eine abwehrende Geste, als Lancelot ihm in seinen Sessel half. »Ja, ja, setzt den alten Mann nur ans Feuer und gebt ihm seinen Schlummertrunk... mich wundert, daß ich noch Schuhe und eine Hose tragen darf und nicht im Nachtgewand herumsitzen muß!«

»Mein lieber Gemahl...«, begann Gwenhwyfar, aber Lancelot legte ihr die Hand auf die Schulter.

»Regt Euch nicht auf, Gwenhwyfar, alle Männer sind gereizt, wenn sie krank sind... er weiß nicht, wie gut es ihm geht. Er wird von schönen Frauen gepflegt, mit Leckerbissen verwöhnt und frischer Wäsche versorgt und dem Schlummertrunk, den er so verachtet... ich lag einmal verwundet im Zeltlager und wurde von einem griesgrämigen alten Mann betreut. Ich lag in meinem eigenen Dreck, denn ich konnte mich nicht rühren, und niemand half mir. Der Alte brachte mir nur schales Bier und hartes Brot. Hört auf, Euch zu beklagen, König Artus, oder ich werde dafür sorgen, daß Eure Wunde von Männerhänden gepflegt wird, wie sich das für einen echten Kriegsmann gehört.«

»Ja, dazu wärst du in der Lage«, antwortete Artus mit einem liebevollen Lächeln. »Ihr macht Euch keine großen Sorgen um Euren König, Prinz Galahad...« Er nahm Gwenhwyfar den Hornlöffel aus der Hand und aß gehorsam die warme Weinsuppe mit Brot und Honig. »Ah, das tut gut und wärmt das Herz... da sind Gewürze drin, nicht wahr? Die Gewürze, die ich aus Londinium kommen lassen sollte...«

Nachdem Artus gegessen hatte, gesellte Cai sich zu ihnen und fragte: »Was macht die Wunde, mein Gebieter, nachdem Ihr eine Stunde auf den Beinen wart? Habt Ihr noch Schmerzen?«

»Nicht so stark wie beim letzten Mal. Mehr kann ich nicht sagen«, antwortete Artus. »Zum ersten Mal weiß ich, was Angst ist... die Angst zu sterben, ehe mein Werk vollbracht ist.«

»Gott läßt das nicht zu«, sagte Gwenwyfar.

Artus tätschelte ihr die Hand. »Das habe ich mir auch gesagt. Aber eine innere Stimme wiederholte: Der Stolz ist eine große Sünde. Wie kannst du glauben, du oder ein anderer Mensch seien nicht ersetzbar, wenn es darum geht, das Werk Gottes zu vollenden... Ich habe viel über solche Dinge nachgedacht, während ich keinen Fuß aus dem Bett setzen konnte.«

»Ich kann nicht behaupten, daß Ihr wenig getan habt. Es fehlt nur noch der große Sieg über die Sachsen, mein Gebieter«, entgegnete Cai, »aber jetzt müßt Ihr Euch wieder hinlegen. Der Rundgang hat Euch ermüdet.«

Artus legte sich auf das Bett, Cai nahm seine Kleider und betrachtete die große Wunde, die immer noch näßte, wie am Verband zu sehen war. Er sagte: »Ich schicke Euch die Frauen. Ihr braucht wieder heiße Umschläge. Ihr habt Euch zu sehr angestrengt, aber seid froh, daß sie beim Gehen nicht wieder aufgebrochen ist.«

Die Frauen kamen mit dampfenden Kesseln und bereiteten heiße Kräuterwickel vor. Artus stöhnte und jammerte, als sie das heiße Tuch auflegten. »Trotzdem hattet Ihr Glück, Artus. Hätte Euch das Schwert nur eine Handbreit weiter zur Mitte hin getroffen, hätte Gwenhwyfar mehr Grund zum Klagen gehabt, und Ihr wärt weit und breit als der ›entmannte König‹ bekannt... wie in der alten Sage. Kennt Ihr die Geschichte nicht? Der König wird verwundet. Und so wie seine Kraft schwindet, verdorrt und siecht das Land, bis eines Tages ein Jüngling kommt, der ihm wieder Fruchtbarkeit bringt und es zu neuem Leben erweckt...«

Gwenhwyfar schauderte. König Artus wand sich unter dem heißen Umschlag und sagte gequält: »Das ist keine Geschichte für einen Verwundeten!«

»Ich dachte, sie würde Euch Euer Glück vor Augen führen, denn Euer Land wird nicht unfruchtbar verdorren«, entgegnete Cai. »Ich wage zu behaupten, daß der Leib der Königin an Ostern wieder gesegnet ist, wenn alles gutgeht...«

»Gott gebe es«, sagte Artus, aber Gwenhwyfar wendete sich mit Tränen in den Augen ab. Wieder einmal hatte sie empfangen, und auch diesmal war alles umsonst gewesen. Kaum wußte sie es, hatte sie die Leibesfrucht auch schon verloren... Würde es denn immer so sein? War sie unfähig zu gebären? War dies die Strafe Gottes, daß sie sich nicht von früh bis spät darum bemühte, aus ihrem Gemahl einen besseren Christenmenschen zu machen?

Eine der Frauen nahm den Wickel ab, um ihn zu erneuern, aber Artus streckte die Hand nach Gwenhwyfar aus. »Nein, überlaßt es meiner Herrin. Ihre Hände sind sanfter...«, sagte er. Gwenhwyfar nahm das heiße, dampfende Tuch – es war so heiß, daß es ihr die Finger verbrannte, aber sie erduldete den Schmerz dankbar als eine Buße. Es war alles ihre Schuld – ihre Schuld. Artus sollte sie als unfruchtbar verstoßen und sich eine Frau nehmen, die ihm ein Kind schenken konnte. Es war ein Fehler, daß er sie genommen hatte... damals war sie achtzehn gewesen und schon über die besten Jahre zum Kindergebären hinaus. Vielleicht... *Wäre doch nur Morgaine hier. Ich würde sie wirklich um einen Zauber anflehen, der mich fruchtbar macht...*

»Mir scheint, wir brauchen Morgaines Heilkunst«, sagte sie. »Artus' Wunde heilt nicht, wie sie sollte, und Morgaine ist in den Heilkünsten so bewandert wie die Herrin von Avalon. Warum schicken wir nicht einen Boten nach Avalon und bitten darum, daß eine von beiden kommt?«
Cai sah sie stirnrunzelnd an und entgegnete: »Ich sehe keinen Grund dafür. Die Wunde heilt gut... ich habe schlimmere gesehen, die längst verheilt sind.«
»Aber ich würde mich freuen, meine liebe Schwester wiederzusehen, oder meine Freundin und Wohltäterin, die Herrin vom See. Nach allem, was Morgaine mir erzählte, glaube ich jedoch nicht, daß sie zusammen kommen werden...«
Lancelot sagte: »Ich werde einen Boten schicken und meine Mutter bitten zu kommen, wenn Ihr es wünscht, Artus.« Aber er sah dabei Gwenhwyfar an, und ihre Blicke trafen sich einen Augenblick lang. In all den Monaten von Artus' Krankheit schien Lancelot ständig an ihrer Seite zu sein. Er gab ihr soviel Kraft; ohne ihn hätte sie nicht gewußt, was sie tun sollte. Damals, in den ersten Tagen, als niemand glaubte, daß Artus überleben würde, hatte er unermüdlich neben ihr an seinem Bett gewacht. Seine Liebe zu Artus beschämte sie. *Er ist Artus' Vetter. Als Sohn von Igraines Schwester steht er dem Thron ebenso nahe wie Gawain. Wenn Artus etwas zustoßen würde, wäre er der König, den wir brauchen... In alter Zeit war der König nichts anderes als der Gemahl der Königin...*
»Sollen wir also einen Boten zu Viviane, der Herrin vom See, schikken?« erkundigte sich Gwenhwyfar.
»Nur wenn Ihr den Wunsch habt, die Herrin zu sehen«, antwortete Artus seufzend. »Ich glaube, alles, was ich jetzt brauche, ist mehr Geduld. Das hat der Bischof mir geraten, als ich das letzte Mal mit ihm sprach. Gott meinte es wahrhaftig gut mit mir, daß ich nicht hilflos im Bett lag, als die Sachsen kamen. Und wenn er mir auch weiterhin seine Gnade erweist, werde ich auf dem Pferd sitzen, wenn sie wiederkommen. Gawain ist noch im Norden, um bei Lot und Pellinore Männer zu sammeln, nicht wahr?«
»Ja.« Lancelot lachte: »Er hat Pellinore gesagt, sein Drachen muß warten, bis wir das weiße Pferd besiegt haben... Er muß alle Männer um sich scharen und kommen, wenn wir ihn rufen. Auch Lot wird zur Stelle sein, obwohl er inzwischen alt ist... er nutzt jede Gelegenheit, damit das Reich vielleicht doch noch an einen seiner Söhne fällt.«

Wenn ich Artus keinen Sohn schenke, wird es tatsächlich dahin kommen, dachte Gwenhwyfar. Jedes Wort, das fiel, war wie ein Pfeil, der ihr Herz traf und sie daran erinnerte, daß sie ihre erste Pflicht als Königin noch nicht erfüllt hatte. Artus mochte sie wirklich; sie hätten glücklich miteinander sein können, wenn Gwenhwyfar ihre Schuldgefühle auch nur kurz hätte vergessen können. Eine Zeitlang hatte sie sich beinahe über diese Wunde gefreut, denn er konnte nicht bei einer Frau liegen, und sie traf kein Vorwurf. Sie sorgte für ihn und verwöhnte ihn; er gehörte ihr so sehr wie selten, da sonst das Reich ihn in Beschlag nahm. Sie konnte ihn lieben und mußte nicht immer an ihre Schuld denken; wenn er sie berührte, konnte sie an ihre Liebe denken und die Angst und die verzweifelte Hoffnung vergessen. *Diesmal werde ich sein Kind empfangen. Wird alles gutgehen, oder werde ich die kostbare Hoffnung des Reichs wieder zerstören?* Sie hatte ihn Tag und Nacht umsorgt wie eine Mutter ihr krankes Kind. Als Artus wieder zu Kräften kam, saß sie an seiner Seite, unterhielt sich mit ihm, sang ihm Lieder vor – obwohl sie nicht Morgaines schöne Stimme besaß –, sie ging selbst in die Küche und bereitete Gerichte, die einem Kranken Genuß bereiten würden, damit er nach der schrecklichen Krankheit, die seit dem Frühsommer an ihm zehrte, wieder Fleisch ansetzte.

Aber was nutzt meine ganze Fürsorglichkeit, wenn es mir nicht gelingt, dem Reich einen Erben zu schenken?

»Ich wünschte, Kevin wäre hier«, sagte Artus. »Ich würde so gerne Musik hören . . . oder Morgaines Stimme. Es gibt keine guten Musikanten an unserem Hof.«

»Kevin ist nach Avalon zurückgekehrt«, sagte Lancelot. »Der Merlin erklärte mir, seine Pflichten als Priester hätten ihn gerufen. Aber mehr konnte er mir nicht sagen, denn diese Dinge sind geheim . . . Ich wundere mich, daß die Kirchenmänner die Mysterien der Druiden in einem christlichen Land weiterhin dulden.«

Artus zuckte die Schultern: »Das Gewissen eines Menschen untersteht mir nicht.«

Gwenhwyfar sagte streng: »Man muß Gott verehren, wie er es befiehlt, Artus, nicht wie die Menschen wollen. Deshalb hat er uns Christus geschickt.«

»Aber er schickte ihn nicht in dieses Land«, erwiderte Artus, »und als der heilige Joseph nach Glastonbury kam und dort seinen Stab in die Erde stieß, der Wurzeln schlug und blühte, hießen ihn die Druiden willkommen. Er fand nichts dabei, Gott gemeinsam mit ihnen zu verehren.«

»Bischof Patricius sagt, das ist eine böse und ketzerische Geschichte«, beharrte Gwenhwyfar. »Die Priester, die zusammen mit den Druiden Gott verehren, sollte man aus der Glaubensgemeinschaft ausstoßen und vertreiben, wie er es mit den Druiden getan hat.«

»Solange ich König bin, wird das nie geschehen!« erklärte Artus entschlossen. »Ich habe geschworen, Avalon zu schützen.« Er lächelte und streckte die Hand nach dem großen Schwert Excalibur aus, das in seiner rotsamtenen Scheide am Bettpfosten hing. »Und du, Gwenhwyfar, kannst dankbar für ihren Zauber sein, denn ohne die Scheide wäre ich nicht mehr am Leben. Selbst so bin ich beinahe verblutet, und nur der Zauber hielt das Blut zurück. Wäre es nicht weniger als undankbar, sie zu verraten?«

»Du glaubst daran?« fragte Gwenhwyfar. »Du stellst Magie und Zauberei über den Willen Gottes?«

»Weshalb, mein Herz...«, fragte Artus und streichelte ihr blondes Haar, »...glaubst du, daß ein Mensch gegen den Willen Gottes etwas erreichen kann? Die Scheide schützte mich wirklich vor dem Verbluten. Und du glaubst, ich wäre gegen Gottes Willen noch am Leben? Mir scheint, mein Glaube ist Gott näher als deiner, wenn du fürchtest, ein Zauberer könne Gottes Willen zuwiderhandeln. Wir alle sind in Gottes Hand.«

Gwenhwyfar warf Lancelot einen schnellen Blick zu – auf seinem Gesicht lag ein Lächeln, und einen Augenblick lang glaubte sie, er verspotte sie. Aber das Lächeln verschwand, und Gwenhwyfar vermeinte, sich geirrt zu haben. »Wenn Ihr Musik hören möchtet, Artus, wird Taliesin sicher bereit sein, für Euch zu spielen. Obwohl er alt ist und nicht mehr singen kann, sind seine Hände immer noch geübt im Harfenspiel.«

»Dann lasse ihn rufen«, sagte Artus lachend. »In der Bibel steht, der alte König Saul rief nach seinem jungen Harfenspieler; ich bin ein junger König, der einen alten Harfenspieler braucht, um ihm die trüben Gedanken zu vertreiben.«

Lancelot machte sich auf die Suche nach dem Merlin, und als der alte Mann mit der Harfe kam, saßen sie lange in der Halle und lauschten seinen Klängen.

Gwenhwyfar dachte daran, wie Morgaine hier gesessen und gespielt hatte. *Wäre sie doch hier, um mir einen Zauber zu geben ... aber erst, wenn Artus wieder gesund ist ...* Dann blickte sie über das Feuer hinweg zu Lancelot, und ihr sank das Herz. Er saß auf der Bank, die Hände hinter dem Kopf verschränkt, die langen Beine ausgestreckt und lauschte der Musik. Auch die anderen Männer und Frauen hatten sich eingefunden, um dem Merlin zuzuhören. Pellinores Tochter Elaine war so kühn, sich neben Lancelot auf die Bank zu setzen. Aber er achtete nicht auf sie.

Lancelot braucht eine Frau. Ich sollte mich durchringen und König Pellinore empfehlen, seine Tochter Elaine dem Ritter zur Frau zu geben. Sie ist meine Nichte, mir nicht unähnlich und im heiratsfähigen Alter ... Aber Gwenhwyfar wußte, sie würde es nicht tun. Sie sagte sich vor, es sei früh genug, wenn Lancelot den Wunsch äußerte zu heiraten. *Und wenn Artus nicht gesund werden sollte ... Oh, nein, nein! Daran möchte ich nicht denken.* Verstohlen bekreuzigte sie sich.

Aber sie hatte lange nicht in Artus' Armen gelegen; war es dann nicht wahrscheinlicher, daß er ihr kein Kind machen konnte? Sie fragte sich, wie es wohl sein würde, in Lancelots Armen zu liegen ... Konnte *er* ihr das Kind geben, nach dem sie sich sehnte? Angenommen, sie nahm sich Lancelot zum Geliebten. Sie wußte, es gab Frauen, die so etwas taten ... Morgause machte daraus kein Geheimnis, und seit sie keine Kinder mehr bekam, waren ihre Liebschaften ebenso peinlich wie die von Lot. Gwenhwyfar spürte, wie die Röte ihr Gesicht überzog und hoffte, niemand habe gesehen, wie sie auf Lancelots Hände blickte, die ruhig in seinem Schoß lagen. Gwenhwyfar fragte sich, wie es wohl sein würde, von ihnen liebkost zu werden ... Nein, sie wagte nicht, daran zu denken.

Eine Frau, die sich einen Liebhaber nahm, mußte darauf achten, nicht schwanger zu werden, kein Kind zu bekommen, das sie entehrte oder ihren Gemahl dem allgemeinen Spott preisgab. Wenn sie unfruchtbar war, konnte ihr nichts geschehen ... es wäre ihr Glück ... In Gottes Namen, wie konnte sie, eine tugendhafte Christin, solche sündigen Gedanken hegen? Sie hatte es sich schon einmal vorgestellt; und als sie es beichtete, antwortete der Priester, es sei sicher darauf zurückzuführen, daß ihr Mann schon so lange krank lag. Sie müsse sich nicht schuldig fühlen, aber aus ganzem Herzen um die Gesundung ihres Mannes beten und daran denken, daß es für ihn noch schlimmer sei. Gwenhwyfar wußte, es war ein guter, vernünftiger und freundlicher Rat. Aber sie dachte: *Er hat mich nicht ganz verstanden. Er weiß nicht, wie sündhaft ich bin und welch böse und verderbte Gedanken ich habe. Sonst hätte er mich streng getadelt und mir eine schwere Buße auferlegt. Danach wäre es mir besser gegangen, und ich hätte mich freier gefühlt ...*

Lancelot würde ihr nie vorwerfen, daß sie unfruchtbar war ...
Gwenhwyfar hörte plötzlich ihren Namen. Verwirrt hob sie den Kopf, als könnten alle ihre Gedanken lesen.
»Genug Musik, mein edler Merlin«, sagte Artus. »Seht, es wird bereits dunkel, und Gwenhwyfar ist im Sitzen eingeschlafen. Wahrscheinlich ist sie völlig erschöpft, sie pflegt mich so hingebungsvoll ... Cai, laßt das Abendessen für die Männer auftragen, ich gehe zu Bett und esse dort etwas.«
Gwenhwyfar erhob sich, ging zu Elaine und bat sie, ihren Platz an der Tafel einzunehmen. Sie wolle beim König bleiben. Cai ging hinaus zu den Dienstleuten; Lancelot reichte Artus den Arm und half ihm beim Aufstehen. Auf einen Stock gestützt, humpelte der König in sein Gemach. Lancelot half ihm behutsam und liebevoll wie eine Amme ins Bett.
»Wenn er heute nacht etwas braucht, laßt mich rufen. Ihr wißt, wo ich schlafe«, sagte er leise zu Gwenhwyfar. »Ich kann ihn besser aus dem Bett heben als alle anderen.«
»Oh, nein, nein, ich glaube, das wird nicht mehr nötig sein«, erwiderte sie. »Aber ich danke Euch.«
Als er neben ihr stand, war er so groß; sanft berührte er ihre Wange. »Wenn Ihr heute bei Euren Frauen schlafen wollt, bleibe ich gerne hier und wache ... Ihr seht aus, als könntet Ihr eine ruhige, ungestörte Nacht gebrauchen. Ihr seid wie eine Mutter mit einem Neugeborenen, die nicht schlafen kann, wenn das Kleine sich auch nur regt. Ich kann für Artus sorgen ... Ihr müßt jetzt nicht mehr bei ihm wachen. Ich kann hier schlafen.«
»Oh, Ihr seid so gut zu mir«, flüsterte sie. »Aber ich bleibe besser bei ihm.«
»Laßt mich rufen, wenn er mich braucht. Versucht nicht, ihn selbst aufzurichten«, sagte Lancelot. »Versprich es, Gwenhwyfar.«
Wie lieblich ihr Name aus seinem Mund klang. Viel schöner, als wenn er ›meine Königin‹, oder ›meine Herrin‹ sagte, dachte sie. »Ich verspreche es, mein Freund.«
Er beugte sich zu ihr hinunter und hauchte einen Kuß auf ihre Stirn. »Du bist übermüdet«, sagte er. »Geh zu Bett und schlafe.« Seine Hand ruhte auf ihrer Wange, und als er sie nach einem Augenblick wegnahm, erschien ihr die Wange kalt, und sie tat weh, als habe Gwenhwyfar Zahnschmerzen. Sie ging zum Bett und legte sich neben Artus.
Zunächst glaubte sie, der König schlafe. Aber nach einer Weile sagte

er in die Dunkelheit: »Er ist uns ein guter Freund, nicht wahr, meine Gemahlin?«

»Sie antwortete: »Kein Bruder könnte liebevoller sein.«

»Cai und ich wuchsen als Brüder auf, und ich liebte ihn sehr. Aber es ist wahr, was man sagt. Blut ist dicker als Wasser, und Blutsverwandtschaft schafft eine Nähe, die ich mir nicht vorstellen konnte, als ich meine eigenen Verwandten noch nicht kannte...« Artus bewegte sich unruhig und seufzend im Bett. »Gwenhwyfar, es gibt etwas, worüber ich mit dir sprechen möchte...«

Angstvoll klopfte ihr Herz... Hatte er den Kuß gesehen? Würde er sie der Untreue bezichtigen?

Artus sagte: »Versprich, daß du nicht wieder weinst. Ich kann es nicht ertragen. Ich schwöre, ich möchte dir nicht den geringsten Vorwurf machen... Aber wir sind jetzt schon viele Jahre verheiratet, und du konntest erst zweimal auf ein Kind hoffen... Nein, nein, bitte weine nicht. Laß mich ausreden...«, bat er. »Vielleicht ist es nicht deine Schuld, sondern meine. Wie alle Männer hatte ich auch andere Frauen, aber ich habe nie einen Hehl daraus gemacht, wer ich bin. In all diesen Jahren ist keine Frau... oder jemand aus ihrer Sippe zu mir gekommen, um zu sagen, diese oder jene Frau hat einen königlichen Bastard geboren. Es ist durchaus möglich, daß mein Same kein Leben hervorbringt, und wenn du empfängst, kann die Frucht nicht reifen...«

Gwenhwyfar senkte den Kopf und verbarg das Gesicht hinter dem Vorhang ihrer Haare. *Machte er sich auch Vorwürfe?*

»Hör zu, meine Gwenhwyfar... wir brauchen ein Kind für das Reich. Und wenn es zu irgendeiner Zeit geschieht, daß du dem Thron ein Kind schenkst, kannst du sicher sein, daß ich keine Fragen stelle. Ich werde jedes Kind, das du zur Welt bringst, als mein Kind anerkennen und zum Erben einsetzen.«

Gwenhwyfar glaubte, ihr glühendes Gesicht würde sie verbrennen. Hielt er sie für fähig, ihn zu betrügen? »Niemals, niemals, mein König und mein Gebieter, könnte ich das tun...«

»Du kennst die Bräuche von Avalon... nein, nein, meine Gwenhwyfar, unterbrich mich nicht. Laß mich aussprechen... Wenn dort Mann und Frau zusammenkommen, sagt man sogar, Gott sei der Vater des Kindes. Gwenhwyfar, ich würde mich sehr darüber freuen, wenn Gott uns ein Kind schickt, gleichgültig, wer Gottes Willen erfüllt, indem er es zeugt... Verstehst du mich? Und sollte es geschehen, daß der, der den Willen des Himmels erfüllt, mein liebster Freund und nächster Verwandter ist, dann würde ich ihn und das Kind, das du zur Welt bringst, segnen. Nein, nein! Weine nicht. Mehr will ich nicht sagen.« Er seufzte, streckte die Arme nach ihr aus, und sie schmiegte sich an seine Schulter. »Ich bin es nicht wert, daß du mich so sehr liebst.«

Gwenhwyfar lag noch lange wach, nachdem er eingeschlafen war. Tränen rollten ihr über die Wangen: *O nein, mein lieber Mann, mein liebster Gemahl, ich bin deiner Liebe nicht würdig. Und nun hast du mir noch dein Einverständnis gegeben, dich zu betrügen.*

Plötzlich und zum ersten Mal in ihrem Leben, beneidete sie Artus und Lancelot. Sie waren Männer. Sie lebten ein erfülltes Leben; sie mußten in die Welt hinausziehen, den Tod oder Schlimmeres im Kampf auf sich nehmen. Aber für sie gab es nicht diese angsterregenden Entscheidungen. Was sie auch tat, wann immer sie eine Entscheidung fällte, und sei sie noch so unbedeutend, etwa, ob es zum Abendessen Lamm oder getrocknetes Rindfleisch geben sollte, immer lag diese Last auf ihrer Seele. Es war möglich, daß das Schicksal des Reichs von ihrer Entscheidung abhing. Jetzt mußte sie wählen und durfte es nicht nur dem Willen Gottes überlassen, ob sie dem Reich einen Erben schenkte, oder nicht – einen Sohn vom Blut des Uther Pendragon ... oder ...? Wie konnte sie, eine Frau, diese Entscheidung fällen? Gwenhwyfar zog die Felldecke über den Kopf und rollte sich darunter zusammen.

Noch heute abend hatte sie in der Halle gesessen und Lancelot beobachtet, wie er der Musik lauschte. Und der Gedanke hatte sich ihr aufgedrängt ... Sie liebte ihn seit langem, aber jetzt wußte sie, daß sie ihn begehrte. Insgeheim war sie nicht besser als Morgause, die nach Belieben die Hure spielte, die sich die Ritter ihres Mannes ins Bett nahm und, wie man hinter vorgehaltener Hand flüsterte, selbst hübsche Knappen oder Diener ... Artus war so gut, und sie hatte ihn wirklich liebgewonnen. Hier in Caerleon hatte sie Sicherheit gefunden. Es sollte nicht soweit kommen, daß man in der Burg oder draußen im Land Skandalgeschichten über sie erzählte wie über Morgause.

Gwenhwyfar wollte nur gut sein; ihre Seele sollte rein und tugendhaft bleiben. Es bedeutete ihr sehr viel, daß alle anderen sie für tugendhaft hielten und in ihr eine gute und von keinem Makel befleckte Königin sahen ... Sie kannte zum Beispiel nichts Böses über Morgaine. Drei Jahre hatte sie an ihrer Seite gelebt, und soweit sie wußte, war Morgaine so rein wie sie selbst. Trotzdem erzählte man,

Morgaine sei eine Hexe, da sie in Avalon gelebt hatte, einiges Wissen über Heilkräuter besaß und in die Zukunft sehen konnte. Deshalb flüsterten die Leute am Hofe und im Land, Morgaine habe einen Pakt mit den Feen oder dem Teufel geschlossen. Selbst Gwenhwyfar fragte sich manchmal, ob so viele Menschen lügen konnten, obwohl sie Morgaine kannte.

Und morgen mußte sie Lancelot gegenübertreten und an Artus' Seite ihre Pflichten erfüllen – im Bewußtsein, daß er ihr die Erlaubnis gegeben hatte... Würde sie Lancelot noch einmal in die Augen blicken können? Er war aus Avalon, er war der Sohn der Herrin vom See. Es mochte sehr wohl sein, daß er Gedanken lesen konnte. Er würde in ihre Augen sehen und wissen, was sie dachte.

Dann stieg heftiger Zorn in ihr auf, erfaßte ihren bebenden Körper wie eine gewaltige Woge, und sie ängstigte sich. Da lag sie nun, wütend und verzagt. Sie glaubte, sie würde nie mehr wagen, einen Fuß vor die Tür zu setzen, aus Angst vor dem, was sie vielleicht tun konnte. Jede Frau am Hof wollte Lancelot haben... ja, sogar Morgaine! Sie hatte wohl beobachtet, wie ihre Schwägerin den Ritter ansah. Und deshalb hatte sie vor langer Zeit widersprochen, als Artus vorschlug, sie und Lancelot sollten vermählt werden... Morgaine wäre für Lancelot sicher zu frei. Vielleicht hatten sie sich sogar gestritten, denn in den letzten Tagen vor Morgaines Abreise nach Avalon hatte sie bemerkt, daß sie weniger als gewöhnlich miteinander sprachen und es vermieden sich anzusehen.

Ja, sie vermißte Morgaine... aber alles in allem war sie doch froh, die Herzogin von Cornwall nicht am Hof zu haben. Sie würde keinen Boten nach Tintagel entsenden, um herauszufinden, ob sie sich dort aufhielt. Sie stellte sich vor, sie würde vor Morgaine wiederholen, was Artus gerade gesagt hatte... Sie müßte vor Scham vergehen, und doch ahnte sie, daß Morgaine sie auslachen würde. Morgaine würde sicher sagen, die Entscheidung, Lancelot zum Geliebten zu nehmen oder es nicht zu tun, liege ganz allein bei ihr... vielleicht sogar, Lancelot müsse es entscheiden.

In ihr schienen Flammen zu lodern und sie wie das Höllenfeuer zu verzehren: Sie würde sich Lancelot anbieten, und er würde sie ablehnen. Dann mußte sie wirklich vor Scham sterben. Sie konnte sich nicht vorstellen, Lancelot oder Artus oder einer ihrer Hofdamen jemals wieder in die Augen blicken zu können. Selbst mit den Priestern konnte sie nicht darüber sprechen, denn dann wüßten sie, daß Artus nicht der Christ war, für den sie ihn hielten. Wie konnte

sie noch einmal einen Fuß vor die Tür setzen, oder den sicheren geschützten Platz in diesem Raum verlassen? *Hier* konnte sie nichts Falsches tun, *hier* konnte ihr nichts geschehen.
Sie glaubte krank zu sein. Morgen wollte sie ihren Hofdamen sagen, es gehe ihr schlecht. Man würde dasselbe glauben wie Lancelot – die unermüdliche Aufopferung für Artus habe sie erschöpft. Sie würde weiterhin eine gute, tugendsame Königin bleiben und eine Christin obendrein... Sie konnte sich nicht einmal vorstellen, jemals etwas anderes zu sein. Die Wunde und die lange Krankheit hatten zu Artus' Niedergeschlagenheit geführt. Ja, das war es! Er würde an solche Dinge nicht mehr denken, wenn er erst wieder gesund und auf den Beinen war. Zweifellos wäre er ihr dann dankbar, daß sie seinen Vorschlag nicht ernst genommen, und sie somit beide vor einer schrecklichen Sünde bewahrt hatte.
Aber als Gwenhwyfar erschöpft in den Schlaf sinken wollte, erinnerte sie sich wieder an etwas, das eine ihrer Hofdamen vor langer Zeit erzählt hatte... wenige Tage vor Morgaines Abreise. Sie hatte ihr geraten, Morgaine um einen Zauber zu bitten... Ja, das sollte sie tun! Wenn Morgaine sie verzauberte und ihr keine andere Wahl blieb, als Lancelot zu lieben, dann war sie der schrecklichen Entscheidung enthoben... *Wenn Morgaine zurückkommt,* dachte sie, *werde ich mit ihr darüber sprechen.* Aber Morgaine war beinahe zwei Jahre lang nicht nach Caerleon gekommen, und es konnte gut sein, daß sie nie an König Artus' Hof zurückkehren würde...

Ich werde zu alt *für solche Reisen,* schalt sich Viviane, während sie durch den Regen ritt, der am Ende eines Wintertags auf sie niederprasselte. Sie hielt den Kopf gesenkt und hatte den Mantel eng um sich gezogen. Dann dachte sie vorwurfsvoll: *Dies sollte jetzt Morgaines Aufgabe sein. Sie war ausersehen, nach mir Herrin von Avalon zu werden.*
Vor vier Jahren hatte der Merlin ihr berichtet, Morgaine sei zu Artus' Hochzeit in Caerleon erschienen. Artus hatte sie zu einer der Hofdamen seiner Königin Gwenhwyfar gemacht, und dort verschwendete sie ihre Zeit. *Die Herrin vom See, eine Hofdame der Königin?* Wie konnte Morgaine es wagen, ihren wahren und vorgezeichneten Weg zu verlassen? Doch als sie einen Boten mit der Nachricht, Morgaine solle nach Avalon zurückkehren, an Artus' Hof geschickt hatte, kam

er mit dem Bescheid zurück, Morgaine habe Caerleon verlassen... um nach Avalon zu gehen, wie man glaubte.
Aber sie ist nicht auf Avalon. Sie ist nicht bei Igraine in Tintagel, auch nicht an Lots Hof in Lothian. Wo kann sie nur sein?
Auf einer ihrer einsamen Reisen konnte ihr etwas zugestoßen sein. Vielleicht war sie von Plünderern oder streunenden Banden gefangengenommen worden... vielleicht hatte sie das Gedächtnis verloren, oder man hatte sie vergewaltigt, ermordet und in einen Graben geworfen, wo niemand ihre Leiche finden würde... *O nein,* dachte Viviane, *wenn ihr etwas zugestoßen wäre, hätte ich es bestimmt im Spiegel gesehen... oder mit dem Gesicht...*
Aber Viviane konnte sich nicht sicher sein. Das Gesicht kam nur noch selten über sie, und oft, wenn sie versuchte, die Zukunft zu sehen, trat ihr nur grauer Nebel vor die Augen, der sie zur Verzweiflung trieb. Es war der Schleier des Unbekannten, und sie wagte nicht, ihn zu lüften. Irgendwo hinter diesem Schleier lag Morgaines Schicksal verborgen.
Göttin, betete sie wie schon so oft, *Große Mutter, ich habe dir mein Leben geweiht. Gib mir das Kind zurück, solange ich noch lebe...*
Aber noch während sie das Gebet sprach, wußte sie, es würde ohne Antwort bleiben. Nur der graue Regen umgab sie wie der Schleier des Unbekannten. Die Antwort der Göttin blieb verborgen im undurchdringlichen Himmel.
War ihr diese Reise beim letzten Mal, vor einem halben Jahr, auch so schwergefallen? Viviane dachte, früher sei sie immer unbeschwert wie ein Mädchen geritten; jetzt schien der Esel mit jedem Schritt ihre Knochen durcheinanderzurütteln. Beißende Kälte drang durch ihren Mantel und setzte ihr hart zu.
Einer ihrer Begleiter drehte sich um und sagte: »Herrin, ich kann den Hof dort unten sehen. Ich glaube, wir sind bei Einbruch der Dunkelheit am Ziel.«
Viviane dankte dem Mann und versuchte, nicht so erleichtert zu klingen, wie sie in Wirklichkeit war. Sie konnte ihre Schwäche vor der Eskorte nicht zeigen.
Gawan begrüßte sie im engen Hof bei den Scheunen, als sie vom Esel kletterte. Er bot ihr den Arm und führte sie, damit sie nicht in den Schmutz trat. »Seid willkommen, Herrin«, sagte er, »wie immer freue ich mich, Euch zu sehen. Mein Sohn Balin und Euer Sohn werden morgen ebenfalls eintreffen... Ich habe einen Boten nach Caerleon geschickt und sie aufgefordert zu kommen.«

»Ist es so ernst, alter Freund?« fragte Viviane, und Gawan nickte: »Ihr werdet sie kaum wiedererkennen, Herrin. Sie besteht nur noch aus Haut und Knochen. Und obwohl sie kaum etwas ißt oder trinkt, klagt sie, das wenige brenne wie Feuer in den Eingeweiden. Es kann nicht mehr lange dauern, trotz all Eurer Medizin.«
Viviane nickte seufzend. »Ich fürchte es auch. Hat diese Krankheit sich erst einmal festgesetzt, läßt sie ihr Opfer nicht mehr los. Vielleicht kann ich ihr Erleichterung verschaffen.«
»Gott gebe es«, erwiderte Gawan. »Die Medizin, die Ihr das letzte Mal hiergelassen habt, hilft nicht mehr viel. Nachts wacht sie auf und weint wie ein kleines Kind, denn sie glaubt, die Mägde und ich hören es nicht. Ich habe nicht einmal den Mut, darum zu beten, sie möge uns erhalten bleiben, denn das würde ihr Leiden nur verlängern, Herrin.«
Viviane seufzte. Als sie vor einem halben Jahr hierhergekommen war, hatte sie ihre stärksten Tränke und Mixturen mitgebracht. Damals wünschte sie beinahe, Priscilla möge im Herbst Fieber bekommen und schnell sterben, ehe die Medizin ihre Wirkung verlor. Sie konnte jetzt kaum noch etwas für sie tun.
Gawan führte Viviane ins Haus, bot ihr den Platz am Feuer an, und die Magd schöpfte ihr aus dem Kessel über dem Feuer einen Teller heißer Suppe.
»Ihr seid lange durch den Regen geritten, Herrin«, sagte er. »Nehmt Platz und ruht Euch aus. Ihr könnt Priscilla nach dem Essen sehen ... Manchmal schläft sie um diese Zeit ein wenig.«
»Selbst wenn sie nur kurz ruht, ist es ein Segen, und ich will sie nicht stören«, erwiderte Viviane und legte ihre eiskalten Hände um die heiße Suppenschale. Aufatmend sank sie auf die einfache Holzbank. Eine Magd half ihr aus Stiefeln und Mantel, eine andere trocknete ihr mit einem erwärmten Handtuch die Füße, und Viviane schob die Röcke hoch, um die Wärme des Feuers an ihre mageren Knie zu lassen. Einen Augenblick lang überließ sie sich dem körperlichen Wohlbehagen und vergaß ihre schwere Aufgabe. Dann hörte man aus der inneren Kammer einen schwachen klagenden Aufschrei. Die Magd richtete sich zitternd auf und sagte zu Viviane: »Die arme Herrin ... sie muß aufgewacht sein. Ich hatte gehofft, sie würde bis zum Abendessen schlafen. Jetzt muß ich zu ihr.«
»Ich werde dich begleiten«, sagte Viviane und folgte der Frau in das Schlafgemach. Gawan blieb am Feuer sitzen, und sie sah sein gequältes Gesicht, als der schwache Schrei erstarb.

Bei ihren früheren Krankenbesuchen hatte Viviane in Priscilla immer noch Spuren der früheren fülligen Schönheit entdeckt – eine Erinnerung an die fröhliche junge Frau, die ihren Sohn Balan großgezogen hatte. Jetzt waren Gesicht, Lippen und die fahlen Haare nur noch gelblichgrau; selbst die blauen Augen schienen verblaßt zu sein, als habe die Krankheit alle Farbe aus Priscilla gezogen. Bei ihrem letzten Besuch hatte die Kranke noch jeden Tag das Bett für ein paar Stunden verlassen und am Leben teilgenommen. Jetzt sah sie überdeutlich, daß die Frau seit Monden ans Bett gefesselt war... Ein halbes Jahr, und welch ein Unterschied! Früher konnten Vivianes Mixturen und Kräutertränke ihr Erleichterung, teilweise sogar Besserung verschaffen. Aber hier kam jede weitere Hilfe zu spät.
Die blassen Augen irrten blicklos durch die Kammer, die Lippen in dem eingefallenen Gesicht bewegten sich schwach. Dann bemerkte Priscilla Viviane; sie blinzelte und flüsterte: »Seid Ihr es, Herrin?«
Viviane trat an das Bett und ergriff behutsam ihre welke Hand. Sie antwortete: »Es tut mir leid, Euch so krank zu sehen. Wie geht es Euch, liebe Freundin?«
Die bleichen, aufgesprungenen Lippen verzogen sich zu einer Grimasse, die Viviane zunächst für ein Zeichen von Schmerzen hielt; dann erkannte sie, daß es ein Lächeln sein sollte. »Ich kann mir kaum vorstellen, daß man noch kränker sein kann«, flüsterte Priscilla. »Ich glaube, Gott und seine Mutter haben mich vergessen. Aber ich bin froh, Euch wiederzusehen. Und ich hoffe, noch so lange zu leben, um meine lieben Söhne noch einmal zu sehen und sie zu segnen...«
Sie seufzte und versuchte mühsam, ihren Körper zu verlagern. »Mein Rücken schmerzt von dem langen Liegen. Aber wenn mich jemand berührt, habe ich das Gefühl, man würde Messer in mich stoßen. Ich bin so durstig. Aber aus Angst vor den Schmerzen wage ich nicht zu trinken...«
»Ich werde Euch soviel Erleichterung wie möglich verschaffen«, sagte Viviane und erklärte den Dienerinnen, was sie brauchte. Sie behandelte die Wunden, die vom zu langen Liegen kamen, und wusch Priscillas Mund mit einer kühlenden Tinktur aus. Obwohl sie nichts trank, würde die Trockenheit im Mund und auf den Lippen sie nicht mehr so quälen. Dann setzte sie sich auf das Bett, hielt Priscillas Hand und beschwerte die Kranke nicht mit Worten. Kurz nach Einbruch der Dunkelheit hörte man ein Geräusch im Hof. Priscilla fuhr auf; ihre fiebrigen Augen glänzten im Feuerschein, als sie rief: »Meine Söhne!«

Und wirklich. Es dauerte nicht lange, bis Balan mit seinem Ziehbruder Balin, dem Sohn Gawans, den Raum betrat. Sie mußten sich wegen der niedrigen Decke bücken.
»Mutter!« rief Balan und kniete nieder, um Priscilla die Hand zu küssen. Erst dann wendete er sich Viviane zu und verbeugte sich vor ihr: »Meine Herrin.«
Viviane streckte ihre Hand aus und strich ihrem älteren Sohn über die Wange. Balan sah nicht so gut aus wie Lancelot. Er war ein großer, kräftiger Mann und besaß die gleichen leuchtenden dunklen Augen wie sie und Lancelot. Balin war kleiner – ein gedrungener Mann mit grauen Augen. Viviane wußte, er war nur zehn Tage älter als ihr Sohn. Mit seinen blonden Haaren und roten Wangen sah er aus wie Priscilla früher.
»Meine arme Mutter«, murmelte er und streichelte Priscillas Hand. »Aber jetzt ist Lady Viviane gekommen, um dir zu helfen. Bald wird es dir wieder bessergehen, nicht wahr? Aber du bist so dünn, Mutter. Du mußt versuchen, wieder mehr zu essen. Du mußt wieder stark und gesund werden...«
»Nein«, flüsterte sie. »Ich werde erst wieder stark werden, wenn ich am Tisch des Herrn im Himmel sitze, mein lieber Sohn.«
»Nein, Mutter, das darfst du nicht sagen«, rief Balin; Balan sah Viviane an und seufzte.
Balan sagte so leise, daß weder Priscilla noch Balin es hören konnten: »Er will nicht sehen, daß sie stirbt, Herrin... meine Mutter. Balin behauptet fest, daß sie sich wieder erholt. Ich hatte wirklich gehofft, sie würde im Herbst von uns gehen, als wir alle das Fieber bekamen. Aber Priscilla war schon immer so stark...« Balan schüttelte den Kopf, und sein kräftiger Nacken rötete sich. Viviane sah, daß ihm Tränen in den Augen standen. Er wischte sie sich schnell ab. Nach einer Weile sagte Viviane, sie müßten das Zimmer verlassen, die Kranke brauche Ruhe.
»Verabschiedet Euch von Euren Söhnen und segnet sie«, sagte Viviane, und Priscillas Augen leuchteten matt. »Ich wollte, es wäre ein Abschied, ehe es noch schlimmer wird... Heute morgen hätten sie mich nicht sehen dürfen«, murmelte sie, und Viviane sah die Angst in ihren Augen. Sie beugte sich über Priscilla und sagte sanft: »Ich glaube, ich kann Euch versprechen, daß Ihr nicht mehr leiden müßt, liebe Freundin, wenn Ihr dieses Ende wünscht.«
»Bitte«, flüsterte die Sterbende, und Viviane spürte, wie die krallenartige Hand sich verzweifelt um ihren Arm klammerte.

»Dann werde ich Euch mit Euren Söhnen allein lassen«, entgegnete Viviane ruhig, »denn sie sind beide Eure Söhne, obwohl Ihr nur einen geboren habt.«
Sie ging in den angrenzenden Raum, wo Gawan saß.
»Bringt mir die Satteltaschen«, sagte sie, und als sie vor ihr standen, suchte sie nach einem Beutel. Dann wendete sie sich an Gawan: »Im Augenblick leidet sie nicht. Aber ich kann nur noch wenig für sie tun, außer, ihren Leiden ein Ende zu machen. Ich glaube, das ist es, was sie wünscht.«
»Es gibt also keine Hoffnung ... keine Hoffnung?«
»Nein. Es bleibt ihr nichts als Leid. Ich kann mir nicht vorstellen, daß Euer Gott will, daß sie noch mehr leiden muß ...«
Erschüttert entgegnete Gawan: »Sie hat oft gesagt ... sie wünschte, sie hätte den Mut, sich in den Fluß zu stürzen, solange sie noch dorthin laufen kann ...«
»Also ist die Zeit gekommen, und sie soll in Frieden gehen«, sagte Viviane ruhig. »Aber ich möchte, daß Ihr wißt, was ich tue, ist ihr Wille ...«
»Herrin«, erwiderte Gawan, »ich habe Euch stets geachtet und vertraut. Meine Gemahlin liebt und vertraut Euch. Mehr muß ich nicht wissen. Wenn ihre Leiden hier enden, weiß ich, daß sie Euch dafür segnet.« Sein Gesicht war von Trauer überzogen. Er folgte Viviane in den anderen Raum. Priscilla hatte ruhig mit Balin gesprochen. Jetzt ließ sie seine Hand los, und er ging weinend zu seinem Vater. Die Sterbenskranke streckte ihre dünne Hand Balan entgegen und sagte mit zitternder Stimme: »Du warst immer ein guter Sohn, mein Junge. Kümmere dich um deinen Ziehbruder und bete für meine Seele, ich bitte dich.«
»Das will ich tun, Mutter«, erwiderte Balan und beugte sich nieder, um sie zu umarmen, aber sie schrie vor Schmerz und Angst leise auf. Er ergriff nur ihre welke Hand und drückte sie.
»Ich habe jetzt die Medizin für Euch, Priscilla. Sagt gute Nacht und schlaft ein ...«
»Ich bin so müde«, flüsterte die Sterbende. »Wie glücklich werde ich sein, schlafen zu können ... Seid gesegnet, Herrin, und Eure Göttin auch ...«
»Im Namen der Göttin, die barmherzig ist«, flüsterte Viviane und hielt Priscilla den Kopf, damit sie trinken konnte.
»Ich fürchte mich zu trinken ... es ist bitter. Und immer, wenn ich etwas schlucke, habe ich Schmerzen ...«, flüsterte Priscilla.

»Ich schwöre dir, Schwester, wenn du getrunken hast, wirst du keine Schmerzen mehr haben«, sagte Viviane ruhig und setzte den Becher an ihre Lippen. Priscilla schluckte und hob die schwache Hand, um Vivianes Gesicht zu berühren.

»Küßt auch Ihr mich zum Abschied, Herrin«, sagte sie mit verzerrtem Lächeln, und Viviane drückte die Lippen auf die knochige Stirn.

Ich habe Leben gebracht, und jetzt komme ich als Botin des Todes ... Große Mutter, ich tue für sie, was ich hoffe, daß jemand eines Tages für mich tut, dachte Viviane. Fröstelnd richtete sie sich auf, und ihr Blick fiel auf Balin, der sie mißtrauisch ansah.

»Kommt«, sagte sie ruhig, »laßt sie ruhen.«

Sie gingen in den Nebenraum; Gawan blieb zurück und hielt die Hand seiner Frau. *Es ist nur richtig,* dachte Viviane, *daß er bei ihr bleibt.*

Die Mägde hatten das Abendessen aufgetragen. Viviane ging zu ihrem Platz und aß und trank, denn der lange Ritt hatte sie erschöpft.

»Seid ihr in einem Tag von Artus' Hof in Caerleon bis hierher geritten, meine Kinder?« Sie mußte lächeln... die Kinder waren Männer.

»Ja, von Caerleon...«, antwortete Balan, »und in dieser Kälte und dem Regen war es ein schlimmer Ritt.« Er nahm gesalzenen Fisch, strich Butter auf das Brot und gab seinen Teller Balin. »Du ißt ja nicht, Bruder.«

Balin fuhr zusammen: »Ich kann nichts essen, wenn unsere Mutter so krank ist. Aber Gott sei Dank seid Ihr jetzt gekommen, Herrin. Bald wird sie wieder gesund sein, nicht wahr? Eure Medizin hat ihr das letzte Mal sehr geholfen. Es war wie ein Wunder. Jetzt wird es ihr doch auch wieder bessergehen?«

Viviane sah ihn verblüfft an... hatte Balin wirklich nicht begriffen? Sie antwortete ruhig: »Das beste was geschehen kann, ist, daß sie bald vor ihren Gott tritt, Balin.«

Er sah sie verzweifelt an: »Nein! Sie darf nicht sterben. Herrin, sagt mir, daß Ihr meiner Mutter helfen könnt! Sagt mir, daß Ihr sie nicht sterben laßt...«

Viviane erwiderte ernst: »Ich bin nicht Euer Gott. Leben und Tod liegen nicht in meiner Hand, Balin. Wollt Ihr sie noch länger leiden lassen?«

»Aber Ihr kennt alle Arten von Magie«, widersprach Balin heftig. »Weshalb seid Ihr gekommen, wenn Ihr sie nicht heilen wollt? Ich

habe bisher nur von Euch gehört, daß Ihr ihrem Leid ein Ende setzen wollt...«
»Das ist das einzige Heilmittel für eine solche Krankheit, wie sie über Eure Mutter gekommen ist«, entgegnete Viviane und legte mitfühlend eine Hand auf Balins Schulter. »Es ist nur barmherzig.«
»Laß es gut sein, Balin«, sagte Balan und wollte Balin seine große, schwielige Hand auf den Arm legen, »möchtest du wirklich, daß sie noch länger leidet?«
Balin fuhr auf und starrte Viviane wütend an: »Also habt Ihr Eure Zauberei nur benutzt, um sie zu heilen, solange es Eurer teuflischen, sündhaften Göttin Ehre einbrachte!« schrie er, »jetzt habt Ihr keinen Nutzen mehr davon und wollt sie sterben lassen...«
»Sei still, Mann«, sagte Balan heiser und gepreßt. »Hast du nicht bemerkt... unsere Mutter hat sie gesegnet und sie zum Abschied geküßt. Es war ihr Wille...«
Aber Balin starrte nur Viviane an und hob die Hand, als wolle er sie schlagen. »Wie Judas!« schrie er. »Du hast sie mit einem Kuß verraten...« Er fuhr heftig herum und wollte in das Zimmer stürzen. »Was hast du getan, du Mörderin! Hinterlistige Mörderin! O Vater! Vater, das ist Mord und teuflische Zauberei...!«
Gawan erschien mit bleichem Gesicht in der Tür und gebot dem Sohn entsetzt zu schweigen. Aber Balin schob ihn beiseite und verschwand im Raum. Viviane folgte ihm und sah, daß Gawan der Toten die Augen geschlossen hatte.
Auch Balin bemerkte es, drehte sich um und schrie besinnungslos vor Zorn: »Mord! Verrat! Zauberei...! Elende alte Hexe...!«
Gawan hielt seinen Sohn mit all seiner Kraft zurück. »Du wirst über dem Leichnam deiner Mutter nicht so zu einer Frau sprechen, der sie vertraute und die sie liebte!«
Aber Balin raste, schrie und wollte sich auf Viviane stürzen. Sie versuchte, ihn zu beruhigen, aber er wollte nicht auf sie hören. Schließlich ging sie in die Küche hinaus und setzte sich an das Feuer.
Balan kam zu ihr, ergriff ihre Hand und sagte: »Es tut mir leid, daß er es so sieht, Herrin. Er weiß es besser, und wenn sein Entsetzen vorüber ist, wird er Euch ebenso dankbar sein, wie ich es bin... Arme kleine Mutter. Sie mußte so sehr leiden. Jetzt ist alles vorüber, und ich segne Euch auch.« Er senkte den Kopf und versuchte, nicht laut zu schluchzen. »Sie war... auch zu mir wie eine Mutter...«
»Ich weiß, mein Sohn. Ich weiß«, murmelte Viviane und strich ihm

über den Kopf, als sei er immer noch der kleine, täppische Junge, der er vor mehr als zwanzig Jahren gewesen war. »Es ist nur richtig, daß du um deine Ziehmutter weinst. Es wäre herzlos von dir, es nicht zu tun.« Balan brach zusammen, kniete schluchzend an ihrer Seite und drückte sein Gesicht in ihren Schoß.
Balin kam mit wutverzerrtem Gesicht in die Küche. »Du weißt, sie hat unsere Mutter getötet, Balan, und trotzdem läßt du dich von ihr trösten!«
Balan hob den Kopf, schluckte ein paarmal und erwiderte: »Sie hat den Willen unserer Mutter erfüllt. Bist du ein solcher Narr, daß du nicht sehen konntest, daß unsere Mutter selbst mit Gottes Hilfe keine vierzehn Tage mehr gelebt hätte? Willst du der Herrin vom See vorwerfen, daß sie ihr die letzten Qualen erspart hat?«
Aber Balin rief nur verzweifelt: »Meine Mutter! Meine Mutter ist tot!«
»Sei ruhig, sie war meine Pflegemutter und auch meine Mutter«, rief Balan wütend und sagte dann weich: »Oh, Bruder, Bruder! Auch ich traure. Warum sollten wir uns streiten? Komm, trinke von dem Wein. Ihr Leiden hat ein Ende, und sie ist jetzt bei Gott... Wir sollten für sie beten, als uns zu zerstreiten. Komm, Bruder, iß etwas und ruhe dich aus. Auch du bist erschöpft.«
»Nein«, rief Balin, »ich werde nicht unter diesem Dach schlafen, das die teuflische Zauberin beherbergt, die meine Mutter ermordet hat.«
Gawan trat bleich und wütend auf ihn zu und schlug Balin auf den Mund. »Ruhe jetzt und Friede!« sagte er, »die Herrin von Avalon ist unser Gast und unsere Freundin. Du wirst die Gastfreundschaft dieses Hauses nicht mit solchen lästerlichen Worten besudeln. Setze dich, mein Sohn, und iß etwas, oder du wirst Dinge sagen, die wir alle bedauern müssen.«
Aber Balin starrte den Vater an wie ein wildes Tier. »Ich werde unter diesem Dach weder essen noch schlafen, solange diese... diese Frau hier ist.«
Balan fuhr ihn an: »Du wagst es, meine Mutter zu beleidigen?«
Balin schrie zurück: »Ihr seid also alle gegen mich?... Ich verlasse das Haus, das der Mörderin meiner Mutter Schutz gewährt!« Er wendete sich um und rannte aus der Tür. Viviane sank auf einen Stuhl. Balan trat zu ihr und bot ihr seinen Arm; Gawan schenkte ihr einen Becher Wein ein.
»Trinkt, Herrin... Ich bitte um Vergebung für meinen Sohn. Er ist nicht bei Sinnen, aber er wird bald wieder zur Vernunft kommen.«

»Soll ich ihm nachgehen, Vater, damit er sich nicht etwas antut?« fragte Balan. Aber Gawan schüttelte den Kopf.

»Nein, nein, mein Sohn. Bleibe bei deiner Mutter. Worte können ihm jetzt nur wenig helfen.«

Viviane trank zitternd von dem Wein. Auch sie trauerte um Priscilla, und sie dachte an die Zeit, als sie noch junge Frauen waren und ihre Söhne auf dem Arm hielten... Priscilla war so hübsch und lustig gewesen. Zusammen hatten sie mit den Kleinen gelacht und gespielt. Jetzt war Priscilla an der auszehrenden Krankheit gestorben, und Viviane hatte ihr mit eigenen Händen den Todesbecher gereicht. Daß sie damit Priscillas Wunsch erfüllte, erleichterte ihr Gewissen; doch es verringerte nicht die Trauer.

Wir waren beide jung, jetzt ist sie tot. Und ich bin alt, alt wie die Botin des Todes. Diese niedlichen kleinen Kinder, die zu unseren Füßen spielten ... der eine hat bereits graue Strähnen im Haar, und der andere würde mich am liebsten als böse Zauberin und Mörderin vernichten ... Viviane spürte die Trauer wie Eiseskälte bis ins innerste Mark. Sie stand dicht am Feuer, trotzdem zitterte sie noch immer, und es konnte ihr nicht warm werden. Sie legte ihr Schultertuch um; Balan führte sie zu dem besten Stuhl, legte ihr ein Kissen hinter den Rücken und reichte ihr einen Becher heißen Weins.

»Ja, Ihr habt sie sehr geliebt«, sagte er. »Macht Euch keine Sorgen um Balin, Herrin. Er wird schon wieder Vernunft annehmen. Wenn er wieder klar denken kann, wird er einsehen, welch große Gnade Ihr unserer Mutter erwiesen habt...« Er schwieg, und sein derbes Gesicht überzog Röte. »Zürnt Ihr mir, Herrin, daß ich die Tote immer noch für meine Mutter halte?«

»Es ist nicht mehr als vernünftig«, antwortete Viviane und trank einen Schluck heißen Weins. Sie streichelte die harte Hand ihres Sohnes und dachte dabei: *Früher war sie einmal so klein und zart. Ich konnte sie mit meiner Hand umschließen wie eine Rosenknospe.* Jetzt verlor sich ihre Hand in der seinen. »Die Göttin weiß, Priscilla war dir eine bessere Mutter als ich.«

»Ich hätte wissen sollen, daß Ihr es versteht«, antwortete Balan. »Morgaine sagte etwas Ähnliches, als ich sie das letzte Mal an König Artus' Hof sah.«

»Morgaine? Ist sie an Artus' Hof, mein Sohn? War sie dort, als ihr Caerleon verlassen habt?«

Balan schüttelte bedauernd den Kopf. »Nein, ich sah sie zum letzten Mal... Es ist schon Jahre her, Herrin. Sie verließ Caerleon, laßt mich nachdenken ... Es war, bevor Artus so schwer verwundet wurde ... Oh, im Sommer werden es drei Jahre. Ich dachte, sie sei bei Euch in Avalon.«

Viviane schüttelte den Kopf. Sie stützte sich auf die Armlehne des großen Stuhls. »Ich habe Morgaine seit vielen Jahren nicht mehr gesehen.« Dann dachte sie: *Vielleicht ist sie auf dem Festland ...* Sie fragte Balan: »Wie geht es deinem Bruder Lancelot? Hält er sich am Hof auf, oder ist er in die Bretagne zurückgekehrt?«

»Ich glaube, solange Artus lebt, wird er das nie tun«, erwiderte Balan. »Allerdings ist er in letzter Zeit nicht am Hof ...« Viviane konnte seine Gedanken lesen, die er nicht aussprach, um den Hofklatsch nicht wiederzugeben: *Jeder weiß, wenn Lancelot am Hof ist, kann er die Augen nicht von Königin Gwenhwyfar wenden. Artus hat zweimal versucht, ihn zu verheiraten, und beide Male hat Lancelot nichts davon wissen wollen.* Hastig fügte Balan hinzu: »Lancelot hat versprochen, sich um die Dinge im Reich zu kümmern. Deshalb ist er immer unterwegs. Er hat mehr plündernde Banden und Wegelagerer getötet als jeder andere Ritter an Artus' Hof. Man erzählt, er sei so gefürchtet wie eine ganze Legion, Herrin ...« Balan hob den Kopf und sah Viviane wehmütig an. »Euer jüngerer Sohn, Mutter, ist ein großer Ritter. Ein Ritter wie der sagenhafte Alexander. Manche behaupten sogar, er sei ein besserer Ritter als Artus. Ich bringe Euch nicht solchen Ruhm, Herrin.«

»Wir tun alle das, was die Götter uns auftragen zu tun, mein Sohn«, erwiderte Viviane freundlich. »Ich freue mich darüber, daß du deinem Bruder nicht grollst, weil er ein besserer Ritter ist als du.«

Balan schüttelte den Kopf. »Dann müßte ich Artus ebenso grollen, weil ich nicht König bin«, antwortete er. »Lancelot ist gut, bescheiden und fromm wie eine Jungfrau ... wißt Ihr nicht, daß er Christ geworden ist, Herrin?«

Viviane schüttelte den Kopf. »Es erstaunt mich nicht«, sagte sie mit einer Spur Verachtung in der Stimme, die sie selbst überraschte. »Dein Bruder fürchtet immer die Dinge, die er nicht versteht. Die Religion der Christen ist der richtige Glaube für Sklaven, die sich für unwürdige Sünder halten ...« Sie verbesserte sich und fügte hinzu: »Es tut mir leid, mein Sohn, ich wollte nichts Abfälliges sagen. Ich weiß, es ist auch dein Glaube.«

Balan zwinkerte und sagte lächelnd: »Gerade ist ein Wunder geschehen, Herrin. Es ist das erste Mal, daß Ihr Euch für etwas entschuldigt, das Ihr gesagt habt.«

Viviane biß sich auf die Lippen. »Siehst du mich wirklich so, mein Sohn?«
Er nickte: »Ja, Ihr seid für mich immer die stolzeste aller Frauen gewesen... und es erschien mir nur richtig, daß Ihr genau das seid«, antwortete er. Viviane dachte spöttisch: *Soweit ist es mit mir gekommen! Jetzt lasse ich mir schon von meinem Sohn Komplimente machen...* Sie suchte nach einem anderen Faden des Gesprächs.
»Du hast mir gesagt, Lancelot habe zweimal abgelehnt zu heiraten? Worauf, glaubst du, wartet er denn? Möchte er eine größere Mitgift, als eine Frau in die Ehe bringen kann?«
Wieder schien sie Balans unausgesprochene Gedanken zu hören: *Die einzige, die er will, kann er nicht haben, denn sie ist die Frau seines Königs...* Aber er sagte nur: »Er will sich nicht vermählen und behauptet im Spaß, sein Pferd sei ihm lieber als jede Frau, denn sie könne ihn nicht in die Schlacht begleiten... Eines Tages wird er sich eine der sächsischen Schildträgerinnen zur Frau nehmen, sagte er. Keiner kann sich mit ihm messen, weder im ernsten Kampf noch bei den Turnieren, die Artus in Caerleon abhält. Manchmal reitet er sogar ohne Schild oder tauscht das Pferd mit einem anderen, damit er nicht zu sehr im Vorteil ist. Balin forderte ihn einmal heraus und gewann einen Gang gegen ihn. Aber er lehnte den Preis ab, nachdem er feststellte, daß Lancelots Sattelgurte gerissen waren.«
»Also ist auch Balin ein edler und guter Ritter?« fragte Viviane.
»O ja, Mutter! Ihr dürft meinen Bruder nicht nach seinem Verhalten heute abend beurteilen«, erwiderte Balan eifrig. »Als er gegen Lancelot antrat, wußte ich wirklich nicht, wem ich den Sieg mehr wünschen sollte. Lancelot bot Balin den Preis an und sagte, er habe ihn ehrlich errungen, denn er hätte sein Pferd besser führen sollen... das sagte er wirklich! Aber Balin weigerte sich, und so stritten sie ritterlich wie zwei Helden aus den alten Sagen, die Taliesin uns als Kinder erzählte.«
»Du kannst stolz auf deine beiden Brüder sein«, sagte Viviane, und das Gespräch wendete sich anderen Dingen zu. Nach einer Weile erklärte Viviane, sie wolle bei Priscillas Aufbahrung helfen. Aber als sie die Kammer betrat, stellte sie fest, daß die Frauen sich alle vor ihr fürchteten. Und auch der Dorfpriester war gekommen. Er begrüßte sie höflich, aber an seinen Worten erkannte Viviane, daß er sie für eine der Nonnen aus dem nahe gelegenen Kloster hielt – in ihrer dunklen Reisekleidung wirkte sie tatsächlich so. Sie wollte den Kirchenmann an diesem Abend nicht mit der Wahrheit konfrontie-

ren. Und als man ihr das beste Gästebett anbot, nahm sie dankend an und schlief schließlich ein. Aber in ihren Träumen ließ sie all das nicht los, worüber sie mit Balan gesprochen hatte. Einen Augenblick lang glaubte sie, Morgaine im grauen, aufreißenden Nebel zu sehen; sie lief durch einen Wald mit seltsamen Bäumen und trug einen Blumenkranz im Haar . . . solche Blumen wuchsen in Avalon nicht. Im Traum und nach dem Aufwachen sagte sich Viviane immer wieder vor: *Ich darf nicht länger zögern. Ich muß sie suchen . . . ich muß sie mit dem Gesicht suchen . . . oder mit dem, was mir von dieser Gabe geblieben ist.*

Am nächsten Morgen wohnte sie Priscillas Beerdigung bei. Balin war zurückgekehrt und stand weinend am Grab. Nachdem alles vorüber war und alle anderen ins Haus gingen, um Bier zu trinken, näherte sie sich ihm und sagte freundlich: »Wollt Ihr mich nicht umarmen und Worte der Vergebung sprechen, mein Sohn? Glaubt mir, ich teile Euer Leid. Priscilla und ich, wir waren unser ganzes Leben lang Freundinnen. Hätte ich Eurer Mutter sonst meinen eigenen Sohn gegeben? Und außerdem bin ich die Mutter Eures Ziehbruders.« Sie öffnete die Arme, aber Balins Gesicht wurde kalt und hart. Er drehte sich um und ging davon.

Gawan versuchte, Viviane zu bewegen, ein oder zwei Tage zu bleiben und sich auszuruhen. Aber sie ließ sich ihren Esel bringen. »Ich muß nach Avalon zurück«, sagte sie und bemerkte Gawans Erleichterung, obwohl er ihr seine Gastfreundschaft aufrichtig angeboten hatte. Wenn jemand dem Priester sagte, wer sie war, hätte es beim Leichenschmaus zu Verstimmungen kommen können. Balan bot ihr an: »Darf ich Euch nach Avalon begleiten, Herrin? Es sind noch immer Räuber und Wegelagerer unterwegs.«

»Nein«, erwiderte sie und gab ihm lächelnd die Hand. »Ich sehe nicht so aus, als hätte ich Gold bei mir. Und mit mir reiten Männer von den Stämmen . . . wenn wir angegriffen werden, suchen wir Schutz in den Bergen. Außerdem wird kein Mann, der eine Frau sucht, sich an mir vergreifen.« Sie lachte und fügte hinzu: »Und da Lancelot es sich zur Aufgabe gemacht hat, alles Gesindel im Lande auszurotten, wird es wohl bald wieder wie in früheren Zeiten sein. Man erzählt, damals konnte eine fünfzehnjährige Jungfrau mit einer Goldbörse von einem Ende des Landes zum anderen reiten, ohne daß ein Mann sie belästigt hätte. Bleibt hier, mein Sohn, und betrauert Eure Mutter und söhnt Euch mit Balin aus. Ihr dürft Euch meinetwegen nicht mit ihm streiten, Balan.« Plötzlich schauderte sie, als sei ihr kalt. Vor ihren Augen stand ein Bild: Schwerter klirrten, und ihr Sohn blutete aus einer großen Wunde...

»Was ist Euch, Herrin?«, fragte er besorgt.

»Nichts, mein Sohn... versprecht mir nur, daß Ihr mit Eurem Bruder Balin Frieden halten werdet.«

Er senkte den Kopf. »Ich verspreche es, Mutter. Ich werde ihm sagen, daß Ihr es mir aufgetragen habt, damit er nicht glaubt, Ihr seid ihm böse.«

»Bei der Göttin, das bin ich wirklich nicht«, sagte Viviane. Aber die eisige Kälte wich nicht von ihr, obwohl die Wintersonne ihr warm auf den Rücken schien. »Möge ihr Segen auf dir und auch auf deinem Bruder ruhen... obwohl ich annehme, er möchte nur von seinem Gott gesegnet werden. Willst du den Segen der Göttin annehmen, Balan?«

»Ja, das will ich«, antwortete er, beugte sich über Vivianes Hand, um sie zu küssen und sah ihr lange nach, als sie davonritt.

Auf dem Rückweg sagte sich Viviane, die Vision sei nur auf ihre Müdigkeit und ihre Furcht zurückzuführen. Balan gehörte zu Artus' Rittern, und man konnte nicht hoffen, daß er im Kampf gegen die Sachsen unverwundet bleiben würde. Trotzdem konnte sie die Vorstellung nicht vertreiben, daß Balan sich mit seinem Ziehbruder ihretwegen überwarf. Schließlich verbannte sie dieses Bild aus ihrem Kopf und befahl sich, ihren Sohn erst wieder zu sehen, wenn sie ihm wirklich gegenüberstand.

Auch um Lancelot machte sie sich Sorgen. Er war schon längst über das Alter hinaus, in dem ein Mann heiraten sollte. Aber es gab genug Männer, denen nichts an Frauen lag, die nur die Gesellschaft ihrer Brüder und Waffengefährten suchten; sie hatte sich oft genug gefragt, ob Bans Sohn zu ihnen gehörte. Lancelot mußte seinen eigenen Weg gehen. Damit hatte sie sich abgefunden, als er Avalon verließ. Wenn er große Zuneigung zur Königin bekundete, tat er das zweifellos nur, damit seine Gefährten ihn nicht als Knabenliebhaber verspotteten.

Aber sie verdrängte die Gedanken an ihre Söhne. Keiner stand ihrem Herzen so nahe wie Morgaine. Und Morgaine... wo war Morgaine? Viviane war schon vorher beunruhigt gewesen. Aber nach Balans Neuigkeiten fürchtete sie um Morgaines Leben. Sie würde noch heute Boten zu Igraine nach Tintagel senden und nach Norden an Lots Hof; dorthin hatte Morgaine sich vielleicht gewendet, um bei ihrem Kind zu sein... Sie hatte den kleinen Gwydion ein- oder zweimal in ihrem Spiegel gesehen. Aber solange er wuchs und gedieh, schenkte sie ihm keine große Aufmerksamkeit. Morgause behandelte alle kleinen Kinder liebevoll. Und es genügte, sich um Gwydions Erziehung zu kümmern, wenn er alt genug war. Dann sollte er nach Avalon kommen...

Mit der eisernen Fähigkeit ihrer Jahre gelang es Viviane sogar, Morgaine aus ihren Gedanken zu verbannen. Sie ritt gesammelt nach Avalon zurück, wie es sich für eine Priesterin ziemte, die für ihre älteste Freundin die Todesbotin gewesen war – ernst aber ohne große Trauer dachte sie an Priscilla, denn der Tod war nur der Beginn neuen Lebens.

Priscilla war Christin gewesen und glaubte, sie würde jetzt bei ihrem Gott im Himmel sein. *Aber auch sie wird in diese unvollkommene Welt zurückkommen, um immer und immer wieder nach der Vollkommenheit der Götter zu streben... Balin und ich gingen als Fremde auseinander, und so muß es sein. Ich bin nicht mehr die Große Mutter. Und es sollte mich mehr bekümmern, als damals, als ich nicht mehr die Jungfrau für die Göttin war...* Aber in ihrem Herzen lehnte sie sich dagegen auf.

Es war tatsächlich Zeit für sie, die Herrschaft über Avalon abzugeben. Eine jüngere Frau mußte Herrin vom See werden. Sie selbst durfte nur noch eine der alten Weisen Frauen sein, die Rat und Beistand gaben, aber nicht mehr die furchteinflößende Macht verkörperten. Viviane wußte schon lange, das Gesicht verließ sie. Aber sie wollte ihren Platz nicht aufgeben, bis sie diese Macht in die Hände der einen legen konnte, die sie darauf vorbereitet hatte, sie entgegenzunehmen. Sie hatte geglaubt, warten zu können, bis Morgaine ihre Bitterkeit überwinden und nach Avalon zurückkehren würde.

Aber wenn Morgaine etwas zugestoßen ist... und selbst wenn es nicht der Fall ist... habe ich das Recht, weiterhin Herrin zu sein, wenn das Gesicht sich mir versagt?

Viviane erreichte den See. Einen Augenblick lang war ihr so kalt und klamm, daß sie sich trotz aller Mühe nicht an die magischen Worte erinnerte, als die Männer im Boot sie baten, die Nebel zu rufen. *Es ist wirklich an der Zeit, daß ich meine Macht abgebe...* Der Zauberspruch fiel ihr wieder ein, und sie beschwor die Nebel. Aber in dieser Nacht hielten Angst und Befürchtungen sie lange wach.

Im Morgengrauen blickte sie prüfend zum Himmel. Es war bald Neumond, und es würde nichts nützen, den Spiegel um diese Zeit zu befragen. *Wird es mir noch einmal helfen, in den Spiegel zu blicken, nachdem das Gesicht mich verlassen hat?* Mit eisernem Willen zwang sie sich, den diensttuenden Priesterinnen nichts von ihren Zweifeln zu gestehen. Aber im Verlauf des Tages ging sie zu den Weisen Frauen und fragte: »Gibt es im Haus der Jungfrauen eine Priesterin, die noch nie im Hain war oder an den Beltanefeuern gelegen hat?«

»Taliesins kleine Tochter«, erwiderte eine der Frauen.

Viviane verwirrte diese Antwort ein wenig... Igraine war erwachsen, verheiratet, verwitwet und Mutter des Großkönigs von Caerleon. Auch Morgause war vermählt und die Mutter vieler Söhne. Dann faßte sie sich wieder und sagte: »Ich wußte nicht, daß eine Tochter von ihm im Haus der Jungfrauen lebt.« Es hatte eine Zeit gegeben, dachte sie, daß kein Mädchen ohne ihr Wissen in das Haus der Jungfrauen gebracht wurde. *Sie* hatte jede Anwärterin der Prüfung unterzogen, um festzustellen, ob sie die Gabe des Gesichts besaß und sich eignete, die Weisheit der Druiden zu erlernen. Aber in den letzten Jahren hatte sie sich das aus der Hand nehmen lassen.

»Sagt mir, wie alt sie ist? Wie heißt sie? Wann ist sie zu uns gekommen?«

»Sie heißt Niniane«, antwortete die älteste Priesterin. »Sie ist die Tochter von Branwen... erinnert Ihr Euch? Branwen sagte, Taliesin habe das Kind am Beltanefeuer gezeugt. Es scheint noch nicht viel Zeit vergangen, aber sie muß elf, zwölf Jahre oder noch älter sein. Sie wuchs irgendwo im Norden auf und kam vor fünf oder sechs Jahren zu uns. Sie ist ein gutes und gehorsames Kind. Und es kommen nicht mehr soviele Jungfrauen zu uns, als daß wir wählen und aussuchen könnten, Herrin! Es gibt keine Mädchen mehr wie Raven oder Euer Ziehkind Morgaine. Wo ist Morgaine, Herrin? Sie sollte wiederkommen!«

Viviane antwortete: »Das sollte sie wirklich«, und schämte sich zuzugeben, daß sie nicht einmal wußte, wo Morgaine sich aufhielt, oder ob sie überhaupt noch am Leben war. *Woher nehme ich die Anmaßung, die Herrin vom See zu sein, wenn ich nicht einmal den Namen meiner Nachfolgerin kenne oder weiß, wer im Haus der Jungfrauen wohnt? Aber wenn Niniane eine Tochter Taliesins und einer Priesterin von Avalon ist, dann muß sie die Gabe des Gesichts besitzen. Wenn nicht, kann ich sie dazu bringen zu sehen, solange sie noch Jungfrau ist.*

Viviane sagte: »Ich möchte, daß Niniane in drei Tagen frühmorgens vor Sonnenaufgang zu mir kommt.« Sie sah die vielen Fragen in den Augen der Priesterinnen, stellte aber mit einer gewissen Befriedigung fest, daß sie noch immer die unangefochtene Herrin von Avalon war, denn keine der Frauen äußerte sich laut.

Niniane kam am Tag des neuen Mondes eine Stunde vor Sonnenaufgang zu ihr. Von Selbstzweifeln gequält, hatte Viviane in dieser Nacht kaum geschlafen. Sie zögerte, das Ansehen ihrer Macht abzugeben. Nur in Morgaines Hände konnte sie die Herrschaft mit ruhigem Gewissen legen. Sie hielt das kleine sichelförmige Messer in der Hand, das Morgaine zurückgelassen hatte, als sie Avalon verließ, legte es dann beiseite, hob den Kopf und betrachtete Taliesins Tochter.

Die alte Priesterin verliert wie ich das Gefühl für die Zeit. Das Mädchen ist sicher älter als elf oder zwölf. Ehrfürchtig erschauernd stand das Mädchen vor ihr. Viviane erinnerte sich, daß auch Morgaine gezittert hatte, als sie zum ersten Mal die Herrin von Avalon sah. Sie fragte freundlich: »Bist du Niniane? Wer sind deine Eltern?«

»Ich bin die Tochter von Branwen, Herrin. Aber den Namen meines Vaters kenne ich nicht. Meine Mutter sagte nur, ich sei ein Beltanekind.« Das klang vernünftig.

»Wie alt bist du, Niniane?«

»Vierzehn Winter in diesem Jahr.«

»Und warst du schon bei den Feuern, mein Kind?«

Das Mädchen schüttelte den Kopf. »Ich bin noch nicht gerufen worden.«

»Kommt das Gesicht zu dir?«

»Ich glaube, nur schwach, Herrin«, sagte sie, und Viviane seufzte.

»Wir werden sehen, Kind. Komm mit mir.« Sie verließen das Haus und gingen den verborgenen Pfad hinauf zur Heiligen Quelle. Das Mädchen war größer als Viviane. Niniane war schlank, blond und hatte veilchenblaue Augen. – *Sie ähnelt Igraine in diesem Alter,* dachte Viviane. *Allerdings hatte Igraine eher rötliches und nicht blondes Haar.* Plötzlich schien sie Niniane gekrönt und in den Gewändern der Herrin vom See zu sehen. Ungeduldig schüttelte Viviane den Kopf, um das ungewollte Bild zu vertreiben. Sicher war es nur ein flüchtiger Tagtraum . . .

Sie führte Niniane an den Teich, dann blieb sie einen Augenblick lang stehen, um den Himmel zu betrachten. Sie gab ihr das Sichelmesser, das Morgaine bei ihrer Weihe erhalten hatte, und sagte ruhig: »Blicke in den Spiegel, mein Kind, und sage mir, wo sie weilt, der die Sichel gehört.«

Niniane sah Viviane zögernd an und sagte: »Herrin, ich habe Euch gesagt... das Gesicht in mir ist schwach.«
Viviane verstand plötzlich: Das Mädchen fürchtete zu versagen. »Das macht nichts. Du wirst mit dem Gesicht sehen, das früher mein Gesicht war. Fürchte dich nicht, mein Kind. Blicke für mich in den Spiegel.«
Viviane beobachtete schweigend den gesenkten Kopf des Mädchens. Nur der Wind schien wie immer die Wasseroberfläche zu kräuseln. Dann sprach Niniane mit ruhiger, tonloser Stimme: »Ah... ich sehe... sie schläft in den Armen des Grauen Königs...«, und verstummte.
Was kann das bedeuten? Viviane konnte mit den Worten nichts anfangen. Sie wollte Niniane rufen, ihr das Gesicht aufzwingen. Aber sie befahl sich unter Aufbietung aller Kräfte, still zu sein, da sie wußte, daß selbst ihre ruhelosen Gedanken das Bild verwischen konnten. Kaum hörbar flüsterte sie: »Niniane, siehst du den Tag, an dem Morgaine wieder nach Avalon zurückkehrt?«
Wieder herrschte völlige Stille. Eine schwache Brise – der Morgenwind hatte sich erhoben – kräuselte das glasklare Wasser. Nach langer Zeit sagte Niniane: »Sie steht im Boot... ihre Haare sind grau...«, sie schwieg und seufzte wie unter Schmerzen.
»Siehst du mehr, Niniane? Sprich... sag mir...«
Angst und Schrecken traten auf das Gesicht des Mädchens, und es flüsterte: »Ah, das Kreuz. Das Licht verbrennt mich. Der Kessel in ihren Händen... Raven! Raven, wirst du uns verlassen?« Sie keuchte entsetzt und fiel bewußtlos zu Boden.
Viviane stand bewegungslos mit geballten Fäusten am Spiegelteich. Dann beugte sie sich über das Mädchen, um es aufzuwecken. Sie tauchte die Hand in das Wasser und benetzte damit das reglose Gesicht. Kurz darauf öffnete Niniane die Augen, starrte Viviane furchtsam an und begann zu weinen.
»Es tut mir leid, Herrin. Ich konnte nichts sehen«, wimmerte sie.
Sie hat gesprochen, aber sie erinnert sich an nichts von dem, was sie sah. Ich hätte ihr das ersparen können, denn es war nutzlos. Es hatte keinen Sinn, wütend auf sie zu sein. Niniane hatte getan, was man ihr befahl. Viviane strich ihr das blonde Haar aus der Stirn und sagte sanft: »Weine nicht. Ich bin nicht böse auf dich. Hast du Schmerzen im Kopf? Dann... geh und ruhe dich aus, mein Kind.«
Die Göttin verteilt ihre Gaben nach ihrem Willen. Aber warum, Große Mutter, schickst du mir unvollkommene Mittel, um deinen

Willen zu erfüllen? Du hast mir die Kraft genommen, es selbst zu tun. Warum hast du mir die eine geraubt, die dir dienen sollte, wenn ich nicht mehr bin? Niniane preßte die Hände auf die Stirn und ging langsam zum Haus der Jungfrauen zurück. Viviane folgte ihr.

Waren die Worte des Mädchens nur ein Wahn gewesen? Viviane glaubte es nicht... Niniane hatte *etwas* gesehen. Aber mit dem, was sie geschaut hatte, konnte Viviane nichts anfangen. Und die Versuche des Mädchens, es in Worte zu fassen, ergaben keinen Sinn. Und nun hatte Niniane auch noch alles vergessen und konnte nicht weiter befragt werden.

Sie schläft in den Armen des Grauen Königs. Hieß das, Morgaine lag in den Armen des Todes?

Würde Morgaine zu ihnen zurückkehren? Niniane hatte nur gesagt: *Sie steht im Boot...* Also kam Morgaine wieder nach Avalon. *Ihre Haare sind grau.* Das hieß, wenn sie überhaupt kam, dann nicht in naher Zukunft. Soviel war unmißverständlich.

Das Kreuz. Das Licht verbrennt mich. Raven, Raven... der Kessel in ihren Händen! Das war sicher nicht mehr als ein Wahn oder der Versuch, eine undeutliche Erscheinung in Worte zu fassen. Raven würde den Kessel tragen... die magische Waffe des Wassers und der Göttin... ja, Raven besaß die Macht, die Großen Insignien zu berühren. Viviane starrte an die Wände ihres Zimmers und überlegte, ob es bedeutete, daß Raven die Macht der Herrin vom See übernehmen sollte, da Morgaine sie verlassen hatte. Die Worte des Mädchens schienen keine andere Deutung zuzulassen. Trotzdem... vielleicht bedeuteten sie auch... nichts.

Was ich auch tue, ich stehe im Dunkeln... ich wäre besser zu Raven gegangen, die mir nur mit Schweigen geantwortet hätte.

Aber wenn Morgaine wirklich in den Armen des Todes lag oder für Avalon verloren war, gab es keine Priesterin, welche die Bürde der Macht auf sich nehmen konnte. Raven hatte ihre Stimme der Göttin geweiht... sollte der Tempel der Göttin verwaisen, weil Raven den Weg des Schweigens gewählt hatte?

Viviane blieb stumm in ihrer Kammer sitzen, starrte an die Wände und bewegte Ninianes rätselhafte Worte wieder und wieder in ihrem Herzen. Einmal stand sie auf und ging allein den stillen Pfad hinan. Noch einmal blickte sie auf das stille Wasser. Aber es blieb grau, so grau wie der unbewegte Himmel. Plötzlich schien sich tatsächlich etwas zu bewegen. Viviane flüsterte: »Morgaine?«, und blickte angestrengt in den stummen Teich.

Aber das Gesicht, das dort auftauchte war nicht Morgaines Gesicht – es war reglos und unbewegt wie die Göttin selbst und bekränzt mit nackten Weidenruten...

Sehe ich mein eigenes Spiegelbild oder die Todesbotin...?

Erschöpft wendete Viviane sich schließlich ab.

Ich wußte es, seit ich das erste Mal diesen Weg gegangen bin... es kommt eine Zeit, in der es nur Verzweiflung gibt, wenn man versucht, den Schleier über dem Schrein zu lüften. Wenn man nach der Göttin ruft und weiß, daß sie nicht antworten wird, weil sie nicht da ist... denn sie war nie da. Es gibt keine Göttin, sondern nur dich selbst. Du stehst allein vor einem leeren Schrein und hörst nur das höhnische Echo deiner eigenen Worte...

Niemand ist da. Es war nie jemand da. Und das Gesicht waren nur Träume und Trugbilder...

Während Viviane mit müden Schritten den Hügel hinabging, sah sie, daß der neue Mond am Himmel stand. Aber jetzt bedeutete er nichts anderes, als daß rituelles Schweigen und gelobte Abgeschiedenheit wieder einmal zu Ende waren.

Was habe ich eigentlich mit dieser Göttin zu tun? Sie ist nur ein Truggebilde. Das Geschick von Avalon liegt in meinen Händen. Morgaine ist gegangen, und ich bin allein mit alten Frauen, Kindern und halb ausgebildeten Mädchen... allein, ganz allein! Ich bin alt und müde... der Tod wartet auf mich...

In ihrem Haus hatten die Frauen ein Feuer entzündet. Neben ihrem Stuhl dampfte ein Becher heißen Weins, mit dem sie ihre Neumondfast beendete. Müde sank Viviane nieder. Sofort kam eine der Priesterinnen lautlos herbeigeeilt, zog ihr die Schuhe aus und legte ihr ein warmes Schultertuch um.

Da ist niemand außer mir. Aber ich habe immer noch meine Töchter. Ich bin nicht völlig allein. »Danke, meine Kinder«, sagte Viviane mit ungewohnter Wärme. Eine Priesterin neigte scheu und schweigend den Kopf. Viviane kannte ihren Namen nicht – *warum bin ich nur so nachlässig?* –, aber sie vermutete, die Priesterin stand unter einem Schweigegelübde. Die zweite antwortete leise: »Es ist uns eine Ehre, Euch dienen zu dürfen, Mutter. Wollt Ihr jetzt ruhen?«

»Noch nicht«, erwiderte Viviane, und einer plötzlichen Eingebung folgend, fügte sie hinzu: »Gehe und bitte Raven zu mir.«

Es schien lange zu dauern, ehe die Priesterin lautlos den Raum betrat. Viviane begrüßte sie mit einem leichten Neigen des Kopfs. Raven verbeugte sich, folgte dann Vivianes Hand und setzte sich auf den Stuhl ihr gegenüber. Viviane reichte ihr den immer noch halbvollen Becher mit dem heißen Wein. Raven trank einen kleinen Schluck, dankte ihr mit einem Lächeln und stellte ihn auf den Tisch.

Schließlich sagte Viviane beinahe flehend: »Meine Tochter, du hast dein Schweigen einmal gebrochen, ehe Morgaine uns verließ. Nun suche ich sie und finde sie nicht. Sie ist weder in Caerleon noch in Tintagel, auch nicht bei Lot und Morgause in Lothian ... und ich werde alt. Es ist niemand da, der den Dienst versehen kann ... Ich bitte dich, wie ich das Orakel der Göttin befragen würde, antworte: Wird Morgaine zurückkehren?«

Raven blieb stumm. Nach einer Weile schüttelte sie den Kopf und Viviane fragte: »Heißt das, Morgaine wird nicht zurückkehren ... oder bedeutet es, daß du es nicht weißt?« Die jüngere Priesterin machte eine seltsame, fragende Geste der Hilflosigkeit.

»Raven«, sagte Viviane, »du weißt, ich muß mein Amt niederlegen. Es ist niemand da, der es mir abnehmen kann. Keine der Jungfrauen ist auf dem Alten Weg Priesterin geworden. Keine ist weit genug gekommen ... nur du. Wenn Morgaine nicht zurückkehrt, mußt du Herrin vom See werden. Du hast dich dem Schweigen verschworen und hast deinen Eid treu gehalten. Nun ist es Zeit, ihn zu lösen und aus meinen Händen die Führung zu übernehmen ... es gibt keinen anderen Weg.«

Raven schüttelte den Kopf. Sie war eine große zarte Frau und, wie Viviane dachte, nicht mehr jung. Sicher war sie zehn Jahre älter als Morgaine – sie mußte bald vierzig sein. *Und sie kam als kleines Mädchen hierher, ihre Brüste waren noch nicht einmal Knospen.* Raven hatte lange, dunkle Haare, ein dunkles, blasses Gesicht, tiefliegende Augen unter dicken Brauen. Sie wirkte abgehärmt und streng.

Viviane bedeckte das Gesicht mit den Händen und sagte mit belegter Stimme durch die Tränen, die sie nicht weinen konnte: »Ich ... kann nicht mehr, Raven.«

Plötzlich spürte sie eine sanfte Berührung an ihrer Wange. Raven stand vor ihr und beugte sich über sie. Sie sprach nicht, sondern umarmte Viviane und hielt sie einen Augenblick lang an sich gedrückt. Die Herrin vom See empfand die Wärme der jüngeren Frau, begann zu schluchzen und wußte, daß sie weinen und nicht den Willen aufbringen würde, je wieder aufzuhören. Und als Viviane vor Erschöpfung wieder still wurde, küßte Raven sie auf die Wange und ging schweigend aus dem Haus.

Igraine hatte einmal zu Gwenhwyfar gesagt, Cornwall liege am Ende der Welt. So kam es Gwenhwyfar auch vor – hier konnte man vergessen, daß es räuberische Sachsen gab, einen Großkönig oder eine Königin. In diesem fernen Kloster waren sie und Igraine nichts weiter als zwei christliche Damen... obwohl man an einem klaren Tag aufs Meer hinausblicken und die mächtigen Umrisse von Tintagel sehen konnte. Zu ihrer eigenen Überraschung dachte Gwenhwyfar: *Ich bin froh, daß ich gekommen bin.*

Und doch hatte sie sich gefürchtet, die schützenden Mauern von Caerleon zu verlassen, als Artus sie darum bat. Die Reise erschien ihr als ein einziger langer Alptraum – selbst der Ritt auf der schnellen und bequemen Straße nach Süden. Nachdem sie die gepflasterte Straße verlassen hatten und durch die hohe windige Heide zogen, verkroch sich Gwenhwyfar in panischer Angst in ihrer Sänfte – sie wußte kaum, was sie mehr erschreckte, der hohe, offene Himmel oder die unendlichen baumlosen Grasflächen, aus denen nackte und kalte Felsen hervorragten wie die Knochen der Erde. Dann sah man eine Zeitlang kein Lebewesen außer den Raben, die hoch oben ihre Kreise zogen und darauf warteten, daß dort unten etwas verendete. Hin und wieder tauchte in der Ferne eines der wilden, kleinen Pferde auf und warf den Kopf mit der zotteligen Mähne zurück, ehe es davongaloppierte.

Aber hier in diesem fernen Kloster in Cornwall war alles still und friedlich. Eine wohlklingende Glocke schlug die Stunden. In dem ummauerten Garten wuchsen Rosen und rankten sich über zerfallene Backsteinmauern. Das Gebäude war einst ein römisches Landhaus gewesen. Die Nonnen hatten den Fußboden in einer Halle entfernt, weil – wie sie sagten – dort unzüchtige, heidnische Bilder zu sehen waren. Gwenhwyfar hätte gerne gewußt, was... aber niemand sagte es ihr, und sie genierte sich, danach zu fragen. An den Rändern des Bodens tummelten sich hübsche kleine Delphine und merkwürdige Fische, die aus kleinen Steinchen zusammengesetzt waren. Die Mitte hatte man durch gewöhnliche Ziegelsteine ersetzt. Manchmal saß sie dort nachmittags mit den Schwestern und arbeitete an ihren Stickereien, während Igraine ruhte.

Igraine lag im Sterben. Die Nachricht hatte Caerleon vor zwei Monaten erreicht. Artus mußte in den Norden ziehen, nach Eboracum, um die Wiederbefestigung des ehemals römischen Walls zu überwachen, und konnte deshalb nicht selbst zu seiner Mutter reisen. Morgaine war ebenfalls nicht am Hof. Man konnte auch nicht erwarten, daß

Viviane in ihrem Alter die lange Reise unternehmen würde. Deshalb hatte Artus Gwenhwyfar gebeten, seine Mutter aufzusuchen. Nach langem guten Zureden hatte die Königin eingewilligt.

Gwenhwyfar wußte wenig über Krankenpflege. Woran Igraine auch leiden mochte, sie hatte zumindest keine Schmerzen – aber sie geriet leicht in Atemnot und konnte nicht weit gehen, ohne zu husten und zu keuchen. Die Nonne, die Igraine versorgte, sagte, es sei eine Erkrankung der Lunge. Aber Igraine hustete kein Blut, sie hatte auch kein Fieber und keine Anfälle. Ihre Lippen und die Nägel waren blau, die Fußknöchel so geschwollen, daß sie kaum gehen konnte. Sie schien beinahe zu erschöpft zum Reden zu sein und blieb die meiste Zeit im Bett. Auf Gwenhwyfar wirkte Igraine nicht besonders krank; aber die Schwester meinte, sie läge tatsächlich im Sterben, und es könne höchstens nur noch eine Woche dauern.

Es war die schönste Zeit des Sommers. An diesem Morgen brachte Gwenhwyfar eine weiße Rose aus dem Klostergarten und legte sie auf Igraines Kissen. Am Abend zuvor hatte König Artus' Mutter sich aufgerafft und die Vesper besucht. Aber am Morgen war sie so erschöpft und kraftlos, daß sie ihr Lager nicht verlassen konnte. Sie lächelte Gwenhwyfar an und sagte mühsam: »Danke, liebe Tochter.« Sie hob die Blume hoch und freute sich über die zart duftende Knospe. »Ich wollte im Garten von Tintagel immer Rosen haben. Aber die Erde dort war so schlecht. Es wuchs dort nichts . . . ich lebte fünf Jahre dort und bemühte mich die ganze Zeit um einen Garten.«

»Als Ihr kamt, um mich nach Caerleon zu bringen, habt Ihr den Garten bei mir zu Hause gesehen«, sagte Gwenhwyfar, und plötzliches Heimweh nach dem fernen ummauerten Garten ergriff sie.

»Ich erinnere mich. Ich weiß noch, wie schön er war . . . ich mußte an Avalon denken. Die Blumen dort in den Gärten, die das Haus der Jungfrauen umgeben, sind wunderbar.« Igraine schwieg. »Es *ist* doch ein Bote zu Morgaine nach Avalon geschickt worden?«

»Es wurde ihr eine Nachricht gesandt, Mutter. Aber Taliesin sagte uns, man habe Morgaine in Avalon nicht gesehen. Bestimmt ist sie bei Königin Morgause in Lothian, und es dauert eine Ewigkeit, bis ein Bote von dort wieder zurück ist.«

Igraine seufzte tief und kämpfte wieder mit einem Hustenanfall. Gwenhwyfar half ihr, sich aufzurichten. Nach einiger Zeit murmelte Igraine: »Das Gesicht hätte Morgaine sagen müssen, daß sie kommen soll . . . du würdest doch kommen, wenn du wüßtest, daß deine

Mutter stirbt ... bestimmt, denn du bist zu mir gekommen, und ich bin noch nicht einmal deine Mutter. Warum ist Morgaine nicht hier?«

Es bedeutet ihr nichts, daß ich gekommen bin, dachte Gwenhwyfar, *nicht mich möchte sie bei sich haben. Niemandem liegt etwas daran, ob ich hier bin oder sonstwo.* Das Herz schien ihr zu bluten. Aber Igraine sah sie erwartungsvoll an, und die Königin antwortete: »Vielleicht hat Morgaine keine Nachricht erhalten. Vielleicht ist sie in ein Kloster eingetreten und Christin geworden. Dann hat sie dem Gesicht abgeschworen.«

»Das mag sein ... ich habe das auch getan, als ich Uther heiratete«, sagte Igraine leise, fast mehr zu sich selbst. »Aber hin und wieder überkommt es mich ungewollt, und ich glaube, wenn Morgaine krank wäre oder im Sterben liegt, wüßte ich es.« Ihre Stimme klang gereizt. »Das Gesicht kam über mich vor deiner Hochzeit ... sag mir, Gwenhwyfar, liebst du meinen Sohn?«

Gwenhwyfar erschrak vor den klaren grauen Augen der todkranken Frau. Konnte Igraine ihr in die Seele blicken? »Ich liebe ihn, Herrin, und bin seine treue Königin.«

»Ja, das glaube ich ... aber seid ihr glücklich?« Igraine hielt Gwenhwyfars schlanke Hände einen Augenblick lang in ihren und lächelte dann. »Ihr müßt es sein. Und ihr werdet noch glücklicher werden, da du endlich seinen Sohn trägst.«

Gwenhwyfar starrte Igraine mit offenem Mund an. »Ich ... ich ... das wußte ich gar nicht.«

Igraine lächelte wieder, ein zärtliches, strahlendes Lächeln, und Gwenhwyfar dachte: *Ja, ich glaube es. Sie war als junge Frau schön genug, um Uther zu verleiten, alle Vorsicht außer acht zu lassen. Und so kam er mit Hilfe von Zaubersprüchen und Blendwerk zu ihr.*

Igraine erwiderte: »Das kommt oft vor, obwohl du eigentlich nicht mehr so jung bist ... ich bin überrascht, daß du nicht bereits ein Kind hast.«

»Es lag nicht daran, daß ich es mir nicht genug wünschte oder darum betete, Herrin«, entgegnete Gwenhwyfar so aufgeregt, daß sie kaum wußte, was sie sagte. Sprach die alte Königin in beginnender Verwirrung des Geistes? Es war zu grausam, darüber zu scherzen. »Was ... läßt Euch glauben ... ich sei schwanger?«

Igraine antwortete: »Ich vergaß, du hast das Gesicht nicht ... es hat mich vor langer Zeit verlassen, und ich habe ihm schon lange abgeschworen. Aber wie ich sagte, in unbewachten Augenblicken überfällt es mich und hat mich noch nie getrogen.« Gwenhwyfar begann zu weinen. Igraine legte besorgt die mageren Hände auf die Hände der Jüngeren.

»Wie kommt das, ich gebe dir gute Nachricht, und du weinst, mein Kind?«

Jetzt wird sie denken, ich will kein Kind, und ich kann nicht ertragen, daß sie schlecht von mir denkt... Gwenhwyfar antwortete mit bebender Stimme: »In all den Jahren, in denen ich verheiratet bin, hatte ich nur zweimal Grund, mich für schwanger zu halten. Und ich verlor das Kind nach einem oder zwei Monaten. Sagt mir, Herrin, habt Ihr...« Es schnürte ihr die Kehle zu, und sie wagte nicht weiterzusprechen: *Sag mir, Igraine... werde ich dieses Kind zur Welt bringen? Hast du mich mit Artus' Kind an der Brust gesehen?* Was würde ihr Priester denken, wenn sie sich auf Zauberei einließ?

Igraine tätschelte ihr die Hand: »Ich wünschte, ich könnte dir mehr sagen. Aber das Gesicht kommt und geht nach Belieben. Gott gebe, daß es zu einem guten Ende kommt. Vielleicht sehe ich deshalb nicht, weil ich nicht mehr hier sein werde, um zu erleben, daß dein Sohn geboren wird... nein, nein, Kind! Weine nicht!« bat sie. »Seit Artus' Hochzeit bin ich bereit zu gehen. Ich würde gerne deinen Sohn erleben. Ich würde gerne Morgaines Kind in den Armen halten, wenn sie eines haben sollte... aber Uther ist nicht mehr, und den Meinen geht es gut. Vielleicht erwartet mich Uther dort... oder die anderen Kinder, die ich bei der Geburt verloren habe... und wenn nicht...«, sie zuckte die Schultern. »Ich werde es nie wissen.«

Igraine schloß die Augen, und Gwenhwyfar dachte: *Ich habe sie erschöpft.* Schweigend blieb sie sitzen, bis die Kranke eingeschlafen war, und ging dann leise in den Garten.

Gwenhwyfar fühlte sich wie betäubt. Sie hatte wirklich nicht daran gedacht, daß sie schwanger sein könnte. Wenn sie überhaupt an etwas gedacht hatte, dann nur, daß die anstrengende Reise ihre Tage durcheinandergebracht hatte... in den ersten drei Jahren ihrer Ehe hielt sie sich jedesmal für schwanger, wenn die Blutungen verspätet einsetzten. Und in dem Jahr, als Artus zuerst auf dem langen Feldzug war und dann in der Schlacht von Celidon Wood verwundet wurde und zu schwach war, bei ihr zu liegen, kamen solche Unregelmäßigkeiten ebenfalls vor – schließlich wußte sie, daß ihre monatlichen Rhythmen unregelmäßig waren: Sie ließen sich nicht nach dem Mond berechnen, denn manchmal verstrichen zwei oder drei Monate ohne das geringste Anzeichen.

Aber jetzt, nach Igraines Worten, wunderte sie sich, warum sie nicht früher daran gedacht hatte – es kam ihr nicht in den Sinn, Igraines Behauptung zu bezweifeln. Doch etwas in Gwenhwyfar sagte: *Zauberei!* Und eine leise Stimme erinnerte sie hartnäckig: *All das sind teuflische Dinge und haben keinen Platz im Haus der heiligen Frauen.* Aber eine andere Stimme sagte: *Wieso soll es etwas Schlechtes sein, mir das zu sagen?* Es glich eher, so dachte sie, dem Engel, der zur Jungfrau Maria geschickt wurde, um ihr die Geburt ihres Sohnes zu verkündigen ... Gwenhwyfar ergriff lähmende Furcht über ihre Anmaßung; dann begann sie bei der Vorstellung, in der alten, sterbenden Igraine den Engel Gottes zu sehen, zu kichern.
In diesem Augenblick läutete die Glocke zum Gebet. Gwenhwyfar war zwar ein Gast und unterlag nicht den Klosterregeln, aber sie ging in die Kapelle der Schwestern und kniete sich auf dem gewohnten Platz unter den Besuchern. Sie achtete kaum auf den Gottesdienst, denn sie betete mit Leib und Seele das inbrünstigste Gebet ihres Lebens: *Es ist geschehen ... die Antwort auf all meine Gebete ... Oh, ich danke dir, Gott, auch dir, Christus, und der Gesegneten Jungfrau! Artus hatte unrecht. Nicht er hat versagt. Es war nicht notwendig ...*
Wieder überfiel sie die lähmende Scham, wie damals, als er *das* zu ihr gesagt, ihr die Erlaubnis gegeben hatte, ihn zu betrügen ... *und was war ich damals für eine schlechte Frau, daß ich es auch nur in Betracht ziehen konnte ...* Aber nun hatte Gott sie trotz all ihrer Sünden belohnt. Gwenhwyfar hob den Kopf und sang das *Magnificat* so inbrünstig, daß die Äbtissin sie scharf mißbilligend ansah.
Sie wissen nicht, warum ich so dankbar bin ... sie wissen nicht, für wieviel ich dankbar sein muß ... Aber sie wissen auch nicht, wie schlecht ich war, denn ich dachte hier, an diesem heiligen Ort, an den einen Mann, den ich liebe ...
Und in ihrer Freude schien sie plötzlich wieder Schmerz zu empfinden: *Jetzt wird er mich mit dickem Leib erleben. Er wird mich für häßlich und plump halten und mich nie mehr in Liebe und mit Verlangen ansehen ...*
Obwohl Freude ihr Herz erfüllte, kam sie sich klein, freudlos und erniedrigt vor.
Artus gab mir die Erlaubnis, und wir hätten einander haben können ... wenigstens einmal. Und jetzt ... nie ... nie mehr ... nie mehr ...
Gwenhwyfar legte die Hände vors Gesicht und weinte schweigend,

ohne sich darum zu kümmern, daß die Äbtissin sie immer noch beobachtete.

In dieser Nacht ging Igraines Atem so schwer, daß sie noch nicht einmal den Kopf zurücklegen konnte, um zu ruhen. Um überhaupt Luft zu bekommen, mußte sie aufrecht sitzen, von vielen Kissen gestützt. Trotzdem keuchte und hustete sie unentwegt. Die Äbtissin gab ihr einen Trank, der die Lunge reinigen sollte. Aber Igraine behauptete, er verursache ihr Übelkeit, und sie nahm nur einen einzigen Schluck.

Gwenhwyfar saß neben ihr. Hin und wieder nickte sie ein, schreckte aber wieder hoch, sobald die Kranke sich rührte. Dann gab sie ihr einen Schluck Wasser oder schüttelte die Kissen auf, um Igraine etwas Erleichterung zu verschaffen. Im Zimmer brannte nur die kleine Lampe. Aber draußen schien hell der Mond. Die Nacht war so warm, daß die Tür zum Garten offenstand. Über allem lag das unaufhörliche, dumpfe Rauschen des Meeres, das hinter dem Garten gegen die Klippen schlug.

»Seltsam«, murmelte Igraine irgendwann mit entrückter Stimme. »Ich hätte nie geglaubt, daß ich hierherkomme, um zu sterben ... ich weiß noch, wie verängstigt ich war, wie einsam ich mich fühlte, als ich nach Tintagel kam. Ich glaubte, das Ende der Welt erreicht zu haben. Avalon war so heiter, so schön, so voller Blumen ...«

»Blumen gibt es auch hier«, sagte Gwenhwyfar.

»Aber nicht solche Blumen wie in meiner Heimat«, entgegnete Igraine. »Hier ist alles so kahl, so felsig. Bist du einmal auf der Heiligen Insel gewesen, mein Kind?«

»Ich bin im Konvent auf Ynis Witrin zur Schule gegangen, Herrin.«

»Es ist schön auf der Insel ... und als ich über die Heide hierher ritt, kam mir alles so hoch, so unfruchtbar und so verlassen vor ... ich fürchtete mich sehr ...«

Igraine machte eine schwache Geste. Gwenhwyfar ergriff ihre Hand und stellte erschrocken fest, wie kalt sie war. »Du bist ein gutes Kind«, sagte Igraine. »Du bist so weit gereist, weil meine eigenen Kinder nicht kommen konnten. Ich weiß noch, wie du dich vor dem Reisen fürchtetest ... und jetzt, wo du ein Kind unter dem Herzen trägst, kommst du die weite Strecke hierher.«

Gwenhwyfar versuchte durch Reiben die eisigen Hände zu wärmen. »Ermüdet Euch nicht durch vieles Reden, Mutter.«

Igraine gab einen leisen Laut von sich, der wie ein Lachen klang, aber er ging in ein Keuchen über. »Glaubst du, darauf kommt es jetzt noch an, Gwenhwyfar? Ich habe dir Unrecht getan . . . sogar am Tag deiner Hochzeit. Ich ging zu Taliesin und fragte ihn, ob es für Artus einen ehrenhaften Weg gibt, die Vermählung zu vermeiden.«

»Ich . . . das wußte ich nicht. Warum?«

Igraine schien zu zögern. Aber Gwenhwyfar war nicht sicher, denn vielleicht kämpfte die Kranke auch nur um Worte. »Ich weiß nicht . . . vielleicht glaubte ich, du würdest mit meinem Sohn nicht glücklich sein.« Ein erneuter schwerer Hustenanfall unterbrach sie, der kein Ende zu nehmen schien.

Nachdem sich Igraine etwas beruhigt hatte, sagte Gwenhwyfar: »Ihr dürft jetzt nicht mehr sprechen, Mutter . . . Wünscht Ihr, daß ich einen Priester hole?«

»Zur Hölle mit allen Priestern«, entgegnete Igraine aufgebracht. »Ich will keinen um mich haben . . . oh, sieh mich doch nicht so entsetzt an, mein Kind!« Sie lag einen Augenblick lang still. »Du hast geglaubt, ich sei fromm, weil ich meine letzten Jahre im Kloster verbrachte. Aber wohin hätte ich denn gehen sollen? Viviane hätte mich zwar in Avalon aufgenommen, aber ich konnte nicht vergessen, daß sie mich mit Gorlois verheiratet hat . . . Hinter den Gartenmauern liegt wie ein Gefängnis Tintagel . . . Und es war wahrhaftig ein Gefängnis für mich. Und doch war es der einzige Platz, den ich mein eigen nennen konnte. Ich hatte das Gefühl, nach alldem, was ich dort erdulden mußte, diesen Platz verdient zu haben . . .«

Nach einem weiteren langen stillen Ringen nach Luft sagte sie: »Ich wünschte, Morgaine wäre gekommen . . . sie hat das Gesicht. Sie hätte wissen sollen, daß ich sterbe . . .«

Gwenhwyfar sah die Tränen in ihren Augen. Sanft rieb sie die eisigen Hände, die sich jetzt wie harte, kalte Klauen anfühlten, und erwiderte sanft: »Ich bin sicher, sie würde kommen, wenn sie es wüßte, liebe Mutter.«

»Da bin ich mir nicht sicher . . . ich habe sie weggeschickt und in Vivianes Hände gegeben, obwohl ich gut wußte, wie rücksichtslos Viviane sein kann. Ich wußte, daß sie Morgaine für das Wohl des Landes und für ihre Liebe zur Macht ebenso unnachsichtig benutzen würde wie mich«, flüsterte Igraine. »Ich habe sie weggeschickt, denn ich hielt es für besser. Wenn es um die Wahl zwischen zwei Übeln ging, sollte sie lieber in Avalon und in den Händen der Göttin sein, als in die Hände der Schwarzgewandeten fallen, von denen sie nur lernen würde, sich für sündhaft zu halten, weil sie eine Frau ist.«

Gwenhwyfar erschrak zutiefst. Sie bearbeitete die eiskalten Hände Igraines und erneuerte die heißen Ziegelsteine am Fußende des Bettes; aber auch die Füße waren kalt wie Eis. Als Gwenhwyfar sie heftig massierte, spürte Igraine es nicht.
Sie mußte es noch einmal versuchen. »Jetzt, liebe Mutter, wo Euer Ende nahe ist, möchtet Ihr nicht doch mit einem Priester Christi sprechen?«
»Nein, ich habe es dir schon einmal gesagt! Denn sonst könnte es sein, daß ich nach all den Jahren, in denen ich um des lieben Friedens willen in meinem Haus geschwiegen habe, endlich sage, was ich wirklich über sie denke... ich liebte Morgaine genug, um sie zu Viviane zu schicken, damit wenigstens sie ihnen entging...« Igraine keuchte schwer. »Artus«, sagte sie schließlich, »war nie mein Sohn. Er war Uthers Sohn... nur die Hoffnung auf den Nachfolger... nicht mehr. Ich liebte Uther, und ich schenkte ihm Söhne, weil es ihm soviel bedeutete, einen Sohn zu haben, der ihm auf dem Thron folgen konnte. Unseren zweiten Sohn... er starb bald, nachdem die Nabelschnur durchtrennt war... ich glaube, unseren zweiten Sohn hätte ich als mein Kind lieben können, wie ich Morgaine liebte... Sag mir, Gwenhwyfar, hat Artus dir Vorwürfe gemacht, weil du ihm noch keinen Erben geboren hast?«
Gwenhwyfar senkte den Kopf und spürte brennende Tränen in den Augen. »Nein, er ist so gut zu mir gewesen... nie hat er mir einen Vorwurf gemacht. Einmal hat mir mein Gemahl erzählt, er habe auch mit keiner anderen Frau einen Sohn gezeugt, obwohl er mit vielen zusammenlag. Deshalb glaubt er, die Schuld liegt vielleicht nicht bei mir.«
»Wenn er dich um deiner selbst willen liebt, ist er ein kostbares Juwel unter den Männern«, erwiderte Igraine, »und es ist um so schöner, wenn du ihn glücklich machen kannst... Ich liebte Morgaine, denn sie war alles, was ich lieben konnte. Ich war jung und unglücklich. Du kannst dir nicht vorstellen, wie unglücklich ich in diesem Winter war, als ich sie bekam – allein, weit von zu Hause entfernt und noch nicht erwachsen. Ich fürchtete, sie würde durch all den Haß, den ich empfand, während ich sie trug, ein Ungeheuer werden. Aber sie war ein allerliebstes kleines Mädchen, ernst und klug, wie ein Feenkind. Ich habe nur sie und Uther geliebt... Wo ist sie nur, Gwenhwyfar? Wo kann sie sein, daß sie nicht zu ihrer sterbenden Mutter kommt?«
Gwenhwyfar erwiderte teilnahmsvoll: »Sie weiß sicher nicht, daß Ihr krank seid...«

»Aber das Gesicht!« schluchzte Igraine und warf sich unruhig in den Kissen hin und her. »Wo kann sie nur sein, sie muß doch sehen, daß ich sterbe. Oh, ich habe wohl gesehen, daß es ihr schlechtging, selbst an Artus' Krönung. Aber ich sagte nichts. Ich wollte nichts wissen. Ich glaubte, ich hätte genug Leid zu erdulden und schwieg, als sie mich gebraucht hätte... Gwenhwyfar, sag mir die Wahrheit! Hat Morgaine irgendwo allein in der Fremde ein Kind bekommen? Hat sie mit dir darüber gesprochen? Haßt sie mich und kommt deshalb nicht zu mir, wenn ich im Sterben liege... nur weil ich meine Ängste um sie bei Artus' Krönung nicht ausgesprochen habe? O Göttin... Ich habe dem Gesicht abgeschworen, um Frieden in meinem Haus zu haben, denn Uther war ein Getaufter in Christi... Zeige mir, wo meine Tochter, wo mein Kind lebt...«
Gwenhwyfar umarmte sie und sagte: »Ihr müßt jetzt ruhig sein, Mutter... es muß geschehen, wie Gott es will. Es liegt in *seiner* Hand. Ihr könnt hier im Kloster nicht die Göttin des Bösen anrufen...«
Igraine richtete sich auf. Trotz des geschwollenen Gesichts und der blauen Lippen blickte sie die jüngere Frau so hoheitsvoll an, daß Gwenhwyfar sich plötzlich erinnerte: *Auch sie ist Königin über dieses Land.*
»Du weißt nicht, was du redest«, sagte Igraine mit einer Mischung aus Stolz, Mitleid und Verachtung. »Die Große Mutter steht über allen Göttern. Religionen mögen kommen und gehen, wie auch die Römer feststellen mußten, und die Christen zweifellos feststellen werden, aber sie ist das Eine, das besteht.« Sie ließ sich mit Gwenhwyfars Hilfe in die Kissen zurücksinken und stöhnte: »Ich wollte, meine Füße würden warm werden... Ja, ich weiß, du hast mir heiße Steine ans Fußende gelegt, aber ich spüre sie nicht. In einem alten Buch, das Taliesin mir gab, las ich einmal die Geschichte eines Weisen, den man zwang, den Schierling zu trinken. Taliesin sagt, die Menschen haben die Wissenden schon immer verfolgt und getötet. So wie die Menschen im fernen Süden Christus ans Kreuz schlugen, so zwang man diesen weisen und heiligen Mann, den Schierlingsbecher zu trinken, weil das gemeine Volk und die Könige behaupteten, er habe Verderbliches gelehrt. Als er starb, sagte er, die Kälte steige von seinen Füßen ans Herz... und so starb er. Ich habe keinen Schierling getrunken, aber mir kommt es vor, als hätte ich es getan... Und jetzt umgreift die Kälte mein Herz...« Ein Schauer durchlief Igraine, und sie lag ruhig. Gwenhwyfar dachte einen Au-

genblick lang, König Artus' Mutter hätte aufgehört zu atmen. Nein, das Herz schlug noch schwach; aber Igraine sprach nicht mehr. Keuchend lag sie in den Kissen, und kurz vor dem Morgengrauen verstummte sie für immer.

Igraine wurde nach einem langen feierlichen Trauergottesdienst mittags bestattet. Gwenhwyfar stand am Grab, und ihr flossen die Tränen über das Gesicht, als der verhüllte Leichnam in die Erde gesenkt wurde. Doch sie konnte nicht aufrichtig um ihre Schwiegermutter trauern. *Ihr ganzes Leben hier war eine Lüge gewesen. Sie war keine wahre Christin.* Wenn es stimmte, was man sagte, dann war Igraine jetzt schon in der Hölle. Und diesen Gedanken konnte sie nicht ertragen – nicht, wenn sie an all das Gute dachte, das sie ihr erwiesen hatte.

Ihre Augen brannten vor Übermüdung und Tränen. Die tiefhängenden Wolken waren wie ein Echo ihrer unbestimmbaren dunklen Angst; es konnte jeden Augenblick regnen. Hier, hinter den Klostermauern war sie sicher. Aber sie mußte diesen Ort bald wieder verlassen und tagelang durch die Heide reiten, ohne dem drohenden weiten Himmel entrinnen zu können, der sie überall umgab, und der so furchterregend über ihr und ihrem Kind hing... Fröstelnd faltete Gwenhwyfar die Hände über ihrem Leib, als versuche sie, das kleine Wesen dort drinnen vor den drohenden Wolken zu schützen.

Warum fürchte ich mich immer so? Igraine war Heidin und den Listen des Teufels verfallen. Mir kann nichts geschehen, ich rufe Christus zu meiner Rettung. Was kann es unter Gottes Himmel geben, vor dem man sich so fürchten muß? Und doch packte sie wieder diese grundlose Angst. *Ich darf mich nicht fürchten. Ich bin die Königin von ganz Britannien. Und die einzige Frau, die außer mir diesen Titel trug, ruht jetzt hier in der Erde... Ich bin die Königin und die Mutter von Artus' Sohn...*

Die Nonnen beendeten ihren Gesang und verließen das Grab. Gwenhwyfar zog fröstelnd den Mantel eng um sich. Sie mußte nun gut auf sich aufpassen; viel ruhen, richtig essen und sicherstellen, daß nichts falschlief wie jedesmal vorher. Heimlich zählte sie an ihren Fingern ab. Wenn es beim letzten Mal vor ihrer Abreise geschehen war... sie hatte seit mehr als zehn Sonntagen kein Bluten mehr gehabt... sie wußte es einfach nicht genau. Trotzdem war Gwenhwyfar sicher, daß ihr Sohn um Ostern geboren werden würde. Ja, das war eine gute Zeit. Sie dachte daran, wie ihre Hofdame Meleas ihren Sohn bekommen hatte – mitten im Winter. Die Winde brausten um die Burg, als wartete alles Böse nur darauf, das Lebenslicht des Neugeborenen sofort wieder auszublasen. Meleas bestand hartnäkkig darauf, daß der Priester in das Frauengemach kam und das kleine Kind taufte, beinahe noch ehe es den ersten Schrei getan hatte. O ja, Gwenhwyfar freute sich, daß sie ihr Kind nicht im dunklen Winter zur Welt bringen sollte. Aber würde sie sich nicht sogar damit abfinden, das langersehnte Kind in der Nacht der Wintersonnenwende zu gebären?

Eine Glocke läutete, und die Äbtissin kam zu Gwenhwyfar. Sie verbeugte sich nicht – sie hatte einmal gesagt, weltliche Macht gelte hier nichts –, aber schließlich war Gwenhwyfar die Königin. Deshalb neigte sie ehrerbietig den Kopf und fragte: »Werdet Ihr bei uns bleiben, meine Herrin? Es ist uns eine große Ehre, Euch hierzuhaben, solange Ihr zu bleiben wünscht.«

Oh, wenn ich doch nur bleiben könnte! Es ist so friedlich hier . . . Mit sichtbarem Bedauern erwiderte Gwenhwyfar: »Ich kann nicht. Ich muß nach Caerleon zurückkehren.«

Sie konnte es nicht erwarten, Artus die gute Nachricht zu überbringen, die Nachricht von seinem Sohn . . .

»Der Großkönig muß . . . vom Tod seiner Mutter unterrichtet werden.« Und da sie wußte, was die Äbtissin zu hören wünschte, fügte sie rasch hinzu: »Seid versichert, ich werde ihm berichten, wie gut Ihr seine Mutter behandelt habt. Sie hatte alles, was sie sich in den letzten Lebenstagen wünschen konnte.«

»Es war uns eine Freude. Wir alle haben Lady Igraine geliebt«, sagte die alte Nonne. »Eure Begleitung wird in den frühen Morgenstunden bereitstehen, so Gott will. Möge Er Euch gutes Wetter gewähren.«

»Morgen? Warum nicht heute?« fragte Gwenhwyfar. Dann unterbrach sie sich . . . nein, das wäre beleidigende Hast. Sie hatte nicht gewußt, daß sie sich so danach sehnte, Artus die Neuigkeit mitzuteilen, um den stillen Vorwurf der Unfruchtbarkeit ein für allemal aus der Welt zu schaffen. Sie legte der Äbtissin die Hand auf den Arm: »Ihr müßt jetzt viel für mich beten und für eine gute Geburt des Thronerben.«

»Oh, Herrin«, das runzelige Gesicht der Äbtissin verzog sich vor Freude darüber, von der Königin ins Vertrauen gezogen zu werden, »o ja, wir werden für Euch beten. Alle Schwestern werden mit

Freude daran denken, daß wir die ersten sind, die für den neuen Prinzen beten.«
»Ich werde Eurem Konvent Geschenke übergeben lassen ...«
»Gottes Geschenke und Gebete sind nicht mit Gold zu bezahlen«, erwiderte die Äbtissin förmlich. Trotzdem wirkte sie erfreut.
Im Raum neben Igraines Kammer, in dem Gwenhwyfar während der letzten Nächte geschlafen hatte, packte ihre Kammerfrau die Satteltaschen. Bei Gwenhwyfars Eintreten blickte sie auf und sagte verdrießlich: »Es vereinbart sich nicht mit der Würde einer Königin, Herrin, nur mit einer Kammerfrau zu reisen. Jede Gemahlin eines Ritters hätte mehr! Ihr solltet noch eine Dienerin aus dem Kloster mitnehmen und eine Edelfrau, um Euch zu begleiten.«
»Dann laß dir von einer Laienschwester helfen«, erwiderte Gwenhwyfar, »aber je weniger wir sind, desto schneller kommen wir vorwärts.«
»Draußen erzählt man, die Sachsen sind an der Südküste gelandet«, schimpfte die Frau weiter, »bald wird man in diesem Land nirgends mehr sicher reiten können.«
»Rede keinen Unsinn«, erwiderte Gwenhwyfar. »Die Sachsen im Süden sind durch ein Bündnis mit den Ländern des Großkönigs zum Frieden verpflichtet. Sie wissen, was König Artus' Legion bewirken kann. Sie haben die Schlacht im Wald von Celidon nicht vergessen. Glaubst du, sie wollen wohlfeiles Futter für die Raben werden? Wir werden auf jeden Fall bald in Caerleon zurück sein, und am Ende des Sommers zieht der Hof nach Camelot ins Sommerland ... den Barbaren ist es nie gelungen, die Römer aus dieser Feste zu vertreiben. Sie hat jedem Angriff standgehalten. Der edle Cai ist bereits dort und läßt eine große Halle für Artus' Tafelrunde bauen, damit er mit allen Rittern und Königen beim Mahl zusammensitzen kann.«
Das brachte die Frau wie erhofft auf andere Gedanken. »Camelot liegt in der Nähe Eurer Heimat, nicht wahr, Herrin?«
»Ja, von Camelot aus sieht man über dem Wasser das Inselreich meines Vaters. In meinen Kindertagen war ich einmal dort«, antwortete Gwenhwyfar und erinnerte sich, wie man sie als kleines Mädchen mit zu den Ruinen der alten römischen Festung genommen hatte – noch bevor man sie zu den Nonnen nach Ynis Witrin schickte. Mit Ausnahme der alten Mauern hatte es dort wenig zu sehen gegeben, und der Priester versäumte nicht, sie auf die Vergänglichkeit allen irdischen Ruhms und menschlichen Tuns hinzuweisen ...

In dieser Nacht träumte sie, auf der Anhöhe von Camelot zu stehen. Aber vom Seeufer stiegen Nebel auf, und die Insel schien in einem Wolkenmeer zu schwimmen. Auf der entgegengesetzten Seite sah sie den hohen Berg von Ynis Witrin mit den Ringsteinen, obwohl sie wußte, daß die Priester die Ringsteine vor hundert Jahren gestürzt hatten. Und eine Sinnestäuschung gaukelte ihr vor, Morgaine stehe auf dem Berg. Morgaine mit einem Kranz aus kahlen Weidenzweigen lachte sie aus und verspottete sie. Dann stand Morgaine neben ihr auf den Mauern von Camelot, und sie blickten gemeinsam über das Sommerland bis hin zur Insel der Priester. Sie sah die alte Heimat, wo ihr Vater Leodegranz König war, und die Dracheninsel im Nebel. Morgaine trug seltsame Gewänder und eine hohe Doppelkrone auf dem Haupt; sie stand so, daß Gwenwyfar sie nicht richtig *sehen* konnte, sondern nur wußte, daß sie dort stand. Sie sagte: *Ich bin Morgaine, die Fee. Ich will dir alle diese Reiche schenken, und du sollst Königin über sie sein, wenn du vor mir niederkniest und mich anbetest.*
Gwenhwyfar fuhr erschreckt aus dem Schlaf auf, und Morgaines spöttisches Lachen klang ihr noch in den Ohren. Das Zimmer war leer und still bis auf das Schnarchen ihrer Kammerfrau, die auf einem Lager in der Ecke schlief. Gwenhwyfar bekreuzigte sich und legte sich wieder hin. Beim Einschlafen schien sie in das klare, im Mondlicht glänzende Wasser eines Teichs zu blicken. Aber nicht ihr Gesicht spiegelte sich darin, sondern Morgaines bleiches Antlitz mit der Weidenkrone, wie die Bauern sie immer noch für die Erntepuppen machten, blickte ihr aus weiter Ferne entgegen. Wieder mußte Gwenhwyfar sich aufsetzen und bekreuzigen, ehe sie wirklich schlafen konnte.
Wie ihr schien, weckte man sie nur allzu früh; aber sie hatte selbst darauf bestanden, im ersten Licht des neuen Tages aufzubrechen. Der Regen trommelte auf das Dach, als sie bei Kerzenlicht ihr Kleid anzog – wenn sie in dieser Gegend darauf warten wollten, bis es aufhörte zu regnen, wären sie noch im nächsten Jahr hier. Gwenhwyfar fühlte sich benommen, und ihr war übel – mit gutem Grund, wie sie wußte. Verstohlen betastete sie ihren noch flachen Leib, wie um sich zu versichern, daß es wirklich stimmte. Sie hatte keine Lust zu essen, nahm aber pflichtschuldigst etwas Brot und kaltes Fleisch ... vor ihr lag ein langer Weg. Wenn ihr nicht danach war, im Regen zu reiten, hatten die Sachsen oder Wegelagerer vielleicht noch weniger Lust, ihre Lager zu verlassen ...

Sie hüllte sich in ihren wärmsten Mantel und zog sich die Kapuze fest um den Kopf, als die Äbtissin eintrat. Nach ein paar förmlichen Worten des Dankes für die reichen Geschenke, die Gwenhwyfar in ihrem und in Igraines Namen hatte überreichen lassen, kam die Äbtissin zum eigentlichen Anlaß ihres Abschiedsbesuches.

»Wer regiert jetzt in Cornwall, Herrin?«

»Oh... ich weiß es nicht genau«, antwortete Gwenhwyfar und versuchte, sich Artus' Worte ins Gedächtnis zurückzurufen. »Ich weiß, der Großkönig gab Igraine Tintagel bei unserer Hochzeit, damit sie ein Heim hatte, und ich vermute, jetzt fällt es an die Herzogin Morgaine, Igraines Tochter aus ihrer Ehe mit Herzog Gorlois. Ich weiß nicht einmal, wer dort Burgvogt ist.«

»Ich auch nicht«, antwortete die Äbtissin, »vermutlich ein Bedienster oder Ritter der Lady Igraine. Deshalb bin ich zu Euch gekommen, Herrin... die Burg Tintagel ist eine allseits begehrte Festung und muß bemannt sein, sonst wird es auch in dieser Gegend Krieg geben. Ich nehme an, wenn Lady Morgaine verheiratet ist und hier leben will, wird alles gut. Ich kenne die Herzogin nicht, aber ich glaube, als Igraines Tochter ist sie eine gute Frau und eine gute Christin.«

Ihr irrt Euch, dachte Gwenhwyfar und glaubte wieder, das spöttische Gelächter aus dem Traum zu hören. Aber sie wollte einer Fremden gegenüber nichts Schlechtes über König Artus' Schwester sagen.

Die Äbtissin bat sie: »Überbringt dem König diese Botschaft, Herrin... jemand sollte in Tintagel regieren. Nach dem Tod Gorlois' gab es Gerüchte im Land, daß der alte Herzog einen Bastard hat und andere Blutsverwandte. Sie könnten jetzt versuchen, das Land mit Gewalt an sich zu bringen. Solange Igraine lebte, wußte jeder, daß sie Artus' Rechte vertrat. Jetzt wäre es gut, wenn der König einen seiner besten Ritter hierher entsendete... vielleicht den Gemahl der Herzogin Morgaine.«

»Ich werde es Artus berichten«, erwiderte Gwenhwyfar. Und als sie sich auf den Weg machte, dachte sie über die Worte der Äbtissin nach. Sie verstand wenig von Regierungsgeschäften, aber sie erinnerte sich, daß vor Uthers Thronbesteigung große Unruhen das Land erschüttert hatten, die neu aufbrachen, als er starb, ohne einen Erben zu hinterlassen. Sie stellte sich vor, etwas Ähnliches könne in Cornwall geschehen, wenn hier niemand mit fester Hand das Gesetz vertrat. Morgaine war Herzogin von Cornwall, und sie sollte nach Tintagel kommen, um ihre Herrschaft auszuüben. Dann dachte

Gwenhwyfar daran, was Artus einmal gesagt hatte – er wollte seinen besten Freund mit seiner Schwester verheiraten. Lancelot war nicht reich und hatte keine eigenen Ländereien. Es wäre nur recht, wenn sie beide in Cornwall regieren würden.
Und da ich jetzt Artus' Sohn im Leibe trage, wäre es wohl das beste, Lancelot so weit wie möglich vom Hof zu wissen. Dann würde ich ihm nicht mehr in die Augen blicken und keine Gedanken mehr hegen, die sich für eine Gattin und Christin nicht ziemen. Und doch war Gwenhwyfar der Gedanke einer Ehe von Morgaine und Lancelot unerträglich. Hatte es in dieser schlechten Welt je eine so schlechte Frau gegeben, wie sie es war...? Gwenhwyfar verbarg das Gesicht unter der Kapuze und achtete nicht auf das Gerede der Ritter, die sie begleiteten. Nach einiger Zeit bemerkte sie, daß sie an einem niedergebrannten Dorf vorüberkamen. Einer der Ritter bat sie um Erlaubnis, nach Überlebenden zu suchen. Er kam mit finsterer Miene zurück.
»Sachsen«, sagte er zu den anderen und biß sich auf die Lippen, als er bemerkte, daß die Königin ihn hörte.
»Fürchtet Euch nicht, meine Königin, sie sind weitergezogen. Aber wir müssen schneller reiten, um Artus davon zu berichten. Könnt Ihr Euch im Sattel halten, wenn wir Euch ein schnelleres Pferd geben?«
Gwenhwyfar spürte einen Kloß im Hals. Sie hatten gerade ein tiefes Tal hinter sich gelassen; über ihnen wölbte sich wieder hoch und offen der Himmel, und Gwenhwyfar spürte die Bedrohung, die von ihm ausging... so mußte es einem kleinen Tier im Gras ergehen, wenn der Schatten eines Raubvogels über ihm schwebte. Sie entgegnete und hörte ihre Stimme zaghaft und zitternd wie die eines kleinen Mädchens: »Ich kann jetzt nicht schneller reiten. Ich trage das Kind des Königs in meinem Leib und wage nicht, sein Leben zu gefährden.«
Wieder schien der Ritter – es war Griflet, der Gemahl ihrer Hofdame Meleas – eine Antwort zu unterdrücken und biß die Zähne aufeinander. Schließlich antwortete er, seine Ungeduld kaum verbergend: »Dann, Herrin, wäre es besser, wir bringen Euch nach Tintagel oder zu einem der größeren Häuser in dieser Gegend, vielleicht auch wieder zurück in das Kloster. Wir sollten uns beeilen, damit wir Caerleon noch vor dem Morgengrauen erreichen. Wenn Ihr schwanger seid, könnt Ihr wirklich nicht die ganze Nacht über im Sattel sitzen. Erlaubt, daß einer von uns Euch und Eure Kammerfrau nach Tintagel oder in das Kloster zurückgeleitet.«

Wie gern wäre ich wieder hinter Klostermauern, wenn die Sachsen im Land sind... Aber ich darf nicht so feige sein. Artus muß von mir erfahren, daß er einen Sohn haben wird. Ungerührt fragte sie: »Kann nicht einer von euch nach Caerleon vorausreiten, und wir reiten wie gewohnt weiter? Man kann doch auch einen Boten beauftragen, die Nachricht so schnell wie möglich zu überbringen.«
Griflet sah sie an, als wolle er fluchen: »In diesem Land kann ich keinem Boten trauen, Herrin, und selbst im Frieden wären wir kaum genug, um Euch zu schützen. Aber bitte, Euer Wille soll geschehen. König Artus' Männer sind zweifellos schon benachrichtigt.« Blaß vor Zorn wendete er sich ab und sah so wütend aus, daß Gwenhwyfar ihn am liebsten zurückgerufen hätte, um all seinen Vorschlägen zuzustimmen. Aber tapfer sagte sie sich, sie dürfe nicht so hasenherzig sein. Jetzt sollte sie Mutter des Thronerben werden und mußte sich wie eine Königin verhalten und mutig weiterreiten.
Wenn ich in Tintagel wäre und die Sachsen im Land sind, müßte ich dort bleiben, bis das Morden vorüber ist und im Land wieder Frieden herrscht. Doch das kann lange dauern... Wenn Artus noch nicht einmal weiß, daß ich schwanger bin, läßt er mich vielleicht noch länger dort warten... Warum sollte er eine unfruchtbare Königin in seine neue Burg nach Camelot führen? Wahrscheinlich würde er auf den Rat des alten Druiden hören, der mich haßt. Taliesin ist sein Großvater, und er würde ihm empfehlen, mich zu verstoßen und sich eine andere Frau zu nehmen, die ihm alle zehn Monde einen neuen strampelnden Schreihals schenkt... Aber wenn Artus die Neuigkeit erfährt, wird alles gut werden.
Der eiskalte Wind, der über die Heide jagte, schien ihr bis in die Knochen zu fahren. Nach einer Weile bat sie die Männer anzuhalten und die Sänfte für sie herzurichten... das Reiten strengte sie zu sehr an. Griflet sah sie wütend an, und sie glaubte einen Augenblick lang, er würde alle Höflichkeit vergessen und sie verfluchen. Aber dann gab er Anweisungen, und schließlich ließ sie sich dankbar darin nieder. Sie freute sich, daß sie hinter zugezogenen Vorhängen langsam weiterreiste und den beängstigenden Himmel nicht mehr sehen mußte.
Kurz vor Einbruch der Dunkelheit hörte es auf zu regnen. Die Sonne brach durch die Wolken, und ihre schrägen Strahlen fielen golden über das öde Heideland. »Wir wollen hier das Lager aufschlagen«, entschied Griflet. »Solange wir in der Heide sind, können wir wenigstens weit sehen. Morgen erreichen wir die alte Römerstraße, dann

kommen wir schneller vorwärts...«, er senkte die Stimme und sagte leise etwas zu den Rittern, was Gwenhwyfar nicht verstand. Aber sie wußte wohl, er war wütend über den langsamen Verlauf der Reise. Zerknirscht redete sie sich ein, jeder wisse, daß eine Schwangere eine Fehlgeburt riskierte, wenn sie auf einem schnellen Pferd ritt. Und sie hatte bereits zweimal ein Kind verloren. Wollten sie wirklich im Ernst, daß sie Artus' Sohn auch dieses Mal nicht das Leben schenken konnte?

Gwenhwyfar schlief schlecht in dem Zelt. Sie spürte den harten Boden unter dem mageren Körper; Mantel und Decken waren feucht, und ihre Knochen schmerzten vom ungewohnten Reiten. Trotz des strömenden Regens, der auch in das Zelt drang, schlief sie nach einer Weile ein, aber das Geräusch von Reitern und Griflets rauhe, herrische Stimme weckten sie bald wieder auf.

»Halt! Wer reitet dort?«

»Seid Ihr es, Griflet? Ich erkenne Eure Stimme«, kam die Antwort aus der Dunkelheit. »Hier ist Gawain, ich bin auf der Suche nach Euch... Reitet Ihr mit der Königin?«

Gwenhwyfar warf den Mantel über ihr Nachtgewand und trat aus dem Zelt: »Seid Ihr es, Vetter? Was führt Euch her?«

»Ich hoffte, Euch noch im Kloster zu finden«, antwortete Gawain und saß ab. Sie entdeckte noch andere Gestalten hinter ihm in der Dunkelheit – vier oder fünf von Artus' Männern, aber sie konnte die Gesichter nicht sehen. »Da Ihr bereits hier seid, Herrin, nehme ich an, Königin Igraine ist nicht mehr am Leben...«

»Sie starb vor zwei Nächten«, antwortete Gwenhwyfar, und Gawain seufzte.

»Es ist Gottes Wille«, sagte er. »Aber das Land steht unter Waffen, meine Königin... da Ihr bereits so weit gekommen seid, müßt Ihr vermutlich weiter nach Caerleon reiten. Hätte ich Euch noch im Konvent angetroffen, hätte ich Euch und alle Schwestern, die Schutz suchen, nach Tintagel geleiten und bitten sollen, dort zu bleiben, bis im Land wieder Frieden herrscht.«

»Ihr könnt Euch den Weg sparen«, antwortete sie gereizt, aber Gawain schüttelte den Kopf und erklärte: »Da meine Botschaft nutzlos ist und ich vermute, die Nonnen werden hinter den Klostermauern Schutz suchen, muß ich nach Tintagel reiten und alle Männer, die König Artus den Treueeid geschworen haben, auffordern, mir sofort zu folgen. Die Sachsen liegen mit mehr als hundert Schiffen vor der Küste... Wir haben Signale von den Leuchttürmen erhalten. Die

Legion und alle Männer sammeln sich in Caerleon. Als die Nachricht Lothian erreichte, ritt ich sofort zu König Artus, und er schickte mich mit der Botschaft nach Tintagel.« Er schnaubte: »In den letzten zehn Tagen komme ich mir mehr wie ein Bote vor als der Merlin selbst.«
»Und ich habe der Königin geraten, sie solle in Tintagel bleiben«, ließ sich Ritter Griflet vernehmen, »aber jetzt ist es zu spät, um zurückzukehren! Und wenn die Soldaten jetzt alle auf der Straße sind... Vielleicht solltet Ihr die Königin doch nach Tintagel bringen, Gawain.«
»Nein«, antwortete Gwenhwyfar bestimmt. »Ich muß nach Caerleon, und ich fürchte mich nicht, dorthin zu reisen, wo ich hin muß.« Wenn Artus wieder in den Krieg zog, war es um so wichtiger, daß er die Neuigkeit erfuhr. Gawain schüttelte ungeduldig den Kopf.
»Nein, es ist unmöglich. Ich kann mich nicht der Reisegeschwindigkeit einer Frau anpassen, es sei denn, es wäre die Herrin vom See. Denn sie reitet auf jedem Pferd so schnell wie ein Mann! Und Ihr, Herrin, seid alles andere als eine gute Reiterin... nein, ich möchte Euch keinen Vorwurf machen. Niemand erwartet von Euch, daß Ihr wie ein Ritter reitet. Aber ich kann mich nicht aufhalten...«
»Die Königin ist schwanger und muß noch langsamer als gewöhnlich reiten«, erklärte Griflet nicht weniger ungeduldig. »Kann einer Eurer langsamsten Reiter der Königin das Geleit geben, Gawain? Dann folge ich Euch nach Tintagel.«
Gawain lächelte: »Zweifellos möchtet Ihr im Brennpunkt der Ereignisse stehen, Griflet. Aber man hat Euch diese Aufgabe gegeben, um die Euch niemand beneidet«, erklärte er. »Habt Ihr vielleicht einen Becher Wein und etwas Brot für mich? Ich werde heute nacht noch weiterreiten, damit ich Tintagel im Morgengrauen erreiche. Meine Botschaft ist für Marcus bestimmt, den Feldherrn von Cornwall. Er muß sich uns mit seinen Rittern anschließen. Vielleicht ist dies die große Schlacht, die Taliesin vorausgesagt hat, bei der wir entweder alle sterben, oder die Sachsen ein für allemal von der Insel treiben! Aber dazu muß jeder Mann an König Artus' Seite kämpfen.«
»Selbst ein Teil der Bündnistruppen wird jetzt König Artus unterstützen«, sagte Griflet. »Reitet weiter, Gawain, wenn Ihr müßt, und Gott sei mit Euch.« Die beiden Ritter umarmten sich. »So Gott will, sehen wir uns wieder, mein Freund.«
Gawain verbeugte sich vor Gwenhwyfar. Sie streckte ihm die Hand entgegen und sagte: »Noch eine Frage... geht es meiner Tante Morgause gut?«

»So gut wie immer, Herrin.«
»Und meiner Schwägerin Morgaine . . . befindet sie sich an Morgauses Hof und in Sicherheit?«
Gawain wirkte überrascht. »Morgaine? Nein, meine Königin. Meine Base Morgaine habe ich seit vielen Jahren nicht gesehen. Sie hat uns in Lothian ganz gewiß nicht besucht, sonst hätte meine Mutter etwas gesagt«, erwiderte Gawain trotz seiner Ungeduld höflich. »Aber nun muß ich weiter.«
»Gott sei mit Euch«, wünschte ihm Gwenhwyfar und sah den Männern nach, deren Pferde mit donnernden Hufen in der Nacht verschwanden.
»Der Morgen ist nicht mehr fern«, sagte sie zu Griflet. »Gibt es einen Grund, noch länger zu schlafen? Oder sollten wir nicht besser das Lager abbrechen und uns auf den Weg nach Caerleon machen?«
Der Ritter sah sie etwas freundlicher an. »Ja, in diesem Regen werden wir kaum noch schlafen«, erwiderte er. »Wenn Ihr bereit seid, Herrin, wäre es mir nur recht, weiterzureiten. Gott weiß, was uns auf dem Weg nach Caerleon noch alles bevorsteht.«
Als die Sonne über der Heide aufging, schien es, als ritten sie bereits durch ein Land, das der Krieg zum Schweigen gebracht hatte. Bauern hätten auf den Feldern sein müssen; und als sie etliche Weiler passierten, weideten auf den Wiesen keine Schafe, kein Hund bellte, und kein Kind zeigte sich, um ihnen wie sonst neugierig nachzusehen. Selbst auf der Römerstraße begegneten sie keinem einzigen Reisenden. Schaudernd begriff Gwenhwyfar, daß sich die Nachricht vom kommenden Krieg im Land verbreitet hatte; und alle, die nicht kämpfen konnten, verkrochen sich hinter verriegelten Türen, um sich vor den Kriegern beider Seiten zu verstecken.
Gefährde ich meinen Sohn, wenn ich so schnell reite? Aber sie schien nur die Wahl zwischen zwei Übeln zu haben – sich und ihr Kind durch den anstrengenden Ritt zu gefährden, oder zu lange auf der Straße zu sein und vielleicht den Sachsen in die Hände zu fallen. Gwenhwyfar beschloß, Griflet keinen weiteren Grund zur Klage zu geben, sie verursache die Verzögerung. Entschlossen verzichtete sie deshalb darauf, in der Sänfte Zuflucht zu suchen; doch auf dem Rücken des Pferdes schien von allen Seiten Gefahr zu lauern . . .

Nach einem langen Tag erblickten sie kurz vor Sonnenuntergang den Wachturm, den Uther vor Caerleon hatte errichten lassen. Das große scharlachrote Banner des Pendragon wehte auf seinem Dach, und Gwenhwyfar bekreuzigte sich, als sie darunter vorbeiritt.

Ist es richtig, daß sich unter dem Zeichen eines alten Teufelsglaubens die Heere eines getauften Königs sammeln ... in einer Zeit, in der sich alle Christen gemeinsam gegen die Barbaren in die Schlacht stürzen müssen?
Einmal hatte sie mit Artus darüber gesprochen. Er antwortete ihr, er habe seinem Volk geschworen, als der Große Drache über sie zu herrschen, und Christen und Nichtchristen gleiche Gerechtigkeit widerfahren zu lassen. Lachend streckte er seine Arme aus, um ihr die eingeritzten barbarischen Schlangen zu zeigen, die sich darumwanden. Sie haßte diese Schlangen. Es waren Zeichen, zu denen sich kein Christ bekennen sollte. Aber Artus war unnachgiebig geblieben.
»Ich trage sie als Zeichen meiner Königswürde zur Erinnerung an den Tag, als ich Uthers Platz in diesem Land einnahm. Wir wollen nicht mehr darüber sprechen, meine Gemahlin.« Und durch nichts konnte sie ihn dazu bringen, mit ihr noch einmal darüber zu reden oder sich anzuhören, was ein Priester in dieser Angelegenheit zu sagen hätte.
»Priestersein ist eine Sache und König zu sein eine andere, meine liebe Gwenhwyfar. Ich möchte, daß du alles mit mir teilst. Aber du hast kein Verlangen, *das* mit mir zu teilen, und deshalb werde ich nie mehr mit dir darüber sprechen. Und was die Priester angeht, sie sollen sich um ihre Kirche kümmern. Laß es dabei bewenden.« Artus hatte das bestimmt, aber nicht zornig gesagt, und sie senkte den Kopf und schwieg. Aber als sie jetzt unter dem Banner des Pendragon auf die Burg zuritt, dachte sie zitternd: *Ist es richtig, daß ein Druidenbanner über der Burg seines Vaters weht, wenn unser Sohn ein christlicher König werden soll?*
Sie ritten langsam durch die Ebene vor Caerleon, wo das Heerlager errichtet worden war. Manche Ritter, die sie erkannten, traten vor die Zelte und begrüßten sie mit Hochrufen. Gwenhwyfar winkte ihnen lächelnd zu. Sie ritten an Lots Banner vorüber, zwischen den Rotten von Lothian hindurch. Es waren Krieger aus dem Norden mit Spießen und langstieligen Äxten. Sie trugen grobe, einfach gefärbte Umhänge, und über ihrem Lager flatterte das Kriegsbanner des *Morrigán*, des Großen Raben.
Gawains Bruder Gaheris kam aus seinem Zelt, verbeugte sich vor Gwenhwyfar und ging neben Griflets Pferd her, während sie zur Burg hinaufritten.
»Hat mein Bruder Euch gefunden, Ritter Griflet? Er hatte eine Botschaft für die Königin ...«

»Er begegnete uns, als wir bereits eine Tagesreise von Tintagel entfernt waren«, antwortete Gwenhwyfar, »und es war einfacher, die Reise fortzusetzen als umzukehren.«
»Ich begleite Euch auf die Burg... König Artus hat alle seine Gefährten eingeladen, heute mit ihm zu speisen«, sagte Gaheris. »Gawain verließ uns nur ungern, aber niemand reitet so schnell wie mein Bruder. Eure Gemahlin ist hier, Griflet. Sie bereitet sich und das Kind bereits für den Umzug in die neue Burg vor... Artus hat befohlen, daß alle Frauen dorthin gebracht werden. Denn Camelot ist leichter zu verteidigen, und der König kann nur wenige Männer entbehren.«
Nach Camelot! Gwenhwyfar sank das Herz. Sie war den ganzen weiten Weg von Tintagel nach Caerleon gereist, um Artus die freudige Nachricht zu bringen, und nun wollte er sie wieder auf das Pferd setzen und nach Camelot schicken!
»Dieses Feldzeichen kenne ich nicht«, sagte Griflet und wies auf einen nachgebildeten goldenen Adler auf einer Stange. »Es scheint sehr alt zu sein.«
»Es ist die Standarte von Nordwales«, antwortete Gaheris. »Uriens ist mit seinem Sohn Avalloch hier. Uriens behauptet, sein Vater habe die Standarte vor mehr als hundert Jahren von den Römern erbeutet. Das kann sogar wahr sein! Uriens Männer aus den Hügeln sind wehrhafte Kämpfer... obwohl ich es vor ihren Ohren nicht sagen würde.«
»Und wessen Banner ist *das*?« fragte Griflet. Dieses Mal antwortete Gwenhwyfar, obwohl Gaheris zum Sprechen ansetzte.
»Es ist das Banner meines Vaters Leodegranz, das blaue Banner mit dem goldgewirkten Kreuz.« Als Mädchen hatte sie den Frauen ihrer Mutter geholfen, es für den König zu sticken. Man erzählte, ihr Vater habe dieses Zeichen aufgrund einer Geschichte gewählt, nach der einer der römischen Kaiser vor einer Schlacht das Zeichen des Kreuzes am Himmel gesehen hatte. *Unter dem Kreuz Christi sollten wir jetzt kämpfen, nicht unter den Schlangen von Avalon!* Wieder lief ihr ein Schauer über den Rücken, und Gaheris sah sie prüfend an.
»Ist Euch kalt, Herrin? Wir müssen in die Burg reiten, Griflet. Artus erwartet seine Königin sicher schon.«
»Die Reise muß Euch erschöpft haben, meine Königin«, sagte Griflet und sah Gwenhwyfar dabei freundlich an. »Eure Hofdamen werden sich bald um Euch kümmern.«
Als sie sich dem Burgtor näherten, standen dort viele von Artus'

Gefährten, die ihr zuwinkten und sie fröhlich begrüßten. *Im nächsten Jahr,* dachte sie, *werden sie um diese Zeit dem Prinzen zujubeln.*
Ein riesiger, klobiger Mann kam ihr entgegen. Er trug einen ledernen Panzer und einen Eisenhelm. Er schien zu stolpern. Doch als er sich vor Gwenwyfar verbeugte, bemerkte sie, daß er ihr absichtlich den Weg versperrte.
»Herrin, meine Schwester«, sagte der Mann mit dem Helm, »erkennt Ihr mich denn nicht?«
Gwenhwyfar starrte den Aufdringling stirnrunzelnd an, und nach einigem Überlegen erkannte sie ihn. »Ach, Ihr seid es . . .«
»Meleagrant«, erwiderte er. »Ich bin gekommen, um an der Seite Eures Vaters und Eures Gemahls zu kämpfen, Schwester.«
Griflet sagte mit freundlichem Lächeln: »Ich wußte nicht, daß Euer Vater einen Sohn hat, meine Königin. Aber jedermann ist willkommen, unter König Artus' Banner zu kämpfen . . .«
»Vielleicht könnt Ihr bei Eurem Gemahl, dem König, ein gutes Wort für mich einlegen, Schwester«, bat Meleagrant. Gwenhwyfar betrachtete ihn mit leichtem Widerwillen. Er war ein sehr großer Mann, beinahe ein Riese, und wie so viele großgewachsene Menschen wirkte er mißgestaltet. Eine Seite seines Körpers schien kleiner zu sein als die andere. Ein Auge war ganz sicher größer als das andere, und er schielte. Doch Gwenhwyfar wollte nicht ungerecht sein und dachte: *Er kann nichts für seine mißliche Gestalt, und ich habe keinen Grund, voreingenommen zu sein.* Es war jedoch reine Anmaßung, sie vor all diesen Männern Schwester zu nennen; inzwischen hatte Meleagrant sogar unerlaubt nach ihrer Hand gegriffen und machte Anstalten, sie zu küssen. Gwenhwyfar ballte die Faust und entzog sie ihm rasch.
Sie versuchte, mit fester Stimme zu sagen: »Mein Vater wird sich zweifellos bei Artus für Euch verwenden, wenn Ihr es verdient, Meleagrant, und der König wird Euch zu einem seiner Ritter machen. Ich bin nur eine Frau, und mir steht es nicht zu, Euch so etwas zu versprechen. Ist mein Vater hier?«
»Er ist bei König Artus in der Burg«, erwiderte Meleagrant verdrießlich. »Ich mußte wie ein Hund hier draußen bei den Pferden bleiben.«
Gwenhwyfar antwortete entschlossen: »Ich wüßte nicht, daß Ihr mehr als das beanspruchen könnt, Meleagrant. Er hat Euch einen Platz an seiner Seite eingeräumt, denn Eure Mutter war einmal seine beste Buhle . . .«

Meleagrant fiel ihr großmäulig ins Wort: »Jeder Mann im Land weiß ebensogut wie meine Mutter, daß ich der Sohn des Königs, Leodegranz' einzig lebender Sohn bin! O Schwester, legt bei unserem Vater ein gutes Wort für mich ein!«
Er versuchte wieder, nach ihrer Hand zu greifen, aber Gwenhwyfar entzog sie ihm schnell. »Laßt mich weiterreiten, Meleagrant. Mein Vater behauptet, Ihr seid nicht sein Sohn, und wie könnte ich ihm widersprechen? Ich habe Eure Mutter nicht gekannt . . . dies ist eine Angelegenheit zwischen Euch und meinem Vater!«
»Aber Ihr müßt mir zuhören«, drängte Meleagrant und zog an ihrer Hand. Griflet stellte sich zwischen die beiden und sagte: »He, Bursche, es ziemt sich nicht, so mit der Königin zu sprechen, oder Artus wird dich einen Kopf kürzer machen. Ich bin sicher, unser Gebieter und König wird dir gewähren, was dir zusteht. Und wenn du dich in der Schlacht gut schlägst, wird er dich bestimmt gern im Kreise seiner Ritter sehen. Aber die Königin darfst du nicht auf diese Weise belästigen!«
Meleagrant drehte sich nach ihm um; und obwohl Griflet ein großer, muskulöser junger Mann war, wirkte er neben Meleagrant wie ein Kind: »Willst du mir etwa vorschreiben, was ich zu meiner eigenen Schwester sagen darf, du kleiner Schwätzer?«
Griflet griff zum Schwert und erwiderte: »Ich habe die Aufgabe, meine Königin zu begleiten, Bursche! Und ich erfülle die Aufgabe, die Artus mir zugeteilt hat. Geh mir aus dem Weg, oder ich werde dir Beine machen!«
»Du . . . und wer noch?« höhnte Meleagrant und lachte schallend.
»Ich, zum Beispiel«, erklärte Gaheris und trat schnell an Griflets Seite. Er war groß und kräftig wie Gawain, und man hätte zwei Griflets aus ihm machen können.
»Und ich«, erklang es aus dem Schatten hinter ihnen, und Lancelot trat mit großen Schritten neben das Pferd der Königin. Vor Erleichterung hätte Gwenhwyfar am liebsten geweint. Lancelot hatte nie besser ausgesehen als jetzt; und obwohl er schlank und keineswegs groß war, wich Meleagrant unwillkürlich einen Schritt zurück. »Belästigt Euch dieser Mann, meine Königin?«
Sie schluckte, nickte und stellte entsetzt fest, daß ihr die Stimme versagte. Meleagrant spielte sich auf: »Und wer bist du, Bursche?«
»Nimm dich in acht«, sagte Gaheris, »kennst du den Ritter Lancelot nicht?«
»Ich bin Artus' Oberster der Reiterei«, antwortete Lancelot amüsiert, »und Ritter der Königin. Hast du mir etwas zu sagen?«

»Das geht nur meine Schwester etwas an«, entgegnete Meleagrant. Aber Gwenhwyfar rief mit hoher und schriller Stimme: »Ich bin nicht seine Schwester! Dieser Mann behauptet, der Sohn meines Vaters zu sein, weil seine Mutter eine Zeitlang eine der Frauen des Königs war! Er ist nicht der Sohn meines Vaters, sondern ein Tölpel, der auf einen Bauernhof gehört. Mein Vater war freundlich genug, ihm einen Platz in seinem Haus einzuräumen!«

»Du gehst uns jetzt am besten aus dem Weg«, befahl Lancelot und musterte Meleagrant verächtlich. Es war offensichtlich, daß Meleagrant wußte, wer Lancelot war und daß er sich nicht ohne Schaden mit ihm messen konnte.

Er wich langsam zurück und sagte drohend: »Das wird dir eines Tages noch leid tun, Schwester Gwenhwyfar.« Seine wütenden Blikke folgten ihnen, als sie weiterritten.

Wie immer war Lancelot mit größter Sorgfalt gekleidet. Er trug die rote Tunika und den Mantel; das Haar war sorgfältig geschnitten und gekämmt, und er war glatt rasiert. Seine Hände wirkten weich und weiß wie Gwenhwyfars, obwohl sie wußte, daß sie hart und stark wie Eisen waren. Er sah besser aus als je zuvor. Und er war gerade rechtzeitig aufgetaucht, um sie von diesem häßlichen Meleagrant zu befreien. Sie lächelte – sie konnte sich nicht dagegen wehren. Tief in ihrem Inneren schien sich etwas verändert zu haben.

Nein, jetzt darf ich ihn nicht mehr so ansehen. Ich soll Mutter von Artus' Erben sein . . .

Lancelot erklärte fürsorglich: »Sicher wollt Ihr nicht in der schmutzigen Reitkleidung durch die große Halle gehen . . . Es hat wohl auf der ganzen Reise geregnet. Darf ich Euch und Eure Kammerfrau zum Seiteneingang bringen? Von dort aus gelangt Ihr direkt in Euer Gemach und könnt Euch erfrischen. Wenn Ihr warm und trocken seid und Euch umgekleidet habt, könnt Ihr Artus, meinen Herrn und Gebieter, in der Halle begrüßen . . . Ihr zittert ja! Hat Euch der Wind so zugesetzt, Gwenhwyfar?«

Er hatte seit langem das Vorrecht, sie beim Namen zu nennen – ohne das förmliche ›meine Königin‹ oder ›meine Herrin‹. Aber noch nie klang das *Gwenhwyfar* aus seinem Mund so liebenswürdig. »Wie immer seid Ihr um mich höchst besorgt«, antwortete Gwenhwyfar. Er nahm ihr Pferd am Zügel und führte es.

Lancelot sagte: »Griflet, geht jetzt zum König und berichtet ihm, daß unsere Herrin sicher und wohlbehalten in ihren Gemächern ist. Auch Ihr, Gaheris, sehnt Euch sicher danach, zu den anderen Rittern zurückzukehren. Ich werde unsere Königin geleiten.«

An der Tür half er ihr vom Pferd, und Gwenhwyfar spürte nur die Berührung seiner Hände. Sie senkte den Kopf und wagte nicht, ihn anzusehen.
»In der Großen Halle drängen sich Artus' Gefährten«, erklärte er, »alles ist ein einziges Durcheinander ... Die runde Tafel ist schon vor drei Tagen auf drei Wagen nach Camelot geschafft worden, und Cai läßt sie in der neuen Halle aufstellen; jetzt ist ihnen ein Bote nachgeritten, um ihn und alle Männer, die sich im Sattel halten können, zurückzurufen ...«
Sie sah ihn ängstlich an: »Gawain berichtete uns von der Landung der Sachsen ... Ist dies wirklich der Krieg, den Artus fürchtete?«
»Wir alle wußten seit Jahren, daß er kommen muß, Gwen«, antwortete Lancelot ruhig. »Für diese Schlacht hat König Artus seine Legion geschaffen, und dafür habe ich seine Reiter ausgebildet. Wenn es vorüber ist, zieht vielleicht bei uns der Friede ein, nach dem wir uns alle unser ganzes Leben lang sehnen.«
Plötzlich umarmte sie ihn: »Du könntest getötet werden«, flüsterte sie. Es war das erste Mal, daß sie den Mut dazu aufbrachte. Sie drückte sich an ihn, legte das Gesicht an seine Schulter, und seine Arme umschlossen sie. Trotz ihrer Furcht spürte sie die Zärtlichkeit, mit der er sie hielt. Lancelot erwiderte mit bebender Stimme: »Wir alle wußten, daß dieser Tag bald kommen würde, meine Liebe. Aber wir hatten das Glück, uns Jahr um Jahr darauf vorbereiten zu können, und wir haben Artus als großen Führer ... weißt du überhaupt, wie gut er es versteht, die Männer mitzureißen und wie sehr ihn alle verehren? Er ist noch nicht alt, aber der größte König seit langer, langer Zeit. Mit Artus an der Spitze werden wir die Sachsen bestimmt vertreiben ... Und alles andere geschehe, wie Gott will, Gwenhwyfar.« Er schlug ihr sanft auf die Schulter und sagte: »Arme Maid. Du bist ja völlig erschöpft. Ich bringe dich jetzt zu deinen Damen.« Aber Gwenhwyfar fühlte, wie seine Hände zitterten, und plötzlich schämte sie sich. Sie hatte sich wie eine Lagerdirne in Lancelots Arme geworfen!

In ihren Gemächern herrschte eine heillose Unordnung. Meleas packte Kleider in Kästen; Elaine überwachte die Kammerfrauen bei der Arbeit. Elaine kam ihr mit ausgebreiteten Armen entgegen und rief: »Base, wir haben uns solche Sorgen um Euch gemacht. Die Straßen sind unsicher ... wir hofften, der Bote würde Euch noch im Kloster erreichen, und Ihr hättet Euch in den Schutz von Tintagel begeben ...«

»Nein«, antwortete Gwenhwyfar, »Igraine lebt nicht mehr, und wir trafen Gawain erst, als wir schon einen ganzen Tag unterwegs waren. Außerdem ist mein Platz an der Seite meines Gemahls.«

Meleas erkundigte sich: »Herrin, ist Griflet mit Euch zurückgekommen?«

Gwenhwyfar nickte. »Er hat mich hierhergeleitet. Ich denke, Ihr werdet ihn beim Abendessen sehen... Gaheris erzählte, daß Artus alle seine Ritter zu Tisch gebeten hat...«

Meleas erwiderte: »Wenn man das noch so nennen kann... es erinnert mehr an das Verteilen der Rationen für die Krieger im Feld... die Burg ähnelt einem Heerlager, und es wird eher schlimmer als besser. Elaine und ich haben getan, was wir konnten, um alles in Ordnung zu halten.«

Meleas war eine rundliche junge Frau, die meist lächelte, aber jetzt wirkte sie müde und abgespannt. »Ich habe alle Eure Gewänder und die persönlichen Dinge, die ihr für den Sommer benötigt, in Kisten verpackt, damit morgen früh alles zur Abreise nach Camelot bereitsteht. Der König hat angeordnet, daß wir zusammen reisen, und nach Cais Vorbereitungen ist in Camelot alles zum Einzug bereit. Aber wer hätte je geglaubt, wir würden Caerleon in Eile wie vor einer Belagerung verlassen?«

Nein, dachte Gwenhwyfar, *ich bin so viele Tage unterwegs gewesen und will jetzt nicht wieder reisen. Mein Platz ist hier. Mein Sohn hat ein Recht darauf, in der Burg seines Vaters geboren zu werden. Ich will nicht wieder wie ein Gepäckstück durch die Gegend transportiert werden.* Sie entgegnete: »Beruhige dich, Meleas. Vielleicht ist kein Grund zu solcher Hast. Schicke nach Wasser zum Waschen und bringe mir ein neues Gewand. Wer sind denn all diese Frauen?«

Wie sich herausstellte, waren es die Frauen einiger Ritter und Könige, die mit ihnen nach Camelot reisen sollten. Es war leichter, wenn sie in einem Geleitzug ritten, denn so wären sie sicher vor den Sachsen. »Es ist in der Nähe Eurer Heimat«, sagte Elaine, um Gwenhwyfars Unmut zu besänftigen. »Ihr könnt die Gemahlin Eures Vaters besuchen, und Eure kleinen Brüder und Schwestern. Oder Eure Stiefmutter kann bei uns in Camelot wohnen, solange Leodegranz im Krieg ist.«

Es wäre für uns beide kein Vergnügen, dachte Gwenhwyfar und schämte sich plötzlich. Am liebsten hätte sie allem ein Ende gesetzt mit den Worten: *Ich bin schwanger. Ich kann nicht reisen.* Aber sie fürchtete die aufgeregten Fragen, die unweigerlich kommen würden. Nein, Artus sollte es als erster erfahren.

Gwenhwyfar betrat die Große Halle. Ohne die große Runde Tafel und den Schmuck von Bannern, Wandteppichen und Behängen wirkte sie kahl, nackt und leer. König Artus saß etwa in der Mitte des Raumes, nahe der Feuerstelle an einer Tischplatte, die auf zwei Böcken ruhte. Ein halbes Dutzend seiner Gefährten umgab ihn, und andere drängten sich in seiner Nähe. Gwenhwyfar brannte darauf, ihm ihre Neuigkeit zu überbringen; doch vor dem versammelten Hof war das nicht schicklich. Sie mußte warten, bis sie später miteinander im Bett lagen ... nur dann gehörte er ihr ganz allein. Artus blickte auf, sah sie, erhob sich und kam zu ihr. Er umarmte sie:

»Gwen, meine liebe Gwen«, sagte er. »Ich hatte gehofft, Gawain würde dich rechtzeitig erreichen, und du wärst sicher in Tintagel ...«

»Bist du ärgerlich, weil ich zurückgekommen bin?«

Er schüttelte den Kopf. »Nein, natürlich nicht. Also sind die Straßen noch sicher, und du hattest Glück«, erwiderte er. »Aber ich nehme an, es bedeutet, daß meine Mutter ...«

»Igraine ist vor zwei Tagen gestorben und wurde im Klostergarten bestattet«, berichtete Gwenhwyfar. »Ich machte mich sofort auf den Weg, um dir die Nachricht zu überbringen. Und du hast nichts anderes für mich als den Vorwurf, daß ich nicht in Tintagel geblieben bin, weil dieser Krieg bevorsteht?«

»Keinen Vorwurf, liebe Gemahlin«, sagte er, »nur Besorgnis um deine Sicherheit. Aber wie ich sehe, hat der edle Griflet gut für dich gesorgt. Kommt, setze dich zu uns.«

Er führte Gwenhwyfar zur Bank, und sie setzte sich an seine Seite. Von Silber und Geschirr war nichts mehr zu sehen; die Königin vermutete, daß man es bereits nach Camelot gebracht hatte. Sie überlegte, was wohl mit dem schönen roten römischen Teller geschehen war, den ihre Stiefmutter ihr zur Hochzeit geschenkt hatte. Alle aßen aus einfachen Holzschalen, dem billigen geschnitzten Zeug vom Markt. Gwenhwyfar tunkte ein Stück Brot in die Suppe und sagte: »Es sieht aus, als habe hier bereits eine Schlacht getobt!«

»Es erschien mir besser, alles nach Camelot vorauszuschicken. Dann kam die Nachricht von der Landung der Sachsen, und hier ging alles drunter und drüber. Dein Vater ist hier, meine Liebe ... Du willst ihn sicher begrüßen.«

Leodegranz saß in der Nähe, aber nicht in Artus' engstem Kreis.

Gwenhwyfar erhob sich, ging zu ihm, und als sie ihn küßte, spürte sie seine knochigen Schultern unter ihren Händen – ihr Vater war ihr immer als großer Mann erschienen, groß und eindrucksvoll. Jetzt wirkte er alt und hinfällig.

»Ich habe Artus, meinem Gebieter, gesagt, er sollte dich in solchen Zeiten nicht durch das Land reisen lassen«, murmelte er. »O ja, sicher war es richtig von ihm, dich an das Sterbebett seiner Mutter zu senden. Aber er hat auch Pflichten seiner Gemahlin gegenüber. Und Igraine hat eine unverheiratete Tochter. Es wäre für sie Verpflichtung gewesen, bei ihrer Mutter zu sein... wo ist die Herzogin von Cornwall, daß sie nicht nach Tintagel gehen konnte?«

»Ich weiß nicht, wo Morgaine sich aufhält«, antwortete Artus, der Leodegranz' letzte Sätze vernommen hatte. »Meine Schwester ist eine erwachsene Frau und ihre eigene Herrin. Sie muß mich nicht um Erlaubnis bitten, hierhin oder dorthin zu gehen.«

»Ja, ja, das geht jedem König so«, erwiderte Leodegranz verdrießlich, »er ist Herr über alle, nur nicht über seine Frauen! Mit Alienor ist es nicht anders, und ich habe noch drei Töchter dieser Sorte; sind noch nicht einmal alt genug, um zu heiraten, aber trotzdem glauben sie, auf meiner Burg das Zepter schwingen zu können! Du wirst sie in Camelot sehen, Gwenhwyfar. Ich habe sie dorthin geschickt, damit sie in Sicherheit sind. Isotta ist die älteste... sie ist alt genug. Du könntest deine Halbschwestern zu Hofdamen machen. Da ich keine Söhne habe, möchte ich, daß du Artus bittest, sie mit einem seiner besten Ritter zu vermählen.«

Beim Gedanken an Isotta, ihre Halbschwester, hob Gwenhwyfar erstaunt den Kopf – war sie schon alt genug, um an den Hof zu kommen? Immerhin, Isotta war sieben gewesen, als Gwenhwyfar heiratete... sie mußte inzwischen mindestens zwölf oder dreizehn sein. Elaine war nicht älter, als man sie nach Caerleon brachte. Artus würde Isotta bestimmt einem seiner besten Ritter geben, wenn sie ihn darum bat... vielleicht Gawain oder Gaheris, dem Vetter des Königs, da Gawain eines Tages König von Lothian sein würde.

Sie sagte zu ihrem Vater: »Ich bin sicher, daß Artus und ich einen passenden Gemahl für meine Schwester finden.«

»Lancelot ist noch ohne Gemahlin«, schlug Leodegranz vor, »und Marcus von Cornwall ebenfalls. Zweifellos wäre es angebrachter, wenn Marcus die Herzogin Morgaine heiraten und sie sich ihre Ansprüche teilen würden. Dann hätte die Herzogin jemanden, der ihre

Burg verteidigt und ihre Ländereien schützt. Ich habe zwar gehört, daß Morgaine eine der Damen der Herrin vom See ist... aber Marcus kann sie zweifellos zähmen.«
Gwenhwyfar lächelte beim Gedanken an eine gezähmte Morgaine, verheiratet mit einem Mann, den sie ihr ausgesucht hatten. Dann wurde sie wütend. Warum sollte immer nur Morgaine tun dürfen, was sie wollte. Keiner anderen Frau wurde das zugestanden... selbst Igraine, die Mutter des Königs, war von ihrer älteren Schwester verheiratet worden. Artus sollte ein Machtwort sprechen und Morgaine ordentlich verheiraten, ehe sie ihnen allen Schande machte!
Geflissentlich unterdrückte Gwenhwyfar die Erinnerung daran, daß sie Einwände erhoben hatte, als Artus davon sprach, Morgaine mit seinem Freund Lancelot zu verheiraten. *Oh... ich war selbstsüchtig... ich kann ihn nicht selbst haben, und ihn gönne ich keiner anderen Frau!* Nein, sagte sie sich, sie wäre glücklich, Lancelot mit einer tugendsamen Frau vermählt zu sehen!
Leodegranz fragte: »Ich dachte, die Herzogin von Cornwall sei eine deiner Hofdamen...?«
»Das war sie«, erwiderte Gwenhwyfar. »Aber sie verließ uns vor ein paar Jahren, um ihre Tante zu besuchen, und sie ist nicht zurückgekehrt.« Wieder einmal fragte sie sich: *Wo ist Morgaine?* Nicht in Avalon, nicht bei Morgause in Lothian, nicht in Tintagel – sie mochte in der Bretagne sein oder auf einer Pilgerfahrt nach Rom, im Feenland oder selbst in der Hölle... Das konnte nicht so weitergehen! Nach dem Tod seiner Mutter hatte Artus ein Recht darauf zu erfahren, wo sich seine einzige Schwester aufhielt. Aber Morgaine wäre doch sicher ans Totenbett ihrer Mutter geeilt, wenn sie gekonnt hätte...
Gwenhwyfar kehrte an ihren Platz neben Artus zurück. Lancelot und der König ritzten mit ihren Messern Linien in die Tischplatte, während sie gedankenverloren aus einem Teller aßen. Gwenhwyfar biß sich auf die Lippen – sie hätte ebensogut in Tintagel bleiben können, es kümmerte Artus wenig, daß sie hier war – und wollte sich schon zu ihren Hofdamen setzen. Aber Artus blickte lächelnd auf und streckte die Hand nach ihr aus.
»Nein, Liebes, ich wollte dich nicht vertreiben... ich muß wirklich mit meinem Reiterobersten sprechen. Aber hier ist auch Platz für dich.« Er winkte einen Pagen herbei. »Bringe einen Teller Fleisch für meine Gemahlin. Lancelot und ich haben den hier abgegessen... irgendwo muß es auch frisch gebackenes Brot geben.«

»Ich glaube, ich habe genug gegessen«, sagte Gwenhwyfar und lehnte sich leicht an seine Schulter; wie geistesabwesend strich Artus ihr über das Haar. Gwenhwyfar spürte Lancelot warm und fest an ihrer anderen Seite. Zwischen den beiden Männern fühlte sie sich sicher und geborgen. Artus beugte sich vor, mit der einen Hand streichelte er immer noch ihre Haare, in der anderen hielt er sein Messer.

»Was meinst du, können wir mit den Pferden diesen Weg nehmen? So kommen wir schneller vorwärts, während die Wagen mit Verpflegung und Gepäck über die Ebene fahren. Männer mit Pferden können mit leichtem Gepäck schnell querfeldein reiten... Cai hat seit der Schlacht vom Wald in Celidon für das Heer hartes Brot backen lassen. Die Vorräte sind in den drei Jahren gewachsen. Wahrscheinlich werden die Sachsen hier landen...« Er wies auf einen Punkt der grob gezeichneten Karte auf der Tischplatte. »Leodegranz, Uriens, kommt her und seht Euch das an!«

Ihr Vater kam in Begleitung eines anderen Mannes von schlankem Wuchs, dunkler Haut und lebhaftem Wesen. Seine Haare wurden bereits grau, und er hatte ein faltiges Gesicht.

»König Uriens«, sagte Artus. »Ich begrüße Euch als Freund meines Vaters und als meinen Freund. Kennt Ihr meine Gemahlin Gwenhwyfar?«

Uriens verbeugte sich. Seine Stimme klang angenehm und melodisch. »Es ist mir eine Ehre, Herrin. Wenn es im Land wieder ruhiger geworden ist, werde ich mit meiner Gemahlin nach Camelot kommen, wenn es Euch beliebt, und sie Euch vorstellen.«

»Es wird mir ein Vergnügen sein«, erwiderte Gwenhwyfar und spürte die Unaufrichtigkeit in ihrer Stimme. Sie hatte nie gelernt, die Floskeln so auszusprechen, daß sie überzeugend klangen.

»Es wird nicht in diesem Sommer sein, denn auf uns warten andere Aufgaben«, sagte Uriens. Er beugte sich über Artus' Zeichnung. »Zur Zeit des Ambrosius führten wir das Heer auf diesem Weg... mit Ausnahme der Zugtiere hatten wir nicht viele Pferde. Aber man konnte sie hierher bringen und dann diese Abkürzung nehmen. Im Süden des Sommerlandes muß man sich nur von den Sümpfen fernhalten...«

»Ich hatte gehofft, nicht in die Berge zu müssen«, sagte Lancelot.

Uriens schüttelte den Kopf. »Bei so vielen Pferden ist es der bessere Weg.«

»Aber auf den Hügeln rutschen die Pferde auf den Steinen und brechen sich die Beine«, entgegnete Lancelot.
»Selbst das ist besser, edler Lancelot, als mit Männern, Pferden und Wagen im Schlamm zu versinken... die Hügel sind den Sümpfen vorzuziehen«, entgegnete Uriens. »Seht her, dies ist der alte Römerwall...«
»Ich kann in dem vielen Geritze nichts mehr erkennen«, sagte Lancelot ungeduldig. Er ging ans Feuer, zog einen Zweig heraus, schüttelte die Glut ab und begann auf dem Fußboden zu zeichnen. »Also, hier liegt das Sommerland, hier sind die Seen und der Römerwall... wir haben, sagen wir, dreihundert Pferde und hier zweihundert...«
»Wirklich so viele?« fragte Uriens ungläubig. »Die Legionen der Cäsaren hatten nicht mehr!«
»Wir haben sie sieben Jahre ausgebildet und die Krieger auf den Kampf im Sattel vorbereitet«, erklärte Lancelot.
»Der Dank gebührt Euch, lieber Vetter«, sagte Artus.
Lancelot wendete sich nach ihm um und lächelte: »Dank Eurer Weitsicht, mein König. Denn ihr konntet Euch vorstellen, was man mit ihnen erreichen kann.«
»Es gibt immer noch Krieger, die nicht im Sattel kämpfen können«, sagte Uriens. »Ich führe meine Männer zu Fuß in den Kampf...«
»Und das ist ganz gut so«, erwiderte Artus verbindlich. »Wir haben weder genügend Pferde noch Sättel, Steigbügel und Zaumzeug für jeden, der ein Pferd will. Obwohl alle Sattler in meinem Reich so schnell und hart arbeiten, wie sie nur können. Ich mußte Steuern erheben, um das alles auch bezahlen zu können. Meine Untertanen halten mich inzwischen für einen geldgierigen Tyrannen.« Er lachte leise, klopfte Gwenhwyfar leicht auf den Rücken und sagte: »Dabei habe ich kaum genug eigenes Gold, um Seide für die Stickereien meiner Königin kaufen zu können! Es ist alles in Pferde, Schmiede und Sattler geflossen!« Die Fröhlichkeit verschwand aus seinem Gesicht, und er fuhr ernst, beinahe besorgt fort: »Und jetzt wartet die große Prüfung auf uns, für die wir das alles getan haben... dieses Mal überfluten die Sachsen das Land, meine Freunde. Wenn es uns nicht gelingt, sie mit weniger als der Hälfte ihrer Männer aufzuhalten, werden in diesem Land bald nur noch Raben und Wölfe gut genährt sein!«
»Darin liegt der Vorteil der Reiterei«, sagte Lancelot ernst. »Bewaffnete Berittene können sich gegen eine fünf-, zehn-... ja vielleicht sogar

zwanzigfache Übermacht behaupten. Wir werden es erleben. Und wenn wir uns nicht täuschen, werden wir die Sachsen ein für allemal zusammenhauen. Wenn nicht... dann sterben wir, um unser Heim, unser Land, unsere Frauen und Kinder zu verteidigen. Denn nur ihnen gehört unsere Liebe!«

»Gewiß«, sagte Artus weich. »Das wollen wir. Wofür sonst haben wir gearbeitet, seit wir alt genug waren, ein Schwert zu halten, Galahad?«

Er lächelte Lancelot voll Zuneigung an, und Gwenhwyfar durchzuckte Eifersucht: *Nie lächelt er mich so an. Aber wenn er hört, welche Neuigkeit ich ihm zu berichten habe, dann...*

Lancelot erwiderte das Lächeln, dann seufzte er. »Ich habe eine Botschaft von meinem Halbbruder Lionel bekommen... Bans ältestem Sohn. Er sagt, er würde in drei Tagen die Segel setzen... nein.« Er zählte an seinen Fingern. »Er ist bereits auf See... der Bote wurde aufgehalten. Er kommt mit vierzig Schiffen und hofft, alle Boote der Sachsen, oder zumindest soviel er kann, den Felsen zuzutreiben oder nach Süden an die Küste von Cornwall, wo sie ihre Truppen nicht so leicht landen können. Nach seiner Ankunft will Lionel dann zu uns stoßen. Ich sollte ihm einen Boten schicken, damit er von unserem Heerlager erfährt.« Er deutete auf die Zeichnung am Boden.

Am Hallentor hörte man Stimmen, und ein großer, dünner Mann mit grauen Haaren drängte sich mit langen Schritten durch Bänke und Tische. Gwenhwyfar hatte Lot von Lothian zum letzten Mal vor der Schlacht im Wald von Celidon gesehen.

»Oh, Artus, ich hätte es nie für möglich gehalten, daß Eure Halle so aussehen kann... kahl und leer ohne die Runde Tafel! Ah, ich sehe, mein lieber Vetter würfelt mit seinen Spielkameraden am Boden...«

»Die Runde Tafel ist bereits nach Camelot gebracht worden, Onkel.« Artus erhob sich. »Zusammen mit allem Hausrat und dem Gepäck der Frauen. Ihr habt ein Feldlager vor Euch. Im Morgengrauen werden wir die letzten Frauen nach Camelot schicken; die meisten sind mit den Kindern schon auf dem Weg.«

Lot verbeugte sich vor Gwenhwyfar und sagte mit seiner einschmeichelnden Stimme: »Oh, dann wird Artus' Halle tatsächlich verwaist sein. Aber können Frauen und Kinder noch sicher durch ein Land reisen, das sich zum Krieg rüstet?«

»Die Sachsen sind noch nicht sehr weit ins Land vorgedrungen«,

antwortete Artus. »Und wenn sie sich jetzt auf den Weg machen, besteht noch keine Gefahr. Ich muß fünfzig meiner Männer abstellen... und es ist eine undankbare Aufgabe... um Camelot zu beschützen. Königin Morgause hat es gut getroffen in Lothian... ich bin froh, daß meine Schwester bei ihr ist.«
»Morgaine?« Lot schüttelte den Kopf. »Sie war seit Jahren nicht bei uns. Nun, nun, ich frage mich, wo sie sein mag, und bei wem? Ich dachte schon immer, daß mehr in dieser Frau steckt, als ich zu sehen bekam! Aber warum nach Camelot, mein König?«
»Die Burg ist leicht zu verteidigen«, antwortete Artus. »Fünfzig Männer können sie halten bis zum Jüngsten Tag. Wenn ich die Frauen hier in Caerleon ließe, müßte ich zweihundert Krieger oder mehr vom Heer abziehen. Ich weiß nicht, weshalb mein Vater gerade Caerleon zu seiner Feste gemacht hat... ich hoffte, der ganze Hof wäre bereits nach Camelot übergesiedelt, bevor die Sachsen wiederkommen. Denn dann müßten sie Britannien in seiner ganzen Breite durchqueren, um zu uns zu gelangen. Wir könnten uns ihnen auf einem Schlachtfeld unserer Wahl entgegenstellen. Wenn wir sie in die Sümpfe und in die Seen des Sommerlandes führen könnten... dort ist das Land ständig in Bewegung... dann würden uns Schlamm und Sümpfe einen Teil der Arbeit von Pfeil und Bogen, Beil, Schwert und Speer abnehmen. Die kleinen Männer von Avalon würden sie mit ihren Elfenpfeilen rasch erledigen.«
»Das werden sie ohnedies tun«, sagte Lancelot und erhob sich ebenfalls. »Dreihundert hat Avalon bereits geschickt, und sie sagen, es werden noch mehr folgen. Als ich das letzte Mal mit dem Merlin sprach, berichtete er, daß sie auch Boten in Euer Land geschickt haben, König Uriens, damit das Alte Volk aus den Hügeln kommt und an unserer Seite kämpft. Also haben wir die berittene Legion, die auf dem flachen Land kämpft. Jeder Reiter ist gerüstet und mit Speeren bewaffnet und nimmt es mit einem Dutzend oder mehr Sachsen auf. Dann haben wir die große Zahl der Fußsoldaten, Bogenschützen und Schwertkämpfer, die auf Hügeln und in Tälern kämpfen... und wir haben viele Männer von den Stämmen mit Spießen und Beilen und das Alte Volk, das aus dem Hinterhalt den Feind unsichtbar mit Elfenpfeilen niederstreckt. Ich glaube, wir könnten jeden Sachsen aus Gallien und von den Küsten des Kontinents verjagen!«
»Und genau das werden wir auch tun müssen«, sagte Lot. »Ich habe seit den Tagen des Ambrosius gegen die Sachsen gekämpft... wie

auch Uriens ... aber wir hatten es nie mit einem Heer zu tun, wie jetzt eines gegen uns marschiert.«

»Seit meiner Krönung wußte ich, daß dieser Tag kommen würde ... die Herrin vom See weissagte es, als sie mir mein Schwert, Excalibur, gab. Und jetzt schickt sie alle Männer von Avalon, damit sie sich unter dem Banner des Pendragon sammeln.«

»Wir werden alle zur Stelle sein«, sagte Lot. Gwenhwyfar erschauerte, und Artus beruhigte sie fürsorglich: »Meine liebe Frau, Ihr seid den ganzen Tag und den Tag davor geritten. Morgen müßt Ihr Euch von neuem auf den Weg machen. Wünscht Ihr, daß ich Eure Damen rufe, damit sie Euch zu Bett bringen?«

Sie schüttelte den Kopf und ballte die Hände im Schoß. »Nein, ich bin nicht müde ... nein ... Artus, es erscheint mir nicht richtig, daß die Heiden von Avalon, die von Magiern und Zauberern beherrscht werden, an der Seite eines christlichen Königs kämpfen! Und es erscheint mir nicht richtig, wenn Ihr christliche Krieger unter das heidnische Banner ruft ...«

Lancelot fragte freundlich: »Meine Königin, soll das Volk von Avalon still dasitzen und zusehen, wie seine Heimat in die Hände der Sachsen fällt? Britannien ist auch ihr Land ... sie werden wie wir kämpfen, um unser Land gegen die Barbaren zu verteidigen. Und der Pendragon ist ihr König.«

»Genau das gefällt mir nicht«, erwiderte Gwenhwyfar und bemühte sich, ihrer Stimme Festigkeit zu geben, damit sie nicht wie ein Mädchen sprach, das seine Stimme im Rat der Männer erhob. *Schließlich,* so beruhigte sie sich, *hat Morgause in Lots Rat einen festen Platz, und Viviane hielt sich mit ihren Äußerungen über Staatsangelegenheiten nie zurück!*

»Es gefällt mir nicht, daß wir und das Volk von Avalon zusammen kämpfen. In dieser Schlacht stellen sich gläubige Krieger, die Anhänger Christi, die Nachkommen Roms, den Heiden, die von unserem Gott nichts wissen wollen! Das Alte Volk gehört wie die Sachsen zu unseren Feinden. Und Britannien wird erst dann ein wahres christliches Reich sein, wenn dieses Volk ausgerottet oder in die Hügel geflohen ist und seine teuflischen Götter mit ihm! Und es gefällt mir nicht, Artus, daß Ihr ein heidnisches Banner zu Eurem Feldzeichen macht! Ihr solltet wie Leodegranz unter dem Kreuz kämpfen, damit wir Freund und Feind unterscheiden können!«

Lancelot sah sie entsetzt an: »Bin ich also Euer Feind, Gwenhwyfar?«

Sie schüttelte den Kopf: »Ihr seid ein Christ, Lancelot.«
»Meine Mutter ist die gefährliche Herrin vom See, die Ihr wegen Hexerei verdammt«, sagte er. »Ich wurde in Avalon erzogen, und das Alte Volk ist mein Volk! Außerdem schloß mein Vater... ein christlicher König!... zum Wohl seines Landes die Große Ehe mit der Göttin!« Er wirkte hart und zornig.
Artus legte die Hand auf den Knauf von Excalibur in seiner Scheide aus Samt und Gold. Der Anblick seiner Hand auf den magischen Zeichen des Schwertgriffs und der Schlangen, die sich um Artus' Handgelenke wanden, waren ihr zuviel; Gwenhwyfar mußte die Augen abwenden. Sie sagte: »Wie soll Gott uns den Sieg schenken, wenn wir nicht allen Zeichen der Zauberei entsagen und unter dem Kreuz kämpfen?«
»Es ist etwas Wahres an dem, was die Königin sagt«, erklärte Uriens versöhnlich. »Aber ich kämpfe unter meinen Adlern im Namen meiner Vorväter und im Namen Roms.«
Und Leodegranz sagte: »Mein König, ich übergebe Euch das Banner mit dem Kreuz, wenn Ihr es wünscht. Tragt es zu Ehren Eurer Königin.«
Artus schüttelte den Kopf. Nur die hochroten Wangen verrieten Gwenhwyfar, daß er zornig war. »Ich habe geschworen, unter dem Königsbanner des Pendragon zu kämpfen. Und das werde ich tun oder sterben. Ich bin kein Tyrann. Wer es für richtig hält, mag das Kreuz auf dem Schild tragen. Aber das Drachenbanner ist das Zeichen, daß alle Völker Britanniens... Christen, Druiden und auch das Alte Volk gemeinsam kämpfen. So wie der Drache über allen Tieren steht, so weht auch der Pendragon über dem ganzen Volk! Über dem *ganzen* Volk, sage ich.«
»Und die Adler von Uriens und der Große Rabe von Lothian werden neben dem Drachen kämpfen«, sagte Lot und erhob sich. »Ist Gawain nicht hier, Artus? Ich muß mit meinem Sohn sprechen. Ich dachte, er sei immer an Eurer Seite!«
»Ich vermisse ihn ebenso sehr wie Ihr, Onkel«, erwiderte der Großkönig. »Ohne ihn im Rücken fühle ich mich ungeschützt. Aber ich mußte ihn mit einer Botschaft nach Tintagel senden, denn niemand reitet so schnell wie er.«
»Oh, Ihr habt genügend andere, die über Euch wachen«, sagte Lot verdrießlich. »Lancelot weicht nie von Eurer Seite und ist nur zu bereit, den leeren Platz zu füllen.«
Lancelot wurde rot, antwortete aber verbindlich: »So ist es immer,

Onkel. Artus' Ritter wetteifern um die Ehre, dem König am nächsten zu stehen. Und wenn Gawain hier ist, müssen selbst Cai, Artus' Ziehbruder, und ich, der Ritter der Königin, zurückstehen.«
Artus wandte sich wieder Gwenhwyfar zu und sagte: »Nun müßt Ihr Euch wirklich zur Ruhe begeben, meine Königin. Unser Kriegsrat dauert vielleicht bis spät in die Nacht, und Ihr müßt Euch im Morgengrauen zum Aufbruch bereitmachen.«
Gwenhwyfar ballte die Fäuste: *Jetzt gib mir dieses eine Mal den Mut zu sprechen...* Laut und deutlich sagte sie: »Nein, nein, mein Gebieter, ich reite bei Tagesanbruch nicht... weder nach Camelot noch an einen anderen Ort auf dieser Welt.«
Artus' Wangen überzogen sich wieder mit dieser dunklen Röte, die ihr verrieten, daß er furchtbar zornig war. »Warum nicht, Herrin? Ihr könnt nicht zaudern, wenn im Land Krieg herrscht! Ich würde Euch gern ein oder zwei Tage Ruhe gönnen, ehe Ihr aufbrecht, aber wir müssen uns beeilen, alle Frauen in Sicherheit zu bringen, ehe die Sachsen kommen. Ich sage Euch, Gwenhwyfar, morgen früh steht Euer Pferd bereit. Wenn Ihr nicht reiten könnt, reist in der Sänfte oder laßt Euch tragen. Aber gehen werdet Ihr!«
»Das werde ich nicht!« erwiderte sie heftig. »Und Ihr könnt mich nicht zwingen. Es sei denn, Ihr setzt mich auf mein Pferd und bindet mich dort fest.«
»Gott behüte, daß ich so etwas tue«, erwiderte der König. »Aber was ist mit Euch, Herrin?« Er sah sie beunruhigt an, versuchte aber immer noch heiter und höflich zu bleiben. »All diese Legionen da draußen gehorchen meinen Befehlen. Und am eigenen Herd bricht durch meine Frau ein Aufstand los?«
»Eure Männer mögen alle Eurem Befehl gehorchen«, erklärte Gwenhwyfar verzweifelt. »Sie haben nicht wie ich einen Grund hierzubleiben! Ich werde mit einer einzigen Hofdame und einer Amme hierbleiben, mein Gebieter. Aber ich werde nicht reiten... nicht einmal hinunter zum Fluß... ehe unser Sohn geboren ist!«
So, ich habe es gesagt... hier vor all diesen Männern...
Artus verstand. Aber anstatt überglücklich zu sein, wirkte er nur bestürzt. Er schüttelte den Kopf und sagte: »Gwenhwyfar...«, sprach aber nicht weiter.
Lot lachte amüsiert und fragte: »Seid Ihr schwanger, Herrin? Herzlichen Glückwunsch! Aber das muß Euch nicht vom Reisen abhalten. Morgause saß jeden Tag im Sattel, bis sie zu schwer für ihr Pferd wurde. Euch sieht noch niemand an, daß Ihr ein Kind unter dem

Herzen tragt. Unsere Ammen sagen, daß frische Luft und Bewegung einer Schwangeren nur guttun. Wenn meine Lieblingsstute trächtig ist, reite ich sie bis sechs Wochen, ehe sie fohlt!«

»Ich bin keine Stute«, antwortete Gwenhwyfar kalt. »Ich habe bereits zwei Fehlgeburten hinter mir. Wollt Ihr mich dem noch einmal aussetzen, Artus?«

»Trotzdem könnt Ihr nicht bleiben. Caerleon läßt sich nur ungenügend verteidigen«, antwortete der König gequält. »Wir können hier jede Stunde abmarschieren. Es ist auch nicht richtig, daß Ihr von Euren Frauen verlangt, bei Euch zu bleiben und vielleicht in die Hände der Sachsen zu fallen. Ich bin sicher, die Reise wird Euch nicht schaden, liebe Gemahlin. Im Troß, der letzte Woche nach Camelot abzog, reisten schwangere Frauen ... und Ihr könnt nicht hierbleiben, wenn all Eure Hofdamen gegangen sind. Caerleon wird nur noch ein Heerlager sein, Gwen ... nichts anderes!«

Gwenhwyfar musterte ihre Hofdamen. »Ist nicht eine von euch bereit, bei ihrer Königin zu bleiben?«

»Ich werde Euch nicht verlassen, Base, wenn Artus einverstanden ist«, sagte Elaine. Und Meleas erklärte: »Ich werde bleiben, wenn mein Gebieter nichts dagegen hat ... obwohl unser Sohn bereits in Camelot ist ...«

»Nein, Meleas, du mußt zu deinem Kind«, erwiderte Elaine. »Ich bin Gwenhwyfars Verwandte und kann alles ertragen, was sie erträgt ... selbst in einem Heerlager unter Männern zu leben.« Sie stellte sich neben Gwenhwyfar und hielt ihre Hand. »Aber könntet Ihr nicht in einer Sänfte reisen? Camelot ist soviel sicherer.«

Lancelot erhob sich und trat zu Gwenhwyfar. Er beugte sich über ihre Hand und sagte leise: »Ich bitte Euch, meine Herrin. Geht mit den anderen Frauen. Es ist nur eine Frage von Tagen, bis die Sachsen kommen, und dann wird das Land hier verwüstet sein. In Camelot seid Ihr nahe Eurer Heimat. Meine Mutter lebt in Avalon, nur eine Tagesreise entfernt ... sie ist eine erfahrene Heilerin und Hebamme. Ich bin sicher, sie würde zu Euch kommen und Euch pflegen und sogar bei Euch bleiben, nachdem das Kind geboren ist. Werdet Ihr gehen, wenn ich meiner Mutter eine Botschaft schicke und sie bitte, zu Euch zu kommen?«

Gwenhwyfar senkte den Kopf und kämpfte gegen die Tränen. *Wieder einmal muß ich tun, was man mir befiehlt, ohne Rücksicht darauf, was ich will!* Jetzt stand sogar Lancelot auf der Seite der anderen, um sie zu überreden, das zu tun, was man ihr sagte. Sie dachte an die

Reise vom Sommerland nach Caerleon – selbst in Igraines Begleitung hatte sie sich gefürchtet. Heute war sie den ganzen Tag durch das schreckliche Heideland von Tintagel hierher geritten – nun war sie sicher hinter Mauern. Sie dachte, sie würde diesen Schutz nie mehr aufgeben müssen.

Vielleicht war sie stärker mit ihrem Sohn im Arm . . . dann konnte sie diese Reise vielleicht wagen . . . aber jetzt nicht . . . und Lancelot glaubte, ihr ein Geschenk zu machen, wenn er ihr seine Mutter, diese teuflische Zauberin, als Amme empfahl! Wie konnte er glauben, sie würde zulassen, daß eine solche Hexe ihren Sohn auch nur berührte? Artus mochte sich mit Schwüren an Avalon binden, aber ihr Sohn sollte mit diesem bösen Heidentum nie in Berührung kommen!

»Es ist sehr freundlich von Euch, Lancelot«, entgegnete sie hartnäkkig. »Aber ich werde mich nicht von der Stelle rühren, solange mein Sohn nicht geboren ist.«

»Selbst wenn Ihr nach Avalon gebracht würdet?« fragte Artus. »Ihr und unser Sohn wäret dort sicherer als an jedem anderen Ort der Welt.«

Sie bekreuzigte sich schaudernd. »Davor mögen mich Gott und die Heilige Jungfrau Maria bewahren!« flüsterte sie. »Eher würde ich in das Land der Feen gehen . . .«

»Gwenhwyfar, jetzt hör mir zu . . .«, begann Artus drängend, aber dann seufzte er, und die Königin wußte, sie hatte gewonnen. »Du sollst deinen Willen haben. Wenn dir die Unbill der Reise größer erscheint als die Gefahren, die dir hier drohen, dann werde ich dich bei Gott nicht zwingen, zu reisen . . .«

Gaheris sagte vorwurfsvoll: »König Artus, das könnt Ihr doch nicht zulassen! Ich rate Euch, packt sie aufs Pferd und schickt sie weg . . . ob sie will oder nicht! Mein Gebieter, beugt Ihr Euch den Grillen einer Frau?«

Artus schüttelte den Kopf. »Friede, Vetter!« sagte er. »Man sieht, daß Ihr nicht verheiratet seid. Gwenhwyfar, tue, was du willst. Elaine kann bei dir bleiben, außerdem eine Dienerin, eine Amme und dein Priester, aber sonst niemand. Alle anderen reiten bei Tagesanbruch. Und jetzt müßt Ihr Euch zurückziehen, Gwenhwyfar. Ich habe noch anderes zu tun.«

Pflichtschuldig bot Gwenhwyfar ihm die Wange für seinen pflichtschuldigen Kuß. Aber sie hatte nicht das Gefühl, einen Sieg errungen zu haben.

Die Frauen brachen früh am nächsten Morgen auf. Meleas bat darum, bei der Königin bleiben zu dürfen, aber Griflet ließ es nicht zu. »Elaine hat weder Mann noch Kind«, sagte er. »Laß sie, wo sie ist. Wenn ich König Pellinore wäre, ich würde meiner Tochter nicht erlauben, hierzubleiben, Königin hin, Königin her. Ihr *werdet* nach Camelot gehen.« Und Gwenhwyfar glaubte zu sehen, daß Griflet sie verächtlich anfunkelte.

Artus gab ihr deutlich zu verstehen, daß die Burg zum Heerlager gehörte. Er legte ihr nahe, mit Elaine und der Zofe in ihren Gemächern zu bleiben. Den größten Teil ihrer persönlichen Habe hatte man bereits nach Camelot geschickt. Man brachte aus einer der Gästekammern ein Bett, in dem sie und Elaine schlafen sollten. Artus blieb in den Nächten bei den Männern im Lager. Er erkundigte sich täglich einmal nach ihrem Befinden. Aber zu sehen bekam sie ihn selten.

Anfänglich dachte sie, das Heer würde jeden Tag abmarschieren, um mit den Sachsen zu kämpfen, oder die Schlacht würde um die Burg entbrennen. Aber es vergingen Tag um Tag, Woche um Woche. Einzelne Reiter und Boten kamen und gingen. Gwenhwyfar beobachtete, daß weitere Truppen eintrafen. Aber sie war in der Kammer und dem winzigen Garten dahinter eingeschlossen und hörte nur kümmerliche Neuigkeiten, die ihre Zofe und die Amme erzählten. Aber meist ergaben sie keinen Sinn und waren nur das übliche Geschwätz. Die Zeit lastete schwer auf ihr. Morgens litt sie unter Übelkeit und wünschte nur, im Bett liegenzubleiben. Aber ein paar Stunden später ging es ihr wieder gut. Dann ging sie ruhelos im Garten auf und ab. Ihre Gedanken kreisten immer wieder um die räuberischen Sachsen vor der Küste und um ihr Kind ... sie hatte nichts zu tun. Sie hätte gern Kleider für das Kind genäht, hatte aber keine Wolle zum Spinnen, und der große Webstuhl stand in Camelot.

Doch der kleine Webstuhl, die Seidengarne, die gesponnene Wolle und der Stickrahmen – sie hatte dies alles mit nach Tintagel genommen – waren ihr geblieben. Und Gwenhwyfar dachte daran, ein Banner zu wirken ... Artus hatte ihr einmal versprochen, wenn sie ihm einen Sohn schenke, könne sie sich wünschen, was sie wolle; und wenn es in seiner Macht stünde, würde er ihr den Wunsch erfüllen. Sie hatte sich vorgenommen, daß sie ihn an diesem Tag bitten würde, das heidnische Drachenbanner herunterzuholen und durch das Kreuz Christi zu ersetzen. Dann wäre er Großkönig über

ein christliches Land und seine Legionen ein Heiliges Heer unter dem Schutz der Jungfrau Maria.
Sie stellte es sich sehr schön vor – blau mit goldenen Fäden; für den Mantel der Jungfrau wollte sie ihr kostbarstes, scharlachrotes Seidengarn verwenden. Sie hatte keine andere Beschäftigung, deshalb arbeitete sie von morgens bis abends daran. Und da Elaine ihr half, kam sie schnell voran. *In jeden Stich dieses Banners lege ich ein Gebet für Artus' Sieg! Und ich bete darum, daß dieses Land von Tintagel bis Lothian ein christliches Reich wird ...*
Eines Nachmittags besuchte sie der Merlin, der Ehrwürdige Taliesin. Sie zögerte, ihn zu empfangen. War es richtig, daß der alte Heide und Teufelsanbeter in ihre Nähe kam, wenn sie Artus' Kind im Leib trug, der eines Tages König in einem christlichen Land sein würde? Aber als sie in die freundlichen Augen des alten Mannes blickte, fiel ihr wieder ein, daß er Igraines Vater war und der Urgroßvater ihres Sohnes sein würde.
»Möge der Ewige Euch segnen, Gwenhwyfar«, sagte er und breitete die Arme aus. Sie bekreuzigte sich und überlegte, ob er darin eine Beleidigung sah. Aber er schien darin nur ein anderes segnendes Zeichen zu sehen.
»Wie geht es Euch, Herrin, in Eurem Verlies?« fragte er leicht spöttisch und blickte sich im Zimmer um. »Ja, wahrhaftig! Man könnte Euch wirklich für eine Gefangene halten! Ihr wärt besser in Camelot aufgehoben oder in Avalon oder auf Ynis Witrin ... Ihr habt dort bei den Nonnen die Schule besucht, nicht wahr? Zumindest hättet Ihr dann frische Luft und Bewegung! Diese Kammer hier gleicht eher einem Stall!«
»Luft habe ich genug im Garten«, erwiderte Gwenhwyfar und beschloß, daß das Bettzeug noch am selben Tag gelüftet werden sollte. Die Dienerin mußte den Raum putzen und lüften, in dem die ganze Habe von vier Frauen verstreut lag – er war wirklich zu klein.
»Dann, mein Kind, achtet darauf, daß Ihr Euch jeden Tag in der frischen Luft ergeht, selbst wenn es regnet ... Luft ist ein Heilmittel gegen alle Leiden«, sagte er. »Ich kann mir gut vorstellen, daß Ihr Euch hier langweilt. Nein, nein ... ich bin nicht gekommen, um Euch Vorwürfe zu machen!« fügte er freundlich hinzu. »Artus hat mir die frohe Neuigkeit verkündet. Und wie wir alle bin auch ich sehr glücklich. Ich ganz besonders ... nicht viele Männer leben lange genug, um ihre Urenkel zu sehen.« Sein faltiges, altes Gesicht

schien vor Wohlwollen zu strahlen. »Wenn ich irgend etwas für Euch tun kann, Herrin, müßt Ihr es nur befehlen. Schickt man Euch Obst und Gemüse, oder bekommt Ihr nur die Rationen der Soldaten?«

Gwenhwyfar versicherte ihm, sie habe alles, was sie sich wünschen könne – man brachte ihr jeden Tag einen Korb mit den besten Dingen, die es gab... sagte Taliesin aber nicht, daß sie mit wenig Appetit aß.

Sie berichtete ihm von Igraines Tod, daß sie in Tintagel begraben lag, und daß sie ihr noch kurz vor dem Tod das Kind angekündigt hatte. Über das Gesicht sprach sie nicht, fragte aber, während sie den alten Mann besorgt ansah: »Wißt Ihr, wo sich Morgaine aufhält? Sie ist noch nicht einmal ans Totenbett ihrer Mutter gekommen!«

Der Merlin schüttelte bedächtig den Kopf. »Es tut mir leid, ich weiß es nicht.«

»Aber das ist unerhört, daß Morgaine ihre Verwandten im unklaren läßt, wohin sie gegangen ist.«

»Es könnte sein, daß sie... wie manche Priesterinnen von Avalon... eine innere Aufgabe zu lösen oder sich in die Einsamkeit zurückgezogen hat, um Erleuchtung zu finden«, überlegte Taliesin und wirkte besorgt. »In diesem Fall hätte man mir nichts gesagt. Aber ich glaube, wenn sie in Avalon wäre, wo meine Tochter mit den Priesterinnen lebt, wüßte ich es.« Er seufzte. »Morgaine ist erwachsen, und sie muß niemanden um Erlaubnis bitten, wenn sie kommt oder geht.«

Es geschah Morgaine nur recht, dachte Gwenhwyfar, wenn sie hartnäckig und gottlos ihren Willen durchsetzte und dabei zu Schaden kam! Sie ballte die Fäuste, ohne dem Druiden zu antworten, und senkte den Kopf, damit er ihre Wut nicht sah... er dachte nichts Schlechtes von ihr, und das sollte auch so bleiben. Allerdings hätte Taliesin ohnedies nichts bemerkt, denn Elaine zeigte ihm gerade das Banner.

»Seht, guter Vater, so verbringen wir die Tage unserer Gefangenschaft.«

»Es wächst schnell«, sagte der Merlin lächelnd. »Ich sehe wohl, die Zeit ist kurz... wie sagen Eure Priester: Müßiggang ist aller Laster Anfang! Und hier hat das Laster keine Heimat, denn Ihr beide seid so emsig wie die Bienen. Ich kann mir bereits das wundervolle Bild vorstellen.«

»Und ich habe bei der Arbeit gebetet«, sagte Gwenhwyfar trotzig. »In

jeden Stich wob ich ein Gebet, daß Artus und das Kreuz Christi über die Sachsen und ihre heidnischen Götter triumphieren mögen! Macht Ihr mir keinen Vorwurf daraus, Ehrwürdiger Merlin, daß ich das tue, während Ihr doch Artus auffordert, unter dem heidnischen Banner zu kämpfen?«
Der Merlin antwortete mild: »Kein Gebet ist je verschwendet, Gwenhwyfar. Denkt Ihr, wir beten nicht? Als Artus das große Schwert Excalibur erhielt, ruhte es in einer Scheide, in die eine Priesterin Gebete und Zauber für seine Sicherheit und seinen Schutz gewebt hatte. Und in den fünf Tagen, in denen sie daran arbeitete, fastete und betete sie. Und sicher ist Euch aufgefallen, daß Artus kaum blutet, wenn er einmal verwundet wird.«
»Ich möchte ihn nicht durch Zauberei, sondern von Christus geschützt wissen«, entgegnete Gwenhwyfar erregt. Der alte Mann lächelte und sagte: »Gott ist der Eine, und es gibt nur einen Gott... alles andere ist nur der Versuch von Unwissenden, Göttern eine Gestalt zu geben, die sie verstehen... wie das Bild Eurer Jungfrau hier, Herrin. Auf dieser Welt geschieht nichts ohne den Segen des Einen, der uns nach seinem Willen Sieg oder Niederlage schenkt. Drache und Jungfrau sind Zeichen für das Höhere, an das die Menschen glauben.«
»Aber würdet Ihr es nicht verurteilen, wenn das Drachenbanner heruntergeholt und die Standarte der Jungfrau den Legionen vorangetragen würde?« fragte Gwenhwyfar angriffslustig.
Er stand nun dicht neben ihr und fuhr mit seiner faltigen Hand über die leuchtende Seide. »Etwas so Schönes«, sagte er freundlich, »das mit solcher Liebe gemacht ist, kann ich doch nicht verdammen? Aber es gibt Menschen, die das Drachenbanner ebenso lieben wie Ihr das Kreuz Christi... würdet Ihr ihnen nehmen, was ihnen heilig ist, Königin? In Avalon weiß jeder... Druiden, Priester und Priesterinnen: Das Banner ist nur ein Zeichen. Und das Zeichen ist nichts, während die Wirklichkeit alles ist. Aber das Alte Volk... nein, dort würde man solches nicht verstehen. Sie brauchen eben ihren Drachen als ein Zeichen, daß der König sie beschützt.«
Gwenhwyfar dachte an die kleinen Männer aus Avalon und von den fernen Hügeln in Wales, die mit Bronzeäxten und kleinen Pfeilen mit Steinspitzen gekommen waren. Sie hatten sich mit Farbe bemalt. Sie schauderte entsetzt bei dem Gedanken, daß ein so wildes und barbarisches Volk an der Seite eines christlichen Königs kämpfen sollte.

Der Merlin bemerkte ihr Zittern und deutete es falsch. »Ist es feucht und kalt hier?« fragte er. »Ihr müßt öfter in die Sonne gehen.« Aber dann begriff Taliesin. Er legte den Arm um Gwenhwyfar und sagte freundlich: »Liebes Kind, Ihr dürft nicht vergessen, dieses Land gehört allen – gleichgültig, welche Götter sie anbeten. Wir kämpfen nicht gegen die Sachsen, weil sie sich weigern, unseren Göttern zu dienen, sondern weil sie unser Land verwüsten, niederbrennen und plündern wollen. Wir kämpfen um den Frieden in diesem Land, Herrin. Und dies ist das gemeinsame Ziel von Christen und Andersgläubigen. Deshalb haben sich so viele Männer um Artus geschart. Wäre es Euch lieber, er wäre ein Tyrann, der die Seelen der Menschen unter das Glaubensjoch seines Gottes zwingt ... das haben selbst die Cäsaren nicht gewagt!«
Aber ihr lief nur ein weiterer Schauer über den Rücken. Taliesin erklärte, er müsse nun gehen, forderte Gwenhwyfar aber auf, ihn zu benachrichtigen, wenn sie einen Wunsch habe.
Elaine fragte: »Ist Kevin, der Barde, bei uns in der Burg, Ehrwürdiger Merlin?«
»Ja, ich glaube ... ich hätte daran denken sollen. Ich werde ihn schicken, damit er für Euch Damen spielt.«
»Wir würden ihn gerne hier sehen«, erwiderte Elaine. »Aber ich wollte nur fragen, ob wir seine Harfe ausleihen können ... oder Eure, Ehrwürdiger Druide.«
Der Merlin antwortete zögernd: »Kevin gibt seine Harfe nicht aus der Hand ... sie ist eine eifersüchtige Herrin.« Er lächelte. »Und meine ist den Göttern geweiht. Kein anderer außer mir darf sie berühren. Aber Lady Morgaine hat ihre Harfe zurückgelassen. Soll ich sie Euch bringen lassen, Elaine? Könnt Ihr spielen?«
»Nicht besonders gut«, antwortete sie. »Aber ich verstehe genug von Harfen, um sie richtig zu behandeln. Und unsere Hände hätten wenigstens etwas Abwechslung.«
»Eure«, sagte Gwenhwyfar spitz. »Ich halte es für unschicklich, daß eine Frau die Harfe spielt.«
»Dann ist es eben unschicklich«, erwiderte Elaine. »Aber ich glaube, ich werde verrückt, wenn ich länger hier eingesperrt bin und nichts zu tun habe. Hier sieht mich doch niemand, selbst wenn ich so nackt tanze wie Salome vor Herodes.«
Gwenhwyfar kicherte und blickte Elaine dann empört an – was sollte der Merlin von ihnen denken? Aber der alte Mann lachte herzlich. »Ich werde Euch Morgaines Harfe schicken, und Ihr könnt Euch

Eurem lasterhaften Vergnügen hingeben... obwohl ich wirklich nichts Schlimmes daran finden kann, Musik zu machen!«

In dieser Nacht träumte Gwenhwyfar von Artus. Der König stand neben ihr. Die Schlangen an seinen Handgelenken wurden lebendig. Sie krochen über ihr Banner und überzogen es mit Schleim und besudelten es... Keuchend und würgend wachte sie auf und fühlte sich den ganzen Tag zu schwach, um das Bett zu verlassen. Nachmittags kam Artus und stand betrübt an ihrem Bett.

»Ich kann nicht sehen, daß Euch dieses Eingesperrtsein bekommt, Herrin«, sagte er. »Ich wünschte, Ihr wärt in Camelot und in Sicherheit. Ich habe Nachrichten von den Königen auf dem Kontinent... sie haben dreißig Schiffe der Sachsen auf die Klippen getrieben. Wir werden in zehn Tagen abmarschieren.« Er biß sich auf die Lippen. »Ich wünschte, es wäre alles vorüber, und wir wären alle sicher in Camelot. Betet zu Gott, Gwen, daß wir dorthin gelangen.«

Er saß neben ihr auf dem Bett, und sie griff nach seiner Hand. Aber einer ihrer Finger berührte die Schlangen an seinem Handgelenk, und sie zog die Hand entsetzt zurück.

»Was ist mit dir, Gwen?« flüsterte er und zog sie in die Arme. »Armes Kleines, die Einsamkeit hier macht dich krank... das habe ich befürchtet!«

Sie kämpfte gegen die Tränen an. »Ich träumte... ich träumte... oh, Artus«, bettelte sie. Gwenhwyfar setzte sich aufrecht ins Bett und warf die Decken zurück. »Ich kann es nicht ertragen, daran zu denken, daß du zuläßt, daß dieser schmutzige Drachen alles besudelt, wie in meinem Traum... Sieh mal, was ich für dich gemacht habe!« Barfuß zog sie ihn an beiden Händen zum Webstuhl. »Siehst du, es ist fast fertig. In drei Tagen könnte es deinem Heer voranleuchten.«

Artus legte den Arm um sie und drückte ihren Körper an sich. »Ich wollte, es würde dir nicht soviel bedeuten, Gwenhwyfar. Es tut mir leid. Ich werde es neben dem Banner des Pendragon in die Schlacht tragen lassen, wenn du willst. Aber ich kann meinen Schwur nicht brechen.«

»Gott wird dich bestrafen, wenn du einen Schwur hältst, den du den Heiden geleistet hast und nicht Ihm«, rief sie. »Er wird uns beide bestrafen...«

Artus befreite sich aus der Umklammerung ihrer Hände. »Armes Kleines, du bist krank und niedergeschlagen. Das ist auch kein

Wunder, hier an diesem Ort! Jetzt ist es leider zu spät, dich wegzuschicken, selbst wenn du bereit wärst zu gehen. Zwischen Caerleon und Camelot treiben die Sachsen ihr Unwesen. Versuche dich zu beruhigen, meine Liebe«, sagte er und ging zur Tür. Gwenhwyfar rannte ihm nach und hielt Artus am Arm fest.

»Du bist mir nicht böse . . .?«

»Böse? Du bist krank und erschöpft!« Er küßte sie auf die Stirn. »Wir wollen nicht mehr darüber sprechen, Gwenhwyfar. Aber jetzt muß ich gehen. Ich erwarte einen Boten, der jeden Augenblick eintreffen kann. Ich werde dir Kevin schicken, damit er dir etwas vorspielt. Seine Musik wird dich aufmuntern.« Er küßte sie noch einmal und ging. Gwenhwyfar setzte sich wieder an den Webstuhl und begann wie rasend zu arbeiten.

Am Nachmittag des nächsten Tages kam Kevin. Er stützte sich auf einen Stock und hatte die Harfe über eine Schulter gehängt – er wirkte mehr denn je wie ein monsterhafter Buckliger, als er in der Tür stand. Gwenhwyfar kam es vor, als rümpfe er beim Eintreten die Nase. Und plötzlich sah sie den Raum mit seinen Augen – überall türmten sich die alltäglichen Dinge von vier Frauen, und die Luft war nicht übermäßig frisch. Er hob die Hand zum Segen der Druiden, und Gwenhwyfar zuckte zusammen – den Segen des Ehrwürdigen Taliesin konnte sie noch hinnehmen, aber bei Kevin erfüllte es sie mit Angst und Schrecken, als würde er sie und das Kind mit heidnischer Zauberei verhexen. Sie bekreuzigte sich verstohlen und überlegte, ob er es bemerkte.

Elaine ging dem Barden entgegen und sagte höflich: »Erlaubt, daß ich Euch mit der Harfe behilflich bin, Großer Harfner.«

Kevin machte eine Bewegung, als wolle er sie verscheuchen, antwortete aber ruhig und mit wohlklingender Stimme: »Ich danke Euch. Doch niemand darf meine Herrin berühren. Glaubt Ihr nicht, es hat einen Grund, daß ich sie trage, obwohl ich mich selbst am Stock kaum vorwärtsschleppen kann?«

Elaine senkte den Kopf wie ein getadeltes Kind und sagte: »Ich wollte nichts Schlechtes tun, Meister.«

»Natürlich nicht. Wie hättet Ihr es auch wissen sollen?« antwortete er und verrenkte sich mühsam, um die Harfe abzustellen.

»Sitzt Ihr bequem, Großer Harfner? Mögt Ihr vor dem Singen einen Becher Wein?« fragte Gwenhwyfar. Er nahm dankend an, bemerkte dann das Banner mit dem Kreuz auf dem Webstuhl und fragte Elaine: »Ihr seid doch die Tochter von König Pellinore, Herrin. Webt Ihr ein Banner für Euren Vater?«

Gwenhwyfar antwortete schnell: »Elaines Hände waren mit ebensoviel Geschick am Werk wie meine. Aber das Banner ist für Artus bestimmt.«
Kevins volle Stimme klang so unbeteiligt, als bewundere er die ersten Versuche eines Mädchens: »Es ist schön und wird ein hübsches Wandgehänge in Camelot abgeben. Aber ich bin sicher, Artus wird das Pendragonbanner führen wie sein Vater vor ihm. Doch Damen sprechen nicht gerne vom Krieg. Soll ich für Euch spielen?« Er griff in die Saiten, und Gwenhwyfar lauschte wie gebannt. Auch ihre Dienerin erschien in der Tür, um zuzuhören, wissend, an einem königlichen Geschenk teilzuhaben. Kevin spielte lange, während langsam die Dämmerung hereinschlich. Die Musik trug Gwenhwyfar in eine Welt davon, in der es keine Unterschiede zwischen Heiden oder Christen gab, in der es nicht von Belang war, ob Krieg oder Frieden herrschte – eine Welt, in der nur der menschliche Geist in der großen Dunkelheit wie eine unauslöschliche Fackel leuchtete. Gwenhwyfar konnte nicht sprechen, als die letzten Töne verklungen waren. Sie sah, daß Elaine leise weinte.
Nach langem Schweigen sagte sie: »Worte vermögen nicht auszudrücken, was Ihr uns geschenkt habt, Großer Harfner. Ich kann nur sagen, daß ich es nie vergessen werde.«
Kevins schiefes Lächeln schien ihre und seine Gefühle zu verspotten, als er sagte: »Herrin, in der Musik wird der Spielende so reich beschenkt wie der Zuhörer.« An Elaine gewendet, fügte er hinzu: »Ich sehe, Ihr habt die Harfe der Herzogin Morgaine. Dann versteht Ihr meine Worte.«
Sie nickte und erwiderte: »Ich bin nur eine Anfängerin. Ich spiele gern, aber niemand wird mir mit Freude zuhören ... ich bin meinen Gefährtinnen für ihre Nachsicht dankbar, die sie mit mir haben, während ich mit den Tönen kämpfe.«
»Das stimmt nicht«, widersprach Gwenhwyfar. »Du weißt, daß wir dir gerne lauschen.« Kevin sagte lächelnd: »Die Harfe ist vielleicht das einzige Instrument, das keine schlechten Gefühle wecken kann, gleichgültig wer spielt ... vielleicht ist sie deshalb den Göttern geweiht?«
Gwenhwyfar preßte die Lippen zusammen ... mußte er den Genuß dieser Stunde zerstören, indem er von seinen teuflischen Göttern sprach? Schließlich war dieser Mann nur eine mißgestaltete Kreatur. Ohne seine Musik dürfte er an keiner ehrbaren Tafel sitzen – irgendwann hatte sie gehört, daß er ein Findelkind und bei Bauern aufge-

wachsen war. Sie wollte Kevin nicht beleidigen, nachdem er ihnen soviel Freude geschenkt hatte, aber sie wandte den Blick ab. Sollte Elaine mit ihm reden, wenn sie wollte. Gwenhwyfar stand auf und ging zur Tür. »Es ist eine Höllenhitze hier«, sagte sie und riß die Tür auf.

Über den dunklen Abendhimmel schossen von Norden her flammende Lichtpfeile. Gwenhwyfars Aufschrei ließ Elaine und die Dienerin herbeieilen. Selbst Kevin schleppte sich schwerfällig zur Tür, nachdem er die Harfe zärtlich in die Hülle gesteckt hatte.

»Oh, was ist das? Was bedeutet das?« rief Gwenhwyfar.

Kevin erklärte ruhig: »Die Nordmänner sagen, es sind die aufblitzenden Speere im Land der Riesen. Wenn man sie auf der Erde sieht, kündigt sich eine große Schlacht an. Und so ist es. Das steht uns jetzt bevor ... eine Schlacht, in der König Artus' Legionen vielleicht mit Hilfe aller Götter entscheiden, ob wir als Menschen weiterleben oder für immer in Dunkelheit versinken. Ihr hättet nach Camelot gehen sollen, meine Königin. Es ist nicht richtig, daß der König jetzt an Frauen und Kinder denken muß.«

Sie wendete sich ihm zu und funkelte ihn an. »Was wißt Ihr von Frauen oder Kindern ... oder von Schlachten, Druide?«

»Oh, dies wäre nicht meine erste Schlacht, meine Königin«, antwortete Kevin ruhig. »Meine Herrin ist das Geschenk eines Königs, der sich dafür bedankte, daß ich die Kriegsharfen spielte und ihm zum Sieg verhalf. Glaubt Ihr wirklich, ich hätte mich mit den Jungfrauen und den berockten Eunuchen, den Christenpriestern, in Sicherheit gebracht? Ich nicht, Herrin! Nicht einmal Taliesin, so alt er auch ist, wird einer Schlacht aus dem Weg gehen.«

Es herrschte Schweigen. Über ihnen zuckten und flammten die Nordlichter. »Mit Eurer Erlaubnis, meine Königin, ich muß jetzt mit dem König und dem Ehrwürdigen Merlin sprechen und ihnen sagen, welche Bedeutung diese Lichter für die Schlacht haben, die vor uns liegt.«

Gwenhwyfar hatte das Gefühl, als würde ihr ein scharfes Messer in den Leib gestoßen. Selbst diese heidnische Mißgeburt konnte jetzt bei Artus sein, und sie, seine Frau, mußte sich hier verkriechen und durfte ihm nicht unter die Augen treten, obwohl in ihrem Leib die Hoffnung des Reiches heranwuchs! Sie hatte geglaubt, wenn sie erst einmal des Königs Sohn trug, müsse er ihr die gebührende Stellung einräumen und ihr große Achtung entgegenbringen. Er konnte sie dann nicht mehr als diese nutzlose Frau behandeln, die er gezwungenermaßen als Teil einer Mitgift, als Preis für viele hundert Pferde, in Kauf nehmen mußte! Und hier war sie nun schon wieder in eine Ecke abgeschoben, weil er sie nicht loswerden konnte! Und selbst ihr prächtiges Banner wurde als unerwünscht zurückgewiesen.

Der Barde fragte besorgt: »Seid Ihr krank, meine Königin? Helft ihr, Lady Elaine!« Er streckte die Hand aus, um Gwenhwyfar zu stützen. Um Kevins verkrümmtes Handgelenk ringelten sich blauschwarze Schlangen... entsetzt wich Gwenhwyfar zurück und schlug heftig nach ihm, ohne zu wissen, was sie tat. Der Harfner verlor das Gleichgewicht und stürzte schwer auf die Steinplatten.

»Komm mir nicht zu nah!« schrie sie mit erstickter Stimme. »Faß mich nicht an mit deinen teuflischen Schlangenhänden... Heide, Höllensohn, dein sündiges Getier darf meinen Sohn nicht behexen!«

»Gwenhwyfar!« Elaine eilte zu ihr, aber anstatt sich um die Königin zu kümmern, beugte sie sich besorgt über Kevin, reichte ihm die Hand und half ihm auf die Beine. »Ehrwürdiger Druide, verflucht sie nicht... sie ist krank und weiß nicht, was sie tut...«

»So, ich weiß das nicht?« kreischte Gwenhwyfar. »Glaubst du, ich wüßte nicht, was ihr alle von mir haltet... für euch bin ich eine Närrin, taub, blind und stumm! Ihr wollt mich mit freundlichen Worten beruhigen, während ihr hinter dem Rücken der Priester versucht, Artus für das Heidentum und das Werk des Teufels zu gewinnen! Ihr würdet uns in die Hände der bösen Zauberer liefern... Geh mir aus den Augen, Druide, damit mein Kind nicht eine Mißgeburt wird, weil ich in deine Fratze geblickt habe...«

Kevin verkrampfte die Hände und schloß die Augen. Dann wendete er sich ruhig ab und begann mühsam, die Harfe auf seine Schulter zu heben. Er tastete nach seinem Stock. Elaine half ihm, und Gwenhwyfar hörte sie flüstern: »Vergebt ihr, Ehrwürdiger Druide. Sie ist krank und weiß nicht...«

Kevin antwortete barsch: »Das weiß ich wohl, Herrin. Glaubt Ihr, ich hätte noch nie zuvor so liebliche Worte von einer Frau gehört? Es tut mir leid. Ich wollte Euch nur eine Freude machen.« Gwenhwyfar hielt den Kopf in den Händen vergraben und hörte, wie er sich mit schlurfenden Schritten am Stock aus dem Zimmer schleppte. Selbst nachdem der Harfner gegangen war, lief sie händeringend durch das Zimmer – oh, er hatte sie mit diesen ekelhaften Schlangen verflucht. Und sie spürte, wie dieses Getier sich zuckend in ihren Leib fraß. Die brennenden Pfeile am Himmel durchbohrten sie, die Flammen brannten in ihrem Kopf... Aufschreiend verbarg Gwenhwyfar wieder das Gesicht in den Händen und fiel zuckend zu Boden, als würde sie aufgespießt... Sie hörte noch Elaines entsetzten Schrei.

»Gwenhwyfar! Base, sieh mich an! Sag etwas! Hilf uns, Heilige Jungfrau Maria... Holt die Amme! Um Gottes willen, Blut...«

»Kevin«, keuchte Gwenhwyfar. »Dieser Druide hat mein Kind verflucht...«

Wie von Furien gehetzt, stand sie auf; unerträgliche Schmerzen durchzuckten sie, und sie hämmerte mit den Fäusten gegen die Mauer. »Gott helfe mir! Holt den Priester, der Priester soll kommen! Vielleicht kann er diesen Fluch von mir nehmen...« Ohne auf das Blut und das Wasser zu achten, das ihr über die Schenkel rann, schleppte sie sich zu dem Banner und bekreuzigte sich vor ihm wie eine Rasende immer und immer wieder, ehe alles in Dunkelheit und drückender Schwere versank.

Tage später begriff Gwenhwyfar, in welcher Gefahr sie geschwebt hatte. Nach der Geburt des Viermonatskindes, das zu klein und zu schwach war, um zu leben, war sie beinahe verblutet.

Artus. Jetzt muß er mich hassen! Ich konnte seinen Sohn nicht einmal lebend zur Welt bringen... Kevin, der Druide, hat mich mit seinen Schlangen verflucht...

Sie versank in furchtbare Träume von Schlangen und Speeren. Einmal kam König Artus an ihr Bett und versuchte, ihren Kopf zu halten, aber sie wich entsetzt vor den Schlangen zurück, die sich um seine Handgelenke wanden.

Selbst als die Gefahr vorüber war, kehrte ihre Lebenskraft nicht zurück. Bewegungslos und gleichgültig gegenüber allem lag sie im Bett. Tränen rannen ihr über das Gesicht, und sie besaß nicht einmal die Kraft, sie wegzuwischen. Nein, es war dumm zu glauben, Kevin habe sie verflucht; ihre Raserei mußte ihr diese Wahnvorstellung eingeflößt haben... Dies war nicht ihre erste Fehlgeburt, und wenn jemanden die Schuld daran traf, dann nur sie selbst. Sie war hiergeblieben, während sie frische Luft, gesunde Ernährung und die Gesellschaft ihrer Hofdamen hätte haben können...

Der Priester besuchte sie. Auch er vertrat die Ansicht, es sei falsch anzunehmen, Kevin habe sie verflucht. Gott würde sich nicht der Hände eines Heiden bedienen, um sie zu bestrafen. »Ihr dürft nicht so schnell bereit sein, andere zu beschuldigen«, erklärte er streng.

»Wenn eine Schuld vorliegt, dann muß es Eure eigene sein. Lastet eine ungebeichtete Sünde auf Eurem Gewissen, Lady Gwenhwyfar?«
Ungebeichtet? Nein. Ihre Liebe zu Lancelot hatte sie schon vor langer Zeit gebeichtet und war losgesprochen worden. Sie hatte sich bemüht, ihre Gedanken nur auf ihren rechtmäßigen Gemahl zu richten. Nein, das konnte es nicht sein... Und doch hatte sie versagt.
»Ich konnte ihn nicht überreden... Ich war nicht stark genug, Artus zu überreden, den heidnischen Schlangen und dem Drachenbanner abzuschwören«, sagte sie schwach. »Würde Gott deshalb mein Kind strafen?«
»Nur Ihr wißt, was Euer Gewissen beschwert, Lady Gwenhwyfar. Und sagt nicht, Euer Sohn sei bestraft worden... *er* ruht an der Brust des Herrn. Ihr und König Artus seid bestraft worden, wenn es sich um eine Strafe handelt, und das...«, fügte er hinzu, »... wage ich nicht zu behaupten.«
»Womit kann ich das sühnen? Was kann ich tun, damit Gott Artus einen Sohn für Britannien schenkt?«
»Habt Ihr wirklich alles getan, was in Eurer Macht steht, damit Britannien einen christlichen König bekommt? Oder unterdrückt Ihr die Worte, von denen Ihr wißt, daß Ihr sie aussprechen müßt, nur weil Ihr fürchtet, Eurem Gemahl zu mißfallen?« fragte der Priester streng. Nachdem er sie verlassen hatte, fiel ihr Blick auf das Banner. Sie wußte, jeden Abend brannten nun die Nordlichter am Himmel, die Vorboten der großen Schlacht, die ihnen bevorstand. Doch einmal – es war lange Zeit her – hatte ein römischer Kaiser das Zeichen des Kreuzes am Himmel gesehen, und auch das Geschick von Britannien hatte sich dadurch geändert. Wenn sie Artus nur ein solches Zeichen geben könnte...
»Komm, hilf mir beim Aufstehen«, sagte sie zu ihrer Kammerfrau. »Ich muß das Banner fertigstellen, damit Artus es in die Schlacht tragen kann.«
An diesem Abend besuchte sie der König in ihrem Gemach. Gwenhwyfar nähte gerade die letzten Stiche, und die Frauen entzündeten die Lampen.
»Wie geht es dir, meine Liebe? Ich freue mich, daß du aufgestanden bist und dich gut genug fühlst, wieder zu arbeiten«, sagte er und gab ihr einen Kuß. »Du darfst nicht so traurig sein, mein Herz... Keine Frau kann ein gesundes Kind zur Welt bringen, wenn jeden Augenblick eine solche Schlacht losbrechen kann. Ich hätte dich wirklich

nach Camelot schicken sollen. Aber wir sind noch jung, geliebte Gwenhwyfar. Gott kann uns noch viele Kinder schenken.« Doch sie sah seinen traurigen Blick und wußte, daß er ihren Schmerz teilte. Gwenhwyfar griff nach seiner Hand und zog ihn neben sich auf die Bank vor dem Banner. »Ist es nicht schön?« fragte sie und dachte: *Ich rede wie ein Kind, das um Lob bettelt.*

»Es ist sehr schön. Ich glaube, ich habe noch nie so etwas Schönes gesehen.« Seine Hand griff an die rotgoldene Scheide von Excalibur, die er nie ablegte: »... Aber das ist noch schöner.«

»Ich habe mit jedem Stich Gebete für dich und deine Ritter hineingewoben.« Dann sagte sie flehend: »Artus, hör mir zu ... Könnte es nicht sein, daß Gott uns bestraft, weil er glaubt, wir sind noch nicht bereit, diesem Reich einen nächsten König zu schenken. Du und ich ... wir müssen erst geloben, ihm treu zu dienen, nicht auf die heidnische Weise, sondern im neuen Glauben Christi. Alle Kräfte des Bösen haben sich gegen uns verbündet, und wir müssen sie mit dem Kreuz bekämpfen.«

König Artus legte seine Hand auf ihre und sagte: »Sei vernünftig, Liebes, das ist Unsinn. Du weißt, ich diene Gott nach besten Kräften ...«

»Trotzdem läßt du das Drachenbanner deinen Männern vorantragen«, rief sie und schüttelte verzweifelt den Kopf.

»Meine Liebe. Ich kann mit der Herrin von Avalon nicht brechen, denn sie hat mich auf den Thron gesetzt ...«

»Nur Gott, und niemand sonst hat dich auf den Thron gesetzt«, erwiderte sie ernst. »O Artus, wenn du mich liebst, und wenn du willst, daß Gott uns ein Kind schenkt, dann mußt du es tun. Begreifst du denn nicht, daß er uns bestraft, indem er unseren Sohn wieder zu sich genommen hat?«

»So darfst du nicht reden«, entgegnete er entschieden. »Es ist törichter Aberglaube anzunehmen, Gott würde so handeln! Ich bin gekommen, um dir zu sagen, daß die Sachsen sich sammeln. Wir verlassen die Burg, um uns am Berg Badon zur Schlacht zu stellen! Ich wollte, du wärest kräftig genug, um nach Camelot zu reiten. Aber es kann nicht sein ... noch nicht ...«

»Oh, ich weiß sehr wohl, ich bin nur eine Last für dich«, rief sie bitter. »Ich habe dir nie mehr bedeutet ... Ach, wäre ich doch mit meinem Kind gestorben.«

»Nein, nein, das darfst du nicht sagen«, erwiderte er zärtlich. »Ich vertraue darauf, daß ich mit meinem guten Schwert Excalibur und mit Hilfe meiner Mannen den Sieg erringen werde. Du mußt Tag und Nacht für uns beten, meine Gwenhwyfar.« Er stand auf. »Wir werden nicht vor Tagesanbruch marschieren. Ich will versuchen, noch heute abend zu kommen, um mich von dir zu verabschieden. Auch dein Vater wird kommen, und Gawain, vielleicht auch Lancelot... Er läßt dich grüßen, Gwenhwyfar. Lancelot war sehr besorgt, als er von deiner Krankheit erfuhr. Wirst du sie empfangen?«

Gwenhwyfar senkte den Kopf und erwiderte bitter: »Ich werde tun, was mein König und Gebieter befiehlt. Ja, sie sollen ruhig kommen. Aber ich wundere mich, daß Ihr Euch die Mühe macht, um meine Gebete zu bitten. Ich kann Euch nicht einmal überreden, das heidnische Banner zu verwerfen und Euch unter das Kreuz Christi zu stellen... Und zweifellos kennt Gott Euer Herz, denn er hat Euch nicht in dem Glauben in die Schlacht reiten lassen, daß Euer Sohn je über dieses Reich herrschen wird, denn Ihr seid noch nicht entschlossen, es zu einem christlichen Land zu machen...«

Artus ließ ihre Hand los, und sie spürte, wie er auf sie hinuntersah. Schließlich beugte er sich über sie, legte ihr die Hand unter das Kinn und hob es hoch. Ruhig fragte er: »Meine liebe Gemahlin, meine einzige Liebe, sage mir in Gottes Namen, glaubst du daran?«

Unfähig zu sprechen, nickte sie und wischte sich die Nase wie ein Kind am Ärmel ab.

»Ich sage dir, meine Gemahlin. Bei Gott, ich glaube nicht, daß er so handelt, oder daß es ihm wichtig ist, unter welchem Banner wir kämpfen. Aber wenn es dir so wichtig ist...« Er schwieg und schluckte: »Gwenhwyfar, ich kann dich nicht in solcher Verzweiflung sehen. Wirst du aufhören zu trauern und aus ganzem Herzen zu Gott für mich beten, wenn ich das Banner Christi und der Jungfrau meinen Truppen voran in die Schlacht trage?«

Gwenhwyfar sah ihn wie verwandelt an; ihr Herz pochte wild vor Freude. Würde er das wirklich für sie tun? »O Artus, ich habe gebetet, ich habe so darum gebetet...«

»Dann«, erwiderte Artus seufzend, »schwöre ich dir, Gwenhwyfar... ich werde nur dein Banner, das Banner Christi und der Jungfrau, in die Schlacht tragen, und kein anderes Zeichen soll über meinen Legionen wehen. So sei es, Amen.«

Artus küßte sie, aber Gwenhwyfar dachte: *Er sieht traurig aus.* Sie ergriff seine Hände und bedeckte sie mit Küssen; zum ersten Mal schienen die Schlangen an seinen Gelenken nichts als blasse Bilder zu sein. Sie war wirklich wahnsinnig gewesen zu glauben, die Schlangen könnten Macht besitzen, ihrem Kind etwas anzutun.

Er rief seinen Knappen, der vor der Tür wartete, und forderte ihn auf, das Banner vorsichtig an sich zu nehmen und über dem Lager zu hissen. »Denn wir marschieren im Morgengrauen«, sagte er, »und alle müssen das Banner meiner Königin mit der Heiligen Jungfrau und dem Kreuz über dem Heer König Artus' wehen sehen.«
Der Schildknappe fragte überrascht: »Mein König... mein Gebieter... was soll mit dem Banner des Pendragon geschehen?«
Artus erwiderte: »Bringe es dem Kämmerer. Er soll es aufbewahren. Wir marschieren unter dem Banner Gottes.«
Der Knappe tat, wie ihm befohlen, und Artus lächelte Gwenhwyfar an. Aber es war kein frohes Lächeln. »Ich werde mit deinem Vater und einigen unserer Verwandten bei Sonnenuntergang zu dir kommen. Wir wollen hier zu Abend essen. Meine Diener werden für das Essen sorgen. Wir sehen uns später, meine Gemahlin.« Damit verließ er sie.
Es wurde beschlossen, das Essen in einer der kleineren Hallen aufzutragen, denn für so viele Menschen war Gwenhwyfars Kammer zu klein. Die Königin und Elaine kleideten sich in ihre besten verbliebenen Gewänder und flochten sich Bänder ins Haar. Es war aufregend, nach all den Wochen des Alleinseins eine Art Fest zu feiern – obwohl das Mahl aus nicht viel mehr als den Soldatenrationen bestand und die Gesellschaft an schnell zusammengerückten Tischen saß.
Die meisten der alten Ratgeber König Artus' lebten bereits auf Camelot, auch der Bischof Patricius. Aber man hatte Taliesin, den Merlin, zu Tisch gebeten, auch König Lot, König Uriens von Nordwales, Herzog Marcus von Cornwall, Lancelots älteren Halbbruder Lionel, Bans ältesten Sohn und Erben. Auch Lancelot kam und ergriff die Gelegenheit, zu Gwenhwyfar zu treten, ihr die Hand zu küssen und sie mit hoffnungsloser Zärtlichkeit anzusehen.
»Geht es Euch wieder besser, meine Herrin? Ich habe mir Sorgen um Euch gemacht.« Im Schutz der Schatten, die sie umgaben, küßte er sie. Seine zarten Lippen streiften über ihre Schläfen.
Auch König Leodegranz kam schimpfend und väterlich besorgt an ihren Platz und küßte sie auf die Stirn. »Ich bedaure deine Krankheit, meine Liebe, und daß du dein Kind verloren hast. Aber Artus hätte dich in einer Sänfte nach Camelot schaffen lassen sollen... Das hätte ich mit Alienor gemacht, wenn sie mir widersprochen hätte. Und nun siehst du, du hast nichts durch dein Hierbleiben erreicht!«
»Ihr dürft sie nicht tadeln«, sagte Taliesin vermittelnd. »Sie hat genug

durchmachen müssen, mein König. Wenn Artus ihr keine Vorwürfe macht, sollte ihr Vater es auch nicht tun.«

Elaine wechselte geschickt das Thema. »Wer ist dieser Herzog Marcus?«

»Er ist ein Vetter des Gorlois von Cornwall, der starb, ehe Uther den Thron bestieg«, antwortete Lancelot. »Er hat Artus darum gebeten, durch die Heirat mit Morgaine, seiner Schwester, Cornwall als Lehen zu bekommen.«

»Dieser alte Mann?« fragte Gwenhwyfar entsetzt.

»Ich glaube, es ist nur gut, Morgaine mit einem älteren Mann zu verheiraten. Sie besitzt nicht die Art von Schönheit, die jüngere Männer anzieht«, sagte Lancelot, »aber sie ist klug und gebildet. Und wie es aussieht, will Herzog Marcus sie nicht für sich, sondern für seinen Sohn Drustan. Er ist einer der besten Ritter von Cornwall. Artus hat ihn heute, am Vorabend der Schlacht, zu einem seiner Gefährten gemacht. Wenn aber Morgaine nicht an den Hof zurückkehrt, wird Drustan wahrscheinlich die Tochter des alten bretonischen Königs Hoell heiraten...« Er lachte leise. »... Hofklatsch über Hochzeiten... gibt es nichts anderes, worüber wir sprechen können?«

»Nun«, sagte Elaine kühn, »dann erzählt uns doch, wann *Ihr* heiratet, edler Lancelot.«

Er verneigte sich ritterlich vor ihr und erwiderte: »An dem Tag, an dem Euer Vater mir Eure Hand anbietet, teure Elaine, werde ich sie nicht abschlagen. Aber wahrscheinlich wünscht Euer Vater einen reicheren Schwiegersohn als mich, und da meine Herrin hier bereits verheiratet ist...«, er verbeugte sich vor Gwenhwyfar, und sie sah die Trauer in seinen Augen, »... habe ich es nicht eilig, mich zu vermählen.«

Elaine schlug errötend die Augen nieder. Artus erklärte: »Ich habe auch Pellinore eingeladen, aber er wollte lieber bei seinen Männern im Lager bleiben und dafür sorgen, daß alles marschbereit ist. Die Vorhut setzt sich bereits in Bewegung. Seht ihr...«, er wies zum Fenster, »die Himmelsspeere leuchten wieder über uns!«

Lancelot erkundigte sich: »Kommt Kevin nicht?«

»Ich bat ihn darum, aber er wollte die Königin nicht durch seine Anwesenheit beleidigen. Hattet Ihr Streit mit ihm, Gwenwyfar?«

Sie schlug die Augen nieder und sagte: »Ich sprach häßliche Worte zu ihm, als ich krank war und große Schmerzen hatte. Wenn Ihr ihn seht, Ehrwürdiger Druide, bittet ihn in meinem Namen um Verzei-

hung.« Mit Artus an der Seite und dem Banner über dem Lager empfand sie für jeden, sogar für den Barden, Liebe und Mitleid.
»Ich glaube, er weiß, daß aus Euch die Bitterkeit über Eure eigene Qual sprach«, erwiderte Taliesin freundlich, und Gwenhwyfar überlegte, was Kevin ihm wohl erzählt hatte.
Plötzlich wurde die Tür aufgerissen, und Lot und Gawain betraten in großer Erregung den Raum.
»Was soll das bedeuten, König Artus?« fragte Lot. »Das Pendragonbanner, dem wir Treue geschworen haben, weht nicht mehr über dem Lager! Unter den Stämmen ist große Unruhe ausgebrochen... Sagt mir, was habt Ihr getan?«
König Artus wirkte blaß im Schein der Fackeln. »Nur das, Onkel... Wir sind Christen, und wir kämpfen unter dem Banner Christi und der Heiligen Jungfrau.«
Lot erwiderte zornig: »Die Bogenschützen von Avalon wollen Euch verlassen, Artus! Kämpft unter Christi Banner, wenn Euer Gewissen es Euch befiehlt, aber hißt das Pendragonbanner mit den Schlangen der Weisheit an seiner Seite, oder Euer Heer wird auseinanderbrechen. Und nach diesem langen, ermüdenden Warten stehen nicht alle aus ganzem Herzen zu Euch. Wollt Ihr auf die Hilfe so vieler Männer verzichten? Die Pikten haben mit ihren Elfenpfeilen bereits viele Sachsen getötet, und sie werden es wieder tun. Ich bitte Euch, nehmt Ihnen nicht das Banner und das Bündnis!«
Artus lächelte gequält: »Wir werden wie der Kaiser handeln, der einst das Kreuz am Himmel sah und sagte: ›*Unter diesem Zeichen werden wir siegen.*‹ Ihr, Uriens, Ihr tragt die Adler Roms und kennt die Geschichte.«
»Ja, mein König«, erwiderte Uriens, »aber ist es klug, das Volk von Avalon so zurückzuweisen? Ihr tragt wie ich die Schlangen am Handgelenk, mein König, als Zeichen eines Reichs, das älter ist als das Kreuz.«
»Aber es wird ein neues Land sein, wenn wir siegen«, erklärte Gwenhwyfar, »und wenn nicht, ist ohnedies alles verloren.«
Bei diesen Worten drehte sich Lot um und sah sie haßerfüllt an: »Ich hätte wissen können, daß es Euer Werk ist, meine Königin.«
Gawain ging unruhig zum Fenster und blickte ins Lager hinunter. »Ich sehe, das Alte Volk aus Avalon und aus Eurem Land, König Uriens, ist in höchster Erregung. Artus, Vetter«, er trat vor den König, »als ältester Eurer Ritter bitte ich Euch, führt das Pendragonbanner ins Feld, für alle, die ihm folgen wollen.«

Artus zögerte, aber ein Blick in Gwenhwyfars leuchtende Augen genügte, und er erwiderte: »Ich habe es geschworen. Wenn wir die Schlacht überleben, soll unser Sohn über ein Reich herrschen, das unter dem Kreuz geeint ist. Ich werde keinen Mann zwingen, gegen sein Gewissen zu handeln. Aber in der Heiligen Schrift steht... ›Ich und mein Haus wollen dem Herrn dienen‹. Und daran will ich mich halten.«

Lancelot holte tief Luft. Er verließ Gwenhwyfars Seite: »Mein Gebieter und mein König. Ich erinnere Euch, ich bin Lancelot vom See, und ich diene der Herrin von Avalon. In ihrem Namen, mein König, die Eure Freundin und Wohltäterin war, erbitte ich von Euch die Gunst... mir das Pendragonbanner zu überlassen, damit ich es in die Schlacht trage. So haltet Ihr Euren Schwur und werdet trotzdem Avalon gegenüber nicht wortbrüchig.«

Artus zögerte. Gwenhwyfar schüttelte beinahe unmerklich den Kopf. Lancelot blickte auf Taliesin; er deutete das Schweigen als Zustimmung und wollte den Raum verlassen, als Lot sagte: »Das nicht, Artus! Es gibt genug Gerüchte, daß Lancelot Euer Erbe und Günstling ist! Wenn er das Drachenbanner führt, werden alle glauben, Ihr habt ihm das königliche Banner übergeben, und das könnte das Reich spalten – ein Teil kämpft mit Euch unter dem Kreuz und der andere mit Lancelot unter dem Pendragon.«

Lancelot erwiderte heftig: »*Ihr* tragt Euer eigenes Banner... ebenso wie Leodegranz, Uriens und Marcus von Cornwall. Warum sollte ich nicht das Banner von Avalon tragen?«

»Das Pendragonbanner steht für das geeinte Britannien, das sich unter dem Großen Drachen sammelt«, entgegnete Lot. Artus nickte seufzend: »Wir müssen unter *einem* Zeichen kämpfen. Und dieses Zeichen ist das Kreuz. Es tut mir leid, Euch etwas abzuschlagen, Vetter...«, er griff nach des Ritters Hand, »... aber ich kann es nicht erlauben.«

Lancelot preßte die Lippen zusammen und kämpfte sichtbar gegen seinen Zorn an. Dann ging er zum Fenster. Hinter ihm sagte Lot: »Ich hörte meine Nordmänner sagen: ›Dies sind die Speere der Sachsen, die auf uns warten. Die wilden Schwäne klagen, und die Raben warten auf uns...‹«

Gwenhwyfar hielt Artus' Hand fest umklammert. Ruhig sagte sie: »Im Zeichen des Kreuzes wirst du siegen...«, und Artus erwiderte ihren Händedruck.

»Und wenn alle Kräfte der Hölle, nicht nur die Sachsen, gegen uns stünden, meine Herrin, so würden meine Gefährten und ich nicht untergehen. Nicht mit Euch an meiner Seite, Lancelot.« Mit diesen Worten ging Artus zu ihm und versuchte, Lancelot zu sich und Gwenhwyfar zu ziehen. Der Ritter verharrte einen Augenblick lang regungslos und mit zornigem Gesicht, dann sagte er mit einem tiefen Seufzer: »So sei es, König Artus. Aber ...«, er zögerte, und Gwenhwyfar, die dicht neben ihm stand, spürte, wie ihm ein Schauer über den Rücken lief, »... ich weiß nicht, was sie sagen werden, wenn sie in Avalon davon erfahren, mein König und Gebieter.«

Einen Augenblick lang herrschte Schweigen im Raum, während die flammenden Speere aus dem Norden über den Himmel zuckten.

Elaine zog schließlich entschlossen die Vorhänge zu und sperrte das Omen aus. Dann rief sie fröhlich: »Kommt, ihr edlen Herren, kommt zu Tisch! Denn wenn ihr bei Tagesanbruch in die Schlacht reitet, sollt ihr nicht hungrig ziehen. Wir haben das Beste aufgetragen, was wir haben.«

Während des Mahls, als Lot, Uriens und Marcus mit Artus über Kampfesweisen und Truppenbewegungen sprachen, begegnete Gwenhwyfar immer wieder den Blicken aus Lancelots dunklen Augen. Kummer und Sorgen sprachen aus ihnen.

Als Morgaine König Artus' Hof in Caerleon verließ, um Avalon und ihre Pflegemutter zu besuchen, kreisten ihre Gedanken nur um Viviane – auf diese Weise mußte sie nicht über das nachdenken, was zwischen ihr und Lancelot vorgefallen war. Jedesmal, wenn es ihr wieder in den Sinn kam, brannte die Scham sie wie ein glühendes Eisen. Sie hatte sich ihm in aller Aufrichtigkeit und in der alten Weise dargeboten, aber er wollte nichts anderes von ihr als kindische Spiele, die ihrer Weiblichkeit spotteten. Sie wußte nicht, ob sie ihm oder sich zürnte; ob sie wütend war, weil er so mit ihr gespielt, oder weil sie sich nach ihm verzehrt hatte ...

Ab und an bedauerte sie ihre grausamen Worte. Warum hatte sie ihn nur beschimpft? Er war, wie die Göttin ihn geschaffen hatte – nicht schlimmer und nicht besser. Während sie nach Osten ritt, glaubte sie immer wieder, alles sei ihre Schuld. Gwenhwyfars Hohn ging ihr nicht aus dem Sinn: *Klein und häßlich wie eine Fee*. Hätte sie ihm mehr geben können, wäre sie so schön wie Gwenhwyfar ... wäre sie zufrieden gewesen mit dem, was er ihr gab ... dann gewannen wieder die anderen Gedanken Oberhand. Lancelot hatte sie und die Göttin beschimpft... Unter solchen Qualen ritt sie durch das grüne Hügelland, und nach einer Weile richtete sie ihre Gedanken auf das, was sie in Avalon erwartete.

Sie hatte die Heilige Insel ohne Erlaubnis verlassen. Sie hatte sich von ihrem Priesteramt losgesagt und sogar das kleine Sichelmesser ihrer Weihe zurückgelassen. Seit dieser Zeit kämmte sie ihr Haar tief in die Stirn, damit niemand den blauen Halbmond dort sehen sollte. In einem der Dörfer tauschte sie einen kleinen goldenen Ring gegen blaue Farbe, wie die Stammesfrauen sie benutzten, und zog das verblaßte Zeichen nach:

All das ist mir widerfahren, weil ich die Eide brach, die ich der Göttin geschworen habe... Dann erinnerte sie sich daran, was Lancelot in seiner Verzweiflung gesagt hatte. Es gab weder Götter noch Göttinnen; sie waren gedachte Vorbilder, die die Menschen aus Angst vor dem Unbegreiflichen geschaffen hatten.

Aber selbst wenn das stimmte, würde es ihre Schuld nicht verringern. Gleichgültig, ob die Göttin die Gestalt annahm, die man ihr gab, oder ob die Göttin nur ein Name für das große unbekannte Wesen der Natur war; sie hatte das Heiligtum und die Lebens- und Denkweise verlassen, der sie sich verschworen hatte; und sie war gegen den großen Gezeitenstrom des Lebens und der Erde geschwommen. Sie hatte Speisen gegessen, die einer Priesterin verboten waren; sie hatte das Leben von Vierbeinern, Vogel und Pflanze genommen, ohne mit dem Teil der Göttin zu danken, der für ihr Wohlergehen geopfert wurde; sie hatte ohne Gedanken gelebt; sie hatte sich einem Mann hingegeben, ohne den Willen der Göttin, den Sonnenkreis zu befragen, nur aus Gier und Wollust. Nein, sie konnte nicht erwarten, daß nach ihrer Rückkehr alles wieder war wie früher.

Während sie so durch die Hügel ritt, durch fruchtbare Felder und lebenspendenden Regen, wurde ihr mit immer größerer Pein bewußt, wie weit sie sich von den Lehren Vivianes und Avalons entfernt hatte.

Die Kluft ist tiefer, als ich glaubte. Selbst wer die Felder als Christenmensch bearbeitet, führt ein Leben, das ihn weit von der Erde entfernt. Sie sagen, ihr Gott habe ihnen Macht über alle Pflanzen und alle Tiere gegeben. Aber wir, die wir in den Hügeln, in den Sümpfen, in den Wäldern und auf den Feldern leben, wissen, daß wir keine Macht über die Natur haben. Sie hat Macht über uns; vom Augenblick an, in dem der Trieb sich in den Lenden unserer Väter regt und die

Begierde unserer Mütter uns in ihren Leib bringt, stehen wir unter ihrer Herrschaft. Auch dann, wenn wir im Leib heranwachsen und geboren werden, inmitten von Pflanzen und Tieren, die ihr Leben lassen müssen, um uns zu nähren, zu kleiden und uns Kraft zum Leben geben ... Alles, alle diese Dinge stehen unter der Herrschaft der Göttin, und ohne ihre Barmherzigkeit und Gnade würde keiner von uns auch nur einen Atemzug tun; alles Leben würde erlöschen. Auch wenn die Zeit der Unfruchtbarkeit und des Todes kommt, damit andere an unsere Stelle treten, ist das ihr Walten. Sie ist nicht nur die Grüne Herrin der fruchtbaren Erde, sondern auch die Dunkle Herrin des Samenkorns, das verborgen unter dem Schnee liegt, die Herrin des Raben und des Falken, die dem Langsamen den Tod bringt; die Herrin der Würmer, die im Verborgenen wirken, um alles zu zerstören, dessen Zeit abgelaufen ist. Ja, die Göttin ist auch Unsere Herrin über Zerfall, Auflösung und Tod ...

Diese Gedanken führten Morgaine schließlich zu der Erkenntnis, daß ihr Erlebnis mit Lancelot im Grunde wenig Bedeutung besaß. Die größte Sünde lag nicht in ihrer Liebe zu Lancelot, sondern in ihrem Herzen: Sie hatte sich von der Göttin abgewendet. Es zählte nicht, was die Priester für gut, tugendsam, sündig oder schamlos hielten. Ihr verletzter Stolz war nur der Weg zur heilsamen Reinigung.

Die Göttin wird auf ihre Weise Lancelot zur Rechenschaft ziehen, wenn die Zeit gekommen ist. Ich habe nicht darüber zu richten.

Im Augenblick glaubte Morgaine, es sei das beste, wenn sie ihren Vetter nie mehr sah.

Nein, sie konnte nicht erwarten, auf ihren Platz als erwählte Herrin von Avalon zurückzukehren ... Vielleicht hatte Viviane Mitleid mit ihr, und sie durfte ihre Sünden gegen die Göttin sühnen. Sie glaubte, schon damit zufrieden zu sein, in Avalon leben zu dürfen ... und sei es auch nur als Dienerin oder einfache Feldmagd. Sie fühlte sich wie ein krankes Kind, das kaum erwarten kann, den Kopf in den Schoß der Mutter zu legen, um sich auszuweinen ... Sie würde nach ihrem Sohn schicken, damit er in Avalon unter den Priestern aufwuchs, und nie mehr von dem Weg abweichen, den man ihr gewiesen hatte ...

Und als der Berg mächtig, grün und unverkennbar hinter den Hügeln auftauchte, rannen Morgaine die Tränen über das Gesicht. Sie kam nach Hause, nach Hause und zu Viviane. Sie würde wieder im Kreis der Ringsteine stehen und zur Göttin beten, damit ihre Fehler vergeben wurden. Vielleicht durfte sie dann wieder an den Platz zurückkehren, den sie aus Stolz und Eigensinn verschmäht hatte.

Der Berg schien Versteck mit ihr zu spielen – einmal ragte er sichtbar wie ein männliches Geschlecht zwischen den Hügeln empor, dann verbarg er sich hinter niedrigeren Hügeln und verschwand in den Nebeln. Aber schließlich gelangte sie an das Seeufer, wo sie vor so vielen Jahren mit Viviane gestanden hatte.

Das graue Wasser lag im Licht der späten Abendsonne leer und verlassen vor ihr. Die Binsen wirkten vor dem roten Himmel dunkel und kahl. Im Abenddunst lag gerade noch sichtbar die Insel der Mönche. Nichts regte sich, nichts bewegte sich auf dem Wasser, wie sehr sie auch mit der ganzen Kraft ihres Herzens und ihres Geistes versuchte, die Insel zu erreichen und die Barke zu rufen. Morgaine stand lange reglos am Ufer; dann senkte sich die Dunkelheit herab; und sie wußte, sie hatte versagt.

Nein... die Barke würde sie nicht holen, nicht in dieser Nacht, nie mehr... Sie würde nur eine Priesterin holen... Vivianes erwählte und geliebte Tochter, aber zu einer Abtrünnigen würde sie nicht kommen, zu einer Verräterin, die an weltlichen Höfen gelebt und sich vier Jahre lang nur von ihrem eigenen Willen hatte leiten lassen. Schon einmal, vor ihrer Weihe zur Priesterin, hatte man sie aus Avalon vertrieben, und die Prüfung bestand nur darin, ohne Hilfe zurückzukehren.

Morgaine konnte die Barke nicht rufen. Ihre Seele fürchtete sich, das Wort der Macht laut zu rufen. Sie konnte dem Boot nicht befehlen, die Nebel zu durchdringen, denn sie hatte das Recht verwirkt, ein Kind Avalons genannt zu werden. Die Farbe wich aus dem Wasser, und die letzten Strahlen des Abendlichts erstarben im dunstigen Zwielicht. Traurig sah Morgaine hinüber zum fernen Ufer. Sie wagte nicht, das Boot zu rufen... Aber es gab noch einen Weg, um Avalon zu erreichen. Er führte um den See herum auf die andere Seite, und von dort konnte man auf einem verborgenen Pfad den Sumpf durchqueren und in die verborgene Welt gelangen. Morgaine empfand schmerzlich die Einsamkeit und wanderte langsam am Seeufer entlang. Sie führte das Pferd am Zügel; die Anwesenheit des großen Tiers, das schnaubend hinter ihr hertrottete, bedeutete nur einen kleinen Trost. Wenn alles mißlang, konnte sie die Nacht am Ufer verbringen – es wäre nicht die erste Nacht, in der sie allein unter freiem Himmel schlief. Am Morgen würde sie den Weg schon finden. Sie erinnerte sich an die einsame Reise, vor einigen Jahren, als sie verkleidet weit in den Norden zu Morgause gewandert war. Das bequeme und üppige Leben am Hof hatte sie verweichlicht, aber wenn es sein mußte, konnte sie es wieder tun.

Aber es war so still. Sie hörte weder die Glocken der Kapelle noch die Gesänge aus dem Kloster; kein Vogel rief. Sie glaubte, durch ein verzaubertes Land zu wandern. Morgaine fand die Stelle, die sie suchte. Es wurde dunkel; jeder Busch und jeder Baum nahm unheimliche Formen an. Manche wirkten wie Ungeheuer, andere wie Drachen. Morgaine fand zu der Geisteshaltung zurück, die sie in Avalon besessen hatte. Es gab hier nichts, das ihr etwas zuleide tun wollte, wenn sie nichts Böses im Schilde führte.

Jetzt folgte sie dem verborgenen Pfad. Auf halbem Weg mußte sie durch die Nebel stoßen, sonst würde sie in den Klostergarten hinter der Küche der Mönche gelangen. Sie zwang sich, nicht an die zunehmende Dunkelheit zu denken und versenkte sich in den Gedanken an ihr Ziel, das sie erreichen wollte. Wie durch einen Zauber geführt, ging sie darin, als tanze sie auf dem schlangenförmigen Weg, der den Berg hinauf zu den Ringsteinen führte... Sie bewegte sich geräuschlos, mit halbgeschlossenen Augen, und setzte behutsam einen Fuß vor den anderen. Sie spürte schon die kalten Nebel...

Viviane hatte es nicht als großes Unrecht empfunden, daß sie bei ihrem Halbbruder gelegen und ihm ein Kind geschenkt hatte... ein Kind der alten Königslinie von Avalon... Königlicher als selbst Artus. Hätte sie Lancelot einen Sohn geboren, hätte er in Avalon erzogen und einer der größten Druiden werden können. Aber was wurde aus ihrem Sohn? Wie konnte sie Gwydion in Morgauses Händen lassen? Morgaine dachte: *Ich bin keine richtige Mutter. Ich hätte meinen Sohn zu mir nehmen müssen.* Aber sie wollte Artus nicht unter die Augen treten und ihm sagen müssen, daß dies sein Kind war. Sie wollte nicht, daß Priester und Hofdamen sie ansahen und tuschelten: *Dies ist die Frau, die nach den alten heidnischen Gebräuchen der Stämme dem Gehörnten ein Kind geboren hat. Diese Heiden bemalen sich die Gesichter, tragen Geweihe und mischen sich wie Tiere unter die Hirsche...*

Dem Jungen ging es gut, wo er war. Artus' Hof war nicht der richtige Platz für ihn. Und was hätte sie mit einem kleinen Dreijährigen tun sollen, der hinter ihr herlief und hinter Artus...?

Aber manchmal dachte Morgaine an ihn und erinnerte sich an die Abende, wenn man ihn ihr brachte. Er hatte getrunken und duftete süß; sie hielt ihn auf dem Schoß und liebkoste ihn. Sie dachte an nichts, und ihren Körper durchströmte beseligendes Glück. Wann war sie je so glücklich gewesen? *Nur einmal... als ich mit Lancelot auf dem Berg in der Sonne lag... als wir am Seeufer Enten fingen...*

Plötzlich sah sie sich um und bemerkte, daß sie inzwischen hätte weiter sein müssen. Die Nebel sollten längst hinter ihr liegen und sie auf dem festen Boden von Avalon stehen.

Tatsächlich, der Sumpf lag hinter ihr... dort standen Bäume, und der Weg war fest und trocken. Sie stand nicht im Garten der Priester. Eigentlich sollte sie auf dem Feld hinter dem Haus der Jungfrauen sein, bei den Obstgärten. Sie mußte sich überlegen, was sie sagen würde, falls man sie hier fand. Sie mußte den Leuten von Avalon beweisen, daß sie ein Recht hatte, hier zu sein. Hatte sie tatsächlich das Recht?

Irgendwie schien es weniger dunkel zu sein. Vielleicht ging der Mond auf. Vor drei oder vier Tagen war Vollmond gewesen. Bald mußte es hell genug sein, um alles deutlich zu erkennen. Sie konnte nicht erwarten, daß die Insel noch aussah wie früher, als sie hier gelebt hatte und sich selbst im Dunkeln überall zurechtfand. Morgaine umklammerte die Zügel des Pferdes und fürchtete plötzlich, vom Weg abzukommen.

Es wurde tatsächlich heller; sie sah die Sträucher und Bäume jetzt ziemlich deutlich. Aber wo war der aufgehende Mond? War sie im Kreis gelaufen, während sie mit halbgeschlossenen Augen den Pfad ging, der durch die Nebel von einer Welt in die andere führte? Wenn sie doch nur etwas wiedererkennen würde! Über ihr wölbte sich ein klarer, wolkenloser Himmel, aber sie konnte auch keinen Stern entdecken.

Vielleicht war sie zu lange nicht hier gewesen. Aber merkwürdigerweise stand immer noch kein Mond am Himmel...

Und dann lief ihr ein eiskalter Schauer über den Rücken, und das Blut schien ihr in den Adern zu erstarren. Sie erinnerte sich an den Tag, als sie Kräuter suchen wollte, um das Kind abzustoßen. War sie wieder in das verzauberte Land gelangt? In die Welt, die weder Britannien noch das verborgene Avalon war, sondern ein älteres, dunkleres Land, in dem es keine Sterne und keine Sonne gab?

Morgaine spürte, wie ihr das Herz im Halse klopfte. Sie klammerte sich an den Zügel, lehnte sich an die warme, schweißbedeckte Flanke des Pferdes und spürte die festen Muskeln und Knochen. Sie hörte das sanfte Schnauben... Wenn sie eine Weile ruhig stehenblieb und nachdachte, *mußte* sie den Weg finden... Aber Angst stieg in ihr auf.

Ich kann nicht zurück. Ich kann nicht zurück nach Avalon. Ich bin nicht würdig ... Ich kann den Weg durch die Nebel nicht finden ...
Am Tag der Prüfung vor der Weihe hatte sie einen Augenblick lang dieselbe Angst empfunden, konnte sie aber entschlossen überwinden.
Damals war ich jünger und unschuldig. Ich hatte die Göttin nicht verraten und nicht die geheimen Lehren. Ich hatte das Leben nicht verraten ...
Morgaine kämpfte gegen das aufsteigende Entsetzen. Angst war jetzt das schlimmste! Angst würde sie jedem Unheil auf Gnade und Barmherzigkeit ausliefern. Die wilden Tiere würden ihre Angst wittern und sie angreifen, während sie vor dem Mutigen flohen. Deshalb konnte der tapferste Mann unbehelligt im Rudel der Hirsche rennen – solange die Tiere nicht seine Angst rochen ... Morgaine überlegte, ob die Jäger ihre Körper mit der blauen Farbe beschmierten, um den Geruch der Angst zu überdecken. Vielleicht war der wirklich tapfere Mann oder die wirklich tapfere Frau jemand, der sich nicht vorstellte, was geschehen konnte, wenn ...
Hier gab es nichts, das ihr etwas zuleide tun konnte, selbst wenn sie sich im Reich der Feen befand. Das erste Mal hatte die Frau sie zwar verspottet, sie aber nicht bedroht. Die Feen waren älter als selbst die Druiden. Aber auch sie lebten nach dem Willen und unter der Herrschaft der Göttin. Vielleicht würde eine von ihnen ihr den Weg weisen. Auf jeden Fall hatte sie nichts zu befürchten. Schlimmstenfalls würde sie niemandem begegnen und die Nacht einsam unter den Bäumen verbringen müssen.
Jetzt sah sie Licht ... war es eine der Lampen, die im Hof vor dem Haus der Jungfrauen brannten? Dann würde sie bald zu Hause sein. Sonst würde sie nach dem richtigen Weg fragen, wer immer ihr auch begegnen mochte. Hatte sie sich auf die Insel der Mönche verirrt, würde sie einem Fremden begegnen, und er würde sich vor ihr fürchten und sie für eine Fee halten? Sie überlegte, ob diese Frauen nicht von Zeit zu Zeit bei den Mönchen auftauchten, um sie zu versuchen. Es war nur verständlich, daß hier im Schrein der Göttin ein Mönch mit etwas mehr Vorstellungskraft als die anderen die Schwingungen des Ortes spürte. Er würde erkennen, daß sein Leben einer Verweigerung der Lebenskräfte gleichkam, die den Puls der Welt zum Schlagen brachten. Die Mönche verleugneten das Leben, anstatt es zu bejahen ... das Leben des Herzens und das Leben der Natur ebenso wie das Leben, das im Wesen von Mann und Frau pulsierte ...

Wäre ich Herrin von Avalon, würde ich in den Neumondnächten die Jungfrauen zum Kloster der Christenpriester senden, um ihnen zu beweisen, daß man die Göttin nicht verspotten oder verleugnen kann. Die Mönche müßten erkennen, daß sie Männer sind und Frauen keine Erfindung ihres angeblichen Teufels. Und die Göttin würde nach ihrem Willen mit ihnen verfahren ... ja, an Beltane oder zur Sommersonnenwende ...

Oder würden die verrückten Christenpriester die Jungfrauen vertreiben und sie für Dämonen halten, die kamen, um die Gläubigen zu versuchen? Einen Augenblick lang glaubte sie die Stimme des Merlin zu hören: *Alle Menschen sollen die Freiheit haben, dem Gott ihrer Wahl zu dienen ...*

Morgaine überlegte: *Auch einem Gott, der das Leben der Erde verleugnet?* Aber sie wußte, Taliesin hätte geantwortet: *Ja, auch einem solchen Gott.*

Jetzt erkannte sie deutlich eine Fackel zwischen den Bäumen, deren gelbe und blauen Flammen am Ende einer langen Stange loderten. Der Feuerschein blendete sie, und sie sah erst nach einigen Augenblicken den Mann, der die Fackel hielt. Er war klein und dunkel, weder Mönch noch Druide. Er trug einen Lendenschurz aus geflecktem Hirschfell und über den nackten Schultern eine Art Umhang. Er sah aus wie einer der Männer der Stämme, allerdings war er etwas größer. Er hatte langes dunkles Haar und trug einen Kranz aus buntem Laub auf dem Kopf – Herbstblätter, aber es war doch noch Sommer! Irgendwie fürchtete sich Morgaine, obwohl er sie sanft und melodisch in einer uralten Sprache begrüßte. »Sei willkommen, Schwester, hast du dich verirrt? Folge mir. Ich führe dein Pferd ... Ich kenne den Weg.« Wie merkwürdig, man schien sie erwartet zu haben.

Morgaine folgte ihm wie im Traum. Der Weg wurde fester und begehbarer. Die Fackel erhellte die dunstige Dämmerung. Er führte das Pferd vor ihr her, aber hin und wieder drehte er sich lächelnd nach ihr um. Dann streckte er die Hand aus und führte sie wie ein kleines Kind. Er hatte sehr weiße Zähne und fröhliche Augen, die im Feuerschein dunkel glänzten.

Andere Lichter tauchten auf, und irgendwann – sie wußte nicht genau wo – übergab er das Pferd einem anderen Mann und führte sie in einen Lichterkreis – sie erinnerte sich nicht, ein Gebäude betreten zu haben, aber sie stand in einer großen Halle. Hier saßen bekränzte Männer und Frauen an einer Tafel. Manche trugen Herbstlaub im

Haar, aber sie sah auch Frühlingsblumen; die kleinen weißen Schneeglöckchen, die blühen, noch ehe der Schnee geschmolzen ist. Sie hörte Harfenklänge.

Ihr Führer stand immer noch an ihrer Seite. Er brachte sie zu der hohen Tafel; und dort sah sie ohne große Überraschung die Frau, der sie schon einmal begegnet war. Sie trug eine geflochtene Krone aus geschälten Weidenzweigen. Die grauen, alterslosen Augen der Frau sahen sie wissend an, als sei ihnen nichts verborgen.

Der Mann drückte Morgaine sanft auf eine Bank und gab ihr einen Krug in die Hand. Er war aus einem Metall, das sie nicht kannte... das Getränk schmeckte süß und angenehm nach Torf und Heidekraut. Morgaine trank durstig, stellte aber fest, daß sie zu schnell auf leeren Magen getrunken hatte – sie fühlte sich benommen. Sie erinnerte sich jetzt an die alte Geschichte – *Kommst du jemals in das Land der Feen, darfst du weder etwas essen noch etwas trinken*... Aber das war nur eine alte Geschichte. Man würde ihr nichts zuleide tun.

Sie fragte: »Wo bin ich hier?«

Die Herrin antwortete: »Dies ist die Burg Chariot, und du bist willkommen hier, Morgaine, Königin von Britannien.«

Morgaine schüttelte den Kopf: »Nein, nein, ich bin keine Königin. Meine Mutter war Königin, ich bin nur die Herzogin von Cornwall...«

Die alte Frau lächelte: »Es macht keinen Unterschied. Du bist müde nach der langen Reise. Iß und trink, kleine Schwester. Morgen führen wir dich, wohin du gehen möchtest. Jetzt ist es Zeit für das Mahl.«

Auf ihrem Teller lagen Früchte und Brot – ein weiches, dunkles Brot aus einem unbekannten Getreide. Aber Morgaine glaubte, es schon einmal gegessen zu haben... Sie sah, daß der Mann, der sie hierher geleitet hatte, goldene Reife um die Handgelenke trug, die sich wie lebende Schlangen wanden... sie rieb sich die Augen und glaubte zu träumen. Aber als sie wieder hinsah, waren es nur Armreife, vielleicht sogar Einritzungen in die Haut, wie sie Artus seit seiner Krönung hatte. Manchmal, wenn sie den Fremden ansah – die Fackeln blendeten sie so –, glaubte sie, auf seiner Stirn den Schatten eines Hirschgeweihs zu sehen... die alte Frau trug eine Krone und Goldschmuck, aber hin und wieder schien es nur eine Weidenkrone zu sein; die Halskette war aus Muscheln, kleine rosafarbene Muscheln, die der Göttin geweiht waren. Irgendwo spielte eine Harfe, aber die Musik war schöner und lieblicher als die Harfenklänge in Avalon...

Morgaine war nicht mehr müde. Das süß schmeckende Getränk hatte Erschöpfung und Hunger vertrieben. Später reichte ihr jemand eine Harfe, und auch Morgaine sang und spielte. Noch nie hatte ihre Stimme so weich, klar und lieblich geklungen. Beim Spielen versank sie in einen Traum. Die Gesichter, die sie umgaben, erinnerten sie an Menschen, die sie schon einmal irgendwo gesehen hatte... Sie glaubte, am Ufer einer sonnigen Insel entlangzugehen und eine seltsam geschwungene Harfe zu spielen... Dann wieder saß sie in einem großen ummauerten Hof, und ein weiser Druide in merkwürdigen langen Gewändern lehrte sie den Gebrauch von Kompaß und Sternensucher. Sie hörte Lieder und Klänge, die ein verschlossenes Tor öffnen oder Ringsteine aufrichten konnten. Sie lernte alles und wurde mit einer goldenen Schlange gekrönt...

Die Herrin sagte, es sei Zeit, sich zur Ruhe zu begeben – am nächsten Tag würde man sie und ihr Pferd auf den Weg bringen. In dieser Nacht schlief Morgaine in einem kühlen Raum, in dem Blätter hingen – oder waren es Wandteppiche, die sich drehten und veränderten, die Geschichten aus der Vergangenheit erzählten? Morgaine sah sich selbst in den Wandteppich gewoben. Sie hielt die Harfe in der Hand, und auf ihrem Schoß saß Gwydion... sie sah sich zusammen mit Lancelot – er spielte mit ihrem Haar und hielt ihre Hand; und sie glaubte, sich an etwas erinnern zu müssen; aus irgendeinem Grund sollte sie auf Lancelot zornig sein. Aber sie konnte sich nicht erinnern...

Am nächsten Tag sagte die Herrin, am Abend würde ein Fest stattfinden; sie bat Morgaine, einen oder zwei Tage zu bleiben und mit ihnen zu tanzen. Morgaine willigte ein... Es schien so lange her zu sein, seit sie zum letzten Mal getanzt hatte und fröhlich gewesen war. Aber als sie sich überlegte, was für ein Fest es wohl sein mochte, fiel ihr keines ein... sicher war es noch nicht Zeit für die Tag- und Nachtgleiche. Aber sie sah weder Sonne noch Mond, um sich Klarheit zu verschaffen.

Man schmückte sie mit einem Kranz aus leuchtenden Sommerblumen, denn die Herrin sagte: »Du bist keine unerfahrene Jungfrau mehr.« Es war eine sternenlose Nacht, und es beunruhigte Morgaine, daß sie den Mond nicht sah, denn tagsüber hatte auch keine Sonne geschienen. War ein Tag, waren zwei oder drei Tage verflossen? Die Zeit schien Ewigkeit zu sein. Morgaine aß, wenn sie Hunger hatte, und schlief, wenn sie müde wurde; entweder schlief sie allein oder auf einem Bett, das so weich war wie Gras, neben einer der Hofdamen der Herrin. Einmal stellte sie überrascht fest, daß das Mädchen ... ja, sie ähnelte Raven ... ihr die Arme um den Hals schlang und sie küßte; Morgaine erwiderte die Küsse ohne Überraschung oder Scham. Wie im Traum waren merkwürdige Dinge ganz selbstverständlich, und Morgaine nahm sie nur leicht überrascht hin. Aber alles schien so natürlich; sie lebte in einem wunderbaren Traum. Manchmal fragte sie sich, was wohl mit ihrem Pferd geschehen war; und wenn sie daran dachte weiterzureiten, erklärte die Herrin: »Noch nicht, bleib bei uns ...« Jahre später, als Morgaine versuchte, sich daran zu erinnern, was ihr auf der Burg Chariot widerfahren war, sah sie sich auf dem Schoß der Herrin sitzen und an ihrer Brust trinken. Es erschien ihr nicht ungewöhnlich, daß sie, eine erwachsene Frau, wie ein Kind auf dem Schoß seiner Mutter geküßt und verwöhnt wurde. Aber sicher war das nur ein Traum gewesen, nachdem der süße, starke Wein sie eingeschläfert hatte ...

Manchmal erschien es ihr, als *sei* die Herrin hier, Viviane, und Morgaine überlegte: *Bin ich krank. Habe ich Fieber? Träume ich diese merkwürdigen Dinge?* Sie ging mit den Hofdamen in den Wald und suchte Wurzeln und Kräuter, die Jahreszeit schien die Natur nicht zu berühren. Und auf dem Fest ... in der zweiten Nacht, oder in einer anderen? ... tanzte sie zum Klang der Harfen; wieder griff auch sie zur Harfe und spielte auf, und ihre Musik klang traurig und fröhlich zugleich.

Einmal stolperte sie beim Beeren- und Blumensuchen über etwas und sah die weißen, gebleichten Knochen eines Tiers. Um den Hals lagen die Überreste eines Lederriemens und daran hing ein kleines Stück roten Tuchs – so ähnlich hatte ihre Tasche ausgesehen, in die sie bei ihrer Abreise aus Caerleon ihre Habe gelegt hatte. Was, so fragte sie sich, war mit ihrem Pferd geschehen? Stand es gut versorgt in einem der Ställe hier? Sie hatte in der Feenburg keine Stallungen gesehen, vermutete aber, daß es sie irgendwo gab. Im Augenblick genügte es, wie verzaubert zu tanzen, zu singen, die Zeit verrinnen zu lassen ...

Einmal führte sie der Mann, der sie hierher geleitet hatte, aus dem Ring der Tanzenden hinaus. Seinen Namen hatte sie nie erfahren. Wie war es möglich, daß die Himmelsläufe von Mond und Sonne so stark in ihr pulsierten, obwohl sie weder Sonne noch Mond sah?

»Du trägst ein Messer bei dir«, sagte er. »Du mußt es ablegen. Ich kann es in meiner Nähe nicht ertragen.«

Sie löste das Lederband, an dem es an ihrer Hüfte hing, und warf es weit von sich. Sie wußte nicht, wohin es fiel. Dann kam er zu ihr. Sein dunkles Haar legte sich über ihre Haare. Sein Mund schmeckte süß nach Beeren und dem starken Getränk aus Heidekraut. Er entkleidete sie. Sie hatte sich an die Kälte gewöhnt... es machte ihr nichts aus, daß das Gras kalt war und daß sie nackt unter ihm lag. Sie berührte ihn. Sein Körper war warm, sein kräftiges Geschlecht war heiß und stark. Mit kraftvollen und leidenschaftlichen Händen öffnete er ihre Schenkel. Ihr Körper nahm ihn so hungrig in sich auf wie eine Jungfrau. Sie bewegte sich mit ihm und spürte das Hin und Her der pulsierenden Ströme der Erde...

Dann fürchtete sie sich... sie wollte kein Kind von ihm haben. Gwydions Geburt war so schwierig gewesen, noch ein Kind würde sie sicher töten. Aber als sie sprechen wollte, legte er ihr sanft die Hand auf den Mund, und sie wußte, er konnte ihre Gedanken lesen.

»Hab davor keine Angst, schöne Frau, es ist nicht die richtige Zeit... es ist die Zeit der Freude, nicht der Frucht«, sagte er leise. Jetzt gab sie sich ihm hin. Ja... das Geweih überschattete seine Stirn. Und wieder lag sie bei dem Gehörnten, und im Wald schien ein Schauer von Sternen herabzuregnen... oder waren es nur Glühwürmchen und Feuerfliegen?

Einmal streifte sie mit den Hofdamen durch den Wald, und sie kamen an einen Teich. Morgaine beugte sich über das Wasser und blickte hinein. Aus der Tiefe sah ihr Viviane entgegen. Ihre Haare wurden grau, weiße Strähnen mischten sich unter das Schwarz. Und sie sah Falten in ihrem Gesicht, die sie nicht kannte. Viviane öffnete die Lippen. Sie schien zu rufen, und Morgaine fragte sich: *Wie lange bin ich schon hier? Bestimmt schon vier oder fünf Tage, vielleicht sogar schon eine Woche. Ich muß nun aber wirklich gehen. Die Herrin versprach, jemand würde mich nach Avalon geleiten...*

Sie sagte der Herrin, sie müsse sich jetzt auf den Weg machen. Doch die Nacht brach herein... sicher war es morgen auch noch früh genug...

Und dann schien sie im Wasser Artus zu sehen, der ein Heer um sich sammelte... Gwenhwyfar wirkte erschöpft und irgendwie älter. Sie hielt Lancelots Hand. Er verabschiedete sich von ihr und küßte sie auf den Mund. *Ja,* dachte Morgaine voll Bitterkeit, *er liebt solche Spiele. Auch Gwenhwyfar wünscht es nicht anders, damit ihr all seine Liebe und Zuneigung gehört, aber ihre Ehre nie in Gefahr gerät...*

Aber es fiel Morgaine nicht schwer, auch sie aus ihren Gedanken zu verbannen.
Eines Nachts fuhr sie erschrocken aus dem Schlaf. Von irgendwoher drang ein gewaltiger Schrei. Morgaine glaubte, auf dem Berg inmitten der Ringsteine zu stehen und den grauenerregenden Schrei zu hören, der durch die Welten hallte ... diese Stimme hatte sie erst einmal vernommen ... die rauhe, rostige Stimme, stumpf vom langen Schweigen ... Ravens Stimme, die das Schweigen nur brach, wenn die Götter eine Botschaft sandten, die sie niemandem sonst anzuvertrauen wagten ...
Ah ... der Pendragon hat Avalon verraten ... der Drache hat sich in die Lüfte erhoben und ist davongeflogen ... das Banner des Drachen weht nicht mehr über dem Kampf gegen die Sachsen ... weint, weint, wenn die Herrin Avalon verläßt, wird sie nicht mehr zurückkehren ...
In der plötzlich einsetzenden Dunkelheit hörte sie Weinen und Schluchzen ...
Schweigen. Morgaine saß aufrecht im grauen Licht. Zum ersten Mal, seit sie in dieses Land gekommen war, konnte sie wieder klar denken.
Ich bin hier schon zu lange. Es ist bereits Winter. Nun muß ich abreisen ... jetzt, ehe der Tag vorüber ist ... nein, ich weiß es noch nicht einmal. Die Sonne geht hier nicht auf und nicht unter ... ich muß jetzt gehen ... sofort! Sie dachte daran, sich das Pferd bringen zu lassen. Dann erinnerte sie sich und wußte, das Pferd lag seit langem tot und verwest im Wald. In plötzlicher Angst fragte sie sich: *Wie lange bin ich schon hier?*
Morgaine suchte nach ihrem Dolch. Dann fiel ihr ein, daß sie ihn weggeworfen hatte. Sie schnürte sich das Kleid – es wirkte verblichen. Sie konnte sich nicht daran erinnern, es gewaschen zu haben, auch nicht das Unterkleid, aber beides war nicht schmutzig. War sie wahnsinnig geworden?
Wenn ich mit der Herrin spreche, wird sie mich wieder bitten, nicht zu gehen ...
Morgaine flocht ihre Haare und steckte sie auf ... warum hatte sie, eine erwachsene Frau, ihr Haar offen getragen? Und sie lief zu dem Pfad, von dem sie wußte, daß er sie nach Avalon bringen würde.

Morgaine erzählt...

Bis heute weiß ich nicht, wieviele Nächte und Tage ich im Land der Feen verbrachte – selbst jetzt verwischt sich meine Erinnerung, wenn ich versuche, es nachzurechnen. Ich kann tun, was ich will, es werden nicht weniger als fünf und nicht mehr als dreizehn. Ich bin auch nicht sicher, wieviel Zeit in der Welt draußen verstrich oder in Avalon, während ich mich dort aufhielt. Aber da die Menschen die Zeit genauer aufzeichnen als die Feen, weiß ich, daß fünf Jahre vergingen.

Vielleicht ereignet sich das, was wir für Zeit halten, nur, weil es uns in Fleisch und Blut übergegangen ist, Dinge zu zählen... je älter ich werde, desto mehr glaube ich daran. Wir zählen die Finger eines Neugeborenen, das Aufgehen und das Untergehen der Sonne. Wir denken oft daran, wieviele Tage oder Monde vergehen müssen, ehe das Getreide reif ist oder unser Kind im Leib heranwächst und geboren wird oder ein langerwartetes Treffen stattfindet. Wir beobachten die Zeit am Wechsel des Jahres und am Lauf der Sonne. Es ist das erste Geheimnis der Priester. Im Feenland wußte ich nichts vom Vergehen der Zeit, und für mich verging sie nicht. Als ich in die Welt zurückkehrte, entdeckte ich Falten in Gwenwyfars Gesicht, und Elaines bezaubernde jugendliche Schönheit verblaßte bereits. Aber meine Hände waren nicht dünner geworden, in meinem Gesicht zeigten sich keine Fältchen, und obwohl in unserer Familie das Haar früh ergraut – Lancelot hatte bereits mit neunzehn etliche graue Strähnen im Haar – waren meine Haare schwarz wie die Schwingen einer Krähe und unberührt von der Zeit.

Ich glaube, inzwischen trifft dies auch auf Avalon zu. Und es begann, nachdem die Druiden die Insel der Welt des ständigen Rechnens und Zählens entrückt hatten. In Avalon fließt die Zeit nicht unbemerkt wie in einem Traum... wie im Feenland. Aber die Zeit hat sich tatsächlich verschoben. Wir sehen hier den Mond und die Sonne der Göttin und bestimmen den Zeitpunkt für die Rituale mit Hilfe der Ringsteine, und so entgleitet uns die Zeit nicht völlig. Aber sie verläuft nicht gleichmäßig wie anderswo. Obwohl man annehmen könnte, wenn der Lauf von Sonne und Mond wirklich bekannt ist, müßte die Zeit in Avalon vergehen wie in der äußeren Welt... trotzdem ist es nicht so. In den letzten Jahren konnte ich einen Monat in Avalon verbringen, und wenn ich die Insel verließ, stellte ich fest, daß draußen eine ganze Jahreszeit vergangen war. Und in den letzten

Jahren verließ ich Avalon selten, denn ich hatte wenig Neigung, das Treiben der Welt draußen mitanzusehen. Wenn die Menschen feststellten, daß ich jung blieb, nannten sie mich immer öfter Fee oder Hexe.

Aber das war lange, lange danach.

Denn als ich Ravens furchterregenden Schrei hörte, der in die Räume zwischen den Welten drang und selbst meinen Geist in dem zeitlosen Traum der Feenwelt erreichte, machte ich mich auf den Weg ... aber nicht nach Avalon.

In der Welt draußen fiel das strahlende Licht der Sonne durch die unruhigen Schatten der Wolken auf den See. Von weit her schallte das Läuten von Kirchenglocken. Bei diesem Klingen wagte Morgaine weder die Stimme zu erheben und das Wort der Macht zu sprechen, das die Barke rufen würde, noch die Gestalt der Göttin anzunehmen.

Sie betrachtete sich im spiegelnden Wasser des Sees. Wie lange, fragte sie sich, hatte sie im Feenland geträumt? Der Zauber war von ihr gewichen, und obwohl sie glaubte, nur zwei oder drei Tage bei den Feen geweilt zu haben, wußte sie, es war lange gewesen. Ihr feines dunkles Gewand war ausgefranst und zerschlissen; irgendwann hatte sie ihren Dolch verloren oder weggeworfen. Jetzt erschienen ihr manche Erlebnisse in dem Zauberreich als Träume und Wahnsinn; und die Scham brannte ihr im Gesicht. Aber dazwischen mischten sich Erinnerungen an eine lieblichere Musik – solche Musik hatte sie nirgendwo auf der Welt, auch nicht in Avalon gehört. Nur einmal ... bei der Geburt ihres Kindes, stand sie an der Grenze des Schattenlandes ... damals hatte sie sich beinahe danach gesehnt, diese Grenze zu überschreiten, nur um die Musik dort zu hören. Sie erinnerte sich an den Klang ihrer eigenen Stimme, die zur Feenharfe sang – noch nie hatte sie so schön gesungen oder gespielt. *Ich würde gern zurückkehren und für immer dort bleiben!* Morgaine war nahe daran, wieder umzukehren. Doch die Erinnerung an Ravens Schrei beunruhigte sie.

Artus hatte Avalon verraten und den Eid gebrochen, durch den er das Schwert Excalibur im Allerheiligsten der Druiden erhalten hatte. Viviane war in Gefahr, wenn sie Avalon verließ ... Morgaine versuchte, ihre Gedanken zu ordnen. Und langsam fiel ihr alles wieder ein. Sie hatte Caerleon – es schien erst ein paar Tage her zu sein – im Spätsommer verlassen und Avalon nie erreicht. Jetzt sah es so aus, als würde sie nie mehr dorthin gelangen... traurig blickte sie hinüber zur Kirche auf dem Berg. Wenn sie sich auf der anderen Seite der Insel durch die Sümpfe nach Avalon schleichen könnte – aber der Pfad hatte sie ins Reich der Feen geführt...

Dort hatte sie Dolch und Pferd verloren. Sie dachte an die gebleichten Knochen, und ein Schauder lief ihr kalt über den Rücken. Ihr fiel auf, daß die Kirche auf dem Berg anders aussah. Die Priester mußten daran gebaut haben. Und ein so großes Gebäude hätten sie nicht in einem, auch nicht in zwei Monaten errichten können... ängstlich preßte sie die Hände zusammen und dachte: *Ich muß herausfinden, wieviele Monde vergangen sind, während ich bei den Hofdamen der Fee lebte und den Feenmann liebte, der mich dorthin führte...*

Nein, es können nicht mehr als zwei, höchstens drei Nächte gewesen sein... Heillose Verwirrung ergriff sie, aber Morgaine konnte nicht ahnen, daß sie noch wachsen, daß sie nie mehr Klarheit finden sollte. Und wenn sie jetzt an diese Nächte dachte, fürchtete und schämte sie sich sehr. Sie bebte in Erinnerung eines nie gekannten Genusses in den Armen des Feenmannes... aber jetzt war der Zauber von ihr gewichen, und all das erschien ihr schamlos. Die Zärtlichkeiten der Feenjungfrauen... ohne den Zauber hätte sie sich das nie erträumen können... auch mit der Herrin mußte etwas gewesen sein... wenn sie darüber nachdachte, ähnelte die Feenherrin Viviane, und auch deshalb schämte sich Morgaine... im Feenland schien sie ihr ganzes Leben nach solchen Zärtlichkeiten gehungert zu haben. Aber in der Welt draußen wagte sie noch nicht einmal, von solchen Dingen zu träumen.

Trotz der warmen Sonne fröstelte sie. Es war kein Sommer mehr, denn am Seeufer zwischen dem Schilf lag stellenweise Schnee. *Bei der Göttin! Kann der Winter schon vorüber sein und der Frühling nahen?* Wenn in dieser Welt soviel Zeit vergangen war, daß Artus den Verrat an Avalon planen konnte, mußte sie länger bei den Feen gewesen sein, als sie sich vorzustellen wagte...

Sie hatte alles verloren. Auch die Schuhe waren abgetragen. Sie hatte weder Pferd noch Dolch, noch Proviant bei sich. Sie stand mutterseelenallein an einem ungastlichen Platz, weit entfernt von jedem Ort, wo man sie als Schwester des Königs kannte. Nun, es war nicht das erste Mal, daß sie hungerte. Ein flüchtiges Lächeln huschte über Morgaines Gesicht. Es gab reiche Häuser und Nonnenklöster, wo

man sie vielleicht für eine Bettlerin hielt und ihr etwas zu essen gab... Sie würde den Weg an Artus' Hof finden – vielleicht konnte in einem Dorf jemand ihre Dienste als Amme brauchen und würde ihre Kenntnisse belohnen.
Morgaine warf einen letzten sehnsüchtigen Blick auf das andere Ufer des Sees. Sollte sie einen letzten Versuch wagen? Sollte sie das Wort der Macht aussprechen, das sie nach Avalon bringen würde? Wenn sie Raven begegnete, konnte sie vielleicht erfahren, welche Gefahr drohte... sie öffnete den Mund, um die Worte zu formen, schloß ihn aber wieder. Sie konnte auch nicht Raven gegenübertreten. Raven befolgte die Gesetze von Avalon. Sie hatte nichts getan, um ihr Priesterinnengewand zu beflecken. Wie konnte sie mit der Erinnerung an alles, was in der Welt draußen und im Feenreich geschehen war, vor Ravens klaren Augen bestehen? Raven würde sofort alles wissen... Das Seeufer und der Kirchturm verschwammen hinter einem Tränenschleier, als Morgaine schließlich Avalon den Rücken kehrte und den Weg zur Römerstraße einschlug, die an den Bergwerken vorbei nach Süden und schließlich nach Caerleon führte.

Morgaine wanderte drei Tage, ehe sie einem anderen Reisenden begegnete. In der ersten Nacht schlief sie in einer verlassenen Schäferhütte, die ihr Schutz vor dem Wind bot, aber sonst nichts. Am zweiten Tag erreichte sie einen Bauernhof. Außer einem einfältigen Gänsejungen traf sie dort niemanden an. Aber sie durfte sich am Feuer im Haus wärmen; und nachdem sie dem Jungen einen Dorn aus dem Fuß gezogen hatte, gab er ihr ein Stück von seinem Brot. Sie war schon mit weniger Nahrung ausgekommen...
Als sie in die Nähe von Caerleon kam, sah sie entsetzt zwei abgebrannte Häuser und Getreide, das auf den Feldern verdarb... es sah aus, als seien die Sachsen hier durchgezogen! Sie stöberte in einer der Ruinen herum. Krieger schienen hier geplündert zu haben, und es war wenig übriggeblieben. Aber in einem Raum fand sie einen alten Mantel, der für die Räuber vermutlich zu zerlumpt gewesen war. Immerhin war er aus warmem Wolltuch, und Morgaine hüllte sich darin ein. Jetzt ähnelte sie noch mehr einer Bettlerin. Aber die Kälte machte ihr mehr zu schaffen als der Hunger. Gegen Abend tauchten in dem verlassenen Hof gackernd ein paar Hühner auf – Tiere mit festen Gewohnheiten. Sie hatten noch nicht begriffen, daß Krieg war und daß sie hier nicht mehr gefüttert wurden. Morgaine fing eines der Hühner und drehte ihm den Hals um. Dann zündete sie in dem

zerstörten Herd ein Feuer an. Wenn sie Glück hatte, würde niemand den Rauch bemerken... und wenn, glaubten die abergläubischen Leute bestimmt an Geister. Sie spießte das Huhn auf einen grünen Ast und briet es über den Flammen. Es war so alt und zäh, daß selbst sie mit ihren guten Zähnen Schwierigkeiten beim Kauen hatte. Aber der Hunger war so groß, daß sie an den Knochen nagte, als sei es ein Leckerbissen. In einem Nebengebäude, das eine Art Schmiede gewesen sein mußte, fand sie etwas Leder. Die Sachsen hatten alle Werkzeuge und jedes Stückchen Metall mitgenommen. Aber auf dem Boden lagen kleine Lederlappen, und Morgaine packte die Überreste ihrer Mahlzeit darin ein. Sie hätte gern ihre Schuhe geflickt, aber ihr fehlte ein Messer. Vielleicht kam sie durch ein Dorf, wo man ihr eine Klinge leihen würde. Welcher Wahnsinn hatte sie dazu getrieben, den Dolch wegzuwerfen?

Der Mond nahm seit einigen Tagen wieder ab. Als Morgaine den zerstörten Bauernhof wieder verließ, lag Rauhreif auf den Steinstufen, und am Himmel stand noch ein fahler Mond. Als sie sich gerade mit dem Lederbeutel und einem dicken Stock in der Hand – ihn hatte zweifellos ein Schäfer zurückgelassen – auf den Weg machen wollte, hörte sie das aufgeregte Gackern einer Henne. Sie suchte das Nest und aß das rohe, immer noch warme Ei. Danach fühlte sich sich satt und gestärkt.

Es wehte ein frischer, kalter Wind. Und sie ging mit schnellen Schritten davon, froh über den fadenscheinigen, zerrissenen Mantel. Es war schon spät am Vormittag, und sie dachte gerade daran, sich an den Straßenrand zu setzen und etwas von dem kalten Huhn zu essen, als sie den Hufschlag eines galoppierenden Pferdes hörte.

Ihr erster Gedanke war: *Weiterlaufen!* – Sie ging ihren eigenen Geschäften nach und hatte wie jeder Reisende das Recht, die Straße zu benutzen. Dann dachte sie an den ausgebrannten Bauernhof und verbarg sich hinter einem Busch. Man konnte nicht wissen, wer jetzt unterwegs war. Denn Artus hatte sich der Sachsen zu erwehren und keine Zeit, das Land geordnet und die Straßen sicher zu halten. Wenn ihr der Reisende harmlos erschien, wollte sie nach Neuigkeiten fragen. Wenn nicht, würde sie in ihrem Versteck bleiben, bis sie ihn aus den Augen verlor.

Es war ein einsamer Reiter; eingehüllt in einen grauen Mantel, saß er auf einem großen mageren Pferd. Er hatte weder Diener noch Packpferd bei sich. Aber auf seinem Rücken entdeckte Morgaine Gepäck... nein, es war nur sein Körper. Er saß zusammengesunken im

Sattel... und dann wußte sie, wer der Mann sein mußte, und trat aus ihrem Versteck hervor.
»Kevin«, rief sie.
Er brachte das Pferd zum Stehen, das weder stieg noch tänzelte. Es war ein gehorsames Tier. Unwillig und verächtlich sah er auf sie hinunter. Sein Mund verzog sich zu einem höhnischen Grinsen – oder waren es nur seine Narben?
»Ich habe nichts für dich, Weib...«, er brach ab. »Bei der Göttin! Es ist die Herrin Morgaine... was tut Ihr hier? Im letzten Jahr erzählte man mir, Ihr seid in Tintagel bei Eurer Mutter gewesen, ehe sie starb. Aber als die Königin zu ihrem Begräbnis hinunterritt, erfuhr sie, daß Ihr nicht dort gewesen seid...«
Morgaine schwankte und hielt sich mit beiden Händen am Stock fest. »Meine Mutter... tot? Davon weiß ich nichts...«
Kevin stieg vom Pferd und lehnte sich an die Flanke des Pferdes, bis er sich auf seinen Stock stützen konnte. »Setzt Euch, Herrin... Ihr habt es nicht erfahren? Wo, im Namen der Göttin, seid Ihr gewesen? Die Nachricht erreichte selbst Viviane in Avalon. Aber sie ist zu alt und zu gebrechlich, um noch zu reisen.«
Dort, wo ich war, habe ich es nicht gehört. Hat Viviane mich damals gerufen, um mich zu benachrichtigen, als ich ihr Gesicht im Teich sah? Aber ich habe nichts gehört... Schmerzliche Trauer ergriff Morgaine. Sie und Igraine hatten sich so weit voneinander entfernt... sie hatten sich getrennt, als Morgaine gerade elf Jahre alt war und nach Avalon ging – aber jetzt zerriß es ihr das Herz, als sei sie noch immer das kleine Mädchen, das beim Abschied von Igraine weinte. *Oh, meine Mutter... und ich wußte nichts davon...*
Morgaine saß am Straßenrand, und die Tränen strömten ihr über das Gesicht. »Wie ist sie gestorben? Wißt Ihr es?«
»Ich glaube, das Herz versagte ihr. Es war im Frühling vor einem Jahr. Glaubt mir, Morgaine, ich habe nichts anderes gehört, als daß es ein Tod wie jeder andere war... in ihrem Alter durchaus zu erwarten.«
Morgaine hatte einen Augenblick lang ihre Stimme nicht in der Gewalt. Sie konnte nicht sprechen. In ihre Trauer mischte sich Entsetzen. Denn nun wußte sie, daß sie diese Welt länger als geahnt verlassen hatte... Kevin hatte gesagt: *Im Frühling vor einem Jahr.* Also war mehr als ein Frühling vergangen, während sie im Land der Feen weilte. Damals, als sie Artus' Hof im Sommer verließ, war Igraine noch nicht einmal kränkelnd gewesen! Ihr Aufenthalt in dem

Zauberreich war nicht eine Frage von Monaten, sondern von einigen Jahren. Aber wieviele Jahre?
Konnte sie es Kevin entlocken, ohne zu enthüllen, woher sie kam?
»In der Satteltasche ist Wein, Morgaine... aber Ihr müßt ihn selbst holen... mir fällt das Gehen immer schwerer. Ihr seht mager und blaß aus. Seid Ihr auch hungrig? Wie kommt es, daß ich Euch auf dieser Straße finde und in einem Aufzug wie...«, Kevin hob mißbilligend die Augenbrauen, »... wie die ärmste Bettlerin?«
Morgaine überlegte fieberhaft, was sie antworten konnte.
»Ich habe... in Einsamkeit und fern der Welt gelebt. Ich weiß nicht, wie lange es her ist, daß ich keinen Menschen mehr gesehen oder gesprochen habe. Ich kümmerte mich noch nicht einmal um den Wechsel der Jahreszeiten.« Und das stimmte auch, denn die Leute im Feenreich waren ganz sicher keine Menschen.
»Ich glaube es wohl«, erwiderte Kevin. »Ich könnte mir vorstellen, daß Ihr sogar nichts von der großen Schlacht gehört habt...«
»Ich sehe, daß das Land verwüstet ist.«
»Oh, *das* geschah vor drei Jahren«, sagte Kevin, und Morgaine erschrak. »Ein Teil der Bündnistruppen brach den Treueschwur und zog plündernd und brennend durch das Land. Artus erhielt in der Schlacht eine große Wunde und lag ein halbes Jahr siech im Bett.« Er sah Morgaines verstörtes Gesicht und deutete ihre Besorgnis falsch. »Oh, inzwischen geht es ihm wieder gut. Aber damals konnte er noch nicht einmal mehr gehen... ich glaube, ihm fehlten Eure Heilkünste, Morgaine. Dann führte Gawain Lots Männer aus dem Norden herunter, und wir hatten drei Jahre lang Frieden. Im vergangenen Sommer kam es zur großen Schlacht am Berg Badon... Lot kam dabei ums Leben... ja, *das* war ein Sieg, von dem die Barden noch hundert Jahre lang singen werden«, erzählte Kevin. »Ich glaube nicht, daß im ganzen Land von Cornwall bis Lothian noch ein Sachsenhäuptling am Leben ist... außer denen, die Artus als ihren König anerkennen. So etwas hat es seit den Tagen der Cäsaren nicht mehr gegeben. Jetzt herrscht im ganzen Land Frieden, und das ist Artus' Werk.«
Morgaine war aufgestanden und zu den Satteltaschen gegangen. Sie fand die Flasche mit dem Wein, und Kevin bat: »Bringt auch das Brot und den Käse. Es ist beinahe Mittag, und ich will hier mit Euch essen.« Sie bediente ihn und öffnete ihren Lederbeutel mit dem kalten Hühnerfleisch. Sie bot ihm etwas an, aber er schüttelte den Kopf.

»Danke, ich esse kein Fleisch. Meine Gelübde verbieten es... ich sehe mit Verwunderung, daß Ihr Fleisch eßt, eine Priesterin von Eurem Rang...«

»Fleisch oder Hungern«, erwiderte Morgaine und berichtete ihm, wie sie zu dem Huhn gekommen war. »Aber ich habe mich nicht mehr an das Gebot gehalten, seid ich Avalon verließ. Ich esse, was man mir vorsetzt.«

»Ich sehe keinen großen Unterschied zwischen Fleisch, Fisch oder Getreide«, sagte Kevin. »Aber die Christen sind sehr streng mit dem Fasten... zumindest Patricius, der jetzt Artus' Bischof ist. Die Brüder, die früher mit uns in Avalon lebten, erwähnen immer wieder das Wort des Christus, der sagte: ›Der Mensch wird nicht unrein durch das, was in seinen Mund kommt, sondern durch das, was aus seinem Mund kommt. Deshalb sollen die Menschen demütig alles essen, was Gott ihnen schenkt.‹ Auch von Taliesin habe ich das gehört. Aber ich... Ihr wißt, daß auf einer bestimmten Ebene der Mysterien die Nahrung eine große Wirkung auf den Geist hat... ich wage zur Zeit nicht, Fleisch zu essen, denn ich werde davon betrunkener als von zuviel Wein!«

Morgaine nickte. Sie hatte selbst diese Erfahrung gemacht. Wenn sie die heiligen Kräuter trank, konnte sie außer ein wenig Brot und Früchten nichts weiter zu sich nehmen. Selbst Käse oder gekochte Linsen waren zu schwer und verursachten ihr Übelkeit.

»Aber wohin geht Ihr jetzt, Morgaine?« Als sie es ihm sagte, starrte er sie an, als habe sie den Verstand verloren. »Nach Caerleon? Wieso? Dort ist... oder wißt Ihr es nicht, obwohl ich das kaum glauben kann... Artus gab Caerleon einem seiner Ritter als Auszeichnung für seine Tapferkeit in der Schlacht. An Pfingsten übersiedelte der König mit dem ganzen Hof nach Camelot... in diesem Sommer wird es genau ein Jahr. Taliesin gefiel es nicht, daß Artus an einem christlichen Fest seinen Einzug hielt, aber der König tat es seiner Königin zuliebe... er hört in allem auf sie.« Morgaine entdeckte die Andeutung einer Grimasse auf seinem Gesicht. »Doch wenn Ihr nichts von der Schlacht gehört habt, wißt Ihr vermutlich auch nicht, daß Artus das Volk von Avalon und die Stämme verriet.«

Morgaine ließ den Becher wieder sinken. Sie sagte: »Deshalb bin ich zurückgekommen, Kevin. Ich hörte, daß Raven ihr Schweigen brach und so etwas weissagte...«

»Es war mehr als eine Prophezeiung«, erwiderte der Barde. Er streckte unbehaglich sein Bein aus, als bereite es ihm Schmerzen, lange ruhig zu sitzen.

»Artus verriet... was hat er getan?« Morgaine stockte der Atem. »Er hat Avalon und die Stämme doch nicht den Sachsen ausgeliefert...?«
»Ihr wißt es also nicht! Die Stämme wollten dem Banner des Pendragon folgen, wie sie es bei der Krönung geschworen hatten... und auch das Alte Volk kam mit seinen Bronzeäxten, Steinbeilen und Elfenpfeilen... wie die Feen ertragen sie das kalte Eisen nicht. Alle, alle hatten geschworen, dem Großen Drachen zu folgen, und Artus verriet sie... er ließ das Drachenbanner einholen, obwohl wir ihn anflehten, er solle erlauben, daß Gawain oder Lancelot es in die Schlacht führten. Aber er schwor, er wolle auf dem Schlachtfeld am Berg Badon nur unter dem Banner des Kreuzes und der Heiligen Jungfrau kämpfen. Und so geschah es.«
Morgaine starrte ihn voll Entsetzen an. Sie dachte daran, wie Artus zum König gemacht worden war. Selbst Uther hatte sich dem Volk von Avalon nicht so fest verpflichtet. Artus hatte seinen Schwur gebrochen! Sie flüsterte: »Und die Stämme... sie ließen ihn nicht im Stich?«
Zornig erwiderte Kevin: »Manche von ihnen waren nahe daran. Ein Teil des Alten Volks aus den Hügeln von Wales kehrte tatsächlich in die Heimat zurück, als das Kreuz über ihnen wehte. König Uriens konnte sie nicht aufhalten. Die übrigen... wir wußten, daß die Sachsen uns an diesem Tag in der Zange hatten... Entweder folgten wir Artus und seinen Rittern in die Schlacht oder wir würden danach immer unter der Herrschaft der Sachsen leben. Denn vor uns lag die prophezeite Große Schlacht. Und Artus kämpfte mit dem Heiligen Schwert Excalibur. Wahrscheinlich wußte die Göttin selbst, daß unter den Sachsen alles in Barbarei versinken würde. Und sie schenkte ihm den Sieg.« Kevin bot Morgaine die Weinflasche; sie schüttelte verneinend den Kopf, und er leerte sie.
»Viviane wollte Avalon verlassen, um ihn des Meineids anzuklagen«, erzählte Kevin weiter. »Aber sie zögert, dies in aller Öffentlichkeit zu tun. Deshalb bin ich auf dem Weg nach Camelot, um ihn an seinen Schwur zu erinnern. Viviane hat gelobt, selbst nach Camelot zu kommen, wenn er nicht auf mich hört. Sie will an Pfingsten, am Tag, wenn das ganze Volk seine Bittschriften vorbringt, und Artus selbst Recht spricht, als gewöhnliche Bittstellerin vor ihn treten, um die Erfüllung seines Schwurs einzuklagen. Sie wird ihm ins Gedächtnis rufen, was jedem widerfährt, der sein Wort bricht.«
Morgaine erwiderte: »Die Göttin gebe, daß die Herrin vom See sich nie so demütigen muß.«

»Auch ich würde ihn zornig zur Rechenschaft ziehen, aber ich habe das nicht zu entscheiden.« Er streckte die Hand aus. »Helft mir bitte beim Aufstehen. Ich glaube, mein Pferd kann zwei tragen, und wenn nicht, müssen wir Euch ein Pferd besorgen, wenn wir in die nächste Stadt kommen. Ich sollte zumindest ebenso ritterlich sein wie der große Lancelot und Euch mein Pferd anbieten, aber ...«, und er wies auf seinen Körper, »... selbst wenn es mir sehr gut geht, bin ich nicht gut zu Fuß.«

Morgaine zog ihn hoch. »Ich bin stark. Ich kann zu Fuß gehen. Wenn wir etwas in der Stadt kaufen, dann sollten es ein paar Schuhe für mich und ein Messer sein. Ich habe keine einzige Münze bei mir, aber ich werde es Euch zurückzahlen, wenn ich kann.«

Kevin sagte wegwerfend: »Ihr seid durch das Gelöbnis von Avalon meine Schwester ... was mir gehört, gehört auch Euch ... so lautet das Gesetz. Wir müssen nicht über Bezahlung reden.«

Morgaine wurde schamrot, weil Kevin sie daran erinnern mußte, was sie geschworen hatte. *Ich habe wirklich nicht mehr in dieser Welt gelebt.*

»Ich werde Euch beim Aufsitzen helfen. Bleibt Euer Pferd ruhig stehen?«

Er lächelte. »Es würde mir wenig nützen, wenn es das nicht täte. Denn ich reite auf einsamen Straßen! Kommt ... ich würde Camelot gerne morgen erreichen.«

In einer Stadt inmitten der Hügel fanden sie einen Flickschuster, der Morgaines Schuhwerk wieder richtete. Und sie entdeckten einen alten Bronzedolch. Der Händler erklärte, seit der großen Schlacht gäbe es keinen Mangel an solchen Dingen. Kevin kaufte ihr auch einen neuen Umhang. Denn, wie er sagte, der Fetzen aus dem Bauernhaus würde sich kaum noch als Satteldecke eignen. Der Kauf hatte sie Zeit gekostet, und als sie wieder auf der Straße waren, begann es heftig zu schneien, und die Dunkelheit würde bald hereinbrechen.

»Wir hätten in der Stadt bleiben sollen«, sagte Kevin. »Ich hätte Harfe spielen und für uns beide ein Abendessen und ein Bett verlangen können. Ich könnte mich in meinen Mantel hüllen und im Schutz einer Mauer schlafen. Aber nicht in Begleitung einer Priesterin aus Avalon ...«

»Glaubt Ihr, ich hätte nie so geschlafen?« fragte Morgaine.

Er lachte. »Es kommt mir vor, Morgaine, als hättet Ihr das in letzter Zeit allzuoft getan. Aber wir können das Pferd noch so sehr zur Eile antreiben, wir vermögen Camelot heute nicht mehr zu erreichen. Wir müssen nach einer Unterkunft Ausschau halten.«

Nach einiger Zeit tauchten im Schneegestöber die dunklen Umrisse einer Hütte auf. Selbst Morgaine konnte nicht aufrecht durch die Türe gehen. Wahrscheinlich war es ein alter Stall, aber schon so lange aufgegeben, daß man nichts mehr von den Tieren roch. Wenigstens das Schilfdach schien weitgehend dicht zu sein. Sie banden das Pferd an und krochen hinein. Kevin bedeutete ihr durch eine Geste, den alten, zerlumpten Umhang auf dem Boden auszubreiten, dann hüllten sie sich in ihre Mäntel und legten sich Seite an Seite nieder. Aber es war so kalt, daß Kevin hörte, wie Morgaine mit den Zähnen klapperte. Schließlich sagte er, sie müßten beide Mäntel über sich breiten und sich gegenseitig wärmen. »Wenn Ihr es nicht verabscheut, diesem mißgestalteten Körper so nahe zu kommen«, sagte er, und sie hörte Schmerz und Zorn in seiner Stimme.

»Was das betrifft, Kevin, weiß ich nur, daß Ihr mit Euren entstellten Händen schönere Musik hervorbringt als ich oder selbst Taliesin mit heilen Händen«, sagte Morgaine und schmiegte sich dankbar an ihn. Endlich glaubte sie schlafen zu können und legte frohgemut ihren Kopf an seine Schulter.

Morgaine war den ganzen Tag lang gelaufen und todmüde. Sie fiel in einen tiefen Schlaf, aus dem sie erwachte, als das Licht durch die Ritzen der Wände drang. Sie war ganz steif vom Liegen auf dem harten Boden, und als sie die lehmbeschmierten Wände sah, packte sie blankes Entsetzen. Sie, Morgaine, Priesterin von Avalon, Herzogin von Cornwall, lag hier in einem Stall ... aus Avalon vertrieben ... würde sie jemals zurückkehren? Und sie kam von schlimmeren Orten, von der Burg Chariot im Feenland, von der weder Christen noch Heiden etwas wußten, und die jenseits der Pforten dieser Welt lag ... sie, die Igraine so liebevoll umsorgt hatte ... sie, die Schwester des Großkönigs, unterwiesen durch die Herrin vom See, angenommen von der Göttin ... sie hatte alles verleugnet. Aber nein, sie hatte es nicht verleugnet! Man hatte es ihr genommen, als Viviane sie zu dem Gehörnten schickte, und sie mit dem Kind ihres Bruders zurückkehrte.

Igraine ist tot. Meine Mutter ist tot. Und ich kann nicht mehr nach Avalon zurück. In dieser Welt nie mehr ... Morgaine weinte mutlos und erstickte ihr Schluchzen im groben Tuch des Mantels.

Kevins Stimme drang sanft und gedämpft durch das Zwielicht.

»Weint Ihr um Eure Mutter, Morgaine?«

»Um meine Mutter ... um Viviane ... und vielleicht am meisten um mich.« Morgaine wußte nicht, ob sie diese Worte aussprach. Kevins

Arme legten sich um sie. Sie ließ den Kopf an seine Brust sinken und weinte und weinte, bis sie nicht mehr weinen konnte.
Nach langer Zeit sagte er und strich ihr dabei immer noch über die Haare: »Du hast die Wahrheit gesagt, Morgaine... du schreckst nicht vor mir zurück.«
»Wie könnte ich auch?« erwiderte sie und schmiegte sich enger an ihn. »Du bist so freundlich!«
»Nicht alle Frauen denken so«, sagte er. »Selbst an den Feldfeuern... manche Frauen glauben, weil meine Hände und Beine lahm sind, müsse ich auch taub und stumm sein... ich hörte mehr als einmal, daß selbst die Jungfrauen der Göttin den Priesterinnen zuflüsterten, sie sollten ihnen einen Platz weit von mir entfernt geben, damit nicht die Möglichkeit bestand, daß ich sie ansah, wenn es Zeit war, die Feuer zu verlassen...«
Morgaine setzte sich entrüstet auf. »Ich würde als Priesterin eine solche Frau von den Feuern vertreiben, wenn sie die Gestalt in Zweifel zieht, in der der Gott zu ihr kommt... und was hast du getan, Kevin?«
Er zuckte die Schultern. »Ich machte mich so heimlich davon, daß niemand es bemerkte, um das Ritual nicht zu stören oder eine Frau vor eine solche Entscheidung zu stellen. Selbst der Gott kann nicht ändern, was sie sehen oder über mich denken. Bereits ehe mir das Gelübde der Druiden verbot, mich zu den Frauen zu legen, die ihren Körper für Gold feilbieten, konnte ich keine Frau finden, die mein Gold genommen hätte. Vielleicht sollte ich versuchen, ein Christenpriester zu werden, denn ich habe gehört, ihre Kirche lehrt sie das Geheimnis, wie man ohne Frauen lebt. Vielleicht sollte ich auch wünschen, die Sachsen, die meine Hände und meinen Körper entstellten, hätten mich auch entmannt. Dann müßte ich mich darum nicht mehr kümmern... Es tut mir leid, ich sollte nicht darüber sprechen. Aber ich überlege, ob du eingewilligt hast, dich neben mich zu legen, weil du dachtest, in diesem entstellten Körper stecke kein Mann...«
Erschrocken über die abgrundtiefe Bitterkeit seiner Worte, der Wunden, die seiner Männlichkeit zugefügt worden waren, hörte Morgaine zu. Sie kannte die Empfindsamkeit seiner Hände, die verletzlichen Gefühle eines Musikanten. Konnten Frauen selbst im Angesicht der Göttin nur einen entstellten Körper sehen? Sie dachte daran, wie sie sich in Lancelots Arme geworfen hatte und an ihren verletzten Stolz... eine Wunde, die nie heilen würde.

Langsam beugte sie sich über ihn, küßte ihn auf den Mund, zog seine Hand an ihre Lippen und küßte die Narben. »Du darfst nie daran zweifeln, daß du für mich ein Mann bist, und die Göttin gibt mir ein, das zu tun.« Sie legte sich wieder auf den Mantel und wendete sich ihm zu.

Er betrachtete sie prüfend in der zunehmenden Helligkeit. Einen Moment lang erschrak sie vor dem, was sie in seinem Gesicht las. Glaubte er, sie bemitleide ihn? Nein! Sie teilte mit ihm die Kenntnis seiner Leiden, und das war etwas anderes. Sie sah ihm in die Augen... ja, wenn sein Gesicht nicht so von Bitterkeit gezeichnet wäre, so verzerrt von all dem Leiden, würde er wahrscheinlich gut aussehen. Kevin hatte klare Züge, seine Augen waren dunkel und sanft. Das Schicksal hatte seinen Körper gebrochen – nicht aber seinen Geist... kein Feigling hätte die Prüfungen der Druiden bestanden.

Unter dem Mantel der Göttin ist jede Frau meine Schwester, meine Tochter und meine Mutter. Und so muß jeder Mann für mich Vater sein, Liebhaber und Sohn... Mein Vater starb, ehe ich ihn richtig kennenlernte, und ich habe meinen Sohn nicht mehr gesehen, seit er entwöhnt wurde... aber diesem Mann will ich schenken, was die Göttin mir aufträgt... Morgaine küßte eine der vernarbten Hände Kevins und legte sie unter dem Gewand auf ihre Brust.

Er war unerfahren... und das kam ihr bei einem Mann seines Alters seltsam vor. *Aber wie konnte es auch anders sein?* Dann dachte sie: *Es ist wirklich das erste Mal, daß ich es aus freiem Willen tue. Und das Geschenk wird so genommen, wie es geboten wird.* Etwas in ihr schien dadurch zu heilen. Seltsam, daß es mit einem Mann so sein konnte, den sie kaum kannte und dem sie nur freundliche Gefühle entgegenbrachte. Selbst in seiner Unerfahrenheit war Kevin zartfühlend und sanft. Sie spürte, wie in ihr eine große unaussprechliche Zärtlichkeit wuchs.

»Seltsam«, sagte er schließlich ruhig und nachdenklich. »Ich wußte, daß du weise und eine Priesterin bist. Aber ich habe nie daran gedacht, daß du schön bist.«

Sie lachte rauh: »Schön? Ich?« Aber es erfüllte sie mit Dankbarkeit, daß sie ihm in diesem Augenblick schön erschien.

»Morgaine, sage mir... wo bist du gewesen? Ich möchte nicht fragen. Aber dir lastet etwas schwer auf dem Herzen.«

»Ich weiß es nicht«, entfuhr es ihr. Sie hatte nie geglaubt, daß sie es ihm sagen würde. »Außerhalb der Welt vielleicht... ich versuchte,

Avalon zu erreichen ... und konnte nicht dorthin kommen ... ich glaube, der Weg zur Heiligen Insel ist mir versperrt. Zweimal war ich jetzt ... anderswo. In einem anderen Land, in einem Land der Träume und voller Zauber ... ein Land, in dem die Zeit stillsteht und nicht ist. Dort gibt es nichts außer Musik ...« Sie schwieg. Würde Kevin sie für wahnsinnig halten?
Er fuhr mit einem Finger die Linie ihres Auges nach. Es war kalt. Sie hatten die Mäntel von sich geworfen, und jetzt hüllte er sie zärtlich ein. »Auch ich war einmal dort und habe ihre Musik gehört ...«, sagte er nachdenklich und geistesabwesend. »Dort war ich bei weitem nicht so entstellt, und die Frauen verspotteten mich nicht ... eines Tages, wenn ich meine Furcht vor dem Wahnsinn überwunden habe, werde ich vielleicht noch einmal zu ihnen zurückkehren ... sie unterwiesen mich in ihren Geheimnissen und sagten, wegen meiner Musik würden sie mich aufnehmen ...« Und wieder versank er in langes Schweigen.
Morgaine zitterte und wandte den Blick ab. »Wir sollten aufstehen. Wenn unser armes Pferd in der Nacht nicht erfroren ist, werden wir heute Camelot erreichen.«
»Und wenn wir zusammen ankommen«, sagte Kevin ruhig, »werden sie vielleicht glauben, daß wir beide aus Avalon kommen. Es geht sie nichts an, wo du gewesen bist ... du bist eine Priesterin und keinem Menschen Rechenschaft schuldig ... auch nicht ihrem Bischof oder Taliesin.«
Morgaine wünschte, sie könnte ein hübscheres Kleid anziehen. Sie würde im Gewand einer Bettlerin an König Artus' Hof erscheinen. Nun, das ließ sich nicht ändern. Kevin sah zu, wie sie ihre Haare aufsteckte, dann streckte er die Hand aus, und sie half ihm wie selbstverständlich, sich zu erheben. Aber sie sah wieder den bitteren Ausdruck in seinen Augen. Er verschloß sich hinter hundert Mauern der Vorsicht und der Bitterkeit. Doch als sie aus der Tür krochen, berührte er ihre Hand.
»Ich habe dir nicht gedankt, Morgaine.«
Sie lächelte: »Oh ... wenn es um Dank geht, so habe auch ich zu danken, mein Freund ... oder hast du das nicht gespürt?«
Einen Augenblick lang drückte er mit den vernarbten Fingern ihre Hand ... Und dann sah sie loderndes Feuer ... sie sah Kevins entstelltes Gesicht in einem Feuerring ... es war zu einem Schrei verzerrt ... und überall brannte es, züngelten Flammen ... Feuer ... Sie erstarrte, zog ihre Hand weg und blickte ihn voll Entsetzen an.

»Morgaine«, rief er. »Was ist dir?«
»Nichts, nichts ... ein Krampf in meinem Bein, log sie und wich seiner Hand aus, als er sie stützen wollte. *Tod! Tod durch Verbrennen! Was bedeutete das? Selbst die schlimmsten Verräter mußten nicht so sterben ... oder habe ich nur gesehen, was ihm damals als Junge widerfahren ist?* Das kurze Aufblitzen des Gesichts wühlte sie bis ins Innerste auf. Morgaine glaubte, sie habe das Urteil gesprochen, das Kevin diesem Tod überantwortete.
»Komm«, sagte sie beinahe grob. »Wir wollen uns auf den Weg machen.«

Gwenhwyfar wollte nie etwas mit dem Gesicht zu tun haben. Stand nicht in der Heiligen Schrift: ›Kein Mann weiß, was der Tag ihm bringt!‹? Im vergangenen Jahr hatte sie kaum an Morgaine gedacht, und seit der Hof nach Camelot gezogen war, überhaupt nicht mehr. Aber als sie an diesem Morgen erwachte, erinnerte sie sich, von Morgaine geträumt zu haben. Im Traum hatte Morgaine sie an der Hand genommen, sie zu den Beltanefeuern geführt und ihr befohlen, bei Lancelot zu liegen. Nach dem Aufwachen lachte sie über diese Verrücktheit. Träume schickte bestimmt der Teufel, denn in allen Träumen, die ihr so sündige Gedanken eingaben, die keine Christin hegen durfte, sprach Morgaine sie aus.
Sie hat den Hof verlassen. Ich muß nie mehr an sie denken ... nein, ich wünsche ihr nichts Schlechtes. Ich wünsche, daß sie ihre Sünden bereut und in einem Kloster Frieden findet ... aber weit weg von hier.
Nachdem König Artus seinem Heidentum entsagt hatte, glaubte Gwenhwyfar sogar, glücklich sein zu können. Wenn nur diese Träume nicht wären, in denen Morgaine sie zu schamlosen Dingen verleitete! Der Traum ließ sie nicht los, während sie an dem Altartuch arbeitete, das sie der Kirche schenken wollte. Er verfolgte sie so sehr, daß es ihr wie eine Sünde erschien, an Lancelot zu denken, während sie ein goldenes Kreuz stickte. Sie ließ die Nadel sinken und sprach flüsternd ein Gebet. Aber ihre Gedanken kamen nicht zur Ruhe. Als sie Artus am Weihnachtsfest darum bat, hatte er ihr versprochen, die Beltanefeuer in den Dörfern zu verbieten. Sie glaubte, er hätte es schon früher getan, wenn der Merlin ihn nicht daran gehindert hätte. Es müßte jedem schwerfallen, den alten Mann nicht liebzuhaben. –

Er war so gut und sanft. Wenn er nur ein Rechtgläubiger wäre! Er wäre besser als jeder Priester. Aber Taliesin sagte, es sei nicht recht, dem Landvolk die schlichte Anbetung einer Göttin zu nehmen, die über Felder und Ernten wachte und die den Tieren und den Menschen Fruchtbarkeit schenkte. Ganz bestimmt konnten solche Menschen keine großen Sünden begehen. Sie hatten genug damit zu tun, ihre Felder zu bearbeiten und die Ernte einzubringen, um wenigstens nicht zu verhungern. Man konnte nicht annehmen, daß der Teufel sich um diese Menschen kümmern würde – wenn es überhaupt einen Teufel gab. Aber Gwenhwyfar entgegnete: »Ich nehme an, Ihr glaubt, sie sündigen nicht, wenn sie zu den Beltanefeuern gehen, ihre unzüchtigen, heidnischen Riten abhalten und sich dort Fremden hingeben ...?«

»Gott weiß, sie haben nicht viele Freuden in ihrem Leben«, erwiderte Taliesin ruhig. »Ich kann mir nicht vorstellen, daß etwas falsch daran sein soll, wenn sie viermal im ganzen Jahr ... einmal in jeder Jahreszeit ... feiern und tun, wonach ihnen der Sinn steht. Für mich gäbe es wenig Gründe, einen Gott zu lieben, der daran Anstoß nimmt und es als Sünde bezeichnet. Haltet *Ihr* es für Sünde, meine Königin?«

Ja, das tat sie! Jeder Christin mußte es als eine Sünde erscheinen, auf die Felder zu gehen, nackt zu tanzen und mit dem ersten Mann zu liegen, der ihr geschickt wurde ... Es war unanständig, schamlos und sündhaft! Taliesin schüttelte seufzend den Kopf.

»Trotzdem, meine Königin, niemand kann über das Gewissen eines anderen befehlen. Selbst wenn ihr es für sündhaft und schamlos haltet, könnt Ihr doch nicht vorgeben zu wissen, was für einen anderen Menschen recht ist. Selbst die Weisen wissen nicht alles. Und vielleicht haben die Götter noch andere Absichten, als wir mit unserem geringen Wissen ahnen.«

»Wenn ich richtig von falsch unterscheiden kann ... wie ich es tue, weil die Priester es uns lehren und Gott es uns in der Heiligen Schrift zeigt, dann müßte ich Gottes Strafe fürchten, wenn ich *nicht* Gesetze machen und erlassen würde, die mein Volk davon abhalten zu sündigen«, entgegnete Gwenhwyfar herausfordernd. »Ich glaube, Gott verlangt es von mir, daß ich der Sünde in meinem Reich keinen Platz einräume, und wenn ich König wäre, hätte ich es schon lange untersagt.«

»Dann, Herrin, kann ich nur sagen, ist es ein großes Glück für das Land, daß Ihr nicht König seid. Ein Herrscher muß seine Untertanen vor Eindringlingen, vor äußeren Feinden schützen und sein Volk zur

Verteidigung des Landes in den Krieg führen ... ein König muß sich als erster zwischen das Land und jede Gefahr stellen, so wie ein Bauer seine Felder gegen alle Räuber verteidigt. Aber es ist nicht die Pflicht eines Königs, den Menschen seines Landes vorzuschreiben, was in ihren Herzen zu geschehen hat!«

Aber sie widersprach ihm heftig: »Ein König ist der Beschützer seines Volks. Was nützt es, ihre Körper zu verteidigen, wenn er zuläßt, daß ihre Seelen dem Bösen verfallen? Seht, Ehrwürdiger Merlin, ich bin Königin. Die Mütter dieses Landes senden ihre Töchter an den Hof, damit sie mir dienen und höfische Lebensart lernen ... versteht Ihr? Was für eine Königin müßte ich sein, wenn ich zuließe, daß die Tochter einer anderen Frau sich unanständig benimmt und ein Kind bekommt, oder ... wie Königin Morgause, zumindest habe ich das gehört ... zuließ, daß ihre Hofdamen im Bett des Königs lagen, wenn er es wünschte? Mütter vertrauen mir ihre Töchter an, weil sie wissen, daß ich sie beschütze ...«

»Es ist etwas anderes, wenn man Euch Mädchen anvertraut, die zu jung sind, um ihren eigenen Willen zu kennen und Ihr sie wie eine Mutter richtig erzieht«, antwortete Taliesin. »Aber ein König herrscht über erwachsene Menschen.«

»Gott hat nicht gesagt, es gibt ein Gesetz für den Hof und ein anderes für das gemeine Volk! Er verlangt, daß sich alle Menschen Seinem Willen beugen ... und stellt Euch vor, es gäbe keine Gesetze? Was glaubt Ihr, würde aus dem Land werden, wenn ich und meine Hofdamen in die Felder gingen und uns so schamlos aufführen würden? Wie kann man zulassen, daß solche Dinge in Hörweite der Kirchenglocken geschehen?«

Taliesin lächelte und antwortete: »Ich halte es für unwahrscheinlich, daß Ihr zum Beltanefeuer auf die Felder gehen würdet, selbst wenn Euer Gott es nicht verbieten würde, meine Herrin. Mir ist aufgefallen ... daß Ihr den freien Himmel meidet.«

»Ich habe die Wohltaten der christlichen Erziehung und priesterlichen Rat genossen. Es ist meine Entscheidung, nicht zu gehen!« erwiderte sie scharf.

»Aber Gwenhwyfar«, sagte er sehr sanft. Und seine blassen Augen sahen sie ruhig aus dem faltigen und gezeichneten Gesicht an. »Bedenkt doch ... stellen wir uns vor, ein Gesetz würde erlassen, das die Feldfeuer verbietet. Euer Gewissen befiehlt Euch aber, daß es richtig ist, so zu handeln, Euch der Göttin zu schenken, um so in Dankbarkeit anzuerkennen, daß sie über Körper und Seele herrscht.

Wenn Eure Göttin dies von Euch verlangen sollte ... würdet Ihr Euch von einem Gesetz abhalten lassen, daß Euch den Dienst an der Göttin verbietet? Vergeßt nicht, liebe Herrin: Noch vor zweihundert Jahren – hat Bischof Patricius Euch dies nicht erzählt? – war es hier im Sommerland vom Gesetz streng verboten, Christus anzubeten, um den Göttern Roms nicht die gebührende Ehre vorzuenthalten. Und es gab Christen, die lieber starben, als so unbedeutende Dinge zu tun, wie ein paar Körner Weihrauch vor einer der Götterstatuen zu verbrennen ... aha, ich sehe, Ihr kennt die Geschichte! Wollt Ihr Euren Gott zu einem ebenso großen Tyrannen machen wie die römischen Kaiser?«

»Aber Gott ist wirklich, und sie sind nur von Menschenhand geschaffene Vorbilder«, entgegnete Gwenhwyfar.

»Sie sind auch nichts anderes als das Bild der Jungfrau Maria, das Artus in die Schlacht trug«, entgegnete Taliesin. »Ein Bild, um den Gläubigen Trost zu schenken. Mir als Druiden ist es streng verboten, die Darstellung eines Gottes zu besitzen, denn ich habe in vielen Leben gelernt, daß ich keine brauche ... ich kann an meinen Gott denken, und er ist in mir. Aber die Einmalgeborenen sind dazu nicht in der Lage. Deshalb verehren sie ihre Göttin in runden Steinen und Teichen, wie Eure einfachen Menschen das Bild der Jungfrau Maria und das Kreuz brauchen. Manche Ritter tragen es sogar auf ihren Schilden, damit die Menschen sie als christliche Ritter erkennen.«

Gwenhwyfar wußte, etwas stimmte nicht an seinem Beweis. Aber sie konnte mit dem Merlin nicht streiten. Er war ohnedies nur ein alter Mann und ein Heide ...

Wenn ich Artus einen Sohn geboren habe ... er sagte einmal, dann kann ich alles von ihm verlangen, was in seiner Macht steht. Er wird es mir erfüllen. Und dann werde ich ihn darum bitten, den Beltanebrauch und die Erntefeuer zu verbieten.

Monate später erinnerte sich Gwenhwyfar an dieses Gespräch – es war am Morgen nach dem Traum. Morgaine hätte ihr bestimmt geraten, mit Lancelot an die Feuer zu gehen ... Artus hatte gesagt, er würde keine Fragen stellen, wenn sie ein Kind bekommen sollte. Er hatte ihr gewissermaßen die Erlaubnis gegeben, Lancelot zum Liebhaber zu nehmen ... ihr Gesicht glühte, während sie sich über das Kreuz beugte. *Nein, ich bin nicht würdig, eine solche Arbeit zu tun.* Sie legte die Altardecke beiseite und hüllte sie in ein grobes Tuch ein. Sie würde daran weiterarbeiten, wenn sie ruhiger war ...

Cais hinkende Schritte näherten sich der Kammer. »Meine Herrin«,

sagte er. »Der König läßt Euch bitten, auf den Turnierplatz zu kommen. Er möchte Euch etwas zeigen.«
Gwenhwyfar nickte ihren Hofdamen zu. »Elaine, Meleas, begleitet mich«, sagte sie. »Ihr anderen könnt mitkommen oder weiterarbeiten, ganz wie es Euch beliebt.«
Eine ältere und etwas kurzsichtige Frau entschied sich zu bleiben und zu spinnen. Die anderen sehnten sich nach einer Gelegenheit, in die frische Luft und in die Sonne zu kommen, und folgten der Königin.
In der Nacht hatte es geschneit. Aber die Macht des Winters war gebrochen, der Schnee schmolz in der Sonne dahin. Kleine Blüten reckten ihre Köpfe im Gras; in einem Monat würde hier ein einziges Blumenmeer sein. Als Gwenhwyfar nach Camelot gekommen war, hatte ihr Vater Leodegranz ihr seinen besten Gärtner geschickt. Er sollte entscheiden, welche Gemüse und Kräuter auf Camelot am besten wachsen würden. Der Hügel war lange vor den Römern schon befestigt gewesen, und es wuchsen bereits Kräuter. Gwenhwyfar befahl dem Gärtner, sie alle in den Küchengarten zu versetzen. Als sie eine Stelle entdeckten, wo wilde Blumen wuchsen, bat sie Artus darum, ihr dieses Stück als Wiese zu lassen. Und er legte den Turnierplatz in einige Entfernung.
Gwenhwyfar warf einen verzagten Blick nach oben, während sie über den Rasen schritten. Hier war alles so offen, und der Himmel schien so nahe. Caerleon hatte sich dicht an die Erde geschmiegt. Camelot schien an Regentagen eine aus Steinen und Mauern geschaffene Insel inmitten von Nebel und Dunst zu sein – wie Avalon. Aber im klaren Sonnenschein, wie heute, erhob es sich hoch und frei über das Land. Man sah Meile um Meile und ringsum nur Hügel und Wälder...
Camelot war dem Himmel zu nahe! Sicher war es nicht recht, daß Menschen... einfache Sterbliche so weit sehen konnten. Aber Artus erklärte, die Burg eines Königs müsse gut zu verteidigen sein, selbst wenn Frieden im Land herrsche.
Doch nicht der König kam, um sie zu begrüßen, sondern Lancelot. Er sah noch besser aus, dachte Gwenhwyfar. Nun mußte er seine Haare wegen des Helms nicht mehr kurz schneiden; er hatte sie wachsen lassen. Und die Locken fielen ihm auf die Schultern. Er trug einen kurzen Bart... an ihm gefiel es ihr, obwohl Artus ihn verspottete und sagte, er sei eitel. Artus hielt seine Haare kurz wie ein Krieger, und seine Kammerherren rasierten ihn jeden Morgen so sorgfältig und glatt wie er seine Haare kämmte.

»Herrin, der König erwartet Euch«, sagte Lancelot und bot ihr den Arm. Er geleitete sie zu den Sitzplätzen, die Artus dicht hinter der hölzernen Begrenzung des Turnierplatzes in Stufenform hatte errichten lassen.

Artus verbeugte sich, dankte Lancelot mit einem Lächeln und ergriff Gwenhwyfars Hand. »Komm, Gwen, setz dich neben mich... ich habe dich hierher gebeten, weil ich dir etwas Besonderes zeigen will. Sieh dort...«

Sie sah, daß ein paar jüngere Ritter und etliche Knappen, die am Hof des Königs dienten, sich ein Scheingefecht lieferten. Die beiden gegnerischen Gruppen kämpften mit Holzschwertern und großen Schilden. »Dort«, sagte Artus und zeigte in die Richtung, »siehst du den Großen in dem safranfarbenen Hemd? Erinnert er dich nicht an jemanden?«

Gwenhwyfar betrachtete den jungen Mann und verfolgte sein geschicktes Agieren mit Schwert und Schild... er löste sich von den anderen, griff wie ein Rasender an, warf die Gegner um und traf einen so hart am Kopf, daß er besinnungslos niederstürzte. Einen anderen brachte er durch einen gewaltigen Hieb auf den Schild ins Wanken. Er war wirklich noch sehr jung... auf seinem rosigen Gesicht zeigte sich der erste Flaum, und er wirkte immer noch wie ein unschuldiger Engel... aber er war beinahe sechs Fuß groß und breitschultrig wie ein Stier.

»Er kämpft wie ein Teufel«, sagte Gwenhwyfar. »Aber wer ist es? Ich habe ihn, glaube ich, noch nicht am Hof gesehen...«

»Er ist der Jüngling, der nach Camelot kam und seinen Namen nicht nennen wollte«, erklärte Lancelot, der dicht neben ihr stand. »Deshalb habt Ihr ihn Cai übergeben, der ihn in die Küche steckte. Man nennt ihn ›Schönling‹, weil er so weiße und feine Hände hat. Cai erlaubte sich derbe Späße mit ihm, ließ ihn den Bratenspieß drehen und Gemüse putzen, um seinen Händen die Schönheit zu nehmen. Ja, ja, unser Cai hat es faustdick hinter den Ohren!«

»Aber der Junge hat sich nie gewehrt«, sagte Gawain mißmutig, der an Artus' anderer Seite stand. »Er könnte Cai mühelos das Genick brechen. Als die anderen Jungen ihn drängten, Cai zu verprügeln – der Hofmarschall machte einmal einen schlechten Witz über seine Herkunft und behauptete, er müsse von einem Bauern und einer Küchenmagd abstammen, da ihm alle diese Dinge so gut von der Hand gingen –, da sah unser Schönling einfach durch Cai hindurch und antwortete: Es sei unrecht, einen Mann niederzuschlagen, der im Dienst seines Königs verwundet worden sei.«

Lancelot bemerkte trocken: »Das war für Cai schlimmer, als wenn er bewußtlos geschlagen worden wäre. Cai glaubt von sich, er sei zu nichts anderem gut, als den Bratenspieß zu drehen und Teller aufzutragen. Artus, eines Tages müßt Ihr für Cai eine Aufgabe finden, und wenn Ihr ihn auch nur ausschickt, um Pellinores Drachen zu finden.«
Elaine und Meleas kicherten hinter vorgehaltener Hand. Artus aber antwortete: »Das werde ich auch. Cai ist zu gut und zu treu, um so zu versauern. Ich wollte ihm Caerleon geben, aber er nahm es nicht an. Er sagte, sein Vater habe ihm befohlen, mir solange er lebe mit seinen Händen zu dienen, und deshalb wolle er auch in Camelot mein Haushofmeister sein. Aber dieser Junge ... Schönling nennt Ihr ihn, Lance? Erinnert er dich nicht an jemand, meine Gwenhwyfar?«
Sie stand hinter Artus und betrachtete den Jungen, der gerade mit wehenden Haaren den letzten Gegner angriff. Er hatte eine hohe, breite Stirn, eine große Nase, und seine Hände, die die Waffen umklammerten, waren glatt und weiß – dann entdeckte sie die gleiche Nase, die gleichen blauen Augen, allerdings unter dichten roten Haaren, und sagte: »Oh, er sieht aus wie Gawain!« Und sie sagte es, als sei es etwas Unanständiges ...
»Gott steh uns bei, so ist es«, bemerkte Lancelot lachend. »Es ist mir nie aufgefallen, und ich habe ihn oft gesehen. Ich habe ihm auch dieses Hemd gegeben. Er hatte nichts Richtiges anzuziehen ...«
»Und noch andere Dinge«, sagte Gawain. »Als ich ihn fragte, ob er alles habe, was seinem Stand angemessen sei, erzählte er mir von deinen Geschenken. Es war sehr edel von dir, dem Jungen zu helfen, Lance.«
Artus wendete sich Gawain zu und fragte überrascht: »Dann ist es also dein Sprößling, Gawain? Ich wußte nicht, daß du einen Sohn hast ...«
»Nein, mein König. Es ist mein ... mein jüngster Bruder Gareth. Er bat mich, es Euch nicht zu sagen.«
»Und das habt Ihr bisher wohl getan«, bemerkte Artus vorwurfsvoll. »Habt Ihr Geheimnisse vor Eurem König?«
»Nein, nein«, widersprach Gawain, peinlich berührt. Sein kantiges Gesicht färbte sich glühend rot, und die ziegelsteinroten Haare und die Wangen schienen nur noch eine Farbe zu sein. *Wie merkwürdig*, dachte Gwenwyfar, *daß ein so großer und starker Mann errötet wie ein Kind.* »Ganz bestimmt nicht, mein König. Aber der Junge bat mich, still zu sein ... Er behauptet, Ihr, Artus, begünstigt mich als

Euren Vetter und Verwandten. Aber wenn er an Eurem Hof und ›bei dem großen Lancelot‹ ... ja, Lance, das hat er gesagt, bei dem großen Lancelot ... Ruhm gewinnt, dann soll es wegen seiner Taten geschehen und nicht auf Grund seiner Herkunft.«

»Wie närrisch«, sagte Gwenhwyfar. Aber Lancelot lächelte.

»Nein«, entgegnete er, »es ist ehrenhaft gedacht. Ich habe oft gewünscht, den Mut und den Verstand zu haben, genau so zu handeln, anstatt geduldet zu sein, denn ich war schließlich Bans Bastard und mußte nichts durch Leistung erringen ... Deshalb kämpfte ich immer darum, mich in der Schlacht hervorzutun, damit niemand behaupten konnte, ich sei der Gunst nicht würdig ...«

Artus drückte sanft Lancelots Arm: »Das brauchst du nicht zu befürchten, mein Freund! Alle wissen, du bist mein bester Ritter und stehst dem Thron am nächsten. Aber Gawain ...«, damit wendete er sich wieder dem rothaarigen Mann zu, »... auch dich habe ich nicht als meinen Erben und Verwandten begünstigt, sondern weil du treu und standhaft bist und mir mehr als ein dutzendmal das Leben gerettet hast. Es gab Männer, die sagten, mein Thronerbe dürfe nicht mein Leibwächter sein, denn wenn er seine Pflicht zu gut erfülle, käme er nie auf den Thron. Aber ich hatte immer und immer wieder Gelegenheit, mich darüber zu freuen, einen so treuen Ritter in meinem Rücken zu wissen.« Er legte den Arm um Gawains Schultern und sagte: »Das ist also dein Bruder. Und ich wußte es nicht.«

»Ich wußte es auch nicht, als er an den Hof kam«, sagte Gawain. »Ich hatte ihn an Eurer Krönung das letzte Mal gesehen, und damals ging der kleine Bursche nur bis zu meinem Schwertknauf. Und jetzt ... Ihr seht ja selbst ...«, er deutete auf Gareth. »Aber einmal begegnete ich ihm in der Küche und dachte, er müßte ein Bastard meines Vaters sein ... Lot hat weiß Gott genug ... Damals erkannte ich ihn, und Gareth bat mich, ihn nicht zu verraten. Er wollte aus eigener Kraft Ruhm erringen.«

»Ein Jahr unter Cais hartem Regiment, und jedes Muttersöhnchen wird zu einem Mann«, erklärte Lancelot, »und er hat sich weiß Gott als Mann erwiesen.«

»Ich wundere mich, daß du ihn nicht erkannt hast, Lancelot ... an Artus' Hochzeit verlor er beinahe sein Leben«, sagte Gawain gutmütig. »Oder weißt du nicht mehr, wie du ihn unserer Mutter zurückbrachtest? Du hast ihr aufgetragen, ihm eine ordentliche Tracht Prügel zu verpassen, damit er nicht noch einmal so leichtsinnig vor die Pferde lief ...«

»Und ich hätte mir kurz darauf beinahe den Hals gebrochen... Ja, jetzt erinnere ich mich«, sagte Lancelot lachend. »Das ist also dieser kleine Bursche! Aber er ist den anderen Jungen bereits weit überlegen und sollte bei den Männern und den Rittern sich im Waffenhandwerk üben. Mir scheint, er hat das Zeug, einmal der beste von allen zu werden. Erlaubt Ihr, mein Gebieter?«

»Tu, was dir gefällt, mein Freund.«

Lancelot legte das Schwert ab und übergab es Gwenhwyfar mit den Worten: »Darf ich es Euch überlassen?«, sprang über den Zaun, griff nach einem der Holzschwerter und lief auf den großen blonden Jüngling zu.

»Du bist zu groß für diese Burschen... Komm her und versuche dich an einem, den du nicht um Kopfeslänge überragst.«

Gwenhwyfar dachte plötzlich ängstlich: *Wer überragt wen?*, denn Lancelot war kaum größer als sie selbst, und der junge Bursche *überragte ihn* um Kopfeslänge. Gareth zögerte, als er sich plötzlich dem Obersten der Reiterei des Königs gegenübersah. Aber Artus ermutigte ihn mit einer Geste, und sein Gesicht strahlte vor Freude. Er griff Lancelot an, hob das Holzschwert zum Schlag und mußte verblüfft feststellen, daß er Lancelot nicht getroffen hatte. Der Ritter war ausgewichen, drehte sich geschwind einmal um sich selbst und versetzte Gareth einen Hieb auf die Schulter, doch so, daß es dem Jungen nur das Hemd zerriß. Gareth schüttelte sich und fing Lancelots nächsten Schlag mit dem Schild ab. Lancelot glitt auf dem feuchten Gras aus, und er schien vor dem Jungen auf die Knie zu fallen.

Gareth machte einen Schritt rückwärts; Lancelot sprang auf und schrie: »Dummkopf! Stell dir vor, ich wäre ein Sachsenhäuptling!« und versetzte ihm mit der flachen Klinge einen Schlag auf den Rücken. Gareth ging wie betäubt zu Boden, sein Schwert flog in hohem Bogen durch die Luft.

Lancelot beugte sich über ihn und sagte lächelnd: »Ich wollte dich nicht verletzen, mein Junge! Aber du mußt lernen, mehr auf der Hut zu sein.« Er streckte ihm die Hand hin: »Komm, steh auf.«

»Ihr habt mir eine große Ehre erwiesen, Herr Ritter«, erwiderte der Junge mit glühendem Gesicht. »Ja, es hat mir gutgetan, Eure Kraft zu spüren.«

Lancelot klopfte ihm auf die Schulter: »Ich hoffe, wir werden immer Seite an Seite kämpfen und nicht als Gegner, Schönling«, sagte er und kehrte zum König zurück.

Der junge Mann hob das Schwert auf und lief zu seinen Kameraden, die ihn umringten und neckten. »Bravo, Schönling! Du hast beinahe den Reiterobersten des Königs besiegt...«
Artus lächelte, als Lancelot über das Geländer sprang. »Wie ritterlich, Lance. Er wird wie sein Bruder ein tapferer Ritter werden«, fuhr er fort und nickte Gawain zu. »Verrate ihm nicht, daß ich weiß, wer er ist, mein Freund... Er hat ehrenhafte Gründe, seinen Namen nicht zu nennen. Aber sage ihm, daß ich ihn beim Kampf gesehen habe und ihn zum Ritter schlagen werde – an Pfingsten. Da kann jeder Bittsteller zu mir kommen, und wenn er will, kann er an diesem Tag ein Schwert von mir fordern, wie es seinem Rang gebührt.«
Gawain strahlte. Gwenhwyfar dachte: *Jedem, der die beiden zusammen sieht, muß doch die Ähnlichkeit auffallen, denn selbst ihr Lächeln ist gleich*. Gawain antwortete: »Ich danke Euch, mein König und Gebieter. Möge er Euch ebenso gut dienen wie ich.«
»Das wird ihm wohl kaum gelingen«, entgegnete Artus bewegt. »Meine Freunde und Gefährten machen mich zu einem glücklichen Mann.«
Gwenhwyfar dachte: *Artus weckt wirklich in allen Liebe und Treue* – es war tatsächlich das Geheimnis seiner Herrschaft. Zwar hatte er sich in der Schlacht oft genug bewährt, aber Artus war kein großer Kämpfer. Mehr als einmal hatte Gwenhwyfar miterlebt, wie er in den Scheingefechten, die die Ritter zu ihrem Vergnügen veranstalteten und mit denen sie sich im Waffenhandwerk übten, von Lancelot und selbst von dem alten Pellinore aus dem Sattel gehoben oder beim Zweikampf besiegt wurde. Artus wurde dabei weder zornig noch fühlte er sich in seinem Stolz verletzt, sondern erklärte gutmütig, er sei froh, so tapfere Kämpfer zu seinem Schutz um sich zu haben. Er schätze sich glücklich, sie als Freunde und nicht als Feinde zu haben.
Bald danach sammelten die Jungen ihre Schwerter und Schilde ein und verließen den Turnierplatz. Gawain folgte seinem Bruder; Artus nahm Gwenhwyfar bei der Hand und ging mit ihr zur Festungsmauer. Camelot stand auf einem mächtigen, hohen abgeflachten Hügel. Die Kuppe bot einer ganzen Stadt Platz, und man hatte innerhalb der Festungsmauer ihre Burg und Stadt errichtet. Artus führte Gwenhwyfar zu einem Aussichtspunkt, den er besonders liebte. Wenn er dort auf der Mauer stand, konnte er das ganze weite Tal überblicken. Gwenhwyfar wurde es schwindlig, und sie lehnte sich gegen die Steine. Von hier aus sah sie ihre Inselheimat, das Reich von König

Leodegranz und etwas weiter im Norden die Insel, die sich aus dieser Entfernung wie ein schlafender Drache zusammenzuringeln schien.

»Dein Vater wird alt, und er hat keinen Sohn«, begann Artus. »Wer wird nach ihm herrschen?«

»Ich weiß nicht... wahrscheinlich möchte er, daß du jemanden als Regenten für mich ernennst«, antwortete Gwenhwyfar. Eine ihrer Schwestern war im fernen Wales im Wochenbett gestorben; eine andere hatte die Belagerung ihrer Burg nicht überlebt. Die zweite Frau ihres Vaters hatte ihm keinen Sohn geboren, und somit war Gwenhwyfar die Erbin des Reichs. Aber wie sollte sie, eine Frau, das Land vor den gierigen Händen schützen, die sich nach ihm ausstreckten? Gwenhwyfar richtete den Blick auf die Insel im Norden und fragte: »Wurde dein Vater... der Pendragon... auch auf der Dracheninsel zum König gemacht?«

»So hat es mir die Herrin vom See berichtet. Und er hat den Schwur geleistet, den Alten Glauben und Avalon zu schützen, wie ich es tat...« sagte Artus nachdenklich und blickte hinüber zur Dracheninsel. Gwenhwyfar fragte sich, was für heidnischer Unsinn immer noch durch seinen Kopf zog.

»Aber du hast dich zu dem einen wahren Gott bekannt, und Er hat dir den größten aller Siege geschenkt. Nur deshalb konntest du die Sachsen für alle Zeiten von dieser Insel vertreiben.«

»Nein, nein, so kann man es nicht sagen«, erwiderte Artus. »Ich wiege mich nicht in dem Glauben, daß ein Land für alle Zeiten sicher sein kann. Es herrscht nur so lange Friede, wie Gott es will...«

»Und Gott hat dir all dieses Land gegeben, Artus, damit du als christlicher König darüber herrschst. Es ist wie in der Geschichte vom Propheten Elias... der Bischof hat sie mir erzählt... Der Prophet ging mit den Dienern Gottes hinaus vor die Stadt und traf die Priester des Baal. Jeder rief seinen Gott an, und der eine Gott war der größte. Baal war nur ein Götze, der stumm blieb. Wenn Avalon tatsächlich Macht besäße, glaubst du, Gott und die Jungfrau hätten dir einen solchen Sieg geschenkt?«

»Mein Heer hat die Sachsen vertrieben. Aber ich kann sehr wohl noch für den Eidbruch bestraft werden«, entgegnete Artus. Gwenhwyfar konnte es nicht ertragen, wenn sich Sorge und Angst auf seinem Gesicht zeigten.

Sie wendete den Blick nach Süden – wenn man sich anstrengte, konnte man gerade noch die Kirchturmspitze von Sankt Michael sehen, der Kirche auf dem Berg. Mönche hatten die Kirche errichtet, weil der Erzengel Michael Herr über die Unterwelt war und die heidnischen Götter mit seinem Flammenschwert daran hinderte, die Hölle zu verlassen. Aber manchmal verwischte sich das Bild vor ihren Augen, und sie sah statt dessen die Ringsteine auf der Bergspitze. Die Nonnen von Glastonbury hatten ihr erzählt, daß in den schlimmen heidnischen Tagen dort tatsächlich Ringsteine thronten. Die Mönche hatten sich große Mühe gegeben, sie zu stürzen und wegzuschleppen. Gwenhwyfar glaubte, sie sähe diese heidnische Welt nur, weil sie eine sündige Frau war. Einmal hatte sie geträumt, mit Lancelot unter den Ringsteinen zu liegen, und er nahm sich, was sie ihm nie gegeben hatte ...

Lancelot ... Er war so gut! Er forderte nie mehr von ihr, als eine christliche und verheiratete Frau ihm geben konnte, ohne sich zu entehren ... Und doch standen in der Heiligen Schrift Worte, die Christus selbst gesprochen hatte ... *Wer die Frau eines anderen voll Begierde ansieht, hat in seinem Herzen bereits Ehebruch begangen ...* Also hatte sie mit Lancelot gesündigt. Es gab keine Sühne, und sie waren beide verdammt. Ein Schauer lief ihr über den Rücken, und sie wendete den Blick vom Berg, denn sie glaubte, Artus könne ihre Gedanken lesen. Er hatte Lancelots Namen ausgesprochen ...

»Findest du nicht auch, Gwen? Es ist höchste Zeit, daß Lancelot heiratet.«

Sie zwang sich, ruhig zu antworten: »An dem Tag, an dem er Euch um eine Gemahlin bittet, mein Gebieter, solltet Ihr ihm eine geben.«

»Aber er tut es nicht. Er will mich nicht verlassen. Pellinores Tochter wäre eine gute Frau für ihn. Sie ist Eure Base ... Glaubt Ihr nicht auch, sie wäre die Richtige für ihn? Lancelot ist nicht reich. Ban hat zu viele Söhne und kann keinem viel geben. Es wäre für beide eine gute Wahl.«

»Ja, Ihr habt zweifellos recht«, sagte Gwenhwyfar. »Elaine hängt wie die jungen Burschen an seinen Lippen, um ein freundliches Wort oder auch nur einen Blick von ihm zu erhaschen.« Vielleicht war es wirklich das beste, wenn Lancelot heiratete – obwohl ihr bei dem Gedanken beinahe das Herz brach: Er war zu gut, um an eine Frau gebunden zu sein, die ihm so wenig bedeutete ... Dann konnte sie ihre Sünde durch das feste Versprechen büßen, nie mehr zu sündigen – solange er hier auf Camelot blieb, würde es ihr nie gelingen.

»Gut, ich werde noch einmal mit Lancelot darüber sprechen. Er behauptet, ihm stehe der Sinn nicht nach Vermählung. Aber ich werde ihm zu verstehen geben, daß er deshalb nicht vom Hofe muß. Wäre es nicht schön, wenn Lancelots Söhne eines Tages unseren Kindern treu ergeben sind?«

»Gott gebe, daß dieser Tag kommt«, antwortete Gwenhwyfar und bekreuzigte sich. Sie standen nebeneinander auf der hohen Mauer und blickten über das Sommerland, das sich zu ihren Füßen ausbreitete.

»Dort kommt ein Reiter«, sagte Artus und spähte auf den Weg, der zur Burg hinaufführte. Und als der Reiter näher kam, sagte er: »Es ist Kevin, der Barde. Er kommt aus Avalon. Diesmal war er wenigstens vernünftig genug, mit einem Diener zu reisen.«

»Das ist kein Diener«, erklärte Gwenhwyfar, und ihre scharfen Augen hefteten sich auf die Gestalt, die hinter Kevin auf dem Pferd saß. »Es ist eine Frau. Ich bin entsetzt... Ich hatte immer geglaubt, die Druiden seien wie die Priester und hielten sich von Frauen fern.«

»Oh, für manche gilt das auch, Liebling. Aber ich habe von Taliesin gehört, daß alle, die nicht die höchsten Weihen erhalten, heiraten dürfen. Und oft tun sie das auch«, erklärte er. »Vielleicht hat Kevin sich eine Frau genommen. Möglicherweise hat er aber auch nur jemanden unterwegs getroffen. Schicke eine deiner Frauen zu Taliesin, um ihm seine Ankunft zu melden, und eine andere in die Küche... Wenn wir heute abend Musik hören, ist es nur richtig, daß wir feiern. Nehmen wir doch diesen Weg und heißen ihn gleich willkommen... ein Großer Harfner wie Kevin verdient, daß ihn der König selbst begrüßt.«

Als sie das große Tor erreichten, hatte man es schon geöffnet, um den Barden in Camelot zu empfangen. Kevin verbeugte sich vor dem König; doch Gwenhwyfars Blick richtete sich auf die schlanke, ärmlich gekleidete Gestalt hinter ihm.

Morgaine verneigte sich und sagte: »So bin ich also an Euren Hof zurückgekehrt, mein Bruder.«

Artus umarmte sie: »Seid willkommen, meine Schwester... wir haben Euch lange nicht gesehen«, sagte er und drückte seine Wange an ihre. »Und nachdem unsere Mutter von uns gegangen ist, sollten wir, ihre Kinder, zusammenbleiben. Verlaßt mich nicht wieder, Schwester.«

Sie antwortete: »Das habe ich nicht vor.«

Gwenhwyfar trat zu ihr und umarmte sie ebenfalls. Sie spürte den

mageren, knochigen Körper in ihren Armen und sagte: »Ihr müßt lange unterwegs gewesen sein, Schwester.«
»Ja, das stimmt... ich komme von weit her«, antwortete Morgaine, und sie gingen Hand in Hand zur Burg.
»Wo seid Ihr gewesen? Ihr wart so lange weg... Ich dachte schon, ich würde Euch nie wiedersehen«, sagte Gwenhwyfar.
»Ich dachte es fast auch«, antwortete Morgaine, und Gwenhwyfar fiel auf, daß sie nicht sagte, wo sie gewesen war.
»Eure persönlichen Dinge... die Harfe, die Gewänder... deine Habe ist in Caerleon geblieben. Morgen werde ich einen Boten schicken, der sie so schnell wie möglich hierherbringt«, sagte Gwenhwyfar und führte sie in die Gemächer ihrer Hofdamen. »Inzwischen gebe ich Euch ein Kleid von mir... Ihr müßt lange unterwegs gewesen sein, Schwester. Man könnte glauben, Ihr hättet im Kuhstall geschlafen. Seid Ihr überfallen und ausgeraubt worden?«
»Mich hat wirklich das Pech verfolgt«, erklärte Morgaine, »und ich bin Euch dankbar, wenn Ihr jemanden schickt, damit ich baden und mich anders kleiden kann. Darf ich Euch auch um einen Kamm, um Haarspangen und um ein Unterkleid bitten?«
»Meine Gewänder werden Euch zu lang sein«, antwortete Gwenhwyfar, »aber wir werden sie umstecken, bis Eure Garderobe hier ist. Kämme, Schleier und Untergewänder gebe ich Euch gern... Schuhe auch... diese hier sehen aus, als hättet Ihr die Insel zu Fuß durchmessen!« Sie winkte einer Kammerfrau und sagte: »Hole mein rotes Gewand und den Schleier dazu, ein Unterkleid, meine anderen Schuhe und Strümpfe. Bringe alles, damit die Schwester meines Gemahls standesgemäß gekleidet ist. Und rufe die Badefrau, sie soll eine Wanne vorbereiten.« Sie rümpfte die Nase, als Morgaine ihr Kleid auszog, und sagte: »Wenn man das nicht richtig lüften und waschen kann, gebt es einer der Frauen in der Meierei!«
Morgaine erschien an der Tafel des Königs in dem roten Gewand, das ihre dunkle Haut betonte und ihr gut zu Gesicht stand. Alle baten sie zu singen. Aber sie erwiderte, wenn Kevin zur Stelle sei, würde niemand dem Zwitschern eines Rotkehlchens lauschen, denn der Gesang der Nachtigall sei um vieles schöner...
Am nächsten Tag bat Kevin um eine vertrauliche Unterredung mit König Artus. Er, der Herr über ganz Britannien und Taliesin saßen viele Stunden beisammen, und man mußte ihnen sogar das Abendessen in Artus' Gemächern auftragen. Gwenhwyfar aber erfuhr nicht, worüber sie sprachen – Artus erzählte ihr wenig von Staatsge-

schäften. Zweifellos machten sie ihm zornig Vorhaltungen, weil er seinen Schwur gebrochen hatte. Früher oder später mußte Avalon sich eben damit abfinden. Artus war jetzt ein christlicher König – und Gwenhwyfar mußte sich um andere Dinge kümmern.

In diesem Frühjahr brach das Fieber auf Camelot aus; einige der Hofdamen erkrankten daran, und Gwenhwyfar blieb bis nach Ostern keine Zeit, an etwas anderes zu denken. Die Königin hatte nie geglaubt, daß sie einmal über Morgaines Anwesenheit so froh sein würde. Denn Morgaine verstand viel von Heilkunst und Kräuterkunde, und Gwenhwyfar wußte sehr wohl, es war nur Morgaines Können zu verdanken, daß es keine Toten auf Camelot gab. Im ganzen Land – so erzählte man – waren viele Menschen gestorben, hauptsächlich Kinder und Alte. Auch ihre jüngere Halbschwester Isotta siechte dahin; als ihre Mutter davon erfuhr, wollte sie nicht, daß Isotta noch länger am Hofe blieb. Deshalb brachte man sie in das Inselreich zurück, und noch im selben Monat erhielt man Kunde von ihrem Tod. Gwenhwyfar trauerte um das Mädchen – sie hatte es liebgewonnen und gehofft, sie mit einem von Artus' Rittern zu vermählen.
Auch Lancelot erkrankte, und Artus ordnete an, daß er auf der Burg untergebracht und von Gwenhwyfars Hofdamen gepflegt wurde. Solange noch die Gefahr einer Ansteckung bestand, hielt sie sich von ihm fern – sie hatte geglaubt, wieder schwanger zu sein. Aber die Hoffnung trog, es war wieder nur Einbildung gewesen. Als es Lancelot allmählich besser ging, besuchte sie ihn oft und saß an seinem Bett.
Auch Morgaine gesellte sich zu ihnen und spielte auf ihrer Harfe, da Lancelot das Bett nicht verlassen durfte. Eines Tages sprachen sie über Avalon, und Gwenhwyfar bemerkte, wie Morgaine ihn ansah. Sie dachte:« *Oh, sie liebt ihn noch immer!* Gwenhwyfar wußte, Artus hatte die Hoffnung noch nicht aufgegeben – die Verbindung von Morgaine und Lancelot. Krank vor Eifersucht saß sie dabei und beobachtete, wie Lancelot verzaubert Morgaine zuhörte.
Sie hat eine schöne Stimme, aber sie ist nicht schön. Sie ist so klug und gebildet . . . Es gibt soviele schöne Frauen. Elaine ist schön, Meleas und die Tochter von König Royns. Sogar Morgause ist schön. Aber warum sollte Lancelot darauf Wert legen? Gwenhwyfar entging nicht, mit welcher Sanftheit Morgaine Lancelot aufrichtete, ihm die Kräutersäfte und die kühlenden Getränke reichte. Gwenhwyfar verstand nichts von Krankenpflege; sie saß hilflos daneben, während

Morgaine sich mit ihm unterhielt, ihn aufheiterte und zum Lachen brachte.

Es wurde dunkel, und Morgaine sagte schließlich: »Ich kann die Saiten nicht mehr sehen und bin heiser wie eine Krähe... Ich kann nicht mehr singen. Du mußt jetzt deine Medizin nehmen, Lancelot. Dann schicke ich dir deinen Diener, der dich für die Nacht zurechtmacht...«

Mit säuerlichem Lächeln nahm Lancelot den Becher entgegen, den sie ihm in die Hand drückte: »Deine Medizin kühlt und lindert, Base. Aber der Geschmack, oh...«

»Trink«, befahl Morgaine lachend. »Solange du krank bist, hat Artus dich unter meinen Befehl gestellt...«

»O ja, und ich bezweifle nicht, daß ich Prügel beziehe und ohne Essen schlafengehen muß, wenn ich mich weigere. Aber wenn ich meine Medizin nehme, bin ich ein gutes Kind, und bekomme außer einem Kuß auch noch ein Stück Honigkuchen.«

Morgaine lachte: »Honigkuchen darfst du noch nicht essen, aber einen hübschen Teller Hafersuppe. Wenn du deine Medizin schluckst, bekommst du einen Gutenachtkuß, und ich backe dir einen Honigkuchen, wenn du ihn wieder essen darfst.«

»Ja, Mutter«, antwortete Lancelot und rümpfte die Nase. Gwenhwyfar sah wohl, daß Morgaine dieser Spaß nicht gefiel; aber nachdem er den Becher geleert hatte, beugte sie sich über ihn und küßte ihn sanft auf die Stirn. Dann zog sie ihm die Decke bis unter das Kinn wie eine Mutter ihrem Kind in der Wiege. »So, sei ein braves Kind und schlafe«, sagte sie lachend. Aber Gwenhwyfar hörte die Bitterkeit in ihrer Stimme. Morgaine verabschiedete sich.

Gwenhwyfar stand an Lancelots Bett und sagte: »Sie hat recht, mein Lieber, du mußt jetzt schlafen.«

»Ich bin es leid, daß Morgaine immer recht hat«, erwiderte Lancelot. »Setz dich noch ein bißchen zu mir, Liebes...«

Er wagte nur selten, so etwas zu sagen. Sie setzte sich auf das Bett, und er durfte ihre Hand halten. Nach einer Weile zog er sie an sich und küßte sie. Sie lag auf dem Bettrand und ließ sich wieder und wieder küssen. Aber dann seufzte er erschöpft und widersprach nicht, als sie sich aufrichtete. »Mein teuerstes Herz. So kann es nicht weitergehen. Du mußt mir erlauben, den Hof zu verlassen.«

»Wozu? Willst du Pellinores geliebten Drachen töten? Was soll Pellinore dann mit seiner freien Zeit? Er jagt nichts lieber als seinen Drachen«, erwiderte Gwenhwyfar im Spaß, aber der Schmerz durchzuckte ihr Herz.

Er griff nach ihren Händen und zog sie neben sich. »Nein, du darfst jetzt nicht spaßen, Gwen... du weißt es, und ich weiß es... Gott helfe uns beiden. Ich glaube, sogar Artus weiß es. Ich habe nie eine andere Frau geliebt, und ich werde auch keine andere Frau lieben. Ich liebe dich, seit ich dich zum ersten Mal im Haus deines Vaters gesehen habe. Und wenn ich meinen König und Freund nicht verraten soll, muß ich den Hof verlassen und darf dir nie mehr unter die Augen treten...«

Gwenhwyfar antwortete: »Ich werde dich nicht halten, wenn du glaubst, du mußt gehen...«

»Wie ich schon früher gegangen bin«, erwiderte er heftig. »Jedesmal, wenn ich in den Krieg zog, sehnte ich mich beinahe danach, den Sachsen in die Hände zu fallen, um nicht mehr zu meiner hoffnungslosen Liebe zurückkehren zu müssen... Gott vergebe mir, aber es gab Zeiten, in denen ich meinen König haßte, den zu lieben und dem zu dienen ich geschworen habe. Dann wieder dachte ich: Keine Frau soll zwischen uns stehen und unsere Freundschaft zerstören und gelobte, nur noch die Gemahlin meines Königs in dir zu sehen. Jetzt gibt es keine Kriege mehr, und ich muß Tag für Tag hier sitzen und dich an seiner Seite sehen. Ich muß mir vorstellen, wie du als glückliche und zufriedene Frau in seinem Bett liegst...«

»Weshalb glaubst du, ich sei glücklicher und zufriedener als du?« fragte sie mit zitternder Stimme. »Du kannst wenigstens selbst entscheiden, ob du bleiben oder gehen willst. Ich wurde in Artus' Hände gegeben und durfte nicht einmal ja oder nein dazu sagen. Ich kann mich nicht in den Sattel schwingen und Camelot verlassen, wenn nicht alles nach meinem Willen geht. Ich muß hinter diesen Mauern bleiben und tun, was man von mir erwartet... Wenn du gehen mußt, kann ich nicht sagen: Bleibe, und wenn du bleibst, kann ich nicht sagen: Geh! Aber du hast wenigstens die Freiheit zu gehen oder zu bleiben, je nachdem, was dich am glücklichsten macht!«

»Glaubst du, es gibt für mich Glück, gleichgültig, ob ich gehe oder bleibe?« fragte Lancelot, und einen Augenblick lang glaubte sie, er würde in Tränen ausbrechen. Aber er beherrschte sich und sagte: »Liebste, was soll ich nur tun? Gott verhüte, daß ich dir noch mehr Kummer bereite. Wenn ich Camelot verlassen habe, dann ist deine Aufgabe einfach: Du mußt Artus eine gute Frau sein, nicht mehr und nicht weniger. Wenn ich aber bleibe...«, ihm versagte die Stimme.

»Wenn du es für deine Pflicht hältst zu gehen«, erwiderte sie, »dann mußt du gehen.« Die Tränen strömten ihr über das Gesicht, und alles verschwamm ihr vor den Augen.

Lancelot sagte, und seine Stimme klang so schwach, als sei er tödlich verwundet: »Gwenhwyfar ...« Er redete sie selten mit ihrem Namen an, sondern immer mit ›meine Herrin‹, oder ›meine Königin‹, und in ungezwungenen Unterhaltungen sagte er immer ›Gwen‹. Als er jetzt ihren Namen aussprach, glaubte sie, nie ein schöneres Wort gehört zu haben. »Gwenhwyfar, warum weinst du?«
Nun mußte sie lügen, und sie mußte gut lügen, denn sie konnte ihm nicht die Wahrheit sagen. »Weil ...«, und sie schluckte. Dann sagte sie mit erstickter Stimme: »Weil ich nicht weiß, wie ich ohne dich leben soll.«
Er schluckte hart, ergriff ihre Hände und sagte: »Oh, dann ... oh, mein Herz ... Ich bin kein König. Aber mein Vater hat mir einen kleinen Landsitz in der Bretagne geschenkt. Willst du mit mir dorthin gehen und Camelot verlassen? Ich ... ich weiß nicht. Vielleicht ist es ehrenhafter, als hier an Artus' Hof zu bleiben und mit seiner Frau zu schlafen ...«
Er liebt mich also, dachte Gwenhwyfar, *er will mich. Dies ist der ehrenhafte Weg* ... aber die Angst überfiel sie: Sie sollte allein weggehen, so weit, selbst mit Lancelot ... Dann dachte sie daran, was alle über die Königin sagen würden; sie wäre entehrt ...
Lancelot drückte ihre Hand und sagte: »Wir könnten nie mehr zurückkehren ... nie mehr. Und wahrscheinlich würden wir beide von den Heiligen Sakramenten ausgeschlossen und aus der Gemeinschaft der Gläubigen ausgestoßen ... mir würde es wenig bedeuten, ich bin kein großer Christ. Aber du, meine Gwenhwyfar ...«
Sie zog den Schleier über das Gesicht und weinte, wohl wissend, wie feige sie war.
»Gwenhwyfar«, sagte er, »ich möchte dich nicht zur Sünde verleiten ...«
Sie antwortete voll Bitterkeit: »Wir haben bereits gesündigt ... du und auch ich ...«
»Und wenn die Kirche recht hat, werden wir beide dafür verdammt«, sagte Lancelot hart, »und doch hatte ich nie etwas anderes von dir als diese Küsse ... Wir haben alle Schuld und Sünde auf uns geladen, ohne die Freuden zu genießen, die, wie man sagt, aus der Sünde entstehen. Ich weiß nicht, ob ich den Kirchenmännern glauben kann ... Was für eine Art Gott soll das sein, der Nacht für Nacht wie ein Wächter hierhin und dorthin späht, um wie ein altes Klatschweib herauszufinden, welcher Mann mit der Frau seines Nachbarn im Bett liegt ...«

»Etwas Ähnliches hat der Merlin auch gesagt«, entgegnete Gwenhwyfar leise, »und manchmal erscheint es mir ganz vernünftig. Dann denke ich wieder, es ist das Werk des Teufels, der mich so auf den Weg der Sünde locken will ...«
»Oh, sprich zu mir nicht vom Teufel«, sagte Lancelot und zog sie wieder an sich. »Mein Herz, mein Alles, ich werde gehen, wenn du willst, oder bleiben. Aber ich kann nicht ertragen, dich unglücklich zu sehen ...«
»Ich weiß selbst nicht, was ich will«, schluchzte sie an seiner Schulter. Schließlich murmelte er: »Wir haben bereits für die Sünde bezahlt ...«, und er bedeckte ihre Lippen mit Küssen. Zitternd überließ sich Gwenhwyfar seinen Zärtlichkeiten; seine Hand tastete nach ihrer Brust, und sie hoffte beinahe, daß er sich dieses Mal nicht damit zufriedengeben würde. Aber ein Geräusch vor der Tür ließ sie entsetzt auffahren. Sie saß auf dem Bettrand, als Lancelots Knappe ins Zimmer trat. Er hüstelte und sagte: »Mein Herr? Die Herzogin Morgaine sagte mir, Ihr wolltet schlafen. Mit Eurer Erlaubnis, meine Herrin ...?«
Schon wieder Morgaine! Verdammt! Lachend ließ Lancelot Gwenhwyfars Hand los. »Gewiß, und ich zweifle nicht, meine Gebieterin ist ebenfalls müde. Versprecht Ihr, mich morgen wieder zu besuchen, meine Königin?«
Gwenhwyfar war dankbar und wütend zugleich, daß er so gelassen sprechen konnte. Sie wich dem Lichtschein aus, den die Fackel des Knappen warf. Sie wußte, ihr Kleid und der Schleier waren zerknittert, ihre Augen vom Weinen gerötet und ihre Haare in Unordnung. Wie mochte sie wohl aussehen? ... Was der Jüngling wohl dachte? Sie zog den Schleier über das Gesicht und erhob sich: »Gute Nacht, edler Lancelot. Kerval, sorge gut für den lieben Freund meines Königs.« Mit diesen Worten verließ sie eilig das Zimmer und hoffte verzweifelt und niedergeschlagen, ihr Gemach zu erreichen, ehe sie wieder in Tränen ausbrach ... *O Gott ... Wie kann ich wagen, Gott darum zu bitten, weiterhin sündigen zu dürfen? Ich sollte beten, daß Er mich von der Versuchung befreit. Aber ich kann es nicht!*

Ein oder zwei Tage vor der Nacht der Feldfeuer kam Kevin an Artus' Hof zurück. Morgaine freute sich, ihn wiederzusehen. Es war ein langer und anstrengender Frühling gewesen. Nachdem Lancelot sich vom Fieber erholt hatte, war er in den Norden nach Lothian geritten; Morgaine spielte mit dem Gedanken, ebenfalls dorthin zu gehen, um ihren Sohn zu sehen. Aber sie wollte nicht in seiner Gesellschaft reisen und glaubte, er wäre über ihre Gesellschaft nicht erfreut gewesen. *Meinem Sohn geht es gut, dort wo er ist. Ich werde ihn ein andermal besuchen.*

Gwenhwyfar war bedrückt und schweigsam; in den Jahren von Morgaines Abwesenheit hatte sich die unbeschwerte, kindliche Frau zu einer stillen, nachdenklichen Königin gewandelt, die viel zu fromm war. Morgaine vermutete, daß sie sich nach Lancelot verzehrte; und da sie den Ritter kannte, dachte sie mit einem Anflug von Verachtung: *Er raubt einer Frau erst ihren Frieden, verleitet sie dann aber nicht einmal zur Sünde* – und Gwenhwyfar paßte sehr gut zu ihm. Sie gab sich ihm weder hin noch gab sie ihn auf. Sie fragte sich, was Artus wohl dachte, aber es hätte einer mutigeren Frau bedurft, ihn danach zu fragen.

Morgaine begrüßte Kevin auf Camelot und hielt es nicht für unwahrscheinlich, daß sie die Nacht der Feldfeuer zusammen verbringen würden – die Ströme der Sonne rannen heiß durch ihre Adern. Und wenn sie den Mann, den sie wollte, nicht haben konnte (sie wußte, sie fühlte sich immer noch zu Lancelot hingezogen), dann würde sie sich eben einem Liebhaber hingeben, der *sie* liebte. Es tat gut, geschätzt und begehrt zu werden. Und im Gegensatz zu Artus und Lancelot sprach Kevin offen mit ihr über Staatsangelegenheiten. Mit bitterem Bedauern dachte Morgaine daran, daß man sie inzwischen bei allen wichtigen Fragen der Zeit um Rat bitten würde, wenn sie in Avalon geblieben wäre ...

Dazu war es nun zu spät. Was geschehen war, konnte nicht ungeschehen gemacht werden. Sie begrüßte Kevin in der Großen Halle und sorgte dafür, daß man ihm ein Mahl und Wein auftrug – eine Aufgabe, die Gwenwyfar ihr nur zu gern überließ. Die Königin liebte zwar Kevins Musik, aber seinen Anblick konnte sie nicht ertragen. Deshalb setzte sich Morgaine zu ihm, und sie sprachen über Avalon.

»Geht es Viviane gut?«

»Ja, und sie ist immer noch entschlossen, zu Pfingsten nach Camelot zu kommen«, erwiderte Kevin, »und das ist gut, denn Artus wollte nicht auf mich hören. Immerhin hat er versprochen, die Feldfeuer nicht zu verbieten ... zumindest nicht in diesem Jahr.«

»Es würde ihm wenig helfen, sie zu verbieten«, erwiderte Morgaine. »Denn Artus hat Sorgen, die ihm näherliegen.« Sie deutete aus dem Fenster: »Von der Burg aus kann man das Inselreich von Leodegranz beinahe sehen ... Hast du es schon gehört?«

»Ein Reisender berichtete mir, daß er gestorben ist«, antwortete Kevin. »Und Leodegranz hat keinen Sohn. Alienor starb wenige Tage nach ihm zusammen mit ihrem letzten Kind. Das Fieber hat dort schlimm gewütet.«

»Gwenhwyfar wollte noch nicht einmal zu seinem Begräbnis reisen«, fuhr Morgaine fort, »sie weint ihm kaum eine Träne nach ... Er war nicht gerade ein liebevoller Vater. Sicher hat Artus mit ihr darüber gesprochen, einen Regenten einzusetzen ... Er sagt, das Reich gehört jetzt ihr, und wenn sie einen zweiten Sohn bekommen, soll er es einmal erben. Aber wie es aussieht, wird Gwenhwyfar nicht einmal *einen* Sohn haben.«

Kevin nickte nachdenklich: »Vor der Schlacht am Berg Badon hatte sie eine Fehlgeburt und war sehr krank. Seither habe ich noch nicht einmal Gerüchte darüber gehört, daß sie schwanger gewesen sei. Wie alt ist die Königin jetzt?«

»Ich glaube, zumindest fünfundzwanzig«, antwortete Morgaine. Aber sie war nicht sicher; sie hatte zu lange im Feenland gelebt.

»Zu alt für ein erstes Kind«, erklärte Kevin, »aber zweifellos betet sie wie alle unfruchtbaren Frauen um ein Wunder. Was fehlt der Königin, daß sie nicht empfängt?«

»Ich bin keine Amme«, erwiderte Morgaine. »Sie scheint gesund zu sein. Aber ihre Knie sind schon wund vom Beten, und es gibt bei ihr nicht das geringste Anzeichen.«

»Die Götter handeln nach ihrem Willen«, sagte Kevin, »aber wir müssen sie um Gnade für dieses Land anflehen, wenn der Großkönig sterben sollte, ohne einen Sohn zu hinterlassen! Denn nun bedrohen keine Sachsen mehr das Land, die verhindern, daß die rivalisierenden Könige Britanniens übereinander herfallen und das Land in Stücke zerreißen. Ich habe Lot nie getraut, aber er ist tot, und Gawain ist Artus treu ergeben. Also ist von Lothian nichts mehr zu befürchten, es sei denn, Morgause nimmt sich einen Liebhaber, der den Ehrgeiz hat, Großkönig zu werden.«

»Lancelot ist dorthin geritten. Aber er wird bald zurückkehren«, sagte Morgaine, und Kevin bemerkte: »Auch Viviane wollte aus irgendeinem Grund nach Lothian, obwohl wir alle glauben, sie ist für eine solche Reise viel zu alt.«

Oh, dann wird sie meinen Sohn sehen... Morgaine spürte, wie ihr Herz schneller schlug; ihre Kehle war wie zugeschnürt, und Tränen stiegen in ihr auf. Aber Kevin schien nichts zu bemerken.

»Ich bin Lancelot unterwegs nicht begegnet«, sagte er. »Er ist bestimmt einen anderen Weg geritten. Vielleicht hat er auch seine Mutter besucht, oder...«, er lachte vergnügt, »... er möchte für die Feldfeuer in Avalon bleiben. Jede Frau in Lothian würde sich darüber freuen, wenn er ihr. als Gott erscheint. Auch Morgause würde sich einen solchen Leib nicht entgehen lassen.«

»Sie ist die Schwester seiner Mutter«, widersprach Morgaine, »und ich glaube, dafür ist Lance ein zu guter Christ. Er hat wohl den Mut, sich den Sachsen in der Schlacht zu stellen, aber *dieser* Schlacht weicht er lieber aus.«

Kevin hob die Augenbrauen: »Ach, so ist das? Zweifellos sprichst du aus Erfahrung. Aber aus Höflichkeit wollen wir behaupten, das Gesicht hat es dir verraten! Morgause würde sich sehr darüber freuen, König Artus' besten Ritter entehrt zu sehen... Gawain stünde dem Thron dann wieder näher. Und alle Männer lieben diese Dame... Sie ist nicht mehr jung, aber trotzdem schön, und in ihren roten Haaren zeigen sich noch keine grauen Fäden...«

»Oh«, entgegnete Morgaine sarkastisch, »auf den Märkten in Lothian verkauft man Henna aus Ägypten.«

»Und sie hat eine schmale Taille. Die Leute erzählen, sie bindet die Männer durch magische Künste an sich. Aber das ist sicher nur Gerede. Ich habe gehört, sie regiert das Land sehr gut. Magst du sie so wenig, Morgaine?«

»Nein. Sie ist meine Tante, und sie war gut zu mir.« Morgaine wollte hinzufügen: *Und sie zieht mein Kind groß*, denn dann hätte sie sich nach Gwydion erkundigen können... aber sie unterdrückte es. Selbst Kevin konnte sie das nicht gestehen. Statt dessen sagte sie: »Mir mißfällt, daß meine Tante Morgause in ganz Britannien als Hure verschrien ist.«

»So schlimm ist es wieder nicht«, antwortete Kevin lachend und schob seinen Becher Wein beiseite. »Wenn die Königin ein Auge auf gutaussehende Männer hat, ist sie nicht die erste und wird auch nicht die letzte sein. Und Morgause ist jetzt Witwe, niemand kann Rechenschaft von ihr darüber fordern, wer in ihrem Bett liegt. Aber ich darf den König nicht warten lassen. Wünsche mir Glück, Morgaine, denn ich muß ihm schlechte Nachricht bringen. Und du weißt, welches Schicksal seit alters her den erwartet, der dem König etwas sagen muß, was er nicht hören will.«

»Artus ist kein Tyrann«, entgegnete Morgaine. »Aber welche schlechte Nachricht hast du denn für ihn? Oder ist es ein Geheimnis?«

»Ich sage ihm nichts Neues«, erklärte Kevin, »denn er hat mehr als einmal gehört, daß Avalon sich nicht damit abfindet, daß er als christlicher König regiert, auch wenn er insgeheim anders denkt. Er darf den Kirchenmännern nicht erlauben, die Anbetung der Göttin zu verbieten, oder die Eichenhaine auch nur anzutasten. Wenn er es doch zuläßt, dann muß ich ihm im Namen der Herrin sagen: Die Hand, die ihm das Heilige Schwert der Druiden gab, kann ihm das Schwert in der Hand umdrehen, damit es ihn selbst trifft.«

»Das ist wahrlich keine erfreuliche Botschaft«, sagte Morgaine nachdenklich. »Aber vielleicht erinnert ihn das an seinen Schwur.«

»Ja, und Viviane hat noch eine andere Waffe gegen ihn in der Hand...« Aber als Morgaine ihn fragte, welche, wollte er nichts mehr sagen.

Nachdem Kevin sie verlassen hatte, blieb Morgaine sitzen und dachte an die Nacht, die vor ihr lag. Beim Abendessen würde es Musik geben, und später... Kevin war ein angenehmer Liebhaber; sanft und bemüht, ihr zu gefallen, und sie war es leid, allein zu schlafen.

Sie saß immer noch in der Halle, als Cai ihr einen anderen Besucher ankündigte: »Ein Verwandter von Euch, Herzogin Morgaine. Wollt Ihr ihn begrüßen und ihm Wein reichen?«

Morgaine willigte ein: *Ist Lancelot so schnell zurückgekehrt?* Aber der Besucher war Balan.

Sie erkannte ihn kaum wieder – er war noch beleibter, so dick, daß sie dachte, er braucht sicher ein riesiges Pferd für sein Gewicht. Er erkannte sie sofort.

»Morgaine! Ich grüße Euch, Base«, rief er, setzte sich und nahm dankbar den Becher Wein entgegen, den sie ihm bot. Sie berichtete ihm, daß König Artus eine Unterredung mit dem Merlin und Kevin hatte, aber zum Abendessen in die Halle kommen würde. Dann erkundigte sie sich nach Neuigkeiten.

»Nur soviel, im Norden ist wieder ein Drache aufgetaucht«, sagte Balan. »Nein, er ist keine Mär wie der Drache des alten Pellinore... Ich habe selbst die Spur gesehen, die er getreten hat, und mit zwei Leuten gesprochen, die ihn sahen. Sie haben nicht gelogen oder eine

unterhaltsame Geschichte erzählt, um sich wichtig zu machen. Sie fürchteten um ihr Leben. Sie berichteten, der Drache sei aus dem See gekommen und habe ihren Mundschenk verschlungen. Sie zeigten mir seinen Schuh ...«
»Seinen Schuh, Vetter?«
»Er verlor ihn, als der Drache ihn packte, und ich wollte den Schuh nicht berühren ... Schleim klebte daran«, fuhr Balan fort. »Ich will Artus bitten, mir ein halbes Dutzend Ritter zu geben, damit wir ihn verfolgen und erlegen können.«
»Ihr müßt Lancelot bitten, wenn er zurückkommt«, sagte Morgaine so unbeschwert wie möglich. »Er braucht etwas Übung im Umgang mit Drachen. Ich glaube, Artus versucht, ihn mit Pellinores Tochter zu vermählen.«
Balan blickte sie scharf an: »Ich beneide die Frau nicht, die meinen Bruder zum Mann bekommt«, erklärte er: »Wie man erzählt, gehört sein Herz ... oder sollte ich es nicht sagen?«
»Ihr solltet es nicht sagen«, erwiderte Morgaine.
Balan zuckte die Schultern. »Nun gut. Artus hat also keinen besonderen Grund, für Lancelot eine Braut zu finden, die weit entfernt von Camelot lebt. Ich wußte nicht, daß Ihr wieder am Hof seid, Base. Ihr seht gut aus.«
»Und wie geht es Eurem Ziehbruder?«
»Balin ging es gut, als ich ihn das letzte Mal traf«, erwiderte Balan, »obwohl er sich mit Viviane noch immer nicht ausgesöhnt hat. Trotzdem, ich glaube nicht, daß er ihr den Tod unserer Mutter noch vorwirft. Damals geriet er völlig außer sich und schwor Rache. Aber er müßte wahnsinnig sein, jetzt noch solche Gedanken zu hegen. Zumindest sprach er nicht mehr davon, als er Pfingsten vor einem Jahr hier war. Ihr wißt es vielleicht nicht ... Artus hat es zur Regel erhoben, daß jeder seiner Ritter sich an Pfingsten auf Camelot einfindet, wo immer er sich auch befinden mag, um an seiner Tafel zu speisen. Und an diesem Festtag nimmt er auch neue Gefährten in die Runde seiner Ritter auf. Außerdem hört er *jeden* Bittsteller an, der vor ihn tritt ...«
»Ja, ich habe davon gehört«, erwiderte Morgaine und leichtes Unbehagen überkam sie. Kevin hatte ihr schon von Vivianes Absicht erzählt, und sie redete sich ein, nur die Vorstellung beunruhige sie, daß eine alte weise Frau wie die Herrin von Avalon als einfache Bittstellerin nach Camelot kommen würde. Und wie Balan sagte, konnte nur ein Verrückter nach all dieser Zeit noch an Rache denken.

Kevin spielte und sang am Abend; spät in der Nacht schlich sich Morgaine aus der Kammer, in der sie mit Gwenhwyfars unvermählten Hofdamen schlief. Unhörbar wie ein Geist – oder wie eine Priesterin aus Avalon – legte sie den Weg zu Kevins Schlafgemach zurück. Zufrieden verließ sie ihn noch vor Tagesanbruch. Aber etwas beunruhigte sie – obwohl sie über genug andere Dinge als über Artus gesprochen hatten.

»Artus wollte nicht auf mich hören«, sagte Kevin. »Er erklärte, das Volk von England sei ein christliches Volk. Er würde niemanden verfolgen und bestrafen, der anderen Göttern dient, aber er, der König, stehe auf seiten der Priester und der Kirche, wie sie an seiner Seite stünden. Und er schickt der Herrin von Avalon die Botschaft, wenn sie das Schwert zurückfordere, solle sie kommen und es sich holen.«

Selbst nachdem Morgaine in ihr Bett zurückgekrochen war, lag sie lange wach. Excalibur war das sagenhafte Schwert, das die Stämme und die Nordmänner an Artus band. Und es war sein Bündnis mit Avalon, das seinem Thron das Alte Volk zugeführt hatte. Nun sah es aus, als wolle der König sein Wort weniger denn je halten.

Sie konnte mit ihm sprechen ... doch nein, er würde nicht auf sie hören. Sie war eine Frau und seine Schwester ... Und immer stand die Erinnerung an den Morgen in der Höhle zwischen ihnen. Sie konnten nie mehr so offen miteinander sprechen, wie es vor dieser Nacht vielleicht möglich gewesen wäre. Und sie verkörperte nicht die Macht von Avalon; sie hatte die Macht mit eigenen Händen von sich geworfen.

Vielleicht gelang es Viviane, ihm vor Augen zu führen, wie wichtig es war, den Eid zu halten. Sie sagte sich das immer wieder vor, aber trotzdem dauerte es lange, ehe sie die Augen schließen und einschlafen konnte.

Gwenhwyfar lag noch im Bett und spürte trotzdem die warmen Sonnenstrahlen durch die Bettvorhänge hindurch – *der Sommer ist da.* Und dann dachte sie: *Die Feldfeuer!* Für sie waren sie der Inbegriff des Heidentums. Gwenhwyfar wußte mit Sicherheit, daß in dieser Nacht sich viele der Dienstleute aus Camelot wegstahlen, wenn auf der Dracheninsel die Feldfeuer zu Ehren ihrer Göttin brannten, um sich in den Feldern zu paaren ... *und bestimmt kom-*

men manche Frauen mit dem Kind des Gottes im Leib zurück ... und ich, eine christliche Ehefrau, kann meinem Gemahl keinen Sohn schenken ...

Sie drehte sich auf die andere Seite und beobachtete den schlafenden König. O ja, er war ihr teurer Gemahl, und sie liebte ihn. Er hatte sie unbesehen als Teil einer Mitgift in Kauf genommen. Aber Artus liebte sie, schätzte sie und ehrte sie – es war nicht ihre Schuld, daß sie die vornehmste Pflicht einer Königin nicht erfüllen konnte und ihm den Erben seines Reiches schenkte.

Lancelot ... nein, als er vor kurzem Camelot verließ, hatte sie sich geschworen, nicht mehr an den Ritter zu denken. Sie sehnte sich mit Leib und Seele nach ihm, aber sie hatte gelobt, Artus eine treue und ergebene Gemahlin zu sein. Mit Lancelot sollte es nie mehr auch nur diese Tändeleien geben, die ihnen beide den Hunger nicht stillten ... es war ein Spiel mit dem Feuer, selbst wenn nichts Schlimmeres geschah.

Die Nacht der Feldfeuer ... ja, vielleicht war es ihre Pflicht als Christin und Königin an einem christlichen Hof an diesem Tag für Vergnügungen und Freuden zu sorgen, die alle genießen konnten, ohne Schaden an ihrer Seele zu nehmen. Sie wußte, Artus hatte für Pfingsten Turniere und Waffenübungen angekündigt, bei denen es Preise geben würde – das tat er jetzt jedes Jahr, seit der Hof nach Camelot gezogen war. Aber es lebten genügend Leute hier, um auch an diesem Tag für Unterhaltung zu sorgen – sie beschloß, einen silbernen Becher als Preis zu stiften. Es sollte Harfenmusik gegeben und getanzt werden. Die Frauen vergaben manchmal im Spaß ein Band für die Frau, die in einer Stunde die meiste Wolle spinnen oder die meisten Stiche an einem Wandbehang sticken konnte – ja, das war ein guter Gedanke. Es sollten unschuldige Vergnügungen stattfinden, damit keiner ihrer Untertanen dem verbotenen Ritual auf der Dracheninsel nachtrauern mußte. Sie stand auf, kleidete sich an und nahm sich vor, sofort mit Cai ihre Pläne zu besprechen.

Gwenhwyfar beschäftigte sich den ganzen Morgen mit den Vorbereitungen. Artus stimmte freudig zu, als sie ihm von ihrem Plan berichtete und beriet lange mit Cai darüber, welche Preise sie für die Schwertkämpfe und das Turnierreiten aussetzen wollten. Ja, es sollte auch einen Preis für den besten unter den Jungen geben ... vielleicht einen Mantel? Aber trotzdem quälte Gwenhwyfar ein Gedanke: *Es ist der Tag, an dem die alten Götter verlangen, daß wir die Fruchtbarkeit feiern. Und ich ... ich bin immer noch unfruchtbar.* Und so suchte sie eine Stunde vor Mitttag, eine Stunde bevor die Fanfaren die Männer auf den Turnierplatz rufen würden, nach Morgaine. Sie wußte eigentlich nicht ganz genau, was sie von ihr wollte.

Morgaine hatte es übernommen, die Arbeiten in der Färberei zu überwachen – dort wurde die gesponnene Wolle gefärbt –, und sie beaufsichtigte auch die Frauen, die das Bier brauten – Morgaine wußte, wie man verhinderte, daß das Bier beim Ansetzen verdarb. Sie brannte Wein für Heiltränke und gewann aus Blütenblättern Riechwässer, die feiner dufteten als alle, die übers Meer gebracht wurden und kostbarer waren als Gold. Manche Frauen auf Camelot sprachen von Magie und Zauberei. Aber Morgaine erklärte, sie habe nur die Eigenschaften von Pflanzen, Gräsern und Blumen studiert, und jede Frau könne tun, was sie tat, wenn sie geschickte Hände habe, sich die Zeit nahm und die Mühe machte, sich ernsthaft damit zu beschäftigen.

Als Gwenhwyfar die Schwester des Königs fand, stand Morgaine gerade mit hochgebundenem Festtagskleid und einem Tuch über den Haaren vor einem verdorbenen Faß Bier. »Schütte es weg«, sagte sie zu einer Frau. »Die Hefe muß kalt gewesen sein, und es ist sauer. Wir können morgen einen neuen Kessel ansetzen ... für heute haben wir mehr als genug Bier ... selbst für das Fest der Königin ... obwohl ich wirklich nicht weiß, wer ihr das in den Kopf gesetzt hat.«

Gwenhwyfar fragte: »Steht dir der Sinn nicht nach Feiern, Morgaine?«

Morgaine drehte sich um. »Eigentlich nicht«, erwiderte sie. »Ich wundere mich, daß *dir* danach ist ... ich dachte, an Beltane würdest du fasten und beten, wenn auch nur, um zu zeigen, daß du nicht zu denen gehörst, die zu Ehren der Göttin, der Ernte und der Felder feiern.«

Gwenhwyfar wurde rot. – Sie wußte nie, ob Morgaine sich nicht über sie lustig machte. »Vielleicht ist es Gottes Wille, daß die Menschen die Ankunft des Sommers festlich begehen. Es ist nicht nötig, von der Göttin zu sprechen ... oh, ich weiß selbst nicht recht ... glaubst *du* daran, daß die Göttin die Saat, die Felder und die Leiber von Schafen, Kühen und Frauen fruchtbar macht?«

»So habe ich es in Avalon gelernt, Gwen. Weshalb fragst du mich das heute?« Morgaine nahm das Kopftuch ab, und plötzlich kam sie Gwenhwyfar schön vor. Morgaine war älter als sie – sie mußte über dreißig sein –, aber sie wirkte nicht so alt. Morgaine sah immer noch so aus wie damals, als sie sich zum ersten Mal begegnet waren ... kein Wunder, daß alle Männer sie für eine Zauberin hielten.

Sie trug ein Gewand aus feingesponnener Wolle – es war wirklich sehr schlicht –, aber in ihre dunklen Haare hatte sie schöne bunte Bänder geflochten. Zwei goldene Spangen hielten die beiden Zöpfe über den Ohren. Neben ihr kam sich Gwenhwyfar so einfältig wie ein Huhn vor... eine schlichte Frau des Hauses, obwohl sie die Königin von ganz Britannien war und Morgaine nur eine Herzogin und heidnisch obendrein...

Morgaine wußte soviel, und sie selbst war so ungebildet – sie konnte nicht mehr als ihren Namen schreiben und in der Bibel herumbuchstabieren. Morgaine konnte gut lesen und schreiben und sie verstand auch, einem Haushalt vorzustehen – sie konnte spinnen, weben, sticken, färben und Bier brauen und war in der Kräuterkunde und in Magie bewandert. Schließlich begann Gwenhwyfar verzagt: »Schwester... die Leute sagen es immer im Spaß... aber ist es wahr... daß du... alle möglichen Fruchtbarkeitszauber und Sprüche kennst? Ich... ich kann es nicht mehr ertragen, daß jede Frau am Hof mir die Bissen am Mund abzählt und darauf achtet, wie eng ich den Gürtel binde, um herauszufinden, ob ich schwanger bin. Morgaine, wenn du wirklich diese Zauber kennst, die man dir nachsagt... ich bitte dich, Schwester... willst du mir nicht mit deinen Künsten helfen?«

Gerührt und besorgt legte Morgaine ihr die Hand auf den Arm. »Es ist wahr. In Avalon sagt man, bestimmte Dinge helfen, wenn eine Frau keine Kinder bekommt... aber, Gwenhwyfar...« Sie zögerte, und die Königin spürte, wie ihr die Schamröte ins Gesicht stieg. Endlich sprach Morgaine weiter. »Ich bin nicht die Göttin. Vielleicht ist es ihr Wille, daß ihr, du und dein König, keine Kinder haben sollt. Würdest du wirklich versuchen, den Willen Gottes durch Zauber und Magie zu ändern?«

Gwenhwyfar erwiderte heftig. »Selbst Christus im Ölgarten betete: ›Laß diesen Kelch an mir vorübergehen...‹«

»Aber Gwen, er sagte auch: ›Nicht mein Wille geschehe, sondern der Deine‹«, erinnerte Morgaine sie.

»Ich frage mich, woher weißt du das alles...?«

»Ich habe elf Jahre bei Igraine gelebt, Gwenhwyfar. Und ich habe das Evangelium sooft gehört wie du!«

»Trotzdem kann ich mir nicht vorstellen, es sollte Gottes Wille sein, daß das Reich wieder ins Dunkel stürzt, wenn Artus stirbt«, sagte Gwenhwyfar und hörte, wie ihre Stimme laut, zornig und schrill klang. »In all diesen vielen Jahren war ich treu... ja, ich weiß, du

glaubst es nicht. Ich vermute, du denkst, was alle Frauen am Hof denken, daß ich meinen Gebieter mit Lancelot betrogen habe. Aber es ist nicht wahr, Morgaine. Ich schwöre, es ist nicht so!«
»Gwenhwyfar! Gwenhwyfar! Ich bin nicht dein Beichtvater. Ich habe dich nicht beschuldigt!«
»Aber du würdest es, wenn du es könntest. Und ich weiß, du bist eifersüchtig auf mich!« fauchte Gwenhwyfar weiß vor Zorn. Aber dann rief sie zerknirscht: »O nein! Nein, ich will mich nicht mit dir streiten, Morgaine, meine Schwester! Ich bin gekommen, um deine Hilfe zu erbitten!« Sie spürte, wie ihr die Tränen über die Wangen rannen. »Ich habe nichts Unrechtes getan. Ich bin eine gute und treue Gemahlin. Ich stehe dem Haus meines Herrn und Gebieters vor und bemühe mich, Camelot Ehre zu machen. Ich habe für ihn gebetet und versucht, den Willen Gottes zu erfüllen. Ich habe nicht die geringste meiner Pflichten vernachlässigt, und doch ... und doch ... trotz all meiner Treue und Pflichterfüllung ... habe ich nicht meinen Teil bei diesem Handel bekommen. Jede Hure auf der Straße, jede Lagerdirne trägt stolz ihren dicken Bauch und ihre Fruchtbarkeit zur Schau. Ich ... ich habe nichts, nichts ...« Sie schluchzte wild auf und schlug die Hände vor das Gesicht.
Morgaines Stimme klang verwundert aber zärtlich, und sie drückte Gwenhwyfar an sich. »Nicht weinen, nicht weinen ... Gwenhwyfar. Sieh mich an! Macht es dir wirklich soviel Kummer, kein Kind zu haben?«
Gwenhwyfar kämpfte mit den Tränen und sagte schluchzend: »Ich kann Tag und Nacht an nichts anderes denken ...«
Nach langem Schweigen sagte Morgaine: »Gewiß, ich sehe, es ist schwer für dich.« Sie schien Gwenhwyfars Gedanken deutlich hören zu können: *Wenn ich ein Kind hätte, würde ich nicht Tag und Nacht an diese Liebe denken, die meine Ehre in Gefahr bringt. Dann würden sich meine Gedanken alle auf Artus' Sohn richten!* »Ich wünschte, ich könnte dir helfen, Schwester ... aber ich will nichts mit Zauber und Magie zu tun haben. In Avalon wird uns gelehrt, daß die einfachen Menschen unter Umständen solche Dinge brauchen. Aber die Klugen halten sich davon fern. Sie tragen das Los in Demut, das ihnen die Götter zugeteilt haben.« Und noch während sie sprach, kam sie sich wie eine Heuchlerin vor. Sie erinnerte sich an den Morgen, als sie in den Wald gegangen war, um Wurzeln und Kräuter zu suchen, um Artus' Kind abzustoßen. Damals wollte sie sich nicht dem Willen der Göttin beugen!

Aber am Ende hatte sie es doch nicht getan!
Und dann fragte sie sich plötzlich niedergeschlagen: *Ich wollte nicht gebären und starb beinahe im Kindbett und doch gebar ich einen Sohn. Gwenhwyfar sehnt sich Tag und Nacht nach einem Kind, aber ihr Leib wölbt sich nicht, und ihre Arme bleiben leer. Ist das die Gerechtigkeit der Götter?*
Aber es drängte sie zu sagen: »Gwenhwyfar, ich möchte, daß du eines nicht vergißt... Zauber wirken oft anders, als du es dir wünschst. Wieso glaubst du, die Göttin, der ich diene, kann dir einen Sohn schenken, wenn dein Gott, der angeblich größer als alle anderen ist, solches nicht vermag?«
Es klang wie eine Gotteslästerung, und Gwenhwyfar schämte sich sehr. Trotzdem! dachte sie und sprach es auch aus, wobei ihr die Worte kaum über die Lippen wollten: »Ich glaube, Gott nimmt sich der Frauen vielleicht nicht an... seine Priester sind alles Männer. Und die Schrift sagt uns, die Frauen sind Versucherinnen und das Böse... vielleicht erhört er mich deshalb nicht. Und darum will ich mich an die Göttin wenden... denn Gott bin ich gleichgültig...« Und wieder weinte sie heftig. »Morgaine«, rief sie. »Ich schwöre dir, wenn du mir nicht helfen kannst, fahre ich heute nacht mit dem Boot zur Dracheninsel. Ich werde einen meiner Diener bestechen, damit er mich hinüberbringt. Wenn die Feuer entzündet werden, bitte auch ich die Göttin darum, mir ein Kind zu schenken... Ich schwöre es, Morgaine. Ich werde es tun...« Und sie sah sich bereits im Feuerschein die Flammen umkreisen und im Arm eines fremden und gesichtslosen Mannes im Dunkel verschwinden und dann in seinen Armen liegen – bei diesem Gedanken verkrampfte sich ihr ganzer Körper vor Schmerz und verschämter Lust.
Morgaine hörte ihr mit wachsendem Entsetzen zu. *Sie würde es nie wagen. Sie würde im letzten Augenblick den Mut verlieren... selbst ich hatte Angst, obwohl ich immer wußte, daß meine Jungfräulichkeit dem Gott geweiht war.* Aber die völlige Verzweiflung in der Stimme ihrer Schwägerin ließ sie denken: *O doch, sie wäre dazu fähig. Und wenn sie es wirklich tut, wird sie sich für den Rest ihres Lebens hassen.*
In der Kammer herrschte, abgesehen von Gwenhwyfars Schluchzen, völlige Stille. Morgaine wartete, bis sich die Königin etwas beruhigte, und sagte dann: »Schwester, ich will für dich tun, was ich vermag. Du kannst ein Kind von Artus haben. Du mußt nicht an die Feuer gehen oder dir einen anderen Mann suchen. Du darfst nie darüber

sprechen, daß ich es dir gesagt habe. Versprich es und stelle keine Fragen. Aber Artus hat tatsächlich ein Kind gezeugt.«
Gwenhwyfar starrte sie an. »Mir sagte er, er habe keine Kinder . . .«
»Es ist möglich, daß er es nicht weiß. Aber ich habe das Kind selbst gesehen. Es wächst an Morgauses Hof auf.«
»Dann hat er bereits einen Sohn, und wenn ich ihm keinen schenke . . .«
»Nein!« unterbrach Morgaine sie barsch. »Ich habe dir gesagt, du darfst nie darüber sprechen. Er könnte das Kind nie anerkennen. Wenn du ihm kein Kind schenkst, muß das Reich an Gawain fallen. Gwenhwyfar, stelle mir keine weiteren Fragen, denn ich sage dir nur soviel . . . es ist nicht Artus' Schuld, wenn du kein Kind bekommst!«
»Seit der letzten Ernte habe ich noch nicht einmal empfangen . . . und in all diesen drei Jahren war ich überhaupt nur dreimal schwanger . . .«, Gwenhwyfar schluckte und wischte sich das Gesicht mit dem Schleier. »Wenn ich mich der Göttin darbiete . . . wird sie sich dann meiner erbarmen?«
Morgaine seufzte. »Das kann sein. Du mußt nicht zur Dracheninsel. Ich weiß, du kannst empfangen . . . vielleicht könnte dir ein Zauber helfen, das Kind nicht vor der Geburt zu verlieren. Aber ich warne dich noch einmal, Gwenhwyfar: Zauber wirken nicht, wie Männer und Frauen es wünschen. Sie unterliegen eigenen Gesetzen, und diese Gesetze sind uns so fremd wie der Lauf der Zeit im Land der Feen. Versuche nicht mir die Schuld zu geben, Gwenhwyfar, wenn der Zauber anders wirkt, als du glaubst.«
»Wenn er mir nur die geringste Hoffnung auf ein Kind von meinem Gemahl gibt . . .«
»Das wird er . . .«, sagte Morgaine und wandte sich zum Gehen. Gwenhwyfar folgte ihr wie ein kleines Mädchen an der Hand der Mutter. Was für ein Zauber würde es sein, fragte sich Gwenwyfar, und wie würde er wirken? Warum sah Morgaine so seltsam und ernst aus . . . als sei sie die Große Göttin selbst? Aber, so sagte sie sich und holte tief Luft, sie würde hinnehmen, was geschah, wenn sie dadurch bekam, wonach sie sich am meisten sehnte.
Eine Stunde später wurden die Fanfaren geblasen. Morgaine und Gwenhwyfar saßen nebeneinander am Rand des Turnierplatzes. Elaine beugte sich zu ihnen und fragte: »Seht doch! Wer ist das, der an Gawains Seite auf den Platz reitet?«
»Lancelot«, sagte Gwenhwyfar mit tonloser Stimme. »Er ist zurückgekommen.«

Er sah besser aus denn je. Eine rote Narbe zog sich über seine Wange. Eigentlich hätte sie häßlich sein müssen, aber sie verlieh ihm die Schönheit einer Wildkatze. Er ritt, als sei er mit dem Pferd verwachsen. Elaines Geplapper rauschte an Gwenhwyfars Ohren vorbei, ohne daß sie etwas hörte. Sie wendete den Blick nicht von ihm.
Wie bitter! List des Schicksals! Warum jetzt, nachdem ich entschlossen bin und gelobt habe, nicht mehr an ihn zu denken, sondern meinem Herrn und König eine treue Gemahlin zu sein . . . Um ihren Hals unter dem schweren goldenen Reif, den Artus ihr am fünften Hochzeitstag geschenkt hatte, spürte sie das Gewicht von Morgaines Amulett, das in einen kleinen Beutel eingenäht zwischen ihren Brüsten hing. Sie wußte nicht, was Morgaine hineingetan hatte, und wollte es auch nicht wissen.
Warum jetzt? Ich hatte gehofft, ich würde bereits das Kind meines Mannes tragen, wenn er an Pfingsten zurückkam. Dann würde er mich nicht mehr ansehen, weil dann deutlich wäre, daß ich entschlossen bin, mein Ehegelübde nicht zu brechen.
Und doch mußte sie gegen ihren Willen an Artus' Worte denken: *Wenn du mir ein Kind schenkst, werde ich keine Fragen stellen . . . verstehst du, was ich dir damit sagen will?*
Gwenhwyfar hatte nur zu gut gewußt, was er meinte: Lancelots Sohn konnte der Thronerbe sein. Wurde diese neue Versuchung ihr jetzt auferlegt, weil sie bereits in Todsünde gefallen war, da sie sich auf Morgaines Zauberei einließ? Weil sie heftige und schamlose Drohungen ausgestoßen hatte, in der Hoffnung, Morgaine zu zwingen, ihr zu helfen . . .?
Was kümmert es mich, wenn ich dadurch meinem König einen Sohn schenken kann . . . was habe ich mit einem Gott zu tun, der mich dafür verdammt?
Ihre lästerlichen Gedanken erschreckten sie. Aber es war auch Gotteslästerung gewesen, daran zu denken, auf die Dracheninsel zu gehen . . .
»Seht Ihr, Gawain ist gestürzt. Selbst er konnte sich gegen Lancelot nicht halten«, rief Elaine aufgeregt. »Cai ebenfalls! Wie kann Lancelot einen lahmen Mann aus dem Sattel heben und zu Fall bringen?«
»Sei nicht dümmer, als du sein *mußt*, Elaine!« wies sie Morgaine zurecht. »Glaubst du, Cai würde es Lancelot danken, wenn er ihn schonen würde? Wenn Cai ins Turnier reitet, ist er sicher bereit wie jeder andere alles in Kauf zu nehmen! Niemand hat ihn dazu gezwungen!«

Es war vom ersten Augenblick an vorauszusehen, daß Lancelot den Preis gewinnen würde. Es gab gutmütiges Murren unter den Rittern, als sie es erkannten. »Wenn Lancelot auf einem Turnier erscheint, ist es für uns sinnlos, daran teilzunehmen«, sagte Gawain lachend und legte seinem Vetter den Arm um die Schultern. »Hättest du nicht einen oder zwei Tage später kommen können, Lance?«
Auch Lancelot lachte und strahlte. Er warf übermütig den goldenen Becher in die Luft. »Auch deine Mutter bat mich, für die Feuer an ihrem Hof zu bleiben. Ich bin nicht gekommen, um Euch den Preis zu stehlen. Ich brauche keine Preise... Gwenhwyfar, meine Königin, nehmt das und gebt mir statt dessen das Band um Euren Hals! Der Becher mag den Altar oder die Tafel der Königin zieren!«
Verlegen legte Gwenhwyfar die Hand auf das Band, an dem Morgaines Zauber hing. »*Das* kann ich Euch nicht geben, mein Freund...« Sie nestelte an ihrem Ärmel, der mit kleinen Perlen besetzt war. »Nehmt dies als Zeichen der Freundschaft für meinen Ritter. Und der Preis... ich will Euch alle Preise geben...« Sie wies auf Gawain und Gareth, die nach Lancelot angetreten waren.
»Wie huldvoll, meine Königin«, sagte Artus und erhob sich, während Lancelot das bestickte Seidentuch entgegennahm, es küßte und an seinem Helm befestigte. »Aber mein tapferster Kämpfer muß trotzdem geehrt werden. Ihr werdet an unserer Tafel speisen, Lancelot, und uns berichten, was Ihr seit Eurem Weggang erlebt habt.«
Gwenhwyfar zog sich mit ihren Hofdamen zurück, um das Mahl vorzubereiten. Elaine und Meleas unterhielten sich aufgeregt über Lancelots Tapferkeit. Sie priesen sein reiterisches Können und die Großzügigkeit, mit der er auf seinen Preis verzichtet hatte. Gwenhwyfar konnte nur an den Blick denken, den Lancelot ihr schenkte, als er sie um ihr Halsband bat. Sie hob die Augen und sah Morgaines dunkles, rätselhaftes Lächeln. *Ich kann nicht einmal um meinen Seelenfrieden beten. Ich habe das Recht zu beten verwirkt!*
Während der ersten Stunde des Mahls ging Gwenhwyfar durch die Reihen ihrer Gäste und vergewisserte sich, daß jeder seinen gebührenden Platz bekommen hatte und bedient wurde. Als sie an die Tafel des Königs zurückkehrte, waren die meisten betrunken, und draußen wurde es bereits dunkel. Die Diener befestigten Lampen und Fackeln an den Wänden. Artus erklärte fröhlich: »Seht Ihr, meine Königin, wir entzünden unsere Beltanefeuer hier!«
Morgaine saß dicht neben Lancelot. Gwenhwyfars Gesicht glühte vor Hitze und dem Wein, den sie getrunken hatte. Sie wendete sich ab,

um die beiden nicht sehen zu müssen. Lancelot gähnte und sagte: »Oh, heute nacht ist Beltane? Ich hätte es fast vergessen!«
»Gwenhwyfar bestand darauf, daß wir ein Fest feiern, damit niemand in Versuchung kommt, sich an die Feuer davonzustehlen«, sagte Artus. »Es gibt andere Wege, einem Wolf das Fell über die Ohren zu ziehen, als ihn aus seinem Pelz zu verjagen... wenn ich den alten Ritus verbieten wollte, wäre ich ein Tyrann...«
»Und«, sagte Morgaine leise, »Avalon untreu, mein Bruder.«
»Aber wenn meine Herrin es so einrichtet, daß meine Leute lieber hier feiern, anstatt auf die Felder zu gehen und an den Feuern zu tanzen, erreichen wir unser Ziel auf einfacherem Weg.«
Morgaine zuckte die Schultern. Gwenhwyfar kam es vor, als amüsiere sie sich insgeheim. Sie hatte nur wenig getrunken... vielleicht war sie an der Tafel des Königs die einzig Nüchterne. »Ihr kommt aus Lothian, Lancelot... entzündet man die Feuer dort?«
»Die Königin sagt es zumindest«, antwortete Lancelot. »Aber sie hat sich vielleicht auch nur einen Spaß mit mir erlaubt... Nichts, was ich gesehen habe, deutet daraufhin, daß Königin Morgause nicht eine höchst christliche Dame ist.« Aber Gwenhwyfar glaubte einen unbehaglichen Blick in Gawains Richtung zu sehen, als er das erzählte. »Hört wohl, was ich sage, Gawain. Ich habe nicht gegen die Herrin von Lothian gesprochen. Ich habe keinen Streit mit Euch oder Euren Verwandten...«
Aber nur ein sanftes Schnarchen antwortete ihm, und Morgaine lachte anzüglich. »Seht Ihr, da schläft Gawain mit dem Kopf auf dem Tisch! Auch ich bitte Euch um Neuigkeiten aus Lothian, Lancelot... ich glaube nicht, daß jemand, der dort aufgewachsen ist, die Feldfeuer so schnell vergessen kann. Die Gezeitenströme der Sonne fließen jedem im Blut, der wie ich und wie Königin Morgause in Avalon groß geworden ist... ist es nicht so, Lancelot? Artus, erinnert Ihr Euch an das Königsritual auf der Dracheninsel? Wieviele Jahre ist das her... neun, zehn...«
König Artus sah sie mißbilligend an, antwortete aber ruhig: »Das ist viele Jahre vorbei, wie Ihr selbst sagt, meine Schwester. Und die Welt verändert sich mit jedem neuen Jahr. Ich glaube, die Zeit für diese Dinge ist vorbei... mit Ausnahme vielleicht der Menschen, die von den Feldern und ihrer Ernte leben. Sie müssen die Göttin um den Segen bitten... das sagt zumindest Taliesin, und ich möchte ihm nicht widersprechen. Aber ich glaube, diese merkwürdigen alten Riten haben wenig mit uns zu tun, die wir auf Burgen und in Städten

leben und an das Wort unseres Christus glauben.« Er hob den Becher mit Wein, leerte ihn und erklärte in trunkener Hochstimmung: »Gott schenkt uns alles, was wir uns wünschen... alles, worauf wir ein Recht haben... wir müssen nicht die alten Götter anrufen. Hab ich nicht recht, Lance?«
Gwenhwyfar spürte Lancelots Augen einen Augenblick lang auf sich ruhen, ehe er antwortete: »Wer von uns hat alles, was er sich wünschen kann, mein König? Kein König und kein Gott können uns alles gewähren.«
»Aber ich will, daß meine... meine Untertanen alles haben, was sie brauchen«, erwiderte Artus hitzig. »Und meine Königin ebenfalls. Sie schenkt uns unsere eigenen Feldfeuer hier auf Camelot...«
»Artus«, sagte Morgaine sanft. »Du bist betrunken.«
»Gewiß, und warum auch nicht?« fragte er herausfordernd. »Auf meinem eigenen Fest und an meinem eigenen... eigenen Feuer. Wofür sonst habe ich all die Jahre gegen die Sachsen gekämpft? Doch nur, um hier an meiner eigenen runden Tafel zu sitzen und den... den Frieden... gutes Bier und guten Wein... und gute Musik zu genießen... wo ist Kevin? Bekomme ich etwa keine Musik auf meinem Fest zu hören?«
Lancelot erwiderte lachend: »Ich bin sicher, er ist auf der Dracheninsel, um die Göttin an den Feuern zu verehren und um dort zu spielen.«
»Das ist Verrat«, rief Artus mit schwerer Stimme. »Und noch ein guter Grund, die Feldfeuer zu verbieten. Denn dann habe ich die Musik hier!«
Morgaine lachte und warf leichthin ein: »Du kannst dem Gewissen eines anderen nicht befehlen, mein Bruder! Kevin ist ein Druide und hat das Recht, seine Musik den Göttern zu schenken.« Sie stützte das Kinn in die Hände, und Gwenhwyfar fand, sie sah aus wie eine Katze, die sich Sahne aus den Barthaaren leckt. »Aber ich glaube, er hat Beltane bereits auf seine Weise gefeiert... er ist bestimmt schon im Bett, denn die Gesellschaft hier ist zu betrunken, um zwischen seinem Spiel und meinem und Gawains Schlafgeräuschen zu unterscheiden. Er spielt die Musik von Lothian selbst im Schlaf«, fügte sie hinzu, als besonders heftiges Schnarchen die Stille durchdrang. Sie winkte einem der Kammerdiener, der zu Gawain trat und ihn auf die Füße stellte. Er verbeugte sich benommen vor Artus und stolperte aus der Halle.
Lancelot hob den Becher und leerte ihn. »Auch ich habe genug von

Musik und vom Feiern. Ich saß schon vor Tagesanbruch im Sattel, da ich zum Turnier kommen wollte. Ich glaube, ich werde bald um Erlaubnis bitten, mich in mein Bett zurückziehen zu dürfen, Artus.«
Gwenhwyfar erkannte an diesem hingeworfenen *Artus*, wie betrunken er sein mußte, denn in Gegenwart anderer achtete er immer sehr darauf, Artus förmlich mit ›mein Herr‹ oder ›mein König‹ anzureden; nur wenn sie allein waren, sagte er ›Vetter‹ oder ›Artus‹.
Aber zu dieser späten Stunde war kaum einer noch nüchtern genug, um es zu bemerken. Sie hätten ebensogut allein hier sitzen können.
Artus antwortete Lancelot nicht. Er saß zusammengesunken und mit halbgeschlossenen Augen in seinem Thronsessel. Nun, dachte Gwenhwyfar, er hat es ja selbst gesagt.... es war sein Fest und sein Herd. Wenn ein Mann noch nicht einmal in seinem eigenen Haus betrunken sein durfte, weshalb kämpfte er dann so viele Jahre um Sicherheit und Frieden in seinem Land?
Und wenn Artus heute abend zu betrunken war, um sie in seinem Bett in die Arme zu schließen... sie spürte das Band mit dem Amulett an ihrem Hals, das schwer und heiß zwischen ihren Brüsten ruhte. *Es ist Beltane. Konnte er nicht wenigstens dafür nüchtern bleiben? Hätte man ihn zu einem dieser alten heidnischen Feste eingeladen, hätte er es sicher nicht vergessen...*
Gwenhwyfars Wangen brannten bei diesen schamlosen Gedanken. *Ich muß auch betrunken sein!* Sie sah wütend zu Morgaine hinüber, die kühl und nüchtern an den Saiten ihrer Harfe zupfte. Wie konnte Morgaine so lächeln?
Lancelot beugte sich zu ihr und sagte: »Ich glaube, unser Gebieter und König hat genug vom Fest und vom Wein, meine Königin. Bitte entlaßt die Diener und die Ritter, Herrin. Ich suche Artus' Kämmerer, damit er ihm ins Bett hilft.«
Lancelot erhob sich. Gwenhwyfar konnte sehen, daß auch er betrunken war. Aber ihm stand das gut. Er bewegte sich nur etwas vorsichtiger als sonst. Während sie von einem Gast zum anderen ging und allen eine gute Nacht wünschte, schwamm ihr der Kopf, und sie spürte, daß ihre Schritte unsicher waren. Wenn sie Morgaines rätselhaftes Lächeln sah, hörte sie immer noch die Worte dieser abscheulichen Zauberin: *Versuche nicht mir die Schuld zu geben, wenn der Zauber anders wirkt, als du erhoffst.*
Lancelot kam zurück, während die Gäste aus der Halle strömten. »Ich kann den Leibdiener meines Herrn nicht finden... jemand in der Küche sagte, sie sind alle auf der Dracheninsel bei den Feuern...

ist Gawain noch hier oder Balan? Sie sind die einzigen, die groß und stark genug sind, um unseren Herrn und König zu Bett zu bringen...«
»Gawain war selbst zu betrunken. Er konnte sich nicht mehr auf den Beinen halten. Balan habe ich nicht gesehen. Du kannst ihn ganz sicher nicht tragen, denn er ist größer und schwerer als du...«
»Trotzdem, ich will es versuchen«, Lancelot beugte sich lachend über Artus.
»Komm, Vetter... Gwydion! Es ist niemand da, der dich ins Bett tragen kann... stütze dich auf meinen Arm... so, schön aufstehen, alter Junge«, sagte er wie zu einem Kind. Artus öffnete die Augen und erhob sich mühsam. Auch Lancelots Schritte waren nicht allzu sicher, dachte Gwenhwyfar, während sie den Männern folgte... ihre eigenen übrigens schon gar nicht... sie mußten ein hübsches Bild abgeben, falls einer von den Dienern noch nüchtern genug war, um es zu bemerken: Der König und die Königin und der königliche Reiteroberst stolperten an Beltane in ihre Betten... zu betrunken, um noch gerade gehen zu können...
Artus wurde wieder etwas nüchterner, als Lancelot ihn über die Schwelle ihres Schlafgemachs schob. Er ging in eine Ecke, wo eine Schüssel mit Wasser stand, tauchte das Gesicht hinein und trank auch ein paar Schluck Wasser.
»Danke, mein Vetter«, sagt er immer noch etwas lallend. »Meine Gemahlin und ich müssen dir für vieles danken. Und ich weiß, du liebst uns beide...«
»Gott sei mein Zeuge«, sagte Lancelot, und er sah Gwenhwyfar, wie sie glaubte, verzweifelt an. »Soll ich einen deiner Diener suchen, Vetter?«
»Nein, bleib einen Augenblick«, sagte Artus. »Es gibt etwas, das ich dir sagen will. Und wenn ich jetzt nicht den Mut dazu habe, nüchtern werde ich es nie tun! Gwen, kommst du ohne deine Frauen zurecht? Ich habe nicht die Absicht, daß lockere Zungen es aus diesem Raum hinaustragen. Komm, Lancelot, setze dich neben mich.« Er saß auf dem Bettrand und streckte die Hand nach seinem Freund aus. »Du auch, mein Herz... Jetzt hört mir beide zu. Gwenhwyfar hat kein Kind... und glaubt ihr, ich hätte nicht bemerkt, wie ihr beide euch anseht? Ich habe einmal mit Gwen darüber gesprochen, aber sie ist zu ehrbar und fromm. Sie wollte nicht auf mich hören. Aber jetzt an Beltane, wenn alles Leben auf dieser Erde nach Fruchtbarkeit und Fortpflanzung ruft... wie soll ich es sagen... Es

gibt bei den Sachsen ein altes Sprichwort, das lautet: Ein Freund ist jemand, dem du deine Lieblingsfrau und dein Lieblingsschwert gibst...«

Gwenhwyfars Gesicht brannte. Sie konnte keinem der beiden Männer ins Gesicht sehen. Langsam sprach Artus weiter. »Ein Sohn von dir, Lance, wäre der Erbe meines Reichs. Und das wäre besser, als daß es an Lots Söhne fällt... Oh, ja, Bischof Patricius würde es bestimmt als schwere Sünde bezeichnen, als sei sein Gott eine verknöcherte Anstandsdame, die nachts durch die Gegend schleicht, um zu sehen, wer in wessen Bett liegt... ich halte es für eine größere Sünde, diesem Reich keinen Erben zu hinterlassen. Denn wenn wir wieder in ein solches Dunkel zurückfallen, wie es vor Uthers Thronbesteigung drohte... mein Freund, mein Vetter... was sagst du dazu?«

Gwenhwyfar sah, wie Lancelot mit der Zunge die Lippen befeuchtete; und sie spürte, wie trocken ihr Mund war. Nach geraumer Zeit erwiderte er: »Ich weiß nicht, was ich sagen soll... mein König... mein Freund... mein Vetter... Gott weiß, es gibt keine andere Frau auf dieser Welt...«, seine Stimme brach. Er sah Gwenhwyfar an, und sie glaubte das nackte Verlangen in seinen Augen nicht ertragen zu können. Sie glaubte, ohnmächtig zu werden und streckte die Hand aus, um sich am Bettpfosten zu stützen.

Ich bin immer noch betrunken, dachte sie. *Ich träume. Es kann nicht sein, daß er tatsächlich gesagt hat, was ich gerade zu hören glaubte...*

Peinigende Scham überfiel sie. Sie glaubte, es nicht zu überleben, daß beide so über sie sprachen.

Lancelots Blick hatte sie nicht losgelassen.

»Jetzt muß... meine Herrin entscheiden.«

König Artus breitete die Arme aus. Er hatte schon die Stiefel und das prächtige Gewand abgelegt, das er auf dem Fest getragen hatte, und in seiner Tunika wirkte er wie der Junge vor Jahren bei ihrer Hochzeit. Er sagte: »Komm her, Gwen«, und zog sie auf seine Knie. »Du weißt, ich liebe dich... du und Lance, glaube ich, sind die zwei Menschen, die ich am meisten auf der ganzen Welt liebe, außer...«

Er schluckte, und Gwenhwyfar dachte plötzlich:

Ich habe immer nur an meine Liebe gedacht. Aber daß Artus auch verliebt sein könnte... Er nahm mich ungesehen, ungewollt, er hat mich geliebt und als seine Königin geehrt. Aber ich habe nie bedacht, daß es jemand geben könnte, den Artus liebt und nicht erringen kann, so wie ich Lancelot... nicht ohne Sünde und Verrat. Ich frage mich, ob Morgaine mich deshalb so verspottet. Vielleicht kennt sie Artus' geheime Liebe ... oder seine Sünden ...

Aber Artus sprach langsam weiter: »Ich glaube, wenn nicht Beltane wäre, hätte ich nie den Mut gefunden, das zu sagen ... unsere Vorväter haben viele hundert Jahre lang diese Dinge ohne Scham getan ... im Angesicht unserer Götter und nach ihrem Willen. Und ... hör mir gut zu, mein Liebes ... wenn ich hier bei dir bin, meine Gwenwyfar, dann kannst du, ohne die Unwahrheit zu sagen, schwören, daß dieses Kind, das du vielleicht bekommst, in deinem Ehebett gezeugt wurde. Und keiner von uns muß es jemals genau wissen ... Liebes, kannst du dich damit nicht einverstanden erklären?«

Gwenhwyfar konnte nicht mehr atmen. Langsam, langsam griff sie nach Lancelots Hand. Sie spürte Artus' Hand auf ihren Haaren, als Lancelot sich vorbeugte und sie auf den Mund küßte.

Ich bin seit vielen Jahren verheiratet, und jetzt fürchte ich mich wie eine Jungfrau! Dann fielen ihr Morgaines Worte wieder ein, mit denen sie ihr das Amulett um den Hals gelegt hatte: *Bedenke wohl, worum du bittest, Gwenhwyfar, denn die Göttin könnte es dir gewähren ...*

Zu diesem Zeitpunkt hatte sie geglaubt, Morgaine wolle damit nur sagen, wenn sie um ein Kind bat, konnte sie im Kindbett sterben. Jetzt wußte sie, daß sich dahinter eine andere Wahrheit verbarg. Es war soweit gekommen, daß sie Lancelot haben konnte, ohne Schuldgefühle und nach dem Willen und mit der Erlaubnis ihres Gemahls ... und eine aufblitzende Erkenntnis sagte ihr: *Das ist es, was ich eigentlich wollte. Nach all diesen Jahren steht fest, daß ich unfruchtbar bin, und ich werde keine Kinder bekommen, aber wenigstens das werde ich gehabt haben ...*

Mit zitternden Händen löste sie ihr Gewand. Die ganze Welt schien sich nur noch auf das eine zu beschränken: Sie wurde sich ihrer selbst bewußt, mit Leib und Seele. Wichtig war nur noch ihr Körper, der vor Verlangen schmerzte, vor einem Hunger, den sie nicht für möglich gehalten hatte. Lancelots Haut war so weich ... sie hatte geglaubt, alle Männer wären wie Artus ... haarig und von der Sonne verbrannt. Aber sein Körper war so glatt wie der eines Kindes ... Ah ... sie liebte beide. Sie liebte Artus um so mehr, weil er großmütig genug sein konnte, um ihr das zu gewähren ... beide umarmten sie jetzt. Sie schloß die Augen und hob ihr Gesicht, ohne sicher zu wissen, wessen Lippen sich auf ihren Mund preßten. Aber Lancelot

streichelte ihre Wange, und seine Hand glitt über ihren Hals, dorthin, wo das Amulett hing.
»Was ist das, Gwen?« murmelte er, als er seine Lippen auf ihre drückte.
»Nichts«, antwortete sie. »Nichts. Irgendein Unsinn, den Morgaine mir gab.« Sie riß es ab und warf das Amulett in eine Ecke. Dann sank sie zurück in die Arme ihres Mannes und ihres Geliebten.

Drittes Buch

Der Hirschkönig

Die Sonne schien in Lothian in dieser Jahreszeit kaum unterzugehen. Königin Morgause erwachte, als das erste Licht durch die Vorhänge ihres Bettes fiel, und doch war es so früh, daß selbst die Möwen ihre Schlafplätze noch nicht verlassen hatten. Aber es war hell genug, um den haarigen, kräftigen Körper des jungen Mannes zu erkennen, der neben ihr schlief... dieses Privileg hatte er beinahe den ganzen Winter über genossen. Er war einer von Lots Knappen gewesen und hatte schon lange vor dem Tod des Königs der Königin glühende Blicke zugeworfen. Und in der tödlichen Dunkelheit des vergangenen Winters wäre es zuviel verlangt gewesen, allein im kalten königlichen Schlafgemach zu ruhen.

Morgause kniff vor der zunehmenden Helligkeit die Augen zusammen und dachte, daß Lot im Grunde wirklich kein allzu guter König gewesen war. Aber er hatte lange regiert – er saß schon auf seinem Thron, als Uther Pendragon an die Macht kam. Sein Volk war an ihn gewöhnt; es gab Leute in mittleren Jahren, die nie einen anderen König gekannt hatten. *Er saß schon auf dem Thron,* dachte Morgause, *als der junge Lochlann geboren wurde... ich übrigens auch.* Aber dieser Gedanke gefiel ihr nicht sonderlich, und sie verscheuchte ihn schleunigst.

Gawain hätte das Erbe seines Vaters antreten sollen; aber nach Artus' Krönung war er nur noch zu wenigen Besuchen in seine Heimat zurückgekehrt. Die Menschen hier kannten ihn nicht. Die Stämme in Lothian waren es zufrieden, von einer Königin regiert zu werden, denn es herrschte Frieden. Außerdem stand ihr Sohn Agravain an ihrer Seite und konnte die Männer, wenn nötig, in den Krieg führen. Seit urdenklichen Zeiten hatte eine Königin über das Volk geherrscht, so wie eine Göttin über die Götter herrschte, und die Menschen waren es zufrieden.

Gawain verließ König Artus nicht... er hatte nicht einmal Lancelot begleitet, der vor dem Beltanefest in den Norden gekommen war... Wie er behauptete, um sich darum zu kümmern, daß die Leuchttürme instandgesetzt wurden, damit die Schiffe nicht an der felsigen Küste strandeten. Aber Morgause vermutete, Artus wollte etwas über die Lage in Lothian erfahren und feststellen, ob vielleicht jemand mit der Herrschaft des Großkönigs unzufrieden war.

Erst Lancelot berichtete ihr von Igraines Tod. In früheren Jahren hatte Morgause sie wirklich nicht geliebt. Sie hatte die ältere Schwester immer um ihre Schönheit beneidet und Igraine nie vergeben, daß Viviane sie zu Uther Pendragons Königin bestimmte. Morgause war überzeugt, daß sie eine bessere Großkönigin gewesen wäre als diese fügsame, frömmelnde und liebende Närrin. Im Grunde genommen unterschied sich ein Mann nicht wesentlich vom anderen, wenn das Licht ausging; man konnte mit allen geradezu lächerlich mühelos umspringen. Sie waren auf törichte Weise abhängig von dem einen, was eine Frau ihnen bieten konnte. Sie hatte sehr gut hinter Lots Thron regiert, und wieviel besser wäre es ihr bei Uther gelungen – sie hätte sich nicht so sehr auf das Priestergehabe eingelassen.

Aber als Morgause von Igraines Tod erfuhr, trauerte sie aufrichtig und wünschte sehr, sie hätte sich die Zeit genommen, noch vor Igraines Tod nach Tintagel zu reiten. Sie hatte nur noch so wenige Freundinnen ...

Ihre Hofdamen hatte meist Lot ausgesucht, und dabei auf Schönheit und Willfährigkeit geachtet. Ihm waren Frauen, die nicht viel dachten und nicht sonderlich klug waren, am liebsten gewesen. Mit ihr, so erklärte er einmal, habe er eine kluge Frau, und das sei genug. Er befolgte in allen Dingen ihren Rat und achtete ihren Verstand. Aber nachdem sie ihm vier Königssöhne geboren hatte, suchte sich Lot für sein Bett wieder, was seinem Geschmack am meisten entsprach – hübsche Frauen ohne viel Verstand. Morgause mißgönnte ihm sein Vergnügen nie und war heilfroh, nicht noch mehr Kinder auf die Welt bringen zu müssen. Und wenn sie ein kleines Kind zum Liebhaben und Verwöhnen suchte, so gab es ihren Pflegesohn Gwydion, und auch Lots Frauen sorgten für Nachwuchs – Gwydion hatte genügend Spielgefährten königlichen Geblüts.

Lochlann an ihrer Seite regte sich und zog sie schläfrig murmelnd in seine Arme, und Morgause vergaß das Nachdenken für eine Weile. Sie hatte Lochlann vermißt – solange Lancelot am Hof weilte, schickte sie Lochlann zurück zu den anderen jungen Männern. Aber Lancelot interessierte das ohnedies wenig. Seinetwegen hätte sie ebensogut Lochlann oder ihren Hund im Bett haben können! Nun ja, sie hatte ihn wieder. Lot hatte ihr die Liebhaber ebenso gegönnt wie sie ihm seine Frauen.

Aber nachdem das Vergnügen vorüber war, und Lochlann sich die Treppen hinunter zum Abtritt im Hof getrollt hatte, vermißte Morgause plötzlich Lot. Nicht, daß er sich auf diesem Gebiet besonders hervorgetan hätte ... er war bei ihrer Heirat schon ein alter Mann gewesen. Aber wenn *das* vorüber war, konnten sie sich vernünftig miteinander unterhalten. Und Morgause stellte fest, daß sie den Jahren nachtrauerte, in denen sie zusammen nach dem Aufwachen

im Bett gelegen und darüber gesprochen hatten, was geschehen sollte, oder was im Reich und in ganz Britannien vorging.
Als Lochlann zurückkam, schien die Sonne bereits strahlend in das Gemach, und die Luft war vom Geschrei der Möwen erfüllt. Von unten klangen die Alltagsgeräusche herauf; der Duft von frischgebackenem Brot stieg Morgause in die Nase. Sie umarmte ihn flüchtig, gab ihm einen Kuß und sagte: »Du mußt jetzt gehen, mein Lieber. Ich möchte nicht, daß Gwydion dich hier findet... er ist inzwischen ein großer Junge, und ihm entgeht nicht mehr so leicht etwas.«
Lochlann lachte leise. »*Dem*... ihm ist kaum etwas entgangen, seit er der Brust seiner Amme entwöhnt wurde. Er hat Lancelot nicht aus den Augen gelassen, solange er hier war... selbst an Beltane nicht. Aber ich glaube, du mußt dir keine Sorgen machen... er ist noch nicht alt genug, um *daran* zu denken.«
»Ich bin nicht so sicher«, erwiderte Morgause und tätschelte ihm die Wange. Gwydion tat nichts, bis er sich einer Sache sicher war, damit niemand über ihn lachen konnte. Er war so selbstbewußt, daß er nicht ertragen konnte, wenn jemand ihm sagte, er sei für etwas zu jung – schon als Vierjähriger hatte er zornig darauf bestanden, mit den älteren Jungen Vogelnester auf den Klippen auszuheben und sich dabei beinahe zu Tode gestürzt. Morgause erinnerte sich an diesen Vorfall und auch an andere, wenn sie ihm verboten hatte, etwas zu tun, und er ihr mit finsterer Miene entschlossen erwiderte: »Aber ich werde es tun, und auch du kannst mich nicht daran hindern.« Sie konnte darauf immer nur antworten: »Das wirst du nicht, oder ich werde dich mit eigenen Händen verprügeln.« Es machte keinen Unterschied, ob sie ihn schlug oder nicht. Er wurde dadurch nur noch störrischer, es sei denn, sie prügelte ihn wirklich windelweich. Einmal hatte sie tatsächlich die Geduld verloren und war hinterher über sich selbst erschrocken, weil sie dieses Kind erbarmungslos geschlagen hatte... Keiner ihrer Söhne, selbst nicht der willensstarke Gareth, war je so eigenwillig gewesen. Gwydion ließ sich von nichts abbringen und tat, was er wollte. Deshalb ging sie die Sache geschickter an, als er älter wurde. »Das wirst du nicht tun, oder ich werde deiner Amme befehlen, dir die Hose auszuziehen und dich wie ein kleines Kind vor dem ganzen Gesinde mit der Weidenrute zu schlagen.« Das hatte eine Weile gewirkt, denn Jung Gwydion war sehr auf seine Würde bedacht. Aber inzwischen setzte er seinen Willen wieder durch, und niemand konnte ihn daran hindern. Nur ein grober Mann hätte den Knaben zur Vernunft

prügeln können, aber er hatte eine Art, es jeden, der ihn beleidigte, früher oder später spüren zu lassen.
Morgause vermutete, er würde angreifbarer werden, sobald er begann, sich für Mädchen zu interessieren. Gwydion war ein dunkelhäutiges Feenkind wie Morgaine. Aber er sah ebenso gut aus wie Lancelot. Vielleicht würde er wie Lancelot auch gleichgültig gegen Frauen bleiben? Morgause dachte im Bewußtsein *dieser* Demütigung einen Augenblick darüber nach. Lancelot ... seit vielen Jahren hatte sie keinen so gutaussehenden Mann getroffen, und sie hatte ihm deutlich zu verstehen gegeben, daß auch die Königin nicht abgeneigt wäre ... Aber der Ritter hatte vorgegeben, ihre Zeichen nicht zu verstehen. Er redete sie von früh bis spät in aller Form mit ›Tante‹ an. Und wenn man an Lancelots Benehmen ihr gegenüber dachte, hätte man tatsächlich annehmen können, sie sei eine ältere Frau ... eher Vivianes Zwillingsschwester und nicht jung genug, um Vivianes Tochter zu sein!
Morgause frühstückte inzwischen im Bett und unterhielt sich mit ihren Frauen über die täglichen Pflichten. Sie hatte sich die Kissen bequem in den Rücken gelegt und genoß diese müßige Zeit im Bett – man hatte ihr von dem frischen Gerstenbrot gebracht, und jetzt im Sommer gab es täglich frische Butter. Gwydion betrat das Gemach.
»Guten Morgen, Ziehmutter«, begrüßte er sie, »ich war im Wald und habe dir ein paar Beeren gebracht. In der Vorratskammer steht Sahne ... wenn du willst, laufe ich hinunter und hole sie dir.«
Morgause betrachtete die taufrischen Beeren in der Holzschale. »Wie aufmerksam von dir, mein Ziehsohn«, sagte sie und umarmte ihn gerührt. Als er noch jünger war, kletterte er bei solchen Gelegenheiten neben sie in das Bett, und sie fütterte ihn mit Honigbrot; im Winter kuschelte er sich wie ein verhätscheltes Kind in ihre Pelzdekken. Jetzt sehnte sie sich danach, den kleinen warmen Körper an sich geschmiegt zu fühlen. *Aber,* so dachte sie, *dafür ist Gwydion jetzt wirklich zu alt.*
Der Knabe richtete sich auf und strich sich die Haare aus dem Gesicht – er ließ sich äußerst ungern liebkosen. Darin glich er Morgaine, die auch immer so spröde gewesen war.
»Du bist früh aufgestanden, mein Sonnenschein. Und das nur, um deiner alten Ziehmutter eine Freude zu machen? Nein, ich möchte keine Sahne. Du willst doch nicht, daß ich so dick werde wie ein altes Mutterschwein ... oder?«
Gwydion legte den Kopf zur Seite wie ein kleiner hübscher Vogel und

betrachtete Morgause nachdenklich: »Das würde nichts ausmachen. Du wärst auch dick und rund noch schön. Es gibt Frauen am Hof, die sind nicht dicker als du ... Mara, zum Beispiel ... aber alle, selbst die Männer, nennen sie nur die dicke Mara. Du wirkst dünner als du bist. Ein jeder, der dich ansieht, bemerkt nur, daß du schön bist. Deshalb kannst du die Sahne ruhig essen, wenn dir danach ist, Ziehmutter.«

Welche Antwort für ein Kind! Aber schließlich wurde Gwydion langsam ein Mann. Wie Agravain würde er nie wirklich groß werden – er gehörte zum Alten Volk. Und neben dem riesigen Gareth würde er auch noch mit zwanzig wie ein Kind wirken! Der Knabe hatte sich das Gesicht gewaschen und die Haare sorgsam gekämmt – tatsächlich, sie waren sogar geschnitten.

»Wie hübsch du aussiehst, Sonnenschein«, sagte sie, während er mit seinen kleinen Fingern zielsicher nach einer Beere auf dem Teller griff. »Hast du dir die Haare selbst geschnitten?«

»Nein«, erklärte er, »ich habe den Kämmerer dazu überredet. Ich habe ihm gesagt, ich will nicht länger wie ein struppiger Hund aussehen. Lot war immer glatt rasiert und sorgfältig gekämmt ... Lancelot ebenfalls. Ich möchte auch wie ein Ritter aussehen.«

»Und so siehst du auch immer aus, Sonnenschein«, sagte Morgause und betrachtete die zierlichen dunklen Finger, die die Beere hielten. Seine Hand war von Dornen zerkratzt und zerschunden, wie die Hand eines richtigen Jungen. Aber ihr fiel auf, daß er sie lange und hartnäckig gebürstet haben mußte, denn die Fingernägel waren sauber und sorgfältig kurzgeschnitten. »Aber warum hast du heute morgen deine beste Tunika angezogen?«

»Habe ich das?« fragte Gwydion mit unschuldigem Gesicht. »Ach ja, das habe ich. Nun ...« Er schwieg, und Morgause wußte, sie würde den Grund dafür – und natürlich hatte er einen guten Grund – nie erfahren. Schließlich erklärte er ruhig: »Meine andere ist beim Beerensammeln naß geworden, Herrin.« Plötzlich sagte er: »Ich glaubte immer, ich würde den Ritter Lancelot hassen, Mutter. Gareth sprach von morgens bis abends nur von Lancelot ...« Morgause erinnerte sich, daß Gwydion untröstlich gewesen war, als Gareth in den Süden an Artus' Hof zog – obwohl er natürlich nie in ihrer Gegenwart weinte. Auch Morgause vermißte Gareth – er war der einzige Mensch weit und breit, der auf Gwydion Einfluß besaß und ihn schon durch eine bloß hingeworfene Bemerkung umstimmen konnte. Nachdem Gareth Lothian verlassen hatte, gab es niemanden mehr, auf den Gwydion hörte.

»Ich glaubte, Ritter Lancelot sei ein eingebildeter, ichbezogener Narr. Aber das stimmt nicht, Mutter. Er ist ganz anders. Er erzählte mir mehr über Leuchttürme als selbst Lot wußte. Und er versprach, ich könne an König Artus' Hof gehen, wenn ich älter bin, und er würde mich zum Ritter schlagen, wenn ich ein guter und ehrenhafter Mann werde.« Gwydions tiefliegende dunkle Augen blickten nachdenklich. »Alle Frauen behaupten, ich sehe aus wie er... sie fragten mich danach, und zu meiner Schande wußte ich nicht, was ich ihnen antworten sollte, Ziehmutter.« Er beugte sich vor – das dunkle weiche Haar fiel ihm in das ernste Gesicht und verlieh ihm eine ungewöhnliche Verwundbarkeit. »Sag mir die Wahrheit. Ist Ritter Lancelot mein Vater? Ich denke, Gareth ist vielleicht deshalb so vernarrt in ihn...«

Du bist nicht der erste, der das fragt, mein Sonnenschein, dachte Morgause und strich ihm über das seidige Haar. Der selten kindliche Ausdruck seines Gesichts ließ sie mit sanfterer Stimme als gewöhnlich antworten.

»Nein, mein Kleiner. Lancelot ist der einzige Mann im ganzen Reich, der nicht dein Vater sein kann... ich habe mich sehr genau danach erkundigt. Als du gezeugt wurdest, kämpfte Lancelot an der Seite seines Vaters, König Ban, in der Bretagne. Ich glaubte es zunächst auch. Aber du siehst ihm ähnlich, weil Lancelot mit deiner Mutter verwandt ist, wie ich es bin. Er ist dein Onkel, mein Sonnenschein, aber nicht dein Vater.«

Gwydion musterte sie zweifelnd, und Morgause konnte seine Gedanken beinahe lesen: *Das hätte sie auch gesagt, wenn sie wüßte, daß Ritter Lancelot mein Vater ist.* Schließlich erklärte er: »Vielleicht gehe ich eines Tages nach Avalon anstatt an König Artus' Hof. Lebt meine Mutter jetzt in Avalon?«

»Ich weiß es nicht«, antwortete Morgause stirnrunzelnd – wieder einmal hatte ihr früh gereifter Pflegesohn sie dazu gebracht, mit ihm zu reden wie mit einem Erwachsenen, und das geschah inzwischen immer häufiger. Nachdem Lot nicht mehr da war, gab es nur noch Gwydion, mit dem sie von Zeit zu Zeit ernsthafte Gespräche führen konnte! O ja, Lochlann war nachts im Bett Manns genug, aber er hatte ihr nicht mehr zu sagen als ein Schafhirt oder eine Küchenmagd!

»Du mußt mich jetzt verlassen, mein kleiner Sonnenschein. Ich will mich ankleiden...«

»Warum soll denn ich gehen?« fragte er. »Ich weiß sehr gut, wie du aussiehst, seit ich fünf bin.«

»Aber jetzt bist du älter«, entgegnete Morgause mit dem vertrauten Gefühl der Hilflosigkeit. »Es schickt sich nicht, daß du hier bist, während ich mich anziehe.«
»Kümmerst du dich etwa darum, was sich schickt, Ziehmutter?« fragte der Knabe aufrichtig erstaunt, während sein Blick auf der Mulde im Kissen neben ihr ruhte, wo Lochlann gelegen hatte. In Morgause stieg plötzlicher Ärger und Verdruß auf – er konnte sie wie ein erwachsener Mann oder ein Druide mit solchen Worten völlig verwirren! »Ich bin dir keine Rechenschaft schuldig, Gwydion!« erwiderte sie scharf.
»Habe ich denn gesagt, du mußt?« Aus seinen Augen sprach nichts als verletzte Unschuld. »Aber wenn ich älter bin, muß ich doch schließlich auch mehr über Frauen wissen... oder? Ich möchte bleiben und mich mit dir unterhalten.«
»O bleibe, bleibe, wenn du willst«, sagte sie. »Aber dreh dich um. Ich möchte nicht, daß du mich anstarrst, Ritter Frechdachs.« Gehorsam wandte Gwydion ihr den Rücken zu, aber als sie sich erhob und ihrer Kammerfrau winkte, damit sie ihr das Gewand brachte, sagte er: »Nein, zieh das blaue Gewand an, das neue, und deinen gelben Umhang.«
»Jetzt willst du mir auch noch vorschreiben, was ich tragen soll? Was soll das? Was soll das alles?«
»Ich sehe dich gerne als Dame und als Königin«, versuchte er Morgause zu überreden. »Und sage deinen Frauen, sie sollen dir die Haare mit dem Goldband hochstecken, Ziehmutter. Bitte... mir zuliebe.«
»Warum soll ich mich so festlich kleiden, wie zum Mittsommernachtsfest? Und dann setze ich mich in meinem besten Gewand an den Webstuhl... meine Frauen werden mich auslachen!«
»Laß sie lachen«, bettelte Gwydion. »Tu es mir zuliebe. Trag dein bestes Gewand. Wer weiß, was geschieht, ehe der Tag zur Neige geht. Vielleicht bist du noch froh darüber.«
Lachend gab Morgause nach. »Nun gut, wie du willst... wenn du möchtest, daß ich mich wie für ein Fest kleide, soll es so sein... dann feiern wir eben unser eigenes Fest. Ich vermute, in der Küche sollte man für dieses Fest – und dich – Honigkuchen backen...«
Schließlich ist er doch nur ein Kind, dachte Morgause, *und will sich auf diesem Weg Süßigkeiten erbetteln. Aber er brachte mir frische Beeren, warum also nicht?* »Soll ich zum Abendessen Honigkuchen backen lassen, Gwydion?»

Der Knabe drehte sich um. Ihr Mieder war noch nicht geschnürt, und sie spürte, wie seine Augen einen Augenblick lang auf ihren weißen Brüsten ruhten. *Er ist doch kein Kind mehr*. Aber Gwydion antwortete: »Ich freue mich immer über Honigkuchen. Vielleicht sollten wir auch Fisch zum Abendessen haben.«

»Wenn es Fisch geben soll«, erklärte sie, »mußt du dich noch einmal umziehen und selbst angeln gehen. Die Männer müssen alle auf die Felder.«

Er entgegnete schnell: »Ich werde Lochlann bitten... es wird ein Feiertag für ihn sein. Er verdient ihn doch, Ziehmutter. Du bist mit ihm zufrieden... oder nicht?«

Soweit kommt es noch, dachte Morgause. *Ich werde doch vor diesem kleinen Kerl nicht rot werden!* »Wenn du Lochlann zum Fischen schicken willst, Sonnenschein, bitte. Wir können vermutlich heute auf ihn verzichten.«

Morgause überlegte, was wirklich in Gwydion vorging, wenn er seine Festtagstunika trug und darauf bestand, daß sie ihr bestes Gewand anzog und ein gutes Abendessen vorbereiten ließ. Sie rief die Schaffnerin und sagte: »Unser junger Herr möchte heute Honigkuchen essen. Also sorge dafür, daß er ihn bekommt.«

»Er wird seinen Kuchen haben«, erwiderte die Frau mit einem nachsichtigen Lächeln. »Seht doch sein süßes Gesicht... wie ein kleiner Engel.«

Engel, das ganz bestimmt nicht, dachte Morgause. Aber sie wies die Kammerfrau an, ihr das Goldband in die Haare zu flechten und sie hochzustecken. Vermutlich würde sie nie erfahren, was Gwydion wirklich beabsichtigte.

Der Tag verging langsam in gewohnter Weise. Morgause hatte sich schon manchmal gefragt, ob Gwydion das Gesicht besaß. Aber es gab nicht die geringsten Anzeichen dafür. Einmal hatte sie ihn direkt darauf angesprochen. Er tat, als verstehe er ihre Frage nicht. Wenn er es besäße, dachte Morgause, hätte ich ihn wenigstens einmal dabei ertappt, daß er damit prahlt.

Nun gut. Aus einem unergründlichen kindlichen Willen hatte Gwydion ein Fest gewünscht und es sich durch Schmeicheleien von ihr erbettelt. Sicher fühlte sich der Knabe einsam, nachdem Gareth sie verlassen hatte – mit Lots anderen Söhnen verband ihn wenig. Gwydion teilte auch nicht Gareths Leidenschaft für Waffen und Wettkämpfe; und soweit Morgause wußte, besaß er auch nicht Morgaines Musikalität. Er hatte zwar eine klare Stimme, und manchmal

zog er die Hirtenflöte hervor und spielte seltsame traurige Weisen. Aber bei ihm war es keine Leidenschaft wie bei Morgaine, die am liebsten den ganzen Tag lang Harfe gespielt hätte.
Er besaß eine schnelle Auffassungsgabe und ein gutes Gedächtnis. Lot hatte drei Jahre lang einen Priester aus Iona am Hofe gehabt, der dem Knaben das Lesen beibrachte. Lot ordnete an, auch Gareth sollte unterrichtet werden, aber jener zeigte keine Lust an Büchern. Gehorsam kämpfte er mit den Buchstaben und dem Latein, ohne jedoch mehr zu lernen als Gawain ... oder Morgause. Es war zu schwierig, sich auf geschriebene Zeichen oder die geheimnisvolle Sprache der alten Römer zu konzentrieren. Agravain begriff schnell ... er führte alle Listen und Abrechnungen der Güter; er besaß ein Talent für Zahlen. Aber Gwydion schien alles in sich aufzusaugen, was man ihm erzählte. Innerhalb eines Jahres konnte er ebenso gut Latein lesen und sprechen wie der Priester – als sei er einer der wiedergeborenen Cäsaren. Und Morgause überlegte zum ersten Mal, ob vielleicht doch etwas an der Behauptung der alten Druiden sei, die sagten: *Wir werden wieder und wieder geboren und lernen in jedem Leben etwas mehr.*
Gwydion ist ein Sohn, auf den sein Vater stolz sein kann, dachte Morgause. *Und Artus hat keinen Sohn von seiner Königin. Eines Tages ... ja, eines Tages werde ich Artus ein Geheimnis enthüllen, und dann habe ich den König in der Hand.* Dieser Gedanke erfüllte sie mit größter Genugtuung. Es erstaunte sie, daß Morgaine ihre Macht über den König nie ausnutzte – sie hätte Artus zwingen können, sie mit dem reichsten seiner Könige zu verheiraten. Sie hätte Juwelen oder Macht besitzen können, aber Morgaine lag nichts an solchen Dingen. Für sie gab es nur die Harfe und den Unsinn, den die Druiden verkündeten. Wenigstens sie, Morgause, würde Nutzen aus dieser Macht ziehen, die ihr das Schicksal so unerwartet zugespielt hatte ...
Ungewohnt festlich gekleidet saß Morgause in der Halle, kardete die Wolle von der Frühlingsschnur und traf Entscheidungen: Gwydion brauchte einen neuen Mantel. Der Knabe wuchs so schnell – der alte reichte ihm nur noch bis zu den Knien. Damit konnte er den kalten Winter kaum überstehen, und zweifellos würde er in diesem Jahr noch weiter wachsen. Vielleicht sollte sie ihm Agravains Mantel geben – man mußte ihn nur etwas umnähen. Dann würde Agravain einen neuen Mantel bekommen. Gwydion tauchte in seiner gelben Festtagstunika auf und schnupperte genußvoll, als der würzige Duft

des Honigkuchens den Raum erfüllte. Doch er bettelte nicht darum, daß der Kuchen sofort angeschnitten wurde und er ein Stück bekam, wie er es vor einigen Monaten noch getan hätte. Und um die Mittagszeit verkündete er: »Mutter, ich möchte ein Stück Brot und Käse auf die Hand. Ich gehe die Weiden ab... Agravain sagte, ich solle nachsehen, ob alle Zäune in Ordnung sind.«

»Aber doch nicht in deinem guten Schuhwerk«, mahnte Morgause.

»Ganz sicher nicht. Ich gehe barfuß.« Damit löste Gwydion die Sandalen und stellte sie neben den Herd. Er zog die Tunika bis über die Knie hoch, nahm einen kräftigen Stock und marschierte davon. Morgause sah ihm verblüfft nach – das war keine Arbeit, der Gwydion sich freiwillig unterzog, Agravain mochte sonst sagen, was er wollte. Was war heute mit dem Jungen nur los?

Kurz nach Mittag kam Lochlann mit einem schönen großen Fisch zurück. Er war so schwer, daß Morgause ihn nicht einmal heben konnte. Sie betrachtete das Schuppentier vergnügt und dachte, ein jeder an der Hohen Tafel würde drei Tage davon satt werden. Der Fisch lag ausgenommen und mit Gewürzen bestreut auf dem Tisch, bereit in den Ofen geschoben zu werden, als Gwydion zurückkehrte. Er hatte sich Füße und Hände gewaschen, die Haare gekämmt und zog die Sandalen wieder an. Er lächelte, als er den Fisch sah.

»Ja, es wird wirklich ein Fest werden«, sagte er mit Genugtuung.

»Bist du die Zäune alle abgegangen, Ziehbruder?« erkundigte sich Agravain, der gerade aus den Ställen kam, wo er ein krankes Pferd behandelt hatte.

»Gewiß, und die meisten sind in Ordnung«, erwiderte Gwydion. »Nur ganz oben auf den nördlichen Hügeln, wo im letzten Herbst die Mutterschafe weideten, klafft ein großes Loch in den Steinwällen. Du mußt Männer schicken, um die Mauer auszubessern, ehe wir wieder Schafe dorthin treiben... und Ziegen wären noch schneller auf und davon.«

»Du bist den ganzen Weg dahin allein gegangen?« fragte Morgause entsetzt. »Du bist doch keine Ziege... du hättest stürzen und dir ein Bein brechen können. Du hättest tagelang in einer Felsspalte liegen können, ohne daß jemand es gewußt hätte. Ich habe dir immer und immer wieder gesagt, du sollst einen der Hütejungen mitnehmen, wenn du in die Berge gehst.«

»Ich hatte meine Gründe, allein zu gehen«, entgegnete Gwydion mit diesem bewußten hartnäckigen Zug um den Mund, »und ich habe gesehen, was ich sehen wollte.«

»Was kannst du denn schon gesehen haben, wofür es sich lohnt, einen Unfall in Kauf zu nehmen und vielleicht tagelang irgendwo herumzuliegen?« herrschte Agravain den Knaben verärgert an.
»Ich bin noch nie gestürzt«, gab Gwydion zurück, »und wenn ich stürze, muß ich darunter leiden, nicht du! Was geht es dich an, wenn ich mein Leben aufs Spiel setze?«
»Ich bin dein älterer Bruder, und in diesem Haus gilt mein Wort«, erklärte Agravain. »Wenn du mir nicht die gehörige Achtung entgegenbringst, muß ich sie dir eben in deinen Dickschädel schlagen!«
»Vielleicht solltest du dir lieber deinen Kopf aufschlagen, dann könnte man dir ein bißchen Verstand hineinstreuen«, erwiderte Gwydion frech. »Ich bin sicher, er wird nicht von selbst dort wachsen . . .«
»Du verdammter kleiner . . .«
»Nun sag es schon«, schrie Gwydion, »mach dich nur lustig über meine Herkunft, du . . . ich weiß nicht, wer mein Vater ist. Aber ich kenne *deinen* Vater, und da ist mir meiner immer noch lieber!«
Agravain wollte sich auf Gwydion stürzen. Aber Morgause stand schnell auf und stellte sich schützend vor ihn. »Laß den Jungen in Frieden, Agravain!«
»Wenn er sich immer hinter deinen Röcken versteckt, Mutter, ist es kein Wunder, daß ich ihn keinen Gehorsam lehren kann!« schimpfte Agravain.
»Dazu wäre ein besserer Mann nötig als du«, stieß Gwydion hervor, und Morgause erschrak über die Bitterkeit in seiner Stimme.
»Still, still, Kind . . . so darfst du nicht mit deinem Bruder reden«, ermahnte sie ihn, und Gwydion sagte: »Es tut mir leid, Agravain. Ich hätte nicht so grob zu dir sein dürfen.«
Er lächelte mit großen unschuldigen Augen unter dunklen Wimpern zu ihm auf – ein Bild echter Zerknirschung. Agravain brummte: »Ich denk nur an dein Wohl, du Schlingel . . . ich möchte wirklich nicht, daß du dir die Knochen im Leib brichst. Und warum mußtest du dir in den Kopf setzen, allein auf den Berg zu klettern?«
»Nun«, erwiderte Gwydion, »sonst wüßtest du nichts von dem Loch in der Mauer. Du hättest die Schafe dorthin getrieben oder sogar die Ziegen, und sie alle verloren. Und ich zerreiße nie meine Kleider, nicht wahr, Mutter?«
Morgause lächelte, denn es stimmte – mit Gwydion hatte sie in dieser Hinsicht keine Schwierigkeiten. Es gab eben solche und solche Knaben. Gareth mußte man nur eine Tunika anziehen, und innerhalb

einer Stunde war sie zerknittert, schmutzig und fleckig. Gwydion dagegen kletterte in seiner besten Tunika auf den Berg und kam zurück, als habe er sie gerade von der Waschfrau geholt. Gwydion sah Agravain an und sagte: »Aber so kannst du dich nicht mit Mutter an die Tafel setzen, die ihr bestes Gewand trägt. Geh und zieh deine gute Tunika an, Bruder. Du willst doch nicht wie ein Bauer im Kittel an der Tafel sitzen!«

»Von einem jungen Naseweis wie dir lasse ich mich nicht herumbefehlen«, knurrte Agravain. Aber er verschwand in seiner Kammer, um sich umzuziehen. Gwydion lächelte voll Genugtuung hinter ihm her und sagte: »Agravain sollte heiraten, Mutter. Er ist gereizt wie ein Stier im Frühling, und außerdem solltest du nicht seine Kleider weben und ausbessern müssen.«

Morgause entgegnete belustigt: »Du hast sicher recht. Aber ich möchte keine Königin neben mir unter diesem Dach haben. Kein Haus ist groß genug für das Regiment zweier Frauen.«

»Dann solltest du ihm eine Frau suchen, die nicht von zu hoher Abkunft und obendrein dumm ist«, antwortete Gwydion. »Sie wird bereitwillig auf deinen Rat hören, weil sie sonst in ständiger Furcht lebt, sich selbst vor allen Leuten bloßzustellen. Nialls Tochter wäre vielleicht richtig... sie ist sehr hübsch, kommt aus einer reichen Familie... aber sie sind auch nicht zu reich, denn in dem schlechten Winter vor sechs Jahren haben sie viele Rinder und Schafe verloren. Sie bekommt eine gute Mitgift, denn Niall fürchtet, sie könnte unvermählt bleiben. Sie hatte mit sechs die Masern und ist auch nicht die Klügste. Trotzdem, sie kann spinnen und weben. Aber ihr fehlt der Blick und der Verstand für mehr. Sie wird auch nichts dagegen haben, wenn Agravain sie immer wieder schwängert.«

»Oh, oh, oh... was bist du doch schon für ein kluger Staatsmann«, sagte Morgause zynisch. »Agravain sollte dich zu seinem Ratgeber ernennen... du bist so klug.« Aber sie dachte: *Ach ja, Gwydion hat recht. Ich werde morgen mit Niall sprechen.*

»Es wäre nicht das Schlechteste für ihn«, entgegnete Gwydion ernsthaft. »Aber ich werde ihm nicht zur Verfügung stehen können, Mutter. Ich wollte es dir schon früher sagen. Als ich auf dem Berg war, sah ich... Aber nein, hier kommt Donil der Jäger. Er kann es dir sagen.« Und in der Tat, der riesige Jäger betrat gerade die Halle und verbeugte sich tief vor Morgause.

»Herrin«, sagte er, »Reiter nähern sich der Burg... eine verhängte Sänfte wie die Barke von Avalon und ein Buckliger mit einer Harfe.

Die Diener tragen das Zeichen von Avalon. Bald werden sie hier sein.«

Avalon! Morgause sah Gwydions zufriedenes Lächeln und wußte, daß er sich darauf vorbereitet hatte. *Aber er hat nie ein Wort über das Gesicht verloren! Kein Kind auf der ganzen Welt außer ihm würde sich nicht damit brüsten.* Und plötzlich erschien ihr die Vorstellung unheimlich, daß er es verhehlte und sich lieber an seinem geheimen Wissen erfreute. Einen Augenblick lang erschrak sie und fürchtete sich beinahe vor ihrem Pflegesohn. Sie wußte, daß Gwydion es mit einer gewissen Zufriedenheit bemerkte.

Aber der Knabe sagte nur: »Ist es jetzt nicht schön, daß wir Honigkuchen und Fisch haben, und daß wir alle unsere besten Kleider tragen, um Avalon die Ehre zu geben, Mutter?«

»Gewiß«, antwortete Morgause und starrte Gwydion an, »es ist wirklich sehr schön, mein Sohn.«

Morgause stand im Burghof und erwartete die Gäste. Plötzlich erinnerte sie sich wieder an den Tag, als Viviane und Taliesin in die abgelegene Burg Tintagel gekommen waren. Sie vermutete, daß Taliesin, wenn er noch lebte, inzwischen viel zu alt für solche Reisen war – aber sicher hätte sie von seinem Tod erfahren. Und Viviane ritt wahrscheinlich auch nicht mehr wie ein Mann in Stiefeln und Hosen und so schnell wie früher.

Gwydion stand ruhig neben ihr. In seiner gelben Tunika und mit den dunklen Haaren, die ordentlich aus dem Gesicht gekämmt waren, sah er Lancelot sehr ähnlich.

»Wer sind die Gäste, Mutter?«

»Ich vermute, es ist die Herrin vom See«, erwiderte Morgause, »und der Merlin von Britannien, der Bote der Götter.«

»Du hast mir einmal erzählt, meine Mutter sei eine Priesterin von Avalon«, sagte Gwydion. »Hat ihr Kommen etwas mit mir zu tun?«

»Ach, erzähle mir nicht, es gäbe etwas, was du nicht weißt!«, erwiderte Morgause scharf, lenkte dann aber ein: »Ich weiß nicht, warum sie kommen, mein Sonnenschein. *Ich* habe das Gesicht nicht. Aber es kann schon sein. Ich möchte, daß du den Wein eingießt, daß du zuhörst und lernst, aber nichts sagst, bis man dich anredet.«

Das wäre ihren eigenen Söhnen schwergefallen, dachte sie – Gawain, Gaheris und Gareth waren lärmende und neugierige Kinder gewesen, und es war schwer, ihnen höfisches Benehmen beizubringen.

Sie glichen großen, freundlichen Hunden, während Gwydion wie eine Katze still, glatt und anspruchsvoll war.
Seinen wachsamen Augen entging nichts. Darin glich er völlig der kleinen Morgaine...
Viviane hat nicht klug gehandelt, als sie Morgaine verstieß, weil sie ein Kind bekam... und warum sollte sie überhaupt etwas dagegen haben? Sie hat selbst Kinder geboren, unter anderem auch diesen unseligen Lancelot, der an Artus' Hof alles so auf den Kopf stellt, daß selbst wir hier erfahren, wie sehr die Königin ihn begünstigt.
Und dann fragte sie sich: *Vielleicht hatte Viviane gar nichts gegen das Kind einzuwenden? Ich weiß nur, daß Morgaine sich mit Avalon überworfen hat. Aber vielleicht lag das auch an Morgaine und nicht an der Herrin vom See...*
Morgause stand tief in Gedanken versunken im Hof. Gwydion berührte sie am Arm und murmelte beinahe unhörbar: »Deine Gäste, Mutter.«
Morgause sank vor Viviane in einen tiefen Knicks. Die Herrin vom See schien kleiner geworden zu sein. Früher hatte sie alterslos gewirkt, aber jetzt sah man deutlich, daß sie nicht mehr die Jüngste war. Sie hatte ein faltiges Gesicht und tiefliegende Augen. Aber das gewinnende Lächeln und die tiefe, melodische Stimme waren ihr geblieben.
»Oh, es ist schön, dich wiederzusehen, kleine Schwester«, sagte sie und zog Morgause in ihre Arme. »Wie lange ist es her? Ich zähle die Jahre nicht gern. Wie jung du aussiehst, Morgause. Du hast so hübsche Zähne, und deine Haare glänzen wie eh und je. Du hast Kevin, den Harfner, bei Artus' Hochzeit kennengelernt, ehe er Merlin von Britannien war.«
Auch Kevin schien älter geworden zu sein. Er erinnerte an eine knorrige, gebeugte alte Eiche. Nun, das paßte sehr gut zu einem Mann, der Umgang mit Eichen pflegte... Morgause spürte, wie sie spöttisch den Mund verzog. »Seid willkommen, Großer Harfner... Ehrwürdiger Merlin, sollte ich sagen. Wie geht es dem edlen Taliesin? Weilt er noch unter den Lebenden?«
»Er lebt«, erwiderte Viviane. Während sie sprach, stieg noch eine Frau aus der Sänfte. »Aber er ist inzwischen alt und gebrechlich und kann eine so lange Reise nicht mehr wagen.« Sie fuhr fort: »Dies ist eine Tochter von Taliesin, ein Kind der Eichenhaine... Niniane. Sie ist deine Halbschwester, Morgause.«
Morgause erschrak ein wenig, als die jüngere Frau zu ihr kam, sie

umarmte und mit lieblicher Stimme sagte: »Ich freue mich, Euch kennenzulernen, meine Schwester.« Niniane war so *jung*! Sie hatte helle rötliche Haare mit einem goldenen Schimmer, und unter langen, seidigen Wimpern strahlten blaue Augen. Viviane erklärte: »Niniane begleitet mich jetzt auf meinen Reisen, denn ich bin alt. Sie ist die einzige außer mir in Avalon, die dem alten königlichen Geschlecht entstammt.« Niniane trug das Gewand einer Priesterin. Die schweren Flechten waren über der Stirn gehalten, aber der blaue Halbmond, das Zeichen der Priesterin, leuchtete unübersehbar auf ihrer Stirn. Sie sprach mit der klangvollen, ausgebildeten Stimme einer Priesterin, aber neben Viviane wirkte sie sehr jung und machtlos.

Morgause rief sich ins Gedächtnis, daß sie als Gastgeberin vor ihren Gästen stand. In Gegenwart der beiden Priesterinnen und dem Druiden kam sie sich vor wie eine Küchenmagd. Dann dachte sie ärgerlich: *Die beiden Frauen sind meine Halbschwestern . . . und der Merlin, nun ja, er ist nur ein alter Buckliger!*

»Seid willkommen in Lothian und in meiner Halle. Dies ist mein Sohn Agravain. Er vertritt Gawain als Regent, solange Gawain an Artus' Hof weilt. Und dies ist mein Ziehsohn Gwydion.«

Der Junge verbeugte sich anmutig vor den hohen Gästen, begrüßte sie aber nur mit einem höflichen Murmeln.

»Er ist ein hübscher, gutgewachsener Junge«, sagte Kevin. »Das ist also Morgaines Sohn?«

Morgause hob die Augenbrauen. »Was würde es nützen, es vor jemandem zu verheimlichen, der die Gabe des Gesichts hat, Herr?«

»Morgaine sagte es mir selbst, als sie erfuhr, daß ich in den Norden nach Lothian reite«, erklärte Kevin, und ein Schatten zog über sein Gesicht.

»Dann lebt Morgaine wieder in Avalon?« fragte Morgause. Kevin schüttelte den Kopf, und Morgause sah, daß auch Viviane betrübt wirkte.

»Morgaine ist an Artus' Hof«, antwortete Kevin. Viviane erklärte mit zusammengepreßten Lippen: »Sie hat Aufgaben draußen in der Welt. Aber zu gegebener Zeit wird sie nach Avalon zurückkehren. Dort erwartet sie ein Platz, den sie einnehmen muß.«

Gwydion erkundigte sich leise: »Sprecht Ihr von meiner Mutter, Herrin?«

Viviane sah Gwydion direkt in die Augen. Plötzlich wirkte sie groß und eindrucksvoll – *Der alte Zauber der Priesterinnen,* dachte Morgause. *Aber Gwydion hat das noch nie gesehen.* Als die Herrin antwortete, erfüllte ihre Stimme den ganzen Burghof.

»Weshalb fragst du mich, Kind, wenn du die Antwort bereits kennst? Willst du das Gesicht verspotten, Gwydion? Sieh dich vor! Ich kenne dich besser, als du glaubst. Und auf dieser Welt gibt es immer noch ein paar Dinge, die du nicht weißt!«

Gwydion wich mit offenem Mund zurück und war plötzlich wieder klein und unerfahren. Morgause hob die Augenbrauen. Es gab also noch jemanden und etwas, das der Knabe fürchtete! Diesmal versuchte er auch nicht, sich zu entschuldigen oder schlagfertig zu antworten.

Morgause ergriff das Wort und sagte: »Tretet ein! Alles ist bereit, um Euch, meine Schwestern und Euch, edler Merlin, willkommen zu heißen.« Und als Morgause die Tafel mit dem roten Tischtuch betrachtete, die Weinkelche und die schönen Teller, dachte sie: *Unser Hof ist kein Schweinekoben, selbst wenn wir am Ende der Welt leben!*

Sie geleitete Viviane zu ihrem erhöhten Platz und setzte Kevin neben sie. Niniane stolperte über die Stufe der Estrade. Gwydion bot ihr geschwind den Arm und hatte ein höfliches Wort bereit.

Endlich hat unser Gwydion Augen für eine hübsche Frau ... oder sind es nur seine guten Manieren? Vielleicht will er sich aber auch nur einschmeicheln, weil Viviane ihn getadelt hat.

Morgause wußte sehr wohl, daß sie die Antwort nie erfahren würde ...

Der Fisch schmeckte köstlich. Das rote Fleisch löste sich mühelos von den Gräten. Es gab soviel Honigkuchen, daß alle genug davon bekamen. Morgause hatte Gerstenbier auftragen lassen, damit auch die Leute in der unteren Halle etwas Besonderes zum Abendessen hatten. Es gab frischgebackenes Brot, Milch und Butter im Überfluß und Schafskäse. Viviane aß wenig wie immer. Aber sie lobte das Essen.

»Ein königliches Mahl, meine Schwester. In Camelot würde ich nicht besser bewirtet werden. Ich hatte ein solches Willkommen nicht erwartet, denn ich bin ohne Vorankündigung gekommen«, sagte sie.

»Ihr seid in Camelot gewesen? Habt Ihr meine Söhne gesehen?« fragte Morgause. Aber Viviane schüttelte den Kopf und runzelte finster die Stirn.

»Nein, noch nicht. Allerdings werde ich dorthin reisen, und zwar an dem Tag, den Artus jetzt wie die Kirchenväter Pfingsten nennt«, erwiderte sie, und Morgause spürte, wie es ihr kalt den Rücken hinablief. Aber die Gäste ließen ihr keine Zeit, darüber nachzudenken.
Kevin sagte: »Ich habe Eure Söhne am Hof gesehen, Herrin. Gawain wurde in der Schlacht am Berg Badon leicht verwundet. Aber es blieb nur eine saubere Narbe zurück, die der Bart verdeckt... er trägt inzwischen wie die Sachsen einen kleinen Bart... nicht, weil er wie sie sein möchte. Er kann sich nur nicht täglich rasieren, ohne die Narbe immer wieder aufzureißen. Wer weiß, vielleicht führt er damit eine neue Haartracht am Hofe ein! Gaheris habe ich nicht gesehen... er hält sich im Süden auf, um die Befestigung der Küsten zu überwachen. Gareth soll bei Artus' großem Fest an Pfingsten zum Ritter der Tafelrunde geschlagen werden. Er ist einer der größten und einer der vertrauenswürdigsten Männer am Hof, obwohl Cai ihn noch immer tyrannisiert und ihn ›Schönling‹ nennt.«
»Er müßte bereits ein Ritter der Tafelrunde sein!« sagte Gwydion hitzig, und Kevin sah ihn freundlich an. »Du wachst eifersüchtig über die Ehre deines Ziehbruders, mein Junge. Er verdient tatsächlich, ein Ritter zu sein. Und nachdem sein Rang inzwischen bekannt ist, wird er auch als Ritter behandelt. Aber König Artus wünschte, ihn an seinem ersten hohen Fest zu ehren. Und so wird er mit aller Feierlichkeit, die dem König zu Gebote steht, zum Ritter geschlagen. Sei beruhigt, mein Sohn! Artus schätzt ihn ebenso sehr wie Gawain. Und er gehört zu den jüngsten Gefährten unseres Königs.«
Gwydion erkundigte sich noch scheuer: »Kennt Ihr meine Mutter, Ehrwürdiger Merlin... die Herrin Morgaine?«
»Ja, mein Junge, ich kenne sie gut!« antwortete Kevin freundlich. Und Morgause dachte, daß der häßliche kleinwüchsige Mann zumindest eine wohltönende, schöne Stimme besaß. »Sie ist eine der schönsten und anmutigsten Damen am Hof. Sie spielt die Harfe so gut wie ein Barde.«
»Aber, aber«, sagte Morgause. Und ihre Lippen verzogen sich zu einem Lächeln über die offensichtliche Anbetung in seinen Worten. »Es ist nichts dagegen einzuwenden, eine Geschichte zu erzählen, um ein Kind zu unterhalten. Aber man muß auch der Wahrheit die Ehre geben! Morgaine und schön? Sie ist so unscheinbar wie eine Krähe! Igraine war in ihrer Jugend schön, und alle Männer wissen das. Aber Morgaine sieht ihr überhaupt nicht ähnlich.«

Kevin antwortete geziemend, aber auch leicht belustigt: »Unter den Weisheiten der Druiden gibt es einen alten Spruch ... Schönheit zeigt sich nicht nur im Gesicht, sondern liegt dahinter. Morgaine ist sehr schön, Königin Morgause, obwohl ihre Schönheit der Euren nicht mehr ähnelt als eine Weide der Narzisse. Und sie ist der einzige Mensch am Hof, dessen Händen ich Meine Herrin anvertraue.« Er wies auf die Harfe, die, aus ihrer Hülle befreit, neben ihm stand. Morgause ergriff die Gelegenheit und bat Kevin um ein Lied.

Er griff nach der Harfe und sang. Eine Zeitlang war in der Halle außer den Saitenklängen und der Stimme des Barden nichts zu hören. Und während er sang, drängten sich die Leute aus der unteren Halle so dicht wie möglich heran, um ebenfalls in den Genuß der göttlichen Musik zu kommen. Nachdem er die Harfe beiseite gestellt und Morgause die Leute entlassen hatte – Lochlann allerdings durfte still am Feuer sitzen bleiben –, sagte sie: »Auch ich liebe die Musik sehr, Großer Harfner. Ihr habt uns eine Freude geschenkt, an die ich mich noch lange erinnern werde. Aber gewiß habt Ihr die lange Reise von Avalon hierher in den hohen Norden doch nicht unternommen, damit ich zu Harfenmusik tafeln kann. Ich bitte Euch, sagt mir, weshalb Ihr so unerwartet gekommen seid?«

»So unerwartet wieder nicht«, entgegnete Viviane mit einem kleinen Lächeln. »Denn du warst festlich gekleidet und vorbereitet, um uns mit Wein, Fisch und Honigkuchen zu begrüßen. Du hast von meinem Kommen erfahren. Und da du nie auch nur den leisesten Schimmer des Gesichts hattest, kann ich mir nur vorstellen, daß jemand es dir sagte, der ganz in unserer Nähe sitzt.« Sie warf Gwydion einen hintergründigen Blick zu, und Morgause nickte.

»Aber er verriet mir nicht, weshalb. Er bat mich nur, alles für ein Fest vorzubereiten. Und ich glaubte, es sei nicht mehr als die Laune eines Kindes.«

Gwydion wich nicht von Kevins Seite, als der Merlin die Harfe wieder in die Hülle wickeln wollte. Schüchtern streckte der Knabe die Hand aus und fragte: »Darf ich die Saiten berühren?«

»Du darfst«, erwiderte Kevin mild. Gwydion zupfte an den Saiten und sagte: »Eine so wunderbare Harfe habe ich noch nie gesehen.«

»Da hast du recht, mein Junge. Meines Wissens gibt es keine bessere Harfe, auch nicht in Wales, wo sie eine Bardenschule haben«, antwortete Kevin. »Meine Herrin ist das Geschenk eines Königs. Ich trenne mich nie von ihr. Und wie viele Frauen«, fügte er mit einer galanten Verbeugung in Richtung Viviane hinzu, »wird sie im Lauf der Jahre nur schöner.«

»Ich wünschte, meine Stimme wäre im Alter lieblicher geworden«, sagte Viviane gutgelaunt. »Aber die Dunkle Mutter hat es anders gefügt. Nur ihre unsterblichen Kinder singen schöner, je älter sie werden. Möge Eure Harfe und Eure Herrin nie weniger schön singen als jetzt.«

»Liebst du Musik, Gwydion? Hast du gelernt, die Harfe zu spielen?«

»Ich habe keine Harfe«, antwortete der Knabe. »Coll, der einzige Harfner am Hof, hat inzwischen so steife Finger, daß er nur noch selten spielt. Vor zwei Jahren gab es hier zum letzten Mal Musik. Aber ich spiele ein wenig Flöte... Aran, Lots Pfeifenspieler, hat es mir beigebracht... dort drüben hängt sie. Aran zog mit König Lot zum Berg Badon, und wie Lot kam er nicht mehr zurück.«

»Bring sie mir«, forderte ihn Kevin auf. Gwydion nahm die Flöte von der Wand, Kevin rieb sie mit einem Tuch sauber, blies den Staub heraus, dann setzte er sie an die Lippen und legte die verkrümmten Finger auf die Löcher. Er spielte ein lustiges Tanzlied, dann legte er das Instrument beiseite und sagte: »Ich kann das nicht. Meine Finger sind nicht schnell genug. Nun, Gwydion, wenn du Musik liebst, in Avalon kannst du sie erlernen... aber spiele mir doch etwas vor auf deiner Flöte.«

Gwydion hatte einen trockenen Mund – Morgause sah, wie er sich mit der Zunge über die Lippen fuhr. Aber er nahm das Instrument aus Holz und Horn in die Hand und begann bedächtig, ihm Töne zu entlocken. Dann spielte er eine langsame Melodie, und nach einer Weile nickte Kevin.

»Das reicht«, sagte er. »Du bist schließlich Morgaines Sohn... es wäre seltsam, wenn du unbegabt wärst. Wir können dir sicher viel zeigen. Du hast vielleicht das Zeug zu einem Barden, aber wahrscheinlich bist du zum Priester und Druiden bestimmt.«

Gwydion sah ihn mit großen Augen an. Er ließ fast die Flöte fallen, fing sie aber gerade noch mit der Tunika auf.

»Zum Barden... was meint Ihr damit? Sagt es mir genauer.«

Viviane sah ihm direkt ins Gesicht: »Die Zeit ist gekommen, Gwydion. Du bist zum Druiden geboren und entstammst zwei königlichen Geschlechtern. Du wirst in Avalon in den alten Weisheiten und den alten Lehren unterwiesen, damit du eines Tages den Drachen tragen kannst.«

Der Knabe schluckte – Morgause sah, wie die Worte in ihn eindrangen. Sie konnte sich vorstellen, daß der Gedanke an eine geheime

Weisheit ihn mehr reizte als alles andere, was sie ihm hätten verheißen können. Er stammelte: »*Zwei* königliche Geschlechter habt ihr gesagt...«
Viviane schüttelte kaum merklich den Kopf, als Niniane antworten wollte. So beschränkte sich Niniane darauf zu sagen: »Alle Dinge werden dir offenbart, wenn die Zeit gekommen ist, Gwydion. Wenn du Druide werden willst, mußt du als Erstes lernen, wann du zu schweigen hast und keine Fragen stellen darfst.«
Er sah stumm zu ihr auf. Und Morgause dachte: *Die Mühe heute hat sich gelohnt. Gwydion ist so beeindruckt, daß ihm plötzlich die Worte fehlen.*
Es überraschte Morgause nicht. Niniane war schön... sie glich der jungen Igraine oder ihr selbst, als sie noch ein junges Mädchen war. Allerdings waren ihre Haare eher blond als rot...
Viviane sagte ruhig: »Soviel kann ich dir jetzt schon bedeuten... die Mutter deiner Großmutter war die Herrin vom See, und sie entstammte einer langen Linie von Priesterinnen. Auch in Igraine und Morgause fließt das Blut des edlen Taliesin, und in dir ebenfalls. Viele der königlichen Druidengeschlechter von den Inseln vereinigen sich in dir. Wenn du dich würdig erweist, wartet eine große Bestimmung auf dich. Aber du mußt dich ihrer würdig erweisen... königliches Blut allein macht keinen König. Dazu gehören Mut, Weisheit und Weitsicht. Ich sage dir, Gwydion, wer den Drachen trägt, ist vielleicht ein größerer König als der Mann auf dem Thron. Der Thron kann durch Waffengewalt oder Geschick gewonnen werden oder dadurch, daß man im richtigen Bett geboren und vom richtigen König gezeugt wurde, wie es bei Lot der Fall war. Aber der Große Drache wird allein durch eigenes Bemühen erworben... nicht nur in diesem Leben, sondern auch in allen vorausgegangenen. Und damit enthülle ich dir ein erstes Mysterium.«
Gwydion antwortete: »Ich... ich verstehe das nicht!«
»Natürlich nicht«, Vivianes Stimme klang scharf. »Ich habe gerade gesagt... es ist ein Mysterium. Manche weise Druiden haben viele Leben lang studiert, um weniger als das zu verstehen. Ich meinte nicht, daß du verstehen sollst. Ich möchte, daß du zuhörst und lernst zu gehorchen.«
Gwydion schluckte und senkte den Kopf. Morgause sah, daß Niniane ihm zulächelte. Der Junge holte tief Luft, als sei alles noch einmal gut gegangen. Dann setzte er sich ihr zu Füßen und hörte tatsächlich zu, ohne seine üblichen altklugen Antworten oder Erklärungen abzugeben. Morgause dachte:

Vielleicht ist es wirklich die Ausbildung zum Druiden, die er braucht!

»Ihr seid also gekommen, um mir zu sagen, daß Morgaines Sohn lange genug bei mir gelebt hat. Die Zeit ist gekommen, daß er nach Avalon gebracht und in der Weisheit der Druiden unterrichtet werde. Aber Ihr reist doch nicht den weiten Weg hierher, um mir nur das zu sagen... Ihr hättet einen geringeren Druiden senden können, der den Knaben nach Avalon bringt. Ich weiß seit Jahren, daß es Morgaines Sohn nicht bestimmt ist, seine Tage unter Schafhirten und Fischern zu verbringen. Wo sonst als in Avalon könnte er sein Schicksal finden? Ich bitte Euch, sagt mir alles übrige... o ja, da ist mehr. Ich sehe es in Eurem Gesicht.«

Kevin öffnete den Mund, um zu sprechen, aber Viviane entgegnete scharf: »Warum sollte ich dir meine Gedanken enthüllen, wenn du doch nur versuchst, alles zu deinem und zum Vorteil deiner Söhne zu wenden? Selbst jetzt steht Gawain dem Thron des Großkönigs am nächsten... nicht nur durch seine Abstammung, sondern auch durch Artus' Wertschätzung. Als Artus Gwenhwyfar heiratete, sah ich voraus, daß sie ihm kein Kind gebären konnte. Ich hielt es nur für wahrscheinlich, daß sie während einer Schwangerschaft sterben würde. Deshalb wollte ich Artus' Glück nicht stören, wie immer es auch aussehen mochte... später hätten wir ihm eine passendere Gemahlin suchen können. Aber ich habe zu lange untätig zugesehen. Jetzt verstößt er sie nicht mehr, obwohl sie die Leibesfrucht nicht reifen lassen kann... und du, Morgause, siehst darin nichts anderes, als eine Gelegenheit, deinen Sohn an die Macht zu bringen.«

»Denkt nicht, Gwenhwyfar sei unfruchtbar, Viviane.« Kevins Gesicht war bitter. »Sie war schwanger vor der Schlacht am Berg Badon, und sie trug das Kind ganze fünf Monate... sie hätte es sehr wohl zur Welt bringen können. Ich glaube, an ihrer Fehlgeburt war die Hitze schuld, das Eingesperrtsein in der Burg und ihre Angst vor den Sachsen... und ich glaube, aus Mitleid für sie hat König Artus Avalon verraten und das Drachenbanner verworfen.«

Niniane sagte: »So ist es nicht nur ihre Kinderlosigkeit, Königin Morgause, mit der Gwenhwyfar Artus so großen Schaden zufügte. Sie ist ein Geschöpf der Christenpriester und hat ihn bereits zu sehr beeinflußt. Wenn es eines Tages tatsächlich soweit kommen sollte, daß sie ein Kind zur Welt bringt, das am Leben bleibt, so wäre dies das schlimmste...«

Morgause glaubte zu ersticken. »Gawain...«
Viviane unterbrach sie bitter: »Gawain ist ebenso Christ wie Artus. Er will nichts anderes, als Artus in allen Dingen gefallen!«
Kevin erklärte: »Ich weiß nicht, ob Artus sich wahrhaft dem Christengott verpflichtet fühlt, oder ob hinter allem nur Gwenhwyfar steht. Er bedauert sie und möchte ihr Gutes tun...«
Morgause sagte verächtlich: »Eignet sich ein Mann zum Herrscher, der um einer Frau willen seinen Schwur bricht? Ist Artus also wortbrüchig geworden?«
Kevin antwortete: »Ich habe mit eigenen Ohren gehört, wie er sagte, er würde Christus und die Jungfrau nicht beiseite schieben, nachdem sie ihm den Sieg in der Schlacht am Berg Badon geschenkt haben. Und er sagte noch mehr, als er mit Taliesin sprach... die Jungfrau Maria sei wie die Große Göttin. Sie habe ihm den Sieg geschenkt, um das Land zu retten... und das Banner des Pendragon sei das Banner seines Vaters Uther und nicht das seine.«
»Trotzdem«, ergriff Niniane das Wort, »besaß er nicht das Recht, das Banner einholen zu lassen. Wir in Avalon haben König Artus auf den Thron gesetzt, und er ist es uns schuldig...«
Morgause fiel ihr ungeduldig ins Wort: »Was macht es schon, welches Banner über dem Heer eines Königs weht... die Krieger brauchen etwas, was sie zu Heldentaten anfeuert...«
»Wie üblich übersiehst du, worum es eigentlich geht«, erklärte Viviane. »Wir müssen von Avalon aus lenken, was ihre Träume und ihre Gedanken belebt, oder der Kampf gegen ihren Christus ist verloren. Wenn das geschieht, müssen die Seelen der Menschen in der Sklaverei eines falschen Glaubens leiden! Das Zeichen des Drachen sollte ihnen deshalb immer vor Augen stehen. Es ist das Ziel der Menschheit. Wir dürfen nicht an Sünde und Buße denken!«
Kevin entgegnete nachdenklich: »Ich weiß nicht... vielleicht wäre es ganz gut, wenn es für die Einfältigen diese niederen Mysterien gäbe, denn dann könnten wir den Weisen die inneren Lehren bringen. Vielleicht ist es den Menschen zu einfach gemacht worden, nach Avalon zu kommen, und deshalb würdigen sie es nicht.«
Viviane fragte: »Wollt Ihr damit sagen, daß ich ruhig zusehen soll, wie Avalon immer weiter in den Nebeln verschwindet... weiter sogar als das Feenreich?«
»Ich sage, Herrin«, erklärte Kevin ehrerbietig, aber fest, »es ist vielleicht schon zu spät, um es zu verhindern... Avalon wird immer und für alle Menschen zu finden sein, wenn sie den Weg dorthin

suchen ... in allen Jahrhunderten und zu allen Zeiten. Wenn sie den Weg nach Avalon nicht finden, ist es vielleicht ein Zeichen, daß sie noch nicht bereit dazu sind.«

»Trotzdem«, entgegnete Viviane hart, »ich werde Avalon in dieser Welt halten oder bei diesem Versuch sterben.«

In der Halle herrschte Schweigen. Morgause spürte plötzlich, wie Eiseskälte sie erfaßte. Sie sagte: »Leg Holz aufs Feuer, Gwydion ...«, und bot ihren Gästen Wein an. »Trinkt, Schwester. Und Ihr auch, Großer Harfner.«

Niniane schenkte den Wein ein. Gwydion saß reglos wie im Traum oder in Betäubung. Morgause sagte: »Gwydion, tu, was ich dir aufgetragen habe ...«, aber Kevin brachte sie mit einer Handbewegung zum Schweigen. Er flüsterte: »Der Knabe ist in Trance. Sprich, Gwydion ...«

»Überall ist Blut ...«, flüsterte er, »Blut ... fließt wie das Opferblut auf den alten Altären ... Blut ergießt sich über den Thron ...«

Niniane stolperte und fiel. Der Rest des blutroten Weins ergoß sich über Gwydion und über Vivianes Gewand. Verwirrt und erschrocken stand sie wieder auf. Gwydion blinzelte und schüttelte sich wie ein kleiner Hund. Benommen sagte er: »Was ... es tut mir leid ... darf ich Euch helfen?«, und nahm Niniane den Weinschlauch aus der Hand. »Oh, es sieht aus wie Blut. Ich hole einen Lappen.« Mit diesen Worten rannte er hurtig davon.

»Da habt Ihr Euer Blut«, erklärte Morgause voll Widerwillen. »Soll sich jetzt auch noch mein Gwydion in Trugbildern und krankhaften Träumen verlieren?«

Viviane wischte sich den klebrigen Wein vom Gewand und sagte: »Sprich nicht verächtlich über die Gabe eines anderen, nur weil du das Gesicht nicht hast, Morgause!«

Gwydion kam mit dem Tuch zurück. Aber als er den Wein aufwischen wollte, schwankte er. Morgause nahm ihm das Tuch ab und winkte einer der Dienerinnen, die Tisch und Feuerstelle säuberte. Gwydion sah elend aus. Normalerweise hätte er versucht zu übertreiben, um die Aufmerksamkeit aller auf sich zu lenken. Aber diesmal bemerkte sie, daß er sich schnell abwandte, als schäme er sich. Morgause sehnte sich schmerzlich danach, den Knaben in ihre Arme zu nehmen und zu wiegen ... Gwydion war ihr letztes Kind gewesen, als die anderen schon erwachsen waren und sie verlassen hatten. Aber sie wußte, Gwydion würde ihr die Zärtlichkeit nicht danken. Deshalb hielt sie sich zurück und starrte nur auf ihre Hände.

Auch Niniane wollte ihm helfen, aber Viviane winkte ihn zu sich. Ihre Augen blickten streng und unnachgiebig.
»Sag mir die Wahrheit. Wie lange hast du schon das Gesicht?«
Gwydion senkte den Kopf und antwortete: »Ich weiß es nicht... ich wußte nicht, wie ich es nennen sollte.« Er wurde unruhig und vermied ihren Blick.
Viviane sprach ruhig weiter: »Und aus Stolz und Liebe zur Macht hast du es verheimlicht, nicht wahr? Jetzt hat es dich bezwungen, und du mußt lernen, das Gesicht zu beherrschen. Wir sind nicht zu früh gekommen... ich hoffe, es ist nicht schon zu spät. Fühlst du dich schwach in den Beinen? Dann setze dich hierhin und sei still.«
Morgause sah mit Erstaunen, daß Gwydion sich ruhig zu Füßen der beiden Priesterinnen setzte. Nach einem Augenblick legte ihm Niniane die Hand auf den Kopf, und er lehnte sich gegen sie.
Viviane wandte sich wieder Morgause zu. »Wie ich dir gesagt habe, wird Gwenhwyfar Artus keinen Sohn gebären. Aber er wird sie nicht verstoßen. Schon deshalb nicht, weil sie Christin ist, und ihr Glaube verbietet einem Mann, sich von einer Frau zu trennen...«
Morgause erwiderte achselzuckend: »Na und? Sie hatte eine Fehlgeburt und vielleicht mehr als eine. Sie ist keine junge Frau mehr. Das Leben einer Frau ist unsicher.«
»O ja, Morgause«, sagte Viviane. »Du hast schon einmal versucht, mit der Unsicherheit des Lebens zu spielen, damit dein Sohn dem Thron nähersteht... oder nicht? Ich warne dich, Schwester... versuche nicht, den Willen der Götter zu umgehen!«
Morgause lächelte: »Ich weiß, Viviane, du hast mir diese Lektion in aller Ausführlichkeit erteilt... oder war es Taliesin...? Nichts geschieht gegen den Willen der Götter. Ich bin sicher, die Götter hätten einen anderen gefunden, um ihnen zu dienen, wenn Artus gestorben wäre, ehe er Uthers Thron bestieg.«
»Ich bin nicht hierhergekommen, um mit dir über Fragen des Glaubens und der Religion zu streiten, du dummes Ding«, schimpfte Viviane. »Glaubst du, wenn es nach mir gegangen wäre, ich hätte dir das Überleben der königlichen Linie von Avalon anvertraut?«
Morgause erwiderte innerlich kochend, aber nach außen hin kühl und sanft: »Aber wie mir scheint, wollte die Göttin nicht, daß du deinen Willen durchsetzen konntet, liebste Viviane. Ich bin dieses Gerede von alten Prophezeiungen leid. Wenn es überhaupt Götter gibt... und da bin ich mir nicht so sicher... kann ich nicht glauben, daß sie sich soweit herablassen und sich in die Angelegenheiten der

Menschen mischen; um so mehr, als sie nicht zulassen, daß wir uns in *ihre* Angelegenheiten mischen. Ich werde auch nicht darauf warten, daß die Götter tun, was, wie ich sehe, getan werden muß... wer will behaupten, daß die Göttin nicht ebensogut durch meine Hände wirken kann wie durch andere?« Sie sah Ninianes Entsetzen... o ja, sie war auch so ein dummes Huhn wie Igraine und glaubte an das Gerede von Göttern. »Und was die königliche Linie von Avalon angeht, so siehst du an Gwydion, daß sie in meinen Händen gut aufgehoben ist.«

»Er scheint stark und gesund zu sein. Ja, er ist ein kräftiger Knabe«, sagte Viviane. »Aber kannst du schwören, Morgause, daß er im Herzen keinen Schaden genommen hat?«

Gwydion hob den Kopf und sagte hitzig: »Meine Ziehmutter war sehr gut zu mir. Die Lady Morgaine hat sich weniger um ihren Sohn gekümmert... sie war nicht ein einziges Mal hier, um sich zu erkundigen, ob ich noch am Leben oder schon tot bin.«

Kevin wies ihn streng zurecht: »Man hat dir befohlen, nur zu reden, wenn du gefragt wirst, Gwydion. Du kennst Morgaines Gründe nicht und weißt auch nichts von ihren Absichten.«

Morgause warf dem verkrüppelten kleinwüchsigen Barden einen ärgerlichen Blick zu.

Hat Morgaine sich dieser unglückseligen Mißgeburt anvertraut, während ich ihr das Geheimnis durch Zaubersprüche und das Gesicht abzwingen mußte?

Zorn stieg in ihr auf, aber Viviane sagte: »Genug! Du hast gut für ihn gesorgt, solange es in deine Pläne paßte, Morgause. Aber wie ich feststelle, hast du nicht vergessen, daß er dem Thron einen Schritt nähersteht als Artus in seinem Alter und zwei Schritte näher als dein Sohn Gawain. Und Gwenhwyfar... ich habe gesehen, daß sie im Schicksal von Avalon eine Rolle spielt... sie kann nicht völlig ohne das Gesicht oder Visionen sein, denn sie durchbrach einmal die Nebel und stand am Ufer von Avalon. Wenn sie einen Sohn bekäme, und man könnte ihr klarmachen, daß es durch die Künste und den Willen Avalons geschah, könnte sie vielleicht...« Sie warf Niniane einen Blick zu. »Sie ist in der Lage zu empfangen... mit einer starken Zauberin an ihrer Seite, die verhindert, daß sie das Kind verliert...«

»Dazu ist es zu spät«, erklärte Kevin. »Sie hat Artus dazu gebracht, Avalon zu verraten und das Banner einzuholen. Ich glaube, in Wirklichkeit ist sie nicht ganz bei Verstand.«

»In Wahrheit«, erwiderte Niniane, »tragt Ihr Gwenhwyfar etwas nach, Kevin. Was ist es?«
Der Merlin senkte die Augen und starrte auf seine vernarbten und entstellten Finger. Schließlich antwortete er: »Ja, es ist wahr. Nicht einmal in Gedanken kann ich Gwenhwyfar gegenüber gerecht sein. Ich bin auch nur ein Mensch. Aber selbst wenn ich sie lieben würde, müßte ich sagen, daß sie keine Gemahlin für einen König ist, der im Interesse von Avalon regieren muß. Ich würde ihr nicht nachtrauern, wenn ihr ein Unglück oder ein Mißgeschick zustoßen sollte. Wenn sie Artus einen Sohn schenkt, dann hält sie es nur für eine Gnade ihres Christus, selbst wenn die Herrin vom See an ihrem Bett steht. Ich kann nur beten, daß ihr dieses Glück nie widerfährt.«
Morgause lächelte ihr katzenhaftes Lächeln. »Gwenhwyfar versucht vielleicht, christlicher zu sein als Christus«, sagte sie. »Aber ich kenne ihre Bibel. Lot ließ die Kinder von einem Priester aus Iona unterrichten. In der Heiligen Schrift steht, daß der Mann verdammt ist, der seine Frau verstößt... es sei denn, sie begeht Ehebruch! Und selbst wir in Lothian haben gehört, die Königin ist... so tugendsam auch nicht! Artus ist nicht immer am Hof, und jeder weiß, wie sie deinen Sohn begünstigt, Viviane.«
»Ihr kennt Gwenhwyfar nicht«, entgegnete Kevin. »Ihre Frömmigkeit übersteigt ihre Vernunft. Und Artus ist so sehr Lancelots Freund, daß ich glaube, er würde nichts gegen ihn unternehmen, es sei denn, er findet beide vor aller Augen zusammen im Bett.«
»Selbst das ließe sich einrichten«, erklärte Morgause. »Gwenhwyfar ist viel zu schön, und es gibt Frauen, die sie beneiden. Sicher könnte jemand aus ihrer Umgebung ein anstößiges Verhalten der beiden offenkundig machen, um Artus zum Handeln zu zwingen...«
Viviane verzog voll Abscheu das Gesicht. »Welche Frau würde eine andere Frau so verraten?«
Morgause erklärte: »Ich... wenn ich davon überzeugt wäre, daß es zum Wohl des Reichs geschieht.«
»Ich nicht«, sagte Niniane. »Lancelot ist ehrenhaft und König Artus' engster Freund. Ich bezweifle, daß Lancelot Artus mit Gwenhwyfar betrügen würde. Wenn wir Gwenhwyfar beseitigen wollen, müssen wir uns etwas anderes einfallen lassen.«
»Und außerdem«, warf Viviane ein, und ihre Stimme klang müde, »soweit wir wissen, hat Gwenhwyfar sich nichts zuschulden kommen lassen. Wir können sie nicht von Artus' Seite reißen, solange sie nach außen die pflichtbewußte Gemahlin des Königs ist. Wenn es

einen Skandal gibt, muß etwas Wahres daran sein. Avalon ist verpflichtet, die Wahrheit zu ehren.«
»Aber wenn es ein echtes Ärgernis gibt?« fragte Kevin.
»Dann muß die Königin sehen, wie sie sich aus der Schlinge zieht«, erwiderte Viviane. »Aber ich werde mich nicht hinter falsche Anschuldigungen stellen!«
»Und doch hat sie zumindest noch einen anderen Feind«, sagte Kevin nachdenklich. »Leodegranz ist vor kurzem gestorben und bald darauf seine junge Gemahlin und ihr letztes lebendes Kind. Jetzt ist Gwenhwyfar Königin im Sommerland. Aber Leodegranz hatte einen Mann in seinem Gefolge... er behauptet, ein Sohn des Königs zu sein, aber ich glaube es nicht... ich vermute, er würde gerne seinen Anspruch auf den Thron untermauern, indem er nach alter Sitte mit der Königin schläft.«
Gwydion sagte: »Wie gut, daß man hier an Lots höchst christlichem Hof diese Sitte nicht kennt.« Aber er sprach so leise, daß alle vorgeben konnten, ihn nicht gehört zu haben. Morgause dachte: *Er ist wütend, weil ihn niemand beachtet. Das ist alles. Soll ich zornig werden, weil ein junger Hund mich mit seinen kleinen Zähnen beißt?*
»Nach der alten Sitte«, erklärte Niniane und runzelte ihre hübsche Stirn, »ist Gwenhwyfar mit keinem Mann verheiratet, solange sie ihm nicht einen Sohn gebiert. Und wenn ein anderer sie Artus wegnehmen kann...«
»Und das ist die Frage«, erklärte Viviane lachend. »Artus kann sie mit Waffengewalt verteidigen. Und ich bin sicher, daß er das tut.« Dann wurde sie ernst. »Wir wissen nur das eine: Gwenhwyfar wird unfruchtbar bleiben. Sollte sie wieder schwanger werden, gibt es Zaubersprüche, die dafür sorgen, daß sie das Kind nicht zur Welt bringt oder länger als die ersten Wochen behält. Und Artus' Erbe...« Sie schwieg und betrachtete Gwydion, der immer noch wie ein schläfriges Kind den Kopf in Ninianes Schoß gelegt hatte. »Hier sitzt der Sohn der Königslinie von Avalon und ein Sohn des Großen Drachen.«
Morgause hielt den Atem an. In all den Jahren war ihr nicht einmal in den Sinn gekommen, etwas anderes als ein unglückseliger Zufall könne dazu geführt haben, daß Morgaine ein Kind von ihrem Halbbruder bekam. Jetzt durchschaute sie Vivianes kühnen Plan und erstarrte in ehrfürchtiger Bewunderung – ein Kind von Avalon und von Artus sollte also nach seinem Vater den Thron besteigen...

Was geschieht mit dem Hirschkönig, wenn der junge Hirsch herangewachsen ist . . .?

Einen Augenblick lang wußte Morgause nicht, ob es ihr eigener Gedanke war oder das Echo der Überlegungen einer der beiden Priesterinnen . . . Sie hatte immer wieder diese verwirrenden, unvollständigen Augenblicke, in denen das Gesicht zu ihr kam, ohne daß sie in der Lage gewesen wäre, sein Kommen und Gehen zu beherrschen. Und eigentlich hatte sie sich auch nie die Mühe gegeben, es zu tun.

Gwydion beugte sich mit großen Augen und offenem Mund vor. »Herrin . . .«, stieß er atemlos hervor. »Ist es wahr . . . ich bin der Sohn des . . . Großkönigs?«

»Ja«, sagte Viviane mit verkniffenem Mund. »Allerdings werden die christlichen Priester das nie gutheißen. Für sie ist es die größte aller Sünden, daß ein Mann von seiner Schwester ein Kind hat. Sie halten sich für heiliger als die Göttin selbst, die die Mutter von uns allen ist. Aber so ist es.«

Kevin wandte sich um. Langsam und unter großen Schmerzen kniete er vor Gwydion nieder.

»Mein Herr und Prinz und mein Gebieter«, sagte er. »Kind der Königslinie von Avalon und Sohn des Sohns des Großen Drachen. Wir sind gekommen, um Euch nach Avalon zu bringen, wo Ihr auf Eure Aufgabe vorbereitet werdet. Morgen müßt Ihr abreisen.«

Morgen müßt Ihr abreisen . . .

Es war wie das Entsetzen in einem Traum. Sie sprachen offen aus, was ich in all diesen Jahren geheimgehalten hatte . . . selbst damals, als niemand glaubte, ich würde die Geburt überleben . . . ich hätte sterben können, ohne daß jemand wußte, daß ich ein Kind meines Bruders zur Welt brachte. Aber Morgause hatte mir das Geheimnis entlockt, und Viviane wußte es . . . es gibt ein altes Wort, das sagt: Drei können ein Geheimnis wahren, wenn zwei von ihnen im Grab liegen . . . Viviane hatte es geplant. Sie hatte mich wie Igraine benutzt!

Aber der Traum begann zu zerrinnen, zu zerfließen und zu verschwimmen, als sei alles unter Wasser. Ich bemühte mich krampfhaft, ihn festzuhalten. Ich wollte etwas hören, aber plötzlich sah ich Artus. Er zog ein Schwert und näherte sich Gwydion, der Excalibur aus der Scheide riß . . .

Morgaine saß aufrecht in ihrem Bett in Camelot und klammerte sich an die Decke. *Nein,* sagte sie sich, *es war ein Traum ... nur ein Traum!*

Ich weiß nicht einmal, wer in Avalon neben Viviane regiert ... sicher Raven, nicht diese blonde Frau, die meiner Mutter ähnelt, und die ich immer und immer wieder in meinen Träumen sehe. Wer weiß, ob eine solche Frau auf dieser Erde oder in Avalon lebt? Vielleicht ist sie nur aus einem wirren Traum meiner Mutter ... Ich erinnere mich an niemanden im Haus der Jungfrauen, der ihr auch nur im geringsten ähnelte ...

Ich sollte dort sein. Ich sollte neben Viviane stehen. Ich habe diesen Platz aus eigenem Entschluß verlassen ...

»Seht doch!« rief Elaine am Fenster. »Die ersten Reiter kommen schon. Und bis zu Artus' großem Fest sind es noch drei Tage!«

Die anderen Frauen in der Kammer drängten sich um Elaine und blickten hinunter auf die große weite Fläche vor der Burg, wo bereits Zelte und Rundhütten auf dem Gras standen. Elaine sagte: »Ich sehe das Banner meines Vaters. Da reitet er, und mein Bruder Lamorak ist an seiner Seite ... er ist alt genug, um einer von Artus' Rittern zu werden. Ob der König ihn wohl in die Runde aufnimmt?«

»Für die Schlacht am Berg Badon war er wohl noch nicht alt genug?« erkundigte sich Morgaine.

»Gewiß, er war nicht alt genug. Trotzdem kämpfte er wie jeder Mann und jeder Junge, der ein Schwert halten konnte«, erklärte Elaine mit sichtlichem Stolz.

»Dann zweifle ich nicht daran, daß Artus ihn zu einem seiner Gefährten macht ... und sei es nur Pellinore zuliebe«, sagte Morgaine. Die große Schlacht am Berg Badon hatte an Pfingsten vor einem Jahr stattgefunden. Der Großkönig hatte geschworen, diesen Tag immer als einen hohen Festtag zu begehen und alle seine Gefährten zu bewirten. Außerdem durfte an Pfingsten jeder Bittsteller vor ihn treten, und er sprach Recht; und alle Könige des Reiches sollten an diesem Tag ihren Treueschwur erneuern.

»Du mußt der Königin beim Ankleiden behilflich sein«, sagte Morgaine zu Elaine. »Und ich muß auch gehen. Ich habe noch viel zu tun!«

»Cai kümmert sich doch um alles«, erwiderte Elaine.

»Ja, er wird für Speise und Trank und für die Unterkunft der vielen Gäste sorgen«, antwortete Morgaine fröhlich. »Aber ich muß die Halle mit Blumen schmücken, dafür sorgen, daß die silbernen Becher geputzt werden und vermutlich muß ich auch die Mandelkuchen und Süßigkeiten backen... Gwenhwyfar wird mit anderen Dingen beschäftigt sein.«

Morgaine freute sich wirklich darüber, in den nächsten drei Tagen soviel zu tun zu haben. Es lenkte sie von dem Schrecken und Entsetzen des Traumes ab. Wenn sie in letzter Zeit von Avalon träumte, verscheuchte sie die Bilder voller Verzweiflung... sie hatte nicht gewußt, daß Kevin in den Norden nach Lothian ritt. *Nein,* sagte sie sich, *ich weiß es auch jetzt nicht. Es war nur ein Traum.*

Aber im Laufe des Tages begegnete sie im Burghof dem alten Taliesin. Sie verneigte sich vor ihm, und als er die Hand hob, um sie zu segnen, sagte sie schüchtern: »Vater...«

»Ja, mein liebes Kind?«

Vor zehn Jahren wäre ich wütend geworden, daß Taliesin mit mir spricht, als sei ich immer noch ein siebenjähriges Kind, das ihm auf den Schoß klettert und ihn am Bart zieht.

Jetzt empfand sie es unerklärlicherweise als tröstlich. »Wird Kevin, der Merlin, zu Pfingsten hier sein?«

»Ich weiß es nicht, mein Kind«, antwortete Taliesin mit freundlichem Lächeln. »Er ist in den Norden nach Lothian geritten. Aber ich weiß, daß er dich liebt und zu dir zurückkommen wird, wenn er kann. Ich glaube, nichts wird ihn von diesem Hof fernhalten können, solange du hier bist, kleine Morgaine.«

Weiß schon jeder am Hof über uns Bescheid? Ich habe doch alle Vorsicht walten lassen...

Morgaine fragte bissig: »Ist es schon Hofklatsch, daß Kevin, der Harfner, mir zu Gefallen alles tut... obwohl es so nicht stimmt?«

Taliesin lächelte wieder und sagte: »Mein liebes Kind, schäme dich nie deiner Liebe. Und für Kevin bedeutet es alles, daß eine so freundliche, anmutige und schöne Frau wie du...«

»Wollt Ihr Euch über mich lustig machen, Großvater?«

»Weshalb sollte ich das, mein kleines Mädchen? Du bist die Tochter meiner geliebten Tochter. Und dich liebe ich auch. Du weißt, ich halte dich für die schönste und kundigste aller Frauen. Und ich zweifle nicht daran, daß Kevin dies noch stärker empfindet. Außer mir bist du der einzige Mensch am Hof und die einzige Frau überhaupt, die sich mit ihm in seiner Sprache über Musik unterhalten kann. Wenn du nicht weißt, daß für Kevin die Sonne auf- und untergeht, wenn du kommst und gehst, dann bist du die einzige an diesem Hof. Du verdienst es, daß er in dir den Stern seiner Tage und Nächte sieht.

Dem Merlin von Britannien ist es noch nicht einmal verboten zu heiraten, wenn er das wünscht. Er ist nicht von königlichem Geblüt. Aber er besitzt ein edles Herz. Wenn sein Mut ihn nicht verläßt, wird er eines Tages der Höchste Druide sein. Und ich glaube, wenn er um deine Hand anhält, würden weder Artus noch ich nein sagen.«
Morgaine senkte den Kopf und starrte auf den Boden. *Oh,* dachte sie, *wie richtig wäre es, wenn ich für Kevin soviel empfinden könnte, wie er für mich! Ich schätze ihn, ich liebe ihn. Ich teile sogar gern das Bett mit ihm ... aber eine Ehe? Nein ... nein, trotz all seiner Anbetung nicht.*
»Ich habe nicht die Absicht zu heiraten, Großvater!«
»Du mußt nach deinem eigenen Willen handeln, Kind«, erwiderte Taliesin freundlich. »Du bist Herrin und Priesterin. Aber du bist auch nicht mehr so jung. Und nachdem du Avalon aufgegeben hast ... nein, nein, ich mache dir keinen Vorwurf. Ich dachte nur, es könnte gut sein, daß du heiraten und ein eigenes Heim haben willst. Ich möchte nicht, daß du deine Tage als Gwenhwyfars Hofdame vergeudest. Und Kevin, der Harfner ... er wird kommen, wenn er kann. Aber er muß langsamer reiten als andere. Es ist gut, daß du ihn wegen seiner körperlichen Gebrechen nicht verachtest, liebes Kind.«
Taliesin verabschiedete sich, und Morgaine ging tief in Gedanken versunken zum Brauhaus. Sie wünschte, sie könnte Kevin tatsächlich so lieben, wie Taliesin es glaubte.
Warum nur bin ich mit dieser Liebe zu Lancelot geschlagen?
Während sie duftendes Rosenwasser für die Handschalen der Gäste und Süßigkeiten zubereitete, dachte sie darüber nach. Wenn Kevin hier war, hatte sie wenigstens keinen Grund, Lancelot zu begehren – *nicht, daß es mir etwas nützt, ihn zu begehren,* dachte sie leicht wehmütig. *Verlangen muß auf Gegenseitigkeit beruhen, sonst ist es wertlos.*
Sie beschloß, wenn Kevin an den Hof zurückkehrte, würde sie ihn so empfangen, daß er sich nicht beklagen mußte ...
Bestimmt wäre es nicht das Schlechteste, seine Frau zu werden ... Avalon ist für mich verloren ... ich werde darüber nachdenken. Aber mein Traum war in einem richtig: Er war in Lothian ... Und ich hatte geglaubt, das Gesicht sei mir genommen ...

Kevin kehrte am Vorabend des Pfingstfestes nach Camelot zurück. Den ganzen Tag über waren die Menschen zu König Artus' Hof und in das umliegende Land geströmt, als fielen Erntedankfest und Frühjahrsmarkt zusammen. Es war das größte Fest, das in der Gegend je gefeiert wurde. Morgaine begrüßte Kevin mit einem Kuß und einer Umarmung, daß seine Augen leuchteten. Dann führte sie ihn in eine Gästekammer, nahm ihm Mantel und Reiseschuhe ab und beauftragte einen Diener, sie zu säubern. Dann brachte sie ihm Bänder, um seine Harfe zu schmücken.

»Oh, meine Herrin wird so prächtig aussehen wie die Königin«, sagte Kevin lachend. »Bist du auf deine einzige Rivalin nicht eifersüchtig, meine liebe Morgaine?«

So hatte Kevin sie noch nie genannt. Sie schlang ihren Arm um seine Hüfte und drückte sich an ihn. Er sagte weich: »Du hast mir gefehlt!« und legte seinen Kopf einen Augenblick lang an ihre Brust.

»Und du mir, Liebster«, antwortete sie. »Wenn heute abend alle schlafen gegangen sind, werde ich es dir beweisen... weshalb, glaubst du, habe ich es so eingerichtet, daß du eine Gästekammer für dich hast, wenn selbst Artus' engste Freunde zu viert in einem Raum, manche sogar zu zweit in einem Bett schlafen müssen?«

Er antwortete: »Ich glaubte, um zu vermeiden, daß jemand mit mir ein Quartier teilen muß.«

»Es geschieht auch, um die Würde Avalons zu wahren«, sprach Morgaine weiter. »Obwohl... selbst Taliesin und der Bischof übernachten in einer Kammer.«

»Ich kann seinen Geschmack nicht teilen«, sagte Kevin. »Ich würde lieber im Stall bei den richtigen Eseln schlafen!«

»Ich habe darauf bestanden, daß der Merlin von Britannien allein in einer Kammer untergebracht wird, selbst wenn sie nicht größer als der Verschlag für einen Esel ist«, sagte Morgaine, »aber sie ist groß genug für dich und Deine Herrin... und«, sie lächelte und blickte vielsagend auf das Bett, »... ich wage zu behaupten, auch für mich.«

»Du bist immer willkommen. Und wenn Meine Herrin eifersüchtig ist, werde ich sie mit dem Gesicht zur Wand stellen!« Er küßte Morgaine und drückte sie mit der ganzen Kraft seiner sehnigen Arme an sich. Dann ließ er sie los und sagte: »Ich dachte, du würdest es vielleicht gerne hören... ich habe deinen Sohn nach Avalon begleitet... Er ist ein gutgewachsener Junge. Er ist klug und hat etwas von deiner musikalischen Begabung.«

»Vor ein paar Nächten träumte ich von ihm«, sagte Morgaine. »Im Traum spielte er eine Flöte... eine Flöte, wie Gawain sie besitzt.«

»Dann hast du richtig geträumt«, entgegnete Kevin. »Ich mag ihn, Gwydion besitzt das Gesicht. Er wird in Avalon zum Druiden ausgebildet.«
»Und dann?«
»Dann? Oh, meine Liebe«, sagte Kevin, »alles geschieht, wie es geschehen muß! Aber ich bin überzeugt, er wird ein Barde und ein bemerkenswert weiser Mann sein... solange er in Avalon ist, mußt du dir keine Sorgen um ihn machen.« Er berührte sie sanft an der Schulter. »Er hat deine Augen!«
Sie hätte ihn gerne mehr gefragt, aber Kevin sprach von anderem.
»Das Fest wird erst morgen stattfinden«, erinnerte ihn Morgaine. »Heute abend sind Artus' engste Freunde und Gefährten zur Tafel geladen. Gareth wird morgen zum Ritter geschlagen. Artus liebt Gawain wie einen Bruder und hat beschlossen, ihn auf einer Familienfeier zu ehren.«
»Gareth ist ein kühner Mann und ein guter Ritter«, sagte Kevin. »Ich will ihm gern meine Ehre erweisen. Königin Morgause liebe ich nicht sonderlich. Aber ihre Söhne sind tapfere Männer und Artus' gute Freunde.«
Obwohl es eine Familienfeier war, versammelten sich viele Gäste am Vorabend des Pfingstfestes an König Artus' Tafel: Gwenhwyfar und ihre Nichte Elaine, Elaines Vater, König Pellinore, und ihr Bruder Lamorak; Taliesin und Lancelot; außerdem drei Halbbrüder des Ritters – Balan, der Sohn der Herrin vom See, sowie Bors und Lionel, die Söhne des Königs Ban von Benwick. Auch Gareth war geladen, und wie immer stand Gawain hinter Artus' Thron. Der König hatte zwar versucht, es zu verhindern: »Heute mußt du neben mir sitzen, Gawain... du bist mein Vetter und König von Orkney. Ich möchte nicht, daß du wie ein Diener hinter mir harrst!«
Doch Gawain erwiderte ungerührt: »Ich bin stolz, hinter meinem Herrn und König zu stehen und ihm zu dienen.« Artus senkte ergeben den Kopf.
»Du machst aus mir einen dieser alten Cäsaren«, beklagte er sich. »Muß ich denn selbst in meiner eigenen Halle Tag und Nacht bewacht werden?«
»Es geschieht der Würde Eures Throns zuliebe, Herr, und Ihr seid den Cäsaren ebenbürtig, wenn nicht sogar überlegen«, beharrte Gawain. Artus lachte ein wenig hilflos.
»Ich kann keinem meiner Gefährten etwas abschlagen.«
Kevin saß neben Morgaine und sagte leise: »Also ist es kein Hochmut

und keine Eitelkeit. Er möchte nur seinen Rittern eine Freude machen...«
»Ich glaube, so ist es wirklich«, erwiderte Morgaine ebenso leise. »Er fühlt sich am wohlsten, wenn er in seiner Halle sitzen und den Frieden genießen kann, den er geschaffen hat. Artus mag seine Fehler haben, aber er liebt Recht und Gesetz von ganzem Herzen.«
Später bedeutete Artus allen durch ein Zeichen zu schweigen und rief den jungen Gareth zu sich. »Heute nacht wirst du mit deinen Waffen in der Kirche wachen«, sagte er, »und morgen früh vor der Messe soll dich der Ritter deiner Wahl zu einem meiner Gefährten machen. Du hast mir gut und ehrenhaft gedient, trotz deiner Jugend. Wenn du es wünschst, werde ich dich selbst zum Ritter schlagen. Aber ich habe auch Verständnis, wenn dein Bruder dir diese Ehre erweisen soll.«
Gareth trug eine weiße Tunika. Sein lockiges Haar umgab das Gesicht wie ein goldener Heiligenschein. Er wirkte beinahe wie ein Kind – ein großes Kind, das mit seinen sechs Fuß alles überragte; er hatte Schultern wie ein junger Stier. Auf seinem Gesicht zeigte sich der erste goldene Flaum. Vor Aufregung stotterte er leicht, als er antwortete: »Mein König, ich bitte Euch... ich möchte weder Euch noch meinen Bruder beleidigen. Aber ich... das heißt, wenn er bereit ist... könnte Lancelot mich zum Ritter schlagen, mein Herr und Gebieter?«
Artus erwiderte lächelnd: »Wenn Lancelot einwilligt... ich habe keine Einwände.«
Morgaine sah einen kleinen Jungen vor sich, der einen hölzernen Ritter, den sie ihm geschnitzt hatte, Lancelot nannte. Sie dachte: *Für wieviele Menschen geht ein solcher Kindertraum in Erfüllung?*
Lancelot sagte ernst: »Es ist mir eine Ehre, mein Neffe.« Gareth strahlte überglücklich. Lancelot wendete sich an Gawain und sagte mit vollendeter Höflichkeit: »Es ist an dir, Neffe, mir die Erlaubnis zu erteilen... du vertrittst Vaterstelle an dem Jungen, und ich möchte mir dein Recht nicht gegen deinen Willen anmaßen...«
Gawain blickte hilflos von einem zum anderen. Morgaine sah, wie Gareth sich auf die Lippen biß – vielleicht begriff der Jüngling erst jetzt, daß er seinen Bruder verletzt haben könnte, und daß der König ihm eine große Ehre erwiesen hatte, als er ihm anbot, ihn zum Ritter zu schlagen – und er hatte diese Ehre zurückgewiesen. Was war er doch trotz seiner Größe, Stärke und Tapferkeit noch für ein Kind.
Gawain brummte: »Wer möchte schon von mir zum Ritter geschlagen werden, wenn sich ein Lancelot dazu bereit erklärt?«

Lancelot legte beiden freundschaftlich die Arme um die Schultern und sagte: »Ihr erweist mir beide zuviel Ehre. Nun geh schon, mein Junge...«, damit entließ er Gareth, »...geh zu deinen Waffen. Ich werde nach Mitternacht kommen und mit dir Wache halten.«
Gawain blickte dem Jungen nach, der mit großen, ungestümen Schritten davonging. Dann sagte er: »Du solltest einer dieser alten Griechen sein, von denen wir als Kinder in den Sagen lasen. Wie hieß er noch... Achilles... der den jungen Ritter Patroklos aus ganzem Herzen liebte. Und keiner von beiden beachtete eine der edlen Damen am Hof von Troja... Weiß Gott, jeder junge Bursche an diesem Hof verehrt dich als seinen Helden. Wie schade, daß du an der griechischen Liebe keinen Geschmack findest!«
Lancelots Gesicht färbte sich dunkelrot. »Du bist mein Vetter, Gawain, und darfst so etwas zu mir sagen. Von einem anderen würde ich das nicht einmal im Spaß hinnehmen.«
Gawain lachte laut: »Ja, ein Spaß... für einen Mann, der nur unsere höchst tugendsame Königin verehrt...«
»Du wagst es!« Lancelot packte ihn am Arm, als wollte er ihm das Handgelenk brechen. Gawain versuchte sich zu befreien. Aber obwohl Lancelot der kleinere von beiden war, drehte er ihm den Arm auf den Rücken und knurrte wie ein wütender Wolf.
»Halt! Kein Streit in der Halle des Königs!« Cai warf sich ungeschickt zwischen die beiden Männer, und Morgaine sagte schnell: »Aber Gawain, was willst du denn erst über die Priester sagen, die nur die Jungfrau Maria verehren? Willst du damit sagen, ihre Liebe zu Christus sei sinnlich und beruhe auf einer skandalösen fleischlichen Beziehung? Wie wir hören, war Christus nie verheiratet, und unter seinen zwölf Auserwählten gab es einen, der beim Mahl an seiner Schulter ruhte...«
Gwenhwyfar schrie entsetzt auf: »Still, Morgaine. Was sind das für gotteslästerliche Späße!« Lancelot ließ Gawains Arm los, der Ritter rieb sich das Handgelenk; Artus drehte sich um und sah sie stirnrunzelnd an.
»Ihr seid wirklich wie Kinder, Vettern, die sich raufen und hänseln... soll ich euch in die Küche schicken und von Cai eine Tracht Prügel verpassen lassen? Versöhnt euch wieder! Ich habe nichts gehört. Aber was immer das für ein Spaß gewesen sein mag, Lance, so schlimm war er doch sicher nicht!«
Gawain lachte rauh und sagte: »Ich habe nur Spaß gemacht, Lance... ich weiß, daß nur allzu viele Frauen hinter dir her sind, und an

meiner Bemerkung ist nichts Wahres dran.« Lancelot lächelte achselzuckend, aber er wirkte noch immer wie ein Vogel mit gesträubten Federn.

Cai lachte: »Jeder Mann am Hof beneidet dich um dein hübsches Gesicht, Lance.« Er rieb sich die Narbe, die seinen Mund so entstellte: »Vielleicht ist das am Ende gar kein so großer Segen, Vetter?«

Die Spannung löste sich in allgemeinem gutmütigem Lachen. Aber als Morgaine später über den Burghof ging, sah sie, daß Lancelot dort immer noch ärgerlich auf und ab ging.

»Was ist, Vetter, was quält dich?«

Er seufzte. »Am liebsten würde ich den Hof verlassen.«

»Aber Gwenhwyfar wird es nicht erlauben.«

»Selbst mit dir, Morgaine, spreche ich nicht über die Königin«, antwortete er gereizt, und nun war es an Morgaine zu seufzen.

»Ich bin nicht der Wächter über dein Gewissen, Lancelot. Weshalb sollte ich dir Vorwürfe machen, wenn nicht einmal Artus dir zürnt?«

»Du verstehst es nicht!« rief der Ritter leidenschaftlich. »Man hat sie Artus gegeben wie eine Ware, die man auf dem Markt kauft. Sie war Teil eines Pferdehandels, weil ihr Vater Familienbande zum Großkönig als einen Teil des Kaufpreises forderte! Sie ist zu pflichtbewußt, um sich dagegen aufzulehnen ...«

»Ich habe kein Wort gegen sie gesagt, Lancelot«, erinnerte ihn Morgaine. »Die Vorwürfe kommen aus deinem Mund, nicht aus meinem.«

»Möchtest du mit einem Mann verheiratet werden, den du noch nie gesehen hast?«

Morgaine versuchte scherzhaft zu antworten: »Wenn du eines Tages um meine Hand anhältst, werde ich nicht nein sagen.«

Dann bereute sie ihre Worte, denn er wurde wieder dunkelrot und sagte: »Morgaine ... wenn Artus mich auffordert ...« Aber er sprach nicht weiter, und Morgaine wußte, sie sehnte sich immer noch nach ihm, trotz allem, was vorgefallen war. Für ein aufrichtiges Wort der Liebe oder des Verlangens würde sie ihm zu Füßen liegen. Sie dachte: *Ich könnte ihn dazu bringen, daß er mich begehrt.* Aber dieses Wissen war bitter und trocken wie ein Mund voll Staub. Sie hatte dieses Spiel einmal gespielt. Und unter seinem Verlangen lag die Furcht vor ihr, wie vor Viviane. Seine Furcht grenzte an Haß, weil er dieses Verlangen spürte. *Wenn Artus mich auffordert* ... ja, wenn der König es befahl, würde er sie heiraten. Aber er würde sie bald hassen. Tränen

traten ihr in die Augen, und Lancelot drückte sie an sich. In seiner Umarmung lag kein Verlangen.
Gepreßt sagte er: »Du weißt, ich liebe dich, Morgaine. Ich schwöre, ich liebe dich. Aber dir bringe ich andere Gefühle entgegen. Du weißt, ich habe es versucht, denn es wäre nur richtig.« Er schwieg und zwang sich, ihr in die Augen zu sehen: »Du hast mich verflucht, und ... glaube mir, ich bin verflucht.«
Plötzlich verflogen der alte Zorn und die Verachtung. Sie liebte ihn. Sie würde nie aufhören zu leiden, aber er war nun einmal, wie er war. Sie umschloß seine Hand mit ihren beiden Händen: »Mache dir darüber keine Gedanken, Vetter. Das liegt viele, viele Jahre zurück. Ich glaube nicht, daß ein Gott oder eine Göttin die Worte eines zornigen Mädchens beachtet, das sich beleidigt fühlt ... und mehr war es damals nicht.«
Lancelot holte tief Luft und ging von neuem auf und ab. Schließlich sagte er: »Ich hätte Gawain heute abend ermorden können. Wie gut, daß du uns mit diesem gotteslästerlichen Spaß abgelenkt hast. Ich ... ich mußte mein ganzes Leben lang darunter leiden. Als Junge an Bans Hof war ich noch hübscher als Gareth heute. Und in der Bretagne muß sich ein solcher Junge wie an jedem anderen Hof vorsehen wie eine Jungfrau. Kein Mann sieht oder glaubt das, bis er es selbst zu spüren bekommt. Er hält es nur für einen schlechten Spaß, den man über andere macht. Es gab eine Zeit, da dachte ich ebenso ... danach kam eine Zeit, da dachte ich, es könne nie mehr anders sein ...«
Es entstand ein langes Schweigen, während Lancelot grimmig auf das Pflaster starrte.
»Und dann versuchte ich es mit Frauen, mit allen Frauen ... sogar mit dir, dem Pflegekind meiner Mutter und der geweihten Priesterin der Göttin. Aber nur wenige Frauen konnten mich auch nur im geringsten erregen, bis ich ... *sie* sah.« Morgaine war froh, daß er Gwenhwyfars Namen nicht aussprach. »Und seit diesem Augenblick hat es keine andere gegeben. Bei ihr weiß ich, daß ich ein richtiger Mann bin.«
Morgaine sagte: »Aber sie ist mit Artus verheiratet ...«
»Oh, mein Gott! Oh, mein Gott!« Lancelot schlug mit der Hand gegen die Mauer. »Glaubst du, das quält mich nicht? Er ist mein Freund! Jedem anderen Mann auf der Erde hätte ich sie schon lange weggenommen und wäre mit ihr auf meine Ländereien in der Bretagne gegangen ...« Morgaine sah, wie sich seine Halsmuskeln spann-

ten, als er versuchte zu schlucken. »Ich weiß nicht, was aus uns werden soll. Artus braucht einen Erben für sein Reich. Das Schicksal Britanniens ist wichtiger als unsere Liebe. Ich liebe sie beide, Morgaine... und das ist eine Folter, eine qualvolle Folter!«
Er starrte sie wild an, und einen Augenblick lang glaubte Morgaine, eine Spur Wahnsinn in seinen Augen zu sehen. Selbst später fragte sie sich immer wieder: *Hätte ich in dieser Nacht irgend etwas, irgend etwas sagen oder tun können?*
»Morgen«, sagte Lancelot, »werde ich Artus bitten, mir eine schwierige Aufgabe zu stellen... vielleicht Pellinores Drachen zu töten, oder die wilden Nordmänner jenseits der Römischen Mauer zu besiegen... ganz gleich was, Morgaine, mir ist alles recht, um diesem Hof zu entrinnen...« In seiner Stimme lag eine Trauer, für die es keine Tränen mehr gab, und Morgaine wollte ihn in die Arme nehmen und wie ein kleines Kind an ihrer Brust wiegen.
»Ich habe mich schuldig gemacht, Morgaine, wie kein anderer Mann... Weshalb kann ich dir das sagen?«
»Vielleicht«, antwortete sie, »weil du mich für eine schlechte Frau hältst.«
»Nein, nein. Ich glaube, ich hätte Gawain heute abend umgebracht, wenn du uns nicht getrennt hättest«, sagte Lancelot. »Er hat zwar nur Spaß gemacht, aber er würde vor Entsetzen sterben, wenn er wüßte...« Lancelot wendete den Blick ab und sagte flüsternd: »Ich weiß nicht, ob das, was er gesagt hat, wahr ist. Ich sollte den Hof verlassen und Gwenhwyfar mitnehmen, ehe der Skandal an allen Höfen bekannt wird. Ich liebe die Gemahlin meines Königs, und doch... ist es Artus, den ich nicht verlassen kann... Ich weiß nicht, vielleicht liebe ich sie nur, weil ich so *ihm* nahe bin.«
Morgaine machte eine abwehrende Geste, um ihn zu unterbrechen. Es gab Dinge, die zu wissen sie nicht ertragen konnte. Aber Lancelot bemerkte es nicht einmal.
»Ich muß mit jemandem darüber sprechen, oder ich werde daran sterben... Morgaine, weißt du, wie es dazu kam, daß ich zum ersten Mal mit der Königin schlief? Ich liebe Gwenhwyfar, seit ich sie zum ersten Mal in Avalon gesehen habe. Aber ich dachte, ich würde mit meiner ungestillten Leidenschaft leben und sterben müssen... denn Artus ist mein Freund, und ich kann ihn nicht betrügen... Und sie... sie... du darfst nicht glauben, daß sie mich verführt hat. Aber... es war Artus' Wille«, bekannte er. »Es geschah an Beltane...« Morgaine hörte ihm wie erstarrt zu und hatte nur einen

Gedanken: *So also hat der Zauber gewirkt... Hätte die Göttin mich doch mit Aussatz geschlagen, ehe ich Gwenhwyfar das Amulett gab!*

»Aber du weißt noch nicht alles«, flüsterte Lancelot. »Als wir zusammenlagen... niemals, niemals war etwas so... so...« Er schluckte und rang nach Worten, um auszusprechen, was Morgaine nicht hören wollte. »... Ich... ich berührte Artus... Ich berührte ihn. Ich liebe sie, o Gott, verstehe mich nicht falsch, ich liebe sie. Aber wenn sie nicht Artus' Frau wäre, es wäre nicht... Ich bezweifle, daß selbst *sie*...« Die Stimme versagte ihm, und er konnte nicht weitersprechen. Morgaine hörte erschüttert zu; auch ihr fehlten die Worte. War dies die Rache der Göttin...? Sie liebte diesen Mann hoffnungslos, und nun mußte sie seine Vertraute und die Vertraute der Frau werden, die er liebte. Sie mußte Mitwisserin all seiner geheimen Ängste werden, über die er mit niemandem sprechen konnte, die Vertraute der unfaßbaren Leidenschaften seiner Seele.

»Lancelot, du solltest nicht mit mir über diese Dinge sprechen, nicht mit mir. Sprich mit einem Mann darüber... mit Taliesin... oder einem Christenpriester...«

»Was kann ein Kirchenmann davon schon verstehen?« fragte er verzweifelt. »Ich glaube, kein Mann hat je so etwas erlebt... Ich höre weiß Gott oft genug, wonach Männer sich sehnen. Sie reden von nichts anderem. Hin und wieder gesteht ein Mann ein absonderliches Verlangen, aber niemals, niemals etwas so Furchtbares und Seltsames! Ich bin *verdammt*! Es ist die Strafe dafür, daß ich die Gemahlin meines Königs begehre... deshalb erleide ich diese Folterqualen. Wenn Artus es wüßte, würde auch er mich hassen und verachten. Er weiß, daß ich Gwenhwyfar liebe. Aber *das* könnte er mir nie vergeben. Und Gwenhwyfar... wahrscheinlich würde sie mich ebenfalls hassen und verachten...« Er schwieg.

Morgaine konnte nur die Worte sprechen, die sie in Avalon gelernt hatte. »Die Göttin kennt die Herzen der Menschen, Lancelot. Sie wird dich trösten.«

»Aber damit verachte ich auch die Göttin«, flüsterte Lancelot starr vor Entsetzen. »Und was wird aus dem Mann, der die Göttin in der Mutter sieht, die ihn gebar...? An *sie* kann ich mich nicht wenden... Ich bin nahe daran, mich Christus zu Füßen zu werfen. Seine Priester sagen, sie können jede Sünde vergeben, wie verdammenswürdig sie auch sein mag. Denn er vergab selbst jenen, die ihn kreuzigten...«

Morgaine entgegnete schneidend, sie habe keinerlei Anzeichen bemerkt, daß die Priester den Sündern sanftmütig vergeben.
»Ja, du hast recht«, erwiderte Lancelot und starrte mit leerem Blick auf die Pflastersteine. »Ich kann nirgends Hilfe finden. Ich muß in die Schlacht reiten oder mich einem Drachen stellen...« Er stieß mit dem Schuh gegen ein Grasbüschel, das zwischen den Steinen wuchs. »Und sicher ist das ganze Gerede von Sünde, von Gut und Böse nur eine Lüge, eine Erfindung von Priestern und Menschen. In Wirklichkeit leben, sterben und welken wir wie dieses Gras hier.« Er drehte sich auf dem Absatz um. »Ich will jetzt mit Gareth wachen, wie ich ihm versprochen habe... wenigstens er liebt mich in aller Unschuld wie ein jüngerer Bruder oder Sohn. Wenn ich ein Wort von dem glauben würde, was ihre Priester sagen, müßte ich mich fürchten, vor dem Altar zu knien, denn ich bin verdammt. Und doch... wie sehr wünsche ich, daß es einen Gott geben könnte, der mir vergeben würde und mich wissen ließe, daß mir vergeben ist...«
Er wendete sich zum Gehen, aber Morgaine hielt ihn am bestickten Ärmel seiner Tunika zurück: »Warte! Was ist das für eine Wache in der Kirche? Ich wußte nicht, daß Artus' Ritter so fromm geworden sind.«
»König Artus denkt noch oft an seine Krönung auf der Dracheninsel«, erklärte Lancelot. »Und er sagte einmal, die Römer mit ihren vielen Göttern und die Heiden hätten etwas, das über ihrem Leben steht. Wenn deshalb die Männer sich einer großen Sache verpflichten, dann sollte das im Gebet geschehen, im Bewußtsein der großen Bedeutung und in völliger Hingabe. Er sprach darüber mit den Priestern, und sie erhoben es zu einem Ritual: Jeder neue Gefährte, der nicht in der Schlacht erprobt ist... in der er sich dem Tod stellen muß... jeder unerprobte Mann, der in die Tafelrunde aufgenommen wird, muß sich dieser Prüfung unterziehen. Er wacht und betet eine ganze Nacht lang neben seinen Waffen. Am Morgen vor der Messe beichtet er seine Sünden und wird losgesprochen, ehe er zum Ritter geschlagen wird.«
»Oh, es ist eine Art Initiation in die Mysterien, die Artus im Sinn hat. Aber er kann keine Mysterien schaffen. Er hat kein Recht, die Mysterien auf einen anderen Glauben zu übertragen, oder Einweihungsriten zu erfinden, und das alles im Namen ihres christlichen Gottes. Bei der Großen Mutter: werden sie sogar die Mysterien übernehmen?«
Lancelot verteidigte Artus: »Er besprach das auch mit Taliesin, der

seine Zustimmung gab.« Morgaine war fassungslos – einer der höchsten Druiden gab die Mysterien preis! Doch wie Taliesin erzählte, hatte es einmal eine Zeit gegeben, in der Druiden und Christen gemeinsam Gott verehrten...

»Wichtig ist, was in der Seele des Mannes vorgeht, ganz gleich, ob er Christ, Heide oder Druide ist«, fügte Lancelot hinzu. »Wenn Gareth sich dem Mysterium in seinem Herzen stellt, dadurch seine Seele reinigt und ein besserer Mensch wird... ist es dann wichtig, durch wen es geschieht, durch die Göttin, durch Christus oder den Namen, den der Druide nicht ausspricht... oder durch das Gute, das in ihm selbst liegt?«

»Du redest schon wie Taliesin!« sagte Morgaine ärgerlich.

»Ja, ich kenne seine Worte.« Lancelots Mund verzog sich grimmig vor Bitterkeit. »Wollte Gott... irgendein Gott... es gäbe etwas in meinem Herzen, an das ich glauben könnte oder das mir Trost spendet!«

Morgaine konnte nur erwidern: »Das hoffe ich auch, Vetter. Ich will für dich beten.«

»Aber zu wem?« fragte der Ritter. Er ging davon und ließ Morgaine tief betrübt zurück.

Sie hatte eigentlich vorgehabt, in dieser Nacht das Bett mit Kevin zu teilen; er wollte daraus ein Geheimnis machen, sie schämte sich nicht und wäre offen zu ihm gekommen. Aber er sagte: »Ich möchte nicht, daß jemand über dich redet, Morgaine, oder glaubt, daß du Mitleid mit einem armen Krüppel hast.« Er hatte es mehr als einmal wiederholt. Aber wenn sie bei ihm lag, vergaß sie seinen entstellten Körper. Kevin war sanft, einfühlsam und voller Phantasie. Morgaine dachte, es müsse jeder Frau Freude bereiten, mit ihm zu schlafen. Doch Kevin schien nicht daran zu glauben.

Jetzt empfand sie es als wohltuend, daß wenigstens ein Mann Gefallen an ihrem Körper fand, den Lancelot verschmähte. Ungeachtet dessen, was Lancelot gestanden hatte, wurde Morgaine den Verdacht nicht los, daß sie einfach nicht schön genug war, um ihm begehrenswert zu erscheinen. Sie war nicht so schön wie Gwenhwyfar – sie war klein und unansehnlich. Kevin begehrte sie, aber er hätte jede Frau geliebt, die ihn nicht zurückwies. Vielleicht glaubte er sogar, er verdiene keine bessere Frau als sie... Trotzdem sehnte Morgaine sich jetzt danach, daß ihr Körper so liebkost und gewürdigt wurde, wie Kevin es tat.

Es war noch nicht Mitternacht. Sie sah die Lichter in der Kirche, wo

Lancelot und Gareth wachten. Morgaine senkte den Kopf und erinnerte sich an die Nacht, in der auch sie Wache gehalten hatte. Ihre Hand glitt wie selbstverständlich an ihre Seite, wo so viele Jahre das kleine halbmondförmige Messer gehangen hatte.

Und ich habe es weggeworfen. Wie kann ich da über die Entweihung der Mysterien sprechen?

Plötzlich wirbelte die Luft vor ihr auf. Morgaine glaubte, zu Boden zu sinken, denn vor ihr im Mondlicht stand Viviane.

Sie war älter und magerer. Unter den geraden Brauen brannten ihre Augen wie glühende Kohlen. Ihre Haare waren beinahe völlig weiß. Sie schien Morgaine voll Trauer und Zärtlichkeit anzusehen.

»Mutter...«, stammelte sie und wußte nicht, ob sie zu Viviane oder zur Göttin sprach. Dann verschwamm die Gestalt vor ihr, und Morgaine wußte, es war nicht Viviane, sondern nur eine Vision.

»Warum bist du gekommen? Was willst du von mir?« flüsterte Morgaine. Sie kniete und spürte das Wehen von Vivianes Gewändern im Nachtwind. Die Herrin vom See trug eine Weidenkrone wie die Königin im Feenland. Die Erscheinung streckte die Hand aus, und Morgaine spürte, wie der verblaßte Halbmond auf ihrer Stirn brannte.

Ein Wächter ging mit seiner Laterne über den Burghof. Morgaine starrte immer noch ins Nichts. Schnell erhob sie sich, ehe der Mann sie entdeckte. Sie wußte, die meisten Männer am Hof fürchteten sie und hielten sie für eine Zauberin, eine Fee oder eine Hexe.

Plötzlich hatte sie keine Lust mehr, zu Kevin zu gehen. Er würde auf sie warten. Aber er würde ihr nie einen Vorwurf machen, wenn sie nicht kam. Leise ging sie durch die Flure in das Schlafgemach, das sie mit Gwenhwyfars Hofdamen teilte. Sie kroch neben Elaine ins Bett.

Ich dachte, das Gesicht sei mir für immer genommen. Und doch kam Viviane und streckte die Hand nach mir aus. Bedeutet das, Avalon braucht mich? Oder werde ich wie Lancelot langsam wahnsinnig?

Als Morgaine erwachte, herrschte in der ganzen Burg bereits die lärmende Betriebsamkeit eines hohen Feiertages: Pfingsten! Im Burghof flatterten die Fahnen, Menschen strömten durch die Tore, Diener und andere Hofleute bereiteten den Platz für das Turnier vor. In Camelot und an den Hängen des Hügels standen offene hölzerne Rundhäuser wie seltsame und schöne Blumen.

Sie hatte keine Zeit für Träume und Visionen. Gwenhwyfar ließ sie rufen, um ihr die Haare zu frisieren – keine Frau in ganz Camelot hatte so geschickte Hände wie Morgaine; und Morgaine hatte versprochen, der Königin an diesem Morgen Zöpfe mit vier Haarsträhnen zu flechten und aufzustecken – eine Haartracht, die sie selbst an hohen Festtagen trug. Während sie Gwenhwyfars glänzendes seidiges Haar auskämmte und zum Flechten teilte, warf sie einen Blick auf das Ehebett. Die Kämmerer hatten Artus bereits angekleidet, und er hatte das Gemach verlassen. Pagen und Kammerfrauen wechselten die Laken, brachten schmutzige Wäsche zum Waschen und breiteten Festgewänder vor Gwenhwyfar aus, damit sie sich entscheiden konnte, welches sie tragen wollte.
Morgaine dachte: *Sie haben zu dritt das Bett geteilt, Lancelot, Gwenhwyfar und Artus* – so etwas war ihr nicht völlig fremd. Sie erinnerte sich undeutlich an ähnliches im Land der Feen. Lancelot wurde von Schuldgefühlen gequält; Morgaine konnte sich nicht vorstellen, was Artus über all das dachte. Mit geschickten Fingern flocht sie Gwenhwyfars Haare und dachte darüber nach, was ihre Schwägerin wohl empfand. Plötzlich stiegen sinnliche Bilder in ihr auf. Sie dachte an den Tag auf der Dracheninsel, als Artus sie beim Erwachen in seine Arme gezogen hatte, und an die Nacht mit Lancelot im Obstgarten. Sie senkte den Blick und heftete ihren Blick auf die seidigen Haare der Königin.
»Sie sind zu fest geflochten«, beschwerte sich Gwenhwyfar, und Morgaine antwortete kurz angebunden: »Es tut mir leid.« Und sie zwang sich, ihre Hände zu entspannen. Damals war Artus noch ein Jüngling gewesen und sie eine Jungfrau. Lancelot... hatte er Gwenhwyfar geschenkt, was er ihr vorenthalten hatte, oder gab sich die Königin mit solchen kindischen Zärtlichkeiten zufrieden? Sosehr Morgaine sich auch bemühte, sie konnte sich nicht von diesen schrecklichen Bildern lösen. Trotzdem fuhr sie unbeirrt in ihrer Arbeit fort, und ihr Gesicht blieb unbewegt wie eine Maske.
»So, das wird halten... Gib mir bitte die silberne Nadel«, sagte sie und steckte die Zöpfe auf. Gwenhwyfar betrachtete sich hocherfreut in ihrem kupfernen Spiegel – einer ihrer Schätze. »Wie schön, liebe Schwester, ich danke dir«, sagte Gwenhwyfar und umarmte Morgaine, die in ihren Armen erstarrte.
»Du schuldest mir keinen Dank... es ist leichter, als sich selbst die Haare zu flechten«, entgegnete Morgaine. »Warte, die Nadel steckt noch nicht fest genug...« Königin Gwenhwyfar erstrahlte in ihrer

ganzen Schönheit. Morgaine umarmte sie und preßte ihre Wange einen Augenblick an Gwenhwyfars Gesicht. Es schien zu genügen, einen Augenblick lang diese Schönheit zu berühren, als könne dadurch etwas von Gwenhwyfars Strahlen und ihrer Lieblichkeit auf sie abfärben. Dann fielen ihr Lancelots Worte wieder ein, und sie dachte: *Ich bin nicht besser als er. Auch ich habe alle möglichen seltsamen und widernatürlichen Begierden. Wer bin ich, um über andere zu urteilen?*

Sie beneidete die glücklich lachende Königin, die Elaine nun anwies, in den Truhen Pokale für die Gewinner der Spiele zu suchen. Gwenhwyfar war einfach und offen – solche dunklen Gedanken quälten *sie* nie. Gwenhwyfars Kümmernisse waren grob gewirkt, es waren die Sorgen und Ängste einer Frau, die nur an das Wohlergehen ihres Mannes dachte und unter ihrer Unfruchtbarkeit litt – trotz der Wirkung des Zaubers gab es keine Anzeichen für eine Schwangerschaft. *Wenn ein Mann mit ihr kein Kind zeugen konnte, wird es zweien vermutlich auch nicht gelingen,* dachte Morgaine boshaft.

Gwenhwyfar fragte lächelnd: »Sollen wir hinuntergehen? Ich habe die Gäste noch nicht begrüßt... König Uriens von Nordwales hat seinen erwachsenen Sohn mitgebracht. Wie würde es dir gefallen, Königin von Wales zu sein, Morgaine? Wie ich gehört habe, will Uriens den König um eine Gemahlin bitten...«

Morgaine erwiderte lachend: »Du glaubst wohl, ich sei eine geeignete Königin für ihn, da ich ihm wahrscheinlich keinen Sohn mehr schenken würde, der Avalloch den Thron streitig machen kann?«

»Es ist wahr, du bist für ein erstes Kind schon zu alt«, sagte Gwenhwyfar, »und trotzdem hoffe auch ich noch, meinem Herrn und König einen Thronerben zu schenken.«

Gwenhwyfar wußte nicht, daß Morgaine ein Kind hatte, und sie sollte es auch nie erfahren... aber etwas ärgerte Morgaine.

Artus sollte erfahren, daß er einen Sohn hat. Er gibt sich die Schuld daran, daß Gwenhwyfar kein Kind bekommt... er sollte es wissen, damit er sich nicht länger mit Vorwürfen plagt. Und wenn Gwenhwyfar ihm tatsächlich keinen Erben schenken sollte, dann hat der König wenigstens einen Sohn. Wer muß schon erfahren, daß es der Sohn seiner Schwester ist? Und in Gwydion fließt das königliche Blut von Avalon. Er ist schon so alt, daß man ihn nach Avalon geholt hat und ihn zum Druiden macht. Ich hätte wirklich schon vor langer Zeit nach Lothian reisen sollen, um meinen Sohn wenigstens einmal zu sehen...

»Hört!«, rief Elaine, »die Trompeten blasen unten im Hof... ein hoher Gast ist angekommen. Wir müssen uns beeilen. Die Messe beginnt bald.«
»Und Gareth wird zum Ritter geschlagen«, ergänzte Gwenhwyfar. »Wie schade, daß Lot nicht mehr erlebt, wie sein jüngster Sohn in die Tafelrunde aufgenommen wird...«
Morgaine erwiderte achselzuckend: »Er fühlte sich in Artus' Gesellschaft nie sonderlich wohl, und der Großkönig in seiner auch nicht.«
Also wird Lancelots Schützling heute zum Ritter geschlagen, dachte Morgaine. Dann fiel ihr wieder ein, was Lancelot ihr über beider Nachtwache gesagt hatte... eine Verspottung der Mysterien!
Ist es meine Aufgabe, mit Artus über seine Pflichten Avalon gegenüber zu sprechen? Er kämpfte am Berg Badon unter dem Banner der Jungfrau. Er schob das Drachenbanner beiseite, und jetzt hat er eines der höheren Mysterien den christlichen Priestern überantwortet. Ich muß mich mit Taliesin beraten...
»Wir sollten gehen«, verkündete Gwenhwyfar und band sich Beutel und Schlüssel um die Hüfte. Mit ihren geflochtenen, aufgesteckten Haaren und in dem safranfarbenen gelben Gewand wirkte sie majestätisch und hoheitsvoll. Elaine trug ein grünes Gewand und Morgaine ihr rotes. Sie schritten zu dritt über die Treppe nach unten und traten zu der Gesellschaft vor der Kirche. Gawain begrüßte Morgaine und verneigte sich tief vor der Königin. Hinter ihm entdeckte Morgaine ein bekanntes Gesicht. Stirnrunzelnd überlegte sie, woher sie diesen Ritter kannte: ein großer, stämmiger Mann mit einem Bart. Er war beinahe so blond wie ein Sachse oder ein Mann aus dem Norden. Dann erinnerte sie sich. Es war Balans Ziehbruder Balin. Sie nickte ihm kühl zu. Er war ein dummer und engstirniger Tölpel, aber als Balans Ziehbruder war er durch die heiligen Bande der Verwandtschaft mit Viviane verbunden.
»Seid gegrüßt, edler Balin.«
Der Angesprochene runzelte die Stirn, besann sich aber dann doch auf höfisches Benehmen. Er trug einen abgetragenen und ausgefransten Mantel. Offensichtlich kam er von weit her und hatte keine Zeit gefunden, sich umzukleiden. »Besucht Ihr die Messe, Lady Morgaine? Habt Ihr den Teufeln von Avalon abgeschworen und den sündigen Ort verlassen? Betet Ihr jetzt zu unserem Herrn und Erlöser Jesus Christus, Herrin?«
Morgaine empfand die Frage als Beleidigung, ließ sich aber nichts anmerken. Mit einem zurückhaltenden Lächeln antwortete sie: »Ich

gehe zur Messe, um zu erleben, wie unser Vetter Gareth zum Ritter geschlagen wird.« Wie erhofft brachte das Balin auf andere Gedanken.

»Er ist Gawains kleiner Bruder. Balan und ich kennen ihn nicht so gut wie die anderen Söhne Lots«, sagte er. »Ich kann ihn mir nur schwer als Mann vorstellen. Für mich ist er immer noch der kleine Junge, der an König Artus' Hochzeit die Pferde scheu machte, und Galahad hat sich dabei beinahe zu Tode gestürzt.« Morgaine erinnerte sich, daß dies Lancelots richtiger Name war ... zweifellos war der fromme Balin zu stolz, einen anderen zu benutzen. Balin verbeugte sich und ging vor ihr in die Kirche. Morgaine und Gwenhwyfar folgten ihm, und sie sah ihm stirnrunzelnd nach. Ein blinder Eifer stand in Balins Augen; erleichtert dachte Morgaine: *Wie gut, daß Viviane nicht hier ist!* Obwohl die Söhne der Herrin – Lancelot und Balan – sicher jeden Streit verhindert hätten.

Man hatte die Kirche mit Blumen geschmückt, und auch die Menschen in ihren leuchtend bunten Festgewändern wirkten wie Blumensträuße. Gareth trug ein weißes Leinengewand, und Lancelot in seiner roten Tunika kniete schön und ernst an seiner Seite. Der Blonde und der Dunkle, das Weiß und das Rot, dachte Morgaine, und ihr drängte sich sofort ein anderer Vergleich auf: Der glückliche und unschuldige Gareth, der sich über die Weihe freute, und an seiner Seite der traurige, gequälte Lancelot. Doch der Ritter hörte andächtig dem Priester zu, der die Pfingstgeschichte verlas, und schien nicht mehr der zerrissene Mann zu sein, der ihr sein übervolles Herz ausgeschüttet hatte.

»... und als der Tag des Pfingstfestes gekommen war, versammelten sie sich alle an einem Ort. Und plötzlich kam vom Himmel ein Brausen, wie wenn ein gewaltiger Wind daherfährt, und erfüllte das ganze Haus, in dem sie saßen. Und es erschienen Zungen wie Feuer, die sich zerteilten und sich auf jeden unter ihnen setzten. Und sie wurden alle vom Heiligen Geist erfüllt und fingen an, in anderen Zungen zu reden, wie der Geist es ihnen eingab. In Jerusalem aber wohnten Juden, gottesfürchtige Männer aus jedem Volk unter dem Himmel. Als aber dieses Getöse sich erhob, lief die Menge zusammen, und die Männer hörten verwirrt, wie jeder in seiner eigenen Sprache redete. Da staunten sie alle, verwunderten sich und sagten, ›Seht doch, sind nicht alle, die hier predigen, Galiläer? Und wie kommt es, daß jeder von uns sie in seiner eigenen Sprache hört? Parther und Meder, Elamiten und Männer aus Mesopotamien, Judäa und Kappadozien, Pontus und Asien, Phrygien und Pamphylien, Besucher aus Rom, Juden, Kreter und Araber... wir hören sie in unseren Zungen von den großen Taten Gottes sprechen.‹ Die Männer aber waren ratlos, und einer sagte zum anderen, ›Was soll das bedeuten?‹ Andere aber sagten spottend, ›Diese Männer haben zuviel von dem neuen Wein getrunken, und es ist noch früh am Tag.‹ Da erhob der Apostel Petrus die Stimme und sagte zu ihnen, ›Männer von Judäa, und alle, die ihr mir zuhört. Diese Männer hier sind nicht trunken, wie ihr glaubt, denn es ist erst um die dritte Stunde des Tages, sondern hier erfüllt sich das Wort des Propheten Joel: Und es wird geschehen in den letzten Tagen, spricht Gott, da werde ich ausgießen von meinem Geist über alles Fleisch, eure Töchter werden weissagen, und eure Jünglinge werden Gesichte sehen, eure Greise aber werden Träume träumen.‹«

Morgaine kniete ruhig an ihrem Platz und dachte: *Das Gesicht kam über sie, und sie verstanden nicht, was sie sahen. Sie wollten es sicher auch nicht verstehen. Für sie war es nur der Beweis, daß ihr Gott größer ist als alle anderen Götter.*

Der Priester sprach inzwischen über die letzten Tage der Welt, und daß Gott die Gabe der Weissagung und der Prophezeiung ausgießen würde. Morgaine fragte sich, ob die Christen wirklich nicht wußten, wie verbreitet diese Gaben eigentlich waren. Jeder konnte diese Kräfte beherrschen, wenn er bewiesen hatte, daß er sie nicht mißbrauchte. Aber dazu gehörte, daß man das einfache Volk nicht mit albernen Wundern verwirrte. Die Druiden benutzten ihre Macht nur dazu, das Gute im verborgenen zu tun und nicht, um die Menge anzulocken!

Als die Gläubigen an den Altar traten, um Brot und Wein entgegenzunehmen, schüttelte Morgaine den Kopf und blieb stehen, obwohl Gwenhwyfar versuchte, sie mit nach vorne zu ziehen. Sie war keine Christin und wollte auch nicht vorgeben, es zu sein.

Nach dem Gottesdienst beobachtete sie die Zeremonie vor der Kirche. Lancelot zog sein Schwert und berührte damit Gareth an der Schulter. In seiner kräftigen und wohlklingenden Stimme sagte er klar und feierlich: »Erhebt Euch, Gareth, von nun an seid Ihr König Artus' Gefährte und unser aller Bruder, und der Bruder jedes Ritters an diesem Hof. Denkt stets daran, Euren König zu verteidigen, und mit allen Rittern Artus' und allen Menschen in Frieden zu leben. Aber vergeßt dabei auch nicht, gegen das Böse zu kämpfen und alle zu verteidigen, die Eures Schutzes bedürfen.«

Morgaine erinnerte sich daran, wie Artus das Schwert Excalibur aus den Händen der Herrin vom See entgegengenommen hatte. Sie warf ihm einen Blick zu und überlegte, ob auch der Bruder daran dachte. Hatte er vielleicht deshalb diesen feierlichen Schwur und diese Zeremonie eingeführt, damit die jungen Männer, die er zu seinen Rittern machte, auf ein denkwürdiges Ritual zurückblicken konnten? Vielleicht war es doch keine Verunglimpfung der Heiligen Mysterien, sondern der Versuch, sie nach bestem Wissen und Gewissen zu bewahren ... Aber warum mußte diese feierliche Handlung im Schatten der Kirche stattfinden? Würde der Tag kommen, an dem Artus den Ritterschlag jedem verweigerte, der kein gläubiger Christ war? Während des Gottesdienstes hatten Gareth und sein Vetter und Gönner Lancelot als erste die heilige Kommunion erhalten – noch vor dem König. Wurde der Ritterschlag durch dieses Ritual in der Kirche nicht zu einem christlichen Sakrament? Lancelot stand es nicht zu, dieses Sakrament auszuteilen. Er hatte nicht die Weihen erworben, die notwendig waren, um die Mysterien an andere weiterzugeben. War es eine Entweihung der Alten Geheimnisse oder der aufrichtige Versuch, die Mysterien in die Herzen und Seelen aller am Hof zu pflanzen? Morgaine wußte es nicht.

Es blieb noch etwas Zeit bis zum Beginn des Turniers. Morgaine beglückwünschte Gareth und gab ihm ihr Geschenk – einen schönen gefärbten Ledergürtel für Schwert und Dolch. Er beugte sich zu ihr hinunter, um sie zu küssen.

»Oh, du bist groß geworden, mein Kleiner ... ich glaube, deine Mutter würde dich nicht wiedererkennen!«

»Es geht allen so, liebe Base, ich bezweifle, daß Ihr Euren Sohn erkennen würdet!« Dann drängten sich die anderen Ritter um ihn und beglückwünschten ihn. Artus ergriff den jungen Ritter an beiden Händen und sprach so freundlich mit ihm, daß Gareth errötete.

Morgaine entging nicht, daß Gwenhwyfar sie scharf ansah. »Morgaine ... was hat Gareth gesagt ... *Dein Sohn?*«

Morgaine erwiderte kühl: »Ich habe es Euch nie gesagt, Schwägerin, weil ich Eure Religion achte. Ich habe der Göttin nach Beltane einen Sohn geboren. Er wächst an Lots Hof auf. Seit er entwöhnt wurde, habe ich ihn nicht mehr gesehen. Seid Ihr nun zufrieden, oder werdet Ihr mein Geheimnis überall weitererzählen?«

»Nein«, entgegnete Gwenhwyfar erbleichend. »Wie traurig für Euch, von Eurem Sohn getrennt zu sein! Es tut mir leid, Morgaine. Ich werde es nicht einmal Artus sagen ... Auch er ist ein Christ, und sicher wäre auch er entsetzt.«

Du ahnst nicht, wie entsetzt er wäre, dachte Morgaine grimmig. Ihr Herz klopfte. Konnte man Gwenhwyfar ein Geheimnis anvertrauen? Zuviele teilten es inzwischen!

Die Trompete blies, und das Turnier begann. Artus hatte sich überreden lassen, nicht in die Schranken zu treten, denn niemand wollte gegen den König kämpfen. Eine Partei des Scheinkampfes sollte Lancelot als der Ritter des Königs anführen, und das Los fiel auf Uriens von Nordwales als Anführer der Gegenseite. Er war ein mutiger Mann, zwar schon älter, aber immer noch stark und kräftig. An seiner Seite kämpfte Accolon, sein zweitältester Sohn. Als Accolon die Handschuhe überstreifte, bemerkte Morgaine an seinen Handgelenken die blauen tätowierten Schlangen. Er war ein Eingeweihter von der Dracheninsel!

Sicher hatte Gwenhwyfar nur im Spaß davon gesprochen, sie solle den alten Uriens heiraten... Aber Accolon... *er* war ein richtiger Mann, von Lancelot abgesehen, vielleicht der bestaussehende Ritter auf dem ganzen Platz. Morgaine bewunderte seinen Umgang mit den Waffen. Er war muskulös und bewegte sich mit der natürlichen Anmut eines Mannes, für den der Turnierplatz ein Spielfeld war, da er von Kindesbeinen an sich im Gebrauch der Waffen übte. Früher oder später würde sie Artus verheiraten wollen... würde sie ablehnen, wenn er ihr Accolon als Gemahl vorschlug?

Nach einer Weile begann ihre Aufmerksamkeit nachzulassen. Die meisten anderen Frauen hatten schon lange das Interesse an den Kämpfen verloren und unterhielten sich über die Heldentaten der verschiedenen Ritter. Andere würfelten auf ihren Tribünenplätzen, um sich die Zeit zu vertreiben. Nur wenige beobachteten lebhaft das Geschehen, denn sie hatten auf den Sieg ihrer Ehemänner, Brüder oder Geliebten Bänder, Nadeln oder kleinere Münzen gesetzt.

»Es lohnt sich kaum zu wetten«, sagte eine unzufrieden. »Wir wissen alle, daß Lancelot der Sieger des Tages sein wird... er ist es immer.«

»Wollt Ihr sagen, er kämpft unritterlich?« fragte Elaine gereizt. Aber die Fremde entgegnete: »Nein, keineswegs. Aber er sollte bei diesen Wettkämpfen Zuschauer sein. Mit ihm kann sich doch keiner messen.«

Morgaine lachte. »Ich habe gesehen, wie der junge Gareth, Gawains Bruder, ihn kopfüber in den Dreck warf«, sagte sie. »Und er verübeltete es ihm nicht. Aber wenn Ihr wollt, ich wette mit Euch um ein rotes Seidenband, daß Accolon trotz Lancelot diesmal einen Preis gewinnt.«

»Angenommen«, sagte die Frau. Morgaine erhob sich und sagte: »Ich finde keinen Geschmack daran zuzusehen, wie Männer sich zum Zeitvertreib gegenseitig fast die Köpfe einschlagen ... es hat genug Kämpfe gegeben. Ich kann den Lärm nicht mehr hören.« Sie nickte Gwenhwyfar zu. »Schwester, erlaubt, daß ich in die Halle zurückgehe und mich davon überzeuge, daß alles für das Mahl bereitet ist.«
Gwenhwyfar nickte zustimmend, und Morgaine drängte sich durch die Sitzreihen und ging hinter der Tribüne zum großen Burghof zurück. Die Burgtore standen weit offen und wurden von ein paar Männern bewacht, die nicht am Turnier teilnehmen wollten. Morgaine näherte sich bereits der Burg; doch ohne zu wissen weshalb, drehte sie sich wieder um und ging zu den Toren zurück. Dort blieb Morgaine stehen und beobachtete zwei hastig Heranreitende, die den Beginn des Festes versäumt hatten. Aber als sie sich dem Hof näherten, begann ihre Haut in einer Vorahnung zu prickeln. Plötzlich rannte sie ihnen weinend entgegen.
»Viviane«, rief sie und blieb plötzlich stehen, da sie nicht wagte, sich ihrer Tante in die Arme zu werfen. Statt dessen kniete sie im Staub nieder und senkte den Kopf.
Die sanfte, vertraute Stimme klang unverändert wie in ihren Träumen: »Morgaine, mein liebes Kind, du bist es! Wie habe ich mich in all den Jahren danach gesehnt, dich wiederzusehen. Steh auf, liebe Morgaine, du mußt nicht vor mir knien.«
Morgaine hob den Kopf, aber sie zitterte zu sehr, um aufstehen zu können. Viviane, in graue Schleier gehüllt, beugte sich über sie, streckte die Hand aus, und Morgaine küßte sie. Dann zog die Herrin von Avalon sie hoch und drückte sie fest an sich. »Es ist so lange her, Liebste«, sagte sie. Morgaine kämpfte hilflos gegen die Tränen an.
»Ich habe mir solche Sorgen um dich gemacht«, fuhr Viviane fort und ließ ihre Hand nicht los, während sie zusammen auf die Burg zugingen. »Von Zeit zu Zeit habe ich dich flüchtig im Teich gesehen ... aber ich bin alt und kann das Gesicht nur noch selten rufen. Doch ich wußte, daß du am Leben und nicht bei der Geburt gestorben bist oder weit über dem Meer warst ... ich sehnte mich so danach, dein Gesicht wiederzusehen, Kleines.« Sie sprach so zärtlich, als habe es nie diesen Streit zwischen ihnen gegeben. Morgaine spürte wieder übermächtig die alte Zuneigung.
»Alle sind beim Turnier. Morgauses jüngster Sohn wurde heute morgen zum Ritter geschlagen und in die Tafelrunde aufgenommen«, berichtete sie. »Ich glaube, ich muß gewußt haben, daß Ihr

kommt...« Sie erinnerte sich an die flüchtige Erscheinung gestern nacht. Ja, sie *hatte* es gewußt. »Weshalb seid Ihr gekommen, Mutter?«
»Ich dachte, du weißt, daß Artus Avalon verraten hat«, antwortete Viviane. »Kevin hat in meinem Namen mit ihm gesprochen... aber ohne Erfolg. Deshalb bin ich gekommen, um vor seinen Thron zu treten und Gerechtigkeit zu fordern. Die Könige im Reich verbieten in Artus' Namen die alten Riten. Heilige Haine sind entweiht worden, sogar in dem Land, in dem Artus' Königin herrscht, und dein Bruder hat nichts dagegen unternommen...«
»Gwenhwyfar ist überfromm«, murmelte Morgaine und spürte, wie ihre Lippen sich verächtlich verzogen – und trotzdem nahm sie den Vetter und Ritter ihres Gemahls mit Zustimmung dieses frommen Königs zu sich ins Bett! Aber eine Priesterin von Avalon redete nicht über Bettgeheimnisse, die man ihr anvertraute...
Viviane hatte anscheinend ihre Gedanken gelesen, denn sie sagte: »Ja, Morgaine, aber vielleicht kommt eine Zeit, in der ein Geheimnis mir eine Waffe gegen Artus in die Hand gibt, um ihn zu zwingen, seine Pflicht zu erfüllen. *Eine Waffe* besitze ich. Aber um deinetwillen will ich sie nicht im Angesicht des ganzen Hofs benutzen... Sag mir...«, sie sah sich um. »Nein, nicht hier. Bring mich an einen Ort, wo wir ungestört miteinander reden können. Auch muß ich mich erfrischen und umkleiden, damit ich an diesem hohen Fest angemessen vor Artus trete.«
Morgaine führte sie in das Gemach, das sie mit den Hofdamen teilte. Niemand war da. Selbst die Dienerinnen waren bei den Spielen. So brachte sie Viviane selbst das Wasser zum Waschen, holte Wein und half ihr, die staubige Reisekleidung abzulegen.
»Ich habe deinen Sohn in Lothian kennengelernt«, sagte Viviane.
»Kevin hat es mir erzählt.« Der alte Schmerz brach wieder auf... also hatte Viviane von ihr schließlich doch bekommen, was sie wollte: Einen Sohn von zweifach königlichem Geblüt für Avalons Zwecke. »Wollt Ihr einen Druiden aus ihm machen?«
»Es ist zu früh, um schon zu sagen, welches Zeug er dazu hat«, antwortete Viviane. »Ich fürchte, er war zu lange in Morgauses Obhut. Wie auch immer, er muß in Avalon und in Ehrfurcht vor den Alten Göttern erzogen werden. Wenn Artus seinen Eid bricht, können wir ihn daran erinnern, daß es einen Sohn vom Blut des Pendragon gibt, der seinen Platz einnehmen kann... Wir dulden keinen abtrünnigen König, der zum Tyrannen geworden ist und

unserem Volk diesen Gott der Sklaven aufzwingt und uns Sünde und Scham lehrt! Wir haben ihn auf Uthers Thron gesetzt... und wenn es sein muß, können wir ihn stürzen. Und das um so eher, da es einen anderen Mann aus dem Alten Königsgeschlecht gibt, einen Sohn der Göttin, der an seine Stelle treten kann. Artus ist ein guter König. Ich zögere, solche Drohungen auszusprechen. Aber wenn es sein muß, werde ich es tun... die Göttin bestimmt mein Tun!«

Morgaine erschauderte: Sollte ihr Sohn das Werkzeug sein, um seinen Vater, ihren Bruder, zu töten? Sie verschloß sich dem Gesicht. »Ich glaube nicht, daß Artus Avalon abtrünnig wird.«

»Die Göttin gebe es«, seufzte Viviane. »Aber trotz allem, die Christen würden einem Sohn nicht huldigen, der ein Kind der Göttin ist. Wir müssen Gwydion einen Platz nahe am Thron verschaffen. Er soll der Erbe seines Vaters sein, und dann werden wir eines Tages wieder einen König haben, der in Avalon geboren wurde. Weißt du, Morgaine, die Christen glauben, dein Sohn sei in Sünde empfangen. Aber vor der Göttin verkörpert er das reinste königliche Blut, denn Mutter und Vater entstammen ihrem Geschlecht... er ist heilig und nicht sündig. Es muß dahin kommen, daß er davon überzeugt ist, damit die Christenpriester ihn nicht beeinflussen können, die ihm erzählen werden, seine Zeugung und seine Geburt seien Schmach und Schande.« Sie blickte Morgaine fest in die Augen. »Ist es für *dich* immer noch eine Schmach?«

Morgaine senkte den Kopf. »Ihr konntet schon immer meine Gedanken lesen, Herrin.«

»Igraine ist schuld daran«, sagte Viviane, »und ich bin es auch, denn ich habe dich sieben Jahre lang an Uthers Hof gelassen. Ich hätte dich sofort von dort wegholen müssen, als ich wußte, daß du zur Priesterin geboren warst. Du bist eine Priesterin von Avalon, liebes Kind. Weshalb bist du nie zurückgekommen?« Sie drehte sich um und hielt den Kamm in der Hand. Ihre langen weißen Haare umflossen ihr Gesicht.

Morgaine konnte die Tränen nicht mehr zurückhalten. Sie flüsterte: »Ich kann nicht. Ich kann nicht, Viviane... ich habe es versucht, und ich konnte den Weg nicht finden.« All die Demütigung und die Scham darüber überfluteten sie... Morgaine schluchzte herzzerreißend.

Viviane legte den Kamm beiseite und zog Morgaine an ihre Brust, hielt sie und wiegte sie tröstend wie ein Kind. »Liebes, mein liebes kleines Mädchen... du darfst nicht weinen. Du darfst nicht weinen... wenn ich es gewußt hätte, mein Kind, ich wäre zu dir gekommen. Weine nicht mehr... ich werde dich selbst zurückbringen. Wir werden zusammen den Hof verlassen, nachdem ich Artus meine Botschaft überbracht habe. Ich werde dich mit mir nehmen, ehe er es sich in den Kopf setzt, dich mit einem aufgeblasenen christlichen Esel zu verheiraten... ja, ja, Kind, du wirst nach Avalon zurückkehren... wir werden zusammen auf die Insel gehen...« Sie trocknete Morgaines Tränen mit ihrem eigenen Schleier. »Hilf mir jetzt, mich anzukleiden, damit ich vor Artus, den Großkönig treten kann...«

Morgaine holte tief Luft. »Ja, Mutter, ich will Euch Eure Haare flechten.« Sie versuchte zu lachen. »Heute morgen habe ich das Haar der Königin geflochten.«

Viviane schob sie von sich und fragte zornig: »Hat Artus dich, eine Priesterin von Avalon und eine Prinzessin, zur Dienstmagd seiner Königin gemacht?«

»Nein, nein«, antwortete Morgaine schnell. »Ich stehe in Ehren wie die Königin selbst... heute morgen habe ich Gwenhwyfar einen Freundschaftsdienst erwiesen. Sie würde mir jederzeit auch die Haare flechten oder das Gewand schnüren wie eine Schwester.«

Viviane seufzte erleichtert. »Ich würde nicht dulden, daß du entehrt wirst. Du bist die Mutter von Artus' Sohn. Er muß lernen, dich in diesem Sinne zu ehren... und die Tochter von Leodegranz muß es ebenfalls...«

»Nein!« rief Morgaine erschrocken. »Nein, ich bitte Euch... Artus darf es nicht erfahren, nicht vor dem ganzen Hof... hört auf mich, Mutter«, flehte sie. »Sie sind alle Christen. Wollt Ihr mich vor ihnen in Schande stürzen?«

Viviane erklärte unbeirrt: »Sie müssen lernen, heilige Dinge nicht als Schande zu empfinden!«

»Aber die Christen haben die Macht im Land«, erwiderte Morgaine. »Und mit ein paar Worten läßt sich ihr Denken nicht verändern...« Und im stillen fragte sie sich, ob Viviane mit zunehmendem Alter den Verstand verloren hatte. Es gab einfach keine Möglichkeit zu verkünden, daß die alten Gesetze von Avalon wieder gelten und zweihundert Jahre Christentum ausgelöscht sein sollen. Die Priester würden sie als Wahnsinnige vom Hof vertreiben und sich nicht im geringsten beeindrucken lassen. Viviane mußte doch genug von Regierungsgeschäften wissen, um das zu verstehen. Viviane nickte tatsächlich und sagte: »Du hast recht. Wir müssen langsam vorgehen. Aber Artus muß zumindest an sein Versprechen erinnert werden, Avalon zu schützen. Über das Kind werde ich eines Tages mit ihm unter vier Augen sprechen. Du hast recht. Wir können es nicht laut unter den Unwissenden verkünden!«

Morgaine half Viviane beim Aufstecken der Haare und beim Anlegen der prächtigen Gewänder einer Priesterin von Avalon, die sie bei hohen Zeremonien trug. Es dauerte nicht lange, ehe sie Lärm hörten, der ihnen verriet, daß die Spiele zu Ende waren. Die Preise würden diesmal bestimmt an der runden Tafel verliehen werden. Morgaine fragte sich, ob Lancelot sie wieder zu Ehren seines Königs gewonnen hatte. *Oder,* dachte sie säuerlich, *zu Ehren seiner Königin . . . aber konnte man das als Ehre bezeichnen?*

Die beiden Frauen wandten sich zum Gehen. Ehe sie das Gemach verließen, berührte Viviane sanft Morgaines Hand. »Du wirst doch mit mir nach Avalon zurückkehren, nicht wahr, liebes Kind?«

»Wenn Artus mich ziehen läßt . . .«

»Morgaine, du bist eine Priesterin von Avalon. Du mußt niemanden, selbst den Großkönig nicht, um Erlaubnis bitten zu kommen und zu gehen, wie es dir gefällt. Ein Großkönig ist der Anführer in der Schlacht . . . er herrscht nicht über das Leben seiner Untertanen oder seiner Vasallen, wie einer dieser Tyrannen im Osten, die glauben, die Welt und das Leben jedes Mannes und jeder Frau gehöre ihm. Ich werde ihm sagen, daß ich dich in Avalon brauche, und wir werden hören, was er darauf antwortet.«

Morgaine glaubte an ungeweinten Tränen zu ersticken.

Oh, nach Avalon zurückzukehren! Nach Hause zu kommen . . .

Aber obwohl sie Vivianes Hand hielt, konnte sie nicht glauben, daß sie nach diesem Tag wirklich dorthin gehen würde. Später sagte sie: *Ich wußte es! Ich wußte es!,* und sie konnte die Verzweiflung und Vorahnung deuten, die sie bei diesen Worten überfielen. Aber in diesem Augenblick hielt sie es nur für ihre Furcht, für das bange Gefühl: *Bin ich wirklich würdig, nach Avalon zurückzukehren?*

Sie gingen zusammen in die Große Halle zum Pfingstmahl.

So habe ich Camelot noch nie gesehen, dachte Morgaine, *und werde es vielleicht auch nie mehr erblicken!*

Die große prachtvolle Runde Tafel, das Hochzeitsgeschenk des Leodegranz, stand jetzt in einem angemessenen würdigen Raum. Die Wände schmückten Banner und seidene Gehänge. Durch eine umsichtige Anordnung wurde erreicht, daß sich aller Augen auf Artus' Platz richteten, auf den hohen Thron an einem Ende der Halle. An

diesem Tag saß Gareth neben ihm und seiner Königin. Um sie scharten sich alle Ritter und Gefährten. Die Männer trugen ihre besten Gewänder und schimmernde Waffen, die Damen waren so bunt und herrlich geschmückt wie Blumen. Nacheinander traten die Könige vor den Thron, knieten vor Artus nieder und überbrachten ihm Geschenke. Morgaine betrachtete nachdenklich des Großkönigs feierliches, ernstes und freundliches Gesicht. Sie warf Viviane einen Blick zu – sie mußte doch bemerken, daß Artus ein guter König geworden war, den selbst Avalon oder die Druiden nicht so leicht verurteilen konnten. *Aber wer bin ich denn,* dachte Morgaine, *um in diesem Streit zwischen Avalon und Artus zu richten?* Sie spürte wieder die alte Unruhe, wie damals, als man sie in Avalon lehrte, ihren Geist dem Gesicht zu öffnen, das sie als Werkzeug benutzen würde. Ohne zu begreifen weshalb, wünschte sie plötzlich: *Wäre doch Viviane hundert Meilen weg von hier!*
Ihr Blick schweifte über die Gefährten des Königs... Gawain, blond und stark wie eine Dogge an der Seite seines Bruders, der heute zum Ritter geschlagen worden war; Gareth strahlte und glänzte wie frisch geprägtes Gold; Lancelot, dunkel und schön, wirkte, als sei er mit seinen Gedanken am anderen Ende der Welt; der grauhaarige, freundliche Pellinore wurde von seiner Tochter Elaine umsorgt...
Gerade trat jemand vor den Thron, der nicht zu den Gefährten gehörte. Morgaine kannte den Mann nicht, aber sie sah, wie Gwenhwyfar zusammenzuckte.
»Ich bin der einzig lebende Sohn von König Leodegranz«, erklärte der Mann, »und der Bruder Eurer Königin, Artus. Ich fordere, daß Ihr meinen Anspruch auf das Sommerland anerkennt!«
Artus antwortete mild: »Ihr stellt an diesem Hof keine Forderungen, Meleagrant. Ich werde mit meiner Königin über Eure Bitte beraten, und vielleicht werde ich meine Zustimmung geben, daß sie Euch als ihren Regenten einsetzt. Aber heute kann ich Euch die Entscheidung nicht mitteilen.«
»Vielleicht werde ich gar nicht solange warten«, rief Meleagrant aus, ein großer, breitschultriger Mann. Er war nicht nur mit Schwert und Dolch gekommen, sondern auch mit einer gewaltigen bronzenen Streitaxt. Er trug schlecht gegerbte Felle und Häute am Leib und wirkte so wild und barbarisch wie ein räuberischer Sachse. Seine beiden Waffenträger sahen noch schrecklicher aus als er. »Ich bin der einzige Sohn des Leodegranz!«
Gwenhwyfar beugte sich flüsternd zu Artus hinüber. Der König

sagte: »Meine Herrin erklärt, ihr Vater habe Euch nie als seinen Sohn anerkannt. Ihr könnt sicher sein, wir werden die Angelegenheit bedenken. Wenn Euer Anspruch wahr ist, werden wir ihm stattgeben. Im Augenblick, edler Meleagrant, bitte ich Euch, meiner Gerechtigkeit zu vertrauen und mit mir beim Mahl zu sitzen. Wir werden mit unseren Ratgebern Eure Bitte beraten und so gerecht wie möglich entscheiden.«

»Das Mahl kann mir gestohlen bleiben!« erwiderte Meleagrant wütend. »Ich bin nicht hierhergekommen, um mich mit Süßigkeiten vollzustopfen oder an Damen satt zu sehen und zuzuschauen, wie erwachsene Männer wie Kinder herumalbern. Ich sage Euch, Artus, ich bin König des Sommerlandes, und wenn Ihr wagt, meinen Anspruch in Zweifel zu ziehen, wird es zu Eurem Schaden sein... und dem Eurer Königin!«

Er umfaßte den Griff seiner Streitaxt. Doch Cai und Gareth waren sofort an seiner Seite und hielten ihm die Arme auf dem Rücken fest.

»In der Halle des Königs wird nach keiner Waffe gegriffen«, erklärte Cai böse. Gareth entwand dem Streitsüchtigen die Axt und stellte sie neben Artus' Thron. »Geht auf Euren Platz, Mann, und eßt Euren Teller leer. An der Tafel herrscht geziemende Ordnung. Wenn unser König gesagt hat, er wird Euch Gerechtigkeit widerfahren lassen, dann wartet gefälligst, bis er seinen Spruch fällt.«

Sie versuchten, Meleagrant wegzubringen. Aber der Hüne schüttelte sie ab und sagte: »Zum Teufel mit Eurem Fest! Und zum Teufel mit Eurer Gerechtigkeit, zum Teufel mit Eurer Tafelrunde und all Euren Gefährten!« Ohne seine Axt mitzunehmen, stapfte er wütend durch die Halle zum Ausgang. Cai wollte ihm folgen, und Gawain machte Anstalten, sich zu erheben. Aber Artus hinderte ihn mit einer Geste daran.

»Laßt ihn ziehen!« sagte er. »Wir werden uns zu gegebener Zeit mit ihm beschäftigen. Lancelot, Ihr seid der Ritter meiner Königin. Es kann sehr wohl sein, daß Ihr diesen anmaßenden Kerl zur Vernunft bringen müßt.«

»Mit größtem Vergnügen«, erwiderte Lancelot und schreckte wie aus einem Halbschlaf auf. Morgaine dachte, vermutlich weiß er gar nicht, wozu er sich gerade verpflichtet hat. Die Herolde am Eingang verkündeten immer noch, jeder, der Gerechtigkeit suche, möge vor den König treten. Wenig später kam es zu einem kurzen lustigen Zwischenfall, als ein Bauer seinen Fall vortrug. Er und sein Nachbar

stritten sich um eine kleine Windmühle, die genau auf der Grenze zwischen ihren Höfen stand.
»Wir können uns nicht einigen, mein Herr und Gebieter«, sagte er und drehte verlegen seine dicke, grobe Wollmütze in den Händen, »er und ich, wir sind der Meinung, der König hat dem Land Frieden gebracht, damit da überhaupt eine Windmühle stehen kann. Also habe ich gesagt, ich gehe zum König und will hören, was er dazu sagt. Und wir wollen uns dann daran halten.«
Die Angelegenheit wurde unter allgemeinem gutmütigem Gelächter geregelt. Aber Morgaine fiel auf, daß Artus als einziger nicht lachte. Er hörte ernsthaft zu, traf seine Entscheidung, und erst nachdem der Mann ihm gedankt hatte und nach vielen Verbeugungen gegangen war, verzog er belustigt das Gesicht. »Cai, sorgt dafür, daß man dem Mann in der Küche etwas zu essen gibt, ehe er nach Hause zurückkehrt. Er hat einen langen Weg.« Artus seufzte: »Wer sucht als nächstes meinen Schiedsspruch? Gebe Gott, es ist eine Sache, die einen König als Richter verlangt... demnächst kommen sie noch und bitten mich um Rat, wie sie Pferde züchten sollen oder etwas Ähnliches!«
»Das zeigt nur, wieviel die Leute von ihrem König halten, Artus«, sagte Taliesin. »Aber Ihr solltet bekanntgeben, daß sie sich an ihre Herren wenden und dafür sorgen, daß Eure Lehnsmänner in Eurem Namen Recht sprechen.« Er hob den Kopf, um den nächsten Bittsteller ins Auge zu fassen. »Aber der nächste Fall mag der Aufmerksamkeit eines Königs würdiger sein. Es ist eine Frau, und ich bin sicher, sie ist in Schwierigkeiten.«
Artus bedeutete ihr durch eine Geste näherzutreten. Es war eine junge, selbstsichere stolze Frau mit höfischem Benehmen. Sie hatte keine Bediensteten bei sich außer einem kleinen häßlichen Zwerg, der nicht größer als drei Fuß sein mochte. Aber er hatte breite Schultern, kräftige Muskeln und trug eine kurze, schwere Axt.
Sie verneigte sich vor dem König und trug ihren Fall vor. Sie diente einer Edelfrau, die wie so viele nach dem Krieg allein in der Welt stand. Ihr Besitz lag im Norden nahe der Römischen Mauer, die sich mit ihren zerfallenen Wachtürmen und Festungen Meile um Meile durch das Land zog. Ein Haufe, von fünf gewalttätigen Brüdern angeführt, hatte fünf Burgen neu befestigt. Jetzt raubten und plünderten sie das Land aus. Einer von ihnen, der sich der Rote Ritter vom Roten Land nannte, belagerte die Burg ihrer Herrin. Aber seine Brüder waren noch schlimmer als er.

»Der Rote Ritter, ha!« sagte Gawain. »Ich kenne diesen Herrn. Auf meiner letzten Reise an Lots Hof habe ich auf dem Rückweg mit ihm gekämpft und kam kaum mit dem Leben davon. Ich glaube, es wäre gut, Truppen dorthin zu senden und mit den Burschen Schluß zu machen... in dieser Gegend regiert nicht das Gesetz.«
Artus runzelte die Stirn und nickte. Doch plötzlich erhob sich der junge Gareth.
»Mein König, das Gebiet grenzt an das Land meines Vaters. Ihr habt mir eine Aufgabe versprochen... haltet Euer Versprechen, mein Gebieter. Schickt mich, damit ich der Dame helfe, ihr Land gegen diese Bösewichte zu verteidigen!«
Die junge Frau warf einen Blick auf Gareth, sein strahlendes, bartloses Gesicht und das weiße Leinengewand, in dem er zum Ritter geschlagen worden war, und brach in helles Gelächter aus. »Ihr? Ihr seid ja noch ein Kind! Ich wußte nicht, daß der große König sich von zu groß geratenen Kindern an der Tafel bedienen läßt!« Gareth wurde rot wie ein Puter. Er hatte tatsächlich Artus den Becher gereicht... ein Dienst, den die jungen Edelmänner verrichteten, die am Hofe aufwuchsen. Der junge Ritter hatte vergessen, daß dies nicht mehr zu seinen Pflichten gehörte, und Artus mochte ihn zu sehr, um ihn daran zu hindern.
Die Frau richtete sich stolz auf. »Mein König und Gebieter, ich bin gekommen, um von Euch einen oder mehrere der großen Ritter für meinen Beistand zu erbitten, die sich im Kampfe ruhmreich ausgezeichnet haben, damit der Rote Ritter eingeschüchtert wird... Gawain, Lancelot oder Balan, irgend jemand, der sich gegen die Sachsen heldenhaft hervorgetan hat. Erlaubt Ihr, daß Eure Küchenjungen mich verspotten?«
Artus erwiderte: »Mein Gefährte Gareth ist kein Küchenjunge, Lady. Er ist ein Bruder des edlen Gawain, und er verspricht ein ebenso guter Ritter wie sein Bruder zu werden... vielleicht sogar ein noch besserer. Ich habe ihm die erste Aufgabe versprochen, die ich ihm in Ehren übertragen kann. Er soll mit Euch in den Norden ziehn. Gareth!« sagte er freundlich, »ich beauftrage Euch, mit dieser Dame zu reiten und sie vor den Gefahren der Reise zu schützen. Helft ihrer Herrin bei der Verteidigung ihres Landes gegen diese üblen Räuber. Sendet mir einen Boten, wenn Ihr Hilfe braucht. Aber ich bin sicher, Ihr werdet selbst genug kampferprobte Männer finden... die Männer brauchen nur einen Führer mit planerischem Wissen und Können, und das habt Ihr bei Cai und Gawain gelernt. Meine Dame, ich gebe Euch einen guten Ritter.«

Sie wagte nicht, dem König zu widersprechen, warf aber Gareth wütende Blicke zu. Der junge Ritter erwiderte förmlich: »Ich danke Euch, mein König und Gebieter. Ich werde diese Burschen das Fürchten lehren, die das Land dort oben tyrannisieren.« Er verbeugte sich vor Artus und wendete sich der Dame zu. Aber die stürmte bereits aus der Halle.
Lancelot sagte leise: »Er ist zu jung für diese Aufgabe, mein Gebieter. Glaubt Ihr nicht, Ihr solltet Balan oder Balin oder einen anderen kampferprobten Ritter damit beauftragen?«
König Artus schüttelte den Kopf. »Ich glaube wirklich, Gareth kann die Aufgabe lösen. Und ich möchte nicht, daß einer meiner Gefährten den anderen vorgezogen wird ... der Dame muß es genügen, daß einer aus meiner Runde ihr zu Hilfe kommt.«
Artus lehnte sich in seinen Sessel zurück und gab Cai ein Zeichen, ihm vorzulegen. »Rechtsprechen macht hungrig. Warten noch andere Bittsteller?«
»Einer, König Artus«, sagte Viviane ruhig und erhob sich von ihrem Platz zwischen den Hofdamen der Königin. Morgaine machte Anstalten, sie zu begleiten, aber Viviane hielt sie mit einer Geste zurück.
Die Herrin von Avalon wirkte größer als sie war, denn sie hielt sich aufrecht. Aber zum Teil lag es auch an dem Zauber der Priesterin, dem Zauber der Heiligen Insel ... ihre geflochtenen weißen Haare waren hoch aufgesteckt, an ihrem Gewand hing das kleine sichelförmige Messer – das Messer der Priesterin –, und auf ihrer Stirn leuchtete das Zeichen der Göttin – die strahlende Mondsichel.
Artus sah sie einen Augenblick lang erstaunt an, dann erkannte er die Frau und bat sie durch eine Geste näherzutreten.
»Es ist lange her, Herrin von Avalon, daß Ihr diesen Hof mit Eurem Besuch beehrt habt. Kommt, setzt Euch neben mich, Tante, und sagt mir, wie ich Euch am besten dienen kann.«
»Indem Ihr Avalon die Ehre erweist, die zu bewahren Ihr geschworen habt«, erwiderte Viviane. Ihre Stimme klang klar. Sie sprach leise, und doch drangen die Worte der Priesterin bis in den entferntesten Winkel der Halle. »Mein König, ich bitte Euch, richtet den Blick auf das Schwert, das Ihr tragt, und denkt an jene, die es in Eure Hand gelegt haben. Erinnert Euch an Euren Schwur ...«
In späteren Jahren wurden die Ereignisse dieses Tages überall berichtet. Aber nicht zwei der vielen hundert Anwesenden in der Halle stimmten in dem überein, was im nächsten Augenblick geschah.

Morgaine sah, wie Balin aufstand und vorwärtseilte. Sie sah eine Hand, die nach der großen Axt griff, die Meleagrant zurückgelassen hatte. Dann gab es Gedränge und einen Aufschrei. Sie hörte sich selbst schreien, als die große Axt niedersauste. Sie sah den furchtbaren Hieb nicht. Sie sah nur, wie Vivianes weißes Haar sich plötzlich rot färbte, als sie schwankte und ohne einen Laut zu Boden sank. Dann erfüllten Schreie und Rufe die Halle.

Lancelot und Gawain warfen sich auf Balin, der versuchte, sich ihrem eisernen Griff zu entwinden. Morgaine zückte ihren Dolch und wollte Balin entgegenstürzen. Aber Kevin riß sie zurück. Seine entstellten Finger umklammerten ihr Handgelenk.

»Morgaine, Morgaine! Nein! Nicht doch! Es ist zu spät...«, rief er, und seine Stimme klang heiser vor Schluchzen. »Ceridwen! Große Mutter! Göttin...! Nein, nein, sieh nicht hin, Morgaine...«

Er versuchte, sie wegzuziehen. Aber Morgaine stand wie zu Stein erstarrt und hörte, wie Balin mit sich überschlagender Stimme wüste Beschimpfungen ausstieß.

Cai rief plötzlich: »O Gott, der Ehrwürdige Taliesin!« Der alte Mann war ohnmächtig vom Stuhl gefallen. Der Haushofmeister beugte sich hinunter, richtete ihn wieder auf. Dann nahm er mit einer gemurmelten Entschuldigung den Becher des Königs und flößte Taliesin etwas Wein ein. Kevin ließ Morgaine los, schleppte sich zu dem alten Druiden und beugte sich über ihn. Morgaine dachte: *Ich sollte zu ihm gehen!* Aber ihre Füße schienen festgewachsen zu sein, und sie konnte nicht einen Schritt tun. Sie starrte auf den halb bewußtlosen alten Mann, um nicht noch einmal auf die entsetzliche rote Lache am Boden zu blicken, die Vivianes Gewand, ihr Haar und den langen Umhang färbte. Im letzten Augenblick hatte Viviane nach ihrem kleinen Sichelmesser gegriffen. Sie umklammerte es noch... und ihre Hand war vom eigenen Blut besudelt... soviel Blut, soviel Blut. Ihr Schädel war gespalten und überall war Blut. *Blut auf dem Thron, vergossen wie das Blut eines Opfertiers... hier vor König Artus' Thron...*

Endlich fand Artus die Sprache wieder. »Du Elender«, keuchte er heiser. »Was hast du getan? Das ist Mord, kaltblütiger Mord vor dem Thron deines Königs...«

»Mord sagt Ihr?« erwiderte Balin mit rauher, haßerfüllter Stimme. »Ja, sie war die übelste Mörderin im Reich. Sie hat mehr als einmal den Tod verdient... ich habe Euer Reich von einer teuflischen und bösen Zauberin befreit, mein König!«

Artus schleuderte ihm zornig entgegen: »Die Herrin vom See war meine Freundin und meine Wohltäterin! Du wagst es, so über meine Verwandte zu sprechen? Sie hat mir geholfen, diesen Thron zu besteigen!«

»Ich rufe den edlen Lancelot zum Zeugen an, daß sie meiner Mutter den Tod gebracht hat«, erwiderte Balin. »Sie war eine gute, fromme Christin. Ihr Name war Priscilla, und sie war die Ziehmutter von Lancelots Bruder Balan! Sie hat meine Mutter ermordet. Ich sage Euch, sie hat meine Mutter durch üble Zauberei ermordet...« Balins Gesicht verzerrte sich, der große Mann weinte wie ein Kind. »Ich sage Euch, sie hat meine Mutter ermordet, und ich habe sie gerächt, wie es sich für einen Ritter ziemt!«

Lancelot hielt vor Entsetzen die Augen geschlossen. Sein Gesicht war entstellt, aber er weinte nicht.

»Mein König, das Leben dieses Mannes gehört mir! Laßt mich hier an dieser Stelle meine Mutter rächen.«

»Und die Schwester meiner Mutter«, setzte Gawain hinzu.

»Und meiner...«, ließ sich Gaheris leise vernehmen.

Morgaine erwachte aus ihrer Betäubung. Sie rief: »Nein, Artus! Überlaß ihn *mir*! Er hat die Herrin vom See vor deinem Thron ermordet, laß eine Frau aus Avalon das Blut aus Avalon rächen... sieh dort den Ehrwürdigen Taliesin. Wahrscheinlich hat er auch unseren Großvater zu Tode gebracht...!«

»Schwester, Schwester...« Artus streckte Morgaine die Hand entgegen. »Nein, nein, Schwester... nein, gib mir deinen Dolch...«

Morgaine blieb stehen und schüttelte den Kopf, ohne den Dolch aus der Hand zu legen. Plötzlich erhob sich Taliesin und nahm ihn ihr mit zitternden Händen ab. »Nein, Morgaine. Kein Blutvergießen mehr... die Göttin weiß, es ist genug... ihr Blut ist als Opfer für Avalon hier in dieser Halle vergossen worden...«

»Geopfert! Ja, ein Opfer für Gott! Denn Gott wird alle diese bösen Zauberinnen und ihre Götter niederwerfen!« schrie Balin in seiner Raserei. »Überlaßt mir diese auch, mein König. Reinigt den Hof von diesem Natterngezücht...« Er wand sich so heftig, daß Lancelot und Gawain ihn kaum festhalten konnten. Sie winkten Cai, der ihnen half, den rasenden Balin vor dem Thron niederzuwerfen.

»Sei still!« rief Lancelot rauh und riß ihm den Kopf hoch. »Ich warne dich, wenn du den alten Merlin oder Morgaine auch nur anrührst, kostet es dich den Kopf, gleichgültig, was Artus sagt... ja, mein Gebieter, und ich bin bereit, dafür von Eurer Hand zu sterben, wenn

Ihr es so wollt!« Aus dem Ritter sprachen nur noch helle Verzweiflung und ohnmächtige Trauer.
»Mein König!« heulte Balin auf. »Ich bitte Euch, laßt zu, daß ich alle Zauberer und Hexen im Namen Christi erschlage, der sie haßt...«
Lancelot schlug Balin mit aller Kraft ins Gesicht. Balin keuchte und schwieg, während ihm das Blut aus der gespaltenen Lippe strömte.
Artus atmete schwer. »Gott helfe uns! Und das am heiligen Pfingstfest, das ist Gotteslästerung...«
Schweigend und voll Entsetzen starrte er auf die Erschlagene.
»Erlaubt, mein Gebieter«, Lancelot nahm seinen reichbestickten Mantel ab und bedeckte liebevoll den blutüberströmten Körper seiner Mutter.
Artus schien aufzuatmen. Nur Morgaine starrte noch immer mit weit aufgerissenen Augen auf die Leiche unter Lancelots scharlachrotem Mantel.
Blut. Blut vor dem Thron des Königs. Blut auf dem Herd... Morgaine glaubte, Ravens Aufschrei zu vernehmen.
Artus sagte gefaßt: »Helft Lady Morgaine, sie wird ohnmächtig.«
Morgaine spürte, wie Hände ihr sanft in einen Sessel halfen und ihr jemand einen Becher an die Lippen hielt. Sie wollte ihn beiseite schieben, aber dann schien sie Vivianes Stimme zu hören. *Trinke! Eine Priesterin darf ihre Stärke und ihren Willen nicht verlieren...*
Gehorsam trank sie und hörte Artus streng und feierlich sagen:
»Balin, aus welchem Grund auch immer... nein, kein Wort mehr! Ich habe gehört, was du gesagt hast... Schweige... entweder bist du wahnsinnig oder ein kaltblütiger Mörder. Was immer du vorbringen magst, du hast meine Verwandte hinterrücks erschlagen, und am heiligen Pfingstfest vor deinem König zur Waffe gegriffen. Trotzdem werde ich nicht zulassen, daß du vor meinem Thron den Tod fin dest... Lancelot, steckt Euer Schwert wieder in die Scheide.«
Lancelot gehorchte. »Ich erfülle Euren Willen, mein König. Aber wenn Ihr diesen Mord nicht bestraft, bitte ich um Erlaubnis, Euren Hof verlassen zu dürfen.«
»Oh, ich werde ihn bestrafen!« erklärte Artus grimmig. »Balin, bist du bei Sinnen, kannst du mich hören? Dies sei dein Los: Für immer verbanne ich dich von meinem Hof. Man lege den Leichnam auf eine Bahre. Ich befehle dir, ihn nach Glastonbury zu bringen, dem Erzbischof Bericht zu erstatten und die Buße zu tun, die er dir auferlegt. Noch eben hast du von Gott und Christus gesprochen; und kein

christlicher König kann gestatten, daß vor seinem Angesicht persönliche Rache mit dem Schwert geübt wird. Hörst du, was ich sage, Balin, der früher mein Ritter und Gefährte war?«
Balin senkte den Kopf. Lancelots Schlag hatte ihm auch die Nase gebrochen. Aus seinem Mund rann Blut, und er konnte nur mühsam sprechen.
»Ich höre Euch, mein König und Gebieter. Ich werde gehen«, antwortete er und hielt den Kopf gesenkt.
Artus winkte den Bediensteten. »Bringt jemanden, der sich um ihren armen Körper kümmert...«
Morgaine befreite sich aus den Händen, die sie hielten, und kniete neben Viviane nieder. »Ich bitte Euch, mein König, erlaubt mir, sie für das Begräbnis vorzubereiten...« Sie kämpfte gegen die Tränenflut, die sie nicht zu vergießen wagte. Dieses gebrochene, tote Geschöpf vor ihr war nicht mehr Viviane. Das Sichelmesser von Avalon lag noch immer in der Hand, die sich wie eine Klaue darum krallte. Sie nahm das Messer, küßte es und steckte es in ihren Gürtel. Das, und nur das würde sie behalten.
Große barmherzige Mutter. Ich wußte, wir würden nie mehr zusammen nach Avalon zurückkehren... Sie würde *nicht* weinen. Sie spürte Lancelot dicht neben sich. Er murmelte: »Es ist eine Gnade, daß Balan nicht hier ist... Mutter und Ziehbruder in einem Augenblick des Wahns zu verlieren... aber vielleicht wäre es nicht geschehen, wenn Balan hiergewesen wäre! Gibt es überhaupt einen Gott oder eine Barmherzigkeit?«
Lancelots Qual schnitt ihr tief ins Herz. Er hatte seine Mutter gefürchtet und gehaßt. Aber er hatte sie auch angebetet, denn für ihn trug sie das Antlitz der Göttin. Sie wollte den Ritter in die Arme nehmen, ihn trösten und ihn weinen lassen. Aber sie zürnte ihm auch. Er hatte sich seiner Mutter widersetzt. Wie konnte er nur wagen, jetzt um sie zu trauern?
Taliesin kniete neben Morgaine nieder und sagte mit gebrochener alter Stimme: »Ich will euch helfen, Kinder. Es ist mein Recht...«, und sie machten ihm Platz, als er den Kopf beugte und ein altes Totengebet sprach.
Artus erhob sich. »Das Fest ist zu Ende. Es ist zuviel Schreckliches geschehen. Wer hungrig ist, beende sein Mahl und gehe dann still.«
Langsam schritt er hinunter zu der toten Viviane. Er legte Morgaine sanft die Hand auf die Schulter. Morgaine spürte sie trotz ihrer Trauer und Betäubung. Sie hörte, wie die Gäste nacheinander

schweigend die Halle verließen. Durch die gedämpften Geräusche drangen zarte Harfenklänge. Nur die Hände eines Mannes konnten so die Harfe spielen. Endlich löste sich die Starre, Tränen strömten Morgaine über die Wangen, während Kevin die Totenklage für die Herrin vom See spielte. Unter diesen Klängen wurde Viviane, die Hohepriesterin von Avalon, langsam aus der Großen Halle von Camelot getragen. Morgaine ging neben der Bahre einher und blickte zurück in die Halle und sah die Runde Tafel. Dort stand die einsame, gebeugte Gestalt des Großkönigs dicht neben dem Barden. Trotz all ihrer Trauer und Verzweiflung dachte sie: *Viviane überbrachte Artus die Botschaft aus Avalon nicht. Dies ist die Halle eines christlichen Königs. Nun gibt es niemanden mehr, der etwas anderes sagt. Gwenhwyfar könnte jubilieren, wenn sie es wüßte . . .*

Artus hatte die Hände ausgestreckt. Vielleicht betete er. Sie wußte es nicht. Sie sah die eingeritzten Schlangen an seinen Handgelenken. Sie dachte an den jungen Hirsch und neuen König, der mit dem Blut des Königshirsches an seinen Händen und im Gesicht zu ihr gekommen war. Einen Augenblick lang glaubte sie die spöttische Stimme der Feenkönigin zu hören. Dann war alles still. Nur Kevins Harfe klagte schmerzerfüllt, und Lancelot weinte an ihrer Seite, während man Viviane davontrug.

Morgaine erzählt . . .

Ich folgte der Bahre hinaus aus der großen Halle mit der Runden Tafel. Ich weinte – soweit ich mich erinnern konnte, war es das zweite Mal in meinem Leben . . .

Und doch stritt ich mich in dieser Nacht mit Kevin.

Zusammen mit den Hofdamen der Königin bereitete ich Vivianes Leichnam auf das Begräbnis vor. Gwenhwyfar schickte ihre Frauen. Sie schickte Leinen, wohlriechende Salben und ein samtenes Bahrtuch. Aber sie selbst kam nicht. Das war auch gut so. Eine Priesterin von Avalon sollte von ihresgleichen zur Ruhe gebettet werden. Ich sehnte mich nach meinen Schwestern aus dem Haus der Jungfrauen. Aber zumindest sollte keine christliche Hand sie berühren. Als ich mein Werk beendet hatte, kam Kevin, um die Totenwache zu halten.

»Ich habe Taliesin gebeten, heute nacht zu schlafen. Als Merlin von Britannien bin ich dazu befugt. Er ist sehr alt und schwach . . . ein Wunder, daß sein Herz heute nicht versagte. Ich fürchte, er wird Viviane nicht lange überleben. Balin hat sich beruhigt«, fügte er

hinzu. »Vermutlich weiß er inzwischen, was er getan hat ... sicher ist es in einem Anfall von Wahnsinn geschehen. Er ist bereit, mit dem Leichnam nach Glastonbury zu reiten und jede Buße anzunehmen, die der Erzbischof ihm auferlegt.«

Ich starrte ihn wutentbrannt an. »Und das läßt du zu? Du läßt sie in die Hände der Kirche fallen? Was mit dem Mörder geschieht, ist mir gleichgültig. Aber Viviane muß nach Avalon gebracht werden!« Mühsam unterdrückte ich die aufsteigenden Tränen. »Wir wollten zusammen nach Avalon gehen ...«

»Artus hat angeordnet«, erwiderte Kevin ruhig, »sie soll vor der Kirche in Glastonbury bestattet werden, wo alle ihr Grab sehen.«

Ich schüttelte fassungslos den Kopf. Waren alle Männer an diesem Tag wahnsinnig? »Viviane muß in Avalon ruhen, wo seit Anbeginn der Zeiten alle Priesterinnen der Großen Mutter begraben wurden. Und sie war die Herrin vom See!«

»Sie war auch Artus' Freundin und Wohltäterin«, erwiderte Kevin. »Er will, daß ihr Grab zu einer Pilgerstätte wird.« Er hob die Hand, um mich am Sprechen zu hindern. »Nein, höre mir zu, Morgaine ... Es liegt etwas Vernünftiges in dem, was Artus sagt. Unter seiner Herrschaft ist noch nie ein so schreckliches Verbrechen begangen worden. Er kann ihr Grab nicht den Augen und Gedanken der Menschen entziehen. Sie muß dort begraben werden, damit alle Menschen die Gerechtigkeit des Königs und die Gerechtigkeit der Kirche erkennen können.«

»Und du läßt das geschehen?«

»Morgaine«, antwortete er sanft, »es ist nicht an mir, etwas zu erlauben oder zu verweigern. Artus ist Großkönig, und sein Wille gilt in diesem Reich.«

»Und Taliesin erhebt keinen Einspruch? Oder hast du ihn deshalb schlafen geschickt, damit er aus dem Weg ist, und du mit Einwilligung des Königs diese lästerliche Tat vollbringen kannst? Willst du, daß Viviane ein Begräbnis mit christlichen Zeremonien erhält ...? Sie, die Herrin vom See ... soll von diesem Volk begraben werden, das seinen Gott wie einen Gefangenen hinter steinerne Mauern sperrt? Viviane hat mich zu ihrer Nachfolgerin bestimmt. Und als Herrin vom See verbiete ich es. Ich verbiete es! Hörst du mich?«

Kevin erwiderte ruhig: »Morgaine, nein, höre mir zu, meine Liebe. Viviane starb, ohne ihre Nachfolgerin zu benennen ...«

»Erinnere dich an den Tag, an dem sie sagte, sie habe mich dazu bestimmt ...«

»Aber du hast Avalon aufgegeben«, erklärte Kevin. Seine Worte fielen wie kalter Regen auf meinen Kopf, und ich zitterte. Er starrte auf die Bahre, wo unter dem Tuch Vivianes armer Körper lag. Ich hatte nichts tun können, um ihren Kopf so herzurichten, daß man ihn zeigen konnte. »Viviane starb, ohne eine Nachfolgerin zu benennen. Und deshalb ist es mir anheimgestellt, als Merlin von Britannien zu bestimmen, was getan wird. Und wenn dies Artus' Wille ist, könnte nur die Herrin vom See ... vergib mir, daß ich es sage, aber es gibt nun keine Herrin mehr in Avalon ... sich mir entgegenstellen. Ich weiß, daß der Wunsch des Königs nicht unbegründet ist. Viviane hat ihr ganzes Leben darauf hingewirkt, daß in diesem Land Ruhe und Frieden herrschen ...«

»Sie kam hierher, um Artus den Verrat an Avalon vorzuwerfen!« rief ich verzweifelt. »Sie starb, ohne ihre Mission zu vollenden. Und du möchtest, daß sie auf christlichem Boden im Bannkreis der Kirchenglocken ruht? Sollen die Christen etwa im Tod ebenso über sie triumphieren wie im Leben?«

»Morgaine, Morgaine, meine arme Morgaine!« Kevin streckte die Arme nach mir aus, die Krallenhände, die mich so oft liebkost hatten. »Glaube mir, auch ich habe sie geliebt. Aber nun ist sie tot! Viviane war eine große Frau. Sie hat ihr Leben für dieses Land gegeben ... glaubst du, es bedeutet ihr etwas, wo ihre leere Hülle liegt? Sie ist von uns gegangen, und wir wissen nicht, was nach dem Tod auf sie wartet. Aber ich kenne sie und weiß, daß es nur etwas Gutes sein kann. Glaubst du, sie würde uns zürnen, weil ihr Körper dort liegt, wo er am besten den Zielen dient, für die sie ihr ganzes Leben gekämpft hat? ... Die Gerechtigkeit des Königs soll in diesem Land über alles Böse triumphieren!«

Seine volle, zärtliche, wohllautende Stimme klang so überzeugend, daß ich einen Augenblick lang zögerte. Ja, Viviane war von uns gegangen. Nur Christen machten solches Aufhebens um geheiligten und ungeheiligten Boden, als sei nicht die ganze Erde heilig, weil sie die Brust der Großen Mutter ist. Ich wollte in Kevins Arme sinken und um die einzige Mutter weinen, die ich auf Erden hatte. Ich wollte weinen, da sich all meine Hoffnungen zerschlagen hatten, an ihrer Seite nach Avalon zurückzukehren, weinen, um alles, was ich von mir geworfen hatte, an seiner Schulter haltlos weinen um den Ruin meines Lebens ...

Aber bei Kevins nächsten Worten wich ich entsetzt zurück.

»Viviane war alt«, sagte er. »Sie lebte in Avalon, weitab vom

wirklichen Lauf der Welt. Ich mußte mit Artus in dieser Welt leben, in der Schlachten gewonnen und lebenswichtige Entscheidungen getroffen werden. Morgaine, hör mir zu, meine Liebe. Es ist zu spät, um zu verlangen, daß Artus sein Versprechen gegenüber Avalon so einlöst, wie er es einst gegeben hat. Die Zeit vergeht. Im ganzen Land läuten die Kirchenglocken, die Menschen hören sie gern und sind damit zufrieden. Wer sind wir denn, daß wir behaupten könnten, dies sei nicht der Wille der Götter, die hinter den Göttern stehen? Ob es uns gefällt oder nicht, Morgaine, dies ist ein christliches Land. Wir ehren Vivianes Andenken, aber wir würden ihr dabei keinen guten Dienst erweisen, wenn wir allen verkündeten, daß sie hierherkam, um dem König unerfüllbare Forderungen zu stellen.«

»Unerfüllbare Forderungen«, ich riß mich von ihm los. »Wie kannst du es wagen?«

»Morgaine, höre auf die Sprache der Vernunft...«

»Nicht auf die Vernunft, sondern auf die Zunge des Verrats! Wenn Taliesin dich hören würde...«

»Taliesin hat es selbst gesagt«, antwortete mir Kevin sanft. »Viviane hat nicht gelebt, um zu vernichten, was sie geschaffen hat: Ein friedliches Land... und es zählt nicht, ob es ein Land der Christenpriester oder der Druiden ist. Der Wille der Göttin wird so oder so geschehen, gleich unter welchem Namen die Menschen zu ihr beten. Wer bist du denn, die du sagen kannst, es war nicht der Wille der Göttin, daß Viviane erschlagen wurde, ehe sie Zwietracht in einem Land säen konnte, das Frieden und Einheit gefunden hat? Ich aber sage dir, es darf nicht wieder auseinandergerissen werden. Wenn Balin Viviane nicht erschlagen hätte, hätte ich ihre Forderungen zurückgewiesen... Taliesin vermutlich ebenfalls.«

»Du wagst es, für Taliesin zu sprechen?«

»Er selbst hat mich zum Merlin von Britannien ernannt«, erwiderte Kevin. »Und deshalb muß er mir das Vertrauen schenken, daß ich für ihn handle, wenn er es selbst nicht kann.«

»Als nächstes sagst du noch, du bist ein Christ geworden! Warum trägst du nicht den Rosenkranz und das Kreuz?«

Er antwortete so sanft, daß ich hätte weinen können: »Glaubst du wirklich, es würde einen großen Unterschied machen, wenn ich es täte, Morgaine?«

Ich kniete nieder, wie ich es vor einem Jahr getan hatte, und preßte seine Hand an meine Brust. »Kevin, ich habe dich geliebt. Um unserer Liebe willen... bitte ich dich, verrate nicht Avalon und Viviane!

Komm mit mir, jetzt . . . noch heute nacht. Willige nicht ein in dieses schändliche Spiel. Begleite mich nach Avalon, wo die Herrin vom See bei den anderen Priesterinnen der Göttin in Frieden ruhen soll . . .«

Er beugte sich über mich. Ich konnte die angstvolle Zärtlichkeit in seinen gekrümmten Händen spüren. »Morgaine, ich kann nicht. Liebste, willst du dich nicht beruhigen und auf die Stimme der Vernunft hören?«

Ich stand auf, entriß mich seinem schwachen Griff, hob die Arme, rief die Macht der Göttin herbei und hörte, wie die Macht einer Priesterin in meinen Worten widerhallte.

»Kevin! In ihrem Namen, die zu dir kam, im Namen der Männlichkeit, die sie dir gab, befehle ich dir zu gehorchen! Du bist nicht Artus und nicht Britannien zur Treue verpflichtet, sondern der Göttin und deinen Gelübden! Verlasse diesen Ort! Begleite mich nach Avalon und begrabe mit mir Viviane auf der Heiligen Insel!«

Der Glanz der Göttin, der mich umgab, erhellte das Dunkel. Kevin kniete erschauernd nieder, und ich weiß, daß er im nächsten Augenblick gehorcht hätte. Und dann . . . ich weiß nicht, was geschah . . . vielleicht durchzuckte mich der Zweifel: Nein, ich bin nicht würdig. Ich habe nicht das Recht dazu . . . ich habe Avalon aufgegeben. Mit welchem Recht befehle ich dem Merlin von Britannien, mir zu gehorchen? *Und der Bann war gebrochen. Nach einer heftigen, abwehrenden Geste erhob sich Kevin mühsam.*

»Gib mir keine Befehle, Weib! Du hast dich von Avalon losgesagt. Du hast kein Recht, dem Merlin Befehle zu erteilen! Du solltest vor mir niederknien!«

Er stieß mich mit beiden Händen zurück. »Versuche mich nicht noch einmal!«

Er wandte sich um und hinkte davon. Sein mißgestalteter Körper warf schwankende, unförmige Schatten an die Wände. Ich sah ihm wie erstarrt nach und konnte nicht einmal weinen.

Vier Tage später wurde Viviane mit allen Ehren der Kirche auf der heiligen Insel Glastonbury begraben. Ich aber nahm an der Beerdigung nicht teil.

Niemals, so schwor ich mir, wollte ich auch nur einen Fuß auf die Insel der Christenpriester setzen.

Artus betrauerte Viviane aufrichtig. Er ließ eine große Gruft errichten und ein Grabmal. Er schwor, daß er und Gwenhwyfar eines Tages an ihrer Seite ruhen würden.

Erzbischof Patricius erlegte Balin als Buße eine Pilgerfahrt nach Rom und ins Heilige Land auf. Aber ehe der Ritter das Reich verlassen konnte, erfuhr Balan von Lancelot, was sich ereignet hatte. Balan machte sich sofort auf die Suche nach Balin, und die Ziehbrüder kämpften gewaltig miteinander. Balin wurde von einem furchtbaren Schwertstreich Balans zu Tode getroffen, jener aber erlag seinen zahlreichen Wunden noch am selben Tag. So wurde Viviane gerächt... wie die Balladen erzählen. Was bedeutete es schon, wenn sie in einem christlichen Grab ruhte?

Und ich... ich wußte nicht einmal, wer Herrin vom See geworden war, denn ich konnte nicht nach Avalon zurückkehren.

Ich war Lancelots unwürdig. Ich war nicht einmal Kevins würdig... konnte ihn nicht überreden, seine Pflicht gegenüber Avalon zu erfüllen...

Ich hätte zu Taliesin gehen und ihn auf Knien anflehen sollen, mich nach Avalon zurückzubringen. Denn nur dort konnte ich meine Vergehen sühnen und in den Tempel der Göttin zurückkehren...

Aber noch vor Ende des Sommers lebte auch Taliesin nicht mehr. Ich glaube, er begriff nie völlig, daß Viviane tot war, denn selbst nach ihrem Begräbnis sprach er davon, sie würde bald kommen und mit ihm nach Avalon zurückkehren. Er sprach auch von meiner Mutter, als sei sie noch am Leben und ein kleines Mädchen im Haus der Jungfrauen. Gegen Ende des Sommers starb er friedlich und wurde in Camelot begraben. Selbst der Bischof betrauerte ihn als einen weisen und gelehrten Mann.

Im nächsten Winter erfuhren wir, daß Meleagrant sich zum König des Sommerlandes hatte ausrufen lassen. Aber im Frühling riefen Artus dringende Pflichten in den Süden. Auch Lancelot war davongeritten, um in Caerleon nach dem Rechten zu sehen. Eines Tages schickte Meleagrant einen Unterhändler. Er bat seine Schwester Gwenhwyfar, mit ihm über die Herrschaft im Sommerland zu sprechen, die sie beide beanspruchten...

Besorgt sagte Cai: »Ich hätte ein besseres Gefühl, und ich glaube, meinem Gebieter, dem König, wäre es lieber, wenn Lancelot hier wäre, um Euch zu begleiten. An Pfingsten hätte dieser Bursche vor seinem König in der Halle zur Waffe gegriffen, weil er auf den Schiedsspruch des Königs nicht warten wollte. Bruder oder nicht Bruder, es gefällt mir nicht, daß Ihr allein, nur in Begleitung einer Hofdame und Eures Kammerherrn reitet.«

»Er ist nicht mein Bruder«, erwiderte Gwenhwyfar. »Seine Mutter war eine Zeitlang eine Geliebte von König Leodegranz. Aber er verstieß sie, weil er sie mit einem anderen Mann im Bett fand. Sie behauptete, und sagte das vielleicht auch zu ihrem Sohn, Leodegranz sei sein Vater. Der König hat ihn nie anerkannt. Wenn er ein ehrenwerter und vertrauenswürdiger Mann wäre, könnte er wahrscheinlich ebensogut wie jeder andere mein Regent sein. Aber ich werde ihm nicht erlauben, aus einer solchen Lüge Nutzen zu ziehen.«

»Wollt Ihr Euch wirklich in seine Hände begeben, Gwenhwyfar?« fragte Morgaine ruhig.

Gwenhwyfar sah Cai und Morgaine an und schüttelte den Kopf. Warum wirkte Morgaine so ruhig und furchtlos? Fürchtete sich Morgaine niemals? Vor nichts? Versteckten sich hinter diesem kühlen und undurchdringlichen Gesicht keine Gefühle? Die Vernunft sagte ihr, daß Morgaine wie alle Menschen manchmal Schmerzen, Furcht, Leid und Zorn empfinden mußte – aber nur zweimal hatte sie Gefühlsregungen bei Morgaine bemerkt. Und das lag schon sehr lange zurück. Einmal, als Morgaine in Trance fiel und von Blut auf dem Herd träumte ... damals schrie sie vor Entsetzen auf ... und das andere Mal, als Viviane vor ihren Augen erschlagen wurde und sie ohnmächtig niedersank.

Gwenhwyfar antwortete: »Ich traue ihm nicht über den Weg. Er ist nichts als ein machtgieriger Betrüger. Aber überlegt doch, Morgaine, sein ganzer Anspruch gründet sich darauf, daß er mein Bruder ist. Wenn er sich mir gegenüber auch nur die geringste Beleidigung erlaubt oder mich nicht als seine geehrte Schwester behandelt, ist seine Behauptung als Lüge entlarvt. Deshalb wagt er nicht, mich anders als seine Schwester und Königin zu empfangen. Versteht Ihr?«

Morgaine antwortete achselzuckend: »Ich würde ihm nicht einmal soweit trauen.«

»Sicher habt Ihr wie der Merlin Zauberkräfte, die Euch verraten, was geschieht, wenn ich zu ihm gehe.«

Morgaine erwiderte ungerührt: »Man braucht keine Zauberei, um zu erkennen, daß ein Schurke ein Schurke ist, und keine übernatürliche Weisheit muß einem sagen, daß man nicht dem nächstbesten Gauner seine Börse anvertraut.«
Gleichgültig, was Morgaine sagte, Gwenhwyfar fühlte sich immer getrieben, das genaue Gegenteil zu tun. Sie hatte immer das Gefühl, daß Morgaine sie für ein Huhn hielt, zu dumm, um für sich auch nur ein Korn selbst zu finden. Glaubte Morgaine, daß sie, Gwenhwyfar, in Artus' Abwesenheit keine Staatsgeschäfte erledigen konnte? Seit diesem unglückseligen Beltanefest im vergangenen Jahr, als sie ihre Schwägerin um einen Zauber gegen ihre Unfruchtbarkeit gebeten hatte, konnte sie Morgaine kaum unter die Augen treten. Morgaine hatte sie gewarnt, daß die Zauber oft anders wirkten, als man sich wünschte... jetzt mußte sie jedesmal, wenn sie Morgaine ansah, daran denken, daß Artus' Schwester sich ebenfalls daran erinnerte.
Vielleicht bestraft mich Gott für die Zauberei und die sündige Nacht? Schon beim leisesten Gedanken an dieses Beltane überflutete sie eine Mischung aus Scham und Genuß. Ach, es war so leicht zu sagen, daß sie alle drei betrunken gewesen waren, oder sich damit zu entschuldigen, daß es mit Artus' Zustimmung, auf sein Drängen hin geschehen war. Es blieb eine schwere Sünde – Ehebruch!
Seit dieser Zeit hungerte sie Tag und Nacht nach Lancelot. Und doch hatten sie sich kaum gegenübertreten können. Gwenhwyfar vermochte ihm nicht mehr in die Augen zu sehen. Haßte er sie als schamlose Ehebrecherin? Er mußte sie hassen. Und doch sehnte sie sich mit einer schrecklichen Verzweiflung nach ihm.
Nach diesem denkwürdigen Pfingstfest hielt Lancelot sich nur noch selten am Hofe auf. Gwenhwyfar hätte nie geglaubt, daß ihm seine Mutter so viel bedeutete, und daß er auch an seinem Bruder Balan hing, denn er trauerte sehr um beide.
»Ich wünschte, Lancelot wäre hier«, wiederholte Cai. »Wer sonst könnte die Königin auf einer solchen Mission begleiten, als der Mann, den Artus zum Ritter und Beschützer seiner Königin ernannt hat?«
»Wenn Lancelot hier wäre«, sagte Morgaine, »wären wir unsere Sorge wirklich los. Mit ein paar Worten würde er Meleagrant den Kopf zurechtrücken. Aber es ist sinnlos, von etwas zu reden, was nicht sein kann. Gwenhwyfar, soll ich zu Eurem Schutz mit Euch reiten?«
»Um Gottes willen«, entgegnete Gwenhwyfar, »ich bin doch kein

Kind, das ohne seine Amme keinen Fuß vor die Tür setzen kann. Ich werde meinen Kämmerer mitnehmen, den alten Lucan, und meine Kammerfrau Bracca. Wenn ich länger als einen Tag bleibe, kann sie mir beim Ankleiden und Frisieren helfen. Mehr brauche ich wirklich nicht.«

»Trotzdem müßt Ihr einen standesgemäßen Schutz haben, Gwenhwyfar. Am Hof sind immer noch einige von Artus' Gefährten.«

»Dann soll Ectorius mich begleiten«, bestimmte die Königin. »Er ist Artus' Ziehvater, von edler Herkunft und ein verdienter Kämpe.«

Morgaine schüttelte ungeduldig den Kopf. »Der alte Ectorius und Lucan, der in der Schlacht am Berg Badon einen Arm verloren hat... warum entscheidet Ihr Euch nicht noch für Cai und den Merlin? Dann habt Ihr alle Alten und Lahmen beisammen. Ihr solltet eine Eskorte von Rittern haben, die Euch wirklich schützen können, Gwenhwyfar, falls dieser Mann sich in den Kopf gesetzt hat, die Königin als Unterpfand festzuhalten... oder vielleicht noch Schlimmeres.«

Gwenhwyfar wiederholte geduldig: »Wenn er mich nicht als Schwester behandelt, ist sein Anspruch nichtig. Und welcher Mann würde seine Schwester bedrohen?«

»Ich weiß nicht, ob Meleagrant ein so guter Christ ist«, beharrte Morgaine. »Aber wenn Ihr nichts von ihm befürchtet, Gwenhwyfar... Ihr kennt ihn besser als ich. Die alten Schwätzer werden Euch sicher bereitwillig eskortieren. Ihr könnt ihm ja Eure Nichte Elaine als Gemahlin anbieten, um seinen Verwandtschaftsanspruch zu festigen, und ihn als Euren Regenten einsetzen...«

Gwenhwyfar erschauerte bei dem Gedanken an den großen, ungeschlachten Mann in den schlechtgegerbten Fellen und Häuten. »Elaine ist am Hof aufgewachsen. Ich werde sie doch nicht einem solchen Barbaren geben«, erwiderte sie. »Ich werde mit ihm reden, und wenn er mir als aufrechter Kämpfer erscheint, als Mann, der den Frieden in diesem Reich wahrt, soll er meinem König Artus den Treueschwur leisten und im Sommerland regieren... Ich liebe auch nicht alle Gefährten Artus'. Aber ein Mann kann auch ein guter König sein, obwohl er nicht mit den Damen in der Halle plaudern kann.«

»Wie erstaunlich, das aus Eurem Munde zu vernehmen«, entgegnete Morgaine. »Wenn man hört, wie Ihr das Lob meines Vetters Lancelot singt, könnte man glauben, nur der sei ein guter Ritter, der prächtig aussieht und das höfische Benehmen vollendet beherrscht.«

Gwenhwyfar wollte nicht noch einmal mit Morgaine streiten. »Ach,

Schwester, ich liebe Gawain ebenfalls, und er ist ein rauher Mann aus dem Norden, der über seine eigenen Füße stolpert und kaum ein Wort über die Lippen bringt, wenn er vor einer Dame steht. Vielleicht ist Meleagrant auch ein solches Juwel unter rauher Schale, und deshalb will ich zu ihm gehen ... und mir selbst ein Urteil bilden.«

Am nächsten Morgen machte Gwenhwyfar sich auf den Weg, begleitet von sechs bewaffneten Rittern sowie Ectorius, dem alten Lucan, ihrer Kammerfrau und einem neunjährigen Pagen. Sie hatte ihre Heimat nicht mehr besucht, seit sie die Burg mit Igraine verließ, um mit Artus vermählt zu werden. Es war nicht weit. Sie mußten nur ein paar Meilen den Hügel hinunter bis zu den Ufern des Sommersees reiten. In dieser Jahreszeit trocknete das sumpfige Marschland aus, auf den Wiesen weideten Rinder, und im saftigen Gras blühten Butterblumen, Löwenzahn und Schlüsselblumen. Am Ufer warteten zwei Boote mit dem Banner ihres Vaters. Dies war eine Anmaßung; Meleagrant führte es ohne Erlaubnis – aber schließlich hielt der Mann sich vielleicht wirklich für den Erben ihres Vaters Leodegranz. Möglicherweise stimmte es sogar, und ihr Vater hatte die Wahrheit nie eingestanden.

Vor so vielen Jahren war sie auf dem Weg nach Caerleon an dieses Ufer gekommen ... wie jung und unschuldig war sie damals gewesen! Lancelot ritt an ihrer Seite, aber das Schicksal bestimmte sie für Artus. Sie hatte versucht, ihm eine gute Gemahlin zu sein, obwohl ihr Gott keine Kinder schenkte. Und als Gwenhwyfar die wartenden Boote sah, ergriff sie von neuem Verzweiflung. Sie konnte ihrem Gemahl drei, fünf oder sieben Söhne gebären – vielleicht würden sie aber alle in einem Jahr an einer Seuche, am Fieber oder an den Pocken sterben ... Das kam vor. Ihre Mutter hatte vier Söhne zur Welt gebracht, und keiner von ihnen wurde älter als fünf Jahre. Auch Alienors Sohn war mit seiner Mutter gestorben. Und Morgaine ... Morgaine hatte dieser teuflischen Zaubergöttin einen Sohn geboren. Soweit sie wußte, lebte *dieser* Sohn und wuchs heran, während sie, eine gläubige Christin und Ehefrau, nicht einmal ein Kind zur Welt bringen konnte, und bald war sie vermutlich ohnedies zu alt dazu.

Meleagrant erwartete sie. Er verneigte sich und hieß sie als seine geehrte Schwester willkommen. Dann geleitete er sie zu seinem Boot, dem kleineren der beiden. Gwenhwyfar wußte später selbst nicht mehr, wie es geschehen konnte, daß mit Ausnahme des Pagen ihre ganze Eskorte von ihr getrennt wurde. »Das Gefolge meiner Herrin kann im anderen Boot fahren. Ich will Euch selbst geleiten«, erklärte er und ergriff ihren Arm mit einer Vertraulichkeit, die ihr nicht gefiel. Aber schließlich mußte sie sich klug verhalten und durfte ihn nicht verärgern. Im letzten Augenblick winkte sie in plötzlicher Angst Ectorius.

»Mein Kämmerer soll mich ebenfalls begleiten«, erklärte sie. Meleagrant lächelte, und sein großes, grobes Gesicht rötete sich.

»Wie meine Schwester und Königin befiehlt«, sagte er, und Ectorius und Lucan stiegen mit ihr in das Boot. Meleagrant breitete einen Teppich aus, auf dem sie sitzen sollte. Die Ruderer legten sich in die Riemen, und sie glitten auf den See hinaus. Schlingpflanzen wucherten im seichten Wasser, das in manchen Jahren völlig verdunstete. Als Meleagrant sich an ihrer Seite niederließ, überfiel Gwenhwyfar plötzlich wieder das alte Entsetzen. Ihr wurde übel, und sie glaubte, sich übergeben zu müssen. Mit beiden Händen klammerte sie sich an der Bank fest. Meleagrant saß zu dicht neben ihr, deshalb rückte sie so weit wie möglich von ihm ab. Ihr wäre wohler gewesen, Ectorius an ihrer Seite zu haben; er wirkte so väterlich und gelassen. Gwenhwyfar entdeckte, daß Meleagrant eine große Streitaxt am Gürtel trug – eine solche Waffe hatte er vor dem Thron des Großkönigs zurückgelassen, und Balin hatte Viviane damit ermordet... Meleagrant beugte sich zu ihr, und sein unangenehmer Atem verursachte ihr noch größere Übelkeit. »Was ist Euch, Schwester? Die Bootsfahrt kann es doch nicht sein, das Wasser ist völlig ruhig...«

Gwenhwyfar lehnte sich zurück und rang um Selbstbeherrschung. Abgesehen von den beiden alten Männern, war sie allein mit ihm mitten auf dem See. Hier umgab sie nur Wasser, Schlingpflanzen und das Schilf am Horizont... weshalb war sie überhaupt gekommen? Weshalb saß sie nicht in ihrem ummauerten Garten in Camelot? Hier gab es keine Sicherheit, sie saß unter dem endlos weiten Himmel und fühlte sich krank, hilflos und ungeschützt...

»Wir werden das Ufer bald erreichen«, erklärte Meleagrant, »ich habe die Gemächer der Königin vorbereiten lassen, damit Ihr ruhen könnt, ehe wir unsere Angelegenheit besprechen, Schwester...«

Knirschend legte wenig später das Boot an. Gwenhwyfar entdeckte den alten Weg, der in engen Windungen zur Burg und zur alten Mauer hinaufführte. Dort hatte sie an jenem Nachmittag gesessen und Lancelot bei den Pferden beobachtet. Sie fühlte sich verwirrt, es kam ihr vor, als sei das alles erst gestern gewesen, und sie sei noch immer das schüchterne junge Mädchen. Verstohlen berührte sie die Mauer. Sie war stark und fest; erleichtert trat sie durch das Tor.

Die alte Halle erschien ihr kleiner als in der Kindheit. Auf dem alten Thron ihres Vaters lagen Felle, wie Meleagrant sie trug, und auf dem Boden davor sah sie ein großes schwarzes Bärenfell. Alles wirkte ungepflegt – die Felle schmutzig und voller Löcher, die Halle nicht gefegt, und ein säuerlicher, abgestandener Geruch lag in der Luft. Gwenhwyfar rümpfte die Nase. Aber es erfüllte sie mit großer Erleichterung, wieder im Schutz von Mauern zu sein, und das war ihr im Augenblick das wichtigste. Sie wunderte sich, wo ihre Begleiter blieben.

»Wollt Ihr ruhen und Euch erfrischen, Schwester? Darf ich Euch in Eure Gemächer bringen?«

Lächelnd antwortete Gwenhwyfar: »Ich werde wohl kaum lange genug hier sein, um sie mein zu nennen. Aber ich möchte mir gerne den Staub von den Händen waschen und den Mantel ablegen. Könnt Ihr jemanden nach meiner Kammerfrau schicken? Ihr solltet eine Gemahlin haben, Meleagrant, wenn Ihr daran denkt, hier Regent zu sein.«

»Das hat Zeit«, entgegnete er, »ich bringe Euch selbst in die Gemächer, die ich für meine Königin vorbereitet habe.« Er ging mit ihr die vertrauten Treppen nach oben. Auch sie wirkten heruntergekommen und vernachlässigt. Stirnrunzelnd entschied Gwenhwyfar, es sei wohl doch besser, ihn nicht zum Regenten zu ernennen. Hätte Meleagrant die Burg übernommen und instand gehalten, hätte er sich eine Frau gesucht und eine Dienerschaft, die alles in Ordnung hielt, und anständige Bewaffnete, dann . . . Aber seine Leute wirkten noch mehr wie Wegelagerer als er selbst. Sie hatte noch keine einzige Frau gesehen. Eine leise Unruhe überfiel sie. Vielleicht war es doch nicht klug gewesen, allein hierher zu kommen und nicht darauf zu bestehen, daß ihre Eskorte sie auf Schritt und Tritt begleitete . . .

Sie wendete sich auf den Stufen um und erklärte: »Mit Eurer Erlaubnis möchte ich meinen Kammerherrn bei mir haben. Außerdem soll man mir sofort meine Kammerfrau schicken!«

»Wie meine Herrin wünscht.« Meleagrant grinste und entblößte dabei lange, gelbe fleckige Zähne. Gwenhwyfar dachte, *er ist wie ein wildes Tier . . .*, und wich vor Entsetzen an die Wand zurück. Trotzdem zwang sie sich mit eisernem Willen, bestimmt und entschlossen zu sagen: »Bitte ruft den edlen Ectorius, oder ich werde sofort in die Halle hinuntergehen und warten, bis meine Kammerfrau kommt. Es ziemt sich für Artus' Königin nicht, allein mit einem fremden Mann zu sein . . .«

»Selbst nicht mit ihrem Bruder?« fragte Meleagrant. Gwenhwyfar entwich seiner Hand. Sie sah, daß Ectorius gerade die Halle betrat und rief: »Ziehvater! Begleitet mich bitte! Und Lucan soll mir meine Kammerfrau schicken!«
Der alte Mann kam langsam hinter ihnen die Treppe nach oben, ging an Meleagrant vorbei und reichte Gwenhwyfar den Arm, die ihn dankbar ergriff. Meleagrant schien das sehr zu mißfallen. Sie erreichten Alienors ehemaliges Schlafgemach. Gwenhwyfar hatte in einer kleinen Kammer dahinter geschlafen. Meleagrant öffnete die Tür. Abgestandener und modriger Geruch schlug ihr entgegen. Vielleicht sollte sie darauf bestehen, sofort in die Halle zurückzukehren und über ihre Angelegenheit zu sprechen. In einem so verwahrlosten und schmutzigen Raum konnte sie sich wohl kaum erfrischen...
»Du nicht, Alter«, erklärte Meleagrant barsch, drehte sich plötzlich um und stieß Ectorius die Treppe hinab. »Meine Herrin braucht deine Dienste nicht mehr.« Meleagrant stieß Gwenhwyfar in das Gemach und schlug die Tür hinter ihr zu. Sie stürzte zu Boden und hörte, wie ein schwerer Riegel vorgeschoben wurde. Als sie wieder auf den Beinen stand, fand sie sich allein im Raum. Sie hämmerte gegen die Tür, aber es rührte sich nichts.
Also hatte Morgaine recht behalten... Hatte man ihre Begleiter erschlagen? Ectorius und Lucan umgebracht? Es war kalt und dumpf in dem Gemach, in dem Alienor ihre Kinder geboren und gelebt hatte und in dem sie auch gestorben war. Auf dem großen Bett lagen nur ein paar zerrissene Leintücher, und das Stroh roch verschimmelt. Alienors alte geschnitzte Truhe stand an ihrem Platz, aber das Schnitzwerk war klebrig und verdreckt. Die Truhe war leer. Kalte Asche häufte sich in der Feuerstelle, als habe hier seit Jahren keine Flamme mehr gelodert. Gwenhwyfar trommelte gegen die Tür und schrie, bis ihr Kehle und Hände schmerzten. Sie war hungrig und erschöpft, der Gestank und der Schmutz verursachten ihr Übelkeit. Aber sie konnte die Tür nicht einschlagen oder aus dem kleinen Fenster klettern, das hoch über der Erde lag. Sie war gefangen. Durch das Fenster sah sie nur einen verwahrlosten Stall, vor dem eine magere Kuh unruhig hin und her lief und in kurzen Abständen brüllte.
Die Stunden schleppten sich dahin. Gwenhwyfar mußte sich mit zwei Dingen abfinden: Aus eigener Kraft konnte sie das Zimmer unmöglich verlassen, und auch nicht die Aufmerksamkeit eines Menschen auf sich ziehen, der kommen und sie herauslassen würde.

Ihre Eskorte war verschwunden... tot oder gefangen. Von ihren Männern konnte sie auf keinen Fall Hilfe erwarten. Der Page und ihre Kammerfrau waren wahrscheinlich bereits tot. Sie war einem Mann auf Gnade und Barmherzigkeit ausgeliefert, der sie wahrscheinlich als Geisel benutzen würde, um Artus Zugeständnisse abzuringen.

Sie war vermutlich sicher vor ihm. Wie sie Morgaine dargelegt hatte, beruhte sein ganzer Anspruch darauf, daß er der leibliche Sohn ihres Vaters war; ein Bastard zwar, aber von königlichem Geblüt. Wenn sie jedoch an diesen Riesen mit seinem widerlichen Grinsen dachte, erfaßte sie blankes Entsetzen. Womöglich würde er ihr etwas antun oder sie zwingen, ihn als Regenten anzuerkennen.

Der Tag schlich dahin. Die Sonnenstrahlen wanderten langsam durch den Raum, und schließlich wurde es dunkel. Gwenhwyfar ging in die kleine Kammer hinter Alienors Gemach. In dem engen dunklen Raum, kaum größer als ein Schrank, fühlte sie sich sicher. Wer konnte ihr hier schon etwas anhaben? Obwohl alles schmutzig, feucht und voller Schimmel war, legte sie sich in ihren Mantel gehüllt auf das Bett. Wenig später stand sie wieder auf, ging in das größere Gemach zurück und versuchte, Alienors schwere Truhe vor die Tür zu schieben. Gwenhwyfar mußte sich eingestehen, daß sie sich vor Meleagrant wirklich fürchtete und noch mehr vor seinen barbarischen Kriegern.

Sicher würde er nicht erlauben, daß sie ihr etwas antaten – ihre Sicherheit war sein einziges Pfand. *Artus würde ihn umbringen,* beruhigte sie sich. *Artus würde ihn umbringen, wenn er mir auch nur die leiseste Beleidigung zufügen sollte.*

Aber dann fragte sie sich voller Verzweiflung, ob der König wirklich um sie kämpfen würde. Er hatte sie in all diesen Jahren freundlich und liebevoll behandelt, hatte ihr alle Ehren widerfahren lassen, aber vielleicht wäre er nicht traurig, auf diese Weise seine Gemahlin loszuwerden, die ihm kein Kind schenken konnte... Außerdem liebte diese Gemahlin einen anderen Mann und hatte es nicht verheimlicht.

An Artus' Stelle würde ich nichts gegen Meleagrant unternehmen. Ich würde ihm sagen, er soll mich behalten, nachdem er mich schon einmal hat.

Was wollte Meleagrant von ihr? Wenn sie tot war, gab es niemanden mehr, der auch nur den leisesten Anspruch auf das Sommerland erheben konnte. Zwar lebten noch etliche junge Neffen und Nichten

– aber weit entfernt. Wahrscheinlich wußten sie nichts von diesem Land oder hatten kein Interesse daran. Vielleicht wollte Meleagrant sie einfach ermorden oder hier verhungern lassen. Die Nacht brach herein. Einmal hörte sie Männer und Pferde unten vor dem Stall. Sie eilte an das kleine Fenster und rief und schrie, bis sie heiser war.
Gwenhwyfar fiel in einen alptraumartigen Schlaf, aus dem sie erschreckt auffuhr, da sie glaubte, Morgaine rufe sie. Angespannt lauschte sie in die Dunkelheit – nichts rührte sich.
Morgaine, Morgaine. Wenn du mich durch deine Zauberkunst sehen kannst, sage Artus, meinem Herrn und Gebieter, bei seiner Rückkehr, daß Meleagrant ein Verräter ist und mich in eine Falle gelockt hat . . .
Dann überlegte sie, ob Gott ihr nicht zürnen würde, wenn sie sich Morgaines Zauberkünsten zu ihrer Rettung bediente. Leise begann Gwenhwyfar zu beten, bis ein tiefer Schlaf über sie kam.
Sie erwachte mit trockenem Mund und sah, daß es bereits heller Tag war. Hunger und Durst quälten sie. Der stinkende leere Raum ekelte sie an – es roch nicht nur nach Moder und fauligem Stroh, sie hatte in einer Ecke auch ihre Notdurft verrichten müssen. Wie lange wollte Meleagrant sie hier allein lassen? Doch auch der Morgen verging, und Gwenhwyfar hatte nicht einmal mehr die Kraft, geschweige denn den Mut zu beten.
Wurde sie nun für ihre Sünden bestraft? Hatte sie das, was sie besaß, nicht genügend gewürdigt? Als Artus' sittsame Gemahlin hatte sie sich nach einem anderen Mann verzehrt und sich auf Morgaines Zauberkünste eingelassen. Verzweifelt dachte sie: *Aber wenn ich schon für meine sündige Liebe zu Lancelot bestraft werde, warum wurde ich dann auch schon bestraft, als ich Artus noch treu war?*
Würde Morgaine ihr helfen, wenn sie mit dem Gesicht sah, daß man die Königin gefangenhielt? Morgaine hatte keinen Grund, sie zu lieben. Vermutlich verachtete sie diese schwache Königin.
Gab es denn einen Menschen, dem sie wirklich etwas bedeutete? Und warum sollte sich jemand um sie sorgen?
Am Nachmittag hörte Gwenhwyfar endlich Schritte auf der Treppe. Sie sprang auf, zog den Mantel eng um sich und wich ängstlich zurück. Meleagrant trat ein, und bei seinem Anblick drückte sie sich in die hinterste Ecke des Raumes.
»Warum habt Ihr mir das angetan?« begehrte sie zu wissen. »Wo ist meine Kammerfrau? Wo sind mein Page, mein Kammerherr? Was habt Ihr mit meinen Begleitern gemacht? Glaubt Ihr, Artus wird Euch gestatten, über dieses Land zu herrschen, nachdem Ihr seiner Königin diese Schmach angetan habt?«

»Sie ist nicht länger seine Königin«, erwiderte Meleagrant gelassen. »Wenn ich mit dir fertig bin, will er dich bestimmt nicht mehr zurück. In alter Zeit, liebe Gwenhwyfar, war der Gefährte der Königin Herrscher im Land. Wenn ich dich bei mir behalte, und du mir Söhne schenkst, wird mir niemand mehr mein Recht streitig machen.«

»Von mir bekommt Ihr keine Söhne«, antwortete Gwenhwyfar mit einem bitteren Lachen. »Ich bin unfruchtbar.«

»Pah, du warst bei einem Milchbart gelegen«, rief er aus und fügte Worte hinzu, die Gwenhwyfar nicht ganz verstand – aber sie klangen unglaublich gemein.

»Artus wird Euch töten«, sagte sie.

»Soll er es versuchen. Es ist schwieriger, als du glaubst, diese Insel anzugreifen«, erklärte Meleagrant selbstsicher, »und wenn wir erst miteinander fertig sind, will er dich möglicherweise gar nicht mehr haben und kann sich die Mühe einer Belagerung ersparen...«

Gwenhwyfar erwiderte: »Ich kann Euch nicht heiraten. Ich habe einen Gemahl.«

»Das kümmert in meinem Reich niemanden«, gab Meleagrant höhnisch zur Antwort. »Hier litten viele unter der Glaubensknute der Priester, und deshalb habe ich diese verfluchten Christen alle vertrieben. Ich herrsche nach den alten Gesetzen, und ich mache mich nach dem Gesetz zum König, und das Gesetz bestimmt, daß der Mann der Königin regiert...«

»Nein«, flüsterte Gwenhwyfar und drückte sich noch enger an die kalten Mauersteine. Aber Meleagrant stürzte sich auf sie und riß die Königin an sich.

»Du bist nicht mein Geschmack«, sagte er roh, »knochig, häßlich und bleich wie eine Hure... ich habe lieber Frauen, die rund und gut zu nehmen sind! Aber du bist die Tochter des alten Leodegranz... es sei denn, deine Mutter war heißblütiger, als ich glaube. Deshalb...« Er preßte sie an seine Brust. Gwenhwyfar wehrte sich, bekam einen Arm frei und schlug ihm mit aller Macht die Hand ins Gesicht.

Meleagrant schrie auf, packte ihren Arm, zerrte sie nach hinten und hieb ihr die Faust gegen das Kinn. Es knirschte, und Gwenhwyfar schmeckte Blut. Wie ein Wilder drosch er darauflos, und sie hielt schützend ihre Arme vors Gesicht. »Hör zu!« brüllte er, »damit ist jetzt Schluß, oder du wirst erleben, wer dein Herr und Meister ist...«, und packte sie am Handgelenk, als wolle er ihr die Knochen brechen.

»Oh, nein... nein... bitte, bitte. Tut mir nichts... Artus, Artus wird Euch dafür töten...«

Meleagrant antwortete nur mit einem schrecklichen Fluch, drehte ihr den Arm auf den Rücken und warf sie auf das schmutzige Stroh. Dann kniete er sich neben sie und zerrte an seiner Hose. Gwenhwyfar schrie entsetzt auf; er schlug sie wieder, und sie lag zusammengekauert auf dem Bett.

»Zieh dein Kleid aus«, befahl er.

»Nein!« schrie sie und verkroch sich in ihren Mantel. Er griff nach ihr, verdrehte ihr wieder den Arm und hielt sie fest, während er ihr langsam das Kleid bis zur Taille herunterzog.

»Ziehst du es jetzt selbst aus, oder soll ich es in Fetzen reißen?«

Zitternd und schluchzend zog Gwenhwyfar ihr Gewand über den Kopf. Sie wußte, sie sollte sich wehren, aber sie fürchtete sich vor seinen schrecklichen Schlägen. Dann drückte er sie in das faulige Stroh und spreizte ihr roh die Beine. Die Königin setzte sich kaum noch zur Wehr, da sie sich vor seinen Händen fürchtete und es ihr vor seinem stinkenden Atem und dem haarigen Körper übel wurde. Gequält stöhnte sie auf, als Meleagrant sein mächtiges Geschlecht in sie stieß. Er stieß und stieß, bis Gwenhwyfar glaubte zu zerbrechen.

»Weiche mir nicht aus, du verdammtes Luder!« schrie er und stieß noch heftiger zu. Vor Schmerz wie von Sinnen, schrie Gwenhwyfar gellend auf, und er schlug sie noch einmal mit aller Macht. Schluchzend lag sie nun still und ließ ihn gewähren. Es schien eine Ewigkeit zu dauern. Sein gewaltiger Körper mühte sich ab, pumpte wie ein Schwengel auf und nieder, bis sie schließlich spürte, wie er sich mit einem letzten harten Stoß zuckend in sie ergoß. Dann rollte Meleagrant zur Seite, und Gwenhwyfar rang nach Luft, während sie versuchte, ihr Gewand an sich zu ziehen. Er stand auf, zog den Gürtel fest und befahl ihr mit einer Geste liegenzubleiben.

»Laßt Ihr mich nun nicht gehen?« fragte sie flehend, »ich verspreche ... ich verspreche Euch ...«

Er grinste böse. »Warum sollte ich?« entgegnete er. »Nein, jetzt bist du hier, und du wirst hierbleiben. Brauchst du etwas? Vielleicht ein anderes Gewand?«

Erschöpft und gedemütigt erhob sie sich schluchzend vom Bett. Schließlich sagte sie zitternd: »Kann ... kann ich etwas Wasser bekommen, und ... etwas zu essen? Und ...«, sie glaubte, vor Scham zu ersticken und schluchzte heftig, »... und ein Nachtgeschirr?«

»Alles, was meine Herrin wünscht«, erwiderte Meleagrant hämisch, verließ den Raum und schob den Riegel wieder vor.

Später am Tag kam eine bucklige Alte mit fetttriefendem, gebratenem Fleisch, einem Kanten Gerstenbrot und Krügen mit Wasser und Bier. Außerdem brachte sie Decken und einen Nachttopf.
Gwenhwyfar sagte: »Wenn du meinem Gemahl, dem König Artus eine Botschaft überbringst, gebe ich dir das...«, und zog einen goldenen Kamm aus ihrem Haar. Die Augen der alten Frau leuchteten auf beim Anblick des Goldes. Doch dann blickte sie ängstlich zur Seite und verschwand eilig aus dem Zimmer. Gwenhwyfar brach von neuem in Tränen aus.
Schließlich gewann sie ihre Fassung wieder, aß und trank und versuchte, sich notdürftig zu säubern. Sie fühlte sich elend und am ganzen Körper wund. Aber noch schlimmer als das war das Wissen, mißbraucht, entehrt und unauslöschlich beschmutzt worden zu sein.
Hatte Meleagrant recht, als er behauptete, Artus würde sie nun nicht mehr zurückhaben wollen? War ihre Ehre jetzt so besudelt, daß man sie nur noch verachten konnte? Vielleicht... Wäre sie ein Mann, wollte sie auch keine Frau haben, die Meleagrant mißbraucht hatte...
Nein, es war nicht gerecht. Nicht sie hatte etwas Böses getan. Man hatte sie in eine Falle gelockt, überlistet und gegen ihren Willen benutzt.
Oh, aber genau das habe ich verdient... Ich bin keine treue Gemahlin, denn ich liebe einen anderen... Das Gefühl von Schuld und Scham überwältigte die Königin. Aber nach einer Weile beruhigte sie sich wieder und begann, über ihre Lage nachzudenken.
Sie befand sich hier in der Burg Meleagrants... in der Burg ihres Vaters. Man hatte sie vergewaltigt und hielt sie gefangen. Meleagrant hatte ihr seine Absichten nicht im geringsten verheimlicht. Er wollte über das Inselreich als ihr Gefährte regieren. Es war undenkbar, daß Artus sich damit abfinden würde. Gleichgültig, was er von ihr dachte, seine Ehre als Großkönig verlangte, daß er Meleagrant den Fehdehandschuh hinwarf. Es war nicht gerade einfach, wohl aber möglich, eine Insel einzunehmen. Sie wußte nichts über Meleagrants Taten als Krieger... außer, dachte sie mit grimmigem Humor, wenn es um eine wehrlose Frau ging, die er sich mit Schlägen gefügig machte. Aber das bedeutete nichts, wenn er es mit einem König zu tun hatte, der am Berg Badon die Sachsen in die Flucht geschlagen hatte.
Dann mußte sie Artus wieder unter die Augen treten und ihm

berichten, was vorgefallen war. Vielleicht war es einfacher, sich umzubringen. Gwenhwyfar konnte sich nicht vorstellen, ihrem Gemahl zu gestehen, wie Meleagrant sie mißbraucht hatte... *Ich hätte mich heftiger zur Wehr setzen müssen. Artus hat in der Schlacht wieder und wieder dem Tod ins Auge geblickt. Und einmal wurde er so schwer verwundet, daß er ein halbes Jahr ans Bett gefesselt war. Und ich... ich habe mich nach ein paar Tritten und Schlägen ergeben...*

Wenn sie doch nur etwas von Morgaines Zauberkünsten verstünde! Dann würde sie Meleagrant in ein Schwein verwandeln! Aber Morgaine wäre ihm nie in die Hände gefallen. Sie hätte geahnt, daß er ihr eine Falle stellte, und sie hätte sich mit ihrem kleinen Dolch gewehrt... Vielleicht hätte sie ihn nicht umbringen können, aber die Lust wäre ihm sicher vergangen, und vielleicht wäre er hinterher nie mehr in der Lage gewesen, eine Frau zu schänden!

Gwenhwyfar hatte gegessen und getrunken, soviel sie konnte, hatte sich gewaschen und das Gewand notdürftig gesäubert.

Und wieder neigte sich ein Tag dem Ende zu. Sie konnte nicht hoffen, daß man sie vermißte. Niemand würde nach ihr suchen, ehe Meleagrant nicht mit seiner Tat prahlte und sich als der Gefährte der Tochter des Königs Leodegranz ausrufen ließ. Aus freien Stücken und in Begleitung zweier Ritter der Tafelrunde war sie hierhergekommen. Doch erst nachdem Artus von der Südküste nach Camelot zurückgekehrt war – und selbst dann konnten noch eine Woche oder zehn Tage verstreichen –, würde man Verdacht schöpfen.

Morgaine, warum habe ich nicht auf dich gehört? Du hast mich vor diesem Verräter gewarnt, Morgaine... Einen Augenblick lang glaubte sie das blasse, leidenschaftslose Gesicht ihrer Schwägerin vor sich zu sehen. Morgaine sah sie ruhig und leicht spöttisch an. Gwenhwyfar erblickte sie so deutlich, daß sie sich verblüfft die Augen rieb – machte Morgaine sich über sie lustig? Nein, es war nur eine Lichtspiegelung, die so schnell verschwand, wie sie gekommen war.

Wenn sie mich doch nur sehen könnte mit ihrem Gesicht... Vielleicht würde sie jemanden zu meiner Rettung entsenden... Nein, Morgaine würde es nicht tun. Sie haßt mich und verspottet mich noch in meinem Unglück...

Doch dann erinnerte sie sich: Morgaine mochte lachen und spotten, doch sobald jemand im Unglück war, konnte niemand freundlicher und hilfsbereiter sein als sie. Wie hingebungsvoll hatte Morgaine sie nach ihrer Fehlgeburt gepflegt! Und gegen ihren Willen hatte die

Schwägerin sich überreden lassen, ihr mit einem Zauber zu helfen. Vielleicht haßte Morgaine sie gar nicht. Vielleicht benutzte Morgaine ihren Spott nur als Schutz gegen Gwenhwyfars Stolz und ihre Abscheu vor den Zauberinnen aus Avalon...

Die Gegenstände im Raum begannen, im Dämmerlicht zu verschwimmen. Hätte sie doch nur daran gedacht, um ein Licht zu bitten. Es sah so aus, als müsse sie noch eine Nacht als Gefangene hier verbringen. Vielleicht kam Meleagrant sogar zurück... Der bloße Gedanke daran erfüllte sie mit namenlosem Entsetzen. Ihr Körper war wund, und Schmerzen brannten auf ihrer Haut; ihre Lippen waren dick und geschwollen; sie hatte blaue Flecken an den Schultern und vermutlich auch im Gesicht. Solange sie allein in dieser Kammer war, konnte sie ruhig sinnieren, wie sie sich zur Wehr setzen und ihn vielleicht sogar vertreiben konnte. Aber Gwenhwyfar dachte voll Grauen daran, daß sie angstvoll zurückweichen und ihn gewähren lassen würde, wenn Meleagrant sie noch einmal berührte. Sie fürchtete sich so sehr vor seinen Schlägen, vor seiner Roheit...

Wie konnte Artus ihre Feigheit vergeben? Sie hatte nach ein paar Schlägen aufgegeben... sich nicht zur Wehr gesetzt... Wie sollte er sie wieder als seine Königin aufnehmen, sie lieben und ehren, nachdem sie zugelassen hatte, daß ein anderer Mann sie mißbrauchte...?

Artus hatte sich nicht daran gestoßen, als sie und Lancelot... er hatte sich sogar daran beteiligt... Wenn dies eine Sünde war, dann nicht allein ihre; sie hatte sich dem Willen ihres Gemahls gefügt...

Aber Lancelot war sein Verwandter und sein bester Freund...

Aus dem Hof drang Lärm herauf. Gwenhwyfar eilte ans Fenster und horchte angestrengt. Von irgendwoher drangen Geräusche – Rufe, Schreien und Waffengeklirr. Sehen konnte sie nichts, und der Lärm wurde von den Mauern gedämpft. Vielleicht vertrieben sich Meleagrants Barbaren die Zeit mit ein paar derben Späßen, oder... *o nein, Gott behüte!*... ermordeten gerade ihre Begleiter. Sie reckte den Hals, um durch das winzige Fenster zu sehen, aber es gelang ihr nicht.

Gwenhwyfar hörte Geräusche auf der Treppe. Die Tür flog auf. Ängstlich drehte sie sich um, und vor ihr stand Meleagrant mit dem Schwert in der Hand. »Dort hinein«, befahl er rauh und deutete mit dem blanken Eisen auf die kleine Kammer. »Und gebt keinen Laut von Euch, oder es wird Euch übel ergehen!«

Heißt das, jemand ist zu meiner Rettung gekommen? Meleagrant wirkte gehetzt und verzweifelt. Langsam wich sie rückwärts in die kleine Kammer. Er folgte ihr mit dem Schwert in der Hand. Gwenhwyfar duckte sich und erwartete jeden Augenblick den tödlichen Streich... Würde er sie umbringen oder als Geisel für seine eigene Flucht benutzen?

Gwenhwyfar sollte es nie erfahren. Meleagrants Kopf barst plötzlich und war nur noch Blut und Gehirn. Quälend langsam brach er zusammen, und auch Gwenhwyfar sank halb ohnmächtig nieder. Aber noch ehe sie den Boden erreichte, fand sie sich in Lancelots Armen.

»Meine Herrin, meine Königin... oh, meine Geliebte...« Der Ritter preßte sie an sich, hielt sie fest umschlungen, und Gwenhwyfar spürte undeutlich, wie er sie mit Küssen bedeckte. Sie wehrte sich nicht – es war wie ein Traum. Meleagrant lag in seinem Blut am Boden und neben ihm sein Schwert. Lancelot mußte Gwenhwyfar über den Leichnam tragen, ehe er sie auf ihre Füße stellen konnte.

»Wie... woher wußtest du es?« stammelte die Königin.

»Morgaine«, antwortete er knapp. »Als ich nach Camelot zurückkehrte, erzählte mir Morgaine, daß sie dich gebeten hatte, auf mich zu warten. Sie hielt das Ganze für eine Falle... Ich schwang mich wieder auf mein Pferd und kam mit einem halben Dutzend Männer hierher. Deine Begleiter wurden im Wald bei der Burg gefangengehalten. Sie waren gefesselt und geknebelt... Nachdem ich sie befreit hatte, war es nicht mehr schwierig... der Verräter wiegte sich zweifellos in Sicherheit.« Lancelot ließ sie lange genug los, um ihre blauen Flecken im Gesicht und an ihrem Körper zu sehen, das zerrissene Kleid und die geschundenen Lippen. Er berührte sie mit zitternden Fingern. »Jetzt bedaure ich zutiefst, daß er so schnell gestorben ist. Ich hätte diesen Unhold mit Vergnügen leiden lassen, wie du gelitten hast... oh, meine arme, meine geliebte Gwenhwyfar. Man hat dich grausam mißhandelt...«

»Du weißt nichts«, flüsterte sie, »du weißt nicht...« Schluchzend klammerte sie sich an ihn. »Nun bist du hier! Du bist hier! Ich dachte, niemand würde kommen. Ich glaubte, niemand will mich mehr, keiner will mich mehr berühren... jetzt, nachdem ich so entehrt bin...«

Der Ritter umarmte Gwenhwyfar und küßte sie immer wieder voll zärtlicher Leidenschaft. »Du entehrt? Nein, ihn trifft die Schuld, und Meleagrant hat dafür bezahlt«, murmelte er unter Küssen. »Ich glaubte, dich für immer verloren zu haben, ich dachte, er habe dich getötet. Aber Morgaine sagte, du seist am Leben...«

Selbst jetzt durchzuckte Gwenhwyfar Angst und Abneigung – wußte Morgaine wirklich, wie man sie gedemütigt und geschändet hatte? O Gott, wenn es nur Morgaine nicht wüßte. Gwenhwyfar konnte den Gedanken nicht ertragen, daß die Schwägerin nun auch das wußte!
»Ectorius, und Lucan...?«
»Lucan geht es gut. Ectorius ist nicht mehr jung, und er hat einen schweren Schock erlitten. Aber ich glaube, man muß nicht befürchten, daß er es nicht überlebt«, antwortete Lancelot. »Du mußt jetzt hinuntergehen, Liebes, und dich ihnen zeigen. Sie müssen wissen, daß ihre Königin lebt.«
Gwenhwyfar blickte auf ihr zerrissenes Gewand und befühlte ihr geschwollenes Gesicht. Mit erstickter Stimme fragte sie: »Kann ich mich nicht erst herrichten? Ich möchte nicht, daß sie sehen...« Sie konnte nicht weitersprechen.
Lancelot nickte zögernd und sagte: »Ja, sie sollen glauben, daß er nicht gewagt hat, dich auch nur anzurühren. Es ist besser so. Ich kam allein hoch, denn ich wußte, mit Meleagrant würde ich schon fertig werden. Die anderen warten unten. Ich werde mich umsehen... ein Mann wie er hat sicher nicht ohne Frauen hier gelebt.« Er verließ die Königin, und Gwenhwyfar konnte kaum ertragen, ihn gehen zu sehen. Sie wich vor dem Leichnam auf dem Boden nur zögernd zurück und betrachtete ihn wie den Kadaver eines Wolfes, den ein Hirte getötet hatte. Selbst das viele Blut ekelte sie nicht.
Es dauerte nicht lange, bis Lancelot wiederkam. »Dort drüben gibt es eine saubere Kammer, und in den Truhen liegen etliche Gewänder... Ich glaube, es war das Gemach des alten Königs. Dort hängt sogar ein Spiegel an der Wand.«
Er führte sie durch den Flur. Der Raum war gepflegt und im Bett frisches, sauberes Stroh aufgeschüttet; es gab Tücher, Decken und Pelze – nicht allzu sauber, aber auch nicht ekelerregend. Gwenhwyfar entdeckte eine geschnitzte Truhe, die sie wiedererkannte. Darin fand sie drei Gewänder – eines hatte sie an Alienor einmal gesehen, die beiden anderen gehörten einer größeren Frau. Die Königin nahm sie hoch und betrachtete sie durch einen Schleier von Tränen... *Sie müssen meiner Mutter gehört haben. Warum mein Vater sie wohl nicht Alienor gegeben hat? ...Ich habe ihn eigentlich nie richtig gekannt und keine Vorstellung, was für ein Mann er wirklich war. Ich sah in ihm immer nur den Vater.* Das erschien ihr so traurig, daß sie beinahe wieder geweint hätte.
»Ich werde dieses anziehen«, sagte Gwenhwyfar mit einem schwa-

chen Lächeln. »Wenn ich mich ohne Kammerfrau ankleiden kann...«

Lancelot streichelte sanft ihre Wange. »Ich werde Euch beim Ankleiden behilflich sein, Herrin.« Vorsichtig begann er sie auszukleiden. Bekümmert nahm er die halbnackte Königin in die Arme.

»Wenn ich daran denke, daß dieses Tier gewagt hat, dich zu berühren...«, sagte er und preßte sein Gesicht an ihre Brüste. »Ich liebe dich und wage kaum, dich auch nur zu streicheln...«

Und trotz all ihrer Treue war es dazu gekommen! Gott hatte ihre Tugend und Selbstbeherrschung dadurch belohnt, daß er sie in Meleagrants Hände fallen ließ, damit sie willenlos geschändet wurde. Lancelot schenkte ihr Liebe und Zärtlichkeit. Er hatte sich zum Verzicht durchgerungen, damit er seinen König nicht betrog... und nun mußte er Zeuge dieser schändlichen Tat werden! Gwenhwyfar wandte sich um und legte ihrem Ritter die Arme um den Hals.

»Lancelot«, flüsterte sie, »meine einzige Liebe, mein Geliebter... nimm die Erinnerung an das, was er mir angetan hat, von mir... laß uns noch eine Weile hierbleiben...«

Tränen strömten aus seinen Augen. Er legte Gwenhwyfar sachte auf das Bett und liebkoste sie mit zitternden Händen.

Gott hat mir meine Tugend nicht gelohnt. Weshalb soll ich glauben, daß er mich bestraft? Und dann erschrak sie vor ihren eigenen Gedanken: *Vielleicht gibt es gar keinen Gott, vielleicht auch keine der vielen Götter, an welche die Menschen glauben. Vielleicht war alles nur eine ungeheure Lüge der Priester, damit sie den Menschen vorschreiben konnten, was sie zu tun und zu lassen hatten – was sie glauben mußten. Und so konnten sie sogar dem König befehlen!*

Gwenhwyfar richtete sich auf und zog Lancelot auf das Bett. Ihr geschundener Mund suchte seine Lippen; ihre Hände glitten verlangend über den geliebten Körper – diesmal ohne Furcht und ohne Scham. Ihr war nun alles gleich; nichts hinderte sie mehr. Und Artus? Artus hatte sie vor der Vergewaltigung nicht schützen können. Sie hatte erlitten, was sie erleiden mußte, und nun würde sie endlich auch dies haben. Auf des Königs Betreiben hatte sie Lancelot zum ersten Mal in den Armen gehalten. Jetzt würde sie tun, was *sie* wollte.

Zwei Stunden später ritten beide Seite an Seite aus der Burg. Sie hielten sich an den Händen, und Gwenhwyfar machte sich deshalb keine Sorgen mehr. Mit hocherhobenem Haupt blickte sie Lancelot voll Freude und Glück in die Augen. Er war ihre wahre und einzige Liebe, und sie würde sich nie mehr die Mühe machen, es vor einem Menschen zu verbergen.

Am Ufer von Avalon gingen die Priesterinnen mit Fackeln in den Händen langsam den gewundenen Pfad am Schilf entlang ... Ich hätte bei ihnen sein sollen, aber aus irgendeinem Grund konnte ich es nicht ... Viviane wäre zornig auf mich gewesen, weil ich nicht dort war. Aber ich schien am anderen Ufer zu stehen, unfähig, das Wort auszusprechen, das mich zu ihnen bringen würde.

Raven war bei ihnen, ihr blasses Gesicht wirkte älter, als ich es in Erinnerung hatte. Ihre Schläfen leuchteten weiß ... die Haare fielen ihr locker auf die Schultern. War es möglich, daß sie immer noch zu den Jungfrauen gehörte, von niemandem außer den Göttern berührt? Ihre weißen Gewänder bewegten sich im Wind, der die Fackeln aufglühen ließ. Wo war Viviane, die Herrin vom See? Das Heilige Boot wartete am Ufer der Ewigkeit, aber sie kam nie mehr zur Insel der Göttin ... aber wer war das, die Gestalt mit dem Schleier und dem Kranz der Herrin?

Ich hatte sie noch nie gesehen ... nur in meinen Träumen ...

Das dichte helle Haar von der Farbe reifen Korns lag wie eine geflochtene Krone über ihrer Stirn, aber an der Seite, wo das kleine halbmondförmige Messer der Priesterin hängen sollte ... o Göttin! Welche Lästerung! An ihrem weißen Gewand hing ein silbernes Kruzifix. Ich kämpfte gegen unsichtbare Fesseln, um vorzustürmen und ihr dieses gotteslästerliche Ding abzureißen. Aber Kevin trat dazwischen und hielt meine Hände fest, umklammerte sie mit seinen knochigen Krallenfingern, die wie mißgestaltete Schlangen nach mir schnappten ... und dann wand er sich in meinen Händen ... die Schlangen schlugen ihre Zähne in mich ...

»Morgaine! Was ist los?« Elaine schüttelte die Schlafende an den Schultern. »Was ist los? Du hast soeben aufgeschrien ...«

»Kevin«, murmelte Morgaine und setzte sich auf. Ihre langen rabenschwarzen Haare umflossen sie wie dunkles Wasser. »Nein, nein, du warst es nicht ... aber sie hatte blonde Haare wie du und ein Kruzifix ...«

»Du hast geträumt, Morgaine«, beruhigte sie Elaine, »wach auf!«

Morgaine blinzelte. Ein Schauer durchlief sie. Dann holte sie tief Luft, sah Elaine mit gewohnter Gelassenheit an und erklärte: »Es tut mir leid ... ein böser Traum.« Nur in ihren Augen spiegelte sich noch das Entsetzen. Elaine fragte sich, was für Träume die Schwester des Königs wohl quälen mochten. Ja, es mußten böse Bilder sein, denn sie kam von der Insel der Hexen und Zauberer ... trotzdem war ihr Morgaine nie als eine böse Frau erschienen. Aber wie konnte eine Frau gut sein, wenn sie die Teufel verehrte und Christus schmähte?
Sie wandte sich ab und sagte: »Wir müssen aufstehen, Base. Ein Bote hat gestern abend die Nachricht gebracht, daß der König heute zurückkehrt.«
Morgaine nickte. Sie erhob sich und zog ihr Unterkleid aus; Elaine blickte sittsam zur Seite. Morgaine schien keine Scham zu kennen ... hatte sie nie gehört, daß die Sünde durch den Körper einer Frau auf die Welt gekommen war? Jetzt stand sie unbekümmert nackt vor ihrer Truhe und suchte ein Festgewand. Elaine begann sich ebenfalls anzukleiden.
»Beeile dich, Morgaine, wir müssen zur Königin ...«
Morgaine antwortete lächelnd: »Nicht zu schnell, Base. Wir müssen Lancelot Zeit lassen, sich zurückzuziehen. Gwenhwyfar würde es dir nicht danken, wenn du einen Skandal hervorrufen würdest.«
»Morgaine, wie kannst du so etwas sagen? Nach allem, was geschehen ist, ist es mehr als vernünftig, daß Gwenhwyfar nicht mehr allein schlafen möchte und wünscht, daß ihr Ritter vor ihrer Tür wacht ... Und welch ein Glück, daß Lancelot gerade noch rechtzeitig kam, um sie vor dem Schlimmsten zu bewahren ...«
»Elaine, sei nicht dümmer als du sein *mußt*«, entgegnete Morgaine ergeben. »Glaubst du wirklich daran?«
»Du mit all deiner Magie weißt es natürlich besser!« fauchte Elaine so laut, daß die anderen Hofdamen die Köpfe drehten, um zu hören, worüber die Schwester des Königs mit der Nichte der Königin stritt.
Morgaine senkte die Stimme und antwortete: »Glaube mir, ich möchte ebenso wenig einen Skandal wie du. Gwenhwyfar ist meine Schwägerin und Lancelot mein Vetter. Artus sollte Gwenhwyfar weiß Gott nicht für das Unglück mit Meleagrant tadeln ... Armes Ding, es war nicht ihre Schuld, und zweifellos muß man darauf beharren, daß Lancelot zur rechten Zeit zu ihrer Rettung kam. Aber ich bin sicher, daß Gwenhwyfar Artus unter vier Augen berichten wird, wie Meleagrant sie mißbraucht hat ... Nein, nein, Elaine, ich habe sie gesehen, als Lancelot sie von der Insel zurückbrachte und gehört, wie sie

sagte, ihre einzige Angst sei, daß dieser verdammte Schurke ihr vielleicht ein Kind gemacht habe!«

Elaine wurde leichenblaß. »Aber er ist ihr Bruder«, flüsterte sie. »Lebt wirklich ein Mann unter der Sonne, der eine *solche* Sünde begehen könnte?«

»Oh, Elaine! Was bist du doch für eine Gans!« sagte Morgaine. »Ist *das* in deinen Augen das Schlimmste daran?«

»Und du behauptest... Lancelot schläft in ihrem Bett, wenn der König abwesend ist?«

»Mich überrascht es nicht, und ich glaube, es ist auch nicht das erste Mal«, entgegnete Morgaine. »Sei doch vernünftig, Elaine... gönnst du es ihr nicht? Nach allem, was Meleagrant ihr angetan hat, hätte es mich nicht überrascht, wenn Gwenhwyfar von keinem Mann mehr etwas wissen wollte. Und ich bin um ihretwillen froh, wenn Lancelot diese Wunde heilt. Vielleicht wird Artus sie jetzt verstoßen, damit er von einer anderen Frau einen Sohn bekommt.«

Elaine starrte sie an und sagte: »Vielleicht geht Gwenhwyfar in ein Kloster... sie hat mir einmal gesagt, sie wäre im Kloster von Glastonbury glücklicher. Aber wird man sie dort aufnehmen, wenn sie den Reiterobersten ihres Gemahls als Geliebten hatte? Oh, Morgaine, ich schäme mich so für sie!«

»Es hat nichts mit *dir* zu tun«, erklärte Morgaine. »Warum machst du dir Sorgen darum?«

Elaine wurde von der eigenen Heftigkeit überrascht, mit der sie erwiderte: »Gwenhwyfar hat einen Mann. Sie ist die Gemahlin des Großkönigs. Und Artus ist der ehrenhafteste und liebenswürdigste König, der je über dieses Land geherrscht hat! Sie muß doch nicht bei einem anderen Mann die Liebe suchen, die sie braucht! Und wie soll Lancelot eine Frau finden, wenn die Königin die Hand nach ihm ausstreckt?«

»Nun«, antwortete Morgaine, »vielleicht werden sie jetzt beide den Hof verlassen. Lancelot besitzt Ländereien in der Bretagne, und sie lieben sich schon lange genug. Obwohl ich glaube, daß sie bis zu diesem Ereignis als gute Christen gelebt haben.« Insgeheim entschuldigte sich Morgaine für diese Lüge. Aber was Lancelot ihr unter Qualen gestanden hatte, würde sie immer für sich behalten.

»Doch dadurch wird Artus zum Gespött der Leute«, sagte Elaine boshaft. »Wenn die Königin mit seinem besten Freund und Ritter aus dem Land flieht, werden sie ihn einen Hahnrei oder noch Schlimmeres nennen.«

»Ich glaube, es wird den König nicht kümmern, wie man ihn nennt«, setzte Morgaine an, aber Elaine unterbrach sie.
»Doch, Morgaine, er muß. Die anderen Könige müssen ihn achten, damit sie sich unter seinem Banner sammeln, wenn es erforderlich ist. Wie können sie einen König ehren, der seiner Gemahlin erlaubt, mit Lancelot in offener Sünde zu leben? Ja, ich weiß, du sprichst nur von diesen wenigen Tagen. Aber können wir sicher sein, daß es dabei bleibt? Mein Vater ist Artus' Freund und Vasall. Aber ich glaube, selbst er würde über einen König spotten, der seine Gemahlin nicht zur Ordnung rufen kann, und sich überlegen, ob ein solcher Mann wirklich ein Reich zu regieren vermag.«
Morgaine entgegnete achselzuckend: »Was können wir anderes tun, als die beiden Schuldigen zu ermorden?«
»Was redest du da!« erwiderte Elaine schaudernd. »Lancelot muß den Hof verlassen. Du bist seine Base. Kannst du ihn nicht dazu überreden?«
»Leider«, antwortete Morgaine, »fürchte ich, daß mir in dieser Hinsicht wenig Einfluß auf meinen Vetter gegeben ist.« Und insgeheim nagte der alte Schmerz an ihr.
»Wenn Lancelot verheiratet wäre«, erklärte Elaine und nahm ihren ganzen Mut zusammen, »wenn er mit mir verheiratet wäre! Morgaine, du kennst doch soviele Zaubersprüche. Kannst du mir nicht einen Zauber geben, damit Lancelot sich mir zuwendet. Ich bin auch die Tochter eines Königs und bestimmt so schön wie Gwenhwyfar ... Und zumindest habe ich noch keinen Mann gehabt!«
Morgaine lachte bitter: »Mein Zauber, Elaine, kann schlimmer als nutzlos sein ... Vielleicht erkundigst du dich einmal bei Gwenhwyfar, wie ein solcher Zauber bei ihr gewirkt hat! Elaine«, sagte sie plötzlich ernsthaft, »möchtest du wirklich diesen Weg gehen?«
»Ich glaube, wenn er mich heiratet«, erklärte Elaine, »wird er einsehen, daß ich seiner Liebe ebenso würdig bin wie Gwenhwyfar.«
Morgaine griff der jungen Frau unter das Kinn, hob ihren Kopf und sah ihr in die Augen. »Hör zu, mein Kind«, begann sie, und Elaine spürte, wie die dunklen Augen der Zauberin in ihre Seele blickten. »Das wäre nicht einfach, Elaine. Du hast gesagt, du liebst ihn. Aber wenn eine Jungfrau von Liebe spricht, ist das nicht mehr als eine Anwandlung des Herzens. Weißt du wirklich, was für ein Mann Lancelot ist? Kann dein heutiges Gefühl die Jahre einer Ehe überdauern? Wenn du nur mit ihm schlafen möchtest ... *das* kann ich leicht einfädeln. Aber wenn der Glanz des Zaubers geschwunden ist, wird

er dich vielleicht hassen, weil du ihn getäuscht hast. Und was dann?«

Elaine stammelte: »Selbst das... ich nehme selbst das in Kauf. Morgaine, mein Vater hat andere Freier für mich. Aber er hat versprochen, mich nie zu einer Ehe zu zwingen. Das aber sage ich dir: Wenn ich Lancelot nicht heiraten kann, gehe ich für den Rest meines Lebens ins Kloster. Ich schwöre es!«

Elaine bebte am ganzen Körper, aber sie weinte nicht. »Warum sage ich dir das, Morgaine? Wie wir alle, Gwenhwyfar nicht ausgenommen, möchtest du Lancelot für dich... entweder als Gemahl oder als Geliebten. Und der Schwester des Königs steht es frei zu wählen...«

Elaine glaubte ihren Augen nicht zu trauen, denn der unnahbaren, kühlen Zauberin schienen die Tränen zu kommen. Und etwas in Morgaines Stimme rührte sie, als die Schwester des Königs zu reden begann: »O nein, Kind, Lancelot will mich nicht, selbst wenn Artus ihm meine Hand anbieten sollte. Glaube mir, Elaine, mit Lancelot wärst du nicht glücklich.«

Elaine erwiderte: »Ich glaube, Frauen sind in der Ehe ohnedies nicht sehr glücklich. Nur Mädchen stellen sich das vor... und so jung bin ich nicht mehr. Aber eine Frau muß sich irgendwann vermählen... Lancelot wäre mir da schon lieber als ein anderer Ritter.« Dann stieß sie hervor: »Ich glaube nicht, daß du das überhaupt zuwege bringen kannst. Weshalb machst du dich über mich lustig? Sind deine Zauberworte und Bannsprüche etwa nur wunderbare Ammenmärchen?«

Sie erwartete, Morgaine würde sich wütend verteidigen, aber jene schüttelte nur den Kopf und sagte seufzend: »Ich habe kein großes Zutrauen zu Liebeszaubern und Bannsprüchen, aber das weißt du ja. Sie dienen dazu, den Willen der Unwissenden zu stärken. Die Kräfte von Avalon sind etwas anderes, und man darf sie nicht leichtfertig rufen, nur weil eine Frau lieber bei dem einen als bei dem anderen Mann liegen möchte.«

»Ach, mit den Kräften der Weisen ist es immer so«, erklärte Elaine verächtlich. »Ich könnte dies oder das tun. Aber ich tue es nicht, denn es ist nicht Recht, sich in das Walten der Götter einzumischen... oder die Sterne stehen nicht günstig oder so etwas Ähnliches...«

Morgaine seufzte tief. »Elaine, ich kann dir Lancelot als Ehemann verschaffen, wenn du das wirklich willst. Doch ich glaube, es wird dich nicht glücklich machen. In einem Punkt aber bist du klug, denn du sagst selbst, du erwartest kein Glück in einer Ehe... glaube mir, Elaine: Ich wünsche mir nichts mehr, als Lancelot verheiratet und weit weg von diesem Hof und der Königin zu sehen. Artus ist mein Bruder. Ich könnte es nicht ertragen, daß seine Ehre in den Schmutz gezogen wird, wie es früher oder später geschieht. Aber nie darfst du vergessen, Elaine, daß du es warst, die mich darum gebeten hat. Gib mir nicht die Schuld, wenn alles in Bitternis endet.«

»Ich schwöre, ich will alles erdulden, was kommt, wenn ich ihn nur zum Gemahl haben kann«, erklärte Elaine feierlich. »Aber warum willst du dieses tun, Morgaine? Nur um Gwenhwyfar zu strafen?«

»Glaube solches ruhig, oder glaube, ich liebe Artus zu sehr, um mitanzusehen, daß alles zerstört wird, was er errichtet hat«, erklärte Morgaine gelassen. »Und denke daran, Elaine: Liebeszauber wirken selten so, wie man es erwartet...«

Wenn die Götter etwas beschlossen hatten, war es gleichgültig, was ein Mensch tat, selbst wenn er Zaubersprüche und Amulette zu Hilfe nahm. Viviane hatte Artus auf den Thron gesetzt... trotzdem hatte die Göttin nach ihrem Willen gehandelt und nicht nach Vivianes, denn sie verweigerte dem König einen Sohn von seiner Königin. Und als Morgaine versucht hatte, die Absicht der Göttin mit einem Liebeszauber zu durchkreuzen, fielen sich Gwenhwyfar und Lancelot in einer unstatthaften Liebe in die Arme.

Nun, wenigstens *das* konnte sie wiedergutmachen, in dem sie dafür Sorge trug, daß Lancelot sich in allen Ehren verheiratete. Und Gwenhwyfar? Vielleicht wäre sie über einen solchen Ausweg nur glücklich.

Morgaine verzog den Mund, aber es reichte nicht zu einem Lächeln. »Sei vorsichtig, Elaine. Ein kluges Wort sagt: ›Bedenke wohl, worum du bittest, es könnte dir gewährt werden...‹ Ich kann bewirken, daß Lancelot dich heiratet, doch dafür verlange ich etwas von dir.«

»Was kann ich dir schenken, das dir etwas bedeuten würde, Morgaine? Wie ich weiß, liegt dir nichts an Schmuck...«

»Ich will keine Juwelen und keinen Reichtum«, sagte Morgaine. »Nur soviel: Du wirst Lancelot Kinder schenken, denn ich habe seinen Sohn gesehen...«, sie schwieg und spürte das Prickeln in ihrem Rücken, welches das Gesicht ankündigte. Elaines blaue Augen wurden groß vor Erstaunen. Sie konnte Elaines Gedanken hören: *Also, es stimmt, ich werde Ritter Lancelot heiraten und ihm Kinder schenken...*

Ja, es ist wahr... obwohl ich es nicht wußte, bevor ich davon redete... wenn ich in Übereinstimmung mit dem Gesicht handle, mische ich mich nicht in Dinge, die der Göttin überlassen bleiben müssen. Und so wird mein Weg klar, sprach Morgaine zu sich.

»Ich werde dir nichts über deinen Sohn sagen«, sprach sie laut weiter. »Er muß sein eigenes Schicksal erfüllen...« Sie schüttelte den Kopf, um die seltsame Dunkelheit zu vertreiben, die das Gesicht zurückgelassen hatte. »Ich verlange nur, daß du mir deine erste Tochter anvertraust, damit sie in Avalon erzogen wird.«

Elaine fragte mit aufgerissenen Augen: »Damit sie eine Zauberin wird?«

»Lancelots Mutter war die Hohepriesterin von Avalon«, erwiderte Morgaine. »Ich werde der Göttin keine Tochter schenken. Wenn du durch mein Tun Lancelot den Sohn schenkst, nach dem sich jeder Mann sehnt, mußt du mir schwören... schwöre mir bei deinem Gott, Elaine... daß du mir deine Tochter überläßt.«

Eine dröhnende Stille schien den Raum zu erfüllen. Schließlich sagte Elaine: »Ich schwöre, wenn dies alles geschieht, und ich Lancelots Sohn geboren habe, sollst du seine Tochter für Avalon bekommen. Ich schwöre es im Namen Jesu Christi.« Und sie bekreuzigte sich.

Morgaine nickte. »Und ich schwöre, daß sie für mich die Tochter sein soll, die ich der Göttin nie schenken werde, und sie wird ein großes Unrecht sühnen...«

Elaine blinzelte: »Ein großes Unrecht... wovon sprichst du, Morgaine?«

Morgaine schwankte, die dröhnende Stille zerbrach. Morgaine hörte den Regen vor den Fenstern und spürte die Kälte in der Kammer. Stirnrunzelnd sagte sie: »Ich weiß es nicht... ich war mit meinen Gedanken woanders. Elaine, hier können wir das nicht tun. Du mußt um Erlaubnis bitten, deinen Vater besuchen zu dürfen. Du mußt dafür sorgen, daß man mich bittet, dich zu begleiten. Ich werde veranlassen, daß Lancelot dorthin kommt.« Sie holte tief Luft, wandte sich der Truhe zu und nahm ihr Gewand heraus. »Inzwischen hatte Lancelot wohl Zeit genug, das Gemach der Königin zu verlassen. Gwenhwyfar wird uns bestimmt schon erwarten.«

Und tatsächlich, als Morgaine und Elaine das Gemach der Königin betraten, war weder von Lancelot noch von einem anderen Mann auch nur das geringste zu sehen. Aber als Elaine einen Augenblick außer Hörweite war, trafen sich Gwenhwyfars und Morgaines Augen. Artus' Schwester glaubte noch nie eine solch abgrundtiefe Bitterkeit gesehen zu haben.

»Du verachtest mich, Morgaine, nicht wahr?«

Zum ersten Mal, dachte Morgaine, *hat sie die Frage gestellt, die ihr seit Wochen nicht aus dem Kopf geht.* Eine scharfe Antwort lag ihr auf den Lippen. *Wenn es so ist, liegt es dann nicht daran, daß du mich zuerst verachtet hast?* Aber sie sagte so freundlich wie möglich: »Ich nehme dir nicht die Beichte ab, Gwenhwyfar. Und du, nicht ich, glaubst an einen Gott, der dich verdammt, weil du das Bett mit einem Mann teilst, der nicht dein Gemahl ist. Meine Göttin ist zu Frauen freundlicher.«

»Er hätte es werden sollen«, brach es aus Gwenhwyfar heraus. Aber sie nahm sich zusammen und sagte: »Artus ist dein Bruder und in deinen Augen ohne Fehl und Tadel...«

»Das habe ich nicht gesagt«, Morgaine sah das unsägliche Leid in Gwenhwyfars Augen und konnte es nicht ertragen. »Gwenhwyfar, meine Schwester, niemand klagt dich an...«

Die Königin aber wandte sich ab und sagte mit zusammengebissenen Zähnen: »Nein, Morgaine, dein Mitleid will ich auch nicht.«

Ob du es willst oder nicht, du hast es, Morgaine sprach ihre Gedanken aber nicht aus. Sie war keine Heilerin, die alte Wunden öffnete und zum Bluten brachte. »Möchtest du jetzt frühstücken, Gwenhwyfar? Was willst du essen?«

Seit es keinen Krieg mehr gibt, werde ich an diesem Hof mehr und mehr zu ihrer Dienerin, als sei sie höhergestellt als ich. Ohne Leidenschaft dachte Morgaine, es ist ein Spiel, das sie alle miteinander trieben. Und sie verübelte es Gwenhwyfar nicht. Aber es gab in diesem Reich Frauen, die sich gewehrt hätten. Und es gefiel ihr nicht, daß Artus es so einfach hinnahm. Jetzt gab es keine Kriege mehr, und der Bruder setzte voraus, daß seine Ritter und Gefährten ihm wie Diener zur Verfügung standen, auch wenn sie selbst Könige oder von hohem Stand waren. In Avalon hatte sie bereitwillig Viviane gedient. Die Herrin vom See war die Verkörperung der Großen Mutter. Ihre Weisheit und ihre Zauberkräfte machten sie fast übermenschlich. Aber Morgaine wußte, daß dieselben Kräfte auch ihr zur Verfügung standen, wenn sie nur ernsthaft daran arbeitete, sie zu beherrschen. Wenn sie die Macht der Göttin übernahm, würde auch der Tag kommen, an dem man ihr die gebührende Verehrung entgegenbrachte.

Aber dem Herrscher über ein Land oder seiner Gemahlin stand solche Macht nur in schlimmen Zeiten, nur im Krieg zu. Und es ärgerte Morgaine, daß Artus einen solchen Hof hielt, und sich eine

Macht erlaubte, die nur den größten Druiden und Priesterinnen vorbehalten sein sollte. *Artus trägt immer noch Excalibur an seiner Seite, das Schwert von Avalon. Und wenn er den Schwur nicht hält, wird Avalon es von ihm zurückfordern!*

Der Raum um Morgaine schien in Schweigen zu versinken und sich auszudehnen, als sei alles weit weg. Sie sah Gwenhwyfar, die zum Sprechen ansetzte, aber gleichzeitig schien sie durch die Königin hindurchzusehen, als sei sie im Reich der Feen. Alles schien gleichzeitig fern, klein und bedrohlich groß. In ihrem Kopf herrschte tiefe Stille. In diesem Schweigen sah sie ein kleines hölzernes Rundhaus. Artus schlief darin, und Excalibur ruhte in seiner Hand. Sie beugte sich über ihn ... sie konnte das Schwert nicht an sich nehmen. Aber sie schnitt mit Vivianes kleinem Sichelmesser die Riemen durch, mit der die Scheide am Gürtel hing. Sie war alt, der Samt ausgefranst, die kostbaren Gold- und Silberfäden der Stickereien waren stumpf und fleckig. Morgaine nahm die Scheide, und plötzlich stand sie am Ufer eines großen Sees. Sie hörte das Schilf rascheln ...

»Ich sagte, nein, ich möchte keinen Wein. Ich kann Wein zum Frühstück nicht mehr sehen«, sagte Gwenhwyfar. »Vielleicht findet Elaine in der Küche frische Milch ... Morgaine? Bist du in Ohnmacht gefallen?«

Morgaine blinzelte und starrte Gwenhwyfar an. Langsam wußte sie wieder, wo sie war und versuchte, klar zu sehen. Nein, es stimmte nicht! Sie ritt nicht wie eine Wahnsinnige am Ufer eines Sees entlang und hielt die Schwertscheide in einer Hand ... doch hier sah alles wie in der Feenwelt aus. Alles schien sie durch sich kräuselndes Wasser zu sehen. Es erinnerte sie an einen Traum ... wenn sie sich nur deutlich daran erinnern könnte ... Morgaine versicherte, daß ihr nichts fehlte. Sie versprach, in die Meierei zu gehen, wenn es in der Küche keine Milch gab. Aber ihr Gesicht wanderte noch immer in den Irrgängen des Traumes ... wenn sie sich doch nur erinnern könnte, was sie geträumt hatte, dann würde alles gut werden ...

Morgaine ging die Treppe hinunter. In der frischen Luft, die selbst im Sommer kühl blieb, verlor sie das Gefühl, daß diese Welt jeden Augenblick zerfließen und wieder zum Feenreich werden konnte. Schmerzen durchrasten ihren Kopf. Ihr seltsamer Wachtraum ließ sie den ganzen Tag nicht mehr los ... sie hatte Excalibur in den See geworfen, damit das Schwert nicht der Feenkönigin in die Hände fiel ... nein, das war es auch nicht ... und wieder versuchte sie in Gedanken den seltsam zwanghaften Traum zurückzuverfolgen.

Am späten Nachmittag, als die Sonne schräg am Himmel stand, verkündeten die Fanfaren König Artus' Ankunft. Morgaine spürte die Unruhe, die ganz Camelot erfaßte. Sie eilte mit den anderen Frauen zu den Wällen, von denen man ins Tal hinunterblicken konnte. Sie beobachtete, wie der Heerzug des Königs mit wehenden Bannern der Burg entgegenritt. Gwenhwyfar stand zitternd an ihrer Seite. Sie war größer als Morgaine. Aber mit ihren schlanken, blassen Händen und den zerbrechlich schmalen Schultern erschien sie der Schwägerin wie ein Kind ... ein großes, dünnes Kind, das ängstlich auf seine Strafe wartet für eine Missetat, die es nur in der Vorstellung begangen hat. Verzagt zupfte sie Morgaine am Ärmel.

»Schwester ... muß mein Gebieter es erfahren? Es ist geschehen, und Meleagrant ist tot. Artus hat keinen Grund zur Fehde. Warum soll er nicht glauben, daß der edle Lancelot mich rechtzeitig fand ... rechtzeitig, um zu verhindern ...« Sie flüsterte wie ein kleines Mädchen und konnte nicht weitersprechen.

»Schwester«, entgegnete Morgaine, »es liegt bei Euch, es ihm zu sagen oder nicht.«

»Aber ... wenn er es von anderen erfährt?«

Morgaine seufzte. Konnte Gwenhwyfar nicht wenigstens einmal sagen, was sie eigentlich meinte. »Wenn Artus etwas hört, das ihn bekümmert, wird er es nicht von mir hören. Und niemand hat sonst das Recht zu sprechen. Aber er kann dir nicht vorwerfen, daß man dich in eine Falle gelockt und zur Lust gezwungen hat.«

Und dann wußte es Morgaine, als habe sie die Stimme des Christenpriesters gehört, wie er zu der bebenden Gwenhwyfar sagte ... jetzt oder damals, als die Königin noch ein Kind war ... daß keine Frau geschändet werde, es sei denn, sie verführt einen Mann dazu, so wie Eva einst Adam zur Sünde verlockte. Die heiligen jungfräulichen Märtyrerinnen von Rom hatten lieber den Tod erlitten, als ihre Keuschheit zu verlieren ... *deshalb* zitterte Gwenhwyfar. Sie glaubte wirklich, es sei ihre Schuld und sie verdiene den Tod für die Sünde, sich der Schande geöffnet zu haben. Sie mochte noch so sehr versuchen, das Vorgefallene zu verdrängen oder es in Lancelots Armen zu vergessen. Und weil sie dabei nicht ihr Leben eingesetzt hatte, besaß Artus nun das Recht, es ihr zu nehmen, sie dafür zu töten ... und keiner konnte die Stimme beruhigen, die sie schuldig sprach.

Sie fühlt sich Meleagrants wegen schuldig, damit sie nicht daran denken muß, wie sie es mit Lancelot getrieben hat ...

Trotz der warmen Sonne fröstelte Gwenhwyfar. »Ich wollte, er wäre

hier, und wir könnten in die Burg zurück. Oh, sieh doch, da fliegen Falken! Ich fürchte mich vor diesen Vögeln. Ich denke immer, daß sie auf mich herabstoßen ...«
»Und ich fürchte, sie müßten feststellen, daß du ein zu großer und zu zäher Happen für sie bist, Schwester«, entgegnete Morgaine gutgelaunt.
Die Wächter öffneten die schweren Burgtore für den Einzug des Königs. Ectorius hinkte immer noch nach der Nacht, die er gefesselt in der Kälte im Freien verbringen mußte. Aber er ging mit Cai Artus entgegen. Als Burgvogt verneigte sich Cai vor dem König.
»Willkommen zu Hause, mein Herr und Gebieter.«
Artus saß ab und umarmte Cai.
»Das ist eine sehr förmliche Begrüßung im eigenen Haus, alter Bursche ... ist hier auch alles wie es sein soll, Cai?«
»*Jetzt* ist wieder alles, wie es sein soll, mein Gebieter«, antwortete Ectorius. »Aber Ihr habt einen Grund mehr, Eurem Reiterobersten dankbar zu sein.«
»Das ist wahr«, stimmte Gwenhwyfar zu und trat vor. Sie hielt Lancelot an der Hand. »Mein Herr und König, Lancelot errettete mich aus einer Falle, die Verräter gestellt haben, und bewahrte mich vor einem schlimmen Schicksal, das keine christliche Frau ertragen könnte.«
Artus ergriff die Hand der Königin und die Hand seines Freundes. »Ich bin dir wie immer sehr dankbar, mein Freund, und dir, meine Gemahlin, ebenfalls. Kommt, wir wollen darüber sprechen, wenn wir alleine sind.«
Er ging zwischen beiden die Stufen zur Burg hinauf.
»Welche Lügen werden die beiden ihm wohl jetzt erzählen, die sittsame Königin und ihr höchst edler Ritter?« Morgaine hörte die Worte leise, aber sehr deutlich aus der Menge. Doch sie konnte nicht feststellen, von wem sie kamen, und dachte: *Vielleicht ist der Frieden doch kein ungetrübter Segen. Ohne Krieg haben sie am Hof nichts Rechtes zu tun, wenn sie nicht kämpfen können. Jetzt stürzen sie sich begierig auf jedes Gerücht, das Abwechslung bringt. Aber wenn Lancelot den Hof verläßt, werden sich die Wogen des Klatsches glätten ...*
Morgaine beschloß, sofort alles zu tun, was in ihren Kräften stand, um das zu erreichen.

Abends an der Tafel bat Artus seine Schwester, die Harfe zu holen und zu singen. »Es scheint mir so lange her zu sein, seit ich dich das letzte Mal gehört habe, Morgaine«, er zog sie an sich und küßte die Schwester auf die Wange. Das hatte er schon lange nicht mehr getan.
»Ich singe gerne«, erwiderte sie. »Aber wann kommt Kevin an den Hof zurück?«
Bitteren Sinnes dachte sie an ihren Streit. Nie, niemals durfte sie ihm den Verrat an Avalon vergeben. Trotzdem – und das gegen ihren Willen – vermißte sie ihn und dachte wehmütig an die Zeit ihrer Liebe zurück.
Ich habe es satt, allein im Bett zu liegen! Das ist alles ...
Das aber lenkte ihre Gedanken auf Artus und ihren Sohn in Avalon ... falls Gwenhwyfar den Hof verließ, würde Artus sicher wieder heiraten. Aber im Augenblick deutete nichts daraufhin. Sollte nicht *ihr* Sohn als Thronerbe anerkannt werden, wenn Gwenhwyfar unfruchtbar blieb? Gwydion entstammte zwei Königsgeschlechtern ... dem des Pendragon und jenen aus Avalon ... Igraine war tot, und der Skandal würde ihr nichts mehr anhaben.
Morgaine saß auf einem reich geschnitzten und vergoldeten Schemel neben dem Thron, und die Harfe stand vor ihr auf dem Fußboden. Artus und Gwenhwyfar saßen Hand in Hand eng beisammen. Lancelot lag an Morgaines Seite auf den Fliesen und betrachtete die Harfe. Aber hin und wieder bemerkte Morgaine, wie seine Augen zu Gwenhwyfar schweiften; das heftige Verlangen, das in ihnen lag, versetzte sie in Angst. Wie konnte er vor anderen sein Herz so offenbaren? Dann wurde ihr klar, daß nur sie allein ihm ins Herz zu blicken vermochte ... in den Augen aller anderen war er ein Ritter des Hofes, der seine Königin ehrerbietig ansah und als guter Freund des Königs mit ihr lachte und scherzte.
Ihre Hände glitten über die Saiten. Und wieder schien die Welt in die Ferne zu rücken. Wieder wirkte alles sehr klein, entfernt und gleichzeitig riesig, fremd und nah. Die Gegenstände verloren alle Dimensionen; ihre Harfe war zur gleichen Zeit ein Kinderinstrument und etwas Unförmiges, Gewaltiges und Formloses, das sie unter sich zu begraben drohte. Sie saß auf einem hohen Thron und blickte durch ziehende Schatten auf einen jungen Mann mit dunklen Haaren hinunter, der auf der Stirn einen schmalen Goldreif trug. Als sie sein Gesicht sah, ergriff sie heftiges Verlangen wie ein scharfer Schmerz. Ihre Augen trafen sich, er beugte sich vor, und plötzlich schien sie

eine Hand an der zartesten Stelle ihres Körpers zu streicheln. Diese Berührung weckte in ihr wildes Verlangen und Leidenschaft... Ihre Finger fielen von den Saiten, sie träumte... ein verschwimmendes Gesicht, der junge Mann lächelte ihr zu... nein, es war nicht Lancelot, es war ein anderer... nein, alles war nur ein Schattengebilde...

Sie hörte Gwenhwyfars helle Stimme. »So helft doch Lady Morgaine«, rief sie. »Meine Schwester ist ohnmächtig geworden!«

Sie spürte, wie Lancelots kräftige Arme sie stützten und blickte nach oben in seine dunklen Augen – sie hatten die gleiche Farbe wie die des Jünglings in ihrem Traum. Das Verlangen durchströmte sie, ließ sie fast vergehen... nein, das hatte sie doch nur geträumt. Nichts war geschehen. Verwirrt fuhr sich Morgaine mit der Hand über die Stirn. »Es ist der Rauch... der Rauch des Feuers...«

»Hier, trink das«, Lancelot hielt ihr einen Becher an die Lippen. Welch ein Wahnsinn! Der Ritter hatte sie kaum berührt, und das Verlangen nach ihm brachte sie wieder an den Rand der Raserei. Sie dachte, sie habe es längst vergessen, dieses Feuer sei im Laufe der Jahre erloschen... und doch weckten seine sanften und helfenden Arme heftige Leidenschaft von neuem. Hatte sie also doch von ihm geträumt?

Er will mich nicht! Er will nur eine Frau, und das ist die Königin!

Morgaine starrte an ihm vorbei in den Kamin. Jetzt im Sommer brannte kein Feuer darin. Man hatte einen Lorbeerkranz in die Feuerstelle gelegt, damit sie nicht so schwarz und häßlich aussah. Sie trank den Wein in kleinen Schlucken aus dem Becher, den Lancelot ihr an die Lippen hielt.

»Es tut mir leid... ich fühle mich den ganzen Tag schon schwach«, sagte sie und erinnerte sich dabei wieder an den Morgen. »Vielleicht kann ein anderer die Harfe spielen...«

Lancelot sagte: »Mit Eurer Erlaubnis, mein König, werde ich singen!« Er nahm die Harfe und erklärte: »Dies ist eine Geschichte aus Avalon, die ich in meiner Kindheit gehört habe. Ich glaube, Taliesin hat sie selbst verfaßt. Aber möglicherweise ist es auch ein viel älteres Lied.«

Lancelot sang die Ballade von der Königin Arianrhod, die über einen Bach gesprungen war und davon schwanger wurde. Sie verfluchte ihren Sohn bei der Geburt und sagte, nie würde er einen Namen tragen, bis sie ihm einen gebe. Durch eine List brachte der Sohn die Mutter dazu, ihn beim Namen zu nennen. Und da verfluchte sie ihn wieder und sagte, er würde nie eine Frau haben, weder aus Fleisch und Blut, noch eine Frau aus dem Feenvolk. Da machte sich der Sohn eine Frau aus Blumen ...

Noch immer in ihrem Traum gefangen, lauschte Morgaine dem Ritter. In Lancelots Gesicht schien sie schreckliche Qualen zu erkennen. Und als er von der Blumenfrau Blodeuwedd sang, ruhten seine Augen auf der Königin. Elaine aber sah er an, als er die schönen goldenen Lilienhaare besang, ihre Wangen, die wie Apfelblüten waren, und ihre blauen, scharlachroten und gelben Gewänder, die wie Sommerblumen auf der Wiese leuchteten ...

Morgaine stützte den schmerzenden Kopf in die Hand und saß ruhig auf ihrem Platz. Später zog Gawain eine Flöte hervor und spielte eine wilde Klage, erfüllt von Trauer und den Schreien der Seevögel. Lancelot setzte sich neben Morgaine und ergriff sanft ihre Hand.

»Geht es dir jetzt besser, Base?«

»O ja ... es ist nicht das erste Mal«, antwortete Morgaine. »Ich schien in einem Traum zu versinken und sah alles schattenhaft ...« *Aber ganz so war es doch nicht,* dachte sie.

»Meine Mutter erzählte mir einmal etwas Ähnliches«, sagte Lancelot. Und Morgaine erkannte daran, wie weh ihm ums Herz sein mußte. Noch nie zuvor hatte er mit ihr oder mit einem anderen Menschen über Viviane oder über die Jahre in Avalon gesprochen. »Sie glaubte, es sei eine Folge des Gesichts. Einmal, so erzählte sie, war ihr, als würde sie in das Feenland entführt und blicke von dort wie eine Gefangene nach draußen. Aber ich weiß nicht, ob sie je im Feenland weilte, oder ob es sich nur um eine Redensart handelte ...«

Aber ich war dort, dachte Morgaine, *und ganz so ist es nicht ... nicht ganz ... es ist, als versuche man nach einem entschwundenen Traum zu greifen ...*

»Ich kenne das auch«, sprach Lancelot weiter. »Manchmal kann ich nicht deutlich sehen. Es ist, als sei alles weit entfernt, nicht wirklich und doch wieder nah ... und als könne ich die Dinge dennoch nicht berühren. Es scheint, als muß ich erst einen weiten Weg zurücklegen ... vielleicht ist es das Feenblut, das in uns beiden fließt ...« Er seufzte tief und rieb sich die Augen. »Als du ein kleines Mädchen warst, habe ich dich damit geneckt. Erinnerst du dich? Ich nannte dich Morgaine, die Fee, und es machte dich immer wütend.«

Sie nickte. »Ich weiß es noch gut, Vetter«, sagte Morgaine. Trotz der Erschöpfung, die sein Gesicht zeichnete, der Falten und des ersten Grau in seinen dichten Locken erschien Lancelot ihr schöner, als

jeder andere Mann, den sie kannte. Und sie liebte ihn. Heftig schloß sie die Augen. So war es, und so mußte es wohl sein: Er liebte sie als seine Base und nicht mehr!
Und wieder schienen sich dichte Schatten vor die wirkliche Welt zu schieben. Sie konnte es nicht verhindern. Diese Welt aber war nicht wirklicher als das Feenreich. Selbst die Musik schien nur schwach und von weit her zu kommen... Gawain hatte die Harfe genommen und sang ein Lied, das er einst bei den Sachsen gehört hatte: Ein Ungeheuer hauste auf dem Grund eines Sees. Dann schwamm ein Held hinunter und riß ihm einen Arm ab. Als der Mutige sich umwandte, stand er der Mutter des Ungeheuers gegenüber, mitten in der Höhle des Bösen...
»Eine grausame und schreckliche Geschichte«, sagte Morgaine leise zu Lancelot. Jener entgegnete lächelnd: »Das sind die meisten Geschichten der Sachsen... es geht immer um Krieg und Blutvergießen, um kampferprobte Helden mit wenig Verstand in ihren dicken Schädeln...«
»Und wie es scheint, müssen wir jetzt mit ihnen in Frieden leben«, sagte Morgaine.
»Ja, so ist es. Mit den Sachsen kann ich leben, aber nicht mit dem, was sie als Musik bezeichnen... obwohl, ich glaube, ihre Geschichten sind für einen langen Abend am Herd unterhaltsam genug.« Er seufzte und sagte beinahe unhörbar: »Doch ich fürchte, ich bin nicht dazu geschaffen, still am Herd zu sitzen...«
»Würdest du lieber wieder in die Schlacht ziehen, Lancelot?«
Er schüttelte den Kopf. »Nein, aber ich habe genug vom Leben auf Camelot.« Morgaine sah, wie seine Augen zu Gwenhwyfar wanderten, die lächelnd neben Artus saß und Gawains Geschichte anhörte. Wieder seufzte der Ritter, und dieser Klageton schien sich den dunkelsten Tiefen seiner Seele zu entringen.
»Lancelot«, sagte Morgaine ruhig, aber nachdrücklich, »du mußt weg von hier oder du nimmst Schaden!«
»Gewiß, an Leib und Seele«, erwiderte er und starrte auf den Fußboden.
»Über deine Seele weiß ich nichts... danach mußt du einen Priester fragen...«
»Wenn ich das nur könnte!« erwiderte Lancelot mit kaum unterdrückter Heftigkeit und schlug leicht mit der Faust auf den Boden. »Könnte ich doch nur glauben, daß es einen solchen Gott gibt, wie die Christen immer behaupten...«

»Du *mußt* gehen, Vetter. Du brauchst eine Aufgabe wie Gareth. Erschlage Räuber, die das Land ausplündern, töte Drachen oder was du willst, aber du mußt gehen!«
Sie sah, wie er schluckte. »Und was ist mit *ihr*?«
Morgaine erwiderte ruhig: »Selbst wenn du es nicht glaubst, ich bin ihre Freundin. Glaubst du nicht auch, daß auch sie eine Seele hat, die gerettet werden muß?«
»Ein Priester könnte mir keinen besseren Rat geben«, sagte der Ritter und lächelte bitter.
»Man muß nicht Priester sein, um zu sehen, daß zwei Männer... und eine Frau... dem Schicksal ins Netz gegangen sind und dem, was geschehen ist, nicht entfliehen können«, sagte Morgaine. »Es wäre nicht schwer, ihr allein die Schuld zu geben. Aber auch ich weiß, was es heißt zu lieben, wo keine Liebe möglich ist...« Sie schwieg und wandte sich ab, denn sie spürte, wie brennende Röte ihr ins Gesicht stieg; soviel hatte sie nicht sagen wollen...
Das Lied war zu Ende. Gawain stellte die Harfe mit den Worten beiseite: »Nach dieser schaurigen Geschichte brauchen wir etwas Fröhliches... ein Liebeslied vielleicht. Doch das überlasse ich lieber unserem Lancelot...«
»Ich war zu lange hier am Hof und bin der Liebeslieder überdrüssig«, entgegnete Lancelot, stand auf und wendete sich an König Artus. »Nachdem Ihr wieder zurück seid und selbst nach dem Rechten sehen könnt, bitte ich Euch, mich mit einer Aufgabe zu betrauen.«
Artus lächelte seinem Freund zu. »Willst du uns so schnell verlassen? Ich kann dich nicht halten, wenn es dich davontreibt. Aber wohin willst du gehen?«
Pellinore und sein Drache. Morgaine starrte angestrengt auf den Boden, formte im Geist die Worte und versuchte, sie dem Bruder einzugeben. Lancelot erwiderte: »Ich hatte vor, einen Drachen zu jagen...«
Artus' Augen blitzten belustigt auf: »Dann wäre es vielleicht nicht schlecht, es mit Pellinores Untier zu versuchen. Die Geschichten werden von Tag zu Tag schauriger, die man sich erzählt. Viele fürchten sich schon, durch sein Land zu reisen! Gwenhwyfar sagte mir, daß Elaine darum gebeten hat, ihren Vater zu besuchen. Du kannst die edle Dame an den Hof ihres Vaters begleiten. Ich gebiete dir, erst an den Hof zurückzukehren, wenn Pellinores Drache erlegt ist.«
»Soll das etwa bedeuten«, protestierte Lancelot lachend, »daß Ihr

mich für alle Zeit und Ewigkeit von Camelot verbannt? Wie kann ich einen Drachen töten, der nur eine Schimäre ist?«
Artus lachte vergnügt: »Ich hoffe, mein Freund, daß du nie einem schlimmeren Drachen begegnest. Nun denn, mache Schluß mit diesem Drachen ein für allemal, selbst wenn du ihn zu Tode lachen mußt, indem du eine Ballade daraus dichtest!«
Elaine erhob sich und machte einen tiefen Kniefall vor dem König. »Erlaubt Ihr, mein Gebieter, daß Lady Morgaine mich an den Hof meines Vaters begleitet?«
Morgaine sagte, ohne Lancelot anzusehen: »Mit Freuden würde ich Elaine begleiten, wenn Eure Gemahlin mich entbehren kann. Dort wachsen Kräuter und Heilpflanzen, über die ich noch wenig weiß, und ich möchte die kundigen Frauen darüber befragen.«
»Nun gut«, antwortete Artus, »es steht dir frei, Schwester! Aber es wird einsam hier sein, wenn ihr alle Camelot verlaßt.« Er schenkte Lancelot ein selten zärtliches Lächeln. »Ohne den besten meiner Ritter ist mein Hof nicht mehr mein Hof. Aber gegen deinen Willen werde ich dich nicht halten und meine Königin auch nicht.«
Da bin ich mir nicht so sicher, dachte Morgaine und beobachtete Gwenhwyfar, die sich bemühte, ihr Gesicht zu beherrschen. Artus war lange weg gewesen, und er sehnte sich danach, wieder bei seiner Frau zu sein. Würde Gwenhwyfar ihm aufrichtig offenbaren, daß sie einen anderen liebte? Oder würde sie wieder gefügig in sein Bett steigen und ihm ihre Lust vortäuschen?
Einen befremdlichen Augenblick lang sah sich Morgaine als den Schatten der Königin ... *irgendwie sind ihr Schicksal und das meine unlösbar miteinander verschlungen* ... sie, Morgaine, hatte bei Artus gelegen und ihm einen Sohn geboren – danach sehnte sich Gwenhwyfar; doch die Königin besaß Lancelots Liebe, für die Morgaine bereitwillig ihre Seele geopfert hätte ... *Es sieht diesem Christengott nur zu ähnlich, solche Verwirrungen zu schaffen ... er hat für Liebende nichts übrig. Oder ist es die Göttin, die sich einen grausamen Spaß mit uns erlaubt?*
Gwenhwyfar winkte Morgaine zu sich. »Du siehst leidend aus, Schwester. Geht es dir noch immer nicht gut?«
Morgaine nickte. *Ich darf sie nicht hassen. Sie ist ebenso sehr Opfer wie ich ...*, und sie sagte: »Mir ist immer noch schwindlig. Ich werde bald schlafen gehen.«
»Und morgen«, fuhr Gwenhwyfar fort, »wollt ihr zwei, du und Elaine ... mir meinen Ritter Lancelot entführen.« Die Worte klangen

harmlos wie ein Spaß. Aber Morgaine blickte Gwenhwyfar geradewegs ins Herz, wo die Königin einen einsamen Kampf gegen Verzweiflung und Zorn austrug – wie sie selbst. *Oh, die Göttin hat unser Schicksal miteinander verknüpft. Und wer könnte sich ihrem Willen widersetzen ...?*

Aber Morgaine verschloß sich Gwenhwyfars Verzweiflung und sagte: »Wozu ist der Ritter einer Königin gut, wenn er nicht ihr zu Ehren einen lohnenden Kampf zu bestehen hat? Willst du ihn in Camelot halten, meine Schwester, und verhindern, daß er Ruhm und Ehre gewinnt?«

»Das wollen wir alle nicht«, erklärte Artus, trat hinter Gwenhwyfar und faßte sie um die Hüfte. »Ich habe es der Tapferkeit meines Freundes und besten Ritters der Tafelrunde zu verdanken, daß meine Königin wieder in Sicherheit war, als ich zurückkehrte. Gute Nacht, meine Schwester.«

Morgaine blickte den beiden nach und spürte plötzlich Lancelots Hand auf ihrer Schulter. Schweigend beobachtete er, wie Artus mit Gwenhwyfar die Halle verließ. Schweigend stand sie neben ihm und wußte, es bedurfte nur einer Bewegung und sie würde Lancelot in dieser Nacht für sich haben. Nachdem er mitansehen mußte, wie die Frau, die er liebte, zu ihrem Gemahl zurückkehrte – einem Mann, der ihm so teuer war, daß er keinen Finger rühren konnte, um sie ihm wegzunehmen –, würde er sich verzweifelt Morgaine zuwenden, wenn sie ihn wollte.

Und er ist zu ehrenhaft, um mich hinterher nicht zu heiraten ... Nein. Elaine würde ihn unter diesen Umständen vielleicht wollen. Ich nicht! Sie ist harmlos. Er wird sie nicht hassen, wie er mich sicherlich bald hassen würde.

Zart nahm sie seine Hand von ihrer Schulter. »Ich bin müde, mein Freund. Ich gehe auch schlafen. Gute Nacht, die Göttin segne dich.« Sich der Ironie ihrer Worte sehr wohl bewußt, fügte sie hinzu: »Schlafe gut.« Und das würde er bestimmt nicht. Es kam ihrem Plan nur zugute ...

Aber auch Morgaine lag in dieser Nacht noch lange wach und bedauerte bitter ihre Fähigkeit, in die Zukunft zu blicken. *Stolz,* dachte sie wehmütig, *ist ein kalter Bettgenosse.*

In der Nacht des dunklen Mondes wand sich die Prozession langsam im Schein der Fackeln den Berg hinauf, den die Ringsteine krönten. An ihrer Spitze ging eine Frau mit hellen Haaren, deren schwere Flechten wie eine Krone über der breiten, niedrigen Stirn lagen. Sie trug weiße Gewänder, und an ihrem Gürtel hing das Sichelmesser. Im Licht der Fackel schien sie Morgaine zu suchen, die in der Dunkelheit außerhalb des Kreises stand. In ihren Augen stand die fordernde Frage: Wo bist du? Du solltest hier an meiner Stelle stehen! Warum zögerst du noch? Hier ist dein Platz!

Artus' Reich entgleitet der Hand der Herrin von Avalon, und du läßt es geschehen. Er wendet sich bereits in allem an die Christenpriester. Du solltest den Platz der Göttin einnehmen, Morgaine, aber du siehst tatenlos zu. Er trägt Excalibur, das Schwert der Heiligen Insignien. Wirst du ihn zwingen, nach seinem Schwur zu leben? Wirst du es ihm aus der Hand winden und ihn stürzen? Vergiß nicht, Artus hat einen Sohn, der in Avalon reifen muß, damit er das Reich der Göttin dereinst an seinen Sohn weitergeben kann . . .

Avalon verblaßte, und Morgaine sah Artus in einem verzweifelten Kampf. Von einem anderen Schwert durchbohrt, stürzte er – mit Excalibur in der Hand – zu Boden. Mit letzter Kraft warf er das Heilige Schwert in den See, damit es nicht in die Hände seines Sohnes fiel . . .

Wo ist Morgaine, die von der Herrin des Sees auf diesen Tag vorbereitet wurde? Wo ist sie, die in dieser Stunde den Platz der Göttin einnehmen sollte?

Wo ist der Große Rabe? – Und plötzlich kreiste eine Schar schwarzer Vögel über mir, bereit, sich auf mich zu stürzen und nach meinen Augen zu hacken. Sie umkreisten mich und schrien laut mit Ravens Stimme: »Morgaine . . . Morgaine . . . warum hast du mich verlassen? Warum hast du mich verraten?«

»Ich kann nicht«, rief ich. »Ich kenne den Weg nicht . . .« Ravens Antlitz verwandelte sich in das anklagende Gesicht Vivianes und dann in den Schatten der Alten Todesbotin . . .

Morgaine erwachte und wußte wieder, daß sie in einem sonnendurchfluteten Gemach in Pellinores Burg lag. Die Wände waren weiß verputzt und nach römischer Sitte bemalt. Von weit her drang durch das Fenster das Krächzen eines Raben, und sie fror.

Viviane hatte nie gezögert, in das Leben anderer einzugreifen, wenn es zum Wohl Avalons oder des Reiches geschah. Auch sie sollte danach handeln. Trotzdem hatte sie nicht das geringste unternommen, während die sonnigen Tage vergingen. Lancelot verbrachte seine Zeit in den Hügeln am See auf der Suche nach dem Ungeheuer – *als gäbe es tatsächlich einen Drachen,* dachte Morgaine verächtlich. Abends saß er am Feuer, erzählte Pellinore Geschichten und Balladen und sang für die Tochter des Königs, der er zu Füßen saß. Elaine war schön und unschuldig – Gwenhwyfar nicht unähnlich, jedoch fünf Jahre jünger. Morgaine ließ die Sommertage einen nach dem anderen verstreichen und war überzeugt, daß es alle sehen mußten: Lancelot und Elaine sollten heiraten.

Nein, sagte sie bitter zu sich, wenn irgend jemand genug Verstand besäße, um klar und vernünftig zu denken, dann hätte Lancelot mich vor vielen Jahren geheiratet. Jetzt galt es zu handeln.

Im Bett lag neben ihr Elaine, die sich gerade umdrehte und die Augen öffnete. Lächelnd kuschelte sie sich an Morgaine.

Sie vertraut mir, dachte Morgaine schmerzlich, *sie glaubt, ich verhelfe ihr aus Freundschaft zu Lancelot. Wenn ich sie hassen würde, könnte ich ihr nichts Schlimmeres antun.*

Sie sagte ruhig: »Jetzt hat Lancelot genug Zeit gehabt, den Verlust Gwenhwyfars zu spüren. Deine Zeit ist gekommen, Elaine.«

»Willst du Lancelot ein Amulett oder einen Liebestrank geben?«

Morgaine lachte. »Ich habe nicht viel Zutrauen zu einem Liebeszauber. Aber heute abend soll er etwas mit seinem Wein trinken, das ihn für jede Frau empfänglich macht. Du wirst heute nacht nicht hier schlafen, sondern in einem Pavillon am Waldrand. Ein Bote soll Lancelot berichten, daß Gwenhwyfar gekommen ist und ihn erwartet. Und dann wird er in der Dunkelheit zu dir eilen. Mehr als das kann ich nicht tun ... du mußt ihn empfangen ...«

»Und er wird mich für Gwenhwyfar halten ...«, sie blinzelte und schluckte hart. »Ja, dann ...«

»Er wird dich vielleicht eine Weile für Gwenhwyfar halten«, sagte Morgaine bestimmt. »Aber er wird den Unterschied schnell genug feststellen. Du bist doch noch unberührt, Elaine?«

Sie wurde dunkelrot und nickte.

»Nach dem Trank, den er heute abend zu sich nimmt, wird er sich nicht beherrschen können«, fuhr Morgaine fort. »Es sei denn, du gerätst in Furcht und versuchst, ihn zu vertreiben ... ich warne dich, es wird kein wirklich großer Genuß, denn du bist noch Jungfrau. Und wenn ich erst einmal angefangen habe, gibt es kein Zurück mehr. Also laß mich jetzt wissen, ob ich beginnen soll?«

»Ich will Lancelot zum Mann haben. Gott behüte, daß mir Bedenken kommen, ehe ich in allen Ehren mit ihm verheiratet bin.«

Morgaine seufzte. »So sei es... Du weißt, welches Duftwasser Gwenhwyfar benutzt...«
»Ja, aber ich mag es nicht. Es ist zu schwer.«
Morgaine nickte. »Ich stellte es für sie zusammen... du weißt, ich habe solche Dinge gelernt. Wenn du dich in der Kate schlafen legst, wirst du dich und die Bettwäsche damit besprengen. Dann muß er unwillkürlich an Gwenhwyfar denken, und die Erinnerung wird ihn erregen...«
Die junge Frau rümpfte mißbilligend die Nase. »Es erscheint mir hinterlistig...«
»Es *ist* hinterlistig«, sagte Morgaine mit Nachdruck. »Halte dir das klar vor Augen. Was wir tun, ist unehrlich, Elaine. Aber es hat auch etwas für sich. Artus' Reich zerfällt, wenn der König als Hahnrei verschrien ist. Du und Gwenhwyfar, ihr beide ähnelt euch sehr. Wenn du erst einmal verheiratet bist, wird man es so darstellen, daß Lancelot dich die ganze Zeit über geliebt hat.« Sie gab Elaine das Fläschchen mit dem Duftwasser. »Kannst du einem der Diener vertrauen? Dann befiehl ihm, den Pavillon an einer Stelle aufzubauen, wo ihn Lancelot nicht sieht...«
Elaine antwortete: »Ich bin sicher, selbst der Priester würde es billigen, denn ich verhindere, daß er weiterhin Ehebruch betreibt. Ich bin nicht verheiratet...«
Morgaine spürte, daß sie dünn und gezwungen lächelte. »Gut für dich, wenn du dein Gewissen damit beruhigen kannst... manche Christenpriester behaupten, der Zweck heilige jedes Mittel...« Ihr fiel wieder ein, daß auch Viviane sie rücksichtslos zum Alten Volk geschickt hatte, um für Artus' die Rolle der Göttin zu übernehmen. Hatte sie gesehen, daß Artus nie einen anderen Sohn haben würde?
Ihr wurde bewußt, daß Elaine immer noch wie ein kleines Mädchen vor ihr stand, dem man eine Lektion erteilt. »Nun geh, Elaine«, sagte sie. »Geh und schicke Lancelot einen weiteren Tag auf die Jagd nach dem Drachen. Ich muß den Trank vorbereiten...«
Sie beobachtete die beiden, die beim Frühstück Becher und Teller teilten. Lancelot mochte Elaine – *er mag sie, wie er vielleicht einen niedlichen kleinen Hund mögen würde,* dachte Morgaine. *Er wird sie nicht schlecht behandeln, wenn sie verheiratet sind...*
Viviane war ebenso rücksichtslos gewesen. Sie hatte ohne Bedenken den Bruder in das Bett der eigenen Schwester geschickt... Die Erinnerung schmerzte Morgaine wie ein weher Zahn. Auch dies

geschah zum Wohl des Reichs, dachte sie. Während sie die Kräuter und Wurzeln sammelte, die sie in Wein legen wollte, um ihren Trank zu gewinnen, versuchte sie, ein Gebet an die Göttin zu richten, denn sie vereinigte Mann und Frau in Liebe oder auch nur in Lust wie brünstige Tiere.
Oh, Göttin, ich kenne die Lust nur zu gut, dachte sie und zwang ihre Hände ruhig zu sein, während sie die Kräuter zerrieb und in den Wein streute, *ich habe sein Verlangen erlebt, obwohl er mir verweigerte, was ich von ihm wollte . . .*
Sie beobachtete das siedende Gemisch. Im Kessel stiegen kleine Blasen auf, barsten träge und verbreiteten bittersüße Düfte, die den Raum erfüllten. Die Welt wirkte klein und fern, der Kessel war ein Kinderspielzeug, und jede Blase, die im Wein aufstieg, war groß genug, um sich darin davontragen zu lassen . . . ihr Körper schmerzte vor einem Verlangen, von dem sie wußte, daß es nie gestillt werden würde. Morgaine spürte, daß sie in einen Zustand geriet, in dem machtvolle Zauberkräfte sich entfalten konnten . . .
Sie schien in der Burg zu sein und gleichzeitig draußen in den Hügeln. Ein Teil ihres Wesens folgte dem Pendragonbanner, das Lancelot manchmal trug . . . ein großer, roter, sich windender Drache . . . aber es gab keine Drachen, nicht dieser Art. Pellinores Ungeheuer war sicher nur ein Scherz, ein Traum – so unwirklich wie das Banner, das irgendwo weit im Süden über den Zinnen von Camelot wehte . . . ein Künstler hatte diesen Drachen ersonnen wie Elaine sich Muster für ihre Wandbehänge ausdachte. Lancelot wußte das sicher. Wenn er den Drachen suchte, genoß er nur den angenehmen Ritt in der Sommersonne über die Hügel. Er folgte einem Traum, einer alten Mär, und so blieb ihm Zeit, sich tagträumend in Gwenhwyfars Armen zu sehen . . . Morgaine sah hinunter auf die aufwallende Flüssigkeit im Kessel. Geistesabwesend goß sie etwas Wein nach, damit das Gebräu nicht einkochte. Er träumte sicher von Gwenhwyfar. Heute nacht würde eine Frau in seinen Armen liegen, die nach der Königin duftete. Aber vorher würde er Morgaines Wein trinken, der ihn willenlos seinen Trieben auslieferte. Er würde sich nicht beherrschen können, selbst wenn er feststellte, daß er weder ein erfahrenes Weib noch seine Geliebte in den Armen hielt, sondern eine ängstliche Jungfrau . . . Morgaine bedauerte einen Augenblick lang Elaine, denn was sie hier kaltblütig vorbereitete, unterschied sich kaum von einer Vergewaltigung. Elaine mochte sich noch so sehr nach Lancelot sehnen, aber sie war unberührt und hatte keine

Vorstellung vom Unterschied zwischen mädchenhaften Träumen, seinen Küssen und dem, was sie wirklich erwartete – von einem Mann genommen zu werden, der zu berauscht war, um noch Herr seiner selbst zu sein. Gleichgültig, wie es für Elaine auch sein würde, wie tapfer sie es auch ertragen mochte, es würde kaum ein zu Herzen gehendes Erlebnis werden.

Ich habe meine Jungfräulichkeit dem Hirschkönig geopfert... aber das war etwas anderes. Ich wußte seit meiner Kindheit, was mich erwartete. Man unterwies mich in der Anbetung der Göttin, die Mann und Frau in Liebe oder Lust zusammenführt... Elaine wurde als Christin erzogen. Man lehrte sie immer wieder, diese Lebenskraft als Ursünde zu mißbilligen, für die die Menschheit zum Tode verurteilt wurde...

Sie dachte daran, Elaine zu suchen, sie vorzubereiten, sie zu ermutigen, die Vereinigung wie eine Priesterin zu erleben: als eine große Naturgewalt, rein und frei von Sünde, als einen willkommenen Lebensstrom, der einen mit sich riß... aber Elaine würde das für eine noch schwerere Sünde halten. Gut, sie mußte es hinnehmen, wie es kam. Vielleicht würde die Liebe zu Lancelot ihr helfen, es unbeschadet zu überstehen.

Morgaine konzentrierte sich wieder auf den siedenden Wein mit den Kräutern. Gleichzeitig schien sie irgendwie über die Hügel zu reiten... es war kein schöner Tag für einen Ritt. Am Himmel standen dunkle Wolken. Ein leichter Wind wehte, und die Hügel wirkten nackt und trostlos. Der lange Arm des Sommermeers am Fuß der Hügel wirkte grau und unergründlich wie frisch geschmiedetes Metall. Die Wasseroberfläche schien aufzuwallen, oder war es nur der Wein in ihrem Kessel? Dunkle Blasen stiegen auf und verbreiteten einen widerlichen Duft. Plötzlich tauchte langsam aus der See ein langer, dünner Hals mit einem Pferdekopf und einer Mähne auf. Ein langer sehniger Körper ringelte sich dem Ufer zu... erhob sich aus dem Wasser und kroch in ganzer Länge an Land.

Lancelots Hunde rannten bellend herbei und stürzten sich wie rasend zum Wasser hinunter. Morgaine hörte, wie Lancelot verzweifelt nach ihnen rief, dann aber reglos und wie gelähmt auf das Wasser blickte und kaum glauben konnte, was er mit eigenen Augen sah. König Pellinore blies das Jagdhorn, um die anderen herbeizurufen. Lancelot gab seinem Pferd die Sporen und galoppierte mit eingelegter Lanze den Hügel hinunter. Ein Hund heulte jämmerlich auf. Dann herrschte Schweigen, und Morgaine sah aus weiter Ferne die seltsam klebrige Spur, die zu dem halbverschwundenen Hundekörper führte, der sich in dunklem Schleim auflöste.

Jetzt griff Pellinore an. Sie hörte Lancelots Schrei, mit dem er ihn davor warnte, das Ungeheuer von vorne anzugehen... es war schwarz und wirkte wie ein Riesenwurm, wenn man von dem pferdekopfähnlichen Haupt und der Mähne absah. Lancelot ritt heran, wich dabei geschickt dem Kopf des Riesenwurms aus, der böse hin und her schwang, und stieß dem Untier die Lanze in den Leib. Das Seeufer erbebte unter einem wilden Geheul... ein wahnsinniger Todesschrei... Morgaine sah, wie der riesige Kopf wild hin und her peitschte, vor und zurück... Rasch sprang Lancelot von seinem scheuenden, angstvoll steigenden Pferd und rannte auf das Ungeheuer zu, dessen Kopf nach unten stieß. Und Morgaine zuckte zusammen, als sie sah, wie das große Maul sich öffnete. Listig durchbohrte Lancelots Schwert das Auge des Wurms. Ein mächtiger Blutstrahl schoß empor und widerlich schwarzer Schleim... aber es waren nur die Blasen, die im heißen Wein aufstiegen...

Morgaines Herz klopfte heftig. Sie lehnte sich zurück und nahm einen Schluck Wein aus der bauchigen Flasche. War das ein schlimmer Traum gewesen, oder hatte sie wirklich gesehen, wie Lancelot den Drachen tötete, an den sie nie geglaubt hatte? Sie blieb ruhig sitzen, um sich zu erholen und redete sich immer wieder ein, daß sie geträumt habe. Dann zwang sie sich aufzustehen und warf etwas Fenchel in den Kessel. Der starke süße Geschmack würde die anderen Kräuter überdecken. Es sollte stark gesalzenes Fleisch auf die Tafel kommen, damit alle durstig wurden und jeder viel trank, ganz besonders Lancelot. König Pellinore war ein frommer Mann. Was würde er wohl denken, wenn alle Frauen und Männer liebestoll wurden? Nein, nein, sie mußte darauf achten, daß nur Lancelot den Gewürzwein trank. Vielleicht sollte sie Elaine aus Mitleid auch etwas davon geben...

Morgaine füllte den Wein in eine Flasche und stellte sie beiseite. Dann hörte sie lautes Rufen, und Elaine kam atemlos in das Gemach.

»O Morgaine, komm sofort, wir brauchen deine Hilfe... Vater und Lancelot haben den Drachen getötet. Aber sie haben sich dabei verbrannt...«

»Verbrannt? Welch ein Unsinn. Glaubst du wirklich noch an fliegende Drachen, die Feuer speien?«

»Nein, nein«, entgegnete Elaine ungeduldig, »aber der Schleim des

Ungeheuers hat sie getroffen, und er brennt wie Feuer... Du mußt ihre Wunden behandeln...«
Ungläubig blickte Morgaine zum Himmel auf. Die Sonne stand tief am westlichen Horizont. Sie hatte beinahe den ganzen Tag mit der Zubereitung des Zaubertranks verbracht. Sie beeilte sich und beauftragte die Mägde, ihr Leinen für die Verbände zu beschaffen.
Pellinore hatte eine große Wunde am Arm... ja, es sah tatsächlich nach einer Verbrennung aus. Der Schleim hatte den Stoff seiner Tunika aufgelöst. Der König stöhnte entsetzlich, als Morgaine die Wunde mit Heilsalbe bestrich. Lancelot war nur an der Seite leicht verletzt; an einem Bein hatte der Schleim sich durch den Stiefel gefressen. Das Leder war nur noch eine dünne gallertartige Masse. Er sagte: »Mein Schwert muß ich gründlich säubern. Wenn das Stiefelleder schon so übel zugerichtet ist, stell dir vor, was erst mit meinem Bein geschehen wäre.« Er schauderte.
»Soviel für alle, die meinen Drachen nur für ein Hirngespinst hielten«, erklärte Pellinore, während er schluckweise den Wein trank, den seine Tochter ihm reichte. »Gott sei Dank war ich geistesgegenwärtig genug, meinen Arm mit Seewasser zu waschen; der Schleim hätte ihn ebenso aufgelöst wie meinen armen Hund... habt Ihr ihn noch erkannt, Lancelot?«
»Den Hund? Gewiß«, antwortete der Ritter, »und ich hoffe, so etwas nie wieder sehen zu müssen... Aber Ihr könnt alle in Erstaunen versetzen, wenn Ihr den Drachenkopf über Eurem Burgtor anbringen laßt...«
»Das geht nicht«, erwidert Pellinore und bekreuzigte sich. »Das Ungeheuer hatte keinen einzigen Knochen. Es war weich wie ein Engerling oder ein Regenwurm... und hat sich bereits in Schleim verwandelt. Ich wollte ihm den Kopf abschlagen, aber er schien sich in Luft aufzulösen... Ich glaube, es war kein richtiges Tier, sondern ein Wesen aus der Hölle!«
»Immerhin ist es tot«, warf Elaine ein, »und Ihr, Lancelot, habt die Aufgabe erfüllt, die der König Euch gestellt hat. Ihr habt den Drachen meines Vaters ein für allemal besiegt.« Sie küßte König Pellinore und sagte zärtlich: »Vergebt mir, Vater. Aber auch ich glaubte, Euer Drache sei nur ein Hirngespinst.«
»Ich wünschte, er wäre nichts als das gewesen«, erklärte Pellinore und bekreuzigte sich noch einmal. »Ich würde mich lieber zum Gespött aller von hier bis Camelot machen, als noch einmal einer solchen Kreatur begegnen zu müssen. Ich wünschte, ich könnte

glauben, daß es keine weiteren Ungeheuer mehr gibt ... Gawain hat mir Geschichten von Wesen erzählt, die in den Seen dort oben hausen.« Er gab dem Knappen ein Zeichen, ihm den Becher zu füllen. »Ich glaube, am besten betrinke ich mich heute abend, sonst wird mir dieses Untier in den nächsten Monaten immer wieder im Traum begegnen!«

Wäre das nicht das beste? überlegte Morgaine. Nein, es würde nicht in ihren Plan passen, wenn alle in der Burg betrunken wären. Sie sagte: »Hört auf mich, mein König, wenn ich Eure Wunde heilen soll! Ihr dürft nicht mehr trinken. Elaine soll Euch zu Bett bringen und Euch heiße Steine an die Füße legen. Ihr habt Blut verloren. Ihr müßt heiße Suppe und Buttermilch trinken, aber keinen Wein.«

Er brummte unwillig, gab aber nach. Elaine brachte ihn mit Hilfe seines Leibdieners zu Bett. Morgaine blieb mit Lancelot zurück.

»Wie möchtest du deinen ersten Drachen feiern?« fragte sie.

Er hob den Becher und antwortete: »Indem ich bete, daß es mein letzter war. Ich glaubte wirklich, mein letztes Stündlein sei gekommen. Lieber würde ich nur mit einer Axt bewaffnet gegen eine ganze Horde Sachsen kämpfen.«

»Die Göttin gebe, daß dir weitere Begegnungen dieser Art erspart bleiben«, sagte Morgaine und füllte ihm den Becher mit dem Wein aus ihrer Flasche. »Ich habe diesen Wein für dich gemischt. Er wird dir Linderung verschaffen und den Schmerz aus deinen Wunden nehmen. Ich muß noch einmal nach Pellinore sehen, um mich davon zu überzeugen, daß Elaine ihn für die Nacht richtig versorgt hat ...«

»Aber du kommst doch zurück, Base?« fragte er und hielt sie sanft am Arm fest. Morgaine sah an seinen Augen, daß der Wein zu wirken begann. *Und nicht nur der Wein,* dachte sie, *eine Begegnung mit dem Tod, und ein Mann ist zu allem fähig.*

»Ich verspreche es. Aber nun laß mich gehen«, sagte Morgaine, und schmerzliche Bitterkeit erfaßte sie.

Also bin ich so tief gesunken, daß ich ihn selbst betrunken nehmen würde, wenn ihm jede Frau recht wäre. Elaine wird ihn in diesem Zustand in den Armen halten ... weshalb soll es für sie gut genug sein? Aber sie möchte ihn unter allen Umständen heiraten. Ich nicht. Ich bin eine Priesterin und weiß, in mir brennt nicht das Verlangen der Göttin, sondern etwas Unheiliges ... Bin ich so schwach, daß ich mich nicht nur mit Gwenhwyfars abgelegten Gewändern, sondern mit ihrem abgelegten Liebhaber zufriedengeben würde?

Ihre Verachtung rief *nein*, die Schwäche, die ihren ganzen Körper durchrann, rief *ja*. Und Morgaine verabscheute sich selbst zutiefst, während sie durch die Gänge zu König Pellinores Schlafgemach ging.

»Wie geht es deinem Vater, Elaine?« Morgaine wunderte sich, daß ihre Stimme so gelassen klang.

»Er hat sich beruhigt, und ich glaube, er wird bald einschlafen.«

Morgaine nickte. »Du mußt jetzt zum Pavillon gehen. Irgendwann im Lauf der Nacht kommt Lancelot zu dir. Vergiß das Duftwasser nicht.«

Elaine sah sie bleich und mit brennenden blauen Augen an. Morgaine ergriff sie am Arm, hielt ihr die Flasche mit dem gemischten Wein entgegen und sagte mit zitternder Stimme: »Trinke zuerst diesen Wein, mein Kind.«

Elaine hob die Flasche an die Lippen und trank. »Er schmeckt süß und nach Kräutern ... Ist es ein Liebestrank?«

Morgaine lächelte dünn: »Du kannst ihn dafür halten, wenn du willst.«

»Merkwürdig, er brennt in meinem Mund. Er brennt in meinem Leib ... Morgaine, es ist doch kein Gift? Du ... haßt mich doch nicht, weil ich Lancelot heiraten will?«

Morgaine zog die junge Frau fest an sich und küßte sie. Der warme Körper erregte sie auf merkwürdige Weise – sie wußte nicht, ob es Verlangen oder Zärtlichkeit war. »Dich hassen? Nein, nein, mein Kind. Ich schwöre dir, ich würde Lancelot nicht heiraten, selbst wenn er mich auf Knien darum anflehen sollte ... Komm, trinke den restlichen Wein ... betupfe dich mit dem Duftwasser ... und hier ... vergiß nicht, was er von dir möchte! Du kannst erreichen, daß er die Königin vergißt. Jetzt geh, mein Kind. Erwarte ihn draußen – im Pavillon.« Sie drückte Elaine noch einmal an sich und küßte sie. »Die Göttin segne dich.«

Sie ist Gwenhwyfar so ähnlich. Lancelot ist schon beinahe in sie verliebt. Und ich habe mein Werk getan ...

Aufgewühlt holte sie tief Luft, um sich zu sammeln, ehe sie zu Lancelot in die Halle zurückging. Er hatte noch mehr von ihrem Wein getrunken und blickte ihr mit glänzenden, seligen Augen entgegen.

»Oh, Morgaine ... meine Base ...« Er zog sie neben sich auf die Bank. »Trinke mit mir ...«

»Nein, nicht jetzt. Hör zu, Lancelot. Ich habe eine Botschaft für dich ...«

»Eine Botschaft, Morgaine?«
»Ja«, erwiderte sie. »Gwenhwyfar ist gekommen, um ihre Nichte zu besuchen. Sie schläft in einem Pavillon hinter der Wiese.« Sie nahm ihn bei der Hand und zog ihn zur Tür. »Sie läßt dir sagen, sie möchte, daß ihre Frauen nicht gestört werden. Du mußt sehr leise sein, wenn du zu ihr gehst. Wirst du gehen?«
Sie sah die trunkene Leidenschaft in seinen dunklen Augen. »Ich habe keinen Boten gesehen ... Morgaine, ich wußte nicht, daß du es so gut mit mir meinst ...«
»Du weißt nicht, *wie* gut ich es mit dir meine, Vetter.«
Ich möchte, daß du heiratest und diese unselige, hoffnungslose Liebe zu einer Frau aufgibst, die dir nur Unehre und Verzweiflung einbringen kann ...
»Geh«, sagte sie sanft, »die Königin erwartet dich. Wenn du zweifelst, nimm dies als Beweis.« Sie gab ihm ein Taschentuch, das Elaine gehörte. Aber ein Taschentuch war so gut wie jedes andere – sie hatte es nur mit Gwenhwyfars Duftwasser besprengt.
Er drückte es an seine Lippen: »Gwenhwyfar«, flüsterte er. »Wo, Morgaine, wo ist sie?«
»In jenem Pavillon. Trinke deinen Wein aus ...«
»Trinkst du auf mein Wohl?«
»Später«, antwortete sie lächelnd. Lancelot schwankte leicht und mußte sich auf sie stützen. Er umarmte Morgaine. Diese zarte Berührung erregte sie. *Reine Lust*, sprach sie zu sich, *tierisch und nicht von der Göttin gesegnet*. Sie kämpfte um Selbstbeherrschung. Der Ritter war berauscht und erregt. Er würde sie so hemmungslos nehmen wie jede andere Frau – wie Gwenhwyfar oder Elaine ... »Du mußt nun gehen, Lancelot. Du darfst die Königin nicht warten lassen.«
Sie sah, wie er im Schatten der Bäume in der Nähe des Pavillons verschwand. Er würde sich hineinschleichen. Elaine würde im Bett liegen – der Schein der Lampe fiel auf ihr goldenes Haar, ähnlich dem der Königin. Aber es war zu dunkel, um ihr Gesicht genau zu sehen; doch Körper und Bett dufteten nach Gwenhwyfar. Morgaine folterte sich selbst mit dieser Vorstellung, als sie im Gemach hin und her ging. Lancelots fester schlanker Körper würde unter das Laken gleiten. Er würde Elaine in die Arme nehmen und sie mit Küssen bedecken. Und ... *Hoffentlich ist die kleine Närrin schlau genug, den Mund zu halten und nichts zu sagen, bis alles vorüber ist ... O Göttin! Verschließe das Gesicht vor mir, damit ich nicht Elaine in seinen Armen sehen muß ...*

Zerquält und bis ins Innerste aufgewühlt, wußte Morgaine nicht, ob es das Gesicht oder ihr Begehren war, das sie mit dem Bild von Lancelots nacktem schönem Körper und der fordernden Berührung seiner Hände peinigte... Sie spürte sie so deutlich... Morgaine ging in die Halle zurück, wo Dienstleute gerade die Tafel abräumten, und sagte barsch: »Schenkt mir Wein ein.«
Überrascht füllte einer der Männer ihr den Becher. *Nun werden sie mich für eine Säuferin und eine Hexe halten*! Morgaine war es gleichgültig. Sie leerte den Becher in einem Zug und ließ sich nachschenken. Der Wein vertrieb das Gesicht, befreite sie endlich von der peinigenden Wahrnehmung der ängstlichen und erregten Elaine, die von Lancelots wildem, forderndem Körper niedergedrückt wurde...
Unruhig wie eine hungrige Katze lief Morgaine in der Halle auf und ab, wobei immer wieder für kurze Augenblicke das Gesicht über sie kam. Als sie glaubte, es sei genug Zeit verstrichen, holte sie tief Luft und wappnete sich für das, was sie jetzt tun mußte. Der Leibdiener, der auf der Schwelle zum Schlafgemach des Königs schlief, fuhr erschreckt auf, als sie sich über ihn beugte.
»Herrin, Ihr könnt den König zu dieser Stunde nicht stören...«
»Es geht um die Ehre seiner Tochter.« Morgaine nahm die Fackel von der Wand und hielt sie hoch. Sie ahnte, wie sie auf den Dienstmann wirkte. Die Macht der Göttin floß in sie, und sie wirkte groß und furchterregend. Entsetzt wich er zur Seite, und sie betrat den Raum.
Pellinore lag in seinem großen Bett und warf sich unruhig hin und her, denn die schmerzende Wunde quälte ihn. Auch er fuhr erschrocken auf, als er Morgaines bleiches Gesicht im Fackelschein sah.
»Kommt schnell, mein König«, sagte sie leise und drängend. »Ein Verrat an Eurer Gastfreundschaft... Ich hielt es für richtig, daß Ihr davon erfahrt. Elaine...«
»Elaine? Was ist mit ihr...?«
»Sie liegt nicht in unserem Bett«, erklärte Morgaine. »Kommt schnell.«
Wie klug, daß sie nicht zugelassen hatte, daß er mehr Wein trank; sie hätte ihn sonst nicht wecken können. Pellinore erhob sich ungläubig und griff nach einer Tunika. Er befahl die Frauen seiner Tochter zu sich. Morgaine hatte den Eindruck, daß sie ihnen so geräuschlos wie ein sich windender Drache die Stufen hinunter und vor die Burg

folgten. Sie und Pellinore an der Spitze bildeten den Kopf des Untiers. Morgaine schlug den seidenen Vorhang des Pavillons zurück und hob die Fackel über ihren Kopf. Mit grausamem Triumph betrachtete sie Pellinores wutverzerrtes Gesicht. Elaine hatte die Arme um Lancelots Hals geschlungen und lächelte selig. Der Ritter erwachte, blickte sich entsetzt und begreifend um. Aus seinem Gesicht sprach deutlich der Schmerz über den Verrat. Aber er sagte kein Wort.

Pellinore tobte: »Das wirst du büßen, du schamloser Lüstling. Du hast meine Tochter entehrt ...«

Lancelot vergrub das Gesicht in seinen Händen und antwortete gepreßt: »Ich werde ... alles wiedergutmachen ... mein Herr und mein König.« Dann hob er den Kopf und sah Morgaine in die Augen. Sie wich seinem Blick nicht aus, aber es war, als stoße er ihr ein Schwert durch den Leib. Bislang hatte er sie wenigstens als seine Verwandte geliebt ...

Auch gut. Vielleicht war es besser, er haßte sie. Sie würde versuchen, ihn ebenfalls zu hassen. Aber beim Anblick Elaines, die trotz ihrer Schande lächelte, wollte sie lieber weinen und alle bitten, ihr zu vergeben.

Morgaine erzählt ...

Lancelot und Elaine heirateten am Transfigurationsfest. An die Hochzeit erinnere ich mich kaum, nur noch an Elaines strahlendes, glückliches Gesicht. Als Pellinore alles für das Fest vorbereitet hatte, wußten sie bereits, daß sie Lancelots Sohn trug. Lancelot wirkte hager, gequält und verzweifelt, aber er war zärtlich zu Elaine und stolz auf ihren schwellenden Leib. Ich erinnere mich auch an Gwenhwyfar. Ihr Gesicht war vom vielen Weinen gezeichnet, und sie warf mir einen Blick voll unauslöschlichem Haß zu.

»Kannst du beschwören, daß dies nicht dein Werk ist, Morgaine?«

Ich blickte ihr fest in die Augen.

»Mißgönnst du deiner Nichte einen Gemahl, obwohl du doch selbst einen hast?«

Sie wußte nichts zu erwidern und senkte den Blick. Und wieder sagte ich verbissen zu mir: Wären sie und Lancelot meinem Bruder Artus gegenüber doch ehrlich gewesen. Wären sie doch zusammen vom Hof geflohen, um jenseits der Grenzen von Artus' Reich zu leben, hätte der Großkönig eine andere Gemahlin nehmen können, die dem

Reich einen Erben geschenkt hätte... dann würde ich nicht eingegriffen haben!

Von diesem Tag an haßte mich Gwenhwyfar, und das bedauerte ich am meisten. Denn auf eine merkwürdige Weise hatte ich sie geliebt. Ihre Nichte Elaine schien Gwenhwyfar nicht zu hassen. Sie ließ ihr bei der Geburt des ersten Sohnes ein kostbares Geschenk und einen silbernen Becher überbringen. Elaine ließ den Jungen auf den Namen Galahad taufen – nach seinem Vater. Gwenhwyfar wurde auf eigenen Wunsch seine Patin und schwor, er würde Thronerbe sein, wenn sie Artus keinen Sohn schenkte. Im Laufe dieses Jahres verkündete Gwenhwyfar tatsächlich wieder, sie sei schwanger. Aber sie gebar kein Kind, und ich glaube, es war nur ihr Wunsch nach einem Sohn und ihre Einbildung.

Die Ehe war nicht schlechter als andere. Artus führte in diesem Jahr Krieg an der Nordgrenze, und Lancelot war kaum zu Hause. Wie so viele Ehemänner kehrte er nur zwei- oder dreimal im Jahr von seinen Kriegszügen zurück, um sich um sein Lehen zu kümmern – Pellinore hatte den beiden eine Burg in der Nähe geschenkt. Er nahm die neuen Mäntel und Hemden entgegen, die Elaine für ihn gewebt und bestickt hatte, denn nach seiner Hochzeit kleidete Lancelot sich immer so kostbar wie der König selbst. Er küßte seinen Sohn, später auch seine Töchter, schlief ein- oder zweimal mit seiner Gemahlin und verschwand wieder.

Elaine wirkte immer glücklich. Ich fand nie heraus, ob sie es tatsächlich war, oder zu den Frauen gehörte, die ihr Glück am Herd und bei ihren Kindern finden, oder ob sie sich nach mehr sehnte, sich aber tapfer an ihren Teil der Abmachung hielt...

Ich blieb noch zwei weitere Jahre am Hof. Und dann, am Pfingstfest des zweiten Jahres, als Elaine wieder schwanger war, bekam Gwenhwyfar Gelegenheit zur Rache.

Wie in jedem Jahr war Pfingsten auch diesmal König Artus' großes Fest. Gwenhwyfar war schon seit dem Morgengrauen auf den Füßen. An diesem Tag würden alle Ritter an den Hof kommen, die an Artus' Seite gekämpft hatten; auch Lancelot würde unter ihnen sein...

Dem letzten Pfingstfest war er ferngeblieben. Ein Bote hatte berichtet, er halte sich auf Wunsch seines Vaters, König Bans, in der

Bretagne auf, um ihm gegen Feinde im eigenen Land beizustehen. Aber in ihrem Herzen wußte Gwenhwyfar, weshalb Lancelot nicht kam und den Hof mied.

Es lag nicht daran, daß sie ihm die Ehe mit Elaine nicht vergab – dies war das Werk der gehässigen Morgaine. *Sie* hatte Lancelot für sich haben wollen und alles getan, um ihn von seiner wahren Geliebten zu trennen. Gwenhwyfar vermutete, Morgaine würde ihn lieber in der Hölle oder im Grab als in ihren Armen sehen.

Gwenhwyfar hatte bemerkt, daß auch Artus Lancelot sehr vermißte. Der Großkönig saß zwar auf seinem Thron und sprach Recht – er wurde von seinem Volk geliebt, er wurde mehr geliebt als irgendein anderer König, von dem Gwenhwyfar je gehört hatte –, aber ihr entging nicht, daß er sehnsüchtig an die Zeit der Kriege und der Schlachten zurückdachte. Vermutlich waren alle Männer so. Artus war stolz auf seine großen Narben, die er bis ins Grab hinein tragen würde. Damals, als er mit seinen ritterlichen Gefährten darum kämpfte, dem Land den Frieden zu bringen, hatte er zwar oft davon gesprochen, sein größter Wunsch sei, in Muße auf Camelot zu leben und sich am Frieden zu erfreuen. Trotzdem war er nie glücklicher, als wenn einer der alten Kämpen an den Hof kam, und sie mit leuchtenden Augen von den vergangenen schrecklichen Zeiten sprachen, als die Sachsen, Jüten und die Barbaren aus dem Norden Land und Leute bedrohten.

Gwenhwyfar warf einen Blick auf ihren schlafenden König und Gemahl. Ja, Artus war immer noch der Schönste und Liebenswürdigste seiner Tafelrunde. Manchmal dachte sie sogar, daß er mit seiner hellen Haut und den blonden Haaren noch besser aussah als Lancelot – obwohl es nicht gerecht war, den Dunklen mit dem Blonden zu vergleichen. Schießlich waren sie Vettern, aus einem Geschlecht... wie, so fragte sie sich, konnte es sein, daß Morgaine ebenfalls in diese Familie gehörte? Vielleicht war sie tatsächlich ein teuflischer Wechselbalg, in keiner Hinsicht menschlich, und von dem hinterhältigen Feenvolk zurückgelassen worden, um unter den Menschen Unheil anzurichten... Sie war eine heidnische Zauberin. Auch auf Artus hatte diese Herkunft abgefärbt. Allerdings war es ihr gelungen, ihn zu überreden, oft die Messe zu besuchen und sich als Christ zu betrachten. Denn auch das gefiel Morgaine nicht.

Gwenhwyfar würde bis zum letzten Atemzug kämpfen, um ihres Königs Seele zu retten. Sie liebte Artus aufrichtig; er war der beste Gemahl, den eine Frau sich wünschen konnte, selbst wenn er nur ein

einfacher Ritter und nicht Großkönig gewesen wäre. Diese verrückte Liebe zu Lancelot, die über sie gekommen war wie ein Sturmwind, hatte sie sicher lange überwunden. Es war nur richtig und angemessen, daß sie für den Vetter ihres Mannes freundliche Gefühle hegte. Und außerdem hatte Artus selbst darauf bestanden, daß sie in Lancelots Armen lag. Inzwischen war das alles längst vorbei und vergessen. Sie hatte die Sünde gebeichtet und war von ihr losgesprochen worden. Der Priester hatte zu ihrer Beruhigung erklärt, sie könne jetzt so unschuldig leben, als habe die Sünde sie nie befleckt; sie müsse darum kämpfen, das alles zu vergessen.
Und doch konnte Gwenhwyfar sich nicht dagegen wehren, an diesem Morgen, ehe Lancelot und seine Gemahlin mit ihrem Sohn an den Hof kamen, sich an damals zu erinnern... Er war ein verheirateter Mann, vermählt mit ihrer Nichte. Nun war er nicht nur ein Verwandter ihres Königs, sondern gehörte auch zu ihrer eigenen Familie. Sie konnte ihn mit einem Kuß begrüßen, und es war keine Sünde.
Artus drehte sich um, als könnten ihre Gedanken ihn beunruhigen. Er lächelte sie an.
»Heute ist Pfingsten, Liebste«, sagte er, »alle unsere Verwandten und Freunde werden kommen. Ich möchte, daß du dich freust.«
Gwenhwyfar lächelte ihn an, und er zog sie an sich. Artus küßte sie und streichelte ihre Brüste.
»Bist du sicher, daß unser Vorhaben dich auch nicht verletzt? Ich möchte nicht, daß jemand glauben könnte, du seist mir weniger wert«, sagte er eifrig. »Du bist nicht alt, Gwenhwyfar, und wenn Gott will, kann er uns immer noch Kinder schenken. Aber meine Vasallen haben es von mir gefordert... wir müssen alle jederzeit mit dem Tod rechnen, und deshalb muß ich einen Erben bestimmen. Wenn unser erster Sohn geboren wird, Liebste, dann verliert der heutige Tag jede Bedeutung. Ich zweifle auch nicht daran, daß der junge Galahad seinem Vetter den Thron nicht neiden wird, sondern ihn ehrt und ihm dient wie Gawain mir...«
Vielleicht hat er recht, dachte Gwenhwyfar und überließ sich seinen Zärtlichkeiten. Selbst die Bibel berichtete von solchen Fällen. Die Mutter von Johannes dem Täufer, eine Base der Heiligen Jungfrau, gebar nach Gottes Willen noch einen Sohn, als sie schon lange über die Jahre hinaus war, in der sie Kinder bekommen konnte. Und sie, Gwenhwyfar, war noch nicht einmal dreißig... Sogar Lancelot hatte einmal davon gesprochen, daß seine Mutter bereits älter war, als sie

ihm das Leben schenkte. Vielleicht würde sie sich diesmal nach all den Jahren einmal aus Artus' Armen lösen, und sein Sohn würde in ihr wachsen. Inzwischen hatte sie gelernt, sich ihm nicht nur zu überlassen, wie eine gute Gemahlin es tun soll, sondern sie empfand Genuß bei der Berührung, wenn seine Männlichkeit sie erfüllte. Ganz sicher war sie in ihrer Nachgiebigkeit heute mehr bereit als früher, sein Kind zu empfangen und zu gebären...

Und zweifelsohne war alles ganz richtig gewesen, als sie vor drei Jahren geglaubt hatte, durch Lancelot schwanger geworden zu sein, und dann irgend etwas schiefgegangen war... Ihre Blutungen hatten drei Monate lang ausgesetzt, und sie hatte einer ihrer Hofdamen erzählt, sie sei schwanger. Aber nach drei weiteren Monaten, als sie die ersten Lebenszeichen hätte spüren müssen, erwies sich alles als Täuschung... Jetzt, nachdem sie den Genuß kannte und sich Artus voll Liebe überlassen konnte, würde sich ihr Wunsch bestimmt erfüllen, und Elaine konnte nicht noch einmal über sie triumphieren... Sie war dann für kurze Zeit Mutter des königlichen Erben gewesen, aber Gwenhwyfar war die Mutter des königlichen Sohnes...

Später, beim Ankleiden, sagte sie etwas in dieser Richtung, und Artus sah sie betrübt an. »Ist Lancelots Gemahlin dir nicht wohlgesonnen, Gwen, oder behandelt sie dich geringschätzig? Ich glaubte immer, du und deine Nichte, ihr seid gute Freundinnen...«

»O ja, das sind wir auch«, antwortete Gwenhwyfar unter Tränen. »Aber bei Frauen ist es nun einmal so... Frauen, die Söhne haben, halten sich immer für etwas Besseres. Sicher denkt die Frau des Schweinehirten im Kindbett voll Verachtung und Mitleid an die Gemahlin des Königs, die ihm nicht einen einzigen Sohn schenken kann.«

Artus trat zu ihr und küßte ihren Nacken. »Weine nicht, weine doch nicht, Liebste. Du bist mir lieber als jede andere Frau, die mir bereits ein Dutzend Söhne geschenkt hätte.«

»Ist das wirklich wahr?« fragte Gwenhwyfar mit einem leichten Anflug von Mißtrauen. »Trotzdem war ich nur etwas, das dir mein Vater zusammen mit hundert Reitern und Pferden gab. Ich war nur ein Teil des Handels, und du hast mich pflichtschuldigst genommen, um die Rosse zu bekommen... Aber es war ein schlechtes Geschäft für dich...«

Der König hob den Kopf und sah sie mit seinen blauen Augen ungläubig an. »Hast du das wirklich geglaubt und mir die ganzen

Jahre nachgetragen, meine Gwen? Aber du mußt doch gespürt haben, daß ich schon vom ersten Augenblick an wußte, du und nur du würdest für immer in meinem Herzen wohnen!« Sie blieb starr, kämpfte verbissen gegen ihre Tränen, und er küßte sie auf die geschlossenen Augen. »Gwenhwyfar, Gwenhwyfar, wie kannst du so etwas glauben. Du bist meine geliebte Frau, und nichts auf der Welt kann uns trennen. Wenn ich nur eine Zuchtstute gesucht hätte, um Söhne zu bekommen, hätte ich weiß Gott genug davon finden können!«

»Aber du hast es nicht getan«, sagte sie noch immer kalt und widerstrebend in seinen Armen. »Ich hätte deinen Sohn mit Freuden großgezogen und als deinen Erben anerkannt. Aber du hieltest mich nicht für würdig, *deinen* Sohn großzuziehen... und du hast mich in Lancelots Arme geworfen...«

»Oh, meine Gwen«, erwiderte der König reuig wie ein ertapptes Kind. »Du hältst mir diese alte Dummheit immer noch vor? Ich war betrunken und glaubte, du würdest Lancelot lieben... Ich wollte dir eine Freude machen. Und wenn es wirklich an mir gelegen hätte, daß du keinen Sohn bekamst, hättest du einen Sohn haben können, den ich mit gutem Gewissen als meinen Erben bezeichnet hätte. Aber es lag vor allem daran, daß ich betrunken war...«

»Manchmal«, entgegnete Gwenhwyfar mit versteinerter Miene, »manchmal glaube ich, du liebst Lancelot mehr als mich. Kannst du wirklich sagen, du wolltest *mir* eine Freude machen, oder ihm, den du über alles liebst...?«

Artus' Arme fielen von ihrem Hals, als seien sie aus Blei. »Ist es eine Sünde, meinen Vetter zu lieben und auch an seine Freude zu denken? Wahrlich, ich liebe euch beide...«

»In der Heiligen Schrift wird von einer Stadt berichtet, die Gott wegen solcher Sünden vom Erdboden vertilgte«, erwiderte Gwenhwyfar.

Artus wurde weiß wie sein Hemd. »Ich liebe meinen Vetter Lancelot in allen Ehren, Gwen. König David schrieb über seinen Vetter Jonathan: *Deine Liebe zu mir war süß und übertraf die Liebe einer Frau.* Trotzdem hat Gott ihn nicht erschlagen. Bei Kampfgefährten ist das so. Wagst du eine solche Liebe als Sünde zu bezeichnen, Gwenhwyfar? Ich werde sie auch vor dem Thron Gottes verteidigen...« Er konnte nicht weitersprechen, seine Kehle war wie ausgetrocknet.

Gwenhwyfar hörte, wie ihre Stimme sich überschlug: »Kannst du schwören, als du Lancelot in unser Bett brachtest... ich habe wohl gesehen, daß du ihn mit größerer Liebe berührt hast, als du jemals der Frau zuteil werden ließest, die mein Vater dir aufgezwungen hat – du hast mich zu dieser Sünde verleitet ... aber kannst du schwören, daß es nicht deine Sünde war, und all das schöne Gerede nicht mehr als ein Deckmantel für jene Sünde, für die das Feuer auf Sodom und Gomorrha vom Himmel fiel?«

Der König starrte sie noch immer leichenblaß an, als er entgegnete: »Ihr müßt von Sinnen sein, meine Königin. In der Nacht, von der Ihr sprecht ... Ich war betrunken und weiß nicht, was Ihr glaubt, gesehen zu haben. Es war an Beltane, und die Macht der Göttin hatte uns alle erfaßt. Ich glaube, alle Eure Gebete und Gedanken an Sünde haben Euch wirklich den Verstand geraubt.«

»Kein christlicher Mann würde so etwas sagen!« entgegnete Gwenhwyfar.

»Und das ist einer der Gründe, warum ich mich nicht gerne als Christ bezeichne«, schrie Artus sie an und verlor die Beherrschung. »Ich kann dieses schwachsinnige Gerede von Sünde einfach nicht mehr hören! Wenn ich dich verstoßen hätte ... o ja, das hat man mir geraten, und ich tat es nicht, weil ich dich zu sehr liebe ... Ich wollte keine andere Frau ...«

»Ach nein! Lieber wolltest du mich mit Lancelot teilen, und ihn wolltest du auch ...«

»Sag das noch einmal«, erwiderte Artus leise, »und ganz gleich, ob du meine Frau bist oder nicht, ob ich dich liebe oder nicht, ich werde dich auf der Stelle töten, Gwenhwyfar!«

Aber die Königin schluchzte auch schon jämmerlich und konnte nicht aufhören damit: »Du hast gesagt, du wolltest einen Sohn und deshalb hast du mich zu einer Sünde verleitet, die Gott mir nie verzeihen wird ... Wenn ich gesündigt habe, und Gott mich dafür mit Unfruchtbarkeit straft, dann hast du diese Sünde auf mein Haupt geladen. Und natürlich wird Lancelots Sohn dein Erbe. Wie kannst du leugnen, daß du nur Lancelot liebst? Du machst seinen Sohn zu deinem Erben, nicht deinen eigenen Sohn. Du läßt deinen Sohn nicht von mir erziehen ...«

Artus holte tief Luft und sagte sanft: »Ich werde deine Frauen rufen, Gwenhwyfar. Du bist ja völlig außer dir. Ich schwöre dir, ich habe keinen Sohn. Und wenn, dann ist er ein Kind des Zufalls aus der Zeit der Feldzüge, und die Frau kannte mich ebenso wenig wie ich sie. Keine Frau unseres Standes ist je zu mir gekommen und hat gesagt, sie habe ein Kind von mir geboren. Priester hin, Sünde her, ich glaube, keine Frau würde sich schämen, dem Großkönig einen Sohn geboren zu haben. Ich habe nie ein Weib zur Liebe gezwungen, oder Ehebruch mit der Gemahlin eines meiner Männer getrieben. Was ist das für ein irrsinniges Gerede von meinem Sohn, den du als Thronerben erziehen möchtest? Und ich wiederhole es: Ich habe keinen Sohn. Ich habe mich schon oft gefragt, ob es an einer Krankheit in der Jugend oder an der Wunde liegt, daß ich unfruchtbar bin ... Ich habe keinen Sohn.«

»Das ist eine gemeine Lüge!« erwiderte Gwenhwyfar wütend. »Ich habe Morgaine versprochen, nie darüber zu reden. Aber vor Jahren bat ich sie einmal um einen Zauber gegen meine Unfruchtbarkeit. Ich war völlig verzweifelt und erklärte, ich würde mich zu einem anderen Mann legen, da du wahrscheinlich keinen Sohn zeugen könntest. Damals schwor Morgaine, daß du in der Lage bist, ein Kind zu zeugen. Sie hat mir gesagt, sie habe ein Kind von dir am Hof von Loth in Lothian gesehen, das dort aufwächst. Ich mußte ihr versprechen, nie darüber zu reden ...«

»Aufgewachsen am Hof von Lothian ...«, sagte Artus und griff sich plötzlich an die Brust, als spüre er dort einen entsetzlichen Schmerz. »O gnädiger Gott!« flüsterte er, »und ich wußte es nicht ...«

Grauen überfiel Gwenhwyfar, und sie sagte: »Nein, o nein, Artus. Morgaine lügt. Bestimmt war das nur reine Gehässigkeit, denn sie hat auch Lancelot aus Eifersucht in Elaines Arme getrieben ... Sie hat bestimmt gelogen, um mich und dich zu quälen ...«

Artus erklärte wie abwesend: »Morgaine ist eine Priesterin von Avalon. Sie lügt nicht. Gwenhwyfar, ich glaube, wir müssen sie danach befragen. Laß meine Schwester rufen ...«

»Nein, o nein«, bettelte Gwenhwyfar. »Ich bedaure meine Worte. Ich war von Sinnen und außer mir, du hast es selbst gesagt. Oh, mein lieber Gemahl, mein König und mein Gebieter, ich bedaure jedes Wort, das ich gesagt habe. Bitte verzeiht mir ... ich flehe Euch an ...«

Artus legte die Arme um sie: »Auch du mußt mir vergeben, meine liebe Gemahlin. Ich sehe, ich habe dir großes Unrecht getan. Aber wer den Sturm entfesselt, muß sich seiner Gewalt beugen ...« Er küßte sie sanft auf die Stirn. »Rufe Morgaine.«

»Oh, mein Gebieter, oh, Artus, ich bitte dich ... ich habe versprochen, niemals davon zu reden ...«

»Nun, dann hast du dein Versprechen heute gebrochen«, erwiderte Artus ruhig. »Ich habe dich nicht gebeten zu sprechen, du wolltest es so. Was gesagt ist, kann nicht mehr zurückgenommen werden.« Der König ging zur Tür und rief seinen Kammerherrn. »Gehe zu Lady Morgaine und bitte die Herrin, so schnell wie möglich zu mir und meiner Königin zu kommen.«

Der Mann entfernte sich – Artus rief Gwenhwyfars Kammerfrau. Starr wie ein Stein ließ Gwenhwyfar sich ihr Festgewand überstreifen und die Haare flechten. Sie nippte an einem Becher Wein, der mit heißem Wasser gemischt war, aber ihre Kehle war wie zugeschnürt. Sie hatte das Unverzeihliche getan; sie hatte gesprochen.

Wenn ich heute morgen wirklich sein Kind empfangen habe... ein seltsamer Schmerz durchzuckte ihren Leib... *Kann in solcher Bitterkeit etwas Wurzeln schlagen und wachsen?*

Es dauerte nicht lange, und Morgaine betrat in einem dunkelroten Gewand das Gemach. In ihre Haare waren rote Seidenbänder geflochten. Sie hatte sich für das Pfingstfest hübsch gemacht und wirkte strahlend und lebendig.

Und ich bin ein vertrockneter Baum, dachte Gwenhwyfar. *Elaine gebahr Lancelots Sohn. Selbst Morgaine, die unvermählt ist und sich keinen Freier wünscht, hat die Hure gespielt und irgendeinem Mann einen Sohn geboren. Artus hat mit einer Unbekannten einen Sohn gezeugt. Aber ich... ich habe kein Kind.*

Morgaine trat zu ihr und küßte die Königin. Gwenhwyfar lag wie leblos in ihren Armen. Dann wendete sich Morgaine an Artus und fragte: »Du hast mich rufen lassen, Bruder?«

Artus antwortete: »Ich bedaure, dich so früh gestört zu haben, Schwester. Gwenhwyfar, du mußt jetzt in meiner und Morgaines Gegenwart wiederholen, was du gesagt hast. Ich dulde keine Verleumdungen an meinem Hof.«

Morgaine sah Gwenhwyfar prüfend an und bemerkte die Spuren der Tränen um die geröteten Augen. »Lieber Bruder«, sagte sie, »deine Königin leidet. Ist sie wieder schwanger? Was immer sie gesagt haben mag, es gibt ein altes Sprichwort: Harte Worte brechen keine Knochen.«

Artus warf Gwenhwyfar einen kalten Blick zu, und Morgaine fuhr zusammen. Dies war nicht der Bruder, den sie so gut kannte, sondern der gestrenge Großkönig, wie er sonst auf dem Thron saß und Recht sprach.

»Gwenhwyfar«, sage er, »ich befehle dir nicht nur als dein Gemahl, sondern auch als dein König, in Morgaines Anwesenheit zu wiederholen, was du hinter ihrem Rücken gesagt hast... Hat sie dir berichtet, daß ich einen Sohn habe, der am Hof von Lothian aufwächst ...?«

Es ist wahr, durchzuckte es Gwenhwyfar, als sie Morgaine bittend ansah, *nur einmal, an dem Tag, als Viviane vor ihren Augen erschlagen wurde, hat sie nicht das ruhige und gefaßte Gesicht einer Priesterin zur Schau getragen ... Es ist wahr, aber irgendwie wühlt es sie innerlich auf ... warum nur?*

»Morgaine«, Artus wendete sich zur Schwester: »Sage mir. Ist es wahr? Habe ich einen Sohn?«

Und was bedeutet es Morgaine? dachte Gwenhwyfar. *Warum möchte sie es selbst vor ihrem Bruder verheimlichen? Es wäre wohl begreiflich, wenn sie ihr eigenes Lotterleben verheimlichen möchte. Aber warum sollte sie Artus nicht sagen, daß er einen Sohn hat?* Eine Ahnung durchzuckte Gwenhwyfar, und es nahm ihr den Atem.

Morgaine dachte: *Eine Priesterin von Avalon lügt nicht. Und doch, ich bin aus Avalon verstoßen, deshalb muß ich lügen, wenn nicht alles umsonst gewesen sein soll. Ich muß schnell und überzeugend lügen ...*

»Wer war es denn?« fragte Gwenhwyfar herausfordernd. »Eine dieser Hurenpriesterinnen aus Avalon, die sich an ihren heidnischen Festen in Sünde und Wollust zu den Männern legen?«

»Du weißt nichts von Avalon«, antwortete Morgaine und kämpfte darum, ihrer Stimme Festigkeit zu geben. »Deine Worte sind leer wie der Wind ...«

Doch Artus ergriff sie am Arm und sagte: »Morgaine ... meine Schwester ...«, und sie glaubte, im nächsten Augenblick weinen zu müssen ... wie Artus an jenem Morgen in ihren Armen geweint hatte, als er erkannte, daß Viviane sie beide zusammengebracht hatte ...

Ihr Mund war trocken, und ihre Augen brannten. Sie antwortete: »Ich sprach ... von deinem Sohn ... nur um Gwenhwyfar zu trösten, Artus. Sie fürchtete, sie könne von dir kein Kind bekommen ...«

»Hättest du das doch gesagt, um *mich* zu trösten«, sagte Artus mit verzerrtem Lächeln. »All die Jahre habe ich geglaubt, keinen Sohn zeugen zu können, selbst nicht zum Wohl meines Reiches ... Morgaine, du mußt mir die Wahrheit sagen.«

Morgaine holte tief Luft. Im tödlichen Schweigen des Gemachs hörte sie irgendwo draußen einen Hund bellen und das Zirpen einer Grille. Schließlich antwortete sie: »Im Namen der Göttin, Artus, da du darauf bestehst, es zu hören ... Ich habe dem Hirschkönig einen

Sohn geboren, zehn Monate nachdem du auf der Dracheninsel zum König gemacht wurdest. Er wuchs bei Morgause auf, und sie mußte mir schwören, daß niemand dieses Geheimnis aus ihrem Mund erfährt. Nun hörst du es aus meinem Mund. Und damit laß es gut sein.«

Artus wurde totenbleich. Er umarmte sie, und sie spürte, wie er zitterte. Tränen rannen über sein Gesicht, und er wischte sie nicht weg. »Oh, Morgaine, Morgaine, meine arme Schwester... Ich wußte, was ich dir angetan habe. Aber ich hätte mir nie träumen lassen, daß das Unrecht so groß war...«

»Es ist also wahr?« schrie Gwenhwyfar. »Diese Hure, die deine Schwester ist, hat ihre Hexenkünste an ihrem eigenen Bruder versucht...!«

Artus fuhr herum, ließ Morgaine aber nicht los. Mit einer Stimme, die sie noch nie bei ihm gehört hatte, sagte er zu Gwenhwyfar: »Schweig! Kein Wort mehr gegen meine Schwester... es war weder ihre Absicht noch ihre Schuld!« Erschüttert atmete er schwer und tief, und Gwenhwyfar blieb Zeit, das Echo ihrer häßlichen Worte selbst zu hören.

»Meine arme Schwester«, sagte Artus schließlich. »Du hast diese Bürde ganz allein getragen, und nie, wie es richtig gewesen wäre, mich dafür verantwortlich gemacht... Nein, Gwenhwyfar«, er wandte sich nach der Königin um und fuhr ernst und gesammelt fort: »Es war nicht, was du glaubst. Es geschah bei meiner Krönung, und keiner von uns kannte den anderen... Es war dunkel, und wir hatten uns lange nicht mehr gesehen. Als man uns trennte, war ich noch so klein, daß Morgaine mich auf den Armen tragen konnte. Sie war für mich nicht mehr als die Priesterin der Großen Mutter, und ich war für sie nur der Gehörnte. Als wir uns erkannten, war es zu spät, und das Unheil war geschehen.« Der König kämpfte mit den Tränen. Er drückte Morgaine an sich und schluchzte: »Morgaine, Morgaine, du hättest mir es sagen müssen!«

»Und wieder denkst du nur an sie«, kreischte Gwenhwyfar. »Du denkst nicht an deine schwerste Sünde... Sie ist deine Schwester, das Kind deiner Mutter, und für eine solche Sünde wird Gott dich bestrafen...«

»Er hat mich schon gestraft«, sagte Artus und drückte Morgaine eng an sich. »Aber die Sünde geschah unwissentlich und ohne die Absicht, etwas Böses zu tun.«

»Vielleicht straft dich Gott deshalb und schenkt dir keine Kinder.

Aber selbst jetzt, wenn du Buße tust und bereust...« Gwenhwyfar versagte die Stimme.

Behutsam befreite sich Morgaine aus Artus' Armen. Gwenhwyfar sah mit ohnmächtigem Zorn, wie Morgaine beinahe geistesabwesend des Königs Tränen mit ihrem Taschentuch trocknete – mit der Geste einer Mutter oder einer älteren Schwester, die nichts mit der Verruchtheit zu tun hatte, die Gwenhwyfar darin sehen wollte. Morgaine sagte: »Gwenhwyfar, du denkst zuviel an Sünde. Artus und ich haben nicht gefehlt. Sünde ist der Wille, etwas Schlechtes zu tun. Wir kamen durch den Willen der Göttin zusammen, durch die Kräfte des Lebens. Und wenn ein Kind das Licht der Welt erblickte, war es ein Kind der Liebe, was immer uns auch zusammengeführt hatte. Es ist richtig, Artus kann den Sohn, den er mit seiner Schwester gezeugt hat, nicht anerkennen. Aber er ist nicht der erste König mit einem Bastardsohn, zu dem er sich nicht bekennen kann. Der Knabe ist gesund, es geht ihm gut, und er lebt in der Sicherheit Avalons. Die Göttin... und dein Gott auch nicht... ist kein rachsüchtiger Dämon, der einen Menschen für eine eingebildete Sünde bestraft. Was zwischen mir und Artus geschehen ist, hätte nicht geschehen sollen. Weder er noch ich hätten es wissentlich getan. Aber was geschehen ist, ist geschehen... die Göttin bestraft dich nicht mit Kinderlosigkeit für die Sünden eines anderen. Kannst du die Fruchtlosigkeit deines Leibes etwa Artus vorwerfen?«

Gwenhwyfar schrie: »Das tue ich aber! Er hat gesündigt, und Gott straft ihn... wegen Blutschande. Er hat mit seiner Schwester einen Sohn gezeugt... Er hat der Göttin gedient, dieser widerwärtigen Hexe mit ihren abscheulich lüsternen Orgien... Artus«, rief sie, »versprich mir, Buße zu tun! Versprich mir, am heutigen heiligen Tag deine Sünde dem Bischof zu beichten und jede Buße zu tun, die er dir auferlegt. Dann wird Gott dir vielleicht vergeben, und die Strafe von uns beiden nehmen!«

König Artus blickte gequält von Morgaine zu Gwenhwyfar. Die Schwester sagte: »Buße? Sünde? Glaubst du wirklich, dein Gott ist ein bösartiger alter Mann, der umherschleicht, um zu sehen, wer mit wem im Bett liegt?«

»Ich habe *meine* Sünden gebeichtet«, erklärte Gwenhwyfar erregt. »Ich bin losgesprochen worden und habe gebüßt. Gott bestraft uns nicht wegen meiner Sünden. Versprich mir, Artus, daß auch du es tun wirst! Als Gott dir den Sieg am Berg Badon schenkte, hast du geschworen, das alte Drachenbanner abzulegen und fortan als christlicher Herrscher zu regieren. Aber diese Sünde hast du nicht gebeichtet. Jetzt tue auch dafür Buße, und Gott wird dich heute ebenso siegen lassen wie damals am Berg Badon... Und befreit von deinen Sünden wirst du mir einen Sohn schenken, der nach dir in Camelot herrschen wird!«

Artus lehnte sich an die Wand und bedeckte das Gesicht mit beiden Händen. Morgaine wollte zu ihm gehen, aber Gwenhwyfar schrie: »Halte dich von ihm fern, du...! Willst du ihn noch weiter zur Sünde verleiten? Hast du nicht schon genug Unheil angerichtet, du und deine Teufelin, die du Göttin nennst... du und diese üble alte Heidenhexe, die Balin zu Recht erschlagen hat...«

Morgaine schloß erschöpft die Augen, und es schien, als würde sie weinen. Dann sagte sie mit einem Seufzer: »Ich kann nicht erlauben, daß du meine Religion verfluchst, Gwenhwyfar. Vergiß nicht, ich habe deinem Gott nicht geflucht. Gott ist Gott, gleichgültig, wie man ihn nennt, und Gott ist immer gut. Ich halte es für verwerflich zu glauben, daß Gott grausam ist oder rachsüchtig. Und du machst ihn gemeiner als den übelsten seiner Priester. Ich bitte dich, überlege es dir gut, ehe du Artus wegen dieses Geschehnisses deinen Priestern in die Hände lieferst.« Morgaine wendete sich um, ihr rotes Gewand raschelte leise, und sie verließ den Raum.

Artus wandte sich Gwenhwyfar zu, als er hörte, daß Morgaine gegangen war. Schließlich sagte er, sanfter als er je mit seiner Gemahlin gesprochen hatte, selbst wenn sie in seinen Armen lag: »Meine geliebte...«

»So kannst du mich noch nennen?« fragte die Königin bitter und wendete sich ab. Artus folgte ihr, legte ihr seine Rechte auf die Schulter und drehte sie zu sich.

»Meine liebste Herrin und Königin... habe ich denn ein solches Unrecht begangen?«

»Selbst jetzt«, antwortete Gwenhwyfar zutiefst getroffen, »selbst jetzt denkst du nur an das Unrecht, das du Morgaine angetan hast...«

»Soll der Gedanke an das, was ich meiner Schwester angetan habe, mich vielleicht fröhlich stimmen? Ich schwöre dir, Gwenhwyfar, ich wußte es nicht, bis es geschehen war. Und als ich Morgaine erkannte, war sie es, die mich getröstet hat, als sei ich immer noch der Knabe auf ihrem Schoß... Ich glaube, wenn sie mich beschuldigt und mich angeklagt hätte, wozu sie jedes Recht besaß, wäre ich zum See gegangen und hätte mich ertränkt. Aber mir ist nie der geringste

Gedanke gekommen, was sie danach vielleicht zu erdulden haben würde... Ich war so jung, die Sachsen drohten, es gab all diese Schlachten...« Er breitete hilflos die Hände aus. »Ich versuchte zu tun, worum sie mich gebeten hatte... es zu vergessen, und wenn ich dennoch daran denken mußte, mich dessen zu erinnern, daß wir aus Unwissenheit gehandelt hatten. Oh, ich glaube, es war eine Sünde. Aber es war nicht mein Wille zu sündigen...«

Der König wirkte so verzweifelt, daß Gwenhwyfar einen Augenblick lang versucht war zu sagen, was Artus hören wollte, ihm zu bestätigen, daß er nicht gesündigt hatte. Sie wollte ihn tröstend in die Arme nehmen, doch sie rührte sich nicht von der Stelle. Nie, niemals hatte Artus bei *ihr* Trost gesucht. Niemals hatte er zugegeben, ihr Unrecht getan zu haben. Selbst jetzt konnte er nur darauf beharren, daß die Sünde, die sie zur Kinderlosigkeit verdammte, keine Sünde war. Ihn beschäftigte nur das Unrecht, das er dieser verfluchten Zauberin, seiner Schwester, angetan hatte! Sie weinte und sagte zornig, weil sie wußte, er würde ihre Tränen für Leid und nicht für Zorn halten: »Glaubst du etwa, du hast nur Morgaine Unrecht zugefügt?«

»Ich sehe nicht, daß ich jemandem sonst ein Leid angetan habe«, beharrte der König. »Gwenhwyfar, überlege doch. Es geschah, bevor ich dich kennenlernte!«

»Aber du hast mich geheiratet, ohne diese schwere Sünde zu beichten. Und selbst jetzt bekennst du dich zu ihr, obwohl du von Reue geplagt werden und Sühne tun müßtest, damit die Strafe von uns genommen wird...«

Mutlos geworden fragte er: »Gwenhwyfar, wenn dein – unser – Gott einen Mann für eine unwissentlich begangene Sünde zur Rechenschaft zieht, wird er doch nicht von der Bestrafung ablassen, nur weil ich einem Priester beichte, was geschehen ist, Gebete spreche, die jener mir auferlegt und Gott weiß was tue... vielleicht eine Zeitlang nur von Brot und Wasser lebe...«

»Wenn du wirklich bereust...«

»Mein Gott, glaubst du, ich hätte etwa nicht bereut?« stieß Artus hervor. »Ich habe es in den vergangenen zwölf Jahren jedesmal gesühnt, wenn ich Morgaine ansah. Meine Buße kann nicht wachsen, wenn ich es einem dieser Priester gestehe, die nichts anderes wollen, als Macht über einen König zu erlangen.«

»Du denkst nur an deinen Stolz!« erwiderte Gwenhwyfar zornig. »Und Stolz ist auch eine Sünde. Gott würde dir vergeben, wenn du dich in Demut seinen Priestern fügst!«

»Wenn dein Gott ein solcher Gott ist, liegt mir an seiner Vergebung nicht das geringste«, erwiderte Artus und ballte die Fäuste. »Ich muß über dieses Reich herrschen, Gwen, und es ist unmöglich, daß ich vor einem Gottesmann knie und darauf warte, daß er mir durch irgendeine Buße das Leben noch schwerer macht. Ich muß auch an Morgaine denken ... die Leute sagen jetzt schon, sie sei eine Zauberin, eine Hure und Hexe ... nur weil nach Ansicht der Priester eine Frau nicht so wissend und gebildet sein soll. Ich habe nicht das Recht, eine Sünde zu beichten, die Verachtung und öffentliche Schande über meine Schwester bringt!«

»Auch Morgaines Seele muß gerettet werden«, entgegnete Gwenhwyfar. »Und wenn die Menschen in diesem Lande sehen, daß der König seine Hoffart überwindet, an seine Seele denkt und demütig seine Sünden bereut, dann wird ihnen das auch helfen, ihre Seelen zu retten. Im Himmel wird man es dir zugute halten.«

Artus sagte seufzend: »Du redest wie einer meiner Ratgeber, Gwenhwyfar. Ich bin kein Priester, und die Seelen meiner Untertanen beschäftigen mich nicht ...«

»Wie kannst du so etwas sagen«, rief da die Königin. »Ein König steht über seinem Volk, und das Leben seiner Untertanen liegt ebenso in seiner Hand wie ihre Seelen! Du solltest ein leuchtendes Beispiel der Frömmigkeit sein und nicht nur der Tapferste auf dem Schlachtfeld! Was würdest du von einem König halten, der seine Männer in den Kampf schickt, sich selbst aber in Sicherheit bringt und die Schlacht von einem Hügel aus der Ferne beobachtet?«

»Nichts Gutes«, erwiderte Artus. Gwenhwyfar wußte, jetzt hatte sie ihn an der richtigen Stelle getroffen und setzte nach: »Und was würdest du von einem König halten, der zusieht, wie sein Volk fromm und tugendsam lebt, aber behauptet, er müsse an seine Sünde nicht denken?«

Artus seufzte: »Warum liegt dir nur soviel daran, Gwenhwyfar?«

»Weil ich den Gedanken nicht ertragen kann, daß du einst im Höllenfeuer schmachten wirst ... und weil Gott die Strafe der Kinderlosigkeit von uns nehmen wird, wenn du dich von deiner Sünde befreist.«

Die Stimme versagte ihr, und sie fing an heftig zu weinen. Artus legte den Arm um sie, und ihr Kopf ruhte an seiner Schulter. Sanft fragte er: »Glaubst du das wirklich, meine Königin?«

Gwenhwyfar erinnerte sich: So hatte er schon einmal mit ihr gesprochen. Damals, als er sich zunächst geweigert hatte, das Banner der

Jungfrau in die Schlacht zu tragen. Sie war siegreich gewesen über seinen Starrsinn, hatte ihn zu Christus geführt, und Gott hatte ihn die Sachsen besiegen lassen. Aber damals wußte sie nicht, daß diese ungebeichtete Sünde auf Artus' Seele lastete. Sie nickte und hörte ihn seufzen.

»Dann habe ich auch dir Unrecht getan, und ich muß es wiedergutmachen. Aber ich kann nicht glauben, daß es richtig ist, Morgaine dafür der Schande auszuliefern.«

»Morgaine, Morgaine, immer nur Morgaine«, fauchte Gwenhwyfar glühend vor Zorn. »Du willst nicht, daß sie leidet... in deinen Augen ist sie stets vollkommen! Sage mir, ist es gerecht, daß ich für die Sünde leide, die ihr begangen habt? Liebst du sie soviel mehr als mich? Willst du zulassen, daß ich mein Leben lang kinderlos bleibe, nur damit diese Sünde geheimgehalten werden kann?«

»Selbst wenn ich Unrecht getan habe, meine Gwen, Morgaine ist ohne Schuld...«

»Nein, das ist sie eben nicht«, zischte Gwenhwyfar. »Sie hängt der Alten Göttin an. Die Priester sagen, diese Göttin ist eine böse Schlange, die Gott, unser Herr, aus dem Paradies vertreiben mußte! Selbst jetzt läßt Morgaine nicht von ihren schmutzigen heidnischen Gebräuchen... O ja, Gott sagt uns, daß die Heiden, die sein Wort noch nie gehört haben, vielleicht gerettet werden können. Aber Morgaine wuchs in einem christlichen Haus auf und wendete sich den teuflischen Zaubereien von Avalon zu. All die Jahre hat sie am Hof das Wort Christi vernommen. Sagt man nicht, daß alle, die sein Wort hören, ohne Buße zu tun und an ihn glauben, wirklich verdammt werden? Und wir Frauen müssen ganz besonders büßen. Denn durch ein Weib kam die Sünde in die Welt...« Gwenhwyfar wurde von einem trockenen Schluchzen geschüttelt. Sie konnte kaum mehr sprechen.

Nach einer Weile fragte Artus: »Was soll ich nur tun, Gwenhwyfar, was möchtest du?«

»Heute begehen wir das heilige Pfingstfest«, erwiderte sie stockend und trocknete ihre Tränen. »An diesem Tag kam der Heilige Geist über die Menschen. Willst du zum Gottesdienst gehen und das heilige Sakrament empfangen mit dieser großen Sünde, die auf deiner Seele lastet?«

»Ich glaube... ich glaube, das kann ich nicht«, antwortete Artus gebrochen. »Wenn du das wirklich glaubst, Gwenhwyfar, werde ich es dir nicht verweigern. Ich will bereuen, soweit ich ein Tun bereuen kann, das ich nicht für Sünde halte, und werde jede Buße annehmen, die der Bischof mir auferlegt.« Sein dünnes Lächeln wirkte gequält. »Ich hoffe um deinetwillen, meine Liebe, daß du mit dem, was du meinst, daß es Gottes Wille sei, recht behalten mögest.«

Gwenhwyfar durchlebte einen Augenblick der niederschmetternden Furcht und des Zweifels, als sie die Arme um Artus legte und aus Dankbarkeit heftig zu weinen begann. Sie erinnerte sich an den Tag bei Meleagrant. Damals hatte sie erfahren, daß Gebete sie nicht retten konnten. Gott belohnte sie nicht für ihre Tugend. Und als Lancelot kam, hatte sie sich geschworen, ihre Liebe nie mehr zu verbergen oder zu bereuen, weil ein Gott, der ihre Tugend nicht belohnte, ganz sicher ihre Sünde nicht bestrafen würde. Gott kümmerte sich so oder so nicht um die Menschen.

Aber Gott hatte sie bestraft. Der Herr nahm ihr Lancelot und gab ihn Elaine. Sie setzte ihre Seele wieder und wieder aufs Spiel, aber gewonnen hatte sie nichts ...

Gott strafte trotz Beichte und Buße. Jetzt wußte sie, daß es vielleicht nicht nur ihre Schuld war, denn sie trug auch die Last von Artus' Sünde ... der Sünde, die er mit seiner Schwester begangen hatte. Wenn beide wieder reinen Herzens waren, und der König für seinen Frevel in Demut Buße tat, würde Gott auch ihm vergeben ...

Artus küßte Gwenhwyfar auf die Stirn und streichelte ihr über das Haar. Dann löste er sich von ihr. Ohne seine Umarmung fühlte sie sich kalt und verloren, als sei sie nicht von schützenden Mauern umgeben, sondern stehe draußen unter dem unendlichen offenen Himmel, der sie durch seine riesige Weite mit Grauen und Entsetzen erfüllte. Gwenhwyfar wollte sich wieder in Artus' schützende Arme flüchten. Doch der König von Camelot war auf einen Lehnstuhl gesunken und saß dort erschöpft und geschlagen ... tausend Meilen und mehr von ihr entfernt.

Nach einer Weile hob er den Kopf und bat mit einem Seufzen, das sich aus der Tiefe seiner Seele zu entringen schien: »Schicke nach Vater Patricius.«

Nachdem Morgaine Artus und Gwenhwyfar verlassen hatte, warf sie sich einen Mantel über und floh trotz des Regens ins Freie. Sie stieg auf die Wälle der hohen Festungsmauern und ging dort entlang. Auf der Hochebene von Camelot drängten sich die Zelte und Pavillons von Artus' Gefährten, von Königen und anderen Gästen. Trotz des Regens flatterten die Banner und Fahnen prächtig im Wind. Doch der Himmel war dunkel. Die schweren, niedrigen Wolken streiften beinahe den Hügel. Ruhelos ging Morgaine mit großen Schritten auf und ab. Sie dachte, der Heilige Geist hätte sich einen schöneren Tag aussuchen können, um sich auf die Menschen herabzulassen... besonders auf Artus.

O nein, Gwenhwyfar würde ihm keine Ruhe lassen, bis er sich in die Hände der Christenpriester gab. Und was war mit seinem Schwur, den er Avalon geleistet hatte?

Und doch, wenn das Schicksal wollte, daß Gwydion eines Tages auf dem Thron seines Vaters sitzen würde... wenn der Merlin *das* plante... kein Mann konnte seinem Schicksal entgehen. Freudlos dachte Morgaine: *Und eine Frau ebensowenig*. Taliesin kannte viele alte Geschichten und Lieder. Einmal erzählte er ihr vom Heiligen Land, ganz weit im Süden. Da stand ein Mann von Geburt an unter dem Fluch, seinen Vater zu erschlagen und seine Mutter zu heiraten. Daraufhin setzten die Eltern das Kind aus, damit es starb. Doch es wurde von Fremden gefunden und aufgezogen. Und eines Tages begegnete er seinem Vater, den er nicht kannte. Beide gerieten in einen Streit, er tötete ihn und heiratete die Witwe. Alles, was dazu dienen sollte, um dem Fluch zu entgehen, trug zu seiner Verwirklichung bei. Wäre er doch im Haus seines Vaters aufgewachsen, er hätte vermieden, was er aus Unwissenheit tat...

Auch sie und Artus hatten aus Unwissenheit gehandelt. Und dennoch hatte die Feenfrau ihren Sohn verflucht: *Stoße dein Kind ab oder töte es bei der Geburt. Was wird aus dem Hirschkönig, wenn der junge Hirsch herangewachsen ist?*

Alles schien sich zu verändern, wirkte plötzlich grau und fremd, als sei Morgaine in die Nebel von Avalon gewandert. In ihrem Kopf dröhnte und summte es seltsam.

Um sie herum hallte die Luft von einem ohrenbetäubenden, schrecklichen Klirren und Lärmen wider... doch nein, es waren Kirchenglocken, die zur Messe riefen. Sie hatte gehört, daß das Feenvolk den Klang der Kirchenglocken nicht ertragen konnte und sich deshalb in die fernen Hügel und Höhlen zurückgezogen hatte... sie glaubte, heute *nicht* in die Kirche gehen und mit gesammelter Gelassenheit zuhören zu können, nur weil die Hofdamen der Königin den anderen ein Beispiel geben sollten. Morgaine fürchtete, die Wände würden sie ersticken und das Gemurmel der Priester und der Weihrauch könnten sie um den Verstand bringen. Da war es im frischen Regen wirklich besser! Es wurde Zeit, die wollene Kapuze ihres Mantels aufzusetzen. Die Bänder in ihrem Haar waren feucht und sicher schon verdorben. Sie betastete sie, und ihre Finger färbten sich rot. Für den hohen Preis, den man dafür genommen hatte, waren sie schlecht gefärbt.

Der Regen ließ etwas nach, und zwischen den Zelten entdeckte sie Menschen.

»Heute wird es keine Kampfspiele geben«, hörte Morgaine eine Stimme hinter sich. »Sonst würde ich Euch um eines dieser Bänder bitten, die ihr aus Euren Haaren zieht, nur um sie wegzuwerfen. Ich würde sie als Ehrenzeichen in den Kampf tragen, Lady Morgaine.«

Morgaine blinzelte und versuchte, den Mann zu erkennen, der vor ihr stand. Er war jung, schlank und hatte dunkle Augen. Er kam ihr irgendwie bekannt vor. Aber sie konnte sich nicht genau erinnern...

»Erkennt Ihr mich nicht wieder, Herrin?« fragte er vorwurfsvoll. »Man hat mir gesagt, daß Ihr auf einem Turnier vor einem oder zwei Jahren... oder sind es schon drei Jahre her... eins Eurer Bänder auf meinen Sieg gesetzt habt.«

Jetzt fiel es ihr wieder ein. Er war der Sohn von König Uriens aus Nordwales und hieß Accolon. Eine von Gwenhwyfars Hofdamen hatte behauptet, kein Mann werde gegen Lancelot siegen, und sie hatte dagegen gewettet... Sie wußte bis heute nicht, wie das Treffen ausgegangen war, denn an diesem Pfingstfest wurde Viviane erschlagen.

»O doch, ich erinnere mich an Euch, edler Accolon. Aber vielleicht wißt Ihr noch, daß dieses Pfingstfest mit einem Mord zu Ende ging und daß das Opfer meine Ziehmutter war...«

Zerknirscht antwortete der Ritter: »Vergebt mir, daß ich Euch einen so traurigen Vorfall ins Gedächtnis rufe. Vermutlich gibt es noch genügend Kampfspiele und Turniere, ehe wir Camelot wieder verlassen... König Artus will auch in Friedenszeiten, daß seine Legionen geübt und jederzeit bereit sind, das Land im Ernstfall zu verteidigen. Aber in Britannien gibt es keine Kriege mehr.«

»Wahrscheinlich nicht«, sagte Morgaine, »denn selbst die wilden

Nordmänner suchen sich in letzter Zeit andere Ziele. Vermißt Ihr die ruhmreiche Zeit der Kämpfe und Siege?«

Sein Lächeln gefällt mir, dachte Morgaine.

»Ich habe am Berg Badon gekämpft«, erwiderte er. »Es war meine erste Schlacht und beinahe auch meine letzte. Ich glaube, Kampfspiele und Turniere sind mir lieber. Ich kämpfe, wenn es sein muß. Aber ich kämpfe lieber im Spiel gegen Freunde, die nicht die Absicht haben zu töten, und unter den Augen schöner Frauen, die uns bewundernd zusehen... auf dem Schlachtfeld, Herrin, ist niemand da, um Ritterlichkeit zu bewundern. Und trotz all der Reden von Mut und Tapferkeit ist wahre Ritterlichkeit sehr selten...«

Sie hatten sich unterdessen der Kirche genähert. Das Geläut der Glocken übertönte beinahe seine Worte. *Eine angenehme, melodische Stimme,* dachte Morgaine. Sie fragte sich, ob er wohl Harfe spielte. Jäh änderte sie die Richtung.

»Besucht Ihr die heilige Messe nicht, Lady Morgaine?«

Lächelnd blickte Morgaine auf seine Handgelenke, um die sich die Schlangen wanden. Sie fuhr mit dem Finger leicht darüber. »Und Ihr?«

»Ich weiß nicht. Ich wollte eigentlich gehen, um meine Freunde zu treffen... nein, ich glaube nicht«, sagte er dann und lächelte sie an, »wenn ich mich mit einer Dame unterhalten kann...«

Mit einem Anflug von Ironie fragte sie: »Fürchtet Ihr nicht um Euer Seelenheil?«

»Oh, mein Vater ist fromm genug für uns beide... er hat keine Gemahlin mehr. Ich bin sicher, er will die Lage auskundschaften und herausfinden, wo seine nächste Eroberung wartet. Er hält es mit dem Apostel, der sagt: ›Besser heiraten als brennen!‹ Ich glaube, er brennt häufiger, als es sich mit der Würde eines Mannes in seinem Alter vereinbaren läßt...«

»Habt Ihr Eure Mutter verloren, Accolon?«

»Ja, noch ehe ich entwöhnt wurde, und ich hatte... eine, zwei, drei Stiefmütter«, erwiderte Accolon. »Mein Vater hat drei Söhne. Er braucht ganz bestimmt keinen Erben mehr. Aber er ist zu fromm, um sich eine Frau nur fürs Bett zu suchen, deshalb muß er wieder heiraten. Selbst mein ältester Bruder ist vermählt und hat bereits einen Sohn.«

»War König Uriens bei Eurer Geburt schon ein alter Mann?«

»In den mittleren Jahren«, erwiderte Accolon. »So jung bin ich auch nicht mehr. Ohne den Krieg wäre ich vielleicht für Avalon und die

Weisheit der Druiden bestimmt gewesen. Aber mein Vater ist im Alter sehr christlich geworden.«

»Trotzdem tragt Ihr die Schlangen.«

Er nickte. »Und ich habe etwas von ihrer Weisheit gelernt, aber nicht genug, um mich zufriedenzustellen. Für einen jüngeren Sohn gibt es in dieser Zeit kaum etwas zu tun. Mein Vater versprach, mir hier ebenfalls eine Gemahlin zu suchen«, sagte er lächelnd. »Ich wünschte, der König wäre nicht Euer Bruder, Herrin.«

Morgaine spürte, daß sie wie ein Mädchen errötete. »Oh, ich bin zu alt für Euch«, wehrte sie ab. »Außerdem bin ich nur Artus' Halbschwester aus der ersten Ehe unserer Mutter. Mein Vater war Herzog Gorlois, der Mann, den Uther Pendragon als Verräter bekämpfte...«

Accolon sagte nach kurzem Schweigen: »In der heutigen Zeit ist es vielleicht gefährlich, die Schlangen zu tragen... oder es wird bald so sein, wenn die Kirchenmänner noch mehr Einfluß gewinnen. Ich habe gehört, daß Artus mit Hilfe von Avalon den Thron bestieg. Ja, der Merlin gab ihm Excalibur, das Schwert der Heiligen Insignien. Aber inzwischen ist sein Hof christlich geworden... mein Vater fürchtete, König Artus würde das Land wieder unter die Herrschaft der Druiden stellen. Aber offensichtlich hat er das nicht vermocht...«

»Ja, das ist richtig«, sagte Morgaine, und Zorn stieg in ihr auf. »Trotzdem besitzt er noch immer das Schwert der Druiden...«

Accolon betrachtete sie genauer. »Ihr tragt den Halbmond von Avalon.« Morgaine errötete. Inzwischen waren alle in der Kirche. Die Türen wurden geschlossen. »Es regnet wieder stärker... Lady Morgaine, Ihr werdet bald durchnäßt sein und Euch erkälten. Ihr müßt zurück. Aber wollt Ihr beim Ehrenmahl heute neben mir sitzen?«

Sie lächelte zögernd. Ganz sicher würden Artus und Gwenhwyfar an diesem Tag sie nicht an der Hohen Tafel vermissen.

Gwenhwyfar kann nicht vergessen haben, wie sie Meleagrants Lust zum Opfer fiel... sie will mich anklagen und hat selbst Trost in den Armen des besten Freundes ihres Gemahls gesucht? Oh, nein! Es war nicht Vergewaltigung... nichts dergleichen. Trotzdem, ich wurde dem Gehörnten übergeben, ohne daß jemand mich gefragt hätte, ob ich das auch will... nicht Lust hat mich mit meinem Bruder zusammengebracht, sondern Gehorsam gegenüber dem Willen der Göttin...

Accolon wartete immer noch auf ihre Antwort und sah sie erwartungsvoll an. *Wenn ich es wollte, würde er mich küssen. Er würde mich um die Gunst einer einzigen Berührung anflehen ...* Sie wußte es, und die Vorstellung war Balsam auf ihren verwundeten Stolz. Sie schenkte ihm ein Lächeln, das ihn verwirrte.

»Gern, wenn wir weit genug entfernt von Eurem Vater sitzen können.«

Und plötzlich durchzuckte es sie: So hatte Artus sie angesehen. *Davor also fürchtete sich Gwenhwyfar! Sie weiß, was ich bisher nicht wußte: Ich muß nur die Hand ausstrecken, und Artus wird alles in den Wind schlagen, was sie sagt. Er liebt mich mehr als sie. Ich liebe Artus nur als meinen Bruder, aber das weiß sie nicht. Sie fürchtet, ich würde ihn verzaubern und durch die geheimen Künste von Avalon wieder in mein Bett locken.*

»Ich bitte Euch, geht hinein und ... kleidet Euch um«, sagte Accolon besorgt. Morgaine lächelte ihn an und drückte seine Hand.

»Wir sehen uns an der Tafel.«

Gwenhwyfar saß während des Hochamts in sich gekehrt auf ihrem Platz und versuchte, die Fassung wiederzugewinnen. Der Erzbischof hielt die übliche Pfingstpredigt und sprach von der Ausgießung des Heiligen Geistes. Und sie dachte: *Wenn Artus schließlich doch alle seine Sünden bereut und ein Christ geworden ist, muß ich dem Heiligen Geist danken, daß er heute über uns beide gekommen ist.* Verstohlen betastete sie ihren Leib. Sie hatten heute beisammen gelegen, vielleicht würde sie an Lichtmeß den Thronerben auf dem Arm halten ... sie blickte hinüber zu Lancelot, der neben Elaine kniete. Eifersüchtig bemerkte sie, daß Elaines Leib sich bereits wieder wölbte ... noch ein Sohn oder diesmal eine Tochter. *Jetzt brüstet sich Elaine mit dem Mann, den ich so lange geliebt habe, und mit dem Sohn, den ich hätte bekommen sollen ... ich muß den Kopf noch eine Zeitlang in Demut neigen und bescheiden sein. Es wird mir nicht schwerfallen vorzugeben, daß ihr Sohn einst Artus auf den Thron folgt ... Oh, was bin ich für eine sündige Frau. Ich habe Artus geheißen, er muß seinen Stolz bezwingen und bin selbst voller Hochmut.*

Wie immer an Pfingsten war die Kirche auch heute überfüllt. König Artus wirkte blaß und niedergeschlagen. Er hatte mit dem Bischof gesprochen, aber vor dem Hochamt konnten sie nicht ausführlich miteinander reden. Er kniete neben Gwenhwyfar, und sie hatte das Gefühl, er sei ein Fremder – noch mehr ein Fremder als damals vor der Brautnacht, als das Entsetzen vor dem Unbekannten sie quälte.

Ich hätte mich mit Morgaine nicht überwerfen sollen ...
Warum nur fühle ich mich schuldig? Morgaine hat gesündigt ... ich habe doch meine Sünden bereut, sie gebeichtet und bin losgesprochen worden ...
Morgaine fehlte in der Kirche. Sicher besaß sie nicht die Stirn, sündig am Gottesdienst teilzunehmen, nachdem sie als ... blutschänderische, heidnische Hexe und Zauberin entlarvt worden war.
Die Messe schien kein Ende zu nehmen. Aber endlich erteilte der Erzbischof den Segen, und die Gläubigen verließen das Gotteshaus. Für einen Augenblick traf sie im Gedränge auf Elaine und Lancelot. Der Ritter hatte den Arm schützend um Elaine gelegt, damit sie nicht gestoßen wurde. Gwenhwyfar hob den Kopf, damit sie nicht auf Elaines Leib sehen mußte.
»Es ist lange her, seit wir Euch zum letzten Mal auf Camelot gesehen haben«, sagte Gwenhwyfar.
»Es gibt soviel zu tun im Norden«, erwiderte Lancelot.
»Ich hoffe, nicht noch mehr Drachen?« fragte Artus.
»Gott sei Dank, nein«, erwiderte Lancelot lächelnd. »Mein erster Drache war vermutlich auch mein letzter ... Gott möge verzeihen, daß ich mich über Pellinore lustig machte, als er von diesem Ungeheuer erzählte! Nachdem die Sachsen uns zufrieden lassen, werden unsere Gefährten wohl gegen Drachen, Räuber und Plünderer ziehen müssen, damit das Volk wirklich in Frieden und Sicherheit leben kann.«
Elaine lächelte Gwenhwyfar scheu an. »Mein Gemahl ist wie alle Männer ... er zieht lieber in den Kampf, wenn es sein muß auch gegen Drachen, anstatt zu Hause zu bleiben und den hart erkämpften Frieden zu genießen. Und König Artus?«
»Ich glaube, er hat genügend hier am Hof zu tun, denn jedermann kommt zu ihm, um Gerechtigkeit zu finden«, erwiderte Gwenhwyfar. »Wann wird es denn soweit sein«, fügte sie mit einem Blick auf Elaines Leib hinzu. »Glaubst du, es wird ein Sohn oder eine Tochter werden?«
»Ich hoffe, es wird ein Sohn. Ich möchte keine Tochter«, erwiderte Elaine. »Aber das liegt in Gottes Hand. Wo ist eigentlich Morgaine? Ich habe sie in der Kirche nicht gesehen. Ist sie krank?«
Gwenhwyfar lächelte verächtlich: »Ich glaube, du weißt, was für eine gute Christin Morgaine ist.«
»Aber sie ist meine Freundin«, entgegnete Elaine. »Ich liebe sie, gleichgültig ob sie eine gute oder schlechte Christin ist. Ich werde für sie beten.«

Das kannst du auch, dachte Gwenhwyfar verdrießlich, *sie hat dir Lancelot verschafft, um mich zu kränken.* Sie konnte Elaines unschuldige blaue Augen nicht mehr sehen und ihre falsche Stimme nicht mehr hören. Sie glaubte, sie würde Elaine anfallen und erwürgen, wenn sie noch einen Augenblick zuhören mußte. Mit einer Entschuldigung ging sie weiter, und Artus folgte ihr kurze Zeit später.
Er sagte: »Ich hatte gehofft, wir würden Lancelot ein paar Wochen bei uns haben. Aber er will wieder in den Norden. Er sagt, Elaine könne bleiben, wenn du sie gerne um dich hättest. Ihre Niederkunft steht so dicht bevor, daß er lieber sähe, sie würde nicht allein zurückkehren. Vielleicht sehnt sich auch Morgaine nach ihrer Freundin. Aber das müßt ihr Frauen untereinander ausmachen...«
Mutlos und zagend sah er sie an und sagte: »Ich muß jetzt zum Bischof. Er wollte sofort nach der Messe mit mir sprechen.«
Gwenhwyfar wollte sich an ihn klammern, ihn zurückhalten und mit beiden Händen festhalten. Aber dazu war es zu spät.
»Morgaine war nicht in der Kirche«, sagte Artus. »Hast du etwas zu ihr gesagt...?«
»Ich habe kein Wort mit ihr gesprochen, weder im Guten noch im Schlechten«, erwiderte sie schrill. »Mir ist es gleichgültig, wo sie ist. Ich wünschte, sie wäre in der Hölle!«
Der König öffnete den Mund. Einen Augenblick lang glaubte sie, er würde sie zurechtweisen; widersinnig genug, sehnte sie sich nach seinem Zorn. Aber er seufzte nur tief und senkte den Kopf. Sie konnte es nicht ertragen, ihn so demütig wie einen geprügelten Hund zu sehen. »Gwen, ich bitte dich, streite nicht weiter mit Morgaine. Sie hat bereits genug erduldet...« Dann wendete er sich abrupt um, als schäme er sich seiner Bitte, und ging auf den Erzbischof zu, der seine Gemeinde begrüßte. Als Artus vor ihm stand, verbeugte er sich, entschuldigte sich bei den Umstehenden mit wenigen Worten, und König und Kirchenmann schritten gemeinsam durch die Menge.
In der Burg gab es viel zu tun... Gwenhwyfar mußte Gäste in der Halle begrüßen, sich mit Männern unterhalten, die in früheren Jahren zu Artus' Rittern zählten und ihnen erklären, daß der König mit einem seiner Ratgeber etwas zu besprechen hatte und später kommen würde – es war keine Lüge, denn Patricius gehörte tatsächlich zu den Ratgebern des Großkönigs. Eine Zeitlang waren alle nur damit beschäftigt, alte Freunde zu begrüßen, zu erzählen, was sich bei ihnen zu Hause und in den Dörfern ereignet hatte, welche Ehen

geschlossen, welche Söhne erwachsen, welche Töchter verheiratet und welche Kinder geboren worden waren. Man erzählte sich Geschichten über erschlagene Räuber und neu gebaute Straßen. Die Zeit verging, und niemand bemerkte, daß der König nicht unter ihnen weilte. Gwenhwyfar befahl, Wein, Bier und Apfelwein aufzutragen. Sie wußte wohl, bis die Speisen auf den Tisch kamen, waren die meisten Gäste zu betrunken, um noch etwas zu bemerken. Weit unten an der Tafel sah sie Morgaine, die sich lachend mit einem Mann unterhielt, den Gwenhwyfar nicht kannte. Aber sie sah die Schlangen von Avalon an seinen Handgelenken und fragte sich, ob sie ihre zauberische Zügellosigkeit einsetzen würde, um ihn zu verführen, wie sie Lancelot und Kevin, den Merlin Britanniens, verführt hatte. Morgaine war eine zu große Hure, um sich auch nur einen Mann entgehen zu lassen.
Als Artus schließlich langsam und mit schweren Schritten zu ihr kam, überwältigte sie der Kummer. Nur damals, als er mit der lebensgefährlichen Wunde aus der Schlacht zu ihr zurückkehrte, hatte er ähnlich ausgesehen. Plötzlich spürte sie, seine Seele mußte schwer verwundet sein, schwerer als sie sich das vorstellen konnte. Sie überlegte flüchtig, ob Morgaine nicht richtig gehandelt hatte, ihm das Wissen zu ersparen. Nein, als seine treue Ehefrau hatte sie gehandelt, um der Reinheit seiner Seele und ihrer Rettung willen. Was bedeutete dagegen eine kleine Demütigung?
Der König hatte sein Festgewand abgelegt und trug eine einfache schmucklose Tunika. Gwenhwyfar vermißte die Krone, die er bei solchen Gelegenheiten trug. Seine goldblonden Haare wirkten stumpf und grau. Die Ritter begrüßten seinen Eintritt mit stürmischen Hochrufen und fröhlichen Worten. Artus nahm ihre Freude ernst entgegen, dann lächelte er und hob die Hand.
»Ich bedauere, daß ich euch alle habe warten lassen«, sagte er. »Ich bitte euch, vergebt mir. Das Mahl möge beginnen.«
Seufzend setzte er sich auf seinen Platz. Knappen und Diener gingen mit dampfenden Schüsseln und Tellern herum; und die Vorschneider machten sich ans Werk. Gwenhwyfar ließ sich ein paar Scheiben gebratener Ente auf den Teller legen. Aber sie spielte nur mit dem Fleisch. Nach einiger Zeit wagte sie den Blick zu heben und Artus anzusehen. Er saß vor seinem leeren Teller. Sie sah nur einen Kanten Brot daneben, noch nicht einmal Butter und in seinem Becher nur Wasser.
Vorwurfsvoll fragte sie ihn: »Warum ißt du denn nichts?«

Der König lächelte dünn: »Nicht aus Mißachtung der Speisen. Alles ist sicher so gut wie immer, meine Liebe.«
»Es ist aber nicht richtig, an einem Festtag zu fasten ...«
Artus verzog das Gesicht. »Nun, wenn du es genau wissen mußt«, sagte er unwirsch, »der Bischof fand, daß meine Sünde so schwer ist, daß er mich nicht mit einer üblichen Buße lossprechen kann. Da du es so gewollt hast, Gwenhwyfar, nun bitte ...« Er wies ergeben auf sich und dann auf den Teller: »Deshalb komme ich zum Pfingstfest in meiner Tunika anstatt in meinem Festgewand. Ich werde auch noch oft fasten müssen und viel beten, ehe ich meine Buße geleistet habe ... aber dein Wunsch ist in Erfüllung gegangen, Gwenhwyfar.« Er griff nach dem Becher und trank entschlossen. Gwenhwyfar wußte, er wollte nichts weiter darüber hören.
Aber *so* schrecklich hatte sie es sich nicht vorgestellt ... Die Königin biß die Zähne aufeinander, um nicht zu weinen. Aller Augen waren auf sie gerichtet, sie wollte das Aufsehen nicht noch vergrößern. Es war schon sonderbar genug, daß der König an seinem höchsten Fest an seiner eigenen Tafel fastete. Der Regen trommelte auf das Dach. In der Halle herrschte eine seltsame Stille. Endlich hob Artus den Kopf und rief nach Musik.
»Morgaine soll für uns singen ... sie ist besser als alle Spielleute!«
Morgaine! Morgaine! Immer nur Morgaine! Aber was konnte sie dagegen tun? Gwenhwyfar stellte fest, daß Morgaine das rote Gewand vom Morgen abgelegt hatte und ein dunkles, strenges Kleid wie eine Nonne trug. Ohne ihre bunten Bänder sah sie weniger wie eine Dirne aus. Artus' Schwester griff nach ihrer Harfe und setzte sich in die Nähe des Königs.
Da es sein Wunsch zu sein schien, herrschte bald wieder Lachen und Fröhlichkeit. Und als Morgaine zu singen aufhörte, nahm einer der Männer die Harfe und dann noch einer. Es herrschte ein fröhliches Hin und Her zwischen den Tischen. Man sang, redete und trank.
Lancelot näherte sich ihnen. Artus bat ihn mit einem freundlichen Wink, sich wie in alten Tagen zu ihnen auf die Bank zu setzen. Die Diener brachten große Platten mit Süßigkeiten und Früchten, Bratäpfel in Sahne und Wein und alle Arten von feinem Gebäck und Kuchen. Man sprach über alles mögliche. Einen Augenblick lang fühlte sich Gwenhwyfar glücklich. Es war wie in alten Zeiten, als sie alle noch Freunde waren und sich liebten ... warum nur hatte es nicht so bleiben können?
Nach einiger Zeit erhob sich Artus und sagte: »Entschuldigt mich. Ich

werde jetzt zu meinen älteren Rittern hinübergehen und mich mit ihnen unterhalten. Ich habe junge Beine. Manche meiner Gefährten sind inzwischen alt und grau geworden. Pellinore ... es sieht nicht so aus, als könne er es noch mal mit einem Drachen aufnehmen. Ich glaube, ein Kampf mit Elaines Schoßhund wird ihm schon schwer genug fallen.«

Lancelot entgegnete: »Seit Elaine verheiratet ist, scheint er keine Aufgabe mehr im Leben zu haben. Solche Männer sterben oft, wenn sie zu dieser Ansicht gekommen sind. Ich hoffe, es ist bei ihm nicht der Fall ... ich liebe Pellinore und wünsche, er wird noch lange bei uns sein.« Mit einem scheuen Lächeln fügte der Ritter hinzu: »Ich hatte nie das Gefühl, einen Vater gehabt zu haben ... obwohl Ban auf seine Weise gut zu mir war ... nun habe ich zum ersten Mal einen Verwandten, der mich als Sohn behandelt. Brüder bekam ich auch erst, als ich erwachsen wurde und Bans Söhne Lionel und Bors an den Hof kamen. Ich wuchs dort auf und konnte kaum ihre Sprache verstehen ... Balan hatte anderes im Kopf.«

Artus hatte kaum den Mund verzogen, seit er vom Bischof zurückgekommen war. Aber jetzt lächelte er. »Zählt ein Vetter soviel weniger als ein Bruder, Galahad?«

Lancelot legte ihm die Hand auf den Arm: »Gott soll mich strafen, wenn ich das behaupten würde, Gwydion ...« Er sah Artus in die Augen. Und Gwenhwyfar wußte, jetzt würde er ihn umarmen. Aber Artus zog den Arm zurück. Lancelot ließ die Hand sinken und sah den König fassungslos an. Artus erhob sich schnell.

»Dort sitzt Uriens bei Marcus von Cornwall ... auch er wird alt ... Sie sollen sehen, daß ihr König nicht zu stolz ist, um heute zu ihnen zu kommen und sich mit ihnen zu unterhalten. Bleib hier bei Gwenhwyfar, Lance. Laß es noch einmal sein wie in alten Zeiten.«

Lancelot rückte an Gwenhwyfars Seite und fragte: »Ist der König krank?«

Gwenhwyfar schüttelte den Kopf. »Ich glaube, der Erzbischof hat ihm eine Buße auferlegt, die Artus sich sehr zu Herzen nimmt.«

»Artus kann sicher keine schwere Sünde auf sich geladen haben«, erklärte Lancelot. »Er ist ein Mann ohne Fehl und Tadel. Ich kenne keinen besseren als ihn. Ich bin stolz darauf, daß er immer noch mein Freund ist ... ich weiß, ich verdiene es nicht, Gwen.« Lancelot sah sie so traurig dabei an, daß Gwenhwyfar beinahe weinte. Warum konnte sie diese beiden Männer nicht lieben? Warum war das eine Sünde? Warum hatte Gott bestimmt, daß eine Frau nur einen Gemahl haben durfte? Sie war schon so schlecht wie Morgaine, daß sie so etwas denken konnte!

Gwenhwyfar berührte seine Hand. »Lancelot, bist du glücklich mit Elaine?«

»Glücklich? Welcher Mensch ist schon glücklich? Ich gebe mir alle Mühe!«

Sie blickte auf ihre Hände. Einen Augenblick lang vergaß sie, daß dieser Mann ihr Liebhaber gewesen war und sah nur noch den Freund in ihm. »Ich möchte, daß du glücklich bist, wirklich!«

Seine Hände umschlossen ihre. »Ich weiß, meine Liebe. Ich wollte heute nicht kommen. Ich liebe dich, und ich liebe Artus ... aber die Zeit ist vorbei, als ich damit zufrieden sein konnte, sein Reiteroberst zu sein und ...«, die Stimme versagte ihm. »Und der Ritter der Königin.«

Sie entzog ihm die Hand nicht, blickte zu ihm auf und fragte plötzlich: »Kommt es dir manchmal auch so vor, als seien wir nicht mehr jung, Lancelot?«

Er nickte und antwortete seufzend: »O ja ...«

Morgaine sang inzwischen wieder. Lancelot sagte: »Ihre Stimme ist so schön und rein wie immer. Ich muß an meine Mutter denken ... sie konnte nicht so gut singen wie Morgaine. Aber sie hatte die gleiche weiche, tiefe Stimme ...«

»Morgaine ist so jung wie eh und je«, bemerkte Gwenhwyfar eifersüchtig.

»Das ist bei den Menschen aus dem Alten Volk so. Sie wirken jung bis zu dem Tag, an dem sie plötzlich alt sind.« Lancelot beugte sich zu Gwenhwyfar hinunter und hauchte einen Kuß auf ihre Wange. Dann sagte er unvermittelt: »Glaube nie, du seist weniger schön als Morgaine, meine Gwen. Sie ist nur eine andere Schönheit ... mehr nicht.«

»Warum sagst du das?«

»Liebes, ich kann es nicht ertragen, dich unglücklich zu sehen ...«

Sie sagte: »Ich glaube, ich weiß nicht, was es heißt, glücklich zu sein.«

Wieso wirkt Morgaine so ungerührt? Diese Hexe hat mein Leben und Artus' Leben zerstört. Aber das belastet sie nicht. Hier sitzt sie, lacht und singt. Der Ritter mit den Schlangen auf den Handgelenken ist ganz vernarrt in sie.

Bald darauf erklärte Lancelot, er müsse wieder zu Elaine und verließ sie. Dann kam Artus zurück, und vor ihn traten Ritter und Vasallen, die ihm ihre Bitten vortrugen, ihm Geschenke brachten und ihre Verdienste in Erinnerung riefen. Auch Uriens von Nordwales war unter ihnen. Er wirkte behäbig, und sein Haar war grau geworden. Aber er hatte noch alle Zähne, und wenn notwendig führte er noch immer seine Männer in die Schlacht.

Der alte Recke sagte: »Ich bin gekommen, um Euch um eine Gunst zu bitten, König Artus. Ich möchte wieder heiraten und mich gerne mit Eurem Haus verbinden. Wie ich gehört habe, lebt Lot von Lothian nicht mehr. Ich bitte um Erlaubnis, Morgause, seine Witwe, heiraten zu dürfen.«

Artus mußte mit Mühe ein Lachen unterdrücken. »Ah, lieber Freund, diese Bitte solltet Ihr an den edlen Gawain richten. Er herrscht jetzt in Lothian. Ich bin sicher, er wäre glücklich, seine Mutter wieder zu verheiraten... Aber die Dame ist bestimmt alt genug, um eigene Vorstellungen zu haben. Ich kann ihr nicht befehlen zu heiraten... es wäre das gleiche, als wolle ich es meiner Mutter befehlen!«

Gwenhwyfar durchzuckte eine plötzliche Eingebung. Es war eine ausgezeichnete Lösung! Artus hatte selbst gesagt, man würde Morgaine am Hof verachten oder verdammen, wenn es bekannt würde. Sie zupfte den Gemahl am Ärmel und sagte leise: »Artus, Uriens ist ein wertvoller Verbündeter. Du hast mir gesagt, die Bergwerke von Wales mit ihrem Eisen und ihrem Blei sind für dich ebenso wichtig, wie sie es für die Römer waren... und eines Tages mußt du deine Schwester verheiraten.«

Er sah sie verblüfft an. »Uriens ist alt!«

»Morgaine ist älter als du«, erwiderte sie. »Und Uriens hat erwachsene Söhne und Enkelkinder. Es wird ihm bestimmt nichts ausmachen, wenn Morgaine ihm keine Kinder schenkt.«

»Das ist wahr«, sagte Artus nachdenklich. »Es scheint mir eine gute Verbindung zu sein.« Er hob den Kopf und sagte zu Uriens: »Königin Morgause kann ich nicht befehlen, sich wieder zu vermählen. Aber meine Schwester, die Herzogin von Cornwall, ist noch nicht verheiratet.«

Uriens erwiderte mit einer Verbeugung: »Es steht mir nicht zu, soviel zu verlangen, mein König. Aber wenn Eure Schwester einwilligt, Königin an meinem Hof zu werden...«

»Ich werde keine Frau gegen ihren Willen zu einer Heirat zwingen. Aber ich werde sie fragen«, sagte Artus. Er winkte einem Knappen. »Bitte Lady Morgaine zu mir zu kommen, wenn sie ihr Singen beendet hat.«

König Uriens' Augen hingen an Morgaine, deren dunkles Gewand ihre Haut heller wirken ließ. »Eure Schwester ist sehr schön. Jeder Mann würde sich glücklich schätzen, eine solche Gemahlin zu haben.«

Uriens kehrte an seinen Platz zurück. Artus beobachtete Morgaine, die nun auf ihn zukam, und sagte: »Sie ist schon zu lange unvermählt... sie muß sich nach einem eigenen Hausstand sehnen, wo sie die Herrin ist und nicht immer einer anderen Frau dient. Für viele der jungen Männer ist sie zu gelehrt. Uriens wird glücklich und dankbar sein, wenn sie ihm die Ehre erweist... ich wünschte nur, er wäre nicht so alt...«

»Ich glaube, mit einem älteren Mann wird sie glücklicher sein«, erklärte Gwenhwyfar. »Sie ist kein flatterhaftes junges Ding.«

Morgaine verneigte sich vor ihnen. Hier, vor allen Leuten, zeigte sie sich lächelnd und gefaßt. Diesmal war Gwenhwyfar froh darüber.

»Schwester«, begann Artus. »Jemand hält um deine Hand an. Und nach diesem Morgen...«, er senkte die Stimme, »ich hielte es für gut, wenn du den Hof für eine Weile verlassen würdest.«

»Ich würde mit Freuden gehen, Bruder.«

»Ja, dann...«, fuhr Artus fort. »Wie würde es dir gefallen, in Nordwales zu leben? Wie ich höre, ist es sehr einsam dort, aber sicher nicht einsamer als Tintagel...«

Zu Gwenhwyfars Überraschung errötete Morgaine wie ein fünfzehnjähriges Mädchen. »Ich will nicht so tun, als überrasche mich das allzusehr, Bruder.«

Artus lachte leise. »Oh, der schlaue Fuchs hat mir nicht verraten, daß er mit dir bereits gesprochen hat.«

Morgaine spielte mit hochrotem Kopf an ihrem Zopf. Gwenhwyfar dachte: *Sie sieht bei weitem nicht so alt aus, wie sie ist.* »Du kannst ihm sagen, ich wäre glücklich, in Nordwales zu leben.«

Artus erkundigte sich freundlich: »Stört dich sein Alter nicht?«

Morgaines Gesicht war rosig angehaucht. »Wenn es ihn nicht stört, ich bin es zufrieden.«

»So sei es denn«, Artus bedeutete Uriens mit einem Wink zu kommen. Der alte Ritter trat strahlend zu ihnen. »Meine Schwester hat erklärt, sie wäre mit Freuden Königin von Nordwales, mein Freund. Ich sehe keinen Anlaß, die Vermählung nicht in aller Kürze zu feiern... vielleicht am Sonntag.« Er hob den Becher und verkündete laut: »Wir wollen auf eine Hochzeit trinken, meine Freunde... die Hochzeit zwischen der Herzogin von Cornwall, meiner lieben

Schwester, mit meinem guten Freund, dem König Uriens von Nordwales!«
Zum ersten Mal herrschte in der Halle eine Stimmung wie sonst am Pfingstfest ... lauter Beifall ertönte, Glückwünsche und Hochrufe wurden ausgebracht. Aber Morgaine stand wie zu Stein erstarrt.
Aber sie hat doch eingewilligt. Sie sagte, er habe mit ihr gesprochen ..., dachte Gwenhwyfar. Dann erinnerte sie sich an den jungen Mann, der mit Artus' Schwester gescherzt und gelacht hatte. War das nicht Uriens' Sohn Accolon ... ja, Accolon hieß er. Aber sie konnte doch nicht im Ernst erwarten, daß er um ihre Hand angehalten hatte? Morgaine war älter als er! *Sie muß an Accolon gedacht haben ... wird sie wirklich einen öffentlichen Aufruhr heraufbeschwören und sich weigern?* überlegte Gwenhwyfar.
Mit neu aufwallendem Haß dachte sie: *Jetzt soll Morgaine selbst erleben, was es heißt, mit einem Mann verheiratet zu werden, den sie nicht liebt!*
»So, jetzt wirst du also auch Königin, meine Schwester«, sagte Gwenhwyfar glattzüngig und ergriff Morgaines Hand. »Ich werde deine Brautführerin sein.«
Trotz dieser süßen Worte sah ihr Morgaine geradewegs und fest in die Augen, und Gwenhwyfar wußte, daß sie durchschaut war. *So soll es sein. Wenigstens sind wir nun einander los und müssen nicht länger Freundschaft füreinander heucheln ...*

Morgaine erzählt ...

Ich vermute, für eine Ehe, der ein solches Ende bestimmt war wie meiner, begann sie nicht schlecht. Wenn man bedenkt, wie Gwenhwyfar mich haßte, so richtete sie mir doch eine prunkvolle Hochzeit aus. Ich hatte sechs Ehrendamen, davon waren vier Königinnen. Artus schenkte mir schönen und kostbaren Schmuck ... in Avalon trug ich keinen, hatte mich später auch nicht daran gewöhnt und machte mir deshalb nicht viel daraus. Ich besaß noch ein paar schöne Stücke, die Igraine gehört hatten. Jetzt erhielt ich noch weitere Juwelen aus dem Besitz meiner Mutter und Beutestücke von den Sachsen. Ich wollte ablehnen, aber Gwenhwyfar erinnerte mich daran, daß Uriens erwartete, seine Frau geschmückt zu sehen, wie es sich für eine Königin ziemt. Ich ließ mich achselzuckend von ihr wie eine Puppe ausstaffieren. Ich erinnerte mich, an Igraine eine Bernsteinkette gesehen zu haben, als ich noch sehr klein war. Dann hatte ich sie nur noch einmal

in ihrem Schmuckkasten gesehen. Sie erklärte, es sei ein Geschenk von Gorlois, und eines Tages würde sie mir gehören. Aber ich wurde Priesterin in Avalon, ehe ich alt genug war, um sie zu tragen. Jetzt gehörte sie mir ebenso wie viele andere Schmuckstücke, von denen ich behauptete, ich würde sie nie tragen.
Ich bat um eines ... Man sollte die Hochzeit verschieben, bis Morgause, meine einzige Anverwandte, eintreffen würde. Aber vergebens ... vielleicht glaubten sie, ich könne zur Vernunft kommen, mich gegen die Vermählung auflehnen und sagen, ich habe an Accolon gedacht, als ich zustimmte, mich nach Nordwales zu verheiraten. Ich bin sicher, zumindest Gwenhwyfar wußte, daß ich nicht den alten König im Sinn gehabt hatte. Ich fragte mich, was Accolon von mir dachte. Ich hatte mich ihm so gut wie versprochen, und ehe es Abend wurde hatte man mich in aller Öffentlichkeit seinem Vater gegeben! Ich hatte keine Möglichkeit, mit ihm zu reden ...
Aber vermutlich ... nun, Accolon würde sich vermutlich eine fünfzehnjährige Braut suchen und keine vierunddreißigjährige ... Eine Frau über dreißig ... so behaupteten die meisten Frauen ... mußte sich mit einem Mann zufriedengeben, der schon mindestens einmal verheiratet war und durch seine Braut Familienbande knüpfen wollte, sie wegen ihrer Schönheit oder ihres Reichtums nahm oder eine Mutter für seine Kinder suchte. Nun, es gab kaum eine bessere Familie als meine. Und das übrige ... Schmuck und Juwelen besaß ich genug. Aber ich konnte mich kaum als Mutter Accolons oder der anderen Kinder des alten Mannes sehen. Vielleicht schon eher als Großmutter seiner Enkelkinder. Mit leichtem Erschrecken rief ich mir ins Gedächtnis, daß Vivianes Mutter eine jüngere Großmutter gewesen war als ich. Sie hatte Viviane mit dreizehn bekommen. Und Vivianes Tochter, die bald nach der Geburt starb, wurde geboren, als Viviane noch nicht vierzehn war.
In den wenigen Tagen zwischen Pfingsten und unserer Hochzeit sprach ich nur einmal unter vier Augen mit Uriens. Vielleicht hoffte ich, er als christlicher König würde sich weigern, mich zu heiraten, wenn er erfuhr, was ich ihm zu sagen hatte. Vielleicht suchte er noch eine junge Frau, die ihm Kinder schenken konnte. Ich wollte auch nicht, daß er mich unter falschen Voraussetzungen nahm und mir hinterher Vorwürfe machte, da ich wußte, wieviel den Christen eine unberührte Braut bedeutete. Vermutlich hatten sie das zusammen mit dem Familienstolz von den Römern übernommen.
»Ich bin weit über dreißig Jahre, Uriens«, begann ich, »und keine

Jungfrau mehr.« Ich wußte nicht, wie man so etwas verbindlich oder höflich ausdrückte.

Er berührte den kleinen, blauen Halbmond auf meiner Stirn. Das Zeichen verblaßte immer mehr. Ich hatte es im Spiegel gesehen, der sich unter Gwenhwyfars Geschenken befand. Auch Vivianes Halbmond verblaßte, aber sie zog ihn immer wieder mit blauer Farbe nach.

»Ihr wart eine Priesterin von Avalon, eine der Jungfrauen der Herrin vom See. Ihr habt als Jungfrau den Gott empfangen, nicht wahr?«

Ich bejahte.

Uriens fuhr fort: »Ein Teil meines Volkes tut das auch heute noch. Ich unternehme keine großen Anstrengungen, es zu verbieten. Die Bauern haben das Gefühl, König und Adel können wohl Christen sein. Sie haben das Geld, die Priester zu bezahlen, die sie aus der Hölle beten. Aber sie würde es schwer treffen, wenn die Alten Götter, die in unseren Hügeln seit undenklichen Zeiten verehrt werden, um ihr Recht gebracht würden. Accolon denkt ebenso. Aber inzwischen geht die Macht in die Hände der Priester über, und ich kann es mir nicht mehr leisten, sie als Feinde zu haben. Mir ist es gleichgültig, welcher Gott auf dem Thron im Himmel sitzt, oder welcher Gott von meinem Volk verehrt wird, solange in meinem Reich Frieden herrscht. Auch ich habe einmal das Geweih getragen. Ich schwöre, Euch nie einen Vorwurf zu machen, Lady Morgaine.«

Oh, Mutter Göttin, *dachte ich*. Es ist unglaublich, reinster Irrsinn. Du erlaubst dir einen Spaß mit mir... mit Accolon hätte ich vielleicht eine glückliche Ehe führen können. *Aber der Ritter war jung und suchte sicher auch eine junge Frau ... zu Uriens sagte ich: »Es gibt noch etwas, das Ihr wissen müßt. Ich habe dem Gehörnten ein Kind geboren ...«*

Niemals, so beschloß ich, sollte er aus meinem Mund erfahren, wer dieses Kind gezeugt hatte. Ich nahm an, daß Gwenhwyfar ebenso bedacht darauf war wie ich, die Wahrheit geheimzuhalten.

»Ich habe bereits gesagt, Lady Morgaine, ich werde Euch nie etwas vorwerfen, das der Vergangenheit angehört...«

»Ich glaube, Ihr versteht mich nicht. Die Geburt dieses Kindes war so schwierig, daß ich ganz bestimmt kein Kind mehr bekommen werde.«

Ein König, so dachte ich, ein König würde eine fruchtbare Braut haben wollen... und das noch eher als sein jüngerer Sohn...

Er tätschelte mir die Hand. Ich glaube, er wollte mich tatsächlich trösten. »Ich habe genug Söhne«, sagte er. »Ich brauche keine mehr. Kinder sind etwas Schönes. Aber ich habe mehr als meinen Teil gehabt.«

Ich dachte: Uriens ist alt und töricht... aber er ist freundlich. Wenn er vorgegeben hätte, sich vor Verlangen nach mir zu verzehren, hätte ich das nicht ertragen können. Aber mit Freundlichkeit kann ich leben.

»Sehnt Ihr Euch nach Eurem Sohn, Morgaine? Ihr könntet ihn zu Euch nehmen, damit er an meinem Hof aufwächst. Ich schwöre Euch, daß weder er noch Ihr je ein Wort des Vorwurfs von mir hört. Er soll erzogen werden, wie es sich für den Sohn der Herzogin von Cornwall und der Königin von Nordwales geziemt.«

Seine Freundlichkeit trieb mir die Tränen in die Augen. »Ihr seid sehr gütig«, sagte ich. »Aber er ist in Avalon gut aufgehoben.«

»Laßt es mich wissen, wenn Ihr es Euch anders überlegt«, erklärte er. »Ich würde mich über einen Jungen freuen, denn ich denke, er ist im richtigen Alter, damit mein jüngster Sohn Uwain einen Spielgefährten hat.«

»Ich dachte, Accolon sei Euer jüngster Sohn, Herr.«

»Nein, nein, das ist der neunjährige Uwain. Seine Mutter starb bei der Geburt... das hättet Ihr wohl nicht geglaubt, daß ein so alter Baum wie ich noch einen Schößling von neun Jahren hat?«

Oh, doch, *dachte ich mit einem ironischen Lächeln.* Männer sind auf ihre Fähigkeit, Söhne zu zeugen, so stolz, als erfordere das großes Können. Als sei nicht jeder Kater dazu in der Lage! Eine Frau muß ein Kind wenigstens für den größten Teil eines Jahres im Leib tragen und die Schmerzen der Geburt ertragen. Sie hat einen Grund, stolz zu sein, während Männer ihren Teil dazu mit wenig Anstrengung und keinerlei Mühen leisten!

Aber ich versuchte, spaßhaft zu antworten: »Als ich ein Mädchen war, kannte man bei uns zu Hause das Sprichwort: Ein Mann mit vierzig wird vielleicht kein Vater, aber ein Mann mit sechzig ganz sicher!«

Ich sagte das bewußt. Hätte er mir die Anzüglichkeit übelgenommen, wäre das für mich ein Hinweis gewesen, wie ich ihn in Zukunft behandeln mußte, und ich hätte mich bemüht, nur sittsam und zurückhaltend mit ihm zu reden. Aber er lachte nur schallend und erwiderte: »Ich glaube, wir werden uns verstehen, meine Liebe. Ich war lange genug mit jungen Frauen vermählt, die keinen Spaß verstanden. Ich hoffe, Ihr werdet mit einem alten Burschen, wie ich es bin, zufrieden sein. Meine Söhne lachen über mich, weil ich mich noch einmal vermähle. Aber ein Mann gewöhnt sich daran, verheiratet zu sein, und ich möchte nicht allein leben. Meine letzte Gemahlin starb am Sommerfieber ... Ja, es stimmt, ich möchte mich durch die Heirat an Euren Bruder durch verwandtschaftliche Bande binden, aber ich bin auch einsam. Mir scheint, es wird Euch nicht schlecht gefallen, eine Burg und einen Gemahl zu haben, selbst wenn er nicht jung ist und gut aussieht. Ihr seid schon so lange unverheiratet und kein Mädchen mehr. Ich weiß, man hat Euch nicht lange um Eure Einwilligung zu dieser Ehe gefragt ... trotzdem hoffe ich, Ihr werdet nicht allzu unglücklich sein.«

Ich dachte: Er erwartet wenigstens nicht, daß ich über die große Ehre, ihn als Gemahl zu bekommen, übermäßig entzückt bin. *Ich hätte ihm sagen können, daß sich für mich nichts ändern würde – ich war nie mehr richtig glücklich gewesen, seit ich Avalon verlassen hatte, und würde es auch nie mehr sein, wo immer ich auch lebte. Aber wenigstens war ich dann nicht mehr Gwenhwyfars Bosheiten ausgeliefert. Ich konnte nicht mehr vorgeben, ihre ergebene Verwandte und Freundin zu sein. Es machte mich auf eine unbestimmte Art traurig, denn es hatte eine Zeit gegeben, in der wir wirklich Freundinnen gewesen waren ... aber nicht ich hatte mich verändert. Ich wollte ihr Lancelot ganz bestimmt nicht aus den Armen reißen. Aber wie hätte ich ihr erklären sollen, daß ich ihn auch verachtete, obwohl ich ihn einmal begehrt hatte. Ich hätte ihn selbst geschenkt nicht zum Gemahl haben wollen. O ja, wenn Artus uns noch vor seiner Hochzeit mit Gwenhwyfar verheiratet hätte ... aber selbst damals war es schon zu spät. Nach dem Tag im Schatten der Ringsteine war es immer zu spät. Hätte ich mich ihm damals hingegeben, wäre alles anders gekommen ... Aber was geschehen ist, ist geschehen. Ich hatte Vivianes Pläne nicht gekannt, und am Ende führten sie mich in Uriens' Arme.*

Unsere Hochzeitsnacht verlief nicht anders als erwartet. Er streichelte und liebkoste mich, legte sich auf mich und mühte sich schnaufend und keuchend eine Weile ab. Dann hatte er es geschafft, rollte sich sofort zur Seite und schlief ein. Ich hatte mich keinen größeren Hoffnungen hingegeben, und so war ich auch nicht enttäuscht oder traurig, als ich mich an ihn schmiegte. Er freute sich, wenn ich in seinem Arm lag. Nach den ersten Wochen wollte er nur noch selten mehr; aber er war froh, mich in seinem Bett zu haben, wo er mich stundenlang in den Armen hielt, während wir über alles mögliche sprachen. Und außerdem hörte er tatsächlich auf das, was ich sagte. Anders als die Römer im Süden verachteten die Männer der Stämme den Rat einer Frau nicht. Zumindest dafür war ich ihm dankbar – er hörte auf meine Worte und tat sie nie als das Geplapper einer Frau ab.

Nordwales ist ein schönes Land mit mächtigen Hügeln und Bergen, die mich an Lothian erinnerten. Aber Lothian ist ein kahles, wildes Hochland, während Wales fruchtbar und grün ist. Hier wachsen Bäume und Blumen, und die Felder bringen reiche Ernte. Die Burg des Königs lag in einem der schönsten Täler. Sein Sohn Avalloch und dessen Gemahlin mit ihren Kindern ordneten sich mir bereitwillig unter, und Uriens' jüngster Sohn Uwain nannte mich Mutter. Ich erlebte, wie es hätte sein können, einen Sohn großzuziehen . . . mich den kleinen, täglichen Sorgen und Kümmernissen eines Heranwachsenden zu öffnen, der auf die Bäume klettert, sich die Knie aufschürft, aus den Kleidern herauswächst oder sie in den Dornen zerreißt, der seinen Lehrern gegenüber ungehorsam ist, sich davonstiehlt und jagen geht, anstatt über seinen Büchern zu sitzen . . . Ein Priester unterrichtete Uwain im Lesen und Schreiben, und er verzweifelte fast an dieser Aufgabe. Doch der Waffenmeister war stolz und zufrieden mit ihm. Uwain war ein wilder, unbändiger Knabe, und ich liebte ihn. Beim Abendessen bediente er mich und saß oft in der Halle, um zu lauschen, wenn ich Harfe spielte . . . Wie alle in diesem Land besaß er ein Ohr für Musik und eine klare, melodische Stimme. Die Familie des Königs machte lieber selbst Musik, als bezahlten Spielleuten zuzuhören. Nach einem oder zwei Jahren sah ich in Uwain meinen Sohn; er konnte sich natürlich nicht mehr an seine Mutter erinnern. So wild er auch war, mir gegenüber benahm er sich nur liebevoll und zärtlich. Knaben in diesem Alter sind schwierig, aber nach einer Reihe von Tagen voller Zorn und Trotz gab es rührende Augenblicke – er setzte sich plötzlich neben mich in die Halle und sang, während ich Harfe spielte, oder er schenkte mir Feldblumen oder ein schlecht gegerbtes Hasenfell. Ein- oder zweimal beugte er sich verlegen und schüchtern über mich und drückte mir einen zarten Kuß auf die Wange. Damals wünschte ich oft, ich hätte eigene Kinder gehabt. Sonst gab es wenig zu tun an diesem ruhigen Königshof, der unberührt blieb von den Kriegen und Unruhen im Süden.

Nachdem ich ein Jahr mit Uriens verheiratet war, kehrte Accolon nach Hause zurück.

Sommer in den Hügeln. Die Obstbäume im Garten der Königin waren bedeckt mit rosa und weißen Blüten. Morgaine stand unter den Bäumen und litt unter schmerzlichem Heimweh. Sie dachte an den Frühling in Avalon und an die weißen und rosigen Blütenwolken, unter denen die Apfelbäume verschwanden. Die Sonnenwende rückte näher. Morgaine rechnete nach und erkannte wehmütig, daß ein halbes Leben in Avalon seine letzten Wirkungen verlor. Der Lauf der Gestirne lag ihr nicht mehr im Blut.
Nein, muß ich mich etwa selbst belügen? Ich habe es nicht vergessen, und der Gezeitenstrom fließt in meinem Blut. Ich lasse nur nicht mehr zu, daß ich ihn spüre! Morgaine überdachte ohne Leidenschaft ihr Los: *Uriens hat mir alle Gewänder und den Schmuck seiner verstorbenen Gemahlin geschenkt. Außerdem habe ich die Juwelen von Igraine. Uriens sieht seine Königin gern reich geschmückt. Manche Könige töten ihre Geiseln oder schicken sie in die Bergwerke. Wenn es dem König von Nordwales gefällt, mich mit Juwelen zu behängen, mich an seiner Seite zur Schau zu stellen und mich Königin zu nennen . . . bitte, warum nicht!*
Trotzdem spürte Morgaine die volle Kraft des Sommers. Unten im Tal hörte sie einen Bauern, der seinen Ochsen mit sanften Rufen antrieb. Morgen war der Tag der Sommersonnenwende.
Am nächsten Sonntag würde ein Christenpriester, gefolgt von seinen Meßdienern, mit Fackeln durch die Felder ziehen. Er würde Psalmen singen und die Felder segnen. Die reichen Edelleute und Ritter hatten das einfache Volk davon überzeugt, dies sei einem christlichen Land angemessener als die alten Rituale, bei denen man Feuer auf den Feldern entfachte und die Göttin auf überlieferte Weise ehrte. Morgaine wünschte nicht zum ersten Mal, sie wäre nur eine einfache Priesterin und nicht eine Tochter aus dem alten Königsgeschlecht von Avalon.
Dann wäre ich immer noch dort, dachte sie, *ich wäre eine von ihnen und würde der Herrin dienen . . . und müßte nicht wie eine Schiffbrüchige allein und verloren in einem fremden Land leben . . .* Entschlossen wandte sie sich ab und ging mit gesenktem Blick durch den Garten. Sie wollte die Apfelblüten nicht mehr sehen.
Ein Frühling folgt dem anderen, dann kommt der fruchtbare Sommer. Nur ich bin allein und unfruchtbar wie eine der christlichen Jungfrauen hinter dicken Klostermauern.
Sie wehrte sich mit aller Kraft gegen die Tränen, die sie in letzter Zeit so oft überkamen, und ging zur Burg zurück. Hinter ihr tauchte die

untergehende Sonne die Felder in leuchtendes Rot. Aber Morgaine wollte es nicht sehen. Für sie war alles grau und unfruchtbar. *So grau und unfruchtbar wie ich.*
Eine ihrer Hofdamen erwartete sie am Eingang.
»Herrin, der König ist zurückgekehrt und erwartet Euch in seinem Gemach.«
»Ich kann es mir denken«, sagte Morgaine mehr zu sich selbst als zu der Frau. Um ihren Kopf schien sich schmerzhaft ein eiserner Ring zu legen. Einen Augenblick lang konnte sie kaum atmen, konnte sich nicht zwingen, durch das dunkle Tor der Burg zu gehen, in der sie den ganzen kalten Winter über wie in einer Falle gesessen hatte. Dann schalt sie sich, sie habe kein Recht, zu anspruchsvoll zu sein, biß die Zähne zusammen und ging zu Uriens' Schlafgemach. Der König lag halbentkleidet auf dem Steinfußboden, und sein Leibdiener massierte ihm den Rücken.
»Ihr habt Euch wieder zuviel zugemutet«, sagte Morgaine, ohne jedoch hinzuzufügen: *Ihr seid zu alt, um im Land nach dem Rechten zu sehen.* Uriens war in eine nahe gelegene Stadt geritten, um einen Landstreit zu schlichten. Sie wußte, er erwartete, daß sie sich neben ihn setzte und die Geschichten anhörte, die man ihm erzählt hatte. Also setzte sie sich auf ihren Stuhl und hörte mit halbem Ohr zu.
»Du kannst gehen, Berec«, sagte Uriens, »die Königin wird mir beim Ankleiden helfen.« Der Mann zog sich zurück, und Uriens bat: »Morgaine, kannst du mir die Beine massieren? Du hast geschicktere Hände als er.«
»Gern. Aber dazu mußt du dich setzen.«
Er streckte die Hände aus, und sie half ihm beim Aufstehen. Sie schob ihm einen Hocker unter die Füße und kniete sich neben ihn. Mit kräftigen Bewegungen rieb sie seine hageren Beine und die hornigen Füße, bis das Blut wieder zu kreisen begann. Dann griff sie nach einer Flasche mit Kräuteröl und massierte die entzündeten Zehen des Königs damit.
»Du mußt dir neue Stiefel machen lassen«, riet sie. »Die Risse in deinem alten Schuhwerk reiben dich wund . . . Siehst du, hier hast du schon Blasen.«
»Aber sie stehen mir prächtig, und neue Stiefel sind so hart«, widersprach er.
Morgaine antwortete: »Du mußt tun, was du für richtig hältst.«
»Nein, nein, du hast wie immer recht«, sagte Uriens. »Morgen werde ich den Mann rufen und mir ein Paar neue Stiefel anmessen lassen.«

Morgaine stellte die Flasche mit dem Ol beiseite und holte ein Paar ausgetretene, weiche Schuhe. *Ob er wohl weiß, daß dies wahrscheinlich seine letzten Stiefel sein werden? Zögert er deshalb so lange?* Morgaine wollte nicht darüber nachdenken, was der Tod des Königs für sie bedeuten würde. Sie wünschte ihm den Tod nicht – er war immer nur freundlich zu ihr gewesen. Sie zog ihm die weichen Schuhe an, stand auf und wischte sich die Hände an einem Tuch ab.

»Fühlst du dich jetzt besser?«

»Wunderbar, meine Liebe. Das kann niemand besser als du.« Morgaine seufzte. Die neuen Stiefel würden ihn anfangs noch mehr schmerzen. Wie er richtig voraussah, würde das Leder steif sein, und er würde sich wundreiben. Vielleicht sollte er das Reiten überhaupt aufgeben und zu Hause im Sessel sitzen – aber das würde Uriens bestimmt nicht tun.

Sie sagte: »Avalloch sollte sich um diese Fälle kümmern. Er muß lernen, was es heißt zu regieren.« Uriens' ältester Sohn war so alt wie sie. Er hatte lange genug auf den Thron gewartet. Aber der König schien ewig leben zu wollen.

»Ja, gewiß... aber wenn ich nicht selbst komme, glauben meine Untertanen, ihr König vernachlässige sie«, entgegnete Uriens. »Im nächsten Winter, wenn das Reiten wieder schwierig wird, will ich vielleicht darüber nachdenken...«

»Ich lege es dir wirklich sehr ans Herz. Wenn du dir noch einmal Frostbeulen holst, kannst du deine Hände bestimmt nicht mehr gebrauchen.«

»Morgaine«, sagte er gutmütig lächelnd, »ich bin ein alter Mann, das läßt sich nun nicht länger leugnen, und man kann auch nichts dagegen tun. Glaubst du, es gibt Schweinebraten zum Abendessen?«

»Ja«, antwortete sie, »und die ersten Kirschen. Ich habe es angeordnet.«

»Du bist eine wunderbare Frau, meine Liebe«, sagte er und reichte ihr den Arm. Gemeinsam verließen sie das Gemach, und Morgaine dachte: *Er glaubt, mir damit etwas Freundliches zu sagen.*

Alle hatten sich bereits an der Tafel versammelt: Avalloch, seine Gemahlin Maline und ihre kleinen Kinder; der dunkle und schlaksige Uwain mit seinen drei Ziehbrüdern und der Priester, der sie unterrichtete. Weiter unten an der langen Tafel saßen die Männer des Königs mit ihren Frauen und die ranghöchsten Diener. Uriens und Morgaine nahmen ihre Plätze ein, und Morgaine gab den Dienern

das Zeichen, das Mahl aufzutragen. Malines jüngstes Kind begann zu schreien und zu jammern.
»Großmutter! Ich will auf Großmutters Schoß! Großmutter soll mich füttern!«
Maline, eine schlanke, blonde, blasse junge Frau, die bereits wieder hochschwanger war, erklärte stirnrunzelnd: »Nein, Conn, bleib schön sitzen und gib Ruhe!«
Aber der Kleine umklammerte bereits Morgaines Knie. Lachend hob sie ihn hoch. *Ich bin eine merkwürdige Großmutter,* dachte sie. *Maline ist beinahe ebenso alt wie ich.* Aber Uriens' Enkelkinder liebten sie. Sie drückte den kleinen Jungen an ihre Brust und freute sich über den kleinen Lockenkopf, der sich an sie schmiegte und mit seinen Händchen nach ihr griff. Sie schnitt das Fleisch in kleine Stücke und fütterte Conn damit. Dann schnitt sie ihm ein Stück Brot in Form eines Schweins.
»Siehst du, jetzt kannst du noch mehr Schweinefleisch essen...«, sagte sie und wischte ihm die fettigen Fingerchen ab. Dann wandte sie sich ihrem Mahl zu. Sie aß selbst jetzt kaum von dem Fleisch, tunkte nur ihr Brot in den Bratensaft und war bereits fertig, als alle anderen noch aßen. Sie lehnte sich zurück und sang Conn leise etwas vor, der sich zufrieden in ihren Schoß kuschelte. Plötzlich bemerkte sie, daß alle ihr zuhörten, und sie verstummte.
»Bitte singe weiter«, rief Uwain. Aber sie schüttelte den Kopf.
»Nein, ich bin müde... ich höre Geräusche im Hof.« Sie erhob sich und bedeutete einem Diener, ihr zu leuchten. Er stand mit hocherhobener Fackel hinter ihr; sie sah einen Reiter in den Burghof kommen. Der Diener steckte die Fackel in den eisernen Halter an der Mauer und beeilte sich, dem Reiter beim Absitzen zu helfen. »Mein Herr, Lord Accolon!« rief er freudig aus.
Accolon nahte mit großen Schritten, und sein roter Umhang umwogte ihn wie ein blutroter Strom. »Lady Morgaine«, begrüßte er sie mit einer tiefen Verbeugung, »oder sollte ich... meine Herrin und Mutter sagen?«
»Bitte nicht«, erwiderte Morgaine gereizt. »Kommt herein, Accolon, Euer Vater und Eure Brüder werden sich freuen, Euch zu sehen.«
»Ihr nicht, Herrin?«
Sie biß sich auf die Lippen und glaubte plötzlich, weinen zu müssen. Sie antwortete: »Ihr seid der Sohn eines Königs, und ich bin die Tochter eines Königs. Muß ich Euch vielleicht daran erinnern, wie solche Ehen zustande kommen? Es geschah nicht auf mein Betreiben,

Accolon. Und als wir miteinander sprachen, wußte ich nicht . . .« Sie schwieg, Accolon blickte auf sie hinunter und beugte sich über ihre Hand.

Er sagte so leise, daß selbst der Diener es nicht hören konnte: »Arme Morgaine. Ich glaube Euch, Herrin. Also Friede zwischen uns . . . Mutter?«

»Nur, wenn Ihr mich nicht Mutter nennt«, erwiderte sie mit dem Anflug eines Lächelns. »*So* alt bin ich auch wieder nicht. Wenn Uwain mich so nennt, mag das angehen . . .« Gemeinsam betraten sie die Halle. Conn richtete sich auf und krähte: »Großmutter!« Morgaine lachte leicht gequält, ging aber zu dem Kleinen hinüber und nahm ihn hoch. Sie spürte Accolons Blick und beugte sich über das Kind auf ihrem Schoß, während sie schweigend zur Kenntnis nahm, wie Uriens seinen Sohn begrüßte.

Accolon umarmte seinen Bruder förmlich und verneigte sich vor Maline. Dann kniete er vor seinem Vater nieder und küßte ihm die Hand. Als er sich Morgaine zuwandte, sagte sie kühl: »Erspart mir weitere Höflichkeiten, Accolon. An meinen Händen klebt noch Bratensaft. Ich habe den Kleinen gefüttert.«

»Euer Wunsch sei mir Befehl, Herrin«, entgegnete Accolon, nahm Platz, und eine der Aufträgerinnen brachte ihm einen Teller. Und während er aß und trank, spürte Morgaine immer wieder seine Augen auf sich ruhen.

Accolon ist sicher noch wütend auf mich. Morgens hält er um meine Hand an und abends erlebt er, daß ich seinem Vater versprochen werde. Er muß glauben, Ehrgeiz habe mich besiegt . . . Warum den Sohn des Königs heiraten, wenn man den König haben kann?

»Nein!« sagte sie bestimmt und gab Conn einen leichten Klaps, »wenn du auf meinem Schoß bleiben willst, mußt du dich ruhig verhalten. Du sollst mein Kleid nicht mit deinen fettigen Fingern beschmutzen . . .«

Als wir uns das letzte Mal sahen, trug ich ein purpurrotes Gewand. Ich war die Schwester des Königs, und man hielt mich für eine Hexe. Jetzt bin ich eine Großmutter und halte ein verschmiertes Kind auf dem Schoß. Ich kümmere mich um den Haushalt auf der Burg und beschwöre meinen alten Ehemann, sich neue Stiefel anfertigen zu lassen, damit er beim Reiten keine wunden Füße bekommt. Plötzlich war sich Morgaine jedes einzelnen ihrer grauen Haare und jeder Falte bewußt. *Beim Namen der Göttin, weshalb sollte ich mir denn Gedanken darüber machen, was Accolon von mir hält?* Aber es war ihr nicht gleichgültig, und sie wußte es. Morgaine hatte sich daran gewöhnt, daß junge Männer sie bewundernd ansahen. Jetzt glaubte sie plötzlich, sie sei alt, häßlich und nicht mehr begehrenswert. Sie hatte sich nie für eine Schönheit gehalten, aber früher gehörte sie immer zu den Jüngeren. Heute saß sie als Großmutter am Kopfende der Tafel. Sie brachte das Kind wieder zum Schweigen, denn Maline erkundigte sich bei Accolon nach Neuigkeiten von Artus' Hof.

»Große Dinge haben sich auf Camelot nicht ereignet«, erwiderte Accolon, »ich glaube, diese Zeiten sind vorüber, zumindest solange wir leben. An Artus' Hof ist es sehr ruhig. Der König büßt noch immer für eine unbekannte Sünde... Selbst an hohen Festtagen rührt er keinen Wein an.«

»Gibt es Anzeichen, daß die Königin ihm einen Erben schenkt?« erkundigte sich Maline.

»Keine«, antwortete Accolon, »obwohl mir eine ihrer Hofdamen vor dem Turnier erzählte, daß die Königin möglicherweise schwanger sei.«

Maline wandte sich an Morgaine und fragte: »Ihr kanntet Gwenhwyfar gut, nicht wahr, Schwiegermutter?«

»Gewiß«, antwortete Morgaine, »und was dieses Gerücht angeht, nun, Artus' Gemahlin hält sich jedesmal für schwanger, wenn ihre Blutungen auch nur einen Tag später einsetzen.«

»Der König ist ein Narr«, ließ Uriens sich vernehmen, »er sollte sie verstoßen und sich eine Frau suchen, die ihm einen Sohn gebären kann. Ich weiß noch sehr gut, was für ein Durcheinander im Land herrschte, als alle glaubten, Uther habe keinen Sohn hinterlassen. Artus muß allmählich für einen Thronfolger Sorge tragen.«

Accolon erklärte: »Wie ich gehört habe, hat der König einen seiner Vettern zum Nachfolger bestimmt... Lancelots Sohn. Das gefällt mir nicht. Lancelot ist ein Sohn des Königs Ban von Benwick, und wir wollen nicht, daß ein fremder Großkönig über uns herrscht.«

Morgaine sagte nachdrücklich: »Lancelot ist der Sohn der Herrin von Avalon. Er entstammt dem alten Königsgeschlecht.«

»Avalon!« rief Maline geringschätzig. »Wir leben in einem christlichen Land. Was bedeutet uns schon Avalon?«

»Mehr als Ihr glaubt«, entgegnete Accolon. »Ich habe gehört, daß sich unter der Landbevölkerung noch viele an den Pendragon erinnern und über einen christlichen Hof nicht glücklich sind, wie Artus ihn führt. Sie haben auch nicht vergessen, daß der Großkönig vor seiner Krönung den Schwur geleistet hat, Avalon zu schützen.«

»Ja«, bekräftigte Morgaine, »und Artus trägt Excalibur, das mächtige Schwert der Heiligen Insignien von Avalon.«
»Die Christen scheinen ihm das nicht zu verübeln«, erwiderte Accolon, »jetzt fallen mir auch wieder etliche andere Neuigkeiten ein. Der Sachsenkönig Edric ist Christ geworden und hat sich mit seinem ganzen Gefolge in Glastonbury taufen lassen. Er kniete auch vor Artus nieder und leistete ihm den Treueschwur zum Zeichen, daß alle Sachsen ihn als ihren Großkönig anerkennen.«
»Artus? König der Sachsen? Wunder über Wunder!« rief Avalloch fassungslos. »Ich habe immer gehört, daß er verkündete, er würde den Sachsen nur mit gezogenem Schwert gegenübertreten!«
»Aber so war es... Der Sachsenkönig kniete in der Kirche von Glastonbury, Artus nahm seinen Schwur entgegen und reichte ihm die Hand«, fuhr Accolon fort. Vielleicht wird er die Tochter von Edric mit Lancelots Sohn vermählen, damit alle Feindschaft ein Ende hat. Und unter Artus' Räten saß Kevin, der Merlin von Britannien. Man hätte glauben können, er sei ein ebenso guter Christ wie alle anderen.«
»Jetzt wird Gwenhwyfar wohl wirklich glücklich sein«, sagte Morgaine. »Schon immer hat sie behauptet, Gott habe Artus am Berg Badon den Sieg geschenkt, weil er das Banner der Heiligen Jungfrau in die Schlacht trug. Und später hörte ich sie einmal sagen, Gott habe ihm das Leben gerettet, damit er die Sachsen in den Schoß der Kirche führt.«
Uriens erklärte achselzuckend: »Ich würde keinem Sachsen mit einer Streitaxt hinter mir trauen, selbst wenn er die Mitra eines Bischofs trägt!«
»Ich auch nicht«, stimmte Avalloch zu, »aber so lange die Sachsenhäuptlinge beten und zum Heil ihrer Seele Buße tun, ziehen sie wenigstens nicht mehr brennend und plündernd durch das Land und zerstören unsere Dörfer und Klöster. Aber wenn wir gerade von Büßen und Fasten sprechen... was glaubst du, welche Sünde kann Artus auf der Seele liegen? Als ich in seinem Heer kämpfte, gehörte ich nicht zu seinen Rittern und kannte ihn nicht so gut. Aber er schien mir ein höchst ehrenhafter Mann zu sein. Eine so schwere Buße weist auf eine noch schwerere Sünde hin. Lady Morgaine, wißt Ihr nichts darüber? Ihr seid doch seine Schwester.«
»Seine Schwester ja, nicht sein Beichtvater.« Morgaine wußte, daß ihre Stimme scharf klang und schwieg.
Uriens sagte: »Jeder Mann, der fünfzehn Jahre lang Krieg gegen die

Sachsen geführt hat, muß mehr auf dem Gewissen haben, als er freiwillig erzählt. Aber nur wenige machen sich die Mühe, ihr Gewissen zu erforschen, wenn die Schlacht vorüber ist. Wir alle haben Mord, Raub, Plünderung und das Gemetzel Unschuldiger erlebt. Gott gebe, daß diese Schlachten für uns endgültig geschlagen sind. Und nachdem wir Frieden mit unseren Feinden geschlossen haben, haben wir nun Zeit, mit Gott unseren Frieden zu machen.«
Also muß Artus immer noch Buße tun. Der alte Bischof Patricius fordert einen hohen Tribut für seine Seele. Ich frage mich, wie Gwenhwyfar das wohl gefällt.
»Erzählt uns mehr von Camelot«, bettelte Maline. »Was ist mit der Königin? Was trug sie auf dem Thron?«
Accolon lachte. »Ich verstehe nichts von Gewändern hoher Damen. Irgend etwas Weißes mit Perlen... der große irische Ritter Marhaus überbrachte sie ihr als Geschenk des Königs von Irland. Und ich habe gehört, daß ihre Nichte Elaine eine Tochter geboren hat... oder war das schon im letzten Jahr? Ich glaube, sie hatte einen Sohn, und ihn hat Artus zum Erben bestimmt. Und am Hof von König Pellinore gab es ein öffentliches Aufsehen. Pellinores Sohn Lamorak wurde in einer Mission nach Lothian entsandt, und jetzt erzählt man sich, daß er Lots Witwe, die alte Königin Morgause, heiraten will...«
Avalloch kicherte: »Der Junge muß verrückt sein. Morgause ist mindestens fünfzig, vielleicht noch älter!«
»Fünfundvierzig!« stellte Morgaine fest. »Sie ist zehn Jahre älter als ich.« Dann dachte sie: *Warum muß ich mir das Messer selbst in die Brust stoßen... möchte ich unbedingt, daß Accolon bewußt wird, wie alt ich, die Großmutter von Uriens' Enkelkindern, bin...?*
»Er hat wirklich den Verstand verloren«, fuhr Accolon fort. »Er singt Balladen, trägt das Strumpfband dieser Dame und ähnlichen Unsinn...«
»Ich glaube, aus diesem Strumpfband könnte man inzwischen gut ein Pferdehalfter machen«, sagte Uriens. Aber Accolon schüttelte den Kopf.
»Nein... ich habe Königin Morgause gesehen, und sie ist immer noch eine schöne Frau. Sie ist kein junges Mädchen mehr, aber das macht sie nur noch schöner. Ich frage mich nur, was eine solche Frau mit einem grünen Burschen anfangen kann. Lamorak ist nicht älter als zwanzig.«
»Was könnte ein Kerl wie er an einer so alten Frau wohl finden?« fragte Avalloch.

»Vielleicht«, antwortete Uriens mit einem anzüglichen Lachen, »vielleicht kennt diese Dame das Lagerleben besonders gut. Obwohl man sich kaum vorstellen kann, daß sie bei dem alten Lot besonders viel gelernt haben soll. Aber wir wissen, sie hatte auch andere Lehrer...«
Maline wurde rot und sagte: »Bitte! Sind das schickliche Reden für einen christlichen Hausstand?«
Uriens entgegnete: »Aber liebe Schwiegertochter, wenn es anders wäre, hättet Ihr im Augenblick wohl nicht so schwer zu tragen.«
»Ich bin eine verheiratete Frau!« antwortete Maline mit hochrotem Kopf.
Morgaine entgegnete heftig: »Wenn über ein christliches Haus zu herrschen bedeutet, daß man nicht mehr von Dingen spricht, deren man sich nicht schämt, dann möge die Göttin mich davor bewahren, daß ich mich je als Christin bezeichne.«
»Trotzdem«, entgegnete Avalloch, »ist es vielleicht nicht richtig, hier an der Tafel zu sitzen und häßliche Geschichten über die Tante unserer Lady Morgaine aufzutischen.«
Accolon sagte: »Königin Morgause hat keinen Gemahl, dem sie damit Schande machen würde. Sie ist eine erwachsene Frau und ihre eigene Herrin. Ihre Söhne sind bestimmt damit zufrieden, daß sie sich mit einem Geliebten begnügt und den Burschen nicht noch heiratet. Ist sie nicht auch Herzogin von Cornwall?«
»Nein«, erwiderte Morgaine. »Igraine wurde Herzogin von Cornwall, nachdem Gorlois den Pendragon verraten hatte. Gorlois hatte keinen Sohn, und da Uther Tintagel Igraine als Morgengabe schenkte, glaube ich, daß es inzwischen mir gehört.« Plötzlich überfiel Morgaine Heimweh nach diesem fast vergessenen Land. Sie sah die düsteren Umrisse der Burg und der Klippen vor dem blauen Himmel, die verschwiegenen Täler vor sich und hörte das ewige Rauschen des Meeres am Fuß der Burg... *Tintagel! Mein Zuhause! Nach Avalon kann ich nicht zurückkehren. Aber ich bin nicht heimatlos... mir gehört Cornwall.*
»Nach römischem Gesetz«, erklärte Uriens, »bin ich als dein Gemahl vermutlich Herzog von Cornwall, meine Liebe.«
Wieder stieg heftiger Zorn in Morgaine auf.
Erst wenn ich tot und begraben bin, dachte Morgaine. *Ihm liegt nichts an Cornwall. Für ihn bedeutet Tintagel nur Besitz – wie ich –, der das Zeichen seiner Herrschaft trägt. Könnte ich doch nur allein in Tintagel leben wie Morgause in Lothian. Dann wäre ich meine eigene*

Herrin, und niemand hätte mir zu befehlen... Morgaine sah das Schlafgemach der Königin in Tintagel vor ihrem Auge. Sie war wieder das kleine Mädchen und spielte mit einer alten Spindel am Boden... *Wenn Uriens wagt, auch nur eine Meile von Cornwall zu beanspruchen, werde ich ihm sechs Fuß zugestehen und die Erde zwischen seinen Zähnen!*

»Aber was gibt es denn hier Neues?« fragte Accolon. »Der Frühling muß spät gekommen sein, denn ich habe gesehen, daß die Bauern erst jetzt die Felder pflügen.«

»Aber sie sind damit so gut wie fertig«, antwortete Maline. »Am Sonntag werden die Priester die Felder segnen...«

»Und sie wählen die Frühlingsjungfer«, rief Uwain. »Ich habe unten im Dorf gesehen, wie sie dafür die hübschen Mädchen ausgesucht haben... Ihr wart im letzten Jahr noch nicht hier, Mutter«, sagte er zu Morgaine. »Die Hübscheste wird zur Frühlingskönigin gewählt, und sie geht in der Prozession mit dem Priester über die Felder, wenn er das Land segnet... Und die anderen tanzen um die Felder... sie tragen eine Puppe aus Gerstenstroh von der letzten Ernte. Unserem Vater Eian gefällt das nicht«, fügte er hinzu, »aber ich weiß nicht warum. Es ist doch so hübsch...«

Der Priester hüstelte und sagte selbstsicher: »Der Segen der Kirche sollte genügen... Was brauchen wir mehr als das Wort Gottes, um die Felder zu reichem Wachstum zu bringen? Die Strohpuppe, die sie herumtragen, ist ein Rest aus den alten schlimmen Tagen, als Männer und Tiere bei lebendigem Leib verbrannt wurden, damit ihr Blut den Feldern Fruchtbarkeit schenkte. Auch die Frühlingsjungfer ist eine Erinnerung an... doch vor den Kindern möchte ich nicht von *dieser* sündigen und heidnischen Sitte sprechen!«

»Es gab eine Zeit«, sagte Accolon und richtete das Wort an Morgaine, »als die Königin die Frühlings- und die Erntekönigin war, und *sie* segnete die Felder, damit Leben und Fruchtbarkeit über das Land kamen.« Morgaine sah die blassen blauen Umrisse der Schlangen von Avalon auf seinen Handgelenken.

Maline bekreuzigte sich und sagte naserümpfend: »Gott sei Dank leben wir in einem fortschrittlichen Land.«

Accolon erklärte: »Vermutlich würde man Euch ohnedies nicht um diesen Dienst bitten, Schwägerin.«

»Sicher nicht«, rief Uwain unüberlegt: »Sie ist nicht hübsch genug. Aber unsere Mutter ist schön, nicht wahr, Accolon?«

»Ich bin froh, daß du meine Königin hübsch findest«, warf Uriens hastig ein. »Aber die Vergangenheit ist vergangen ... wir verbrennen keine lebenden Katzen oder Schafe mehr auf den Feldern. Wir opfern auch nicht den Sündenbock des Königs und besprengen die Erde mit seinem Blut, und es ist auch nicht mehr nötig, daß die Königin wie früher die Felder segnet.«

Nein, dachte Morgaine, *jetzt ist alles öde. Heute haben wir die Kirchenmänner mit dem Kreuz, die die Fruchtbarkeitsfeuer verbieten ... Es ist ein Wunder, daß die Göttin nicht das Korn auf den Feldern verdorren läßt, weil sie den Menschen grollt, die ihr den Dienst verweigern ...*

Die Tafel wurde bald aufgehoben, und alles begab sich zur Ruhe. Morgaine erhob sich als letzte. Sie überzeugte sich, daß alle Türen verriegelt und verschlossen waren. Dann ging sie mit einer kleinen Lampe zu Accolon hinüber, um sich zu vergewissern, daß man ihm ein gutes Lager bereitet hatte ... Uwain und seine Ziehbrüder schliefen jetzt in Accolons früherer Kammer.

»Seid Ihr damit zufrieden?« erkundigte sie sich.

»Ich habe alles, was ich mir wünschen kann«, antwortete Accolon, »nur keine edle Dame, um meine Kammer zu verschönen. Mein Vater ist ein glücklicher Mann, und Ihr verdient, die Gemahlin eines Königs zu sein und nicht die eines Sohnes, der nicht einmal Anspruch auf den Thron hat.«

»Müßt Ihr mich immer damit quälen?« brach es aus ihr heraus. »Ich habe Euch gesagt, man hat mir keine andere Wahl gelassen.«

»Ihr habt *mir* Euer Wort gegeben!«

Morgaine wußte, daß sie erblaßte. Sie biß sich auf die Lippen und erwiderte hart: »Was geschehen ist, ist geschehen, Accolon.«

Morgaine nahm die Lampe auf und wandte sich zum Gehen. Beinahe drohend rief der Ritter hinter ihr her: »Für uns beide ist die Geschichte noch nicht fertig, Herrin.«

Morgaine antwortete nicht. Sie eilte durch die Flure zum Schlafgemach, das sie mit Uriens teilte. Ihre Kammerfrau wartete bereits, um ihr das Gewand aufzuschnüren, aber Morgaine schickte sie weg. Uriens saß jammernd auf dem Bettrand.

»Selbst diese weichen Schuhe drücken mich. Ahhh, wie schön, endlich im Bett zu liegen!«

»Ich wünsche Euch eine gute Nacht, mein Gebieter!«

»Nein«, sagte der alte König und zog sie neben sich auf das Bett. »Morgen werden also die Felder gesegnet ... vielleicht sollten wir dankbar dafür sein, in einem christlichen Lande zu leben, in dem der

König und die Königin die Felder nicht mehr auf die Weise segnen müssen, daß sie vor den Augen aller zusammenliegen. Aber heute, am Vorabend, meine Herrin, könnten wir vielleicht hier, in unserem Gemach, die Segnung allein vornehmen... was hältst du davon?«
Morgaine seufzte. Sie hatte sich sehr bemüht, den Stolz ihres alternden Gemahls nie zu verletzen, und wenn er sie gelegentlich auf seine unbeholfene Art benutzte, hatte sie ihm nie Anlaß gegeben, an seiner Männlichkeit zu zweifeln. Aber Accolon weckte in ihr die quälende Erinnerung an die Jahre in Avalon... Die Fackeln, die den Berg hinauf zu den Ringsteinen getragen wurden, die lodernden Beltanefeuer, und die Jungfrauen, die auf den frisch gepflügten Feldern warteten... und heute abend hatte sie dulden müssen, daß ein lächerlicher kleiner Kirchenknecht über etwas spottete, das für sie das Allerheiligste war. Jetzt schien selbst Uriens sich darüber lustig zu machen.
»Ich würde sagen, auf einen Segen, den wir beide den Feldern bringen könnten, sollte man besser verzichten. Ich bin alt und unfruchtbar, und Ihr seid auch kein König, der den Feldern noch viel Leben schenken könnte!«
Uriens starrte sie fassungslos an. In diesem ersten Jahr ihrer Ehe hatte Morgaine nie ein häßliches Wort zu ihm gesagt. Er war so vor den Kopf geschlagen, daß er sie nicht einmal zurechtwies.
»Ich bin sicher, Ihr habt recht«, entgegnete er ruhig. »Nun gut, überlassen wir es eben den Jüngeren. Kommt zu Bett, Morgaine.«
Aber als sie neben ihm lag, spürte sie nach einer Weile, wie er ihr scheu den Arm um die Schultern legte, und sie bedauerte ihre harten Worte... Sie fror, und sie fühlte sich einsam. Sie biß sich auf die Lippen, um nicht weinen zu müssen. Aber als Uriens etwas zu ihr sagte, gab sie vor zu schlafen.

Strahlend und schön brach der Tag der Sommersonnenwende an. Morgaine erwachte früh, und sie mußte sich eingestehen, daß die Fülle des Sommers in ihr strömte, selbst wenn sie noch so oft vermeinte, den Gezeitenstrom von Sonne und Mond nicht mehr in ihren Adern zu spüren. Während sie sich ankleidete, betrachtete sie beinahe gleichgültig den schlafenden Uriens.
Sie war eine Närrin gewesen. Warum hatte sie sich gefügt und Artus' Spruch unterworfen? Warum fürchtete sie sich, ihn vor allen Königen in Verlegenheit zu bringen? Wenn er seinen Thron nicht ohne die Hilfe einer Frau verteidigen konnte, verdiente er ihn auch nicht. Er

hatte Avalon verraten. Artus war ein Abtrünniger, und er hatte sie in die Hände eines anderen Abtrünnigen gegeben. Und doch hatte sie sich gehorsam seinen Plänen gefügt.

Igraine ließ sich für politische Zwecke benutzen. In Morgaine erwachte etwas, das seit dem Tag, an dem sie schwanger aus Avalon geflohen war, tot oder schlafend in ihr geruht hatte. Jetzt regte es sich und bewegte sich träge und langsam wie ein schlafender Drache. Es war eine unsichtbare und geheime Bewegung wie die erste Regung eines Kindes im Mutterleib. Eine Stimme in ihr sagte klar und deutlich: *Obwohl ich Viviane liebte, ließ ich nicht zu, daß sie mich für ihre Pläne benutzte. Warum sollte ich demütig den Kopf senken und mich Artus' Willen beugen? Ich bin Königin von Nordwales und Herzogin von Cornwall, und dort gilt Gorlois' Name immer noch. Außerdem entstamme ich dem Königsgeschlecht von Avalon.*

Uriens drehte sich schwer und stöhnend auf die andere Seite. »Oh, mein Gott, ich spüre jeden einzelnen Muskel, und meine Füße schmerzen ... Ich bin gestern zu lange geritten. Morgaine, kannst du mir den Rücken massieren?«

Sie wollte ihm wütend entgegenschleudern: *Du hast ein Dutzend Leibdiener. Ich bin deine Königin, nicht deine Magd,* aber dann besann sie sich, lächelte und antwortete: »Gerne.« Sie befahl einem Edelknaben, ihre Kräuteröle zu bringen. Sollte er ruhig denken, daß sie sich in allem fügte. Krankenpflege gehörte zu den Aufgaben einer Priesterin. Es war das kleinste Übel, und sie erfuhr dadurch von seinen Plänen und Gedanken. Sie walkte ihm den Rücken, salbte ihm die wunden Füße und lauschte geduldig den ausführlichen Geschichten über die Streitigkeiten, die er am Vortag geschlichtet hatte.

Jede Frau wäre Uriens als Königin recht, solange sie ihm ein freundliches Gesicht zeigt und ihn mit liebevoller Hand streichelt. Nun, er soll seinen Willen haben, solange es meinen Zwecken dient.

»Wie es aussieht, bekommen wir einen schönen Tag. Es regnet nie, wenn die Felder im Sommer gesegnet werden«, erklärte Uriens. »Die Göttin blickt freundlich auf die Felder herab, die ihr geweiht werden ... so sagte man früher, als ich noch jung und ein Heide war ... die Große Ehe kann nicht im Regen vollzogen werden.« Er lachte. »Und doch erinnere ich mich an einen Sommer ... ich war damals noch sehr jung, und es hatte zehn Tage geregnet ... da wälzten wir, die Priesterin und ich, uns wie Schweine im Schlamm! Oh, Morgaine, was waren das für Zeiten.« Uriens wurde wieder ernst. »Natürlich ist das lange her... jetzt wollen die Menschen einen würdevollen König. *Die* Zeiten sind für immer vorbei.«

Sind sie das? Ich weiß nicht. Aber Morgaine schwieg. Sie stellte sich vor, daß der junge Uriens als König vermutlich stark genug gewesen wäre, sich der Woge des Christentums entgegenzustellen, die das Land überschwemmt hatte. Wenn Viviane sich doch besser darum bemüht hätte, einen König auf den Thron zu setzen, der sich nicht in die Hände der Priester begab... Aber natürlich, wer konnte voraussehen, daß Gwenhwyfar so lammfromm werden würde. Warum hatte der Merlin nicht eingegriffen?

Und wenn der Merlin von Britannien und die weisen Priesterinnen von Avalon untätig zusahen, wie diese Welle das Land überflutete und die alten Sitten und Götter mit sich riß und verschlang, wie konnte sie dann Uriens anklagen? Schließlich war er nur ein alter Mann und wollte seinen Frieden. Es wäre unvernünftig, ihn sich zum Feind zu machen. Solange er zufrieden war, würde er sich nicht darum kümmern, was sie tat... Sie wußte selbst noch nicht, was sie vorhatte, wußte aber, daß die Tage der stummen Gefügigkeit vorüber waren.

Morgaine sagte: »Hätte ich dich doch schon damals gekannt.« Der König küßte sie liebevoll auf die Stirn.

Hätte ich ihn genommen, als ich heiratsfähig wurde, wäre Nordwales nie ein christliches Land geworden. Aber noch ist es nicht zu spät. Es gibt noch genug Menschen, die nicht vergessen haben, daß der König die Schlangen von Avalon um die Handgelenke hat – mögen sie auch verblaßt sein – und mit einer Frau vermählt ist, die einmal Priesterin der Herrin von Avalon war. Hier hätte ich ihr in all den Jahren besser dienen können als in Gwenhwyfars Schatten auf Camelot, an Artus' Hof. Morgaine dachte daran, daß Gwenhwyfar mit einem Mann wie Uriens zufrieden gewesen wäre. Ihn hätte sie besser in ihrer Welt halten können, als Artus, der sich einer Aufgabe verschrieb, an der sie keinen Anteil hatte.

Es hatte auch eine Zeit gegeben, in der Morgaine Einfluß auf ihren Bruder besaß... den Einfluß der Frau, die ihn zum Mann gemacht hatte, die für ihn das Gesicht der Göttin trug. In ihrer Torheit und ihrem Stolz hatte sie Artus in Gwenhwyfars Hände und in die Hände der Kirchenmänner gegeben. Heute begriff sie Vivianes Absicht. Aber jetzt war es zu spät.

Wir beide hätten über dieses Land herrschen können. Man hätte Gwenhwyfar als Großkönigin geehrt. Aber ihr hätte nur Artus'

Körper gehört. Sein Herz, seine Seele und seine Gedanken wären mein gewesen. Was war ich doch für eine Närrin... Er und ich hätten regieren können – für Avalon. Jetzt ist mein Bruder ein Werkzeug der Christenpriester. Er trägt immer noch Excalibur, das Heilige Schwert der Druiden, und der Merlin von Britannien sieht untätig zu.
Ich muß das Werk weiterführen, das Viviane begonnen hat...
Oh, Göttin, wieviel habe ich vergessen...
Sie erschrak vor ihrem eigenen Mut. Uriens unterbrach sich gerade in seiner Geschichte. Morgaine hatte aufgehört, seine Füße zu kneten. Er sah sie fragend an, und Morgaine sagte schnell: »Ich bin sicher, Ihr habt richtig gehandelt, mein Gemahl«, und nahm noch einmal von der duftenden Salbe aus dem Topf. Sie wußte nicht, in welcher Sache sie ihm gerade beigepflichtet hatte. Aber Uriens fuhr lächelnd in seinem Bericht fort, und Morgaine überließ sich wieder ihren eigenen Gedanken.
Ich bin immer noch Priesterin. Merkwürdig, mit welcher Sicherheit ich das nach all diesen Jahren plötzlich wieder weiß, nachdem selbst meine Träume von Avalon der Vergangenheit angehören.
Sie erinnerte sich, daß Accolon erzählt hatte, Elaine habe eine Tochter geboren. Selbst konnte sie Avalon keine Tochter mehr schenken; aber wie Viviane würde sie der Göttin eine Ziehtochter bringen...
Morgaine half Uriens beim Ankleiden und begleitete ihn in die Halle. Eigenhändig brachte sie ihm frischgebackenes Fladenbrot aus der Küche und einen Krug mit schäumendem neuem Bier. Sie bediente ihn und strich ihm Honig auf sein Brot. Er sollte sie ruhig für die gehorsamste seiner Untertanen halten und nichts anderes als seine treuergebene, fügsame Gemahlin in ihr sehen. Es bedeutete ihr nichts. Aber eines Tages konnte es von Bedeutung sein, sein Vertrauen zu besitzen, wenn es um die Verwirklichung ihrer Pläne ging.
»Schon im Sommer habe ich das Reißen in den Knochen... ich glaube, Morgaine, ich werde in den Süden reiten und in den heißen Quellen von Aquae Sulis baden. Dort steht ein alter Tempel der Sul... die Römer errichteten dort ein großes Badehaus, und es ist zum Teil noch erhalten. In den großen Becken liegen Steine, und als die Sachsen dorthin kamen, plünderten sie, nahmen die besten Dinge mit und stürzten die Statue der Göttin. Aber die Quelle ist unversehrt... Tag für Tag, Jahr um Jahr sprudelt kochend heißes, dampfendes Wasser aus den Tiefen der Erde. Ein ehrfurchtgebietender Anblick! Dort gibt es Becken mit heißem Wasser, in denen man seine schmerzenden Glieder baden kann. Ich war zwei oder drei

Jahre lang nicht dort. Aber jetzt herrscht im Land Frieden, und ich sollte wieder hingehen.«
»Warum auch nicht?« stimmte sie ihm zu. »Es sind keine neuen Unruhen zu befürchten.«
»Möchtest du mich begleiten, liebe Morgaine? Wir können alles, die Burg und den Hof, für die Zeit meinen Söhnen überlassen, und der alte Schrein wird dich sicherlich neugierig machen.«
»Ich würde den Schrein gerne sehen«, entgegnete Morgaine aufrichtig. Sie dachte an das kalte, ewig fließende Wasser der Heiligen Quelle von Avalon, das rein und klar seit urdenklichen Zeiten sprudelte ... »Trotzdem, ich weiß nicht, ob es klug wäre, alles Euren Söhnen anzuvertrauen. Avalloch ist nicht besonders klug. Accolon wäre schon fähig, den Hof und die Burg zu besorgen, aber er ist nicht Euer Ältester. Ich weiß nicht, ob Eure Leute auf ihn hören. Vielleicht wird Avalloch den Rat seines jüngeren Bruders annehmen, wenn ich hierbleibe.«
»Ein ausgezeichneter Gedanke, meine Liebe«, rief Uriens fröhlich. »Ach, und es wäre auch eine lange und beschwerliche Reise für dich. Wenn du hier bleibst, habe ich nicht die geringsten Bedenken, alles in die Hände der jungen Männer zu legen ... Ich werde ihnen auftragen, sich in allen Dingen mit dir zu beraten.«
»Wann gedenkt Ihr aufzubrechen, Herr?« Morgaine dachte, es sei nicht schlecht, wenn bekannt wurde, daß Uriens ihr das Reich ohne Zögern anvertraute.
»Vielleicht morgen. Vielleicht sogar noch heute, nach dem Feldersegen. Kannst du veranlassen, daß alles gepackt wird?«
»Seid Ihr sicher, so weit reiten zu können? Selbst für einen jungen Mann ist es eine lange Strecke Wegs ...«
»Aber meine Liebe, noch bin ich nicht zu alt für den Rücken eines Pferdes«, antwortete er leicht verdrießlich. »Und ich bin sicher, das heiße Wasser wird mir guttun.«
»Daran zweifle ich nicht.« Morgaine erhob sich – sie hatte selbst kaum etwas gegessen. »Ich werde Eurem Leibdiener befehlen, alles für die Reise vorzubereiten.«
Während der langen Prozession um die Felder stand Morgaine an Uriens' Seite. Von einem kleinen Hügel über dem Dorf beobachteten sie die Tänzerinnen, die von oben wie Zicklein wirkten. Morgaine überlegte, ob auch nur eine von ihnen die Bedeutung der grünen Stäbe kannte – Symbol des samenlegenden männlichen Geschlechts –, die mit roten und weißen Girlanden umwunden waren, und des

hübschen Mädchens, das ernst und gelassen mit offenen Haaren zwischen ihnen ging: ein frisches, junges Ding, noch nicht einmal vierzehn, und ihre kupferroten Haare reichten ihr fast bis zu den Knien. Es trug ein grünes Gewand, das sehr alt wirkte. Wußte eine von ihnen, daß der König und seine Königin hier oben standen und zusahen? Fiel einem der Mädchen auf, wie fehl am Platz der Priester wirkte, der ihnen, zwei schwarz gekleidete Knaben mit Kerzen und Kreuzen zur Seite, folgte und in schlechtem Latein Gebete sang? Morgaine sprach besser Latein als er!

Die Priester hassen die Fruchtbarkeit und das Leben so sehr, daß es ein wahres Wunder ist, wenn unter ihrem sogenannten Segen die Felder nicht verdorren . . .

Wie als Antwort auf ihre Gedanken fragte hinter ihr eine sanfte Stimme: »Ich möchte wissen, Herrin, ob außer uns jemand weiß, was hier wirklich geschieht!« Accolon reichte Morgaine seinen Arm, um ihr über eine große Scholle hinwegzuhelfen. Wieder sah sie die leuchtend blauen Schlangen auf seinen Handgelenken.

»König Uriens weiß es und versucht, es zu vergessen. Für mich ist das eine größere Gotteslästerung als schlichte Unwissenheit.«

Sie erwartete, Accolon würde zornig werden – sie hatte es sogar darauf angelegt. Des Ritters Hand auf ihrem Arm weckte den heftigen Hunger, das innere Aufbegehren . . . er war jung und schön. Und sie . . . sie war die alternde Frau seines alten Vaters . . . die Dorfbewohner ließen sie ebenso wenig aus den Augen wie die Familie der Hauspriester! Sie konnte nicht einmal frei sprechen und mußte ihn mit kühler Förmlichkeit behandeln . . . als ihren Stiefsohn. Wenn Accolon jetzt ein freundliches oder gar mitleidiges Wort für sie hatte, würde sie laut aufschreien, sich die Haare raufen und das Gesicht zerkratzen . . .

Aber Accolon entgegnete so leise, daß sicher keiner der anderen es hörte: »Vielleicht gibt sich die Göttin damit zufrieden, daß *wir* es wissen, Morgaine. Sie wird uns nicht im Stich lassen, solange auch nur ein Mensch sie verehrt.«

Morgaine blickte ihn an. Accolon hatte die Augen auf sie gerichtet, hielt die Königin höflich, zurückhaltend und ritterlich an der Hand. Aber sie glaubte zu spüren, wie der Strom seiner heißen Leidenschaft durch ihren ganzen Körper floß. Doch plötzlich überkam sie Angst und sie wollte sich von ihm lösen.

Ich bin die Frau seines Vaters. Mich darf er am allerwenigsten begehren. In diesem Christenland darf er mich noch weniger begehren, als Artus, mein Bruder, es durfte.

Eine alte Erinnerung aus Avalon drängte sich ihr auf. Ein Druide, der die jungen Priesterinnen in der geheimen Weisheit unterrichtete, hatte einst – vor mindestens zehn Jahren – gesagt: *Wenn die Botschaft der Götter dir den Weg deines Lebens weisen soll, dann achte auf das, was sich wiederholt ... immer und immer wiederholt. Denn es ist die karmische Lektion über das Wissen um die Wiedergeburt nach dem Tode, die dir die Götter erteilen, und du mußt sie in diesem Leben lernen. Sie wird dir wieder und wieder vor Augen geführt, bis du sie zu einem Teil deiner Seele und deines unsterblichen Geistes gemacht hast.*

Was wurde mir immer und immer wieder vor Augen geführt?

Jeder Mann, den sie begehrte, stand ihr verwandtschaftlich zu nahe ... Lancelot war der Sohn ihrer Pflegemutter, Artus der Sohn ihrer eigenen Mutter und Accolon der Sohn ihres Gemahls ...

Aber nur nach den Gesetzen der Christen, die über dieses Land herrschen wollen, sind wir zu nahe verwandt ... die Christen wollen eine neue Tyrannei errichten. Sie wollen nicht nur die Gesetze machen, sondern auch Geist, Herz und Seele bezwingen. Erlebe ich in meinem Leben die ganze Tyrannei dieses Gesetzes, damit ich als Priesterin lerne, warum sie abgeschüttelt werden muß?

Morgaine bemerkte, daß ihre Hand in der seinen zitterte. Sie versuchte, ihre Gedanken zu ordnen und sagte zu Accolon: »Glaubt Ihr wirklich, die Göttin würde der Erde kein Leben schenken, wenn die Menschen ihr nicht mehr dienen?«

Diese Frage hätte eine Priesterin in Avalon einem Priester stellen können. Wie jeder in Avalon kannte Morgaine auch die Antwort darauf: Die Götter waren wie sie waren. Ihr Wille geschah auf Erden, ob die Menschen ihr Tun nun ablehnten oder billigten. Der Ritter antwortete mit einem merkwürdigen Lächeln, bei dem seine weißen Zähne aufblitzten. »Dann, Herrin, müssen wir dafür sorgen, daß die Große Göttin immer erhält, was ihr zusteht, damit das Leben auf der Welt nicht versiegt.« Und dann gab er ihr den Namen, mit dem nur der Priester eine Priesterin im Ritual benennen durfte. Morgaines Herz klopfte so heftig, daß ihr schwindlig wurde.

Damit das Leben auf der Welt nicht versiegt ... damit das Leben in mir nicht versiegt ... er hat mich im Namen der Göttin gerufen ...

»Seid still«, sagte Morgaine verwirrt. »Dies ist weder die Zeit noch der Ort für solche Reden.«

»Wirklich nicht?« Inzwischen hatte man den Rand des gepflügten Feldes erreicht. Er ließ ihre Hand los, und sie vermißte seine Wärme.

Vor ihnen hüpften die vermummten Tänzer und schwangen ihre umkränzten Stäbe. Die Frühlingskönigin, deren langes Haar in der leichten Brise wehte, schritt den Kreis der Tänzer ab und küßte einen nach dem anderen ... ein förmlicher Kuß, bei dem ihre Lippen kaum die Wangen der Männer berührten. Uriens winkte Morgaine ungeduldig an seine Seite. Kühl und gefaßt stellte sie sich neben ihn. Nur an ihren Handgelenken, wo Accolon sie gehalten hatte, spürte sie eine flammende Hitze; sonst war ihr Körper wie mit Eis bedeckt.
Uriens erklärte geschäftig: »Es ist deine Aufgabe, meine Liebe, das hier an die Tänzer zu verteilen, die uns unterhalten haben.« Er gab einem Diener das Zeichen, damit er ihr Süßigkeiten und kandierte Früchte reichte. Morgaine warf sie unter die Tänzer und Zuschauer, die lachend und drängend versuchten, sie aufzufangen.
Dies alles ist eine Verhöhnung der Heiligen Handlungen ... eine bloße Erinnerung an den Tag, als das Volk sich darum drängte, ein Teil des Fleisches und etwas Blut des Opfers aufzufangen ... Soll dieses Ritual ruhig vergessen sein, aber man darf es nicht auf solche Weise verspotten! Man füllte ihr wieder und wieder die Hände mit Süßigkeiten, und wieder und wieder warf Morgaine sie unter die Menge. Niemand sah in dem Ritual etwas anderes als die Belohnung der Tänzer. Hatten sie alles Frühere vergessen? Lachend und glücklich, voll unschuldigen Stolzes kam die Frühlingskönigin zu Morgaine. Man sah, wie hübsch das Mädchen war. Aber es hatte leere Augen, und seine Hände waren rauh und schwielig von der Arbeit auf den Feldern. Die Frühlingskönigin war nur ein hübsches Bauernmädchen, das versuchte, die Handlungen einer Priesterin auszuüben, ohne auch nur im geringsten zu wissen, was sie eigentlich tat. Man konnte es ihr nicht verübeln.
Und doch ist sie eine Frau. Sie erfüllt die Aufgabe der Großen Mutter, so gut sie kann. Es ist nicht ihre Schuld, daß sie nicht in Avalon darauf vorbereitet wurde. Morgaine wußte nicht genau, was man von ihr erwartete. Aber als das Mädchen vor der Königin niederkniete, nahm Morgaine die fast vergessene Haltung einer segnenden Priesterin ein und empfand einen Augenblick lang das vertraute Bewußtsein, daß etwas über sie kam ... sie legte die Hände auf die Stirn des Mädchens und spürte den Strom der Kraft zwischen ihnen. Das eher einfältige Gesicht der jungen Frau nahm einen verklärten Ausdruck an. *Die Göttin wirkt auch in ihr,* dachte Morgaine und bemerkte dann Accolons Blick. Der Ritter sah sie voll ehrfürchtiger Bewunderung an. Sie hatte diesen Gesichtsausdruck früher schon gesehen,

wenn sie die Nebel von Avalon rief... und das Bewußtsein der Macht überflutete Morgaine, als sei sie plötzlich wiedergeboren.
Ich lebe wieder. Nach all diesen Jahren bin ich wieder Priesterin... und Accolon hat mich zurückgeholt...
Die Spannung löste sich. Das Mädchen erhob sich, stolperte dabei fast über seine eigenen Füße und verneigte sich unbeholfen vor der königlichen Gesellschaft. Uriens verteilte Münzen unter die Tänzer und machte dem Dorfpriester ein größeres Geschenk, damit er Wachsstöcke für seine Kirche kaufen konnte. Danach ging der Hof zur Burg zurück. Morgaine schritt gelassen an Uriens' Seite – ihr Gesicht eine Maske, aber innerlich überschäumend vor Leben. Uwain kam zu ihr.
»In diesem Jahr war es schöner als sonst, Mutter. Shanna ist so hübsch... die Frühlingskönigin. Ihr Vater ist der Schmied Euan. Aber als du sie gesegnet hast, Mutter, hast du wunderschön ausgesehen...du hättest eigentlich die Frühlingskönigin sein sollen!«
»Aber, aber«, widersprach Morgaine lachend. »Glaubst du wirklich, ich könnte ganz in Grün und mit wehenden Haaren um die gepflügten Felder tanzen? Und außerdem bin ich keine Jungfrau mehr...«
»Das stimmt«, erwiderte Uwain und musterte sie prüfend. »Aber du hast ausgesehen wie die Göttin. Vater Eian sagt zwar, die Göttin war in Wirklichkeit ein böser Geist, der die Menschen davon abgehalten hat, Christus zu dienen. Aber weißt du, was ich glaube? Ich glaube, die Göttin war da, und die Leute haben sie angebetet, ehe man sie lehrte, die Heilige Mutter Jesu Christi anzubeten.«
Accolon ging neben ihnen. Er sagte: »Die Göttin gab es vor Christus. Es schadet nicht, wenn du sie dir als Maria vorstellst, Uwain. Du mußt der Göttin immer dienen, gleichgültig unter welchem Namen. Aber ich rate dir, sprich nicht mit Vater Eian darüber.«
»O nein«, erwiderte der Junge mit großen Augen. »Er hält nichts von Frauen, selbst wenn sie Göttinen sind.«
»Ich frage mich, was er von Königinnen hält?« murmelte Morgaine. Sie hatten die Burg erreicht, und Morgaine mußte sich um Uriens' Reisegepäck kümmern. Über ihren täglichen Pflichten schob sie die neuen Einsichten beiseite; aber sie wußte, zu einem späteren Zeitpunkt mußte sie über all das ernsthaft nachdenken.
Der König brach am frühen Nachmittag auf. Seine Bewaffneten, sein Schildknappe und zwei seiner Leibdiener begleiteten ihn. Mit einem zärtlichen Kuß verabschiedete er sich von Morgaine und ermahnte seinen Sohn Avalloch, in allen Dingen auf den Rat Accolons und der

Königin zu hören. Uwain schmollte; er wollte seinen Vater, den er anbetete, begleiten; aber Uriens wollte sich nicht mit einem Kind belasten. Morgaine mußte den Knaben trösten. Aber schließlich war alles ruhig. Morgaine saß allein in der großen Halle am Feuer. Maline hatte ihre Kinder zu Bett gebracht, und Morgaine konnte über alles nachdenken, was an diesem Tag geschehen war.

Draußen war es immer noch nicht ganz dunkel, denn heute war die kurze Mittsommernacht. Morgaine hielt Spindel und Spule in der Hand. Aber sie gab nur vor zu spinnen und drehte nur hin und wieder den Faden. Sie liebte das Spinnen heute ebenso wenig wie früher. Zu den wenigen Dingen, die sie sich von Uriens erbeten hatte, gehörten zwei Spinnfrauen, die ihr diese ungeliebte Arbeit abnahmen. Statt dessen saß sie oft am Webstuhl. Sie *wagte* nicht zu spinnen. Es würde sie wieder in den merkwürdigen Zustand zwischen Schlafen und Wachen versetzen, und sie fürchtete sich vor dem, was sie vielleicht sehen würde. Deshalb drehte sie jetzt die Spindel nur aus dem Grund, daß keiner der Diener sie untätig am Feuer sitzen sah ... sicher, niemand hatte das Recht, ihr Vorhaltungen zu machen. Sie arbeitete von morgens bis abends ...

In der Halle wurde es dunkler. Ein paar rote Strahlen der untergehenden Sonne auf dem Boden ließen die Wände um so schwärzer erscheinen. Morgaine schloß die Augen und dachte an die Sonne, die rot hinter den Ringsteinen unterging. Die Priesterinnen folgten der roten Fackel hinauf zum Berg ... das schweigende und rätselhafte Gesicht Ravens tauchte vor ihr auf. Raven schien die Lippen zu bewegen und ihren Namen auszusprechen ... Gesichter schwebten vor ihr in der Dämmerung: Elaine mit gelösten Haaren im Schein der Fackel, als man sie in Lancelots Armen überraschte ... die wütende und triumphierende Gwenhwyfar an Morgaines Hochzeit ... das ruhige und reglose Gesicht der Fremden mit den blonden, geflochtenen Haaren, die Frau, die sie nur in ihren Träumen gesehen hatte, die neue Herrin von Avalon ... noch einmal Raven, diesmal ängstlich und flehend ... Artus als Büßer mit einer Kerze inmitten seines Volkes ... oh, die Priester würden nie wagen, den König zu zwingen, öffentlich Buße zu tun. Dann sah sie die Barke von Avalon, schwarz verhängt für ein Begräbnis. Im Nebel tauchte ihr eigenes Gesicht auf; neben ihr standen drei andere schwarz verhüllte Frauen, und in ihrem Schoß lag blaß und bewegungslos ein verwundeter Mann ...

Der rote Schein einer Fackel zerriß die Dunkelheit, und eine Stimme fragte: »Versucht Ihr im Dunkeln zu spinnen, Mutter?«

Verwirrt blickte Morgaine auf und sagte ärgerlich: »Ich habe Euch doch gesagt, Ihr sollt mich nicht so nennen!«
Accolon steckte die Fackel in die Halterung und setzte sich ihr zu Füßen. »Die Göttin ist unser aller Mutter, Herrin. Und so sehe ich auch Euch ...«
»Wollt Ihr mich verspotten?« fragte Morgaine heftig.
»Ich spotte nicht.« Accolon kniete vor ihr nieder und sagte bebend: »Ich habe Euer Gesicht heute morgen gesehen. Wie könnte ich es verspotten, da ich die Schlangen trage?« Er streckte die Arme aus, und im zuckenden Licht schienen die Schlangen sich zu ringeln und den Kopf zu heben. »Herrin, Große Mutter, Göttin ...« Er faßte sie um die Hüfte und vergrub sein Gesicht in ihrem Schoß. Er murmelte: »Für mich trägst du das Gesicht der Göttin ...«
Wie im Traum streckte Morgaine die Hände aus, beugte sich über ihn und küßte ihn auf den Nacken. Eine Stimme in ihr fragte verwundert und erschrocken: *Was tue ich? Liegt es nur daran, daß er im Namen der Göttin zu mir spricht, als Priester zur Priesterin? Oder daran, daß ich mich wieder als Frau fühle, wenn er mich berührt und wenn er mit mir spricht? Erwache ich wieder zu neuem Leben nach all dieser Zeit, in der ich mich alt und abgestorben fühlte in dieser Ehe mit einem verdorrten Mann und ein totes Leben lebte?* Accolon richtete sich auf und küßte sie auf den Mund. Morgaine überließ sich seinen gierigen Lippen. Sie fühlte, wie sie dahinschmolz, wie sie sich öffnete. Ein lustvoller Schauer, in den sich Schmerz mischte, durchrann sie, als seine Zunge in ihrem Mund Erinnerungen weckte, die tief in ihrem Körper ein Echo fanden ... so lange, es war so lange her, ein ganzes langes Jahr war ihr Körper der Totenstarre gleich gewesen und nicht erwacht, um nicht spüren zu müssen, was Uriens tat ...
Trotzig dachte Morgaine: *Ich bin eine Priesterin. Mein Körper ist mein; er gehört mir, damit ich ihn der Göttin zu Ehren verschenke! Was ich mit Uriens getan habe, war Sünde: Unterwerfung unter die männliche Lust. Doch dies ist rein und heilig ...*
Seine Hände an ihrem Körper zitterten. Aber seine Stimme klang ruhig und vernünftig, als Accolon sagte:
»Ich glaube, in der Burg schläft alles. Ich wußte, daß du hier auf mich warten würdest ...«
Morgaine störte seine Sicherheit; dann neigte sie den Kopf. Sie waren in der Hand der Göttin, und sie würde sich dem Fluß nicht verweigern, der sie in rauschenden Wogen davontrug. Lange, lange war sie nur in seichten Gewässern dahingetrieben. Jetzt wurde sie wieder in den Strom des Lebens gezogen.

»Wo ist Avalloch?«
Accolon lachte kurz auf. »Er ist unten im Dorf, um bei der Frühlingskönigin zu liegen ... einer unserer Bräuche, die unser Dorfpriester *nicht* kennt. Das ist so, seit unser Vater alt ist und wir erwachsen waren. Selbst Avalloch hält es mit seiner Christenpflicht vereinbar, wie einst Uriens in seiner Jugend Vater seiner Untertanen zu sein ... oder zumindest so vieler wie möglich. Avalloch hat mir angeboten, heute das Los entscheiden zu lassen. Erst als ich eingewilligt hatte, erinnerte ich mich daran, daß deine Hände die Frühlingskönigin gesegnet haben, und ich wußte, wem ich meine Huldigung darbringen muß ...«
Schwach protestierend murmelte Morgaine: »Avalon ist weit entfernt ...«
Das Gesicht an ihre Brust gedrückt, erwiderte Accolon: »Aber die Göttin ist überall.«
Morgaine flüsterte: »So sei es!« und erhob sich. Sie zog ihn an den Händen hoch und wandte sich der Treppe zu, hielt aber plötzlich inne. Nein, es gab kein Bett in der Burg, das sie in Ehren teilen konnten. Und eine Weisheit der Druiden kam ihr ins Gedächtnis: *Wie kann das, was von Menschen weder gemacht noch geschaffen wurde, unter einem Dach verehrt werden, das ein Werk der Menschen ist?*
Dann hinaus also, hinaus ins Freie unter den nächtlichen Himmel! Sie traten in den leeren Burghof. In diesem Augenblick schoß eine Sternschnuppe über den Himmel – so schnell, daß Morgaine glaubte, Himmel und Erde bewegten sich unter ihren Füßen rückwärts ... dann war alles vorbei, und sie war wie geblendet. *Ein Zeichen. Die Göttin heißt mich wieder willkommen ...*
»Komm«, flüsterte sie und führte Accolon in den Obstgarten. Die weißen Blütenblätter umtanzten sie in der Dunkelheit wie Geister. Sie breitete ihren Mantel wie einen Zauberkreis über das Gras, streckte die Arme aus und flüsterte: »Komm.«
Der schattenhafte dunkle Körper über ihr verdeckte den Himmel und löschte die Sterne.

Morgaine erzählt ...

Selbst in dieser Mittsommernacht, als wir unter den Sternen beisammen lagen, wußte ich, daß mich weniger die Liebe leitete, als die leidenschaftliche Macht zur magischen Handlung.
Accolons Hände, die Berührung seines Körpers, weihten mich erneut

zur Priesterin, und es geschah nach dem Willen der Göttin. Obwohl ich nichts wahrnahm, hörte ich in der Sommernacht das Flüstern von Stimmen und wußte, daß wir nicht allein waren.

Er wollte mich in den Armen halten, aber getrieben von einer Macht, die in dieser Stunde von mir Besitz ergriffen hatte, stand ich auf, hob die Hände über meinen Kopf und ließ sie langsam, mit geschlossenen Augen, sinken und rief mit angehaltenem Atem die Macht der Göttin ... erst als ich hörte, wie Accolon ehrfürchtig nach Luft rang, wagte ich, die Augen zu öffnen und sah um seinen Körper einen sanften Lichtschein.

Es ist vollbracht, und sie ist bei mir ... Große Mutter, ich bin in deinen Augen unwürdig ... aber jetzt ist die Kraft zurückgekehrt ... ich wagte nicht zu atmen, aus Angst, in lautes Weinen auszubrechen. Nach all diesen Jahren, nach meinem eigenen Verrat und meiner Treulosigkeit ist sie zu mir gekommen, und ich bin wieder Priesterin!

Im fahlen Mondlicht sah ich am Rande des Rains schimmernde Augen, als seien Tiere in der Hecke. Aber Schatten bemerkte ich nicht. Ja, wir waren nicht allein! Das Kleine Volk aus den Hügeln hatte gewußt, wo wir waren, und was die Göttin hier vollbracht hatte. Sie kamen, um die Vereinigung zu sehen, die es nicht mehr gab, seit Uriens alt und die Welt grau und christlich wurde. Ich hörte ehrfürchtiges Flüstern und erwiderte es in einer Sprache, von der ich kaum ein Dutzend Worte kannte. Ich sprach kaum hörbar den Segen, während Accolon in Ehrerbietung vor mir kniete.

»Es ist geschehen. So sei es!«

Ich beugte mich über ihn und küßte ihn auf die Stirn und wiederholte: »Es ist geschehen. Geh mit ihrem Segen.«

Ich weiß, er wäre geblieben, wenn ich die Frau gewesen wäre, mit der er in den Garten gekommen war. Aber die Priesterin verließ er schweigend, ohne das Wort der Göttin in Zweifel zu ziehen.

Ich schlief nicht in dieser Nacht. Bis zum Morgengrauen ging ich in dem Garten auf und ab und wußte nun, von Entsetzen geschüttelt, was zu tun war. Ich wußte nicht, wie oder ob ich allein tun konnte, was ich begonnen hatte. Doch ich mußte selbst meine Schritte zurückverfolgen, so allein, wie ich vor langer Zeit zur Priesterin geworden war. Mir wurde in dieser Nacht eine große Gnade zuteil. Aber ich wußte, ich würde keine Zeichen mehr erhalten und keine Hilfe mehr, bis ich mich selbst, ohne Beistand, wieder zur Priesterin gemacht hatte, zu der ich einst ausgebildet worden war.

Unter der Haube, die Uriens zu tragen mir gebot, verbarg sich noch immer der verblaßte Halbmond, das Zeichen ihrer Gnade. Aber es würde mir jetzt nichts helfen. Ich blickte zu den verblassenden Sternen empor und wußte nicht, ob die aufgehende Sonne mich bei dieser Nachtwache überraschen würde. Schon ein halbes Leben lang war ich dem magischen Auf und Ab der Sonne entfremdet. Ich kannte nicht mehr den Punkt am östlichen Horizont, an dem ich die aufgehende Scheibe begrüßen mußte. Ich wußte nicht einmal mehr, ob der Lauf des Mondes mit dem Zyklus meines Körpers übereinstimmte . . . so weit hatte ich mich von meinem Leben in Avalon entfernt! Allein auf mich gestellt, mußte ich in meiner verblaßten Erinnerung alles wiederfinden, was einmal Teil meiner selbst gewesen war.

Noch vor Sonnenaufgang ging ich geräuschlos in mein Gemach. Ich suchte im Dunkeln und fand das einzige Zeichen, das mir von Avalon geblieben war – das kleine Sichelmesser, das ich der toten Viviane abgenommen hatte . . . ein Messer, wie ich es als Priesterin getragen und bei meiner Flucht in Avalon zurückgelassen hatte. Ich band es um die Hüfte und ließ das Obergewand darüberfallen. Ich würde es nie mehr wieder ablegen. Es sollte mich bis in Grab begleiten.

So trug ich verborgen die einzige Erinnerung, die ich an diese Nacht behalten konnte. Ich zog mir nicht einmal den Halbmond auf der Stirn nach, teils wegen Uriens – er hätte mich danach gefragt – und teils, weil ich wußte, daß ich noch nicht würdig war, ihn zu tragen. Ich wollte den Halbmond nicht zur Schau stellen, wie er die verblaßten Schlangen auf den Armen trug – als Schmuck und als eine halbvergessene Erinnerung an das, was einmal gewesen und vergangen war.

In der nächsten Zeit, die zu Jahren anwuchs, erfüllte ein Teil von mir wie eine bemalte Puppe die Pflichten, denen ich als Königin nachzukommen hatte: Spinnen und Weben, Zubereiten von Heiltränken, Umsorgen seines Sohns und Enkelkindes, Anhören seiner Geschichten, Besticken seiner Kleider, Pflege der Kranken und Siechen . . . all das tat ich, ohne viel darüber nachzudenken, und mein Körper erstarb, wenn Uriens kurz und auf widerwärtige Weise von ihm Besitz ergriff.

Aber das Messer hing an meiner Seite, und ich konnte es hin und wieder berühren, um mir Sicherheit zu verschaffen. Allmählich lernte ich wieder den Gang der Sonne von der Tagundnachtgleiche zur Sonnenwende und wieder zurück zur Tagundnachtgleiche zu zählen . . . ich zählte quälend langsam wie ein Kind oder eine Priesterschülerin. Es dauerte Jahre, ehe ich spürte, daß die Gezeiten wieder in meinen Adern pulsierten. Schließlich wußte ich auch wieder bis auf

Haaresbreite, wo am Horizont Sonne oder Mond auf- oder untergehen würden, damit ich die Gebete sprechen konnte, die ich einst gelernt hatte. Spät in der Nacht, wenn das ganze Haus in Schlaf gefallen war, beobachtete ich die Sterne und ließ ihren Einfluß in mein Blut übergehen. Sie kreisten und drehten sich um mich, bis ich nur ein Fixpunkt auf der bewegungslosen Erde war, die Mitte des wirbelnden Tanzes über mir und um mich herum, das spiralförmige Kreisen der Jahreszeiten. Ich stand früh auf und ging spät schlafen, um Zeit zu finden, durch die Hügel zu streifen. Ich gab vor, Wurzeln und Kräuter für Heilgetränke zu suchen, spürte den alten Linien der Kraft nach, folgte ihnen vom hochaufgerichteten Stein bis zum verborgenen Teich... ein mühsames Unterfangen. Es dauerte Jahre, bevor ich auch nur ein paar der alten Zeichen in der Umgebung von Uriens' Burg erkannte.

Aber schon in dem ersten Jahr, als ich meiner schwachen Erinnerung wieder abrang, was ich vor so vielen Jahren wußte, bemerkte ich bald, daß ich die Nachtwachen nicht alleine hielt. Ich sah nie mehr als in der ersten Nacht: Zwei schimmernde Augen in der Dunkelheit, eine flüchtige Bewegung aus den Augenwinkeln... man sah sie selten, selbst hier in den fernen Hügeln in der Nähe der Dörfer oder auf den Feldern. Sie lebten ihr eigenes Leben verborgen in den verlassenen Hügeln und Wäldern, wohin sie bei der Ankunft der Römer geflohen waren. Aber ich wußte, sie waren da: Die Alten Leute, das Kleine Volk, das die Göttin nie im Stich gelassen hatte, wachte über mich.

Einmal entdeckte ich weit weg von der Burg einen Ring aus Steinen. Er war nicht so groß wie auf dem Berg in Avalon und erst recht nicht wie der frühere Tempel der Sonne auf der großen Kreideebene. Die Steine hier reichten mir nur bis zur Schulter (und ich bin nicht groß). Der Kreis entsprach im Durchmesser einem großen Mann. In der Mitte lag ein kleiner behauener Stein, halb versteckt, dessen Zeichen verblaßt und von Flechten bewachsen waren. Ich befreite ihn von Gras und Flechten. Wann immer es mir gelang, unbeobachtet in der Küche etwas Essen mitgehen zu lassen, ließ ich für das Volk der Göttin dort Speisen zurück, welche die Kleinen Leute, wie ich wußte, nur selten zu Gesicht bekamen: ein Gerstenbrot, Käse, ein Stück Butter. Einmal fand ich dort einen Kranz aus duftenden Blüten. Diese Blumen wuchsen nur im Feenreich. Sie waren getrocknet und würden nie verblassen. Als ich Accolon beim nächsten Vollmond mit in die Felder nahm, trug ich den Kranz auf meiner Stirn, während wir in der feierlichen Vereinigung zusammenkamen, die uns als Menschen da-

vontrug, und nur die Göttin und den Gott zurückließ, ein Unterpfand für das ewige Leben des Universums, für den Strom der Kraft, der zwischen Mann und Frau ebenso floß wie zwischen Erde und Himmel. Nach dieser Nacht war ich jenseits meiner Gartenmauern nie mehr allein. Ich wußte, daß ich nicht nach ihnen Ausschau halten konnte. Aber sie waren da. Ich wußte, sie würden bei mir sein, wenn ich sie brauchte. Nicht umsonst hatte man mir diesen alten Namen gegeben: Morgaine, die Fee ... und jetzt erkannten sie mich an als ihre Priesterin und ihre Königin.

Ich wanderte durch die Nacht zum Ring der Steine, als der Erntemond am Vorabend zum Tag der Toten tief am Himmel stand. Der kalte Atem des vierten Winters ließ mich frösteln. In meinen Mantel gehüllt, hielt ich zitternd die Nachtwache. Schneeflocken fielen vom Himmel, als ich mich erhob und meine Schritte heimwärts lenkte. Aber als ich das Heiligtum verließ, stieß mein Fuß gegen einen Stein, der bei meiner Ankunft noch nicht dort gelegen hatte. Ich beugte mich hinunter und sah mit weißen Steinen ein Muster gelegt. Ich verschob einen davon, um die nächste Folge der Magischen Zahl zu bilden – die Linie hatte sich verändert: Jetzt standen wir unter dem Einfluß der Wintersterne. Frierend und zitternd wanderte ich nach Hause und erzählte, ich hätte in den Hügeln in einer leeren Hütte übernachtet. Uriens hatte sich schon Sorgen um mich gemacht und zwei Burgwachen ausgeschickt, um mich zu suchen. Tiefer Schnee lag schon auf den Bergen, und ich mußte fast den ganzen Winter in der Burg verbringen. Aber ich wußte, wenn der Sturm sich legte, wollte ich zur Wintersonnenwende hinaus zum Ring der Steine wandern. Ich zweifelte nicht daran, daß die Steine nicht unter Schnee begraben lagen ... niemals blieb der Schnee zwischen den Ringsteinen liegen. Ich vermutete, auch bei einem kleinen Ring würde der Zauber wirken, denn die Magie übte ihre Kraft hier immer noch aus.

Im Mittelpunkt des Rings entdeckte ich ein winziges Bündel – ein zusammengerolltes Stück Leder mit einer Sehne verschnürt. Und meine Finger bewiesen ihre alte Geschicklichkeit; mühelos gelang es mir, den Knoten zu lösen, und ich schüttete den Inhalt in meine Hand. Es schienen Samenkörner zu sein, doch es waren die winzigen Pilze, wie sie vereinzelt in der Nähe von Avalon wuchsen. Man konnte sie nicht essen; die meisten Menschen hielten sie für giftig, denn sie verursachten Erbrechen, Krämpfe und Blutfluß. Aber wenn man beim Fasten nur ganz wenig zerkaute, konnten sie die Pforten zu dem Gesicht öffnen ... dieses Geschenk war kostbarer als Gold. In

Uriens' Land gab es diese Pilze nicht. Ich konnte mir nur vorstellen, das Kleine Volk hatte sich auf eine weite Wanderschaft begeben, um sie zu finden. Die mitgebrachten Speisen ließ ich zurück: getrocknetes Fleisch, Früchte und einen Honigkuchen. Es war kein Lohn, denn ihr Geschenk war unbezahlbar! Ich wußte jetzt, was ich zu tun hatte: Ich würde mich in der Nacht der Wintersonnenwende in mein Gemach zurückziehen und dort das Gesicht wieder beschwören, dem ich mich verschlossen hatte. Auch wenn die Pforten zur Vision mir wieder offenstanden, konnte ich es wagen, die Göttin anzurufen, ihre Gegenwart beschwören und darum bitten, mir wieder den Segen zu erteilen, den ich verschmäht hatte. Ich fürchtete nicht, diesmal nicht erhört zu werden, denn die Große Mutter schickte mir dieses Geschenk, durch das ich Sie finden würde.

In tiefer Dankbarkeit kniete ich nieder und wußte, daß mein Beten erhört, mein Frevel gesühnt war.

Der Schnee auf den Hügeln begann zu schmelzen, und in den geschützten Tälern blühten bereits die ersten Frühlingsblumen. Die Herrin vom See ging hinunter zum Ufer, um den Merlin von Britannien an der Barke zu begrüßen. Kevin sah blaß und erschöpft aus. Sein Gesicht wirkte hager; er schleppte sich mühsamer als gewöhnlich auf seinen verkrümmten Beinen vorwärts und stützte sich dabei schwer auf einen Stock. Niniane ließ sich ihr Mitleid nicht anmerken, als sie feststellte, daß er gezwungen war, seine Harfe einem Dienstmann anzuvertrauen. Sie tat so, als sehe sie es nicht, denn sie wußte wohl, wie sehr ihn das in seinem Stolz treffen mußte. Langsam ging die Priesterin neben ihm her zu ihrem Haus und hieß ihn dort willkommen. Sie wies ihre Frauen an, das Feuer neu zu entfachen und ließ Wein bringen. Kevin trank nur einen Höflichkeitsschluck und verbeugte sich ernst, um ihr zu danken.

»Was führt Euch so früh im Jahr nach Avalon, Ehrwürdiger Merlin?« fragte sie. »Kommt Ihr aus Camelot?«

Kevin schüttelte den Kopf. »Ich verbrachte dort einen Teil des Winters«, erwiderte er, »und sprach oft mit Artus' Ratgebern. Aber bei den ersten Anzeichen des Frühlings zog ich in einer Mission nach Süden zu den Bündnistruppen . . . vermutlich sollte ich jetzt sagen: in das Reich der Sachsen. Und ich glaube, Ihr wißt, wen ich dort sah, Niniane. War das Morgauses Werk oder Eure Entscheidung?«

»Weder noch«, antwortete die Priesterin ruhig. »Gwydion selbst wollte es. Er wußte, daß er trotz seiner Ausbildung zum Druiden Erfahrungen im Kampf sammeln mußte... es hat bereits in früheren Zeiten Krieger unter den Druiden gegeben. Und so entschloß er sich, in den Süden, in das Reich der Sachsen zu gehen... Die Sachsen sind Artus' Verbündete, aber der Großkönig wird ihn dort nicht zu Gesicht bekommen. Aus Gründen, die Euch ebenso bekannt sind wie mir, wollte er Artus nicht unter die Augen treten.« Nach kurzem Schweigen fügte sie hinzu: »Ich kann nicht beschwören, daß Morgause ihn nicht beeinflußt hat. Aber wenn er überhaupt bei jemandem Rat sucht, dann bei ihr.«
»Wirklich?« fragte Kevin mit erhobenen Augenbrauen. »Ja, vermutlich schon... sie ist die einzige Mutter, die er je kennengelernt hat. Und sie regierte Lots Reich ebenso gut wie ein Mann... sie tut es noch, auch mit ihrem neuen Gefährten.«
»Ich wußte nicht, daß sie einen neuen Gefährten hat«, sagte Niniane. »Ich sehe nicht so gut wie Viviane, was in den einzelnen Reichen vor sich geht.«
»Gewiß, das Gesicht leitete sie«, stimmte Kevin zu, »und wenn sich das Gesicht ihr verschloß, hatte sie Jungfrauen, die für sie sahen. Kommt das Gesicht nicht zu Euch, Niniane?«
»Manchmal«, antwortete sie zögernd. »Aber hin und wieder läßt es mich im Stich...« Die Priesterin blickte zu Boden. Schließlich fuhr sie fort: »Ich glaube... Avalon... entfernt sich immer weiter von der Welt der Menschen, Ehrwürdiger Merlin. Welche Jahreszeit ist draußen in der Welt?«
»Seit der Tagundnachtgleiche sind zehn Tage vergangen, Herrin«, antwortete Kevin.
Niniane holte tief Luft. »Und wir haben das Fest erst vor sieben Tagen gefeiert. Also ist es so, wie ich dachte... die Welten treiben auseinander. Bislang sind es nicht mehr als ein paar Tage bei jedem Mondumlauf. Aber ich fürchte, bald werden wir von den Gezeiten der Sonne und des Mondes ebenso weit entfernt sein wie das Feenreich... Es wird immer schwieriger, die Nebel zu rufen und Avalon zu verlassen.«
»Ich weiß«, erwiderte Kevin. »Warum, glaubt Ihr, kam ich zur Zeit des abnehmenden Mondes?« Er lächelte sein verzerrtes Lächeln und fuhr fort: »Ihr solltet Euch freuen... Ihr werdet nicht altern wie die Frauen in der Welt draußen, Herrin, sondern jung bleiben.«
»Damit tröstet Ihr mich nicht«, erwiderte Niniane schaudernd. »Und

doch lebt niemand draußen in der Welt, dessen Schicksal ich verfolge, außer...«

»Gwydion«, ergänzte Kevin. »Ich dachte es mir. Aber es gibt noch jemanden, den Ihr nicht vergessen dürft...«

»König Artus in Camelot? Er hat uns abgeschworen. Von Avalon hat er keine Hilfe mehr zu erwarten...«

»Ich spreche nicht von Artus«, sagte Kevin. »Er sucht auch keine Hilfe in Avalon, aber...« Er zögerte. »Von dem Alten Volk in den Hügeln habe ich gehört... in Wales gibt es wieder einen König und eine Königin.«

»Uriens?« Niniane lachte höhnisch. »Er ist fast älter als die Hügel von Wales. Wie kann er dem Alten Volk dort helfen?«

»Ich spreche auch nicht von Uriens«, antwortete Kevin. »Habt Ihr vergessen? Morgaine lebt dort, und das Alte Volk hat sie als seine Königin anerkannt. Sie werden ihre Königin beschützen, solange sie lebt... wenn es sein muß auch vor Uriens. Habt Ihr vergessen, daß Uriens' Sohn hier in der Weisheit der Druiden unterrichtet wurde? Er trägt die Schlangen auf den Handgelenken.«

Niniane saß reglos und schwieg. Schließlich sagte sie: »Ich hatte es vergessen. Er ist nicht der Erstgeborene, und deshalb glaubte ich, er würde nie herrschen...«

»Uriens' Erstgeborener ist ein Dummkopf«, erklärte Kevin, »obwohl die Priester ihn für einen guten Nachfolger auf dem Thron des Königs halten. So gesehen haben sie auch recht. Er ist fromm, einfältig und wird sich der Kirche nicht entgegenstellen. Die Priester trauen dem zweiten Sohn... Accolon... nicht über den Weg, denn er trägt die Schlangenzeichen. Und seit Morgaine dort lebt, ist er sich ihrer Bedeutung wieder bewußt und dient ihr als seiner Königin. Auch für das Alte Volk in den Hügeln ist sie die Königin, gleich, wer nach römischer Sitte auf dem Thron von Wales sitzt. Der König stirbt für sie Jahr für Jahr unter den Hirschen, aber die Königin lebt ewig. Es mag sein, daß Morgaine am Ende vollbringt, was Viviane nicht beenden konnte.«

Erstaunt hörte Niniane die Bitterkeit in ihrer Stimme, als sie antwortete: »Kevin, seit Vivianes Tod ist kein Tag vergangen, an dem man mich hier nicht daran erinnert hätte, daß ich nicht Viviane bin, daß ich nach Viviane nichts bin. Selbst Raven verfolgt mich mit ihren großen stummen Augen, die immer sagen: *Du bist nicht Viviane, du kannst Vivianes Werk nicht weiterführen.* Ich weiß wohl, ich wurde nur gewählt, weil ich die letzte aus dem Geschlecht des Taliesin bin.

Es gab keine andere mehr außer mir. Doch entstamme ich nicht der königlichen Linie von Avalon! Nein, ich bin nicht Viviane. Ich bin auch nicht Morgaine. Aber ich habe auf meinem Platz, nach dem ich nie strebte, der Göttin pflichtbewußt gedient. Mir wurde die Bürde auferlegt, weil ich Taliesins Tochter bin. Ich habe meine Gelübde nicht gebrochen ... zählt das etwa nicht?«

»Herrin«, entgegnete Kevin sanft. »Eine Priesterin wie Viviane kommt vielleicht in vielen hundert Jahren nur einmal auf die Welt ... selbst in Avalon. Sie war lange Herrin hier. Sie herrschte neununddreißig Jahre, und nur wenige können sich daran erinnern, was vorher war. Jede Priesterin, die ihre Nachfolge antritt, muß sich im Vergleich zu ihr gering vorkommen. Ihr müßt Euch keine Vorwürfe machen. Ihr habt Eure Gelübde gehalten.«

»Morgaine nicht«, erklärte Niniane.

»Das ist wahr. Aber sie entstammt der alten Königslinie von Avalon. Sie hat dem Hirschkönig den Erben geschenkt, und es steht uns nicht zu, über sie zu richten.«

»Ihr verteidigt sie, weil Ihr sie geliebt habt ...«, entfuhr es Niniane gereizt. Kevin hob den Kopf. Sie hatte es noch nicht bemerkt, aber in diesem dunklen und entstellten Gesicht lagen Augen, die so blau waren wie die heißesten Flammen. Ruhig fragte er: »Wollt Ihr mit mir streiten, Herrin? Das ist seit Jahren vorbei und vergessen. Als ich Morgaine zum letzten Mal sah, beschimpfte sie mich als Verräter und vertrieb mich mit bösen Worten, die kein Mann vergeben kann, in dessen Adern Blut fließt. Glaubt Ihr, ich liebe sie sonderlich? Trotzdem ist es nicht an mir, sie zu verurteilen, und auch nicht an Euch. Ihr seid die Herrin vom See. Morgaine ist meine Königin und die Königin von Avalon. Sie erfüllt ihre Aufgabe in der wirklichen Welt, wie Ihr die Eure hier erfüllt ... und ich dort die meine, wohin die Götter mich schicken. In diesem Frühling führten sie mich in das flache Land an den Hof eines Sachsen, der sich König nennt und Artus die Treue geschworen hat. Dort sah ich Gwydion.«

Als Priesterin hatte Niniane gelernt, ihr Gesicht ausdruckslos zu halten. Aber sie wußte, Kevin war durch die gleiche Schule gegangen, und er konnte erkennen, welche Kraft es sie kostete. Und sie spürte, daß diese durchdringenden Augen ihre Gedanken lesen konnten. Sie wollte ihn nach Neuigkeiten fragen, sagte aber statt dessen nur: »Morgause hat mir berichtet, Gwydion versteht etwas von Kriegskunst und ist in der Schlacht kein Feigling. Wie geht es ihm unter den Barbaren, die sich lieber mit ihren großen Streitäxten gegenseitig die Schädel spalten, als ihre Köpfe zum Denken zu benutzen? Ich weiß, er ging zu den Sachsen im Süden, weil einer an seinem Hof einen Druiden wünschte, der lesen und schreiben kann und etwas von Zahlen und Karten versteht. Mir sagte er, er wolle das Kriegshandwerk erlernen, ohne Artus unter die Augen treten zu müssen. Ich vermute, sein Wunsch ist in Erfüllung gegangen. Obwohl Frieden im Land herrscht, brechen bei diesen Wilden immer wieder Stammesfehden aus... Ist der Gott der Sachsen nicht ein Gott des Krieges?«

Kevin lachte: »Ich weiß nichts über den Gott der Sachsen«, antwortete er. »Aber sie werden in diesem fruchtbaren Land immer wieder von den wilden Nordmännern überfallen. Eine der besten Eigenschaften der Sachsen ist die Liebe zu ihrer Familie und zu ihrem Land; und sie verteidigen beides mit ihrem Leben, wenn es sein muß. Einer der Sachsenhäuptlinge... bei ihnen bezeichnet sich jeder Häuptling als König... man nennt ihn Donneraxt, erzählte mir, daß Gwydion ihr Dorf durch eine List gerettet hat. Die Nordmänner landeten mit einem ihrer Drachenschiffe an der Küste, als alle Männer das Dorf verlassen hatten. Gwydion befahl den Jünglingen, den Mädchen und den jungen Frauen, lärmend durch das Gebüsch zu stürmen, während er die Kriegspfeife blies. Die Frauen kämpften mit Pfeil und Bogen... sie sind keine schlechten Schützen... so hielten sie die Nordmänner hin, bis Hilfe kam, und sie töteten ihren Anführer. Seit dieser Zeit nennen die Sachsen ihn Mordred, was in ihrer Sprache soviel wie ›listiger Rat‹ heißt. Es ist eine Auszeichnung... denn eine List bringt den Feinden Verderben. Sie geben jedem ihrer Gäste einen Namen... Lancelot nennen sie Elfenpfeil.«

Niniane mußte unwillkürlich lachen: »Unter den Sachsen mit ihren dicken Schädeln wirkt ein Druide, selbst ein junger, mitunter weiser als er ist! Und Gwydion ist klug. Schon als Knabe hatte er auf alles ein Dutzend Antworten.«

»Schlau ist er schon«, sagte Kevin nachdenklich. »Und er versteht es, sich beliebt zu machen. Davon konnte ich mich selbst überzeugen. Er hieß mich willkommen, als sei ich sein geliebter Onkel, und erklärte, er freue sich darüber, ein vertrautes Gesicht aus Avalon zu sehen, umarmte mich und machte viel Aufhebens... als liebe er mich tatsächlich.«

»Sicher fühlte er sich einsam, und Ihr brachtet ihm die Heimat näher«, sagte Niniane. Aber Kevin runzelte die Stirn und trank einen Schluck Wein. Dann setzte er den Becher ab und fragte: »Wie weit ist Gwydion in die Geheimen Lehren eingeweiht?«

»Er trägt die Schlangen«, erwiderte Niniane.
»Das kann viel oder wenig bedeuten«, erklärte Kevin. »Ihr solltet das wissen . . .«
Obwohl in seinen Worten kein Vorwurf lag, spürte Niniane die Spitze. Eine Priesterin mit dem Halbmond auf der Stirn konnte eine Viviane sein oder nicht viel mehr als sie selbst. »Zur Sommersonnenwende soll er zurückkehren«, sagte sie beherrscht, »um König von Avalon zu werden, denn Artus hat dieses Volk betrogen. Gwydion . . . Mordred . . . ist ein erwachsener Mann . . .«
Kevin warnte: »Er ist noch nicht bereit.«
»Zweifelt Ihr an seinem Mut? Oder an seiner Treue . . .?«
»Oh . . . Mut«, entgegnete Kevin und machte eine wegwerfende Geste. »Mut und Schlauheit . . . Aber ich traue seinem Herzen nicht, und ich kann darin nichts lesen. Außerdem ist er nicht Artus.«
»Wie gut für Avalon, daß er das nicht ist«, erwiderte Niniane scharf. »Wir brauchen nicht noch mehr Abtrünnige, die Avalon die Treue schwören und dem Alten Volk in den Hügeln gegenüber wortbrüchig werden. Die Christenpriester setzten vielleicht einen frommen Heuchler auf den Thron, der jedem Gott dient, dem zu dienen es im Augenblick ratsam erscheint . . .«
Kevin erhob die verstümmelte Hand in einer so gebieterischen Geste, daß Niniane jäh verstummte: »Avalon ist nicht die wirkliche Welt! Wir haben weder die Kraft oder das Heer, noch den Einfluß. Artus wird über alle Maßen geliebt und verehrt. Nicht in Avalon, da habt Ihr recht, aber vom Norden bis zum Süden und vom Osten bis zum Westen dieser Inseln. König Artus hat diesem Reich den Frieden gebracht, über den alle sich von Herzen freuen. Wenn heute jemand die Stimme gegen Artus erhöbe, wäre er in wenigen Monaten, vielleicht sogar Tagen, zum Schweigen gebracht. Der Großkönig ist beliebt . . . er ist der lebenspendende Geist Britanniens. Selbst wenn es nicht so wäre, Avalon besitzt in der Welt draußen kaum noch Gewicht. Ihr habt es selbst festgestellt. Wir entschwinden in den Nebeln der Zeit.«
»Um so schneller müssen wir handeln und Artus zu Fall bringen. Wir müssen einen König auf den Thron Britanniens setzen, der Avalon wieder in die Welt zurückführt und die Göttin . . .«
Kevin unterbrach sie ruhig: »Manchmal frage ich mich, ob das möglich ist . . . Vielleicht haben wir alle unser Leben in einem Traum verbracht.«
»Das sagt Ihr? Ihr, der Merlin von Britannien?«

»Ich habe auf Camelot, an Artus' Hof, gelebt, nicht im Schutz einer Insel, die sich immer weiter von der Welt draußen entfernt«, erwiderte Kevin sanft. »Hier ist meine Heimat, und ich würde sterben, wie ich es geschworen habe... aber die Große Ehe habe ich mit Britannien geschlossen, Niniane, nicht nur mit Avalon.«
»Wenn Avalon untergeht«, sagte Niniane, »verliert Britannien sein Herz und wird sterben. Denn die Göttin entzieht dem ganzen Land die Seele.«
»Glaubt Ihr das wirklich, Niniane?« fragte Kevin seufzend. »Ich bin kreuz und quer durch dieses Land gereist... bei jedem Wetter und zu jeder Jahreszeit... als Merlin von Britannien, als Falke des Gesichts und Bote des Großen Raben... jetzt sehe ich in diesem Land ein anderes Herz... es schlägt in Camelot.«
Er schwieg. Nach langer Zeit fragte Niniane: »Habt Ihr so gesprochen, als Morgaine Euch einen Verräter nannte?«
»Nein... damals ging es um etwas anderes«, erklärte er. »Vielleicht kennen wir die Absichten und den Willen der Götter weniger gut, als wir glauben, Niniane. Ich sage Euch, wenn wir Artus jetzt stürzen, wird das Land in ein schlimmeres Durcheinander geraten als beim Tod des Ambrosius. Uther Pendragon mußte schwer um seine Krone ringen. Glaubt Ihr etwa, Gwydion kann kämpfen, wie Artus es tat, um sich das Land untertan zu machen? Artus' Ritter würden sich wie ein Mann gegen jeden wenden, der ihren König und ihr Vorbild angreift. Für sie ist er wie ein Gott: unfehlbar und gerecht.«
»Es war nie unser Wunsch«, sagte Niniane, »daß Gwydion mit seinem Vater um den Thron kämpft... Aber an dem Tag, an dem Artus weiß, daß er keinen Erben hat, muß er den Sohn anerkennen, der dem königlichen Geschlecht von Avalon entstammt, und der Avalon und den wahren Göttern Treue geschworen hat. Dazu muß er in Avalon zum Hirschkönig gekrönt werden. Dann wird Gwydion die Unterstützung des Alten Volkes und der Stämme haben, wenn der Großkönig einen Thronerben sucht. Mir wurde berichtet, daß Artus Lancelots Sohn bestimmt hat, weil seine Königin unfruchtbar ist. Aber Lancelots Sohn ist noch klein. Und Gwydion ist ein Mann. Glaubt Ihr nicht, man würde Gwydion, einen Krieger und Druiden, einem Kind vorziehen, wenn Artus heute etwas zustoßen sollte?«
»Artus' Ritter folgen keinem Fremdling, und sei er ein noch so großer Druide und Krieger. Wahrscheinlich würden sie Gawain zum Regenten ausrufen, bis Lancelots Sohn herangewachsen ist. Vergeßt nicht, Niniane, die Mehrzahl seiner Ritter im Reich sind Christen, und sie

werden Gwydion nicht anerkennen, denn Blutschande gilt bei ihnen als schwere Sünde.«
»Sie wissen nichts von den Heiligen Dingen.«
»Richtig. Deshalb muß man ihnen Zeit lassen, sich an diesen Gedanken zu gewöhnen. Die Zeit ist noch nicht reif. Wenn Gwydion nicht als Artus' Sohn anerkannt werden kann, sollten die Ritter doch erfahren, daß die Priesterin Morgaine, König Artus' Schwester, einen Sohn hat, denn er steht dem Thron näher als Lancelots Kind. In diesem Sommer wird es wieder Krieg geben...«
Erstaunt entgegnete Niniane: »Ich glaubte, Artus habe dauerhaften Frieden im Land geschaffen.«
»Hier in Britannien, gewiß. Aber in der Bretagne erhebt jemand den Anspruch auf den Thron ganz Britanniens.«
»Ban etwa?« fragte Niniane ungläubig. »Er hat den Schwur vor langer Zeit geleistet... er hat die Große Ehe geschlossen, als Viviane noch eine junge Frau war, und danach wurde Lancelot geboren. Ban ist zu alt, um gegen Artus ins Feld zu ziehen...«
»Ban ist alt und schwach«, sagte Kevin. »Sein Sohn Lionel herrscht inzwischen über das Land, und Bors, Lionels Bruder, gehört zu Artus' Ritterschaft. Für ihn ist Lancelot ein großer Held. Sie würden beide keinen Finger gegen Artus heben. Aber es gibt einen, der schon die ganze Hand erhoben hat. Er nennt sich Lucius. Auf irgendeine Weise ist er an die alten römischen Adler gekommen und hat sich zum Kaiser ausgerufen. Er fordert Artus heraus...«
Niniane spürte ein Prickeln auf der Haut. Sie fragte: »Kündigt sich so das Gesicht an?«
»Morgaine sagte einmal zu mir«, antwortete Kevin mit einem Lächeln, »man braucht nicht das Gesicht, um zu wissen, daß ein Schurke ein Schurke bleibt. Man braucht nicht das Gesicht, um zu wissen, daß ein ehrgeiziger Mann jede Herausforderung sucht, die seinem Ehrgeiz entgegenkommt. Es gibt Männer, die glauben, Artus wird alt. Denn sein Haar glänzt nicht mehr so golden, und er kämpft nicht mehr unter dem Drachenbanner. Aber man darf ihn nicht unterschätzen, Niniane. Ich kenne ihn, Ihr nicht. König Artus ist kein Narr!«
»Ich glaube«, entgegnete Niniane, » für einen Mann, der verpflichtet ist, ihn zu vernichten, liebt Ihr den König zu sehr.«
»Ihn lieben?« Kevin lächelte düster. Ich bin der Merlin von Britannien, der Bote des Großen Raben, und ich sitze im Rat an der Seite des Königs. Es fällt nicht schwer, Artus zu lieben. Aber meine

Gelübde binden mich an die Göttin.« Er lachte hart auf. »Ich glaube, ich weiß, daß was gut für Avalon ist, im Laufe der Zeit sich als das Beste für Britannien erweisen wird. Ihr seht in Artus den Feind, Niniane. Für mich ist er noch der Hirschkönig, der sein Rudel und sein Land verteidigt.«
Flüsternd und mit bebender Stimme fragte Niniane: »Und was geschieht mit dem Hirschkönig, wenn der junge Hirsch herangewachsen ist?«
Kevin stützte den Kopf in die Hände. Er wirkte alt, krank und erschöpft. »Dieser Tag ist noch nicht gekommen, Niniane. Versucht nicht, Gwydion zu drängen, nur weil er Euer Geliebter ist, denn das wird sein sicherer Untergang sein.« Kevin erhob sich und verließ hinkend den Raum, ohne einen Blick zurückzuwerfen. Niniane blieb ärgerlich und mißmutig zurück.
Woher wußte dieser Widerling davon? Ich habe keine Keuschheitsgelübde abgelegt wie diese Nonnen! Wenn ich mit jemandem schlafen will, entscheide ich das . . . Selbst wenn dieser Mann mein Schüler ist und noch ein Knabe war, als er nach Avalon kam!
Niniane hatte in den ersten Jahren diesen einsamen, verlassenen und heimatlosen Gwydion ins Herz geschlossen. Niemand liebte ihn, sorgte sich um ihn oder fragte, ob er Fortschritte machte . . . Er kannte nur Morgause als Mutter, und man hatte ihn von ihr getrennt. Wie konnte Morgause so hartherzig sein, einen solch klugen, schönen und verständigen Sohn im Stich zu lassen? Sie erkundigte sich in all der Zeit nicht ein einziges Mal nach ihm oder kam selbst, um sich von seinem Wohlergehen zu überzeugen. Niniane hatte nie ein Kind geboren, obwohl sie nach den Beltanefeuern manchmal glaubte, schwanger zu sein. Sie hätte der Göttin gern eine Tochter geschenkt. Aber sie bekam kein Kind und lehnte sich nicht gegen das Schicksal auf.
Schon früh hatte Gwydion ihr Herz erobert und sie dann verlassen, wie die Jünglinge es taten, die zu alt wurden, um von den Priesterinnen unterrichtet zu werden. Die Druiden übernahmen seine weitere Ausbildung, und er übte sich im Gebrauch der Waffen. Nach einem Jahr war er an Beltane zurückgekehrt. Sie glaubte, er sei bei den Riten am Feuer mit Bedacht in ihre Nähe gekommen, und sie legte sich zu ihm . . .
Aber als der Sommer vorüber war, trennten sie sich nicht. Danach ließ sie ihn deutlich wissen, daß sie ihn begehrte, wann immer er nach Avalon kam, und Gwydion lehnte es nicht ab. *Ich stehe seinem*

Herzen am nächsten, dachte sie. *Ich kenne ihn am besten... Was weiß Kevin schon von ihm?*
Und jetzt ist die Zeit gekommen. Er muß nach Avalon zurückkehren und sich als Hirschkönig bewähren...
Sie überlegte, welche Jungfrau sie für ihn wählen sollte. *Im Haus der Jungfrauen gibt es nur sehr wenige, die sich auch nur halbwegs für dieses hohe Amt eignen.* Plötzlich überkamen sie Schmerz und Angst.
Kevin hat recht. Avalon entschwindet in den Nebeln und vergeht. Nur noch wenige Menschen kommen hierher, um die Alten Weisheiten zu empfangen, und es gibt keine Jungfrauen, die die Rituale durchführen können... Eines Tages wird es überhaupt niemanden mehr geben...
Wieder spürte Niniane dieses beinahe schmerzliche Prickeln im Körper, das sie manchmal wie ein Aufflackern des Gesichts überfiel.

Gwydion kam wenige Tage vor Beltane nach Avalon zurück. Niniane begrüßte ihn förmlich an der Barke, und er verbeugte sich ehrerbietig vor den Jungfrauen und den versammelten Bewohnern der Insel. Aber als sie allein waren, nahm er sie in die Arme und küßte sie lachend, bis sie beide außer Atem gerieten.
Er hatte jetzt breite Schultern, und eine rote Narbe zog sich quer über sein Gesicht. Er hatte erlebt und gekämpft, sie konnte es nicht übersehen. Gwydion blickte sie nicht mehr mit den unschuldigen Augen des Priesters und Gelehrten an.
Mein Geliebter und mein Kind! Hat deshalb die Große Mutter nicht nach römischer Sitte einen Gemahl, sondern nur Söhne? Sind wir nicht alle ihre Kinder? Ich stehe an ihrem Platz, und deshalb ist mein Geliebter auch mein Sohn... Denn alle, welche die Göttin lieben, sind ihre Kinder...
»Das ganze Land ist voll der Kunde, daß Avalon, das Alte Volk aus den Hügeln und das Alte Volk auf der Dracheninsel wieder ihren König wählen... Du hast mich doch deshalb hierhergerufen, nicht wahr?«
Manchmal, dachte sie, *kann er einen reizen wie ein altkluges Kind.*
»Ich weiß nicht, Gwydion«, antwortete Niniane. »Vielleicht ist die Zeit noch nicht reif, und die Gestirne stehen nicht günstig. Außerdem vermag ich im Haus der Jungfrauen niemanden zu finden, der für dich die Frühlingskönigin sein kann.«
»Und doch wird es in diesem Frühjahr geschehen«, entgegnete

Gwydion gelassen. »An diesem Beltanefest. Denn ich habe es gesehen.«
Niniane verzog den Mund und fragte: »Hast du auch gesehen, welche Priesterin das Ritual mit dir vollziehen wird, wenn du das Geweih getragen hast... vorausgesetzt, das Gesicht schickt dich nicht in den Tod.«
Gwydion stand ihr kühl und ruhig gegenüber. Aber seine Augen verrieten die verborgene Leidenschaft. Niniane dachte, *er ist noch schöner geworden.*
»Das habe ich, Herrin«, antwortete er. »Weißt du nicht, daß du die Priesterin bist?«
Ihr wurde plötzlich eiskalt, und sie erwiderte: »Ich bin keine Jungfrau mehr. Willst du mich verhöhnen. Gwydion?«
»Und doch habe ich dich gesehen, Niniane«, erwiderte er, »und du weißt es so gut wie ich. In *Ihr* verschmelzen Jungfrau, Mutter und Todesbotin miteinander. Sie ist alt und jung, wie es ihr gefällt... Jungfrau, wildes Tier, Mutter und das aufblitzende Gesicht des Todes. Im ewigen Kommen und Gehen kehrt sie in ihrer Jungfräulichkeit wieder...«
Niniane senkte den Kopf und sagte: »Nein, Gwydion. Es kann nicht sein.«
»Ich bin ihr Gefährte«, entgegnete er ungerührt, »und ich werde gewinnen... Es ist nicht die Stunde für eine Jungfrau... auch die Christenpriester geben zuviel auf diesen Unsinn. Ich bete sie an als die Mutter, die mir mein Leben schenkt und mir das gibt, was mir zusteht...«
Niniane hatte das Gefühl, sich gegen eine unbarmherzige Flutwelle zu stemmen, die sie jäh davontrug. Und zögernd erklärte sie: »Es ist immer so gewesen. Die Mutter schickt ihn davon, damit er mit den Hirschen rennt, aber er kehrt zu der Jungfrau zurück...«
Aber seine Entgegnung klang vernünftig. Sicher war es besser, für das Ritual eine Priesterin zu haben, die wußte, was sie tat, und nicht ein halb ausgebildetes Mädchen, das neu im Tempel war, und deren einzige Auszeichnung darin bestand, zu jung zu sein, um den Ruf der Feldfeuer in sich zu spüren... Gwydion sprach die Wahrheit: Die Mutter erneuerte sich auf ewig, wie der Mond, der sich am dunklen Himmel verbarg. Die Mutter wurde zur Todesbotin und wieder zur Jungfrau.
Sie senkte den Kopf und sagte: »So soll es sein! Du wirst mit mir in ihrem Namen die Große Ehe mit dem Land schließen.«

Aber als sie allein war, überfiel Niniane von neuem die Furcht. wie konnte sie dazu ihre Einwilligung geben? Welche Macht besaß Gwydion, daß alle Menschen sich seinem Willen beugten?
Ist das Artus' Erbe und das Blut des Pendragon, das in ihm fließt? Ihr wurde wieder eiskalt.
Was geschieht mit dem Königshirsch . . .

Morgaine träumte . . .

Beltane. Die Hirsche rennen in den Hügeln . . . Das Leben des Waldes pulsiert in ihrem Körper, als sei jeder Teil des Waldes ein Teil des Lebens in ihr . . . Er rannte mit den Hirschen, der Gehörnte, der nackte Mann mit dem Geweih auf der Stirn. Die Spitzen stießen nach unten, immer wieder nach unten. Die dunklen Haare sind blutverklebt. Aber er steht wieder auf den Füßen, greift an. Im Sonnenlicht, das durch die Bäume fällt, blitzt ein Messer auf. Der Königshirsch bricht zusammen, und sein ersterbendes Röhren erfüllt den Wald.
Dann war sie in der dunklen Höhle. Die Zeichen dort waren auf ihren Körper gemalt. Sie war eins mit der Höhle, um sie herum flammten die Feldfeuer auf, Funken stoben empor . . . Auf ihrem Mund schmeckte sie frisches Blut, und jetzt verdunkelte das Geweih den Eingang der Höhle . . . Es sollte nicht Vollmond sein. Sie sollte nicht so deutlich erkennen, daß der nackte Körper nicht der schlanke Körper einer Jungfrau war. Ihre Brüste waren weich und voll und rosa wie damals, als sie ihr Kind geboren hatte. Milch schien aus ihnen zu fließen. Aber sicher hatte man sie untersucht und festgestellt, daß sie als Jungfrau genommen wurde . . . Was würde man sagen, wenn sie nicht als unberührte Frühlingsgöttin kam?
Er kniete an ihrer Seite. Sie streckte die Arme aus, hieß ihn zur Heiligen Vereinigung willkommen und schenkte ihm ihren Körper. Aber seine dunklen Augen glühten gehetzt. Seine Berührungen waren zärtlich, quälend, denn er spielte mit ihrem Verlangen und verweigerte ihr das Ritual der Macht . . . Es war nicht Artus. Nein, es war Lancelot als Königshirsch; er sollte den alten niederwerfen; er, der Gefährte der Frühlingskönigin. Mit dunklen gequälten Augen sah er auf sie herab, und sein Schmerz zerschnitt ihren Körper, als er sagte: »Ich wollte, du würdest nicht so sehr meiner Mutter gleichen . . .«
Mit wild klopfendem Herzen erwachte Morgaine voller Entsetzen in ihrem Gemach. Uriens schnarchte an ihrer Seite. Noch im Bann des schrecklichen Gesichts schüttelte sie benommen den Kopf, um den entsetzlichen Traum loszuwerden.

Nein, Beltane ist vorüber . . . Sie hatte das Ritual mit Accolon vollzogen. Sie lag nicht in der Höhle in Erwartung des Königshirschs . . . *Weshalb habe ich diesen Traum von Lancelot jetzt?* Warum träumte sie nicht von Accolon, den sie zu ihrem Druiden, Geliebten und an Beltane zu ihrem Gott gemacht hatte? Warum sollte nach so vielen Jahren die Erinnerung an Lancelots lästerliche Weigerung sie bis ins Innerste aufwühlen?
Morgaine versuchte, sich wieder zu beruhigen und wieder einzuschlafen. Aber sie lag aufgewühlt wach, bis die ersten Strahlen der Frühsommersonne durch das Fenster fielen.

Gwenhwyfar haßte inzwischen das Pfingstfest, den Tag, an dem Artus seine alten Gefährten aufforderte, nach Camelot zu kommen und ihre Gefolgschaft zu erneuern. Je länger der Frieden im Land herrschte, desto weiter verstreuten sich seine Ritter, und in jedem Jahr kamen weniger an den Hof. Denn die meisten hatten nun enge Bindungen an eigene Familien, Burgen und Ländereien. Darüber freute sich Gwenhwyfar, denn diese Zusammenkunft an Pfingsten erinnerte sie zu sehr an die Zeit, als Artus noch kein christlicher König gewesen war und das verhaßte Drachenbanner führte. Trotzdem, an Pfingsten gehörte Artus seinen Rittern, und sie hatte keinen Anteil daran.
Gwenhwyfar stand hinter ihrem Gemahl, als er zwei Dutzend Schriftstücke siegelte, die seine Schreiber ihm vorgelegt hatten. Jeder seiner treuen Könige und viele der alten Gefährten sollten in diesem Jahr eine persönliche Aufforderung erhalten. »Warum läßt du sie in diesem Jahr eigens benachrichtigen? Sicher kommen doch alle auch ohne Einladung, soweit nicht wichtige Aufgaben sie davon abhalten?«
»In diesem Jahr genügt das nicht«, erwiderte Artus und lächelte sie an. Gwenhwyfar entdeckte bereits graue Strähnen in seinem Haar. Da der König blond war, bemerkte man sie nur, wenn man dicht neben ihm stand. »Ich will ein solches Turnier und solche Kampfspiele veranstalten, daß alle sehen, des Großkönigs Legion ist noch immer so gut wie früher.«
»Glaubst du, daran zweifelt jemand?« fragte Gwenhwyfar.
»Vielleicht nicht. Aber da ist dieser Lucius in der Bretagne . . . Bors hat mich um Unterstützung gebeten. Damals als ich gegen die

Nordmänner und Sachsen kämpfte, die Britannien fast überrannt hätten, kamen mir alle Könige zu Hilfe. Deshalb bin ich verpflichtet, nun auch ihnen zu helfen. Lucius bezeichnet sich als Kaiser von Rom!«
»Hat er das geringste Recht dazu?« erkundigte sich Gwenhwyfar.
»Natürlich nicht. Ganz sicher noch weniger als ich«, erwiderte Artus. »Es gibt seit mehr als hundert Jahren in Rom keinen Kaiser mehr, meine Liebe. Constantin war Kaiser und trug den Purpur. Auf ihn folgte Magnus Maximus. Er überquerte den Kanal und versuchte, sich zum Kaiser zu machen, aber er kehrte nie nach Britannien zurück. Gott allein weiß, was ihm zustieß oder wo er starb. Nach ihm sammelte Ambrosius Aurelianus unsere Männer gegen die Sachsen um sich. Auf ihn folgte Uther, und ich glaube, sie oder ich, wir hätten uns Kaiser nennen können. Aber ich bin damit zufrieden, Großkönig von Britannien zu sein. In meiner Jugend las ich etwas über die Geschichte Roms. Es kam immer wieder vor, daß ein Gernegroß die Unterstützung einer Legion errang und sich den Purpur umhängte. Aber hier in Britannien bedarf es mehr als eines Adlers, um sich zum Kaiser auszurufen. Sonst wäre Uriens Herrscher über dieses Land. Ich habe ihn ebenfalls gebeten zu kommen... es ist lange her, daß ich meine Schwester nicht mehr gesehen habe.«
Gwenhwyfar erschauerte und sagte: »Ich möchte nicht noch einmal Krieg in diesem Land erleben und zusehen müssen, wie es auseinandergerissen wird...«
»Ich ebenfalls nicht«, erwiderte Artus. »Ich glaube, jeder meiner Könige wünscht dauerhaften Frieden.«
»Da bin ich nicht so sicher, mein Gemahl. Manche deiner Leute sprechen immer noch von den alten Tagen, als sie tagaus, tagein gegen die Sachsen kämpften. Und jetzt gönnen sie den Sachsen das Christentum nicht... der Bischof kann sagen, was er will.«
»Ich glaube nicht, daß sie den großen Schlachten nachtrauern«, erwiderte Artus lächelnd. »Damals waren wir alle jung und standen uns sehr nahe. Sehnst du dich nicht auch nach dieser Zeit zurück, meine Gwenhwyfar?«
Gwenhwyfar spürte, wie sie rot wurde. Gewiß, sie wußte es noch allzugut... damals war Lancelot ihr Ritter gewesen, und sie hatten sich geliebt... eine christliche Königin sollte nicht an so etwas denken. Aber sie konnte ihre Gedanken nicht aufhalten. »Ja, so ist es, Artus, und vielleicht sehne ich mich nur nach meiner Jugend. Ich bin alt geworden...«, sagte sie seufzend. Der König ergriff ihre

Hand und erklärte: »Für mich bist du immer noch schön, Liebste. So schön wie an dem Tag, als wir zum ersten Mal zusammenlagen.« Gwenhwyfar wußte, er sprach die Wahrheit.

Sie zwang sich ruhig zu bleiben und nicht zu erröten. *Ich bin nicht mehr jung. Es schickt sich nicht, daß ich mich nach den Tagen meiner Jugend sehne, denn damals war ich eine Sünderin und eine Ehebrecherin. Jetzt habe ich Buße getan und meinen Frieden mit Gott gemacht. Selbst Artus hat seine Sünde mit Morgaine gesühnt.*

Gwenhwyfar zwang sich, praktisch zu denken, wie es sich für die Königin Britanniens gehörte. »Ich nehme an, dann werden wir an diesem Pfingstfest mehr Gäste auf Camelot haben als je zuvor ... Ich muß mit Cai und Lucan beraten, wo wir sie alle unterbringen, und wie wir sie bewirten. Wird Bors von der Bretagne ebenfalls kommen?«

»Wenn es ihm möglich ist«, antwortete Artus, »obwohl Lancelot mir Anfang der Woche einen Boten schickte und um Erlaubnis bat, seinem Bruder Bors zu Hilfe zu eilen, wenn er tatsächlich belagert wird ... Ich habe ihn gebeten, trotzdem zu kommen, denn möglicherweise werden wir alle in die Bretagne ziehen ... Nach Pellinores Tod ist Lancelot als Elaines Gemahl König, solange ihr Sohn noch so klein ist. Agravain wird an Morgauses Stelle kommen, und Uriens ... vielleicht schickt er aber auch einen seiner Söhne. Uriens ist für sein Alter noch sehr rüstig, aber er ist nicht unsterblich. Sein ältester Sohn ist ein Dummkopf, der zweite, Accolon, aber schon lange mein Ritter. Und Uriens hat Morgaine, die ihm mit Rat und Tat zur Seite steht.«

»Mir erscheint das nicht recht«, erklärte Gwenhwyfar. »Der heilige Apostel sagt, die Frau soll ihrem Manne untertan sein. Trotzdem herrscht Morgause immer noch in Lothian, und Morgaine möchte sicher gern mehr als eine Ratgeberin ihres Königs in Nordwales sein.«

»Du darfst nicht vergessen, Gwenhwyfar«, sagte Artus, »daß ich dem Königsgeschlecht von Avalon entstamme. Ich bin nicht nur König als Sohn des Uther Pendragon, sondern auch, weil Igraine meine Mutter war ... und sie war eine Tochter der Alten Herrin vom See. Seit urdenklichen Zeiten regierte die Herrin das Land, meine liebe Gwenhwyfar! Der König war in Kriegszeiten nicht mehr als ihr Feldherr. Selbst die römischen Legionen hatten es mit *Vasallenköniginnen* zu tun ... zumindest bezeichneten sie sich so ... die über die Stämme herrschten. Manche waren sogar große Kriegerinnen. Hast du nie von der Königin Boadicea gehört?... Die römischen Soldaten vergewaltigten ihre Töchter, und sie wurde als Rebellin gegen Rom ausgepeitscht. Danach versammelte Boadicea ein Heer um sich, und es gelang ihr, die Römer beinahe für immer aus Britannien zu vertreiben.«

Gwenhwyfar stieß bitter hervor: »Ich hoffe, man hat sie getötet.«

»O ja, und ihren Körper geschändet... und doch setzte sie mit ihrem Aufstand ein Zeichen, das den Römern deutlich zeigte, daß sie ohne die Anerkennung der Göttin dieses Landes keine Hoffnung hatten, es zu unterwerfen... Jeder Herrscher in Britannien, bis hin zu meinem Vater Uther, trug den Titel, den die Römer für einen Feldherrn prägten, der einer Königin unterstand: *dux bellorum*. Uther, und ich als sein Nachfolger, übernahmen den Thron als *dux bellorum* der Herrin von Avalon, Gwenhwyfar. Vergiß das nicht!«

Ungeduldig erwiderte Gwenhwyfar: »Ich dachte, das sei vorbei. Du hast dich selbst als christlicher König über das Land gesetzt und Buße getan für deine Bindung an das Feenvolk und an die Insel des Bösen...«

Artus erklärte gereizt: »Meine Lebensweise und mein Glauben sind eine Sache, Gwenhwyfar. Aber die Stämme unterstützen mich, weil ich *das* hier trage!« Er schlug mit der Hand auf die dunkelrote Scheide, in der Excalibur steckte. »Ich verdanke mein Leben dem Zauber dieses Schwertes...«

»Du verdankst dein Leben Gott. Denn er wollte, daß du diesem Land das Christentum bringst«, widersprach Gwenhwyfar.

»Vielleicht eines Tages. Aber die Zeit ist noch nicht gekommen, meine Liebe. In Lothian leben Männer zufrieden unter Morgauses Herrschaft, und Morgaine ist Herrscherin von Cornwall und Nordwales. Wenn in diesen Ländern die Zeit für die Herrschaft Christi reif wäre, würden sie nach einem König verlangen, nicht nach einer Königin. Ich regiere dieses Land, wie es ist, Gwenhwyfar, und nicht, wie die Bischöfe es gerne hätten.«

Gwenhwyfar wollte widersprechen, sah aber die Ungeduld in seinen Augen und hielt die Schärfe in ihren Worten zurück, um ihn nicht weiter zu reizen. »Vielleicht werden eines Tages selbst die Sachsen und die Stämme vor dem Kreuz knien. Bischof Patricius sagt, der Tag wird kommen, an dem Christus als einziger König über die Christen herrscht. Dann sind auch Könige und Königinnen seine demütigen Diener. Möge dieser Tag nicht mehr fern sein.« Gwenhwyfar bekreuzigte sich und Artus lachte.

»Ein Diener Christi bin ich gerne«, erklärte er. »Ich will jedoch nicht der Diener seiner Priester sein. Zweifellos wird Bischof Patricius zu unseren Gästen zählen, und du kannst ihn ehren, wie es dir beliebt.«

»Und Uriens kommt aus Nordwales«, grübelte Gwenhwyfar, »... sicher wird Morgaine ihn begleiten. Wird Lancelot auch kommen?«

»Gewiß«, antwortete Artus, »ich fürchte jedoch, wenn du deine Base Elaine wiedersehen möchtest, mußt du ihr einen Besuch abstatten. Wie Lancelots Bote berichtete, liegt sie wieder im Kindbett.«

Gwenhwyfar zuckte zusammen. Sie wußte, Lancelot verbrachte wenig Zeit bei seiner Gemahlin, aber Elaine schenkte ihm, was sie nicht konnte – Söhne und Töchter.

»Wie alt ist Elaines Sohn inzwischen? Als mein Erbe sollte er eigentlich hier am Hof aufwachsen«, sagte Artus, und Gwenhwyfar erwiderte: »Ich habe dieses Angebot bereits bei seiner Geburt gemacht. Aber Elaine entgegnete damals, selbst wenn er eines Tages König sein sollte, müsse er einfach und bescheiden aufwachsen. Auch du wurdest als Sohn eines einfachen Mannes erzogen, und es hat dir nicht geschadet.«

»Vielleicht hat sie recht.« Artus nickte. »Ich möchte wenigstens einmal Morgaines Sohn sehen. Er muß inzwischen erwachsen sein ... es sind siebzehn Jahre vergangen. Ich weiß, er kann mir nicht auf den Thron folgen. Die Priester würden es nicht zulassen. Trotzdem ist er mein einziger Sohn, und ich würde ihn gerne einmal sehen und ihm sagen ... Ich weiß nicht, was ich ihm sagen würde. Trotzdem würde ich ihn gerne einmal sehen.«

Gwenhwyfar unterdrückte mit größter Mühe eine heftige Antwort. Aber ein Streit würde zu nichts führen. Deshalb sagte sie nur: »Dort, wo er ist, geht es ihm gut.« Sie sprach die Wahrheit, und nachdem sie es ausgesprochen hatte, wußte sie es. Wie glücklich war sie darüber, daß Morgaines Sohn auf der Zauberinsel aufwuchs, auf die kein christlicher König auch nur einen Fuß setzen konnte. *Dort* erzogen, war es höchst unwahrscheinlich, daß das launische Schicksal ihn auf den Thron bringen würde. Priester und Menschen in diesem Land mißtrauten der Magie von Avalon immer mehr. Lebte er auf Camelot, könnte es durchaus sein, daß ein gewissenloser Mensch auf den Gedanken kam, der rechtmäßige Erbe sei Morgaines Sohn und nicht Lancelots Erstgeborener.

Artus seufzte. »Es ist hart für einen Mann zu wissen, daß er einen Sohn hat, den er nie sehen kann«, sagte er nachdenklich. »Aber vielleicht eines Tages...« Er zuckte ergeben mit den Schultern. »Zweifellos hast du recht, meine Liebe. Was ist also mit Pfingsten? Ich weiß, du wirst dafür sorgen, daß es wie immer ein denkwürdiger Tag wird.«

Dafür habe ich gesorgt, dachte Gwenhwyfar, als sie am Pfingstmorgen ihren Blick über die Zelte und Pavillons streifen ließ, die sich weit unter ihr ausbreiteten. Man hatte den großen Turnierplatz gesäubert und mit Seilen und Wimpeln abgesteckt. Auf dem Hügel flatterten die Fahnen und Banner von einem halben Hundert Königen und mehr als hundert Rittern im Sommerwind. Camelot wirkte wie ein fröhliches Heerlager.

Gwenhwyfar suchte das Banner von Pellinore. Nachdem er das Untier erlegt hatte, nahm er den weißen Drachen in sein Banner auf. *Ja, auch Lancelot ist gekommen...* Sie hatte ihn länger als ein Jahr nicht gesehen, und damals nur vor dem versammelten Hof. Es lag schon viele Jahre zurück, daß sie auch nur einen Augenblick lang mit ihm allein gewesen war. Am Tag vor seiner Hochzeit hatte er sie aufgesucht, um sich zu verabschieden.

Auch Lancelot war ein Opfer Morgaines. Er hatte sie nicht verraten. Artus' Schwester hatte ihnen beiden einen bösen Streich gespielt. Der Ritter weinte, als er ihr die Geschichte mit Morgaine erzählte; in ihrer Erinnerung bewahrte sie diese Tränen als das größte Geschenk, das er ihr je geboten hatte ... Wer hatte Lancelot schon weinen sehen?

»Ich schwöre dir, Gwenhwyfar. Sie hat mich in die Falle gelockt... Morgaine überbrachte mir eine falsche Botschaft zusammen mit einem Taschentuch, das nach dir duftete. Ich glaube, sie hat mich mit einem Trunk berauscht oder verzaubert.« Er blickte ihr tief in die Augen und weinte... auch ihr kamen die Tränen. »Morgaine hatte auch Elaine eine Lüge erzählt und behauptet, ich verzehre mich vor Liebe nach ihr... und wir lagen zusammen. Zuerst glaubte ich, du seist es. Ich schien unter einem Zauber zu stehen. Selbst als ich wußte, daß ich Elaine in den Armen hielt, konnte ich mich nicht von ihr losreißen. Plötzlich standen alle mit Fackeln im Pavillon... Was konnte ich anderes tun, Gwen? Ich lag bei der bis dahin unberührten Tochter meines Gastgebers. Pellinore hätte das Recht gehabt, mich auf der Stelle zu töten«, rief Lancelot verzweifelt und fügte mit brechender Stimme hinzu: »O Gott, hätte ich mich doch in Pellinores Schwert gestürzt...«

Gwenhwyfar fragte ihn: »Dir liegt also nichts an Elaine?« Sie wußte, die Frage war unverzeihlich, aber ohne seine Versicherung konnte sie nicht weiterleben... Und Lancelot offenbarte ihr sein ganzes Unglück; aber über Elaine verlor er kein Wort, erklärte nur förmlich, Elaine treffe an alldem keine Schuld. *Mir gebietet meine Ehre, sie so glücklich wie möglich zu machen.*
Es war geschehen, und Morgaine hatte ihren Willen bekommen. Heute würde sie Lancelot wiedersehen und als den Gemahl ihrer Base willkommen heißen, nicht mehr. Der Wahn von damals war vergangen. Aber sie würde ihn wenigstens sehen, und das war besser als nichts. Gwenhwyfar versuchte, ihre Erinnerungen mit Gedanken an das Fest zu vertreiben. Zwei Ochsen wurden gerade gebraten – reichte das? Vor wenigen Tagen hatten die Männer einen riesigen Eber von der Jagd heimgebracht, und von einem nahe gelegenen Bauernhof stammten die beiden Schweine, die dort unten in einem Erdloch schmorten. Ein verlockender Duft lag in der Luft, und die ersten Kinder drängten sich erwartungsvoll um die Feuer. Cai hatte Hunderte von Gerstenbroten backen lassen. Man würde sie dem Landvolk schenken, das sich am Rand des Platzes drängte, um das Treiben der Edlen, der Könige und Ritter zu verfolgen. Äpfel in Sahne wurden gedünstet, es gab Säcke voller Nüsse, Süßigkeiten für die Damen und Honigkuchen. Kaninchen und kleine Vögel kochten in Wein... Wenn dieses Fest nicht prächtig wurde, lag es sicher nicht an all den guten Dingen!
Die Sonne hatte ihren höchsten Stand erreicht, als sich die reichgekleideten Edlen des Reiches mit ihren Damen in der Halle versammelten. Man führte sie zu ihren Plätzen; Artus' Ritter nahmen wie immer an der großen runden Tafel Platz, an der trotz ihres Umfangs nicht mehr alle zu sitzen kamen.
Wie üblich stand Gawain dicht neben Artus. Morgause trat zu ihm. Sie ging am Arm eines jungen Mannes, den Gwenhwyfar im ersten Augenblick nicht erkannte. Morgause war schlank wie eh und je, aber man sah deutlich, daß ihre Haare mit Henna gefärbt waren. Sie hatte Schmuck in ihre Zöpfe geflochten. Die Königin von Lothian verneigte sich tief vor Artus. Er bat sie mit einer Geste, sich zu erheben und umarmte sie.
»Willkommen an meinem Hof, Tante.«
»Ich habe gehört, Ihr reitet nur noch Schimmel«, erklärte Morgause, »deshalb habe ich Euch einen mitgebracht. Ich habe einen Pflegesohn, der im Land der Sachsen lebt, und er schickt ihn Euch von dort als Geschenk.«

Gwenhwyfar bemerkte, wie Artus' Lippen schmal wurden, und sie erriet, um wen es sich handelte. Aber er erwiderte nur: »Ein wahrhaft königliches Geschenk, Tante.«
»Ich werde ihn nicht in die Halle bringen lassen, wie es bei den Sachsen Sitte ist«, sprach Morgause munter weiter. »Ich glaube, die Herrin von Camelot möchte ihre festlich geschmückte Halle nicht gerne in einen Pferdestall verwandelt sehen! Und Eure Diener, Gwenhwyfar, haben weiß Gott genug zu tun.« Morgause umarmte die Königin. Die jüngere Frau fühlte sich in einer warmen Woge versinken, und aus der Nähe bemerkte sie, daß Morgause sich schminkte. Ihre strahlenden Augen waren mit Kohle nachgezogen. Trotzdem war sie schön.
Gwenhwyfar antwortete: »Ich danke Euch für Eure Rücksicht, Lady Morgause ... es wäre nicht das erste Mal, daß ein edles Pferd oder ein Hund hier in die Halle vor meinen Herrn und Gebieter gebracht wird. Ich weiß, es ist eine höfliche Geste, aber ich bin sicher, Euer Pferd wird zufrieden draußen warten ... Ich glaube nicht, daß die Gastfreundschaft von Camelot einem Tier, selbst einem edlen Pferd, etwas bedeutet ... Das erinnert mich an eine Geschichte, die einst Lancelot erzählte: Ein Römer ließ seinem Pferd in einem goldenen Trog Gerichte vorsetzen, gab ihm Wein zu trinken, erwies ihm alle Ehren und schmückte es mit Lorbeerkränzen ...«
Der gutaussehende junge Mann an Morgauses Seite mischte sich lachend ein: »Ich erinnere mich. Lancelot erzählte die Geschichte auf der Hochzeit meiner Schwester. Jener Pferdenarr war der göttliche Kaiser Caligula. Er machte sein Lieblingspferd zu einem seiner Senatoren, und als er starb, sagte der nächste Cäsar, das Pferd habe jenem zumindest keinen schlechten Rat erteilt und keinen Mord auf dem Gewissen. Aber mein König folgt diesem Beispiei sicher nicht ... Wir besitzen keine Stühle, die einem solchen Ritter Platz bieten würden, falls Ihr Euren Hengst in die Tafelrunde aufnehmen wollt.«
Artus lachte herzlich, ergriff die Hand des jungen Mannes und sagte: »Das werde ich bestimmt nicht, Lamorak«, und plötzlich wurde Gwenhwyfar klar, daß der junge Mann an Morgauses Seite Pellinores Sohn sein mußte. Ja, sie hatte Gerüchte gehört, daß Morgause sich einen jungen Mann zum Geliebten genommen habe – in aller Öffentlichkeit, vor dem ganzen Hof ... Wie konnte diese Frau das Bett mit einem Mann teilen, der ihr Sohn hätte sein können! Lamorak war fünfundzwanzig Jahre alt. Sie sah ihn mit prickelndem Schauder genauer an und beneidete Morgause insgeheim. *Morgause wirkt so*

jung. Trotz all ihrer Schminke ist sie immer noch schön. Sie tut, was sie will, und es ist ihr gleichgültig, ob die Männer sie tadeln! Gwenhwyfar sagte äußerst kühl: »Setzt Euch doch an meine Seite, Tante, und überlaßt die Männer ihren Gesprächen.«
Morgause drückte ihre Hand. »Ich danke Euch, Base. Ich komme so selten an den Hof und bin glücklich, wenigstens einmal unter den Damen zu sitzen und von ihnen zu erfahren, wer mit wem vermählt wurde, wer einen neuen Geliebten genommen hat, oder welche Gewänder und Bänder man jetzt trägt. In Lothian nehmen mich die Regierungsgeschäfte völlig in Anspruch. Mir bleibt wenig Muße, mich mit Frauendingen zu beschäftigen. Deshalb fühle ich mich verwöhnt und geehrt.« Sie tätschelte Lamoraks Hand, und in der Annahme, niemand würde es bemerken, streifte sie seine Schläfe mit einem verräterischen Kuß. »Ich überlasse Euch den Gefährten, mein Lieber.«
Der schwere Duft, der ihren Bändern und den Falten ihres Gewandes entstieg, machte Gwenhwyfar beinahe benommen, als die Königin von Lothian sich neben ihr niederließ. Gwenhwyfar sagte: »Wenn Euch Euer Amt so sehr in Anspruch nimmt, Tante, warum sucht Ihr dann nicht eine Gemahlin für Agravain und übergebt ihm den Thron seines Vaters? Das Volk kann sicher nicht glücklich sein ohne einen König...«
Morgause lachte warm und fröhlich. »Oh, dann müßte ich unverheiratet leben, denn in Lothian ist der Gemahl der Königin nach altem Brauch König, und das, meine Liebe, würde mir überhaupt nicht gefallen! Lamorak wäre außerdem viel zu jung als König. Aber er hat andere Pflichten, und ich bin sehr mit ihm zufrieden...«
Gwenhwyfar hörte ihr voller Abscheu zu. Wie konnte eine Frau in Morgauses Alter sich mit einem so jungen Mann zum Gespött aller machen? Aber Lamorak wandte den Blick nicht von ihr, als sei Morgause die schönste und begehrenswerteste Frau der Welt. Er beachtete Isotta von Cornwall kaum, die sich gerade an der Seite ihres ältlichen Gemahls, dem Herzog Marcus von Cornwall, vor dem Thron verneigte. Isotta war so schön, daß sich allgemein bewunderndes Murmeln erhob. Sie war groß und schlank, und ihre Haare glänzten und schimmerten wie eine frischgeprägte Kupfermünze. Aber sicher hatte Marcus mehr an das irische Gold gedacht, das sie ihm mitbrachte, als an ihre Schönheit. Sie trug eine schwere goldene Halskette, eine goldene Fibel am Mantel und in den Haaren irische Perlen. Gwenhwyfar dachte: *Isotta ist die schönste Frau, die ich je*

gesehen habe. Neben Isotta wirkte Morgause grell und aufgezäumt. Trotzdem ließ Lamorak sie nicht aus den Augen.
»O ja, Isotta ist sehr schön«, erklärte Morgause, »aber am Hof des Herzogs erzählt man sich, daß ihr mehr an seinem Erben, dem jungen Drustan, liegt, als am alten Marcus. Wer sollte es ihr auch verübeln? Sie ist zurückhaltend und verschwiegen, und wenn sie klug ist, schenkt sie dem alten Mann ein Kind... aber für diese Pflicht sollte sie sich weiß Gott lieber den jungen Drustan aussuchen...« Morgause lachte. »Sie sieht nicht aus, als sei ihr Glück im Ehebett vollkommen. Aber ich glaube, Marcus will von ihr ohnedies nicht viel mehr als einen Sohn für Cornwall. Vermutlich wartet der Herzog nur darauf, um zu verkünden, daß Cornwall ihm gehöre und nicht Morgaine, die es von Gorlois hat... Wo ist denn meine Nichte? Ich kann es kaum erwarten, Morgaine zu sehen!«
»Sie steht dort bei Uriens«, antwortete Gwenhwyfar und warf einen Blick auf den König von Nordwales, der darauf wartete, vor den Thron zu treten.
»Artus hätte besser daran getan, Morgaine nach Cornwall zu verheiraten«, erklärte Morgause. »Aber ich nehme an, er fand, Marcus sei zu alt für sie. Natürlich hätte er sie dem jungen Drustan geben können... Seine Mutter ist mit Ban von der Bretagne verwandt. Er ist ein entfernter Vetter von Lancelot und sieht auch beinahe so gut aus wie er, nicht wahr, Gwenhwyfar?« Sie lächelte fröhlich und fügte hinzu: »Ich hatte völlig vergessen, Ihr seid eine fromme Dame und habt keine Augen für die Schönheit anderer Männer. Aber für Euch ist es natürlich auch einfach, tugendhaft zu bleiben. Ihr seid mit einem kraftvollen, gutaussehenden und tapferen König vermählt!«
Gwenhwyfar glaubte, Morgauses Geschwätz würde sie zum Wahnsinn treiben. Hatte diese Frau nichts anderes im Kopf? Morgause sagte: »Ich nehme an, Ihr müßt ein paar höfliche Worte mit Isotta wechseln... sie ist neu in Britannien. Wie man sagt, spricht sie unsere Sprache kaum. Aber ich habe auch gehört, daß sie sehr viel von Kräuterkunde und Magie versteht. Als Drustan nach dem Kampf mit dem irischen Ritter Marhaus so schwer verwundet war, daß niemand glaubte, er würde es überleben, heilte sie ihn. Deshalb ist er ihr treuer Ritter... zumindest behauptet *er*, das sei der Grund.« Morgause plapperte weiter. »Aber sie ist so schön. Es würde mich nicht wundern... vielleicht sollte ich sie mit Morgaine bekanntmachen; auch sie ist eine große Heilerin und versteht etwas von Zaubersprüchen. Beiden dürfte es an Unterhaltung nicht mangeln. Morgai-

ne spricht sogar etwas Gälisch; außerdem ist sie ebenfalls mit einem Mann vermählt, der alt genug ist, ihr Vater zu sein ... Ich glaube, das war nicht richtig von Artus!«

Gwenhwyfar erwiderte spitz: »Morgaine erklärte sich selbst damit einverstanden, Uriens zu heiraten. Glaubt Ihr im Ernst, Artus hätte seine geliebte Schwester ohne ihre Zustimmung vermählt?«

Morgause schnaubte: »Morgaine steckt voller Leben, und ich kann nicht glauben, daß sie im Bett eines alten Mannes zufrieden ist. Wenn ich einen Stiefsohn hätte, der so gut aussieht wie Accolon, wüßte ich sehr wohl, was *ich* täte.«

»Kommt, bittet doch die Herrin von Cornwall, sich zu uns zu setzen«, sagte Gwenhwyfar, um Morgauses Geschwätz endlich zu entgehen. »Und Morgaine ebenfalls, wenn es Euch beliebt.« Morgaine war mit Uriens verheiratet. Was bedeutete es Gwenhwyfar, wenn sie ihre unsterbliche Seele in Gefahr brachte, indem sie mit diesem oder jenem Mann die Ehe brach?

Uriens trat mit Morgaine und seinen beiden jüngeren Söhnen vor Artus, der den alten König bei den Händen ergriff und ›Schwager‹ nannte. Morgaine küßte er auf beide Wangen.

»Seid Ihr gekommen, um mir etwas zu schenken, Uriens? Ich brauche keine Geschenke von meinen Verwandten. Eure Liebe ist mir Wert genug.«

»Ich übergebe Euch nicht nur ein Geschenk, sondern erbitte von Euch auch eine Gunst«, erwiderte Uriens. »Ich bitte Euch, nehmt meinen Sohn Uwain als Ritter in die Tafelrunde auf und macht ihn zu einem Eurer Gefährten.«

Artus lächelte den schlanken, dunklen jungen Mann an, der vor ihm kniete: »Wie alt seid Ihr, Uwain?«

»Fünfzehn, mein Gebieter und mein König.«

»Dann erhebt Euch, edler Uwain«, sagte Artus huldvoll. »Heute nacht sollt Ihr bei Euren Waffen wachen, und morgen wird Euch einer meiner Gefährten zum Ritter schlagen.«

»Mit Eurer Erlaubnis«, sagte Gawain, darf ich meinem Vetter Uwain diese Ehre erweisen, mein König?«

»Wer wäre besser geeignet, als Ihr, mein Vetter und Freund?« erklärte Artus. »Wenn es Euch gefällt, Uwain, soll es so geschehen. Ich nehme Euch gerne in die Tafelrunde auf, nicht zuletzt, weil Ihr der Stiefsohn meiner lieben Schwester seid. Macht Platz für ihn an der Tafel. Morgen, im Turnier, könnt Ihr an meiner Seite kämpfen, Uwain.«

Uwain stammelte: »Ich danke Euch, mein König.«
Artus lächelte Morgaine an: »Ich danke Euch für dieses Geschenk, Schwester.«
»Es ist auch ein Geschenk für mich, Artus«, erwiderte Morgaine. »Uwain war wirklich wie ein Sohn für mich.«
Gwenhwyfar dachte kalt, *Morgaine sieht man ihr Alter an.* In ihrem Gesicht zeigten sich die ersten Fältchen und in ihrem rabenschwarzen Haar die ersten grauen Fäden. Aber ihre dunklen Augen strahlten jung wie immer. Sie hatte Uwain als ihren Sohn bezeichnet und sah ihn voll Stolz und Liebe an. *Und doch muß ihr eigener Sohn schon älter sein ... Verfluchte Morgaine! Sie hat zwei Söhne, und ich habe nicht einmal einen Ziehsohn!*
Des Königs Schwester nahm neben Uriens weiter unten an der Tafel Platz und spürte Gwenhwyfars Blick. *Wie sehr sie mich haßt! Selbst jetzt noch, wo ich ihr nicht mehr schaden kann.* Morgaine haßte Gwenhwyfar nicht. Sie verübelte ihr nicht einmal mehr die Heirat mit Uriens. Denn sie wußte, auf diese Weise hatte sie zu dem zurückgefunden, was sie einmal gewesen war – die Priesterin von Avalon.
Trotzdem, ohne Gwenhwyfars Zutun wäre ich jetzt mit Accolon verheiratet. Und wie die Dinge liegen, sind wir der Gnade und Barmherzigkeit eines Dienstboten ausgeliefert, der uns vielleicht nachspioniert oder redet, weil er sich von Uriens eine Belohnung erhofft ... Hier in Camelot mußten sie sehr vorsichtig sein, Gwenhwyfar würde vor nichts zurückschrecken, um sie in Schwierigkeiten zu bringen.
Ich hätte nicht kommen sollen, dachte Morgaine. Aber Uwain wünschte, daß seine Mutter miterlebte, wie er zum Ritter geschlagen wurde.
Uriens konnte schließlich nicht ewig leben ... obwohl Jahr um Jahr verging und sie manchmal dachte, er habe beschlossen, den alten König Methusalem zu übertreffen ... Morgaine bezweifelte, daß selbst die dummen Schweinebauern von Nordwales Avalloch als König hinnehmen würden. Könnte sie Accolon doch nur ein Kind schenken, dann würde niemand daran zweifeln, daß Accolon an ihrer Seite der rechtmäßige Herrscher war.
Morgaine hätte das Wagnis auf sich genommen – Viviane war schließlich beinahe ebenso alt gewesen, als sie Lancelot das Leben schenkte und hatte die Geburt überlebt. Aber die Göttin schenkte *ihr* noch nicht einmal die Hoffnung, empfangen zu haben, und um ehrlich zu sein, Morgaine wollte es auch nicht. Uwain genügte ihr als

Sohn vollauf, und Accolon hatte ihr wegen ihrer Kinderlosigkeit noch nie einen Vorwurf gemacht. Sicher dachte er, niemand würde im Ernst daran glauben, es sei Uriens' Sohn, obwohl Morgaine nicht daran zweifelte, daß es ihr gelungen wäre, den alten Mann zu überreden, das Kind als sein eigenes anzuerkennen. Er vertraute ihr in allem, und sie lag oft genug in seinem Bett – viel zu oft für ihren Geschmack.

Zu Uriens sagte sie jetzt: »Ich werde Euch vorlegen, mein Gemahl. Das gebratene Schweinefleisch ist zu fett, Ihr werdet es nicht vertragen. Wir tauchen etwas von diesem Weizenbrot in die Bratensoße, und hier ist ein schöner saftiger Kaninchenrücken.« Sie winkte einem Diener, der eine Platte mit den ersten Früchten trug, und suchte ein paar Stachelbeeren und Kirschen aus. »Hier, ich weiß, wie gern Ihr sie eßt«, sagte sie zu Uriens.

»Ihr seid so gut zu mir, Morgaine«, erklärte der alte König, und sie tätschelte ihm den Arm. Die Mühe lohnte sich – sie sorgte sich um seine Gesundheit, bestickte ihm Mäntel und Hemden, und insgeheim beschaffte sie ihm hin und wieder eine junge Frau fürs Bett. König Uriens war davon überzeugt, daß Morgaine ihn anbetete; er zweifelte nicht an ihrer Treue und schlug ihr nie eine Bitte ab.

Das Mahl näherte sich dem Ende – die Gäste wandelten durch die Halle, knabberten Kuchen und Süßigkeiten, tranken Wein oder Bier und unterhielten sich mit Verwandten und Freunden, die sie nur ein- oder zweimal im Jahr sahen. Uriens saß immer noch vor seinen Stachelbeeren. Morgaine entschuldigte sich und erklärte, sie wolle mit ihren Verwandten sprechen.

»Ganz wie es Euch beliebt«, murmelte er, »Ihr hättet mir die Haare schneiden sollen, meine Gemahlin. Alle Ritter tragen sie jetzt kurz...«

Morgaine strich ihm über die spärlichen Locken und sagte: »Aber nein, mein Lieber. Ich glaube, diese Haartracht entspricht mehr Eurem Alter. Ihr wollt doch nicht wie ein kleiner Junge oder ein Mönch aussehen.« Sie dachte: *Du hast nur noch so wenige Haare, Uriens. Wenn ich sie dir kurzschneide, sieht man deutlich deine kahlen Stellen.* »Seht, Lancelot trägt die Haare auch noch lang, Gawain und Gareth auch, und niemand kann behaupten, sie seien alte Männer!«

»Ihr habt recht wie immer«, sagte Uriens zufrieden. »Ich glaube, solches schickt sich nicht für einen Mann. Ein Jüngling wie Uwain kann sich die Haare kürzen lassen.« Uwain trug das Haar tatsächlich

nur bis in den Nacken. »Wie ich sehe, wird auch Lancelot langsam grau ... wir sind alle nicht mehr die Jüngsten, meine Liebe.«
Als Lancelot geboren wurde, warst du bereits Großvater, dachte Morgaine ärgerlich. Aber sie murmelte nur, niemand sei mehr so jung wie vor zehn Jahren – eine Wahrheit, der keiner widersprechen konnte – und verließ Uriens.
Lancelot ist immer noch der schönste Mann, den ich kenne, dachte sie. Im Vergleich zu ihm wirkte selbst Accolon zu ebenmäßig und hatte zu feine Züge. Gewiß, in seinen Haaren und in dem sorgsam geschnittenen Bart zeigte sich das erste Grau. Aber in seinen Augen lag das alte Lächeln: »Seid gegrüßt, Base.«
Die freundliche Begrüßung überraschte Morgaine. *Uriens hatte recht,* dachte sie, *wir sind alle nicht mehr jung, nicht viele können sich noch an unsere Jugend erinnern.* Lancelot umarmte sie, und sie spürte den seidigen Bart an ihrer Wange.
Sie fragte: »Ist Elaine nicht hier?«
»Nein, sie hat mir vor drei Tagen eine zweite Tochter geschenkt. Sie hoffte, das Kind würde früher kommen, und sie sei dann bereits wieder kräftig genug, um nach Camelot zu reiten, aber das Kind ließ sich Zeit ... es ist ein schönes, kräftiges Mädchen. Wir hatten es schon vor drei Wochen erwartet.«
»Wie viele Kinder habt ihr jetzt, Lance?«
»Drei. Galahad ist sieben und ein großer Junge. Nimue ist fünf. Ich sehe die Kinder nicht oft, aber ihre Ammen sagen, die beiden sind klug und aufgeweckt für ihr Alter. Elaine möchte die Kleine ›Gwenhwyfar‹ nennen, wie die Königin.«
»Ich glaube, ich werde in den Norden reiten und sie besuchen«, antwortete Morgaine.
»Ich bin sicher, sie wird sich freuen, dich zu sehen. Es ist einsam dort oben.« Morgaine glaubte nicht, daß Elaine sich freuen würde, aber das ging nur sie beide etwas an. Lancelot blickte zu Gwenhwyfar, an deren Seite Isotta von Cornwall saß, während Artus sich mit Herzog Marcus und seinem Neffen unterhielt. »Kennst du Drustan? Er ist ein guter Harfenspieler ... natürlich spielt er nicht so gut wie Kevin.«
Morgaine schüttelte den Kopf: »Wird Kevin heute singen?«
»Ich habe ihn noch nicht gesehen«, erwiderte Lancelot. »Die Königin mag ihn nicht ... der Hof ist für ihn zu christlich geworden ... obwohl der König Kevin als Ratgeber und als Harfner gleichermaßen schätzt.«
Morgaine fragte unumwunden: »Bist du auch Christ geworden, Lancelot?«

»Ich wollte, ich wäre es«, sagte er mit einem Seufzer, der aus tiefstem Herzen kam. »Dieser Glaube ist für mich zu einfach ... die Vorstellung, daß wir nur glauben müßten, Christus sei für alle unsere Sünden gestorben ... Ich weiß zuviel ... ich weiß, wie das Leben mit einem spielt. Wir und nur wir können Leben um Leben das zu Ende führen, was wir in Bewegung gesetzt, und den Schaden wiedergutmachen, den wir angerichtet haben. Es widerspricht jeglicher Vernunft anzunehmen, ein Mensch, gleichgültig wie heilig und begnadet er auch sein mag, könne die Sünden aller Menschen auf sich nehmen. Wie sonst ließe sich erklären, daß einige Menschen alles haben und andere so wenig? Nein, ich glaube, es ist nur ein übles Spiel der Mönche und der Priester. Sie machen den Menschen vor, Gottes Ohr zu sein und in seinem Namen Sünden vergeben zu können ... Oh, ich wünschte, es wäre wirklich wahr. Ich weiß, manche Kirchenmänner sind gute und aufrichtige Leute.«
»Ich bin noch keinem begegnet, der auch nur halb so gebildet oder halb so gut gewesen wäre wie Taliesin«, entgegnete Morgaine.
»Taliesin war ein großer Mensch mit einer großen Seele«, stimmte Lancelot zu. »Vielleicht reicht ein Leben im Dienst der Götter nicht aus, um soviel Weisheit zu sammeln, und er hat den Göttern viele hundert Jahre gedient. Im Vergleich dazu erscheint mir Kevin ebensowenig tauglich als Merlin von Britannien wie mein kleiner Sohn auf Artus' Thron sitzen und seine Truppen in den Kampf führen kann. Taliesin hatte die Größe, sich nicht mit den Priestern zu streiten. Er wußte, sie dienen ihrem Gott so gut sie es vermögen. Vielleicht lernen auch sie nach vielen Leben, daß ihr Gott größer ist, als sie es sich vorstellen. Und ich weiß, er achtete ihre Fähigkeit, ein keusches Leben zu führen.«
»Für mich ist das Gotteslästerung und eine Verneinung des Lebens«, erklärte Morgaine, »ich weiß, auch Viviane dachte nicht anders darüber.« *Warum,* fragte sie sich verwundert, *stehe ich hier und unterhalte mich ausgerechnet mit Lancelot über Glaubensfragen?*
»Viviane kam wie Taliesin aus einer anderen Welt und aus einer anderen Zeit«, erwiderte der Ritter. »Sie überragte alle Menschen ihrer Zeit. Wir müssen uns mit dem abfinden, was wir haben. Du bist ihr so ähnlich, Morgaine.« Er lächelte wehmütig, und es gab ihr einen Stich ins Herz. Sie erinnerte sich, daß er schon einmal so etwas gesagt hatte ... *nein, sie hatte es geträumt, aber sie konnte sich nicht mehr an alles erinnern ...* Lancelot sprach weiter: »Ich sehe dich hier mit deinem Gemahl und deinem Stiefsohn ... er wird der Tafelrunde

Ehre machen. Ich habe dir immer Glück gewünscht, Morgaine. Du schienst so viele Jahre lang unglücklich zu sein. Aber jetzt bist du Königin in deinem eigenen Land, und du hast einen prächtigen Sohn...«

Was könnte sich eine Frau mehr wünschen, dachte sie.

»Ich muß jetzt die Königin begrüßen...«

»Ja«, antwortete sie nicht ohne Bitterkeit in der Stimme. »*Das* liegt dir sehr am Herzen.«

»Oh, Morgaine«, sagte Lancelot traurig, »wir kennen uns nun schon so lange und sind miteinander verwandt. Können wir die Vergangenheit nicht endlich ruhen lassen? Verachtest du mich so sehr und haßt sie noch immer?«

Morgaine schüttelte den Kopf: »Ich hasse keinen von euch beiden«, erklärte sie. »Warum sollte ich auch? Aber ich dachte, du bist jetzt vermählt... und Gwenhwyfar verdient, daß du sie in Ruhe läßt.«

»Du hast sie nie verstanden«, entgegnete Lancelot hitzig. »Ich glaube, du hast sie schon abgelehnt, als ihr beide noch junge Mädchen wart. Das ist nicht recht von dir, Morgaine. Sie hat ihre Sünde bereut. Und ich... nun, du hast es selbst gesagt, ich bin mit einer anderen Frau zusammen. Aber ich werde Gwenhwyfar nicht meiden wie eine Aussätzige. Wenn sie meine Freundschaft als Vetter ihres Gemahls will, werde ich sie ihr nicht entziehen.«

Morgaine wußte, er sprach die Wahrheit. Was kümmerte es sie. Accolon schenkte ihr jetzt, was sie so lange von Lancelot begehrt hatte... Seltsam genug, selbst das schmerzte sie, wie die Lücke, nachdem der schmerzende Zahn gezogen war. Sie hatte Lancelot viele Jahre geliebt. Jetzt konnte sie ihn ohne Verlangen ansehen und spürte, wie leer ihr Herz war. Sanft erwiderte sie: »Es tut mir leid, Lance. Ich wollte dich nicht erzürnen. Du hast recht, es ist alles längst vergangen.«

Ich wage zu behaupten, Lancelot glaubt wirklich, daß er und Gwenhwyfar nur noch Freunde sind... Er mag es so empfinden, und Gwenhwyfar ist so lammfromm geworden, daß es eigentlich keinen Grund gibt, daran zu zweifeln...

»Hier bist du also, Lancelot! Und wie immer in Gesellschaft der schönsten Damen am Hof«, erklang es fröhlich. Der Ritter drehte sich um und umarmte den Ankömmling aufs herzlichste.

»Gareth! Wie geht es dir dort oben im Norden? Auch du bist vermählt und Herr im eigenen Haus... sind es zwei oder drei Kinder, die deine Gemahlin dir geboren hat? Schönling, du siehst

besser aus als je zuvor... selbst Cai könnte dich jetzt nicht mehr verspotten!«
»Ich hätte ihn gerne wieder in meiner Küche«, rief Cai lachend und schlug Gareth gutmütig auf die Schulter. »Es sind doch vier Söhne, nicht wahr? Eure Gemahlin Lionors hat Zwillinge bekommen, wie die Wildkatzen in Eurem Land, nicht wahr? Morgaine, Ihr werdet von Jahr zu Jahr jünger«, fügte er hinzu und küßte ihr die Hand. Cai hatte sie immer gemocht.
»Aber wenn ich sehe, daß Gareth erwachsen und ein Mann ist, fühle ich mich älter als die Berge«, erwiderte Morgaine lachend. »Eine Frau weiß, daß sie alt wird, wenn sie sich bei jedem jungen Mann, den sie sieht, sagen muß: ›Ich kannte ihn schon, als er noch in den Windeln lag...‹«
»Und das, Tante«, sagte Gareth, während er sich zu Morgaine hinunterbeugte und sie umarmte, »ist in meinem Fall wahr. Ich erinnere mich noch gut daran, wie Ihr mir Ritter geschnitzt habt, als ich noch ein Kind war...«
»Du hast die Holzfiguren nicht vergessen?« fragte Morgaine erfreut.
»O nein... Lionors bewahrt einen immer noch bei meinen Schätzen auf«, erwiderte Gareth. »Er ist hübsch blau und rot bemalt. Mein ältester Sohn würde zu gerne damit spielen. Aber dieser Ritter ist mir zu kostbar. Wißt Ihr noch, daß ich ihn damals ›Lancelot‹ nannte, Herrin?«
Jetzt lachte auch Lancelot, und Morgaine dachte, sie habe ihn noch nie so fröhlich und sorglos wie unter seinen Freunden gesehen. »Dein Sohn... muß beinahe so alt sein wie mein Galahad. Galahad ist ein prächtiger Junge, obwohl ich fürchte, er schlägt nicht in meine Familie. Ich habe ihn erst vor wenigen Tagen gesehen. Und wie mir scheint, sind auch die Mädchen hübsch.«
Gareth wandte sich wieder Morgaine zu und erkundigte sich: »Wie geht es meinem Ziehbruder Gwydion, Lady Morgaine?«
Sie erwiderte knapp: »Wie ich höre, ist er in Avalon. Ich habe ihn noch nicht gesehen.« Morgaine wandte sich zum Gehen, aber da trat Gawain zu ihnen und umarmte sie beinahe wie ein Sohn die Mutter.
Aus Gawain war inzwischen ein riesiger Mann geworden, mächtig und mit breiten Schultern, die aussahen, als könne er einen Stier niederwerfen. Sein Gesicht war von vielen Narben gezeichnet. »Euer Sohn Uwain scheint mir ein ordentlicher Bursche zu sein. Ich glaube,

aus ihm wird ein guter Ritter werden. Und genau das brauchen wir... Hast du deinen Bruder Lionel gesehen, Lance?«
»Nein... ist Lionel hier?« fragte Lancelot und sah sich suchend in der Halle um. Sein Blick fiel auf einen großen, kräftigen Mann in einem seltsam geschnittenen Mantel. »Lionel! Bruder, wie geht es Euch in Eurem nebligen Reich über dem Meer?«
Lionel trat zu ihnen und begrüßte sie. Er sprach einen seltsamen Dialekt, und Morgaine konnte ihn kaum verstehen. »Schlecht, weil Ihr nicht da seid, Lancelot... habt Ihr schon gehört? Wir werden vermutlich ins Gedränge kommen. Habt Ihr keine Nachricht von Bors?«
Lancelot schüttelte den Kopf. »Das letzte, was ich gehört habe, ist, daß er König Hoells Tochter heiraten soll... ihren Namen habe ich vergessen...«, antwortete er.
»Isotta. Sie trägt denselben Namen wie die Königin von Cornwall«, erklärte Lionel. »Aber die Hochzeit hat noch nicht stattgefunden. Hoell, müßt Ihr wissen, gehört zu den Leuten, die niemals ja oder nein sagen können. Er muß lange überlegen, ob ihm eine Verbindung mit der Bretagne oder mit Cornwall den größeren Vorteil bringt...«
»Marcus kann Cornwall niemandem geben«, warf Gawain trocken ein. »Cornwall gehört Euch, nicht wahr, Lady Morgaine? Ich glaube mich zu erinnern, daß Uther Pendragon es bei der Thronbesteigung der Herrin Igraine gab. Deshalb habt Ihr es von Igraine und Gorlois, obwohl Gorlois' Land an Uther zurückfiel, wenn ich nichts durcheinanderbringe... Es geschah, noch ehe ich geboren war. Ihr müßt damals ein Kind gewesen sein.«
»Herzog Marcus regiert das Land für mich«, sagte Morgaine. »Ich habe allerdings nie gehört, daß er Cornwall beansprucht. Obwohl ich weiß, man sprach einmal darüber, es wäre klug, wenn ich den Herzog Marcus oder seinen Neffen Drustan heiraten würde.«
»Hättet Ihr es doch getan«, sagte Lionel, »denn Marcus ist ein unersättlicher Mann... seine irische Gemahlin hat ihm viele Schätze eingebracht. Ich bin sicher, er wird versuchen, sich Cornwall und Tintagel einzuverleiben, wenn er glaubt, daß er dabei wie ein Fuchs mit der Beute ungeschoren davonkommt.«
Lancelot erklärte: »Wieviel schöner war doch die Zeit, als wir alle nichts als Artus' Gefährten waren. Ich regiere jetzt in Pellinores Land, Morgaine ist Königin von Nordwales, und du, Gawain, solltest rechtmäßiger König von Lothian sein.«

Gawain grinste: »Ich habe weder das Talent, noch habe ich Lust, König zu sein, Vetter. Ich bin ein Krieger und würde mich zu Tode langweilen, wenn ich immer an einem Ort oder an einem Hof leben müßte. Ich bin glücklich, daß Agravain an der Seite meiner Mutter regiert. Ich glaube, die Stämme sehen das richtig... die Frauen bleiben zu Hause und herrschen, und die Männer ziehen umher und kämpfen. Ich möchte mich nicht von Artus trennen; doch zugegeben, das Hofleben habe ich langsam satt. Immerhin, ein Turnier ist besser, als ständig an des Königs Seite zu stehen.«
»Ich bin sicher, Ihr werdet Euch durch Tapferkeit auszeichnen und Ruhm und Ehre erringen«, sagte Morgaine und lächelte ihrem Vetter zu. »Wie geht es Eurer Mutter, Gawain? Ich habe noch nicht mit ihr gesprochen.« Leicht boshaft fügte sie hinzu: »Wie ich höre, steht ihr neben Agravain noch ein anderer zur Seite.«
Gawain lachte gutmütig: »Ja, so macht man das heute... du hast damit angefangen, Lancelot. Nachdem du Pellinores Tochter geheiratet hast, dachte Lamorak vermutlich, kein Ritter könne sich auszeichnen und sich einen Namen am Hof machen, ehe er nicht der Gelie...« er brach mitten im Wort ab, als er Lancelots wütendes Gesicht sah, und ergänzte hastig, »...der erwählte Ritter einer großen und schönen Königin ist. Ich glaube, es ist nicht nur Schein. Lamorak liebt meine Mutter vermutlich wirklich, und ich nehme es ihm nicht übel. Sie wurde mit König Lot verheiratet, als sie noch nicht einmal fünfzehn war. Selbst als Knabe fragte ich mich manchmal, wie sie mit ihm in Frieden leben und immer freundlich und gut sein konnte.«
»Morgause ist wirklich freundlich und gut«, sagte Morgaine, »und mit Lot hatte sie wahrhaftig kein leichtes Leben. Vielleicht hat er sie in allen Dingen zu Rate gezogen, aber an seinem Hof lebten so viele Bastarde, daß er keine besoldeten Bewaffneten brauchte. Jede Frau, die nach Lothian auf seine Burg kam, betrachtete er als rechtmäßige Beute. Selbst mich hätte er nicht verschont, obwohl ich die Nichte seiner Gemahlin war. Bei einem König gilt das als Zeichen seiner Männlichkeit, und wenn jemand Morgause etwas Böses nachsagt, werde ich ein Wörtlein mit ihm zu reden haben!«
Gawain erwiderte: »Ich weiß wohl, daß Ihr die Freundin meiner Mutter seid, Morgaine. Und ich weiß auch, daß Königin Gwenhwyfar sie nicht mag. Gwenhwyfar...« Aber mit einem Blick auf Lancelot zuckte der Ritter nur die Schultern, um keinen Streit heraufzubeschwören. Gareth sagte an seiner Stelle: »Königin Gwenhwyfar ist so

fromm, und an Artus' Hof hat sich noch keine Frau über irgend etwas beklagen müssen ... Vielleicht fällt es Gwenhwyfar schwer zu verstehen, daß eine Frau Grund haben mag, mehr vom Leben zu verlangen, als die Ehe ihr bietet. Ich habe Glück, daß Lionors mich aus freiem Willen nahm. Sie ist andauernd schwanger, bringt ein Kind nach dem anderen zur Welt, und selbst wenn sie wollte, hätte sie kaum Zeit, einem anderen Mann Augen zu machen.« Lächelnd fügte er hinzu: »Ich hoffe, sie hat kein Verlangen danach, denn ich glaube, ich könnte ihr nichts abschlagen.« Lancelot blickte nicht mehr so finster drein und sagte: »Ich kann mir nicht vorstellen, Gareth, daß eine Frau, die dich geheiratet hat, sich nach einem anderen Mann umsieht.«

»Aber du mußt dich jetzt umsehen, Vetter«, sagte Gawain, »die Königin hält nach dir Ausschau, und als ihr Ritter mußt du sie begrüßen.«

Und tatsächlich trat in diesem Augenblick eine von Gwenhwyfars jungen Hofdamen zu ihnen und fragte mit kindlicher Stimme: »Seid Ihr der edle Ritter Lancelot? Die Königin bittet Euch, zu ihr zu kommen und Euch mit ihr zu unterhalten.« Lancelot verbeugte sich vor Morgaine und sagte: »Wir sehen uns später, Gawain, Gareth«, und ging davon. Gareth sah ihm stirnrunzelnd nach und murmelte: »Selbst heute noch läßt er auf einen Wink von ihr alles stehen und liegen.«

»Hast du etwas anderes erwartet, Bruder?« fragte Gawain unbekümmert. »Er war seit Artus' Hochzeit ihr Ritter, und wenn noch etwas anderes wäre ... nun ja, Morgaine hat es gesagt. Bei einem König gilt es als männlich. Weshalb sollten wir es einer Königin verübeln? Nein, so ist das eben heute ... oder hast du die Geschichten über die irische Königin nicht gehört, die mit dem alten Herzog Marcus verheiratet ist? Drustan macht Lieder auf sie und weicht nicht von ihrer Seite ... Wie man sagt, spielt er die Harfe ebenso gut wie Kevin! Habt Ihr ihn schon einmal gehört, Morgaine?«

Sie schüttelte den Kopf und erwiderte: »Ihr solltet Isotta nicht Königin von Cornwall nennen. Es gibt nur eine Königin von Cornwall, und das bin ich. Marcus herrscht dort als mein Regent, und wenn er das vergessen hat, ist es höchste Zeit, daß er sich daran erinnert.«

»Ich glaube, Isotta ist es gleichgültig, wie Marcus sich bezeichnet«, sagte Gawain und blickte hinüber zur langen Tafel, an der die Damen saßen. Morgause hatte sich zu Gwenhwyfar und der irischen Königin gesellt, und Lancelot redete mit ihnen. Gwenhwyfar lächelte Lance-

lot an, und Morgause machte einen Scherz, über den alle lachen mußten. Nur Isotta von Cornwall starrte mit schönem blassem Gesicht unglücklich ins Leere. »Ich habe noch nie eine so unglückliche Frau wie diese irische Königin gesehen.«
Morgaine sagte: »Wenn ich mit dem alten Herzog Marcus verheiratet wäre, könnte ich vermutlich auch nicht glücklich sein«, und Gawain umarmte sie dafür ungestüm.
»Es war nicht recht von Artus, Euch mit diesem alten Uriens zu vermählen... seid Ihr auch unglücklich?«
Morgaine spürte, wie ihr die Kehle eng wurde, als müsse sie weinen. »Vielleicht dürfen verheiratete Frauen nicht erwarten, sehr glücklich zu sein...«
»Dies will ich nicht sagen«, widersprach Gareth. »Lionors scheint glücklich zu sein.«
»Ja, aber Lionors ist mit dir verheiratet«, erwiderte Morgaine lachend, »und dieses Glück habe ich nicht. Ich bin nur deine alte Tante.«
»Trotzdem«, erklärte Gawain, »ich tadle meine Mutter nicht. Solange mein Vater lebte, war sie gut zu ihm, und sie hat ihm ihre Liebhaber nie vor die Nase gesetzt. Ich verüble ihr nichts. Lamorak ist ein guter Mann und ein guter Ritter. Und Gwenhwyfar...« Er verzog das Gesicht zu einer Grimasse. »Es ist jammerschade, daß Lancelot sie nicht entführte, solange Artus noch Gelegenheit hatte, sich eine andere Frau zu suchen... immerhin, ich glaube, der junge Galahad wird eines Tages ein guter König sein. Lancelot entstammt dem alten Königsgeschlecht von Avalon und ist auch väterlicherseits von königlichem Geblüt.«
»Trotzdem«, entgegnete Gareth, »steht Euer Sohn dem Thron näher«, und Morgaine fiel wieder ein, daß er damals schon alt genug war, um sich an Gwydions Geburt zu erinnern. »Ihr seid Artus' Schwester, und ihm würden die Stämme folgen. In alter Zeit war der Sohn der Schwester eines Königs der natürliche Erbe, denn einst verlief die Erbfolge in der weiblichen Linie.« Der junge Ritter grübelte einen Augenblick, ehe er fragte: »Morgaine, ist er Lancelots Sohn?«
Morgaine dachte, seine Frage sei nur zu berechtigt. Gwydion und Gareth waren von Kindesbeinen an Freunde gewesen. Sie schüttelte den Kopf und versuchte, scherzhaft zu antworten, um ihre Unsicherheit zu überdecken. »Nein, Gareth. Wenn Lancelot sein Vater wäre, hätte ich es dir längst gesagt. Ich weiß doch, wie sehr du dich darüber gefreut hättest, wie über alles, was mit Lancelot zu tun hat...

Verzeiht mir, Vettern, ich sollte gehen und eure Mutter begrüßen. Sie war immer so gut zu mir.«

Sie wandte sich ab und bahnte sich langsam ihren Weg zu den Frauen. Die Halle füllte sich immer mehr mit Menschen. Überall standen Gruppen von Gästen beisammen, die sich begrüßten und Neuigkeiten austauschten.

Morgaine hatte noch nie etwas für solche Ansammlungen übrig gehabt. In den letzten Jahren hatte sie so viel Zeit in den grünen Hügeln von Wales verbracht, daß sie an den Geruch der Leute und der rauchenden Feuer nicht mehr gewöhnt war. Sie ging an der Seite der Halle und stieß plötzlich mit einem Mann zusammen, der unter dem leichten Anprall taumelte und sich haltsuchend an die Wand lehnte. Morgaine stand dem Merlin gegenüber.

Sie hatte seit Vivianes Tod nicht mehr mit Kevin gesprochen. Sie sah ihn kalt an und wandte sich ab.

»Morgaine . . .«

Sie beachtete den Harfner nicht. Kevin sagte mit einer Stimme, die so kalt war wie ihr Blick: »Wendet eine Tochter von Avalon sich ab, wenn der Merlin mit ihr spricht?«

Morgaine holte tief Luft und antwortete: »Wenn Ihr mich im Namen von Avalon auffordert, Euch anzuhören, will ich es tun. Aber es steht Euch nicht zu, denn Ihr habt Vivianes sterbliche Hülle den Christen überlassen. Für mich war das die Tat eines Verräters.«

»Und wer seid Ihr, Herrin, um von Verrat zu sprechen? Ihr sitzt als Königin von Wales, während Vivianes Thron in Avalon verwaist ist.«

Sie funkelte ihn zornig an: »Ich habe einmal versucht, im Namen von Avalon mit Euch zu sprechen, und Ihr habt mir befohlen zu schweigen.« Sie senkte den Kopf, ohne seine Antwort abzuwarten. *Er hat recht. Wie kann ich es wagen, von Verrat zu sprechen? Ich bin aus Avalon geflohen, weil ich zu jung und zu dumm war, um Vivianes Pläne zu begreifen. Erst jetzt beginne ich zu verstehen, daß sie mir das Gewissen eines Königs anvertraute. Ich habe diese Macht zurückgewiesen und nicht benutzt. Ich ließ zu, daß Gwenhwyfar Artus den Christenpriestern in die Hände spielte.*

»Sprecht, Merlin. Avalons Tochter hört Euch zu.«

Kevin sah sie einen Augenblick lang schweigend an. Wehmütig erinnerte sich Morgaine an die Jahre, in denen er ihr einziger Freund und Verbündeter am Hof gewesen war. Schließlich sagte er: »Eure Schönheit reift mit den Jahren, Morgaine, wie es bei Viviane der Fall

war. Im Vergleich zu Euch ist heute jede Frau auf Camelot, selbst die irische Königin, die alle für so schön halten, nicht mehr als eine bemalte Puppe.«
Sie lächelte schwach und erwiderte: »Ihr habt mich sicher nicht bei der Macht von Avalon beschworen, Euch zuzuhören, nur um mir nette Artigkeiten zu sagen, Kevin.«
»Habe ich das? Ich habe mich nicht klar ausgedrückt, Morgaine. Ihr werdet in Avalon gebraucht... Dort herrscht jetzt eine Frau...« Er grübelte. »Liebt Ihr Euren alten Gemahl so sehr, daß Ihr Euch nicht von ihm losreißen könnt?«
»Nein«, antwortete Morgaine. »Aber auch dort diene ich der Göttin.«
»Ich weiß«, erklärte er, »und ich habe es Niniane auch gesagt. Wenn Accolon seinem Vater auf den Thron folgt, wird die Gemeinde der Göttin sich dort vergrößern... Aber Accolon ist nicht der Thronerbe, und der älteste Sohn ist ein priesterhöriger Narr.«
»Accolon ist kein König, aber ein Druide«, erwiderte Morgaine. »Avallochs Tod würde nichts ändern. In Wales gilt inzwischen römisches Gesetz, und danach würde Avallochs Sohn an die Macht gelangen.« *Conn,* dachte sie, *er saß auf meinem Schoß und nannte mich Großmutter!*
Als habe Kevin ihre Gedanken gelesen, sagte er: »Das Leben von Kindern hängt an einem dünnen Faden, Morgaine. Viele werden nicht erwachsen.«
»Ich werde keinen Mord begehen«, erwiderte sie, »selbst nicht für Avalon. Das könnt Ihr ihnen in meinem Namen berichten.«
»Sagt es ihnen selbst«, erwiderte Kevin. »Niniane erzählte mir, Ihr beabsichtigt, sie nach Pfingsten in Avalon zu besuchen.« Morgaine spürte ein leeres, leidentiefes Gefühl in ihrem Magen, und sie war froh, so wenig gegessen zu haben.
Wissen sie alles? Beobachten sie, wie ich meinen alten und ahnungslosen Gemahl mit Accolon betrüge? Verurteilen Sie mich deshalb? Morgaine erinnerte sich an die zitternde und beschämte Elaine im Fackelschein, die nackt in Lancelots Armen überrascht wurde. *Kennen Sie meine Pläne sogar, noch ehe ich mir selbst im klaren darüber bin?* Aber sie hatte nur getan, was die Göttin ihr zu tun eingab.
»Was wolltet Ihr mir sagen, Merlin?«
»Nichts weiter, als daß Euer Platz in Avalon noch immer leer ist. Niniane weiß das so gut wie ich. Ich liebe Euch, Morgaine, und ich bin kein Verräter... es schmerzt mich, daß Ihr mich dafür haltet,

denn Ihr habt mir soviel gegeben.« Er streckte ihr die entstellten Hände entgegen. »Wollen wir nicht Frieden schließen, Morgaine?«

Sie antwortete: »Im Namen der Herrin sei Friede«, und küßte seinen vernarbten Mund.

Auch für ihn trägt die Göttin mein Gesicht..., und Schmerz durchzuckte sie. *Die Göttin schenkt das Leben, die Reife... und den Tod.*

Als ihre Lippen sich berührten, fuhr der Merlin zurück, und auf seinem Gesicht lag nackte Angst.

»Du weichst vor mir zurück, Kevin? Ich schwöre dir bei meinem Leben, ich will keinen Mord begehen. Du hast von mir nichts zu fürchten...« Aber er legte ihr den Finger auf den Mund, um sie zum Schweigen zu bringen.

»Schwöre nicht, Morgaine, damit du nicht für einen gebrochenen Eid bestraft wirst... Keiner von uns weiß, was die Göttin von uns verlangen mag. Auch ich habe die Große Ehe geschlossen und an diesem Tag mein Leben verpfändet. Ich lebe nur durch den Willen der Göttin, und mein Leben ist nicht so schön, daß ich es nicht gerne aufgeben würde«, erklärte er. Morgaine sollte sich Jahre später an diese Worte erinnern; jetzt halfen sie ihr, die schwerste Aufgabe ihres Lebens anzugehen. Er verabschiedete sich von ihr mit der Verbeugung, die nur der Herrin von Avalon oder dem höchsten Druiden zukam, und wendete sich schnell ab. Morgaine sah ihm zitternd nach. *Warum hat er das getan? Warum fürchtet er sich vor mir?*

Sie ging durch die Menge; und als sie die Königin erreichte, begrüßte Gwenhwyfar sie mit einem kühlen Lächeln. Morgause erhob sich und schloß sie zärtlich in die Arme. »Mein liebes Kind, du siehst erschöpft aus... Ich weiß, du liebst Menschenansammlungen nicht!« Sie hielt ihr einen silbernen Becher an die Lippen, und Morgaine trank einen Schluck Wein. Dann schüttelte sie den Kopf und erwiderte: »Ihr scheint mit jedem Jahr jünger zu werden, Tante.«

Morgause sagte fröhlich lachend: »Das macht die Jugend in meiner Nähe... hast du Lamorak gesehen? Solange er mich für schön hält, glaube ich daran und bin es auch... das ist der einzige Zauber, den ich brauche!« Sie fuhr sanft mit dem Finger eine kleine Falte unter Morgaines Auge nach und sagte: »Das empfehle ich dir auch, meine Liebe. Sonst wirst du alt und verschroben... Gibt es an Uriens Hof keine jungen Männer, die ihre Königin zu würdigen wissen?«

Über Morgauses Schulter hinweg sah Morgaine, wie Gwenhwyfar verächtlich die Stirn runzelte, obwohl selbst sie Morgauses Worte doch unmöglich ernst nehmen konnte.

Wenigstens ist mein Verhältnis mit Accolon noch nicht allgemeiner Hofklatsch. Dann dachte sie wütend: *Bei der Göttin! Ich schäme mich meines Tuns nicht. Ich bin nicht Gwenhwyfar!*

Lancelot unterhielt sich mit Isotta von Cornwall. Ja, er würde immer der schönsten Frau im Raum Augen machen. Morgaine wußte, daß Gwenhwyfar sich nicht besonders darüber freute. Mit übertriebener Hast sagte Gwenhwyfar jetzt: »Lady Isotta, kennt Ihr die Schwester meines Gemahls, Königin Morgaine?«

Die irische Schönheit hob gelangweilt den Blick und lächelte. Sie war sehr blaß. Ihr feingeschnittenes Gesicht war so weiß wie süße Sahne und ihre Augen so blau, daß sie beinahe grün wirkten. Morgaine bemerkte, daß Isotta zwar groß war, aber dabei so feingliedrig wie ein Kind wirkte, das man mit Juwelen, Perlen und goldenen Ketten behängt hatte, die sie zu erdrücken schienen. Morgaine empfand plötzlich Mitleid für die junge Frau und unterdrückte die Worte, die ihr auf der Zunge lagen. *Euch nennt man jetzt also Königin von Cornwall? Ich muß ein ernstes Wort mit Herzog Marcus reden!* Sie sagte nur: »Meine Tante erzählt mir, Ihr seid in Kräutern und Heilkunde bewandert, Herrin. Wenn wir Muße haben, würde ich mich vor meiner Rückkehr nach Wales gerne mit Euch darüber unterhalten.«

»Es wäre mir ein Vergnügen«, erwiderte Isotta höflich. Lancelot blickte auf und erklärte: »Ich habe ihr auch gesagt, daß Ihr eine große Sängerin seid, Morgaine. Werdet Ihr heute für uns die Harfe spielen?«

»Wenn Kevin hier ist? Mit ihm kann ich mich nicht messen«, erwiderte Morgaine. Gwenhwyfar fiel ihr schnell ins Wort.

»Ich wünschte, Artus würde auf mich hören und diesen Menschen vom Hof verbannen. Ich möchte keine Zauberer und Hexenmeister auf Camelot haben. So ein entstelltes Gesicht muß ein Zeichen innerer Schlechtigkeit sein! Ich weiß nicht, wie Ihr ertragen könnt, daß er Euch berührt, Morgaine . . . Man sollte glauben, eine Frau, die auf sich hält, würde bei seiner Berührung krank werden. Aber Ihr umarmt und küßt ihn, als sei er Euer Verwandter . . .«

»Ganz sicher«, erklärte Morgaine, »mangelt es mir in jeder Hinsicht an Schicklichkeit, und ich bin froh darüber.«

Isotta von Cornwall sagte mit ihrer sanften, lieblichen Stimme: »Wenn Äußeres dem Inneren eines Menschen entspricht, muß Kevins Musik ein Zeichen für uns sein, Gwenhwyfar, daß sich in seinem Körper die Seele eines Engels verbirgt. Kein böser Mensch könnte so spielen wie er.«

Artus war zu ihnen getreten und hatte die letzten Worte gehört. Er sagte: »Und doch möchte ich meine Königin nicht durch die Gegenwart eines Menschen beleidigen, den sie verabscheut... Aber ich besitze auch nicht die Anmaßung, einen Künstler wie Kevin zu bitten, für jemanden zu spielen, der seine Musik nicht in Dankbarkeit würdigen kann.« Er klang verärgert. »Morgaine, wirst du für uns spielen?«

»Meine Harfe ist in Wales«, antwortete sie. »Vielleicht ein andermal, wenn mir jemand eine Harfe leiht. In der Halle sind so viele Menschen, und es ist so laut, mein Gesang würde im Lärm untergehen... Lancelot spielt ebenso gut Harfe wie ich.«

Lancelot stand hinter dem König und schüttelte den Kopf. »O nein. Ich kann zwar eine Saite von der anderen unterscheiden, weil meine Mutter mir eine Harfe in die Hand drückte, sobald ich sie halten konnte. Aber ich besitze weder Morgaines Begabung noch kann ich so gut singen wie der Neffe von Marcus... Habt Ihr Drustan schon einmal spielen hören, Morgaine?«

Sie schüttelte den Kopf, und Isotta sagte: »Ich werde ihn bitten, für uns zu spielen.«

Sie schickte einen Pagen zu ihm, und Drustan trat zu ihnen. Er war ein schlanker junger Mann mit dunklen Augen und dunklem Haar. Morgaine dachte: *Er sieht Lancelot tatsächlich ähnlich.* Isotta bat ihn zu spielen. Er ließ seine Harfe bringen, setzte sich ihnen zu Füßen und spielte eine bretonische Weise. Es war ein schlichtes, trauriges Lied in einer alten Tonart, und Morgaine mußte an das ferne Land Lyonness denken, das vor der Küste von Tintagel für immer versunken war. Ja, Drustan konnte schöner singen als Lancelot, sogar besser als sie selbst. Obwohl er sich mit Kevin nicht messen konnte, war er der beste Harfenspieler, den sie außer ihm je gehört hatte, und seine Stimme klang rein und voll.

Artus fragte leise: »Wie geht es dir, Schwester? Du bist lange nicht in Camelot gewesen... Wir haben dich vermißt.«

»Wirklich?« fragte Morgaine zurück. »Ich dachte, du hättest mich deshalb nach Nordwales verheiratet... damit meine Herrin«, sie machte eine ironische Verbeugung in Richtung Gwenhwyfar, »... nicht durch den Anblick eines Menschen beleidigt wird, den sie verabscheut, sei es Kevin oder mich.«

»Wie kannst du so etwas sagen?« erwiderte Artus. »Ich liebe dich, Morgaine, und das weißt du. Uriens ist ein guter Mann, und er scheint dich zu verehren... er hängt geradezu an deinen Lippen! Ich wollte einen liebenswerten Mann für dich finden, Morgaine, einen Mann mit Söhnen, der dir nicht vorwerfen würde, daß du ihm keine Kinder schenken kannst. Und ich habe mich gefreut, heute deinen prächtigen jungen Stiefsohn zu einem meiner Gefährten zu machen. Was kannst du mehr verlangen, Schwester?«

»Ja, was sonst noch?« antwortete Morgaine. »Was könnte eine Frau sich mehr wünschen als einen guten Gemahl, der alt genug ist, um ihr Großvater zu sein und ein Reich am Ende der Welt... Ich sollte mich vor dir verbeugen und dir auf meinen Knien danken, Bruder!«

Artus wollte ihre Hand ergreifen. »Ich glaubte doch nur, dir damit einen Gefallen zu tun, Schwester. Uriens ist zu alt für dich. Aber er wird nicht ewig leben. Ich wollte dich wirklich glücklich machen.«

Zweifellos ist das die Wahrheit, wie er sie sieht, dachte Morgaine. *Wie konnte ein so kluger und weiser König nur so wenig Vorstellungsvermögen besitzen?* Oder lag darin das Geheimnis seiner Herrschaft? Artus hielt sich an einfache Wahrheiten, und mehr suchte er nicht. Hatte das Christentum ihn deshalb verlocken können, weil es so einfach war und sich mit wenigen, klaren Gesetzen begnügte?

»Ich möchte, daß alle glücklich sind«, erklärte Artus. Morgaine wußte, daß in diesen Worten der Schlüssel zu seinem Wesen lag. Er wollte wirklich jeden, bis hinunter zum Geringsten, seiner Untertanen glücklich machen. Er hatte sich nicht zwischen Gwenhwyfar und Lancelot gestellt, denn das hätte seine Königin unglücklich gemacht. Er wollte Gwenhwyfar auch nicht verletzen, indem er eine andere Gemahlin oder eine Geliebte nahm, die ihm den Sohn geschenkt hätte, den sie ihm nicht geben konnte.

Er ist nicht hart genug, um Großkönig zu sein, dachte Morgaine und versuchte, Drustans traurigen Weisen zuzuhören. Artus sprach jetzt über die Blei- und Eisenminen in Cornwall. Er riet ihr, die Bergwerke zu besuchen, um Herzog Marcus zu zeigen, daß er nicht der unumschränkte Herrscher im Land war. Mit Isotta würde sie sich sicher anfreunden, denn sie liebten beide Musik. *Sieh doch nur, wie sie an Drustans Lippen hängt!*

Nicht die Musik macht es ihr unmöglich, den Blick von ihm zu wenden, dachte Morgaine. Aber sie sprach es nicht aus. Sie musterte die vier Königinnen, die am Tisch saßen, und seufzte: Isotta konnte die Augen nicht von Drustan wenden – und wer sollte es ihr verübeln? Der alte Herzog Marcus war ein gestrenger Mann mit flinken, durchdringenden und bösen Augen; er erinnerte Morgaine an Lot von Orkney. Morgause hatte den jungen Lamorak zu sich gewinkt und flüsterte mit ihm – und wer sollte es ihr verübeln? Sie war mit Lot vermählt worden, als sie noch nicht fünfzehn war. Und er war beileibe kein Juwel gewesen ... *Und ich bin nicht besser als sie alle. Mit einer Hand liebkose ich Uriens. Sobald es möglich ist, schleiche ich mich in Accolons Bett und rechtfertige mich damit, daß ich ihn meinen Priester nenne ...*

Morgaine überlegte, ob eine Frau je etwas anderes tat. Gwenhwyfar, Artus' Königin, hatte als erste einen Liebhaber genommen ... und Morgaine kam es vor, als sei ihr Herz versteinert. Sie, Morgause und Isotta hatte man mit alten Männern verheiratet, und entsprechend verlief ihr Leben. Aber Gwenhwyfar bekam einen gutaussehenden Mann, der nicht viel älter war als sie selbst und Großkönig dazu ... Womit konnte sie unzufrieden sein?

Drustan stellte die Harfe beiseite, verneigte sich und griff nach einem Becher Wein. »Ich kann nicht mehr«, erklärte er. »Aber wenn Lady Morgaine meine Harfe spielen möchte, wäre es mir eine große Ehre. Ich habe von ihrer wunderbaren Gabe gehört.«

»Ja, singe für uns, Kind«, bat Morgause, und Artus schloß sich ihr an: »Ja, ich habe deine Stimme schon so lange nicht singen gehört, und für mich gibt es keine schönere ... vielleicht, weil es die erste Stimme ist, an die ich mich erinnere. Ich glaube, du hast mich in den Schlaf gesungen, ehe ich reden konnte, und damals warst du selbst noch fast ein Kind. Das ist meine schönste Erinnerung an dich, Morgaine«, fügte der König hinzu. Morgaine sah die Qual in den Augen des Bruders und mußte den Kopf senken.

Kann mir Gwenhwyfar deshalb nicht vergeben, weil ich für ihn das Gesicht der Göttin trage? Sie nahm die Harfe, senkte wieder den Kopf und fuhr langsam über die Saiten.

»Sie ist anders gestimmt als meine«, erklärte sie. Dann hob Morgaine den Kopf, denn am anderen Ende der Halle war Unruhe entstanden. Ein Horn blies laut und schrill, und man hörte das Gepolter von Bewaffneten. Artus erhob sich halb und sank dann auf den Thron zurück, während vier Bewaffnete mit Schwertern und Schilden durch die Halle stürmten.

Cai trat ihnen in den Weg – an Pfingsten durfte in der Halle des Königs niemand eine Waffe tragen. Man schob ihn grob beiseite.

Die Männer trugen römische Helme – Morgaine hatte einen oder zwei gesehen, die man in Avalon aufbewahrte –, kurze militärische Tuniken und römische Brustpanzer. Über die Schultern hingen ihnen

schwere, lange rote Umhänge... Morgaine blinzelte – die römischen Legionäre der Vergangenheit schienen wieder zum Leben erwacht zu sein. Ein Mann trug eine Standarte mit einem vergoldeten Adler.
»Artus, Herzog von Britannien«, rief einer der Männer. »Wir überbringen Euch eine Botschaft von Lucius, dem Kaiser von Rom!«
Artus erhob sich vom Thron und trat einen Schritt vorwärts. »Ich bin nicht Herzog von Britannien, sondern Großkönig«, erklärte er freundlich, »und ich habe von einem Kaiser Lucius noch nie etwas gehört. Rom ist gefallen und ist in den Händen von Barbaren... und Schwindlern. Aber man hängt nicht den Hund für die Anmaßung seines Herrn. Verlest Eure Botschaft.«
»Ich bin Castor, Centurio der Legion Valeria Victrix«, sagte der Mann, der bereits vorher gesprochen hatte. »In Gallien haben sich die Legionen unter dem Banner von Lucius Valerius, dem Kaiser von Rom, wieder gesammelt. Er sendet Euch diese Botschaft: Ihr, Artus, Herzog von Britannien, dürft unter diesem Titel weiter herrschen, unter der Voraussetzung, daß Ihr innerhalb von sechs Wochen den kaiserlichen Tribut leistet. Er besteht aus vierzig Unzen Gold, zwei Dutzend britannischer Perlen, je drei Wagenladungen Eisen, Zinn und Blei aus Euren Minen zusammen mit einhundert Ellen gewebter britannischer Wolle und einhundert Sklaven.«
Lancelot erhob sich und trat erregt vor den König.
»Mein Gebieter! König Artus!« rief er, »überlaßt mir die frechen Hunde. Ich werde sie auspeitschen lassen, auf daß sie jaulend zu ihrem Herrn zurückkehren. Sie sollen diesem Schwachkopf Lucius ausrichten, wenn er von Britannien einen Tribut will, soll er kommen und versuchen, ihn sich zu holen...«
»Warte, Lancelot«, entgegnete Artus immer noch freundlich lächelnd, »das wäre nicht der richtige Weg.« Er musterte die Legionäre. Castor hatte das Schwert schon halb gezogen, und Artus erklärte barsch: »An diesem heiligen Tag wird an meinem Hof keine Waffe angerührt, Mann! Ich erwarte nicht, daß ein Barbar aus Gallien die Gebräuche eines gesitteten Landes kennt. Aber ich schwöre dir, wenn du dein Schwert nicht in die Scheide steckst, wird Lancelot es dir auf seine Weise abnehmen, ob es dir gefällt oder nicht. Sicher habt ihr auch in Gallien von dem edlen Lancelot gehört. Vor meinem Thron möchte ich kein Blutvergießen.«
Castor knirschte vor Wut mit den Zähnen, stieß das Schwert aber in die Scheide zurück. »Ich fürchte Euren Ritter Lancelot nicht«, erwiderte er. »Er hatte seine besten Tage in der Zeit der Sachsenkriege.

Aber ich komme als Bote und habe Befehl, kein Blut zu vergießen. Welche Antwort darf ich dem Kaiser überbringen, Herzog Artus?«
»Keine... wenn Ihr mir meinen rechtmäßigen Titel in meiner eigenen Halle verweigert«, erwiderte der Großkönig. »Aber richte Lucius aus: Uther Pendragon folgte Ambrosius Aurelianus auf den Thron, als keine Römer hier waren, um uns im Überlebenskampf gegen die Sachsen beizustehen. Ich, Artus, übernahm die Herrschaft von meinem Vater Uther und nach mir wird mein Neffe Galahad den Thron besteigen. Niemand kann rechtmäßig den Purpur der Cäsaren beanspruchen... Rom herrscht in Britannien schon längst nicht mehr. Wenn Lucius den Wunsch hat, in seinem Gallien als Kaiser zu herrschen und wenn das Volk ihn dort anerkennt, werde ich ihm den Anspruch sicher nicht streitig machen. Aber wenn er auch nur einen Fußbreit von Britannien oder der Bretagne beansprucht, wird er von uns nichts zu erwarten haben als drei Dutzend gute britannische Pfeilspitzen, und zwar dorthin, wo sie ihm am besten bekommen.«
Castor erwiderte blaß vor Zorn: »Mein Kaiser sah eine solche Frechheit wohl voraus. Deshalb trug er mir auf zu sagen: Die Bretagne ist bereits in seiner Hand. Er hält Bors, den Sohn von König Ban, in dessen eigener Burg gefangen. Wenn Kaiser Lucius die Bretagne in Schutt und Asche gelegt hat, wird er wie der alte Cäsar Claudius nach Britannien kommen und das Land zurückerobern. Daran werden ihn auch Eure blaubemalten Barbarenhäuptlinge nicht hindern!«
»Sagt Eurem Kaiser«, entgegnete Artus, »ich halte mein Angebot von drei Dutzend britannischer Pfeilspitzen aufrecht. Doch jetzt erhöhe ich auf dreihundert. Er erhält keinen Tribut von mir, sondern einen Pfeil direkt ins Herz. Richtet ihm auch aus, wenn er meinem Gefährten, dem edlen Bors, auch nur ein Haar krümmt, werde ich ihn Lancelot und Lionel übergeben. Sie sind Bors' Brüder und werden ihm die Haut bei lebendigem Leib abziehen und seinen Körper an die Zinnen der Burg hängen. Nun geht zurück zu Eurem Kaiser und überbringt ihm die Botschaft. Nein, Cai, niemand darf Hand an sie legen... ein Bote ist den Göttern geheiligt.«
In der Halle herrschte entsetztes Schweigen, während die Legionäre kehrtmachten und mit ihren eisenbeschlagenen Stiefeln lärmend aus der Halle klirrten. Als sie gegangen waren, erhob sich allgemeiner Tumult. Artus hob jedoch die Hand, und es wurde wieder still.
»Wir werden morgen keine Scheingefechte austragen, denn vor uns liegt eine richtige Schlacht«, sagte er. »Als Preise biete ich alles, was

wir diesem selbstgemachten Kaiser abnehmen. Ich bitte euch, meine Gefährten, haltet euch bereit. Bei Tagesanbruch reiten wir zur Küste. Cai, Ihr übernehmt die Verpflegung. Lancelot...«, auf seinem Gesicht lag der Anflug eines Lächelns, »ich würde Euch gerne hierlassen, um die Königin zu beschützen, aber da Euer Bruder gefangengehalten wird, weiß ich, daß es Euer Wille ist, uns zu begleiten. Ich werde den Priester bitten, morgen vor Tagesanbruch eine Messe zu lesen, damit alle, die es wünschen, vor dem Kampf von ihren Sünden losgesprochen werden. Edler Uwain«, sein Blick suchte den jüngsten Gefährten, der bei den jungen Rittern saß, »jetzt kann ich Euch Ruhm in der Schlacht bieten, anstelle von Kriegsspielen. Als Sohn meiner Schwester bitte ich Euch, an meiner Seite zu reiten, um mir den Rücken zu decken.«

»Es ist mir eine große Ehre, mein König«, stammelte Uwain mit leuchtenden Augen. Morgaine begriff in diesem Augenblick, weshalb Artus in den Menschen solch große Hingabe wecken konnte.

»Uriens, mein lieber Schwager«, erklärte Artus, »ich lasse die Königin in Eurer Obhut zurück... bleibt auf Camelot und schützt sie bis zu meiner Rückkehr.« Er beugte sich über Gwenhwyfars Hand. »Meine Herrin, ich bitte Euch, uns zu entschuldigen... auf uns wartet nun der Kampf.«

Gwenhwyfar war so weiß geworden wie ihr Untergewand. »Und Ihr wißt, er kommt Euch nicht ungelegen, mein Gebieter. Gott schütze Euch, mein lieber Gemahl.« Sie beugte sich vor und küßte ihn. Artus richtete sich wieder auf und verließ die Estrade.

»Gawain, Lionel, Gareth... alle meine Gefährten, begleitet mich!« Lancelot blieb einen Augenblick zurück. »Gebt auch mir Gottes Segen, ehe ich reite, meine Königin.«

»Oh, Gott... Lancelot...«, erwiderte Gwenhwyfar und warf sich ihm in die Arme, ohne darauf zu achten, daß alle Augen auf sie gerichtet waren. Lancelot hielt sie umfangen und sprach so leise, daß Morgaine nichts verstand. Aber sie sah, wie Gwenhwyfar weinte. Als sie den Kopf wieder hob, war ihr Gesicht jedoch trocken und ohne Tränen. »Gott sei mit dir, mein Geliebter.«

»Gott behüte dich, Liebe meines Herzens«, erwiderte er zärtlich. »Er möge dich segnen, ob ich zurückkehre oder nicht.« Er wandte sich an Morgaine. »Jetzt freue ich mich um so mehr, daß Ihr Elaine besuchen wollt. Ihr müßt meiner teuren Gemahlin Grüße überbringen und ihr sagen, daß ich mit Artus aufgebrochen bin, um meinen Bruder Bors aus den Händen dieses Schurken zu retten, der sich Kaiser Lucius

nennt. Sagt ihr, ich bete zu Gott, daß er sie behütet und beschützt. Meine lieben Kinder lasse ich grüßen.«
Der Ritter schwieg, und Morgaine glaubte einen Augenblick lang, er würde auch sie küssen. Statt dessen berührte Lancelot sie lächelnd an der Wange. »Gott segne auch dich, Morgaine . . . auch wenn dir an seinem Segen nichts liegt.«
Damit ging auch er in die Halle hinunter, wo sich die Gefährten um den Großkönig scharten.
Uriens trat vor Gwenhwyfar und verbeugte sich. »Ich stehe zu Euren Diensten, meine Königin.«
Wenn sie über den alten Mann lacht, dachte Morgaine in plötzlicher heftiger Fürsorglichkeit, *werde ich ihr ins Gesicht schlagen!* Uriens meinte es gut. Die Aufgabe war kaum mehr als eine höfliche Geste, ein Zeichen der verwandtschaftlichen Bande. Camelot war wie immer in den Händen von Cai und Lucan gut aufgehoben. Aber Gwenhwyfar beherrschte die Spielregeln der Diplomatie am Hof und erwiderte würdevoll: »Ich danke Euch, edler Uriens. Seid mir willkommen! Morgaine ist meine liebe Freundin und Schwester. Ich bin glücklich, sie wieder auf Camelot und in meiner Nähe zu haben.«
Oh, Gwenhwyfar, oh, Gwenhwyfar, was bist du doch für eine Lügnerin! Morgaine erklärte liebenswürdig: »Aber ich muß Euch verlassen, Uriens, um Elaine zu besuchen. Lancelot hat mich beauftragt, ihr die Neuigkeit zu überbringen.«
»Ihr seid immer so gut«, sagte der König. »Da der Krieg nicht in unserem Land, sondern auf der anderen Seite des Kanals geführt wird, mögt Ihr reiten, wann es Euch gefällt. Ich würde Accolon bitten, Euch zu begleiten. Aber wahrscheinlich muß er mit Artus reiten.«
Er würde mich wirklich in Accolons Hände geben. Von niemandem denkt er etwas Schlechtes! Morgaine küßte Uriens mit echter Wärme. »Erlaubt Ihr, mein Gemahl, daß ich meine Verwandte in Avalon besuche, nachdem ich bei Elaine war?«
»Handelt nach Eurem Belieben, meine Gemahlin«, erwiderte Uriens. »Aber würdet Ihr Euch um mein Gepäck kümmern, ehe Ihr mich verlaßt. Mein Leibdiener vermag das nicht so gut wie Ihr. Und laßt mir bitte von Euren Heilsalben und Kräutertränken ein gerüttelt Maß zurück.«
»Gewiß doch«, willigte sie ein. Während Morgaine alles für die Abreise vorbereitete, dachte sie ergeben daran, daß Uriens zum Abschied sicher noch einmal bei ihr liegen wollte. Nun denn, sie hatte es schon früher erduldet, warum nicht auch heute? *Was bin ich doch für eine Hure geworden!*

Morgaine wußte, sie konnte diese Reise nur wagen, wenn sie langsam vorging ... Schritt für Schritt, Meile um Meile, Tag um Tag. Der erste Schritt führte sie zu Pellinores Burg. Welch bitterer Witz, daß es ihre erste Mission war, Lancelots Frau und seinen Kindern freundliche Grüße von ihm zu überbringen!

Den ersten Tag ritt sie auf der Römischen Straße durch die sanften Hügel nach Norden. Kevin hatte sich erboten, sie zu begleiten. Die Versuchung war groß gewesen, das Angebot anzunehmen. Doch die alte Furcht überfiel sie wieder, sie würde auch diesmal den Weg nach Avalon nicht finden oder nicht wagen, die Barke zu rufen. Vielleicht würde sie sich wieder in das Feenland verirren und dort für immer verloren sein. Nach Vivianes Tod hatte sie nicht mehr gewagt, nach Avalon zu gehen ...

Aber jetzt mußte sie sich dieser Prüfung unterziehen, wie damals vor ihrer Weihe zur Priesterin ... aus Avalon vertrieben, stand sie nun vor der Aufgabe, auf irgendeine Weise zurückzukehren ... sie mußte aus eigener Kraft den Weg öffnen, ohne Kevins Hilfe.

Trotzdem fürchtete sie sich. Es war schon so lange her ...

Am vierten Tag erblickte sie Pellinores Burg in der Ferne. Gegen Mittag ritt sie am sumpfigen Seeufer entlang. Nichts mehr verriet, daß hier einmal ein Drache hauste. Schließlich sah sie auch schon das flachere Gebäude, das Pellinore Elaine und Lancelot zum Hochzeitsgeschenk gemacht hatte.

Es war mehr ein Landhaus als eine Burg. In dieser friedlichen Zeit gab es in dieser Gegend nicht mehr viele Festungen. Bis zur Straße hinunter zogen sich große Wiesen. Während Morgaine zum Haus hinaufritt, flog schnatternd eine Schar Gänse auf.

Ein prächtig gekleideter Kammerherr begrüßte sie, fragte nach ihrem Namen und dem Zweck ihres Kommens.

»Ich bin Lady Morgaine, Gemahlin des König Uriens von Nordwales. Ich überbringe eine Botschaft Eures Herrn Lancelot.«

Man führte Morgaine in ein Gemach, in dem sie sich waschen und erfrischen konnte. Dann geleitete man sie in die Große Halle, wo in der Ecke ein Feuer brannte. Man brachte ihr Weizenkuchen mit Honig und eine Flasche Wein. Morgaine empfand das Zeremoniell ermüdend – schließlich war sie eine Verwandte und kein Staatsgast. Nach einiger Zeit spähte ein Knabe durch den Türspalt, kam herein, als er bemerkte, daß sie allein war. Er hatte blonde Haare, blaue Augen und goldene Sommersprossen im Gesicht. Morgaine wußte sofort, wen sie vor sich hatte, obwohl er seinem Vater in keiner Hinsicht glich.

»Bist du Lady Morgaine, die man Morgaine, die Fee, nennt?«
Morgaine antwortete: »Gewiß, und ich bin deine Tante, Galahad.«
»Woher weißt du meinen Namen?« erkundigte er sich mißtrauisch. »Bist du eine Zauberin? Warum nennen dich die Leute Morgaine, die Fee?«
Sie sagte: »Weil ich dem alten Königsgeschlecht von Avalon entstamme und dort aufgewachsen bin. Es hat nichts mit Zauberei zu tun, daß ich deinen Namen kenne, denn du siehst aus wie deine Mutter. Sie ist auch meine Verwandte.«
»Mein Vater heißt auch Galahad«, erzählte der Knabe. »Aber die Sachsen nennen ihn Elfenpfeil.«
»Ich bin gekommen, um dir Grüße von deinem Vater zu überbringen... deiner Mutter und deinen Schwestern ebenfalls«, sagte Morgaine.
»Nimue ist dumm«, sagte Galahad. »Sie ist ein Mädchen und schon fünf Jahre alt. Aber als mein Vater kam, weinte sie und ließ sich nicht von ihm auf den Arm nehmen und küssen, weil sie ihn nicht erkannte. Kennst du meinen Vater?«
»O ja«, antwortete Morgaine. »Seine Mutter war die Herrin vom See, meine Ziehmutter und meine Tante.«
Er runzelte wieder mißtrauisch die Stirn. »Meine Mutter hat mir gesagt, daß die Herrin vom See eine böse Zauberin war.«
»Deine Mutter ist...«, Morgaine brach ab. Er war schließlich nur ein Kind. »Deine Mutter kannte die Herrin nicht so gut wie ich. Sie war eine gute und weise Frau und eine große Priesterin.«
»Ach?« Sie sah, wie Galahad sich mit dieser Erklärung auseinandersetzte. »Vater Griffin sagt, nur Männer können Priester sein, weil Männer nach dem Bild Gottes geschaffen sind und Frauen nicht. Nimue sagte, sie will später Priesterin werden, lesen und schreiben und Harfe spielen lernen. Aber Vater Griffin sagte ihr, keiner Frau sei so etwas erlaubt.«
»Dann irrt Vater Griffin«, erwiderte Morgaine. »Denn ich kann all das und noch mehr.«
»Das glaube ich nicht«, entgegnete Galahad und musterte sie feindselig. »Du glaubst, jeder irrt, nur du nicht? Meine Mutter sagt, daß die Kleinen den Erwachsenen nicht widersprechen sollen. Und du siehst aus, als seist du nicht viel älter als ich. Viel größer bist du jedenfalls nicht.«
Morgaine mußte über das zornige Kerlchen lachen und sagte: »Ich bin zwar nicht sehr groß, aber trotzdem älter als deine Mutter und dein Vater, Galahad.«

Morgaine hörte ein Geräusch an der Tür, und Elaine betrat die Halle. Sie war weicher geworden, ihr Körper hatte sich gerundet, und ihre Brüste waren nicht mehr so fest – schließlich, so sagte sich Morgaine, hatte sie schon drei Kinder geboren und eines lag noch an ihrer Brust. Aber Elaine war noch immer eine hübsche Frau. Die goldenen Haare glänzten wie immer; sie umarmte Morgaine, als hätten sie sich erst gestern getrennt.

»Wie ich sehe, kennst du meinen braven Sohn schon«, sagte sie. »Nimue ist zur Strafe in ihre Kammer verbannt. Sie war ungezogen zu Vater Griffin... und Gwennie schläft... dem Himmel sei Dank... sie ist ein schwieriges Kind. Wegen ihr habe ich heute nacht kaum ein Auge zugemacht. Kommst du aus Camelot? Warum hat Lancelot dich nicht begleitet?«

»Ich bin gekommen, um dir zu sagen«, erklärte Morgaine, »daß Lancelot für eine Weile nicht zu euch zurückkommen wird. In der Bretagne herrscht Krieg. Sein Bruder Bors wird in seiner Burg belagert. Artus ist ihm mit all seinen Gefährten zu Hilfe geeilt; er will den Gallier, der sich zum Kaiser ausgerufen hat, von dort vertreiben.«

Elaines Augen füllten sich mit Tränen. Aber der kleine Galahad wurde ganz aufgeregt. »Wenn ich älter wäre«, erklärte er, »würde mich mein Vater zum Ritter machen. Dann wäre ich einer der Gefährten des Königs. Ich würde mit ihnen reiten und gegen diese Sachsen kämpfen... und auch gegen jeden Kaiser!«

Elaine ließ sich von Morgaine alles berichten und sagte: »Dieser Lucius scheint ein Verrückter zu sein.«

»Verrückt oder nicht, er hat ein Heer und behauptet, im Namen Roms zu kämpfen«, erwiderte Morgaine. »Lancelot schickt mich zu dir und bittet, deine Kinder zu küssen... obwohl ich denke, dieser Knabe ist zu erwachsen, um sich wie ein Kind küssen zu lassen«, sprach sie lächelnd weiter und blickte Galahad an. »Mein Stiefsohn Uwain behauptete das, als er etwa so groß war wie du. Und vor ein paar Tagen wurde er zum Ritter geschlagen.«

»Wie alt ist er?« erkundigte sich Galahad. Morgaine erwiderte, »fünfzehn«, und er zählte mit finsterer Miene die Jahre an seinen Fingern ab.

Elaine fragte: »Wie geht es meinem lieben Gemahl? Galahad, geh zu deinem Lehrer. Ich möchte mich mit meiner Base unterhalten.« Als der Kleine hinausrannte, sagte sie: »Vor Pfingsten hatte ich mehr Zeit mit Lancelot zu sprechen, als in allen Jahren unserer Ehe zusammengenommen. Es war das erste Mal, daß wir länger als eine Woche beisammen waren!«

»Wenigstens hat er dich diesmal nicht wieder schwanger zurückgelassen«, sagte Morgaine.
»Nein«, nickte Elaine. »Er war sehr rücksichtsvoll und blieb in den letzten Wochen, in denen wir auf Gwens Geburt warteten, meinem Bett fern ... er sagte, ich sei zu dick, und es würde mir kein Vergnügen mehr machen. Ich hätte mich ihm nicht verweigert. Aber um die Wahrheit zu sagen, ich glaube, ihm lag überhaupt nichts daran ... und nun weißt du es, Morgaine.«
»Du vergißt«, erwiderte Morgaine mit einem bitteren, dünnen Lächeln, »ich kenne Lancelot ein ganzes Leben lang.«
»Sag mir«, bat Elaine, »ich habe einmal geschworen, dich nie zu fragen ... war Lancelot je dein Liebhaber? Hast du je bei ihm gelegen?«
Morgaine blickte in ihr gequältes Gesicht und sagte: »Nein, Elaine. Es gab eine Zeit, da glaubte ich ... aber es kam nie dazu. Ich liebte ihn nicht, und er liebte mich nicht.« Zu ihrem eigenen Erstaunen stellte sie fest, daß es stimmte, obwohl es ihr noch nie bewußt geworden war.
Elaine starrte auf einen Sonnenflecken auf dem Fußboden, der durch ein altes buntes Glas mit verblaßten Farben drang, das noch aus der Zeit der Römer stammte.
»Morgaine ... hat er an Pfingsten die Königin gesehen?«
»Vermutlich«, erwiderte Morgaine trocken. »Lancelot ist nicht blind, und sie saß neben Artus.«
Elaine machte eine ungeduldige Handbewegung. »Du weißt, wovon ich spreche!«
Ist sie immer noch eifersüchtig? Haßt sie Gwenhwyfar so sehr? Sie hat Lancelot und sie hat ihm Kinder geboren. Sie weiß, er ist ein ehrenhafter Mann. Was will sie eigentlich mehr? Aber der Anblick der jungen Frau, die nervös mit ihren Fingern spielte und Tränen in den Augen hatte, stimmte sie weich.
»Elaine, er sprach mit der Königin. Er küßte sie zum Abschied, als er zu den Waffen gerufen wurde. Aber ich schwöre dir, er sprach als Ritter zu seiner Königin und nicht als Liebender zu seiner Geliebten. Sie kennen sich seit ihrer Jugend. Wenn sie nicht vergessen können, daß sie sich liebten, wie man nur einmal liebt ... weshalb solltest du ihnen das verübeln? Du bist mit ihm vermählt, Elaine. Als er mich bat, dir seine Botschaft zu überbringen, konnte ich spüren, daß er dich liebt.«
»Und ich habe geschworen, mich damit zufriedenzugeben, nicht wahr?«

Elaine senkte den Kopf. Morgaine sah, daß sie heftig gegen die Tränen ankämpfte. Nach einer Weile hob sie den Kopf. »Du hast so viele Männer gehabt, Morgaine, hast du je erfahren, was es heißt zu lieben?«

Einen Augenblick lang fühlte sich Morgaine von dem alten Aufruhr erfaßt und fortgerissen – der wahnsinnigen Liebe, die sie und Lancelot auf dem sonnenüberfluteten Berg in Avalon einander in die Arme getrieben hatte, die sie wieder und wieder zusammenbrachte, bis alles in Bitterkeit endete... doch unter Aufbietung ihrer ganzen Willenskraft verbannte sie die Erinnerung durch den Gedanken an Accolon. Er hatte in ihrem Herzen und in ihrem Körper die süße Gewißheit, eine Frau zu sein, wieder erweckt, als sie sich alt, tot und nutzlos vorkam... er hatte sie zu der Göttin zurückgeführt, die sie wieder zur Priesterin machte... sie spürte, wie ihr Herz heftig klopfte, und sie errötete. Morgaine nickte langsam: »Ja, mein Kind. Das habe ich... ich weiß, was es heißt zu lieben.«

Sie sah, daß Elaine hundert andere Fragen stellen wollte und dachte, wie schön es wäre, alles mit der einzigen Frau zu teilen, die ihre Freundin gewesen war, seit sie Avalon verlassen und deren Ehe sie gestiftet hatte... aber nein. Geheimhaltung war ein Teil der Kraft einer Priesterin. Wenn sie darüber sprach, was sie und Accolon gemeinsam erfahren hatten, würde das bedeuten, daß sie es aus dem Magischen Reich herausriß. Aus ihr würde dadurch nur eine unzufriedene Gemahlin, die sich in das Bett ihres Stiefsohns stahl. Sie sagte: »Elaine, wir müssen noch über etwas anderes sprechen. Erinnere dich, du hast mir etwas gelobt... ich habe dir geholfen, Lancelot zu gewinnen, und du hast versprochen, mir dafür zu geben, was ich verlange. Nimue ist nun schon über fünf Jahre alt. Ich reite morgen nach Avalon. Du mußt alles vorbereiten, daß sie mich dorthin begleitet.«

»Nein!« Es klang beinahe wie ein Aufschrei. »Nein, o nein, Morgaine... das kannst du nicht wollen!«

Morgaine hatte das befürchtet. Jetzt sprach sie deshalb kühl und hart.

»Elaine, du hast es geschworen.«

»Wie konnte ich es schwören, noch ehe das Kind geboren war? Ich wußte nicht, was es bedeutete... o nein, nicht meine Tochter, nicht meine Tochter... du kannst sie mir nicht wegnehmen... nicht solange sie noch so klein ist.«

Morgaine wiederholte: »Du hast es geschworen!«

»Und wenn ich mich weigere?« Elaine wirkte wie eine fauchende Katze, die bereit ist, ihre Kinder gegen einen großen, bellenden Hund zu verteidigen.

»Wenn du dich weigerst«, Morgaine sprach ruhig wie immer, »wird Lancelot bei seiner Rückkehr erfahren, wie diese Ehe zustande kam. Er wird hören, wie du mich weinend angefleht hast, einen Zauber über ihn zu werfen, damit er sich von Gwenhwyfar abwendet und dich begehrt. Er hält dich für das unschuldige Opfer meiner Zauberkünste, Elaine. Er gibt mir die Schuld, nicht dir. Soll Lancelot die Wahrheit erfahren?«

»Das würdest du wirklich tun?« Elaine war bleich vor Entsetzen.

»Laß es nur darauf ankommen«, entgegnete Morgaine kalt. »Ich weiß nicht, wie Christen einen Schwur bewerten. Aber ich versichere dir, alle, die die Götter anbeten, nehmen ihn sehr ernst. Und so habe ich damals deinen Schwur entgegengenommen. Ich habe gewartet, bis du eine zweite Tochter hast. Aber du hast mir Nimue versprochen.«

»Aber ... aber was soll aus ihr werden? Sie ist ein Christenkind ... wie kann ich sie ihrer Mutter entreißen und in ... eine Welt voll heidnischer Zauberei stoßen ...?«

»Immerhin«, sagte Morgaine sanft, »bin ich Nimues Tante. Wie lange kennst du mich schon, Elaine? Habe ich je so ehrlos und schlecht gehandelt, daß zu zögern müßtest, mir deine Tochter anzuvertrauen? Ich will sie schließlich nicht haben, um Drachen damit zu füttern. Die Zeit ist lange, schon lange vorbei, als auf dem Altar Menschen geopfert wurden. Selbst damals handelte es sich nur um Verbrecher.«

»Was wird in Avalon mit ihr geschehen?« fragte Elaine so ängstlich, daß Morgaine überlegte, ob Elaine tatsächlich solche Gedanken hegte.

»Sie wird zur Priesterin ausgebildet und alles Wissen von Avalon erlernen. Eines Tages wird sie in den Sternen lesen und die weisen Gesetze der Welt und des Himmels kennen.« Morgaine lächelte. »Galahad hat mir erzählt, Nimue will lesen, schreiben und Harfe spielen lernen ... in Avalon wird es ihr niemand mehr verbieten. Sie wird ein weniger hartes Leben führen als in einer Klosterschule. Bestimmt wird sie bei uns weniger fasten und büßen müssen, ehe sie erwachsen ist.«

»Aber ... aber was soll ich Lancelot sagen?« Elaine schien sich langsam mit dem Gedanken anzufreunden.

»Was du willst«, erwiderte Morgaine. »Am besten sagst du ihm, daß du sie nach Avalon geschickt hast, damit sie dort erzogen und einmal den leeren Platz der Herrin einnehmen wird. Aber ich verüble es dir nicht, wenn du ihn belügst . . . du könntest ihm sagen, sie sei im See ertrunken oder der Geist von Pellinores Drachen habe sie geholt.«

»Und was ist mit dem Priester? Wenn Vater Griffin erfährt, daß ich meine Tochter zu den Heiden geschickt habe, damit sie dort eine Zauberin wird . . .«

»Was du ihm erzählst, kümmert mich noch weniger . . . wie wäre es, wenn du ihm sagst, daß du deine Seele verpfändet und mir deine erste Tochter versprochen hast, damit ich dir durch meine Zauberei einen Gemahl verschaffe . . . nein? Das habe ich mir gedacht.«

»Du bist so hart, Morgaine«, klagte Elaine, und Tränen rannen ihr über das Gesicht. »Kannst du mir wenigstens nicht noch ein paar Tage geben, um sie auf den Abschied vorzubereiten, um alles zu packen, was Nimue benötigt . . .«

»Deine Tochter braucht nicht viel«, erwiderte Morgaine. »Ein Untergewand zum Wechseln vielleicht und etwas Warmes zum Anziehen, damit sie beim Reiten nicht friert. Einen dicken Mantel und kräftige Schuhe . . . mehr nicht. In Avalon wird sie eingekleidet. Glaube mir«, fügte Morgaine freundlich hinzu, »als Enkeltochter der größten aller Priesterinnen wird man sie mit Liebe und Ehrerbietung behandeln . . . und man wird . . . wie sagen deine Priester doch . . . den Wind besänftigen, damit dem geschorenen Lamm kein Leid geschieht. Man wird ihr keine Härten zumuten, bis sie alt genug ist, um sie zu ertragen. Ich glaube, Nimue wird dort glücklich sein.«

»Glücklich? An einem Ort der schlimmsten Zauberei?«

Als Morgaine antwortete, traf die Aufrichtigkeit ihrer Worte Elaine ins Herz. »Ich schwöre dir . . . ich war glücklich in Avalon. Seit ich es verlassen habe, sehne ich mich jeden Tag von früh bis spät danach, dorthin zurückzukehren. Hast du von mir je eine Lüge gehört? Komm . . . ich will das Kind sehen.«

»Ich habe ihr befohlen, in ihrer Kammer zu bleiben und bis zum Sonnenuntergang zu spinnen. Sie war ungezogen zu Vater Griffin. Und dafür hat sie ihre Strafe«, erklärte Elaine.

»Ich hebe die Strafe auf«, sagte Morgaine. »Jetzt bin ich ihre Hüterin und Ziehmutter. Es gibt keinen Grund mehr, diesem Priester Gehorsam zu zeigen. Bring mich zu Nimue.«

Bei Tagesanbruch ritten sie davon. Nimue hatte beim Abschied von ihrer Mutter geweint. Aber es dauerte noch keine Stunde, bis sie unter der Kapuze ihres Mantels Morgaine neugierige Blicke zuwarf. Sie war für ihr Alter groß. Darin ähnelte sie weniger Viviane, Lancelots Mutter, als Morgause oder Igraine. Sie hatte helle Haare; in das Gold mischte sich Kupfer; Morgaine dachte, sie würden später rot werden. Ihre Augen waren so blau wie die Veilchen, die am Bach wuchsen.

Man hatte vor dem Aufbruch nur etwas Wein und Wasser getrunken. Morgaine erkundigte sich: »Bist du hungrig, Nimue? Wenn du möchtest, können wir auf der nächsten Lichtung haltmachen und etwas zu uns nehmen.«

»Ja, Tante.«

»Sehr schön.« Bald stieg sie ab und hob das Mädchen von seinem Pony.

»Ich muß ...«, Nimue senkte verlegen die Augen.

»Wenn du Wasser lassen mußt, geh mit der Dienerin hinter einen Baum«, erklärte Morgaine, »und schäme dich nie wieder über etwas zu sprechen, das Gott so gewollt hat.«

»Vater Griffin sagt, es sei unschicklich ...«

»Und sprich nie mehr über etwas, das Vater Griffin zu dir gesagt hat.« Morgaines Stimme klang freundlich, aber hinter den sanften Worten spürte man die eiserne Härte. »Diese Zeiten sind vorbei, Nimue.«

Als das Kind zurückkam, sagte es mit großen Augen: »Ich habe gesehen, wie jemand Kleines hinter einem Baum hervorspähte. Galahad hat gesagt, man nennt dich Morgaine, die Fee ... war es eine Fee, Tante?«

Morgaine schüttelte den Kopf. »Nein, es war jemand vom Alten Volk aus den Hügeln. Sie sind so wirklich wie du und ich. Es ist besser, man spricht nicht über sie und beachtet sie auch nicht. Sie sind sehr scheu und fürchten die Menschen aus den Dörfern und Höfen.«

»Wo leben sie?«

»In den Hügeln und in den Wäldern«, erwiderte Morgaine. »Sie ertragen nicht den Anblick der Erde, ihrer Mutter, die vom Pflug geschändet und gezwungen wird, fruchtbar zu sein. Deshalb leben sie nicht in Dörfern.«

»Was essen sie denn, Tante, wenn sie nicht pflügen und ernten?«

»Nur Dinge, die die Erde ihnen aus freien Stücken schenkt«, erwiderte Morgaine. »Wurzeln, Beeren und Kräuter, Früchte und Samen ...

Fleisch nur an den Großen Festen. Ich habe dir gesagt, es ist besser, nicht über sie zu sprechen. Aber du kannst am Rand der Lichtung Brot für sie zurücklassen, denn wir haben genug.«
Sie brach ein Stück von dem Brotlaib ab und sah zu, wie Nimue ihn zum Waldrand trug. Elaine hatte ihnen genug Verpflegung für einen Zehntageritt mitgegeben und nicht für die kurze Reise nach Avalon.
Morgaine aß wenig, ließ aber das Mädchen soviel essen, wie es wollte. Sie bestrich Nimues Brot selbst mit Honig. Die Ausbildung würde noch lange genug dauern. Schließlich wuchs sie auch noch sehr schnell.
»Du ißt kein Fleisch, Tante«, sagte Nimue. »Ist heute ein Fastentag?«
Morgaine erinnerte sich plötzlich daran, wie sie Viviane ausgefragt hatte. »Nein, ich esse aber nicht oft Fleisch.«
»Magst du es nicht? Mir schmeckt es.«
»Nun, dann iß, wenn du möchtest. Bei den Priesterinnen gibt es nicht oft Fleisch. Aber es ist nicht verboten ... ganz sicher nicht einem Kind in deinem Alter.«
»Sind sie wie die Nonnen? Müssen sie immer fasten? Vater Griffin sagt ...« Ihr fiel wieder ein, daß sie nicht mehr an den Priester denken sollte. Morgaine bemerkte es mit Genugtuung. Das Mädchen lernte schnell.
Sie sagte: »Ich meine, du sollst dich nicht nach dem richten, was der Priester gesagt hat, aber du kannst es mir sagen. Eines Tages wirst du selbst lernen, was richtig ist an dem, was er sagt und was albern ... oder noch schlimmer ist.«
»Vater Griffin sagt, Männer und Frauen müssen für ihre Sünden fasten. Stimmt das?«
Morgaine schüttelte den Kopf. »Die Menschen in Avalon fasten manchmal, um ihren Körper Gehorsam zu lehren. Er soll lernen zu tun, was man von ihm verlangt und keine Forderungen stellen, die schwierig zu erfüllen sind ... es gibt Zeiten, in denen man ohne Nahrung, ohne Wasser oder ohne Schlaf auskommen muß. Der Körper muß dem Geist dienen ... nicht umgekehrt. Man kann den Geist nicht auf heilige Dinge richten oder auf Weisheit oder für die Lange Meditation zur Ruhe bringen, die dem Geist andere Bereiche öffnet, wenn der Körper verlangt: ›Füttere mich!‹, oder: ›Ich bin durstig!‹ Deshalb lernen wir, sein Aufbegehren zurückzuweisen. Verstehst du das?«

»N... nicht ganz«, erwiderte Nimue unsicher.
»Dann wirst du es verstehen, wenn du älter bist. Jetzt iß dein Brot, damit wir weiterreiten können.«
Nimue aß das letzte Brot mit Honig und wischte sich die Hände ordentlich an einem Grasbüschel ab. »Ich habe Vater Griffin auch nie verstanden. Er wurde immer wütend darüber. Als ich ihn fragte, warum wir fasten und für die Vergebung unserer Sünden beten müssen, obwohl Christus sie bereits alle verziehen hat, wurde ich dafür bestraft. Er sagte, das seien heidnische Gedanken und überredete Mutter, mich in die Kammer zu sperren. Was ist heidnisch, Tante?«
»Alles, was einem Christenpriester nicht gefällt«, erklärte Morgaine. »Vater Griffin ist ein Dummkopf. Kein guter Kirchenmann quält ein kleines Kind wie dich, das keine Sünden begeht, mit Reden über Sünde. Es ist noch genug Zeit, darüber zu reden, Nimue, wenn du Sünden begehen oder dich zwischen gut und böse entscheiden kannst.«
Folgsam stieg Nimue wieder auf ihr Pony. Aber plötzlich sagte sie: »Tante Morgaine... aber ich bin doch kein so gutes Mädchen. Ich sündige die ganze Zeit. Ich tue immer böse Dinge. Es überrascht mich überhaupt nicht, daß Mutter mich weggeschickt hat. Ich bin überhaupt kein gutes Mädchen. Sie schickt mich an einen bösen Ort, weil ich ein böses Mädchen bin.«
Morgaine blieb vor Verzweiflung die Luft weg. Sie war gerade im Begriff, auf ihr Pferd zu steigen. Nun lief sie zu Nimues Pony und umarmte das Mädchen. Sie drückte Nimue fest an sich, küßte und küßte sie immer wieder. Fassungslos sagte sie: »Sag das nie mehr, Nimue! Nimue, es ist nicht wahr! Ich schwöre dir, es ist nicht wahr! Deine Mutter wollte dich überhaupt nicht wegschicken. Wenn Avalon für sie ein böser Ort wäre, hätte sie dich mir nie mitgegeben!«
Nimue erkundigte sich schüchtern: »Und warum werde ich dann weggeschickt?«
Morgaine hielt sie noch immer in den Armen. »Weil du noch vor deiner Geburt Avalon versprochen wurdest. Deine Großmutter war eine große Priesterin. Ich habe keine Tochter, um sie der Göttin zu schenken. Du gehst nach Avalon, damit du die weisen Lehren lernst und der Großen Mutter dienst.« Morgaine bemerkte, daß sie weinte. Ihre Tränen fielen auf Nimues helles Haar. »Wer hat dir gesagt, es sei eine Strafe?«
»Eine der Frauen... während sie mein Unterkleid einpackte...«,

Nimue sprach kläglich weiter. »Ich habe gehört, wie sie sagte, Mutter dürfe mich nicht an diesen bösen Ort schicken. Und Vater Griffin hat mir oft genug gesagt, ich sei ein böses Mädchen...«
Morgaine setzte sich, nahm die Kleine auf den Schoß und wiegte Nimue. »Nein, nein«, sagte sie sanft. »Nein, mein Liebes. Du bist ein gutes Mädchen. Wenn du frech, faul oder ungehorsam bist, ist das keine Sünde. Du bist nur nicht alt genug, um es besser zu wissen. Und wenn man dich lehrt, das Richtige zu tun, dann wirst du es tun.« Sie dachte, das Gespräch sei für ein so kleines Mädchen zu schwierig geworden und sagte: »Sieh mal, ein Schmetterling! Einen so schönen Schmetterling habe ich noch nie gesehen. Ich will dich jetzt auf dein Pferdchen setzen«, fuhr sie fort und hörte aufmerksam zu, während das kleine Mädchen über Schmetterlinge redete.
Allein hätte sie Avalon in einem Tag erreicht, aber Nimues Pony mit seinen kurzen Beinen schaffte das nicht, und so übernachteten sie auf einer Lichtung. Nimue hatte noch nie zuvor im Freien geschlafen. Sie fürchtete sich in der Dunkelheit, nachdem sie das Feuer ausgetreten hatten. Deshalb nahm Morgaine sie in die Arme und zeigte ihr einen Stern nach dem anderen.
Das Mädchen war müde vom Reiten und schlief bald ein. Aber Morgaine lag wach. Nimues Kopf lag schwer auf ihrem Arm, und langsam beschlich sie Furcht. Sie war so lange nicht in Avalon gewesen. Schritt um Schritt hatte sie langsam ihre einstige Ausbildung wiederholt, oder das, woran sie sich erinnerte. Hatte sie vielleicht etwas Wichtiges vergessen?
Endlich schlief Morgaine ein. Aber noch vor dem Morgengrauen schien sie Schritte auf der Lichtung zu hören. Raven stand vor ihr. Sie trug das dunkle Gewand und die Tunika aus geflecktem Hirschfell und sprach: »Morgaine! Liebste Morgaine!« Ihre Stimme, die Morgaine nur einmal in all der Zeit in Avalon gehört hatte, bebte so vor Staunen, Freude und Verwunderung, daß Morgaine plötzlich aufwachte. Sie erwartete fast, Raven zu sehen, als sie suchend über die Lichtung blickte. Aber der Platz war leer. Nur ein schmaler Nebelstreif verdeckte die Sterne. Morgaine legte sich wieder nieder und wußte nicht, ob sie geträumt, oder ob Raven mit dem Gesicht ihr Kommen vorausgesehen hatte. Ihr Herz schlug heftig; sie spürte sein wildes Klopfen fast schmerzhaft in ihrer Brust.
Ich hätte nie so lange wegbleiben dürfen. Nach Vivianes Tod hätte ich versuchen müssen zurückzukehren, selbst unter der Gefahr für mein Leben... werden sie mich wohl aufnehmen? Ich bin alt, verbraucht

und leer. Das Gesicht verläßt mich allmählich, und ich habe nichts mitzubringen . . .

Das Kind neben ihr regte sich und stieß schlaftrunkene Laute aus. Es drehte sich herum und drängte sich eng an Morgaine. Sie legte den Arm um Nimue und dachte: *Ich bringe ihnen Vivianes Enkeltochter. Aber wenn sie mich nur um ihretwillen wieder aufnehmen, wäre das bitterer als der Tod. Hat die Göttin mich etwa für immer verstoßen?*

Schließlich schlief sie wieder ein und erwachte erst, als es bereits heller Tag war. Ein leichter Nieselregen ging hernieder. Nach diesem schlechten Anfang verlief der Tag nicht besser. Gegen Mittag verlor Nimues Pferdchen ein Hufeisen. Morgaine war ungeduldig und hätte Elaines Tochter vor sich aufs Pferd genommen – sie selbst war nur eine leichte Bürde für das Tier, das ohne Schwierigkeiten zwei Menschen ihrer Größe getragen hätte –, aber sie wollte vermeiden, daß das Pferdchen lahmte. Deshalb bogen sie in ein Dorf ab und suchten nach einem Schmied. Eigentlich wollte sie nicht, daß es bekannt wurde oder sich Gerüchte verbreiteten, die Schwester des Königs reite nach Avalon. Aber nun ließ es sich nicht mehr vermeiden. In diesem Teil des Landes gab es so wenig Abwechslung, daß selbst die kleinste Neuigkeit sich in Windeseile verbreitete.

Nun, es war nicht zu ändern. Dem armen Tier konnte man keinen Vorwurf machen.

Schließlich fanden sie einen kleinen Weiher abseits der Straße. Es regnete den ganzen Tag. Obwohl es mitten im Sommer war, fröstelte Morgaine, und das Mädchen war bis auf die Haut durchnäßt und mißmutig. Morgaine achtete nicht darauf. Nimue tat ihr leid, besonders als sie leise weinend nach ihrer Mutter verlangte. Aber auch das war nicht zu ändern und eine der ersten Lektionen, die eine Priesterin zu lernen hatte: Einsamkeit zu ertragen. Nimue würde einfach weinen müssen, bis sie sich selbst Trost schuf oder lernte, ohne ihn zu leben. Alle Mädchen im Haus der Jungfrauen hatten das gelernt.

Der Mittag war schon lange vorüber. Die Wolken hingen so dicht und tief am Himmel, daß kein Sonnenstrahl hindurchfiel. Trotzdem blieb es um diese Jahreszeit noch lange hell. Morgaine wollte nicht noch eine Nacht unterwegs verbringen. So beschloß sie weiterzureiten, solange die Straße zu sehen war. Mit Erleichterung stellte sie fest, daß Nimue aufhörte zu jammern und aufmerksam um sich schaute, sobald sie wieder unterwegs waren. Sie erreichten die Ruinen eines alten Bauernhauses. Morgaine erinnerte sich an das Huhn, das sie dort gefangen hatte ... ja, hier war sie Kevin begegnet. Jetzt näherten sie sich Avalon. Nimue schwankte müde im Sattel. Schließlich hob Morgaine sie vor sich aufs Pferd. Nimue erwachte, als sie das Seeufer erreichten.

»Sind wir da, Tante?« fragte sie, sobald sie auf den Füßen stand.

»Nein, aber es ist nicht mehr weit«, erwiderte Morgaine, »wenn alles gutgeht, erwarten dich in einer halben Stunde ein Abendessen und ein Bett.«

Und wenn nicht alles gutgeht? Morgaine weigerte sich, daran zu denken. Zweifel war ein verhängnisvoller Feind der Macht und des Gesichts ... Fünf Jahre lang hatte sie mühsam Schritt für Schritt den Weg bis zum Anfang im Geiste zurückgelegt, jetzt war alles wieder wie früher. Sie war aus Avalon verstoßen. Es blieb nur noch die eine Prüfung. *Liegt es in meiner Macht zurückzukehren ...?*

»Ich sehe überhaupt nichts«, sagte Nimue. »Ist das hier Avalon? Aber da ist nichts, Tante.« Sie blickte ängstlich auf das regennasse, einsame, trostlose Ufer und sah nur wenige Schilfrohre, die im Wind leise raschelten.

»Man wird uns ein Boot schicken«, beruhigte sie Morgaine.

»Aber woher wissen die Leute, daß wir hier sind? Wie können sie uns im Regen sehen?«

»Ich werde es rufen«, gab Morgaine zur Antwort. »Sei jetzt still, Nimue.« In ihr hallte das Echo der ängstlichen Fragen wider. Aber sie stand endlich wieder am heimatlichen Ufer, spürte das alte Wissen in sich aufsteigen, und es füllte sie wie einen Becher bis zum Rand, bis zum Überfließen. Morgaine neigte den Kopf zum inbrünstigsten Gebet ihres Lebens. Dann atmete sie tief und hob die Arme zur Anrufung.

Einen Augenblick lang empfand sie nichts, spürte nichts als das Versagen.

Doch dann senkte es sich langsam auf sie herab, hüllte sie ein wie ein Lichtstrahl, durchzuckte sie. Sie hörte, wie das Mädchen neben ihr vor Erstaunen die Luft anhielt. Morgaine hatte keine Zeit, darauf zu achten. Sie spürte ihren Körper wie eine leuchtende Brücke zwischen Himmel und Erde. Sie sprach das Wort der Macht nicht wissentlich aus, sondern erlebte es wie einen Donner durch ihren Körper hindurchrollen ... Stille ... Schweigen. Nimue stand blaß und stumm neben ihr. Und dann bewegte sich etwas kaum wahrnehmbar auf dem dunklen Wasser des Sees. Nebelschleier schienen sich zu heben ... ein Schatten, und dann ... glitt die lange, dunkle und glän-

zende Barke von Avalon langsam aus den Nebeln. Morgaines Aufatmen war halb ein Seufzen, halb ein Schluchzen.
Das Boot glitt geräuschlos wie ein Schatten an das Ufer. Doch das Knirschen des Kiels klang beim Anlegen wirklich und nicht geisterhaft. Ein paar der kleinen dunklen Männer kletterten heraus und nahmen die Pferde beim Halfter. Sie verbeugten sich tief vor Morgaine und sagten: »Wir führen die Pferde über den anderen Pfad, Herrin«, und verschwanden in den Nebeln. Ein anderer trat zur Seite, damit Morgaine als erste das Boot betreten konnte. Dann hob er das Mädchen hinein, das starr vor Staunen war. Danach half er der verängstigten Dienerschaft. Die Barke glitt in tiefem Schweigen auf den See hinaus.
»Was ist das für ein Schatten, Tante?« flüsterte Nimue.
»Die Kirche von Glastonbury«, erwiderte Morgaine, selbst überrascht von ihrer ruhigen Stimme. »Sie steht auf der anderen Insel, die wir von hier aus sehen können. Deine Großmutter liegt dort begraben, die Mutter deines Vaters. Eines Tages wirst du vielleicht ihr Grab sehen.«
»Gehn wir dorthin?«
»Heute nicht.«
»Aber das Boot hält geradewegs darauf zu ... ich habe gehört, daß es dort ein Kloster gibt ...«
»Nein«, beruhigte sie Morgaine. »Wir gehen nicht dorthin. Warte und sei still!«
Jetzt kam die wahre Prüfung. Vielleicht hatte man sie in Avalon mit dem Gesicht gesehen und die Barke geschickt. Aber konnte sie die Nebel nach Avalon öffnen? Darin lag die entscheidende Prüfung all dessen, was sie in den letzten Jahren getan hatte. Sie durfte nicht überlegen und versagen. Sie mußte sich einfach erheben und es tun, ohne darüber nachzudenken. Sie befanden sich jetzt in der Mitte des Sees. Der nächste Ruderschlag würde sie in die Strömung bringen, die zur Insel Glastonbury trieb ... Morgaine stand schnell auf. Ihre Gewänder wogten; sie hob die Arme und erinnerte sich ... Wie beim ersten Mal erlebte sie die Überraschung, daß dieser gewaltige Strom der Macht geräuschlos war, obwohl er donnernd den Himmel hätte zerreißen sollen ... sie wagte nicht, die Augen zu öffnen, bis sie Nimues ängstlichen und staunenden Ausruf vernahm ...
Es regnete nicht mehr, und vor ihnen im goldenen Licht der untergehenden Sonne lag grün und schön die Insel Avalon. Rotgoldene Strahlen fielen auf den See; Sonnenstrahlen brachen sich an den

Ringsteinen auf dem Berg; Sonnenstrahlen vergoldeten die weißen Mauern des Tempels. Morgaine nahm alles durch einen Tränenschleier wahr. Sie schwankte im Boot und wäre gefallen, wenn eine Hand sie nicht an der Schulter gestützt hätte.

Zu Hause, zu Hause, ich bin hier, ich komme nach Hause . . .

Das Boot glitt knirschend über die Kiesel am Ufer, und Morgaine faßte sich. Es schien nicht richtig zu sein, daß sie nicht das Gewand einer Priesterin trug, obwohl Vivianes kleines Sichelmesser wie immer unter dem Gewand an ihrer Seite hing. Die seidenen Schleier, die Ringe an ihren schlanken Fingern . . . es schien alles nicht richtig zu sein . . . Königin Morgaine von Nordwales, ja, aber nicht Morgaine von Avalon . . . nun, das ließ sich ändern! Sie hob stolz den Kopf, holte tief Luft und nahm das Kind bei der Hand. Wie sehr sie sich auch verändert haben mochte, wieviele Jahre auch vergangen waren, sie war Morgaine von Avalon, die Priesterin der Göttin und der Großen Mutter. Am anderen Ufer des Sees, jenseits der Nebel und Schatten, war sie vielleicht die Gemahlin eines alten, lächerlichen Königs in einem entlegenen Land . . . hier war sie Priesterin und entstammte dem alten Königsgeschlecht von Avalon.

Als Morgaine den Fuß ans Ufer setzte, sah sie ohne Überraschung die Dienstleute, die sich vor ihr verbeugten, und dahinter die wartenden dunklen Gestalten der Priesterinnen . . . Sie hatten es gewußt und waren gekommen, um sie bei ihrer Rückkehr nach Avalon zu begrüßen. Hinter den Priesterinnen sah sie ein Gesicht und eine Gestalt, die sie nur aus ihren Träumen kannte – eine große, königliche blonde Frau, deren Stirn schwere goldene Flechten bekränzten. Die Frau ging schnell auf Morgaine zu und umarmte sie.

»Willkommen, liebe Base«, sagte sie freundlich. »Willkommen zu Hause, Morgaine.«

Morgaine sprach den Namen aus, den sie nur in ihren Träumen gehört hatte, bis Kevin es ihr bestätigte. »Ich grüße Euch, Niniane. Ich bringe Euch Vivianes Enkeltochter, damit sie hier erzogen wird. Ihr Name ist Nimue.«

Niniane betrachtete sie neugierig. Morgaine dachte: *Was hat sie wohl in all den Jahren über mich gehört?* Aber dann wendete sie den Blick ab und neigte sich zu dem Mädchen hinunter.

»Und du bist Galahads Tochter?« fragte Niniane.

»Nein«, erwiderte Nimue, »Galahad ist mein Bruder. Ich bin die Tochter des edlen Ritters Lancelot.«

Niniane lächelte: »Ich weiß«, sagte sie, »aber hier benutzen wir nicht den Namen, den die Sachsen deinem Vater gaben. Er trägt denselben Namen wie dein Bruder. Sag mir, Nimue, bist du gekommen, um Priesterin zu werden?«

Nimue warf einen Blick auf die sonnendurchflutete Insel. »Das hat mir meine Tante Morgaine gesagt. Ich möchte lesen, schreiben und Harfe spielen lernen. Ich möchte etwas über die Sterne wissen und alles, was meine Tante auch weiß. Seid ihr hier wirklich böse Zauberinnen? Ich dachte, eine Zauberin ist alt und häßlich. Aber du bist sehr schön.« Sie biß sich auf die Lippen. »Ich bin wieder ungezogen.«

Niniane lachte. »Sprich immer die Wahrheit, liebes Kind. Ja, ich bin eine Zauberin. Ich weiß, ich bin nicht häßlich, aber du mußt selbst entscheiden, ob ich gut oder böse bin. Ich versuche, den Willen der Göttin zu erfüllen. Mehr kann ein Mensch nicht tun.«

»Ich will es auch versuchen, wenn du mir sagst, was ich tun muß«, erklärte Nimue.

Die Sonne versank hinter dem Horizont, und plötzlich lag das Ufer im grauen Zwielicht. Niniane gab ein Zeichen. Ein Diener hielt eine brennende Fackel in der Hand und entzündete damit eine zweite. Das Licht wanderte schnell von Hand zu Hand, bis schließlich der Schein vieler Fackeln das Ufer erhellte. Niniane strich dem kleinen Mädchen über die Wange und sagte: »Willst du dich den Regeln hier unterwerfen und den Frauen gehorchen, die für dich sorgen, solange du noch nicht alt genug bist, um den Willen der Göttin selbst zu erkennen?«

»Ich will es versuchen«, erwiderte Nimue. »Aber ich bin so vergeßlich und stelle immer zu viele Fragen.«

»Du darfst so viele Fragen stellen wie du willst, wenn die Zeit dazu gekommen ist«, antwortete Niniane. »Du bist den ganzen Tag geritten, und es ist schon spät. Deshalb gebe ich dir heute abend den ersten Befehl: Sei ein gutes Mädchen, geh jetzt zum Abendessen, dann wäschst du dich und gehst schlafen. Verabschiede dich von deiner Tante und gehe mit Lheanne in das Haus der Jungfrauen.« Sie winkte einer kräftigen, mütterlich wirkenden Frau im Gewand einer Priesterin.

Nimue wirkte eingeschüchtert und fragte: »Muß ich mich jetzt schon verabschieden? Wirst du morgen nicht noch einmal zu mir kommen, Tante Morgaine? Ich dachte, ich würde hier bei dir bleiben.«

Morgaine entgegnete liebevoll: »Nein, du mußt jetzt in das Haus der Jungfrauen gehen und tun, was man dir sagt.« Sie küßte die rosigen

Wangen. »Die Göttin segne dich, mein Liebes, wir werden uns wiedersehen, wenn sie es will.« Und als Morgaine die Worte sprach, sah sie Nimue als erwachsene Frau. Sie war blaß und ernst. Auf ihrer Stirn leuchtete der blaue Halbmond, und der Schatten der Todesbotin ... Morgaine schwankte, und Niniane stützte sie.

»Ihr seid erschöpft, Herrin Morgaine. Schickt die Kleine zu Bett und folgt mir. Wir können uns morgen unterhalten.«

Niniane drückte noch einen letzten Kuß auf Nimues Stirn, und das Mädchen ging an Lheannes Seite zum Haus der Jungfrauen. Morgaine spürte, wie dunkler Nebel sich über ihre Augen legte. Niniane reichte ihr den Arm und sagte: »Stützt Euch auf mich. Kommt in mein Haus. Dort könnt Ihr Euch ausruhen.«

Niniane brachte sie zu dem Haus, in dem Viviane gelebt hatte, und überließ ihr die Kammer, in der die diensttuende Priesterin der Herrin vom See schlief. Allein gelassen gelang es Morgaine, sich wieder zu sammeln. Einen Augenblick lang überlegte sie, ob Niniane sie in diese Kammer gebracht hatte, um zu betonen, daß sie und nicht Morgaine die Herrin vom See war ... dann verscheuchte sie diesen Gedanken. Solche Intrigen paßten an den Hof, nicht nach Avalon. Niniane hatte ihr den angenehmsten und ruhigsten Raum gegeben, der zur Verfügung stand. Früher hatte Raven hier in heiligem Schweigen gelebt, damit Viviane sie unterrichten konnte ...

Morgaine wusch sich den Staub der Reise von ihrem müden Körper, hüllte sich in ein langes Gewand aus ungefärbter Wolle, das auf dem Bett bereitlag, und aß etwas von den Speisen, die man brachte. Aber den heißen gewürzten Wein rührte sie nicht an. Beim Feuer stand ein irdener Krug mit Wasser, und mit Tränen in den Augen trank sie eine Kelle voll.

Die Priesterinnen von Avalon trinken nur das Wasser der Heiligen Quelle ... Sie war wieder die junge Morgaine und schlief in ihren eigenen vier Wänden.

Morgaine wußte nicht, wodurch sie erwachte. Sie hörte einen Schritt, dann war wieder alles still. Aber im letzten Schimmer des ersterbenden Feuers und im sanften Mondlicht, das durch die Läden drang, sah sie eine verschleierte Gestalt. Zuerst glaubte sie, Niniane sei gekommen, um mit ihr zu sprechen. Aber sie sah lange, dunkle fließende Haare und ein schönes, dunkles abgeklärtes Gesicht. An einer Hand bemerkte sie eine alte Narbe ... Raven! Sie richtete sich auf und fragte: »Raven! Bist du es?«

In der vertrauten Geste des Schweigens legte Raven den Finger auf die Lippen. Sie trat zu Morgaine, beugte sich über sie und küßte sie. Wortlos warf sie den langen Umhang ab, legte sich neben Morgaine und nahm sie in die Arme. Im schwachen Licht sah Morgaine die Narbe, die sich über den ganzen Arm bis zu der blassen, schweren Brust zog... Im Schweigen, das sie umgab, schienen die wirkliche Welt und Avalon versunken zu sein. Morgaine befand sich wieder im Schattenreich der Feen und lag in den Armen der Herrin... Sie hörte in ihrem Innern die Worte des alten Segens von Avalon, als Raven sie langsam in rituellem Schweigen und bedeutungsvoll berührte. Die Worte schienen die Stille zu durchdringen. *Gesegnet seien die Füße, die dich hierhergetragen haben... Gesegnet seien die Knie, die sich vor ihrem Altar beugen werden... Gesegnet sei die Pforte des Lebens...*

Und dann begann die Welt zu fließen, sich zu verändern und sich zu bewegen. Einen Augenblick lang sah sie in der Stille nicht Raven, sondern eine lichtumflutete Gestalt, die sie vor Jahren schon einmal gesehen hatte. Damals durchquerte sie das große Schweigen... Morgaine wußte, daß auch sie in Licht getaucht war... das tiefe, fließende Schweigen umhüllte sie noch immer. Dann war es wieder nur Raven. Sie schmiegte sich an sie, und ihre Haare dufteten nach den Kräutern, die man bei den Ritualen benutzte. Einen Arm hatte sie um Morgaine geschlungen, und ihre schweigenden Lippen berührten sanft Morgaines Wange. Morgaine sah lange weiße Strähnen in ihrem dunklen Haar.

Raven löste sich von ihr und richtete sich halb auf. Stumm zog sie einen silbernen Halbmond hervor, den rituellen Schmuck der Priesterin. Morgaine hielt den Atem an. Sie wußte, diesen Halbmond hatte sie auf ihrem Bett im Haus der Jungfrauen zurückgelassen, als sie mit Artus' Sohn im Leib aus Avalon geflohen war... Sie wehrte sich nur schwach, als Raven ihn ihr um den Hals legte. Dann deutete Raven mit einer kurzen Bewegung auf das Sichelmesser an ihrer Hüfte, und Morgaine nickte. Sie wußte, Vivianes Messer würde sie nicht mehr verlassen, solange sie lebte, und sie war zufrieden, daß Raven ihr Messer trug, bis eines Tages Nimue es bei der Priesterweihe erhielt.

Raven griff nach dem kleinen scharfen Messer, und Morgaine sah regungslos wie im Traum, daß sie es hob. *So sei es! Soll sie mein Blut hier vor der Göttin vergießen, weil ich versuchte zu fliehen...* Aber Raven richtete das Messer auf ihre eigene Kehle, und ein einziger Tropfen Blut entquoll ihr. Morgaine senkte den Kopf, nahm das Messer und ritzte die Haut über ihrem Herzen.

Wir sind alt, Raven und ich. Unser Blut fließt nicht mehr aus dem Leib, sondern nur noch aus dem Herzen ... Morgaine überlegte, was sie damit sagen wollte. Raven beugte sich über den kleinen Einschnitt und leckte das Blut, dann beugte sich Morgaine vor und berührte mit den Lippen den Blutstropfen auf Ravens Brust. Sie wußte, dadurch wurde ein Band besiegelt, das heiliger war als alle Schwüre, die sie in ihrem Leben geleistet hatte. Dann zog Raven sie wieder in die Arme.

Ich schenkte dem Gehörnten meine Jungfräulichkeit. Ich gebar dem Gott ein Kind. Ich glühte vor Leidenschaft nach Lancelot, und auf dem gepflügten Feld, das die Frühlingsjungfer gesegnet hatte, machte Accolon mich wieder zur Priesterin. Aber ich habe nie erfahren, was es heißt, einfach geliebt zu werden ... Halb träumend, halb wachend glaubte Morgaine, im Schoß ihrer Mutter zu liegen ... nein, nicht bei Igraine, sondern wieder in den Armen der Großen Mutter ...

Als Morgaine erwachte, war sie allein. Sie öffnete die Augen und blickte in das Sonnenlicht von Avalon. Sie weinte vor Freude und überlegte einen Augenblick, ob sie alles geträumt hatte. Aber über ihrem Herzen war eine kleine Stelle mit getrocknetem Blut, und auf dem Kissen neben ihr lag die silberne Sichel – der rituelle Schmuck einer Priesterin –, die sie bei ihrer Flucht aus Avalon zurückgelassen hatte. Aber Raven hatte sie ihr doch um den Hals gelegt ...

Morgaine band sich den schmalen Lederriemen mit der Sichel um den Hals. Sie würde das Zeichen nie wieder ablegen. Wie Viviane würde man auch sie damit begraben. Mit zitternden Fingern machte sie einen Knoten und wußte, es bedeutete die neue Weihe zur Priesterin. Auf dem Kissen lag noch etwas anderes, und einen Augenblick lang bewegte und veränderte es sich – eine Rosenknospe, eine erblühte Rose, und als Morgaine sie in die Hand nahm, hielt sie eine pralle, runde und rote Hagebutte, in der das Leben der Rose pulsierte. Und noch während Morgaine sie betrachtete, welkte sie, schrumpfte und lag vertrocknet in ihrer Hand. Morgaine verstand plötzlich:

Blüte und Frucht sind nur der Anfang. Im Samen liegen Leben und Zukunft.

Morgaine seufzte tief und lang, während sie die Hagebutte in einen seidenen Beutel legte. Sie wußte jetzt, sie mußte Avalon wieder verlassen. Ihre Aufgabe war noch nicht beendet. Als sie aus Avalon floh, hatte sie sich den Ort ihrer Aufgabe und ihrer Prüfung selbst gewählt. Eines Tages würde sie vielleicht zurückkehren, aber die Zeit war noch nicht gekommen.

Und was ich bin, muß verborgen sein wie die Rose im Samenkorn. Sie erhob sich und legte ihre königlichen Gewänder an. Eines Tages würde sie wieder das Gewand einer Priesterin tragen. Aber noch hatte sie das Recht dazu nicht erworben. Dann wartete sie, bis Niniane sie zu sich rief.

Als sie den Hauptraum betrat, in dem sie so oft Viviane gegenübergestanden hatte, schien die Zeit einen Augenblick lang rückwärtszustürzen, und Morgaine glaubte, sie müsse Viviane vor sich sehen. Sie wirkte noch kleiner auf dem großen Thron, und doch beherrschte sie den ganzen Raum... Sie blinzelte. Niniane saß vor ihr – groß, schlank und blond. Morgaine hatte den Eindruck, Niniane sei nur ein Kind, das auf dem Thron spielte.

Und plötzlich erinnerte sich Morgaine wieder an Vivianes Worte, die sie ihr vor so vielen Jahren gesagt hatte: *Du hast eine Stufe erreicht, auf der sich der Gehorsam deinem eigenen Urteil unterwerfen muß...* Und einen Augenblick lang glaubte sie, es sei das beste, sich zurückzuhalten, Niniane nur etwas zu sagen, das ihr Sicherheit geben würde. Aber dann stieg Zorn in ihr auf, als sie daran dachte, daß vor ihr eigentlich ein dummes Ding saß, ein ganz gewöhnliches Mädchen im Gewand einer Priesterin, das sich herausnahm, auf Vivianes Thron zu sitzen und im Namen von Avalon Befehle zu erteilen. Dabei hatte man Niniane nur gewählt, weil sie eine Tochter Taliesins war... *Wie kann sie wagen, dort zu sitzen und sich anmaßen, mir Befehle zu erteilen...?*

Morgaine blickte auf die Priesterin herab. Ohne recht zu wissen, wie es kam, wußte sie, daß der alte Zauber und die Majestät wieder um sie waren. Und im Aufblitzen des Gesichts schien sie Ninianes Gedanken lesen zu können: *Sie sollte hier auf meinem Platz sitzen. Welche Befugnis habe ich, mit Königin Morgaine, mit Morgaine, der Fee, zu sprechen...?* Ninianes Gedanke wurde durch eine Mischung aus Ehrfurcht und plötzlich aufflammendem Ärger verdrängt: *Wenn sie uns nicht verlassen und sich ihren Pflichten entzogen hätte, müßte ich jetzt nicht darum kämpfen, einen Platz zu füllen, von dem wir beide wissen, daß er meine Fähigkeiten übersteigt...*

Morgaine trat zu ihr, ergriff ihre Hände, und Niniane war von ihrer sanften Stimme überrascht.

»Es tut mir leid, mein armes Kleines. Ich würde mein Leben dafür geben, wenn ich hierbleiben und die Bürde von dir nehmen könnte. Aber ich kann nicht, und ich wage es nicht. Ich kann mich nicht hier

verstecken und meine begonnene Aufgabe im Stich lassen, nur weil ich mich nach meinem Zuhause sehne.« Morgaine empfand nicht länger Überheblichkeit oder Verachtung gegenüber der jungen Frau, die man gegen ihren Willen auf den Platz gestellt hatte, der ihr nicht bestimmt war. Sie bedauerte Niniane. »Ich muß meine Aufgabe im Westen zu Ende bringen... wenn ich es nicht tue, hätte ich das Werk besser nicht begonnen. Du kannst meinen Platz dort nicht übernehmen, und deshalb mußt du hier ausharren... die Göttin helfe uns beiden.« Sie umarmte Niniane und drückte sie fest an sich: »Meine arme kleine Nichte. Auf uns beiden lastet ein Los, dem wir nicht entfliehen können... Wäre ich hiergeblieben, hätte ich für die Göttin gearbeitet. Aber als ich meiner gelobten Pflicht entsagte, legte sie mir an anderer Stelle Aufgaben auf die Schultern... Niemand von uns kann ihr entfliehen. Wir beide sind in ihrer Hand, und es ist zu spät zu sagen, das andere wäre besser gewesen... Ihr Wille geschehe.«
Niniane machte sich einen Augenblick starr und steif, aber dann schwand ihre Ablehnung, und sie klammerte sich fast wie Nimue an Morgaine. Sie kämpfte mit den Tränen, als sie sagte: »Ich wollte dich hassen...«
»Und ich vielleicht auch dich...«, entgegnete Morgaine. »Aber die Göttin will es anders, und vor ihr sind wir Schwestern...« Zögernd kamen die Worte über ihre Lippen, die sie so lange zurückgehalten hatte. Sie fügte noch etwas hinzu, Niniane senkte den Kopf und murmelte die entsprechende Antwort. Dann sagte sie: »Erzähle mir von deiner Arbeit im Westen, Morgaine. Nein, setze dich neben mich. Du weißt, zwischen uns gibt es keinen Unterschied...«
Morgaine erzählte ihr soviel sie konnte, und Niniane nickte. »Der Merlin hat mir davon berichtet«, erwiderte sie. »Die Menschen in deinem Land wenden sich also wieder der Göttin zu... Aber Uriens hat zwei Söhne, und der ältere ist der Thronfolger. Es ist also deine Aufgabe sicherzustellen, daß Wales einen König von Avalon bekommt... das heißt, Accolon muß den Thron seines Vaters besteigen, Morgaine.«
Morgaine schloß die Augen und senkte den Kopf. Schließlich erwiderte sie: »Ich möchte nicht töten, Niniane. Ich habe zuviel Gemetzel und Blutvergießen mitansehen müssen. Avallochs Tod würde wenig nützen... in Wales gilt römisches Gesetz, seit die Christenpriester im Land sind, und Avalloch hat einen Sohn.«
Niniane blieb unbeeindruckt. »Ein Sohn könnte im Sinne der Göttin erzogen werden... Wie alt ist er, vier?«

»Er war vier, als ich nach Wales kam«, antwortete Morgaine und dachte an das Knäblein, das mit fettigen Fingern auf ihrem Schoß gesessen und sie Großmutter genannt hatte. »Genug, Niniane, ich habe alles andere getan, aber selbst für Avalon werde ich nicht töten.«

Niniane funkelte sie an. Sie hob den Kopf und sagte warnend: »Sprich nie von dem Brunnen, aus dem du nicht trinkst!«

Morgaine erkannte plötzlich, daß die Frau vor ihr auch Priesterin war und nicht nur wie ein fügsames Kind. Sonst hätte sie nie die Härten und Prüfungen überstanden, die eine Priesterin erdulden mußte, um Herrin von Avalon zu werden. Die Göttin mußte sie anerkannt haben. Und mit unerwarteter Demut begriff Morgaine, warum sie hierhergeschickt worden war.

Beinahe warnend sagte Niniane: »Du wirst tun, was die Göttin dir befiehlt, denn sie hat ihre Hand auf dich gelegt, wie ich an dem Zeichen sehe, das du trägst...« Ihre Augen ruhten auf Morgaines Brust, als könne sie durch die Falten des Gewandes die Hagebutte oder die silberne Mondsichel dort sehen. Morgaine senkte den Kopf und flüsterte: »Wir sind alle in ihrer Hand.«

»So sei es«, sagte Niniane, und einen Augenblick lang war es so still im Raum, daß man hörte, wie unten im See ein Fisch in die Luft sprang und klatschend wieder in das Wasser eintauchte. Dann fragte sie: »Was ist mit Artus, Morgaine? Trägt er immer noch Excalibur, das Heilige Schwert der Druiden? Wird er doch noch seinen Schwur einlösen? Kannst du ihn dazu bringen?«

»Ich kann Artus nicht ins Herz sehen«, erwiderte Morgaine, und es war ein bitteres Geständnis. *Ich besaß Macht über ihn. Aber ich war mir zu gut, um sie zu nutzen. Ich habe freiwillig darauf verzichtet.*

»Er muß den Schwur erneuern, oder du mußt ihm das Schwert entwinden«, erklärte Niniane. »Du bist der einzige Mensch, dem man diese Aufgabe anvertrauen kann. Excalibur, das Schwert der Heiligen Insignien, darf nicht in der Hand eines Mannes bleiben, der ein Anhänger Christi geworden ist. Du weißt, Artus hat keinen Sohn von seiner Königin. Er hat Lancelots Sohn Galahad zum Thronerben erklären lassen, denn die Königin ist inzwischen älter geworden.«

Gwenhwyfar ist jünger als ich, und selbst ich könnte noch ein Kind bekommen, wenn es nach Gwydions Geburt überhaupt noch möglich wäre. Wie können alle so sicher sein, daß sie unfruchtbar bleibt? Aber Niniane hatte mit großer Gewißheit gesprochen, und so stellte sie keine weiteren Fragen. In Avalon besaß man genug Zauberkräfte,

und zweifellos hatten sie verschwiegene Augen und Hände an Artus' Hof. Avalon wünschte bestimmt nicht, daß die lammfromme Gwenhwyfar Artus einen Erben schenkte ... jetzt nicht mehr.
»Artus hat einen Sohn«, sprach Niniane weiter. »Zwar ist seine Zeit noch nicht gekommen, aber es gibt ein Reich, das er haben kann ... ein Ort, von dem die Rückeroberung des Landes für Avalon ausgehen kann. In alter Zeit galt der Sohn des Königs wenig, der Sohn der Herrin aber alles. Der Sohn der Schwester des Königs wurde sein Erbe ... du verstehst mich, Morgaine?«
Accolon muß König von Nordwales werden. Morgaine verstand, und dann hörte sie Ninianes unausgesprochene Worte: *Und dein Sohn ... ist König Artus' Sohn.* Jetzt wurde alles verständlich, selbst ihre Unfruchtbarkeit nach Gwydions Geburt. Aber sie fragte: »Was geschieht mit Artus' Erben, Lancelots Sohn?«
Niniane zuckte mit den Schultern, und Morgaine überlegte entsetzt, ob man beabsichtige, Nimue die gleiche Macht über Galahad zu geben wie ihr einst über Artus.
»Ich kann nicht alles sehen«, antwortete Niniane. »Wärst du Herrin hier ... aber die Zeit geht weiter. Wir müssen andere Pläne machen. Noch kann Artus seinen Schwur einlösen und das Schwert Excalibur behalten. Damit steht uns ein Weg offen. Wenn er das nicht tut, gibt es einen anderen Weg, der vorbereitet wird, und hierfür müssen wir beide unsere Aufgabe erfüllen. So oder so, Accolon muß im Westen herrschen, und das zu erreichen, ist deine Sache. Der nächste König wird von Avalon aus regieren. Wenn Artus stürzt ... obwohl seine Sterne verheißen, daß er lange zu leben hat ... wird sich der König von Avalon erheben. Wenn nicht, so verkünden die Sterne, wird Dunkelheit über dieses Land hereinbrechen, als habe es Artus nie gegeben. Und wenn der nächste König die Macht ergreift, wird Avalon in den Hauptstrom der Zeit und der Geschichte zurückkehren ... dann wird es einen Vasallenkönig im Westen geben, der über die Stämme herrscht. Als dein Gefährte wird Accolon hoch erhoben werden ... und es ist deine Pflicht, das Land für den großen König aus Avalon vorzubereiten.«
Wieder senkte Morgaine den Kopf und sagte: »Ich bin in deiner Hand.«
»Kehre jetzt zurück«, erklärte Niniane. »Aber etwas mußt du noch wissen. Seine Zeit ist noch nicht gekommen ... und auf dich wartet noch eine andere Aufgabe.« Sie hob die Hand. Eine Tür öffnete sich, und als habe er bereits im Vorraum gewartet, trat ein großer junger Mann ein.

Morgaine rang bei seinem Anblick nach Luft. Der Schmerz war so groß, daß sie glaubte, nicht atmen zu können. Vor ihr stand der wiedergeborene Lancelot ... jung und schlank wie eine dunkle Flamme. Die Locken ringelten sich um seine Wangen, und er lächelte sie aus einem schmalen, dunklen Gesicht an ... So hatte Lancelot an dem Tag ausgesehen, als sie zusammen im Schatten der Ringsteine lagen – die Zeit schien wie im Feenreich aufgehoben zu sein ...
Dann wußte sie, wer es sein mußte. Der junge Mann trat vor und beugte sich über ihre Hand. Wie Lancelot bewegte er sich auf geschmeidige, anmutige Weise. Aber er trug die Gewänder eines Barden. Auf seiner Stirn sah sie den kleinen eingeritzten Fruchtbecher einer Eichel, und um seine Handgelenke ringelten sich die Schlangen von Avalon.
Wenn Galahad König über dieses Land werden soll, wird mein Sohn dann der Merlin, sein Schatten, der dunkle Zwilling und das Opfer sein? Morgaine schien sich plötzlich zwischen Schatten zu bewegen. König und Druide, der helle Schatten saß neben Artus als Königin auf dem Thron, und sie, die Artus' Schattensohn geboren hatte ... war die dunkle Herrin der Macht.
Morgaine wußte, sie würde etwas Dummes sagen. »Gwydion, du bist anders als dein Vater.«
»Gewiß«, erwiderte er und schüttelte den Kopf. »In mir fließt das Blut von Avalon. Ich habe Artus einmal gesehen ... auf seiner Pilgerfahrt nach Glastonbury, zur Insel der Priester ... ich trug das Gewand eines Priesters und blieb unerkannt. Unser König Artus beugt sich zu sehr vor den Kirchenmännern.« Ein gefährliches, raubtierartiges Lächeln huschte über sein Gesicht.
»Du hast keinen Grund, deine Eltern zu lieben, Gwydion«, sagte Morgaine und drückte seine Hand. Sie nahm den eiskalten, haßerfüllten Blick eben noch wahr ... und schon lächelte sie wieder der junge Druide an.
»Meine Eltern gaben mir das Beste, was sie mir geben konnten«, erklärte Gwydion, »das königliche Blut von Avalon. Aber um etwas bitte ich Euch noch, Lady Morgaine.« Unerklärlicherweise wünschte Morgaine, er hätte sie wenigstens einmal Mutter genannt.
»Wenn es in meiner Macht steht, will ich es dir gewähren.«
Gwydion sagte: »Es ist kein großes Geschenk. Ich bitte Euch, Herrin, daß Ihr mich im Verlauf der nächsten fünf Jahre zu Artus begleitet und ihm sagt, Königin Morgaine, daß ich sein Sohn bin. Ich weiß wohl ...«, wieder ein flüchtiges, seltsames Lächeln, »... daß er mich

nicht als seinen Erben einsetzen kann. Aber ich wünsche mir, daß er seinen Sohn kennenlernt. Um mehr bitte ich nicht.«
Morgaine senkte den Kopf. »Soviel bin ich dir sicher schuldig, Gwydion.«
Gwenhwyfar sollte denken, was sie wollte – Artus hatte bereits Buße getan. Und jeder Mann mußte stolz sein auf diesen ernsthaften Druiden. Morgaine wußte, auch sie sollte sich nach all diesen Jahren nicht mehr wegen des Vergangenen schämen. Und nun begriff sie, daß sie sich seit ihrer Flucht aus Avalon nichts als geschämt hatte! Jetzt stand ihr erwachsener Sohn vor ihr, und sie mußte sich der Unfehlbarkeit von Vivianes Vision beugen.
Sie sagte: »Ich schwöre dir, dieser Tag wird kommen. Ich schwöre es bei der Heiligen Quelle.« Ihr verschwamm alles vor den Augen, und wütend kämpfte sie gegen die verräterischen Tränen. Dies war nicht ihr Sohn. Uwain war es vielleicht, aber Gwydion nicht. Dieser dunkle, gutaussehende Mann, der Lancelot so sehr glich, den sie als Mädchen geliebt hatte, war nicht ihr Sohn, der zum ersten Mal vor seiner Mutter stand, die ihn verlassen hatte, noch ehe er ihrer Brust entwöhnt war. Gwydion war ein Druide und sie eine Priesterin der Großen Göttin. Wenn sie auch nicht mehr füreinander sein konnten, so waren sie zumindest auch nicht weniger.
Morgaine legte die Hände auf seinen gesenkten Kopf und sagte: »Sei gesegnet.«

Königin Morgause hatte sich längst damit abgefunden, daß sie nicht das Gesicht besaß. Doch in den letzten Tagen, während die Blätter fielen und die roten Lärchen schon kahl im eisigen Wind Lothians standen, hatte sie zweimal von ihrem Ziehsohn Gwydion geträumt. Deshalb nahm sie die Botschaft des Dieners gelassen entgegen, der berichtete, ein Reiter nähere sich der Burg.
Gwydion trug einen grobgewebten Umhang von merkwürdiger Farbe, der von einer beinernen Spange zusammengehalten wurde, wie Morgause sie noch nie gesehen hatte. Als sie ihn in die Arme schließen wollte, fuhr er aufstöhnend zurück.
»Nein, Mutter ...« Er legte den freien Arm um sie und erklärte. »Ich bin in der Bretagne verwundet worden ... nein, es ist gewiß nichts Ernsthaftes«, beruhigte er sie, »die Wunde hat sich nicht entzündet, und vielleicht bleibt nicht einmal eine Narbe zurück. Aber wenn man sie berührt, schmerzt sie schrecklich!«

»Du hast in der Bretagne gekämpft? Ich glaubte dich sicher in Avalon«, sagte sie vorwurfsvoll. Morgause führte ihn in die Halle und bot ihm einen Platz am Feuer. »Ich habe keinen Wein aus dem Süden für dich...«
Er lachte. »Davon hatte ich mehr als genug... ich trinke gern Gerstenbier oder Branntwein, wenn du das hast... mit heißem Wasser und Honig gemischt. Ich bin völlig durchgefroren.« Eine der Frauen zog ihm die Stiefel aus, nahm ihm den Mantel ab, und er lehnte sich bequem zurück.
»Es ist schön, wieder bei dir zu sein, Mutter...« Er setzte den dampfenden Becher an die Lippen und trank mit Genuß.
»Und mit einer Wunde reitest du so weit durch die Kälte? Gibt es so große Neuigkeiten, die du mir berichten mußt?«
Gwydion schüttelte den Kopf. »Nein, ich hatte nur Heimweh, das ist alles«, erklärte er. »Dort unten ist alles so grün und üppig und so feucht. Es gibt nur Nebel und Kirchenglocken... Ich sehnte mich nach der reinen Luft der Berge, dem Geschrei der Möwen und nach deinem Gesicht, Mutter...« Er ergriff den Becher, und Morgause sah die Schlangen auf seinen Handgelenken. Sie wußte nicht viel über Avalon, aber doch soviel, daß die Schlangen den höchsten Druiden vorbehalten waren. Er bemerkte ihren Blick und nickte, sagte aber nichts.
»Hast du diesen häßlichen Mantel aus der Bretagne mitgebracht? Er ist grob gewebt und schlecht gefärbt, gerade gut genug für einen Reitknecht.«
Gwydion lachte. »Er hat mich vor dem Regen geschützt. Ich habe ihn einem großen Häuptling aus einem fernen Land abgenommen. Er kämpfte in einer der Legionen des Mannes, der sich Kaiser Lucius nannte. Artus' Ritterschaft hat ihn schnell geschlagen, das kannst du mir glauben. Und es gab genug Beute für alle... Ich habe einen silbernen Becher und einen goldenen Ring im Gepäck für dich, Mutter.«
»Du hast in Artus' Herr gekämpft?« fragte Morgause. Sie hätte das nie für möglich gehalten. Gwydion sah ihr überraschtes Gesicht und lachte.
»Gewiß, ich kämpfte unter diesem großen König, der mich gezeugt hat«, sagte er mit einem verächtlichen Grinsen. »Oh, keine Angst, ich hatte meine Befehle aus Avalon. Ich kämpfte unter den Männern von Ceardig, dem Sachsenhäuptling, der mich liebt. Ich achtete darauf, Artus nicht zu begegnen. Gawain erkannte mich nicht, und

Gareth bekam ich nicht zu Gesicht... oder höchstens, wenn ich einen solchen Umhang trug... Ich verlor meinen Mantel in der Schlacht und fürchtete, wenn ich einen Umhang aus Lothian trüge, würde Gareth sich um einen verwundeten Landsmann kümmern. Deshalb nahm ich mir diesen hier...«

»Gareth würde dich überall erkennen«, sagte Morgause, »und ich hoffe, du glaubst nicht, dein Ziehbruder würde dich je verraten.«

Gwydion lächelte. Morgause dachte: *Er sieht aus wie der kleine Junge, der einmal auf meinem Schoß saß.*

Gwydion sagte: »Ich sehnte mich danach, Gareth zu sagen, wer ich war, besonders nachdem man mich verwundet hatte und ich mich sehr schwach fühlte. Aber Gareth ist Artus' Mann. Er liebt seinen König. Ich konnte es sehen und wollte dem liebsten meiner Brüder eine solche Last nicht aufbürden. Gareth, Gareth ist der einzige...«

Er sprach nicht weiter. Aber Morgause wußte sehr wohl, was er sagen wollte. Gwydion war überall ein Fremder, aber Gareth war sein Bruder und geliebter Freund. Unvermittelt lachte er laut, und das schüchterne Lächeln verschwand, durch das er so jung gewirkt hatte. »Bei den Sachsen wurde ich wieder und wieder gefragt, ob ich Lancelots Sohn sei, Mutter. Ich selbst kann keine große Ähnlichkeit mit diesem Ritter entdecken. Aber schließlich kenne ich mein Gesicht auch nicht so genau... ich blicke nur beim Bartscheren in den Spiegel!«

»Ja«, antwortete Morgause, »jeder, der Lancelot kennt, besonders aus seiner Jugendzeit, muß dich für einen Verwandten von ihm halten.«

»Das habe ich auch gesagt... ich habe mir einen bretonischen Tonfall zugelegt und behauptet, ich sei auch mit dem alten König Ban verwandt«, erklärte Gwydion. »Aber man sollte doch glauben, daß unser Lancelot mit seinem Gesicht, auf das alle Frauen fliegen, genug Bastarde in die Welt gesetzt hat. Es kann doch nicht alle Welt in Erstaunen versetzen, wenn jemand mit seinem Gesicht herumläuft! Habe ich nicht recht?« fragte er. »Aber alles, was ich über Lancelot gehört habe, ist, daß er vermutlich einen Sohn mit der Königin gezeugt hat und daß das Kind heimlich weggebracht und von einer Verwandten der Frau großgezogen wurde, die man mit Lancelot verheiratete... Es gibt viele Geschichten über die Königin und ihren Ritter, und eine ist schlimmer als die andere. Aber in einem sind alle gleich. Für jede andere Frau hat Lancelot nichts außer höflichen und edlen Worten übrig. Ich begegnete sogar Frauen, die sich mir an den Hals warfen und sagten, wenn sie schon Lancelot nicht haben könnten, wollten sie wenigstens seinen Sohn ...« Er lachte wieder. »Der galante Lancelot muß es wirklich schwer gehabt haben. Ich weiß schöne Frauen schon zu schätzen, aber wenn sie sich mir so aufdrängen ...« Er zuckte in komischer Verzweiflung die Schultern, und Morgause mußte lachen.

»Dann haben die Druiden dir das nicht genommen, mein Sohn?«

»O nein«, erwiderte er. »Aber die meisten Frauen sind dumm. Deshalb gebe ich mir nicht die Mühe, mich mit ihnen einzulassen, vor allem, wenn sie erwarten, daß ich sie als etwas Besonderes behandle. Ich werde auch nicht darauf hören, was sie mir sagen ... Mutter, du hast mich für dumme Frauen verdorben!«

»Wie schade, daß man von Lancelot nicht das gleiche sagen kann«, erwiderte Morgause, »denn jeder Mensch weiß, daß Gwenhwyfar gerade genug Verstand besitzt, ihrem Mann *keinen* Kuckuck ins Nest zu setzen. Und wenn es um Lancelot geht, verläßt sie das bißchen auch noch.« Morgause dachte: *Du hast Lancelots Gesicht, mein Junge, aber den Verstand deiner Mutter!*

Als habe er ihre Gedanken gelesen, setzte Gwydion den leeren Becher ab und verhinderte, daß eine Dienerin ihn wieder füllte. »Nein, nicht mehr, ich bin müde. Wenn ich noch etwas trinke, bin ich betrunken. Ich würde gerne etwas essen. Das Jagdglück hat mich nicht verlassen, und ich kann kein Fleisch mehr sehen. Ich sehne mich nach Hafergrütze und Gerstenkuchen ... Mutter, ehe ich in die Bretagne aufbrach, begegnete ich der Herrin Morgaine in Avalon.«

Oh, warum sagt er mir das? überlegte Morgause. Man konnte nicht erwarten, daß er seiner Mutter große Liebe entgegenbrachte. Dann dachte sie mit dem plötzlichen Gefühl der Schuld: *Ich habe dafür gesorgt, daß er nur mich liebt.* Nun, sie hatte getan, was sie tun mußte, und sie bedauerte es nicht.

»Wie geht es meiner Nichte?«

»Sie wirkt nicht mehr so jung«, erwiderte Gwydion, »sie erschien mir älter als du, Mutter.«

»Nein«, entgegnete Morgause, »sie ist mindestens zehn Jahre jünger als ich.«

»Trotzdem, sie wirkte verbraucht und alt. Aber du ...« Er lächelte sie an, und Morgause durchströmte ein plötzliches Glücksgefühl. Sie dachte: *Keinen meiner Söhne habe ich so geliebt wie ihn. Morgaine tat gut daran, ihn mir zu überlassen.*

»Ach«, sagte sie, »auch ich werde alt, mein Sohn ... Als du geboren wurdest, hatte ich bereits einen erwachsenen Sohn.«

»Dann bist du eine viel bessere Zauberin als sie«, antwortete Gwydion. »Man könnte schwören, du hättest lange im Reich der Feen gelebt, wo die Zeit dir nichts anhaben konnte ... Für mich siehst du heute noch so aus wie am Tag, an dem ich nach Avalon ritt, Mutter.«

Er griff nach ihrer Hand, zog sie an seinen Mund und küßte sie. Morgause erhob sich und legte ihm vorsichtig den Arm um die Schultern, ohne die Wunde zu berühren. Sie strich ihm über die dunklen Haare. »Morgaine ist jetzt Königin in Nordwales.«

»Ja, das stimmt«, sagte Gwydion, »und wie ich höre, steht sie beim König hoch in dessen Gunst ... Artus hat ihren Stiefsohn Uwain zusammen mit Gawain zu seinem Leibwächter gemacht. Uwain und Gawain sind gute Freunde. Uwain ist kein schlechter Kerl ... er ähnelt Gawain, möchte ich sagen ... sie sind beide stark und tapfer ... und Artus so treu ergeben, als ginge die Sonne dort auf und da unter, wo er gerade pißt ...« Morgause bemerkte Gwydions trockenes Lächeln. »Aber diesen Fehler teilen sie mit vielen Männern ... und darüber wollte ich mit dir sprechen, Mutter«, fügte er hinzu. »Weißt du etwas über Avalons Pläne?«

»Ich weiß, was Viviane und der Merlin sagten, als sie kamen, um dich abzuholen«, erwiderte Morgause. »Ich weiß, du sollst Artus' Erbe antreten, auch wenn der Großkönig glaubt, er würde das Reich Lancelots Sohn hinterlassen. Ich weiß, du bist der junge Hirsch, der den alten Hirschkönig zur Strecke bringen wird«, fügte sie in der Alten Sprache hinzu, und Gwydion hob die Augenbrauen.

»Dann weißt du alles«, sagte er. »Aber das weißt du vielleicht noch nicht ... jetzt in dieser Zeit kann es nicht geschehen. Artus hat diesen Römer Lucius, der Kaiser sein wollte, gestürzt, und sein Stern strahlt heller als je zuvor. Jeder, der die Hand gegen Artus erhebt, würde von seinen Untertanen oder seinen Gefährten in Stücke zerrissen ... Ich habe noch keinen Mann gesehen, der so geliebt wird. Ich glaube, deshalb mußte ich ihn mir aus der Ferne ansehen, mußte begreifen, was ihn als König so beliebt macht ...«

Er schwieg, und Morgause fühlte sich unbehaglich. »Hast du es herausgefunden?«

Gwydion nickte nachdenklich. »Er ist wirklich ein König ... Selbst ich, der ich keinen Grund habe, ihn zu lieben, spürte den Zauber, den er um sich verbreitet. Du kannst dir nicht vorstellen, wie er verehrt wird.«

»Wie merkwürdig«, entgegnete Morgause, »ich hielt ihn nie für so außergewöhnlich.«
»Nein, sei gerecht«, entgegnete Gwydion. »Es gibt nur wenige... vielleicht in diesem Land keinen anderen, der die Vielen hätte einen können wie er. Römer, Waliser, die Cornuten, die Leute aus dem Westen, aus dem Osten, aus der Bretagne, das Alte Volk, das Volk von Lothian... alle im Reich schwören auf König Artus, Mutter! Selbst die Sachsen, die Uther Pendragon bis zu seinem Tod bekämpfte, schwören ihm Treue. Er ist ein großer Kämpe... nein, er kämpft nicht besser als jeder andere und nicht halb so gut wie Lancelot oder Gareth. Aber er ist ein großer Feldherr. Und da ist noch etwas... an ihm«, sprach Gwydion weiter. »Es ist so leicht, ihn zu lieben. Und solange ihn alle verehren, stellt sich mir meine Aufgabe nicht.«
»Dann«, entgegnete Morgause, »muß ihre Liebe zu ihm nachlassen. Er muß in Verruf gebracht werden. Er ist weiß Gott nicht besser als jeder andere Mensch. Er hat dich mit seiner Schwester gezeugt, und es ist überall wohlbekannt, daß er bei der Königin keine sehr ehrenvolle Rolle spielt. Für einen Mann, der seelenruhig zusieht, wie ein anderer seiner Königin den Hof macht, gibt es einen Namen, und der ist nicht gerade schmeichelhaft.«
»Ich bin sicher, daraus läßt sich etwas spinnen«, sagte Gwydion. »Obwohl man sich erzählt, daß Lancelot in den letzten Jahren Camelot ferngeblieben ist und sehr darauf achtet, nie mit der Königin allein zu sein. Ritter Lancelot möchte sicher nicht, daß auch nur der Schatten eines Verdachts auf sie fällt. Trotzdem erzählt man sich, die Königin habe wie ein Kind geweint, und Lancelot nicht weniger, als er sich von ihr verabschiedete, um an Artus' Seite gegen Lucius ins Feld zu ziehen. Ich habe noch keinen Mann so kämpfen sehen wie Lancelot. Man hätte glauben können, er will sich in den Tod stürzen. Aber er wurde nicht einmal leicht verwundet, als sei sein Leben durch einen Zauber geschützt. Ich frage mich... er ist der Sohn einer Hohepriesterin aus Avalon«, überlegte er, »vielleicht wird er auf übernatürliche Weise beschützt...«
»Morgaine wird wissen, ob das der Fall ist«, erklärte Morgause trocken, »aber ich würde dir nicht raten, sie danach zu fragen.«
»Ich weiß, daß Artus' Leben durch einen Zauber geschützt ist«, erklärte Gwydion, »denn er trägt das Heilige Schwert Excalibur und eine Magische Scheide, die verhindert, daß er Blut verliert. Niniane hat mir erzählt, ohne die Scheide wäre er im Wald von Celidon verblutet... und nicht nur damals. Morgaines Aufgabe ist es, das

Schwert von Artus zurückzufordern, es sei denn, er erneuert Avalon den Schwur. Ich bin sicher, meine Mutter ist kundig genug, ihre Aufgabe zu erfüllen. Überhaupt, ich glaube, es gibt wenig, vor dem meine Mutter haltmacht. Von beiden ist mir mein Vater lieber... Er wußte wahrscheinlich nicht, was er angerichtet hatte, als er mich zeugte.«

»Morgaine ebenfalls nicht«, entgegnete Morgause scharf.

»Oh, ich bin es leid, überall ein Loblied auf Morgaine zu hören... Selbst Niniane ist ihrem Zauber erlegen«, erwiderte Gwydion heftig. »Verteidige du sie nicht auch noch, Mutter!«

Morgause dachte: *Darin gleicht sie Viviane. Auch sie konnte jeden Menschen dazu bringen, sich ihrem Willen zu fügen... Igraine heiratete auf ihren Befehl widerspruchslos den alten Gorlois und verführte später Uther... Ich heiratete Lot... und jetzt tut Niniane, was Morgaine will.* Und ihr Ziehsohn, so vermutete Morgause, besaß auch etwas von dieser Macht. Mit unerwarteter Pein dachte sie plötzlich an den Abend vor Gwydions Geburt. Sie erinnerte sich, wie Morgaine mit gesenktem Kopf vor ihr gesessen hatte, während sie ihr wie einem Kind die Haare kämmte... Morgaine war für sie die Tochter gewesen, die sie nie geboren hatte, und jetzt wurde sie zwischen Morgaine und Gwydion hin- und hergerissen. Morgaines Sohn stand ihrem Herzen näher als ihre eigenen Söhne. »Haßt du sie wirklich so sehr, Gwydion?«

»Ich weiß nicht, was ich empfinden soll«, antwortete er und sah sie mit Lancelots dunklen, traurigen Augen an. »Es läßt sich mit den Gelübden von Avalon nicht vereinbaren, daß ich meine Mutter hasse, die mir das Leben schenkte, oder den Vater, der mich zeugte... Wäre ich doch als Sohn meines Vaters in Camelot aufgewachsen und sein treu ergebener Anhänger anstatt sein bitterster Feind...«

Gwydion legte den Kopf auf die Arme und sagte leise: »Ich bin müde, Mutter. Ich bin müde und möchte nicht mehr kämpfen. Ich weiß, Artus geht es ebenso... Er hat dieser Insel von Cornwall im Süden bis Lothian im Norden den Frieden gebracht. Mir gefällt der Gedanke nicht, daß ein so großer König, ein so großer Mann mein Feind ist, und daß ich ihn zum Wohl Avalons stürzen und ihm Tod oder Schande bringen muß. Ich wollte, ich könnte ihn einfach lieben wie alle Menschen. Ich würde gerne meine Mutter... nicht dich, Mutter, sondern Lady Morgaine... nicht als große Priesterin sehen, der ich zu unbedingtem Gehorsam verpflichtet bin, sondern nur als die Frau, die mir das Leben schenkte. Ich wollte, sie wäre meine

Mutter und nicht die Göttin. Ich wollte, wenn Niniane in meinen Armen liegt, wäre sie nur die geliebte Frau, die Frau, die ich liebe, weil sie dein schönes Gesicht und deine bezaubernde Stimme hat... Ich habe die Götter und Göttinnen so satt... Wäre ich doch nur dein und Lots Sohn, und nicht mehr als das. Ich habe mein Schicksal so satt...« Einen Augenblick lang rührte er sich nicht. Er hatte das Gesicht in den Armen vergraben, und seine Schultern zuckten. Zögernd strich ihm Morgause über die Locken. Schließlich hob er den Kopf und erklärte mit bitterem Lächeln: »Ich möchte noch einen Becher Branntwein, aber diesmal ohne Wasser und Honig...« Als man ihm den Wunsch erfüllte, leerte Gwydion den Becher, ohne einen Blick auf die dampfende Hafergrütze und die Gerstenkuchen zu werfen, die gerade aufgetragen wurden. »Was stand noch in Lots alten Bücher, die wir lesen mußten, als der Priester Gareth und mich blutig schlug, weil wir nach seiner Ansicht nicht schnell genug Latein erlernten? Wie hieß dieser alte Römer, der sagte ›Nenne nie einen Menschen glücklich, ehe er tot ist‹? Es ist also meine Aufgabe, meinem Vater das größte Glück zu bringen. Und weshalb sollte ich mich gegen mein Schicksal auflehnen?« Er winkte der Dienerin, ihm den Becher wieder zu füllen. Als Morgause sie mit einem Blick daran hinderte, griff er selbst zur Flasche und schenkte sich ein.

»Du wirst dich betrinken, mein lieber Sohn. Du mußt zuerst etwas essen.«

»Dann bin ich eben betrunken«, erwiderte Gwydion bitter. »So soll es sein. Ich trinke auf Tod und Schande... König Artus' und meine!« Er leerte den Becher und warf ihn dann in eine Ecke. »Soll doch geschehen, was das Schicksal bestimmt hat. Der Hirschkönig herrscht in den Wäldern bis zu dem Tag, den die Herrin bestimmt... *denn alle Tiere werden geboren und gesellen sich zu anderen ihrer Art. Sie leben und erfüllen den Willen der Lebenskräfte, und schließlich legen sie ihren Geist wieder in die Hände der Herrin...*« Er sprach die Worte mit einer merkwürdig harten Betonung. Morgause kannte zwar die Weisheiten der Druiden nicht, aber sie wußte, die Worte gehörten zu einem Ritual, und sie schauderte, als sie solches hörte.

Gwydion holte tief Luft und sagte: »Aber heute will ich im Haus meiner Mutter schlafen und Avalon, Könige, Hirsche und das Schicksal vergessen, nicht wahr? Nicht wahr?« Das starke Getränk überwältigte ihn, und er sank in ihre Arme. Morgause hielt ihn umschlungen und streichelte seine seidigen, dunklen Locken, die so sehr Morgaines Haaren glichen, während er an ihrer Brust schlief. Aber selbst im Schlaf ächzte und stöhnte Gwydion, als quälten ihn böse Träume. Morgause wußte, es war nicht nur der Schmerz der nicht verheilten Wunde.

Viertes Buch

Der Verräter

In den Hügeln von Nordwales regnete es seit Tagen. Die Burg von König Uriens schien in Nebel und Dunst schier zu schwimmen. Auf den Straßen versank man knöcheltief im Schlamm. Die Flüsse traten über ihre Ufer, denn aus den Bergen ergossen sich reißende Ströme. Alle litten unter der feuchten Kälte. Morgaine saß am Webstuhl. Sie hatte sich in einen dicken Mantel gehüllt und ein warmes Schultertuch umgelegt. Ihre steifen, klammen Finger wurden immer langsamer, während sie sich mit dem Schiffchen abmühte. Plötzlich richtete sie sich auf, und das Schiffchen entglitt ihren kalten Händen.

»Was ist, Mutter?« fragte Maline, aufgeschreckt von dem Geräusch in der stillen Halle.

»Ein Reiter nähert sich«, erwiderte Morgaine. »Wir müssen uns vorbereiten, um ihn zu begrüßen.« Als sie den verstörten Blick ihrer Schwiegertochter bemerkte, ärgerte sie sich über sich selbst. Wieder einmal hatte sie nicht aufgepaßt und war in jenen tranceähnlichen Zustand gefallen, der sie in letzter Zeit bei Handarbeiten immer häufiger überkam. Das Spinnen hatte sie schon lange aufgegeben. Aber gern saß sie am Webstuhl. Das Weben konnte ihr nichts anhaben, solange sie sich zusammennahm und nicht seiner einschläfernden Gleichförmigkeit verfiel.

Maline sah sie in einer Mischung aus Verzweiflung und Angst an. So reagierte sie immer auf Morgaines unerwartete Visionen. Maline sah darin nichts Böses oder Übernatürliches – es gehörte einfach zum merkwürdigen Wesen ihrer Schwiegermutter. Aber sie sprach mit dem Priester darüber. Er kam dann zu Morgaine und versuchte vorsichtig, sie auszufragen. Sie mußte dann ein unschuldiges Gesicht aufsetzen und vorgeben, nicht zu wissen, wovon er eigentlich sprach. Aber eines Tages würde sie ihre Vorsicht vergessen und dem Priester sagen, was sie wirklich dachte. Dann hätte er endlich etwas, um darüber zu reden . . .

Nun, es war schon wieder geschehen und ließ sich nicht mehr ändern. Im allgemeinen kam sie mit Vater Eian, Uwains früherem Lehrer, gut aus – für einen Priester war er wirklich gebildet. »Berichte dem Vater Eian, daß sein Schüler zum Abendessen hier sein wird«, sagte Morgaine. Und ihr wurde sofort klar, daß sie schon wieder unvorsichtig gewesen war. Sie hatte gewußt, daß Maline an den Priester dachte, und mit ihrer Antwort reagierte sie auf Malines Gedanken und nicht auf ihre Worte. Morgaine verließ die Halle, und die junge Frau starrte ihr nach.

Es war ein schwerer Winter mit viel Regen, Schnee und Stürmen gewesen. Kein einziger Reisender war in dieser Zeit zu ihnen gekommen. Sie hatte fleißig Kleider für die ganze Familie genäht, angefangen bei Uriens bis zu Malines jüngstem Kind. Aber das Nähen strengte ihre Augen zu sehr an. Im Winter gab es keine frischen Kräuter und Pflanzen. Sie konnte kaum Heiltränke und Kräutertinkturen bereiten. Sie hatte keine Freundinnen – ihre Hofdamen waren die Frauen von Uriens Rittern und noch langweiliger als Maline. Keine konnte auch nur einen einzigen Absatz in der Bibel lesen. Sie entsetzten sich alle darüber, daß Morgaine das Lesen und das Schreiben und sogar Latein und Griechisch beherrschte. Sie hatte den Winter in qualvoller Langeweile und Ungeduld über sich ergehen lassen, denn sie konnte auch nicht immer Harfe spielen...

Um so schlimmer, denn dadurch war sie versucht, sich hinzusetzen, zu spinnen und zu träumen, die Gedanken wandern zu lassen... zu Artus nach Camelot oder zu Accolon, der im Auftrag des Königs unterwegs war. Vor drei Jahren hatte Morgaine überlegt, daß Accolon genügend Zeit am Hof verbringen sollte, damit Artus ihn kennenlernen und ihm vertrauen würde. Accolon trug die Schlangen von Avalon. Das konnte sich als ein wertvolles Band zu ihrem Bruder erweisen. Sie empfand Accolons Abwesenheit wie einen ständigen Schmerz. Bei ihm wurde sie, was er in ihr sah – eine Hohepriesterin, die sich ihrer selbst und ihrer Ziele sicher war. Aber dieses Geheimnis teilten nur sie beide. In den langen Zeiten der Einsamkeit überfielen Morgaine immer wieder Zweifel und Ängste. War sie vielleicht nur das, was Uriens in ihr sah: Eine einsame Königin, die langsam alt wurde? Körper und Geist zerfielen, die Seele starb und verwelkte...

Trotzdem hatte sie alles fest in der Hand, ihren Haushalt, das Volk im Land und die Leute auf der Burg. Alle wendeten sich rat- und hilfesuchend an sie. Und im ganzen Land sagte man: *Die Königin ist klug. Selbst der König tut nichts ohne ihre Zustimmung.* Morgaine wußte, die Stämme und das Alte Volk beteten sie beinahe an, obwohl sie nicht wagte, allzuoft an den alten Ritualen teilzunehmen.

Jetzt traf sie im Küchenhaus Anordnungen für ein festliches Mahl – soweit man das am Ende eines langen Winters mit unpassierbaren Straßen noch konnte. Aus den verschlossenen Schränken holte Morgaine etwas von ihren Vorräten an Rosinen und getrockneten Früchten und etliche Gewürze, um den letzten Schinken zu kochen. Maline würde Vater Eian berichten, daß man Uwain am Abend erwartete. Uriens konnte sie die Nachricht selbst überbringen.

Sie ging hinauf in sein Gemach. Der König würfelte gelangweilt mit einem seiner Männer. Der Raum roch stickig und nach Moder.

Sein Kampf mit dem Lungenfieber in diesem Winter hatte auch etwas Gutes gehabt. Er erwartete wenigstens nicht von mir, sein Bett mit ihm zu teilen, dachte Morgaine. *Es war gar nicht so schlecht, daß Accolon den Winter bei Artus auf Camelot verbrachte. Wir hätten uns sonst großen Gefahren ausgesetzt und wären möglicherweise entdeckt worden ...*

Uriens stellte den Würfelbecher auf den Tisch und blickte auf. Der lange Kampf gegen das Fieber hatte ihn ausgezehrt. Ein paar Tage lang glaubte Morgaine, der alte Mann würde sterben, und mußte hart um sein Leben kämpfen – zum Teil mochte sie Uriens trotz allem und wünschte seinen Tod nicht... aber auch, weil Avalloch den Thron bestiegen hätte, sobald er tot war.

»Ich habe Euch den ganzen Tag noch nicht gesehen, Morgaine. Ich habe mich einsam gefühlt«, begrüßte sie Uriens leicht gereizt und vorwurfsvoll. »Huw ist kein annähernd so erfreulicher Anblick wie Ihr.«

»Oh«, erwiderte Morgaine scherzend, weil sie wußte, daß Uriens für derbe Späße immer zu haben war. »Ich habe Euch bewußt allein gelassen, denn ich glaubte, im Alter hättet Ihr Geschmack an hübschen jungen Männern gefunden ... aber offensichtlich wollt Ihr ihn nicht, mein Gemahl. Bedeutet das, ich kann ihn haben?«

Uriens lachte: »Ihr macht den armen Mann ganz verlegen«, und fuhr gutmütig fort: »Aber wenn Ihr mich den ganzen Tag allein laßt, bleibt mir nicht viel anderes übrig, als ihn oder den Hund anzuhimmeln.«

»Nun, ich bringe Euch gute Neuigkeiten. Ihr werdet heute abend zum Mahl in die Halle hinuntergetragen ... Uwain wird noch vor dem Abendessen hier sein.«

»Gott sei gelobt!« antwortete Uriens. »Ich glaubte, in diesem Winter zu sterben, ohne einen meiner Söhne noch einmal zu sehen.«

»Ich nehme an, Accolon wird zur Sommersonnenwende zurückkommen.« Morgaine empfand ein qualvolles Verlangen, wenn sie an die Feldfeuer dachte, die erst wieder in zwei Monaten lodern würden.

»Vater Eian hat mich wieder bedrängt, die Feuer zu verbieten«, sagte Uriens verdrießlich. »Ich kann seine Klagen nicht mehr hören. Er stellt sich vor, das Volk gibt sich damit zufrieden, daß er die Felder segnet, und glaubt, wenn wir die Bäume im Hain fällen, dann wenden sie sich auch von den Feuern ab. Es ist richtig, die alten Riten scheinen von Jahr zu Jahr mehr Zulauf zu finden... ich hatte geglaubt, sie würden mit den alten Leuten langsam aussterben und war bereit, sie jenen zu lassen, die sich nicht an den neuen Glauben gewöhnen können. Aber wenn das junge Volk sich wieder den heidnischen Bräuchen zuwendet, müssen wir etwas unternehmen... vielleicht sogar den Hain vernichten.«

Wenn du das tust, begehe ich einen Mord! dachte Morgaine. Aber sie nahm sich zusammen. Ihre Stimme klang sanft und vernünftig: »Das wäre falsch. Die Eichen füttern die Schweine, und auch die Bauern nähren sich von ihnen... selbst wir haben in schlechten Jahren schon Eichelmehl verwenden müssen. Der Hain ist Hunderte von Jahren alt... die Bäume sind heilig...«

»Ihr sprecht selbst schon wie eine Heidin, Morgaine.«

»Könnt Ihr behaupten, der Eichenhain sei nicht das Werk Gottes?« entgegnete sie scharf. »Warum sollen wir die harmlosen Bäume bestrafen, weil dumme Menschen sie zu etwas benutzen, das Vater Eian mißbilligt? Ich glaubte, Ihr liebt Euer Land.«

»Gewiß, das tue ich auch«, erwiderte Uriens gereizt. »Aber auch Avalloch sagt, ich soll die Bäume fällen, damit die Heiden keine Zufluchtsstätte mehr haben. Vielleicht bauen wir dort eine Kirche oder eine Kapelle.«

»Das Alte Volk gehört auch zu Euren Untertanen«, erinnerte ihn Morgaine. »In Eurer Jugend habt Ihr die Große Ehe mit dem Land geschlossen. Wollt Ihr dem Alten Volk den Hain etwa nehmen? Er bietet ihnen Nahrung und Schutz. Er ist ihre Kapelle, die von Gott und nicht von Menschen erbaut wurde. Wollt Ihr sie dem Hungertod ausliefern, wie es in manchem der gerodeten Gebiete geschehen ist?«

Uriens blickte auf seine knochigen, altersfleckigen Handgelenke. Die blauen Schlangenzeichen waren nahezu verblaßt. Man sah nur noch bläuliche Flecken. »Nun, man nennt Euch die Fee Morgaine... das Alte Volk könnte keine bessere Fürsprecherin haben. Da Ihr, meine Herrin, für sie bittet, werde ich den Hain nicht anrühren, solange ich lebe. Aber nach mir muß Avalloch tun, was ihm richtig erscheint. Bringt mir meine Schuhe und mein Gewand, damit ich nicht wie ein alter Tattergreis in Nachthemd und Pantoffeln in der Halle sitze, sondern wie ein König.«

»Gewiß«, sagte Morgaine. »Aber ich kann Euch nicht aus dem Bett heben. Huw soll Euch ankleiden.«

Aber sie kämmte Uriens. Dann rief sie einen zweiten Mann. Die beiden Männer trugen den König in die Halle hinunter. Morgaine legte Kissen auf den Thron und überzeugte sich, daß er bequem saß.

Inzwischen hörte sie das geschäftige Treiben der Dienerschaft, und in den Burghof ritten Reiter... *Uwain,* dachte sie, ohne den Kopf zu heben, als der junge Mann in die Halle geführt wurde.

Es fiel ihr schwer, sich daran zu erinnern, daß der große breitschultrige junge Ritter mit einer vernarbten Wunde im Gesicht der magere Knabe war, der in ihrem ersten, einsamen Jahr an Uriens Hof wie ein gezähmtes wildes Tier zu ihr kam. Er küßte seinem Vater die Hand und verbeugte sich vor Morgaine.

»Mein Vater, liebe Mutter...«

»Wie schön, dich wieder zu Hause zu sehen, mein Sohn«, sagte Uriens. Morgaine wendete aber den Blick nicht von dem zweiten Mann, der in die Halle getreten war. Sie konnte es nicht glauben. Es war, als sähe sie einen Geist vor sich. *Wenn er wirklich hier wäre, hätte ihn mir das Gesicht gezeigt...* doch dann verstand sie: *Ich habe mich so sehr darum bemüht, nicht an Accolon zu denken, damit ich nicht wahnsinnig werde...*

Accolon war schlanker als sein Bruder und nicht ganz so groß. Er warf Morgaine schnell einen verstohlenen Blick zu, als er vor seinem Vater kniete; aber seine Stimme verriet nichts, als er sich an sie wendete: »Es ist schön, wieder zu Hause zu sein, Herrin...«

»Es ist schön, Euch hier zu haben«, erwiderte sie mit fester Stimme, »euch beide. Erzähle uns, Uwain, woher diese schreckliche Narbe auf deiner Wange stammt? Ich dachte, nach der Niederlage des Kaisers Lucius haben alle Männer Artus gelobt, den Frieden zu wahren.«

»Das übliche«, erwiderte Uwain leichthin, »irgendein Räuber hatte eine verlassene Burg an sich gerissen, plünderte das Land und nannte sich König. Lots Sohn Gawain begleitete mich, und wir machten ihm bald den Garaus. Gawain hat es eine Gemahlin eingebracht... die Dame ist Witwe mit reichen Ländereien. Das hier...«, er faßte sich an die Narbe: »Während Gawain mit dem Ritter kämpfte, schlug ich mich mit seinem Schildknappen... ein gemeiner häßlicher Kerl, der mit der linken Hand kämpfte und meine Deckung durchbrach. Ungeschickt war er noch dazu... ich kämpfe lieber gegen einen guten Mann als gegen einen schlechten! Wenn Ihr dabeigewesen wärt, hätte ich keine solche Narbe... der Wundarzt hatte Hände wie ein Schmied! Sehe ich jetzt so häßlich aus?«

Morgaine strich sanft über die verwundete Wange ihres Stiefsohns. »Für mich wirst du immer gut aussehen, mein Sohn. Aber vielleicht kann ich noch etwas tun ... hier ist eine entzündete Schwellung. Vor dem Schlafengehen werde ich dir noch einen Umschlag machen, damit es besser heilt. Du mußt wohl Schmerzen haben?«
»O ja«, gab Uwain zu. Ein Schauer durchlief ihn. »Als die Wunde anschwoll, glaubte ich, jetzt käme der Tod zu mir. Aber mein guter Freund Gawain sagte, solange ich Wein trinken kann, besteht keine Gefahr ... und er sorgte rührend für Nachschub. Ich schwöre, ich war vierzehn Tage lang betrunken, Mutter!« Er lachte schallend. »Ich hätte die ganze Beute aus der Burg dieses Räubers für einen Teller Eurer Suppe gegeben, konnte weder Brot noch trocknes Fleisch kauen und verhungerte beinahe. Drei Zähne habe ich verloren ...«
Morgaine erhob sich und betrachtete die Wunde genauer. »Öffne deinen Mund. Ich sehe es«, sagte sie und winkte einem der Diener. »Bring Suppe und gekochtes Obst«, befahl sie. »In nächster Zeit darfst du nicht einmal versuchen zu kauen, Uwain. Nach dem Essen werde ich mich darum kümmern.«
»Da sage ich nicht nein, Mutter. Es schmerzt immer noch höllisch. Außerdem, an Artus' Hof ist ein Mädchen ... ich möchte nicht, daß sie vor mir zurückschreckt, als trüge ich eine Teufelsfratze.« Er lachte. Aber trotz seiner Schmerzen vertilgte er große Mengen und erzählte Geschichten vom Hof, bis alle lachten. Morgaine wagte nicht, den Blick von ihrem Stiefsohn zu wenden. Aber während des ganzen Mahls fühlte sie Accolons Blicke auf sich ruhen, die sie wärmten, als stehe sie nach dem kalten Winter wieder im Sonnenschein.
Es war ein fröhliches Mahl. Schließlich wurde Uriens müde, und Morgaine rief seine Leibdiener. »Ihr habt heute zum ersten Mal das Bett verlassen, mein Gemahl. Ihr dürft Euch nicht überanstrengen.«
Uwain erhob sich und sagte: »Ich will Euch tragen, Vater.« Er beugte sich nieder und nahm den kranken Mann auf die Arme, als sei er ein Kind. Morgaine folgte ihnen. Aber ehe sie die Halle verließ, wendete sie sich noch einmal um und sagte: »Kümmere dich um alles hier, Maline ... ich werde Uwains Wunde behandeln, ehe ich zu Bett gehe.«
Bald lag Uriens zufrieden in seinem Schlafgemach. Uwain blieb bei ihm, während Morgaine in die Küche ging, um einen Umschlag für seine Wunde vorzubereiten. Sie mußte den Koch wecken und befehlen, Wasser aufzusetzen ...

Ich sollte eine Feuerpfanne und einen Kessel in meinem Gemach haben, damit ich jederzeit so etwas tun kann. Warum habe ich noch nie daran gedacht? Sie ging zurück. Uwain setzte sich, sie legte ihm heiße Tücher auf, die sie vorher in dampfenden Kräutersud getaucht hatte. Der junge Mann stöhnte erleichtert, als sich die entzündete Wunde unter der Behandlung entspannte.
»Das tut gut, Mutter... das Mädchen an Artus' Hof könnte so etwas nicht. Wenn ich sie heirate, Mutter, kann sie dann etwas von Eurer Heilkunst lernen? Sie heißt Shana, und sie kommt aus Cornwall. Sie war eine von Königin Isottas Hofdamen... wieso nennt Marcus sich König von Cornwall, Mutter? Ich dachte, Tintagel gehört Euch?«
»So ist es auch, mein Sohn. Ich habe es von Igraine und dem Herzog Gorlois. Ich wußte nicht, daß Marcus sich zum Herrscher aufschwingt«, erwiderte Morgaine. »Wagt Marcus etwa, Tintagel für sich zu beanspruchen?«
»Nein, das letzte, was ich gehört habe, ist, daß er keine Ritter dort hat«, erwiderte Uwain. »Drustan lebt in der Bretagne in Verbannung...«
»Warum? War er einer der Männer des Kaisers Lucius?« wollte Morgaine wissen. Die Hofgeschichten waren in dieser Einsamkeit wie ein Hauch Leben.
Uwain schüttelte den Kopf. »Nein... man erzählt sich, daß er und die Königin Isotta zuviel füreinander empfanden«, antwortete er. »Man kann es der Armen kaum vorwerfen... Cornwall liegt am Ende der Welt. Der Herzog Marcus ist ein alter Griesgram, und seine Kammerherrn sagen, des Königs Männlichkeit sei welk geworden... ein hartes Leben für Isotta. Drustan sieht gut aus, ist ein wunderbarer Harfenspieler, und Isotta liebt Musik.«
»Weißt du nichts anderes zu erzählen als Geschichten über die Liebschaften verheirateter Frauen?« unterbrach ihn Uriens finster.
Uwain lachte. »Also, ich sagte der Dame Shana, ihr Vater möge einen Boten zu Euch senden. Ich hoffe, lieber Vater, Ihr werdet ihn nicht zurückweisen, wenn er kommt. Shana ist nicht reich, aber ich brauche keine große Mitgift. Ich habe in der Bretagne genügend Reichtümer gewonnen... ich werde Euch ein paar Beutestücke zeigen. Ich habe auch Geschenke für meine Mutter.« Er strich Morgaine über die Wange, als sie sich über ihn beugte, um den Umschlag zu erneuern. »Ich weiß, Ihr seid nicht eine solche Frau wie Isotta. Ihr laßt meinen guten, alten Vater nicht im Stich und hurt herum.«
Ihre Wangen glühten. Sie beugte sich über den Topf mit den damp-

fenden Kräutern und rümpfte die Nase über den bitteren Duft. Uwain hielt sie für die beste aller Frauen. Sein Vertrauen tat ihr gut. Trotzdem war das Bewußtsein, es nicht zu verdienen, bitter. *Wenigstens habe ich Uriens nie zum Narren gemacht und ihm nie einen Liebhaber vor die Nase gesetzt ...*

»Aber wenn mein Vater wieder reisen kann, solltet Ihr nach Cornwall reiten«, sagte Uwain ernst und zuckte zusammen, stöhnte leise, als der heiße Umschlag wieder auf der entzündeten Wunde lag. »Es sollten klare Verhältnisse herrschen, Mutter, damit Marcus nicht mehr beanspruchen kann, was Euch gehört. Ihr habt Euch so lange nicht mehr in Tintagel gezeigt, daß das Volk vielleicht vergessen hat, daß es eine Königin gibt.«

»Ich bin sicher, soweit wird es nicht kommen«, erklärte Uriens. »Aber wenn ich im Sommer wieder gesund bin, werde ich Artus an Pfingsten diese Angelegenheit vortragen.«

»Wenn Uwain nach Cornwall heiratet«, sagte Morgaine, »soll er Tintagel für mich halten ... möchtest du mein Burgvogt sein, Uwain?«

»Nichts wäre mir lieber«, erwiderte Uwain, »ausgenommen vielleicht heute nacht schlafen zu können, ohne daß mir jeder Zahn schmerzt.«

»Trinke das«, sagte Morgaine und goß aus einer kleinen Flasche etwas in seinen Wein. »Ich verspreche dir, danach wirst du schlafen.«

»Ich glaube, ich würde auch ohne Eure Medizin schlafen, Herrin. Ich bin so glücklich, wieder auf unserer Burg zu sein, in meinem Bett zu schlafen und von meiner Mutter umsorgt zu werden.« Uwain umarmte seinen Vater und küßte Morgaine die Hand. »Die Medizin trinke ich trotzdem gerne.«

Er leerte den Becher und winkte einem Diener, der ihm mit einer Fackel den Gang zu seiner Kammer vorausging. Accolon trat in das Gemach, umarmte seinen Vater und sagte: »Ich gehe auch zu Bett ... Herrin, gibt es Polster in meiner Kammer oder ist sie ausgeräumt? Ich war so lange nicht zu Hause, es würde mich nicht wundern, wenn die Tauben dort nisten. Dort versuchte einst Vater Eian mir Latein mit dem Stock einzubleuen.«

»Ich habe Maline aufgetragen, dafür zu sorgen, daß es Euch an nichts fehlt. Aber ich will selbst nachsehen«, antwortete Morgaine. »Habt Ihr noch einen Wunsch, mein Gemahl?« fragte sie Uriens, »sonst begebe ich mich auch zur Ruhe.«

Als Antwort erhielt sie nur noch ein leises Schnarchen. Huw deckte den alten Mann sorgfältig zu und sagte: »Seid beruhigt, Lady Morgaine. Wenn er im Lauf der Nacht aufwacht, werde ich mich um ihn kümmern.«
Beim Hinausgehen fragte Accolon: »Was fehlt meinem Vater?«
»Er hatte in diesem Winter das Lungenfieber«, antwortete Morgaine. »Und er ist nicht mehr der Jüngste.«
»Und auf dir lag die ganze Last der Krankenpflege«, sagte Accolon. »Arme Morgaine...« Er nahm ihre Hand. Seine Stimme klang so zärtlich, daß sie sich auf die Lippen beißen mußte. Etwas Hartes und Kaltes in ihr, daß seit dem Winter ihr das Herz abdrückte, schmolz, und sie glaubte, sie würde in Tränen zerfließen. Sie senkte den Kopf, ohne den Ritter anzusehen.
»Und du, Morgaine... kein Wort und kein Blick für mich...?« Er suchte ihre Augen und berührte sie noch einmal. Sie erwiderte gepreßt: »Warte.«
Sie befahl einem Diener, frische Polster und ein oder zwei Decken aus der Wäschekammer zu bringen. »Hätte ich gewußt, daß du kommst, hätte ich das beste Linnen und die schönsten Decken bereitgelegt und frisches Stroh im Bett aufschütteln lassen.«
Er flüsterte: »Ich wünsche mir kein frisches Stroh im Bett!« Aber sie sah ihn nicht an, solange die Frauen das Bett machten, heißes Wasser und Licht brachten, seine Rüstung und seinen Mantel wegräumten.
Als sie alle gegangen waren, flüsterte er: »Darf ich später zu dir in deine Kammer kommen, Morgaine?«
Sie schüttelte den Kopf und flüsterte zurück: »Ich komme zu dir... ich habe immer eine Entschuldigung, wenn ich mitten in der Nacht nicht in meiner Kammer bin. Aber seit dein Vater krank ist, kommen sie öfter, um mich zu holen... sie dürfen dich nicht bei mir finden...« Sie drückte ihm noch einmal schnell die Hand. Seine Finger schienen sie zu verbrennen. Dann ging sie mit dem Kammerherrn zum letzten Mal durch die Burg, um nachzuprüfen, ob auch alles sicher und verschlossen war.
»Gott schenke Euch eine gute Nacht, Herrin«, sagte der Mann und verabschiedete sich mit einer Verbeugung. Sie ging auf Zehenspitzen geräuschlos durch die Halle, wo Uriens' Männer schliefen, dann über die Treppe vorbei an dem Gemach, in dem Avalloch, Maline und die kleineren Kinder schliefen und an der Kammer, in der der arme Conn mit seinem Lehrer und seinen Ziehbrüdern geschlafen hatte,

ehe das Lungenfieber ihn dahinraffte. Im anderen Flügel lagen Uriens' Schlafgemach, ein Gemach, das sie jetzt bewohnte, ein Raum, der meist Gästen von Rang zugewiesen wurde, und am Ende des Ganges die Kammer, in der Accolon schlief. Mit trockenem Mund schlich sie sich dorthin und hoffte, er sei vernünftig genug gewesen, die Tür nicht fest zu schließen... durch die alten dicken Mauern würde er sie sonst nicht hören.

Sie warf einen Blick in ihre Kammer, ging schnell hinein und brachte das Bett in Unordnung. Ihre Kammerfrau Ruach war alt und taub. Im Winter hatte Morgaine sie wegen ihrer Dummheit und Taubheit oft verwünscht, aber jetzt kam es ihr zustatten... trotzdem durfte sie nicht am nächsten Morgen erwachen und Morgaines Bett unberührt finden. Selbst die alte Ruach wußte, daß König Uriens sich nicht wohl genug fühlte, um das Bett mit der Königin zu teilen.

Wie oft habe ich es mir schon vorgesagt: Ich schäme mich nicht... Trotzdem durfte sie sich nicht in Verruf bringen, sonst würde sie nichts erreichen. Aber der Zwang zur Heimlichkeit war ihr verhaßt.

Die Tür war nur angelehnt. Mit klopfendem Herzen trat Morgaine lautlos in Accolons Zimmer und schloß die Tür hinter sich. Im nächsten Augenblick fühlte sie sich in einer leidenschaftlichen Umarmung gefangen, in der ihr Körper zu neuem Leben erwachte. Sein Mund suchte ihre Lippen, als habe auch er danach gehungert... die Trostlosigkeit und die Pein des ganzen Winters schienen von ihr abzufallen. Sie war wie schmelzendes Eis, das floß und überfloß... Sie preßte sich an Accolon und kämpfte darum, nicht zu weinen.

Unter diesem Hunger brach ihr Entschluß zusammen, in Accolon nur den Priester der Göttin zu sehen, ohne jegliche persönliche Bindungen. Wie sehr hatte sie dafür Gwenhwyfar verachtet. Sie brachte Schande über Camelot und machte Artus zur Zielscheibe von Spott und Hohn, weil er seine Gemahlin nicht in die Schranken weisen konnte. Aber in Accolons Armen schwanden ihre guten Vorsätze dahin. Morgaine überließ sich seiner Umarmung, und er trug sie ins Bett.

Noch im Dunkeln stahl Morgaine sich von Accolons Seite. Er schlief tief und fest. Sie strich ihm zärtlich über die Haare, küßte ihn sanft und verließ lautlos die Kammer. Sie hatte kein Auge zugetan – aus Furcht, zu lange zu schlafen und vom Tag überrascht zu werden. Bis zum Sonnenaufgang war es noch Zeit. Morgaine rieb sich die brennenden Augen. Draußen bellte irgendwo ein Hund, ein Kind weinte, und aus dem Garten drang gedämpft das Zwitschern der Vögel. Morgaine spähte durch einen Schlitz in der Mauer nach draußen und dachte: *Noch einen Mond, und es wird um diese Zeit bereits heller Tag sein.*

Überwältigt von den Erinnerungen an die vergangene Nacht, lehnte sie sich einen Moment lang an das Mauerwerk. *Ich wußte nie,* dachte sie, *ja, ich habe nie gewußt, was es heißt, nur eine Frau zu sein. Ich habe ein Kind geboren, ich bin seit vierzehn Jahren verheiratet und hatte Liebhaber ... aber ich wußte nichts, nichts ...*

Plötzlich fühlte sie sich roh am Arm gepackt. Avalloch fragte barsch: »Wieso treibst du dich um diese Zeit im Haus herum, Mädchen?«

Offensichtlich hielt er sie für eine der Dienerinnen. Es gab kleine und dunkle Frauen darunter, in denen das Blut des Alten Volkes floß.

»Laßt mich los, Avalloch«, entgegnete Morgaine und blickte ihrem Stiefsohn ins Gesicht, das undeutlich vor ihr auftauchte. Er war dick und schwammig. Er hatte bereits ein Doppelkinn, die kleinen Augen standen eng zusammen. Accolon und Uwain waren schöne Männer. Und man konnte ahnen, daß Uriens früher auch auf seine Weise gut ausgesehen hatte, aber Avalloch bestimmt nicht.

»Oh, meine Herrin und Mutter!« Er trat einen Schritt zurück und machte eine übertriebene Verbeugung. »Ich frage noch einmal, was tut Ihr hier um diese Zeit?«

Er ließ ihren Arm nicht los. Morgaine befreite sich aus seinem Griff, als sei seine Hand ein lästiges Insekt. »Bin ich Euch Rechenschaft schuldig? Dies hier ist mein Haus, in dem ich tue und lasse, was ich will. Mehr habe ich dazu nicht zu sagen.« *Er mag mich nicht,* dachte sie, *er mag mich ebenso wenig wie ich ihn.*

»Versucht mir nichts vorzuspielen, Herrin«, entgegnete Avalloch, »glaubt Ihr, ich weiß nicht, in wessen Armen Ihr die Nacht verbracht habt?«

Sie erwiderte verächtlich: »Seit wann versucht Ihr, mit Zauberei und dem Gesicht zu spielen?«

Er senkte die Stimme und sagte schmeichlerisch: »Natürlich muß es für Euch langweilig sein, diesen alten Mann im Bett zu haben, der alt

genug ist, Euer Vater zu sein... aber ich möchte die Gefühle meines Vaters nicht verletzen, indem ich ihm erzähle, wo seine Frau die Nächte verbringt... vorausgesetzt«, er legte den Arm um Morgaine und zog sie an sich, beugte sich über sie und küßte sie auf den Nacken. Seine Bartstoppeln taten weh, »... vorausgesetzt, Ihr kommt hin und wieder auch in mein Bett.«
Morgaine machte sich von ihm los und versuchte scherzhaft zu antworten: »Aber Avalloch, weshalb solltet Ihr Eurer alten Stiefmutter nachstellen, solange Ihr die Frühlingskönigin und all die hübschen jungen Mädchen im Dorf genießen könnt...«
»In meinen Augen seid Ihr schon immer eine schöne Frau«, erwiderte er. Seine Hand glitt in das halboffene Gewand, um ihr die Schultern zu streicheln. Sie wich zurück. Sein Gesicht verzerrte sich höhnisch. »Warum spielt Ihr vor mir die sittsame Jungfrau? War es Accolon oder Uwain, oder waren es beide zusammen?«
Sie starrte ihn an. »Uwain ist mein Sohn! Er hat nie eine andere Mutter gekannt!«
»Wollt Ihr mir weismachen, das würde Euch abhalten, Lady Morgaine? An Artus' Hof ist es allgemein bekannt, daß Ihr als Lancelots Geliebte versucht habt, ihn der Königin auszuspannen. Ihr habt auch das Bett des Merlin geteilt... und nicht einmal vor Eurem Bruder haltgemacht. Deshalb hat der König Euch vom Hof geschickt, damit Ihr ihn nicht länger vom christlichen Pfad der Tugend ablenkt... warum solltet Ihr da Euren Stiefsohn verschmähen? Weiß Uriens übrigens, was für eine verteufelte Hure er zur Gemahlin genommen hat, Herrin?«
»Uriens weiß alles über mich, was er wissen muß«, erwiderte Morgaine; und die Sicherheit in ihrer Stimme überraschte sie selbst. »Was den Merlin angeht, wir waren damals beide unverheiratet und richten uns beide nicht nach den Gesetzen eines christlichen Hofes. Euer Vater wußte davon und hat es mir verziehen. Niemandem außer ihm steht das Recht zu, sich über mein Betragen zu beklagen. Wenn er es tut, werde ich ihm antworten. Aber Euch nicht, Avalloch! Ich gehe jetzt in mein Gemach und fordere Euch auf, in Euer Bett zurückzukehren.«
»Versteckt Ihr Euch hinter den heidnischen Gesetzen von Avalon?« knurrte Accolons Bruder höhnisch. »Du Hure, du wagst zu behaupten, du seiest sittsam...« Er packte sie roh und preßte seinen Mund auf ihre Lippen. Morgaine stieß ihm die ausgestreckten Finger in den Magen, und er ließ sie fluchend los. Wütend fauchte sie ihn an:

»Ich behaupte nichts! Euch gegenüber habe ich mein Betragen nicht zu rechtfertigen. Wenn Ihr mit Uriens redet, werde ich ihm sagen, daß Ihr Euch der Gemahlin Eures Vaters auf unziemliche Weise genähert habt. Dann werden wir sehen, wem er glaubt.«

Avalloch drohte: »Laßt Euch eines sagen, Herrin, Ihr könnt meinem Vater um den Bart streichen, soviel Ihr wollt. Er ist alt. An dem Tag aber, an dem ich König in diesem Land bin, könnt Ihr sicher sein, daß es keine Gnade für alle gibt, die ohnedies nur noch leben, weil mein Vater nicht vergessen kann, daß er einmal die Schlangen trug!«

»Ausgezeichnet«, sagte Morgaine höhnisch. »Zuerst macht Ihr Eurer Stiefmutter Anträge, und dann prahlt Ihr damit, welch ein guter Christ Ihr sein werdet, wenn Euch das Land Eures Vaters gehört!«

»Du hast mich verhext... du Hure!«

Morgaine konnte das Lachen nicht unterdrücken. »*Euch* verhext? Und warum? Oh, Avalloch, selbst wenn es keinen Mann außer Euch auf dieser Erde geben sollte, würde ich das Bett lieber mit einem meiner Hunde teilen. Euer Vater ist vielleicht alt genug, um mein Großvater zu sein. Ihm verweigere ich mich nicht, aber Euch! Glaubt Ihr, ich sei eifersüchtig auf Maline? Sie jammert jedesmal, wenn Ihr im Herbst und im Frühjahr ins Dorf hinuntergeht. Wenn ich einen Zauber über Euch werfe, dann nicht, um mich an Eurer Männlichkeit zu erfreuen, sondern um sie verdorren zu lassen! Jetzt laßt Eure Finger von mir und geht dorthin zurück, wo man Euch haben will. Wenn Ihr mich auch nur noch einmal anrührt, schwöre ich Euch, werde ich Euer Geschlecht zum Gespött der Frauen machen!«

An der Art, wie er vor ihr zurückwich, sah sie, daß er ihr glaubte. Aber Vater Eian würde davon erfahren. Er würde ihr Fragen stellen und danach Accolon. Er würde die Dienerschaft ausfragen und Uriens wieder einmal drängen, den Heiligen Hain zu zerstören und den Alten Glauben zu verbieten. Avalloch würde nicht ruhen, bis der ganze Hof in Aufruhr geriet.

Ich hasse Avalloch! Morgaine überraschte, daß sie den Zorn regelrecht spürte. Er war ein stechender Schmerz unter ihrem Brustbein. Sie zitterte am ganzen Körper. *Früher war ich stolz! Eine Priesterin von Avalon lügt nicht! Jetzt gibt es Gründe, um der Wahrheit aus dem Weg zu gehen. Selbst Uriens würde mich nur als treulose Gemahlin sehen, die auf der Suche nach Lust sich in Accolons Bett stiehlt!*

Morgaine weinte vor Zorn und spürte Avallochs heiße Hände erneut auf ihren Brüsten. Früher oder später würde man sie beschuldigen.

Selbst wenn Uriens ihr Glauben schenkte, würde man sie beobachten und nicht mehr aus den Augen lassen. *Oh, zum ersten Mal seit vielen Jahren war ich glücklich. Jetzt ist alles vorbei ...*

Die Sonne ging auf. Bald würde die Burg zum Leben erwachen. Sie mußte die Arbeit für den Tag einteilen. Vermutete Avalloch nur etwas? Uriens mußte im Bett bleiben. Heute würde der Erstgeborene seinen Vater sicher nicht stören. Sie mußte noch einmal Kräutermedizin für Uwains Wunde zubereiten und ihm die Wurzel eines abgebrochenen Zahns ziehen.

Uwain liebte sie ... er würde sicher Avallochs Behauptungen keinen Glauben schenken. Wieder schäumte sie innerlich vor Wut, als sie an des Dummdreisten Worte dachte: *War es Accolon oder Uwain oder waren es beide zusammen ...? Ich bin Uwain ebenso sehr Mutter, als hätte ich ihn geboren. Für was für eine Frau hält er mich?* Aber gab es an Artus' Hof tatsächlich Gerüchte über ihren Beischlaf mit Artus? *Wie soll ich ihn je dazu bringen, Gwydion als seinen Sohn anzuerkennen? Galahad ist Artus' Erbe, aber mein Sohn muß anerkannt werden und damit die Königslinie von Avalon. Aber es darf kein weiteres Aufsehen durch mich geben, vor allem nicht die leiseste Andeutung über eine Beziehung zu meinem Stiefsohn ...*

Morgaine wunderte sich über sich selbst. Sie hatte sich in einen maßlosen Zorn gesteigert, als sie wußte, daß sie Artus' Sohn gebären würde. Jetzt erschien ihr das unerheblich. Schließlich wußten sie damals nicht, daß sie Bruder und Schwester waren. Aber Uwain ... kein Blutsverwandter ... war weit mehr ihr Sohn als Gwydion ...

Im Augenblick konnte sie nichts unternehmen. Morgaine ging in die Küche, wo der Koch sich beklagte, der ganze Schinken sei verschwunden und die Vorratskammern seien so leer, daß er gar nicht wisse, was er den Gästen vorsetzen solle.

»Nun, dann muß Avalloch heute auf die Jagd«, erklärte Morgaine. Sie hielt Maline auf der Treppe an, die gerade ihrem Gemahl den morgendlichen Becher heißen Weins hinaufbrachte.

Maline sagte: »Ich habe gesehen, wie Ihr mit Avalloch gesprochen habt ... was hatte er Euch zu sagen?« Sie wirkte unfreundlich. Morgaine las ihre Gedanken. Bei einer so dummen Frau wie Maline war das nicht schwer. Morgaine begriff, daß ihre Schwiegertochter sie fürchtete und ablehnte. Sie hielt es für ungerecht, daß Morgaine noch immer einen schlanken und straffen Körper hatte, während sie, Maline, vom Kinderkriegen schwerfällig und schlaff geworden war. Außerdem besaß Morgaine diese glänzenden dunklen Haare. Maline mußte sich immer mit den Kindern beschäftigen und fand keine Zeit, ihr Haar zu bürsten und zu flechten...

Morgaine antwortete wahrheitsgemäß, aber auch vom Wunsch getrieben, die Gefühle ihrer Schwiegertochter zu schonen. »Wir sprachen von Accolon und Uwain. Aber die Vorratskammern sind beinahe leer. Avalloch muß heute auf Wildschweinjagd gehen.« Und plötzlich sah sie deutlich vor sich, was sie tun mußte. Einen Augenblick lang stand sie wie betäubt neben Maline und hörte Ninianes Worte: *Accolon muß nach seinem Vater den Thron besteigen*... Maline starrte sie an und wartete darauf, daß Morgaine weitersprach. Morgaine erklärte geistesgegenwärtig: »Sage ihm, er muß heute auf die Wildschweinjagd, wenn er kann... Spätestens aber morgen, oder wir verbrauchen unser Mehl zu schnell.«

»Ich werde es ihm sagen, Mutter«, erwiderte Maline. »Er ist über jeden Grund froh, die Burg zu verlassen.«

Und trotz des Vorwurfs, der in Malines Stimme mitschwang, wußte Morgaine, die jüngere Frau war erleichtert.

Arme Frau, mit einem solchen Schwein verheiratet zu sein! Beunruhigt dachte sie wieder an Avallochs Worte. *An dem Tag, an dem ich König in diesem Land bin, gibt es keine Gnade mehr für alle, die nur noch leben, weil mein Vater nicht vergessen kann, daß er einmal die Schlangen trug.*

Ihre Aufgabe bestand also darin, dafür zu sorgen, daß Accolon König wurde... nicht um ihretwillen oder aus Rache, sondern zum Schutz des Alten Glaubens, den sie und Accolon dem Land zurückgegeben hatten. *Es braucht nicht lange, um Accolon alles zu berichten. Er wird mit Avalloch auf die Jagd gehen, und damit sind alle Schwierigkeiten beseitigt.* Nüchtern überlegte sie: *Soll ich meine Hände nicht damit beschmutzen und alles Accolon überlassen?*

Uriens war alt. Er konnte noch ein Jahr oder noch fünf Jahre leben. Da Avalloch jetzt alles wußte, würde er sich mit Vater Eian zusammentun, um Accolons und ihren eigenen Einfluß zu untergraben. Und alles, was sie erreicht hatte, würde wieder zunichte gemacht.

Wenn Accolon König werden möchte, sollte er vielleicht selbst darum kämpfen. Wenn Avalloch vergiftet wird, sterbe ich als Zauberin. Aber wenn ich es Accolon überlasse... dann gleicht es zu sehr der alten Ballade, in der es heißt: ›Zwei Brüder gingen auf die Jagd...‹

Soll ich es Accolon sagen und Avalloch seinem Zorn überlassen?

Immer noch unsicher ging Morgaine nachdenklich nach oben. Sie fand Accolon im Gemach seines Vaters. Beim Eintreten hörte sie ihn sagen: »Avalloch geht heute auf Wildschweinjagd... die Vorratskammern sind beinahe leer. Ich werde ihn begleiten. Es ist schon lange her, daß ich in diesen Hügeln gejagt habe...«

»Nein«, erklärte Morgaine entschlossen. »Bleibt heute bei Eurem Vater. Er wird Euch brauchen, und Avalloch hat genug Männer, die ihm helfen.«

Sie dachte: *Irgendwie muß ich ihm sagen, was ich vorhabe.* Aber sie verwarf den Gedanken. Wenn er ihre Pläne kannte – obwohl sie selbst noch nicht sicher war, wie sie ihre Aufgabe anpacken sollte –, würde er ihnen höchstens im ersten Zorn über Avallochs Verhalten zustimmen.

Und wenn er zustimmt – ich glaube, ich kenne ihn gut, aber mein Verlangen nach ihm kann mich auch täuschen, und vielleicht ist er weniger ehrenhaft als ich mir vorstelle –, wenn er ein Mann ist, der sich dazu bereit finden würde, wäre er ein Brudermörder. Dann steht er unter einem Fluch, und ich kann ihm bei unserer gemeinsamen Aufgabe nicht mehr vertrauen. Avalloch ist nur ein angeheirateter Verwandter, mich binden keine Blutsbande an ihn. Nur wenn ich Uriens einen Sohn geboren hätte, läge die Blutschuld auf mir. Jetzt war Morgaine froh, daß sie keinen Sohn von Uriens hatte.

Accolon erwiderte: »Uwain soll bei unserem Vater bleiben... seine Wunde ist immer noch entzündet, und er sollte sich schonen und am Feuer sitzen.«

Wie kann ich es ihm nur begreiflich machen? Seine Hände müssen sauber bleiben. Er muß in der Burg sein, wenn die Nachricht kommt. Was kann ich ihm sagen, damit er versteht, daß dies wichtig ist, vielleicht das Wichtigste, was ich je von ihm verlange?

Die Dringlichkeit und die Unfähigkeit, Accolon ihre Gedanken mitzuteilen, verliehen ihrer Antwort Schärfe.

»Ich bitte Euch, tut, was ich Euch sage ohne Widerrede, Accolon. Ich muß mich um Uwains Wunde kümmern und habe keine Zeit für Euren Vater. Er bleibt in letzter Zeit zu oft den Dienstleuten überlassen!« *Wenn die Göttin mir beisteht, braucht dich dein Vater mehr als je an seiner Seite, noch ehe der Tag vorüber ist...*

Sie sprach jetzt undeutlich, da sie nicht wollte, daß Uriens sie verstand. »Ich bitte Euch darum, als Eure Mutter.« Aber mit der ganzen Kraft ihrer Gedanken gab sie ihm dadurch zu verstehen: *Ich befehle dir im Namen der Mutter...* »Gehorcht mir«, sagte sie, wandte sich von Uriens ab, damit nur Accolon sah, wie sie den blauen Halbmond auf ihrer Stirn berührte. Ihr Stiefsohn sah sie

verwirrt und fragend an. Aber Morgaine drehte sich wieder um und schüttelte beinahe unmerklich den Kopf. Sie hoffte, er würde wenigstens verstehen, warum sie nicht offen reden konnte.
Nachdenklich erwiderte er: »Gewiß, wenn Euch soviel daran liegt. Ich bleibe gern bei meinem Vater.«
Morgaine beobachtete, wie Avalloch einige Zeit später mit vier Männern die Burg verließ. Als Maline unten in der Halle war, stahl sie sich in das Schlafgemach der beiden. Der Raum war sehr unaufgeräumt, sie suchte zwischen schmutziger Kinderwäsche und ungewaschenen Windeln, bis sie schließlich einen schmalen bronzenen Armreif fand, der Avalloch gehörte. Sie sah auch ein paar goldene Dinge in Malines Truhe. Aber sie wagte nicht, etwas Wertvolles zu nehmen, das man vielleicht vermissen würde, wenn Malines Kammerfrau hier aufräumte. Die Frau betrat tatsächlich gerade den Raum und fragte: »Sucht Ihr etwas, Herrin?«
Morgaine antwortete mit gespieltem Ärger: »Ich möchte nicht in einer Burg leben, die wie ein Schweinestall aussieht! Sieh dir all diese ungewaschenen Windeln an. Sie stinken! Bring sie hinunter und gib sie der Waschfrau. Danach lüfte und putze die Kammer... soll ich mir eine Schürze umbinden und alles selbst tun?«
»Nein, Herrin«, antwortete die Frau verschüchtert und nahm Morgaine die schmutzigen Windeln ab. Morgaine schob den Bronzering in ihr Mieder und ging hinunter, um dem Koch zu sagen, er solle heißes Wasser für Uwains Wunde vorbereiten. Das mußte zuerst geschehen. Sie mußte die häuslichen Angelegenheiten ordnen, damit sie am Nachmittag ungestört allein sein konnte... Sie ließ sich alles Notwendige bringen. Uwain mußte sich auf einen Stuhl setzen und den Mund öffnen. Dann versuchte sie, die gesplitterte Zahnwurzel zu entfernen. Ergeben ließ er das Stochern und Ziehen über sich ergehen – obwohl der Zahn noch einmal brach und sie neu ansetzen mußte. Glücklicherweise war der Kiefer ohnedies gefühllos und geschwollen. Schließlich war die Wurzel gezogen; Morgaine tropfte ein starkes Betäubungsmittel in die Wunde und legte einen neuen Umschlag auf die geschwollene Backe. Schließlich war auch das getan, und sie schickte Uwain nach einem kräftigen Schluck Branntwein ins Bett. Er wollte nicht gehen und erklärte, er sei mit schlimmeren Wunden geritten und habe sogar dabei noch gekämpft. Aber sie befahl ihm in bestimmtem Ton, sich hinzulegen, damit die Medizin wirken konnte. Damit war auch Uwain sicher aus dem Weg und über jeden Verdacht erhaben. Die Dienerinnen waren alle mit der Wäsche

beschäftigt, und nun begann Maline, sich zu beklagen. »Wenn wir zu Pfingsten neue Gewänder haben sollen und Avallochs Mantel fertig werden soll... ich weiß, Ihr spinnt nicht gerne, Mutter. Aber ich muß weiter an Avallochs Mantel weben, und alle Frauen sind damit beschäftigt, Wasser für die Wäsche heißzumachen oder Leinen zu klopfen...«

»Oh, das hatte ich völlig vergessen«, sagte Morgaine. »Dann muß ich eben spinnen... es sei denn, du möchtest, daß ich webe.« Ein Mantel, den seine Frau für ihn macht, wäre sogar besser als der Armreif...

»Würdet Ihr das tun, Mutter? Aber Ihr habt auf dem anderen Webstuhl den neuen Mantel für den König in Arbeit...«

»Uriens braucht ihn nicht so dringend wie Avalloch«, erwiderte Morgaine. »Ich webe also an seinem Mantel weiter.« *Und wenn ich damit fertig bin*, dachte sie mit bebendem Herzen, *wird er keinen Mantel mehr brauchen...*

»Dann werde ich spinnen«, erklärte Maline. »Ich bin Euch sehr dankbar, Mutter. Ihr webt soviel besser als ich.« Sie trat zu Morgaine und umarmte ihre Schwiegermutter. »Ihr seid immer so freundlich zu mir, Lady Morgaine.«

Aber du weißt nicht, was ich heute weben werde, mein Kind.

Maline setzte sich und griff nach der Spindel. Aber vorher drückte sie noch einmal die Hände in den Rücken.

»Geht es Euch nicht gut, Schwiegertochter?«

Maline antwortete: »Es ist nichts... meine Blutungen sind schon den vierten Tag ausgeblieben. Ich fürchte, ich bekomme wieder ein Kind. Und ich hatte gehofft, das Kleine noch ein Jahr stillen zu können...« Sie seufzte. »Avalloch hat genug Frauen im Dorf. Aber ich glaube, er rechnet immer noch damit, daß ich ihm einen Sohn schenke, der Conn ersetzen kann. Aus den Mädchen macht er sich nichts... als Maeva im letzten Jahr starb, weinte er nicht einmal. Damals legte ich mich gerade ins Kindbett, und als es wieder ein Mädchen war, wurde er sogar zornig. Morgaine, Ihr kennt Euch doch in Zaubersprüchen aus. Könnt Ihr mir nicht einen Zauber geben, damit ich das nächste Mal einen Sohn bekomme?«

Morgaine schob das Schiffchen durch die Fäden und antwortete lächelnd: »Vater Eian würde nicht gerne sehen, daß Ihr mich um einen Zauber bittet. Er möchte, daß Ihr zur Jungfrau Maria betet, damit sie Euch einen Sohn schenkt.«

»Ja, ihr Sohn war ein Wunder. Und langsam glaube ich, wenn ich

noch einmal einen Sohn bekomme, dann ist das auch ein Wunder«, erklärte Maline. »Aber vielleicht liegt es nur an dem entsetzlich kalten Wetter.«
»Dagegen kann ich Euch einen Tee machen«, sagte Morgaine. »Wenn Ihr wirklich schwanger seid, wird er Euch bestimmt nicht schaden. Aber wenn Eure Blutungen wegen einer Erkältung ausgeblieben sind, setzen sie nach dem Tee ein.«
»Ist das eines Eurer magischen Mittel aus Avalon, Mutter?«
Morgaine schüttelte den Kopf. »Es ist Kräuterkunde, mehr nicht«, sagte sie, ging in die Küche und setzte Wasser für den Tee auf. Dann gab sie Maline den Becher und sagte: »Trinkt ihn so heiß Ihr könnt, und hüllt Euch beim Spinnen in ein Schultertuch, damit Ihr nicht friert.«
Maline trank den Tee und verzog das Gesicht. »Oh, das schmeckt scheußlich!«
Morgaine entgegnete lächelnd: »Ich hätte Honig hineintun sollen. Damit versüße ich den Kindern den Tee, wenn sie Fieber haben.«
Seufzend griff Maline zu Spindel und Spinnrocken. Sie sagte: »Gwyneth ist alt genug, um das Spinnen zu lernen. Ich konnte es schon als fünfjähriges Mädchen.«
»Ich auch«, antwortete Morgaine. »Aber ich bitte Euch, verschiebt den Unterricht auf einen anderen Tag. Wenn ich hier webe, möchte ich keine Unruhe und keinen Lärm.«
»Gut, dann werde ich der Amme sagen, sie soll die Kinder alle draußen halten«, erwiderte Maline. Morgaine vergaß die Schwiegertochter, während das Schiffchen langsam durch die Fäden glitt und sie auf das Muster achtete. Es war ein grün und braun kariertes Tuch und stellte keine hohen Ansprüche an eine geschickte Weberin. Man mußte nur die Fäden zählen, und Morgaine mußte sich nicht lange darauf konzentrieren... Spinnen wäre besser gewesen. Aber ihre Abneigung dagegen war so bekannt, daß es aufgefallen wäre, wenn sie sich an diesem Tag freiwillig dazu erboten hätte.
Das Schiffchen glitt durch die Fäden: grün, braun, grün, braun. Nach jeder zehnten Reihe griff sie nach dem anderen Schiffchen und wechselte die Farbe. Sie hatte Maline gezeigt, wie man diese grüne Farbe herstellte... sie wußte es noch aus Avalon. Das Grün der neuen Blätter im Frühling, das Braun der Erde und der fallenden Blätter, wenn das Wildschwein in den Wäldern nach Eicheln wühlte... Das Schiffchen glitt durch die Fäden, sie schlug mit dem Kamm jede Reihe fest. Ihre Hände bewegten sich wie von selbst – über den

Faden, unter den Faden, der Griff nach dem Schiffchen an der anderen Seite... *Würde Avallochs Pferd doch nur stolpern und fallen, damit er sich den Hals bricht. Dann könnte ich mir ersparen, was ich tun muß...*

Ihr war kalt, und sie fröstelte. Sie zwang sich, es nicht zu bemerken und richtete ihre Gedanken auf das Schiffchen, das hin und her durch die Fäden glitt... hin und her. Bilder stiegen unwillkürlich auf und verschwanden... Accolon saß in Uriens' Gemach und würfelte mit seinem Vater... Uwain warf sich unruhig, von Schmerzen gequält, im Bett hin und her. Aber die Wunde wird sauber verheilen... *Würde doch ein Keiler Avalloch zu Leibe rücken und sein Mann wäre zu langsam, um ihm zu Hilfe zu kommen...*

Ich habe Niniane gesagt, ich werde nicht töten... Sprich nie von dem Brunnen, aus dem du nicht trinkst...

Vor ihren Augen stieg das Bild der Heiligen Quelle auf. Das Wasser entströmte der Erde und floß in das Becken. Das Schiffchen schoß hin und her, grün und braun, braun und grün, wie das Sonnenlicht, das durch die grünen Blätter auf die Erde fällt, wenn im Frühling sich im Wald die Lebenskräfte regen und der Saft in den braunen Stämmen aufsteigt... Das Schiffchen schoß immer schneller und schneller dahin. Die Welt verschwand vor ihren Augen... *Göttin! Du streifst mit den rennenden Hirschen durch den Wald... Alle Menschen sind in deiner Hand und auch alle Tiere...*

Vor Jahren war sie die jungfräuliche Jägerin gewesen, die den Gehörnten segnete und ihn in den Wald schickte, um mit den Hirschen zu laufen, um zu siegen oder zu sterben, wie die Göttin es befahl. Er war zu ihr zurückgekommen... Jetzt war sie nicht mehr die Jungfrau, die alle Macht der Jägerin in Händen hielt. Als Mutter mit der Macht der Fruchtbarkeit hatte sie den Zauber gewoben, der Lancelot in Elaines Bett führte. Aber für sie endete die Mutterschaft im Blut von Gwydions Geburt. Jetzt hielt Morgaine das Schiffchen in der Hand und wob wie der Schatten der Alten Todesbotin den Tod. *Große Mutter! Alle Menschen liegen in deiner Hand. Du entscheidest, ob sie leben oder sterben...*

Das Schiffchen schoß blitzschnell hin und her: grün, braun, grün wie die Blätter und der Wald. Dort rannten sie, die wilden Tiere... der Keiler durchpflügte schnaubend und grunzend mit riesigen Hauern den Boden. Die Bache mit ihren Frischlingen folgte ihm... hinein in ein Dickicht, heraus aus dem Gehölz... das Schiffchen flog zwischen ihren Händen hin und her. Morgaine hörte nichts außer dem schnaubenden Grunzen der Schweine im Wald.

Ceridwen, Große Göttin, Mutter, Todesbotin, Großer Rabe . . . Herrin über Leben und Tod . . . Große Muttersau, die du deine Kinder frißt . . . Ich rufe dich! Ich beschwöre dich . . . Wenn es wirklich dein Wille ist, so mußt du es vollenden . . .

Die Zeit entglitt ihr und verschob sich. Sie lag auf der Lichtung, und die Sonne brannte ihr auf den Rücken, während sie mit dem Königshirsch um die Wette sprang. Sanft grunzend lief sie durch den Wald . . . Sie spürte das Leben, die rennenden und rufenden Jäger . . .

Göttin! Große Muttersau . . .

In einem entfernten Winkel ihres Bewußtseins wußte Morgaine, daß ihre Hände sich sicher bewegten: grün und braun, braun und grün, aber sie sah durch die gesenkten Augenlider nichts, weder Halle noch Fäden, sondern nur das frische Grün unter den Bäumen, den Schlamm und die abgestorbenen braunen Blätter. Sie schien auf allen vieren durch den würzigen Schlamm zu waten . . . *das Leben der Mutter unter den Bäumen . . .* hinter ihr grunzten und quiekten die Frischlinge, die Hauer durchpflügten den Boden auf der Suche nach Wurzeln und Eicheln . . . *braun und grün, grün und braun . . .*

Wie ein Beben erfaßte es ihre Nerven, zuckte wie ein Blitz durch ihren Körper, als sie das Geräusch trampelnder Füße und ferner Rufe im Wald vernahm . . . Ihr Körper saß reglos vor dem Webstuhl, sie webte braune Fäden und wechselte Schiffchen um Schiffchen die Farben. Nur ihre Finger lebten, während plötzlich Entsetzen und Wut von ihr Besitz ergriffen, und sie stürzte mit dem angreifenden Wildschwein vorwärts . . .

Göttin! Verschone die Unschuldigen . . . die Jäger bedeuten dir nichts . . . Sie konnte nichts tun. Entsetzt sah sie zu und zitterte, als sie das Blut roch, das Blut ihres Gefährten . . . das Blut entströmte dem großen Eber. Aber das bedeutete nichts; er mußte wie der Hirschkönig sterben . . . Wenn seine Zeit gekommen ist, muß sein Blut vergossen werden und die Erde tränken . . . hinter sich hörte sie das entsetzte Quieken der Frischlinge, und plötzlich durchströmte sie das Leben der Großen Göttin. Sie wußte nicht mehr, ob sie Morgaine oder die große Bache war; sie hörte nur noch ihr schrilles hohes, wildes Grunzen – wie in Avalon, wenn sie die Hände hob und die Nebel beschwor, warf sie den Kopf zurück, hörte schaudernd und schnaubend die Angst ihrer Frischlinge, stürzte hierhin und dorthin, warf den Kopf hin und her und jagte im Kreis herum . . . grün und braun unter ihren Augen, ein sinnloses Schiffchen tanzte unbeachtet zwischen fleißigen Fingern . . . rasend durch die unbekannten Gerüche von Blut, Eisen, Menschen... der Feind auf zwei Beinen... Eisen und Blut und Tod... griff sie an. Sie hörte Schreie, spürte den heißen, schneidenden Stoß des Eisens. Rot schob sich vor ihre Augen und verdrängte das Braun und Grün des Waldes. Die Hauer stießen zu, heißes Blut schoß hervor, aber ihr Leben entwich in quälender Pein. Sie stürzte und wußte nichts mehr... und das Schiffchen bewegte sich bleiern weiter, webte braun und grün und braun. Sie webte den Todeskampf in ihrem Bauch; das Rot brach durch ihre Augen und ihr zuckendes Herz. Die Schreie hallten noch in ihren Ohren in dem stillen Raum, in dem außer dem Rascheln von Schiffchen und Kette und Spindel und Rocken nichts zu hören war... Schweigend schwankte Morgaine in Trance hin und her, völlig erschöpft... Sie fiel vorwärts auf den Webstuhl und blieb regungslos liegen. Nach einer Weile hörte sie Malines Stimme. Aber sie bewegte sich nicht und gab keine Antwort.

»Oh, Gwyneth, Morag... Mutter, seid Ihr krank? Um Himmels willen. Sie *will* weben, und jedesmal kommen dann diese Anfälle über sie. Uwain, Accolon! Kommt! Mutter ist auf den Webstuhl gefallen...«

Morgaine spürte, wie Maline ihr aufgeregt die Hände rieb, sie beim Namen rief. Sie hörte Accolons Stimme, spürte, wie er sie aufhob und davontrug. Sie wollte und konnte sich nicht bewegen und nicht sprechen... Accolon legte sie auf ihr Bett. Man brachte Wein, um sie wiederzubeleben, und sie spürte, wie ihr der Rebensaft die Kehle hinunterrann. Sie wollte sagen: »Mir geht es gut. Laßt mich in Ruhe!«, aber sie hörte, wie sie nur ein ängstliches, leises Grunzen ausstieß, und schwieg. Der Todeskampf wühlte in ihrem Körper. Sie wußte, im Tod würde die Große Sau sie loslassen, aber zuerst mußte sie diese Qualen erdulden... Selbst während sie blind, in Trance den Tod erwartete, hörte sie das Jagdhorn und wußte, man brachte Avalloch nach Hause. Er lag tot auf dem Pferd, von der Bache grausam geritzt. Er hatte den Keiler getötet, und wenige Augenblicke später griff sie an... aber auch der Bache den Todesstoß versetzt... Tod und Blut und Wiedergeburt, und der Fluß des Lebens in den Wald und wieder aus ihm heraus, wie das Schiffchen, das zwischen den Fäden dahinschoß...

Stunden später... Morgaine konnte noch immer keinen Muskel bewegen, ohne den entsetzlichen, grausamen Schmerz zu empfinden. Beinahe begrüßte sie ihn. *Ich sollte nicht unbeschadet aus diesem Tod hervorgehen. Aber Accolons Hände sind rein...*

Sie blickte in seine Augen. Er beugte sich besorgt und ängstlich über sie; beide waren einen Augenblick allein.

»Kannst du jetzt sprechen, meine Liebe?« flüsterte er. »Was ist geschehen?«

Morgaine schüttelte den Kopf. Sie konnte nicht antworten. Aber seine zärtlichen Hände taten ihr wohl. *Weißt du, was ich für dich getan habe, mein Liebster?*

Accolon beugte sich über Morgaine und küßte sie. Er würde nie erfahren, wie nahe sie daran gewesen waren, entdeckt und entehrt zu werden.

»Ich muß wieder zu meinem Vater«, sagte er sanft und betrübt. »Uriens weint und behauptet, wenn ich meinen Bruder auf die Jagd begleitet hätte, wäre er noch am Leben ... Er wird mir Vorwürfe machen, solange er lebt.« Seine dunklen Augen ruhten beunruhigt auf ihr. »Du hast mir befohlen, nicht zu gehen«, sagte er. »Wußtest du es durch das Gesicht, Geliebte?«

Trotz der Schmerzen in ihrer Kehle rang Morgaine nach Worten: »Es war der Wille der Göttin«, erwiderte sie. »Avalloch durfte nicht zerstören, was wir hier getan haben.« Unter großen Schmerzen gelang es ihr, mit dem Finger die Umrisse der blauen Schlange auf seinem Handgelenk nachzufahren.

Accolon sah sie plötzlich angsterfüllt an: »Morgaine! Hast du etwas damit zu tun?«

Oh, ich hätte wissen müssen, wie er mich ansieht, wenn er es erfährt ...

»Wie kannst du so fragen?« flüsterte sie. »Ich habe unter den Augen von Maline, den Kindern und der Dienerschaft den ganzen Tag in der Halle gewebt ... Es war *Ihr* Wille und *Ihr* Tun.«

»Aber du wußtest es. Du wußtest es?«

Langsam füllten sich ihre Augen mit Tränen. Sie nickte. Accolon beugte sich über Morgaine und küßte sie auf die Lippen.

»So sei es. Es war der Wille der Göttin«, sagte er und verließ sie.

In den Wäldern gab es eine Stelle, an der ein rauschender Bach über die Felsen stürzte und sich in einen tiefen Teich ergoß. Morgaine setzte sich auf einen flachen Felsen am Wasser und bedeutete Accolon, sich neben sie zu setzen. Hier würde sie niemand sehen – niemand außer dem Alten Volk, und keiner aus ihm würde die Königin jemals verraten.

»Mein Lieber. Wir haben all diese Jahre zusammengewirkt . . . Was glaubst du nun, sollten wir tun?«

»Herrin, ich war zufrieden mit dem Wissen, daß Ihr ein Ziel habt«, erwiderte Accolon. »Ich mußte keine Fragen stellen. Hättet Ihr nur einen Liebhaber gesucht . . .«, er hob die Augen und griff nach ihrer Hand, ». . . Ihr hättet andere gefunden, die sich besser zu solchen Lüsten eignen . . . Ich liebe dich sehr, Morgaine, und ich war glücklich und fühlte mich geehrt, daß du dich mir zugewendet hast, um einen Gefährten und Zärtlichkeit zu finden. Aber nicht das hat mich als Druide zur Priesterin hingezogen.« Er zögerte und scharrte nachdenklich mit dem Stiefel im Sand. Schließlich sagte er: »Auch ich habe schon daran gedacht, daß mehr dahinterliegen muß, als der Wunsch einer Priesterin, den Ritualen in diesem Land wieder Geltung zu verschaffen, oder Euer Bedürfnis, die Gezeiten des Mondes auf uns herabzurufen. Ich war froh, Euch darin zur Hand zu gehen, Herrin, und ich teile mit Euch die Verehrung der Göttin. Ihr seid wirklich die Herrin in diesem Land – besonders für das Alte Volk, das in Euch die Große Mutter sieht. Eine Zeitlang glaubte ich, wir seien nur beauftragt, den Alten Glauben wieder zum Leben zu erwecken. Aber jetzt denke ich, und ich weiß nicht warum . . .«, er berührte die Schlangen auf seinen Handgelenken, ». . . sie binden mich an dieses Land. Ich muß leiden und, wenn es notwendig sein sollte, auch sterben.«

Ich habe ihn benutzt, dachte Morgaine, *ich habe ihn so rücksichtslos benutzt wie einst Viviane mich . . .*

Accolon fuhr fort: »Ich weiß wohl, nicht einmal in hundert Jahren wird jetzt das Alte Opfer vollzogen. Doch als *sie* . . .«, wieder berührte er mit seinem gebräunten Finger die Schlangen, ». . . mir gegeben wurden, mußte ich daran denken, daß die Göttin vielleicht mich zu diesem Opfer berufen würde. Im Laufe der Zeit glaubte ich, es sei nicht mehr als das Hirngespinst eines unreifen Knaben gewesen. Aber wenn ich sterben soll . . .« Seine Stimme verebbte wie die Wellen auf dem friedlichen Teich, und alles lag still. Sie hörten das Zirpen einer Grille im Gras. Morgaine sprach nicht, obwohl sie seine Furcht spürte. Er mußte die Schwelle der Furcht allein überschreiten. Auch sie hatte es tun müssen . . . Artus auch und der Merlin, jeder, dem die letzte Prüfung bevorstand. Wenn er sich der letzten Prüfung stellen sollte, mußte er es freiwillig tun.

Schließlich fragte Accolon: »Ist es mir also bestimmt zu sterben, Herrin? . . . Ich dachte . . . wenn ein Blutopfer verlangt wird . . . als

Avalloch in ihre Hände fiel...« Morgaine sah, wie die Muskeln in seinem Gesicht arbeiteten. Sein Kiefer spannte sich, und er schluckte schwer. Sie schwieg immer noch, obwohl ihr Herz vor Mitleid schmerzte, und hörte Vivianes Stimme: *Es wird eine Zeit kommen, in der du mich ebenso sehr haßt, wie du mich jetzt liebst...* Wieder empfand sie Liebe und Schmerz, trotzdem zwang sie sich zur Härte. *Accolon ist älter als Artus damals auf der Dracheninsel.* Avalloch war tatsächlich ein Blutopfer für die Göttin gewesen. Doch das Blut eines anderen konnte niemanden erlösen. Und Avallochs Tod konnte seinen Bruder nicht von der Verpflichtung befreien, sich dem eigenen Schicksal zu ergeben.

Schließlich sagte er seufzend: »So sei es... In der Schlacht bin ich dem Tod oft genug begegnet. Ich habe *Ihr* Treue bis in den Tod geschworen, und ich werde nicht wortbrüchig werden. Laßt mich *Ihren* Willen hören, Herrin.«

Jetzt ergriff sie seine Hand. »Ich glaube nicht, daß man dein Leben fordern wird, und bestimmt nicht auf dem Opferaltar. Trotzdem sind Prüfungen notwendig. Und an der Pforte jeder dieser Prüfungen wartet der Tod. Vielleicht hilft es dir zu wissen, daß auch ich auf diese Weise dem Tod begegnet bin. Trotzdem sitze ich heute hier an deiner Seite. Sage mir, hast du Artus von Angesicht zu Angesicht Treue geschworen?«

»Ich gehöre nicht zu seinen Gefährten«, antwortete Accolon. »Du hast gesehen, wie er Uwain aufgenommen hat. Aber mich nicht, obwohl ich oft genug an seiner Seite gekämpft habe.«

Morgaine war erleichtert. Aber sie wußte, auch der Eid eines Gefährten hätte sie nicht mehr abgehalten. »Hör zu«, sagte sie. »Artus hat Avalon zweimal verraten. Und nur ein König aus Avalon kann über dieses Land herrschen. Ich habe immer und immer wieder versucht, meinen Bruder an den Eid zu erinnern, den er geschworen hat. Aber Artus will nicht auf mich hören. In seinem Stolz trägt er immer noch das Heilige Schwert Excalibur, das Schwert der Heiligen Insignien, und die Magische Scheide, die ich für ihn gemacht habe.«

Sie sah, wie Accolon blaß wurde. »Du willst wirklich... du willst Artus stürzen?« fragte er.

»Nein, nicht, wenn er einwilligt, seinen Schwur zu halten«, erwiderte Morgaine. »Ich werde ihm trotz allem jede Möglichkeit geben, der König zu werden, der zu sein er geschworen hat. Artus' Sohn ist für die Herausforderung noch nicht reif. Du bist kein Jüngling mehr, Accolon. Und trotz dieser Schlangen bist du zum König und nicht zum Druiden bestimmt... Also sage mir, Accolon von Nordwales, wirst du der Ritter für Avalon sein, wenn alle anderen Versuche mißlingen? Wirst du den Verräter herausfordern und mit ihm um das Heilige Schwert kämpfen?«

Accolon holte tief Luft. »Artus herausfordern? Hast du wirklich gefragt, Morgaine, ob ich bereit bin zu sterben?« erwiderte er. »Du sprichst in Rätseln. Ich wußte nicht, daß Artus einen Sohn hat.«

»Sein Sohn ist ein Sohn Avalons und der Beltanefeuer«, erklärte Morgaine. Sie hatte geglaubt, sich längst nicht mehr deshalb zu schämen... *Ich bin Priesterin und keinem Menschen Rechenschaft schuldig über das, was ich tun muß*... Aber sie konnte Accolon nicht in die Augen sehen. »Hör zu, und ich werde dir alles erzählen.«

Schweigend vernahm er die Geschichte von der Dracheninsel und der Ereignisse danach. Aber als sie von der Flucht aus Avalon und von Gwydions Geburt sprach, drückte Accolon ihre Hand.

»Er hat seine Prüfungen bestanden«, sagte Morgaine, »aber er ist jung und unerfahren. Niemand hat geglaubt, daß Artus seinen Eid brechen würde. Auch Artus war jung, aber er wurde zum König gemacht, als Uther Pendragon alt war und im Sterben lag. Und man suchte einen Nachfolger aus dem königlichen Geschlecht von Avalon. Jetzt strahlt Artus' Stern hell, und sein Ruhm ist groß. Selbst mit der Macht von Avalon im Rücken kann Gwydion ihm den Thron nicht streitig machen.«

»Wieso glaubst du, daß ich Artus herausfordern und ihm das Schwert Excalibur abnehmen kann, ohne sofort von seinen Rittern in Stücke gehauen zu werden?« fragte Accolon. »Und es gibt keinen Ort auf dieser Welt, an dem ich ihn stellen könnte, denn seine Männer weichen nicht von seiner Seite.«

»Das ist wahr«, erwiderte Morgaine. »Aber du mußt ihn nicht in dieser Welt herausfordern. Es gibt andere Bereiche, die nicht im Wirklichen liegen. In einem solchen Reich kannst du ihm Excalibur vielleicht entwenden. Er hat das Recht verwirkt, das Schwert und die magische Scheide zu tragen, die ihn schützt. Unbewaffnet ist er auch nur ein Sterblicher. Ich habe gesehen, wie Lancelot, Gawain und Gareth ihn beim Turnier besiegten. Ohne das Schwert ist Artus kein ernsthafter Gegner. Er ist ohnedies nicht der beste Kämpe, und mit Excalibur und der Scheide brauchte er das auch nie zu sein. Ist Artus erst einmal tot...«

Morgaine gab sich Mühe, ihre Stimme fest klingen zu lassen, denn sie wußte, sie lud den Fluch des Brudermordes auf sich, den Fluch, den sie Accolon bei Avallochs Tod erspart hatte.

»Ist Artus erst einmal tot«, wiederholte sie entschlossen, »stehe ich dem Thron am nächsten, denn ich bin seine Schwester. Ich werde als Herrin von Avalon regieren, mit dir als meinem Gefährten und Feldherrn. Ja, wenn deine Zeit gekommen ist, wirst auch du herausgefordert werden und als Königshirsch fallen ... Doch ehe dieser Tag kommt, sollst du König an meiner Seite sein.«
Accolon seufzte: »Ich habe nie daran gedacht, König zu werden. Aber wenn die Göttin es befiehlt, muß ich mich ihrem Willen beugen... und deinem. Aber ich weiß nicht, ob ich stark genug bin, von Artus das Schwert zu fordern...«
»Ich habe nicht gesagt, daß du es ohne die Hilfe tun sollst, die ich dir geben kann. Wozu hätte ich sonst in all diesen langen Jahren die Zauberei erlernt und dich zu meinem Druiden gemacht? Es gibt eine, die größer ist als ich. Sie wird uns bei deiner Prüfung helfen.«
»Sprichst du von den Zauberreichen?« fragte Accolon flüsternd. »Ich verstehe dich nicht.«
Das überrascht mich nicht. Ich weiß selbst nicht, was ich tun oder sagen soll, dachte Morgaine. Sie spürte die vertraute seltsame Verschwommenheit in sich aufsteigen, die ihre Gedanken vernebelte: In dieser Wolke entstand machtvolle Magie. *Ich muß der Göttin vertrauen. Sie muß mich führen. Nicht ich allein, sondern er an meiner Seite wird Artus das Schwert aus der Hand reißen.*
»Vertraue mir und gehorche.« Morgaine erhob sich. Schweigend ging sie durch den Wald und suchte... was suchte sie? Sie fragte, und ihre Stimme klang merkwürdig entfernt: »Wachsen in diesem Wald Haselsträucher, Accolon?«
Er nickte. Sie folgte ihm in das Haselwäldchen. Die Büsche trieben gerade neue Blätter und Blüten. Wildschweine hatten hier nach den letzten Nüssen gesucht, und auf dem weichen Laubboden lagen zerbrochene Nußschalen. Kleine Schößlinge strebten dem Licht entgegen – aus ihnen würden die neuen Sträucher werden, damit das Leben im Wald nie erstarb.
Blüten, Früchte und Samen. Alles kehrt zurück, wächst und kommt ans Licht, um am Ende die Hülle wieder der Herrin anzuvertrauen. Sie, die schweigend und allein im Herzen der Natur wirkt, kann ihren Zauber nicht ohne seine Kraft vollenden, denn er rennt mit den Hirschen; und sie verschenkt in der Sommersonne den Reichtum ihres Leibes. Unter dem Haselstrauch sah sie Accolon an. Sie wußte, er war ihr Geliebter, ihr erwählter Priester. Aber sie wußte auch, er hatte sich zu einer Prüfung bereit erklärt, die über das hinausging, was sie allein bewirken konnte.

Noch ehe die Römer in den Hügeln nach Zinn und Blei gruben, war der Haselhain bereits ein heiliger Ort. Am Rande des Hains lag ein Teich, umgeben von drei heiligen Bäumen: Haselnuß, Weide und Erle – ein Zauber, der älter war als die Magie der Eiche. Im Teich schwammen Zweige und Blätter. Aber das Wasser war klar und spiegelte sich dunkelbraun, das reine Braun des Waldes . . . Morgaine sah ihr Ebenbild, als sie sich hinunterbeugte, mit der Hand Wasser schöpfte und damit ihre Stirn und ihre Lippen berührte. Ihr Gesicht verschwamm, und sie blickte in die seltsam tiefliegenden Augen der Frau aus jener älteren Welt. Aber was sie in diesen Augen las, ließ sie vor Entsetzen erbeben.
Die Welt, die sie umgab, hatte sich kaum merklich verändert. Morgaine hatte geglaubt, das merkwürdige Alte Land läge an den Grenzen von Avalon, nicht hier in den fernen Weiten von Nordwales. Aber eine Stimme in ihr sagte beharrlich: *Ich bin überall. Wo der Haselstrauch sich im heiligen Teich spiegelt, da bin ich.* Sie hörte, wie Accolon vor Erstaunen und Ehrfurcht nach Luft rang, drehte sich um und sah die Herrin des Feenreiches. Aufrecht und schweigend stand sie in ihrem schimmernden Gewand und mit der Krone aus geschälten Weidenzweigen auf der Stirn vor ihnen.
Sprach sie, oder war es die Herrin?
Es gibt andere Prüfungen, als das Rennen mit den Hirschen . . . Plötzlich schien fern und unwirklich ein Hornruf durch den Haselhain zu schallen . . . War es wirklich der Haselhain? Die Blätter bewegten sich, rauschten in einem plötzlichen Wind, die Äste knackten und schwankten. Eisige Angst erfaßte Morgaine.
Er kommt . . .
Sie wandte sich langsam und zögernd um und sah, daß sie nicht allein im Hain waren. Er stand dort am Rand zwischen den Welten . . .
Sie fragte Accolon nie, was er gesehen hatte . . . Sie sah nur den Schatten der Geweihkrone, die strahlend goldenen und roten Blätter eines Waldes, den die ersten Frühlingsknospen schmückten. Sie sah die dunklen Augen . . . einmal hatte sie bei ihm auf dem Waldboden gelegen. Diesmal kam er nicht zu ihr, und sie wußte es. Jetzt mußten sie und sogar die Herrin zur Seite treten. Er schritt leichtfüßig über das Laub. Aber irgendwie erhob sich mit ihm der Wind und blies jetzt heftiger durch die Bäume. Die Haare flatterten ihr um die Stirn, und ihr Mantel blähte sich in einem kühlen Luftzug. Er war groß und dunkel, schien prächtige Gewänder zu tragen und plötzlich in Blätter

gehüllt zu sein. Und doch hätte sie einen Eid schwören können, daß er gleichzeitig nackt vor ihnen stand, und daß sein glatter Körper im Sonnenlicht glänzte. Er hob die schlanke Hand, und Accolon ging ihm langsam, Schritt für Schritt, entgegen, als sei er verzaubert... Gleichzeitig sah sie Accolon gekrönt und geschmückt mit Blättern und dem Geweih, das im merkwürdig stillen Licht des Feenreiches schimmerte. Morgaine spürte, wie der Wind sie peitschte und an ihr zerrte. Sie sah Gestalten und Gesichter im Hain – aber nur undeutlich. Die Prüfung galt nicht ihr, sondern dem Mann an ihrer Seite. Sie glaubte, Rufe und Jagdhörner zu hören. Jagten Reiter durch die Luft, oder ließen ihre Hufe den Waldboden erzittern? Ihre Gedanken erstarben im übergroßen Lärm. Sie wußte, Accolon war nicht mehr bei ihr. Morgaine klammerte sich an einen Haselnußstamm und verbarg ihr Gesicht. Sie wußte nicht, und würde es auch nie erfahren, wie Accolon zum König gemacht wurde, denn es sollte ihr verborgen bleiben... Es stand nicht in ihrer Macht, ihm die Königswürde zu geben. Durch die Herrin hatte sie die Macht des Gehörnten beschworen, und er war dorthin gegangen, wohin sie ihm nicht folgen konnte.

Sie wußte nicht, wie lange sie so verharrte... Der Wind legte sich, und Accolon stand wieder bei ihr. Sie waren allein im Haselhain und hörten nur den rollenden Donner am dunklen, wolkenlosen Himmel. Der Rand der Sonne glühte wie heißes Metall hinter der dunklen Scheibe des Mondes, und Sterne brannten am Himmel, an dem die Nacht noch nicht hereingebrochen war. Accolon hatte den Arm um ihre Schultern gelegt und flüsterte: »Was ist das? Was ist das?«

»Die Sonnenfinsternis.« Ihre Stimme klang ruhiger, als sie für möglich gehalten hätte. Unter der Berührung seiner warmen und lebendigen Arme, die sie umschlangen, wurde ihr Herzschlag langsam ruhiger. Der Boden unter ihren Füßen war wieder fest – es war die weiche Erde im Haselhain. Als sie in den Teich blickte, sah sie Zweige, die der unheimliche Wind abgerissen hatte. Irgendwo klagte ein Vogel über die plötzliche Dunkelheit, und vor ihren Füßen wühlte sich ein kleines rosafarbenes Ferkel durchs Laub. Dann strahlte das Licht wieder auf, während der Schatten vor der Sonne allmählich verschwand. Sie bemerkte, wie Accolon in die Helligkeit starrte, und sagte schnell: »Wende den Blick ab... nach der Dunkelheit kannst du erblinden!«

Er schluckte und senkte den Kopf. Seine Haare hatte ein Wind zerzaust, der nicht von dieser Welt gewesen war, und in ihnen hing noch ein rotes Blatt. Morgaine erzitterte, als sie es sah, denn sie standen unter einem Haselstrauch, dessen erste Blätter sich entfalteten.

Accolon flüsterte: »*Er* ist gegangen ... und *Sie* ... oder bist du es gewesen? Morgaine, ist es geschehen? War es Wirklichkeit?«

Morgaine blickte in sein verwirrtes Gesicht und sah etwas in seinen Augen, was sie vorher noch nie bemerkt hatte: die Berührung mit dem Außermenschlichen. Sie nahm das rote Blatt aus seinem Haar und zeigte es ihm: »Du trägst die Schlangen ... mußt du wirklich fragen?«

»Ah ...« Sie sah, wie ein Schauer durch seinen Körper rann. Mit einer wilden Bewegung schlug er ihr das Blatt aus der Hand, das sanft auf den Waldboden sank, und sagte keuchend: »Ich schien hoch über der Welt dahinzureiten und sah Dinge, die kein Sterblicher erblickt ...« Er preßte sie an sich, zerrte in blinder Leidenschaft an ihrem Kleid und zog sie mit sich zu Boden. Sie ließ ihn gewähren und lag wie betäubt im feuchten Laub, als er wild in sie stieß, getrieben von einer Macht, die er kaum verstand. Während sie schweigend unter dieser fordernden Kraft lag, schien sein Gesicht wieder überschattet von dem Geweih oder den roten Blättern. Sie hatte keinen Anteil daran, war nur die geduldige Erde unter Regen und Wind, Donner und Blitz ... und der Blitz schien durch sie hindurch in die Erde zu fahren ...

Die Dunkelheit schwand, und die merkwürdigen Sterne, die an diesem Tag am Himmel geleuchtet hatten, verblaßten. Accolon half ihr zärtlich und beinahe reumütig, sich zu erheben und ihr Gewand zu ordnen. Er beugte sich über sie, küßte sie und stammelte eine Art Erklärung, als wollte er sie um Entschuldigung bitten. Morgaine aber lächelte nur und legte ihm die Hand auf den Mund. »Nein, nein ... genug ...« Im Hain war es wieder still, und nur die wirklichen Geräusche eines ruhigen Tages umgaben sie.

Morgaine sagte leise: »Wir müssen zurück, mein Geliebter. Man wird uns vermissen. Alle werden über die Sonnenfinsternis beunruhigt sein und sich aufführen, als habe sich ein Wunder ereignet ...« Sie lächelte schwach. An diesem Tag hatten sie etwas weit Seltsameres als eine Verfinsterung der Sonne gesehen. Sie spürte Accolons kühle und feste Hand.

Beim Gehen flüsterte er: »Ich wußte nie, daß du ... du siehst aus wie *Sie*, Morgaine ...«

Aber ich bin sie. Morgaine sprach es nicht aus. Für ihn war es eine

Weihe gewesen. Vielleicht hätte er besser vorbereitet in diese Prüfung gehen sollen. Aber Accolon hatte sich ihr unterzogen, wie es ihm beschieden war. Und etwas, das weit über ihren schwachen Kräften stand, hatte ihn angenommen.

Kalte Angst ergriff Morgaine, und sie blickte in sein lächelndes, geliebtes Gesicht. Er war angenommen worden. Aber das bedeutete nicht, daß er auch siegen würde. Es hieß nur, daß er die letzte Prüfung wagen konnte, für die der heutige Tag der Anfang gewesen war.

Solche Gefühle hatte ich nicht als Frühlingskönigin, als ich Artus – der für mich noch nicht mein Bruder war – zu seiner Prüfung ausschickte. Oh, Große Göttin, wie jung war ich damals! Wie jung waren wir beide ... gnädig jung, denn wir wußten nicht, was wir taten. Jetzt bin ich alt genug, um es zu erkennen. Doch wie soll ich den Mut aufbringen, ihn auszuschicken, um dem Tod zu begegnen?

Am Vorabend des Pfingstfestes tafelten mit Artus und Gwenhwyfar nur Gäste, die dem Thron durch Familienbande nahestanden. Am nächsten Tag würde das übliche Bankett für Artus' Vasallen und die Gefährten stattfinden. Gwenhwyfar kleidete sich sorgfältig an und spürte, daß ihr heute die größere Prüfung bevorstand. Seit langem hatte sie sich in das Unvermeidliche gefügt. Ihr Gemahl und Gebieter würde morgen durch sein Handeln öffentlich und unwiderruflich bestätigen, was seit langem bekannt war: Morgen sollte Galahad zum Ritter geschlagen und in die Tafelrunde aufgenommen werden. Oh, sie wußte es seit Jahren. Aber früher war Galahad für sie nur ein blonder Knabe gewesen, der irgendwo in König Pellinores Land aufwuchs. Dieser Gedanke hatte ihr sogar gefallen. Er war Lancelots Sohn, und ihre Base Elaine war seine Mutter. Elaine war inzwischen im Kindbett gestorben. Galahad war eine gute Wahl, aber jetzt sah sie in ihm nur einen lebendigen Vorwurf. Sie war die alternde Königin, die unfruchtbar geblieben war.

»Du bist nicht glücklich«, bemerkte Artus, der beobachtete, wie sie sich die Krone aufsetzte. »Es tut mir leid, Gwenhwyfar ... Ich dachte, es sei ein Weg, den jungen Mann kennenzulernen. Und ich muß ihn kennen, wenn er meinen Thron besteigen soll. Soll ich ihnen sagen, du bist krank? Du mußt nicht an der Tafel erscheinen ... du kannst ihn ein andermal begrüßen.«

Gwenhwyfar preßte die Lippen zusammen: »Heute oder später. Was macht das für einen Unterschied?«
Er ergriff ihre Hand. »Ich sehe Lancelot nicht mehr oft... es wird schön sein, wieder einmal mit ihm zu sprechen.«
Die Königin verzog den Mund, und sie wußte, es war nicht das Lächeln, das sie beabsichtigt hatte. »Ich wundere mich, daß du es hinnimmst... Haßt du ihn nicht?«
Artus lächelte unbehaglich. »Wir waren damals alle soviel jünger. Wir schienen in einer anderen Welt zu leben. Lance war mein bester und ältester Freund, beinahe ebenso mein Bruder wie Cai.«
»Cai ist auch dein Bruder«, erwiderte Gwenhwyfar. »Sein Sohn Artus ist einer deiner treuesten Ritter. Mir scheint, er wäre ein besserer Erbe als Galahad...«
»Der junge Artus ist ein guter Kämpe und ein verläßlicher Gefährte. Aber Cai ist nicht von königlichem Geblüt. Weiß Gott, ich habe in all diesen Jahren oft genug gewünscht, Ectorius wäre mein richtiger Vater gewesen... Aber er war es nicht, und darüber gibt es nichts mehr zu reden, Gwenhwyfar.« Er zögerte – seit dem anderen schrecklichen Pfingstfest hatte er nicht mehr darüber gesprochen – und sagte dann: »Ich habe gehört... der andere junge Mann, Morgaines Sohn... ist in Avalon.«
Gwenhwyfar hob die Hand, wie um einen Schlag abzuwehren. »Nein...!«
»Ich werde darauf achten, daß du ihm nie begegnen mußt«, sagte er, ohne sie anzusehen. »Aber königliches Blut ist königliches Blut, und ich muß etwas für ihn tun. Meinen Thron kann er nicht haben, die Priester würden es nicht dulden...«
»Oh!« erwiderte Gwenhwyfar, »und wenn die Priester es dulden würden... ich glaube, du würdest Morgaines Sohn wirklich zum Erben ausrufen...«
»Es wird Leute geben, die sich wundern, daß er es nicht ist«, erklärte Artus. »Möchtest du, daß ich versuchen muß, es ihnen zu erklären?«
»Dann sorge dafür, daß er nie nach Camelot kommt«, erwiderte Gwenhwyfar und dachte, *ich wußte nicht, daß meine Stimme so schrill klingt, wenn ich wütend bin.* »Was hat jemand an diesem Hof zu suchen, der in Avalon zum Druiden gemacht worden ist?«
Artus erwiderte trocken: »Der Merlin von Britannien ist einer meiner Ratgeber. Und er ist schon immer Druide gewesen, Gwen. Alle, die nach Avalon blicken, sind auch meine Untertanen. Es steht geschrieben: *Ich habe auch andere Schafe, die nicht von dieser Herde sind...*«

»Was für ein gotteslästerlicher Scherz«, bemerkte Gwenhwyfar und versuchte, sanfter zu sprechen. »Solche Worte sind am Vorabend von Pfingsten wohl kaum am Platz...«
Artus erwiderte: »Vor Pfingsten gab es immer die Sommersonnenwende, meine Liebe. Jetzt brennen keine Feldfeuer mehr, nicht einmal auf der Dracheninsel, und soweit ich weiß, nirgends im Umkreis von drei Tagesritten... mit Ausnahme von Avalon.«
»Ich bin sicher, die Priester haben Wachen auf Glastonbury aufgestellt, um das Kommen und Gehen zu unterbinden...«
»Es wäre ein trauriger Tag, wenn Avalon für immer verlorengeht«, klagte Artus, »ebenso traurig wie für das Landvolk, wenn es seine Feste verliert. Die Menschen in den Städten brauchen die alten Bräuche vielleicht nicht. O ja, ich weiß wohl, es gibt nur einen Namen unter dem Himmel, durch den wir gerettet werden können. Aber vielleicht brauchen alle, die in enger Bindung an die Erde leben, mehr als Rettung...«
Gwenhwyfar wollte etwas erwidern, schwieg aber dann. Kevin war nur ein häßlicher alter Krüppel und ein Druide. Und die Tage der Druiden erschienen ihr heute so fern wie die Zeit der Römer. Am Hof kannte man Kevin mehr als hervorragenden Harfner – weniger als den Merlin von Britannien. Die Priester ehrten ihn nicht als guten, freundlichen Mann wie einst Taliesin, und Kevin wurde im Gespräch schnell scharf und unhöflich. Aber er wußte mehr über die alten Sitten und das alte Gesetz als selbst Artus; der König hatte sich angewöhnt, sich an ihn zu wenden, wenn es um einen alten Brauch oder um ein Gesetz ging, das man nicht beiseite schieben konnte.
»Wenn heute abend nicht nur Verwandte zur Tafel gebeten wären, würde ich den Merlin auffordern, für uns zu spielen.«
Artus lächelte und sagte: »Wenn du willst, werde ich ihn darum bitten. Aber seine Musik kann selbst ein König nicht befehlen. Ich kann ihn bitten, mit uns an der Tafel zu sitzen und ihn dann fragen, ob er uns die Ehre gibt, ein Lied zu singen.«
Gwenhwyfar lächelte ihren Gemahl an und erwiderte: »Der König bittet also einen Untertanen und nicht der Untertan seinen König?«
»Es muß in allem ein Gleichgewicht geben«, erwiderte Artus. »Das habe ich als König gelernt... es gibt Dinge, da kann ein König nicht befehlen, sondern muß bitten. Vielleicht sind die Cäsaren gestürzt, weil sie dem verfielen, was mein Lehrer *Hybris* nannte. Sie glaubten, auch außerhalb der rechtmäßigen Bereiche eines Königs mit Hochmut befehlen zu können... Nun, meine Herrin, unsere Gäste warten. Bist du schön genug?«

Gwenhwyfar erwiderte: »Du machst dich wieder über mich lustig. Du weißt, wie alt ich bin.«
»Doch wohl kaum älter als ich«, entgegnete Artus, »und mein Kammerherr sagt, ich sei noch immer ein gutaussehender Mann.«
»Oh, das ist etwas anderes. Männer altern nicht wie Frauen.« Sie sah ihn an. Sein Gesicht trug nur wenige Spuren der Jahre. Ja, Artus war ein blühender Mann!
Er nahm sie bei der Hand und sagte: »Es würde sich kaum schicken, wenn ich eine Jungfrau als Königin an meiner Seite hätte. Du paßt sehr gut zu mir.« Sie näherten sich der Tür. Der Kammerherr trat vor und sprach leise mit Artus. Der König wandte sich an Gwenhwyfar: »Wir werden mehr Gäste an der Tafel haben. Gawain läßt sagen, daß seine Mutter gekommen ist, also müssen wir auch Lamorak bitten. Er begleitet sie und ist ihr Gefährte. Ich habe Morgause viele Jahre nicht gesehen. Aber auch sie ist meine Verwandte. König Uriens und Morgaine sind mit ihren Söhnen ebenfalls hier...«
»Dann wird es wirklich ein Familienfest!«
»Ja, mit Gareth und Gawain... Gaheris ist in Cornwall, und Agravain mußte in Lothian zurückbleiben«, sagte Artus. Gwenhwyfar spürte wieder den alten Stachel... Lot von Lothian hatte so viele Söhne. »Meine Liebe, die Gäste erwarten uns in der Kleinen Halle. Wollen wir hinuntergehen?«
Die Große Halle mit der runden Tafel war Artus' Reich – der Platz eines Mannes, wo sich Krieger, Ritter und Könige versammelten. Aber in der Kleinen Halle mit den Wandbehängen, die sie aus Gallien hatte kommen lassen, und den hübschen Tischen und Stühlen, fühlte sich Gwenhwyfar ganz als Königin. Sie wurde allmählich ein bißchen kurzsichtig. Obwohl es im Raum hell war, sah sie anfangs nur die farbigen Streifen in den Gewändern der Damen und die prächtigen Roben der Männer. Diese riesige Gestalt dort mit dem dicken Schopf hellen Haares war Gawain. Er trat zu ihnen, verbeugte sich vor dem König. Dann erhob er sich und schloß Gwenhwyfar in seine bärenstarken Arme. Ihm folgte Gareth – etwas zurückhaltender. Cai klopfte Gareth auf die Schulter, nannte ihn wie in alten Tagen ›Schönling‹ und erkundigte sich nach den Kindern, die immer noch zu jung waren, um ihn an den Hof des Großkönigs zu begleiten. Gareth erklärte, Lionors liege nach der Geburt des Jüngsten noch im Kindbett. Sie sei in ihrer Burg im Norden der Römischen Mauer zurückgeblieben. *Hat er jetzt acht oder neun Kinder?* Gwenhwyfar hatte Lionors nur zweimal gesehen, denn Gareth berichtete jedes-

mal, sie sei wieder schwanger, läge im Kindbett oder habe das Jüngste gerade an der Brust. Gareth hatte nicht mehr das hübsche Gesicht von früher, aber er sah noch immer sehr gut aus. Mit zunehmendem Alter wurde die Ähnlichkeit zwischen Gareth und Gawain immer größer. Gerade umarmte ein schlanker Mann mit dunklen ergrauenden Locken Gareth. Gwenhwyfar biß sich auf die Lippen: Lancelot hatte sich in all den Jahren nicht verändert. Er sah noch würdiger aus.
Uriens besaß nichts von dieser magischen Unberührtheit durch die Zeit. Er wirkte wirklich alt, obwohl er sich aufrecht hielt. Seine Haare waren weiß, und Gwenhwyfar hörte, wie er Artus erzählte, er habe sich erst kürzlich vom Lungenfieber erholt. Im Frühjahr habe er seinen ältesten Sohn zu Grabe getragen, den ein Wildschwein angegriffen und getötet hatte.
Artus sagte: »Also werdet Ihr eines Tages König von Nordwales sein, edler Accolon? So soll es sein . . . Gott gibt und Gott nimmt, heißt es in der Heiligen Schrift.«
Uriens wollte sich über Gwenhwyfars Hand beugen, um sie zu küssen, aber sie hinderte ihn daran und küßte statt dessen den alten Mann auf die Wange. Er war in ein etwas zu jugendliches Grün gekleidet und trug einen hübschen grün-braunen Mantel.
»Unsere Königin wird immer jünger«, sagte der alte König gutgelaunt und lächelte Gwenhwyfar an. »Man könnte glauben, Ihr hättet im Feenland gelebt, Base.«
Gwenhwyfar lachte: »Vielleicht sollte ich mir Falten ins Gesicht malen, damit die Bischöfe und Priester nicht glauben, ich benutze Zauberkräfte, die einer christlichen Frau nicht erlaubt sind . . . aber solche Späße sind am Vorabend eines heiligen Tages nicht angebracht. Nun, Morgaine . . .«, wenigstens einmal konnte sie ihre Schwägerin mit einem Spaß begrüßen, ». . . Ihr wirkt jünger als ich, und ich weiß doch, daß Ihr älter seid. Verratet Ihr mir Euer Geheimnis?«
»Das ist kein Geheimnis«, erwiderte Morgaine mit ihrer wohlklingenden, dunklen Stimme, »in unserem Land am Ende der Welt geschieht so wenig, daß es mir vorkommt, als vergehe die Zeit nicht. Vielleicht werde ich deshalb nicht älter.«
Gwenhwyfar betrachtete sie jetzt genauer und entdeckte auch in ihrem Gesicht die Spuren der Zeit. Ihre Haut war noch immer makellos und glatt. Aber um die Augen zeigten sich Fältchen, und die Augenlider wirkten schon etwas schlaff. Morgaine reichte

Gwenhwyfar eine dünne, magere Hand, an deren Finger die Ringe locker saßen. *Morgaine ist mindestens fünf Jahre älter als ich,* dachte Gwenhwyfar. Und plötzlich schien es ihr, sie seien nicht mehr die Frauen im mittleren Alter, sondern die beiden jungen Mädchen, die sich in Avalon zum ersten Mal gesehen hatten.

Lancelot begrüßte Morgaine. Gwenhwyfar hätte nicht geglaubt, daß sie immer noch von rasender Eifersucht gepackt werden konnte... *Elaine lebt nicht mehr... und Uriens ist so alt, daß er sicher Weihnachten nicht mehr erlebt...*

Sie hörte, wie Lancelot lachend Morgaine ein Kompliment machte und Morgaine darauf verführerisch lächelte. *Aber sie sieht Lancelot nicht wie eine Liebende an... ihre Augen hängen an Prinz Accolon... auch er ist ein gutaussehender Mann... nun ja, Morgaines Gemahl könnte ihr Großvater sein...*

Aber Gwenhwyfar konnte einen Anflug von selbstgerechter Mißbilligung nicht unterdrücken.

»Wir sollten uns setzen«, sagte sie und gab Cai ein Zeichen. »Galahad muß um Mitternacht zur Nachtwache in die Kirche. Vielleicht möchte er, wie die meisten jungen Ritter es tun, vorher noch etwas ruhen, damit er nicht so müde ist...«

»Ich werde bestimmt nicht müde sein«, erklärte der junge Mann, und Gwenhwyfar spürte wieder den Schmerz. Sie hätte diesen hübschen Burschen gern zum Sohn gehabt. Er war groß, breitschultrig und kräftiger als Lancelot. Sein blankes Gesicht schien in stillem Glück zu strahlen. »Es ist alles so neu für mich... Camelot ist eine so schöne Burgstadt. Ich kann kaum glauben, daß sie wirklich ist. Ich bin mit meinem Vater hierhergeritten... meine Mutter sprach ihr ganzes Leben lang von ihm, als sei er ein König oder ein Heiliger, der alle Sterblichen weit überragt.«

Morgaine warf ein: »Oh, Lancelot ist sterblich genug, Galahad. Wenn Ihr ihn erst einmal gut genug kennt, werdet Ihr das ebenfalls feststellen.«

Galahad verbeugte sich höflich vor Morgaine. Er sagte: »Ich erinnere mich. Ihr kamt, um uns Nimue wegzunehmen, und meine Mutter weinte... geht es meiner Schwester gut, Herrin?«

»Ich habe sie in den letzten Jahren nicht gesehen«, erwiderte Morgaine. »Aber ich wüßte es, wenn es ihr nicht gut geht.«

»Ich erinnere mich nur noch, daß ich wütend auf Euch war, weil Ihr mir sagtet, ich irre in allen Dingen... Ihr schient Eurer Sache sehr sicher zu sein, und meine Mutter...«

»Eure Mutter hat Euch zweifellos gesagt, ich sei eine böse Zauberin.« Sie lächelte ...

Zufrieden wie eine Katze, dachte Gwenhwyfar, während Galahad eine leichte Röte ins Gesicht stieg. »Nun, Galahad, Ihr seid nicht der erste, der das glaubt.« Sie lächelte Accolon an, der ihr Lächeln so offen erwiderte, daß Gwenhwyfar darüber entsetzt war.

Galahad fragte: »Und seid Ihr wirklich eine Zauberin, Herrin?«

»Nun«, antwortete Morgaine mit diesem katzenhaften Lächeln, »Eure Mutter hatte zweifellos Gründe, mich dafür zu halten. Da sie nicht mehr lebt, kann ich es ja verraten ... Lancelot, hat dir Elaine nie erzählt, wie sie mich um einen Zauber anflehte, der dich zu ihr führen würde?«

Lancelot wandte sich Morgaine zu. Gwenhwyfar sah die gepeinigten Augen. »Warum über Dinge spaßen, Base, die lange zurückliegen?«

»Oh, ich spaße nicht«, erwiderte Morgaine und blickte Gwenhwyfar kurz in die Augen. »Ich fand, es war an der Zeit, daß du damit aufhörtest, die Herzen aller Mädchen und Frauen in Britannien und Gallien zu brechen. Deshalb führte ich diese Ehe herbei, und ich bedaure es nicht, denn jetzt hast du einen prächtigen Sohn, der das Reich meines Bruders erben wird. Hätte ich nichts unternommen, wärst du noch immer unverheiratet und würdest unsere Herzen brechen, nicht wahr, Gwen?«, fügte sie anzüglich hinzu.

Ich wußte es. Aber ich hätte nie geglaubt, daß Morgaine es so offen eingestehen würde ... Aber Gwenhwyfar machte von ihrem Vorrecht als Königin Gebrauch, den Gesprächsstoff zu wechseln. »Wie geht es Eurer kleinen Gwenhwyfar?«

»Sie ist Lionels Sohn versprochen«, erwiderte Lancelot, »und wird eines Tages Königin der Bretagne sein. Die Priester behaupteten, die Verwandtschaft sei zu nahe, aber eine *Dispens* könne erteilt werden ... ich habe der Kirche eine große Summe gezahlt, um das zu erreichen, und Lionel ebenfalls ... das Mädchen ist erst neun, und bis zur Hochzeit sind es noch sechs Jahre.«

»Und Eure ältere Tochter?« erkundigte sich Artus.

»Sie ist in einem Kloster, mein König«, erwiderte Lancelot.

»Hat Elaine das gesagt?« fragte Morgaine, und in ihren Augen blitzte wieder die Bosheit auf. »Sie lebt in Avalon, Lancelot, dort, wo Eure Mutter lebte. Wußtet Ihr das nicht?«

Er entgegnete friedfertig: »Es ist alles eins. Die Priesterinnen im Haus der Jungfrauen ähneln sehr den Nonnen der Heiligen Kirche. Auch sie weihen ihr Leben der Reinheit und dem Gebet und dienen Gott auf ihre Weise.« Er wandte sich rasch Morgause zu, die gerade näher kam. »Liebe Tante, ich kann nicht behaupten, daß die Zeit spurlos an Euch vorübergegangen ist. Aber sie hat Euch sehr freundlich behandelt.«

Sie sieht Igraine so ähnlich! Ich habe nur die Geschichten über sie gehört und darüber gelacht. Aber jetzt glaube ich gern, daß der junge Lamorak nicht von ihr loskommt ... es ist Liebe, kein Ehrgeiz. Morgause war eine große, stattliche Frau. Die immer noch vollen, roten Haare waren locker geflochten und fielen über ihr grünes Gewand ... ein üppiges *Habit* aus Brokat, Seide, Perlen und Goldstickereien. Auf ihrem Kopf glitzerte eine schmale Krone mit kostbaren Topasen. Gwenhwyfar breitete die Arme aus und umarmte sie. »Ihr ähnelt sehr Igraine, Königin Morgause. Ich liebte sie und denke immer noch oft an sie.«

»Als ich jünger war, hätte mich diese Bemerkung sehr eifersüchtig gemacht, Gwenhwyfar ... ich litt darunter, daß meine Schwester Igraine schöner war als ich und ihr so viele Könige und edle Ritter zu Füßen lagen. Jetzt erinnere ich mich nur noch daran, daß sie schön und gut war. Es macht glücklich zu hören, daß ich ihr immer noch ähnlich bin.« Damit wandte sie sich ab und umarmte Morgaine. Gwenhwyfar sah, wie Morgaine in den Armen der älteren Frau versank, denn Morgause überragte sie um etliches ... *Warum habe ich Morgaine jemals gefürchtet? Sie ist schließlich nur ein kleines, unscheinbares Ding und die Königin eines unwichtigen Reichs ...*

Morgaine trug ein schlichtes Gewand aus dunkler Wolle. Ihr ganzer Schmuck bestand aus einem Silberreif am Hals und ein paar silbernen Armbändern. Ihre vollen, dunklen Haare lagen schlicht geflochten um den Kopf.

Artus trat zu ihnen und begrüßte seine Schwester und seine Tante. Gwenhwyfar nahm Galahad an der Hand. »Ihr sitzt neben mir, Galahad.«

O ja, das ist der Sohn, den ich Lancelot ... oder Artus hätte schenken sollen ... Als sie sich setzten, fragte sie: »Jetzt kennt Ihr Euren Vater. Habt Ihr festgestellt, daß er kein Heiliger ist, sondern ein liebenswerter Mann, wie Morgaine schon sagte?«

»Ach, aber ist ein Heiliger etwas anderes!« erwiderte Galahad mit glänzenden Augen. »Ich kann ihn nicht nur als Sterblichen sehen, Herrin. Bestimmt ist er mehr als das. Außerdem ist er der Sohn eines Königs. Ich bin sicher, er würde in der Bretagne herrschen, wenn der beste und nicht der älteste Sohn den Thron besteigen dürfte. Ich glaube, der Mann ist glücklich, der in seinem Vater auch den Helden sehen kann. Ich habe mich mit Gawain unterhalten ... er verachtet seinen Vater und hält wenig von ihm. Aber kein Mann hat von meinem Vater anders als mit Bewunderung gesprochen.«

»Ich hoffe, er wird für Euch immer der Held ohne Fehl und Tadel sein«, erwiderte Gwenhwyfar. Sie hatte Galahad zwischen sich und Artus gesetzt, wie es sich für den angenommenen Erben des Reichs gehörte. Neben Artus saß Königin Morgause, neben ihr Gawain, dann kam Uwain, Gawains Freund und Schützling. Genauso hatte sich damals Lancelot des jungen Gareth angenommen.

Am Nebentisch saßen Morgaine und Uriens und andere Gäste – alles Verwandte. Aber Gwenhwyfar konnte ihre Gesichter nicht deutlich erkennen. Sie reckte den Kopf und kniff die Augen zusammen, wies sich aber sofort selbst zurecht: *Das macht häßlich!* Sie glättete sich mit dem Finger die Stirn. Gwenhwyfar fragte sich plötzlich, ob sie als Mädchen nur deshalb so große Angst vor der Weite hatte, weil sie kurzsichtig war. Hatte sie die Welt gefürchtet, weil sie sie nicht richtig sehen konnte?

Sie fragte Artus über Galahads Kopf hinweg, der mit dem Hunger eines jungen Mannes aß: »Hast du Kevin zur Tafel gebeten?«

»Gewiß, aber er läßt ausrichten, er kann nicht kommen. Vielleicht begeht er den heiligen Tag auf seine Weise, da er nicht in Avalon sein kann. Ich habe auch Erzbischof Patricius gebeten, aber er hält die Pfingstvigilien in der Kirche ... er wird Euch dort um Mitternacht erwarten, Galahad.«

»Ich glaube, wenn man zum König gemacht wird, ist das ähnlich wie die Priesterweihe«, sagte Galahad. Es wurde kaum gesprochen, und man hörte seine junge Stimme deutlich im ganzen Raum. »König und Priester haben geschworen, den Menschen und Gott zu dienen und das Rechte zu tun ...«

Gareth sagte: »Damals empfand ich es ähnlich. Gott gebe, daß Ihr es immer so seht.«

»Ich habe mir immer gewünscht, daß meine Gefährten sich dem Recht verpflichtet fühlen«, erklärte König Artus. »Ich verlange nicht, daß sie gottesfürchtige Männer sind, Galahad. Aber ich hoffe, sie sind *gute* Männer.«

»Vielleicht leben die Jungen einmal in einer Welt, in der es leichter ist, gut zu sein«, sagte Lancelot an Artus gewandt. Gwenhwyfar hörte die Trauer aus seinen Worten.

»Aber Ihr seid gut, Vater«, rief Galahad, »jeder im Land sieht in Euch den besten Ritter des Königs.«
Lancelot lachte verlegen. »Ja, ja ... wie der Sachsenheld, der dem Ungeheuer im See den Arm abriß. Aus meinen Taten hat man Lieder gemacht, weil die wirkliche Geschichte nicht aufregend genug ist, um sie im Winter am Feuer zu erzählen.«
»Aber Ihr habt doch den Drachen erschlagen?« fragte Galahad.
»O ja ... es war ein grauenhaftes Untier. Aber Euer Großvater hatte daran keinen geringeren Anteil als ich«, erwiderte Lancelot. »Gwenhwyfar, meine Königin, nirgends ißt man besser als an Eurer Tafel ...«
»Viel zu gut«, erklärte Artus fröhlich und schlug sich auf den Bauch. »Wenn wir oft solche Feste hätten, wäre ich so dick wie diese biertrinkenden Sachsenkönige. Und morgen ist Pfingsten. Uns erwartet ein weiteres Mahl mit noch mehr Gästen ... ich weiß nicht, wie meine Gemahlin das alles bewältigt!«
Gwenhwyfar sonnte sich in der Anerkennung. »Dies ist mein Fest. Morgen verdient Cai das Lob ... die Rinder braten schon am Spieß. König Uriens, Ihr eßt gar kein Fleisch!«
Uriens schüttelte den Kopf. »Vielleicht einen Flügel von diesen Vögeln. Nach dem Tod meines Sohnes habe ich geschworen, nie wieder Schweinefleisch zu essen.«
»Eure Königin hat sich Eurem Schwur angeschlossen?« fragte Artus. »Morgaine ißt wie immer so gut wie nichts ... kein Wunder, daß du so klein und dünn bist, meine Schwester!«
»Es fällt mir nicht schwer, auf Schweinefleisch zu verzichten.«
»Ist deine Stimme noch so schön wie früher, Schwester? Vielleicht könntest du singen oder Harfe spielen, da Kevin nicht bei uns sein kann ...«
»Ich hätte weniger gegessen, wenn ich es gewußt hätte. Im Augenblick kann ich nicht singen, vielleicht später.«
»Dann Ihr, Lancelot«, bat Artus.
Der Ritter zuckte ergeben mit den Schultern und befahl einem Diener, ihm die Harfe zu bringen. »Kevin wird dieses Lied morgen singen ... ich kann mich nicht mit ihm messen. Ich habe die Worte von einem Dichter der Sachsen übernommen. Ich sagte einmal, ich könne mit den Sachsen leben, aber nicht mit dem, was sie als Musik bezeichnen. Als ich mich im letzten Jahr bei ihnen aufhielt, hörte ich das Lied und mußte weinen. Deshalb versuchte ich mit meinen bescheidenen Gaben, es in unsere Sprache zu übertragen.« Er stand

auf und griff nach der kleinen Harfe. »Es ist für Euch, mein König«, sagte er, »denn es spricht von dem Leid, das mich überfiel, als ich weit von Camelot und meinem Herrn lebte... aber es ist eine sächsische Melodie... Zuvor hatte ich immer geglaubt, ihre Lieder handeln alle von Krieg, Kampf und Streit.«

Lancelot spielte eine sanfte, wehmütige Weise. Er hatte nicht so geschickte Finger wie Kevin, aber das traurige Lied besaß eine Macht, die allmählich alle zum Schweigen brachte. Er sang mit der rauhen Stimme eines ungeübten Sängers:

Welches Leid gleicht dem Leid eines einsamen Mannes?
Einst lebte ich bei dem König, den ich liebte,
Und mein Arm war schwer von den Ringen, die er mir gab.
Und mein Herz schwer vom Gold seiner Liebe.
Das Antlitz des Königs ist für alle in seiner
Nähe wie die Sonne.
Aber jetzt ist mein Herz leer.
Und ich wandere allein durch die Welt.
Die Haine schmücken sich mit Blüten,
Bäume und Wiesen werden grün.
Aber der Kuckuck, der traurigste Sänger,
Beklagt das einsame Leid der Verbannung.
Jetzt geht mein Herz auf die Reise
Und sucht, was ich nie mehr sehen werde.
Alle Gesichter sind mir gleich, wenn ich das
Gesicht meines Königs nicht mehr sehen kann.
Kein Land unterscheidet sich vom andern,
Wenn ich die Felder und Wiesen meiner Heimat nicht sehe.
Deshalb erhebe ich mich und folge meinem Herzen.
Denn was bedeuten mir die Felder und Wiesen meiner Heimat,
Wenn ich das Antlitz meines Königs nicht sehen kann,
Und das Gewicht an meinem Arm nur ein goldner Reif ist,
Wenn das Herz leer ist von der Last der Liebe?
Und so zieh ich dahin
Über die Straße der Fische
Und den Weg des großen Wals
Und über das große Wasser hinweg.
Niemand begleitet mich,
Nur die Erinnerung an die, die ich liebte
Und an die Lieder, die ich aus vollem Herzen sang.
Ich denke an die Klage des Kuckucks.

Gwenhwyfar senkte den Kopf, um ihre Tränen zu verbergen. Artus hatte die Hand über die Augen gelegt. Morgaine blickte geradeaus, und Gwenhwyfar sah die Tränen auf ihren Wangen. Artus erhob sich, ging um den Tisch, umarmte Lancelot und sagte mit bewegter Stimme: »Aber nun bist du wieder bei deinem König und deinem Freund, Galahad.«

Die alte Bitterkeit traf Gwenhwyfars Herz wie ein Dolch. *Er hat von seinem König gesungen, nicht von seiner Königin und seiner Liebe. Seine Liebe zu mir war nie mehr als Teil seiner Liebe zu Artus.* Sie schloß die Augen. Sie wollte nicht sehen, wie die beiden sich umarmten.

»Das war sehr schön«, sagte Morgaine leise. »Wer hätte je geglaubt, daß ein wilder Sachse so etwas schreiben kann ... am Ende muß es doch Lancelot gewesen sein ...«

Der Ritter schüttelte den Kopf: »Es ist ihre Musik. Die Worte sind ein schwaches Echo ihrer Verse ...«

Eine Stimme, die wie das Echo von Lancelots Stimme klang, sagte freundlich: »Bei den Sachsen gibt es Dichter und Musiker ebenso wie Krieger, meine Herrin.« Gwenhwyfar drehte sich um. Undeutlich nahm sie einen jungen, schlanken Mann mit dunklen Haaren und dunkler Kleidung wahr. Aber die Stimme, mit der weichen Betonung eines Mannes aus dem Norden, klang genau wie Lancelots Stimme.

Artus winkte ihn mit einer Geste näher. »An meiner Tafel sitzt ein Gast, den ich nicht kenne ... noch dazu bei einem Familienfest. Das ist nicht recht ... Königin Morgause ...«

Morgause erhob sich. »Mein König, ich wollte ihn Euch vorstellen, ehe wir zu Tisch gingen, aber Ihr hattet Euch zu sehr in Gespräche mit Euren alten Freunden vertieft. Dies ist Morgaines Sohn, der an meinem Hof aufwuchs ... Gwydion.«

Der junge Mann trat vor und verneigte sich. »König Artus«, sagte er mit der wohlklingenden Stimme, die wie das Echo von Lancelots Stimme war. Einen Augenblick lang überflutete Gwenhwyfar unsägliche Freude. *Er* war sicher Lancelots Sohn, nicht der von Artus ... dann fiel ihr wieder ein, daß Viviane, Morgaines Tante, auch Lancelots Mutter gewesen war.

Artus umarmte den jungen Mann. Mit zitternder Stimme sagte er kaum hörbar: »Der Sohn meiner teuren und geliebten Schwester soll wie ein Sohn an meinem Hof aufgenommen werden, Gwydion. Komm und setz dich neben mich!«

Gwenhwyfar blickte auf Morgaine. Sie hatte rote Flecken auf den Wangen, so leuchtend rot, als seien sie gemalt. Sie biß sich mit den kleinen scharfen Zähnen auf die Unterlippe. Hatte Morgause sie nicht darauf vorbereitet, daß ihr Sohn seinem Vater vorgestellt werden sollte – nein, dem König, wies Gwenhwyfar sich scharf zurecht. Es gab keinen Grund anzunehmen, daß der Jüngling ahnte, wer sein Vater war. Selbst wenn er nie in einen Spiegel gesehen hätte, würde er sich für Lancelots Sohn halten, gleichgültig, was man ihm erzählte.

Aber ein Jüngling war er längst nicht mehr. Gwydion mußte fast fünfundzwanzig sein – ein Mann.

»Euer Vetter, Galahad«, sagte Artus, und der junge Ritter streckte Morgaines Sohn herzlich die Hand entgegen.

»Ihr steht dem König näher als ich, Vetter ... eigentlich habt Ihr das Recht, an meinem Platz zu sitzen«, erklärte er mit großer Offenheit. »Ich wundere mich, daß Ihr mich nicht haßt.«

Gwydion entgegnete lächelnd: »Woher wißt Ihr, daß ich das nicht tue, Vetter?« Gwenhwyfar fuhr erschreckt auf, aber dann sah sie sein Lächeln. O ja, er war Morgaines Sohn. Er lächelte ebenso katzenhaft, wie sie es manchmal tat. Galahad überlegte etwas verwirrt und entschied dann, das Ganze sei ein Spaß. Gwenhwyfar konnte Galahads Gedanken lesen: *Ist er der Sohn meines Vaters? Ist Gwydion mein Bastardbruder, den die Königin Morgaine geboren hat?* Gleichzeitig wirkte er verletzt – wie ein kleiner Hund, dessen freundliche Zuneigung zurückgewiesen worden war.

»Nein, Vetter«, erklärte Gwydion. »Was Ihr denkt, stimmt nicht.« Gwenhwyfar stockte der Atem. Er hatte selbst Lancelots unvermitteltes, entwaffnendes Lächeln, das sein düsteres und ernstes Gesicht unvergleichlich aufstrahlen ließ, als habe die Sonne es liebkost.

Galahad verteidigte sich: »Ich habe nicht ... ich habe nicht ...«

»Nein«, erwiderte Gwydion freundlich. »*Gesagt* habt Ihr nichts. Aber es ist zu offensichtlich, was Ihr und jeder andere hier denken muß.« Er hob die Stimme kaum merklich – diese Stimme, die so sehr Lancelots Stimme glich, obwohl der weiche Tonfall den Mann aus dem Norden verriet. »Wir in Avalon, Vetter, richten uns bei der Erbfolge nach der Mutter. Ich entstamme dem alten königlichen Geschlecht, und das genügt mir völlig. Es wäre Anmaßung, wenn irgendein Mann behaupten wollte, Vater eines Kindes der Hohepriesterin von Avalon zu sein. Aber natürlich wüßte ich gerne, wie die meisten Menschen, wer mich gezeugt hat. Und was Ihr dachtet, habe ich schon öfter gehört... ich sei Ritter Lancelots Sohn. Diese Ähnlichkeit hat man schon früher festgestellt... besonders bei den Sachsen. Ich lebte drei Jahre bei ihnen und lernte dort das Kriegshandwerk«, fügte er hinzu. »Man erinnert sich dort noch gut an Euch, edler Lancelot! Ich kann nicht aufzählen, wieviele Männer mir sagten, es sei keine Schande, der Bastardsohn eines Mannes, wie Ihr einer seid, zu sein!« Sein leises Lachen war wie das gespenstische Echo des Mannes vor ihm. Und auch Lancelot schien sich in seiner Haut nicht ganz wohl zu fühlen. »Aber am Ende mußte ich ihnen immer wieder sagen, daß sie sich täuschen. Von allen Männern dieses Reichs, die mich gezeugt haben könnten, weiß ich, daß *einer* nicht mein Vater ist. Und so mußte ich ihnen wieder und wieder erklären, daß es sich nur um eine Familienähnlichkeit handelt... nicht mehr. Ich bin Euer Vetter, Galahad, nicht Euer Bruder.« Er lehnte sich gelassen im Stuhl zurück. »Ich hoffe, es ist Euch nicht zu unangenehm... daß jeder, der uns sieht, das Gegenteil glauben wird. Aber schließlich können wir nicht umhergehen und jedem die Wahrheit sagen.«

Galahad wirkte verwirrt: »Ich hätte nichts dagegen gehabt, wenn Ihr wirklich mein Bruder wärt, Gwydion.«

»Aber dann wäre ich der Sohn Eures Vaters und vielleicht auch der Erbe des Königs«, erklärte Gwydion und lächelte. Gwenhwyfar wurde plötzlich klar, daß er das Unbehagen der anderen an der Tafel tatsächlich genoß. Er war wirklich Morgaines Sohn... wenn auch nur in diesem Anflug der Bosheit.

Morgaine sagte mit der leisen Stimme, die so deutlich zu hören war: »Auch ich hätte nichts dagegen gehabt, wenn Lancelot Euer Vater wäre, Gwydion.«

»Das glaube ich Euch, Herrin.« Gwydion fügte hinzu: »Vergebt mir, Lady Morgaine, ich habe Königin Morgause immer Mutter genannt.«

Morgaine lachte: »Ihr könnt in mir die Mutter nicht sehen, und mir fällt es ebenso schwer, Euch für meinen Sohn zu halten. Ich bin Euch dankbar für diesen Abend im Familienkreis, Gwenhwyfar«, sagte sie. »Sonst wäre ich vielleicht morgen auf dem großen Fest unvermittelt meinem Sohn gegenübergestanden.«

Uriens sagte: »Ich glaube, jede Frau wäre auf einen solchen Sohn stolz. Und was Euren Vater angeht, Gwydion... wer immer es ist, es ist sein Verlust, daß er Euch nicht anerkennt.«

»Oh, da bin ich anderer Ansicht«, erwiderte Gwydion. Gwenhwyfar

beobachtete, wie er Artus beinahe unmerklich musterte. *Er mag aus irgendeinem Grund behaupten, nicht zu wissen, wer sein Vater ist. Aber er lügt.* Sie fühlte sich unbehaglich. Aber um wieviel unangenehmer wäre es, wenn er vor Artus stünde und zu wissen verlangte, weshalb er, der Sohn, nicht auch der Erbe war.
Avalon – dieser verfluchte Ort! Sie wünschte, er würde im Meer versinken wie das Land Ys in der alten Geschichte, und man würde nie wieder etwas darüber hören!
»Aber dies ist Galahads Abend«, erklärte Gwydion. »Und ich lenke die Aufmerksamkeit von ihm ab. Werdet Ihr heute nacht bei Euren Waffen wachen, Vetter?«
Galahad nickte: »So ist es Brauch bei König Artus' Gefährten.«
»Ich war der erste«, warf Gareth ein. »Es ist ein guter Brauch. Ich vermute, ein Laie kommt dadurch einem Priester am nächsten, denn er legt das Gelübde ab, seinem König, seinem Land und seinem Gott mit den Waffen zu dienen.« Er lachte. »Was für ein Dummkopf war ich damals ... mein König und Gebieter, habt Ihr mir je vergeben, daß ich Euer Angebot, mich selbst zum Ritter zu schlagen, ablehnte?«
»Vergeben, mein Junge? Ich beneidete dich«, erwiderte Artus lächelnd. »Glaubst du, ich wußte nicht, daß Lancelot der bessere Krieger von uns beiden ist?«
Cai sprach zum ersten Mal. Auf seinem ernsten Gesicht lag ein Lächeln. »Damals sagte ich dem Burschen, er sei ein guter Kämpfer und würde ein guter Ritter werden. Aber ein Höfling würde er nie!«
»Um so besser«, erklärte Artus aufgeräumt. »Ich hatte weiß Gott genug von der Sorte!« Er beugte sich vor und sprach zu Galahad: »Hättet Ihr es lieber, daß Euer Vater Euch zum Ritter schlägt, Galahad? Er hat vielen meiner Gefährten den Ritterschlag erteilt ...«
Galahad senkte den Kopf. »Mein König muß das entscheiden. Aber mir scheint, die Ritterschaft kommt von Gott. Es ist nicht wichtig, wer sie verleiht. Ich ... ich meine es nicht ganz so, wie es klingt, mein König ... ich meine, ich lege das Gelübde Euch ab, aber in erster Linie Gott ...«
Artus nickte nachdenklich. »Ich weiß, was Ihr sagen wollt. Bei einem König ist es nicht viel anders ... er gelobt, über sein Volk zu herrschen. Aber er legt den Schwur nicht vor dem Volk ab, sondern vor Gott ...«
»Oder«, unterbrach ihn Morgaine, »vor der Großen Göttin, als Zei-

chen, daß der König in ihrem Namen über das Land herrscht«, und blickte ihm fest in die Augen. Er wurde unruhig. Gwenhwyfar biß sich auf die Lippen... Morgaine erinnerte Artus von neuem daran, daß er Avalon die Treue gelobt hatte. *Verfluchte Morgaine! Aber das ist vorbei, und Artus ist ein christlicher König... er dient nur Gott!*

»Wir werden alle für Euch beten, Galahad, daß aus Euch ein guter Ritter wird und eines Tages ein guter König«, sagte Gwenhwyfar.

»Wenn Ihr Eure Gelübde ablegt«, ließ sich Gwydion vernehmen, »dann schließt Ihr damit in gewisser Weise die Große Ehe mit dem Land, wie der König es in früherer Zeit tat. Aber vielleicht wird man Euch keine so schwere Prüfung auferlegen.«

Dem Jüngeren stieg die Röte ins Gesicht. »Mein Gebieter Artus bestieg den Thron kampferprobt, Vetter. Es ist unmöglich, daß ich mich auf diese Art bewähre!«

»Ich könnte mir eine Art vorstellen«, erklärte Morgaine leise. »Wenn Ihr über Avalon *und* das christliche Land herrschen wollt, dann muß eines Tages geschehen, Galahad, daß auch Ihr die Große Ehe mit dem Land schließt.«

Er entgegnete entschlossen: »Ich hoffe, dieser Tag ist fern... Ihr werdet sicher noch viele, viele Jahre leben, mein Herr und Gebieter... und dann sind alle tot, die immer noch an den alten heidnischen Bräuchen festhalten.«

»Ich hoffe nicht«, ließ sich Accolon zum ersten Mal vernehmen. »Die Heiligen Haine stehen noch, und in ihnen finden wie seit Anbeginn der Welt die alten Rituale statt. Wir erzürnen die Göttin nicht, indem wir ihr den Dienst verweigern, damit sie sich nicht gegen ihr Volk wendet und die Ernten verdirbt oder die Sonne verdunkelt, die uns Leben schenkt.«

Galahad fragte erschrocken: »Aber das ist ein christliches Land! Sind zu Euch keine Priester gekommen, um Euch zu beweisen, daß die bösen alten Götter unter der Herrschaft des Teufels keine Macht mehr haben? Bischof Patricius hat mir gesagt, daß alle Heiligen Haine zerstört sind.«

»O nein«, erwiderte Accolon. »Und sie werden es auch nicht, solange mein Vater lebt, und ich nach ihm König werde.«

Morgaine öffnete den Mund, um zu sprechen. Aber Gwenhwyfar sah, wie er ihr die Hand auf den Arm legte. Morgaine lächelte ihn an und sagte nichts.

Gwydion ergriff das Wort: »Und nicht in Avalon, solange die Göttin lebt! Könige kommen und Könige gehen, aber die Göttin herrscht bis in alle Ewigkeit.«

Wie schade, dachte Gwenhwyfar, *daß dieser hübsche junge Mann ein Heide ist! Nun, Galahad ist morgen ein guter, frommer, christlicher Ritter. Er wird auch ein frommer christlicher König sein!* Aber während sie sich damit beruhigte, durchlief sie ein leichter Schauer.

Artus beugte sich vor, als beunruhigten ihn Gwenhwyfars Gedanken. Er wirkte besorgt, als er zu Gwydion sagte: »Seid Ihr nach Camelot gekommen, um einer meiner Gefährten zu werden, Gwydion? Ich muß Euch nicht versichern, daß der Sohn meiner Schwester bei meinen Rittern willkommen ist.«

»Ich gestehe, ich habe ihn deshalb mitgebracht«, erklärte Morgause. »Aber ich wußte nicht, daß es Galahads großer Tag ist... Sicher findet sich für Gwydion eine andere Gelegenheit.«

Galahad erklärte aufrichtig: »Ich habe nichts dagegen, die Nachtwache mit meinem Vetter zu teilen und mit ihm zusammen die Gelübde abzulegen.«

Gwydion lachte. »Ihr seid zu großzügig, Galahad!« sagte er. »Aber Ihr versteht nicht genug vom Königsein. Wenn der Thronerbe ausgerufen wird, darf niemand an seiner Seite stehen. Wenn König Artus uns beide gleichzeitig zum Ritter schlagen würde... nun, ich bin soviel älter und sehe Lancelot ähnlicher als Ihr... man redet genug über meine Herkunft. Es darf kein Schatten auf Eure Ritterschaft fallen.« Und lachend fügte er hinzu: »Ebensowenig auf meine.«

Morgaine zuckte die Schultern. »Man wird so oder so über den Verwandten des Königs klatschen, Gwydion. Gebt ihnen etwas, damit sie daran zu kauen haben!«

»Und noch etwas«, fuhr Gwydion fort. »Ich habe nicht die Absicht, je in einer Kirche bei meinen Waffen zu wachen. Ich bin ein Sohn Avalons. Wenn Artus mich unter seinen Gefährten aufnimmt, dann so, wie ich bin. Wenn nicht, ist es auch gut.«

Uriens hob die knorrigen alten Arme, an denen man die Schlangen sah: »Ich sitze ohne christliche Gelübde an der Tafel, Stiefsohn.«

»Ich ebenfalls«, fügte Gawain hinzu. »Alle, die damals kämpften, haben ihre Ritterschaft ohne eine solche Zeremonie errungen. Manchen Kämpen hätte man schwerlich dazu gebracht, die Ritterschaft in diesem höfischen Rahmen zu akzeptieren.«

»Selbst ich«, warf Lancelot ein, »würde zögern, ein solches Gelübde abzulegen, denn ich bin ein sündiger Mensch. Aber ich lebe und sterbe für meinen König. Er weiß es.«

»Gott behüte, daß ich je daran zweifeln sollte«, erwiderte Artus und lächelte seinen alten Freund voll tiefer Zuneigung an. »Du und Gawain, Ihr seid die Stützen meines Reiches. Ich glaube, mein Thron würde bersten und aus der Höhe von Camelot stürzen, wenn ich einen von Euch verlieren sollte.«

Er hob den Kopf. Am anderen Ende der Halle wurde die Tür geöffnet. Ein Priester in weißen Gewändern trat in Begleitung zweier weiß gekleideter junger Männer ein. Galahad erhob sich eifrig. »Gestattet, mein Gebieter...«

Auch Artus stand auf und umarmte den Thronerben. »Gott segne dich, Galahad. Geh und halte Wache!«

Der junge Mann verbeugte sich, wandte sich seinem Vater zu und umarmte ihn. Gwenhwyfar konnte nicht hören, was Lancelot sagte. Sie reichte Galahad die Hand, und er beugte sich darüber, um sie zu küssen. »Gebt mir Euren Segen, Herrin.«

»Immer, Galahad«, erwiderte Gwenhwyfar, und Artus fügte hinzu: »Wir werden dich zur Kirche geleiten. Du mußt deine Vigilien alleine halten, aber wir begleiten dich ein Stück des Wegs.«

»Das ist eine zu große Ehre, mein König. Habt Ihr nicht Wache gehalten, als Ihr zum König gekrönt wurdet?«

»O ja«, sagte Morgaine schnell und lächelte. »Aber es war eine andere Wache als diese.«

Die ganze Gesellschaft machte sich auf den Weg zur Kirche. Gwydion ging etwas langsamer und schritt schließlich an Morgaines Seite. Sie blickte zu ihrem Sohn auf; er war nicht so groß wie Artus – der König hatte die Gestalt des Pendragon –, aber neben ihr wirkte Gwydion groß.

»Ich hatte nicht erwartet, dich hier zu sehen, Gwydion.«

»Ich hatte nicht erwartet, hier zu sein, Herrin.«

»Ich hörte, daß du in diesem Krieg an der Seite der verbündeten Sachsen gekämpft hast. Ich wußte nicht, daß du ein Kriegsmann bist.«

Er entgegnete achselzuckend: »Ihr hattet kaum Gelegenheit, mich kennenzulernen, Herrin.«

Ohne zu wissen, was sie sagen würde, bis sie ihre Worte hörte, fragte Morgaine plötzlich: »Haßt du mich, mein Sohn, weil ich dich verlassen habe?«

Gwydion zögerte. »Vielleicht... habe ich Euch eine Zeitlang gehaßt... als ich noch jünger war«, antwortete er schließlich. »Aber ich

bin ein Kind der Göttin. Dies zwang mich zur Erkenntnis, daß ich auf keine irdischen Eltern hoffen kann. Ich trage Euch nichts nach, Herrin vom See«, sagte er.
Morgaine sah den Weg plötzlich nur noch undeutlich. Der junge Lancelot schien neben ihr zu stehen... ihr Sohn reichte ihr freundlich den Arm.
»Gebt acht, der Weg ist uneben...«
Sie fragte: »Wie geht es allen in Avalon?«
»Niniane geht es gut«, erwiderte er. »Mit den anderen stehe ich kaum in Verbindung.«
»Hast du Galahads Schwester gesehen? Sie ist bei den Jungfrauen. Man nennt sie Nimue.« Morgaine versuchte angestrengt, sich daran zu erinnern, wie alt Nimue jetzt sein mußte. Galahad war sechzehn... Nimue mußte mindestens vierzehn sein... war also beinahe erwachsen.
»Ich kenne sie nicht«, antwortete Gwydion. »Die alte Orakelpriesterin... Raven heißt sie doch?... hat sie zu sich in das Schweigen und in die Abgeschlossenheit genommen. Kein Mann darf sie sehen.«
Warum hat Raven das getan? Ein Schauer durchlief Morgaine. Aber sie fragte nur: »Was macht Raven? Geht es ihr gut?«
»Ich habe nichts Gegenteiliges gehört«, antwortete Gwydion. »Als ich sie allerdings das letzte Mal bei den Riten sah, wirkte sie älter als die Eichen. Aber ihre Stimme klang noch immer jung und schön. Ich habe jedoch nie mit ihr gesprochen.«
Morgaine erklärte: »Das hat noch kein Mann und haben nur wenige Frauen, Gwydion. Ich habe zwölf Jahre bei den Jungfrauen verbracht und hörte sie nur ein halbes dutzendmal sprechen.« Sie wollte nicht an Avalon denken, deshalb fragte sie wie beiläufig: »Du hast also Erfahrungen im Kampf bei den Sachsen gesammelt?«
»Gewiß, und in der Bretagne... ich verbrachte einige Zeit an Lionels Hof. Lionel hielt mich für Lancelots Sohn und wünschte, daß ich ihn Onkel nenne. Ich habe ihm den Gefallen getan. Es wird Lancelot nicht schaden, wenn man glaubt, er sei fähig, einen Bastard zu zeugen. Wie dem guten Lancelot, gaben die Sachsen an Ceardigs Hof mir einen Namen. ›Elfenpfeil‹ nannten sie ihn... sie geben jedem Mann, der sich auszeichnet, einen Namen. Mich nennen sie *Mordred*... in unserer Sprache bedeutet es etwa ›Listiger Rat‹ oder sogar ›Übler Rat‹. Ich glaube, sie wollten mir damit nicht schmeicheln.«
»Ich habe gehört, daß sie Taliesin so nannten, als er zu Uthers Ratgebern gehörte. Es bedarf nicht viel, um gewitzter als ein Sachse

zu sein«, erklärte sie. »Aber sage mir, was hat dich bewogen, vor der Zeit hierherzukommen, die ich bestimmt hatte?«
Gwydion antwortete achselzuckend: »Ich wollte meinen Rivalen sehen.«
Morgaine sah sich furchtsam um. »Das darfst du nicht laut sagen!«
»Ich habe keinen Grund, Galahad zu fürchten«, erklärte Gwydion ruhig. »Er sieht nicht so aus, als würde er lange genug leben, um an die Macht zu kommen.«
»Sagt das Gesicht dir das?«
»Ich brauche das Gesicht nicht, um zu erkennen, daß es eines stärkeren Mannes als Galahad bedarf, um auf dem Thron des Pendragon zu sitzen«, erwiderte Gwydion. »Aber wenn es Euch beruhigt, Herrin, werde ich Euch bei der Heiligen Quelle schwören, daß Galahad nicht durch meine Hand stirbt... noch«, fügte er nach einem Augenblick hinzu, als er bemerkte, wie sie bebte, »... durch Eure Hand. Wenn die Göttin ihn nicht auf dem Thron des neuen Avalon sehen will, können wir das getrost ihr überlassen.«
Er legte die Hand einen Augenblick lang Morgaine auf den Arm. So sanft die Berührung auch war, Morgaine zitterte von neuem.
»Kommt«, sagte Gwydion. Morgaine dachte: *Er sagt es so mitfühlend wie ein Priester, der die Absolution erteilt.* »Geben wir meinem Vetter das Geleit zu seinen Waffen. Es ist nicht richtig, daß jemand den großen Augenblick seines Lebens stört. Vielleicht ist es der einzige!«

Sooft Morgause von Lothian auch schon nach Camelot gekommen war, sie genoß das Gepränge am Hof immer wieder von neuem. Sie saß neben Morgaine in der Kirche und dachte daran, daß sie als Königin und Mutter von drei der ersten Gefährten der Tafelrunde einen Ehrenplatz bei dem Turnier haben würde, das im Mittelpunkt des Tages stand. Galahad sollte am Ende des Gottesdienstes den Ritterschlag erhalten. Er kniete blaß, ernst und strahlend vor Erregung neben Artus und Gwenhwyfar.
Bischof Patricius war von Glastonbury gekommen, um die Pfingstmesse in Camelot zu lesen. Er stand in seinen weißen Gewändern vor ihnen und intonierte: »Nehmet hin und esset, denn dies ist mein Leib, der für euch gebrochen wird...«
Morgause hielt die rundliche Hand vor den Mund und unterdrückte

ein Gähnen. Gleichgültig, wie oft sie an den christlichen Zeremonien teilnahm, sie verschwendete nie einen Gedanken daran. Sie waren noch nicht einmal so interessant wie die Rituale ihrer Kindheit in Avalon. Seit sie vierzehn war, hielt sie ohnedies alle Götter und alle Religionen für Spiele, die Männer und Frauen zur Beschäftigung ihres Geistes spielten. All das hatte nichts mit dem wirklichen Leben zu tun. Trotzdem nahm sie an Pfingsten pflichtschuldigst an der Messe teil – schon Gwenhwyfar zuliebe. Sie war ihre Gastgeberin, die Großkönigin und überdies eine nahe Verwandte. Jetzt schritt sie mit der gesamten königlichen Familie an den Altar, um das gesegnete Brot zu empfangen. Morgaine, die an ihrer Seite aufmerksam der Messe folgte, blieb als einzige der Kommunionbank fern. Gelangweilt dachte Morgause: *Morgaine ist wirklich sehr dumm.* Sie machte sich damit beim Volk nur unbeliebt; die Frommen im Gefolge des Königs nannten Morgaine eine Hexe und Zauberin und gaben ihr noch schlimmere Namen, wenn sie unter sich waren. Was machte es schon für einen Unterschied? Eine Glaubenslüge war doch so gut wie die andere ... oder etwa nicht? König Uriens ... er hatte ein besseres Gespür dafür, was angebracht war. Morgause hielt den alten König von Nordwales für nicht gläubiger als ihre Hauskatze; sie hatte die Schlangen von Avalon auf seinen Armen gesehen, und doch trat er wie sein Sohn Accolon nach vorne.

Beim Schlußgebet, in dem auch der Toten gedacht wurde, stellte sie fest, daß ihr die Tränen kamen. Sie vermißte Lot – seine boshafte Fröhlichkeit, seine unerschütterliche Treue zu ihr ... schließlich hatte sie von ihm auch vier Söhne. Gawain und Gareth knieten in ihrer Nähe zwischen den anderen des königlichen Gefolges – Gawain wie immer an Artus' Seite, Gareth neben seinem jungen Freund Uwain, Morgaines Stiefsohn. Sie hatte gehört, daß Uwain Morgaine ›Mutter‹ nannte und einen aufrichtig mütterlichen Ton bemerkt, als sie mit ihm sprach. Das hätte sie Morgaine nie zugetraut ...

Das königliche Gefolge erhob sich. Gewänder raschelten, Schwerter und andere Waffen klirrten gedämpft. Man strebte dem Ausgang zu. Gwenhwyfar war noch immer schön, obwohl sie ein bißchen hager wirkte. Ihre langen, glänzenden Zöpfe lagen auf ihrer Schulter. Sie trug einen schimmernden goldenen Gürtel auf ihrem herrlichen Gewand. Auch Artus sah prächtig aus. Er trug Excalibur an seiner Seite – immer noch in der alten Scheide aus rotem Samt, die er nun seit mehr als zwanzig Jahren trug. Morgause dachte: *Gwenhwyfar hätte sie ihm in den letzten zehn Jahren bestimmt einmal neu besticken können.*

Draußen vor der Kirche kniete Galahad vor Artus nieder. Gawain reichte dem König ein funkelndes Schwert, und Artus sagte: »Dies ist für Euch, mein teurer Neffe und angenommener Sohn!«
Auf einen Wink hin legte ihm Gawain das Schwert mit dem Gürtel um die schlanke Hüfte. Galahad lächelte und erwiderte: »Ich danke Euch, mein König. Möge ich es immer und nur in Euren Diensten tragen.«
Artus legte Galahad die Hand auf den Kopf und sagte: »Ich nehme Euch frohen Herzens unter meinen Gefährten auf, Galahad, und mache Euch hiermit zum Ritter. Seid immer treu und gerecht. Dient dem Thron und immer der gerechten Sache.«
Er half dem jungen Mann auf, umarmte und küßte ihn. Nachdem auch Gwenhwyfar Galahad geküßt hatte, begab sich die königliche Gesellschaft zu dem großen Turnierplatz, und alle folgten ihnen.
Morgause ging zwischen Morgaine und Gwydion, vor Uriens, Accolon und Uwain. Man hatte den Turnierplatz mit grünen Stangen geschmückt, an denen Bänder und Wimpel flatterten. Die Zeremonienmeister schritten die Kampffelder ab. Sie sah, wie Lancelot Galahad umarmte und ihm einen weißen Schild gab. Morgause fragte: »Wird Lancelot heute kämpfen?«
Accolon erwiderte: »Ich glaube nicht... wie ich gehört habe, ist er der Kampfrichter. Er hat das Turnier zu oft gewonnen. Unter uns gesagt, er ist nicht mehr der Jüngste. Es ließe sich mit seiner Ehre als Ritter der Königin kaum vereinbaren, wenn ein junger Mann ihn aus dem Sattel heben würde, der gerade zum Ritter geschlagen wurde. Ich habe gehört, daß Gareth ihn mehr als einmal geschlagen hat, und Lamorak...«
Morgause unterbrach ihn lächelnd: »Ich halte es Lamorak zugute, daß er sich mit *diesem* Sieg nicht gebrüstet hat... wenige Männer können sich verkneifen, damit zu prahlen, daß sie Lancelot besiegt haben – selbst wenn es nur auf einem Turnier war.«
»Nein«, erwiderte Morgaine bestimmt, »ich glaube, die meisten jungen Ritter würde der Gedanke unglücklich machen, daß Lancelot nicht mehr der König der Turniere ist. Er ist ihr Held!«
Gwydion lachte: »Wollt Ihr damit sagen, die jungen Hirsche vermeiden es, den Ritter herauszufordern, der unter ihnen der Hirschkönig ist?«
»Ich glaube, keiner der älteren Ritter würde ihn herausfordern; unter den jüngeren gibt es nur wenige, die Kraft und Erfahrung besitzen, um ihn herauszufordern. Ich denke, er würde ihnen immer noch die eine oder andere Finte zeigen können.«

»Ich würde es nicht tun«, erklärte Uwain ruhig. »Ich glaube, es gibt an diesem Hof keinen Ritter, der Lancelot nicht liebt. Gareth könnte ihn jederzeit aus dem Sattel heben. Aber an Pfingsten will er ihm diese Schmach nicht antun. Er und Gawain waren immer gleich stark. Einmal kämpften sie an Pfingsten über eine Stunde miteinander. Gawain schlug ihm sogar das Schwert aus der Hand. Ich weiß nicht, ob ich mich im Zweikampf mit ihm messen könnte. Aber meinetwegen kann er der unangefochtene Sieger bleiben, solange er lebt. Ich werde ihn nicht herausfordern.«
»Versuch es eines Tages«, sagte Accolon lachend. »Ich habe es getan, und er hat mir innerhalb kürzester Zeit den Helm und den Kopf zurechtgerückt! Er ist vielleicht alt, aber er besitzt noch sein ganzes Können und seine Kraft.«
Er half Morgaine und seinem Vater, auf den Ehrensitzen Platz zu nehmen. »Mit Eurer Erlaubnis werde ich in die Schranken treten, ehe es zu spät ist.«
»Ich ebenfalls«, sagte Uwain und küßte seinem Vater die Hand. Er wendete sich Morgaine zu. »Ich habe keine Dame, Mutter. Wollt Ihr mir ein Zeichen geben, das ich in den Kampf trage?«
Morgaine lächelte liebevoll und gab ihm ein Band vom Ärmel ihres Gewandes. Er befestigte es am Arm und sagte: »Ich habe mir Gawain als Gegner ausgesucht. Wir wollen unsere Kräfte messen.«
Gwydion sagte mit gewinnendem Lächeln: »Oh, Herrin, dann solltet Ihr Euren Gunstbeweis besser zurücknehmen ... oder wollt Ihr Eure Ehre so leicht aufs Spiel setzen?«
Morgaine lachte und sah Accolon an. Morgause beobachtete, wie sie auflebte, und dachte: *Uwain ist weit mehr ihr Sohn als Gwydion. Aber Accolon ist unübersehbar mehr als das. Ich frage mich, ob der alte König es weiß ... oder ob er nichts dagegen hat?*
Lamorak näherte sich ihnen. Morgause fühlte sich geschmeichelt und war gerührt. Es gab so viele schöne Frauen hier. Jede hätte ihm ihre Farben anvertraut. Doch er, ihr lieber Junge kam vor den Augen von ganz Camelot zu ihr ...
Er verneigte sich. »Meine Herrin, darf ich Euer Zeichen in den Kampf tragen?«
»Mit Freuden, mein Lieber.« Morgause zog eine Rose aus dem Sträußchen, das sie am Ausschnitt trug. Er küßte die Blüte. Sie gab ihm die Hand und genoß, daß ihr junger Ritter zu den schönsten Männern des Turniers gehörte.
»Lamorak scheint ganz in deinem Bann zu stehen«, sagte Morgaine.

Obwohl Morgause ihm vor dem ganzen Hof ihr Zeichen gegeben hatte, spürte sie, wie die kühle Stimme ihr die Röte in die Wangen trieb.

»Glaubst du, ich brauche Zauber- oder Bannsprüche, meine Liebe?«

Morgaine lachte: »Ich hätte ein anderes Wort wählen sollen. Die meisten jungen Männer scheinen nur ein hübsches Gesicht zu suchen und wenig mehr.«

»Nun, Morgaine, Accolon ist jünger als du. Du hast ihn so gefangengenommen, daß er für jüngere Frauen oder schönere keinen Blick mehr hat. Ich mache dir keinen Vorwurf, meine Liebe. Man hat dich gegen deinen Willen verheiratet, Uriens könnte dein Großvater sein ...«

Morgaine erwiderte achselzuckend: »Manchmal denke ich, Uriens weiß es ... vielleicht ist er froh, daß ich einen Liebhaber gefunden habe, der mich nicht zu überreden versucht, ihn zu verlassen.«

Leicht zögernd – seit Gwydions Geburt hatte sie Morgaine nie mehr eine persönliche Frage gestellt – sagte Morgause: »Du und Uriens, ihr vertragt euch also nicht?«

Morgaine antwortete wieder mit diesem gleichgültigen Achselzucken: »Ich glaube, Uriens liegt zu viel an mir, um sich mit mir nicht zu vertragen.«

»Wie gefällt dir Gwydion?« fragte Morgause.

»Er macht mir Angst«, erwiderte Morgaine. »Aber es ist schwer, seinem liebenswürdigen Wesen zu widerstehen.«

»Was erwartest du denn? Er hat Lancelots Schönheit und deine Willenskraft ... außerdem ist er ehrgeizig.«

»Wie seltsam, daß du meinen Sohn besser kennst als ich«, entgegnete Morgaine. In ihren Worten lag eine solche Bitterkeit, daß Morgause, die ihr im ersten Augenblick eine scharfe Antwort geben wollte – Morgaine hätte ihren Sohn im Stich gelassen, also dürfe sie solches nicht überraschen –, die Hand der jüngeren Frau tätschelte und nicht unfreundlich sagte: »Ach, weißt du, wenn ein Sohn erst einmal deinen Armen entwachsen ist, kennt vermutlich jeder ihn besser als seine eigene Mutter. Ich bin sicher, Artus und seine Gefährten, selbst dein Uwain kennen Gawain besser als ich. Dabei ist er noch nicht einmal schwer zu verstehen ... er ist ein sehr einfacher Mensch. Auch wenn Gwydion bei dir aufgewachsen wäre, würdest du ihn nicht verstehen ... ich gestehe, ich auch nicht!«

Morgaine lächelte nur unbehaglich. Dann wendete sie ihre Aufmerksamkeit dem Turnierplatz zu. Artus' Hofnarren und Spaßmacher unterhielten die Gäste mit drolligen Scheinkämpfen. Sie trugen Schweineblasen als Waffen und grell bemalte Tücher anstelle von Schilden. Es dauerte nicht lange, und die Zuschauer bogen sich vor Lachen. Schließlich verbeugten sie sich. Gwenhwyfar warf ihnen huldvoll und bewußt übertrieben Süßigkeiten und Kuchen zu. Sie rauften sich unter allgemeinem Gelächter und Beifall darum und verschwanden dann in die Küche, wo ein gutes Essen sie erwartete.

Ein Herold verkündete, der erste Kampf sei ein Schaukampf zwischen dem Ritter der Königin, dem edlen Lancelot vom See, und dem Ritter des Königs, dem edlen Gawain von Lothian und den Inseln. Die beiden Ritter wurden mit stürmischem Beifall begrüßt – Lancelot, schlank, dunkel, sah trotz der Falten im Gesicht und dem Grau in den Haaren noch so gut aus, daß Morgaine der Atem stockte.

Ja, dachte Morgause, die das Gesicht ihrer Nichte beobachtete, *sie liebt ihn immer noch, trotz all der Jahre. Vielleicht weiß sie es selbst nicht, dennoch ist es so.*

Der Kampf ähnelte einem aufwendigen, einstudierten Tanz. Die beiden umkreisten sich unter lautem Schwertergeklirr und ließen die Schilde erdröhnen. In Morgauses Augen waren sie vollkommen gleichwertig. Schließlich senkten beide die Schwerter, verbeugten sich vor dem König, umarmten sich und wurden begeistert von der Menge bejubelt.

Dann begannen die Reiterspiele: Es waren Vorführungen reiterischen Könnens; ein Mann ritt ein wildes Pferd ... Morgause erinnerte sich schwach daran, daß Lancelot das auch einmal getan hatte ... bei Artus' Hochzeit vielleicht? Jedenfalls vor langer Zeit ... Es folgten Zweikämpfe zu Pferd mit stumpfen Speeren, die dennoch einen Reiter aus dem Sattel werfen und zu schweren Stürzen führen konnten. Ein junger Reiter fiel unglücklich aus dem Sattel und wurde schreiend mit gebrochenem Bein vom Platz getragen. Es war die einzige ernsthafte Verletzung, aber es gab zahlreiche Prellungen und zerquetschte Finger; Männer fielen besinnungslos zu Boden, und einer entging nur knapp den Hufen eines scheuenden Pferdes. Am Ende verteilte Gwenhwyfar Preise, und Artus bat auch Morgaine, ein paar Auszeichnungen zu überreichen.

Accolon hatte beim Reiten einen Preis gewonnen. Er kniete vor Morgaine, um ihn aus ihrer Hand entgegenzunehmen. Morgause hörte zu ihrem Erstaunen ein leises, aber deutlich mißbilligendes

Zischen von den Tribünen. Jemand flüsterte vernehmlich: »Hexe! Hure!«
Morgaine wurde rot. Aber ihre Hand zitterte nicht, als sie Accolon den Becher überreichte. Artus flüsterte einem der Kämmerer zu: »Finde heraus, wer das Lästermaul war!« Der Mann verschwand, aber Morgause war sicher, daß die Suche in der Menge erfolglos bleiben würde.
Als Morgaine zu Beginn des zweiten Teils zu ihrem Platz zurückkehrte, wirkte sie blaß und wütend. Morgause bemerkte, daß ihre Hände zitterten; sie atmete erregt.
»Ach, meine Liebe! Mach dir nichts daraus«, sagte Morgause. »Was glaubst du, was sie über mich sagen, wenn die Ernte schlecht ist, oder wenn jemand seiner gerechten Strafe zugeführt wurde, obwohl er glaubte, mit dem Betrug davonzukommen!«
»Glaubst du, es kümmert mich, was der Pöbel von mir denkt?« sagte Morgaine verächtlich. Aber Morgause wußte, daß ihre Gleichgültigkeit gespielt war. »In meinem Land werde ich geliebt.«
Ein paar Sachsen führten Ringkämpfe vor. Es waren große, kräftige Männer. Sie hatten nicht nur Bärte, auch ihre beinahe nackten Leiber waren dicht behaart. Sie ächzten, stöhnten und stießen wilde Schreie aus, während sie sich gegenseitig mit eisernen Griffen packten und auf dem Boden wälzten. Morgause beugte sich vor und genoß schamlos den Anblick dieser männlichen Kraft. Morgaine wandte angewidert den Blick ab.
»Aber Morgaine. Du bist ja schon so prüde wie die Königin! Verzieh nicht so das Gesicht!« Morgause hielt die Hand über die Augen und blickte über den Platz. »Wie schön, daß das Turnier bald ... Sieh doch! Ist das Gwydion? Was kann er dort wollen?«
Gwydion war über die Schranken gesprungen und schob einen Herold beiseite, der auf ihn zueilte. Mit lauter Stimme, so daß man ihn von einem Ende des Platzes bis zum anderen hören konnte, rief er: »König Artus!«
Morgause sah, daß Morgaine leichenblaß auf ihrem Sitz zusammengesunken war und sich mit den Händen am Geländer festklammerte. Was hatte Gwydion nur vor? Wollte er hier, vor versammeltem Hof und dem Volk eine Szene machen? Wollte er von Artus die Anerkennung fordern, die ihm zustand?
Artus erhob sich, und Morgause dachte: *Auch ihm ist das nicht ganz geheuer*. Doch der König fragte ruhig und vernehmlich:
»Ja, Neffe?«

»Ich habe gehört, bei diesem Turnier ist es Brauch, mit Zustimmung des Königs eine Herausforderung auszusprechen. Ich frage, ob der edle Lancelot meine Herausforderung annimmt und gegen mich antritt!«
Morgause erinnerte sich, daß Lancelot einmal gesagt hatte, bei solchen Herausforderungen gehe es für ihn um Leben oder Tod, denn jeder junge Ritter will den Ritter der Königin besiegen. Artus antwortete ernst: »Gewiß, es ist so Sitte. Aber ich kann nicht für Lancelot sprechen. Wenn er dem Kampf zustimmt, kann ich ihn nicht zurückhalten. Aber Ihr müßt ihn selbst herausfordern und Euch mit seiner Antwort bescheiden.«
Morgause sagte: »Oh, dieser verrückte Kerl! Ich hatte nicht die leiseste Ahnung, daß er das im Sinn hatte...« Aber Morgaine dachte: *So sehr mißfällt es ihr gar nicht.*
Ein Wind war aufgekommen und trieb Staubwolken vor sich her, die einen Schleier über den blendend weißen Platz legten. Gwydion schritt durch den Staub bis zum Ende der Schranken. Dort saß Lancelot auf einer Bank. Morgause verstand nicht, was sie sprachen, aber Gwydion wendete sich zornig um und rief: »Edle Ritter! Ich habe immer gehört, daß ein siegreicher Ritter keine Herausforderung ablehnen darf! Mein König, ich verlange, daß Lancelot meine Herausforderung annimmt oder sein hohes Amt an mich abtritt! Hält er seinen Rang wegen seines Könnens oder aus einem anderen Grund, mein Herr und Gebieter?«
»Ich wollte«, erklärte Morgause, »dein Sohn wäre noch jung genug, um ihm den Hintern zu versohlen, Morgaine.«
»Warum ihm die Schuld geben?« fragte Morgaine. »Warum nicht Gwenhwyfar? Schließlich hat sie ihren Gemahl so angreifbar gemacht. Jeder im Reich weiß, daß sie Lancelot ihre Gunst schenkt. Aber niemand ruft ›Hexe‹ oder ›Hure‹, wenn sie vor das Volk tritt.«
Inzwischen hatte Lancelot sich erhoben und ging mit großen Schritten auf Gwydion zu. Er hob die behandschuhte Hand und schlug dem jungen Mann ins Gesicht. »Jetzt habt Ihr mir wirklich Grund gegeben, Euch wegen Eurer vorlauten Zunge zu züchtigen, Gwydion. Wir wollen sehen, wer jetzt dem Kampf ausweicht!«
»Deshalb bin ich hier«, erklärte Gwydion ungerührt von Lancelots Worten und dem Schlag. Aus seinem Mundwinkel tropfte Blut. »Ich erkenne sogar Euren ersten Treffer an. Es ist nur richtig, daß ein Mann in Eurem Alter einen gewissen Vorteil hat.«
Lancelot sagte etwas zu einem der Marschälle, der seinen Platz als

Kampfrichter einnahm. Auf den Rängen erhob sich lautes Gemurmel, als Lancelot und Gwydion die Schwerter zogen und sich vor dem König verbeugten, wie das Zeremoniell es vor einem Kampf vorschrieb. Morgause dachte: *Niemand wird sich ausreden lassen, daß die beiden nicht Vater und Sohn sind.*

Die beiden Männer hatten das Visier geschlossen und standen sich mit erhobenem Schwert gegenüber. Sie waren beinahe gleich groß. Der einzige Unterschied war Lancelots alte, zerbeulte Rüstung im Gegensatz zu Gwydions glänzender neuer Brustplatte. Langsam umkreisten sie einander, stürzten dann aufeinanderlos, und Morgause verlor den Überblick. Die Hiebe hagelten so schnell und dicht, daß sie ihnen nicht mehr folgen konnte. Sie sah, daß Lancelot versuchte, die Kräfte des jungen Mannes einzuschätzen. Dann verstärkte er seinen Angriff und holte zu einem mächtigen Schlag aus. Gwydion wehrte das Schwert mit dem Schildrand ab, doch die Wucht der niedersausenden Klinge war so groß, daß er schwankte, das Gleichgewicht verlor und der Länge nach hinfiel. Er richtete sich mühsam auf. Lancelot legte das Schwert beiseite und half seinem Gegner wieder auf die Beine. Morgause hörte nicht, was er zu Gwydion sagte. Aber seine Geste wirkte gutmütig und bedeutete soviel wie: »Habt Ihr nun genug, junger Mann?«

Gwydion deutete auf das Blut an Lancelots Armgelenk, wo er ihm eine kleine Wunde beigebracht hatte. Laut und vernehmlich sagte er:

»Ihr habt den ersten blutigen Treffer gelandet, Herr, und ich den zweiten. Sollen wir durch einen neuen Gang entscheiden, wer Sieger ist?«

Ein Sturm von Zischen und mißbilligenden Rufen antwortete ihm. Da die Gegner mit scharfen Waffen kämpften, war bei Schaukämpfen ein Kampf üblicherweise mit dem ersten blutigen Treffer beendet.

Artus erhob sich. »Dies ist ein Fest und ein höfisches Turnier, kein Duell! Ich erlaube nicht, daß Zwistigkeiten hier ausgetragen werden, es sei denn mit Fäusten oder Keulen! Kämpft weiter, wenn ihr wollt. Aber ich warne euch. Wenn einer eine ernsthafte Wunde davonträgt, setzt ihr euch beide meinem größten Mißfallen aus!«

Sie verbeugten sich und umkreisten einander, um bei dem Gegner eine Blöße zu entdecken. Dann stürzten sie vorwärts. Morgaine hielt die Luft an, als sie sah, mit welcher Heftigkeit sie aufeinander einhieben. Jeden Augenblick konnte einer die Schildwehr des anderen zerschlagen und ihm eine tödliche Wunde beibringen. Einer der

Männer sank plötzlich auf die Knie... ein Hagel von Schlägen ging auf seinen Schild nieder. Die Schwerter verfingen sich ineinander, und einer sank immer weiter zu Boden...

Gwenhwyfar erhob sich und schrie: »Man muß sie trennen!«

Artus warf seinen Stab in die Schranken. Wenn dies geschah, mußte jeder Kampf sofort unterbrochen werden. Aber die beiden bemerkten es nicht; die Marschälle mußten sie trennen. Gwydion nahm den Helm ab und stand aufrecht und lächelnd da. Ein Schildknappe mußte Lancelot auf die Füße helfen. Er atmete schwer. Schweiß und Blut rannen ihm über das Gesicht. Von allen Seiten erhob sich wütendes Gezisch. Selbst die anderen Ritter auf dem Turnierplatz stimmten ein. Gwydion hatte sich nicht beliebter gemacht, indem er den Helden der Menge beschämte.

Aber er verbeugte sich vor dem älteren Ritter: »Ihr habt mir eine große Ehre erwiesen, edler Lancelot. Ich kam als Fremder an diesen Hof und bin nicht einmal Artus' Gefährte. Deshalb danke ich Euch für diese Lektion im Schwertkampf.« Sein Lächeln war ein vollkommenes Spiegelbild von Lancelots Lächeln. »Ich danke Euch.«

Lancelot gelang es irgendwie, sein altes Lächeln wiederzufinden. Dies verstärkte die Ähnlichkeit der beiden Männer beinahe bis zum Punkt des Lächerlichen. »Ihr habt Euch höchst tapfer geschlagen, Gwydion.«

»Dann«, sagte Gwydion und kniete vor ihm in den Staub des Turnierplatzes, »bitte ich Euch, Herr, schlagt mich zum Ritter!«

Morgause blieb die Luft weg. Morgaine erstarrte zu Stein. Aber unter den Sachsen erhob sich tosender Beifall. »Wie schlau, Mordred! Wie geschickt, wie listig... sie können dich nicht ablehnen, nachdem du dich mit ihrem besten Ritter im Kampf gemessen hast!«

Lancelot blickte Artus an. Der König schien gelähmt und erstarrt zu sein. Nach einem Augenblick, es schien Morgaine wie eine kleine Ewigkeit, nickte er. Lancelot winkte seinem Knappen, der ihm ein anderes Schwert brachte. Lancelot band es Gwydion um die Hüfte. »Tragt es stets im Dienst Eures Königs und im Dienst der gerechten Sache«, sagte der Ritter ernst und feierlich. Aus Gwydions Gesicht waren Spott und Trotz gewichen. Er wirkte aufrichtig und ergriffen, als er den Blick zu Lancelot hob, und Morgause sah, daß seine Lippen zitterten.

Morgause empfand plötzlich tiefes Mitgefühl. Er war ein Bastard, von seinem Vater nicht einmal anerkannt und damit noch mehr ein Außenseiter als Lancelot in seiner Jugend. Wer konnte es Gwydion verargen, daß er seine Familie zwang, ihn so zur Kenntnis zu nehmen? Sie dachte: *Wir hätten ihn schon lange an Artus' Hof bringen sollen. Der König hätte ihn insgeheim längst anerkennen sollen, selbst wenn er es öffentlich nicht tun konnte. Ein Königssohn sollte nicht zu solchen Mitteln greifen müssen.*

Lancelot legte die Hände auf Gwydions Stirn. »Mit Erlaubnis unseres Königs nehme ich Euch unter die Ritter der Tafelrunde auf. Dient immer unserem König, und da Ihr diese Ehre durch Klugheit und nicht durch rohe Kraft gewonnen habt... obwohl Ihr auch Eure Kraft zu zeigen wißt... sollt Ihr in dieser Runde nicht Gwydion, sondern ›Mordred‹ heißen. Erhebt Euch, edler Mordred, und nehmt Euren Platz unter Artus' Gefährten ein.«

Gwydion – nein, *Mordred,* erinnerte Morgause sich selbst, denn die Verleihung eines Namens unter den Gefährten bedeutete nicht viel weniger als die Taufe – erhob sich und erwiderte herzlich Lancelots Umarmung. Er schien tief bewegt und den Beifall und die Hochrufe beinahe nicht zu hören. Überwältigt sagte er: »Ich habe den Preis des Tages gewonnen, wer immer auch zum Sieger des Turniers ausgerufen wird, mein Gebieter Lancelot.«

»Nein«, sagte Morgaine ruhig an Morgauses Seite, »ich verstehe ihn wirklich nicht. Ich hätte alles erwartet, nur das nicht.«

Es entstand eine lange Pause, ehe sich die Gefährten zum abschließenden Schaukampf sammelten. Manche tranken Wasser oder aßen schnell einen Bissen Brot, andere standen in Gruppen zusammen und berieten, auf welcher Seite sie kämpfen sollten. Wieder andere kümmerten sich um ihre Pferde. Morgause ging auf den Platz hinunter zu den jungen Männern. Sie entdeckte Gareth – er überragte alle anderen um einen halben Kopf. Sie glaubte, er unterhalte sich mit Lancelot, aber beim Näherkommen sah sie, daß sie sich getäuscht hatte. Er stand vor Gwydion und sprach ärgerlich auf ihn ein. Sie hörte nur noch die letzten Worte:

»...hat er dir je etwas getan? Du machst ihn vor allen zum Narren...«

Gwydion erwiderte lachend: »Wenn unser Vetter vor seinen versammelten Freunden beschützt werden muß, dann helfe ihm Gott, wenn er in die Hände der Sachsen oder Nordmänner fällt! Sei doch vernünftig, Ziehbruder! Ich bin sicher, daß er seinen Ruf selbst zu wahren weiß. Hast du mir nach all diesen Jahren nicht mehr zu sagen, Bruder? Mußt du mich tadeln, weil ich mich mit jemandem geschlagen habe, den du liebst?«

Gareth lachte und umarmte Gwydion herzlich. »Derselbe Dickkopf wie immer...«, sagte er. »Wieso mußtest du das tun? Artus hätte dich jederzeit zum Ritter geschlagen, wenn du ihn darum gebeten hättest!«
Morgause dachte: *Gareth weiß nicht, wer Gwydions Vater ist. Er meint damit bestimmt nur: Du bist doch schließlich der Sohn seiner Schwester.*
Gwydion erwiderte: »Du hast recht... der König ist immer sehr freundlich zu seinen Verwandten. Auch dich hätte er Gawain zuliebe zum Ritter geschlagen. Aber du hast dich ebenfalls für einen anderen Weg entschlossen, Ziehbruder.« Er lachte leise. »Ich glaube, Lancelot ist mir etwas dafür schuldig, daß ich die ganzen Jahre mit seinem Gesicht herumlaufe!«
Gareth lenkte ein: »Nun ja, er scheint dir nichts nachzutragen, und ich muß dir wohl auch vergeben. Du hast jetzt selbst erlebt, wie großmütig er ist.«
»Gewiß«, erwiderte Gwydion sanft, »er ist so...« Der junge Ritter hob den Kopf und entdeckte Morgause. »Mutter, Ihr hier? Kann ich etwas für Euch tun?«
»Ich wollte nur Gareth begrüßen, der heute noch kein Wort mit mir gesprochen hat«, erklärte Morgause, und Gareth beugte sich über die Hand seiner Mutter, um sie zu küssen. Sie fragte: »Auf welcher Seite werdet ihr kämpfen?«
»Wie immer«, antwortete Gareth, »bin ich an Gawains Seite in der Partei des Königs. Du hast ein Pferd, nicht wahr, Gwydion? Willst du auf der Seite des Königs kämpfen?«
Gwydion antwortete mit seinem dunklen, rätselhaften Lächeln: »Da Lancelot mich zum Ritter geschlagen hat, sollte ich vermutlich an der Seite von Lancelot und Accolon für Avalon kämpfen. Aber ich werde heute nicht kämpfen, Gareth.«
»Warum nicht?« fragte Gareth, legte dem Jüngeren die Hand auf die Schulter und blickte auf ihn hinunter, wie er es immer getan hatte. Dabei erinnerte er Morgause an den jungen Gareth, der zu seinem jüngeren Bruder hinunterlächelte. »Man erwartet es von allen, die zum Ritter geschlagen wurden... Galahad kämpft auch.«
»Auf welcher Seite?« erkundigte sich Gwydion. »Auf der Seite seines Vaters oder auf der Seite des Königs, der ihn zum Erben seines Reiches gemacht hat? Ist es nicht grausam zu verlangen, daß er sich entscheiden soll, wem er die Treue hält?«
Gareth wirkte verzweifelt: »Wie sollen wir denn sonst zwei Parteien

bilden? Glaubst du, Lancelot oder Artus sehen darin einen Treuebeweis? Der Großkönig führt seine Partei nicht selbst an, damit keiner gegen unseren Gebieter das Schwert heben muß. Gawain ist seit Artus' Krönung sein Ritter. Willst du die alte Geschichte wieder aufwärmen? *Du?*«
Gwydion erwiderte achselzuckend: »Da ich weder auf der einen noch auf der anderen Seite kämpfe . . .«
»Aber was wird man von dir denken? Man wird sagen, du seist feige und scheust den Kampf . . .«
»Ich habe in Artus' Heer oft genug gekämpft. Mir ist es gleichgültig, was man sagt«, antwortete Gwydion. »Aber wenn du willst, kannst du ihnen erklären, daß mein Pferd lahmt und ich es schonen will . . . das ist eine ehrenhafte Entschuldigung.«
»Ich kann dir ein Pferd von Gawain geben«, bot ihm Gareth verwirrt an, »aber wenn du eine ehrenhafte Entschuldigung suchst . . . Warum, Gwydion? Oder muß ich dich jetzt Mordred nennen?«
»Du kannst mich nennen, wie du willst, Ziehbruder.«
»Aber sag mir doch endlich, warum du diesem Kampf aus dem Weg gehst, Gwydion.«
»Niemand außer dir dürfte das ungestraft behaupten«, entgegnete Gwydion. »Aber da du mich fragst, will ich es dir sagen: Um deinetwillen, Bruder.«
Gareth fuhr auf: »Was soll das in Gottes Namen bedeuten?«
»Ich weiß wenig von Gott«, antwortete Gwydion und starrte vor sich auf den Boden. »Da du es unbedingt wissen willst, Bruder . . . du erinnerst dich sicher . . . ich habe das Gesicht . . .«
»Na und?« fragte Gareth ungeduldig. »Hast du in einem bösen Traum gesehen, daß ich durch deine Lanze falle?«
»Nein, du darfst darüber nicht spaßen«, erwiderte Gwydion. Morgause spürte, wie es ihr eiskalt über den Rücken lief, als er Gareth in die Augen blickte. »Ich schien zu sehen . . .«, er schluckte, als würde ihm etwas die Kehle zupressen, ». . . ich schien zu sehen, daß du im Sterben lagst . . . Ich kniete an deiner Seite, und du wolltest nicht mit mir sprechen . . . Ich wußte, es war meine Schuld, daß du dein Leben verlieren würdest.«
Gareth spitzte die Lippen und pfiff tonlos. Aber dann schlug er seinem Ziehbruder auf die Schulter. »Ach was, ich glaube nicht an Träume und Visionen, Kleiner. Dem Schicksal kann kein Mensch entrinnen. Hast du das in Avalon nicht gelernt?«
»Doch«, erwiderte Gwydion leise. »Und wenn du im Kampf durch

meine Hand fallen solltest, wäre es Schicksal... Aber ich will das Schicksal nicht im Spiel herausfordern, Bruder. Durch ein Mißgeschick könnte meine Hand beim Schlag ausrutschen... Lassen wir es gut sein, Gareth. Ich werde heute nicht kämpfen. Sollen die anderen sagen, was sie wollen.«

Gareth wirkte immer noch betrübt. »Tue, was du willst, Bruder. Dann bleibe eben bei unserer Mutter. Lamorak wird an Lancelots Seite kämpfen.« Gareth küßte seiner Mutter die Hand und ging davon. Beunruhigt wollte Morgause Gwydion nach seiner Vision fragen. Aber der junge Ritter starrte finster auf den Boden, und sie unterließ es. Statt dessen fragte sie: »Wenn schon ein Ritter an meiner Seite sitzen wird... bringst du mir bitte noch einen Becher Wasser, ehe wir zurückgehen?«

»Gewiß, Mutter«, antwortete er und ging zu den Wasserfässern.

Morgause hatte für das Getümmel des letzten Kampfes nicht viel übrig. Die Sonne verursachte ihr Kopfschmerzen, und sie sehnte das Ende des Turniers herbei. Inzwischen war sie auch hungrig, und von ferne konnte man bereits den Duft des bratenden Fleisches riechen.

Gwydion saß neben ihr und erklärte das Geschehen. Sie verstand wenig von den Besonderheiten des Kampfes und begeisterte sich auch nicht sonderlich dafür. Aber sie bemerkte, daß Galahad sich gut hielt und zwei Reiter aus dem Sattel hob. Das überraschte sie, denn er schien ein so sanfter junger Mann zu sein. Aber auch Gareth war ihr als sanftes Kind erschienen, und inzwischen galt er als einer der gefürchtetsten Kämpen. Am Ende nahm er für die Partei des Königs, die Gawain angeführt hatte, den Preis entgegen. Es überraschte niemand, daß in Lancelots Partei Galahad den Preis gewann – das war üblich, wenn ein junger Mann am Tag des Turniers zum Ritter geschlagen worden war.

»Du hättest auch einen Preis gewinnen können, Gwydion«, sagte Morgause. Er aber schüttelte lachend den Kopf. »Ich brauche ihn nicht, Mutter. Warum sollte ich meinem Vetter den Tag verderben. Und Galahad hat sich gut geschlagen... niemand wird ihm den Preis mißgönnen.«

Es wurden noch viele kleinere Preise verteilt. Danach ließen die Ritter sich von ihren Knappen von Kopf bis Fuß mit Wasser begießen und kleideten sich um. Morgause ging zusammen mit den Damen des königlichen Haushalts in ein Gemach, wo sie sich die Gewänder und Frisuren richten konnten und Wasser bereitstand, um sich Staub und Schweiß abzuwaschen.

»Was denkst du darüber?« fragte Morgause. »Hat Lancelot sich Gwydion zum Feind gemacht?«
Morgaine antwortete: »Ich glaube nicht. Du hast doch gesehen, wie herzlich sie sich umarmt haben.«
»Sie sahen aus wie Vater und Sohn«, sagte Morgause. »Wären sie es doch nur.«
Mit versteinertem Gesicht erwiderte Morgaine: »Es ist viele Jahre zu spät, Tante, um das zu wünschen.«
Morgause dachte: *Vielleicht hat sie vergessen, daß ich weiß, wer der Vater ihres Sohnes ist.* Aber angesichts Morgaines eisiger Ruhe konnte sie nur sagen: »Soll ich dir die Zöpfe flechten?« Sie griff nach dem Kamm, als Morgaine ihr den Rücken zuwandte. »Gwydion – Mordred«, sagte sie beim Kämmen, »hat weiß Gott geschickt gehandelt. Er hat sich durch Kühnheit und Tapferkeit seinen Platz errungen und muß von Artus nichts um der Verwandtschaft willen erbitten. Die Sachsen haben ihm den richtigen Namen gegeben. Aber ich wußte bisher nicht, daß er ein so guter Kämpfer ist. Es ist ihm wirklich gelungen, den Ruhm des Tages davonzutragen. Galahad hat den Preis. Aber alle werden nur davon reden, was Mordred gewagt hat.«
Eine der Hofdamen trat zu ihnen. »Lady Morgaine, ist der edle Mordred Euer Sohn? Ich wußte nicht, daß Ihr einen Sohn geboren habt...«
Morgaine antwortete freundlich: »Ich war sehr jung, als er zur Welt kam. Königin Morgause hat ihn großgezogen. Ich hatte beinahe selbst vergessen, daß ich überhaupt einen Sohn habe.«
»Ihr müßt sehr stolz auf ihn sein. Und wie gut er aussieht! So gut wie Lancelot«, schwärmte die Frau mit glänzenden Augen.
»Gewiß, das stimmt«, pflichtete ihr Morgaine höflich bei. Und nur Morgause, die sie gut kannte, wußte, daß sie wütend war. »Ich wage zu behaupten, es ist für beide nicht ganz angenehm. Aber Lancelot und ich sind nahe Verwandte. Als kleines Mädchen sah ich ihm ähnlicher als meinem Bruder. Unsere Mutter war groß und hatte rote Haare wie Königin Morgause. Aber Viviane, die Herrin vom See, entstammte dem Alten Volk von Avalon.«
»Wer ist denn sein Vater?« erkundigte sich die Frau, und Morgause bemerkte, wie Morgaine die Hände ballte. Aber Mordreds Mutter antwortete mit einem liebenswürdigen Lächeln: »Er ist ein Beltanekind, und alle Kinder, die im Hain empfangen werden, gehören der Göttin. Ihr erinnert Euch doch sicher, daß ich in meiner Jugend der Herrin vom See diente.«

Die Frau versuchte höflich zu sein und murmelte: »Ich hatte es vergessen... Finden die alten Rituale dort noch immer statt?«
»Damals wie heute«, erwiderte Morgaine gelassen, »und die Göttin gebe, daß es bis zum Ende der Welt so bleibt.«
Das brachte wie beabsichtigt die Frau zum Schweigen. Morgaine fragte Morgause: »Bist du nun fertig, Tante? Dann wollen wir in die Halle hinuntergehen.« Als sie den Raum verließen, holte Morgaine in einer Mischung aus Gereiztheit und Erleichterung tief Luft.
»Hör dir doch nur diese Klatschbase an. Hat sie denn sonst nichts im Kopf?«
»Vermutlich nicht, wie alle anderen«, erwiderte Morgause. »Ihre allerchristlichsten Männer und Väter sorgen dafür, daß sie nicht auf andere Gedanken kommen.«
Die Tore der Großen Halle, in der die runde Tafel stand, waren noch geschlossen, da alle gleichzeitig zum großen Festmahl eintreten sollten.
»Artus' Feste werden von Jahr zu Jahr prunkvoller«, stellte Morgause fest. »In diesem Jahr gibt es also eine große Prozession und einen feierlichen Einzug.«
»Was hast du anderes erwartet?« fragte Morgaine. »Es gibt keinen Krieg mehr, und auf irgendeine Weise muß er seine Untertanen beeindrucken. Artus ist klug genug, ihnen ein großes Schauspiel zu bieten. Wie ich höre, hat ihm der Merlin diesen Rat gegeben. Das einfache Volk... und auch die Edlen... lieben solche Aufzüge. Die Druiden wissen das schon, seit sie die ersten Beltanefeuer entzündeten. Und Gwenhwyfar hat viele Jahre darauf verwendet, Pfingsten zum größten Fest eines christlichen Landes zu machen.« Sie lächelte Morgause zum ersten Mal an diesem Tag gelöst an. »Selbst Artus weiß, daß er sein Volk nicht mit einem Gottesdienst und einem Mahl zufriedenstellen kann... Und wenn sich kein großes Wunder ereignet, werden Artus und der Merlin dafür sorgen, daß es etwas anderes zu bestaunen gibt! Sie werden sicher bedauern, daß sie die Sonnenfinsternis nicht heute stattfinden lassen konnten.«
»Hast du die Sonnenfinsternis in Wales beobachtet? Meine Leute haben sich sehr geängstigt«, erzählte Morgause. »Ich bin sicher, Gwenhwyfars dumme Gänse haben geschrien und gezetert, als sei nun das Ende der Welt gekommen!«
»Gwenhwyfar versammelt mit größter Hingabe die dümmsten Gänse als Hofdamen um sich«, erklärte Morgaine spöttisch. »Aber sie selbst ist nicht so töricht, wie sie sich oft den Anschein gibt. Ich frage mich, wie die Königin Britanniens das Geschnatter ertragen kann.«

»Du solltest mehr Geduld mit ihnen aufbringen«, warnte Morgause. Aber Morgaine zuckte nur die Schultern.
»Was kümmert es mich, was sie von mir denken.«
»Ich weiß nicht. Du bist jetzt schon so lange Königin in Uriens' Reich und verstehst immer noch nicht, was es heißt, eine Königin zu sein«, sagte Morgause. »Was die Männer auch über sie denken mögen, eine Frau ist immer vom guten Willen anderer Frauen abhängig ... hast du das in Avalon nicht gelernt?«
Morgaine erwiderte bitter: »Die Frauen in Avalon sind nicht so dumm.« Aber Morgause wußte wohl, daß sich hinter ihrem zornigen Ton Einsamkeit und Leid verbargen.
»Morgaine, warum gehst du nicht nach Avalon zurück?«
König Artus' Schwester senkte den Kopf. Wenn Morgause weiterhin so freundlich mit ihr sprach, würde sie die Fassung verlieren und weinen. »Die Zeit ist noch nicht gekommen. Man hat mir befohlen, bei Uriens zu bleiben ...«
»Und bei Accolon?«
»O ja, bei Accolon«, antwortete Morgaine. »Ich wußte, du würdest es mir vorwerfen ...«
»Ich bin die letzte, dir einen Vorwurf daraus zu machen«, erklärte Morgause. »Aber Uriens wird nicht mehr lange leben ...«
Morgaine erwiderte tonlos: »Das glaubte ich an dem Tag, als wir heirateten, auch. Wahrscheinlich wird er so alt wie Taliesin, und Taliesin war über neunzig, als er starb.«
Artus und Gwenhwyfar schritten langsam durch die Reihen der Gäste – der König Britanniens trug prächtige weiße Gewänder, Gwenhwyfar war in kostbare weiße Seide gehüllt und mit Juwelen übersät. Die Tore öffneten sich, und sie betraten die große Halle, gefolgt von Morgaine mit ihrem Gemahl Uriens und seinen Söhnen Accolon und Uwain. Hinter ihnen schritt Morgause, die Tante des Königs, mit ihrem Gefolge; dahinter Lancelot mit seinen Männern und dann die übrigen Ritter – einer nach dem anderen. Sie verteilten sich um die runde Tafel. Seit einigen Jahren trug der angestammte Platz eines jeden Gefährten dessen Namen in roter und goldener Schrift.
Beim Eintreten bemerkte Morgause, daß auf dem Platz neben dem König, der in all den Jahren für seinen Erben freigehalten worden war, Galahads Name stand. Aber sie sah es nur flüchtig aus dem Augenwinkel, denn über den großen Thronsesseln, auf denen Artus und Gwenhwyfar Platz nehmen sollten, lagen zwei weiße Banner.

Sie erinnerten an die grellen Fahnen der Spaßmacher auf dem Turnierplatz und waren über und über mit Kritzeleien und häßlichen Spottbildern bedeckt. Auf dem einen sah man einen Ritter auf den Köpfen zweier gekrönter Gestalten stehen, die Artus und Gwenhwyfar täuschend ähnlich waren; auf das andere hatte man etwas so Obszönes gezeichnet, daß selbst Morgause errötete, die keineswegs prüde war: eine nackte, dunkelhaarige Frau in der Umarmung eines riesigen Teufels. Umgeben waren die beiden von nackten Männern, die merkwürdige und abstoßende geschlechtliche Praktiken über sich ergehen ließen.
Gwenhwyfar schrie schrill: »Heilige Jungfrau, beschütze uns!«
Artus blieb wie angewurzelt stehen und herrschte die Diener mit Donnerstimme an: »Wie kommt das ... das hierher?« Ihm versagten sich weitere Worte, und er wies stumm auf die Banner.
»Mein König ...«, stammelte der Haushofmeister, »... es war nicht hier, als wir die Halle schmückten ... Alles war in bester Ordnung, bis hin zu den Blumen am Platz der Königin ...«
»Wer war als Letzter in der Halle?« fragte Artus, der seine Sprache wiedergefunden hatte.
Cai hinkte vorwärts. »Ich, mein König und Bruder. Ich kam, um mich zu vergewissern, ob auch alles trefflich gerichtet war. Und ich schwöre bei Gott, es war alles bereit, um meinem König und meiner Königin Ehre zu machen. Und wenn ich diesen Hund finde, der diese dreckigen Schmierereien zu verantworten hat, werde ich ihm ...« Er machte eine Geste, als wolle er einem Huhn den Hals umdrehen.
»Helft Eurer Herrin!« rief Artus. Die Frauen tuschelten und steckten die Köpfe zusammen, als Gwenhwyfar in Ohnmacht fiel. Morgaine fing sie auf und sagte leise, aber eindringlich: »Gwen, gib ihnen nicht diese Genugtuung! Du bist eine Königin ... was kümmert es dich, wenn ein Narr etwas auf eine Fahne sudelt? Nimm dich zusammen!«
Gwenhwyfar schluchzte: »Wie können sie ... wie können sie ... wie kann mich jemand so hassen?«
»Kein Mensch kann leben, ohne den einen oder anderen Schwachkopf zu beleidigen«, erwiderte Morgaine, während sie ihr zum Thronsessel half. Aber dort lag immer noch das obszöne Banner, und Gwenhwyfar fuhr zurück, als berühre sie etwas Schmutziges. Morgaine warf es zu Boden, winkte einem Pagen, den Becher vor Gwenhwyfar mit Wein zu füllen, und reichte ihn der Königin.

»Mache dir keine Sorgen, Gwen... Ich glaube, *das* zielt auf mich«, sagte sie. »Man flüstert sich schon zu, der Teufel käme in mein Bett. Aber was kümmert es mich?«
Artus befahl: »Entfernt diesen Schmutz und verbrennt ihn! Entzündet Weihrauch und duftendes Holz, damit der Gestank des Bösen weicht.« Die Diener beeilten sich, seinem Befehl zu folgen, und Cai erklärte: »Wir werden den Täter finden. Ich bin sicher, es ist der Diener, den ich entlassen habe. Er wollte mir bestimmt eine Schmach antun, weil ich in diesem Jahr auf den Schmuck der Halle besonders stolz war. Bringt Wein und Bier, Männer. Wir wollen darauf trinken, daß diese schäbige Laus, die versucht hat, unser Fest zu stören, ihrer gerechten Strafe nicht entgeht. Trinken wir auf König Artus und unsere Königin!«
Zaghafte Hochrufe ließen sich vernehmen, die in Beifall übergingen, als Artus und Gwenhwyfar sich erhoben und vor allen sich verneigten. Die Gäste nahmen Platz, und Artus sagte: »Man lasse die Bittsteller vor.«
Morgause beobachtete, wie man einen Mann hereinführte, der eine belanglose Grenzstreitigkeit vortrug. Ihm folgte ein Baron, der sich darüber beklagte, daß ein Nachbar Hirsche auf seinem Land jagte. Morgause beugte sich zu Gwenhwyfar und fragte leise: »Weshalb hört Artus diese Fälle selbst? Jeder seiner Dorfschulzen könnte das erledigen. Damit muß er doch seine Zeit nicht verschwenden.«
Gwenhwyfar murmelte: »Das dachte ich früher auch. Aber jedes Jahr zu Pfingsten hört er sich ein oder zwei solcher Fälle an, damit das Volk nicht glaubt, daß er nur für die Edelleute und seine Gefährten sorgt.«
Nun, dachte Morgause, *das ist klug.* Noch zwei oder drei andere Bittsteller traten vor, dann wurde das Fleisch aufgetragen. Jongleure und Akrobaten unterhielten die höfische Gesellschaft; ein Mann setzte alle in Erstaunen, als er kleine Vögel und Eier an den erstaunlichsten Stellen hervorzog. Morgause glaubte, Gwenhwyfar habe sich inzwischen beruhigt und überlegte, ob man den Urheber der Schmähungen je finden würde. Die eine stellte Morgaine als Hure dar, und das war schlimm genug. Aber die andere war ernster zu nehmen... Lancelot tanzte dem König und der Königin auf den Köpfen herum. Heute war etwas geschehen, das über die öffentliche Demütigung des Ritters der Königin hinausging, dachte Morgause. Jener Vorfall ließ sich durch die Ritterlichkeit wiedergutmachen, die er dem jungen Gwydion – nein, Mordred – gegenüber zeigte, und

zwischen ihnen herrschte hinterher gutes Einvernehmen. Aber trotz Lancelots Beliebtheit beim König und seinen Gefährten gab es zweifellos manche, die Gwenhwyfar die offenkundige Parteinahme für ihren Ritter verübelten.
»Und was geschieht jetzt?« fragte sie Gwenhwyfar.
Die Königin lächelte. Was immer es sein mochte, sie freute sich, als die Hörner vor der Halle geblasen wurden.
Die Tore wurden geöffnet, die Hörner erschallten noch einmal. Es waren die grellen Hörner der Sachsen. Drei riesige Sachsen betraten mit ihrem Gefolge die Halle. Sie trugen goldene Armreife und waren in Pelz und Leder gekleidet. Große Schwerter hingen ihnen an der Seite, auf dem Kopf trugen sie gehörnte Helme oder schmale Goldreifen.
»Artus, mein Herr und Gebieter«, rief der eine aus, »ich bin Adelric, der Herr von Kent und Anglia, und dies sind meine Bruderkönige. Wir sind gekommen, um Euch, dem allerchristlichsten König, unseren Tribut zu entrichten und mit Euch und Eurem Hof ein immerwährendes Bündnis zu schließen!«
»Lot würde sich im Grab umdrehen«, bemerkte Morgause. »Aber Viviane würde sich darüber freuen.« Morgaine antwortete nicht.
Bischof Patricius erhob sich und trat zu den Sachsenkönigen. Er hieß sie willkommen und sagte zu Artus: »Großer Herrscher! Nach den langen Kriegen bereitet mir dies große Freude. Ich bitte Euch, heißt diese Männer als Eure Vasallenkönige willkommen. Nehmt ihren Treueschwur entgegen, denn alle christlichen Könige sollen Brüder sein.«
Morgaine wurde leichenblaß. Sie wollte sich erheben und das Wort ergreifen. Aber Uriens sah sie streng und stirnrunzelnd an, und sie sank auf ihren Platz zurück. Morgause verkündete fröhlich: »Ich erinnere mich noch daran, daß die Bischöfe sich einst weigerten, einen Priester zu diesen Barbaren zu schicken, um sie zu taufen. Lot erzählte mir, sie hätten geschworen, den Sachsen selbst im Himmel nicht die Hand zu reichen. Deshalb wollte man ihnen auch keine Missionare schicken ... sie hielten es für richtiger, daß alle Sachsen in der Hölle schmoren sollten. Nun ja, inzwischen sind dreißig Jahre vergangen.«
Artus sagte: »Seit ich den Thron bestiegen habe, sehne ich mich danach, die Kriege zu beenden, die dieses Land verwüstet haben. Wir leben seit vielen Jahren in Frieden und Eintracht miteinander, Bischof Patricius. Deshalb heiße ich Euch, Ihr guten Herren, an meinem Hof und in meiner Runde herzlich willkommen.«

»Es ist bei uns Sitte«, sagte einer der Sachsen – nicht Adelric, wie Morgause bemerkte, denn er trug einen blauen Umhang, und Adelric einen braunen – »...einen Eid auf Eisen zu schwören. Erlaubt, daß wir den Eid auf Euer Schwert leisten, Artus, unser Gebieter, zum Zeichen, daß wir uns als christliche Könige unter dem einen Gott begegnen, der über uns alle herrscht.«
»So sei es«, entgegnete Artus ruhig. Er verließ den Thron und trat zu ihnen. Excalibur zuckte im Licht der unzähligen Fackeln und Lampen wie ein Blitz, als er das Schwert aus der Scheide zog. Er stellte es aufrecht vor sich hin, und ein großer zuckender Schatten, der Schatten eines Kreuzes fiel durch die ganze Halle, als die Könige niederknieten.
Gwenhwyfar wirkte zufrieden. Galahad strahlte vor Freude. Aber Morgaine war weiß vor Zorn, und Morgause hörte, wie sie Uriens zuflüsterte: »Er wagt es, das Heilige Schwert von Avalon in einen solchen Dienst zu stellen! Als Priesterin von Avalon kann ich nicht still sitzenbleiben und es schweigend mitansehen!« Sie wollte sich erheben, aber Uriens packte sie hart am Handgelenk. Sie wehrte sich schweigend, aber so alt Uriens auch sein mochte, er war ein Krieger und Morgaine eine zierliche Frau. Morgause glaubte einen Augenblick lang, er würde seiner Gemahlin die zarten Handgelenke brechen, aber Morgaine gab keinen Laut von sich. Sie biß die Zähne zusammen, und es gelang ihr, sich zu befreien. Sie sagte laut genug, daß Gwenhwyfar es hören mußte: »Viviane ist gestorben, ohne daß sie ihr Werk vollenden konnte. Und ich habe müßig zugesehen, wie Kinder, die damals noch nicht geboren waren, zu Männern heranreiften und zu Rittern geschlagen wurden. Und inzwischen ist Artus in die Hände der Kirchenmänner gefallen!«
»Herrin«, erklärte Accolon und neigte sich zu ihr, »auch Ihr könnt diesen heiligen Tag nicht stören. Sonst wird man mit Euch verfahren wie es die Römer mit den Druiden taten. Sprecht mit Artus unter vier Augen darüber. Tadelt ihn, wenn Ihr müßt... Ich bin sicher, der Merlin wird Euch unterstützen!«
Morgaine senkte den Blick und biß sich auf die Lippen.
König Artus umarmte die Sachsenkönige einen nach dem anderen und hieß sie willkommen. Dann führte er sie zu Plätzen in der Nähe des Thrones. Er sagte: »Wenn Eure Söhne sich würdig erweisen, werde ich sie unter meinen Gefährten willkommen heißen.« Dann befahl er seinen Dienern, Geschenke zu bringen – Schwerter und kostbare Dolche und einen prächtigen Mantel für Adelric. Morgause

nahm ein Stück Kuchen, von dem der Honig tropfte, und steckte es Morgaine zwischen die zusammengepreßten Lippen.

»Du übertreibst das Fasten, Morgaine«, erklärte sie, »iß das! Du bist so blaß, du wirst auf der Stelle in Ohnmacht fallen!«

»Nicht der Hunger treibt mir das Blut aus den Wangen«, erwiderte Morgaine, kaute aber folgsam den Kuchen und trank auch einen Schluck Wein. Morgause sah, wie ihre Hände zitterten. An ihrem Handgelenk sah man rote Flecken.

Dann erhob sich Morgaine. An Uriens gewandt murmelte sie: »Seid unbesorgt, mein ach so geliebter Gemahl. Ich werde nichts sagen, was Euch oder Euren König beleidigen könnte.« Dann wandte sie sich an Artus und sagte laut und vernehmlich: »Mein Gebieter und mein Bruder! Darf ich Euch um eine Gunst bitten?«

»Meine Schwester, die Gemahlin meines treuen Vasallenkönigs Uriens, darf mich um alles bitten«, erwiderte Artus herzlich.

»Der geringste Eurer Untertanen, mein Gebieter, kann Euch um eine Unterredung bitten. Ich bitte Euch, mir eine Audienz zu gewähren«, erklärte sie. Artus hob die Augenbrauen, antwortete aber ebenso förmlich wie sie.

»Heute abend vor dem Schlafengehen, wenn es Euch beliebt. Ich werde Euch mit Eurem Gemahl in meinen Gemächern empfangen.«

Bei dieser Audienz möchte ich gerne eine Fliege sein, dachte Morgause.

Morgaine saß im Gemach, das Gwenhwyfar König Uriens und seiner Familie zugewiesen hatte, und kämmte sich mit bleischweren Fingern, während eine Kammerfrau ihr neues Gewand schnürte. Uriens klagte, er habe zuviel gegessen und getrunken und könne gut auf die Audienz verzichten.

»Geht schlafen«, sagte sie. »Ich habe mit meinem Bruder zu reden. Es betrifft Euch nicht.«

»Nein, nein«, erwiderte Uriens. »Auch ich wurde in Avalon erzogen. Glaubt Ihr, es macht mir Freude mitanzusehen, wie die heiligen Dinge in den Dienst des Christengottes gestellt werden, welcher der Welt das Heilige Wissen rauben will? Nein, Morgaine. Nicht nur Ihr als Priesterin von Avalon sollt Euren Zorn darüber zum Ausdruck bringen. Es ist eine Beleidigung des Königreiches von Nordwales,

und ich bin davon ebenso betroffen wie mein Sohn Accolon, der nach mir herrschen wird.«
»Mein Vater hat recht, Herrin.« Accolon sah sie an und sagte: »Unser Volk vertraut darauf, daß wir es nicht verraten und nicht dulden, daß in unseren heiligen Hainen die Kirchenglocken läuten ...« Morgaine glaubte einen Augenblick lang, zusammen mit ihm in einem der magischen Haine vor der Göttin zu stehen. Uriens sah natürlich nichts. Er erklärte mit fester Stimme: »Artus soll wissen, daß das Reich von Nordwales nicht fügsam unter die Herrschaft der Christen fällt.«
Morgaine erwiderte achselzuckend: »Wie Ihr wollt.«
Wie töricht war ich, dachte sie... *war Priesterin bei seiner Krönung ... gebar Artus einen Sohn. Ich hätte die Macht nutzen sollen, die ich über das Gewissen des Königs besaß ... Ich, nicht Gwenhwyfar hätte hinter dem Thron stehen und herrschen sollen. Während ich mich verkrochen habe, um wie ein Tier meine Wunden zu lecken, verlor ich meinen Einfluß auf den Bruder. Früher hätte ich befehlen können. Jetzt muß ich bitten, und mir steht nicht einmal die Macht der Herrin zu Gebote!*
Morgaine hatte sich bereits der Tür zugewandt, als es klopfte. Eine Dienerin öffnete, und Gwydion trat ein. Er trug immer noch das Schwert, mit dem Lancelot ihn gegürtet hatte, aber anstelle der Rüstung ein prächtiges scharlachrotes Gewand. Morgaine staunte über seine eindrucksvolle Erscheinung.
Er bemerkte ihren Blick und sagte: »Ich habe es von Lancelot. Wir saßen zusammen in der Halle, als mir die Nachricht überbracht wurde, Artus wünsche mich in seinen Gemächern zu sehen ... Ich sagte, meine einzige Tunika sei blutig und zerrissen. Lancelot erklärte, wir seien gleich groß, und er wolle mir ein Gewand leihen. Und als ich es angezogen hatte, sagte er, mir stünde es besser als ihm und machte es mir zum Geschenk ... Seiner Meinung nach hatte ich bei der Aufnahme in den Kreis der Ritter recht wenig Geschenke bekommen, während der König Galahad reich bedachte. Weiß Lancelot, daß Artus mein Vater ist?«
Uriens starrte ihn überrascht an, sagte aber nichts. Accolon schüttelte den Kopf. »Nein, Stiefbruder. Lancelots Großzügigkeit ist nicht zu überbieten. Als Gareth an den Hof kam, und niemand ihn kannte, schenkte Lancelot ihm Kleidung und Waffen, damit er standesgemäß auftreten konnte. Und wenn Ihr Euch fragt, ob Lancelot sich zu sehr darüber freut, wenn gutaussehende junge Männer seine Geschenke

tragen, dann sei Euch gesagt, auch das wurde schon früher behauptet. Allerdings kenne ich keinen Mann in Camelot, jung oder alt, der von Lancelot je etwas anderes als ritterliche Worte gehört hätte.«
»Wirklich?« fragte Gwydion. Morgaine sah förmlich, wie er diese Nachricht verwahrte wie ein Geiziger sein Gold in der Schatztruhe. »Ja, jetzt erinnere ich mich«, sagte er nachdenklich. »An Lots Hof erzählte man sich eine Geschichte. Lancelot nahm als junger Mann einmal an einem Fest dort teil. Man reichte ihm die Harfe und bat ihn zu spielen, und er sang von Rom oder von den Tagen des Alexander... ich weiß nicht mehr genau, was. Jedenfalls handelte die Ballade von der Liebe ritterlicher Waffengefährten. Man verspottete ihn deshalb, und seit dieser Zeit besingt er nur noch die Schönheit unserer Königin, ritterliche Abenteuer und Kämpfe gegen Drachen.«
Morgaine glaubte, die Verachtung in seiner Stimme nicht ertragen zu können. Sie sagte: »Wenn du hier bist, um mich um ein Geschenk zu bitten, können wir darüber sprechen, wenn ich von Artus zurückkomme, aber jetzt nicht.«
Gwydion betrachtete seine Schuhe. Zum ersten Mal kam er ihr nicht mehr so sicher und selbstbewußt vor. »Mutter... der König hat auch mich rufen lassen. Darf ich in Eurer Begleitung zu ihm gehen?«
Er gefiel ihr schon besser, weil er seine Verletzlichkeit auf diese Weise eingestehen konnte. »Artus wird dir nichts tun, mein Sohn. Aber begleite uns, wenn du willst. Das Schlimmste, was passieren kann, ist, daß er dich wieder wegschickt und sagt, er will dich unter vier Augen sprechen.«
»Kommt also, Stiefbruder«, sagte Accolon und faßte Gwydion so am Arm, daß der Jüngere die Schlangen auf Accolons Handgelenken sah. »Der König und seine Gemahlin sollen vorangehen. Wir beide werden ihnen folgen...«
Morgaine stand neben Uriens und dachte: *Es gefällt mir, daß Accolon sich mit meinem Sohn anfreundet und ihn als Bruder anerkennt.* Gleichzeitig spürte sie, wie ein Schauer sie durchlief, und Uriens ergriff ihre Hand. »Ist Euch kalt, Morgaine? Nehmt Euren Mantel...«

Im Gemach des Königs brannte ein Feuer, und Morgaine hörte den Klang einer Harfe. Artus saß, umgeben von vielen Kissen, in einem geschnitzten Sessel, Gwenhwyfar bestickte mit einem goldenen Faden ein schmales Band. Der Kammerherr verkündete förmlich: »Der

König und die Königin von Nordwales, ihr Sohn Accolon und der edle Lancelot...«

Bei Lancelots Namen blickte Gwenhwyfar auf und sagte dann lachend: »Sie sehen sich zwar sehr ähnlich. Aber sicher handelt es sich um den edlen Mordred, der heute zum Ritter geschlagen wurde.«

Gwydion verbeugte sich vor der Königin und erwiderte nichts. Aber Artus wollte bei dieser Familienzusammenkunft nichts von Förmlichkeit wissen.

»Nehmt alle Platz. Ich lasse Wein bringen.«

Uriens erklärte: »Ich habe heute genug Wein getrunken, Artus, um damit ein ganzes Feld zu bewässern. Vielen Dank, aber für mich keinen Wein mehr... Vielleicht können die jungen Männer mehr vertragen.«

Gwenhwyfar näherte sich Morgaine, und Morgaine wußte, wenn sie jetzt nicht sprach, würde Artus sich mit den Männern unterhalten. Von ihr würde man erwarten, daß sie sich mit der Königin in eine Ecke setzte und im Flüsterton über Frauenangelegenheiten sprach – Stickereien, Dienstbotengeschichten, und wer am Hof ein Kind erwartete...

Sie winkte dem Diener mit dem Wein und sagte: »Ich nehme einen Becher.« Und sie erinnerte sich schmerzlich daran, wie stolz sie als Priesterin von Avalon darauf gewesen war, nur Wasser aus der Heiligen Quelle zu trinken. Sie nahm einen kleinen Schluck und erklärte: »Ich bin tief betroffen über den Empfang der Sachsen, Artus. Nein...« Sie hinderte ihn am Sprechen. »...ich rede nicht wie eine Frau, die sich in Staatsangelegenheiten einmischt. Ich bin Königin von Nordwales und Herzogin von Cornwall. Was das Reich angeht, betrifft auch mich.«

»Dann solltest du über den Frieden glücklich sein«, entgegnete Artus. »Ich habe mein ganzes Leben lang... wie es scheint, seit ich alt genug war, ein Schwert zu halten... darum gekämpft, den Krieg gegen die Sachsen endgültig zu beenden. Damals glaubte ich, das Schlachten würde erst dann enden, wenn wir die Sachsen über das Meer zurücktrieben, über das sie gekommen waren. Aber Friede ist Friede, und wenn er durch ein Bündnis mit ihnen zustande kommt, dann soll es so sein. Es gibt mehr Wege, mit einem Stier fertigzuwerden, als ihn am Spieß zu braten. Es ist ebenso wirkungsvoll, ihn zu verschneiden und vor den Pflug zu spannen.«

»Oder ihn als Zuchtstier benutzen. Willst du deine Könige auffordern, ihre Töchter mit Sachsen zu vermählen, Artus?«

»Vielleicht sogar das«, erwiderte der König. »Sachsen sind auch Menschen ... erinnerst du dich an das Lied, das Lancelot gesungen hat? Auch sie sehnen sich nach Frieden ... denn sie haben in einem Land gelebt, das immer wieder verwüstet und niedergebrannt wurde. Willst du mir raten, gegen sie zu kämpfen, bis der Letzte tot oder ins Meer getrieben ist? Ich dachte immer, die Frauen sehnen sich nach Frieden.«

»Auch ich will den Frieden, und ich begrüße den Frieden mit den Sachsen«, entgegnete Morgaine. »Aber hast du sie dazu gebracht, ihre Götter aufzugeben und deinen Gott anzuerkennen? Oder weshalb haben sie sonst auf das Kreuz geschworen?«

Gwenhwyfar hatte aufmerksam zugehört: »Es *gibt* keine anderen Götter, Morgaine. Sie haben eingewilligt, den Teufeln zu entsagen, die sie Götter nannten. Das ist alles. Jetzt dienen sie dem einen wahren Gott und Christus, den er in seinem Namen zu den Menschen geschickt hat, um sie zu retten.«

Gwydion sagte: »Wenn Ihr das wirklich glaubt, meine Herrin und Königin, dann ist es für Euch die Wahrheit ... alle Götter sind ein Gott, und alle Göttinnen sind eine Göttin. Aber wollt Ihr Euch anmaßen, *eine* Wahrheit für alle Menschen auf der Welt zu verkünden?«

»Anmaßung nennt Ihr das? Es *ist* die einzige Wahrheit«, entgegnete Gwenhwyfar, »und eines Tages werden alle Menschen auf der Welt es erkennen müssen.«

»Ich zittere um mein Volk, wenn Ihr das sagt«, erklärte Uriens, »ich habe geschworen, die heiligen Haine zu schützen. Und mein Sohn wird es nach mir tun.«

»Ich hielt Euch für einen Christen, König von Nordwales ...«

»Das bin ich«, erwiderte Uriens, »doch ich werde nicht abfällig über die Götter anderer sprechen.«

»Aber es gibt keine anderen Götter ...«, erwiderte Gwenhwyfar.

Morgaine öffnete den Mund, um etwas zu entgegnen, aber Artus erklärte: »Genug davon, genug ... ich habe euch nicht hierhergebeten, um Glaubensfragen zu erörtern. Es gibt genügend Priester, die euch zuhören und mit euch streiten werden, wenn euch danach ist. Geht und bekehrt *sie*, wenn es unbedingt sein muß! Du hast doch etwas auf dem Herzen, Morgaine! Oder wolltest du mir nur sagen, daß du den Sachsen nicht traust, auch wenn sie auf das Kreuz geschworen haben?«

»Nein«, erwiderte Morgaine und bemerkte plötzlich Kevin, der mit

seiner Harfe in einer dunklen Ecke des Raumes saß. *Gut, der Merlin von Britannien soll Zeuge dieser Widerrede im Namen von Avalon sein!*
»Ich rufe den Merlin als Zeugen an. Du, Artus, hast sie beim Kreuz schwören lassen . . . und Excalibur, das Heilige Schwert von Avalon, das Schwert der Heiligen Insignien für diesen Eid in ein Kreuz verwandelt! Edler Merlin, ist das nicht Gotteslästerung?«
Artus antwortete schnell: »Es war nur eine Geste, Morgaine, um alle zu beeindrucken . . . nichts anderes tat Viviane, als sie mich aufforderte, mit diesem Schwert im Namen von Avalon für den Frieden zu kämpfen.«
Der Merlin erklärte mit seiner vollen, tiefen Stimme: »Meine liebe Morgaine, das Kreuz ist ein altes Symbol. Es wurde schon lange vor der Zeit Christi und seiner Anhänger verehrt. In Avalon leben noch Priester, die der Patriarch Joseph von Arimathia dorthin brachte. Sie verehren Gott Seite an Seite mit den Druiden . . .«
»Aber diese Priester behaupten nicht, ihr Gott sei der einzige Gott«, entgegnete Morgaine zornig. »Ich bin sicher, Bischof Patricius würde sie zum Schweigen bringen, wenn er könnte, und dafür sorgen, daß sie nur seine rücksichtslose Religion verbreiten!«
»Bischof Patricius und seine Überzeugungen stehen hier nicht zur Debatte, Morgaine«, sagte Kevin. »Sollen die Uneingeweihten glauben, die Sachsen hätten ihren Eid auf das Kreuz geschworen, dem Kreuz Christi, der sich geopfert hat und gestorben ist. Auch wir haben einen geopferten Gott, ganz gleich, ob wir ihn am Kreuz sehen oder in der Korngarbe, die für die Erde sterben muß, und wieder von den Toten aufersteht . . .«
Gwenhwyfar sagte: »Eure geopferten Götter, Ehrwürdiger Merlin, wurden nur auf die Welt geschickt, damit die Menschen bereit für Christus waren, der kam, um für ihre Sünden zu sterben . . .«
Artus erklärte mit einer ungeduldigen Handbewegung: »Seid alle still! Die Sachsen haben ihren Friedensschwur auf ein Zeichen geleistet, das für sie von großer Bedeutung ist . . .«
Aber Morgaine unterbrach ihn: »Du hast das Heilige Schwert von Avalon erhalten. Du hast Avalon geschworen, die Heiligen Mysterien zu wahren und zu schützen! Jetzt machst du das Schwert der Mysterien zum Kreuz des Todes und zum Galgen für die Verführten! Als Viviane an den Hof kam, geschah es in der Absicht, von dir die Erfüllung dieses Schwurs zu fordern. Sie wurde erschlagen! Ich bin gekommen, ihr Werk zu vollenden. Ich verlange von dir das Heilige

Schwert Excalibur. Ich fordere es zurück! Du hast dir angemaßt, es zum Dienst an deinem Christus zu mißbrauchen!«
Gwenhwyfar warf ein: »Der Tag wird kommen, an dem alle falschen Götter verschwinden, und alle heidnischen Symbole in den Dienst des einen wahren Gottes und in den Dienst Christi gestellt werden!«
»Mit dir habe ich nicht gesprochen, Betschwester!« fuhr Morgaine sie wütend an. »Und dieses geschehe nur über meine Leiche! Ihr Christen habt Heilige und Märtyrer... glaubt ihr, Avalon hat keine?«
Noch während sie sprach, durchlief Morgaine ein Zittern, denn sie wußte, das Gesicht hatte durch sie gesprochen. Sie sah den Leichnam eines Ritters auf einem schwarz verhängten Katafalk, darüber lag ein Banner mit dem Kreuz... Sie wollte sich in Accolons Arme werfen, aber sie konnte es hier natürlich nicht.
»Du übertreibst, Morgaine!« sagte Artus mit einem gezwungenen Lachen, und dieses Lachen trieb seine Schwester zur Weißglut, die ihre Angst und das Gesicht vergaß. Sie richtete sich auf und wußte, daß sie zum ersten Mal seit vielen Jahren mit aller Macht und Würde einer Priesterin von Avalon sprach.
»Höre mich, Artus von Britannien! Die Stärke und die Macht von Avalon haben dich auf den Thron gesetzt. Die Stärke und die Macht von Avalon können dich auch stürzen und in den Staub werfen! Wage nicht, die Heiligen Isignien zu entweihen! Wage nicht, sie in den Dienst deines christlichen Gottes zu stellen, denn jedes Werkzeug der Macht birgt auch einen Fluch...«
»Genug!« Artus hatte sich mit blitzenden Augen erhoben, und seine Stimme klang wie Donnergrollen. »Schwester oder nicht, maße dir nicht an, dem König von Britannien Befehle zu erteilen.«
»Ich spreche hier nicht zu meinem Bruder«, schleuderte sie ihm entgegen, »sondern zum König! Avalon hat dich auf den Thron gesetzt, Artus. Avalon gab dir das Schwert, das du mißbraucht hast. Im Namen von Avalon fordere ich es zurück, damit es wieder seinen Platz unter den Heiligen Insignien findet! Wenn es für dich nur ein geformtes Eisen ist, dann kannst du deine Schmiede beauftragen, dir ein anderes zu schmieden!«
Plötzlich herrschte ein beängstigendes Schweigen. Morgaine glaubte, ihre Worte hallten in den großen leeren Räumen zwischen den Welten wider. Fern in Avalon erwachten die Druiden, selbst Raven erhob sich und klagte über Artus' Verrat. Doch da hörte sie ein albernes, nervöses Lachen.

»Ha, was redest du für einen Unsinn, Morgaine!« Es war Gwenhwyfar. »Du weißt, Artus kann das nicht tun!«
»Mische dich nicht ein, Gwenhwyfar«, drohte Morgaine mit unheilverkündender Stimme. »Es hat nichts mit dir zu tun... außer daß du Artus dazu gebracht hast, seinen Schwur zu brechen. Also nimm dich in acht!«
»Uriens«, sagte Gwenhwyfar, »wollt Ihr ruhig mitansehen, wie Euer anmaßendes Weib so mit dem Großkönig spricht?«
Uriens hüstelte, und als er sprach, klang seine Stimme ebenfalls nervös. »Morgaine, vielleicht seid Ihr wirklich unvernünftig... Artus hat aus politischen Gründen eine wirkungsvolle Geste gemacht. Er wollte das Volk beeindrucken. Wenn er es mit einem Schwert der Macht tat, um so besser. Die Götter können für sich selbst sorgen, meine Liebe... glaubt Ihr, die Göttin braucht Eure Hilfe?«
Morgaine hätte Uriens in diesem Augenblick erschlagen, wenn sie ein Schwert in der Hand gehabt hätte. Er war mit ihr gegangen, um sie zu unterstützen. Und jetzt ließ er sie so im Stich?
Artus sagte: »Morgaine, da du so unglücklich darüber bist, kann ich dich vielleicht beruhigen, wenn ich hier vor dir erkläre: Ich beabsichtige keine Entweihung. Wenn das Schwert von Avalon auch als Kreuz für einen Eid dient, bedeutet es dann nicht, daß die Macht von Avalon auch im Dienst dieses Landes steht? Kevin hat mich in diesem Sinne beraten...«
»O ja, ich weiß, daß er ein Verräter ist, seit er zugelassen hat, daß Viviane nicht auf der Heiligen Insel bestattet wurde...«, begann Morgaine.
»So oder so«, unterbrach Artus sie, »ich habe gegenüber den Sachsenkönigen die Geste gemacht, um die sie mich baten... auf mein Schwert zu schwören...«
»Aber es ist nicht *dein* Schwert!« schleuderte ihm Morgaine glühend vor Zorn entgegen. »Es ist das Schwert von Avalon! Und wenn du es nicht so trägst, wie du geschworen hast, wird es in die Hände eines anderen gelegt werden, der seinen Schwur nicht bricht...«
»Vor einer Generation noch mag es das Schwert von Avalon gewesen sein«, erwiderte Artus. Er war jetzt zornig auf seine Schwester und umklammerte den Schwertgriff, als versuche jemand, ihm Excalibur zu rauben. »Ein Schwert gehört dem, der es benutzt. Ich habe das Recht erworben, es mein zu nennen, denn ich habe alle Feinde aus dem Land vertrieben! Ich habe es im Kampf geführt, ich habe den alles entscheidenden Sieg am Berg Badon errungen...«

»Und du hast versucht, es im Dienst des christlichen Gottes zu mißbrauchen«, ließ Morgaine nicht locker. »Nun fordere ich es im Namen der Göttin zurück, damit es seinen Platz im Heiligtum am See wiederfindet!«

Artus holte tief Luft und erklärte dann mit gespielter Ruhe: »Ich weigere mich. Wenn die Göttin das Schwert zurückfordert, muß sie es mir selbst aus der Hand nehmen.« Dann fuhr er freundlicher fort. »Liebe Schwester, ich bitte dich, streite dich nicht mit mir über den Namen, unter dem wir unsere Götter anbeten. Du selbst hast zu mir gesagt, daß alle Götter der Eine Gott sind.«

Er wird nie erkennen, daß es falsch ist, was er sagt, dachte Morgaine verzweifelt, *aber er hat die Göttin aufgefordert, sich das Schwert zu holen, wenn sie es zurückfordert. So sei es. Herrin, ich bin in deiner Hand.* Sie senkte den Kopf einen Augenblick und sagte dann: »Ich überlasse der Göttin die Sorge um ihr Schwert.« *Und wenn sie mit dir fertig ist, Artus, wirst du wünschen, du hättest es mir übergeben ...* Damit setzte sie sich neben Gwenhwyfar. Artus wandte sich an Gwydion.

»Edler Mordred«, sagte er. »Ich hätte Euch auf Euren Wunsch hin jederzeit zu einem meiner Gefährten gemacht. Ich hätte es um Morgaines willen und um meinetwillen getan ... Ihr mußtet Euch die Ritterschaft nicht durch eine List erzwingen.«

»Ich dachte, es würde Gerede geben, das für Euch unangenehm ist, wenn Ihr mich ohne guten Grund zum Ritter schlagt«, antwortete Gwydion. »Vergebt Ihr mir meine List, Herr?«

»Wenn Lancelot Euch vergeben hat, sehe ich keinen Grund, Euch etwas nachzutragen«, entgegnete Artus. »Da er Euch reich beschenkt hat, scheint er versöhnt zu sein. Ich wünschte, es läge in meiner Macht, Euch als meinen Sohn anzuerkennen, Mordred. Bis vor wenigen Jahren wußte ich nicht, daß es Euch gab ... Morgaine sagte mir nie etwas von den Folgen der Krönung auf der Dracheninsel. Ich nehme an, Ihr wißt, daß Euer Vorhandensein für die Priester und Bischöfe etwas Unheiliges und Lästerliches ist.«

»Glaubt Ihr das auch, Herr?«

Artus sah seinem Sohn in die Augen. »Oh ... ich glaube, wie alle Menschen, manchmal das eine und manchmal das andere. Es ist unwichtig, was ich glaube. Tatsache ist ... ich kann Euch nicht öffentlich anerkennen, obwohl Ihr ein Sohn seid, auf den jeder Mann ... von einem kinderlosen König ganz zu schweigen ... stolz sein kann. Galahad muß den Thron nach mir besteigen.«

»Wenn er so lange lebt«, erwiderte Gwydion. Als er Artus' entsetzten Blick sah, fügte er ruhig hinzu. »Nein, Herr, ich trachte ihm nicht nach dem Leben. Ich schwöre jeden Eid, den Ihr wünscht... auch auf das Kreuz, auf die Eiche, auf die Heilige Quelle oder auf die Schlangen, die ich trage«, er hielt dem König die Arme entgegen, »und die Ihr vor mir getragen habt: Wenn ich je die Hand gegen meinen Vetter Galahad erhebe, soll die Göttin lebende Schlangen schicken, um mein Leben zu fordern. Aber ich habe es gesehen... er wird ehrenvoll für das Kreuz sterben, das er anbetet.«
»Gott beschütze uns vor dem Bösen!« schrie Gwenhwyfar.
»Gewiß, Herrin. Aber wenn er nicht lange genug lebt, um Euren Thron zu besteigen, mein Vater und König... er ist ein Ritter und ein Krieger, und er ist sterblich, während Ihr vielleicht älter werdet als König Uriens. Was dann?«
»Sollte Galahad sterben, ehe er den Thron besteigt... Gott behüte ihn vor jedem Unheil...«, erwiderte Artus, »bleibt mir keine Wahl. Königliches Blut ist königliches Blut. Und Ihr seid durch Avalon und den Pendragon von königlichem Geblüt. Sollte solch ein unheilvoller Tag kommen, werden selbst die Bischöfe vermutlich lieber Euch auf dem Thron sehen, als das Land in Unruhen und Wirren, die sie bei Uthers Tod fürchteten.«
Er erhob sich, legte seinem Sohn beide Hände auf die Schultern und sah ihm in die Augen. »Ich wünschte, ich könnte mehr sagen, mein Sohn. Aber was geschehen ist, ist geschehen. Nur soviel noch... ich wünsche aus ganzem Herzen, du wärst der Sohn meiner Königin.«
»Das wünsche ich auch«, sagte Gwenhwyfar, erhob sich und umarmte ihn.
»Trotzdem will ich dich nicht behandeln, als seist du von niederem Stand«, fuhr Artus fort. »Du bist Morgaines Sohn, Mordred, Herzog von Cornwall, Ritter der Tafelrunde. Du wirst die Tafelrunde unter den Sachsenkönigen vertreten. Du sollst im Namen des Königs Recht sprechen, meine Steuern und Einkünfte einziehen und soviel für dich behalten, wie einem Kanzler des Königs zusteht. Und wenn du es wünschst, gebe ich dir die Erlaubnis, die Tochter eines Sachsenkönigs zu heiraten. So kannst du dir einen Thron erwerben, selbst wenn du den meinen nie besteigen wirst.«
Gwydion verneigte sich und erwiderte: »Ihr seid sehr großzügig, Herr.«
Ja, dachte Morgaine, *und damit ist Gwydion aus dem Weg, bis er gebraucht wird – wenn er überhaupt gebraucht wird. O ja, Artus*

versteht sich aufs Regieren! Sie hob den Kopf und sagte: »Du hast dich meinem Sohn gegenüber so großzügig gezeigt, Artus, darf ich deine Güte noch einmal in Anspruch nehmen?«
Artus sah gequält aus, als er erwiderte: »Bitte mich um etwas, das ich dir gewähren kann, Schwester, und ich werde es mit Vergnügen tun.«
»Du hast meinen Sohn zum Herzog von Cornwall gemacht. Aber er kennt Cornwall kaum. Ich habe gehört, daß Herzog Marcus inzwischen das ganze Land beansprucht. Wirst du mich nach Tintagel begleiten und seinen Anspruch zurückweisen?«
Artus wirkte erleichtert.
Hatte er erwartet, ich würde den Streit um das Schwert Excalibur noch einmal auflodern lassen? Nein, mein Bruder. An diesem Hof nie wieder! Wenn ich die Hand noch einmal nach Excalibur ausstrecke, dann wird es in meinem Land sein, am Sitz der Göttin, und nicht auf Camelot!
»Ich war seit undenklichen Zeiten nicht mehr in Cornwall«, sagte Artus. »Ich kann den Hof aber erst nach der Sommersonnenwende verlassen. Bleibe als Gast auf Camelot. Dann reiten wir zusammen nach Tintagel und wollen sehen, ob Herzog Marcus oder ein anderer Mann es wagt, den Anspruch von Artus und von Morgaine, der Herzogin von Cornwall, zurückzuweisen.« Der König wendete sich an Kevin. »Genug von solchen Dingen... Ehrwürdiger Merlin, ich würde Euch nicht auffordern, vor dem ganzen Hof zu singen. Aber darf ich Euch hier in meinen Gemächern und in Gesellschaft meiner Familie um ein Lied bitten?«
»Mit Vergnügen«, erwiderte Kevin, »wenn Eure Gemahlin nichts dagegen einzuwenden hat.« Er warf Gwenhwyfar einen Blick zu, aber sie schwieg. Kevin griff nach der Harfe und begann zu spielen.
Morgaine saß ruhig neben Uriens und hörte der Musik zu. Artus hatte für seine Familie ein wahrhaft königliches Geschenk erbeten – Kevins Musik. Gwydion hatte die Hände um die Knie gelegt und lauschte gebannt und schweigend. Morgaine dachte: *Wenigstens darin ist er mein Sohn.* Uriens hörte aufmerksam und höflich zu. Morgaine hob den Kopf und sah Accolon in die Augen. Sie dachte: *Heute nacht muß ich ihn sehen... selbst wenn ich Uriens einen Schlaftrunk geben muß. Ich habe ihm soviel zu sagen...* Dann schlug sie die Augen nieder. Sie war nicht besser als Gwenhwyfar...
Uriens hielt ihre Hand, streichelte ihre Finger und das Handgelenk.

Es schmerzte noch, als er die Male berührte, die seine Finger heute dort hinterlassen hatten, und sie empfand Widerwillen. Wenn er es wünschte, mußte sie in sein Bett kommen. Hier an diesem christlichen Hof war sie sein Eigentum. Er konnte sie nach Lust und Laune wie ein Pferd oder einen Hund streicheln oder schlagen.

Artus hatte sie und Avalon verraten. Uriens hatte sie im Stich gelassen. Auch Kevin hatte sie verraten ...

Aber Accolon würde sie nicht enttäuschen. Accolon sollte im Namen Avalons herrschen. Er war der König, den Viviane vorausgesehen hatte. Nach Accolon würde Gwydion, ein Druide und König, Herrscher über Avalon und ganz Britannien sein.

Die Königin steht hinter dem König und herrscht wie in alten Tagen im Namen der Göttin ...

Kevin hob den Kopf und begegnete ihrem Blick. Morgaine erschauerte. Sie mußte ihre Gedanken verbergen. *Er besitzt das Gesicht, und er ist Artus' Vertrauter. Er ist Merlin von Britannien und trotzdem mein Feind!*

Aber Kevin sagte freundlich. »Dies ist ein Familientreffen. Auch ich würde gerne Musik hören. Darf ich deshalb als Belohnung darum bitten, daß Ihr, Herrin, singt?«

Morgaine setzte sich auf seinen Platz und spürte, wie die Kraft der Harfe sie erfaßte.

Ich muß sie bezaubern, dachte sie, *damit sie nichts Böses denken,* und griff in die Saiten.

Als sie allein in ihrer Kammer waren, sagte Uriens: »Ich wußte nicht, daß man Euch den Anspruch auf Tintagel wieder streitig macht.«

»Es gibt viele Dinge, die Ihr nicht wißt, mein Gemahl. Sie sind so zahlreich wie die Eicheln in einem Schweinetrog«, erwiderte sie ungeduldig. Wieso hatte sie je geglaubt, sie könne diesen alten Dummkopf ertragen? Gewiß, er war nie unfreundlich zu ihr gewesen, aber sie rieb sich an seiner Torheit wie an einer groben Feile. Sie wollte allein sein, Pläne schmieden und sich mit Accolon beraten. Statt dessen mußte sie diesen alten Schwachkopf besänftigen!

»Ich sollte Eure Pläne kennen«, nörgelte Uriens, »es ärgert mich, daß Ihr Euch nicht mit mir beratet, wenn Euch nicht gefällt, was in Tintagel geschieht ... ich bin Euer Herr, und Ihr hättet es mir sagen müssen, anstatt Euch an Artus zu wenden!« In seiner Stimme lag ein Anflug von Eifersucht. Niedergeschlagen erinnerte sie sich daran, daß Gwydion enthüllt hatte, was sie in all den Jahren als Geheimnis wahrte – wer der Vater ihres Sohnes war. Aber konnte Uriens wirklich glauben, daß sie nach mehr als fünfundzwanzig Jahren immer noch Macht über ihren Bruder besaß, wegen einer Sache, die nur Narren und Christen für eine Sünde hielten? *Wenn er nicht klug genug ist zu begreifen, was vor seinen Augen geschieht, warum sollte ich es ihm Wort für Wort wie einem Kind erklären?*

Ungeduldig entgegnete sie: »Artus ist verärgert, weil er glaubt, eine Frau dürfte ihm nicht auf diese Weise widersprechen. Deshalb habe ich ihn um Hilfe gebeten. Er soll nicht glauben, daß ich mich gegen ihn auflehne.« Mehr sagte sie nicht. Sie war eine Priesterin von Avalon. Sie log nicht. Aber es gab keinen Grund, ihm mehr zu sagen, als sie für richtig hielt. Sollte Uriens ruhig denken, sie wolle nur ihren Streit mit Artus beilegen.

»Wie klug du bist, Morgaine«, sagte er und tätschelte ihr Handgelenk. Sie zuckte zusammen und dachte wieder daran, daß er ihr weh getan hatte. Sie spürte, daß ihre Lippen zitterten, als sei sie ein kleines Kind. *Ich will Accolon! Ich möchte in seinen Armen liegen, liebkost und getröstet werden. Aber wie sollen wir es anstellen, uns auch nur heimlich zu treffen und miteinander zu sprechen?*

Morgaine unterdrückte die Zornestränen. Stärke bedeutete jetzt ihre einzige Sicherheit, Stärke und Verschwiegenheit.

Uriens kam vom Abtritt zurück und sagte gähnend: »Ich habe gehört, wie die Burgwache Mitternacht ausgerufen hat. Wir müssen zu Bett, Herrin.« Er begann, sein Festgewand auszuziehen. »Bist du sehr müde, meine Liebe?«

Morgaine antwortete nicht, weil sie wußte, sie würde weinen, wenn sie sprach. Er nahm ihr Schweigen für Zustimmung und zog sie an sich. Er küßte sie auf den Hals, dann zog er sie zum Bett. Sie ließ es über sich ergehen und überlegte, ob sie nicht durch einen Spruch oder ein Kraut seiner nicht versiegenden Männlichkeit ein Ende setzen konnte – in seinem Alter sollte sie längst für immer erschlafft und verdorrt sein. Niemand würde Zauberei dafür verantwortlich machen. Als alles vorbei war, überlegte Morgaine, warum sie ihm nicht mit Gleichgültigkeit begegnen konnte. Warum konnte sie sich ihm nicht wie in all den langen Jahren überlassen, ohne viele Gedanken darauf zu verschwenden ... was machte es schon? Warum sollte sie ihm mehr Aufmerksamkeit schenken als einem streunenden Hund, der an ihren Röcken schnupperte?

Sie schlief sehr unruhig und träumte von einem Kind, das sie irgendwo gefunden hatte. Sie mußte es stillen. Aber ihre Brüste waren leer und schmerzten unerträglich... sie erwachte, aber die Schmerzen verschwanden nicht. Uriens war mit einigen von Artus' Männern auf die Jagd gegangen... er hatte das bereits vor Tagen ausgemacht. Sie fühlte sich krank und unwohl.

Kein Wunder, dachte sie, *ich habe mehr gegessen als üblicherweise in drei Tagen.*

Aber als sie sich das Gewand schnürte, schmerzten die Brüste immer noch. Die kleinen braunen Knospen schienen entzündet und geschwollen zu sein.

Sie fiel auf das Bett, als habe man ihr den Boden unter den Füßen weggezogen. Sie war unfruchtbar! Sie *wußte,* sie war unfruchtbar; die Frauen hatten es ihr nach Gwydions Geburt gesagt. In all den Jahren hatte sie von keinem Mann je empfangen. Außerdem war sie beinahe neunundvierzig Jahre und schon lange zu alt, um noch einmal schwanger zu werden. Trotzdem, es ließ sich nicht leugnen: Sie war schwanger! Seit langem hatte sie geglaubt, es sei unmöglich. Die Blutungen stellten sich inzwischen unregelmäßig ein und blieben manchmal monatelang aus. Sie dachte, sie würden überhaupt aufhören. Ihre erste Empfindung war Angst: Bei Gwydions Geburt war sie beinahe gestorben...

Uriens würde über den vermeintlichen Beweis seiner Männlichkeit sicher entzückt sein. Aber als dieses Kind gezeugt wurde, lag Uriens mit dem Lungenfieber im Bett. Also war es sehr unwahrscheinlich, daß er der Vater war. Hatte Accolon es am Tag der Sonnenfinsternis zuwege gebracht? Dann war es ein Kind des Gottes, denn er war im Haselnußhain zu ihnen gekommen.

Was soll ich alte Frau mit einem Kind? Aber vielleicht ist es eine Priesterin für Avalon, die nach mir herrscht, wenn der Verräter vom Thron gestürzt ist, auf den ihn Viviane setzte...

Draußen hingen graue Wolken tief über der Erde, und es nieselte. Der Turnierplatz war zertrampelt und schlammig. Banner und Bänder lagen in den Schmutz getreten. Sie beobachtete, wie hier und da die Könige mit ihrem Gefolge sich auf die Abreise vorbereiteten. Ein paar Küchenfrauen hatten sich die Röcke bis über die Knie hochgebunden und hasteten mit Säcken voll Wäsche und Holzprügeln zum Seeufer hinunter.

Es klopfte an der Tür. Ein Diener meldete leise und ehrerbietig: »Königin Morgaine, die Großkönigin bittet Euch und die Königin von

Lothian, mit ihr zu frühstücken. Und der Merlin von Britannien bittet darum, daß Ihr ihn hier um die Mittagszeit empfangt.«

»Ich werde die Königin aufsuchen«, erwiderte Morgaine. »Sage dem Merlin, ich werde um die Mittagszeit hier sein.« Ihr graute vor beiden Begegnungen. Aber sie wagte nicht, sich einer zu entziehen... besonders jetzt nicht.

Gwenhwyfar würde immer ihre Feindin sein. Durch ihr Tun war Artus in die Hände der Christenpriester gefallen und hatte Avalon verraten.

Vielleicht, dachte Morgaine, *plane ich den Sturz des Falschen. Wenn ich erreichen könnte, daß Gwenhwyfar Camelot verläßt... und sei es auch, um mit Lancelot auf seine eigene Burg zu entfliehen... Er ist jetzt Witwer und kann sie zu sich nehmen...* aber sie verwarf diesen Einfall.

Vielleicht hat Artus sie darum gebeten, mich zu versöhnen, dachte sie bitter. *Auch er weiß, daß er sich keinen Streit mit seinen Vasallen leisten kann. Wenn Gwenhwyfar und ich aneinandergeraten, wird Morgause wie immer meine Partei ergreifen. Ein zu ernster Familienzwist bedeutet, er würde Uriens entbehren müssen und auch Morgauses Söhne. Er kann sich nicht leisten, Gawain, Gareth und die Männer aus dem Norden zu verlieren...*

Sie traf Morgause bereits im Gemach der Königin. Morgaine wurde beim Anblick und Geruch der Speisen wieder übel. Aber sie beherrschte sich eisern. Man wußte allgemein, daß sie nie viel aß, und es würde nicht besonders auffallen. Gwenhwyfar küßte sie, und einen Augenblick lang kehrten Morgaines zärtliche Gefühle für diese Frau wieder zurück.

Warum sollten wir Feindinnen sein? Vor langer Zeit waren wir einmal Freundinnen... Ich hasse nicht Gwenhwyfar, sondern die Kirchenmänner, die so großen Einfluß auf sie haben.

Morgaine nahm ein Stück Brot mit Honig auf ihren Teller, aß es aber nicht. Gwenhwyfars Hofdamen waren wie immer frömmelnde, dumme Gänse. Sie begrüßten Morgaine mit neugierigen Blicken und übertrieben zur Schau getragener Freude und Herzlichkeit.

»Euer Sohn, der edle Mordred... was ist er doch für ein prächtiger junger Mann! Ihr müßt wirklich stolz auf ihn sein!« rief eine von ihnen. Morgaine brach das Brot und zerkrümelte es zwischen den Fingern. Sie erwiderte höflich: »Seit er von der Brust entwöhnt wurde, habe ich ihn kaum gesehen. Uwain, der Sohn meines Gemahls, steht mir als Sohn näher. Ich bin stolz auf seine ritterlichen

Taten, denn ich habe ihn großgezogen. Aber du bist auf Mordred so stolz wie auf einen eigenen Sohn, nicht wahr, Morgause?«
»Ist Uriens' Sohn nicht Euer Kind?« erkundigte sich eine andere.
»Nein«, erwiderte sie geduldig. »Er war neun Jahre alt, als ich den König von Nordwales heiratete.«
Eine der Jüngeren sagte kichernd, sie würde an Morgaines Stelle den anderen, so gut aussehenden Stiefsohn bevorzugen – Accolon, so hieß er doch?
Morgaine biß die Zähne zusammen und dachte: *Soll ich der dummen Gans den Hals umdrehen?* Ach nein... Gwenhwyfars Hofdamen hatten nichts zu tun, als sich mit Klatsch und geistlosem Geschwätz die Zeit zu vertreiben.
»Nun sagt mir doch...«, Alais war Morgaines Kammerfrau gewesen, als sie noch am Hof lebte. Morgaine war bei ihrer Hochzeit eine der Ehrendamen gewesen, »... ist er wirklich Lancelots Sohn?«
Morgaine hob die Augenbrauen und fragte: »Wer? Accolon? König Uriens' verstorbene Gemahlin würde Euch diese Unterstellung wohl kaum verzeihen!«
»Ihr wißt, was ich meine«, erwiderte Alais spöttisch. »Lancelot war Vivianes Sohn, und Ihr seid bei Viviane aufgewachsen... wer könnte es Euch verübeln? Sagt mir die Wahrheit, Morgaine, wer ist der Vater Eures hübschen Sohns? Es *kann* doch kein anderer sein?«
Morgause lachte und vesuchte, die Spannung zu brechen. »Wir sind natürlich alle in Lancelot verliebt... armer Lancelot, welche Last...!«
»Aber du ißt ja gar nichts, Morgaine«, sagte Gwenhwyfar besorgt. »Soll ich etwas anderes aus der Küche bringen lassen? Etwas Schinken? Besseren Wein?«
Morgaine schüttelte den Kopf und schob sich ein Stück Brot in den Mund. Hatte sie das nicht alles schon einmal erlebt? Vielleicht hatte sie es auch nur geträumt... ihr wurde schwindlig, und vor ihren Augen tanzten graue Flecken. Wenn die alte Königin von Nordwales beim Frühstück ohnmächtig wie eine Schwangere wurde, hatten sie Gesprächsstoff genug für Tage. Sie preßte sich die Fingernägel in die Handflächen, und es gelang ihr auch, das Schwindelgefühl zu unterdrücken. »Ich habe gestern zuviel getrunken... du weißt seit zwanzig Jahren, daß ich Wein nicht vertrage, Gwenhwyfar.«
»Oh, und es war guter Wein«, erklärte Morgause genüßlich. Gwenhwyfar erwiderte höflich, sie würde Morgause ein Faß mit nach Lothian auf den Weg geben. Morgaine war gnädig vergessen. Trotz

der rasenden Kopfschmerzen, die ihr wie ein eiserner Reif um den Kopf lagen, spürte sie Morgauses fragenden Blick.

Eine Schwangerschaft konnte man nicht verheimlichen... warum sollte sie? Sie war eine verheiratete Frau. Sie mochten lachen, wenn der alte König von Nordwales und seine nicht mehr junge Königin im Alter noch einmal Eltern wurden. Aber man würde gutmütig darüber lachen. Trotzdem glaubte Morgaine, sie würde vor Zorn zerbersten. Sie fühlte sich wie einer dieser feuerspeienden Berge in den Ländern weit im Norden, von denen Gawain ihr erzählt hatte...

Als schließlich alle gegangen waren und sie mit Gwenhwyfar allein zurückblieb, ergriff die Königin ihre Hand und sagte entschuldigend: »Es tut mir leid, Morgaine. Du siehst leidend aus, vielleicht solltest du dich wieder zu Bett begeben.«

»Vielleicht tue ich das«, erwiderte Morgaine und dachte: *Gwenhwyfar errät nie, was mir fehlt. Gwenhwyfar wäre selbst jetzt noch froh darüber, wenn sie schwanger wäre!*

Morgaine sah sie ärgerlich an. Gwenhwyfar errötete. »Es tut mir leid, daß meine Frauen dich so belästigt haben... ich hätte sie zur Ordnung rufen sollen, meine Liebe.«

»Glaubst du, ich mache mir etwas aus ihren Worten? Sie sind wie gackernde Hühner und haben vermutlich auch ebensoviel Verstand«, erwiderte Morgaine mit beißender Verachtung. »Aber wie viele deiner Frauen wissen eigentlich, wer der Vater meines Sohnes ist... Du hast Artus dazu gebracht, es zu beichten... hast du es auch all deinen Frauen anvertraut?«

Gwenhwyfar wirkte verängstigt. »Ich glaube nicht, daß viele es wissen... natürlich alle, die gestern abend anwesend waren, als Artus ihn anerkannte... und Bischof Patricius.« Sie sah Morgaine an, und Morgaine dachte: *Sie wird immer hübscher. Die Zeit ist freundlich zu ihr. Aber ich welke dahin wie eine Rose im Herbst.*

»Du siehst so müde aus, Morgaine«, sagte Gwenhwyfar teilnahmsvoll. Und Morgaine bemerkte, daß aus ihren Worten trotz aller Feindseligkeit auch Liebe sprach. »Ruh dich aus, liebe Schwester.«

Oder liegt es nur daran, daß es nur noch wenige gibt, die mit uns jung waren?

Auch der Merlin war gealtert. Die Zeit war nicht so freundlich zu ihm gewesen wie zu Gwenhwyfar. Er ging jetzt noch gebeugter, schleppte sich am Stock, und seine Arme und Handgelenke mit den sehnigen Muskelsträngen erinnerten an die Zweige einer uralten, verkrümmten Eiche. Er hätte gut einer der alten Zwerge sein können, die, wie die Geschichten erzählten, tief in den Bergen hausten. Nur die Bewegungen seiner Hände waren noch immer sicher und geschmeidig. Trotz der gekrümmten und geschwollenen Finger riefen seine anmutigen Gesten die Erinnerung an die alten Tage wach. Morgaine dachte wieder daran, wie sie Harfespielen gelernt hatte, die Sprache der Gesten und der Hände...

Er machte keine Umstände, lehnte den angebotenen Wein und die Erfrischungen ab und ließ sich aus alter Gewohnheit unaufgefordert auf einem Hocker nieder.

»Ich glaube, es ist falsch, Morgaine, Artus wegen Excalibur zu bestürmen.«

Sie wußte, ihre Stimme klang hart und zänkisch. »Ich habe nicht erwartet, daß du mir zustimmen würdest, Kevin. Sicher hältst du alles für gut, was er mit den Heiligen Insignien tut.«

»Ich kann nichts Falsches darin sehen«, erwiderte Kevin. »Alle Götter sind Ein Gott... selbst Taliesin würde das sagen... und wenn wir dem Einen gemeinsam dienen...«

»Und genau damit bin ich nicht einverstanden«, unterbrach ihn Morgaine. »Ihr Gott wäre der Eine... und der Einzige... und würde jede Erinnerung an die Göttin auslöschen, der wir dienen. Kevin, höre auf mich... siehst du nicht, wie sehr es die Welt verkleinert, wenn es einen gibt anstatt viele? Ich glaube, es war falsch, die Sachsen zu Christen zu machen. Ich glaube, die Alten Priester von Glastonbury hatten recht. Warum *sollten* wir alle nach dem Tod zusammenkommen? Warum soll es nicht viele Wege geben... die Sachsen folgen ihrem, wir dem unsern, und die Anhänger Christi beten ihn an, ohne die Verehrung anderer Götter zu unterbinden...«

Kevin schüttelte den Kopf. »Ich weiß nicht, meine Liebe. Die Menschen scheinen die Welt jetzt mit anderen Augen anzusehen... es ist, als soll eine Wahrheit die andere vertreiben... als müsse alles falsch sein, was nicht ihrer Wahrheit entspricht.«

»Aber so einfach ist das Leben nicht«, erwiderte Morgaine.

»Das weiß ich, selbst du weißt es, und im Laufe der Zeit werden es auch die Priester herausfinden.«

»Aber wenn sie alle anderen Wahrheiten vertrieben haben, ist es zu spät«, entgegnete Morgaine.

Der Merlin seufzte. »Es gibt ein Schicksal, Morgaine, das kein Mann

und keine Frau aufhalten kann. Und ich glaube, vor diesem Tag stehen wir.« Kevin griff mit seiner knorrigen Hand nach ihren Händen, und sie glaubte, ihn noch nie so sanft sprechen gehört zu haben. »Ich bin nicht dein Gegner, Morgaine. Ich kenne dich schon, seit du eine Jungfrau warst. Und später ...« Sie sah, wie er schluckte. »Ich liebe dich, Morgaine. Ich wünsche dir nur Gutes. Es gab eine Zeit ... o ja, es liegt lange zurück. Aber ich vergesse nicht, wie sehr ich dich geliebt habe, und wie beschenkt ich mich fühlte, daß ich zu dir von Liebe sprechen konnte ... Kein Mensch kann sich dem Strom der Gezeiten oder dem Schicksal entgegenstellen. Wenn wir früher Missionare zu den Sachsen geschickt hätten, wären sie vielleicht von denselben Priestern bekehrt worden, die eine Kapelle bauten, in der sie und Taliesin Seite an Seite Gott anbeten konnten. Unser Glaubenseifer hat das verhindert, und so blieb es engstirnigen Frömmlern wie dem Patricius überlassen, die in ihrem Stolz den Schöpfer nur als den rächenden Vater von Soldaten sehen und nicht auch als die liebende Mutter der Felder und der Erde ... Ich sage dir, Morgaine, die Christen sind eine Flut, die alle Menschen wie Strohhalme mit sich reißen werden.«
»Was geschehen ist, ist geschehen«, sagte Morgaine. »Aber was ist die Antwort?«
Kevin senkte den Kopf. Morgaine wußte plötzlich, eigentlich wollte er nur seinen Kopf an ihre Brust legen, nicht als Mann, der die Frau sucht, sondern die Große Mutter, die Göttin, die seine Ängste und Verzweiflung lindert.
»Vielleicht«, sagte er gequält, »vielleicht gibt es keine Antwort. Vielleicht gibt es keinen Gott und keine Göttin, und wir streiten uns über dumme Worte. Ich will mich nicht mit dir streiten, Morgaine von Avalon. Aber ich werde auch nicht tatenlos zusehen, wie du das Reich wieder in Kriege und Unruhen stürzt und den Frieden zerstörst, den Artus uns geschenkt hat. Etwas von dem Wissen, etwas von der Musik und etwas von der Schönheit muß für die Zeit bewahrt werden, wenn die Welt wieder in Dunkelheit versinkt. Ich sage dir, Morgaine, ich habe die Dunkelheit heraufziehen sehen. Vielleicht können wir in Avalon die geheime Weisheit bewahren ... aber die Zeit ist vorüber, in der wir sie in der Welt verbreiten konnten. Glaubst du, ich fürchte mich davor zu sterben, wenn dadurch etwas von Avalon für die Menschheit bewahrt bleibt?«
Morgaine streckte langsam wie unter einem Zwang die Hand aus, um ihm die Tränen abzuwischen, zog sie aber, von plötzlichem

Entsetzen gepackt, schnell wieder zurück. Vor ihren Augen verschwamm alles – sie hatte mit ihrer Hand einen weinenden Totenkopf berührt. Ihre Finger schienen die dünnen, eiskalten Finger der Todesbotin zu sein. Auch Kevin sah es. Er starrte sie entsetzt und erschrocken an. Dann verschwand das Bild, und Morgaine antwortete hart: »Also würdest du die Heiligen Dinge in die Welt bringen, damit das Heilige Schwert von Avalon zum rächenden Schwert von Christus wird?«
»Es ist das Schwert der Götter«, erwiderte Kevin. »Und alle Götter sind ein Gott. Mir wäre lieber, die Menschen könnten Excalibur folgen, als das es verborgen in Avalon liegt. Wenn sie ihm nur folgen... kommt es wirklich darauf an, welchen Gott sie dabei anrufen?«
Morgaine erwiderte ungerührt: »Um *das* zu verhindern, bin ich bereit zu sterben. Seht Euch vor, Merlin von Britannien. Ihr habt die Große Ehe geschlossen und Euer Leben für den Schutz der Mysterien verpfändet. Seht Euch vor, daß von Euch nicht verlangt wird, diesen Schwur einzulösen!«
Der Merlin sah sie mit seinen schönen Augen an. »Oh, meine Herrin und meine Göttin! Ich bitte Euch, holt Rat in Avalon, ehe Ihr handelt! Ich glaube, für Euch ist die Zeit gekommen, nach Avalon zurückzukehren.«
Kevin legte seine Hand auf ihre, und sie zog sie nicht zurück.
Mit erstickter Stimme antwortete sie: »Ich... ich wünsche, ich könnte zurückkehren... ich sehne mich so sehr danach, daß ich nicht wage, es zu tun. Ich werde erst zurückkehren, wenn ich Avalon nie mehr verlassen muß...«
»Du *wirst* zurückkehren. Ich habe es gesehen«, sagte Kevin erschöpft. »Ich nicht. Ich weiß nicht, warum, Morgaine, meine Liebe, aber mir scheint, ich werde nie mehr aus der Heiligen Quelle trinken.«
Sie sah den häßlichen, verunstalteten Körper vor sich, die zarten Hände, die schönen Augen und dachte: *Ich habe diesen Mann einmal geliebt*. Trotz allem liebte sie ihn noch. Sie würde ihn lieben, bis sie beide tot waren. Sie kannte ihn seit Anbeginn der Zeiten. Sie hatten gemeinsam ihrer Göttin gedient. Die Zeit fiel von ihr ab. Sie schienen außerhalb der Zeit zu stehen. Sie gab ihm Leben. Sie fällte ihn als Baum. Er wuchs neu aus dem Samenkorn. Er starb durch ihren Willen. Sie wurde in seine Arme genommen und dem Leben wiedergegeben... das uralte Priesterdrama vollzog sich, ehe Druiden oder Christen die Welt betraten.

Und das würde er alles verraten?
»Wenn Artus seinen Schwur bricht, werde ich dann nicht von ihm das Opfer fordern?«
Kevin antwortete: »Die Göttin wird eines Tages auf ihre Weise mit ihm abrechnen. Aber Artus ist nach dem Willen der Göttin König von Britannien. Wagt Ihr, Euch dem Schicksal entgegenzustellen, das dieses Land regiert?«
»Ich tue, was die Göttin mir aufgetragen hat zu tun!«
»Die Göttin ... oder Euer Wille, Euer Stolz und der Ehrgeiz für jene, die Ihr liebt? Hütet Euch, Morgaine. Es kann sehr wohl sein, daß die Tage von Avalon vorüber sind und Eure Tage mit ihnen.«
Sie konnte sich nicht länger beherrschen, und es brach aus ihr heraus: »Und du wagst, dich Merlin von Britannien zu nennen?« schrie sie ihn an, außer sich vor Zorn. »Hinaus, elender Verräter!« Sie warf ihm den Spinnrocken an den Kopf. »Hinaus mit dir! Aus meinen Augen! Sei auf alle Ewigkeit verflucht! Hinaus!«

Zehn Tage später machte sich König Artus mit seiner Schwester, Königin Morgaine, und ihrem Gemahl, Uriens von Nordwales, auf den Weg nach Tintagel.
Morgaine hatte Zeit gehabt, eine Entscheidung zu treffen. Es war ihr auch gelungen, am Tag vor der Abreise, kurz mit Accolon zu sprechen. »Warte am Seeufer auf mich ... achte darauf, daß weder Artus noch Uriens dich sehen.« Sie reichte ihm zum Abschied die Hand, aber er zog sie an sich und küßte sie immer wieder.
»Herrin ... ich kann es nicht ertragen, mitanzusehen, wie Ihr Euch in Gefahr begebt!«
Sie lehnte sich an ihn. Sie war so müde, so müde ... immer mußte sie stark sein und darauf achten, daß alles so verlief, wie es sein mußte! Aber er durfte von ihrer Schwäche nichts ahnen! »Es läßt sich nicht ändern, mein Geliebter! Der Tod wäre sonst nur die einzige Antwort. Du kannst den Thron nicht mit dem Blut deines Vaters an deinen Händen besteigen. Und wenn du auf Artus' Thron sitzt ... mit der Macht von Avalon im Rücken und Excalibur in der Hand ... dann kannst du Uriens in sein Land zurückschicken, damit er dort herrscht, solange Gott es will.«
»Und Artus?«
»Ich möchte auch meinem Bruder nichts Böses«, erwiderte Morgaine

ruhig. »Ich möchte nicht, daß er stirbt. Aber er soll drei Nächte und drei Tage im Land der Feen verbringen. Bei seiner Rückkehr sind dann fünf Jahre oder mehr vergangen. Artus und sein Thron sind dann nur noch eine Geschichte, an die sich die Älteren erinnern. Die Gefahr einer Priesterherrschaft ist dann schon lange gebannt.«

»Aber wenn er den Weg zurück findet...?«

Morgaines Stimme zitterte: »Was geschieht mit dem Hirschkönig, wenn der junge Hirsch herangewachsen ist? Auch Artus kann seinem Schicksal nicht entgehen. Und du wirst sein Schwert haben.«

Verrat, dachte Morgaine. Sie ritt mit klopfendem Herzen durch den trüben, grauen Morgen. Dünner Nebel lag über dem See.

Ich liebe Artus. Ich will ihn nicht verraten. Aber er hat Avalon im Stich gelassen und den Schwur gebrochen.

Ihr war immer noch übel, und das Schaukeln auf dem Pferd machte es noch schlimmer. Sie konnte sich nicht daran erinnern, während der Schwangerschaft mit Gwydion so krank gewesen zu sein... *Mordred,* rief sie sich ins Gedächtnis. Aber vielleicht würde er beschließen, unter seinem alten Namen zu regieren, wenn er auf den Thron kam... unter dem Namen, den Artus getragen hatte und an dem kein christlicher Makel haftete. Wenn Kevin vor vollendeten Tatsachen stand, würde er sicher auch den neuen König von Avalon unterstützen.

Die Nebel wurden dichter und erleichterten Morgaine die Durchführung ihres Plans. Sie zitterte und zog den Mantel enger um sich. Es mußte jetzt geschehen, sonst würden sie auf ihrem Weg um den See nach Süden in Richtung Cornwall reiten. Die Nebel waren inzwischen bereits so undurchdringlich, daß sie kaum noch die Gestalten der drei Bewaffneten ausmachen konnten, die vor ihnen her ritten. Morgaine wandte sich um und sah die drei Männer hinter ihnen ebenso verschwommen. Aber der Pfad war noch deutlich zu sehen, obwohl über ihnen der Nebel wie ein dicker weißer Vorhang weder die Sonne noch das Tageslicht durchließ.

Morgaine streckte die Hände aus, richtete sich hoch im Sattel auf und flüsterte die Zauberworte, die sie noch nie auszusprechen gewagt hatte. Nacktes Entsetzen packte sie... sie wußte, es war nur die Kälte in ihrem Körper, denn sie speiste die Macht des Zaubers mit ihrer Wärme... auch Uriens zitterte. Er hob den Kopf und sagte verdrießlich: »So einen Nebel habe ich noch nie erlebt... wir werden uns bestimmt verirren und die Nacht am Seeufer verbringen müssen! Vielleicht können wir im Kloster von Glastonbury Unterkunft finden...«

»Wir haben uns nicht verirrt«, erklärte Morgaine. Jetzt war der Nebel so dicht, daß sie kaum noch die Erde unter den Hufen ihres Pferdes sah.
Ach, wie stolz war ich als Jungfrau in Avalon darauf, nur die Wahrheit zu sprechen! Ziemt es sich dann für eine Königin zu lügen, wenn ich damit der Göttin diene?
»Ich kenne jeden Schritt des Weges ... ich kenne ein Haus am Ufer. Dort können wir übernachten und morgen früh weiterreiten.«
»So weit können wir noch nicht sein«, sagte Artus. »Ich habe das Angelusläuten von Glastonbury gehört ...«
»Der Nebel trägt die Töne weit«, erwiderte Morgaine, »und ein Nebel wie dieser noch weiter. Vertraue mir, Artus.«
Er lächelte sie liebevoll an. »Ich habe dir immer vertraut, liebe Schwester.«
O ja, das hatte er ... seit dem Tag, an dem Igraine ihn in Morgaines Arme legte. Zuerst haßte sie das schreiende Bündel, aber dann erkannte sie, daß Igraine sie beide verraten und verlassen hatte. Sie mußte für ihn sorgen. Deshalb trocknete sie seine Tränen ... ungeduldig verhärtete Morgaine ihr Herz. Das lag ein Leben zurück! Inzwischen hatte Artus die Große Ehe mit dem Land geschlossen und hatte das Land verraten. Er hatte es in die Hände der Christenpriester gegeben, die die Götter vertreiben wollten, die das Land nährten und es fruchtbar machten. Avalon hatte ihn auf den Thron gesetzt – sie als Priesterin hatte es getan ... und jetzt würde Avalon ihn durch ihre Hand stürzen.
Ich will ihm kein Leid antun, Große Mutter ... ja, ich werde ihm das Schwert der Heiligen Insignien nehmen und es in die Hände eines Mannes legen, der Excalibur zum Ruhm der Göttin trägt. Ich will Artus kein Leid antun ... Aber was geschieht mit dem Hirschkönig, wenn der junge Hirsch herangewachsen ist?
Das lag im Wesen der Natur und konnte nicht aus Rücksicht auf Gefühle geändert werden. Der Großkönig von Britannien würde seinem Schicksal ohne den Schutz des Zaubers begegnen, den die Scheide Excaliburs ihm schenkte, die sie für ihn angefertigt hatte ... ohne es zu wissen, trug sie damals schon seinen Sohn im Leib. Sie hatte oft gehört, daß seine Ritter darüber sprachen, daß sein Leben von einem Zauber geschützt war. Selbst an tiefen Wunden verblutete er nicht ... Sie würde gegen den Sohn ihrer Mutter und den Vater ihres Kindes nicht die Hand erheben. Aber den Zauber, den sie nach dem Verlust der Jungfernschaft über ihn gelegt hatte, *den* konnte

sie ihm nehmen. Dann unterlag alles weitere dem Willen der Göttin ...

Die magischen Nebel hatten sich so sehr verdichtet, daß Morgaine kaum noch Uriens sah, nur sein wütendes, übellauniges Gesicht schwamm auf den weißen Schwaden. »Seid Ihr sicher, daß Ihr wißt, wohin Ihr uns führt, Morgaine? Ich könnte schwören, ich bin noch nie hier gewesen ...«

»Ich schwöre Euch, ich kenne jeden Schritt des Wegs, selbst im dichtesten Nebel.«

Zu ihren Füßen sah Morgaine die Gruppe merkwürdiger kleiner Sträucher. Nichts hatte sich verändert, seit sie den Zugang nach Avalon gesucht hatte ... damals, als sie sich fürchtete, die Barke zu rufen ...

Göttin, betete sie im stillen, *gib, daß die Kirchenglocken nicht lärmen, solange ich den Zugang suche, damit er nicht im Nebel entschwindet und wir nie den Weg in das Land finden ...*

»Hier entlang«, sagte sie, nahm die Zügel fester in die Hand und stieß dem Pferd die Füße in die Weichen. »Folge mir, Artus.«

Sie ritt schnell in die Nebel hinein und wußte, daß die anderen ihr im Zwielicht nicht so schnell folgen konnten. Sie hörte Uriens hinter sich fluchen. Seine ärgerliche Stimme klang nur noch gedämpft. Sie hörte, wie Artus seinem Pferd gut zuredete. Und plötzlich stand Morgaine ein Bild vor Augen – das Skelett eines Pferdes mit ihrem Zaumzeug ... *Was geschehen mußte, mußte geschehen!*

Die Nebel lichteten sich, und plötzlich ritten sie im vollen Tageslicht zwischen Bäumen mit buntem Laub. Ein klares, grünes Licht umgab sie. Aber sie konnten keine Sonne sehen. Sie hörte Artus' erstaunten Ausruf.

Aus dem Wald kamen ihnen zwei Männer entgegen, die mit reinen Stimmen riefen: »Artus, unser Gebieter! Welche Freude, Euch hier zu begrüßen!«

Artus zügelte schnell das Pferd, um nicht in die Männer hineinzureiten. »Wer seid ihr? Woher wißt ihr meinen Namen?« wollte er wissen. »Wie heißt dieser Ort?«

»Hier ist die Burg Chariot, hoher Herr! Unsere Königin wünscht schon lange, Euch als ihren Gast zu begrüßen!«

Artus antwortete verwirrt: »Ich wußte nicht, daß in dieser Gegend eine Burg steht. Wir müssen im Nebel weiter geritten sein, als wir glaubten.« Uriens sah sich argwöhnisch um. Aber Morgaine bemerkte, wie Artus in den ihr vertrauten Bann des Feenreichs geriet. Es kam ihm nicht in den Sinn, etwas in Frage zu stellen. Was geschah, geschah einfach wie im Traum. Es gab keinen Grund, Fragen zu stellen. Aber *sie* durfte den Kopf nicht verlieren...

»Königin Morgaine«, sagte einer der Männer aus dem dunklen schönen Volk, das wie die Vorfahren oder die Traumbilder des kleinen dunklen Volks von Avalon wirkte. »Unsere Königin erwartet Euch und freut sich, Euch begrüßen zu dürfen. Und Ihr, König Artus, sollt mit uns beim Mahl sitzen...«

»Nach diesem Ritt durch den Nebel ist mir ein Bissen sehr willkommen«, erwiderte Artus gutgelaunt. Der Mann führte sein Pferd in den Wald. »Kennst du die Königin dieses Landes, Morgaine?«

»Ich kenne sie, seit ich ein junges Mädchen war.«

Sie hat mich verspottet... und bot mir an, mein Kind in die Feenwelt aufzunehmen...

»Wie erstaunlich, daß sie nie nach Camelot kam, um mir den Treueeid zu leisten«, überlegte Artus stirnrunzelnd. »Ich kann mich nicht erinnern, aber ich glaube, schon einmal etwas von der Burg Chariot gehört zu haben... vor langer, langer Zeit. Aber ich kann mich nicht mehr genau erinnern.« Und dabei ließ er es bewenden. »Die Menschen hier scheinen jedenfalls freundlich zu sein. Empfiehl mich der Königin, Morgaine. Bestimmt werde ich sie beim Mahl sehen.«

»Bestimmt«, erwiderte Morgaine und beobachtete, wie die Männer mit ihm davongingen.

Ich muß einen klaren Kopf behalten. Ich werde die Zeit an meinem Herzschlag messen. Ich darf mich nicht verzählen, sonst werde ich davongetragen und verstricke mich in meinen eigenen Zauber...

Sie bereitete sich auf das Zusammentreffen mit der Königin vor.

Sie war unverändert, immer dieselbe... die Große Frau, die sie aber doch an Viviane erinnerte, als seien sie und Morgaine miteinander verwandt. Die Königin umarmte und küßte sie wie eine nahe Verwandte.

»Was führt dich aus freien Stücken in unser Land, Morgaine, die Fee?« fragte sie. »Dein Ritter ist hier. Einer meiner Hofdamen hat ihn gefunden...«, sie machte eine Geste, und Accolon stand vor ihr. »Sie haben ihn gefunden, als er allein durch das Schilf irrte, weil er in dem Nebel den Weg verloren hatte...«

Accolon griff nach Morgaines Hand, und sie spürte ihn fest und wirklich... und doch wußte sie nicht einmal, ob sie im Freien oder in einem Raum standen, ob der gläserne Thron der Königin in einem wunderbaren Hain oder im mächtigen Gewölbe einer großen Halle sich befand, die prächtiger war als die Halle der runden Tafel in Camelot.

Accolon kniete vor dem Thron. Die Feenkönigin legte ihm die Hände auf den Kopf, hob einen seiner Arme, und die Schlangen am Handgelenk schienen sich zu bewegen und begannen sich zu ringeln. Sie krochen hinüber auf die Hand der Königin, die gedankenverloren mit ihnen spielte und die kleinen blauen Köpfe streichelte. »Du hast gut gewählt, Morgaine«, sagte sie. »Ich glaube nicht, daß er mich je verraten würde. Sieh doch, Artus hat gut getafelt, und dort liegt er . . .« Eine Mauer schien sich zu öffnen, und Morgaine sah Artus im fahlen Licht. Er schlief; einen Arm hatte er unter sein Haupt und den anderen um den Körper einer jungen Frau mit langen dunklen Haaren gelegt. Sie schien eine Tochter der Königin zu sein . . . glich aber auch Morgaine.

»Natürlich wird er glauben, daß du es bist und daß alles ein Traum war, den ihm der Böse geschickt hat«, erklärte die Königin lächelnd. »Er hat sich so weit von uns entfernt, daß er die Erfüllung seines heißesten Wunsches als Schande betrachtet . . . Wußtest du das nicht, Morgaine, meine Liebe?« Morgaine glaubte wie im Traum, Vivianes kosende Stimme zu hören. Aber die Königin fuhr fort: »Deshalb schläft der König in den Armen der Frau, die er bis zum Tode lieben wird . . . Und was geschieht, wenn er erwacht? Wirst du ihm Excalibur nehmen und ihn nackt und bloß am Seeufer aussetzen, wo er dich für immer im Nebel suchen wird?«

Morgaine erinnerte sich plötzlich an das Pferdeskelett unter den Feenbäumen . . . »Das nicht«, sagte sie schaudernd.

»Dann soll er hierbleiben. Aber wenn er wirklich so fromm ist, wie du sagst, und sich an die Gebete erinnert, die ihm die Einbildung rauben, wird alles verschwinden, und er wird sein Pferd und sein Schwert verlangen . . . Was sollen wir dann tun?«

Accolon sagte grimmig: »Ich werde Excalibur tragen. Es steht ihm frei, es mir abzunehmen.«

Die dunkelhaarige junge Frau trat zu ihnen. In ihrer Hand lag Excalibur. Es steckte in der Scheide. »Ich habe es ihm abgenommen, während er schlief«, sagte sie, »und als ich es tat, rief er mich bei deinem Namen . . .«

Morgaine berührte den juwelenbesetzten Schwertgriff.

»Überlege gut, mein Kind«, sagte die Königin, ». . . wäre es nicht besser, es sofort nach Avalon zu den Heiligen Insignien zurückzubringen? Soll Accolon seinen Weg als König nicht mit einem Schwert machen, das er selbst erringt?«

Morgaine zitterte. Es schien sehr dunkel in der Halle oder dem Hain zu sein... oder wo sie sein mochten. Lag Artus schlafend zu ihren Füßen oder war er weit entfernt? Aber Accolon streckte die Hand aus und griff nach dem Schwert.

»Ich will das Schwert und die Scheide«, sagte er. Morgaine kniete vor ihm nieder und gürtete ihn mit Excalibur.

»So sei es, Geliebter... Trage es würdiger als er, für den ich die Scheide anfertigte...«

»Die Göttin behüte, daß ich dich je verrate, selbst wenn ich dafür sterbe«, flüsterte er tiefbewegt. Er hob Morgaine auf und küßte sie. Sie schienen in der Umarmung zu verharren, bis die Schatten der Nacht verblaßten; das spöttische Lächeln der Feenkönigin schien sie wie ein sanftes Licht zu umgeben.

»Wenn Artus sein Schwert verlangt, soll er eines bekommen... und auch etwas, das der Scheide ähnelt. Aber diese Scheide wird nicht verhindern, daß sein Blut fließt... Übergib es meinen Waffenschmieden«, sagte sie zu der jungen Frau. Morgaine sah sie ungläubig an – hatte sie geträumt, sie hätte Accolon mit Excalibur gegürtet? Die Königin und die junge Frau verschwanden. Morgaine schien mit Accolon allein in einem mächtigen Hain zu liegen. Es war die Zeit der Beltanefeuer, und er nahm sie in die Arme wie ein Priester die Priesterin. Dann waren sie nur noch Mann und Frau. Die Zeit verharrte. Ihr Körper verschmolz mit seinem, als besäße sie weder eigene Nerven noch Knochen, noch einen Willen, und sein Kuß brannte auf ihren Lippen wie Feuer und Eis...

Der Hirschkönig wird ihn stellen, und ich muß ihn darauf vorbereiten.

Aber wieso lag sie mit ihm in diesem Hain? Wieso war ihr nackter Körper mit Zeichen bemalt, wieso war ihr Körper jung und zart? Wieso spürte sie einen wilden Schmerz, als er in sie eindrang... Sie hatte doch ihre Jungfräulichkeit vor einem halben Leben dem Gehörnten geopfert. Wieso kam sie jetzt als Jungfrau zu ihm, als habe sie ihr Leben nicht gelebt? Warum schien der Schatten des Geweihs auf seine Stirn zu fallen? Wer war der Mann in ihren Armen, was hatte die Zeit für sie bedeutet? Jetzt lag er ruhig und schwer auf ihr. Sie streichelte und küßte ihn; er löste sich von ihr, und sie wußte kaum, wer er war. Hatte er blonde oder dunkle Haare? Die kleinen Schlangen schienen sanft über ihre Brüste zu gleiten, die rosa, zart und mädchenhaft wirkten. Winzige blaue Schlangen wanden sich um ihre Knospen, und die Berührung verursachte erregenden Schmerz und Genuß.

Dann wußte Morgaine, wenn sie wollte, würde sich die Zeit umkehren, wiederkommen. Sie konnte an diesem Morgen die Höhle mit Artus verlassen, ihre Macht benutzen und ihn für immer an sich binden. Dann würde sich nichts von all dem Geschehenen ereignen...
Sie hörte den Bruder nach seinem Schwert rufen. Er wehrte sich gegen den Zauber. In weiter Ferne und klein, als beobachte sie ihn von oben aus der Luft, sah sie ihn erwachen. Und sie wußte, ihrer beider Schicksal – Vergangenheit und Zukunft – lag in seiner Hand. Wenn er sich zu dem bekannte, was zwischen ihnen geschehen war, wenn er sie rief und sie bat, zu ihm zu kommen, wenn er sich selbst eingestehen konnte, daß er in all den Jahren nur sie geliebt hatte, und daß keine andere Frau zwischen ihnen stand...
Dann soll Lancelot Gwenhwyfar haben, und ich werde Königin in Avalon... aber Königin mit einem Kind zum Gefährten, und wenn die Zeit gekommen ist, wird er dem Hirschkönig unterliegen...
Diesmal würde Artus sich nicht voll Entsetzen von ihr wenden, und sie würde ihn nicht mit kindischen Tränen von sich stoßen... Einen Augenblick lang schien die ganze Welt zu warten, um Artus' Worte wie ein Echo aufzufangen...
Er sprach, und die Glocke des unheilvollen Schicksals hallte durch das Feenreich. Das Gewebe der Zeit erzitterte, und das Gewicht der Jahre senkte sich herab.
»Jesus und Maria, beschützt mich vor allem Bösen«, rief der König. »Dies ist ein trügerischer Zauber, den meine Schwester mit ihrer Hexenkunst über mich geworfen hat!« Er schauderte und rief: »Bringt mir mein Schwert!«
Morgaine spürte, wie der Schmerz ihr das Herz zerriß. Sie zog Accolon an sich, und wieder schien der Schatten des Geweihs auf seine Stirn zu fallen. Wieder trug er Excalibur um die Hüfte... Hatte er es schon immer getragen...? Die Schlangen, die sich auf ihrem nackten Körper geringelt hatten, waren nur noch blasse blaue Flekken auf den Handgelenken des Mannes.
Morgaine sagte ruhig: »Siehst du, man bringt ihm ein Schwert, das wie Excalibur aussieht... die Schmiede der Feen haben es in dieser Nacht gehärtet. Wenn du kannst, laß ihn ziehen. Aber wenn nicht... dann tue, was du tun mußt, Geliebter. Und die Göttin sei mit dir. Ich erwarte dich auf Camelot, wenn du dort im Triumph einziehst.« Sie küßte Accolon und schickte ihn auf den Weg.
Bis zu diesem Augenblick hatte sie es sich nie eingestanden: Einer

mußte sterben: entweder der Geliebte oder der Bruder... das Kind, das sie in den Armen gehalten hatte, der Gehörnte, der ihr Geliebter, Priester und König gewesen war...

Was dieser Tag auch bringen mag, dachte Morgaine, *nie mehr, nie mehr werde ich auch nur einen Augenblick lang glücklich sein, denn einer der beiden geliebten Männer muß sterben...*

Artus und Accolon hatten sich auf den Weg gemacht, auf dem sie ihnen nicht folgen konnte. Sie mußte auch an Uriens denken. Flüchtig überlegte sie, ihn im Feenreich zurückzulassen. Er würde zufrieden durch die verzauberten Hallen und Wälder streifen, bis er starb... *Nein, was immer geschieht, es hat genug Tote gegeben,* dachte sie und richtete ihre Gedanken auf ihren Gemahl. Sie sah ihn schlafen. Als sie sich ihm näherte, richtete er sich auf und sah sie in seliger Trunkenheit an. »Der Wein hier ist zu stark für mich«, sagte er. »Wo bist du gewesen, meine Liebe, und wo ist der König?«

Die Feen haben Artus bereits das Schwert gebracht, dachte sie, *das Excalibur gleicht. Und in seiner Verzauberung wird er es dafür halten... Oh, Göttin, ich hätte das Schwert nach Avalon zurückschicken sollen. Warum muß noch jemand deshalb sterben? Aber ohne Excalibur kann Accolon nicht als der neue König von Avalon regieren... Wenn ich Königin bin, soll Friede in diesem Land herrschen, und die Gedanken der Menschen sollen frei sein. Und kein Christenpriester wird ihnen vorschreiben, was sie tun und glauben müssen...*

»Artus mußte vorausreiten«, erklärte sie freundlich. »Kommt, mein lieber Gemahl, wir müssen nach Camelot zurückkehren.« Der Zauber des Feenreiches war so stark, daß er sich widerspruchslos fügte und keine Fragen stellte. Man brachte ihnen Pferde; die schönen großen Männer führten sie bis zu einer Stelle, wo einer von ihnen sagte: »Von hier werdet ihr sicher den Weg selbst finden.«

»Wie schnell das Sonnenlicht verschwunden ist«, jammerte Uriens, als plötzlich grauer Nebel und Regen über sie herfielen. »Morgaine, wie lange waren wir im Reich der Königin? Mir kommt es vor, als hätte ich Fieber gehabt, oder sei wie verhext oder verzaubert umhergewandert...«

Sie gab keine Antwort. *Auch er,* so dachte sie, *hatte sich mit den Feen vergnügt. Warum auch nicht?* Sie mißgönnte ihm den Spaß nicht, denn auf diese Weise ließ er sie in Ruhe.

Plötzlich aufsteigende Übelkeit erinnerte sie daran, daß sie im Feenreich nicht ein einziges Mal an das wachsende Leben in ihrem Leib gedacht hatte. Jetzt, wenn alle auf ihr Wort warten würden, wenn Gwydion den Thron bestieg und Accolon regierte... würde sie schwerfällig, krank und unförmig sein... Sicher war sie zu alt, um gefahrlos ein Kind zur Welt zu bringen. War es bereits zu spät, um die Kräuter zu suchen, die sie von der unerwünschten Frucht befreien würden? Aber wenn sie Accolon jetzt einen Sohn schenken konnte, nachdem die Herrschaft in seine Hände übergegangen war, würde er sie als seine Königin noch höher achten. Konnte sie diese Macht über ihn opfern?

Dieses Kind würde ich bei mir behalten. Dieses Kind könnte ich in meinen Armen wiegen, ich würde es lieben...

Sie erinnerte sich noch an die süße Last des kleinen Artus, wie er die Ärmchen um ihren Hals geschlungen hatte. Gwydion hatte man ihr genommen. Uwain war bereits neun gewesen, als er lernte, sie Mutter zu nennen. Ein stechender Schmerz und ein Gefühl der Süße, das weit über Liebe hinausging, erfaßte ihren Körper. Es war das Verlangen, wieder ein Kind zu haben... Doch die Vernunft gebot ihr, es nicht zu wagen. In ihrem Alter würde sie die Geburt nicht überleben. Und wie im Traum ritt sie an Uriens' Seite. Nein, sie würde die Schwangerschaft nicht überleben, und doch glaubte sie, den unwiderruflichen Schritt nicht tun zu können, das Ungeborene dem Tod zu überlassen.

An meinen Händen klebt bereits das Blut eines Mannes, den ich liebe... Oh, Göttin, warum stellst du mich so auf die Probe?

Die Göttin schien vor ihren Augen wie ein verschwommenes Bild im Nebel aufzutauchen. Jetzt glich sie der Feenkönigin, dann der ernsten und mitfühlenden Raven, plötzlich der großen Muttersau, die Avallochs Leben gefordert hatte... *Sie wird das Kind verschlingen, das ich gebäre...* Morgaine wußte, sie stand am Rand des hellen Wahnsinns.

Später. Ich werde später eine Entscheidung treffen. Jetzt habe ich die Pflicht, Uriens nach Camelot zurückzubringen. Sie fragte sich, wie lange sie wohl im Feenreich gewesen waren. Nicht länger als einen Monat, vermutete sie. Das Kind würde sich sonst deutlicher bemerkbar machen... Sie hoffte, daß es nur ein paar Tage gewesen waren. Aber auch nicht zu wenige, sonst würde Gwenhwyfar sich wundern, daß sie so schnell wieder nach Camelot zurückkehrten. Und nicht zu viele, sonst war es zu spät, um zu tun, was sie tun mußte: Sie konnte das Kind nicht zur Welt bringen und am Leben bleiben.

Sie erreichten Artus' Hof am späten Vormittag. Die Entfernung war wirklich nicht groß gewesen. Morgaine war erleichtert, daß sie Gwenhwyfar nicht begegnete. Als Cai sich nach Artus erkundigte, erzählte sie – und log diesmal ohne das geringste Zögern –, er sei in Tintagel aufgehalten worden. *Wenn ich töten kann, ist eine Lüge keine so große Sünde,* dachte sie gequält, denn irgendwie fühlte sie sich durch die Lüge vergiftet. Sie war eine Priesterin von Avalon, und es bedeutete ihr viel, die Wahrheit zu sagen...

Morgaine brachte Uriens in sein Gemach. Der alte Mann wirkte jetzt erschöpft und völlig verwirrt.

Er ist zu alt, um noch länger zu herrschen. Avallochs Tod hat ihn schwerer getroffen, als ich dachte. Aber auch er kennt das Gesetz von Avalon... Was geschieht mit dem Hirschkönig, wenn der junge Hirsch herangewachsen ist?

»Ruht Euch aus, mein Gemahl«, sagte sie. Aber Uriens erwiderte verdrießlich:

»Ich sollte mich auf den Weg nach Wales machen. Accolon ist zu jung, um allein zu regieren. Mein Volk braucht mich.«

»Das hat noch einen Tag Zeit«, beschwichtigte sie ihn, »und morgen fühlt Ihr Euch schon wieder wohler.«

»Ich bin bereits zu lange weg«, nörgelte er. »Und weshalb sind wir nicht nach Tintagel geritten? Morgaine, ich kann mich nicht erinnern, weshalb wir dort wieder weggingen! Waren wir wirklich in einem Land, in dem die Sonne schien...?«

Sie antwortete: »Das müßt Ihr geträumt haben. Warum schlaft Ihr nicht ein wenig? Oder soll ich Euch etwas zu essen bringen lassen? Ich glaube, Ihr habt heute nicht gefrühstückt...«

Der Anblick und der Geruch der Speisen verursachten ihr Übelkeit. Morgaine wendete sich schnell ab und versuchte, es zu verbergen. Aber Uriens hatte es bemerkt.

»Was habt Ihr, Morgaine?«

»Nichts«, erwiderte sie ärgerlich. »Eßt und ruht Euch aus!«

Aber Uriens lächelte, griff nach ihrer Hand, zog sie neben sich auf das Bett und sagte: »Du vergißt, daß ich schon früher verheiratet war... Mir entgeht nicht, wenn eine Frau schwanger ist.« Offensichtlich freute er sich. »Nach all diesen Jahren... Morgaine, du bist schwanger! Das ist ja wunderbar... ein Sohn wurde mir genommen, aber ich werde einen anderen haben... Sollen wir ihn Avalloch nennen, wenn es ein Sohn ist, Liebes?«

Morgaine zuckte zusammen: »Ihr vergeßt, wie alt ich bin«, sagte sie mit versteinertem Gesicht. »Es ist sehr unwahrscheinlich, daß ich das

Kind austrage. Ihr könnt in Eurem Alter nicht noch auf einen Sohn hoffen.«

»Aber wir werden gut für dich sorgen«, sagte Uriens eifrig. »Du mußt dich mit den Hebammen der Königin besprechen. Wenn der Ritt nach Wales zu einer Fehlgeburt führen könnte, mußt du hier bleiben, bis das Kind geboren ist.«

Sie wollte ihm entgegenschleudern: *Wieso glaubst du, es sei dein Kind, alter Mann? Accolon ist sein Vater*... Aber sie konnte sich einer plötzlichen Angst nicht erwehren, es sei vielleicht wirklich Uriens' Kind... Das schwächliche Kind eines alten Mannes oder eine Mißgeburt wie Kevin... Aber nein, sie hatte den Verstand verloren! Kevin war keine Mißgeburt. Er hatte Verletzungen erlitten... entstellende Brandwunden in seiner Kindheit. Deshalb war er so behindert. Uriens' Kind würde sicher ein gebrechliches, häßliches Wesen sein. Accolons Sohn wäre gesund und stark... Aber sie war schon fast zu alt, um noch ein Kind zu bekommen. Würde *ihr* Kind eine Mißgeburt sein? Manchmal war das der Fall, wenn Frauen im Alter noch Kinder bekamen... Hatte der Wahnsinn sie gepackt, daß sie sich solchen Hirngespinsten überließ?

Nein. Sie wollte nicht sterben, und es gab keine Hoffnung, die Geburt des Kindes zu überleben. Sie mußte sich die Kräuter beschaffen... Aber wie? An diesem Hof hatte sie keine Vertraute. Keiner von Gwenhwyfars Hofdamen konnte sie genug trauen, um sie zu bitten, ihr diese Dinge zu beschaffen. Und wenn das Gerücht sich am Hof verbreitete, daß die alte Königin Morgaine von ihrem noch älteren Gemahl ein Kind erwartete, würde man über sie lachen.

Es gab Kevin, den Merlin... aber sie hatte ihn zurückgestoßen, ihm seine Liebe und Treue vor die Füße geworfen... Aber es mußte am Hof Hebammen geben! Vielleicht konnte sie eine bestechen, damit sie den Mund hielt... Sie würde eine rührselige Geschichte über die schwierige Geburt von Gwydion erzählen, und wie sehr sie in ihrem Alter eine Schwangerschaft fürchtete. Sie waren Frauen und würden sie verstehen. Unter ihren eigenen Kräutern hatten sie ein oder zwei Dinge – zusammen mit einem dritten, das an sich harmlos war, würden sie die gewünschte Wirkung hervorrufen. Selbst hier am Hof würde sie nicht die erste Frau sein, die sich von einem unerwünschten Kind befreite. Aber sie mußte es heimlich tun. Uriens würde es ihr nie vergeben... Aber was bedeutete das schon? Wenn es ans Licht kam, war sie bereits an Artus' – nein, an Accolons Seite Königin! Uriens war dann in Wales, tot oder in der Hölle...

Uriens schlief ein, und sie schlich auf Zehenspitzen aus dem Gemach. Sie suchte eine der Hebammen auf und bat sie um die dritte, harmlose Wurzel. Dann kehrte sie in ihr Gemach zurück und braute den Trank über dem Feuer. Sie wußte, sie würde todkrank werden. Aber es ließ sich nicht ändern. Der Kräutertrank schmeckte gallebitter, und sie verzog beim Schlucken das Gesicht. Dann wusch sie den Becher aus und stellte ihn beiseite.

Wenn sie nur wüßte, was jetzt im Feenreich geschah! Wenn sie nur wüßte, wie es ihrem Geliebten mit Excalibur erging... Ihr wurde übel, aber sie war zu unruhig, um sich neben Uriens auf das Bett zu legen. Sie konnte nicht ertragen, mit dem schlafenden Mann allein zu sein, aber ebensowenig wollte sie die Augen schließen, denn sie fürchtete sich vor den Bildern von Tod und Blut.

Nach einiger Zeit nahm sie Spinnrocken und Spindel und ging hinunter in die Halle der Königin. Sie wußte, dort saßen alle, Gwenhwyfar mit ihren Hofdamen und auch Morgause beim Weben und Spinnen. Ihre Abneigung gegen das Spinnen hatte sich nicht verringert. Aber sie würde auf der Hut sein, und spinnen war immer noch besser, als allein zu bleiben. Wenn sich das Gesicht einstellte, würde sie zumindest wissen, was den beiden Männern, die sie liebte, an den Grenzen des Feenreiches zustieß...

Gwenhwyfar begrüßte sie mit einer frostigen Umarmung und forderte sie auf, in der Nähe des Feuers auf ihrem eigenen Hocker Platz zu nehmen.

»Woran arbeitest du?« fragte Morgaine und betrachtete Gwenhwyfars feine Stickerei.

Die Königin breitete stolz ihr Werk vor Morgaine aus. »Es ist ein Altartuch für die Kirche... Siehst du, hier ist die Jungfrau Maria und dort der Engel, der ihr die Geburt des Gottessohnes verkündet... dort steht der staunende Josef... siehst du, ich habe ihn alt gemacht, alt mit einem langen Bart...«

»Wenn ich so alt wäre wie Josef, und meine künftige Gemahlin würde mir erzählen, daß sie ein Kind bekommt, nachdem sie mit einem so gutaussehenden Mann wie diesem Engel allein war, würde ich mir ein paar Gedanken über den Engel machen«, sagte Morgause unverblümt. Morgaine überlegte zum ersten Mal, wie wunderbar die jungfräuliche Geburt wohl in Wirklichkeit gewesen war. Wer wußte, ob die Mutter Jesu ihre Schwangerschaft nicht einfach mit einer Geschichte von Engeln bemäntelte... Aber schließlich war es mit Ausnahme der christlichen in allen Religionen nichts Ungewöhnliches, daß eine Jungfrau von einem Gott schwanger wurde...

Beinahe hysterisch dachte sie: *Ich habe meine Jungfräulichkeit dem Gehörnten geopfert und dem Gehörnten einen Sohn geschenkt... Wird man mich dafür als Mutter Gottes auf einen Thron im Himmel setzen?* Sie griff nach einer Handvoll gekardeter Wolle und begann zu spinnen.
»Ihr habt vor nichts Ehrfurcht, Morgause«, klagte Gwenhwyfar. Morgaine bewunderte rasch ihre feinen Stiche und erkundigte sich, wer das Bild entworfen habe.
»Ich«, erwiderte Gwenhwyfar zu Morgaines großer Überraschung. Sie hätte nie geglaubt, daß Artus' Frau Begabung dafür besaß. »Vater Patricius hat auch versprochen, mir zu zeigen, wie man Buchstaben in Rot und Gold malt«, fuhr die Königin fort. »Er sagt, für eine Frau sei ich sehr geschickt... ich hätte nie geglaubt, daß ich so etwas kann, Morgaine. Aber du hast die herrliche Scheide Excaliburs gemacht, die Artus trägt... er erzählte mir, daß du sie eigenhändig für ihn bestickt hast. Sie ist sehr schön.« Gwenhwyfar plapperte gedankenlos wie ein junges Mädchen weiter. »Wie oft habe ich ihm angeboten, eine neue Scheide für ihn zu sticken... Es schmerzte mich, daß ein christlicher König heidnische Symbole mit sich herumträgt. Aber er entgegnete, seine geliebte Schwester habe sie für ihn gemacht, und er würde sie nie ablegen. Und es ist wirklich eine schöne Arbeit... Hat man die Goldfäden dafür in Avalon gefertigt?«
»Unsere Goldschmiede sind sehr gut. Ihre Gold- und Silberarbeiten sind unübertroffen.« Die kreisende Spindel machte sie krank. Wie lange würde es dauern, ehe der Trank sie würgte? Morgaine fühlte sich in diesem stickigen Raum beengt. Was für ein Leben diese Frauen führten – ohne Licht und Luft! Spinnen, Weben, Nähen... tagaus, tagein, damit die Männer etwas anzuziehen hatten... Eine der Hofdamen war hochschwanger und nähte Kinderkleidchen... eine andere bestickte die Borte eines schweren Mantels für Vater, Bruder, Ehemann oder Sohn... und hier arbeitete Gwenhwyfar an dem feinen Altartuch – der Zeitvertreib einer Königin, die genügend Frauen hatte, die für sie spannen, webten oder nähten.
Die Spindel kreiste und kreiste. Sie sank langsam zu Boden, und Morgaine zwirnte geschickt den Faden. Wann hatte sie das gelernt? Sie konnte sich nicht daran erinnern, daß es einmal eine Zeit gegeben hatte, als sie nicht einen glatten Faden spinnen konnte... zu ihren ersten Erinnerungen zählte das Bild von ihr und Morgause auf den Burgmauern von Tintagel. Sie spannen, und ihr Faden war schon damals gleichmäßiger als der ihrer zehn Jahre älteren Tante.

Das sagte sie Morgause, und die Ältere erwiderte lachend: »Du hast schon als siebenjähriges Mädchen besser gesponnen als ich!«
Die Spindel kreiste und kreiste, sank langsam zu Boden, dann wand sie den Faden um den Rocken und zwirnte die nächste Handvoll Wolle ... Sie spann den Faden, und so spann sie auch das Leben der Menschen – es war nicht verwunderlich, daß man sich die Göttin auch als eine spinnende Frau vorstellte ... *Wenn ein Mensch auf die Welt kommt, spinnen wir Kinderkleidchen, und am Ende spinnen wir ihm das Leichentuch. Ohne uns wäre das Leben der Menschen wahrhaft nackt ...*
Im Feenreich hatte sie wie durch eine große Öffnung geblickt und Artus im Schlaf an der Seite einer Frau gesehen, die ihr sehr glich. Jetzt schien sich vor ihr wieder ein weiter Raum aufzutun. Die Spindel sank zu Boden, und sie drehte den Faden. Damit schien sie Artus' Gesicht zu spinnen, der mit dem Schwert in der Hand umherirrte ... Jetzt fuhr er herum und sah Accolon mit Excalibur in der Hand ... Ah, sie kämpften miteinander! Sie konnte ihre Gesichter nicht erkennen und verstand auch die Worte nicht, die sie sich entgegenschleuderten ...
Wie verbissen sie miteinander kämpften ... Morgaine erschien es merkwürdig, daß sie ihnen benommen zusah, während die Spindel kreiste, auf den Boden sank und wieder aufstieg ... Wie merkwürdig, daß sie das Klirren der mächtigen Schwerter nicht hörte ... Artus holte zu einem gewaltigen Streich aus, der Accolon sicher getötet hätte. Aber Accolon wehrte ihn mit dem Schild ab und wurde nur am Bein getroffen ... Aus der Wunde floß kein Blut, während Artus nach einem Schlag auf die Schulter zu bluten begann. Rotes Blut strömte über seinen Arm. Er wirkte überrascht und erschrocken. Mit einer Hand griff er schnell an seine Seite, um sich zu vergewissern, daß dort die Scheide hing ... aber es war die falsche, die vor Morgaines Blicken verschwamm. Die beiden Männer kämpften in einer tödlichen Umklammerung. Ihre Schwerter hatten sich am Griff ineinander verhakt, und beide bemühten sich, mit der freien Hand einen Vorteil zu gewinnen ... Accolon riß sich mit einer heftigen Bewegung los, und das Schwert in Artus' Hand – das falsche Schwert Excalibur, das durch Feenzauber in einer Nacht geschmiedet worden war – brach unterhalb des Knaufs entzwei ... Sie sah, wie Artus durch einen verzweifelten Sprung dem tödlichen Schlag entging und wie er Accolon einen heftigen Tritt versetzte. Accolon brach schmerzverzerrt zusammen. Artus entriß ihm Excalibur und schleuderte es

mit aller Kraft weit von sich. Dann stürzte er sich auf den zusammengesunkenen Gegner und entriß ihm die Scheide. Sobald er sie in der Hand hielt, hörte das Blut aus der klaffenden Wunde am Arm auf zu fließen, und jetzt schoß ein Blutstrahl aus Accolons Schenkelwunde...

Ein unerträglicher Schmerz durchzuckte Morgaine von Kopf bis Fuß, und sie sank in sich zusammen.

»Morgaine!« rief Morgause im selben Augenblick. »Königin Morgaine ist krank... helft ihr!«

»Morgaine«, rief nun auch Gwenhwyfar, »was ist mit dir?«

Die Vision war verschwunden. Sosehr sie sich auch mühte, sie konnte die beiden Männer nicht mehr sehen; sie wußte nicht, wer gesiegt hatte. *War einer tödlich getroffen?* Ein mächtiger dunkler Vorhang schien sich unter dem Geläut der Kirchenglocken über sie zu senken... Im letzten Aufblitzen der Vision sah sie, wie die beiden Männer auf Bahren in das Kloster von Glastonbury getragen wurden. Dorthin konnte sie ihnen nicht folgen... Morgaine klammerte sich an den Sitz ihres Hockers, als Gwenhwyfar mit einer ihrer Hofdamen zu ihr trat. Man hob ihr den Kopf hoch.

»Oh, seht nur, ihr Gewand ist blutgetränkt... Aber es sind nicht normale Blutungen.«

Morgaine flüsterte mit trockenem Mund: »Nein, ich war schwanger, und ich habe eine Fehlgeburt... Uriens wird zornig auf mich sein...«

Eine muntere Hofdame, die etwa in Morgaines Alter war, rief: »Ts ts ts! Welche Schande! Der König von Nordwales wird also zornig sein! So, so! Und wer hat ihn zum Gott gemacht? Ihr hättet den alten Bock nicht in Euer Bett lassen dürfen, Herrin. Für eine Frau in Eurem Alter ist schon eine Fehlgeburt gefährlich. Schande über den alten Lüstling, daß er Euch einer solchen Gefahr aussetzt! *Er* wird also zornig auf Euch sein?«

Gwenhwyfar hatte all ihre Feindseligkeit vergessen, wie sie so neben Morgaine einherging und ihr mitfühlend die Hände streichelte, als man Morgaine in ihr Gemach trug.

»Oh, arme Morgaine! Wie traurig. Nun hast du umsonst gehofft. Ich weiß nur zu gut, wie schrecklich es für dich sein muß, meine arme Schwester...« Sie hielt Morgaine die kalten Hände und stützte ihr den zitternden Kopf, als sie sich übergeben mußte. »Ich habe Broca rufen lassen. Sie ist die beste unserer Hebammen und wird sich um dich kümmern, du Ärmste...«

Morgaine schien unter Gwenhwyfars Mitgefühl zu ersticken. Immer wieder durchzuckten sie Schmerzen, als würde ihr ein Schwert in den Leib gestoßen. Trotz allem, trotz allem, so schlimm wie bei Gwydions Geburt war es nicht, und sie hatte auch das überlebt... Zitternd und würgend versuchte sie, das Bewußtsein nicht zu verlieren. Sie mußte wahrnehmen, was um sie herum vorging. Vielleicht hätte sie ohnedies eine Fehlgeburt gehabt... So schnell konnte das Mittel nicht wirken. Broca kam, untersuchte sie, schnupperte an dem Erbrochenen und hob wissend die Augenbrauen. Leise sagte sie zu Morgaine: »Herrin, Ihr hättet vorsichtiger sein sollen... Ihr könnt Euch mit diesen Kräutern vergiften! Ich hätte Euch einen Trank geben können, der mit weniger Übelkeit dasselbe bewirkt und schneller dazu. Aber macht Euch keine Sorgen. Ich werde Uriens nichts sagen... Wenn er so unvernünftig ist, einer Frau in Eurem Alter ein Kind zuzumuten, dann wird ihm das, was er nicht weiß, auch nicht schaden.«

Morgaine überließ sich der Krankheit. Bald wußte sie, daß ihre Lage ernster war, als man geglaubt hatte. Gwenhwyfar fragte, ob sie einen Priester sehen wolle. Aber Morgaine schüttelte den Kopf und schloß die Augen. Schweigend und trotzig lag sie im Bett; ihr war gleichgültig, ob sie starb oder am Leben blieb. Da Accolon oder Artus sterben mußte, würde auch sie in das Reich der Schatten gehen... Warum konnte sie die Männer in Glastonbury nicht sehen? Wer von beiden würde überleben? Sicher würden die Priester Artus, ihren christlichen König, pflegen. Aber würden sie Accolon dem Tod überlassen?

Wenn Accolon ins Reich der Schatten gehen muß, soll der Geist seines Sohnes ihn begleiten..., dachte Morgaine, und Tränen rannen ihr über das Gesicht. Aus weiter Ferne hörte sie die Stimme der alten Hebamme Broca. »Ja, es ist vorüber. Es tut mir leid, mein König. Aber Ihr wißt ebenso gut wie ich, daß sie zu alt ist, um noch ein Kind zu gebären. Ja, mein Gebieter, kommt her und seht...«, sagte sie barsch. »Männer denken nie darüber nach, was sie da anrichten. Und die Frauen müssen die Lust der Männer mit dieser blutigen Angelegenheit bezahlen! Nein, es war zu früh, um zu sagen, ob es ein Sohn oder eine Tochter geworden wäre. Aber sie hat bereits einen prächtigen Sohn, und ich bin sicher, wenn sie jung und stark genug gewesen wäre, hätte sie Euch noch einen Sohn geboren!«

»Morgaine... meine Liebste, sieh mich an«, flehte Uriens. »Es tut mir so leid, daß du leidest! Aber sei nicht traurig, Liebste! Ich habe noch zwei Söhne und mache dir keinen Vorwurf...«

»Ach nein?« fragte die alte Hebamme unwirsch. »Ich würde an Eurer Stelle nicht von Vorwürfen sprechen, mein König. Sie ist immer noch schwach und krank. Wir werden ein zweites Bett in die Kammer stellen, damit Ihr ruhig schlafen könnt, bis es ihr wieder bessergeht. Hier...«, Morgaine spürte den Arm der Frau, die ihr liebevoll den Kopf stützte, und etwas angenehm Warmes an ihren Lippen, »kommt, meine Liebe, trinkt das. Es ist Honig darin, und die Medizin stillt das Bluten... Ich weiß, Ihr seid krank. Versucht trotzdem, es zu trinken... so ist es gut...«

Morgaine schluckte die bittersüße Flüssigkeit; Tränen nahmen ihr die Sicht. Einen Augenblick lang schien sie wieder das kleine kranke Mädchen zu sein, das sich trostsuchend in Igraines Arme schmiegte. »Mutter...« Selbst im Fieberwahn wußte sie, daß Igraine schon lange tot war, daß sie selbst kein Mädchen und keine Jungfrau mehr war, sondern alt, zu alt, um hier zu liegen und mit dem Tode zu ringen...

»Nein, mein König. Sie weiß nicht, was sie sagt... Schon gut, schon gut, Liebes, bleibt ruhig liegen und versucht zu schlafen. Wir haben Euch warme Ziegelsteine an die Füße gelegt, gleich wird Euch wärmer werden...«

Getröstet und besänftigt sank Morgaine in einen tiefen Schlaf und träumte. Sie war ein kleines Mädchen in Avalon im Haus der Jungfrauen. Viviane sprach mit ihr, sagte etwas, an das sie sich nicht richtig erinnern konnte... über die Göttin, die das Leben der Menschen spann. Sie gab Morgaine eine Spindel und befahl ihr zu spinnen. Aber der Faden wurde nicht gleichmäßig, sondern verwirrte und verknotete sich. Schließlich sagte Viviane ärgerlich: »Gib her...« Sie übergab ihr die Spindel und zerrissene Fäden – aber es war nicht Viviane. Sie trug das drohende Gesicht der Göttin, und sie selbst war so klein, so klein... Sie spann und spann, mit Fingern, die zu klein waren, um den Spinnrocken zu halten, und die Göttin trug Igraines Gesicht...

Morgaine kam ein oder zwei Tage später wieder zu sich. Sie konnte klar denken, aber sie hatte Schmerzen am ganzen Körper. Sie legte die Hand auf die wunde Stelle und dachte bitter: *Ich hätte mir einen Teil der Qualen sparen können. Ich hätte wissen sollen, daß ich ohnedies eine Fehlgeburt haben würde. Nun, was geschehen ist, ist geschehen. Ich muß mich auf die Nachricht von Artus' Tod vorbereiten. Ich muß darüber nachdenken, was ich tun werde, wenn Accolon zurückkehrt... Gwenhwyfar soll in ein Kloster gehen, oder mit*

Lancelot in die Bretagne, wenn sie das vorzieht. Ich werde sie nicht daran hindern . . .

Sie verließ das Bett, kleidete sich an und machte sich schön.

»Du solltest liegenbleiben, Morgaine, du siehst immer noch angegriffen aus«, sagte Uriens.

»Nein«, erwiderte sie, »wir werden bald seltsame Nachrichten erhalten, mein Gemahl, und müssen uns bereitmachen, sie entgegenzunehmen.« Sie kämmte sich und flocht rote Bänder und Edelsteine in ihre Haare. Uriens stand am Fenster und sagte: »Sieh doch, die Gefährten üben mit den Waffen... Ich glaube, Uwain ist der beste Reiter. Sieh doch selbst, meine Liebe, er reitet ebenso gut wie Gawain. Und an seiner Seite sehe ich Galahad. Morgaine, traure nicht um das Kind, das du verloren hast. Uwain wird dich immer als seine Mutter ansehen. Ich habe dir schon bei unserer Hochzeit gesagt, daß ich dir deine Unfruchtbarkeit nie zum Vorwurf machen würde. Ich hätte mich über ein Kind gefreut. Aber da es nicht sein soll... wir haben keinen Grund, traurig zu sein. Und...«, schüchtern griff er nach ihrer Hand, »vielleicht ist es besser so... Ich wußte nicht, wie nahe ich daran war, dich zu verlieren.«

Morgaine stand neben ihm am Fenster. Er hatte den Arm um ihre Hüfte gelegt, und sie empfand gleichzeitig Widerwillen und Dankbarkeit über seine freundlichen Worte. Er mußte nie erfahren, dachte sie, daß es Accolons Sohn gewesen war. Sollte er ruhig stolz darauf sein, in seinem Alter noch ein Kind gezeugt zu haben.

»Sieh mal«, sagte Uriens und streckte den Kopf vor. »Wer kommt denn da durch das Tor?«

Ein Reiter in Begleitung eines Mönchs auf einem Maulesel und einer Bahre auf einem Pferd näherten sich dem Tor... »Kommt«, sagte sie und zog ihn an der Hand mit sich. »Wir müssen hinuntergehen.« Blaß und schweigend ging sie neben ihrem Gemahl zum Burghof. Sie schritt aufrecht und gebieterisch, wie es sich für eine Königin ziemte.

Die Zeit schien stillzustehen, und sie glaubte, wieder im Reich der Feen zu sein. Warum begleitete Artus die beiden Männer nicht, wenn er gesiegt hatte? Aber wo blieben das Zeremoniell und die Pracht, die beim Tod eines Königs entfaltet wurden, wenn es sich um Artus' Leichnam handelte? Uriens wollte ihr den Arm reichen, aber sie stieß ihn zurück und hielt sich am hölzernen Torpfosten fest. Der Mönch schlug die Kapuze zurück und fragte: »Seid Ihr Königin Morgaine von Nordwales?«

»Das bin ich«, sagte sie.
»Dann habe ich eine Botschaft für Euch«, erwiderte er. »Euer Bruder Artus liegt verwundet in Glastonbury und wird von den Nonnen gepflegt. Er wird wieder genesen. Er schickt Euch dies...«, er wies auf das Pferd mit der Bahre, »... als Geschenk. Er trug mir auf, Euch zu sagen, daß er sein Schwert Excalibur und die Scheide zurückgewonnen hat.« Mit diesen Worten zog er das Bahrtuch zurück, und Morgaine sah Accolons blicklose Augen ins Leere starren. Wie Wasser strömte alle Kraft aus ihrem Körper.
Uriens schrie auf – es klang wie ein herzerschütternder Todesschrei. Uwain stürzte durch die Menge, die sich an den Stufen gesammelt hatte, und fing seinen Vater auf, der auf den Boden zu sinken drohte.
»Vater, lieber Vater! O Gott, Accolon«, stöhnte er auf und ging zu dem Pferd mit Accolons Leichnam. »Gawain, mein Freund, stütze meinen Vater... ich muß mich um meine Mutter kümmern. Sie wird ohnmächtig...«
»Nein«, sagte Morgaine. »Nein.« Sie hörte ihre Stimme wie ein Echo und wußte nicht einmal, was sie verneinte. Sie hätte sich über Accolons Leiche geworfen und verzweifelt aufgeschrien. Aber Uwain hielt sie fest.
Gwenhwyfar erschien auf der Treppe. Jemand erklärte ihr flüsternd, was vorgefallen war. Gwenhwyfar schritt die Stufen nach unten und blickte auf Accolon. »Er ist für seine Auflehnung gegen den Großkönig gestorben«, sagte sie deutlich vernehmbar. »Er soll nicht mit christlichen Ehren begraben werden. Werft seinen Leichnam den Raben zum Fraß vor und hängt den Kopf des Verräters an die Mauern!«
»Nein! O nein!« rief Uriens wehklagend, »ich bitte Euch, ich flehe Euch an, Königin Gwenhwyfar. Ihr kennt mich als Euren treuesten Untertanen. Mein armer Sohn hat für sein Vergehen bezahlt... Ich flehe Euch an, Herrin! Auch Jesus starb wie ein gemeiner Verbrecher zwischen zwei Dieben. Und selbst der Dieb an seiner Seite fand Gnade vor ihm... Zeigt die Barmherzigkeit, die Jesus gezeigt hätte...«
Gwenhwyfar schien ihn nicht zu hören. »Wie geht es meinem Herrn und Gebieter Artus?«
»Er ist auf dem Weg der Besserung, Herrin. Er hat viel Blut verloren«, erwiderte der Mönch, »aber er läßt Euch mitteilen, Ihr sollt Euch nicht ängstigen. Er wird wieder gesund werden.«

Gwenhwyfar seufzte: »König Uriens«, sagte sie, »um Uwains willen, dieses guten Ritters wegen, will ich Euren Wunsch erfüllen. Bringt den Leichnam in die Kapelle und bahrt ihn dort auf...«
Morgaine fand ihre Stimme wieder: »Nein, Gwenhwyfar. Gebt ihm ein Grab, wie es sich geziemt, wenn Ihr das über Euch bringt. Aber er war kein Christ, deshalb erspart ihm ein christliches Begräbnis. Uriens ist von Trauer überwältigt und weiß nicht, was er sagt.«
»Schweigt, Mutter!« erklärte Uwain und packte sie an der Schulter. »Macht mir und meinem Vater zuliebe keinen Skandal. Wenn Accolon kein Anhänger Christi war, bedarf er um so mehr der Gnade Gottes, der einem Verräter vergeben möge!«
Morgaine wollte Einspruch erheben, aber ihre Stimme gehorchte ihr nicht. Uwain führte sie in die Burg zurück, aber drinnen schüttelte sie seinen Arm ab und ging allein weiter. Sie fühlte sich leblos und wie versteinert. Erst vor wenigen Stunden, so erschien es ihr, hatte sie im Feenreich in Accolons Armen gelegen und ihn mit Excalibur gegürtet... Jetzt stand sie knietief in einer unbarmherzigen Flut und mußte mitansehen, wie alles davongetragen wurde. Die anklagenden Blicke von Uwain und seinem Vater waren auf sie gerichtet.
»Oh, ich weiß wohl, Ihr habt diesen Verrat geplant«, sagte Uwain. »Aber ich habe kein Mitleid mit Accolon, denn er ließ sich von einer Frau verführen! Ich hoffe, Ihr besitzt genug Anstand, Mutter, meinen Vater nicht weiter in Eure verruchten Pläne gegen unseren König hineinzuziehen!« Er starrte sie wütend an und wendete sich seinem Vater zu, der sich wie betäubt an den Tisch klammerte. Uwain führte den alten Mann zu einem Stuhl, kniete vor ihm nieder und küßte ihm die Hand: »Lieber Vater. Ich bin immer noch an Eurer Seite...«
»Oh, mein Sohn, mein Sohn...«, klagte Uriens verzweifelt.
»Ruht Euch aus, Vater. Ihr müßt jetzt stark sein. Aber ich muß mich um meine Mutter kümmern. Auch sie leidet...«
»Mutter nennst du sie!« schrie Uriens, richtete sich hoch auf und starrte Morgaine mit unversöhnlichem Haß an. »Ich will nie mehr hören, daß du dieses verwünschte Weib ›Mutter‹ nennst! Glaubst du, ich weiß nicht, daß sie meinen guten Sohn durch ihre Zauberkünste gegen den König aufgestachelt hat? Und jetzt glaube ich auch, daß sie durch ihre böse Hexerei den Tod Avallochs verschuldet hat... Ach, und den Sohn, den sie mir hätte gebären sollen... sie hat drei meiner Söhne in den Tod geschickt! Sieh dich vor, Uwain, daß sie nicht auch dich mit ihrer Zauberei in Tod und Verderben lockt... Nein, sie ist nicht deine Mutter!«

»Vater! Mein Gebieter!« rief Uwain entsetzt und streckte die Hand nach Morgaine aus. »Vergebt ihm, Mutter. Er weiß nicht, was er sagt! Ihr seid beide außer euch vor Schmerz ... Ich bitte euch, bewahrt in Gottes Namen Ruhe. Der Tag hat bereits genug Leid über uns gebracht!«

Aber Morgaine hörte seine Worte kaum. Diesen Mann, diesen Ehemann hatte sie nie gewollt. Und er überlebte als einziger das Scheitern all ihrer Pläne! Hätte sie ihn doch im Feenreich sterben lassen. Jetzt stand er ihr immer noch mit seinem nutzlosen alten Leben im Weg, während Accolon tot war. Accolon hätte all das wiedergutmachen sollen, was sein Vater gelobt und nicht gehalten hatte, was Artus Avalon geschworen und verraten hatte ... Nichts war geblieben, als Uriens, dieser Tattergreis ...

Sie griff nach ihrem Sichelmesser, schob Uwain beiseite und stürzte sich auf Uriens. Sie wußte kaum, was sie tat, als sie den Dolch hob und zustieß ...

Eine eiserne Hand umklammerte ihren Arm und entwand ihr den Dolch. Sie wehrte sich, und Uwain hätte ihr dabei fast den Arm gebrochen. »Nein, das dürft Ihr nicht, Mutter!« flehte er. »Mutter, ist der Teufel in Euch gefahren? Seht doch, Mutter, es ist nur Vater ... O Gott, habt Ihr denn kein Mitgefühl für sein Leid? Er will Euch nicht anklagen. Er ist außer sich und weiß nicht, was er sagt. Wenn er wieder zur Vernunft kommt, wird er wissen, daß er Unsinn geredet hat. Ich beschuldige Euch auch nicht ... Mutter, Mutter, hört auf mich. Gebt mir den Dolch ... liebe Mutter ...«

Die wiederholten Rufe ›Mutter‹, und die Angst und Liebe in Uwains Stimme durchdrangen schließlich den Nebel, der über Morgaines Augen und Geist lag. Sie ließ sich von Uwain den kleinen Dolch abnehmen und bemerkte aus unendlicher Ferne, daß ihre Finger bluteten, wo sie sich mit der Klinge bei dem Handgemenge geschnitten hatte. Auch seine Hand war verletzt. Er steckte den Finger in den Mund und lutschte daran wie ein Knabe.

»Vater, lieber Vater! Vergebt ihr«, bettelte Uwain und beugte sich über Uriens, der totenblaß auf dem Bett lag. »Sie ist vor Schmerz von Sinnen. Auch sie liebte meinen Bruder ... Vergeßt nicht, wie krank sie war. Sie hätte das Bett heute nicht verlassen dürfen. Mutter, darf ich Eure Frauen rufen, damit sie Euch wieder zu Bett bringen ...? Hier, das gehört Euch«, sagte er und drückte ihr das Sichelmesser in die Hand. »Ich weiß, es gehörte Eurer Ziehmutter, der Herrin von Avalon, Ihr habt es mir erzählt, als ich noch ein Knabe war. Oh, arme kleine Mutter«, rief er und schlang die Arme um ihre Schultern. Morgaine erinnerte sich noch an die Zeit, als sie ihn überragte. Damals war er ein mageres Kerlchen gewesen, dessen Knochen so klein und weich waren wie die eines Vogels. Jetzt war er größer als sie und drückte sie liebevoll an sich. »Liebste Mutter, meine arme kleine Mutter, weint nicht. Ich weiß, Ihr habt Accolon ebenso sehr geliebt wie mich... arme Mutter...«

Morgaine wünschte, sie könnte weinen und den schrecklichen Schmerz und die Verzweiflung mit den Tränen aus sich herausströmen lassen. Sie spürte Uwains heiße Tränen auf ihrer Stirn. Auch Uriens weinte. Aber sie blieb tränenlos und wie erstarrt. Die Welt schien nur noch grau zu sein und an den Rändern abzubröckeln. Alles, was sie ansah, wirkte riesenhaft und bedrohlich, aber gleichzeitig auch klein und weit entfernt, als könne sie es wie ein Spielzeug in die Hände nehmen... Sie wagte nicht, sich zu bewegen, damit nicht alles unter ihrer Berührung in Stücke zerbrach, und nahm kaum wahr, daß ihre Frauen kamen. Sie trugen ihren starren willenlosen Körper zum Bett, nahmen ihr die Krone ab und zogen ihr das Gewand aus, das sie in Erwartung des Sieges angelegt hatte. Teilnahmslos bemerkte sie, daß ihr Unterkleid wieder blutbefleckt war. Es machte ihr nichts aus. Sehr viel später kam sie zu sich und stellte fest, daß man sie gewaschen und ihr ein frisches Unterkleid angezogen hatte, und daß sie neben Uriens im Bett lag. Eine ihrer Frauen war auf einem Stuhl daneben eingenickt. Morgaine richtete sich auf und betrachtete den schlafenden Uriens. Sein Gesicht war eingefallen und vom Weinen gerötet; sie glaubte, einen Fremden zu sehen.

Ja, auf seine Weise war er gut zu ihr gewesen. *Aber das alles ist jetzt vorbei. Mein Werk in seinem Land ist getan. Ich will sein Gesicht in diesem Leben nicht wiedersehen, und ich will auch nicht wissen, wo er begraben liegt.*

Accolon war tot, und alle ihre Pläne hatten sich zerschlagen. Artus besaß immer noch Excalibur und die magische Scheide, die sein Leben schützte. Der eine hatte versagt, dem sie die Aufgabe anvertraut hatte, und sich in den Tod geflüchtet, wohin sie ihm nicht folgen konnte. Nun mußte sie selbst die Hand von Avalon sein, die Artus stürzte.

So geräuschlos, daß selbst ein Vogel nicht erwacht wäre, kleidete Morgaine sich an und band das Sichelmesser von Avalon an ihren Gürtel. Alle prächtigen Gewänder und Juwelen, die Uriens ihr geschenkt hatte, ließ sie zurück. Sie hüllte sich in ihr einfachstes – ein

dunkles – Gewand, das dem einer Nonne glich, fand ihren kleinen Beutel mit den Kräutern und der Medizin und zog sich im Dunkeln den Halbmond auf der Stirn nach. Dann legte sie den einfachsten Umhang um, den sie fand – nicht ihren goldbestickten, mit kostbaren Steinen besetzten Mantel, sondern den groben Umhang einer Dienerin – und schlich lautlos die Treppe nach unten.
Aus der Kapelle drangen Trauergesänge. Uwain hatte das für seinen Bruder veranlaßt. Es zählte nicht mehr. Accolon war frei. Was bedeutete es schon, welchen Mummenschanz die Christenpriester mit einem leblosen Körper veranstalteten? Jetzt galt es nur noch, das Schwert von Avalon zurückzuerobern. Morgaine wendete der Kapelle den Rücken. Eines Tages würde sie Zeit finden, Accolon zu betrauern. Jetzt mußte sie dort weitermachen, wo er versagt hatte.
Leise ging sie in die Ställe und fand ihr Pferd. Es gelang ihr, mit ungeschickten Händen dem Tier den Sattel aufzulegen. Dann führte sie es zum kleinen Seitentor.
Ihr verschwamm alles vor den Augen, und nur mit unsäglicher Mühe konnte sie in den Sattel steigen. Einen Augenblick lang schwankte sie und glaubte, vom Pferd zu fallen. Sollte sie warten oder versuchen, Kevin zu Hilfe zu rufen? Der Merlin von Britannien war durch einen Schwur verpflichtet, dem Willen der Herrin zu gehorchen. Aber auch Kevin konnte sie nicht trauen. Er hatte Viviane verraten und in die Hände der Christenpriester gegeben, die jetzt ihre Totenlieder über Accolons Leichnam sangen. Sie flüsterte dem Pferd etwas ins Ohr, und das Tier setzte sich langsam in Bewegung. Am Fuß des Hügels wandte sie sich noch einmal um und warf einen letzten Blick auf Camelot.
In diesem Leben werde ich nur noch einmal hierher zurückkommen. Dann wird es kein Camelot mehr geben, zu dem ich zurückkehren könnte.
Als sie diese Worte flüsterte, fragte sich Morgaine, was sie wohl bedeuteten.

Morgaine war schon oft nach Avalon gereist, aber nur einmal hatte sie die Insel der Priester betreten. Viviane lag in der Abtei von Glastonbury begraben ... jetzt erschien ihr der Weg dorthin fremder als das Durchqueren der Nebel, die die verborgenen Länder schützten. Am Seeufer fand sie ein Fährboot. Sie gab dem Fährmann eine Münze, damit er sie über den See ruderte, und überlegte, was der Mann wohl tun würde, wenn sie sich plötzlich erhob und die

Zauberworte sprach, die sein Boot in die Nebel und nach Avalon führen würden ... aber sie tat es nicht. *Nur weil ich es nicht kann?* fragte sie sich.

In der Stunde vor Sonnenaufgang war die Luft kühl und frisch. Der Klang der Glocken drang weich und klar über den See. Morgaine sah eine lange Prozession grau gewandeter Gestalten, die zur Kirche zogen. Die Mönche standen früh auf, um zu beten und zu singen. Morgaine hörte einen Augenblick lang still zu. Inzwischen lag auch ihre und Artus' Mutter hier begraben und war wie Viviane unter den Klängen dieser getragenen Gesänge zur Ruhe gebettet worden. Morgaines Liebe zur Musik ließ sie dem Gesang lauschen, den der leichte Morgenwind zu ihr trug. Einen Augenblick lang stand sie reglos da, und Tränen brannten in ihren Augen. Wollte sie auf heiligem Boden freveln?

Laß es sein! Schließt Frieden miteinander, Kinder ... Igraines vergessene Stimme schien ihr das zuzuflüstern.

Inzwischen waren alle grauen Gestalten in der Kirche verschwunden. Morgaine hatte viel über die Abtei hier gehört ... sie wußte, dort lebte eine Mönchsbruderschaft. In einiger Entfernung stand ein Nonnenkloster, in dem Frauen lebten, die ihre Jungfräulichkeit Christus geweiht hatten. Morgaine verzog verächtlich das Gesicht. Ihr schien dieser Gott fremd, der die Gedanken von Männern und Frauen auf den Himmel und nicht auf die Erde gerichtet sehen wollte. Die Erde war den Menschen geschenkt worden, damit sie lernen und im Geist wachsen konnten. Der Anblick der Männer und Frauen, die sich zum gemeinsamen Gebet trafen, ohne den Gedanken an eine Berührung oder Gemeinsamkeit, war ihr höchst zuwider. O ja, auch in Avalon gab es heilige Jungfrauen ... sie selbst hatte zu ihnen gehört, bis ihre Zeit gekommen war; und Raven hatte nicht nur ihren Körper, sondern auch ihre Stimme der Göttin überlassen. Jetzt lebte Nimue dort, Lancelots Tochter. Raven hatte sie für ein Leben in der Abgeschiedenheit ausgewählt ... aber die Göttin forderte das nur in wenigen Ausnahmefällen. Nicht jeder Frau, die ihr dienen wollte, konnte man dieses Gebot auferlegen.

Morgaine glaubte nicht, was manche der Frauen in Avalon erzählt hatten, daß Mönche und Nonnen ihr keusches und heiliges Leben nur spielten, um die Bauern mit ihrer Reinheit zu beeindrucken, aber sich hinter den hohen Klostermauern jeder fleischlichen Lust hingaben. Dafür hätte Morgaine sie verachtet. Wer sich entschieden hatte, dem Geist zu dienen und nicht dem Fleisch, sollte es aufrichtig tun.

Scheinheiligkeit war immer etwas Widerwärtiges. Die Vorstellung, daß diese Männer und Frauen wirklich im Geist lebten, daß eine Kraft, die sich göttlich nannte, Unfruchtbarkeit der Fruchtbarkeit vorzog ... *das* erschien Morgaine als schrecklicher Verrat an den Kräften, die der Welt Leben schenkten.

Sie sind Narren und Schlimmeres. Sie beschränken ihr Leben und wollen deshalb alles Leben auf ihren eigenen engen Horizont begrenzen ...

Aber sie durfte hier nicht müßig stehen. Sie kehrte der Kirche den Rücken und ging zum Gästehaus. Sie rief das Gesicht, um den Weg zu Artus zu finden.

Im Gästehaus fand sie drei Frauen ... eine schlief neben der Tür, eine zweite rührte in der Küche in einem Kessel Hafergrütze und eine dritte saß an der Tür des Gemachs, in dem sie undeutlich Artus' Gegenwart spürte. Er schlief tief und fest. Aber bei ihrem Eintritt hoben die verschleierten Frauen in den dunklen Gewändern die Köpfe. Sie waren auf ihre Weise heilige Frauen und besaßen etwas Ähnliches wie das Gesicht ... sie spürten in Morgaine etwas, das mit ihrem Leben unvereinbar war ... vielleicht den fremden Hauch von Avalon.

Eine der Frauen erhob sich, trat ihr in den Weg und fragte flüsternd: »Wer seid Ihr, und was führt Euch zu dieser Stunde hierher?«

»Ich bin Königin Morgaine von Nordwales und Cornwall«, erwiderte Morgaine leise mit gebieterischer Stimme. »Ich bin gekommen, um meinen Bruder zu sehen! Willst *du* es mir verbieten?«

Sie blickte der Frau in die Augen und bewegte die Hand – es war der einfachste Zauber, den sie kannte, um Widerspruch zu unterdrükken. Unfähig zu sprechen oder ihr etwas zu verbieten, wich die Frau zurück. Morgaine wußte, die Frau würde später eine Geschichte von furchteinflößender Zauberei erzählen. Aber in Wahrheit war ihr Wille einfach stärker als der einer Frau, die sich bewußt demütigte und ihren eigenen Willen aufgegeben hatte.

Ein sanftes Licht erhellte den Raum. Morgaine sah den Bruder im Halbdunkel. Er war unrasiert, ausgezehrt und naß von Schweiß. Die Schwertscheide lag am Fußende des Bettes – er mußte vorausgesehen haben, daß sie etwas unternehmen würde. Deshalb lag die Scheide in seiner Reichweite. Seine Hand umklammerte Excalibur.

Etwas hat ihn gewarnt.

Furcht beschlich Morgaine. Auch Artus besaß das Gesicht. Obwohl er dem dunklen Volk von Britannien kaum ähnelte, entstammte auch er dem uralten Königsgeschlecht von Avalon und konnte ihre Gedanken erraten. Sie wußte, wenn sie versuchte, ihm Excalibur aus der Hand zu nehmen, würde er ihre Absicht spüren. Er würde erwachen und sie töten. Darüber gab sie sich keinen Illusionen hin. Er war ein guter Christ – zumindest hielt er sich dafür – und auf den Thron gekommen, um seine Feinde zu töten. Auf eine mystische Weise, die Morgaine nur halb verstand, war das Schwert Excalibur mit Geist und Seele von Artus' Königtum verwachsen. Wäre Excalibur nur ein Schwert, dann hätte Artus es bereitwillig Avalon zurückgegeben und sich ein stärkeres und besseres Schwert schmieden lassen ... aber Excalibur war das sichtbarste und höchste Symbol seiner Königswürde.

Vielleicht ist es das Schwert selbst, das sich mit Artus' Seele und Königtum verbunden hat. Vielleicht wird es mich töten, wenn ich versuche, es ihm zu nehmen ... Wage ich, mich dem Willen eines magischen Zeichens entgegenzustellen?

Morgaine schob diese Gedanken beiseite. Sie griff nach ihrem Dolch, der so scharf war wie ein Rasiermesser. Wenn sie mußte, konnte sie so schnell sein wie eine Schlange. Sie sah die pulsierende Ader an seinem Hals. Sie wußte, wenn sie mit einem schnellen, tiefen Stich in die Große Arterie darunter traf, würde Artus tot sein, ehe er auch nur um Hilfe rufen konnte.

Sie hatte schon vorher getötet. Sie hatte Avalloch ohne Zögern in den Tod geschickt und vor nicht einmal drei Tagen das unschuldige Kind in ihrem Leib umgebracht ... vor ihr lag der große Verräter. Ein Stoß mit dem Dolch ... aber er war das Kind, das Igraine ihr in die Arme gelegt hatte ... ihre erste Liebe, der Vater ihres Sohnes, der Gehörnte Gott, der König ...

Stoß zu, du Närrin! Deshalb bist du gekommen!

Nein, es hat zu viele Tote gegeben. Ein Leib hat uns geboren, und ich könnte im Land hinter dem Tod nicht vor meine Mutter treten ... nicht mit dem Blut meines Bruders an den Händen. Morgaine wußte, sie stand am Rand des hellen Wahnsinns und hörte Igraine ungeduldig rufen: *Morgaine, ich habe dir gesagt, du sollst auf den Kleinen aufpassen ...*

Artus schien sich im Schlaf zu regen, als habe auch er die Stimme gehört. Morgaine schob den Dolch in die Scheide zurück, streckte die Hand aus und nahm die Schwertscheide. Sie besaß das Recht, wenigstens die Scheide an sich zu nehmen – sie hatte sie mit eigenen Händen gefertigt, und es waren ihre Zauber, die sie hineingewoben hatte.

Sie verbarg die Scheide unter ihrem Mantel und schritt rasch durch die Morgendämmerung zum Fährboot. Während der Fährmann sie übersetzte, spürte sie das Prickeln auf der Haut und schien schemenhaft die Barke von Avalon zu sehen ... am anderen Ufer warteten die kleinen Männer in der Barke auf sie. *Schnell, schnell! Ich muß sofort nach Avalon zurück ...*

Aber die Sonne ging auf, und der Schatten der Kirche fiel auf das Wasser. Plötzlich überflutete Licht das Land, und im anbrechenden Morgen erklangen von überall her die Kirchenglocken. Morgaine stand wie gelähmt am Ufer. Bei ihrem Klang konnte sie weder die Nebel rufen noch den Zauber sprechen.

Sie fragte einen der Männer: »Könnt ihr mich schnell nach Avalon bringen?«

Ängstlich zitternd erwiderte er: »Nein, Herrin. Es wird immer schwieriger ohne eine Priesterin, die den Zauber kennt. Selbst dann ist es frühmorgens, mittags und bei Sonnenuntergang *unmöglich,* die Nebel zu durchqueren, solange die Glocken zum Gebet läuten. Der Zauber öffnet den Weg um diese Zeit nicht mehr. Wenn wir warten, bis die Glocken schweigen, kann es uns vielleicht gelingen.«

Weshalb ist das so? fragte sich Morgaine. Es hing mit dem Wissen zusammen, die Welt war nur das, was die Menschen glaubten ... in den vergangenen drei oder vier Generationen hatte sich der Geist der Menschen Jahr für Jahr mehr in dem Glauben verhärtet, daß es nur *einen* Gott gab, nur *eine* Welt und *einen* Weg, die Wirklichkeit zu beschreiben. Alles andere, was in den Bereich dieser großen *Einheit* hineindrang, konnte nur vom Bösen und vom Teufel geschickt sein. Der Klang der Glocken und der Schatten ihrer geweihten Kirche sollten das Böse fernhalten. Und da mehr und mehr Menschen daran glaubten, *war* es inzwischen so. Avalon war nur noch ein Traum, der in einer beinahe unzugänglichen anderen Welt dahintrieb.

O ja, sie konnte die Nebel immer noch rufen ... aber nicht hier, wo der Schatten des Kirchturms über dem Wasser lag und das Lärmen der Glocken ihr Herz mit Entsetzen erfüllte. Sie saßen am Seeufer in der Falle!

Morgaine sah, wie ein Boot von der Insel der Priester ablegte. Artus war erwacht und hatte das Fehlen der Scheide bemerkt. Man verfolgte sie!

Sollte er ihr folgen, so gut er konnte! Es gab andere Wege nach Avalon, wo der Schatten der Kirche den Zugang nicht versperrte.

Schnell stieg Morgaine auf ihr Pferd und ritt am Seeufer entlang. Irgendwann würde sie die Stelle erreichen, wo sie zumindest im Sommer die Nebel durchdringen konnte – der Platz, an dem sie und Lancelot einst die verirrte Gwenhwyfar gefunden hatten... Es war ein Sumpfgebiet, und sie konnte Avalon auf der Rückseite des Berges erreichen.

Sie wußte, die kleinen dunklen Männer rannten hinter ihrem Pferd her, um sie zu schützen. Wenn nötig, konnten sie einen halben Tag lang so rennen. Jetzt hörte sie das Getrappel von Pferden... sie wurde verfolgt. Artus war ihr dicht auf den Fersen, und mit ihm ritten Bewaffnete. Sie stieß ihrem Pferd die Fersen in die Flanken. Aber es war ein Zelter und kein schnelles Jagdpferd...

Sie glitt vom Pferd. »Verteilt euch«, flüsterte sie den Männern zu. Einer nach dem anderen schien mit Bäumen und Nebel zu verschmelzen... wenn es sein mußte, konnten sie sich wie Schatten bewegen, und kein Mensch fand sie, wenn sie nicht gefunden werden wollten. Morgaine umklammerte die Scheide und rannte am Seeufer entlang. Im Geist hörte sie Artus' Stimme und spürte seinen Zorn.

Er hatte Excalibur bei sich. Sie spürte es wie ein großes Glänzen... das Heilige Schwert von Avalon... aber die Scheide würde Artus nie wieder tragen. Morgaine hob sie mit beiden Händen über den Kopf, warf sie mit aller Macht weit in den See hinaus und sah, wie sie im tiefen, unergründlichen Wasser versank. Kein Mensch konnte sie je wieder zurückholen. Sie würde auf dem tiefsten Grund des Sees liegen, bis Leder und Samt zerfielen, bis Silber und Gold sich verfärbten und die hineinverwobenen Zauber auf immer von der Welt verschwanden.

Artus verfolgte sie mit dem blanken Schwert... aber sie und ihre Begleiter waren verschwunden. Morgaine versenkte sich in Schweigen, wurde Teil von Schatten und Baum, als sei ein Teil ihres Wesens zur Fee geworden. Solange sie reglos dort stand, eingehüllt in das Schweigen einer Priesterin, konnte kein Sterblicher auch nur ihren Schatten sehen...

Artus rief nach ihr.

»Morgaine! Morgaine!« Er rief noch ein drittes Mal laut und zornig ihren Namen. Aber die Schatten blieben stumm. Er ritt im Kreis – einmal kam er ihr so nahe, daß Morgaine den Atem seines Pferdes spürte. Schließlich rief er verwirrt und erschöpft seine Begleiter. Sie fanden ihn schwankend im Sattel, und durch seine Verbände sickerte

das Blut. Sie führten ihn auf dem Weg zurück, auf dem sie gekommen waren.
Morgaine hob die Hand, und die Geräusche von Vögeln, Wind und Bäumen kehrten wieder in die Welt zurück.

Morgaine erzählt...

In späteren Jahren erzählte man sich, ich hätte die Scheide durch Zauberei an mich gebracht. Nach dieser Geschichte verfolgte Artus mich mit hundert Rittern, und auch mich beschützten hundert Feenritter. Als Artus näher kam, verwandelte ich mich und meine Männer in Ringsteine... eines Tages wird man das sicher noch weiter ausschmücken und sagen, danach hätte ich meinen Wagen mit den geflügelten Drachen gerufen und sei ins Feenreich geflogen.
Aber so war es nicht. Die Erklärung ist einfach. Das Kleine Volk kann sich im Wald verbergen und eins werden mit Bäumen und Schatten. Wie ich in Avalon gelernt hatte, wurde ich an diesem Tag eine von ihnen. Nachdem Artus' Ritter ihn beinahe ohnmächtig von der langen Verfolgung und den aufgebrochenen Wunden nach Glastonbury zurückbrachten, verabschiedete ich mich von den Männern aus Avalon und ritt nach Tintagel. Aber als ich die Burg erreichte, war es mir gleichgültig, was man in Camelot tat, denn ich lag lange Zeit sterbenskrank.
Selbst heute weiß ich nicht, was mir fehlte. Ich weiß nur, daß der Sommer verging, und die Blätter von den Bäumen fielen, während ich im Bett lag. Die Diener, die ich dort vorgefunden hatte, pflegten mich. Niemand wußte oder machte sich etwas daraus, ob ich wieder gesund werden würde. Ich weiß, ich hatte leichtes Fieber. Meine Erschöpfung war so groß, daß ich nicht die Kraft besaß, mich aufzusetzen oder zu essen. Mein Geist war müde und beschwert; mir lag nichts mehr am Leben. Die Dienerinnen – ich erinnerte mich an eine oder zwei aus meinen Kindertagen – hielten mich für verzaubert. Vielleicht stimmte das sogar.
Marcus von Cornwall huldigte mir als Lehnsherrin. Ich dachte: Artus' Stern strahlt hell. Er glaubt sicher, es sei meines Bruders Wille, daß ich nach Tintagel gekommen bin. Und er will Artus nicht – jetzt nicht – das Land streitig machen, das er für sein eigenes hält. *Ein Jahr früher hätte ich darüber gelacht, vielleicht sogar mit Marcus gemeinsame Sache gemacht und ihm Ländereien versprochen, wenn er die Unzufriedenen gegen den Großkönig ins Feld geführt hätte. Selbst*

jetzt zog ich das in Erwägung. Aber nach Accolons Tod war mir alles gleichgültig. Artus besaß Excalibur ... wenn die Göttin wollte, daß es ihm genommen wurde, mußte sie es selbst tun. Ich hatte versagt. Ich war nicht länger ihre Priesterin ...

Ich glaube, das schmerzte mich am meisten. Ich hatte versagt. Ich hatte Avalon enttäuscht, und die Göttin hatte nicht die Hand ausgestreckt, um mich bei der Erfüllung ihres Willens zu unterstützen. Artus, die Christenpriester und der Verräter Kevin waren stärker gewesen als die Magie von Avalon ... und niemand war da, um den Kampf weiterzuführen.

Niemand ... nicht einer. Ich trauerte Tag und Nacht um Accolon und um das Kind, dessen Leben kaum begonnen hatte, als es beendet wurde, und das man wie Abfall weggeworfen hatte. Ich trauerte auch um Artus, der für mich verloren war. Jetzt zählte er zu meinen Feinden. So unwahrscheinlich es klingt, ich trauerte auch um Uriens und um das zerstörte Leben in Wales, dem einzigen Platz, an dem ich je Frieden gefunden hatte.

Alle, die ich in dieser Welt liebte, hatte ich getötet, von mir gestoßen oder an den Tod verloren. Igraine lebte nicht mehr, Viviane war tot, erschlagen. Sie ruhte zwischen den Priestern eines Gottes, der Tod und Unheil verhieß. Accolon, der Priester, den ich geweiht hatte, um die letzte Schlacht gegen die Christenpriester zu schlagen, lebte nicht mehr. Artus war mein Feind. Lancelot hatte gelernt, mich zu hassen und zu fürchten. Ich war nicht schuldlos daran. Gwenhwyfar fürchtete und verabscheute mich ... Elaine war schon lange tot ... und Uwain, der für mich wie ein Sohn gewesen war, haßte mich ebenfalls. Niemand kümmerte sich darum, ob ich lebte oder starb. Deshalb war es mir ebenfalls gleichgültig ...

Die letzten Blätter waren von den Bäumen gefallen, und die ersten Winterstürme tobten heulend um die Burg. Eines Tages kam eine der Frauen und meldete, ein Reiter sei gekommen, um mich zu sprechen.

»In dieser Jahreszeit?« Ich blickte aus dem Fenster. Der Regen strömte unaufhörlich von einem Himmel, der so grau und düster war wie meine Gedanken. Welcher Reisende würde die Mühe auf sich nehmen, sich durch Sturm und Dunkelheit bis nach Tintagel durchzuschlagen? Wer es auch sein mochte, er war mir gleichgültig. »Sage ihm, die Herzogin von Cornwall empfängt niemanden, und schicke ihn weg!«

»Hinaus in den Regen, Herrin? Es wird eine schreckliche Nacht werden.«

Der Widerspruch überraschte mich. Die meisten Frauen fürchteten sich vor mir, weil sie mich für eine Zauberin hielten. Und mir war das nicht unangenehm. Aber die Frau hatte recht. In Tintagel hatte immer Gastfreundschaft geherrscht, als es in den Händen meines lange verstorbenen Vaters lag, auch bei Igraine war es nicht anders gewesen . . . also sollte es auch weiterhin so sein. Ich sagte: »Gewähre dem Reisenden Gastfreundschaft, wie es seinem Rang entspricht. Bereite ihm ein Mahl und ein Bett. Aber sage ihm, daß ich krank bin und ihn nicht empfangen kann.«

Sie ließ mich allein, und ich starrte hinaus in den peitschenden Regen und die Dunkelheit. Ich spürte den kalten Atem des Windes, der durch eine Fensterspalte drang, und versuchte, wieder in die friedliche Leere zurückzusinken, in der ich mich am wohlsten fühlte. Aber nach kurzer Zeit öffnete sich die Tür erneut. Die Frau kam zurück. Bebend vor Zorn richtete ich mich auf – das erste Gefühl, das ich mir seit vielen Wochen gestattete.

»Ich habe dich nicht gerufen und dich nicht gebeten, zurückzukommen. Wie kannst du es wagen?«

»Ich habe Euch eine Botschaft zu überbringen«, erklärte sie. »Ich wagte nicht, es abzulehnen . . . nicht, wenn ein hoher Herr mich beauftragt . . . Er sagte: ›Ich spreche nicht zur Herzogin von Cornwall, sondern zur Herrin von Avalon. Sie kann dem Boten der Götter nicht die Tür weisen, wenn der Merlin Audienz und Rat sucht.‹« Nach einer Pause fügte die Frau hinzu: »Ich habe es richtig wiedergegeben . . . ich mußte es zweimal wiederholen, ehe er sicher war, daß ich alles verstanden hatte.«

Gegen meinen Willen erwachte die Neugier. Der Merlin? Aber Kevin war meines Bruders Mann . . . er wäre sicher nicht unangemeldet gekommen. Hatte sich der Verräter nicht mit Artus und den Christen verbündet? Aber vielleicht hatte ein anderer das Amt übernommen. Der Bote der Götter . . . der Merlin von Britannien . . .? Plötzlich dachte ich an meinen Sohn Gwydion – oder Mordred, wie ich ihn jetzt vermutlich nennen mußte. Vielleicht war er Kevins Nachfolger. Nur er würde in mir die Herrin von Avalon sehen . . . Nach langem Schweigen erwiderte ich: »Sage ihm, ich werde ihn empfangen.« Dann fügte ich hinzu: »Aber vorher schicke mir jemand, der mich ankleidet.« Ich wußte, ich war zu schwach, um es selbst zu tun. Aber ich würde keinen Mann schwach und krank in meinem Schlafgemach empfangen. Ich war Priesterin von Avalon! Es würde mir gelingen, auf eigenen Füßen vor dem Merlin zu stehen, selbst wenn er mir für

mein Versagen das Todesurteil überbrachte . . . noch war ich Morgaine!
Es gelang mir aufzustehen. Ich ließ mir Gewand und Schuhe anziehen, die Haare flechten und den Schleier der Priesterin darüberlegen. Nachdem die Frau mit ihren ungeschickten Händen es zweimal vergeblich versucht hatte, zog ich sogar selbst den Mond auf meiner Stirne nach. Ich bemerkte, daß meine Hände zitterten, aber es war mir so gleichgültig, als seien es nicht meine Hände. Ich war so schwach, daß ich mich auf den Arm der Frau stützen mußte, als ich die steile Treppe hinunterschritt. Aber der Merlin sollte meine Schwäche nicht sehen.
In der Halle brannte ein Feuer. Es rauchte wie immer, wenn es regnete. Und durch die Rauchschwaden sah ich nur die Gestalt eines Mannes in einem grauen Mantel am Feuer. Er wandte mir den Rücken zu.
Aber neben ihm stand die große Harfe, die ich kannte – Seine Herrin war nicht zu verwechseln. Kevin hatte inzwischen eisgraues Haar. Er erhob sich mühsam, als ich eintrat.
»So«, sagte ich, »Ihr nennt Euch immer noch Merlin von Britannien, obwohl Ihr nur Artus dient und Euch dem Willen Avalons widersetzt?«
»Ich weiß nicht, wie ich mich nennen soll«, erwiderte Kevin ruhig. »Vielleicht einfach Diener aller, die den Göttern dienen, die alle ein Gott sind.«
»Weshalb seid Ihr gekommen?«
»Auch das weiß ich nicht«, erwiderte er mit der klangvollen Stimme, die ich so sehr liebte. »Außer vielleicht, um eine Schuld zu tilgen aus einer Zeit, als die Hügel sich hier noch nicht erhoben, meine Liebe.« Dann wendete er sich an die Dienerin.
»Deine Herrin ist leidend! Führe sie an ihren Platz!«
Mir verschwamm alles vor den Augen, und ich sah nur noch wogende, graue Nebel. Als ich wieder klar denken konnte, saß ich Kevin gegenüber am Feuer. Die Frau war gegangen.
Er sagte: »Arme Morgaine, meine arme liebe Morgaine«, und zum ersten Mal, seit Accolons Tod mich versteinert hatte, glaubte ich, weinen zu können. Ich wehrte mich mit aller Macht dagegen, denn ich wußte, wenn ich eine Träne vergoß, würde alles in mir zerfließen. Ich würde weinen und weinen und weinen und nicht aufhören zu weinen, bis ich mich in einem Meer von Tränen auflöste . . .
Ich entgegnete verbissen: »Ich bin nicht mehr Eure kleine Morgaine,

Kevin. Ihr habt Euch diese Unterredung erschlichen. Nun sagt, was Ihr sagen wollt, und dann geht Eures Weges.«

»Herrin von Avalon ...«

»Das bin ich nicht«, erwiderte ich und erinnerte mich an unser letztes Zusammentreffen. Damals hatte ich ihn verjagt, hatte ihn angeschrien und einen Verräter genannt. Es schien jetzt unwichtig zu sein. Vielleicht war es Schicksal, daß zwei Verräter von Avalon hier an diesem Feuer saßen. Auch ich hatte meinen Eid gebrochen ... wie konnte ich es wagen, Kevin zu verurteilen?

»Was seid Ihr dann?« fragte er ruhig. »Raven ist alt und hat ihr Schweigen seit Jahren nicht gebrochen. Niniane wird nie stark genug sein, um zu herrschen. Ihr werdet dort gebraucht!«

»Als wir das letzte Mal miteinander sprachen«, unterbrach ich ihn, »habt Ihr gesagt, die Zeit Avalons sei vorüber. Weshalb sollte dann nicht ein Kind auf Vivianes Thron sitzen, das nicht sonderlich für dieses hohe Amt geeignet ist und nur auf den Tag wartet, an dem Avalon für immer in den Nebeln verschwindet?«

Ich spürte eine brennende Bitterkeit in meinem Herzen. »Ihr habt Avalon verraten und seid zu Artus übergelaufen. Sicher erleichtert es doch Eure Aufgabe, wenn in Avalon nur eine alte Prophetin und eine kraftlose Priesterin herrschen ...«

»Niniane liebt Gwydion, sie ist sein Geschöpf«, entgegnete Kevin. »Und ich weiß, daß Eure Stimme und Eure Hände dort gebraucht werden. Und wenn Avalon in den Nebeln entschwinden muß, wollt Ihr Euch weigern, mit ihm zu entschwinden? Ich habe Euch nie für feige gehalten, Morgaine.« Dann hob er den Kopf, sah mir in die Augen und sagte: »Hier werdet Ihr sterben, Morgaine ... vor Trauer und Einsamkeit ...«

Ich wandte mich ab und erwiderte: »Deshalb bin ich hierhergekommen.« Und zum ersten Mal wußte ich, daß ich tatsächlich hierhergekommen war, um zu sterben. »Alles, was ich versucht habe, ist mir mißglückt. Ich habe versagt, versagt ... Ihr solltet triumphieren, Merlin, daß Artus gewonnen hat.«

Er schüttelte den Kopf. »O nein, meine Liebe, kein Triumph! Ich tue nur, was die Götter mir aufgetragen haben, nicht mehr ... und Ihr tut das gleiche. Wenn es tatsächlich Euer Schicksal ist, das Ende der Welt zu erleben, die wir kennen, dann, geliebte Morgaine, soll das Schicksal uns an dem Platz finden, der uns bestimmt wurde. Dort dienen wir, wie unser Gott es uns aufgetragen hat ... es ist mir auferlegt, Euch nach Avalon zurückzurufen, Morgaine. Ich weiß nicht, weshalb. Meine Aufgabe wäre einfacher, wenn nur Niniane dort herrschen würde. Aber, Morgaine, Euer Platz ist in Avalon. Mein Platz ist dort, wohin die Götter mich führen. In Avalon werdet Ihr geheilt werden.«

»Geheilt«, wiederholte ich verächtlich. Es war mir gleichgültig.

Kevin sah mich traurig an. Er hatte mich »liebste Morgaine« genannt. Plötzlich schien er der einzige Mensch zu sein, der mich wirklich kannte. Jedem, selbst Artus war ich mit einem anderen Gesicht gegenübergetreten. Ich hatte immer versucht, anders und besser zu erscheinen, als ich war ... selbst Viviane gegenüber, damit sie in mir eine würdige Priesterin sah ... für Kevin war ich Morgaine und nichts anderes. Mir wurde bewußt, daß er selbst dann nur mein Gesicht sehen würde, wenn ich als Todesbotin die Hand nach ihm ausstreckte ... ich hatte immer geglaubt, Liebe sei etwas anderes, sei dieses Brennen, das ich für Lancelot und Accolon empfunden hatte. Kevin hatte ich wenig mehr als stilles Mitgefühl, Freundschaft und Freundlichkeit entgegengebracht. Was ich ihm schenkte, bedeutete mir wenig. Und doch ... und doch hatte nur er daran gedacht, mich aufzusuchen, sorgte nur er sich darum, daß ich hier nicht vor Leid und Kummer dahindämmerte und starb.

Aber wie konnte er wagen, meinen Frieden zu stören, nachdem ich mich beinahe bis zu dieser gänzlichen Stille jenseits des Lebens durchgekämpft hatte? Ich wandte mich ab und erwiderte: »Nein.« Ich konnte nicht mehr ins Leben zurückkehren, kämpfen und leiden ... und mit dem Haß der Menschen leben, die mich einst liebten ... Wenn ich nach Avalon zurückkehrte, mußte ich den tödlichen Kampf mit Artus wiederaufnehmen; aber ich liebte meinen Bruder. Ich mußte dann wieder mitansehen, wie Lancelot als Gefangener seiner Liebe zu Gwenhwyfar litt. Es war mir inzwischen alles gleichgültig. Ich konnte die Qualen in meinem Herzen nicht länger ertragen ...

Nein, ich war hier in der Stille und im Frieden. Ich wußte, es würde nicht lange dauern, ehe ich noch tieferen Frieden fand ... die Betäubung, die dem Tod vorausgeht, umgab mich mehr und mehr. Kevin, dieser Verräter, wollte mich zurückhalten? Ich wiederholte: »Nein«, und vergrub das Gesicht in den Händen. »Laßt mich in Frieden, Kevin. Ich bin hierhergekommen, um zu sterben. Laßt mich allein.«

Er rührte sich nicht und sprach nicht. Ich saß reglos, das Gesicht hinter dem Schleier verborgen. Sicher würde er bald aufstehen und mich alleinlassen. Ich hatte nicht die Kraft, in meine Kammer zu gehen. Ich ... ich würde hier sitzen, bis die Frauen mich in mein Bett zurücktrugen, und ich würde mich nie mehr erheben ...

Dann durchbrachen die zarten Töne der Harfe die Stille. Kevin spielte, und bald darauf sang er.
Ich kannte einen Teil dieser Ballade, denn er hatte sie oft an Artus' Hof gesungen. Er sang von einem Barden aus alter Zeit, von Orpheus, der die Bäume zum Tanzen brachte. Wenn er spielte, bildeten die Steine in der Ebene einen Kreis und tanzten. Alle Tiere des Waldes kamen und legten sich ihm zu Füßen, selbst jene, die ihn mit Klauen und Zähnen hätten zerfleischen können. Aber an diesem Tag sang er weiter. Und dieser Teil des Liedes war ein Mysterium, ich hatte ihn nie gehört. Orpheus, der Geweihte, hatte seine Geliebte verloren. Er stieg in die Unterwelt hinab und trat vor die Herrscher des Totenreichs. Er flehte sie an, und man erlaubte ihm, in das dunkle Reich zu wandern, um sie zurückzubringen. Er fand sie in den ewigen Gefilden . . .
Seine Seele sprach direkt zu mir . . . ich hörte eine flehende Stimme, die aus mir zu sprechen schien.
»Versuche nicht, mich von hier wegzuführen. Ich habe mich damit abgefunden, im Reich der Toten zu bleiben. Hier in diesen ewigen Gefilden herrscht Ruhe. Es gibt weder Schmerz noch Kampf. Hier kann ich Liebe und Trauer vergessen.«
Der Raum versank. Ich roch nicht mehr den Rauch des Feuers und hörte auch den eiskalten Regen vor den Fenstern nicht mehr. Ich spürte nicht mehr meinen Körper, der krank und benommen dort am Feuer saß. Ich stand in einem Garten mit duftlosen Blüten, wo ewiger Friede herrschte. Nur ferne Harfenklänge durchbrachen zögernd die Stille. Die Harfe sang für mich . . . unaufgefordert.
Sie sang vom Wind in Avalon, der den Duft der Blüten und den Geschmack reifer Äpfel mit sich trug. Sie brachte mir die kühle Frische des Nebels, der über dem See lag und die Geräusche fliehender Hirsche im Wald, wo das Kleine Volk lebt. Die Harfe sang vom sonnendurchfluteten Sommer, als ich in Lancelots Armen im Schatten der Ringsteine lag, und das Blut zum ersten Mal in meinen Adern aufstieg wie der Saft in den Bäumen. Dann spürte ich in meinen Armen die sanfte Last meines kleinen Sohnes. Seine seidigen Haare lagen weich an meinem Gesicht. Sein Atem duftete süß nach Milch . . . oder war es Artus, der sich an mich klammerte und mit kleinen Händen meine Wangen streichelte . . .? Wieder legte sich Vivianes Hand segnend auf meine Stirn, und ich empfand mich als Brücke zwischen Himmel und Erde, während ich die Hände zur Anrufung erhob . . . Stürmische Winde brausten durch den Hain, in dem ich in der Dunkelheit der

Sonnenfinsternis mit dem jungen Hirsch lag. Accolon rief meinen Namen ...

Jetzt hörte ich nicht nur die Harfe, sondern die Stimme der Toten und der Lebenden, die mir zuriefen: »Kehre zurück, kehre zurück! Das Leben mit all seinen Freuden und Schmerzen ruft dich ...«, und plötzlich kam ein neuer Ton in die Stimme der Harfe.

»Ich bin es, der dich ruft, Morgaine von Avalon ... Priesterin der Großen Mutter ...«

Ich hob den Kopf und sah nicht Kevins gebeugten Körper mit dem traurigen Gesicht. Vor mir stand eine große, glänzende Gestalt. Ihr Gesicht erstrahlte wie die Sonne, und in ihren Händen hielt sie die leuchtende Harfe. Mir stockte der Atem beim Anblick der Gottheit. Die klingende Stimme wiederholte: »Kehre ins Leben zurück, kehre zu mir zurück ... du hast geschworen ... das Leben erwartete dich jenseits der Dunkelheit des Todes ...«

Ich versuchte mühsam, mich abzuwenden. »Nicht der Gott kann mir befehlen, sondern die Göttin ...«

»Aber«, ertönte die vertraute Stimme durch das ewige Schweigen. »Du bist die Göttin, und ich bin es, der dich ruft ...« Einen Augenblick lang sah ich mich wie im stillen Wasser des Spiegels von Avalon. Ich trug die Gewänder und die Hohe Krone der Herrin des Lebens ...

»Aber ich bin alt, zu alt. Ich gehöre dem Tod und nicht dem Leben ...«, flüsterte ich. Im Schweigen erwachten Worte, die ich im Ritual immer und immer wieder gehört hatte, auf den Lippen des Gottes plötzlich wieder zum Leben.

»... sie wird nach ihrem Willen alt und jung sein ...« Das Spiegelbild vor meinen Augen war wieder klar und rein, wie das der Jungfrau, die den jungen Hirsch zu den fliehenden Hirschen schickte ... ja, und ich war alt gewesen, als Accolon zu mir kam. Und doch hatte ich ihn mit seinem Kind im Leib in den Kampf geschickt ... selbst alt und unfruchtbar pulsierte das Leben in mir wie im unsterblichen Leib der Erde und der Herrin ... die Gottheit stand vor mir, das Ewige. Es rief mich ins Leben zurück ... ich machte einen Schritt, noch einen, dann stieg ich, stieg durch die Dunkelheit nach oben und folgte den fernen Klängen der Harfe, die von den grünen Hügeln von Avalon sang und von den Wassern des Lebens ... und stand vor Kevin, streckte die Arme nach ihm aus. Er stellte behutsam die Harfe beiseite und fing mich auf, als ich halb bewußtlos in seine Arme sank ... dann hörte ich nur noch Kevins freundliche, halb spöttische

Worte: »Ich kann dich nicht halten, Morgaine. Das weißt du ja.« Damit setzte er mich sanft in meinen Stuhl zurück. »Wann hast du zum letzten Mal etwas gegessen, Morgaine?«

»Ich kann mich nicht erinnern«, gestand ich und wurde mir plötzlich einer tödlichen Schwäche bewußt. Er rief die Dienerin und befahl ihr mit der sanften Autorität eines Druiden und Heilers: »Bringe deiner Herrin etwas Brot und warme Milch mit Honig.«

Ich hob abwehrend die Hand. Die Frau wirkte ungehalten, und mir fiel ein, daß sie zweimal versucht hatte, mich damit zum Essen zu bewegen. Aber sie befolgte seine Anweisungen und brachte das Gewünschte. Kevin tauchte das Brot in die Milch und fütterte mich langsam und liebevoll.

»Das genügt«, sagte er schließlich. »Du hast zu lange gefastet. Aber vor dem Einschlafen mußt du noch ein bißchen Milch mit einem Ei trinken . . . ich werde ihnen zeigen, was sie tun müssen. Übermorgen bist du dann vielleicht stark genug, um zu reiten.«

Plötzlich begann ich zu weinen. Endlich weinte ich um Accolon, der tot auf der Bahre lag, um Artus, der mich jetzt haßte, und um Elaine, die meine Freundin gewesen war . . . und um Viviane, die in einem christlichen Grab ruhte, um Igraine und um mich, weil ich all das erleben und durchleben mußte . . . und wieder sagte Kevin: »Arme Morgaine, arme kleine Morgaine.« Er drückte mich an seine magere Brust, und ich weinte und weinte, bis meine Tränen schließlich versiegten. Dann rief er meine Frauen, und sie trugen mich ins Bett.

Zum ersten Mal seit vielen Tagen schlief ich wieder. Zwei Tage später ritt ich nach Avalon.

Ich weiß nur noch wenig von der Reise in den Norden, die ich krank an Leib und Seele unternahm. Ich wunderte mich noch nicht einmal, daß Kevin mich verließ, noch ehe ich den See erreichte. Bei Sonnenuntergang stand ich am Ufer. Das Wasser des Sees glühte scharlachrot, der Himmel stand in Flammen, und aus dem feuerroten Wasser und dem glühenden Himmel tauchte wie ein Traumgebilde die Barke auf – schwarz bemalt und schwarz verhängt. Einen Augenblick lang glaubte ich, es sei das Heilige Boot auf dem uferlosen Meer, von dem ich nicht sprechen darf. War die dunkle Gestalt am Bug Sie? Ich schien den Raum zwischen Erde und Himmel zu überspannen . . . aber ich weiß nicht, ob es Wirklichkeit war oder nur ein Traum. Dann senkten sich die Nebel über uns, und ich spürte in meiner Seele die Veränderung, die mir sagte, daß ich wieder einmal zu Hause war.

Niniane begrüßte mich am Ufer. Sie nahm mich nicht wie eine Fremde in die Arme, die mich nur zweimal gesehen hatte, sondern wie eine Tochter, die ihre Mutter begrüßt, von der sie seit vielen Jahren getrennt war. Dann brachte sie mich in das Haus, das Viviane bewohnt hatte. Diesmal schickte sie mir keine jungen Priesterinnen zum Aufwarten, sondern übernahm die Aufgabe selbst. Sie brachte mich im hinteren Gemach zu Bett und holte Wasser aus der Heiligen Quelle. Als ich es trank, wußte ich, daß ich gesunden würde, obwohl es lange dauern würde . . .

Ich hatte die Macht kennengelernt und legte gern die Last der Welt nieder. Es war Zeit, sie anderen zu übergeben und mich von meinen Töchtern pflegen zu lassen. Langsam, sehr langsam gewann ich in der Stille von Avalon meine Kräfte wieder. Dort konnte ich endlich um Accolon trauern – nicht um meine zerschlagenen Hoffnungen und Pläne . . . jetzt sah ich, welcher Wahnsinn das alles gewesen war. Ich war Priesterin von Avalon und keine Königin. Aber ich konnte um den kurzen, bitteren Sommer unserer Liebe trauern. Ich litt um das Kind, das nicht lange genug leben durfte, um geboren zu werden. Und wieder quälte mich der Gedanke, daß ich es mit eigener Hand in das Reich der Schatten geschickt hatte.

Es war eine lange Zeit der Trauer. Manchmal fragte ich mich, ob ich mein ganzes Leben trauern und nie mehr Erlösung von dieser Qual finden würde . . .

Aber schließlich konnte ich mich erinnern, ohne zu weinen. Ich konnte an die Tage der Liebe denken, ohne daß aus den Tiefen meiner Seele der Schmerz wie ein nicht enden wollender Strom von Tränen aufstieg. Kein Leid ist größer als die Erinnerung an die Liebe und das Wissen, daß sie für immer gestorben ist . . . selbst in den Träumen. Ich sah sein Gesicht nie mehr. Obwohl ich mich danach sehnte, erkannte ich schließlich, daß es richtig war, denn sonst hätte ich den Rest meines Lebens mit Träumen zugebracht . . . Es kam der Tag, an dem ich zurückblicken konnte und wußte, daß die Zeit der Trauer vorüber war. Mein Geliebter und mein Kind waren am anderen Ufer. Selbst wenn ich sie jenseits der Pforten des Todes wiedertraf, würde keiner von uns sich erinnern . . . aber ich lebte; ich war in Avalon, und es war meine Aufgabe, dort Herrin zu sein.

Ich weiß nicht, wie viele Jahre ich vor dem Ende in Avalon zubrachte. Ich erinnere mich nur noch, daß ich in einem unendlichen, namenlosen Frieden lebte – jenseits von Freude und Leid. Ich kannte nur die heitere Gelassenheit der kleinen Aufgaben des Alltags. Niniane stand an meiner Seite, und ich lernte Nimue kennen, die zu einer großen, schweigsamen blonden Jungfrau herangereift war, die der jungen Elaine ähnelte. Sie wurde für mich zur Tochter, die ich nie hatte. Sie besuchte mich Tag für Tag, und ich lehrte sie alles, was ich in meiner frühen Jugend von Viviane gelernt hatte.

In jenen letzten Tagen kamen auch Menschen, die den Heiligen Dornbusch in seiner ersten Blüte gesehen hatten – Anhänger Christi, die ihren christlichen Gott in Frieden verehrten, ohne zu versuchen, die Schönheit von der Welt zu bannen. Sie liebten die Welt, die Gott geschaffen hatte. In Scharen kamen sie in jenen Tagen nach Avalon, um dem unerbittlichen Sturm der Verfolgung und Scheinheiligkeit der Kirchenmänner zu entgehen. Patricius hatte neue Formen der Anbetung eingeführt – er verkündete ein Weltbild, das keinen Raum mehr für die wahre Schönheit und das Mysterium der Natur ließ. Von den Christen, die vor dem blinden Eifer ihrer Glaubensbrüder zu uns flohen, erfuhr ich endlich etwas über den Nazarener, den Sohn des Zimmermanns, der in seinem Leben Göttlichkeit erreicht und die Liebe zum Nächsten gepredigt hatte. So begriff ich, daß ich nie mit Christus im Streit gelegen hatte, sondern mit seinen dummen, engstirnigen Priestern, die fälschlicherweise ihre Beschränktheit für seine hielten.

Ich weiß nicht, ob drei, fünf oder sogar zehn Jahre bis zum Ende vergingen. Gerüchte vom Geschehen der Welt draußen drangen wie Schatten zu mir, wie das Echo der Kirchenglocken, die wir manchmal auch an unserem Ufer hörten. Ich erfuhr, daß Uriens gestorben war, aber ich trauerte nicht um ihn. Für mich war er schon viele Jahre tot gewesen. Ich hoffte, daß er am Ende sein Leid überwunden hatte. Er war auf seine Weise gut zu mir gewesen, und er sollte in Frieden ruhen.

Hin und wieder drangen Nachrichten von Artus' Taten oder den Taten seiner Ritter zu mir. Aber in der heiteren Ruhe von Avalon schienen sie gegenstandslos zu sein und erinnerten eher an alte Geschichten und Legenden. So wußte ich nie, ob sie von Artus, Cai und Lancelot erzählten oder von Llyr und den Kindern von Da'ana. Wenn man Geschichten über die Liebe von Lancelot und Gwenhwyfar oder später von Isotta, der Gemahlin des Marcus, und dem jungen Drustan berichtete, konnten es ebensogut die alten Legenden von Diarmid und Grainné sein . . . sie bedeuteten nichts, und ich schien sie alle schon vor langer Zeit in meiner Kindheit gehört zu haben.

Und dann, eines Tages im Frühjahr, als das Land sich in aller

Schönheit vor uns ausbreitete und die ersten Apfelbäume von Avalon mit weißen Blüten übersät waren, durchbrach Raven ihr Schweigen mit einem Schrei, und ich wendete gezwungenermaßen meine Gedanken wieder der Welt zu, die ich glaubte, für immer hinter mir gelassen zu haben.

Das Schwert der Mysterien ist verloren ... blickt auf den Kelch, blickt auf die Heiligen Insignien ... der Kelch ist verschwunden. Er ist verschwunden. Er wurde uns geraubt ...«

Morgaine hörte den Schrei im Schlaf. Aber als sie auf Zehenspitzen zur Tür des Gemachs ging, in dem Raven allein schlief, fand sie die Priesterinnen, die ihr dienten, schlafend. Sie hatten den Schrei nicht gehört.

»Aber hier herrscht nur Schweigen, Herrin«, sagten sie ihr. »Seid Ihr sicher, daß es kein böser Traum war?«

»Wenn es ein böser Traum war, dann hat ihn Raven ebenfalls geträumt«, erklärte Morgaine und blickte ungläubig in die Gesichter der ahnungslosen jungen Mädchen. Mit jedem Jahr schienen die Priesterinnen im Haus der Jungfrauen jünger und kindlicher zu werden ... wie konnte man solchen kleinen Mädchen die heiligen Dinge anvertrauen? Mädchen, deren Brüste sich kaum wölbten ... was konnten sie vom Leben der Göttin wissen, die das Leben der Welt war?

Noch einmal schien der markerschütternde Schrei durch Avalon zu schallen und alles aufzuschrecken. Aber als Morgaine fragte: »Habt ihr es jetzt gehört?«, sahen die Mädchen sie verständnislos an und erwiderten: »Träumt Ihr mit offenen Augen?« Morgaine begriff, daß der entsetzte Aufschrei nicht wirklich zu hören war.

Sie sagte: »Ich will zu ihr gehen ...«

»Aber das könnt Ihr nicht ...«, sagte eine von ihnen und wich dann mit offenem Mund zurück, als sie endlich begriff, wer vor ihr stand. Sie verbeugte sich, und Morgaine ging an ihr vorüber.

Raven saß aufgerichtet im Bett. Die langen Haare umgaben wirr ihren Kopf, und in ihren Augen stand Entsetzen. Im ersten Augenblick glaubte Morgaine, sie habe wirklich nur den Aufschrei eines bösen Traums vernommen und dachte, Raven irre noch in den Traumwelten umher ...

Aber die Priesterin schüttelte den Kopf. Sie war hellwach und bei klarem Verstand. Sie holte tief Luft, und Morgaine wußte, sie kämpf-

te um Worte, um das jahrelange Schweigen zu durchbrechen. Aber die Stimme wollte ihr nicht gehorchen.
Schließlich sagte Raven am ganzen Körper bebend: »Ich habe es gesehen ... Ich habe es gesehen ... Verrat, Morgaine, im Heiligtum von Avalon ... Ich konnte sein Gesicht nicht erkennen, aber ich sah das Heilige Schwert Excalibur in seiner Hand ...«
Morgaine beruhigte sie mit einer Geste und erklärte: »Wenn die Sonne aufgeht, werden wir in den Spiegel blicken. Quäle dich nicht damit, davon zu künden, liebe Raven.« Sie zitterte noch immer. Morgaine drückte Ravens Hand und sah im zuckenden Fackelschein, daß ihre eigene Hand faltig war und übersät von dunklen Altersflekken. Ravens Finger umklammerten ihre Hand wie verdrehte Wurzeln.
Wir sind alt, dachte sie, *wir beide. Wir kamen als Mädchen hierher, um Viviane zu dienen ... oh, Göttin, wie die Jahre vergehen ...*
»Aber ich muß sprechen«, flüsterte Raven. »Ich habe zu lange geschwiegen ... Ich habe geschwiegen, obwohl ich dies befürchtete ... Hörst du den Donner und den Regen ...? Ein Sturm zieht auf, ein Sturm bricht über Avalon herein und wird es in seinen Fluten mit sich reißen ... Dunkelheit senkt sich über das Land ...«
»Sei ruhig, meine Liebe«, flüsterte Morgaine und legte die Arme um die zitternde Frau. Sie fragte sich, ob Raven den Verstand verloren hatte, ob sie im Fieber sprach oder einem Wahn verfallen war. Draußen grollte kein Donner, es regnete nicht. Der Mond schien strahlend über Avalon, und die blühenden Apfelbäume leuchteten weiß im silbernen Licht. »Fürchte dich nicht. Ich bleibe bei dir. Morgen wollen wir in den Spiegel blicken und sehen, was davon Wirklichkeit ist.«
Raven lächelte traurig. Sie löschte Morgaines Fackel, und in der plötzlichen Dunkelheit sah Morgaine in der Ferne einen zuckenden Blitz. Tiefstes Schweigen noch, dann rollte von weit her der Donner über das Land. »Ich träume nicht, Morgaine. Der Sturm zieht herauf, und ich fürchte mich. Du bist mutiger als ich. Du hast in der Welt draußen gelebt und kennst wirkliches Leid, nicht nur die Träume ... Aber jetzt muß ich vielleicht hinausgehen und das Schweigen brechen ... ich fürchte mich ...«
Morgaine legte sich neben sie und zog die Decke über sie beide. Sie nahm die noch immer bebende Raven in die Arme, und nachdem sie sich beruhigt hatte, lauschte sie auf den Atem der anderen. Sie erinnerte sich an die Nacht, nachdem sie Nimue hierhergebracht

hatte. Damals war Raven zu ihr gekommen und hatte sie in Avalon willkommen geheißen ...
Wieso erscheint mir Ravens Liebe heute als die wahre Liebe ...? Keine meiner anderen Lieben war so aufrichtig ...
Aber sie hielt Raven, die ihr den Kopf an die Schulter gelegt hatte, nur sanft im Arm und beruhigte sie. Nach langer Zeit schreckte sie ein heftiger Donnerschlag auf, und Raven flüsterte: »Hörst du?«
»Beruhige dich, meine Liebe, es ist nur ein Gewitter.« Noch während sie sprach, ging ein heftiger Regen nieder, und es wurde kalt im Gemach. Morgaine drückte schweigend Ravens Hand und dachte: *Es ist nur ein Gewitter.* Aber etwas von Ravens Entsetzen teilte sich ihr mit, und sie zitterte.
Ein Sturm wird sich erheben und Camelot vernichten. Er wird den Frieden zerstören, den Artus dem Land gebracht hat ...
Morgaine versuchte, das Gesicht zu rufen, aber der Donner schien alle ihre Gedanken unter sich zu begraben. Sie konnte sich nur an Raven drücken und immer von neuem wiederholen: *Es ist nur ein Sturm, ein Sturm mit Regen, Blitz und Donner. Es ist nicht der Zorn der Göttin ...*

Der Sturm legte sich nach einiger Zeit, und Morgaine erwachte in einer reingewaschenen Welt. Der Himmel wölbte sich blaß und wolkenlos über dem Land, auf jedem Blatt schimmerte Wasser, und Wassertropfen hingen an den Grashalmen. Die Welt schien in Wasser getaucht und sich noch nicht trockengeschüttelt zu haben. Wenn Ravens Sturm wirklich über Camelot hereinbrechen sollte, würde die Welt dann so schön daraus hervorgehen? Morgaine dachte: *Ich glaube nicht.*
Raven erwachte und sah sie mit angstgeweiteten Augen an. Morgaine sagte ruhig und vernünftig wie immer: »Wir werden sofort zu Niniane gehen und dann, noch vor Sonnenaufgang, zum Spiegel. Wenn der Zorn der Göttin über uns kommt, müssen wir wissen, warum und auf welche Weise.«
Raven gab schweigend ihr Einverständnis. Aber nachdem sie sich angekleidet hatten und das Haus verlassen wollten, berührte Raven Morgaine am Arm: »Gehe zu Niniane«, flüsterte sie mühsam und rang mit ungeübter Stimme um jedes Wort, »ich bringe Nimue. Auch sie hat Teil daran ...«
Morgaine war überrascht und nahe daran zu widersprechen. Aber dann sah sie, wie der Himmel im Osten verblaßte und ging. Viel

leicht hatte Raven in dem bösen prophetischen Traum endlich den Grund dafür gesehen, weshalb sie Nimue zu sich genommen und in völliger Abgeschiedenheit erzogen hatte. Sie erinnerte sich an den Tag, als Viviane sie von ihrer eigenen Aufgabe unterrichtet hatte, und sie dachte: *Armes Mädchen!* Aber es war der Wille der Göttin, und sie waren alle in ihrer Hand. Als Morgaine allein und schweigend durch den feuchten Obstgarten ging, sah sie, daß nicht alles so ruhig und schön war – der Sturm hatte die Blüten abgerissen; sie ging wie über Schnee. In diesem Herbst würde es wenig Äpfel geben.

Wir können den Boden pflügen und die Saat ausstreuen. Aber allein Ihre Gnade läßt die Frucht heranreifen . . .

Warum mache ich mir also Sorgen? Es wird geschehen, was Sie für richtig hält . . .

Sie weckte Niniane aus tiefem Schlaf, und die junge Frau sah sie an, als habe sie den Verstand verloren. *Sie ist keine Priesterin,* dachte Morgaine. *Der Merlin hat die Wahrheit gesprochen . . . Sie wurde nur gewählt, weil Taliesin ihr Vater war. Vielleicht ist die Zeit gekommen, und ich muß wirklich meinen Platz als Herrin von Avalon einnehmen.* Sie wollte Niniane nicht beleidigen oder machtgierig erscheinen, wollte die jüngere Frau nicht herabsetzen. Sie hatte in ihrem Leben genug Macht besessen . . . Aber jede wahre Priesterin, jede Erwählte der Göttin hätte Ravens Aufschrei vernommen. Und doch hatte diese Frau die Prüfungen bestanden, die der Priesterweihe vorausgingen. Die Göttin hatte sie nicht zurückgewiesen. *Für welche Aufgabe hat die Göttin sie bestimmt?*

»Ich sage dir, Niniane, ich habe es gehört – und Raven ebenfalls . . . Wir müssen vor Sonnenaufgang in den Spiegel blicken!«

»Ich habe kein großes Vertrauen mehr in diese Dinge«, erwiderte Niniane ruhig. »Was geschehen muß, wird geschehen . . . Aber wenn du es wünschst, Morgaine, werde ich euch begleiten . . .«

Schweigend, wie zwei dunkle Flecken in der weißen, wäßrigen Welt näherten sie sich dem Spiegelsee unterhalb der Heiligen Quelle. Beim Gehen sah Morgaine aus den Augenwinkeln Ravens große, verschleierte und stumme Gestalt. Neben ihr ging gleich einem blassen Schatten Nimue – wie eine zarte weiße Blüte am Morgen. Ihre Schönheit machte Morgaine betroffen – selbst Gwenhwyfar war nie so schön gewesen. Quälende Eifersucht erfaßte sie.

Alle meine Opfer wurden von der Göttin nicht mit einem solchen Geschenk belohnt . . .

Niniane sagte: »Nimue ist eine Jungfrau. Sie muß in den Spiegel blicken.«

Im blassen Wasser spiegelten sich vier dunkle Gestalten vor dem fahlen Himmel, auf dem die ersten zarten rosa Streifen den Sonnenaufgang ankündigten. Nimue trat an den Rand des Teichs und teilte den Vorhang ihrer langen blonden Haare mit beiden Händen. Morgaine sah Wasser in einer Silberschale vor sich und Vivianes bewegungsloses, hypnotisches Gesicht . . .
Nimue fragte leise und tonlos: »Was soll ich sehen, meine Mutter?«
Morgaine erwartete, daß Raven sprechen würde, aber jene schwieg. Deshalb fragte Morgaine schließlich: »Ist Avalon gestürmt worden und einem Verrat zum Opfer gefallen? Was ist mit den Heiligen Insignien geschehen?«
Schweigen. Nur ein paar Vögel zwitscherten leise in den Bäumen. Das sanfte Plätschern des Wassers, das aus der Quelle in den Teich floß und die Oberfläche kräuselte, war das einzige andere Geräusch. An den Hängen unter ihnen sah Morgaine die weißen Blütenblätter der sturmzerzausten Obstgärten und hoch über ihnen die fahlen Schatten der Ringsteine auf dem Berg.
Schweigen. Schließlich regte sich Nimue und flüsterte: »Ich kann sein Gesicht nicht erkennen . . .« Das Wasser kräuselte sich, und Morgaine glaubte, eine gekrümmte Gestalt zu sehen, die sich mühsam und wie gehetzt vorwärtsschleppte . . . Sie sah den Raum, in dem sie damals schweigend hinter Viviane gestanden hatte, als Taliesin Excalibur in Artus' Hände legte, und sie hörte seine mahnende Stimme . . .
»Nein . . . wer die Heiligen Insignien unvorbereitet berührt, muß sterben . . .« Einen Augenblick lang hörte Morgaine nicht Nimue, sondern Taliesin . . . Aber Kevin besaß das Recht, er war der Merlin von Britannien. Er nahm aus dem geheimen Versteck den Speer, den Kelch und die Schale. Er verbarg die Heiligen Dinge unter seinem Mantel, verließ den Raum und ging über den See, wo Excalibur am Ufer in der Dunkelheit schimmerte . . . Die Heiligen Insignien waren wieder vereint.
»Der Merlin!« flüsterte Niniane. »Aber weshalb?«
Morgaine antwortete mit versteinertem Gesicht: »Einmal hat er mit mir darüber gesprochen. Er sagte, Avalon liegt jetzt außerhalb der Welt, und die Heiligen Dinge müssen zum Wohl der Menschen und der Götter in der Welt bleiben, gleichgültig unter welchem Namen die Menschen die Götter anbeten . . .«
»Er entweiht sie!« erklärte Niniane aufgebracht, »und stellt sie in den Dienst des Gottes, der alle unsere Götter vertreiben möchte . . .«
Durch das Schweigen hindurch hörte Morgaine den Gesang der

Mönche. Dann fiel das erste Sonnenlicht auf den Spiegel und verwandelte ihn in blendendes Feuer, das ihnen in Kopf und Augen brannte. In den Strahlen der aufgehenden Sonne schien die ganze Welt im Schein eines flammenden Kreuzes zu brennen ... Morgaine schloß die Augen und bedeckte das Gesicht mit den Händen.

»Laß sie ziehen, Morgaine«, flüsterte Raven. »Die Göttin wird beschützen, was ihr gehört ...«

Wieder hörte Morgaine die singenden Mönche – *Kyrie eleison, Christe eleison ... Gott erbarme dich unser, Christus erbarme dich unser ...* Die Heiligen Insignien waren Symbole. Die Göttin hatte dies sicher nur geschehen lassen zum Zeichen, daß Avalon diese Dinge nicht mehr brauchte. Sie sollten in die Welt hinaus und im Dienst der Menschen stehen ...

Das flammende Kreuz loderte immer noch vor Morgaines Augen, und sie wendete sich ab. »Selbst ich kann den Schwur des Merlin nicht lösen. Er hat den Heiligen Eid geschworen und anstelle des Königs die Große Ehe mit dem Land geschlossen. Er ist eidbrüchig geworden und hat sein Leben verwirkt. Aber ehe ich mich dem Verräter zuwende, muß ich mich dem Verrat zuwenden. Die Insignien müssen nach Avalon zurückkehren, und wenn ich sie mit eigenen Händen hierherbringen muß. Ich werde sofort nach Camelot aufbrechen.« Sie sah ihren Plan vor sich, als Nimue flüsterte: »Muß ich Euch begleiten? Ist es meine Aufgabe, die Göttin zu rächen?«

Morgaine mußte die Heiligen Insignien retten. Sie oblagen ihrer Sorge. Hätte sie ihren Platz eingenommen, anstatt in Trauer zu verharren und nur an ihren eigenen Trost zu denken, wäre das nie geschehen. Aber Nimue würde das Mittel sein, um den Verräter zu bestrafen.

Kevin hatte Nimue nie gesehen. Der Merlin sah niemals die Frauen, die in Abgeschlossenheit und Schweigen in Avalon lebten. Wie immer, wenn die Göttin einen Menschen bestrafte, so sollte auch der Merlin sich selbst durch seine eigene Schwäche zu Fall bringen.

Morgaine ballte die Fäuste und sagte langsam – wie konnte sie je Mitleid mit diesem Verräter empfunden haben? –: »Du begleitest mich nach Camelot, Nimue. Du bist eine Nichte der Königin und Lancelots Tochter. Du wirst sie bitten, dich als eine ihrer Hofdamen aufzunehmen. Bitte sie, selbst vor dem König geheimzuhalten, daß du in Avalon gelebt hast. Wenn es sein muß, gib sogar vor, du seist Christin geworden. Dort wirst du dem Merlin begegnen. Er hat eine große Schwäche. Er glaubt, die Frauen meiden ihn, weil er häßlich

und verstümmelt ist. Einer Frau, die weder Abneigung noch Furcht vor ihm zeigt, einer Frau, die ihn in seiner Männlichkeit bestätigt, wird er alles gewähren ... Er wird ihr selbst sein Leben opfern ... Nimue«, sagte sie und blickte dem Mädchen in die ängstlichen Augen, »du mußt ihn verführen und auf dein Lager locken. Du mußt ihn so verzaubern, daß er mit Leib und Seele dein Sklave wird.«
»Und dann ...?« fragte Nimue zitternd, »was dann? Muß ich ihn töten?«
Morgaine wollte antworten. Aber Niniane kam ihr zuvor.
»Ein Tod von deiner Hand käme zu schnell für einen solchen Verräter. Du mußt ihn in deinem Bann gefesselt nach Avalon bringen, Nimue. Er soll den schändlichen Tod des Verräters im Eichenhain erleiden.«
Morgaine erschauerte, denn sie wußte, welches Schicksal Kevin nun erwartete. Man würde ihm bei lebendigem Leib die Haut abziehen und ihn in eine gespaltene Eiche klemmen. Die Öffnung wurde dann mit Lehm und Zweigen so weit geschlossen, daß er gerade noch atmen konnte. Verräter durften nicht zu schnell sterben ... Morgaine senkte den Kopf und versuchte, ihr Entsetzen zu verbergen. Die blendende Sonne war über das Wasser hinweggewandert, und am Himmel standen blasse Morgenwolken. Niniane sagte: »Unser Werk hier ist getan. Kommt, Mutter ...« Aber Morgaine machte sich von ihr los.
»Nein, es ist noch nicht vollbracht ... erst wenn ich aus Camelot zurück bin. Ich muß herausfinden, was der Verräter mit den Heiligen Insignien im Sinn hat.« Morgaine seufzte. Sie hatte gehofft, Avalon nie mehr verlassen zu müssen. Aber niemand außer ihr konnte diese Aufgabe bewältigen.
Raven streckte die Hand aus. Sie zitterte am ganzen Körper, und Morgaine glaubte, sie würde zu Boden stürzen. Es klang wie ein entferntes Zischen oder wie der Wind, der in den toten Blättern raschelt, als sie flüsterte: »Auch ich muß gehen ... Es ist mein Schicksal. Ich soll nicht im geweihten Boden liegen, wo alle ruhen, die vor mir kamen ... Ich werde dich begleiten, Morgaine.«
»Nein, nein, Raven«, widersprach Morgaine heftig. »Du nicht, du nicht!« Raven hatte Avalon seit fünfzig Jahren nicht verlassen. Sie würde eine solche Reise nicht überleben. Aber so sehr Morgaine sich auch bemühte, sie konnte Raven nicht umstimmen. Von Grauen geschüttelt, beharrte sie mit aller Entschlossenheit darauf: »Ich habe meine Bestimmung gesehen, und ich muß Morgaine um jeden Preis begleiten!«

»Aber ich reise nicht, wie Niniane reisen würde, in der prächtigen Sänfte von Avalon. Ich komme nicht mit dem Prunk einer Herrin von Avalon nach Camelot«, redete sie auf Raven ein. »Ich verkleide mich als alte Bäuerin, wie Viviane in späteren Jahren es oft tat.« Aber Raven schüttelte nur den Kopf und wiederholte: »Jede Straße, die du gehst, Morgaine, kann ich ebenfalls beschreiten.«

Morgaine konnte die tödliche Furcht, die sie nicht für sich, sondern für Raven empfand, nicht abschütteln. Aber schließlich erklärte sie: »So sei es«, und die Frauen bereiteten sich auf die Abreise vor. Stunden später verließen sie Avalon auf geheimen Wegen. Nimue reiste standesgemäß als Nichte der Königin und ritt auf der Hauptstraße. Morgaine und Raven gingen als Bettlerinnen verkleidet auf Nebenwegen und verborgenen Pfaden zu Fuß nach Camelot.

Morgaine staunte über Ravens Stärke. Während sie Tag um Tag langsam durch das Land zogen, schien sie manchmal ausdauernder zu sein als Morgaine. Sie erbettelten sich in Bauernhäusern etwas Fleisch, nahmen sich ein Stück Brot, das man einem Hund hingeworfen hatte, übernachteten einmal in einem verlassenen Landhaus und einmal in einem Heuhaufen. In dieser letzten Nacht vor Camelot brach Raven zum ersten Mal ihr Schweigen.

»Morgaine«, sagte sie, als beide Seite an Seite, in ihre Mäntel gehüllt, im Heu lagen. »Morgen ist Ostern in Camelot. Wir müssen bei Sonnenaufgang dort sein.«

Morgaine hätte sie gerne nach den Gründen dafür gefragt. Aber sie wußte, Raven konnte ihr nicht antworten – sie hatte nur gesehen, was ihr das Schicksal auferlegte. Deshalb erwiderte Morgaine: »Dann werden wir noch vor dem Morgengrauen aufbrechen. Wir können Camelot in ungefähr einer Stunde erreichen ... hättest du es mir früher gesagt, Raven, wären wir heute noch bis Camelot weitergegangen und hätten uns dort einen Schlafplatz gesucht.«

»Ich konnte nicht«, flüsterte Raven, »ich fürchtete mich.« Morgaine bemerkte, daß ihre Gefährtin in der Dunkelheit weinte. »Ich fürchte mich so sehr, Morgaine. Ich fürchte mich so sehr!«

Morgaine erwiderte barsch: »Ich habe dir gesagt, du sollst in Avalon bleiben.«

»Aber ich muß tun, was die Göttin mir befiehlt«, flüsterte Raven. »Ich habe in all diesen Jahren im Schutz von Avalon gelebt. Jetzt fordert Ceridwen, unsere Große Mutter, daß ich den Schutz und die Sicherheit verlasse, die sie mir gewährte ... aber ich fürchte mich, ich fürchte mich so sehr. Halte mich fest, Morgaine, halte mich fest, ich fürchte mich so sehr ...«

Morgaine nahm sie in die Arme, küßte sie und wiegte sie wie ein Kind. Dann schienen sie gemeinsam in ein großes Schweigen zu fallen. Morgaine drückte Raven an sich, liebkoste und streichelte sie, und ihre Körper drängten sich wie in Raserei aneinander. Sie sprachen beide kein Wort. Aber Morgaine spürte, daß die Welt in einem merkwürdigen und heiligen Rhythmus erbebte. Sie lag nicht im Licht, sondern in der Finsternis der dunklen Seite des Mondes – im Schatten des Todes bekräftigte die Frau der Frau das Leben. So wie Jungfrau und Mann im Licht des Frühlingsmondes und der Beltanefeuer im Brausen des Frühlings und der Brunst das Leben bestätigten, das ihm den Tod auf dem Feld und ihr den Tod im Kindbett bringen würde, so riefen im Schatten und in der Dunkelheit des geopferten Gottes, im Schatten des dunklen Mondes die Priesterinnen von Avalon das Leben der Göttin an, und sie antwortete ihnen durch das Schweigen... Schließlich lagen sie sich ruhig in den Armen, und Ravens Tränen versiegten. Sie lag wie eine Tote, und Morgaine, die spürte, wie Ravens Herz beinahe zum Stillstand kam, dachte: *Ich muß sie selbst in den Schatten des Todes ziehen lassen, wenn es der Wille der Göttin ist...*
Sie konnte noch nicht einmal weinen.

Niemand schenkte den beiden ältlichen Bauersfrauen im lärmenden Treiben vor den Toren von Camelot auch nur die geringste Aufmerksamkeit. Morgaine war die vielen Menschen gewöhnt. Aber Raven hatte selbst im ruhigen Avalon in völliger Abgeschiedenheit gelebt. Sie wurde totenblaß und versuchte, sich unter ihrem durchlöcherten Schultertuch zu verbergen. Auch Morgaine hatte sich das Schultertuch über den Kopf gezogen – es gab hier genug Leute, die sie auch im Gewand einer Bauersfrau und mit weißen Strähnen im Haar als Herrin Morgaine erkennen würden.
Ein Viehtreiber kam mit einem Kalb über den Hof und stieß mit Raven zusammen. Er fluchte, als sie ihn nur fassungslos und ängstlich anstarrte. Morgaine erklärte schnell: »Meine Schwester ist taubstumm«, und der Mann wurde sofort freundlich.
»Ach, die Arme... Geht dort hinauf, am unteren Ende der Halle des Königs bekommt heute jedermann ein gutes Essen. Ihr beide könnt euch durch dieses Tor hineinschleichen, dann könnt ihr sehen, wenn sie einziehen... Der König hat mit einem der Priester heute in der Halle etwas Großes vor. Ihr seid sicher aus dem Norden und kennt euch hier nicht aus. Bei uns weiß jeder, daß er sich an Ostern erst

dann zur Tafel begibt, wenn sich ein großes Wunder ereignet hat. Und wie man hört, soll heute wirklich etwas Wunderbares geschehen.«

Daran zweifle ich nicht, dachte Morgaine verächtlich. Aber sie dankte dem Mann in dem schweren, ländlichen Tonfall, in dem sie zuerst mit ihm gesprochen hatte, und zog Raven mit sich in die untere Halle, die sich schnell füllte – König Artus' Großzügigkeit an hohen Festtagen war allgemein bekannt. Und viele würden das ganze Jahr hindurch nichts Besseres essen als heute. Es roch nach gebratenem Fleisch, und die meisten Leute, die sich um sie drängten, sprachen von nichts anderem. Morgaine verursachte der Geruch Übelkeit, und nach einem Blick auf Ravens bleiches und entsetztes Gesicht beschloß sie, sich zurückzuziehen.

Sie hätte nicht mitkommen dürfen. Ich habe die drohende Gefahr für die Heiligen Insignien nicht gesehen. Ich habe den Merlin nicht als Verräter entlarvt. Wie soll es mir gelingen, mit Raven in einer solchen Verfassung nach Avalon zu fliehen, wenn ich getan habe, was ich tun muß?

Morgaine entdeckte einen Winkel, in dem man sie nicht beachten würde, von wo aus sie aber verhältnismäßig gut das Geschehen verfolgen konnte. Am anderen Ende der Halle stand die Große Tafel, die als Ort der Tafelrunde im Lande bereits beinahe sagenhaften Ruf genoß. König und Königin saßen dort auf der Estrade, und die Rückenlehnen der Stühle trugen die Namen der Gefährten. An den Wänden hingen Banner in leuchtenden Farben. Nach den Jahren im schlichten Avalon erschien Morgaine alles protzig und geschmacklos.

Nach langem Warten entstand eine Bewegung, und man hörte das Schmettern von Trompeten. Ein Raunen ging durch die Menge. Morgaine dachte: *Es wird merkwürdig sein, den Hof von außen zu sehen, nachdem ich so lange Zeit selbst dazugehörte.*

Cai öffnete die großen Tore am anderen Ende der Halle. Morgaine erschrak – Cai würde sie in jeder Verkleidung erkennen. Aber vielleicht blickte er nicht in ihre Richtung.

Wieviele Jahre hatte sie sich in der Ruhe von Avalon dahintreiben lassen? Morgaine wußte es nicht. Artus wirkte eher noch größer und majestätischer. Seine sorgfältig gekämmten Locken schienen so blond zu sein wie früher, und aus der Entfernung konnte sie nicht erkennen, ob er bereits die ersten weißen Strähnen hatte. Auch Gwenhwyfar in ihrem prächtigen Gewand hielt sich aufrecht und war schlank wie immer – ihre Brüste wirkten allerdings schlaff.

»Seht doch nur, wie jung die Königin aussieht«, murmelte eine Frau in ihrer Nähe. »Artus hat sie geheiratet, als ich meinen ersten Sohn bekam ... und wie sehe ich heute aus!« Morgaine sah eine gebeugte, zahnlose alte Frau vor sich. »Wie ich höre, hat diese Zauberin, die Schwester des Königs ... man nennt sie Morgaine, die Fee ... beiden ein Zaubermittel gegeben, damit sie jung bleiben ...«

»Mit oder ohne Zauber«, murmelte eine andere zahnlose Alte bissig, »wenn Königin Gwenhwyfar jeden Morgen und jeden Abend den Stall ausmisten und jedes Jahr ein Kind zur Welt bringen müßte, das in guten und in schlechten Zeiten an ihrer Brust liegt, wäre bald auch von ihrer Schönheit nichts mehr übrig. Die Dinge sind eben, wie sie sind. Aber ich wünsche, daß mir ein Priester einmal erklärt, warum sie im Leben alles Gute bekommt, und ich nur Elend kenne.«

»Hör auf zu schimpfen«, erwiderte die erste, »du wirst heute abend einen vollen Bauch haben. Außerdem wirst du all die feinen Herren und Damen sehen, und du weißt, wie die alten Druiden uns erklärten, warum die Dinge so sind, wie sie sind. Königin Gwenhwyfar dort oben hat Gewänder und Edelsteine und ist Königin, weil sie im letzten Leben Gutes getan hat. Solche wie du und ich, wir sind arm und häßlich, weil wir dumm waren. Aber wenn wir darauf achten, was wir in diesem Leben tun, dann gibt es eines Tages auch für uns eine bessere Zukunft.«

»O ja«, schimpfte die andere, »Priester und Druiden sind alle gleich. Die Druiden sagen das, und die Priester behaupten, daß wir in den Himmel kommen, wenn wir in diesem Leben unsere Pflicht erfüllen. Dann sind wir bei Jesus, sitzen an seiner Tafel und müssen nie mehr in diese schlechte Welt zurück! Aber was sie auch sagen, es läuft immer auf dasselbe hinaus ... Die einen werden im Elend geboren und sterben im Elend, und die anderen tun, was ihnen gefällt.«

»Aber wie ich höre, ist sie nicht so glücklich«, ließ sich eine andere alte Frau vernehmen. »Sie ist zwar eine Königin. Aber sie hat kein einziges Kind geboren. Ich habe einen ordentlichen Sohn, der den Bauernhof für mich führt. Eine Tochter hat unseren Nachbarn geheiratet, und die andere ist Dienerin bei den Nonnen in Glastonbury. Königin Gwenhwyfar mußte den Ritter Galahad als Sohn annehmen. Er ist der Sohn von Lancelot und ihrer Base Elaine, und er soll König Artus auf den Thron folgen.«

»Oh, das erzählen sie *uns*«, erklärte eine vierte, »aber du weißt es, und ich weiß es, Königin Gwenhwyfar war im sechsten oder siebten Jahr von Artus' Herrschaft eine Zeitlang nicht am Hof ... glaubst du, wir können nicht alle auf neun zählen? Die Frau meines Stiefbruders hat hier in der Küche gearbeitet. Sie hat erzählt, alle hätten darüber geredet, daß die Königin die Nächte bei einem anderen verbracht hat und nicht bei ihrem Gemahl...«

»Sei still, du altes Klatschmaul«, sagte die erste. »Wenn dich einer der Kammerherren hört, wirft man dich zur Strafe in den Teich! Ich meine, Galahad ist ein guter Ritter, und er wird einmal ein guter König werden. Lang lebe König Artus! Wer fragt schon danach, wer seine Mutter ist? Ich glaube, er entstammt einem von des Königs Seitensprüngen... er ist blond wie unser Herr und Gebieter. Und seht doch dort Ritter Mordred... Jeder weiß, er ist ein Bastard des Königs, und seine Mutter ist irgendeine Hure.«

»Ich habe noch Schlimmeres gehört«, mischte sich eine andere ein. »Man erzählt sich, Mordred sei der Sohn einer Hexe. Artus hat ihn an den Hof genommen, weil er seine Seele verpfändet hat, um hundert Jahre alt zu werden. Ihr werdet schon sehen, Ritter Mordred wird auch nicht älter. Und König Artus muß schon über fünfzig sein. Dabei sieht er aus wie dreißig.«

Eine Alte machte eine unanständige Bemerkung und erklärte dann: »Was habe ich von all dem? Wenn der Teufel dabei im Spiel wäre, hätte er Mordred König Artus' Gesicht geben können. Dann hätten alle ihn als Königssohn anerkannt. Artus' Mutter kam aus dem alten Blut von Avalon... Habt ihr Lady Morgaine nie gesehen? Sie war auch so dunkel wie ihr Vetter Lancelot... Ich glaube eher, was man früher erzählt hat. Mordred ist Lancelots Bastard, und Lady Morgaine ist seine Mutter! Man brauchte sie nur anzusehen... Und Lady Morgaine war auf ihre Weise hübsch, selbst wenn sie klein und dunkel war.«

»Ich sehe sie nicht unter den Damen«, bemerkte eine der Frauen, und die Alte, die eine frühere Küchenmagd am Hof kannte, erwiderte im Brustton der Überzeugung: »Oh, sie hat sich mit König Artus gestritten und ist im Land der Feen verschwunden. Aber jeder weiß, daß sie an Allerheiligen auf einem Haselzweig um die Burg fliegt, und jeder der sie sieht wird blind.«

Morgaine zog das Tuch über ihr Gesicht, denn sie mußte kichern. Raven sah sie empört an, aber Morgaine schüttelte den Kopf. Sie mußten sich ruhig verhalten, um nicht erkannt zu werden.

Die Ritter nahmen auf ihren angestammten Sitzen Platz. Als Lancelot an die Tafel trat, hob er den Kopf und sah sich prüfend in der Halle um. Morgaine glaubte, er habe sie entdeckt und an ihrem Blick

erkannt ... zitternd senkte sie den Kopf. Die Edelknaben kamen und füllten die Becher der Gefährten und ihrer Damen mit Wein. Die Menge, die sich am unteren Ende der Halle drängte, bekam gutes braunes Bier aus großen Lederschläuchen, und auch Morgaine hielt ihren und Ravens Becher hin. Aber Raven schüttelte den Kopf, und Morgaine flüsterte barsch: »Trink! Du siehst totenblaß aus. Du mußt dich stärken für das, was uns erwartet.« Raven setzte den hölzernen Becher gehorsam an die Lippen und nippte. Aber sie konnte das Bier kaum hinunterschlucken. Die Alte, die gesagt hatte, Lady Morgaine sei auf ihre Weise hübsch, fragte: »Ist deine Schwester krank?«
Morgaine erwiderte: »Sie fürchtet sich. Sie war noch nie am Hof.«
»Sie sehen prächtig aus, die Herren und Damen, nicht wahr? Das ist ein Augenschmaus! Und bald gibt es etwas Gutes zu essen«, erklärte sie an Raven gewendet. »He, kann sie nicht hören?«
»Sie ist nicht taub aber stumm«, erklärte Morgaine. »Sie versteht mich manchmal und sonst keinen Menschen.«
»Jetzt wo du das sagst, sehe ich selbst, daß sie wie eine Blöde aussieht«, sagte die andere Frau und tätschelte Raven wie einem Hund den Kopf. »War sie schon immer so? Was für ein Jammer. Und du mußt dich um sie kümmern! Du bist eine gute Frau. Leute, die solche Kinder haben, binden sie manchmal wie Hunde an einen Baum. Und du nimmst sie sogar mit an den Hof. Siehst du, da kommt der Priester in seinen goldenen Gewändern. Das ist der Erzbischof Patricius. Man sagt, er hat alle Schlangen aus dem Land vertrieben ... stell dir das doch nur vor! Glaubst du, er ist mit dem Stock auf sie losgegangen?«
»Das heißt soviel wie er hat alle Druiden vertrieben ... man nennt sie Schlangen der Weisheit«, erwiderte Morgaine.
»Woher weiß denn jemand wie du so etwas?« fragte die Alte ärgerlich zurück. »Ich habe gehört, es waren Schlangen. Und überhaupt, diese klugen Leute, die Druiden und Priester, stecken doch alle unter einer Decke. *Die* streiten sich doch nicht!«
»Ja, ja«, erwiderte Morgaine, denn sie wollte nicht noch mehr Aufmerksamkeit auf sich ziehen. Ihr Blick wanderte zu Erzbischof Patricius. Ihm folgte eine Gestalt in den Gewändern eines Mönchs – ein Buckliger, der sich nur mühsam vorwärtsschleppte ... was tat der Merlin im Gefolge des Bischofs? Sie fragte: »Was geschieht denn jetzt? Ich dachte, daß die Könige und Ritter samt Damen die Messe heute morgen in der Kirche gehört haben ...«
»Man hat erzählt«, antwortete eine der Frauen, »daß heute hier für

alle vor dem Mahl eine besondere Messe gelesen wird, weil die Kapelle für so viele Leute zu klein ist. Seht ihr, die Männer des Bischofs bringen den Altar mit dem weißen Tuch und allem herein... psst. Hört zu!«

Morgaine glaubte, vor Zorn und Verzweiflung den Verstand zu verlieren. Wollten sie die Heiligen Insignien so entweihen, daß es keine Möglichkeit mehr gab, sie wieder zu läutern? Sollten sie in einer christlichen Messe benutzt werden?

»Kommt alle zu mir«, hob der Bischof an, »denn heute soll die alte Ordnung der neuen weichen. Christus hat über die alten und falschen Götter triumphiert. Sie müssen sich von nun an seinem Namen beugen, denn der wahre Christus hat den Menschen gesagt: *Ich bin der Weg, die Wahrheit und das Leben. Niemand kommt zum Vater denn durch mich. Es gibt unter dem Himmel keinen anderen Namen, durch den ihr gerettet werden könnt.* Und als ein Zeichen wollen wir alles, was einst den falschen Göttern geweiht war, weil die Menschen die Wahrheit noch nicht kannten, heute Christus darbringen und für den Dienst am Wahren Gott neu weihen...«

Aber Morgaine hörte nichts mehr: Plötzlich wußte sie, was sie planten... *Nein! Ich habe meine Gelübde der Göttin abgelegt. Ich darf diese Lästerung nicht dulden!*

Sie wandte sich Raven zu und berührte die Priesterin am Arm. Selbst hier, inmitten der Menge, brach ihre wortlose Verständigung nicht ab.

Sie wollen die Heiligen Insignien der Göttin dazu benutzen, Gott anzurufen... den einen Gott... aber sie tun es im Namen dieses Christus der alle Götter als Dämonen verdammt, wenn sie nicht in seinem Namen sprechen!

Der Kelch, den die Christen in ihrer Messe gebrauchen, ist die Anrufung des Wassers, so wie die Schale, auf die sie ihr heiliges Brot legen, die heilige Schale der Erde ist. Wenn sie die uralten Dinge der Göttin benutzen, wollen sie damit ihren eigenen beschränkten Gott anrufen. Aber sie besudeln den Kelch mit Wein, anstatt ihn mit dem heiligen Wasser der heiligen Erde zu füllen, das aus der kristallklaren Quelle der Göttin fließt!

Aus dem Kelch der Göttin, der Großen Mutter, dem Kessel von Ceridwen, werden alle Menschen genährt, und aus ihm erhalten alle Menschen die guten Dinge dieser Welt. Du hast die Göttin gerufen, du anmaßender Priester. Aber wirst du ihre Gegenwart ertragen können, wenn sie sich zeigt? Morgaine faltete die Hände zur zweiten leidenschaftlichsten Anrufung ihres Lebens: *Ich bin deine Priesterin, o Mutter! Ich flehe dich an, mache mich zum Werkzeug deines Willens!*

Morgaine spürte, wie sich die Macht auf sie herabsenkte. Sie spürte, wie sie größer und größer wurde, während die Macht ihren Körper und ihre Seele erfüllte. Sie bemerkte nicht mehr, daß Ravens Hände sie hielten, sie wie den Kelch mit dem heiligen Wasser des Heiligen Geistes füllten...

Morgaine schritt vorwärts und sah, wie Patricius sprachlos vor ihr zurückwich. Morgaine fürchtete sich nicht, obwohl sie wußte, es bedeutete den Tod, die Heiligen Insignien unvorbereitet zu berühren – in einem entfernten Winkel ihres klaren Bewußtseins dachte sie... *Wie ist es Kevin gelungen, den Bischof vorzubereiten? Hat er ihm auch dieses Geheimnis verraten...?*

Morgaine wußte mit unerschütterlicher Sicherheit, ihr ganzes Leben war eine Vorbereitung auf diesen Augenblick gewesen, denn jetzt hob sie als Göttin den Kelch mit beiden Händen empor.

Später hörte sie, daß manche sagten, eine Jungfrau in schimmernden weißen Gewändern habe den Heiligen Kelch durch den Raum getragen. Andere behaupteten, ein brausender Wind habe die Halle erfüllt, und man habe den Klang vieler Harfen gehört... Morgaine wußte nur, daß sie den Kelch mit beiden Händen hob, und daß er wie ein großer funkelnder Juwel, wie ein Rubin, wie ein lebendes, schlagendes Herz in ihren Händen aufglühte und pulsierte... Sie trat vor den Bischof. Er fiel vor ihr auf die Knie, als sie flüsterte: »Trinke! Dies ist der Heilige Geist...«

Patricius trank, und sie fragte sich flüchtig, was er wohl sah. Aber er blieb zurück, während sie weiterging, oder der Kelch sich bewegte und sie mit sich zog... sie wußte es nicht. Sie hörte das Rauschen vieler Flügel, das ihr voraneilte; sie roch einen süßen Duft, der weder Weihrauch noch Parfüm war... Später sagten manche, der Kelch sei unsichtbar gewesen. Andere behaupteten, er habe geglänzt wie ein großer Stern und jeden geblendet, der ihn ansah... Jeder in der Halle fand auf seinem Teller das, was er am liebsten aß... diese Geschichte hörte sie später wieder und wieder, und dies war das Zeichen, daß sie wirklich den Kessel von Ceridwen in den Händen gehalten hatte. Aber für andere Geschichten hatte sie keine Erklärung und brauchte auch keine.

Sie ist die Göttin, und ihr Wille geschieht...

Als sie vor Lancelot stand, hörte sie ihn ehrfurchtsvoll flüstern: »Seid

Ihr es, Große Mutter? Oder träume ich...?« Und von unaussprechlicher Zärtlichkeit erfüllt, setzte sie den Kelch an seine Lippen. Heute war sie Mutter für alle. Selbst Artus kniete vor ihr nieder, als der Kelch an seinen Lippen vorüberzog.

Ich bin alles... Jungfrau und Mutter und die Göttin, die Leben und Tod schenkt. Verleugnet mich, wenn ihr es wagt, ihr, die ihr andere Namen anruft... aber wisset, ich bin der Anfang und das Ende...

Morgaine dachte: *Von allen Menschen in der Großen Halle hat allein Nimue mich erkannt. Sie blickte mich in staunendem Wiedererkennen an.* Ja, auch Nimue hatte gelernt, die Göttin zu erkennen, gleich in welcher Gestalt sie zu ihr trat.

»Auch du, mein Kind«, flüsterte sie erfüllt von unendlichem Mitgefühl. Nimue kniete nieder und trank. Morgaine spürte, wie sie eine Woge von Lust und Rache überflutete und dachte: *Ja, auch das ist ein Teil von mir...*

Morgaine schwankte, spürte, wie Ravens Kraft sie aufrecht hielt... Stand Raven an ihrer Seite und hielt den Kelch? Oder war es ein Trugbild, und Raven kauerte immer noch in der Ecke und hielt sie durch den Fluß ihrer Kraft aufrecht, der durch sie beide hindurch in die Göttin strömte, die den Kelch hielt...? Später wußte Morgaine nicht, ob sie wirklich den Kelch gehalten hatte. Oder war auch das Teil des mächtigen Zaubers gewesen, den sie für die Göttin gewirkt hatte...? Doch jeder Mann, jede Frau in der Halle kniete nieder und trank, die Süße und die Seligkeit umflossen sie. Morgaine schritt dahin, als trügen sie die großen Schwingen, deren Rauschen sie hörte... und dann tauchte Mordreds Gesicht vor ihr auf.

Ich bin nicht deine Mutter. Ich bin die Mutter aller...

Galahad war bleich und überwältigt. Sah er den Kelch des Lebens oder den heiligen Kelch des Christus vor sich? Worin lag der Unterschied? Gareth, Gawain, Lucan, Bedivere, Palomides, Cai... alle alten Gefährten und viele, die sie nicht kannte; schließlich schienen die Räume jenseits der Welt durchwandert zu sein, und alle, die je zu ihnen gehörten, selbst jene, die diese Welt schon verlassen hatten, saßen an diesem Tag mit ihnen in der Tafelrunde – Ectorius, Lot, der junge Drustan, ermordet von dem eifersüchtigen Marcus, Lionel, Bors, Balin und Balan kehrten Hand in Hand durch die Pforten des Todes zurück... Alle, die sich je um die runde Tafel versammelt hatten – in der Vergangenheit oder in der Gegenwart – saßen in diesem Augenblick, der der Zeit weit entrückt war, hier an der Tafel des Königs von Camelot. Und schließlich begegnete sie auch den weisen Augen von Taliesin. Dann kniete Kevin vor ihr. Sie hob den Kelch an seine Lippen... *Auch du. Ich vergebe allen an diesem Tag... was in den Zeiten, die noch im Dunkel liegen, auch geschehen mag...*

Schließlich setzte Morgaine den Kelch an ihren Mund und trank. Das köstliche Wasser der Heiligen Quelle floß über ihre Lippen. Sie sah, daß alle anderen in der Halle aßen und tranken, und als sie ein Stück Brot nahm, glaubte sie das weiche Honigbrot zu schmecken, das Igraine für sie gebacken hatte, als sie noch ein Kind in Tintagel war.

Sie stellte den Kelch auf den Altar zurück, und er strahlte wie ein Stern...

Jetzt, Raven! Jetzt! Der große Zauber! Die Druiden mußten all ihre Kraft aufbringen, um Avalon der Welt zu entrücken. Von uns wird weniger gefordert... Der Kelch, die Schale und der Speer müssen verschwinden... sie müssen für immer aus dieser Welt verschwunden sein. Wir haben sie in die Sicherheit von Avalon zu bringen, damit sie nie wieder von einem Sterblichen berührt und entweiht werden. Nie wieder soll man sie für unsere Riten unter den Ringsteinen hervorholen, denn sie sind durch einen christlichen Altar entweiht. Aber sie werden auch nie mehr von den Priestern eines kleinlichen Gottes besudelt werden, der alle anderen Wahrheiten leugnet...

Morgaine spürte Ravens Berührung. Hände umklammerten ihre Hände, und sie schien außer Ravens Händen andere Hände zu spüren. Sie wußte nicht, welche... In der Halle war zum letzten Mal das Rauschen der großen Flügel zu hören. Ein mächtiger Wind brauste durch das Gebälk... und alles war vorbei.

Helles Tageslicht fiel in den Raum, der Altar war leer, und das weiße Altartuch lag unordentlich und zerknittert darüber. Morgaine sah das bleiche und erschrockene Gesicht des Bischofs.

»Gott war unter uns«, flüsterte er. »Heute haben wir den Wein des Lebens aus dem Heiligen Gral getrunken...«

Gawain sprang auf: »Aber wer hat den Heiligen Kelch gestohlen?« rief er. »Wir alle haben ihn verhüllt auf dem Altar gesehen... Ich schwöre, ich werde ausziehen und ihn suchen. Ich werde ihn finden und an diesen Hof zurückbringen! Und dieser Suche werde ich zwölf Monate und einen Tag weihen, bis ich ihn deutlicher sehe als hier...«

Natürlich muß es Gawain sein, dachte Morgaine, *er ist immer der erste, der sich dem Unbekannten stellt.*

Aber er hatte ihr damit in die Hände gespielt. Galahad stand blaß und vor Erregung glühend auf.
»Zwölf Monate, edler Gawain? Ich schwöre, wenn es sein muß, werde ich mein ganzes Leben mit der Suche nach dem Gral zubringen, bis ich ihn deutlich vor mir sehe...«
Artus hob die Hand und versuchte zu sprechen. Aber das Fieber hatte sie alle erfaßt. Sie hoben alle die Hand zum Schwur.
Keine Sache steht ihrem Herzen näher, dachte Morgaine. *Die Kriege sind gewonnen, es herrscht Friede im Land. Selbst die Cäsaren besaßen Vernunft genug, ihre Legionen zwischen den Feldzügen mit dem Bau von Straßen und der Eroberung neuer Länder zu beschäftigen. Sie glauben, diese neue Aufgabe wird sie in alter Inbrunst neu vereinen. Sie sind wieder Ritter der Tafelrunde, aber die Suche nach dem Gral wird sie in alle vier Winde zerstreuen... und das im Namen jenes Gottes, den du über Avalon setzen wolltest, Artus! Die Göttin waltet nach ihrem Willen...*
Mordred hatte sich erhoben und sprach. Aber Morgaine hatte nur noch Augen für Raven, die ohnmächtig zu Boden gesunken war. Die alten Bäuerinnen um sie herum sprachen immer noch aufgeregt von den wunderbaren Speisen und Getränken, die sie im Bann des Kessels genossen hatten.
»Weißwein, so schwer und süß wie der frische Honig und Trauben... Nur einmal, vor vielen, vielen Jahren habe ich einen solchen Wein getrunken...«
»Ich habe Pflaumenkuchen gegessen mit Rosinen und einer süßen Rotweinsauce... So etwas Gutes habe ich noch nie gegessen...«
Raven lag totenbleich auf dem Boden. Als Morgaine sich über sie beugte, wußte sie, was sie bei ihrem Anblick geahnt hatte. Die Macht des Großen Zaubers war für die verängstigte Frau zuviel gewesen. Getragen von den magischen Kräften hatte sie ausgehalten, bis die Heiligen Insignien nach Avalon entrückt worden waren. Raven hatte ihre ganze Kraft selbstlos geopfert, um Morgaine bei dem Werk der Göttin zu bestärken. Als der Zauber wich, entfloh ihr Leben mit ihm. Morgaine drückte sie in heftigem Schmerz und wilder Verzweiflung an sich.
Ich habe auch sie getötet. Nun habe ich wirklich den letzten Menschen vernichtet, den ich liebte... Große Mutter, Göttin, warum konnte ich es nicht sein? Mir bleibt nichts mehr im Leben, kein Mensch, den ich liebe, und Raven hat niemals einem lebenden Wesen etwas zuleide getan, niemals, niemals...

Morgaine sah, wie Nimue ihren Platz neben dem Thron der Königin verließ und mit dem Merlin sprach. Sie sah ihn freundlich und liebevoll an und legte ihm dabei vertraulich die Hand auf den Arm. Artus sprach mit Lancelot. Beiden strömten die Tränen über die Wangen. Morgaine sah, wie sie sich umarmten und küßten – das hatten sie seit ihrer Jugend nicht mehr getan –; Artus verließ ihn und begab sich hinunter in die Halle unter sein Volk.
»Ist alles in Ordnung, liebe Leute?«
Alle redeten über das magische Mahl, aber als er sich Morgaine näherte, rief jemand laut: »Hier liegt eine alte taubstumme Frau, mein Herr und Gebieter ... sie ist tot. Die Aufregung war einfach zuviel für sie!«
Artus kam in die Ecke, wo Raven leblos in Morgaines Armen lag. Morgaine hob den Kopf nicht. Würde er sie erkennen, sie laut der Hexerei bezichtigen ...?
Seine Stimme klang freundlich und vertraut, aber kühl.
Natürlich, dachte Morgaine, *er spricht nicht zu seiner Schwester, auch nicht zur Priesterin oder zu einer Gleichgestellten. Er sieht nur eine alte, weißhaarige, in Lumpen gehüllte Bauersfrau.*
»Ist sie deine Schwester, gute Frau? Es tut mir leid, daß dieser Kummer an einem Festtag über dich kommen muß. Aber Gott hat sie in einem gesegneten Augenblick auf den Armen seines Engels hinweggetragen. Möchtest du, daß sie hier begraben wird? Wenn du willst, soll sie hier auf dem Kirchhof ruhen.«
Die umstehenden Frauen hielten den Atem an, und Morgaine wußte, dies war wirklich das höchste Geschenk, das er ihr anbieten konnte. Aber ohne den Kopf zu heben, antwortete sie: »Nein.« Und dann sah sie ihm wie unter einem Zwang in die Augen.
Sie hatten sich beide so sehr verändert ... Sie war alt und gebeugt unter der schweren Last. Aber auch Artus war nicht mehr der junge Hirschkönig ...
Nicht in diesem Augenblick und auch nicht später wußte Morgaine, ob Artus sie erkannte. Ihre Blicke trafen sich kurz, dann sagte der König freundlich: »Du möchtest sie also mit nach Hause nehmen. So sei es denn, Mutter! Die Stallburschen sollen dir ein Pferd geben ... Zeige ihnen das.« Er drückte ihr einen Ring in die Hand. Morgaine senkte den Kopf und preßte die Augen zusammen, um die Tränen zurückzuhalten. Als sie aufblickte, war Artus gegangen.
»Komm, ich helfe dir, sie zu tragen«, sagte eine der Frauen, und noch eine bot Hilfe an. Sie trugen Ravens leichten Körper aus der Halle,

und Morgaine war versucht, einen letzten Blick auf die Tafelrunde zu werfen. Sie wußte, sie würde sie nie wieder sehen, und sie würde auch nie wieder nach Camelot zurückkehren.
Ihre Aufgabe hier war erfüllt. Sie würde nach Avalon gehen ... aber allein. Von nun an würde sie immer allein sein.

Gwenhwyfar beobachtete die Vorbereitungen in der Halle und hörte, wie Bischof Patricius mit sanfter Stimme sagte: *Keiner kommt zum Vater denn durch mich*. Sie blickte den Kelch mit gemischten Gefühlen an und sagte sich: *Dieses schöne Gefäß soll dem Dienst Christi geweiht werden, wie Patricius wünscht. Sogar der Merlin hat sich schließlich zum Kreuz bekehrt.* Aber eine Stimme in ihr beharrte: *Nein, es wäre besser gewesen, es zu zerstören, das Gold zu schmelzen und daraus einen anderen Kelch zu formen, der von Anfang an dem Dienst am wahren Gott geweiht ist. Denn dieser Kelch gehört der Göttin, wie sie sie nennen. Und diese Göttin ist von Anbeginn der Zeit die große Hure und die Feindin Gottes gewesen ... Die Priester sagen zu Recht, durch die Frau kam das Böse in die Welt ...*
Aber dann dachte sie verwirrt, sicher können nicht alle Frauen böse sein. Selbst Gott hat eine Frau auserwählt, seinen Sohn zu gebären, und Christus versprach seinen Jüngern, ihren Schwestern und ihren Frauen den Himmel ...
Eine wenigstens hat der Göttin abgeschworen. Gerührt blickte sie zu Nimue hinüber – Elaines Tochter. Sie sah der verstorbenen Gemahlin Lancelots wirklich sehr ähnlich, ja sie war sogar noch schöner, denn sie besaß die lächelnde Fröhlichkeit und die tänzerische Anmut des einst jungen Lancelot. Nimue war so licht und rein! Sie konnte nicht glauben, daß an ihr etwas Böses war, und doch hatte diese junge Frau seit früher Kindheit im Haus der Göttin gelebt, jetzt aber dem falschen Glauben entsagt. Sie war nach Camelot gekommen und hatte sie darum gebeten, niemandem zu erzählen, daß sie in Avalon gewesen war – nicht einmal Bischof Patricius, ja nicht einmal Artus, dem König. Man konnte Nimue nur schwer etwas abschlagen, dachte Gwenhwyfar. Sie hatte gelobt, das Geheimnis der jungen Frau zu wahren.
Gwenhwyfar blickte an Nimue vorbei zu Patricius, der gerade den Kelch vom Altar nehmen wollte. Und dann ...

... Gwenhwyfar glaubte, einen großen Engel zu sehen, hinter dessen schimmernder Gestalt sich schattenhafte Flügel erhoben. Der Engel nahm den Kelch in beide Hände, der wie ein großer, glänzender Stern strahlte. Er glühte dunkelrot auf, wie ein Rubin, wie ein schlagendes Herz... Nein, er war tiefblau wie der blaue Himmel, und ein Duft wie von allen Rosen in ihrem Garten verbreitete sich. Plötzlich schien ein starker frischer Wind durch die Halle zu brausen, und Gwenhwyfar hatte das Gefühl, sie könne sich von ihrem Sitz erheben, auf die Hügel hinaus laufen, in das weite Land Gottes, das sich unter einem großen, heilenden Himmel ausbreitete. Tief in ihrem Herzen wußte sie, sie würde sich nie mehr davor fürchten, das Gefängnis – Kammer und Halle – zu verlassen. Sie konnte furchtlos unter offenem Himmel über die Hügel wandern, denn Gott beschützte sie, wohin sie auch ging. Sie lächelte. Ungläubig hörte sie sich laut lachen, und das kleine Geschöpf, das früher eingesperrt war, fragte ärgerlich: *Bei der heiligen Messe?* Aber die wirkliche Gwenhwyfar antwortete lachend, obwohl niemand es hörte: *Was bedeutet mir Gott, wenn ich mich nicht an ihm erfreuen kann?*

Im Rausch der süßen Düfte und der Freude stand der Engel vor ihr und setzte ihr den Kelch an die Lippen. Erschauernd trank sie, senkte die Augen, aber dann spürte sie eine Berührung auf ihrer Stirn. Sie hob den Blick und sah, daß kein Engel vor ihr stand, sondern eine verschleierte Frau mit großen traurigen Augen in einem blauen Gewand. Obwohl sie nichts hörte, sagte die Frau zu ihr: *Ich bin seit Anbeginn der Zeiten, noch ehe es Christus gab. Ich habe dich so geschaffen, wie du bist. Deshalb, meine geliebte Tochter, vergiß all deine Scham und freue dich, denn auch du bist vom selben Wesen wie ich.*

Gwenhwyfar spürte, Leib und Herz waren nichts als reine Freude. So glücklich war sie nur als kleines Mädchen gewesen. Selbst in Lancelots Armen hatte sie nie diese Glückseligkeit empfunden.

Oh, hätte ich diese Freude meinem Geliebten schenken können!

Sie wußte, daß der Engel oder welcher Geist es auch war, der sie berührt hatte, weiterging. Wie traurig, daß er sie verließ! Aber die Freude durchströmte sie immer noch. Und sie sah liebevoll zu, wie der Engel den glühenden Kelch Lancelot an die Lippen setzte.

Oh, wenn sie dir nur etwas von dieser Freude schenken kann, mein trauriger Geliebter!

Die feurigen Flammen und der brausende Wind erfüllten die Halle, und Stille breitete sich aus. Gwenhwyfar aß und trank, ohne zu wissen, was ... sie wußte nur, es schmeckte süß und köstlich, und sie gab sich ganz diesem Entzücken hin.

Was immer uns heute widerfahren ist, es war etwas Heiliges ...

Die stille Halle wirkte kalt und leer im blassen Licht des Mittags. Gawain sprang laut rufend auf und nach ihm Galahad.

»Ich schwöre, wenn es sein muß, werde ich mein ganzes Leben lang suchen, bis ich den Gral deutlich vor mir sehe ...«

Bischof Patricius schien einer Ohnmacht nahe zu sein. Gwenhwyfar fiel ein, daß er ein alter Mann war. Der Altar, auf dem der Kelch gestanden hatte, war leer. Sie erhob sich schnell und ging zu dem Bischof.

»Vater ...«, sagte sie und hielt ihm einen Becher Wein an die Lippen. Er nahm einen kleinen Schluck. Als die Farbe in sein faltiges Gesicht zurückkam, flüsterte er: »Etwas Heiliges ist uns heute widerfahren ... Ich saß an der Tafel des Herrn und trank aus dem Kelch, von dem er in der letzten heiligen Nacht vor seiner Passion getrunken hat ...«

Gwenhwyfar begriff langsam, was geschehen war – was immer an diesem Tag nach dem Willen Gottes über sie gekommen sein mochte, es war eine Vision. Der Bischof flüsterte: »Habt auch Ihr, meine Königin, den Kelch Christi gesehen ...?«

Sie erwiderte sanft: »Leider nicht, Ehrwürdiger Vater. Vielleicht war ich dieses Anblicks nicht würdig. Aber ich glaube, ich habe einen Engel gesehen, und einen Augenblick lang dachte ich, die Mutter Gottes stehe vor mir ...«

»Gott hat jedem von uns die Einsicht geschenkt«, sagte Patricius. »Wie inbrünstig habe ich darum gebetet, daß etwas geschehen möge, um alle Menschen mit der Liebe zu Christus in seiner wahren Gestalt zu erfüllen ...«

Gwenhwyfar dachte an den alten Spruch: *Überlege gut, worum du bittest, dein Gebet könnte erhört werden.*

Die Männer mußten erleuchtet sein, denn einer nach dem anderen erhob sich und schwor, ein Jahr und einen Tag lang nach dem Gral zu suchen. Gwenhwyfar dachte: *Die Tafelrunde zerstreut sich jetzt in alle vier Winde.*

Sie blickte zum Altar, wo der Kelch gestanden hatte.

Nein, sann sie, *Bischof Patricius und auch du, Merlin von Britannien, ihr irrt euch ebenso, wie Artus sich irrte. Ihr könnt Gott nicht auf diese Weise beschwören, um euren Zielen zu dienen. Gott trägt die Ziele der Menschen wie ein starker Wind davon, wie das Rauschen von Engelsflügeln, das ich heute in dieser Halle hörte, und vor ihm zerfallen sie zu nichts ...*

Dann fragte sie sich verwundert: *Was ist los mit mir? Ich krittle an Artus herum und sogar am Bischof?* Aber mit ihrer neu gewonnenen Stärke sagte sie sich: *Bei Gott, ja! Sie sind nicht Gott. Sie sind nur Menschen, und ihre Ziele sind nicht heilig!*

Gwenhwyfar beobachtete den König, der am anderen Ende der Halle sich unter das Volk gemischt hatte. Da war etwas geschehen. Jemand lag am Boden, eine arme Frau. Vielleicht hatten sie der Heilige Geist und die Verzückung überwältigt. Jetzt kam er langsam und traurig zurück.

»Gawain, mußt du gehen ..., Galahad ...? Du auch, mein Sohn? Bors, Lionel ... ihr alle?«

»Artus, mein Gebieter,« rief Mordred. Er trug wie immer ein rotes Gewand, das ihm so gut stand und die Ähnlichkeit mit dem jungen Lancelot auf beinahe lächerliche Weise übertrieb.

Artus fragte liebevoll: »Was ist, mein Lieber?«

»Mein König, ich bitte Euch, erlaubt mir, *nicht* auf diese Suche zu gehen. Vielleicht ist sie allen Euren Rittern auferlegt. Aber jemand muß an Eurer Seite bleiben.«

Gwenhwyfar empfand eine überfließende Zärtlichkeit für den jungen Mann.

Ah, er ist Artus' wahrer Sohn! Nicht Galahad mit all seinen Träumen und Visionen!

Hatte sie Mordred jemals mißtraut und ihn abgelehnt, so sagte sie jetzt herzlich: »Gott segne Euch, Mordred«, und der junge Mann lächelte sie an. Artus neigte den Kopf und sagte: »So sei es, mein Sohn.«

Es war das erste Mal, daß Artus ihn vor anderen ›mein Sohn‹ nannte. Gwenhwyfar erkannte daran des Königs Verwirrung. »Gott helfe uns beiden, Gwydion ... ich sollte Mordred sagen ... wenn so viele meiner Gefährten sich in die entferntesten Winkel der Erde verstreuen, und nur Gott allein weiß, ob sie je zurückkehren werden ...« Er griff Mordred bei den Händen, und einen Augenblick lang dachte Gwenhwyfar: *Er stützt sich auf den starken Arm seines Sohnes!*

Lancelot trat zu ihr und verneigte sich: »Herrin, darf ich mich von Euch verabschieden?«

Gwenhwyfar dachte: *Die Tränen sind der Freude ebenso nahe wie dem Leid.* »Oh, lieber Lancelot, mußt du auch auf die Suche gehen?« Sie kümmerte sich nicht darum, wer sie hörte. Auch Artus wirkte

betrübt und streckte die Hand nach seinem Vetter und Freund aus. »Willst du uns schon verlassen, Lancelot?«
Der Ritter nickte. Auf seinem Gesicht lag das Strahlen einer überirdischen Verzückung. Also war auch ihm diese große Freude zuteil geworden! Aber weshalb mußte er dann ausziehen, um sie zu suchen? Gewiß lag sie wie bei allen Menschen auch in ihm.
»All diese Jahre, Liebster, hast du mir gesagt, du seist kein so guter Christ. Weshalb mußt du mich dann alleine lassen und in die Welt hinausziehen?«
Sie sah, wie Lancelot um Worte rang. Schließlich antwortete er: »In all den Jahren wußte ich nicht, ob es Gott nicht nur in einer alten Geschichte gab, die die Priester uns erzählten, um uns Furcht einzujagen. Jetzt habe ich gesehen ...« Er fuhr sich mit der Zunge über die trockenen Lippen und suchte Worte für etwas, das sich nicht in Worten ausdrücken ließ. »Ich habe ... etwas gesehen. Wenn einem eine solche Erleuchtung zuteil wird, sei sie von Christus oder vom Teufel ...«
»Bestimmt«, unterbrach ihn Gwenhwyfar, »war es eine Vision Gottes, Lancelot ...«
»Das sagst du, denn du hast es gesehen. *Du* weißt es«, sagte er und drückte ihre Hand an sein Herz. »Ich bin nicht sicher ... mir kommt es vor, als habe meine Mutter mich genarrt, oder es ist so, wie Taliesin sagte: Alle Götter sind ein Gott ... ich bin hin- und hergerissen zwischen der Dunkelheit des Nichtwissens und dem Licht, das die Verzweiflung überstrahlt und das mir sagt ...« Er suchte wieder nach Worten: »Es war, als habe eine große Glocke aus weiter Ferne mich gerufen. Ein Licht über dem Land bedeutete mir: *Folge mir* ... und ich weiß, daß die Wahrheit, die wirkliche Wahrheit *dort* ist ... sie ist gerade außerhalb meiner Reichweite. Wenn ich dem Licht folge und sie dort finde ... und den Schleier wegziehen kann, der sie verhüllt ... die Wahrheit ist da. Ich muß sie nur erreichen, meine Gwenhwyfar. Kannst du mir die Suche verwehren, nachdem ich weiß, daß es tatsächlich etwas gibt, das zu finden sich lohnt?«
Sie schienen allein in einem Raum zu stehen und nicht vor dem ganzen Hof. Sie wußte, sie konnte sich in allen Dingen bei ihm behaupten. Aber wer kann sich zwischen einen Mann und seine Seele stellen? Gott in seiner Weisheit hatte ihm nicht die Sicherheit und die Freude geschenkt. Gwenhwyfar wunderte sich nicht, daß Lancelot jetzt ausziehen und sie suchen mußte. Wenn sie gespürt hätte, daß es die Wahrheit gab, jedoch ohne ganz sicher zu sein, dann

hätte auch sie ihr ganzes Leben mit der Suche nach der Wahrheit zugebracht. Sie reichte ihrem Ritter beide Hände und hatte das Gefühl, ihn vor allen Menschen im hellen Tageslicht zu umarmen, als sie sagte: »So gehe denn, mein Geliebter, und Gott belohne deine Suche mit der Wahrheit, nach der du dich so sehnst.«

Lancelot erwiderte: »Gott sei mit Euch, meine Königin. Er gebe, daß ich eines Tages zu Euch zurückkehre.«

Dann wandte er sich Artus zu. Aber Gwenhwyfar hörte nicht, was beide sagten. Er umarmte den König wie früher, als sie noch jung und unschuldig waren.

Artus legte Gwenhwyfar die Hand auf die Schulter und sah dem scheidenden Ritter nach. »Manchmal glaube ich«, sagte er leise, »Lancelot ist der Beste von uns allen.« Sie wandte sich ihm zu, und ihr Herz floß über vor Liebe für diesen guten Mann, der ihr Gemahl war. Sie erwiderte: »Das denke ich auch, mein über alles geliebter Mann.«

Zu ihrer Überraschung sagte Artus: »Ich liebe euch beide, Gwen. Du darfst nie, nie glauben, daß etwas anderes auf dieser Welt mir mehr bedeutet als du. Ich bin beinahe froh, daß du mir keinen Sohn geboren hast«, fügte er flüsternd hinzu, »denn dann würdest du vielleicht glauben, ich liebe dich nur deshalb. Jetzt kann ich sagen, ich liebe dich mehr als alles andere mit Ausnahme meiner Pflicht diesem Land gegenüber, das Gott mir anvertraut hat. Und darauf kannst du nicht eifersüchtig sein ...«

»Nein«, entgegnete sie sanft. Und zum ersten Mal sagte sie ohne den geringsten Vorbehalt: »Auch ich liebe dich, Artus. Du darfst nie daran zweifeln ...«

»Ich habe nie daran gezweifelt, meine Gemahlin.« Er hob ihre Hände an die Lippen und küßte sie. Und wieder erlebte Gwenhwyfar diese überströmende Freude. *Welcher Frau wurde je soviel zuteil? Die zwei größten Männer auf der Welt haben mich geliebt!*

Die Geräusche des Hofs drangen wieder an ihr Ohr und verlangten, daß sie ihre Aufmerksamkeit wieder dem Alltag zuwendeten. Offensichtlich hatte jeder etwas anderes gesehen – einen Engel, eine Jungfrau mit dem Gral; manche glaubten wie Gwenhwyfar die Mutter Gottes gesehen zu haben; viele, viele andere hatten nichts gesehen ... nichts außer einem blendenden Licht, das sie mit Frieden und Freude erfüllte. Sie fanden Speisen und Getränke vor sich, die sie am liebsten aßen und tranken.

Jetzt verbreitete sich das Gerücht, daß sie durch die Gnade Christi den Gral gesehen hatten. Aus diesem Kelch trank Christus mit seinen Jüngern beim Abendmahl, als er das Brot brach und den Wein teilte, als seien es Leib und Blut des alten Opfers. Hatte Bischof Patricius den Augenblick genutzt, als sie alle verwirrt waren und keiner genau wußte, was er gesehen hatte, um diese Geschichte zu verbreiten?

Gwenhwyfar erinnerte sich an eine Geschichte, die ihr Morgaine erzählt hatte, und sie bekreuzigte sich: In Avalon berichtete man, Jesus von Nazareth sei in seiner Jugend auf die Insel im See gekommen. Die weisen Druiden von Glastonbury unterrichteten ihn in ihrer Weisheit. Nach dem Tod Jesu kam sein Ziehvater Joseph von Arimathia dorthin und steckte seinen Stab in die Erde, der Wurzeln zog und zum Heiligen Dornbusch erblühte. War es dann nicht naheliegend, daß dieser Joseph auch den Opferkelch mitgebracht hatte? Aber was sich auch ereignet hatte, es war heilig... sicher war es etwas Heiliges. Denn wenn es nicht von Gott kam, konnte es nichts anderes sein als ein teuflischer Zauber. Aber wie sollte diese Schönheit, diese Freude etwas Böses sein?

Was immer der Bischof auch sagen mochte, es war ein böses Geschenk, dachte Gwenhwyfar schaudernd. Einer nach dem anderen der Gefährten hatte sich erhoben und war auf der Suche nach dem Gral davongeritten. Sie saßen jetzt in einer nahezu leeren Halle. Alle waren sie gegangen – mit Ausnahme von Mordred, der gelobt hatte, hierzubleiben, und Cai, der für weites Reisen zu alt und zu gebrechlich war. Artus wendete sich gerade von Cai ab – sie wußte, er mußte Cai trösten, weil er nicht mit den anderen reiten konnte – und sagte: »Ah, auch ich hätte mit ihnen ausziehen sollen. Aber ich kann nicht. Ich will auch nicht ihren Traum zerstören.«

Sie füllte dem König von Britannien selbst einen Becher mit Wein und wünschte plötzlich, sie wären in ihren Gemächern und nicht hier allein in der Halle und an der runden Tafel. »Artus, du hast es geplant. Du hast mir gesagt, daß ihr für Ostern etwas Wunderbares vorbereiten würdet...«

»Gewiß«, erwiderte er und lehnte sich müde in seinem Thron zurück. »Aber ich schwöre dir, ich wußte weder, was der Bischof oder der Merlin vorhatten. Ich wußte, daß Kevin die Heiligen Insignien aus Avalon hierher gebracht hatte.« Er legte die Hand an den Griff seines Schwertes. »Ich erhielt das Schwert bei meiner Krönung. Und jetzt steht es im Dienst dieses Reiches und im Dienst Christi. Es erschien mir richtig, daß die Heiligen Mysterien der Alten Welt in den

Dienst Gottes gestellt werden sollten, da alle Götter ein Gott sind, wie Taliesin es immer sagte. In alter Zeit beteten die Druiden ihren Gott unter anderen Namen an. Aber die Heilige Gerätschaft gehört Gott und sollte ihm übergeben werden. Das sagte auch der Merlin. Aber ich weiß nicht, was heute hier geschehen ist.«

»Du weißt es nicht? *Du?* Glaubst du nicht auch, daß wir ein Wunder erlebt haben? Gott selbst ist uns erschienen, um zu zeigen, daß der Heilige Gral in seinen Dienst gestellt werden muß!«

»Doch«, erwiderte Artus nachdenklich. »Aber dann frage ich mich wieder... hat uns nicht der Merlin mit seiner Magie verzaubert, damit wir eine Vision sehen und das glauben sollen. Denn jetzt haben mich meine Gefährten verlassen, und wer weiß, ob sie je wieder zurückkehren werden.« Er hob den Kopf und sah Gwenhwyfar an. Sie bemerkte wie aus weiter Ferne, daß seine Augenbrauen jetzt völlig weiß waren und seine blonden Haare silbern glänzten. Artus sagte: »Weißt du nicht, daß Morgaine hier war?«

»Morgaine?« Gwenhwyfar schüttelte den Kopf. »Nein, ich wußte es nicht... weshalb hat sie uns nicht begrüßt?«

Er lächelte: »Das fragst du? Sie verließ den Hof in Ungnade.« Er preßte die Lippen zusammen, und seine Hand suchte wieder den Griff von Excalibur, wie um sich zu vergewissern, daß das Schwert noch an seiner Seite hing. Es steckte jetzt in einer häßlichen, groben Lederscheide. Gwenhwyfar hatte nie gewagt, ihn danach zu fragen, was mit der Scheide geschah, die Morgaine vor so vielen Jahren für ihn angefertigt hatte. Aber jetzt vermutete sie darin einen Grund für ihren Streit.

»Du weißt es nicht... sie hatte sich gegen mich verschworen. Sie wollte ihren Geliebten Accolon auf meinen Thron setzen...«

Gwenhwyfar glaubte, nach der beseligenden Vision dieses Tages könnte sie nie mehr Zorn und Haß auf ein lebendes Geschöpf empfinden. Selbst jetzt empfand sie hauptsächlich Mitleid für Morgaine, aber auch Mitleid für Artus, denn sie wußte, wie sehr er seine Schwester geliebt und ihr vertraut hatte. »Wieso hast du mir das nicht gesagt? Ich habe ihr nie getraut.«

»Aus diesem Grund«, erwiderte Artus und drückte ihre Hand. »Ich glaubte nicht ertragen zu können, wenn du sagst, du hättest ihr nie vertraut und mich so oft vor ihr gewarnt. Aber Morgaine war heute hier. Sie kam in Verkleidung einer Bauersfrau. Sie sah alt aus, Gwenhwyfar, alt, harmlos und leidend. Ich glaube, sie kam in Verkleidung, um noch einmal einen Blick auf den Ort zu werfen, an dem sie einst in Rang und Würden lebte ... vielleicht, um auch noch einmal ihren Sohn zu sehen ... Sie sah älter aus als unsere Mutter ...« Er schwieg, zählte einen Augenblick an seinen Fingern und sagte dann: »Oh, sie ist älter, als unsere Mutter wurde. Ich bin älter als mein Vater war, als er starb, meine Gwenhwyfar ... ich glaube nicht, daß Morgaine kam, um Unheil zu stiften. Wenn sie es plante, hat die heilige Vision sie sicher daran gehindert.« Er schwieg. Gwenhwyfar wußte instinktiv, er wollte nicht sagen, daß er Morgaine immer noch liebte und sie vermißte.

Im Lauf der Jahre gab es so viele Dinge, die ich Artus nicht sagen konnte und er nicht mir ... aber wenigstens sprachen wir beide heute von Lancelot und der Liebe zwischen uns dreien ...

Im Augenblick schien diese Liebe die höchste Wahrheit ihres Lebens zu sein. Liebe konnte weder gewogen noch gemessen werden – soviel für diesen und soviel für jenen. Sie war ein endloser ewiger Strom. Je mehr sie liebte, desto mehr Liebe hatte sie zu geben. Jetzt schenkte sie allen Liebe, wie die Vision sie ihr gegeben hatte.

Selbst dem Merlin brachte sie heute dieses Gefühl der Wärme und Zärtlichkeit entgegen. »Sieh doch, wie Kevin sich mit seiner Harfe abmüht! Soll ich ihm nicht jemand zu Hilfe schicken, Artus?«

Der König erwiderte lächelnd: »Er braucht niemanden. Nimue nimmt sich seiner an. Siehst du es nicht?«

Wieder empfand sie diese überströmende Liebe, diesmal für Lancelots und Elaines Tochter – das Kind der beiden Menschen, die sie am meisten liebte. Der Merlin stützte sich auf Nimues Arm ... es war wie die alte Geschichte von der Jungfrau, die sich in ein Ungeheuer aus dem wilden Wald verliebte! Ach, aber heute empfand sie selbst für den Merlin Liebe. Gwenhwyfar freute sich, daß er Nimues starke Hände hatte, die ihm halfen.

Die Tage vergingen am fast menschenleeren Hof von Camelot. Gwenhwyfar sah in Nimue mehr und mehr die Tochter, die ihr versagt geblieben war. Das Mädchen hörte ihr aufmerksam und höflich zu, wenn sie sprach; schmeichelte ihr unaufdringlich und war stets bereit, ihr jeden Dienst zu erweisen. Nur etwas gefiel Gwenhwyfar nicht: Nimue verbrachte viel zuviel Zeit im Gespräch mit dem Merlin.

»Er mag sich jetzt Christ nennen, mein Kind«, warnte die Königin. »Aber im Herzen ist er ein alter Heide, der sich den barbarischen Ritualen der Druiden verschworen hat ... du willst doch nichts mehr

davon wissen. Siehst du nicht die Schlangen auf seinen Handgelenken?«
Nimue fuhr sich über die zarten Handgelenke. »Oh, König Artus trägt sie doch auch«, erwiderte sie sanft. »Und auch ich würde sie heute tragen, wenn ich nicht das große Licht gesehen hätte. Der Merlin ist ein weiser Mann, und niemand in Britannien spielt so schön die Harfe wie er.«
»Und außerdem gibt es das Band von Avalon, das euch verbindet«, erklärte Gwenhwyfar schärfer, als sie es wollte.
»Nein, nein«, widersprach Nimue, »ich bitte Euch, Tante, sagt ihm das nie. Er hat mich in Avalon nie gesehen. Er kennt mich nicht. Ich möchte nicht, daß er mich als Abtrünnige des Alten Glaubens ansieht...«
Sie wirkte so bekümmert, daß Gwenhwyfar liebevoll erwiderte: »Wenn es dein Wunsch ist, werde ich ihm nichts sagen. Selbst Artus habe ich nicht erzählt, daß du aus Avalon zu uns gekommen bist.«
»Ich liebe die Musik und die Harfe sehr«, erklärte Nimue. »Darf ich mich wirklich nicht mit ihm unterhalten?«
Gwenhwyfar antwortete mit einem nachsichtigen Lächeln: »Auch dein Vater ist ein guter Musiker... er sagte einmal, seine Mutter habe ihm eine Harfe als Spielzeug gegeben, noch ehe er alt genug war, auch nur ein Spielzeugschwert zu halten. Sie hat ihm gezeigt, wie man die Saiten zum Klingen bringt. Der Merlin wäre mir lieber, wenn er bei seiner Harfe bliebe und nicht versuchte, einer von Artus' Ratgebern zu sein.« Schaudernd fügte sie hinzu: »Für mich ist der Mann ein Ungeheuer.«
Nimue blieb geduldig: »Es tut mir leid, daß Ihr gegen ihn eingenommen seid. Aber es ist nicht seine Schuld. Ich bin sicher, er wäre lieber ebenso hübsch wie mein Vater und so stark wie Gareth.«
Gwenhwyfar senkte den Kopf. »Ich weiß, es ist nicht richtig von mir. Ich müßte Mitleid haben... aber seit meiner Kindheit habe ich eine Abneigung gegen alle mißgestalteten Menschen. Ich bin nicht sicher, aber vielleicht war es doch Kevins Anblick, der zu meiner Fehlgeburt führte. Damals hatte ich noch eine Möglichkeit, Artus einen Sohn zu schenken. Wenn Gott gut ist, muß dann nicht alles schön und vollkommen sein, was von Gott kommt? Alles, was häßlich und ungestalt ist, muß das Werk des Bösen sein!«
»Nein«, entgegnete Nimue, »ich halte das für unwahrscheinlich. Gott, so sagt die Heilige Schrift, hat dem Volk Prüfungen auferlegt. Job bedeckte er mit Aussatz und Pocken, und Jonas wurde von einem

großen Fisch verschluckt. Wir lesen immer und immer wieder, daß er Leiden über sein auserwähltes Volk schickte. Selbst Christus mußte leiden. Man kann sagen, die Menschen leiden, weil sie nach dem Willen Gottes größere Leiden erdulden sollen als andere. Vielleicht muß Kevin das alles für eine große Sünde erdulden, die er in einem früheren Leben begangen hat.«

»Bischof Patricius sagt, es ist eine heidnische Auffassung zu glauben, wir werden geboren und wieder geboren. Kein Christ soll dieser abscheulichen Lüge Glauben schenken. Denn wie sollten wir sonst je in den Himmel gelangen?«

Nimue lächelte, denn sie erinnerte sich daran, was Morgaine einmal zu ihr gesagt hatte.

Sprich nie mehr zu mir über das, was Vater Griffin zu dir gesagt hat . . .

Sie hätte gerne das gleiche zu Gwenhwyfar gesagt, aber sie widersprach nur freundlich.

»O nein, liebe Tante, denn selbst in der Heiligen Schrift wird erzählt, daß die Menschen Johannes den Täufer fragten, wer er sei. Manche behaupteten, Jesus sei der wiedergeborene Elias, aber Jesus antwortete: *Ich sage Euch, Elias lebt bereits unter euch. Aber ihr habt ihn nicht erkannt.* Und die Menschen wußten, so steht es jedenfalls in der Heiligen Schrift, daß er von Johannes dem Täufer sprach. Wie kann es also falsch sein, wenn die Menschen an eine Wiedergeburt glauben, da Christus selbst daran glaubte.«

Gwenhwyfar fragte sich, woher Nimue dieses Wissen über die Heilige Schrift besaß, da sie doch in Avalon gelebt hatte. Sie erinnerte sich, daß auch Morgaine die Heilige Schrift manchmal besser kannte als sie selbst.

Nimue fuhr fort: »Ich glaube, die Priester wollen vielleicht nicht, daß wir an andere Leben glauben, weil sie möchten, daß wir in *diesem* Leben keine Sünden begehen. Viele Priester glauben, das Ende der Welt sei nahe, und Christus käme wieder. Deshalb fürchten sie, wenn die Menschen auf ein anderes Leben warten, um gut zu sein, werden sie keine Zeit haben, vollkommen zu werden, ehe Christus wiederkommt. Wenn die Menschen daran glauben, daß sie wiedergeboren werden, dann bemühen sie sich wahrscheinlich in diesem Leben nicht darum, vollkommen zu werden!«

»Mir erscheint das als eine gefährliche Irrlehre«, entgegnete Gwenhwyfar. »Wenn die Menschen glauben, daß alle früher oder später gerettet werden, kann sie nichts davon abhalten, in diesem Leben

Sünden zu begehen. Denn sie vertrauen auf Gottes Barmherzigkeit.«
»Ich glaube nicht, daß die Furcht vor den Priestern, vor Gottes Zorn oder irgend etwas die Menschen davon abhalten kann, zu sündigen«, sagte Nimue. »Das werden sie erst tun, wenn sie nach all ihren Leben weise genug geworden sind. Dann wissen sie, daß Fehler nutzlos sind und sie für das Böse früher oder später bezahlen müssen.«
»Um Himmels willen, sei still, mein Kind«, rief Gwenhwyfar, »denk doch nur, wenn jemand deine ketzerischen Worte hören würde! Obwohl, es ist wahr«, fuhr sie nach einem Augenblick fort, »seit diesem Tag an Ostern scheint mir Gott in seiner Liebe unendlich barmherzig zu sein. Vielleicht nimmt Gott die Sünden nicht so wichtig, wie manche Priester es uns glauben machen wollen ... das ist vielleicht auch schon ein ketzerischer Gedanke.«
Nimue lächelte nur und dachte: *Ich bin nicht an den Hof gekommen, um Gwenhwyfar zu bekehren. Ich habe eine gefährlichere Aufgabe. Es ist nicht meine Pflicht, ihr die Wahrheit zu predigen, die da sagt: Eines Tages werden alle Männer und Frauen erleuchtet sein.*
»Glaubst *du* nicht auch, daß Christus wiederkommen wird, Nimue?«
Nein, dachte Nimue, *ich glaube, daß die großen Erleuchteten wie Christus nur einmal auf die Erde kommen, nachdem sie in vielen Leben Weisheit erlangt haben. Danach gehen sie für immer in die Ewigkeit ein. Aber ich glaube, die Göttlichen schicken andere große Meister, die den Menschen die Wahrheit verkünden. Die Menschheit wird sie immer mit dem Kreuz, dem Feuer und Steinen empfangen.*
»Was ich glaube, ist unwichtig, Tante. Wichtig ist nur die Wahrheit. Manche Priester predigen, ihr Gott sei ein Gott der Liebe. Andere verkünden, er sei böse und rachsüchtig. Manchmal glaube ich, die Priester wurden gesandt, um die Menschen zu bestrafen. Da sie nicht hören wollten, als Christus von Liebe sprach, schickte Gott ihnen die Priester mit ihrer Botschaft von Haß und Fanatismus.« Sie schwieg, denn sie wollte Gwenhwyfar nicht verärgern. Aber die Königin entgegnete nur: »Ich habe solche Priester gekannt.«
»Wenn manche Priester schlechte Menschen sind«, sagte Nimue, »halte ich es nicht für ausgeschlossen, daß manche Druiden gute Menschen sein können.«
Gwenhwyfar dachte, *irgend etwas muß an dieser Überlegung falsch sein,* aber sie kam nicht dahinter, was es war. »Nun, mein Liebes,

vielleicht hast du recht. Aber es macht mich ganz krank, dich mit dem Merlin zusammen zu sehen. Ich weiß zwar, daß Morgaine viel von ihm hielt... es gab am Hof hier Gerüchte, daß sie sich sogar liebten... ich habe mich oft gefragt, wie eine so anspruchsvolle Frau sich von dem Merlin umarmen lassen konnte.«

Nimue hatte das nicht gewußt. Sie nahm es aufmerksam zur Kenntnis. Kannte Morgaine deshalb Kevins verwundbare Stelle? Sie sagte nur: »Von allem, was ich in Avalon lernte, liebe ich die Musik am meisten. In der Heiligen Schrift gefällt mir am besten der Psalmist, der uns sagt: Ehret Gott mit Lauten und Harfen. Kevin hat versprochen, mir eine Harfe zu beschaffen, denn ich bin ohne meine Harfe hierhergekommen. Darf ich ihn hierher bitten, Tante?«

Gwenhwyfar zögerte. Aber sie konnte dem bittenden Lächeln des jungen Mädchens nicht widerstehen und antwortete: »Sicher darfst du das, mein liebes Kind.«

Nach einiger Zeit kam der Merlin.

Nein, dachte Nimue, *ich darf nicht vergessen: Er ist nur noch Kevin, der Harfner, ein Verräter an Avalon – jetzt ist er ein Christ, und kein Gesetz verbietet mehr, daß ein anderer seine Harfe berührt*, dachte sie, als sie den Diener sah, der ihm mit der Harfe folgte. *Es ist einfacher so, denn sonst müßte er ständig einen Eingeweihten um sich haben, der die Harfe trägt, wenn ihn seine Kräfte verlassen*.

Kevin schleppte sich an zwei Stöcken vorwärts. Aber er lächelte die Damen an und sagte: »Ihr müßt Euch vorstellen, meine Königin und meine Herrin Nimue, daß mein Geist die höfliche Verbeugung gemacht hat, zu der mein widerspenstiger Körper nicht mehr fähig ist.«

Nimue flüsterte: »Ich bitte Euch, Tante... bietet ihm einen Platz an. Er kann nicht lange stehen.«

Gwenhwyfar bedeutete Kevin mit einer Geste, sich zu setzen. Sie war wieder einmal froh über ihre Kurzsichtigkeit, denn dadurch mußte sie den verunstalteten Körper nicht so deutlich sehen.

Nimue fürchtete einen Augenblick lang, daß Kevins Mann aus Avalon stammte, daß er sie erkennen und vielleicht begrüßen würde. Aber glücklicherweise trug er die Kleidung der Diener am Hof. Wie war es möglich, daß Morgaine oder die alte Raven so vorausschauend gewesen waren, sie als Kind in die Abgeschiedenheit zu bringen, damit sie als Frau und Priesterin vom Merlin nicht erkannt wurde? Sie begriff, daß sie nur eine Figur im großen Spiel der Welt war. Man hatte ihr außer ihrer Schönheit und behüteten Jungfräulichkeit nichts mitgegeben, um die Rache der Göttin über diesen Mann zu bringen, der sie alle verraten hatte.

Nimue nahm ein Kissen von ihrem Sessel und schob es unter den Arm des Merlin. Seine Knochen schienen die Haut zu durchbohren, und als sie leicht seinen Ellbogen berührte, schien von dem geschwollenen Gelenk eine solche Hitze auszugehen, daß sie sich verbrannte. Mitleid und Auflehnung überkamen sie.

Die Göttin nimmt bereits Rache an ihm. Er muß wahrhaftig genug leiden! Ihr Christus litt einen Tag lang am Kreuz, Kevin ist sein Leben lang an einen verunstalteten Körper gekreuzigt!

Aber andere waren für ihren Glauben den Flammentod gestorben und hatten die Mysterien weder verraten noch ihren Schwur gebrochen. Sie verhärtete sich und bat liebenswürdig: »Ehrwürdiger Merlin, wollt Ihr für mich spielen?«

»Für Euch, meine Herrin«, erklärte Kevin mit seiner wohlklingenden Stimme, »werde ich spielen, was Ihr wünscht. Wäre ich doch dieser Barde aus alter Zeit, der spielen konnte, bis die Bäume tanzten!«

»O nein«, erwiderte Nimue übermütig lachend, »was sollten wir denn tun, wenn sie alle hier hereintanzen würden! Die ganze Halle wäre voll Erde, und alle unsere Mägde mit ihren Besen und Lappen könnten sie nicht mehr säubern. Ich bitte Euch, laßt die Bäume, wo sie sind, und singt!«

Der Merlin begann zu spielen. Nimue saß neben ihm auf dem Boden und blickte mit großen Augen zu ihm auf. Kevin sah sie an, wie ein großer Hund seinen Herrn ansehen mag – voll demütiger Anbetung und Hingabe. Gwenhwyfar hielt seine Zuneigung beinahe für selbstverständlich. Sie war so oft Gegenstand inbrünstiger Anbetung gewesen, daß sie gar nicht darüber nachdachte – Männer zollten der Schönheit immer Tribut. Aber vielleicht sollte sie Nimue warnen, damit sie sich nicht den Kopf verdrehen ließ. Doch sie konnte sich nicht vorstellen, wie Nimue es aushielt, bei diesem häßlichen Mann zu sitzen oder ihn so aufmerksam anzusehen.

Trotzdem verwirrte sie etwas an Nimue. Die Aufmerksamkeit des Mädchens schien nicht ganz echt zu sein. Es war nicht die Freude am Spiel eines anderen Musikanten, auch nicht die schlichte Bewunderung eines gutgläubigen Mädchens für einen weitgereisten, reifen

Mann. *Nein,* dachte Gwenhwyfar, *es ist auch nicht plötzliche Leidenschaft* – das hätte sie verstehen und in gewisser Weise nachempfinden können; sie hatte selbst diese plötzliche, überwältigende Liebe erlebt, die alle Hindernisse überwindet. Die Liebe hatte sie wie ein Blitzschlag getroffen und all ihre Hoffnungen zunichte gemacht, ihre Ehe mit Artus könne gut und sittsam werden. Sie war statt dessen zu einem Fluch geworden. Aber Gwenhwyfar wußte, die Liebe kam von selbst. Weder sie noch Lancelot hatten sich dagegen wehren können und mußten sich damit abfinden. Sie hätte verstanden, wenn Nimue das gleiche widerfahren wäre; obwohl Kevin, der Merlin, ein höchst unwahrscheinlicher Grund einer solchen Leidenschaft sein konnte. Aber *das* war es nicht... ihr war nicht klar, wieso sie es wußte. Aber sie war sich dessen sicher.

Einfache Lust? Auf Kevins Seite vielleicht – Nimue war schön. Der Merlin war vorsichtig, aber Nimue hätte jeden Mann verführen können. Gwenhwyfar konnte nicht glauben, daß Nimue für einen solchen Mann entflammt sein sollte, nachdem sie Gwenhwyfars gutaussehende junge Ritter zwar höflich aber kühl behandelte.

Nimue spürte, daß Gwenhwyfar sie beobachtete, aber sie wendete den Blick nicht von Kevin. *In gewisser Weise,* dachte Nimue, *verzaubere ich ihn.* Ihre Aufgabe verlangte, daß er sich ihr völlig auslieferte – er mußte ihr Sklave und ihr Opfer werden. Wieder unterdrückte sie das aufsteigende Mitleid. Der Mann vor ihr hatte Schlimmeres getan, als einfach die Mysterien oder die geheimen Lehren zu enthüllen. Er hatte die Heiligen Insignien den Christen in die Hände gespielt, damit sie entweiht wurden. Energisch weigerte sich Nimue, den nächsten Gedanken zuzulassen: Die Christen planten keine Entweihung, sondern eine Weihe, und sie wußten nichts über die innere Wahrheit der Mysterien. Wie auch immer, der Merlin hatte einen Schwur gebrochen.

Und die Göttin erschien, um die Entweihung zu verhindern...

Man hatte Nimue weit genug in die Mysterien eingeweiht, um zu wissen, was sie gesehen hatte. Selbst jetzt durchlief sie ein Schauer beim Gedanken daran, was der Tafelrunde an diesem Tag widerfahren war. Sie verstand es nicht völlig, aber sie wußte, daß sie das Heiligste berührt hatte.

Und der Merlin wollte es entweihen. Nein, er mußte sterben wie ein Hund – mehr war er nicht.

Die Harfe verstummte. Kevin sagte: »Ich habe eine Harfe für Euch, Herrin, wenn Ihr sie annehmen wollt. Ich habe sie als junger Bursche in Avalon selbst gebaut. Sie ist nicht die einzige, meine anderen sind besser. Aber es ist ein gutes Instrument, und ich habe sie lange gespielt. Sie gehört Euch, wenn Ihr sie annehmt.«

Nimue widersprach und erklärte, sie sei ein zu kostbares Geschenk. Aber insgeheim freute sie sich. Wenn sie etwas besaß, das für ihn so großen Wert hatte – die Arbeit seiner eigenen Hände –, würde ihn das ebenso an sie binden wie eine Haarlocke oder einen Tropfen seines Blutes. Selbst in Avalon wußten nur wenige, daß das Gesetz der Magie so weit reichte. Alles, was eng mit dem Geist, dem Herzen und den Gefühlen eines Menschen verbunden war, enthielt mehr von seiner Seele als eine abgeschnittene Haarlocke vom Wesen des Körpers. Und Nimue erkannte, die Musik war Kevins größte Leidenschaft.

Mit Befriedigung dachte sie: *Er gibt seine Seele freiwillig in meine Hand.*

Kevin ließ die Harfe bringen, und sie strich zärtlich über das kleine, kunstvoll gearbeitete Instrument. Wo sich sein Körper gegen das Holz gedrückt hatte, war es glatt poliert, und seine Hände waren sicher liebevoll über die Saiten geglitten ... selbst jetzt strich er noch einmal zärtlich darüber.

Sie griff in die Saiten, um den Klang zu hören. Ja, es war eine gute Harfe. Ihm war es irgendwie gelungen, dem Material die vollkommene Form zu geben, die den Saiten den schönen Klang verlieh. Dazu war er als Knabe mit verstümmelten Händen fähig gewesen ... wieder überfluteten Nimue Mitleid und Pein:

Warum ist er nicht bei seiner Musik geblieben? Warum mischt er sich in hohe Staatsgeschäfte?

»Ihr seid zu freundlich zu mir.« Sie sagte das mit zitternder Stimme und hoffte, er würde es für Leidenschaft und nicht für Triumph halten ...

Damit ist er bald mit Körper und Seele mein ...

Aber noch war es zu früh. Sie spürte die Gezeitenströme von Avalon in ihrem Blut und wußte, der Mond nahm zu. Ein großer Zauber wie dieser konnte nur beim dunklen Mond gewirkt werden, denn dann warf die Herrin kein Licht auf die Welt, und ihre verborgenen Absichten wurden offenbar ...

Seine Leidenschaft durfte nicht zu groß werden, so wenig wie ihr Mitgefühl für ihn.

Bei Vollmond wird er mich begehren. Das Band, das ich schmiede, ist ein zweischneidiges Schwert – ein Tau mit zwei Enden ... auch ich werde ihn begehren. Das kann ich nicht verhindern.

Um einen Zauber vollkommen zu machen, mußte er beide umfassen – den Zauberer und den Verzauberten. Starr vor Entsetzen wurde ihr bewußt, daß auch sie ihrem Zauber erliegen, daß er auf sie zurückfallen würde. Sie konnte Leidenschaft und Verlangen nicht vorgeben. Sie mußte beides *empfinden*. Ihr Herz zog sich vor Angst zusammen, als sie daran dachte, daß der Merlin zwar ihr hilflos ausgeliefert sein würde, es aber gut sein konnte, daß auch sie völlig in seine Hand geriet.

Und was wird aus mir? O Göttin, Mutter... es ist ein zu hoher Preis... verschone mich, ich fürchte mich...

»Nimue, mein Liebes«, sagte Gwenhwyfar. »Nun hast du eine Harfe. Wirst du jetzt für mich spielen und singen?«

Nimue ließ ihre Haare ins Gesicht fallen, während sie den Merlin ansah, und murmelte schüchtern: »Soll ich?«

»Ich bitte Euch«, erwiderte er, »Ihr habt eine wunderbare Stimme, und ich kann hören, daß Eure Hände den Saiten Zaubertöne entlokken werden...«

Wenn die Göttin mir günstig gesinnt ist, werden sie es tatsächlich tun.

Nimue dachte noch rechtzeitig daran, daß sie keines der Lieder aus Avalon spielen durfte, an die er sich erinnern, und die er kennen würde. Deshalb stimmte sie ein Trinklied an, das sie am Hof gehört hatte. Die Worte waren sehr gewagt für eine junge Frau. Sie bemerkte, daß Gwenhwyfar sie empört anblickte und dachte:

Gut, wenn mein unmädchenhaftes Verhalten sie entsetzt, wird sie nicht zu sehr meine Gründe erforschen.

Dann spielte und sang sie eine Klage, die sie von einem Harfner aus dem Norden kannte. Es war das traurige Lied eines Fischers auf hoher See, der die Lichter seines Dorfs am Ufer suchte.

Danach erhob sie sich und sah ihn scheu an. »Ich danke Euch, daß ich auf Eurer Harfe spielen durfte... kann ich sie mir wieder entleihen, um meine Hände in Übung zu halten?«

»Sie ist mein Geschenk für Euch«, erwiderte Kevin. »Ich habe gehört, welche Musik Eure Hände darauf hervorbringen, und weiß jetzt, sie kann niemandem sonst gehören. Behaltet sie, ich bitte Euch darum... ich besitze viele Harfen.«

»Ihr seid zu freundlich«, murmelte sie. »Aber ich bitte Euch, laßt mich nicht allein, raubt mir nicht den Genuß Eurer Musik, nur weil ich jetzt selbst eine Harfe habe.«

»Ich werde für Euch spielen, wann immer Ihr mich darum bittet«, erwiderte Kevin. Nimue wußte, daß er es aufrichtig meinte. Als sie sich verbeugte, um die Harfe entgegenzunehmen, gelang es ihr, ihn zu streifen.

Leise, damit Gwenhwyfar es nicht hören sollte, murmelte sie: »Worte allein können meine Dankbarkeit nicht ausdrücken. Vielleicht kommt eine Zeit, wenn ich ihr angemessen Ausdruck verleihen kann.«

Er sah sie wie benommen an, und Nimue bemerkte, daß sie seinen Blick mit der gleichen Intensität erwiderte.

Ein wahrhaft zweischneidiger Zauber. Auch ich falle ihm zum Opfer.

Kevin verließ sie. Nimue saß gehorsam bei Gwenhwyfar und versuchte, ihre Gedanken dem Spinnen zuzuwenden.

»Wie schön du spielst, Nimue«, begann Gwenhwyfar. »Ich muß nicht fragen, wo du es gelernt hast... ich habe diese Klage auch einmal von Morgaine gehört.«

Nimue wich ihrem Blick aus und bat: »Erzählt mir etwas von Morgaine. Sie verließ Avalon, ehe ich dorthin kam. Sie heiratete einen König... war es in Lothian?«

»In Nordwales«, antwortete Gwenhwyfar.

Nimue wußte das alles sehr genau, trotzdem heuchelte sie nicht nur Interesse. Morgaine blieb ihr ein Rätsel. Es drängte sie zu erfahren, wie die Menschen in der Welt die Herrin Morgaine erlebt hatten.

»Morgaine war eine meiner Hofdamen«, erklärte Gwenhwyfar. »Artus brachte sie am Tag unserer Hochzeit zu mir. Er war getrennt von ihr aufgewachsen und kannte sie selbst kaum...«

Nimue hörte aufmerksam zu. Sie hatte gelernt, Gefühle zu erraten und erkannte hinter Gwenhwyfars Abneigung etwas anderes: Achtung, Ehrfurcht, selbst eine Art Zärtlichkeit.

Wäre Gwenhwyfar nicht so eine fanatische, kopflose Christin, hätte Morgaine sie aufrichtig geliebt.

Wenigstens betete Gwenhwyfar nicht ihren frommen Unsinn her, der Nimue beinahe zu Tode langweilte, solange sie über Morgaine sprach, obwohl sie Morgaine als böse Zauberin verdammte. Aber sie konnte Gwenhwyfars Geschichten nicht die volle Aufmerksamkeit schenken. Sie gab sich den Anschein, interessiert zuzuhören, machte die passenden erstaunten oder zustimmenden Einwürfe, aber innerlich war sie völlig aufgewühlt.

Ich fürchte mich. Es kann geschehen, daß ich die Sklavin und das Opfer des Merlin werde...

Göttin! Große Mutter! Nicht ich muß ihm entgegentreten, sondern du ...

Der Mond nahm zu. In vier Nächten würde Vollmond sein. Sie spürte bereits, wie dieser lebendige Strom sich in ihr regte. Sie dachte an den eindringlichen Blick des Merlin, an seine zauberhaften Augen, an die Schönheit seiner Stimme und wußte, sie war bereits tief in das Gewebe ihres eigenen Zaubers verstrickt. Sie spürte schon nicht mehr den geringsten Widerwillen gegen seinen entstellten Körper. Sie fühlte nur die Kraft und das Leben, das in ihm pulsierte.

Wenn ich mich ihm am Vollmond hingebe, dachte sie, *vereinigen sich die Ströme des Lebens in uns auf dem Höhepunkt. Dann werden meine Absichten zu seinen, dann werden wir zu einem Körper ...*

Nimue spürte den Schmerz und die Qual des Verlangens. Sie sehnte sich danach, von seinen empfindsamen Händen liebkost zu werden und seinen warmen Atem an ihrem Mund zu spüren. Alles in ihr schrie in einem Hunger, von dem sie wußte, daß er zumindest teilweise ein Echo seines Begehrens und seiner Enttäuschung war. Das magische Band, das sie zwischen ihnen geknüpft hatte, brachte es mit sich, daß sie auch seine Qualen erdulden mußte.

Wenn die Flut des Lebens mit dem vollen Mond den Höhepunkt erreicht, wird die Göttin den Körper ihres Geliebten empfangen ...

Eine solche Verbindung wäre nicht völlig unverständlich. Ihr Vater war der Ritter der Königin und der beste Freund des Königs. Im Gegensatz zu den christlichen Priestern durfte Kevin, der Merlin, heiraten. Der Hof wäre über eine so standesgemäße Ehe erfreut, obwohl sicher einige der Hofdamen entsetzt darüber sein würden, daß sie ihren zarten Körper einem Mann überließ, der in ihren Augen ein Ungeheuer war. Artus wußte sicher, daß Kevin nicht mehr nach Avalon zurückkehren konnte. Aber schließlich hatte er einen Platz am Hof als Ratgeber des Königs, und außerdem übertraf ihn kein Sänger oder Harfenspieler.

Hier würde es einen Platz für uns geben, und wir könnten glücklich sein ... Wenn der Mond voll ist und vor Leben überfließt, wird er mit mir ein Kind zeugen ... und ich werde es freudig gebären ... Er wurde nicht als Ungeheuer geboren. Seine Entstellung ist die Folge eines Unfalls in der Kindheit ... seine Söhne werden gut aussehen ...

Dann rief sie sich, erschreckt von der Macht ihrer Phantasie, zur Ordnung. Nein, so weit durfte sie sich in den Zauber nicht verstrikken. Sie mußte sich ihm verweigern, obwohl der zunehmende Mond die Qual des Verlangens entfachte. Sie mußte warten ... warten ... Wie sie all die Jahre gewartet hatte ... Es gibt eine Magie, die wirkt, wenn man sich dem Leben überläßt. Die Priesterinnen von Avalon kannten sie, denn sie lagen an den Beltanefesten in den Feldern und beschworen das Leben der Göttin mit ihren Körpern und Herzen ... Aber eine größere Magie wird wirksam, wenn man die Kraft hütet und den Strom staut. Die Christen wußten davon, und sie verlangten, daß ihre heiligen Jungfrauen in Abgeschiedenheit und völliger Keuschheit lebten, damit sie mit der dunkleren Flamme der gezügelten Lebenskraft brannten. Damit ihre keuschen Priester die aufgestaute Macht in die christlichen Mysterien ergossen, oder das, was sie dafür hielten. Nimue hatte diese Macht an Raven gespürt. Sie verschwendete in ihrem Leben nie Worte an Alltägliches, aber wenn sie ihre Kraft freisetzte, war sie gewaltig. Nimue saß früher oft allein im Tempel von Avalon, weil ihr verboten war, sich unter die anderen Jungfrauen zu mischen oder an den Riten teilzunehmen. Dann spürte sie das Leben in ihren Adern mit solcher Macht pulsieren, daß sie manchmal in hysterisches Weinen ausbrach, an ihren Haaren riß oder sich das Gesicht zerkratzte ... warum hatte man sie dazu auserwählt? Warum mußte sie diese schreckliche Last tragen, ohne Erleichterung zu finden? Aber sie hatte der Göttin vertraut und ihren Lehrerinnen gehorcht. Jetzt mußte sie diese große Aufgabe vollbringen, und sie durfte nicht aus Schwäche versagen.

Nimue war ein gefülltes Gefäß der Macht – wie die Heiligen Insignien, die jedem den Tod brachten, der sie unvorbereitet berührte. Die ganze Macht ihrer langen Einsamkeit stand ihr zur Verfügung, um den Merlin an sich zu binden ... aber sie mußte warten, bis die Flut zurückwich und sich wieder sammelte. Beim dunklen Mond mußte sie sich die neue Flut von der anderen Seite des Mondes zunutze machen ... sie brachte keine Fruchtbarkeit, sondern Unfruchtbarkeit. Sie entstammte nicht dem Leben, sondern der alten dunklen Magie, die älter war als die Menschheit ...

Der Merlin kannte diese Zusammenhänge. Er kannte den alten Fluch des dunklen Mondes und des unfruchtbaren Leibes ... er mußte so in ihrem Bann stehen, daß er nicht einmal fragen würde, weshalb sie sich ihm bei Vollmond verweigerte und sich ihm bei Neumond hingab. Einen Vorteil hatte sie: Er ahnte nicht, daß sie um diese Dinge wußte, denn er hatte sie nie in Avalon gesehen. Aber das Band zwischen ihnen fesselte sie beide. Wenn sie seine Gedanken lesen konnte, las er vielleicht ihre. Sie durfte sich keinen Augenblick gehenlassen, damit er nicht ihre Absichten erriet...

Ich muß ihn so blind vor Verlangen machen, daß er vergißt... daß er alles vergißt, was er in Avalon gelernt hat.

Aber sie durfte sich von seinem Verlangen nicht überwältigen lassen. Sie mußte sich beherrschen. Das würde nicht leicht sein.

In Gedanken beschäftigte sie sich mit der nächsten List. *Erzählt mir von Eurer Kindheit*, würde sie sagen. *Erzählt mir, wie Ihr verletzt wurdet.*

Mitgefühl ist ein starkes Band. Sie wußte, auf welche Stellen sie den Finger legen mußte... Verzweifelt dachte sie daran, daß sie versuchte, ihm nahe zu sein, ihn zu berühren – nicht weil es ihre Aufgabe gebot, sondern weil das Verlangen sie dazu trieb.

Kann ich den Zauber wirken, ohne mich selbst in den Abgrund zu reißen?

»Ich habe Euch auf dem Fest der Königin vermißt«, murmelte der Merlin und sah Nimue in die Augen. »Ich hatte ein neues Lied für Euch gemacht... Es war Vollmond. Und der Mond besitzt große Macht, Herrin...«

Sie blickte ihn mit großen Augen an. »Wirklich? Ich weiß so wenig von solchen Dingen... seid Ihr ein Zauberer, Ehrwürdiger Merlin? Manchmal fühle ich mich hilflos und glaube, daß Ihr mich verzaubert habt...«

Sie hatte sich beim Vollmond versteckt, da sie wußte, er würde ihre Gedanken lesen und vielleicht ihre Absichten erraten, wenn er in ihre Augen blickte. Jetzt hatte die magische Flut ihre Kraft verloren, und sie konnte sich vielleicht vor ihm schützen.

»Ihr müßt mir Euer Lied vorsingen.« Nimue hörte ihm zu und spürte, wie ihr Körper vibrierte wie die Saiten der Harfe unter seiner Berührung.

Ich ertrage es nicht. Ich ertrage es nicht... diesmal muß ich handeln, sobald der Mond sich verbirgt.

Nimue wußte, sie würde dem Ansturm einer neuen Flut erliegen. Der Hunger und das Verlangen, das sie schürte, wuchs... *Ich wäre nie fähig, ihn zu verraten... ich wäre für immer sein... in diesem Leben und darüber hinaus...*

Sie berührte seine verdrehten und geschwollenen Handgelenke. Die Berührung ließ sie erzittern. Seine Pupillen weiteten sich, und er holte tief Luft... daran erkannte sie, was der Merlin empfinden mußte.

Verrat, dachte sie, *wird nach den unentrinnbaren Gesetzen des Schicksals tausendfach von der Göttin bestraft ... Leben um Leben. Die Verräterin und der Verratene werden für Tausende von Jahren in Liebe und Haß aneinander gebunden sein. Aber ich handele auf Befehl der Göttin. Man hat mich gesandt, um einen Verräter für seinen Verrat zu bestrafen ... werde ich dafür büßen müssen? Wenn das so ist, dann gibt es selbst bei den Göttern keine Gerechtigkeit ... Christus sagte, die aufrichtige Reue löscht alle Sünden aus ...*

Aber das Schicksal und die Gesetze des Universums lassen sich nicht so leicht beiseite schieben. Die Sterne unterbrechen nicht ihren Lauf, nur weil jemand ihnen zuruft: *Halt!*

Dann sollte es also geschehen. Vielleicht verriet sie den Merlin wegen einer Tat, die einer von ihnen begangen hatte, ehe das Alte Land im Meer versank. Es war ihr Schicksal, und sie wagte nicht, sich dagegen aufzulehnen. Kevin hatte aufgehört zu spielen und griff zärtlich nach ihrer Hand. Wie betäubt berührte sie seinen Mund mit ihren Lippen. *Jetzt, jetzt ist es zur Umkehr zu spät.*

Nein, es war bereits zu spät gewesen, als sie den Kopf senkte und die Aufgabe annahm, die Morgaine ihr übertrug. Es war bereits zu spät gewesen, als sie den Eid auf Avalon ablegte ...

»Erzählt mir mehr über Euch«, flüsterte sie. »Ich möchte alles über Euch wissen, mein Gebieter ...«

»So dürft Ihr mich nicht nennen, mein Name ist Kevin.«

»Kevin«, sagte sie leise und zärtlich. Sie fuhr ihm dabei sanft mit den Fingerspitzen über den Arm.

Tag um Tag wob sie ihren Zauber mit Berührungen, Blicken und geflüsterten Worten, und der Mond nahm ab. Nach diesem ersten, flüchtigen Kuß zog sie sich wieder zurück, als habe er sie erschreckt.

Das ist wahr. Aber es liegt mehr daran, daß ich vor mir selbst erschrocken bin ...

Niemals, niemals hatte sie in all den Jahren der Abgeschiedenheit geglaubt, zu solcher Leidenschaft, zu solchem Hunger fähig zu sein. Sie wußte, der Zauber verstärkte die Leidenschaft in ihr ebenso wie in ihm. Einmal reizte sie ihn durch ihr Flüstern, durch sanfte Berührungen, durch ihre Haare, die sein Gesicht streiften, als sie sich über ihn beugte, bis zur Unerträglichkeit. Er riß sie an sich, und sie wehrte sich diesmal in echter Furcht.

»Nein ... nein, ich kann nicht ... du vergißt dich ... Ich bitte dich, laß mich ...«, rief sie. Und als er sie nur noch enger an sich preßte und ihre Brüste mit Küssen bedeckte, begann sie leise zu weinen. »Nein, nein, ich fürchte mich, ich fürchte mich...«

Kevin ließ sie los und wandte sich benommen ab. Er atmete heftig und schwer, schloß die Augen und ließ die Arme sinken. Nach einer Weile murmelte er: »Mein geliebtes, mein kostbares weißes Vögelein, mein teures Herz... vergib mir... vergib...«

Nimue erkannte, sie konnte selbst ihre echte Furcht für ihre Zwecke benutzen. Schluchzend erwiderte sie: »Ich habe dir vertraut, ich habe dir vertraut...«

»Tue es nicht, ich bin auch nur ein Mann und ganz bestimmt nicht weniger...« Die Bitterkeit seiner Worte schnitt ihr ins Herz. »Ich bin ein Mensch aus Fleisch und Blut, und ich liebe dich, Nimue. Du spielst mit mir, als sei ich ein Schoßhund und erwartest, daß ich so zahm bin wie ein verschnittener Hengst... Glaubst du, ich sei kein Mann, nur weil ich ein Krüppel bin?«

Nimue las seine Gedanken und wußte, er erinnerte sich, daß er diese Worte auch zu der ersten Frau gesagt hatte, die zu ihm kam. Morgaine spiegelte sich in seinen Augen und in seinen Gedanken wider – nicht die Morgaine, die sie kannte, sondern eine dunkle, verführerische Frau mit sanfter Stimme, die aber auch schrecklich sein konnte. Er verehrte und fürchtete sie, denn durch den Schleier der Leidenschaft drang ihm ins Bewußtsein, daß der Blitz ihn plötzlich treffen konnte... Nimue streckte die Hände nach ihm aus und wußte, daß sie zitterten. Aber er würde den Grund dafür nie erfahren. Sie hütete ihre Gedanken und sagte: »Das habe ich nie geglaubt. Vergib mir, Kevin. Ich... ich konnte nicht anders...«

Und es ist wahr. Göttin, es ist wahr. Aber nicht auf die Weise, wie er vermutet. Er hört in meinen Worten eine andere Bedeutung.

Aber in ihr Mitleid und ihr Verlangen mischte sich auch eine Spur Verachtung. *Sonst könnte ich nicht ertragen, was ich tue... Aber ein Mann, der sich so nackt seinem Verlangen ausliefert, ist verachtenswert... Auch ich zittere, auch ich bin aufgewühlt... aber ich liefere mich nicht dem Hunger meines Körpers aus...*

Deshalb hatte Morgaine ihr den Schlüssel zu diesem Mann in die Hand gegeben und ihn ihr damit ausgeliefert. Jetzt war der Zeitpunkt gekommen, die Worte auszusprechen, die den Zauber besiegelten und ihn mit Leib und Seele zu ihrem Sklaven machten. Dann konnte sie ihn nach Avalon bringen und ihn seinem Schicksal überlassen.

Gib vor, eine dieser dümmlichen Jungfrauen zu sein, mit denen Gwenhwyfar sich umgibt, die ihren Verstand zwischen den Beinen haben!

Nimue sagte bebend: »Es tut mir leid ... Ich weiß, du bist wirklich ein Mann ... Es tut mir leid, ich habe mich gefürchtet ...« Sie sah durch den Vorhang ihrer Haare zu ihm auf und fürchtete, er könne ihr in die Augen blicken und ihr doppeltes Spiel durchschauen. »Ich ... ich ... ja, ich sehnte mich nach deinem Kuß. Aber du warst so stürmisch, und ich fürchtete mich plötzlich. Hier ist weder der Ort noch die Zeit ... jemand könnte uns überraschen. Die Königin wäre zornig auf mich, denn ich bin eine ihrer Hofdamen. Und sie hat uns ausdrücklich verboten, uns mit Männern einzulassen ...«

Ist er so blind, mir diesen Unsinn zu glauben?

»Mein armes Vögelchen!« Kevin bedeckte ihre Hände mit reumütigen Küssen. »Oh, was bin ich für ein Ungeheuer, dich so zu erschrecken. Ich liebe dich so ... Ich liebe dich so sehr, daß ich es nicht ertragen kann! Nimue, Nimue, fürchtest du den Zorn der Königin? Ich kann nicht ...« Er atmete schwer. »Ich kann so nicht weiterleben ... Möchtest du, daß ich Camelot verlasse? Ich habe niemals, niemals ...« Er schwieg, drückte ihre Hände und sagte dann: »Ich kann ohne dich nicht leben. Ich muß dich haben oder sterben. Hast du kein Mitleid mit mir, Geliebte?«

Sie senkte mit einem tiefen Seufzer die Augen und beobachtete sein verzerrtes Gesicht und sein heftiges Atmen. Schließlich flüsterte sie: »Was möchtest du von mir hören?«

»Sage, daß du mich liebst!«

»Ich liebe dich.« Sie wußte, sie sprach wie hypnotisiert. »Du weißt, daß ich dich liebe.«

»Sage, daß du mir all deine Liebe schenkst. Sage es ... Ah, Nimue, Nimue, du bist so jung und schön. Ich bin so häßlich und entstellt. Ich kann nicht glauben, daß du etwas für mich empfindest. Selbst jetzt glaube ich zu träumen. Ich fürchte, du willst mich aus irgendeinem Grund in diese Raserei versetzen und dich dann über dieses Ungeheuer lustig machen, das wie ein Hund zu deinen Füßen winselt ...«

»Nein«, sagte sie schnell, und als sei sie über ihren eigenen Mut erschrocken, beugte sie sich über ihn und hauchte zwei Küsse auf seine Augen – so leicht und schnell wie zwei Schwalben.

»Nimue, wirst du zu mir in mein Bett kommen?«

Sie flüsterte: »Ich fürchte mich ... Man könnte uns entdecken. Ich wage es nicht ... jemand könnte uns sehen.« Sie machte einen Schmollmund. »Wenn man uns überrascht, kommt es nur deiner Männlichkeit zugute. Niemand wird dich tadeln oder anklagen. Aber

ich bin eine Jungfrau. Sie werden mit dem Finger auf mich deuten und mich eine Hure nennen oder noch Schlimmeres...« Tränen flossen über ihre Wangen, aber innerlich triumphierte sie: *Jetzt habe ich ihn sicher im Netz...*
»Ich werde alles tun, alles, um dich zu schützen, um dir Sicherheit zu geben...«, erwiderte Kevin bebend in voller Aufrichtigkeit.
»Ich weiß, daß Männer gern mit ihren Eroberungen prahlen«, sagte sie. »Wie soll ich wissen, daß du es nicht in ganz Camelot verbreitest, daß du die Gunst der Nichte der Königin genießt und ihre Jungfräulichkeit geopfert hat?«
»Vertraue mir, ich flehe dich an, vertraue mir... Welchen Beweis meiner Aufrichtigkeit soll ich dir geben? Du weißt, ich gehöre dir mit Herz, Körper und Seele...«
Wütend dachte sie: *Ich will deine verdammte Seele nicht*, und war nahe daran, vor Spannung und Furcht in Tränen auszubrechen. Er hielt sie mit beiden Händen fest und flüsterte: »Wo? Wann wirst du die Meine werden? Was kann ich tun, um dir zu beweisen, daß ich dich über alles liebe?«
Nimue antwortete zögernd: »Du kannst nicht zu mir kommen. Ich schlafe mit vier anderen Hofdamen in einer Kammer, und die Wachen würden jeden Mann entdecken...«
Er beugte den Kopf über ihre Hände und bedeckte sie mit Küssen: »Mein armes, kleines geliebtes Mädchen. Ich würde niemals Schande über dich bringen. Ich habe einen eigenen Schlafplatz... eine kleine Kammer, gerade groß genug für einen Hund... hauptsächlich, weil keiner der Männer des Königs mit mir das Quartier teilen will. Ich weiß nicht, ob du wagst, mich *dort* zu besuchen...«
»Sicher muß es eine andere Möglichkeit geben«, flüsterte sie sanft und zärtlich.
Verwünscht! Wie kann ich es ihm vorschlagen, ohne in seinen Augen meine mädchenhafte Unschuld und Unerfahrenheit zu verlieren?
»Ich glaube, wir wären in der Burg nirgendwo sicher, und doch...« Sie stand vor ihm und drückte sich an ihn – Kevins Kopf lag an ihren Brüsten.
Er schlang die Arme um sie, küßte sie und sagte bebend: »In dieser Jahreszeit... ist es warm und trocken. Es regnet nur noch selten. Wagst du es, mit mir hinaus ins Freie zu kommen, Nimue?«
Sie flüsterte so natürlich wie möglich: »Ich würde alles wagen, um mit dir zusammenzusein, Geliebter!«
»Dann... heute nacht...?«

»Oh«, flüsterte sie erschrocken. »Der Mond scheint so hell, man würde uns sehen... Warte ein paar Tage, dann scheint kein Mond...«

»Beim dunklen Mond...« Kevin schrak zurück. Nimue wußte, dies war ein Augenblick der Gefahr. Der Fisch konnte ihr vom Haken springen, sich aus dem Netz befreien und ihr wieder entgleiten. In Avalon zogen sich die Priesterinnen beim dunklen Mond in die Einsamkeit zurück, und alle Magie ruhte... Aber Kevin wußte nicht, daß sie aus Avalon kam.

Würde die Angst oder sein Verlangen siegen? Sie stand reglos vor ihm und spielte nur sanft mit seinen Fingern. »Es ist eine gefährliche Zeit«, sagte er.

»Aber ich fürchte mich davor, gesehen zu werden... Du kannst dir nicht vorstellen, wie böse die Königin auf mich wäre, wenn sie erfahren würde, daß ich mich dir in die Arme werfe...«, erwiderte sie und preßte sich fester an ihn. »Wir beide brauchen doch keinen Mond, um uns zu sehen...«

Er vergrub sein Gesicht zwischen ihren Brüsten und bedeckte sie mit fiebrigen Küssen. Dann flüsterte er: »Mein kleines geliebtes Vögelchen. Es soll sein, wie du es wünschst, ob der Mond scheint oder nicht...«

»Wirst du mich dann von Camelot wegbringen? Ich möchte nicht in Schande geraten...«

»Wohin du willst«, sagte er. »Ich schwöre es... Ich schwöre es bei deinem Gott, wenn du willst.«

Sie beugte den Kopf zu ihm hinunter und fuhr Kevin zärtlich durch das gelockte Haar. Sie murmelte: »Der Gott der Christen hat kein Herz für die Liebenden. Er haßt es, wenn Frauen bei Männern liegen... Schwöre bei *deinem* Gott, Kevin. Schwöre bei den Schlangen um deine Handgelenke...«

Er flüsterte: »Ich schwöre es«, und unter der Last seines Schwurs schien die Luft um sie zu erzittern.

Oh, du Narr, du hast deinen Tod geschworen... Nimue erschauerte, aber Kevin hielt sein Gesicht noch immer an ihre Brust gepreßt. Sie spürte seinen heißen Atem durch ihr Gewand; außer ihren Brüsten unter seinen Lippen nahm er nichts mehr wahr. Als ihr Geliebter nahm er sich das Recht, den Stoff beiseite zu schieben, ihre Brüste zu berühren, zu küssen und sie mit den Händen zu umfassen. »Ich weiß nicht, wie ich das Warten ertragen soll.«

Sie erwiderte leise: »Ich auch nicht«, und meinte es aus ganzem Herzen.

Ich wollte, es wäre geschehen ...

Der Mond würde nicht zu sehen sein. Aber der Mond wechselte genau zwei Stunden nach Sonnenuntergang. Bis dahin waren es noch drei Tage. Sie spürte die zurückweichende Flut wie eine schwere Krankheit in ihrem Blut. Das Leben schien aus ihren Adern zu weichen. Nimue verbrachte den größten Teil der drei Tage in ihrem Gemach. Sie erklärte der Königin, sie fühle sich krank, und das entsprach beinahe der Wahrheit. Sie spielte allein für sich auf Kevins Harfe, meditierte und erfüllte die Luft mit dem magischen Band zwischen ihr und Kevin.

Es war eine äußerst ungünstige Zeit, und Kevin wußte es ebenso wie sie. Aber das Versprechen ihrer Liebe hatte ihn so geblendet, daß er sich keine Gedanken darüber machte.

Der Morgen graute. Heute würde sich der Mond verdunkeln. Nimue spürte es am ganzen Körper. Sie hatte einen Kräutertrank bereitet, der die Neumondblutung verhindern würde ... Sie wollte ihn nicht durch den Anblick ihres Blutes abschrecken oder ihm die Tabus von Avalon ins Gedächtnis rufen. Sie mußte sich zwingen, nicht an die körperliche Seite der Vereinigung zu denken. Trotz all ihrer Ausbildung wußte Nimue, sie war wirklich die nervöse Jungfrau, die sie zu sein vorgab. Um so besser, dann mußte sie ihm nichts vorspielen. Sie konnte einfach sein, was sie war – eine junge Frau, die sich zum ersten Mal einem Mann hingab, den sie liebte und begehrte. Und was danach geschehen würde – sie tat, was die Göttin ihr aufgetragen hatte.

Nimue wußte kaum, wie sie den Tag überstehen sollte. Noch nie war ihr das Geschnatter der Hofdamen so unerträglich leer und bedeutungslos erschienen. Am Nachmittag brachte sie es nicht über sich zu spinnen. Deshalb holte sie die Harfe, die Kevin ihr geschenkt hatte, und spielte und sang für die anderen Frauen. Aber es fiel ihr nicht leicht, denn sie mußte alle Lieder aus Avalon vermeiden, und gerade sie gingen ihr durch den Kopf. Aber auch der längste Tag geht einmal zur Neige. Nimue wusch sich und rieb ihren Körper mit Duftwasser ein. Sie saß neben Gwenhwyfar in der Halle beim Mahl und aß kaum. Die groben Tafelsitten, die Hunde unter dem Tisch machten sie krank; sie ekelte sich. Sie sah Kevin unter den Ratgebern des Königs. Er saß neben dem Hauspriester, dem Beichtvater einiger Hofdamen. Er hatte sie bedrängt und sich erkundigt, warum sie nicht seinen geistlichen Beistand suche. Als sie ihm antwortete, sie brauche keinen geistlichen Rat, sah er sie stirnrunzelnd an, als sei sie eine große Sünderin. Kevin ... Sie spürte beinahe seine hungrigen Hände auf ihrer Brust, und sie glaubte, seine beredten Blicke, die er ihr zuwarf, müßten hörbar sein. *Heute nacht, heute nacht, meine Geliebte. Heute nacht ...*

Oh, Göttin, wie kann ich das dem Mann antun, der mich liebt? Er hat seine Seele in meine Hände gelegt ... Ich habe es geschworen. Ich muß meinen Eid halten, oder ich bin eine Verräterin.

Als die Hofdamen der Königin sich in ihre Gemächer begaben, begegneten sie sich kurz in der unteren Halle. Kevin flüsterte ihr schnell zu: »Ich habe dein und mein Pferd vor dem Tor im Wald versteckt. Danach ...«, seine Stimme bebte, »... danach bringe ich dich, wohin du willst, Nimue.«

Du weißt nicht, wohin ich dich führe. Aber zur Umkehr war es zu spät. Mit tränenerstickter Stimme antwortete sie: »Oh, Kevin, ich ... ich liebe dich.« Nimue wußte, sie sprach die Wahrheit. Sie hatte sich so tief in sein Herz gegraben ... sie wußte nicht und konnte sich nicht vorstellen, wie sie es ertragen sollte, sich von ihm zu trennen.

Die Nachtluft schien vom Zauber erfüllt zu sein. Nimue glaubte, alle müßten das Beben der Luft und die Dunkelheit sehen, die über ihr schwebte.

Die anderen mußten glauben, sie habe eine Besorgung zu erledigen. Sie erzählte den Frauen, die mit ihr das Gemach teilten, sie habe der Frau eines Kammerherren ein Mittel gegen Zahnschmerzen versprochen. Es würde lange dauern, bis sie zurückkam. Sie zog ihren dunkelsten, dicksten Umhang über und band sich den kleinen Dolch ihrer Priesterweihe unter dem Gewand um die Hüfte. Dann machte sie sich auf den Weg. In einer dunklen Ecke blieb sie stehen, nahm den kleinen Dolch ab und steckte ihn in einen Beutel ... was auch geschah, Kevin durfte ihn nicht sehen.

Sein Herz würde brechen, wenn ich die Verabredung nicht einhalten würde. Er ahnt nicht, welches Unheil ihm dadurch erspart bliebe ...

Dunkelheit. In der mondlosen Nacht waren im Hof nicht einmal Schatten zu sehen. Bebend tastete sie sich im schwachen Sternenlicht vorwärts. Plötzlich drang eine heisere Stimme durch die Dunkelheit: »Nimue?«

»Ich bin es, mein Geliebter.«

Welcher Verrat ist größer – meinen Schwur auf Avalon zu brechen oder Kevin zu belügen? Beides ist unrecht ... kann eine Lüge je richtig sein?

Kevin ergriff sie am Arm, und die Berührung seiner heißen Hand brachte ihr Blut in Wallung. Der Zauber der Stunde hatte sie beide erfaßt. Er führte sie zum Tor hinaus und einen steilen Abhang hinunter, denn die alte Festung Camelot lag inmitten von Hügeln auf einem hohen Berg. Im Winter stürzte hier ein Bach zu Tal, und alles war sumpfig. Aber jetzt war es hier trocken und überall wuchs üppiges Grün. Der Merlin brachte sie in einen Hain.
Oh, Göttin, ich wußte schon immer, ich würde meine Jungfräulichkeit in einem Hain verlieren . . . aber ich wußte nicht, daß es an einem Tag geschehen würde, an dem die schwarzen Mächte des dunklen Mondes walten . . .
Kevin drückte sie an sich und küßte sie. Sein ganzer Körper schien zu brennen. Er breitete die beiden Mäntel auf das Gras und zog sie mit sich hinunter. Seine gekrümmten Hände zitterten so heftig, daß er ihr Gewand nicht aufschnüren konnte, und sie es selbst tun mußte. Mit einem Anflug seiner sonstigen Stimme sagte er: »Ich bin froh, daß es dunkel ist . . . so wird meine Häßlichkeit dich nicht abschrecken . . .«
»Nichts an dir kann mich von dir entfernen, mein Geliebter«, flüsterte Nimue und streckte die Hände nach ihm aus. Im Bann ihres Zaubers, der auch sie erfaßt hatte, sagte sie das in aller Aufrichtigkeit, denn sie wußte, dieser Mann gehörte ihr mit Leib, Herz und Seele. Trotz aller Magie war sie unerfahren, und sie zuckte bei der Berührung seines hoch aufgerichteten Geschlechts angstvoll zurück. Er küßte und liebkoste sie beruhigend. Sie spürte den Sog der zurückweichenden Flut, die lastende Dunkelheit der magischen Stunde. Im Augenblick der Wende zog sie ihn zu sich hinab, denn sie wußte, wenn sie wartete, bis sich der neue Mond am Himmel zeigte, würde sie viel von ihrer Macht verlieren.
Er spürte ihr Zittern und murmelte: »Nimue, Nimue . . . meine kleine Geliebte . . . du bist noch Jungfrau . . . wenn du willst . . . können wir . . . uns gegenseitig Genuß verschaffen, und ich muß dir nicht deine Ehrbarkeit nehmen . . .«
Am liebsten hätte sie bei diesen Worten geweint. Sein Verlangen raubte ihm beinahe den Verstand, das schwere drängende Ding, das zwischen ihren Leibern zuckte, quälte ihn, und doch dachte er noch an sie . . . Aber sie rief: »Nein, nein! Ich will dich.« Nimue zog ihn ungestüm auf sich, half Kevin mit ihren Händen und freute sich beinahe über den Schmerz, das plötzliche Blut. Seine wilde Leidenschaft trieb auch sie zur Raserei. Keuchend klammerte sie sich an ihn,

ermutigte ihn mit heftigem Stöhnen. Aber im letzten Augenblick hielt sie ihn zurück, und während er keuchte und flehte, flüsterte sie: »Schwöre, daß du mein bist.«
»Ich schwöre! Ah, ich halte es nicht mehr aus... ich ertrage es nicht... laß mich...«
»Warte! Schwöre! Du bist mein! Sage es!«
»Ich schwöre, ich schwöre es bei meiner Seele...«
»Noch ein drittes Mal... du bist mein...«
»Ich bin dein! Ich schwöre es!« Nimue spürte, wie plötzliche Angst ihn schüttelte – Kevin wußte, was geschehen war. Aber seine Raserei hielt ihn gefangen. Unter Keuchen und Stöhnen bewegte er sich auf ihr wie in Verzweiflung und schrie wie von unerträglichen Schmerzen gepeinigt. Nimue spürte, wie der Zauber sich genau in dem Augenblick über sie herabsenkte, als die Flut den tiefsten Punkt erreichte. Kevin stöhnte auf, fiel schwer auf ihren widerstandslosen Körper, und Nimue spürte, wie sich sein Samen in sie ergoß. Er lag totenstill auf ihr. Sie zitterte und rang erschöpft nach Luft. Sie empfand nichts von der Lust, von der man ihr erzählt hatte, dafür aber etwas Größeres... das Gefühl grenzenlosen Triumphs. Der Zauber lastete schwer auf ihnen, und Nimue besaß seine Seele, seinen Geist und sein Wesen. Sie spürte Kevins Samen an ihren Händen, der sich mit ihrem jungfräulichen Blut gemischt hatte, als der Mond sich wendete. Mit ihren Fingern zeichnete sie seine Stirn. Bei dieser Berührung erfaßte ihn der Zauber, er richtete sich leblos und schlaff auf.
»Kevin«, sagte sie, »hole dein Pferd. Wir reiten.«
Mit bleiernen Bewegungen erhob sich der Merlin. Er wandte sich dem Pferd zu, und Nimue wußte, dieser Zauber verlangte genaue Anweisungen.
»Zieh dich zuerst an«, befahl sie. Gehorsam zog er sein Gewand an und gürtete sich. Er bewegte sich hölzern, und Nimue sah im Sternenlicht das Glitzern seiner Augen. Trotz der Macht des Zaubers wußte er, daß Nimue ihn verraten hatte. Die Kehle war ihr wie zugeschnürt von Schmerz und wilder Zärtlichkeit. Sie wollte ihn zu sich hinabziehen und den Bann brechen, sein erstarrtes Gesicht mit Küssen bedecken und weinen, weinen und weinen über den Verrat ihrer Liebe.
Aber auch ich habe einen Schwur geleistet, und es ist Schicksal.
Sie kleidete sich an, stieg auf ihr Pferd, und schweigend ritten sie zur Straße nach Avalon. Im Morgengrauen würde Morgaine die Barke über den See schicken.

Einige Stunden vor der Morgendämmerung erwachte Morgaine aus einem unruhigen Schlaf. Sie ahnte, daß Nimue ihre Aufgabe erfüllt hatte. Schweigend kleidete sie sich an, weckte Niniane und die diensttuenden Priesterinnen. Sie folgten ihr langsam hinunter zum Seeufer – in ihre dunklen Gewänder und die gefleckten Hirschfelltuniken gehüllt, die Haare zu einem einzigen Zopf geflochten, der ihnen über den Rücken fiel, und die Dolche mit den schwarzen Griffen an der Hüfte. Schweigend warteten sie hinter Niniane und Morgaine. Als der Himmel sich im ersten Licht blaßrosa färbte, befahl Morgaine mit einer Geste der Barke abzulegen, und sie sahen, wie sie im Nebel verschwand.
Sie warteten. Es wurde heller, und gerade als die Sonne aufging, tauchte das Boot wieder aus dem Nebel auf. Morgaine sah Nimue am Bug. Sie hatte die Kapuze über den Kopf gezogen und wirkte groß und aufrecht. Aber ihr Gesicht war unter der Kapuze nicht zu sehen. Im Boot sah sie eine zusammengesunkene Gestalt.
Was hat sie mit ihm gemacht? Ist er tot oder verzaubert?
Insgeheim wünschte Morgaine, er sei wirklich tot. Sie hoffte, Kevin habe sich aus Verzweiflung und Angst das Leben genommen. Zweimal hatte sie diesen Mann außer sich vor Zorn einen Verräter an Avalon genannt. Das dritte Mal war er wirklich zum Verräter geworden, als er die Heiligen Insignien aus dem Heiligtum gestohlen hatte. O ja, er verdiente den Tod. Selbst den Tod, den er an diesem Morgen erleiden würde. Sie hatte mit den Druiden gesprochen, und sie hatten einstimmig erklärt: Er muß im Eichenhain sterben, nicht gnädig und schnell. Seit den Tagen von Eilan hatte es in Britannien einen solchen Verrat nicht mehr gegeben. Eilan hatte insgeheim den Sohn eines römischen Prokonsuls geheiratet und durch falsche Orakelsprüche die Stämme davor zurückgehalten, sich gegen die Römer zu erheben. Eilan war im Feuer gestorben, und mit ihr drei ihrer Priesterinnen. Kevins Tat war nicht nur Verrat, sondern auch Gotteslästerung, und er mußte bestraft werden.
Zwei der dunklen Männer halfen dem Merlin auf die Füße. Er war nur notdürftig bekleidet, und das Gewand verbarg kaum seine Blöße. Die Haare hingen ihm wirr um den Kopf, und seine Augen starrten ins Leere ... stand er unter der Wirkung berauschender Mittel oder war er verzaubert? Der Merlin versuchte zu gehen. Aber ohne seine Stöcke schwankte er und griff haltsuchend um sich. Nimue stand noch immer unbeweglich am Bug und sah ihn nicht an. Aber als die ersten Sonnenstrahlen auf sie fielen, zog sie die Kapuze nach hinten.

Im selben Augenblick fiel der Zauber von Kevin ab, und Morgaine sah, wie der Krüppel langsam begriff. Er wußte jetzt, wo er sich befand, und was geschehen war.
Morgaine beobachtete, wie er Nimue ungläubig ansah. Und dann verriet sein Gesichtsausdruck, daß er den Verrat in seinem ganzen Ausmaß erkannte. Voll Entsetzen und Scham senkte er den Kopf.
Jetzt weiß er nicht nur, was es heißt zu verraten, sondern auch verraten zu werden.
Aber dann wandte sie ihre Aufmerksamkeit Nimue zu. Die Priesterin war bleich, und ihr Gesicht wirkte blutleer. Sie hatte offensichtlich versucht, sich hastig die Haare zu flechten, dennoch lagen sie ihr wirr um den Kopf. Nimue warf einen schnellen Blick auf Kevin, und ihre Lippen zitterten, als sie sich schnell wieder abwendete.
Sie liebt ihn – der Zauber ist auf sie zurückgefallen. Ich hätte es wissen müssen, dachte Morgaine, *ein so mächtiger Zauber wirkt in zwei Richtungen.*
Wie es in Avalon Brauch war, verbeugte Nimue sich tief.
»Herrin und Mutter«, sagte sie tonlos, »ich bringe Euch den Verräter, der die Heiligen Insignien verraten hat.«
Morgaine trat vor und umarmte sie. Nimue wich vor ihr zurück. Morgaine sagte: »Wir heißen dich willkommen, Nimue, Schwester und Priesterin.« Sie küßte Nimue auf die tränenfeuchte Wange und fühlte Nimues ganzes Elend.
Oh, Göttin! Hat es auch sie vernichtet? Wenn es so ist, haben wir Kevins Leben zu teuer erkauft.
»Geh jetzt, Nimue«, fügte sie voll Mitgefühl hinzu. »Man soll dich in das Haus der Jungfrauen bringen ... du hast dein Werk vollbracht. Du brauchst nicht mitanzusehen, was jetzt geschehen muß. Du hast deine Aufgabe erfüllt und genug gelitten.«
Nimue flüsterte: »Was ... wird aus ihm?«
Morgaine drückte sie fest an sich. »Mein Kind, mein Kind, mache dir darüber keine Gedanken. Du hast deine Aufgabe mit Stärke und Mut erfüllt. Und das genügt.«
Nimue rang nach Luft, als wolle sie weinen. Aber sie tat es nicht. Sie sah Kevin an, und er wich ihrem Blick aus. Sie begann, so heftig zu zittern, daß sie kaum gehen konnte, und zwei Priesterinnen führten sie weg. Morgaine sagte leise zu ihnen: »Quält sie nicht mit Fragen. Was geschehen ist, ist geschehen. Laßt sie in Ruhe.«
Nimue war gegangen, und Morgaine ging zu Kevin. Sie begegnete seinem Blick, und ein heftiger Schmerz durchzuckte sie. Der Mann

war ihr Geliebter gewesen und mehr als das. Als einziger Mensch hatte er nie versucht, sie in politische Machenschaften zu verwickeln. Er hatte nie vorgehabt, ihre Abstammung oder ihren hohen Rang für seine Zwecke zu benutzen. Er hatte nie etwas anderes als Liebe von ihr haben wollen. Er hatte sie aus der Hölle von Tintagel ins Leben zurückgerufen. Er war als Gott zu ihr gekommen – vielleicht war er sogar der einzige Freund, den sie je in ihrem Leben hatte.

Trotz der überwältigenden Pein zwang sich Morgaine zu sprechen. »Harfner Kevin, falscher Merlin, eidbrüchiger Bote der Götter, habt Ihr noch etwas zu sagen, ehe das Urteil vollstreckt wird?«

Kevin schüttelte den Kopf. »Nichts, was in Euren Augen wichtig wäre, Herrin vom See.« Morgaine erinnerte sich durch den Nebel der Schmerzen, daß er ihr als erster den Titel zuerkannt hatte.

»So sei es denn«, erklärte sie mit versteinertem Gesicht. »Führt ihn fort, damit er gerichtet werde.«

Kevin machte einen unsicheren Schritt zwischen seinen Wächtern. Dann drehte er sich um und sah sie hocherhobenen Hauptes an. »Nein, wartet«, sagte er. »Etwas habe ich Euch doch noch zu sagen, Morgaine von Avalon. Ich habe einmal zu Euch davon gesprochen, daß es mir wenig bedeutet, mein Leben der Göttin zu opfern. Ich möchte, daß Ihr wißt, was ich getan habe, habe ich für sie getan.«

»Wollt Ihr behaupten, es geschah zum Wohl der Göttin, daß Ihr den Christenpriestern die Heiligen Insignien in die Hände gespielt habt?« fragte Niniane schneidend. »Dann seid Ihr nicht nur eidbrüchig, sondern auch wahnsinnig! Führt den Verräter ab!« befahl sie. Aber Morgaine bedeutete ihnen durch eine Geste zu warten.

»Er soll sprechen.«

»Aber so ist es«, erklärte Kevin. »Herrin, ich habe Euch schon einmal gesagt... die Tage von Avalon sind vorüber. Der Nazarener hat gesiegt, und wir müssen weiter und weiter in den Nebeln versinken, bis wir nur noch eine Legende und ein Traum sind. Wollt Ihr die Heiligen Insignien mit Euch in die Dunkelheit nehmen und sie bis zum Anbruch einer neuen Zeit bewahren, die nie kommen wird? Ich hielt es für richtig, die Heiligen Gerätschaften in die Welt zu bringen, damit sie im Dienst des Göttlichen stehen, auch wenn Avalon versinken muß... gleichgültig, unter welchem Namen man Gott oder die Götter anruft. Und durch meine Tat hat die Göttin sich wenigstens noch einmal in der wirklichen Welt gezeigt. Und dieses Wunder wird nie vergessen werden. Man wird sich an den Gral erinnern, meine liebe Morgaine, wenn Ihr und ich nur noch Märchen oder Legenden oder Geschichten für Kinder sind. Ich glaube nicht, daß es umsonst geschah. Auch Ihr solltet es nicht glauben, denn Ihr habt den Kelch als ihre Priesterin in Euren Händen gehalten. Nun tut mit mir, was Ihr wollt.«

Morgaine senkte den Kopf. Die Erinnerung an die Verzückung und die Offenbarung des Augenblicks, in dem sie den Gral in Gestalt der Göttin in Händen hielt, würde sie bis zu ihrem Tod begleiten. Und das Leben aller, die die Vision erlebten, hatte sich verändert – gleichgültig, was sie gesehen hatten. Aber jetzt mußte sie Kevin in Gestalt der rächenden Göttin entgegentreten ... der Todesbotin, der gefräßigen Muttersau, die ihre eigenen Kinder fraß ... des Großen Rabens ... der Zerstörerin ...

Und doch hatte er der Göttin viel gegeben. Sie streckte die Hand nach ihm aus ... und zog sie zurück, denn unter ihrer Hand sah sie wie schon einmal einen Totenkopf ...

... Er ist dem Tod geweiht. Er sieht seinen Tod, und auch ich sehe ihn ... Aber er soll nicht leiden und nicht gefoltert werden. Er hat die Wahrheit gesprochen. Er hat getan, was die Göttin ihm befahl. Und ich muß jetzt das gleiche tun ...

Sie wartete, bis sie ihre Stimme wieder in der Gewalt hatte. In der Ferne hörte sie leises Donnergrollen.

Schließlich sagte Morgaine: »Die Göttin ist gnädig. Führt ihn in den Eichenhain, wie es das Gesetz verlangt. Aber tötet ihn schnell, mit einem einzigen Streich. Begrabt ihn unter der großen Eiche, und diese Stelle soll jetzt und für alle Zeiten von allen Menschen gemieden werden. Kevin, letzter Bote der Götter! Ich verfluche dich. Du sollst alles vergessen und ohne Priesterschaft und unwissend wiedergeboren werden. Alles, was du in früheren Leben getan hast, soll ausgelöscht sein, und deine Seele soll zu den Einmalgeborenen zurückkehren. Hundertmal sollst du wiedergeboren werden, immer die Göttin suchen und sie niemals finden. Aber am Ende, Kevin ... einst Merlin von Britannien ... sei gewiß, wenn die Göttin dich will, wird sie dich wieder rufen.«

Kevin sah ihr fest in die Augen. Er lächelte sie auf seine merkwürdige, liebenswürdige Weise an und sagte beinahe flüsternd: »Lebt wohl, Herrin vom See. Sagt Nimue, daß ich sie geliebt habe ... Vielleicht werde ich es ihr aber auch selbst sagen. Denn ich glaube, es wird lange, lange dauern, ehe du und ich uns wiederbegegnen, Morgaine.« Und wieder untermalte leises Donnergrollen seine Worte.

Morgaine fröstelte, als er auf die Arme seiner Bewacher gestützt sich davonschleppte, ohne sich noch einmal umzudrehen.
Weshalb fühle ich mich so beschämt? Ich habe ihm eine Gnade erwiesen. Ich hätte ihn foltern lassen können. Sie werden auch mich eine schwächliche Verräterin nennen, weil er nicht zum Eichenhain gebracht wurde und man ihn dort so quält, daß er schreiend den Tod erfleht, bis selbst die Bäume unter seinen Qualen erzittern ... Ist es nur Schwäche, die mich davon abhält, einen Mann zu foltern, den ich einmal geliebt habe? Ist sein Tod so leicht und schnell, daß die Göttin sich an mir rächen wird? So sei es, selbst wenn ich den Tod erleiden muß, zu dem ich ihn nicht verurteilen konnte.
Erschaudernd blickte sie zu den grauen Sturmwolken am Himmel hinauf.
Kevin hat sein ganzes Leben lang gelitten. Ich füge seinem Schicksal nur den Tod hinzu ...
Ein Blitz zuckte über den Himmel, und sie dachte erbebend: *So geht der letzte große Merlin im Sturm, der über Avalon hereinbricht, dahin ...*
Morgaine wendete sich an Niniane: »Geh und achte darauf, daß mein Urteil vollstreckt wird. Man soll ihn mit einem Streich erschlagen, und sein Körper darf keine Stunde über der Erde bleiben.«
Niniane blickte sie prüfend an – wußte wirklich jeder, daß sie sich einmal geliebt hatten? Aber Niniane fragte nur: »Und Ihr?«
»Ich gehe zu Nimue. Sie wird mich brauchen.«
Aber Morgaine fand Nimue nicht in ihrer Kammer und auch sonst nirgends im Haus der Jungfrauen. Morgaine eilte im Regen über die Höfe in das abgelegene Haus, in dem Nimue einst mit Raven gelebt hatte – aber sie war nicht dort und auch nicht im Tempel. Eine Priesterin berichtete Morgaine, Nimue habe nichts essen, nichts trinken und auch kein Bad nehmen wollen ... Der Sturm wütete und tobte. Mit jedem Blitzschlag verstärkte sich Morgaines unheilvolle Ahnung. Sie befahl der gesamten Dienerschaft des Tempels, Nimue zu suchen. Aber in diesem Augenblick kam Niniane in Begleitung der Männer, die Kevins Urteil vollstrecken sollten, zurück.
»Was ist geschehen?« fragte Morgaine kalt: »Weshalb werden meine Anordnungen nicht befolgt?«
»Er wurde mit einem Streich getötet, Herrin vom See«, flüsterte Niniane. »Aber im gleichen Augenblick fuhr ein Blitz in die große Eiche ... und spaltete sie. Die Heilige Eiche ist vom Wipfel bis zur Erde geborsten ...«

Morgaine glaubte, ein eisernes Band würde sich ihr um den Hals legen. *Es ist nicht so ungewöhnlich, daß mit dem Sturm ein Blitz kommt. Der Blitz trifft immer den höchsten Punkt. Aber daß es in der Stunde geschah, in der Kevin das Ende von Avalon voraussagte . . .* Erschaudernd preßte sie unter dem Mantel die Arme an den Körper, damit die anderen nicht sahen, wie sie zitterte. Wie konnte sie dieses Omen – und ein Omen war es zweifellos – von der düsteren Prophezeiung, vom drohenden Untergang Avalons denken?

»Der Gott hat einen Platz für den Verräter vorbereitet. Begrabt ihn also in der gespaltenen Eiche . . .«

Die Priesterinnen verneigten sich schweigend und gingen durch Blitz und Donner in den wild niederprasselnden Regen hinaus. Morgaine dachte angstvoll daran, daß sie Nimue vergessen hatte. Aber eine Stimme in ihr sagte: *Jetzt ist es zu spät!*

Man fand die junge Priesterin mittags, gerade als die Sonne sich wieder nach dem Sturm zeigen wollte. Nimue lag zwischen dem Schilf im Wasser. Die langen Haare trieben wie goldene Schlingpflanzen im See. Betäubt und starr vor Schmerz dachte Morgaine: *Ich kann es nicht bedauern, daß Kevin nicht allein ins Schattenreich gegangen ist.*

Graue Tage folgten auf Kevins Tod. Morgaine zweifelte nicht daran, daß die Göttin es selbst übernommen hatte, die Gefährten der Tafelrunde zu vernichten. Aber warum wollte sie auch Avalon zerstören?

Ich werde alt. Raven ist tot, und Nimue ist tot, die nach mir die Herrin hier sein sollte. Die Göttin hat auf keine andere Priesterin die Hand gelegt und sie zu ihrer Prophetin erwählt. Kevin liegt in der Eiche begraben. Was soll jetzt aus Avalon werden?

Die Welt schien sich zu entfernen, die Welt jenseits der Nebel schien immer schneller dem Wirklichen zu entrücken. Außer ihr und ein oder zwei alten Priesterinnen konnte niemand mehr die Pforten durch die Nebel öffnen. Es gab auch nur wenige Gründe, es zu versuchen. Manchmal, wenn Morgaine das Haus verließ, sah sie weder die Sonne noch den Mond und wußte, daß sie sich ins Feenreich verirrt hatte. Aber sie entdeckte nur selten die Zeichen der Feen zwischen den Bäumen. Die Feenkönigin sah sie nie wieder.

Morgaine fragte sich, ob die Göttin sie wirklich verlassen hatte.

Einige Mädchen aus dem Haus der Jungfrauen waren wieder in die Welt zurückgekehrt, und andere irrten für immer durch das Feenland.

Die Göttin zeigte sich zum letzten Mal in der Welt, als ich den Gral durch Artus' Halle trug, dachte Morgaine und fragte sich dann verwirrt: *Hat die Göttin den Gral wirklich getragen, oder haben Raven und ich nur ein Trugbild hervorgebracht?*

Ich habe die Göttin gerufen und fand sie in mir.

Morgaine wußte, sie würde Rat und Trost nur noch in sich finden. Jetzt gab es keine Priesterin, keine Prophetin, keinen Druiden, keinen Ratgeber und keine Göttin mehr, an die sie sich wenden konnte. Ihr blieb nur noch ihr führungsloses Selbst. Hin und wieder versuchte sie nach alter Gewohnheit das Bild der Göttin zu beschwören, um Rat zu finden. Aber sie sah nichts – manchmal Igraines Gesicht . . . nicht die ältere, den Christenpriestern hörige Witwe, sondern die junge und schöne Mutter, die ihr als erste die Last aufgebürdet hatte. Sie übertrug ihr die Sorge für Artus und gab sie in Vivianes Hände. Hin und wieder sah sie auch Vivianes Gesicht, die sie zu dem Gehörnten geschickt hatte; sie sah auch Raven, die im Augenblick der großen Beschwörung an ihrer Seite stand.

Sie sind die Göttin, und ich bin die Göttin. Es gibt keine andere Göttin.

Es trieb sie nichts mehr dazu, in den magischen Spiegel zu sehen. Aber hin und wieder ging sie bei Neumond zur Heiligen Quelle hinauf, um zu trinken und ins Wasser zu blicken. Aber sie sah nur quälende, flüchtige Bilder: Die Gefährten der Tafelrunde ritten ruhelos durchs Land, folgten Träumen und flüchtigen Visionen und dem Gesicht. Aber keiner fand den Gral. Manche vergaßen ihre Aufgabe und suchten nur noch das Abenteuer. Andere begegneten Abenteuern, die ihre Kräfte überstiegen, und sie kamen um. Manche vollbrachten gute Taten, andere ruchlose; ein oder zwei erlebten überwältigende göttliche Visionen, träumten sich ihren eigenen Gral und starben. Andere folgten der Botschaft ihrer Visionen und machten sich auf zur Pilgerfahrt ins Heilige Land. Wieder andere ließen sich von einem Wind treiben, der in dieser Zeit die Welt durchwehte: Sie zogen sich in die Abgeschiedenheit der Wälder zurück und führten ein Leben als Einsiedler. Sie suchten in Höhlen und dürftigen Hütten ein Leben in Stille und Buße . . . Aber Morgaine erfuhr nicht, welche Visionen sie hatten. Sahen sie den Gral oder etwas anderes?

Ein- oder zweimal sah sie bekannte Gesichter: Mordred an Artus'

Seite in Camelot und Galahad auf der Suche nach dem Gral. Aber da sie ihn nur einmal sah, fragte sie sich, ob er bei der Suche den Tod gefunden hatte.

Einmal sah sie Lancelot. Er lief halbnackt, in Felle und Häute gehüllt, mit langen, wirren Haaren ohne Rüstung und Schwert durch den Wald. Heller Wahnsinn glitzerte in seinen Augen. Sie hatte vorausgesehen, daß diese Suche für ihn in Wahn und Verzweiflung enden würde. Trotzdem blickte sie mit jedem neuen Mond in ihren Spiegel – aber lange erfolglos. Dann erblickte sie ihn in Lumpen gehüllt auf Stroh schlafen. Kerkermauern umgaben ihn ... dann sah sie ihn nicht mehr.

Oh, ihr Götter! Auch er ist gegangen ... wie so viele von Artus' Getreuen ... Der Gral war für Camelot kein Segen, sondern ein Fluch ... Und das ist richtig ... es ist der Fluch für einen Verräter, der den Heiligen Kelch entweihen wollte ... und jetzt ist er auch für immer aus Avalon entrückt ...

Morgaine glaubte lange Zeit, die Göttin habe den Gral in das Reich der Götter geholt, damit die Menschheit ihn nie wieder entweihen könne. Sie gab sich damit zufrieden, denn der Wein der Christen hatte ihn besudelt – dieser Wein war Blut und Wein, und sie wußte nicht, wie sie den Gral hätte reinigen können.

Männer aus der alten Bruderschaft der Priester, die in jenen Tagen nach Avalon kamen, brachten Gerüchte aus der Welt draußen mit. Es waren Priester darunter ... alte Priester, die einmal Seite an Seite mit den Druiden Gott verehrten, denn sie glaubten fest daran, ihr Christus habe einmal hier in Avalon gelebt und seine Weisheit erlangt. Jetzt flohen sie vor dem neuen eifernden Christentum, das jede andere Form der Anbetung austilgen wollte. Von ihnen erfuhr Morgaine etwas über den Gral.

Die Priester sagten, er sei wirklich der Kelch, aus dem Christus beim Abendmahl getrunken habe. Er sei jetzt in den Himmel gebracht worden und sei für immer dieser Welt entrückt. Aber es gab auch Gerüchte, daß man ihn auf dieser *anderen* Insel, auf Ynis Witrin, gesehen habe. Dort könne man ihn in der Tiefe der Quelle glänzen sehen – diese Quelle füllte auf Avalon den Heiligen Spiegelteich der Göttin. Die Priester auf Ynis Witrin sprachen deshalb jetzt von der ›Quelle des Kelchs‹.

Nachdem die alten Priester eine Zeitlang auf Avalon lebten, hörte Morgaine, der Gral sei hin und wieder für kurze Zeit auf ihrem Altar gesehen worden.

Der Wille der Göttin geschehe! Sie werden ihn nicht entweihen.
Aber Morgaine wußte nicht, ob es wirklich in der alten Kirche der christlichen Brüder geschah ... sie stand genau auf der Stelle der Kirche der anderen Insel. Man sagte, wenn die Nebel sich lichteten, könnten die alten Priester auf Avalon die Mönche in *ihrer* Kirche auf Ynis Witrin singen hören. Morgaine erinnerte sich an den Tag, als die Nebel sich lichteten, und Gwenhwyfar sich nach Avalon verirrte.
Die Zeit verging jetzt anders auf Avalon. Morgaine wußte nicht, ob die zwölf Monate und ein Tag verstrichen waren, die die Ritter mit der Suche nach dem Gral verbringen wollten. Manchmal glaubte sie, daß in der Welt draußen bereits Jahre vergangen sein mußten ...
Sie dachte lange über Kevins Worte nach: ... *die Nebel schließen sich um Avalon.*
Eines Tages wurde Morgaine ans Seeufer gerufen. Aber das Gesicht mußte ihr nicht sagen, wer in der Barke stand. Avalon war einmal auch seine Heimat gewesen. Lancelots Haare waren inzwischen grau und sein Gesicht war ausgezehrt und mager. Aber er sprang mit einem Anflug seiner alten Anmut vom Boot. Sie ging ihm entgegen und ergriff seine Hände. In seinem Gesicht lag keine Spur mehr des Wahnsinns.
Er sah ihr in die Augen, und plötzlich schien sie wieder die Morgaine von früher zu sein. Damals war Avalon ein belebter Tempel mit Priestern und Druiden gewesen ... keine einsame Insel mit wenigen alternden Priesterinnen, ein paar älteren Druiden und einer kleinen Gruppe halb vergessener uralter Christen, die in den Nebeln dahintrieb.
»Wie kommt es, daß die Jahre spurlos an dir vorübergegangen sind?« fragte Lancelot. »Alles scheint sich verändert zu haben ... selbst hier in Avalon ... sieh doch, selbst die Ringsteine sind im Nebel verborgen!«
»Oh, sie sind immer noch da«, entgegnete Morgaine. »Allerdings würden sich manche von uns verirren, wenn sie den Weg suchen wollten.« Schmerzlich erinnerte sie sich an einen Tag – ach, das lag ein ganzes Leben zurück! –, an dem sie und Lancelot im Schatten der Steine lagen. »Ich glaube, eines Tages werden sie völlig in den Nebeln entschwinden und so nie durch Menschenhände oder durch den Wind der Zeit abgetragen werden. Niemand betet mehr dort ... selbst die Beltanefeuer brennen auf Avalon nicht mehr. Allerdings habe ich gehört, daß in der Wildnis von Nordwales und in Cornwall die alten Riten immer noch lebendig sind. Das Kleine Volk läßt nicht

zu, daß sie in Vergessenheit geraten. Es überrascht mich, daß du hierherkommen konntest, Vetter.«
Lancelot lächelte. Jetzt sah sie um seine Augen die Spuren von Schmerz und Trauer – ja sogar den Wahnsinn. »Oh, ich wußte kaum, daß ich hierherkam, Base. Meine Erinnerung spielt mir jetzt manchmal Streiche. Ich war dem Wahnsinn verfallen, Morgaine. Ich warf mein Schwert weg und lebte wie ein Tier im Wald. Danach lag ich in einem merkwürdigen Gefängnis, und ich weiß nicht, wie lange...«
»Ich habe es gesehen«, flüsterte sie. »Aber ich verstand nicht, was es bedeutete.«
»Ich verstehe es bis heute nicht«, erwiderte Lancelot. »Ich erinnere mich nur an sehr weniges aus dieser Zeit... ich glaube, es ist ein Segen Gottes, daß ich nicht mehr viel von dem weiß, was ich getan habe. Ich glaube, es war nicht das erste Mal... in den Jahren mit Elaine gab es Zeiten, in denen ich kaum wußte, was ich tat...«
»Aber jetzt geht es dir gut«, erwiderte sie schnell. »Wir wollen zusammen speisen, Vetter... für alles andere ist es zu früh... aus welchem Grund du auch gekommen sein magst.«
Er folgte ihr in das kleine Haus. Seit Jahren hatte kein Mensch außer den diensttuenden Priesterinnen es betreten. An diesem Morgen gab es Fisch aus dem See, und Morgaine legte ihm selbst vor.
»Ah, das schmeckt gut«, lobte Lancelot und aß hungrig. Morgaine fragte sich, wann er wohl das letzte Mal daran gedacht hatte, etwas zu essen. Seine lockigen Haare waren wie immer sorgfältig gekämmt. Auch im gestutzten Bart entdeckte sie weiße Strähnen. Sein schäbiger abgetragener Mantel war ordentlich gebürstet und sauber. Er bemerkte ihren Blick und lachte leise.
»Früher hätte ich diesen Mantel noch nicht einmal als Satteldecke benutzt«, sagte er. »Ich verlor Mantel, Schwert und Rüstung... ich weiß nicht wo. Vielleicht wurden sie mir geraubt, oder ich habe sie im Wahnsinn von mir geworfen. Ich weiß nur, daß ich eines Tages meinen Namen hörte... es war einer der Gefährten... Lamorak vielleicht... aber ich kann mich nur sehr verschwommen daran erinnern. Ich war zu schwach zum Reiten. Er verließ mich am nächsten Tag. Aber allmählich erinnerte ich mich wieder daran, wer ich war. Man gab mir ein Gewand, und ich durfte an der Tafel sitzen und mit meinem Messer essen... vorher hatte man mir Abfälle in einem hölzernen Schweinetrog vorgesetzt...« Er lachte unsicher und fahrig. »Selbst als ich nicht wußte, daß ich Lancelot war, besaß

ich noch meine verwünschte Kraft. Ich glaube, ich schlug einige von ihnen zusammen ... ich denke, ein Jahr meines Lebens ist aus meiner Erinnerung gelöscht ... ich weiß nur noch Kleinigkeiten. Mein einziger Gedanke schien zu sein, daß sie nie erfahren durften, daß ich Lancelot war, damit ich über die Gefährten und über Artus keine Schande brachte ...« Er schwieg. Aus dem, was er nicht sagte, erriet Morgaine seine Qualen. »Schließlich wurde ich wieder stark genug, um reiten zu können. Lamorak hatte Geld für ein Pferd und Ausrüstung für mich zurückgelassen. Aber der größte Teil des Jahres liegt im dunkeln ...«

Mit dem restlichen Brot wischte er entschlossen seinen Teller sauber. Morgaine fragte: »Was ist aus der Suche nach dem Gral geworden?«

»Ja, was wohl? Ich habe wenig gehört«, antwortete er. »Hin und wieder etwas, während ich durch das Land zog. Gawain kehrte als erster nach Camelot zurück.«

Morgaine mußte beinahe gegen ihren Willen lächeln. »Er war immer unbeständig ... in allem und jedem gegenüber.«

»Mit Ausnahme wenn es um Artus geht«, erwiderte Lancelot. »Er ist dem König so treu ergeben wie ein Hund! Ich traf auch Gareth.«

Morgaine sagte: »Der liebe Gareth! Er ist der beste von Morgauses Söhnen. Was hat er dir berichtet?«

»Er erzählte von einer Vision«, erwiderte Lancelot nachdenklich. »Er wurde aufgefordert, an den Hof zurückzukehren und seine Pflichten gegenüber König und Land zu erfüllen, anstatt auf der Suche nach heiligen Erleuchtungen sinnlos umherzuziehen. Gareth sprach lange mit mir. Er bat mich, die Suche nach dem Gral aufzugeben und mit ihm nach Camelot zurückzukehren.«

»Wie erstaunlich, daß du es nicht getan hast«, erwiderte Morgaine.

Er lächelte. »Es erstaunt mich selbst, Morgaine. Ich habe versprochen, zurückzukehren, sobald ich kann.« Plötzlich wurde er sehr ernst. »Gareth erzählte mir, daß Mordred Artus nicht von der Seite weicht. Als ich mich weigerte, mit ihm an den Hof zurückzukehren, beschwor er mich, Galahad zu suchen und ihn aufzufordern, sofort nach Camelot zurückzukehren. Es sei das beste, das ich für Artus tun könne, denn Gareth mißtraut Mordred und seinem Einfluß auf den König ... es tut mir leid, Morgaine, schlecht von deinem Sohn zu sprechen.«

Morgaine entgegnete: »Er sagte mir einmal, Galahad würde nicht lange genug leben, um zu herrschen ... aber gelobte, und ich glaube nicht, daß er wagen würde, diesen Schwur zu brechen, daß er mit Galahads Tod nichts zu tun haben wird.«

Lancelot sah sie besorgt an. »Ich habe viele schlimme Abenteuer erlebt, und sie können jedem auf dieser verfluchten Suche begegnen. Gott gebe, ich finde Galahad, ehe er ihnen zum Opfer fällt!« Sie schwiegen beide, und Morgaine dachte: *Ich wußte es . . . deshalb hat Mordred sich geweigert, sich auf die Suche zu machen.*

Sie erkannte plötzlich, daß sie nicht mehr daran glaubte, ihr Sohn Gwydion . . . Mordred . . . würde jemals als von Avalon eingesetzter König herrschen. Sie überlegte, wann sie begonnen hatte, sich damit abzufinden. Vielleicht damals, als Accolon starb und die Göttin ihren Auserwählten nicht beschützte.

Galahad wird König sein, und er wird ein christlicher König sein. Und das kann sehr wohl bedeuten, daß er Gwydion töten wird. Was geschieht mit dem Hirschkönig, wenn der junge Hirsch herangewachsen ist?

Aber wenn Avalons Zeit vorüber war, würde Galahad den Thron vielleicht friedlich besteigen, ohne seinen Rivalen töten zu müssen . . .

Lancelot schob den Rest eines Honigbrots beiseite und sah an Morgaine vorbei in eine Ecke des Raums. »Ist das Vivianes Harfe?«

»Ja«, erwiderte sie. »Ich habe meine in Tintagel zurückgelassen. Aber von Rechts wegen gehört sie eigentlich dir. Wenn du sie möchtest . . .«

»Ich spiele nicht mehr Harfe und bringe auch nicht mehr den Willen dazu auf, Morgaine. Sie gehört dir . . . wie alles andere, was meine Mutter besaß.«

Morgaine erinnerte sich an Worte, die ihr damals ins Herz geschnitten hatten – auch das lag ein ganzes Leben zurück! –: *Ich wünschte, du wärst meiner Mutter nicht so ähnlich, Morgaine!* Jetzt lag kein Schmerz mehr in dieser Erinnerung, sondern etwas Tröstliches. Viviane war nicht völlig aus dieser Welt entschwunden, wenn durch sie etwas weiterlebte. Er sagte mühsam: »Es sind nur wenige . . . so wenige, die sich an die alten Tage in Caerleon erinnern . . . selbst an die Zeit in Camelot . . .«

»Artus ist noch da«, erwiderte sie, »da sind Gawain, Gareth, Cai und viele andere, mein Lieber. Sicher fragen sie sich jeden Tag von neuem: *Wo ist Lancelot?* Weshalb bist du hier und nicht bei ihnen?«

»Ich sagte dir schon, mein Verstand spielt mir Streiche . . . mir war kaum bewußt, daß ich hierherkam«, erwiderte Lancelot. »Aber da ich nun einmal hier bin, kann ich dich fragen ... ich habe gehört, Nimue ist bei dir.«

Morgaine erinnerte sich, es ihm einmal gesagt zu haben, als er glaubte, seine Tochter sei in dem Kloster, in dem auch Gwenhwyfar früher gewesen war.

»Was ist aus ihr geworden... geht es ihr gut bei den Priesterinnen?«

»Ich bedaure, daß ich anscheinend nur schlechte Nachrichten für dich habe«, antwortete Morgaine. »Sie starb vor einem Jahr.«

Mehr sagte sie nicht. Lancelot wußte nichts vom Verrat des Merlin, auch nichts von Nimues Aufenthalt an Artus' Hof. Er würde nur leiden, wenn er alles erfuhr. Lancelot stellte keine Fragen, sondern seufzte nur tief und starrte auf den Fußboden. Schließlich sagte er, ohne aufzublicken: »Und die Jüngste ... die kleine Gwenhwyfar ... ist verheiratet und lebt in der Bretagne. Galahad ist auf der Suche nach dem Gral verschollen. Ich habe keines meiner Kinder gekannt. Ich versuchte nie, sie kennenzulernen ... mir schien, sie seien alles, was ich Elaine geben konnte. Deshalb überließ ich sie ihr, selbst den Jungen. Ich ritt eine Zeitlang zusammen mit Galahad, nachdem wir Camelot an jenem Ostertag verließen. In den zehn Tagen und Nächten, die wir zusammen verbrachten, erfuhr ich mehr über ihn als in den sechzehn Jahren zuvor. Ich könnte mir vorstellen, daß er ein guter König wird, wenn er noch am Leben ist...«

Er sah Morgaine beinahe flehend an. Sie wußte, er sehnte sich danach, von ihr eine Bestätigung zu hören, aber sie konnte ihm nichts Tröstliches sagen. Schließlich erwiderte sie: »Wenn er es erlebt, wird er ein guter König sein, aber ein christlicher König, wie ich glaube.« Einen Augenblick lang schienen alle Geräusche auf Avalon zu verstummen, selbst das Plätschern der Wellen und das Flüstern des Schilfs. Und in das Schweigen hinein sagte sie: »Wenn er die Suche nach dem Gral überlebt... oder sie aufgibt... wird seine Herrschaft von den Priestern beschnitten sein. Im ganzen Land wird es nur einen Gott und einen Glauben geben.«

»Wäre das eine solche Tragödie, Morgaine?« fragte Lancelot ruhig. »Der Christengott bewirkt im ganzen Land eine geistige Wiedergeburt... ist da etwas Böses, nachdem die Menschen die Mysterien vergessen haben?«

»Nicht vergessen«, erwiderte Morgaine. »Sie empfinden sie nur als zu schwierig. Sie wollen einen Gott, der für sie sorgt, der nicht verlangt, daß sie sich um die Erleuchtung bemühen. Gott soll sie so nehmen, wie sie sind ... mit all ihren Sünden. Er soll ihre Sünden vergeben, weil sie Buße tun. So ist es nicht. Es wird auch nie so sein. Aber vielleicht ist es für die Unwissenden der einzige Weg, den Gedanken an ihre Götter zu ertragen.«

Lancelot lächelte bitter. »Vielleicht ist die Menschheit von einem Glauben überfordert, der verlangt, daß jeder Mensch viele Leben lang an seiner eigenen Rettung arbeitet. Sie wollen nicht auf die Gerechtigkeit Gottes warten, sondern sie jetzt erleben. Und das ist eine Verlockung, mit der die neuen Priester die Menschen an sich ziehen.«

Morgaine wußte, daß er die Wahrheit sagte, und senkte betroffen den Kopf. »Und da ihre Vorstellung von einem Gott ihre Wirklichkeit formt, wird es so sein ... die Göttin war wirklich, solange die Menschheit sie noch verehrte und ihr selbst eine Gestalt verlieh. Jetzt werden sie sich den Gott machen, von dem sie glauben, daß sie ihn wollen ... vielleicht ist es der Gott, den sie verdienen.«

Nun, so mußte es sein, denn die Wirklichkeit war, wie die Menschen sie sahen. Solange man die alten Götter für wohltätig und lebenspendend hielt, zeigte sich die Natur ihnen wirklich so. Als die Priester die Menschen lehrten, die Natur sei böse, fremd und feindselig, und die alten Götter seien Dämonen, wurde auch das zur Wirklichkeit. Die Menschen brachten dies hervor, es stieg aus Bereichen ihres Wesens empor, die sie jetzt opfern oder zügeln wollten, anstatt sich ihrer Führung zu überlassen.

Ihr fiel etwas ein, das sie zufällig in den Büchern des Hauspriesters in Wales gelesen hatte: »Und schließlich werden alle Menschen dem Apostel gleichen, der verlangte, sie sollten für das Königreich Gottes werden wie Eunuchen ... Ich glaube, in einer solchen Welt möchte ich nicht leben, Lancelot.«

Der müde Ritter schüttelte seufzend den Kopf. »Ich glaube, ich auch nicht, Morgaine. Aber vielleicht wird es eine einfachere Welt sein als unsere. Und vielleicht wird es leichter sein, das Richtige zu erkennen und es zu tun. Deshalb bin ich auf der Suche nach Galahad. Ich glaube, er wird ein besserer König sein als Mordred, obwohl er ein Christenkönig sein wird ...«

Morgaine ballte die Fäuste in den Ärmeln ihres Gewandes. *Ich bin nicht die Göttin! Nicht ich ... nicht ich habe es zu entscheiden!*

»Du bist *hierher* gekommen, um ihn zu suchen, Lancelot? Er gehörte nie zu uns. *Mein* Sohn Gwydion ... Mordred ... wurde in Avalon erzogen. Er käme vielleicht hierher, wenn er Artus' Hof verlassen würde. Aber Galahad? Er ist so fromm wie Elaine. Er verurteilt die Welt der Magie und der Feen und würde keinen Fuß hierher setzen!«

»Aber ich habe dir doch gesagt, Morgaine, ich wußte nicht, daß ich nach Avalon kommen würde«, erwiderte Lancelot. »Ich suchte Ynis Witrin und die Insel der Priester. Ich habe gehört, daß in ihrer Kirche ein magisches Strahlen kommt und geht. Und sie nennen ihre Quelle jetzt die Quelle des Kelchs... Ich dachte, Galahad sei vielleicht dorthin geritten. Ich kam wohl aus alter Gewohnheit hierher.«

Morgaine fragte ihn sehr ernst: »Was hältst du von der Gralssuche, Lancelot?«

»Ich weiß es nicht, Base. Als ich mich auf diese Suche machte, geschah es wie damals, als ich auszog, um den Drachen des alten Pellinore zu töten... Erinnerst du dich noch daran, Morgaine? Niemand von uns glaubte an diesen Drachen, trotzdem fand ich das Ungeheuer und erschlug es. Ich weiß, etwas sehr Heiliges ereignete sich in Camelot, als wir den Gral sahen.« Morgaine wollte etwas erwidern, aber er sprach leidenschaftlich weiter. »Nein, erzähle mir nicht, ich hätte es mir nur eingebildet, Morgaine... Du warst nicht dabei. Du weißt nicht, was geschehen ist! Ich fühlte zum ersten Mal, daß es irgendwo ein Mysterium gibt, das über dieses Leben hinausgeht. Deshalb machte ich mich auf die Suche, obwohl ich auch spürte und glaubte, es sei Wahnsinn... Und während ich mit Galahad davonritt, erschien sein Glaube mir wie Spott und Hohn. Er war so rein, sein Glaube war so einfach und gut, während ich alt und schuldbeladen war...« Lancelot starrte auf den Fußboden, und Morgaine sah, wie er heftig schluckte. »Deshalb trennte ich mich schließlich von ihm. Wenigstens ich wollte seinen leuchtenden Glauben erschüttern... Ich weiß nicht mehr, wohin ich mich dann wandte, denn Nebel und Dunkelheit senkten sich über mich herab. Mir schien, Galahad müsse... müsse alle Sünden meines Lebens kennen und mich deshalb verachten.«

Lancelot hatte sich in Erregung gesteigert, und einen Augenblick lang sah Morgaine wieder das unheilvolle Glitzern in seinen Augen. Mit diesem Blick war er nackt durch den Wald gestürmt. Schnell sagte sie: »Denke nicht daran, mein Lieber. Das ist jetzt vorbei.«

Zitternd holte er tief Luft, und der Glanz verschwand aus seinen Augen. »Ich habe jetzt die Aufgabe, Galahad zu suchen. Ich weiß nicht, was er gesehen hat... vielleicht einen Engel. Ich weiß auch nicht, warum der Gral die einen mit solcher Macht ruft und die anderen kaum. Ich glaube, von allen Rittern sah nur Mordred nichts... oder er sprach nur nicht darüber.«

Mein Sohn ist in Avalon aufgewachsen. Ihn konnte der Zauber der Göttin nicht blenden, dachte Morgaine und wollte Lancelot darüber aufklären, was er gesehen hatte... er war in seiner Jugend in Avalon gewesen, und sie durfte nicht zulassen, daß er glaubte, es sei ein christliches Mysterium gewesen. Aber sie hörte wieder den merkwürdigen Unterton in des Ritters Stimme und senkte den Kopf, ohne etwas zu sagen. Die Göttin hatte ihm eine tröstliche Vision geschenkt. Es stand ihr nicht zu, ihm diesen Trost zu nehmen.

Sie hatte es gewollt und darauf hingearbeitet. Artus hatte die Göttin verraten, und die Göttin hatte seine Gefährten in alle Winde zerstreut. Der Gipfel der Ironie bestand darin, daß die heiligste aller Visionen zu einer unsterblichen christlichen Legende wurde. Morgaine berührte Lancelot am Arm und sagte: »Manchmal glaube ich, es kommt nicht darauf an, was wir tun. Die Götter führen uns nach ihrem Willen. Wir sind nichts als Puppen in ihren Händen.«

»Wenn ich das glauben sollte«, erwiderte Lancelot, »müßte ich für den Rest meines Lebens wahnsinnig werden.«

Morgaine lächelte traurig und sagte: »Wenn ich es nicht glauben würde, müßte ich wahrscheinlich den Verstand verlieren. Ich *muß* glauben, daß mir keine Wahl blieb, etwas anderes zu tun als das, was ich getan habe.«

... Ich muß glauben, daß ich nie eine andere Wahl hatte... Es stand nicht in meiner Macht, mich dem Ritual auf der Dracheninsel zu verweigern oder den ungeborenen Mordred zu töten, Uriens abzulehnen, als Artus mich ihm zur Gemahlin gab. Ich mußte Avallochs Tod auf mich nehmen. Ich konnte Accolon nicht vor seinem Schicksal bewahren... Ich mußte Kevin dem Tod eines Verräters ausliefern, und Nimue konnte ich nicht retten...

Lancelot entgegnete: »Ich muß daran glauben, daß der Mensch die Möglichkeit hat, den richtigen Weg zu erkennen, zwischen gut und böse entscheiden zu können und zu wissen, daß seine Entscheidung zählt...«

»O ja«, antwortete Morgaine, »wenn er weiß, was gut ist. Aber glaubst du nicht auch, Vetter, daß in dieser Welt das Böse immer das Gesicht des Guten trägt? Manchmal glaube ich, die Göttin selbst läßt das Falsche richtig erscheinen, und wir können nur...«

»Oh, dann wäre die Göttin wirklich das Böse, wie die Priester behaupten«, rief der Ritter aus.

»Lancelot«, Morgaine beugte sich beschwörend vor, »mache dir keine Vorwürfe. Du hast getan, was du tun mußtest! Glaube fest daran, es war dein Schicksal, und es war so bestimmt...«

»Nein. Dann müßte ich mir sofort das Leben nehmen, um zu verhindern, daß mich die Göttin weiterhin benutzt, um Böses zu tun«, erwiderte Lancelot heftig. »Morgaine, du besitzt das Gesicht. Ich kann nicht... ich kann nicht glauben, daß es Gottes Wille ist, daß Artus und Camelot in Mordreds Hände fallen! Ich rief die Barke von Avalon, ohne darüber nachzudenken und kam hierher. Aber jetzt weiß ich, daß ich das Richtige getan habe. Du hast das Gesicht. Du kannst in den Spiegel blicken und mir sagen, wo Galahad sich aufhält! Ich werde sogar seinen Zorn riskieren und von ihm verlangen, daß er die Suche nach dem Gral aufgibt und mit mir nach Camelot zurückkehrt...«

Der Boden unter Morgaines Füßen schien zu schwanken. Einmal war sie unvorsichtig in den Sumpf geraten, und der Morast hatte unter ihr nachgegeben. So schien es auch jetzt zu sein – als müsse sie sich sofort auf den festen Boden werfen... Wie aus weiter Ferne hörte sie sich sagen: »Du wirst mit deinem Sohn nach Camelot zurückkehren, Lancelot...«, und sie wunderte sich über die Kälte, die sie plötzlich überfiel. »Ich werde für dich in den Spiegel blicken, Vetter. Aber ich kenne Galahad nicht. Es mag sein, daß ich nichts sehe, was dir von Nutzen sein kann.«

»Aber versprich mir, daß du alles tust, was in deiner Macht steht«, bat Lancelot. Morgaine antwortete: »Ich habe dir bereits gesagt, ich werde in den Spiegel blicken. Aber es muß geschehen, wie die Göttin befiehlt... Komm!«

Die Sonne stand hoch am Himmel. Als sie den Hügel hinauf zur Heiligen Quelle gingen, flog krächzend ein Rabe über ihre Köpfe hinweg. Lancelot bekreuzigte sich gegen das schlechte Omen. Aber Morgaine blickte auf und fragte: »Was hast du gesagt, meine Schwester?«

Ravens Stimme sagte in ihr: *Fürchte dich nicht. Mordred wird Galahad nicht töten. Aber Artus wird Mordred töten.*

Laut sagte Morgaine: »Artus wird Hirschkönig bleiben...«

Lancelot drehte sich um und sah sie verwundert an: »Was sagst du da, Morgaine?«

Raven befahl ihr: *Geht nicht zur Heiligen Quelle, sondern zur Kapelle. Die Zeit ist gekommen.*

Lancelot erkundigte sich: »Wohin gehen wir? Kenne ich selbst den

Weg zur Heiligen Quelle nicht mehr?« Morgaine hob den Kopf und bemerkte, daß sie nicht an der Quelle, sondern vor der kleinen Kapelle standen, in der die alte christliche Bruderschaft ihre Gottesdienste feierte. Sie erzählten, die Ordensbrüder hätten sie errichtet, als Joseph von Arimathia seinen Stab auf dem Hügel Wearyall in die Erde stieß. Morgaine brach einen Zweig von dem Heiligen Dornbusch. Die Dornen stachen ihr tief in den Finger, und sie wußte kaum, was sie tat, als sie die Hand ausstreckte und Lancelots Stirn mit ihrem Blut zeichnete.

Der Ritter sah sie verwundert an. Sie hörte den leisen Gesang der Priester: *Kyrie eleison. Christe eleison.* Schweigend ging sie hinein und kniete zu ihrer eigenen Überraschung nieder. Nebelschleier zogen durch die Kapelle, und Morgaine glaubte durch den Nebel hindurch die andere Kirche auf Ynis Witrin zu sehen; sie hörte hier und dort den Gesang ... *Kyrie eleison* ... Auch Frauen sangen. Ja, es mußte Ynis Witrin sein, denn in der Kapelle auf Avalon waren keine Frauen – es mußten die Nonnen aus dem Kloster sein. Einen Augenblick lang schien Igraine neben ihr zu knien, und Morgaine hörte, wie sie mit ihrer klaren und weichen Stimme das *Christe eleison* sang. Der Priester stand am Altar, und sie glaubte, Nimue dort zu sehen. Die goldblonden Haare fielen ihr über den Rücken, und sie sah so schön und liebenswert aus wie Gwenhwyfar als junges Mädchen im Kloster. Aber anstatt die alte wilde Eifersucht zu empfinden, bewunderte Morgaine aufrichtig und liebevoll ihre Schönheit ... Der Nebel verdichtete sich. Sie konnte Lancelot kaum noch sehen, der neben ihr kniete. Aber vor sich, in der *anderen* Kapelle sah sie Galahad. Er kniete mit erhobenem und strahlendem Gesicht vor dem Altar, und auf seinem Gesicht lag ein überirdischer Glanz ... Morgaine wußte, auch er blickte durch den Nebel in die Kapelle auf Avalon, wo der Gral stand ...

In der anderen Kirche hörte sie das Läuten heller Glöckchen ... sie wußte nicht, ob der Priester hier auf Avalon oder der Priester auf Ynis Witrin sprach ... in ihr murmelte die sanfte Stimme von Taliesin: »In der Nacht, in der Christus verraten wurde, nahm der Herr den Kelch, segnete ihn und sprach: *Trinket alle davon, denn das ist mein Blut, das für euch vergossen wird. Und wenn ihr aus diesem Kelch trinkt, tut es zu meinem Gedächtnis.*«

Sie sah den Schatten des Priesters, der den Kelch des Abendmahls hob – aber es war Nimue, die jungfräuliche Hüterin des Grals ... oder war sie es selbst, die den Kelch an seine Lippen setzte. Lancelot

stürzte vorwärts und rief: »Ah... das Licht, das Licht...!« Er fiel auf die Knie, bedeckte die Augen mit den Händen und stürzte der Länge nach zu Boden.
Unter der Berührung des Grals wurde das schattenhafte Gesicht des jungen Mannes klar, körperlich und wirklich. Der Nebel war verschwunden. Galahad trank kniend aus dem Kelch.
»Denn wie dieser Wein aus dem Saft vieler zerstampfter Trauben gemacht wurde, so vereinigen wir uns in diesem unblutigen und vollkommenen Opfer, damit wir alle eins werden in dem großen Licht, das die Unendlichkeit ist...«
Sein Gesicht leuchtete in Verzückung, das Licht überstrahlte ihn, er atmete auf in vollkommener Freude und blickte direkt in das Licht. Er griff mit beiden Händen nach dem Kelch... stürzte zu Boden und blieb reglos liegen.
Heiliges unvorbereitet zu berühren, bedeutet den Tod...
Morgaine sah, wie Nimue – oder war sie es selbst? – Galahads Gesicht mit einem weißen Schleier bedeckte. Dann war Nimue verschwunden. Der Kelch stand auf dem Altar... der goldene Kelch der Mysterien ohne jede Spur des überirdischen Lichtes... sie war nicht sicher, daß er dort stand... denn er war in Nebel gehüllt. Aber Galahad lag tot und kalt neben Lancelot auf dem Boden der Kapelle von Avalon.

Es dauerte lange, ehe Lancelot sich regte. Er hob den Kopf, und Morgaine sah, daß tiefe Trauer sein Gesicht überschattete. Er flüsterte: »Und ich war unwürdig, ihm zu folgen.«
»Du mußt ihn nach Camelot zurückbringen«, erklärte Morgaine sanft. »Er hat den Gral gefunden... aber es war seine letzte Tat. Er konnte das Licht nicht ertragen.«
»Auch ich nicht«, flüsterte Lancelot. »Siehst du, das Licht liegt immer noch auf seinem Gesicht. Was hat er gesehen?«
Morgaine schüttelte langsam den Kopf und spürte Eiseskälte bis in ihre Arme steigen. »Weder du noch ich werden es je erfahren, Lancelot. Ich weiß nur das eine... er starb mit dem Gral an den Lippen.«
Lancelot blickte zum Altar. Die Priester waren still gegangen und hatten Morgaine mit dem toten und dem lebenden Ritter alleingelassen. Vom Nebel umhüllt, stand dort noch immer sanft leuchtend der Gral.
Lancelot erhob sich und sagte: »Ja, und *er* soll mit mir nach Camelot

zurückkehren, damit alle Menschen wissen, daß die Suche nun ein Ende hat... Keine Ritter sollen mehr zu Unbekanntem ausziehen und dabei sterben oder den Verstand verlieren...«

Er machte einen Schritt auf den Altar zu, auf dem der Gral leuchtete. Aber Morgaine umklammerte ihn mit beiden Armen und hielt ihn zurück.

»Nein! Nein! Es ist dir nicht bestimmt! Bereits sein Anblick hat dich niedergestreckt. Wer Heiliges unvorbereitet berührt, muß sterben...«

»Dann will ich sterben«, erklärte er. Aber sie ließ nicht los, und bald gab Lancelot nach. Er fragte: »Warum, Morgaine? Warum muß dieser selbstmörderische Wahn weiter andauern?«

»Nein«, erwiderte sie. »Die Suche nach dem Gral ist zu Ende! Du bist ausersehen, nach Camelot zurückzukehren und es allen zu verkünden. Aber den Gral kannst du nicht mitnehmen. Kein Mensch kann ihn berühren oder ihn sich aneignen. Alle, die gläubig nach ihm suchen...«, Morgaine hörte sich sprechen, obwohl sie nicht wußte, was sie sagen würde, bis die Worte über ihre Lippen kamen, »... werden ihn finden... hier, jenseits der Welt des Sterblichen. Wenn der Gral dich nach Camelot begleitet, würde er den engstirnigen Priestern in die Hände fallen und ihr Mittel und Werkzeug werden...« Mit tränenerstickter Stimme fuhr sie fort: »Ich bitte dich, Lancelot, laß ihn hier in Avalon! In dieser neuen Welt ohne Magie soll ein Mysterium sein, das die Priester nicht beschreiben oder erklären und niemals in ihr enges Dogma, von dem was ist und dem was nicht ist, pressen können...« Die Stimme versagte ihr. »In der Zeit, die nun anbricht, werden die Priester den Menschen sagen, was gut und was böse ist, was sie denken, was sie glauben und worum sie bitten sollen. Ich kann das Ende nicht sehen... vielleicht muß eine Zeit der Dunkelheit über die Menschen hereinbrechen, damit wir eines Tages den Segen des Lichtes wieder erkennen. Aber in dieser Dunkelheit, Lancelot, soll ein Hoffnungsschimmer bleiben. Der Gral kam einmal nach Camelot. Die Erinnerung an diesen Tag soll nie dadurch verdunkelt werden, daß der Gral auf einem weltlichen Altar entweiht wird. Die Menschen sollen ein Mysterium haben und eine Quelle der Visionen, der sie folgen können...« Morgaine hörte, wie ihre Stimme langsam versagte, bis sie schließlich nur noch wie ein Rabe zu krächzen schien.

Lancelot verneigte sich vor ihr. »Morgaine... aber bist du wirklich Morgaine?... Ich glaube, ich weiß nicht, wer oder was du bist. Aber

du sprichst die Wahrheit. Der Gral soll für immer in Avalon bleiben.«
Morgaine hob die Hand, das Kleine Volk von Avalon kam herbei, hob Galahads toten Körper auf und trug ihn schweigend zur Barke von Avalon. Morgaine hielt Lancelots Hand und folgte ihnen langsam zum Seeufer. Sie blickte auf den Toten im Boot, und flüchtig glaubte sie Artus dort liegen zu sehen. Aber das Bild verschwamm vor ihren Augen und löste sich auf. Vor ihr lag Galahad, und in seinem Gesicht spiegelten sich noch immer das Licht und ein überirdischer Friede.
»Nun reitest du mit deinem Sohn nach Camelot«, sagte Morgaine ruhig, »aber anders, als ich es vorausgesehen habe. Ich glaube, das Gesicht ist uns gegeben, um uns zu verspotten ... Wir sehen, was die Götter uns zu sehen erlauben. Aber die Bedeutung des Geschauten verstehen wir nie. Ich glaube, ich werde das Gesicht nie mehr befragen, Vetter.«
»Gott gebe es.« Lancelot ergriff ihre Hände, beugte sich darüber und küßte sie.
»So scheiden wir schließlich«, sagte er leise. Und obwohl sie gerade gesagt hatte, sie würde sich dem Gesicht verschließen, sah sie in seinen Augen, was er erblickte, als er sie ansah – das junge Mädchen, mit dem er unter den Ringsteinen gelegen und vor dem er sich aus Angst vor der Göttin abgewendet hatte ... die Frau, zu der er mit leidenschaftlichem Verlangen gekommen war, und bei der er versuchte, die schuldbeladene Liebe zu Artus und Gwenhwyfar zu vergessen ... die Frau, die bleich und entsetzlich die Fackel in der Hand gehalten hatte, als man ihn mit Elaine im Bett überraschte ... und jetzt die dunkle, gefaßte Herrin, umgeben von schattenhaftem Licht, die seinem Sohn den Gral reichte und ihn bat, den Gral nicht in die Welt zu bringen.
Morgaine küßte den Ritter auf die Stirn. Es bedurfte keiner Worte. Sie wußten beide, es war ein Abschied und ein Segen. Er wendete sich langsam um und schritt auf die Zauberbarke zu. Morgaine bemerkte Lancelots gebeugte Schultern und sah im Licht der untergehenden Sonne, daß seine Haare jetzt ganz weiß waren. Und wieder sah sich Morgaine mit seinen Augen und dachte: *Auch ich bin alt ...*
Plötzlich wußte sie, warum sie nie mehr der Königin des Feenreichs begegnete.
Ich bin jetzt die Königin.
Es gibt keine Göttin außer mir, und ich bin Sie ...

Und doch ist Sie, *und* Sie *ist in Igraine, Viviane, Morgause, Nimue und der Königin. Und sie leben auch in mir, und die Göttin ... Und sie leben für alle Ewigkeit in Avalon.*

Im fernen Lothian, hoch oben im Norden wartete Morgause auf die Rückkehr ihres jungen Geliebten Lamorak. Nur selten drangen Nachrichten über die Suche nach dem Gral bis hierher, aber nach einem halben Jahr erreichte sie die Botschaft, daß Lamorak dabei sein Leben verloren hatte.

Er ist nicht der erste, dachte sie, *und er wird auch nicht der letzte sein, der diesem unglaublichen Wahn zum Opfer fällt. Er verleitet die Männer dazu, sich auf die Suche nach dem Unbekannten zu begeben. Ich habe Religionen und Götter immer für eine Art Wahnvorstellung gehalten. Und was hat Artus nun davon! Ich habe meinen Lamorak verloren ... er war so jung!*

Nun, er lebte nicht mehr. Obwohl Morgause ihn vermißte, ihn auf ihre Weise immer vermissen würde – nur Lot hatte länger an ihrer Seite gelebt –, mußte sie sich nicht mit ihrem Alter und einem kalten Bett abfinden. Sie musterte sich prüfend in ihrem alten Bronzespiegel, wischte sich die Tränenspuren vom Gesicht und betrachtete sich noch einmal. Sie war zwar nicht mehr die reife Schönheit, der Lamorak anbetend zu Füßen gesunken war, aber noch immer eine gutaussehende Frau. Es gab genug Männer im Land – nicht alle konnten dieser Glaubenstollheit verfallen sein. Morgause war reich, Königin von Lothian, und sie besaß die Waffen einer Frau ... sie war hübsch, hatte noch alle Zähne, ihre vollen roten Haare, obwohl sie Augenbrauen und Wimpern inzwischen färben mußte – sie wirkten sonst zu blaß. Ja, es würde ihr nie an Männern fehlen. Männer waren solche Narren, und eine kluge Frau konnte mit ihnen tun, was sie wollte. Morgause war weder so dumm wie Morgaine, die auf ihren guten Ruf bedacht war, noch eine jämmerliche Frömmlerin wie Gwenhwyfar, die sich nur um ihr Seelenheil sorgte.

Von Zeit zu Zeit erreichten sie Geschichten von der Gralssuche, und eine klang abenteuerlicher als die andere. Man erzählte, Lamorak sei schließlich wieder auf Pellinores Burg zurückgekehrt, denn einem Gerücht zufolge sollte in einer Krypta unter der Burg eine Magische Schale aufbewahrt werden. Er war dort gestorben mit dem Ruf, der Gral schwebe, von einer Jungfrau getragen, vor ihm – eine Jungfrau, wie seine Schwester Elaine als junges Mädchen... Morgaine fragte sich, was er wohl wirklich gesehen hatte. Man berichtete ihr auch, daß Lancelot irgendwo im Land des alten Ectorius als Wahnsinniger gefangengehalten wurde, und daß niemand wagte, diese Botschaft König Artus zu überbringen. Später erzählte man, sein Bruder Bors habe ihn dort gefunden und erkannt. Lancelot habe seinen Verstand wiedergewonnen und sei davongeritten. Aber Morgause wußte nicht, ob er weiterhin den Gral suchte oder nach Camelot zurückgekehrt war – es interessierte sie auch nicht. Vielleicht, dachte sie, will es das Glück, daß er auf dieser Suche ebenfalls stirbt, sonst wird die alte Liebe zu Gwenhwyfar ihn wieder an Artus' Hof locken.

Nur ihr kluger Gwydion hatte sich nicht auf die Suche eingelassen, sondern war an Artus' Seite in Camelot geblieben. Wären doch Gawain und Gareth vernünftig genug gewesen, das gleiche zu tun! Nun nahmen *ihre* Söhne endlich den Platz am Hof ein, der ihnen eigentlich schon lange zustand.

Aber Morgause besaß noch eine andere Möglichkeit zu erfahren, was im Land geschah. In ihrer Jugend hatte Viviane ihr in Avalon erklärt, ihr fehle die Geduld und die Ausdauer, sich in die Mysterien einweihen zu lassen. Jetzt wußte Morgause, daß Viviane recht gehabt hatte, aber damals wollte sie dem Leben nicht wegen einer solchen Sache entsagen. Viele Jahre lang glaubte sie, die Pforten der Magie und des Gesichts seien ihr verschlossen – abgesehen von den kleinen Zaubereien, die sie sich selbst angeeignet hatte. Aber dann gelang es ihr, mit Hilfe ihrer Zauberei herauszufinden, wer Gwydions Vater war, und sie begriff: Die Magie war da und wartete auf sie. Sie mußte nur ihren Willen darauf richten. Magie hatte nichts mit den komplizierten Regeln und einschränkenden Gesetzen der Druiden zu tun, auch nichts mit Lügen über die Götter. Magie war einfach ein Teil des Lebens. Sie war weder gut noch böse, sondern stand jedem zu Diensten, der den Willen aufbrachte und rücksichtslos genug war, sich ihrer zu bedienen.

Alle, die eine Religion vorschieben, dachte Morgause, *wollen nur die Quellen der Macht in Händen behalten. Aber mir stehen sie jetzt frei und ungehindert zur Verfügung. Mich binden keine Gelübde, ich kann sie anwenden wie ich will und zu jedem Zweck.*

An diesem Abend schloß sie sich in ihrer Kammer ein und traf die notwendigen Vorbereitungen. Sie empfand für den weißen Hund, den sie ausgesucht hatte, eine Art leidenschaftslose Zuneigung und einen Augenblick lang aufrichtige Abscheu, als sie ihm die Kehle durchschnitt. Sie stellte die Schale beiseite, in der sie das heiße Blut aufgefangen hatte – dieser Hund gehörte ihr schließlich ebenso wie ein Schwein, das sie für die Tafel schlachtete; und die Macht vergossenen Blutes war stärker und führte schneller zum Ziel als die Macht langer Gebete und Fastenzeiten der Priesterschaft in Avalon. Am offenen Feuer lag betäubt eine ihrer Mägde, diesmal eine Frau, der sie keine Zuneigung entgegenbrachte, und die sie auch nicht wirklich brauchte. Sie hatte ihre Lektion beim ersten Versuch gelernt und dachte immer noch mit Bedauern an die gute Spinnerin. Diese hier würde zumindest niemand vermissen, nicht einmal die Köchin, die mehr als genug Helferinnen hatte.

Trotzdem traf sie die Vorbereitungen mit einiger Beklemmung. Das Blut an den Händen und auf der Stirn war unangenehm klebrig. Aber sie glaubte beinahe zu sehen, daß die Ströme magischer Kraft wie Rauch über dem Blut aufstiegen. Am Himmel stand nur eine hauchdünne Mondsichel, und sie wußte, daß die Frau in Camelot bereitstand und ihren Ruf erwartete. Zur festgelegten Zeit trat der Mond in die richtige Position, Morgause schüttete den Rest des Blutes in das Feuer und rief dreimal:

»Morag! Morag! Morag!«

Die betäubte Frau am Feuer – Morgause erinnerte sich vage, daß sie Becca oder so ähnlich hieß – bewegte sich. Ihre leeren Augen wurden klarer und wissender. Sie erhob sich und schien einen Augenblick lang das prächtige Gewand einer Hofdame von Gwenhwyfar zu tragen. Sie sprach auch nicht mit dem schweren Tonfall eines unwissenden Bauernmädchens, sondern gepflegt wie eine Dame am Hof.

»Ich stehe zu Euren Diensten. Was wünscht Ihr von mir, Königin der Dunkelheit?«

»Berichte mir vom Hof. Wie geht es der Königin?«

»Seit Lancelot uns verlassen hat, ist sie viel allein. Aber sie bittet oft den jungen Gwydion zu sich. Man hat sie sagen hören, er sei der Sohn, den sie nie bekommen konnte. Ich glaube, sie hat vergessen, daß Königin Morgaine seine Mutter ist«, sagte das Mädchen, und seine gepflegte Sprache schien überhaupt nicht mit dem leeren Blick und den rauhen Händen der Küchenmagd in ihrem groben Gewand übereinzustimmen.

»Gibst du ihr vor dem Schlafengehen immer noch die Medizin in den Wein?«

»Es ist nicht mehr nötig, meine Königin«, erklärte die fremde Stimme, die aus und hinter der Magd sprach. »Die Blutungen der Königin haben seit mehr als einem Jahr ausgesetzt. Deshalb gebe ich ihr die Medizin nicht mehr. Außerdem kommt der König nur noch selten in ihr Bett.«

Damit konnte Morgause endlich auch ihre letzte Befürchtung begraben. Das Wunder, daß Gwenhwyfar noch im hohen Alter ein Kind bekam, konnte sich nicht mehr ereignen. Gwydions Platz am Hof war nicht zu gefährden. Und die Untertanen des Königs würden niemals ein Kind als Nachfolger Artus' hinnehmen. Außerdem würde Gwydion einen unerwünschten kleinen Rivalen ohne Skrupel aus dem Weg räumen. Aber natürlich war es besser, nichts zu riskieren. Schließlich hatte Artus alle ihre und Lots Anschläge überlebt und war zum König gekrönt worden.

Ich habe zu lange gewartet. Lot hätte schon vor vielen Jahren König von Britannien sein können und ich seine Königin. Jetzt gibt es niemanden, um mich aufzuhalten. Viviane lebt nicht mehr, und Morgaine ist alt. Gwydion wird mich zur Königin machen. Ich bin die einzige Frau, auf deren Rat er hört.

»Wie geht es dem edlen Mordred, Morag? Vertrauen ihm die Königin und der König?«

Die Stimme klang jetzt belegt und undeutlich: »Ich kann nicht bleiben ... Mordred ist oft in Gesellschaft des Königs ... einmal hörte ich, wie der König zu ihm sagte ... *oh, mir dröhnt der Kopf. Was mache ich hier am Feuer? Die Köchin wird mir die Haut bei lebendigem Leib abziehen ...*«, Becca sprach langsam und schwerfällig; und Morgause wußte, im fernen Camelot war Morag in einen merkwürdigen Traum zurückgesunken, in dem sie vor der Königin von Lothian oder der Königin der Feen stand ...

Morgause griff nach der Schale mit dem Blut und schüttete die letzten Tropfen in die Flammen. »Morag! Morag! Höre mich! Ich befehle dir zu bleiben!«

»Meine Königin«, hörte sie die ferne gepflegte Stimme, »der edle Mordred ist immer in Gesellschaft einer der Damen der Herrin vom See. Man sagt, daß sie auch mit Artus verwandt ist ...«

Niniane, Taliesins Tochter, dachte Morgause. *Ich wußte nicht, daß sie Avalon verlassen hat. Aber natürlich, warum sollte sie dort jetzt noch bleiben?*

»Der edle Mordred ist für die Zeit von Lancelots Abwesenheit zum Obersten der königlichen Reiterei ernannt worden. Es gibt Gerüchte ... *O je, das Feuer ... Herrin, wollt Ihr die ganze Burg in Brand setzen?«* Becca rieb sich jammernd die Augen. Morgause versetzte ihr wütend einen heftigen Stoß, und das Mädchen fiel aufschreiend in die Flammen. Aber der Bann ließ sie nicht los, sie konnte sich nicht befreien.

»Verflucht! Sie wird das ganze Haus aufwecken!« Morgause wollte sie aus dem Feuer ziehen, aber ihr Gewand stand bereits in Flammen, und die Entsetzensschreie trafen Morgauses Ohren wie rotglühende Nadeln. Mit einer Spur Mitleid dachte Morgause:

Armes Mädchen. Ihr ist nicht mehr zu helfen . . . sie würde ohnedies an ihren Brandwunden sterben!

Sie zerrte die schreiende und sich wehrende Magd aus dem Feuer, ohne darauf zu achten, daß sie sich dabei selbst an den Händen verbrannte, drückte sie einen Augenblick an sich, legte ihr den Kopf an die Stirn, wie um sie zu beruhigen, und dann – durchtrennte sie ihr mit einem einzigen Schnitt die Kehle. Das Blut spritzte ins Feuer, und dicker Rauch stieg auf.

Morgause erbebte unter der unerwarteten Macht. Sie schien sich in dem Raum auszubreiten, dann durch Lothian, und schließlich durch die ganze Welt . . . Soviel hatte sie noch nie gewagt, aber nun kam es ungewollt über sie. Morgause schwebte körperlos über dem Land. Nach all den langen Jahren des Friedens zogen wieder Truppen über die Straßen. An der Westküste landeten langhaarige Männer mit Bärten in Drachenschiffen. Sie plünderten und verwüsteten die Städte, zerstörten Klöster und verschleppten Frauen, die hinter Klostermauern lebten . . . sie zogen wie ein rotglühender Sturm durch das Land und erreichten selbst die Grenzen von Camelot . . . Morgause wußte nicht genau, ob das, was sie sah, sich wirklich jetzt ereignete oder in der Zukunft lag.

Sie rief in der zunehmenden Dunkelheit: »Ich möchte meine Söhne sehen, die den Gral suchen!«

Plötzlich erfüllte eine bedrückende, tiefschwarze Dunkelheit den Raum, und Morgause nahm einen merkwürdigen Brandgeruch wahr und lag, bezwungen von der gewaltigen Macht, auf den Knien. Der Rauch lichtete sich ein wenig und stieg in kleinen Wölkchen wie Wasserdampf in die Dunkelheit auf. Morgause sah in der zunehmenden Helligkeit plötzlich das Gesicht ihres jüngsten Sohnes Gareth. Er trug schmutzige und zerlumpte Kleider, aber er lächelte fröhlich wie immer, und als es heller wurde, sah Morgause, daß er Lancelot anblickte.

Ah, diesen kranken und ausgezehrten Mann mit den grauen Haaren und den Spuren des Wahnsinns und des Leidens um die Augen würde Gwenhwyfar sicher nicht mehr lieben – er erinnerte sie eher an eine Vogelscheuche! Der alte Haß stieg in ihr auf. Es war unerträglich, daß ihr jüngster und bester Sohn diesen Mann verehrte und liebte. Wieso folgte er ihm immer noch wie das kleine Kind, das mit hölzernen Rittern gespielt hatte...?

»Nein, Gareth«, Lancelots leise Stimme drang durch die gedämpfte Stille des Raums, »du weißt, warum ich nicht an den Hof zurückkehren möchte. Ich will nicht von meinem Seelenfrieden sprechen, auch nicht von dem der Königin... aber ich habe geschworen, den Gral ein Jahr und einen Tag lang zu suchen.«

»Aber das ist Wahnsinn! Was zum Teufel bedeutet der Gral, wenn der König uns braucht? Ich habe ihm Treue geschworen, und du ebenfalls, als wir alle noch nichts vom Gral wußten. Wenn ich daran denke, daß unser König Artus, ohne einen einzigen seiner Getreuen am Hof, nur von Lahmen, Schwachen oder Feiglingen umgeben ist, dann frage ich mich manchmal, ob es nicht die Tat des Bösen war, der sich als Gott verkleidete, um Artus' Gefährten in alle vier Winde zu zerstreuen.«

Lancelot erwiderte ruhig: »Ich weiß, daß der Gral von Gott kam, Gareth. Versuche nicht, mir diesen Glauben zu nehmen.« Und wieder glitzerte der helle Wahnsinn kurz in seinen Augen.

Gareth antwortete, und seine Stimme klang merkwürdig bedrückt: »Aber wenn Gott so handelt wie der Teufel? Ich kann nicht glauben, daß nach Gottes Willen alles, was Artus in einem Vierteljahrhundert geschaffen hat, auf diese Weise untergehen soll. Weißt du, daß die Barbaren aus dem Norden wieder an den Küsten landen? Wenn die Menschen dort nach Artus' Legionen rufen, ist niemand da, um ihnen zu Hilfe zu kommen. Auch die Sachsen ziehen wieder Truppen zusammen, und Artus sitzt müßig auf Camelot, während du auf der Suche nach deiner Seele bist... Ich flehe dich an, Lancelot. Kehre mit mir an den Hof zurück, oder mache dich wenigstens auf die Suche nach Galahad und überrede ihn, auf seinen Platz an Artus' Seite zurückzukehren. Wenn der König alt und schwach wird... und Gott verhüte, daß es je soweit kommt... dann kann dein Sohn vielleicht an seine Stelle treten. Denn alle Männer im Reich wissen, er ist Artus' erwählter Erbe und Sohn.«

»Galahad?« fragte Lancelot traurig. »Glaubst du, ich habe so viel Einfluß auf meinen Sohn? Du und alle anderen, ihr habt geschworen, den Gral ein Jahr und einen Tag lang zu suchen. Ich bin eine Zeitlang gemeinsam mit Galahad geritten und weiß, er hat an jenem Tag die Wahrheit gesprochen. Er wird, wenn es sein muß, den Gral sein Leben lang suchen...«

»Nein!« Gareth beugte sich vom Pferd und packte Lancelot bei den Schultern. »Du mußt ihm die Augen öffnen, Lancelot. Er muß um jeden Preis nach Camelot zurückkehren. Ach, Gwydion würde mich einen Verräter am eigenen Blut nennen. Ich liebe Gwydion wirklich, aber... aber wie kann ich das selbst dir, meinem Vetter und Herzensbruder sagen? Ich fürchte mich vor der Macht, die er über unseren König hat! Die Sachsen, die an Artus' Hof kommen, verhandeln nur mit ihm. Sie halten ihn für den Sohn von Artus' Schwester und... vielleicht weißt du das nicht... bei ihnen gilt der Sohn der Schwester als Erbe...«

Lancelot erwiderte freundlich lächelnd: »Erinnere dich, Gareth. So war es auch bei den Stämmen, ehe die Römer kamen. Du und ich, wir sind keine Römer.«

»Aber willst du nicht für das Recht deines Sohnes kämpfen?« fragte Gareth.

»Artus muß entscheiden, wer ihm auf den Thron folgt«, antwortete Lancelot, »... wenn es nach ihm überhaupt noch einen König geben wird. Manchmal, wenn die Bilder des Wahnsinns mich erfaßten... nein, ich möchte nicht darüber sprechen, vielleicht waren sie etwas Ähnliches wie das Gesicht... schien mir, daß nach Artus' Tod Dunkelheit über dieses Land hereinbrechen wird...«

»Dann soll alles wieder so werden, als habe es Artus nie gegeben? Denke an deinen Schwur!« forderte Gareth, und Lancelot seufzte.

»Wenn es dein Wunsch ist, Gareth, werde ich Galahad suchen.«

»Zögere nicht«, drängte Gareth, »du mußt ihn davon überzeugen, daß die Treue zu seinem König über allen Göttern, über dem Gral und über allen Aufgaben steht...«

Lancelot fragte traurig: »Und wenn er nicht auf mich hört?«

»Dann«, entgegnete Gareth langsam, »ist er vielleicht nicht der König, den wir nach Artus brauchen. Wenn es so ist, stehen wir in Gottes Hand. Dann möge Er uns helfen!«

»Vetter, du bist für mich mehr als ein Bruder«, sagte Lancelot und umarmte ihn. »Was immer geschehen mag, wir sind alle in Gottes Hand. Aber ich schwöre dir, ich werde Galahad suchen und mit ihm nach Camelot zurückkehren. Ich schwöre es...«

Die Luft wurde still, und das Licht schwand. Gareths Gesicht löste sich auf und wurde von der Dunkelheit verschluckt. Einen Augen-

blick lang sah sie nur Lancelots glänzende Augen. Sie erinnerten sie an Viviane, und Morgause glaubte plötzlich, ihre Schwester, die Priesterin, zu sehen. Sie schien mißbilligend zu fragen: *Morgause, was hast du getan?* Dann verschwand auch dieses Bild, und Morgause saß allein am rauchenden Feuer, das seine magische Kraft verloren hatte. Auf dem Herd lag der steife, leblose Körper der toten Frau.
Lancelot! Dieser verfluchte Lancelot. Er kann noch immer meine Pläne durchkreuzen!
Der glühende Haß schnürte ihr die Kehle zu und durchlief ihren Körper wie ein schneidender Schmerz. Ihr Kopf schien zu zerspringen, und die Nachwirkungen des Zaubers verursachten ihr tödliche Übelkeit. Sie wollte nur noch neben dem Herd zu Boden sinken und schlafen, stundenlang schlafen. Aber nun mußte sie stark sein. Die magischen Kräfte, die sie gerufen hatte, verlangten Stärke. Sie war die Königin von Lothian, die Königin der Dunkelheit! Sie öffnete die Tür und trug den Hundekadaver zum Abfallhaufen.
Den Leichnam der Küchenmagd konnte sie nicht alleine tragen. Sie wollte um Hilfe rufen, hielt aber inne. An ihren Händen klebte immer noch Blut. So durfte man sie nicht sehen. Sie nahm den Wasserkrug, füllte ein Becken, wusch sich sorgsam Hände und Gesicht und flocht sich die Haare. Die Blutflecken auf ihrem Gewand konnte sie nicht entfernen, aber das Feuer war inzwischen erloschen, und es war fast dunkel im Raum. Schließlich rief sie nach ihrem Kämmerer; er tauchte mit neugierigen Blicken in der Tür auf.
»Was ist geschehen, meine Königin? Ich habe Rufe und Schreie gehört . . . ist hier alles ruhig?« Er hielt die Lampe hoch, und Morgause wußte sehr gut, wie sie auf ihn wirkte – aufgelöst und schön. In der Nachwirkung des Gesichtes schien sie mit seinen Augen sehen zu können.
Ich könnte jetzt die Hand ausstrecken und ihn neben dem Leichnam der Magd haben!
Sie empfand ein merkwürdig stechendes Gefühl von Schmerz und Lust, und insgeheim lachte sie. Aber sie schob es entschlossen beiseite: Dafür blieb noch genug Zeit.
»Ja, hier ist ein trauriges Unglück geschehen. Die arme Becca . . .« Morgause deutete auf den leblosen Körper. »Sie fiel ins Feuer, und als ich ihr helfen wollte, entriß sie mir das Messer und schnitt sich die Kehle durch . . . Der Schmerz muß sie um den Verstand gebracht haben. Das arme Ding. Sie hat mich ganz blutig gemacht.«
Der Mann ging mit einem erschreckten Ausruf zu Beccas Leichnam.

»Oh, das arme Ding war nie richtig im Kopf. Ihr hättet sie nicht hier hereinlassen dürfen, Herrin.«
Morgause bemerkte beunruhigt den Anflug des Vorwurfs in der Stimme des Mannes. Hatte sie ernsthaft daran gedacht, sich diesen Kerl ins Bett zu holen? »Ich habe dich nicht gerufen, um mein Tun zu beurteilen. Schaffe sie hinaus. Man soll sie begraben. Und schicke mir meine Frauen. Ich reite im Morgengrauen nach Camelot.«

Die Nacht brach herein. Die Straße verschwamm im heftigen Regen. Morgause war durchnäßt und fror. Deshalb reagierte sie verdrossen, als der Anführer ihrer Männer zu ihr kam und fragte: »Seid Ihr sicher, Herrin, daß wir auf der richtigen Straße reiten?«
Sie hatte seit Monaten ein Auge auf ihn geworfen. Er hieß Cormac und war groß und jung. Er hatte breite Schultern, kräftige Schenkel und ein scharfgeschnittenes Gesicht. Aber im Augenblick schien es Morgause, als seien alle Männer mit Dummheit geschlagen. Sie hätte Cormac besser zu Hause gelassen und den Trupp selbst angeführt. Doch es gab Dinge, die selbst die Königin von Lothian nicht tun konnte.
»Ich kenne diese Straßen alle nicht. Aber nach der Strecke, die wir heute geritten sind, müssen wir eigentlich schon in der Nähe von Camelot sein ... es sei denn, du hast im Nebel den Weg verloren, und wir reiten wieder nach Norden.«
Unter anderen Bedingungen hätte sie nichts gegen eine weitere Nacht unterwegs einzuwenden gehabt. Ihr Pavillon bot alle Bequemlichkeiten, die sie brauchte. Und wenn ihre Hofdamen schliefen, konnte dieser Cormac vielleicht in ihr Bett kommen und sie wärmen.
Seit ich den Schlüssel zur Zauberei gefunden habe, liegen mir alle Männer zu Füßen. Aber jetzt, so scheint mir, liegt mir nichts mehr an ihnen ... Wie merkwürdig, seit ich von Lamoraks Tod erfuhr, habe ich mir keinen Mann mehr gesucht. Werde ich vielleicht alt?
Der Gedanke erschreckte sie, und sie beschloß, Cormac heute nacht zu sich zu rufen ... Aber zuerst mußten sie Camelot erreichen. Sie mußte handeln, um Gwydions Ansprüche zu schützen und ihn zu beraten. Deshalb erklärte sie ungeduldig: »Das hier muß die Straße sein, du Dummkopf! Ich habe diese Reise schon unzählige Male gemacht! Hältst du mich etwa für töricht?«
»Gott bewahre, Herrin. Auch ich bin diese Straße schon oft geritten. Aber irgendwie scheinen wir uns verirrt zu haben«, erwiderte Cor-

mac, und Morgause glaubte, an ihrer Verzweiflung ersticken zu müssen. Sie führte sich noch einmal den Weg vor Augen, den sie schon so oft von Lothian aus genommen hatte. Sie verließen die Römische Straße und ritten am Rand der Sümpfe auf dem belebten Weg, der zur Dracheninsel führte. Dann folgten sie dem Bergrücken, bis sie die Straße nach Camelot erreichten. Artus hatte sie verbreitern und befestigen lassen, und sie war inzwischen beinahe so gut wie die alte Römische Straße.

»Irgendwie hast du die Straße nach Camelot verpaßt, du Dummkopf. Denn dort sehe ich Überreste der alten Römischen Mauer... Ich glaube, wir sind eine halbe Stunde über die Kreuzung von Camelot hinausgeritten«, schimpfte Morgause. Es half nichts, der ganze Trupp mußte umkehren, und es wurde bereits dunkel. Morgause zog sich die Kapuze über den Kopf und trieb ihr ermüdetes Pferd durch die graue, düstere Dämmerung. Zu dieser Jahreszeit sollte die Sonne eigentlich eine Stunde später untergehen. Aber im Westen war nur noch ein schwacher Lichtschein auszumachen.

»Hier ist es«, erklärte eine ihrer Hofdamen. »Seht Ihr die vier Apfelbäume? Ich war einmal im Sommer hier, um Pfropfreiser für die Bäume im königlichen Garten zu holen.«

Aber sie konnten keine Straße entdecken. Nur ein schmaler Pfad wand sich einen kahlen Hügel empor, obwohl hier eine breite Straße sein sollte und man selbst im Nebel die Lichter von Camelot hätte sehen müssen.

»Unsinn«, entgegnete Morgause unwirsch. »Wir sind irgendwie vom Weg abgekommen... Wollt Ihr mir erzählen, daß in Artus' Reich nur an einer Stelle vier Apfelbäume zusammenstehen?«

»Ich schwöre, hier müßte die Straße sein«, murmelte Cormac verdrießlich. Aber er setzte Reiter, Pferde und Packtiere wieder in Bewegung, und sie schleppten sich unter dem Regen dahin, der auf sie niederprasselte, als regne es seit Anbeginn der Zeiten und könne nicht mehr aufhören. Die frierende und müde Morgause sehnte sich nach dem warmen Abendessen an Gwenhwyfars Tafel und träumte von heißem gewürztem Wein und einem weichen Bett. Als Cormac sich wieder bei ihr zeigte, erkundigte sie sich verärgert: »Was ist denn nun wieder los, du Schwachkopf? Ist es dir gelungen, noch einmal eine breite Straße zu verfehlen, auf der zwei Wagen nebeneinander fahren können, und uns von neuem in die Irre zu führen?«

»Meine Königin, ich bedaure, aber irgendwie... Seht Ihr, wir haben wieder die Stelle erreicht, an der wir rasteten, nachdem wir die

Römische Straße verließen... mit diesem Stoffetzen hier habe ich den Schmutz von den Packstücken gewischt.«
Morgause konnte sich nicht länger beherrschen. »Warum muß ich mich mit lauter Hohlköpfen umgeben?« schrie sie. »Müssen wir die größte Stadt nördlich von Londinium im ganzen Sommerland wie eine Stecknadel suchen? Oder müssen wir die ganze Nacht auf dieser Straße hin- und herreiten? Wenn wir schon nicht die Lichter von Camelot in der Dunkelheit sehen, dann müßten wir doch wenigstens etwas von den hundert Rittern, Dienstboten, Pferden und Rindern der Burg hören. Artus' Männer bewachen die Straßen in der Umgebung... von seinen Wachtürmen wird doch alles beobachtet, was sich auf der Straße bewegt!«
Aber am Ende blieb ihnen keine andere Wahl, als Laternen zu entzünden und wieder in Richtung Süden zu reiten. Morgause ritt diesmal neben Cormac an der Spitze des Zuges. Nebel und Regen schienen jedes Geräusch zu verschlucken, selbst das Echo, und schließlich fanden sie sich wieder vor der zerfallenen Römischen Mauer, an der sie schon einmal kehrtgemacht hatten. Cormac fluchte, schien sich aber auch zu ängstigen.
»Herrin, ich kann es nicht verstehen. Es tut mir leid...«
»Zum Teufel mit euch allen!« fauchte Morgause. »Sollen wir die ganze Nacht im Sattel sitzen?« Aber auch sie erkannte die Überreste der Mauer wieder. Verzweifelt und resigniert holte sie tief Luft. »Vielleicht hat der Regen morgen aufgehört, und wenn es sein muß, können wir wieder zur Römischen Straße zurückreiten. Zumindest werden wir wissen, wohin wir gekommen sind!«
»Wenn wir wirklich irgendwohin gekommen sind und nicht im Feenreich umherirren«, murmelte eine der Hofdamen und bekreuzigte sich abergläubisch. Morgause sah es, sagte aber nur: »Kein Wort mehr! Es ist schlimm genug, daß wir uns im Regen und Nebel verirrt haben. Erspart uns solchen Unsinn! Also, warum steht ihr alle hier herum? Wir können heute abend nicht weiterreiten. Schlagt schnell das Lager auf. Morgen früh werden wir wissen, was wir tun müssen.«
Sie hatte eigentlich Cormac zu sich rufen wollen, um wenigstens der Furcht zu entgehen, die sie beschlich... waren sie wirklich außerhalb der Welt und in das Unbekannte Land geraten? Aber sie unterließ es. Schlaflos lag sie unruhig bei ihren Frauen und ging im Geist noch einmal die Stationen ihrer Reise zurück. Kein Geräusch war in der Nacht zu hören, selbst die Frösche in den Sümpfen schwiegen.

Man konnte unmöglich die Stadt Camelot verfehlen, und doch hatte sie sich in nichts aufgelöst. *Oder war sie mit all ihren Männern, den Hofdamen und den Pferden in die Welt der Magie entschwunden?*
Jedesmal, wenn ihre Gedanken diesen Punkt erreichten, wünschte sie, sie hätte Cormac nicht im Zorn die Nachtwache übertragen. Mit ihm an ihrer Seite hätte sie nicht dieses erschreckende Gefühl, die Welt sei aus den Angeln geraten ... Wieder und wieder versuchte sie einzuschlafen. Aber sie starrte nur hellwach in die Dunkelheit.
Im Laufe der Nacht hörte es auf zu regnen. Als es hell wurde, wölbte sich ein wolkenloser Himmel über ihnen, obwohl überall Dunstschleier aufstiegen. Morgause erwachte aus einem unruhigen Schlummer. Im Traum hatte sie eine alte und grauhaarige Morgaine gesehen, die in einen Spiegel blickte, der ihrem eigenen glich. Morgause verließ den Pavillon in der Hoffnung, den Hügel von Camelot zu sehen, und die breite Straße, die zu den Türmen und Zinnen von Artus' Burg hinaufführte. Vielleicht waren sie auch auf einer unbekannten Straße und meilenweit von ihrem Ziel entfernt? Aber ihr Lager stand bei der zerfallenen Römischen Mauer. Morgause wußte, sie befanden sich etwa eine Meile südlich von Camelot, und während der Trupp sich marschbereit machte, blickte sie noch einmal hinauf zu dem Hügel, auf dem Camelot liegen mußte. Aber sie sah nur sanfte grüne Wiesen.
Langsam ritten sie die aufgeweichte Straße nach Norden, auf der sie die halbe Nacht hin- und hergeritten waren. Auf einem Feld weidete eine Schafherde. Aber als Morgause mit dem Hirten sprechen wollte, versteckte der Mann sich hinter einem Felsen und kam nicht wieder zum Vorschein.
»Ist dies König Artus' Frieden?« wunderte sich Morgause laut.
»Ich glaube, meine Herrin«, erklärte Cormac ehrerbietig, »hier muß ein Zauber am Werk sein ... was es auch sein mag, Camelot finden wir hier nicht.«
»Aber was sonst, in Gottes Namen?« fragte Morgause. Er murmelte nur: »Ja was, in Gottes Namen?« und fand auch keine Erklärung.
Morgause blickte wieder den Hügel empor und hörte hinter sich das ängstliche Gejammer einer Hofdame. Einen Augenblick lang schien sie Viviane zu hören, und sie sagte etwas, woran Morgause nie richtig geglaubt hatte – Avalon sei im Nebel entschwunden, und wenn sich jemand dorthin auf den Weg machte, der nicht ein Druide oder eine Priesterin war und den Weg nicht kannte, würde er nur auf die Insel der Priester, nach Glastonbury gelangen ...

Sie konnten ihre Spuren bis zur Römischen Straße zurückverfolgen... Aber Morgause empfand eine wachsende Angst: Vielleicht war die Römische Straße ebenfalls verschwunden. Vielleicht war Lothian verschwunden, und sie war mit diesen Männern und Frauen allein auf der Erde. Fröstelnd erinnerte sie sich an ein paar Worte aus der Heiligen Schrift, die sie einmal von Gwenhwyfars Hauspriester gehört hatte. Sie berichteten vom Ende der Welt...

Und ich sage euch, zwei Frauen werden Seite an Seite Korn mahlen, und die eine wird hinweggenommen werden, die andere aber wird bleiben...

War Camelot mit all seinen Menschen in den christlichen Himmel aufgenommen worden? War das Ende der Welt gekommen, und nur ein paar Übriggebliebene wie sie irrten über das Antlitz der öden Erde?

Sie konnten nicht ewig hierbleiben und auf ihre alten Spuren starren. Morgause erklärte: »Wir werden bis zur Römischen Straße zurückreiten.« Aber sie dachte: *Wenn es noch eine Römische Straße gibt, wenn es überhaupt noch etwas gibt.* Sie blickte in den Dunst, der wie magischer Rauch aus den Sümpfen aufstieg. Die Welt schien verschwunden zu sein, und selbst die aufgehende Sonne wirkte fremd. Morgause war keine ängstliche Frau. Sie sagte sich, es sei besser, den Weg zurück zu finden, als in diesem unwirklichen Schweigen zu verharren. Camelot war wirklich, eine Stadt in der wirklichen Welt. Es konnte nicht einfach verschwinden.

Aber wenn ich an die Macht gekommen wäre, wenn Lot und ich mit unseren Plänen gegen Artus Erfolg gehabt hätten, wäre vielleicht das ganze Land so still, so trostlos und voller Schrecken...

Warum war alles so ruhig? Das einzige Geräusch auf der ganzen Welt schien der Hufschlag ihrer Pferde zu sein, aber auch das hörte sich an wie Steine, die ins Wasser fielen und lautlos in den Wellen versanken. Sie hatten die Römische Straße beinahe erreicht – oder die Stelle, wo die Römische Straße sein sollte –, als das Geräusch von Hufen auf einer festen Straße zu ihnen drang. Langsam und gemessen näherte sich ein Reiter aus Glastonbury. Im Nebel konnten sie eine dunkle Gestalt erkennen, gefolgt von einem Packtier mit einer schweren Last. Plötzlich rief einer ihrer Männer: »Seht nur, es ist der edle Lancelot vom See... einen gesegneten guten Morgen, edler Ritter!«

»Hoh! Wer reitet da?« Es war tatsächlich Lancelots wohlvertraute Stimme. Als er sich ihnen näherte, schien der freundliche Klang des

Pferdes und des Packtieres etwas von der Welt, die sie umgab, wieder freizugeben. Der Nebel trug Geräusche über große Entfernungen. Irgendwo bellte ein Hund, eine ganze Meute Hunde. Vielleicht kämpften sie nach einer hungrigen Nacht um ihr Fressen. Aber dieses einfache und alltägliche Geräusch durchbrach das unwirkliche Schweigen.

»Die Königin von Lothian«, rief Cormac. Lancelot brachte sein Pferd vor Morgause zum Stehen.

»Sieh da, Tante, ich hatte nicht damit gerechnet, Euch hier zu begegnen... Begleiten Euch vielleicht Gawain oder Gareth?«

»Nein«, erwiderte Morgause, »ich reite allein nach Camelot.« *Wenn es auf dieser Welt einen solchen Ort noch gibt!* dachte sie gereizt. Sie musterte Lancelot aufmerksam, als er sie mit ein paar höflichen Worten begrüßte. Er wirkte erschöpft und mitgenommen von der Reise. Seine schäbige Kleidung war nicht allzu sauber, und er trug einen billigen Mantel, den sie nicht einmal einem ihrer Stallburschen zugemutet hätte. *Ja, ja, der schöne Lancelot. Gwenhwyfar wird ihn jetzt nicht mehr so verführerisch finden. Selbst ich würde keinen Finger mehr rühren, um ihn in mein Bett zu holen.*

Aber dann lächelte er, und sie dachte: *Trotzdem ist er noch ein schöner Mann.*

»Wollen wir zusammen weiterreiten, Tante? Mich führt eine sehr traurige Mission nach Camelot.«

»Wie ich höre, wart Ihr auf der Suche nach dem Gral. Habt Ihr ihn gefunden, oder war Eure Suche vergebens? Ihr macht so ein langes Gesicht.«

»Einem Mann wie mir ist es nicht bestimmt, das größte Mysterium zu finden. Aber ich bringe den, der den Gral in seinen Händen hielt. Ich reite nach Camelot, um zu verkünden, daß die Suche beendet ist. Der Gral ist für immer der Welt entrückt.«

Jetzt sah Morgause auf dem Packtier den verhüllten Körper eines Mannes. Sie flüsterte: »Wer ist es...?«

»Galahad«, erwiderte Lancelot ruhig. »Mein Sohn hat den Gral gefunden, und wir wissen jetzt, daß kein Mensch seinen Anblick überlebt. Wäre ich es doch gewesen... und sei es auch nur, um meinem König nicht die schreckliche Nachricht überbringen zu müssen. Der Mann, der nach ihm den Thron besteigen sollte, ist uns in jene Welt vorausgegangen, in der er seine Suche unbeschadet in alle Ewigkeit fortsetzen kann...«

Morgause erschauerte.

Jetzt wird es wahrhaftig sein, als habe es Artus nie gegeben. Das Land wird keinen König mehr haben außer dem König im Himmel, den die Priester beherrschen, die auch Artus in der Hand haben . . . Ärgerlich verscheuchte sie diese Gedanken. *Galahad ist tot. Jetzt muß Artus Gwydion zu seinem Erben bestimmen.*
Lancelot warf einen traurigen Blick auf das Packtier mit Galahads Leichnam. Aber er sagte nur: »Wollen wir reiten? Ich mochte die Nacht nicht auf der Straße verbringen. Aber der Nebel war so dicht, daß ich fürchtete, mich zu verirren. Ich glaubte, es seien die Nebel von Avalon!«
»Wir konnten weder Camelot noch Avalon im Nebel finden...«, begann Cormac. Aber Morgause unterbrach ihn gereizt.
»Genug von diesem Unsinn«, erklärte sie. »Wir fanden den Weg in der Dunkelheit nicht und ritten die halbe Nacht hin und her. Auch wir wollen Camelot so schnell wie möglich erreichen, mein Neffe.«
Einige ihrer Männer kannten Lancelot und auch Galahad. Sie drängten sich um den Leichnam und gaben ihrem Mitgefühl und ihrer Anteilnahme Ausdruck. Lancelot hörte ihnen traurig zu, mahnte aber dann zum Aufbruch.
»Später, später bleibt uns noch Zeit genug zum Trauern. Ich habe es weiß Gott nicht eilig, Artus die Nachricht zu überbringen. Aber sie wird auch nicht erfreulicher, wenn ich zögere. Laßt uns weiterreiten.«
Der Nebel wurde dünner und löste sich rasch auf, als die Sonne höherstieg. Sie ritten auf dem Weg zurück, auf dem Morgause stundenlang umhergeirrt war. Es dauerte nicht lange, und ein anderes Geräusch durchbrach das Schweigen des gespenstischen Morgens. Aus der Höhe von Camelot ertönte klar und hell eine Trompete. Und dort, bei den vier Apfelbäumen, zog sich unübersehbar im hellen Sonnenlicht Artus' breite Straße den Hügel hinan.

Es schien nur richtig, daß Morgause in Camelot als erstes ihrem Sohn Gareth begegnete. Er trat ihnen vor dem großen Stadttor entgegen, erkannte Lancelot und eilte auf ihn zu. Lancelot sprang mit einem Satz vom Pferd und umarmte ihn herzlich.
»Du bist es, Vetter...«
»Ja, so ist es... Cai ist zu alt und zu steif, um hier draußen noch Gäste zu begrüßen. Wie gut, daß du nach Camelot zurückkehrst, Vetter. Aber wie ich sehe, hast du Galahad nicht gefunden, Lance.«

»Oh, doch«, erwiderte Lancelot traurig. Gareth hatte trotz seines dichten Bartes noch immer das alte jungenhafte Gesicht, und es zeigte sich Trauer und Entsetzen, als er die verhüllte Gestalt auf dem Packtier sah.
»Ich muß Artus die Neuigkeit sofort überbringen. Führe mich zu ihm, Gareth.«
Gareths Hand ruhte auf Lancelots Schulter, und er sagte mit gesenktem Kopf: »Ein böser Tag für Camelot. Ich habe es schon einmal gesagt. Der Gral scheint mir das Werk eines Teufels und nicht das Werk eines Gottes zu sein.«
Lancelot schüttelte den Kopf, und Morgause glaubte, ein Leuchten ginge von ihm aus, als sei sein Körper durchsichtig. Hinter seinem traurigen Lächeln lag verborgene Freude. »Nein, mein lieber Vetter«, antwortete er. »Diesen Gedanken mußt du ein für allemal aus deinem Kopf verbannen. Galahad hat erhalten, was Gott ihm schenkte, und weiß Gott, wir anderen ebenfalls. Aber Galahads Zeit ist um, er ist vom menschlichen Schicksal befreit. Unser Schicksal wartet noch auf uns, lieber Gareth ... Gott gebe, daß wir ihm mit dem gleichen Mut entgegentreten wie er.«
»Amen«, sagte Gareth, und zu Morgauses ungläubigem Entsetzen bekreuzigte er sich. Dann blickte er plötzlich zu ihr auf.
»Seid Ihr es, Mutter? Vergebt mir ... in Eurer Gesellschaft hätte ich Lancelot am wenigsten erwartet.« Er küßte gehorsam ihre Hand. »Ich werde einen Kämmerer rufen, der Euch zur Königin bringt, meine Mutter. Sie wird Euch mit ihren Hofdamen willkommen heißen, während Lancelot beim König ist.«
Morgause ließ sich zur Königin führen und überlegte, weshalb sie eigentlich gekommen war. In Lothian herrschte sie als Königin – hier in Camelot mußte sie bei Gwenhwyfars Hofdamen sitzen und erfuhr nur etwas, wenn einer ihrer Söhne sich die Mühe machte, ihr zu berichten, was vorging.
Sie befahl dem Kämmerer: »Benachrichtigt meinen Sohn Gwydion ... den edlen Mordred ... davon, daß seine Mutter hier ist. Bittet ihn, mich so bald wie möglich aufzusuchen.« Aber sie überlegte niedergeschlagen, ob er an diesem merkwürdigen Hof sich die Mühe machen würde, ihr auch nur soviel Achtung entgegenzubringen wie Gareth. Und noch einmal hatte sie das Gefühl, es sei falsch gewesen, nach Camelot zu kommen.

Gwenhwyfar glaubte viele Jahre lang, Artus gehöre nicht ihr, sondern seinen Gefährten, wenn die Ritter der Tafelrunde sich versammelten. Sie ertrug diese Einmischung in ihr Leben und ihre Anwesenheit nur widerwillig. Der Gedanke ließ sie nicht los, Artus und sie hätten vielleicht ein glücklicheres Leben führen können, wenn sie nicht König und Königin auf Camelot gewesen wären.

Und doch wurde ihr im Jahr der Suche nach dem Gral allmählich bewußt, daß sie eigentlich wenig Grund zum Klagen gehabt hatte. Ohne die Ritter wirkte Camelot wie eine Geisterstadt, und Artus wanderte schweigend durch die verlassene Burg, wie der Geist, der Camelot heimsuchte.

Es lag nicht daran, daß sie des Königs Gesellschaft nicht genoß, als sie ihn endlich für sich hatte, aber sie begriff allmählich, wie sehr er mit den Legionen und dem neuen Camelot verwachsen war. Er begegnete ihr mit aufrichtiger Höflichkeit und Freundlichkeit. Sie verbrachte mehr Zeit mit ihm zusammen als je zuvor. Aber ein Teil von ihm schien Camelot mit den Gefährten verlassen zu haben und begleitete sie, wo immer sie auch sein mochten. Hier bei ihr blieb nur ein Bruchteil seiner selbst zurück. Sie liebte Artus als Mann ebenso sehr wie als König. Und jetzt erkannte sie, wieviel weniger der Mann ohne seine Aufgaben als König war – denn sie hatten zum größten Teil sein Leben geprägt. Gwenhwyfar schämte sich, weil sie es bemerkte.

Sie sprachen nie über die abwesenden Gefährten. In diesem Jahr lebten sie ruhig und friedlich von einem Tag auf den anderen. Sie unterhielten sich nur über alltägliche Dinge – über Brot und Fleisch, die Früchte aus dem Obstgarten, den Wein aus den Kellern, über einen neuen Mantel oder über Schuhschnallen. Einmal sah Artus sich in der verwaisten Halle der Tafelrunde um und fragte: »Sollen wir sie nicht lieber wegräumen lassen, bis meine Gefährten wieder zurück sind, meine Liebe?«

»Nein«, widersprach sie schnell, »nein, mein Lieber! Die Halle wurde für die runde Tafel gebaut. Ohne sie würde man glauben, in einer großen, leeren Scheune zu sein. Laß sie bitte stehen. Du und ich und unser Haushalt können unsere Mahlzeiten in der kleineren Halle einnehmen.«

Er lächelte Gwenhwyfar an, und sie wußte, er freute sich, daß sie das gesagt hatte.

»Wenn die Ritter von der Suche zurückkommen, können wir hier wieder ein großes Fest veranstalten«, sagte der König, schwieg aber dann. Gwenhwyfar wußte, daß er sich fragte, wieviel je zurückkehren würden.

Cal war bei ihnen, der alte Lucan und zwei oder drei der Gefährten, die alt und gebrechlich waren, oder alte Wunden pflegten ... und Gwydion – Mordred, wie man ihn jetzt nannte. Er war immer an ihrer Seite wie ein erwachsener Sohn. Gwenhwyfar sah ihn oft an und dachte:

Er ist der Sohn, den ich Lancelot hätte schenken können.

Dann strömte brennende Hitze durch ihren ganzen Körper, und Schweiß trat ihr auf die Stirn, wenn sie an diese Nacht dachte, in der Artus sie in Lancelots Arme getrieben hatte. Die fliegende Hitze überfiel sie jetzt oft. Sie wußte nicht mehr, ob es heiß oder kalt in einem Raum war. Oder lag es nur an dieser merkwürdigen inneren Hitze? Gwydion behandelte sie freundlich und ehrerbietig. Er nannte sie immer ›Herrin‹ und manchmal auch scheu ›Tante‹. Die Schüchternheit dieser familiären Anrede freute sie und brachte Gwydion ihrem Herzen näher. Außerdem erinnerte er sie an Lancelot, allerdings war er stiller und nicht so fröhlich. Lancelot war stets zu Späßen und Wortspielereien aufgelegt gewesen. Gwydion lächelte nur und hatte stets eine geistreiche Bemerkung auf der Zunge, die wie ein Hieb oder Nadelstich wirkte. Er war boshaft und schlagfertig, und sie konnte über seine grausamen Späße nicht lachen.

Eines Abends saßen sie wie immer beinahe allein an der Tafel. Artus sagte: »Bis Lancelot wieder zu uns zurückkommt, mein lieber Neffe, möchte ich, daß Ihr seinen Platz als Oberster seiner Reiterei übernehmt.«

Gwydion lachte leise. »Das ist keine schwere Aufgabe, mein Onkel und Gebieter ... im Stall stehen nur noch wenige Pferde. Die besten Pferde verließen uns mit den Rittern und Euren Gefährten. Vielleicht wird sogar ein Pferd den Gral finden!«

»Oh, seid still«, sagte Gwenhwyfar. »Ihr dürft über die Gralssuche nicht spotten!«

»Weshalb nicht, Tante? Die Priester erklären uns immer wieder, daß wir die Schafe auf der Weide unseres Herrn sind. Für mich war ein Pferd schon immer ein edleres Tier als jedes Schaf, und wenn Schafe sich auf die Suche nach dem Heiligen Geist machen ... wer kann also sagen, daß nicht das edlere Tier den Gral finden wird! Selbst ein altes Schlachtroß sucht vielleicht am Ende geistigen Trost. Wie sagt man, der Löwe wird eines Tages friedlich neben dem Lamm liegen ...«

Artus lachte gequält. »Werden wir unsere Pferde wieder für den Krieg brauchen? Seit der Schlacht am Berg Badon herrscht Friede im Land...«

»Abgesehen von dem Feldzug gegen Lucius«, entgegnete Gwydion. »Und wenn ich etwas in meinem Leben gelernt habe, dann das, Friede kann nicht von Dauer sein. An der Küste landen die wilden Nordmänner in ihren Drachenschiffen. Wenn das Volk Artus' Legionen zu Hilfe rufen will, gibt man ihm zur Antwort: ›Des Königs Gefährten sind auf der Suche nach ihrem Seelenfrieden davongeritten!‹ Deshalb erbittet das Volk Hilfe bei den Sachsenkönigen im Süden. Aber wenn die Suche nach dem Gral zu Ende ist, werden sie sich zweifellos wieder Artus und Camelot zuwenden... ich habe das Gefühl, wenn dieser Tag kommt, werden Pferde knapp sein. Lancelot wird von dem Gral und seinen anderen Taten so sehr in Anspruch genommen, daß er kaum Zeit hat, sich um die Ställe des Königs zu kümmern.«

»Nun, ich habe Euch gesagt, Ihr sollt seinen Platz einnehmen«, erwiderte Artus. Gwenhwyfar bemerkte, daß seine Stimme gereizt und alt klang, ohne die frühere Stärke. »Als Oberster meiner Reiterei habt Ihr die Macht, in meinem Namen Pferde zu erwerben. Lancelot verhandelte früher mit Pferdehändlern aus dem Süden...«

»Dann werde ich es auch tun«, erklärte Gwydion. »Früher kamen die besten Pferde aus Spanien. Aber jetzt, mein Onkel und Gebieter, kommen sie von noch weiter her. Die Spanier kaufen selbst Pferde aus einem Wüstenland in Afrika. Jetzt beginnen diese Sarazenen sogar Spanien zu überrennen... das hörte ich von dem Sarazenenritter Palomides, der eine Zeitlang hier Gast war und dann weiterritt, um Abenteuer bei den Sachsen zu suchen. Er ist kein Christ. Er wunderte sich, daß all diese Ritter sich auf die Suche nach dem Gral machten, wenn im Land Krieg herrscht.«

»Ich habe mit Palomides gesprochen«, sagte Artus, »er besitzt ein Schwert aus spanischem Stahl... dieses Schwert hätte ich auch nicht verachtet, obwohl ich glaube, es ist nicht besser als Excalibur. In unserem Land gibt es kein Schwert mit einer so scharfen Klinge. Ich bin froh, daß ich einem solchen Schwert nie auf dem Turnierplatz begegnet bin. Die Nordmänner kämpfen mit großen Streitäxten und Keulen. Aber ihre Waffen sind nicht einmal so gut wie die der Sachsen.«

»Aber sie sind gefürchtete Kämpfer«, erklärte Gwydion. »Sie geraten beim Kampf in Raserei wie früher die Stämme in Lothian. Sie werfen

in der Schlacht ihre Schilde beiseite... nein, mein König, wir haben vielleicht lange Zeit Frieden gehabt. Aber so wie die Sarazenen allmählich Spanien überrennen, so drängen die Nordmänner und die wilden Iren kampfbereit an unsere Küsten. Irgendwann einmal werden die Sarazenen für Spanien ebenso gut sein wie die Sachsen es für dieses Land sind...«
»Gut für dieses Land?« Artus sah den jungen Mann erstaunt an. »Was höre ich da, Neffe?«
»Als die Römer uns verließen, mein Gebieter, lebten wir am Ende der Welt allein mit den halbwilden Stämmen. Der Krieg mit den Sachsen zwang uns, über uns hinauszuwachsen«, erklärte er. »Wir trieben Handel mit der Bretagne, mit Spanien und den Ländern im Süden. Wir mußten Waffen und Pferde erstehen und neue Städte bauen... Euer Camelot ist ein guter Beweis dafür. Ich spreche nicht einmal vom Wirken der Priester. Sie sind inzwischen zu den Sachsen gezogen und haben aus den wilden, barbarischen Stämmen, die heidnische Götter anbeteten, zivilisierte Menschen mit Städten gemacht, die selbst Handel treiben. Ihre Könige sind Eure Vasallen! Worauf sonst hat das ganze Land gewartet? Jetzt haben sogar sie Klöster und gelehrte Männer, die Bücher schreiben und vieles mehr... ohne die Kriege gegen die Sachsen, mein Gebieter Artus, wäre Uthers altes Reich ebenso vergessen wie das des Maximus.«
Fast belustigt fragte der König: »Dann glaubt Ihr zweifellos, der mehr als zwanzigjährige Frieden gefährdet Camelot. Wir brauchen neue Kriege und Kämpfe, die uns wieder in die Welt zurückführen. Man erkennt sofort, daß Ihr kein Krieger seid, junger Mann. Ich habe weniger märchenhafte Vorstellungen vom Krieg.«
Gwydion lächelte ihn an. »Wieso glaubt Ihr, ich sei kein Krieger, mein Gebieter? Ich habe unter Euren Männern gegen Lucius gekämpft, der Kaiser sein wollte. Ich hatte dabei genug Gelegenheit, mir meine eigene Vorstellung von Kriegen zu bilden. Ohne Kriege wärt Ihr in tiefere Vergessenheit gesunken als die unbedeutenden Könige in Wales und in Irland... wer kennt heute noch die lange Reihe der Könige von Tara?«
»Ihr glaubt, dasselbe könne eines Tages mit Camelot geschehen, mein Junge?«
»Ja, mein Onkel und König. Was hört Ihr lieber: Die Weisheit eines Druiden oder die Schmeicheleien eines Höflings?«
Artus erwiderte lachend: »Wie wäre es mit dem klugen Rat eines Mordred.«

»Der Höfling, mein König, würde sagen: König Artus' Reich wird ewig bestehen und die Erinnerung an den König wird immer lebendig bleiben. Der Druide würde sagen: Alle Menschen vergehen. Eines Tages wird es ihnen mit all ihrem Ruhm und ihrer Weisheit so ergehen wie Atlantis, das im Meer versunken ist. Allein die Götter sind unvergänglich.«
»Und was würde mein Neffe und mein Freund sagen?«
»Euer *Neffe*«, Mordred legte gerade soviel Betonung in das Wort, daß Gwenhwyfar hörte, es hätte *Euer Sohn* heißen sollen..., »mein Onkel und Gebieter, würde sagen: Wir leben für die Gegenwart und nicht dafür, was die Geschichte in tausend Jahren vielleicht über uns sagen wird. Und deshalb würde Euer Neffe Euch raten, daß auch Eure Ställe die ruhmreichen Zeiten widerspiegeln, in denen Artus' Pferde und Truppen überall bekannt und gefürchtet waren. Niemand sollte sagen können, der König wird alt, und seit seine Ritterschaft den Gral sucht, liegt ihm wenig daran, seine Männer und Pferde kampfbereit zu halten.«
Artus schlug ihm freundlich auf die Schulter. »So soll es geschehen, mein lieber Junge! Ich vertraue Eurem Urteil. Laßt aus Spanien, oder wenn Ihr wollt aus Afrika Pferde kommen, die dem Ruf von Artus' Legion gerecht werden. Kümmert Euch um ihre Ausbildung!«
»Dafür werde ich Sachsen suchen müssen«, erwiderte Gwydion. »Die Sachsen verstehen wenig von unserer Kunst, vom Pferd aus zu kämpfen... Ihr habt immer gesagt, es sollte ein Geheimnis bleiben. Ist es Euer Wille, daß die Sachsen in unseren Kampfmethoden ausgebildet werden, nachdem sie unsere Verbündeten sind?«
Artus sah ihn beunruhigt an. »Ich fürchte, ich muß auch das Euch überlassen.«
»Ich werde mich darum bemühen, mein Bestes zu tun«, erwiderte Gwydion. »Aber, mein Herr und Gebieter, wir haben zu lange über Pferde und Kriege gesprochen und die Damen gelangweilt... verzeiht mir, meine Königin«, fügte er mit einem gewinnenden Lächeln an Gwenhwyfar hinzu, »sollten wir nicht etwas Musik hören? Ich bin sicher, die Herrin Niniane holt gerne ihre Harfe und wird für Euch singen, mein Herr und mein König.«
»Ich bin immer glücklich, wenn meine Nichte Harfe spielt«, erwiderte Artus ernst, »vorausgesetzt, meine Herrin ist damit einverstanden.«
Gwenhwyfar nickte Niniane zu. Sie holte die Harfe und begann zu singen. Gwenhwyfar lauschte ihrer Musik mit Vergnügen – Niniane

spielte gut, und sie hatte eine schöne Stimme, aber sie war weder so rein noch so kraftvoll wie Morgaines Stimme. Während sie Gwydion beobachtete, der den Blick nicht von Taliesins Tochter wandte, dachte sie: *Warum müssen wir an einem christlichen Hof immer eine der Frauen der Herrin vom See dulden?*

Es beunruhigte sie. Obwohl Gwydion ein ebenso guter Christ zu sein schien wie alle anderen am Hof. Sowohl er wie auch Niniane besuchten jeden Sonntag die Messe. Sie konnte sich gar nicht mehr daran erinnern, wieso sie Niniane zu einer ihrer Hofdamen gemacht hatte. Sie wußte nur noch, daß Gwydion sie an den Hof brachte und die Königin bat, sie als Artus' Verwandte und Taliesins Tochter aufzunehmen. Gwenhwyfar dachte nur mit den freundlichsten Gefühlen an Taliesin. Sie hatte seine Tochter gern aufgenommen. Aber inzwischen schien Niniane, ohne sich in den Vordergrund gedrängt zu haben, den Platz ihrer ersten Hofdame einzunehmen. Artus behandelte sie immer mit größter Aufmerksamkeit und bat sie oft zu singen. Wenn Gwenhwyfar die beiden manchmal beobachtete, fragte sie sich, ob er in ihr mehr als eine Verwandte sah.

Aber nein, sicher nicht. Wenn Niniane am Hof einen Geliebten hatte, war es vermutlich Gwydion. Gwenhwyfar entging nicht, wie er sie ansah... und doch versetzte es ihr einen Stich. Niniane war so hübsch, wie sie selbst gewesen war. Nun war sie nur noch eine alternde Frau mit verblichenen Haaren, farblosen Wangen und einem erschlaffenden Körper... Niniane stellte die Harfe beiseite und zog sich zurück. Gwenhwyfar sah Artus etwas verdrießlich an, als sie mit ihm die Halle verließ.

»Ihr wirkt erschöpft, meine Gemahlin. Was fehlt Euch?«

»Gwydion sagte, Ihr seid alt...«

»Meine teure Gemahlin. Ich sitze seit einunddreißig Jahren auf Britanniens Thron und Ihr an meiner Seite. Glaubt Ihr, es gibt noch einen Menschen im Reich, der uns immer noch als jung bezeichnen kann? Als wir den Thron bestiegen, waren die meisten unserer Untertanen noch nicht einmal geboren. Obwohl... ich weiß nicht, wie es kommt, daß Ihr immer noch so jung ausseht.«

»Oh, mein Gemahl, ich wollte kein Loblied hören«, entgegnete sie ungeduldig.

»Du solltest dich geschmeichelt fühlen, Gwen. Auch Gwydion versucht nicht, seinen alten König mit leeren Worten oder Lügen zu täuschen. Er ist aufrichtig, und das schätze ich an ihm. Ich wünschte...«

»Ich weiß, was du wünschst«, unterbrach sie ihn wütend. »Du möchtest ihn als deinen Sohn anerkennen, damit er und nicht Galahad nach dir auf dem Thron sitzt...«
Artus wurde rot. »Gwenhwyfar, müssen wir uns über diesen Punkt immer streiten? Die Priester dulden ihn nicht als König, und damit ist die Sache erledigt.«
»Ich kann nicht anders, ich muß immer daran denken, wessen Sohn er ist...«
»Ich kann nicht anders, ich muß immer daran denken, daß er *mein* Sohn ist...«, erwiderte Artus freundlich.
»Ich traue Morgaine nicht. Du hast selbst herausgefunden, daß sie...«
Seine Züge verhärteten sich, und sie wußte, daß er darüber nichts hören wollte. »Gwenhwyfar, mein Sohn ist bei der Königin in Lothian aufgewachsen. Ihre Söhne sind die Stützen und Säulen meines Reichs. Was hätte ich ohne Gawain und Gareth getan? Und jetzt ist Gwydion an ihre Stelle getreten... einen besseren und liebenswürdigeren Freund und Gefährten kann ich mir nicht wünschen. Ich denke nicht schlechter über Gwydion, weil er bei mir blieb, als alle anderen Gefährten mich verließen.«
Gwenhwyfar wollte nicht mit ihm streiten. Sie griff versöhnlich nach seiner Hand und sagte: »Glaubt mir, mein Gebieter, ich liebe Euch mehr als alles andere auf dieser Welt.«
»Ja, ich glaube Euch, meine Liebe«, sagte Artus. »Bei den Sachsen heißt es: Der Mann ist gesegnet, der eine gute Frau, einen guten Freund und ein gutes Schwert hat. Und all das habe ich gehabt, meine Gwenhwyfar.«
»Oh, diese Sachsen«, lachte sie. »So viele Jahre habt Ihr gegen sie gekämpft und jetzt bedient Ihr Euch ihrer weisen Sprüche...«
»Wozu ist der Krieg gut... wie Gwydion sagt... wenn wir von unseren Feinden nichts lernen? Irgend jemand sagte vor langer Zeit... vielleicht war es sogar Gawain... etwas über die Sachsen und die Gelehrten in ihren Klöstern. Er sagte, man kann es mit einer Frau vergleichen, die geschändet wird. Nachdem die Barbaren wieder in ihren Schiffen davongesegelt sind, schenkt sie einem guten Sohn das Leben... was ist besser? Nur das Schlechte zu haben, oder alles Gute anzunehmen, das aus dem Schlechten vielleicht entsteht, wenn das Übel einmal geschehen ist und nicht mehr rückgängig gemacht werden kann?«
Gwenhwyfar erklärte stirnrunzelnd: »Ich glaube, so etwas kann sich nur ein Mann ausdenken!«

»Nein, ich wollte nicht an das alte Leid rühren, mein teures Herz«, erklärte er besänftigend, »aber Morgaine und mir widerfuhr das vor vielen Jahren.« Sie bemerkte, daß er diesmal den Namen seiner Schwester ohne die Kälte aussprach, die sonst immer in sein Gesicht trat. »Wäre es besser, wenn aus der Sünde, die ich mit Morgaine begangen habe ... denn du bestehst darauf, daß es eine Sünde ist ... überhaupt nichts Gutes entsteht? Oder sollte ich dankbar sein, daß Gott mir trotz allem einen guten Sohn geschenkt hat ... denn die Sünde ist geschehen, und kein Weg führt zur Unschuld zurück. Morgaine und ich trennten uns nicht in Freundschaft. Ich weiß nicht, wo sie lebt, oder wie es ihr geht. Ich nehme an, ich werde sie vor dem Jüngsten Gericht auch nicht mehr wiedersehen. Aber ihr Sohn ist jetzt die Stütze meines Throns. Sollte ich ihm wegen der Mutter mißtrauen, die ihn geboren hat?«

Gwenhwyfar wollte erwidern: *Ich traue ihm nicht, weil er in Avalon erzogen wurde.*

Aber ihr lag nichts an einem Streit, und deshalb schwieg sie. An der Tür ihres Gemachs ließ Artus ihre Hand nicht los und fragte zärtlich: »Wünscht Ihr, daß ich heute nacht zu Euch komme, Herrin?«

Sie wich seinem Blick aus und antwortete: »Nein, nein ... ich bin müde.« Sie versuchte den Ausdruck der Erleichterung in seinen Augen nicht zu sehen. Sie überlegte, ob Niniane oder eine andere Frau in letzter Zeit sein Bett teilte. Aber sie würde sich nicht soweit erniedrigen, seinen Kammerherrn zu fragen. *Warum sollte ich mich darum kümmern, wer es ist, wenn ich nicht sein Bett teile?*

Die Dunkelheit des Winters brach herein, und dann näherte sich wieder der Frühling. Gwenhwyfar erklärte eines Tages heftig: »Ich wollte, diese Suche sei vorüber, und die Ritter kämen wieder zurück ... mit oder ohne Gral!«

»Nein, meine Liebe, sie haben einen Schwur abgelegt«, erwiderte Artus. Aber einige Stunden später näherte sich tatsächlich ein Reiter der Burg. Und sie sahen, daß es Gawain war.

»Seid Ihr es, Vetter?« Artus umarmte ihn und küßte ihn auf beide Wangen. »Ich hatte nicht gehofft, Euch zu sehen, ehe das Jahr vorüber ist ... habt Ihr nicht geschworen, den Gral ein Jahr und einen Tag lang zu suchen?«

»Das habe ich getan«, erwiderte Gawain. »Aber ich habe den Eid nicht gebrochen, mein Gebieter. Und der Priester dort soll mich nicht ansehen, als sei ich eidbrüchig. Ich habe den Gral hier in der Burg gesehen, Artus. Es ist ebenso wahrscheinlich, daß ich ihn hier wiedersehe als in irgendeinem entfernten Winkel der Welt. Ich ritt landauf landab, hierhin und dahin. Aber ich hörte nie mehr ein Wort über den Gral. Eines Tages dämmerte mir, daß ich ihn ebensogut dort suchen konnte, wo ich ihn schon einmal gesehen habe ... in Camelot und bei meinem König. Selbst wenn es bedeutet, daß ich ihn jeden Tag bei der Messe auf dem Altar suchen muß und nirgend sonst.«

Artus lächelte und umarmte ihn wieder. Gwenhwyfar sah, wie seine Augen feucht wurden. »Tretet ein, Vetter«, sagte er einfach. »Willkommen auf Camelot.«

Einige Tage später kam auch Gareth zurück. »Ich hatte eine Vision, und ich glaube, sie kam von Gott«, sagte er beim Abendessen in der Halle. »Im Traum sah ich den Gral unverhüllt in aller Schönheit vor mir. Aus dem Licht, das den Gral umgab, sagte eine Stimme zu mir: ›Gareth, Artus' Gefährte, mehr wirst du in diesem Leben nicht vom Gral sehen. Warum willst du Visionen und Ruhm suchen, wenn dein König dich in Camelot braucht? Du kannst Gott dienen, wenn du im Himmel bist. Aber solange du auf der Erde lebst, diene deinem König in Camelot!‹ Nach dem Aufwachen erinnerte ich mich, daß selbst Christus gesagt hat: ›Gib dem Cäsar, was des Cäsars ist!‹ Deshalb kehrte ich um. Unterwegs traf ich Lancelot und bat ihn, das gleiche zu tun.«

»Glaubst du, du hast den Gral wirklich gefunden?« fragte Gwydion.

Gareth lachte. »Vielleicht ist der Gral selbst nur ein Traum. Als ich vom Gral träumte, befahl er mir, meinem König und Gebieter gegenüber meine Pflicht zu erfüllen.«

»Dann können wir vermutlich Lancelot bald zurückerwarten.«

»Ich hoffe, er bringt es über sich zu kommen, denn wir brauchen ihn hier wirklich«, sagte Gawain. »Aber bald ist Ostern. Dann kommen sie ohnedies alle zurück.«

Später bat Gareth seinen Ziehbruder Gwydion, die Harfe zu holen und für sie zu singen. »Denn ich habe noch nicht einmal so derbe Musik wie am Hof der Sachsen gehört«, sagte er. »Ich denke, du hattest sicherlich Zeit, dein Spiel zu vervollkommnen, Gwydion.«

Es hätte Gwenhwyfar nicht überrascht, wenn Gwydion zugunsten von Niniane verzichtet hätte. Aber er brachte eine Harfe, die sie wiedererkannte.

»Ist das nicht Morgaines Harfe?«

»So ist es. Sie hat sie in Camelot zurückgelassen. Wenn sie die Harfe wiederhaben möchte, kann sie sie abholen lassen oder selbst kommen und sie mir nehmen. Bis zu diesem Tag gehört sie mir. Ich glaube, sie hätte nichts dagegen, denn sie hat mir nie etwas anderes geschenkt.«

»Außer Euer Leben«, sagte Artus mit leichtem Tadel. Gwydion warf ihm einen so bitteren Blick zu, daß es Gwenhwyfar ins Herz schnitt. Seine kalte Antwort hörten nur der König und die Königin. »Soll ich dafür dankbar sein, mein Gebieter und König?« Noch ehe Artus antworten konnte, begann er zu spielen. Gwenhwyfar entsetzte sich über das Lied.

Gwydion sang die Ballade vom Fischerkönig, der in einer Burg mitten in einem öden Land lebte. Und während der König alt wurde und seine Kräfte versiegten, verdorrte das Land und wurde unfruchtbar. Erst wenn ein junger Mann kam und dem alten König den Gnadenstoß versetzte, konnte sich das Land mit dem Blut des alten Königs durch den neuen König verjüngen und wieder erblühen.

»Glaubt Ihr das?« erkundigte sich Artus unbehaglich. »Verdorrt ein Land, in dem ein alter König regiert?«

»O nein, mein Gebieter. Was sollten wir ohne die Weisheit Eurer Jahre tun? Aber in alter Zeit war es bei den Stämmen so. Die Göttin des Landes war unsterblich. Der König herrschte, solange es ihr gefiel. Wenn der Hirschkönig alt wurde, erhob sich ein junger Hirsch aus der Herde und brachte ihn zu Fall... aber wir leben an einem christlichen Hof. Ihr habt keine solchen heidnischen Bräuche, mein König. Ich glaube, die Ballade vom Fischerkönig ist nur ein Symbol für das Gras. Denn wie es sogar in Eurer Heiligen Schrift heißt, gleicht es dem Körper des Menschen und grünt nur ein Jahr. Der König des öden Landes ist nur ein Symbol der Welt, die in jedem Jahr mit dem Gras stirbt und sich im Frühling erneuert. Das sagen alle Religionen... selbst Christus war vergänglich wie der Fischerkönig, als er am Kreuz starb. Aber jedes Jahr an Ostern kehrt er aufs neue zurück...« Er griff in die Saiten und sang leise:

»Denn ach, die Tage der Menschen sind wie ein Blatt, das vom Baum fällt, und wie Gras, das verdorrt.
Auch du wirst vergessen sein, wie die Blüte, die ins Gras fällt, wie der Wein, der vergossen wird, und den die Erde trinkt.
Aber wie der Frühling wiederkehrt, so erblüht das Land und das Leben, das sich Jahr für Jahr erneuert...«

Gwenhwyfar erkundigte sich: »Ist das aus der Heiligen Schrift, Gwydion? Vielleicht ein Psalm?«

Gwydion schüttelte den Kopf. »Es ist eine alte Hymne der Druiden. Manche sagen, sie sei sogar noch älter und stamme vielleicht aus den versunkenen Ländern. Aber jede Religion hat solche Lieder. Vielleicht gibt es wirklich nur eine Religion ...«

Artus fragte ihn bedächtig: »Bist du ein Christ, mein Junge?«

Gwydion überlegte einen Augenblick, dann antwortete er: »Ich wurde als Druide erzogen und breche meine Gelübde nicht. Ich heiße nicht Kevin, mein König. Aber Ihr kennt nicht alle Gelübde, die ich abgelegt habe.« Damit stand er ruhig auf und verließ die Halle. Artus starrte ihm nach, tadelte ihn aber nicht einmal wegen seines unhöflichen Benehmens. Gawain schimpfte: »Erlaubt Ihr, daß er sich auf so ungebührliche Weise entfernt, mein König?«

»Schon gut, schon gut«, erwiderte Artus. »Wir sind alle Verwandte hier. Ich verlange nicht, daß er mich immer behandelt, als säße ich auf dem Thron. Er weiß so gut wie jeder andere in diesem Raum, daß er mein Sohn ist. Soll er immer nur den Höfling spielen?«

Aber Gareth blickte ihm besorgt nach. Leise sagte er: »Ich wünsche aus ganzem Herzen, Galahad würde an den Hof zurückkehren. Gott schenke ihm eine Vision, wie ich sie hatte, denn Ihr braucht ihn hier mehr, als Ihr mich hier braucht, mein König. Wenn er nicht bald kommt, werde ich mich selbst auf die Suche nach ihm machen.«

Wenige Tage vor Pfingsten kehrte Lancelot endlich zurück.

Man hatte die Ankömmlinge von weitem gesehen – Reiter, Damen, Pferde und Packtiere. Gareth rief alle Männer zur Begrüßung an die unteren Tore der Burg. Gwenhwyfar stand an Artus' Seite, aber sie beachtete die Königin Morgause kaum. Sie überlegte nur flüchtig, warum die Königin von Lothian wohl gekommen war. Lancelot kniete vor Artus und berichtete ihm die traurige Neuigkeit. Und Gwenhwyfar litt unter dem Schmerz in seinen Augen ... so war es schon immer, immer gewesen. Was ihn betrübte, schnitt auch ihr ins Herz. Artus hob Lancelot auf und umarmte ihn mit feuchten Augen.

»Ich habe nicht weniger als du einen Sohn verloren, mein Freund. Wir werden ihn sehr vermissen.« Gwenhwyfar konnte sich nicht mehr zurückhalten. Sie trat zu ihm und gab Lancelot vor den Augen aller die Hand und sagte mit bebender Stimme: »Ich habe mich so danach gesehnt, daß Ihr zu uns zurückkehrt, Lancelot. Aber es schmerzt mich, daß Ihr so traurige Kunde bringt.«

Artus befahl seinen Männern ruhig: »Bringt Galahads Leichnam in die Kapelle, in der er zum Ritter geschlagen wurde, bahrt ihn dort auf. Morgen wollen wir den Ritter begraben, wie es sich für meinen Sohn und Erben geziemt.« Als er sich abwandte, schwankte er leicht. Gwydion reichte ihm schnell den Arm und stützte ihn.

Gwenhwyfar weinte jetzt nicht mehr oft, aber beim Anblick von Lancelots gequältem und gezeichnetem Gesicht glaubte sie in Tränen ausbrechen zu müssen. Was hatte er in diesem Jahr auf der Suche nach dem Gral alles erleben und erdulden müssen? Lange Krankheit, ewiges Fasten, Erschöpfung, Wunden? Sie hatte den Ritter noch nie so niedergeschlagen gesehen, selbst nicht, als er ihr die Nachricht seiner Heirat mit Elaine überbrachte. Seufzend beobachtete sie, wie Artus sich schwer auf Gwydions Arm stützte. Lancelot drückte ihr die Hand und sagte: »Jetzt freue ich mich sogar, daß Artus seinen Sohn kennen- und schätzengelernt hat. Das wird seine Trauer mildern.«

Gwenhwyfar schüttelte den Kopf, denn sie wollte nicht darüber nachdenken, was dies für Gwydion und Artus bedeutete. Morgaines Sohn! Morgaines Sohn würde Artus auf den Thron folgen . . . nein, es ließ sich nicht mehr ändern!

Gareth verbeugte sich vor ihr und sagte: »Herrin, meine Mutter ist gekommen . . .« Gwenhwyfar fiel wieder ein, daß sie nicht bei den Männern bleiben konnte, daß ihr Platz bei den Damen war. Sie konnte weder Artus noch Lancelot ein Wort des Trostes sagen. Kühl wendete sie sich an die Königin von Lothian: »Ich freue mich, Euch zu sehen, Königin Morgause.« Dabei überlegte sie: *Muß ich es als Sünde beichten, daß ich sie anlüge? Wäre es vielleicht gottgefälliger, wenn ich zu ihr sagen würde: Ich heiße Euch willkommen, wie es meine Pflicht gebietet, Königin Morgause. Aber ich bin nicht glücklich, Euch zu sehen. Ich wünsche, Ihr wärt in Lothian geblieben oder meinetwegen auch in der Hölle!*

Sie sah Niniane an Artus' Seite. Der König stand zwischen ihr und Gwydion. Das gefiel ihr nicht. Sie wandte sich an Niniane und sagte kalt: »Ich glaube, die Damen ziehen sich jetzt zurück. Bringt die Königin von Lothian in ein Gästegemach und achtet darauf, daß alles zu ihrer Bequemlichkeit geschieht.«

Gwydion sah sie ärgerlich an. Aber niemand durfte ihr widersprechen. Während Gwenhwyfar mit ihren Damen den Hof verließ, dachte sie: *Es hat auch seine Vorteile, Königin zu sein!*

Gwenhwyfar befahl ihrem Pagen: »Warte hier, ich muß mit meinem König sprechen!« Mit diesen Worten ging sie zu Artus zurück. Er

stand noch immer auf Gwydions Arm gestützt neben Lancelot und dem Maultier mit Galahads Leichnam. »Ich werde meine Priester und meine Frauen schicken, damit sie ihn aufbahren, Lancelot. Artus, ich werde Cai rufen, ich muß ein großes Mahl vorbereiten.«
Artus herrschte sie an: »Das ist kein Tag zum Feiern, Herrin! Außer einigen Verwandten ist niemand hier. Und das ist ein trauriger Anlaß! Die Frauen haben nie etwas anderes im Kopf als ihre Küche, ihre Tafel und irgendein Mahl, ganz gleich, ob es etwas zu feiern oder zu betrauern gibt!«
Aufs tiefste verwundet, wollte sie erwidern: *Ich tue es nur für dich und deine Männer!* Aber Königin Morgause drehte sich um und erklärte unbekümmert: »Und das kann nur ein Mann sagen, weil er nie daran denkt, daß all diese Leute etwas zu essen haben müssen ... sei es bei einem Fest oder bei einem Begräbnis. Sie können nicht von Luft leben! Eure Königin erfüllt ihre Pflicht wie Ihr Eure, um die willkommen zu heißen, die das Ende der Gralssuche erreicht haben.« Sie wendete sich an Gwenhwyfar und sagte: »Ich komme mit Euch. Verfügt auch über meine Hofdamen. Gehen wir in die Küche und beraten wir mit Cai und den Küchenmeistern. Die Männer sollen hier reden, während wir uns mit den wirklichen Problemen von Leben und Tod auseinandersetzen!«
In diesem Augenblick hörte man die Trompete vom Wachturm. Morgause fügte hinzu: »Es ist bald Pfingsten. Lancelot war nur der erste von vielen, die von ihrer Suche zurückkehren!«
Diesmal war Gwenhwyfar ehrlicher, als sie sagte: »Ich danke Euch, Herrin von Lothian. Ich bin Euch wirklich sehr dankbar.« Zum ersten Mal in ihrem Leben empfand sie beinahe Zuneigung für Königin Morgause.
Den ganzen Tag über trafen die Gefährten und Ritter der Tafelrunde am Hof ein. Gwenhwyfar war mit den Vorbereitungen für die Feierlichkeiten des nächsten Tages, an dem die Beerdigung stattfinden sollte, voll in Anspruch genommen. An Pfingsten würden sich alle Männer in Camelot versammeln, die von der Suche nach dem Gral zurückgekehrt waren. Sie sah viele vertraute Gesichter. Aber sie wußte, andere würden nie zurückkommen: Perceval, Bors und Lamorak ... sie begegnete Morgause liebevoll, denn sie wußte, sie trauerte aufrichtig um Lamorak. In ihren Augen hatte sich die ältere Frau mit ihrem jungen Liebhaber zwar lächerlich gemacht – aber Leid blieb Leid. Als der Priester bei der Totenmesse für Galahad auch von all den anderen sprach, die auf der Suche nach dem Gral ihr Leben

gelassen hatten, sah sie, daß Morgause hinter ihrem Schleier weinte. Nach dem Gottesdienst war ihr Gesicht rot und fleckig.

Lancelot hatte die Nacht über bei der Leiche seines Sohnes die Totenwache gehalten. Gwenhwyfar fand keine Gelegenheit, mit ihm alleine zu sprechen. Jetzt nach der Messe bat sie ihn, beim Mahl neben ihr und Artus zu sitzen. Als sie seinen Becher füllte, hoffte sie, er würde sich betrinken und sein Leid vergessen. Sie litt, wenn sie in sein gezeichnetes Gesicht blickte, in dem Schmerz und Entbehrungen tiefe Spuren hinterlassen hatten. Seine Locken waren jetzt völlig weiß... Sie liebte ihn mehr als alle anderen. Aber sie konnte ihn nicht einmal umarmen und mit ihm weinen. Viele Jahre lang hatte es sie tief geschmerzt, daß sie nie das Recht haben würde, sich vor den Augen anderer zu ihm zu bekennen. Sie mußte an seiner Seite sitzen und blieb nur die Verwandte und die Königin. Jetzt erschien ihr das noch schrecklicher als jemals zuvor. Aber er wandte sich ihr nicht zu und wich sogar ihrem Blick aus.

Artus erhob sich und trank auf die Ritter, die nie mehr zurückkehren würden. »Hier vor euch allen schwöre ich: Solange ich lebe und in Camelot noch ein Stein auf dem anderen steht, soll es ihren Frauen und Kindern nie an etwas mangeln! Ich teile euer Leid. Mein Thronerbe hat auf der Suche nach dem Gral sein Leben gelassen.« Er wandte sich um und streckte die Hand nach Gwydion aus, der sich ihm feierlich näherte. In seiner einfachen weißen Tunika und dem goldenen Ring in den dunklen Haaren wirkte er jünger als er war.

Artus sagte: »Ein König darf sich nicht wie andere Menschen erlauben, lange zu trauern, meine Gefährten. Ich bitte Euch, um meinen Neffen und Adoptivsohn zu trauern, den ich verloren habe, und der deshalb nie an meiner Seite herrschen wird. Aber obwohl unser Schmerz darüber noch so lebendig ist, bitte ich Euch, Gwydion... den edlen Mordred... den Sohn meiner Schwester, Morgaine von Avalon, als Thronerben anzuerkennen. Gwydion ist jung, aber er gehört bereits zu meinen weisen Ratgebern.« Er hob den Becher. »Ich trinke auf Euch, mein Sohn, und auf Eure Herrschaft, wenn meine vorüber ist.«

Gwydion kniete vor Artus nieder. »Möget Ihr lange herrschen, mein Vater.« Gwenhwyfar glaubte zu sehen, daß er die Tränen zurückhalten mußte. Und das gefiel ihr. Die Ritter tranken und brachen dann, angeführt von Gareth, in Hochrufe aus.

Gwenhwyfar blieb schweigend sitzen. Sie hatte gewußt, es mußte geschehen. Aber an Galahads Totenfeier hatte sie es nicht erwartet.

Zu Lancelot gewendet flüsterte sie: »Ich wünschte, er hätte gewartet. Ich wünschte, er hätte sich mit seinen Räten besprochen.«
»Wußtest du nicht davon?« fragte Lancelot ebenso leise. Er griff nach ihrer Hand, drückte sie sanft und streichelte ihr die Finger. Sie waren jetzt dünn und knochig, nicht mehr jung und zart wie früher. Verlegen wollte sie die Hand zurückziehen, aber Lancelot ließ sie nicht los. Er streichelte ihr zärtlich die Handfläche und flüsterte: »Artus hätte es nicht tun sollen, ohne dich darauf vorzubereiten...«
»Ich habe weiß Gott kein Recht, mich zu beklagen. Ich konnte ihm nicht einmal einen Sohn schenken. So muß er sich mit Morgaines Sohn abfinden...«
»Trotzdem hätte er es dir sagen müssen«, beharrte Lancelot. Geistesabwesend dachte Gwenhwyfar: *Es ist das erste Mal, daß er mit Artus' Tun nicht ganz einverstanden ist.* Lancelot hob ihre Hand an seine Lippen, ließ sie aber los, als Artus mit Gwydion zu ihnen trat. Die Diener brachten Platten mit dampfendem Fleisch, Schalen mit heißem Brot und frischen Früchten und stellten Süßigkeiten auf die Tafel. Gwenhwyfar ließ sich von einem Edelknaben etwas Fleisch und ein paar Früchte geben, aber sie rührte kaum etwas an. Lächelnd stellte sie fest, daß sie wie sooft an Pfingsten mit Lancelot den Teller teilte. Niniane saß an Artus' anderer Seite und aß von seinem Teller. Einmal nannte er sie Tochter, und es erleichterte Gwenhwyfar... vielleicht sah er in ihr bereits die künftige Gemahlin seines Sohnes. Zu ihrer Überraschung schien Lancelot ähnliche Gedanken zu haben.
»Wird das nächste Fest am Hof eine Hochzeit sein? Eigentlich sind sie zu nahe verwandt...«
»Wäre das in Avalon ein Grund?« fragte Gwenhwyfar bitterer als beabsichtigt. Der alte Schmerz bohrte noch immer.
Lancelot zuckte die Schultern. »Ich weiß nicht... als Junge hörte ich in Avalon von einem Land weit im Süden. Dort heirateten im Königshaus immer nur Bruder und Schwester, damit das königliche Blut sich nicht mit dem des Volks vermischte. Diese Dynastie herrschte tausend Jahre.«
»Heiden!« erklärte Gwenhwyfar. »Sie wußten nichts von Gott und ahnten nicht, daß sie sündigten...«
Aber Gwydion schien durch die Sünde seines Vaters und seiner Mutter nicht gelitten zu haben. Weshalb sollte er, Taliesins Enkel... nein, sein Urenkel... Taliesins Tochter nicht heiraten?

Gott wird Camelot für diese Sünde bestrafen, dachte sie plötzlich, *für Artus' Sünde, für meine ... und Lancelots Sünde ...*
Sie hörte, wie der König zu Gwydion sagte: »Ihr habt in meinem Beisein einmal erklärt, daß Galahad seine Krönung nicht erleben würde ...«
»Erinnert Euch, mein Vater und Gebieter«, erwiderte Gwydion ruhig, »daß ich Euch damals auch geschworen habe, ich würde mit seinem Tod nichts zu tun haben. Ich sagte, er würde in Ehren für das Kreuz sterben, das er anbetete. Und so geschah es auch.«
»Was seht Ihr sonst noch voraus, mein Sohn?«
»Fragt mich nicht, mein König. Die Götter sind gnädig, wenn sie sagen, daß kein Mensch sein Ende kennen darf. Selbst wenn ich es wüßte ... ich sage damit nicht, daß ich etwas weiß ... würde ich es Euch nicht sagen.«
Vielleicht, dachte Gwenhwyfar plötzlich fröstelnd, *hat Gott uns bereits genug für unsere Sünden gestraft, als er uns diesen Mordred schickte ...*
Dann warf sie dem jungen Mann einen Blick zu und war über sich selbst entsetzt.
Wie kann ich das von ihm denken? Er hat sich wirklich wie Artus' Sohn verhalten ... ihm kann man wegen seiner Herkunft keine Vorwürfe machen!
Zu Lancelot sagte sie: »Artus hätte das nicht tun sollen ... wenige Stunden nach Galahads Begräbnis!«
»Aber nein, meine Herrin, Artus kennt die Pflichten eines Königs. Glaubt Ihr, es macht Galahad dort, wohin er gegangen ist, etwas aus zu wissen, wer auf dem Thron sitzt, den er nie für sich beanspruchte. Ich hätte aus meinem Sohn besser einen Priester machen sollen, Gwenhwyfar.«
Sie betrachtete Lancelot, der tausend Meilen von ihr entfernt zu sein schien und vor sich hin brütete – unerreichbar für sie. Verlegen versuchte sie ihm so gut sie konnte entgegenzukommen und fragte: »Und dir ist es also nicht gelungen, den Gral zu finden?«
Sie bemerkte, wie er langsam aus weiter Ferne zurückkam ... »Ich war ... ihm näher, als es einem sündigen Menschen möglich ist, ohne das Leben zu verlieren. Aber ich wurde verschont, um hier an Artus' Hof zu verkünden, daß der Gral für immer aus dieser Welt entrückt ist.«
Er fiel wieder in Schweigen und sagte dann wie aus weiter Ferne: »Ich wäre ihm über diese Welt hinaus gefolgt. Aber man ließ mir keine Wahl.«

Sie überlegte: *Wolltest du also nicht einmal um meinetwillen an den Hof zurückkehren?*
Plötzlich erkannte sie, daß Lancelot Artus mehr glich, als sie je geahnt hatte. Sie war für beide nie mehr gewesen als eine Zerstreuung zwischen Kriegen und Abenteuern. Das wirkliche Leben eines Mannes spielte sich in einer Welt ab, in der Liebe nichts bedeutete. Er hatte sein ganzes Leben dem Kampf an Artus' Seite geweiht. Jetzt, nachdem es keinen Krieg mehr gab, verschrieb er sich einem großen Mysterium. Der Gral stand jetzt zwischen ihnen, wie Artus zwischen ihnen und Lancelots Ehre gestanden hatte.
Jetzt wendete sich Lancelot sogar Gott zu und dachte sicher nur noch daran, daß sie ihn zu einer schweren Sünde verführt hatte. Der Schmerz war unerträglich. In ihrem Leben hatte sie nie mehr als seine Liebe gehabt. Sie konnte nicht anders: Sie mußte nach seiner Hand greifen. »Ich habe mich nach dir gesehnt«, flüsterte sie und erschrak über das Verlangen in ihrer Stimme. *Er wird mich für nicht besser als Morgause halten, weil ich mich ihm so an den Hals werfe . . .*
Lancelot hielt ihre Hand und erwiderte weich: »Ich habe dich so vermißt, Gwen.« Als könne er in ihr hungriges Herz blicken, fügte er leise hinzu: »Gral hin, Gral her, Geliebte, nichts außer dem Gedanken an dich hätte mich je wieder an diesen Hof zurückgebracht. Ich wäre dort geblieben und hätte den Rest meines Lebens darum gebetet, noch einmal das Mysterium zu sehen, das vor meinen Augen verborgen wurde. Aber ich bin nur ein Mann, meine Geliebte . . .«
Sie wußte, was er damit sagte und drückte seine Hand. »Soll ich meine Frauen heute wegschicken?«
Er zögerte einen Augenblick, und in Gwenhwyfar stieg die alte Furcht auf. Wie konnte sie wagen, so direkt zu sein und das schickliche Benehmen zu vergessen . . .? Dieser Augenblick war immer wie der Tod. Aber dann preßte er ihre Finger fester und sagte: »Ja, Geliebte.«

Aber während sie allein im Dunkeln auf ihn wartete, fragte sich Gwenhwyfar bitter: *Ist sein ›ja‹ so zu verstehen, wie Artus' Frage, die er von Zeit zu Zeit aus Mitleid stellt oder um meinen Stolz nicht zu verletzen?*
Nachdem nicht mehr die leiseste Hoffnung bestand, daß sie dem König noch ein Kind schenken würde, hätte er nicht länger in ihr Bett

kommen müssen. Aber er war so freundlich, um ihren Frauen keinen Grund zu geben, hinter ihrem Rücken über sie zu lachen. Trotzdem traf es sie wie ein Dolchstoß, daß Artus immer erleichtert schien, wenn sie ihn bat zu gehen. Manchmal lagen sie sogar nur eine Weile zusammen, unterhielten sich, sie schmiegte sich in seine Arme und gab sich damit zufrieden, umarmt und getröstet zu werden, ohne mehr von ihm zu verlangen. Jetzt überlegte sie, ob Artus annahm, ihr seien seine Zärtlichkeiten unangenehm. Vielleicht fragte er sie deshalb nur so selten. Vielleicht begehrte er sie auch wirklich nicht. Gwenhwyfar fragte sich, ob er sie denn je begehrt hatte, oder ob er nur immer pflichtbewußt zu seiner Gemahlin gekommen war, die ihm Kinder gebären sollte.

Alle Männer außer meinem Gemahl priesen meine Schönheit und begehrten mich.

Und jetzt kam vielleicht auch nur Lancelot, weil er zu gutmütig war, um sie zu verlassen. Ihr wurde heiß, selbst das leichte Nachtgewand schien zu warm zu sein. Aus ihrem ganzen Körper brach der Schweiß. Sie wusch sich mit kaltem Wasser aus einem Krug und berührte widerwillig die schlaffen Brüste.

Ach, ich bin alt. Es wird ihn sicher abstoßen, daß dieser häßliche, alte Körper immer noch so nach ihm verlangt, als sei ich jung und schön ...

Sie hörte Schritte hinter sich, und Lancelot nahm sie in seine Arme. Gwenhwyfar vergaß alle ihre Ängste. Aber nachdem er gegangen war, lag sie lange wach.

Ich sollte es nicht wagen. Früher war es anders. Jetzt ist das ein christlicher Hof. Der Bischof läßt mich nicht aus den Augen.

Aber das ist das einzige, was ich habe ... Und plötzlich dachte sie: *Und Lancelot auch ... sein Sohn ist tot, seine Gemahlin lebt nicht mehr, und die alte Nähe zu Artus ist unwiderruflich Vergangenheit ...*

Wäre ich doch wie Morgaine. Sie ist nicht auf die Liebe eines Mannes angewiesen, um sich lebendig und wirklich zu fühlen ...

Aber Gwenhwyfar wußte auch, selbst wenn sie Lancelot nicht brauchte, so brauchte er doch sie. Ohne sie wäre er völlig allein. Er war an den Hof gekommen, weil er sie nicht weniger brauchte als sie ihn.

Selbst wenn es Sünde war, so schien es ihr doch eine größere Sünde zu sein, Lancelot seinem Schmerz zu überlassen.

Selbst wenn wir beide dafür der Verdammnis anheimfallen, dachte

sie, *werde ich mich doch nie von ihm abwenden. Gott ist ein Gott der Liebe!*
Wie konnte er dann das einzige in ihrem Leben verdammen, was echter Liebe entsprang? Entsetzt über ihre Gotteslästerung dachte sie: *Wenn er es tut, ist er nicht der Gott, den ich immer verehrt habe. Mir ist gleichgültig, was er denkt!*

Im Sommer brach wieder Krieg aus. Die Nordmänner plünderten die Küste im Westen, und König Artus' Legion zog in den Kampf; diesmal an der Seite von Ceardig und seinen Männern, den Sachsenkönigen aus dem Süden. Königin Morgause blieb auf Camelot. Es war zu unsicher, allein nach Lothian zu reisen, und man konnte niemand als Eskorte für sie zurücklassen.
Gegen Ende des Sommers kehrten die Männer zurück. Morgause saß mit Gwenhwyfar und ihren Hofdamen in der Halle der Frauen, als plötzlich die Trompeten erschallten.
»Artus kommt zurück!« Mit diesen Worten erhob Gwenhwyfar sich von ihrem Platz. Die Frauen ließen ihre Spindeln fallen und drängten sich um sie.
»Woher wißt Ihr das?«
Gwenhwyfar lachte: »Ein Bote überbrachte mir gestern abend die Nachricht. Glaubt Ihr, ich verlege mich in meinem Alter auf Zauberei?« Sie musterte die aufgeregten Mädchen – Morgause schien es, als habe Gwenhwyfar nur vierzehn- und fünfzehnjährige Mädchen um sich, die jeden Vorwand benutzten, dem Spinnen zu entgehen. Die Königin sagte nachsichtig: »Wollen wir nicht hinausgehen und ihre Ankunft beobachten?«
Plappernd und kichernd liefen sie in kleinen Gruppen von zwei oder drei aus der Halle und ließen ihre Spindeln liegen, wo sie sie hatten fallen lassen. Gutmütig befahl Gwenhwyfar einer Magd aufzuräumen und folgte mit Morgause etwas gemessener. Sie gingen auf die Anhöhe hinaus, von wo man die breite Straße überblickte, die nach Camelot führte.
»Seht, dort ist der König...«
»Der edle Mordred reitet an seiner Seite...«
»Und dort ist Lancelot... oh, seht doch, er hat einen Verband um den Kopf und trägt einen Arm in der Schlinge!«
»Das muß ich selbst sehen«, erklärte Gwenhwyfar und schob die

jungen Frauen entschlossen beiseite, die sie verwundert anstarrten. Morgause erkannte Gwydion an Artus' Seite – er schien unverletzt zu sein, und sie seufzte erleichtert auf. Dann suchte sie Cormac unter den Männern, und auch er schien keine Wunden davongetragen zu haben. Am leichtesten konnte man Gareth ausmachen – er war der Größte von allen; sein blondes Haar leuchtete wie ein Heiligenschein. Gawain ritt wie immer hinter Artus. Er saß aufrecht im Sattel, aber beim Näherkommen entdeckte sie eine schlimme Prellung im Gesicht. Sein Mund war geschwollen, als habe er zwei oder drei Zähne verloren.

»Sieht der edle Mordred nicht gut aus ...?« rief eines der Mädchen. »Ich habe gehört, wie die Königin sagte, daß Lancelot in seiner Jugend genauso ausgesehen hat.« Kichernd stieß sie ihre Nachbarin an, die beiden steckten die Köpfe zusammen und tuschelten. Morgause beobachtete sie seufzend. Sie schienen alle so jung zu sein und so hübsch mit ihren seidigen, weichen Haaren, den braunen, roten oder blonden Locken und Zöpfen. Ihre Wangen wirkten so samtig und zart wie Blütenblätter; ihre Taillen waren so schlank und ihre Hände so glatt und weiß – plötzlich überfiel sie heftige Eifersucht. Früher war sie schöner gewesen als jede von ihnen. Die Mädchen tuschelten inzwischen alle miteinander und bewunderten die Ritter.

»Die Sachsen haben alle Bärte ... warum wollen sie denn unbedingt so zottelig aussehen wie Hunde?«

»Meine Mutter sagt, einen Mann ohne Bart zu küssen ist das gleiche wie eine Frau zu küssen oder den eigenen kleinen Bruder!« erklärte eine selbstbewußt. Sie war die Tochter eines sächsischen Edelmannes, und ihr Name klang so barbarisch, daß Morgause ihn kaum aussprechen konnte ... Alfreth oder so ähnlich.

»Aber der edle Mordred ist glatt rasiert und er hat nichts mädchenhaftes an sich«, entgegnete eine andere und wendete sich lachend an Niniane, die ruhig unter ihnen stand. »Habe ich recht, Lady Niniane?«

Leise lachend entgegnete Niniane: »Diese bärtigen Männer kommen mir alle so alt vor ... als ich noch ein kleines Mädchen war, trugen nur mein Vater und die sehr alten Druiden einen Bart.«

»Selbst der Bischof Patricius hat jetzt einen Bart«, erklärte eines der Mädchen. »Ich habe gehört, wie er sagte, daß die Heiden früher ihre Gesichter entstellten, indem sie sich die Bärte schnitten. Die Männer sollten ihre Bärte tragen, wie Gott sie geschaffen hat. Vielleicht denken die Sachsen das ebenfalls.«

»Es ist nur eine neue Mode«, warf Morgause ein. »In meiner Jugend waren Christen und Heiden glatt rasiert. Die Mode ändert sich eben... Ich glaube, das hat nichts mit Religion zu tun. Ich bin sicher, Gwydion wird eines Tages auch einen Bart tragen... Wird er Euch dann weniger gefallen, Niniane?«
Die junge Frau lachte. »Nein, Tante. Mit oder ohne Bart... er bleibt derselbe. Ah, dort reiten König Ceardig und seine Männer. Werden sie alle unsere Gäste sein? Soll ich die Küchenmeister benachrichtigen, meine Königin?«
»Ja bitte, meine Liebe«, entgegnete Gwenhwyfar, und Niniane lief zur Burg zurück. Die Mädchen schoben und drängten sich darum, besser sehen zu können; Gwenhwyfar erklärte schließlich energisch: »Genug, genug... Ihr geht jetzt alle zurück zu Eurem Spinnzeug. Es schickt sich nicht, die jungen Männer so anzustarren. Habt ihr nichts Besseres zu tun, als über Männer zu reden? Also, nun geht schon! Ihr werdet sie heute abend in der Großen Halle sehen. Es wird ein großes Mahl geben, und da habt ihr alle etwas zu tun.«
Mißmutig aber gehorsam kehrten sie in die Halle zurück. Gwenhwyfar seufzte kopfschüttelnd, während sie ihnen mit Morgause langsam folgte. »Mein Gott, was sind diese Mädchen heute alle so unbändig! Und ich muß darauf achten, daß sie sittsam und anständig bleiben. Sie scheinen den lieben langen Tag nur zu kichern und zu tuscheln, anstatt an ihr Spinnen zu denken. Ich schäme mich, daß es an meinem Hof nur geistlose und vorlaute kleine Mädchen gibt!«
»Aber, aber meine Liebe«, erwiderte Morgause begütigend. »Ihr wart doch auch einmal fünfzehn, und sicher nicht nur die Tugend in Person... habt Ihr nie einem gutaussehenden jungen Mann verstohlene Blicke zugeworfen und Euch Gedanken darüber gemacht, wie es wohl sein würde, ihn zu küssen... mit oder ohne Bart?«
»Ich weiß nicht, was Ihr mit fünfzehn getan habt«, fuhr Gwenhwyfar auf, »ich lebte jedenfalls hinter Klostermauern! Mir scheint, das wäre ein guter Platz für diese ungezogenen Mädchen!«
Morgause lachte: »Mit vierzehn hatte ich Augen für alles, was Hosen trug. Ich erinnere mich, daß ich mich Gorlois auf den Schoß setzte... er war mit Igraine verheiratet, ehe Uther sich in sie verliebte... und Igraine wußte das wohl. Denn das erste, was sie nach der Hochzeit mit Uther tat, war mich mit Lot zu verheiraten. Und er lebte so weit von Uthers Hof entfernt, daß sie mich auch übers Meer hätte schikken können. Aber Gwenhwyfar, könnt Ihr schwören, daß Ihr trotz Eurer Klostermauern niemals einen Blick auf einen gutaussehenden

Mann geworfen habt, der an den Hof Eures Vaters kam, um die Pferde einzureiten ... oder auf den roten Mantel eines jungen Ritters?«

Gwenhwyfar blickte betroffen auf ihre Schuhspitzen. »Das scheint alles so weit zurückzuliegen ...« Dann nahm sie sich zusammen und erklärte energisch: »Die Jäger haben gestern einen Hirsch zurückgebracht. Ich werde anordnen, daß er für heute abend gebraten wird. Vielleicht sollten wir auch ein Schwein schlachten, wenn all diese Sachsen bewirtet werden sollen. Das Bettstroh in den Kammern muß erneuert werden ... wir werden nie genug Betten haben für all diese Männer!«

»Beauftragt Eure Edelfräulein damit«, sagte Morgause, »sie müssen lernen, Gäste in einer großen Halle zu bewirten ... wozu sonst sind sie in Eurer Obhut, Gwenhwyfar? Es ist die Pflicht einer Königin, ihren Gebieter zu begrüßen, wenn er aus dem Krieg zurückkehrt.«

»Ihr habt recht«, erwiderte Gwenhwyfar und beauftragte einen Pagen, ihre Anordnungen den Hofdamen zu überbringen. Dann begaben sich die beiden Königinnen zu den großen Außentoren von Camelot. Morgause dachte: *Es ist, als seien wir unser ganzes Leben lang Freundinnen gewesen ... nun ja, es sind nicht mehr viele übrig von früher.*

Dieses Gefühl wurde sie auch am Abend in der großen geschmückten Halle nicht los, wo sich die Ritter und Damen in ihren prächtigen Gewändern versammelten. Es war beinahe wieder wie an den großen Tagen von Camelot. Aber so viele der alten Gefährten waren im Krieg geblieben oder hatten die Suche nach dem Gral mit ihrem Leben bezahlt und würden nie wieder zurückkehren. Morgause dachte nur selten daran, daß sie eine alte Frau war, denn diese Vorstellung erschreckte sie. Beinahe die Hälfte der Tafelrunde schien jetzt aus haarigen Sachsen mit langen Bärten und grobgewebten Umhängen zu bestehen, oder aus jungen Männern, die kaum alt genug zu sein schienen, um Waffen zu tragen. Selbst ihr Jüngster, Gareth, gehörte inzwischen zu den älteren Rittern der Tafelrunde. Die neuen Ritter begegneten ihm nur mit Ehrerbietung, redeten ihn mit ›Herr‹ an, suchten seinen Rat oder widersprachen ihm nur vorsichtig, wenn sie anderer Meinung waren. Und Gwydion ... die meisten sprachen nur von dem ›edlen Mordred‹ ... er schien der Anführer der Jüngeren zu sein – der Ritter und Sachsen, die Artus zu seinen Gefährten gemacht hatte.

Gwenhwyfars Hofdamen und Küchenmeister hatten ihre Aufgabe

sehr gut bewältigt. Es gab gebratenes und gekochtes Fleisch im Überfluß, große Pasteten mit Sauce, Schalen voller Äpfel und Trauben, heißes Brot und Linsengerichte. Als das Mahl vorüber war, begannen die Sachsen zu trinken und spielten ihr Lieblingsspiel: Sie stellten Rätsel. Artus bat Niniane zu singen. An Gwenhwyfars Seite saß Lancelot mit verbundenem Kopf und einem Arm in der Schlinge – die Streitaxt eines nordischen Kriegers hatte ihn getroffen. Er konnte den Arm nicht bewegen, und Gwenhwyfar schnitt das Fleisch für ihn. Morgause bemerkte, daß niemand den beiden die geringste Aufmerksamkeit schenkte.

Gareth und Gawain saßen weiter unten an der Tafel in der Nähe von Gwydion, der seinen Teller mit Niniane teilte. Morgause ging zu ihnen, um sie zu begrüßen. Gwydion hatte gebadet und seine Locken sorgfältig gekämmt. Aber ein Bein war verbunden und lag auf einem Schemel.

»Bist du verwundet, mein Sohn?«

»Es ist nicht so schlimm«, erwiderte er. »Ich bin inzwischen zu groß, Mutter, um mich noch auf Euren Schoß zu flüchten, wenn ich mir den Fuß anstoße!«

»Es sieht nach etwas Schlimmerem aus«, sagte sie und betrachtete den Verband genauer, dessen Ränder blutverkrustet waren. »Aber wenn du willst, werde ich nicht weiter in dich dringen. Hast du eine neue Tunika?«

Es war eine Tunika in der Art, wie viele Sachsen sie jetzt trugen. Die langen Ärmel bedeckten das Handgelenk und die halbe Hand. Sie war aus blauem Stoff und mit roten Stickereien geschmückt.

»Sie ist ein Geschenk von Ceardig. Er sagte, sie sei für einen christlichen Hof gut geeignet, denn sie verdeckt die Schlangen von Avalon.« Er lächelte spöttisch. »Vielleicht sollte ich meinem König in diesem Winter eine solche Tunika als Neujahrsgeschenk überreichen!«

»Kaum jemandem würde etwas auffallen«, bemerkte Gawain. »Heute denkt niemand mehr an Avalon, und die Schlangen auf Artus' Handgelenken sind so verblaßt, daß niemand ihn tadeln würde, wenn er sie sehen sollte.«

Morgause betrachtete Gawains geschwollenes Gesicht und die blutunterlaufenen Augen. Er hatte wirklich mehr als einen Zahn verloren, und auch an seinen Händen sah sie Schnitte und Quetschungen.

»Auch du bist verwundet, mein Sohn?«

»Nicht vom Feind«, knurrte Gawain. »Dies verdanke ich einem unserer Sachsenfreunde ... einem von Ceardigs Männern. Diese verfluchten, ungehobelten Bastarde! Mir gefiel es besser, als sie noch unsere Feinde waren!«

»Du hast mit ihm gekämpft?«

»Ja, und ich werde es auch wieder tun, wenn er es wagen sollte, noch einmal sein dreckiges Maul aufzureißen und etwas gegen meinen König zu sagen«, schimpfte Gawain. »Gareth hätte mich auch nicht heraushauen sollen. Ich bin groß genug, um meine Kämpfe auszufechten, ohne daß mein kleiner Bruder mir zu Hilfe kommt ...«

»Er war doppelt so groß wie du«, erklärte Gareth und legte seinen Löffel auf den Tisch. »Du lagst am Boden, und ich glaubte, er würde dir den Rücken oder die Rippen brechen ... Vielleicht hat er es sogar getan. Sollte ich etwa ruhig mitansehen, wie ein großmäuliger Barbar meinen Bruder erschlägt und schlecht über unseren Verwandten redet? Er wird sich gut überlegen, so etwas noch einmal zu behaupten.«

»Aber«, entgegnete Gwydion ruhig, »du kannst nicht das ganze Sachsenheer zum Schweigen bringen, Gareth. Noch dazu wenn das, was sie sagen, die Wahrheit ist. Es gibt ein Wort, und es ist kein schönes Wort für einen Mann, selbst wenn er ein König ist, der seelenruhig mit ansieht, daß ein anderer die ehelichen Pflichten im Bett seiner Frau übernimmt ...«

»Du wagst es!« Gareth erhob sich halb und packte Gwydion an seiner Tunika. Gwydion griff sich mit beiden Händen an den Hals, um sich aus Gareths Griff zu befreien.

»Nur ruhig, Ziehbruder!« Er wirkte neben dem riesigen Gareth wie ein Kind. »Willst du mich zusammenschlagen wie diesen Sachsen, nur weil ich hier unter Brüdern die Wahrheit sage? Oder muß auch ich die freundliche Lüge hier am Hof aufrechterhalten? Muß auch ich den Mund halten, wenn jeder zusieht, wie die Königin vor allen Augen mit ihrem Geliebten zusammensitzt?«

Gareth lockerte langsam den Griff, und Gwydion sank auf seinen Platz zurück. »Wenn Artus sich nicht über das Betragen seiner Königin beklagt, wieso soll ich dann etwas sagen?«

Gawain murmelte: »Dieses verfluchte Weib! Hätte Artus sie doch verstoßen, solange noch Zeit dazu war! Mir gefällt dieser christliche Hof mit all den Sachsen ohnehin nicht. Als ich Artus' Ritter wurde, gab es im ganzen Land keinen Sachsen, der religiöser gewesen wäre als ein Schwein im Koben!«

Gwydion machte eine wegwerfende Geste, und Gawain fuhr ihn an: »Ich kenne sie besser als du. Ich habe schon gegen die Sachsen gekämpft, als du noch in den Windeln lagst! Soll Artus' Hof sich vielleicht nach den Vorstellungen dieser haarigen Wilden richten?«

»Du kennst die Sachsen nicht halb so gut wie ich«, entgegnete Gwydion. »Du lernst niemanden kennen, wenn du ihm nur mit der Axt in der Hand begegnest. Ich habe an ihren Höfen gelebt, mit ihnen getrunken und ihre Frauen umworben. Ich wage zu sagen, ich kenne sie gut. Und das tust du nicht. Soviel ist wahr, in ihren Augen sind Artus und sein Hof zu heidnisch und zu verderbt.«

»Ausgerechnet *sie* müssen das sagen«, schnaubte Gawain.

»Aber«, beharrte Gwydion, »man kann nicht so einfach darüber hinweggehen, daß diese Männer ungestraft behaupten können, Artus sei verderbt...«

»Ungestraft sagst du?« brummte Gareth. »Ich glaube, Gawain und ich haben ihnen den Kopf kräftig zurechtgerückt!«

»Willst du dich mit dem ganzen Sachsenhof anlegen? Es ist doch besser, den Stein des Anstoßes aus dem Weg zu räumen«, erklärte Gwydion. »Kann Artus seine Gemahlin nicht zur Vernunft bringen?«

Gawain erwiderte: »Da muß ein tapfererer Mann her als ich, um Artus etwas Schlechtes über Gwenhwyfar ins Gesicht zu sagen.«

»Aber es muß sein«, sagte Gwydion. »Als Großkönig all dieser Männer kann Artus sich nicht lächerlich machen. Wer wird einem Hahnrei die Treue schwören und ihm in Krieg und Frieden gehorsam sein. Irgendwie muß er die Verderbtheit an diesem Hof beseitigen... Er kann die Frau doch in ein Kloster schicken oder Lancelot verbannen...«

Gawain sah sich ängstlich um: »Um Gottes willen, sprich leise. Hier in der Halle sollte man so etwas nicht einmal flüstern.«

»Es ist besser, *wir* flüstern es ihnen, als daß man im ganzen Land über sie flüstert«, entgegnete Gwydion. »Um Gottes willen, dort sitzen die beiden neben ihm, und er lächelt sie auch noch an! Soll man über Camelot nur noch lachen? Soll das hier ein Hurenhaus werden?«

»Nun halte dein dreckiges Maul, oder ich werde es dir stopfen«, knurrte Gawain und packte Gwydion mit eisernem Griff an den Schultern.

»Wenn ich lügen würde, Gawain, könntest du versuchen, mir mein Maul zu stopfen. Aber kannst du die Wahrheit mit deinen Fäusten

unterdrücken? Oder bleibst du immer noch dabei, daß Gwenhwyfar und Lancelot unschuldig sind? Gareth, du bist dein ganzes Leben lang sein Liebster und sein Günstling gewesen. Ich will gerne glauben, daß du deinem Freund nichts Schlechtes nachsagen willst...«
Gareth biß sich auf die Lippen: »Es ist wahr. Ich wünschte, diese Frau wäre auf dem Meeresgrund oder hinter dicken Klostermauern in Cornwall. Aber solange Artus nichts sagt, werde ich auch meinen Mund halten. Sie sind alt genug, um den Anstand zu wahren. Alle Männer wissen, daß Lancelot seit vielen Jahren der Ritter der Königin ist...«
»Wenn ich nur einen Beweis hätte, dann würde Artus vielleicht auf mich hören«, sagte Gwydion.
»Verdammt, ich bin sicher, Artus weiß alles, was es zu wissen gibt. Aber es ist an ihm einzuschreiten, oder den Dingen ihren Lauf zu lassen... Und er will kein Wort gegen Lancelot oder Gwenhwyfar hören.« Gawain schluckte und fuhr dann fort: »Lancelot ist mein Vetter und mein Freund. Aber... verdammt... glaubst du, ich hätte es nicht versucht?«
»Und was hat Artus geantwortet?«
»Er sagte, es stehe mir nicht zu, die Königin zu tadeln. Was auch immer sie tut, sei richtig. Er blieb höflich. Aber mir war klar, er wußte, was ich sagen wollte und gab mir zu verstehen, ich soll mich nicht einmischen.«
»Aber wenn er es auf eine Weise erfahren würde, daß er es einfach nicht übergehen könnte«, sagte Gwydion nachdenklich. Dann hob er die Hand und winkte Niniane. Sie saß immer noch zu Artus' Füßen und spielte leise auf ihrer Harfe. Sie bat den König um Erlaubnis, sich zu entfernen, erhob sich und kam zu Gwydion.
»Meine Herrin«, frage Gwydion, »ist es wahr, daß sie...«, er neigte den Kopf kaum merklich in Gwenhwyfars Richtung, »... ihre Frauen oft für die Nacht entläßt?«
Niniane erwiderte ruhig: »Solange die Legion nicht hier war, hat sie es nicht einmal getan.«
»Wenigstens wissen wir jetzt, daß die Dame treu ist«, bemerkte Gwydion zynisch, »und ihre Gunst nur einem schenkt.«
»Niemals hat jemand etwas anderes behauptet«, sagte Gareth ärgerlich. »Und in ihrem Alter... sie sind beide älter als du, Gawain... kann es niemandem schaden, was immer sie auch tun.«
»Nein, ich sage das im Ernst«, entgegnete Gwydion ebenso hitzig. »Wenn Artus Großkönig bleiben soll...«

»Wolltest du nicht sagen«, unterbrach Gareth ihn wütend, »wenn du Großkönig nach ihm werden sollst...«
»Was willst du, Bruder? Soll ich das ganze Land den Sachsen überlassen, wenn Artus nicht mehr lebt?«
Sie hatten die Köpfe zusammengesteckt und flüsterten erregt miteinander. Morgause wußte, sie hatten nicht nur ihre Anwesenheit vergessen, sondern auch, daß es sie überhaupt gab.
»Oh, ich dachte, du liebst die Sachsen so sehr«, knurrte Gareth wütend. »Würdest du dich nicht freuen, wenn sie an die Macht kämen?«
»Nein, hör mir doch zu«, rief Gwydion wutentbrannt. Aber Gareth packte ihn wieder und sagte: »Bald wird dir der ganze Hof zuhören, wenn du nicht leise sprichst... Artus läßt dich nicht aus den Augen, seit Niniane hier ist. Vielleicht ist der König nicht der einzige, der auf seine Frau aufpassen sollte, oder...«
»Sei still!« fuhr Gwydion ihn an und befreite sich aus seinem Griff.
Artus rief ihnen zu: »Worüber streiten sich meine treuen Vettern von Lothian? Ich möchte Frieden in meiner Halle! Kommt, Gawain, König Ceardig möchte Euch gerne ein paar Rätsel aufgeben!«
Gawain erhob sich, und Gwydion sagte leise zu ihm: »Ich habe ein Rätsel für dich... Wenn ein Mann sich nicht um sein Eigentum kümmert, was tun dann die anderen, die sich dafür interessieren?«
Gawain stapfte davon und tat, als habe er nichts gehört. Niniane beugte sich zu Gwydion und sagte: »Laß es gut sein. Hier gibt es zuviele Augen und Ohren. Du mußt dich gedulden, bis deine Saat aufgeht. Sprich jetzt mit ein paar anderen Rittern. Glaubst du, ihr seid die einzigen, die *das* gesehen haben...?« Sie machte eine kleine Bewegung mit dem Ellbogen. Morgause blickte in die angedeutete Richtung und sah, daß Gwenhwyfar und Lancelot sich über ein Spielbrett auf ihrem Schoß beugten. Ihre Köpfe berührten sich beinahe.
»Ich glaube, es gibt viele, die denken, daß Artus' und Camelots Ehre auf dem Spiel stehen«, murmelte Niniane. »Du mußt nur ein paar finden, die weniger... voreingenommen... sind als deine Ziehbrüder aus Lothian.«
Aber Gwydion sah Gareth zornig an. »Lancelot«, knurrte er, »immer nur Lancelot!« Morgause blickte von Gwydion zu Gareth, ihrem jüngsten Sohn, und sie dachte an das kleine Kind, das mit einem rot und blau bemalten Ritter spielte, den es Lancelot nannte.
Dann dachte sie an Gwydion, der einst wie ein kleiner Hund hinter Gareth hergelaufen war.

Gareth ist sein Lancelot, dachte sie. *Was soll daraus werden?* Aber die Beunruhigung wurde von ihrer Bosheit verdrängt. *Es ist Zeit,* dachte sie, *daß Lancelot zur Rechenschaft gezogen wird für alles, was er angerichtet hat.*

Niniane stand auf der Anhöhe von Camelot und blickte auf die Nebelwolken hinunter, die den Hügel einhüllten. Sie hörte Schritte hinter sich und fragte, ohne sich umzuwenden: »Gwydion?«

»Wer sonst?« Der Ritter umschlang sie und preßte sie fest an sich. Niniane drehte ihm ihr Gesicht zu und küßte ihn. Ohne sie loszulassen, fragte er: »Küßt Artus dich auch so?«

Sie befreite sich aus seinen Armen und fragte: »Bist du auf den König eifersüchtig? Du hast mir doch aufgetragen, sein Vertrauen zu erringen.«

»Artus besitzt bereits mehr als genug von dem, was mir gehört...«

»Artus ist ein Christ... ich glaube, mehr muß ich nicht sagen«, erwiderte Niniane. »Und du bist mein Geliebter. Aber ich bin Niniane von Avalon, und ich bin keinem Mann auf dieser Erde Rechenschaft schuldig über das, was mir gehört... ja, mir und nicht dir. Ich bin keine Römerin und erlaube keinem Mann mir vorzuschreiben, was ich mit dem tue, was die Göttin mir gab. Und wenn dir das nicht gefällt, Gwydion, werde ich nach Avalon zurückkehren.«

Gwydion lächelte, und ihr gefiel dieses zynische Lächeln überhaupt nicht.

»Wenn du den Weg dorthin findest«, sagte er. »Es könnte dir schwerfallen, dorthin zurückzukommen.« Die Bosheit verschwand aus seinem Gesicht, und er ergriff sanft ihre Hand. »Mir ist es gleichgültig, was Artus mit der Zeit anfängt, die ihm noch bleibt. Er mag wie Galahad noch seine großen Augenblicke haben, denn danach wird es lange Zeit nichts mehr für ihn geben.« Er starrte auf das wogende Nebelmeer hinunter. »Wenn der Nebel sich auflöst, werden wir vielleicht Avalon von hier aus sehen... und die Dracheninsel.« Er seufzte und sagte: »Wußtest du... daß die Sachsen inzwischen in diese Gegend vordringen und auf der Dracheninsel Hirsche jagen, obwohl Artus es verboten hat?«

Niniane erklärte zornig: »Das muß ein Ende haben. Der Ort ist heilig, und die Hirsche...«

»Und das Kleine Volk, dem die Hirsche gehören. Aber der Sachse Aedwin hat ein Blutbad unter ihnen angerichtet«, sagte Gwydion. »Er berichtete Artus, seine Männer seien mit vergifteten Elfenpfeilen beschossen worden. Deshalb gab er ihnen Erlaubnis, alle umzubrin-

gen, die sie finden konnten. Und jetzt jagen sie die Hirsche ... Artus wird gegen Aedwin zu Felde ziehen, wenn es sein muß. Ich wünschte, Aedwin würde eine bessere Sache vertreten ... Meine Ehre verlangt, daß ich alle beschütze, die nach Avalon blicken.«
»Und Artus kämpft für das Kleine Volk?« fragte Niniane überrascht. »Ich dachte, er habe sich von Avalon losgesagt.«
»Von Avalon vielleicht. Aber nicht vom schutzlosen Volk auf der Insel.« Gwydion schwieg, und Niniane wußte, er dachte an den Tag auf der Dracheninsel. Er glitt mit den Fingern über die eingeritzten blauen Schlangen auf seinem Handgelenk, dann zog er entschlossen die Ärmel seiner sächsischen Tunika darüber. »Ich frage mich, ob ich immer noch einen Hirschkönig nur mit meinen Händen und einem Steinmesser besiegen könnte.«
»Bestimmt, wenn du herausgefordert würdest«, erwiderte Niniane. »Die Frage ist nur, wäre Artus dazu in der Lage? Wenn nicht ...«
Sie ließ die Antwort unausgesprochen in der Luft hängen. Gwydion betrachtete den dichten Nebel und sagte düster: »Ich glaube nicht, daß er sich auflöst. Hier ist es immer neblig. Camelot ist inzwischen in so dichte Nebel gehüllt, daß die Boten der Sachsenkönige manchmal ihren Weg nicht finden ... Wird Camelot auch im Nebel entschwinden, Niniane?«
Sie wollte es ihm scherzhaft ausreden, überlegte aber und sagte: »Ich weiß es nicht. Die Dracheninsel ist entweiht. Das Alte Volk stirbt aus oder ist bereits tot, und die heiligen Hirschrudel fallen den sächsischen Jägern zur Beute. Die Barbaren aus dem Norden plündern die Küsten. Werden sie eines Tages Camelot besiegen, wie die Goten einst Rom niedergezwungen haben?«
»Wenn ich es nur rechtzeitig gewußt hätte«, erklärte Gwydion mit unterdrücktem Zorn und schlug die Fäuste gegeneinander. »Wenn die Sachsen Artus einen Boten geschickt hätten. Er hätte mich damit betrauen können ... oder einen anderen ... die Heilige Insel zu schützen, auf der er zum Hirschkönig gemacht wurde, und wo er die Heilige und Große Ehe mit dem Land schloß. Jetzt ist der Schrein der Göttin entweiht, und da er nicht gestorben ist, um ihn zu schützen, hat er seine Königswürde verwirkt.«
Niniane hörte, was er nicht aussprach. *Und meine ebenfalls.* Sie versuchte, ihn zu beruhigen. »Du wußtest nichts von dieser Gefahr.«
»Auch das werfe ich Artus vor«, grollte Gwydion. »Die Sachsen nahmen sich das heraus, ohne vorher seine Erlaubnis einzuholen ...

sagt dir das nicht auch deutlich, wie wenig sie von ihm als Großkönig halten? Und warum wohl? Ich will es dir sagen, Niniane... Ein König, der ein Hahnrei ist, der seine Frau nicht zur Ordnung rufen kann, gilt in ihren Augen wenig...«

»Du bist in Avalon erzogen worden«, erwiderte sie ärgerlich, »und du willst Artus nach den Maßstäben der Sachsen messen, die noch schlimmer sind als die der Römer? Soll der Bestand oder der Untergang eines Reiches davon abhängen, wie gut oder wie schlecht ein Mann seine Frau beherrscht? Du sollst König werden, Gwydion, weil du dem königlichen Geschlecht von Avalon entstammst, und weil du ein Kind der Göttin bist...«

»Ach«, Gwydion spuckte verächtlich aus und machte eine häßliche Bemerkung. »Ist dir nie der Gedanke gekommen, Niniane... daß Avalon wie Rom fiel, weil der Kern des Reiches von Verderbtheit befallen war? Nach dem Gesetz von Avalon hat Gwenhwyfar nur getan, was ihr zusteht... die Herrin kann ihren Gefährten frei wählen. Aber Lancelot hätte Artus stürzen müssen! O ja, Lancelot ist selbst ein Sohn der Hohepriesterin... warum sollte er nicht Artus' Platz einnehmen? Aber wird unser König gewählt, weil eine Frau ihn in ihrem Bett haben möchte?« Wieder spuckte er verächtlich aus. »Nein, Niniane, die Zeit ist vorüber... zuerst waren es die Römer, und jetzt wissen die Sachsen, wie die Welt sein muß. Die Welt ist nicht länger ein großer Mutterleib, der Männer hervorbringt... jetzt entscheiden Männer und Heere über Leben oder Tod. Welches Volk würde mich als König anerkennen, nur weil ich der Sohn dieser oder jener Frau bin? Jetzt erbt der Sohn des Königs das Reich. Und wollen wir etwas verwerfen, nur weil die Römer damit begonnen haben? Wir besitzen jetzt bessere Schiffe... wir werden Länder entdecken, die weiter draußen im Meer liegen als die alten versunkenen Reiche. Wird uns eine Göttin, die an diesen Flecken Erde und ihre Ernte gebunden ist, dorthin folgen? Sieh doch nur die wilden Nordmänner an, die über unsere Küsten herfallen... Kann der Fluch der Mutter sie aufhalten? Die wenigen Priesterinnen, die Avalon geblieben sind, werden weder von den Sachsen noch von den Nordmännern überfallen, denn Avalon gehört nicht mehr zu der Welt, in der diese wilden Räuber leben. Die Frauen, die in der kommenden Welt leben, brauchen Männer, die sie beschützen. Die Welt ist jetzt keine Welt der Göttinnen, Niniane, sondern eine Welt der Götter... vielleicht *eines* Gottes. Ich selbst muß nicht versuchen, Artus zu stürzen. Die Zeit und die Veränderungen werden es tun.«

Niniane spürte auf ihrem Rücken das Prickeln des Gesichts. »Und was geschieht mit dir, Hirschkönig von Avalon? Was geschieht mit der Mutter, die dich in ihrem Namen in die Welt gesandt hat?«
»Glaubst du, ich will mit Avalon und Camelot im Nebel versinken? Ich will nach Artus Großkönig sein ... und um das zu erreichen, muß ich den Ruhm von Artus' Hof in all seinem Glanz bewahren. Deshalb muß Lancelot gehen. Und das bedeutet, man muß Artus zwingen, ihn zu verbannen ... und wahrscheinlich auch Gwenhwyfar. Stehst du auf meiner Seite, Niniane, oder nicht?«
Niniane wurde totenblaß. Sie ballte die Fäuste und wünschte, sie besäße die Macht von Morgaine, die Macht der Göttin, um sich wie eine Brücke von der Erde zum Himmel zu spannen und ihn mit dem Blitz der zürnenden Göttin zu erschlagen. Der Halbmond auf ihrer Stirn glühte vor Zorn.
»Ich soll dir helfen, eine Frau zu verraten, die sich das Recht genommen hat, das die Göttin allen Frauen gibt ... sich den Mann ihrer Wahl zu nehmen?«
Gwydion lachte spöttisch: »Gwenhwyfar verzichtete auf dieses Recht, als sie zum ersten Mal vor diesem Gott der Sklaven das Knie beugte.«
»Trotzdem, ich will nichts mit diesem Verrat zu tun haben.«
»Dann wirst du mich nicht benachrichtigen, wenn sie ihre Frauen wieder einmal für die Nacht entläßt?«
»Nein!« erklärte Niniane. »Bei der Göttin, das werde ich nicht. Artus' Verrat an Avalon ist nichts im Vergleich zu deinem!« Niniane wendete sich ab und wollte gehen. Aber Gwydion hielt sie fest.
»Du wirst tun, was ich dir befehle!«
Niniane wehrte sich und entwand sich schließlich seinem Griff. »Was? Mir befehlen? Nicht in tausend Jahren!« rief sie keuchend vor Zorn. »Hüte dich! Du hast Hand an die Herrin von Avalon gelegt! Artus wird jetzt erfahren, welche Schlange er an seinem Busen nährt!«
In blinder Wut packte Gwydion sie am Handgelenk, riß sie an sich und schlug ihr mit voller Kraft gegen die Schläfe. Niniane fiel lautlos zu Boden. Sein Haß war so groß, daß er keinen Finger rührte, um sie aufzufangen.
»Die Sachsen haben dir den richtigen Namen gegeben«, sprach eine leise, drohende Stimme aus dem Nebel, *»Mordred ... Mörder!«*
Gwydion zuckte erschrocken zusammen und blickte auf Ninianes leblosen Körper zu seinen Füßen. »Mörder? Nein! Ich war nur zornig

auf sie ... Ich wollte ihr nicht ans Leben ...« Er starrte in den dichten Nebel, ohne etwas zu sehen. Aber er kannte die Stimme.
»Morgaine! Herrin ... meine Mutter!«
Gwydion fiel auf die Knie. Entsetzen würgte ihn, als er Niniane aufrichtete. Ihr Herz schlug nicht mehr. Leblos lag sie in seinen Armen.
»Morgaine! Wo seid Ihr? Wo seid Ihr denn? Zeigt Euch, verdammt noch mal!« Er zog Niniane an sich und flehte: »Niniane, Niniane, meine Geliebte ... nun sag doch etwas ...!«
»Sie wird nie wieder sprechen«, ertönte eine Stimme. Doch als Gwydion sich diesmal umwandte, tauchte die Gestalt einer Frau langsam aus dem Nebel auf. »Oh, was hast du getan, mein Sohn!«
»Warst du es? Warst du es?« fragte Gwydion. Seine Stimme überschlug sich vor Angst und Entsetzen. »Hast du mich einen Mörder genannt?«
Morgause wich erschrocken einen Schritt zurück: »Nein, nein, ich bin erst in diesem Augenblick hierhergekommen. Was hast du getan, mein Sohn?«
Gwydion warf sich in ihre Arme. Sie hielt ihn fest und streichelte ihn wie damals, als er noch ein zwölfjähriger Junge war. »Niniane hat mich gereizt ... sie hat mir gedroht ... die Götter sind meine Zeugen, Mutter. Ich wollte ihr nichts tun. Aber sie drohte, Artus zu erzählen, daß ich etwas gegen seinen teuren Lancelot plane«, berichtete Gwydion beinahe schluchzend. »Ich habe sie geschlagen. Aber ich schwöre, ich wollte sie nur erschrecken. Aber sie stürzte zu Boden ...«
Morgause ließ Gwydion los und kniete neben Niniane nieder. »Du mußt sie unglücklich getroffen haben, mein Sohn. Sie ist tot. Du kannst nichts mehr für sie tun. Wir müssen den Hof benachrichtigen.«
Gwydions Gesicht starrte sie entsetzt an. »Mutter! Der Hof, die ganzen Leute ... Was wird Artus sagen?«
Morgause spürte, wie sie weich wurde. Er war in ihren Händen, wie damals das kleine hilflose Kind, das Lot umgebracht hätte. Gwydions Leben gehörte ihr, und er wußte es. Sie drückte ihn an die Brust.
»Mache dir keine Sorgen, mein Sohn. Dir wird deshalb nichts geschehen ... nicht mehr als bei jedem Feind, den du in der Schlacht getötet hast«, redete sie beruhigend auf ihn ein und blickte siegessicher auf Ninianes leblosen Körper am Boden. »Sie könnte im Nebel abgestürzt sein ... es ist ein langer Fall bis zum Fuß des Hügels«, sagte sie, blickte über die Mauerbrüstung und betrachtete nachdenklich die steile Felswand.

»So ... nimm du sie bei den Füßen. Was geschehen ist, ist geschehen. Was jetzt mit ihr geschieht, ist für sie ohne Bedeutung.« Der alte Haß auf Artus stieg wieder in ihr auf. Gwydion würde ihn stürzen, und er würde es mit *ihrer* Hilfe tun ... dann würde sie an seiner Seite stehen, als die Herrin, die ihn auf den Thron gesetzt hatte! Niniane stand nicht mehr zwischen ihnen. Sie allein sollte seine Stütze und seine Hilfe sein ...

Lautlos verschwand der leichte Körper der Herrin von Avalon im Nebel. Später würde Artus nach ihr rufen lassen, und wenn sie nicht erschien, würde er Männer ausschicken, um sie zu suchen ...

Gwydion starrte wie gebannt in den Nebel. Einen Augenblick lang glaubte er den schwarzen Schatten der Barke von Avalon auf dem Wasser zwischen der Insel der Apfelbäume und der Dracheninsel zu sehen. Flüchtig schien er auch Niniane zu erkennen. Sie trug das schwarze Gewand der Todesbotin und griff aus der Barke nach ihm ... dann war das Bild verschwunden.

»Komm, mein Sohn«, sagte Morgause. »Du hast den Morgen bei mir in meinem Gemach verbracht. Den Rest des Tages mußt du mit Artus in der Halle sitzen. Vergiß nicht, du hast Niniane heute nicht gesehen ... Wenn du Artus triffst, mußt du ihn nach ihr fragen. Sei vielleicht ein wenig eifersüchtig, als glaubtest du, sie in seinem Bett zu finden ...«

Es war Balsam für ihr Herz, als er sich an sie klammerte und murmelte: »Das werde ich. Das werde ich tun, Mutter. Du bist ganz gewiß die beste aller Mütter und die beste aller Frauen!«

Morgause hielt ihn in den Armen, küßte Gwydion und genoß ihre Macht, ehe sie ihn wieder losließ.

Gwenhwyfar lag mit weit offenen Augen in der Dunkelheit und wartete auf Lancelot. Aber ihr ging Morgauses Lächeln nicht aus dem Kopf – es lag beinahe etwas Boshaftes darin, als sie geflüstert hatte: »Ich beneide Euch, meine Liebe! Cormac ist ein netter junger Mann. Er ist auch leidenschaftlich ... Aber er hat nichts von der Anmut und Schönheit *Eures* Geliebten.«

Gwenhwyfar hatte den Kopf gesenkt und geschwiegen. Wie konnte sie Morgause wegen etwas verachten, das sie selbst tat? Aber die Lage wurde wirklich gefährlich. Der Bischof hatte in seiner Predigt am letzten Sonntag über Gottes Gebot *Du sollst nicht ehebrechen* gesprochen. Er sagte, die Treue der Frau sei eine der Wurzeln christlichen Lebens, denn nur durch Treue in der Ehe könnten Frauen die Sünde Evas sühnen. Gwenhwyfar erinnerte sich an die Geschichte der Ehebrecherin, die man vor Christus geführt hatte, der antwortete: *Wer ohne Sünde ist, werfe den ersten Stein auf sie.* Und niemand konnte einen Stein werfen... Aber an *ihrem* Hof gab es viele, die ohne Sünde waren; Artus konnte den ersten Stein werfen. Christus hatte zu der Frau gesagt: *Gehe hin und sündige nicht mehr.* Und das mußte sie auch tun...

Sie begehrte nicht seinen Körper. Morgause, die sich über den heißblütigen jungen Mann, der ihr Geliebter war, abfällig äußerte, hätte nie geglaubt, wie wenig *das* ihnen beiden bedeutete. Ja, er hatte sie wirklich nur selten auf die Weise genommen, die als Sünde und Schande galt. Das war nur damals in den ersten Jahren geschehen, als Artus es selbst so haben wollte, um festzustellen, ob Gwenhwyfar dem Reich einen Sohn gebären würde. Sie verschafften sich auf andere Weise Genuß, und sie empfand das in gewisser Weise weniger als Sünde. Es verletzte nicht so sehr Artus' eheliche Rechte auf ihren Körper. Und überhaupt, sie verlangte nicht viel. Sie wollte nur mit ihm zusammensein... es war etwas, dachte sie, das beinahe mehr die Seele als den Körper berührte. Warum sollte ein Gott der Liebe sie deshalb verurteilen? Vielleicht verurteilte er die Sünde, die sie bereits begangen und wieder und wieder gesühnt hatte. Aber wie konnte er das verurteilen, die wahre Liebe ihres Herzens?

Ich habe Artus nichts genommen, was er begehrt oder von mir verlangt. Er muß eine Königin haben, eine Herrin für seinen Hof. Sonst wollte er nichts anderes von mir als einen Sohn, und nicht ich, sondern Gott hat ihm das verweigert.

Sie hörte leise Schritte in der Dunkelheit und flüsterte: »Lancelot...?«

»Nein.« Der Schein einer schwachen Lampe verwirrte sie. Einen Augenblick lang sah sie das wieder jung gewordene Gesicht ihres Geliebten vor sich – dann wußte sie, wer es sein mußte.

»Wie könnt Ihr es wagen? Meine Frauen sind in der Nähe. Ich muß nur laut um Hilfe rufen, und niemand wird glauben, daß ich Euch hierhergebeten habe!«

»Bleibt still liegen«, sagte er. »Ihr habt ein Messer an der Kehle, meine Dame.« Und als sie zurückwich und das Bettzeug an sich zog, erklärte er: »Keine falschen Hoffnungen, ich habe nicht die Absicht, Euch zu vergewaltigen. Eure Reize sind zu schal für mich, meine Herrin, und zu abgenutzt.«

»Genug!« ließ sich eine Stimme aus dem Dunkel vernehmen. »Verspotte sie nicht! Es ist ein schmutziges Geschäft, an Schlafzimmertüren zu schnüffeln. Ich wünschte, ich hätte mich nie darauf eingelassen! Verteilt euch alle ruhig im Gemach!«

Als Gwenhwyfars Augen sich an das schwache Licht gewöhnt hatten, erkannte sie Gawain und hinter ihm eine andere vertraute Gestalt. »Gareth! Ihr hier?« fragte sie traurig. »Ich hielt Euch für Lancelots besten Freund.«

»Das bin ich auch«, erklärte er grimmig. »Ich bin hier, um darauf zu achten, daß ihm nichts anderes als Gerechtigkeit widerfährt. *Er* da...«, er wies mit einer abfälligen Geste in Gwydions Richtung, »...würde ihm die Kehle durchschneiden und Euch den Mord an den Hals hängen.«

»Ruhe!« befahl Gwydion, und das Licht verlosch. Gwenhwyfar spürte die Messerspitze an ihrem Hals. »Wenn Ihr auch nur einen Laut von Euch gebt, um ihn zu warnen, meine Dame, werde ich Euch die Kehle durchschneiden und es auf mich nehmen, meinem Herrn und Gebieter Artus den Grund dafür zu erklären.« Der Druck des Messers verstärkte sich. Gwenhwyfar spürte einen heftigen Schmerz und glaubte bereits zu bluten. Dann hörte sie gedämpfte Geräusche – das Rascheln von Stoff, das Klirren von Waffen –, die schnell wieder verstummten. Wieviele Männer lagen hier im Hinterhalt? Verzweifelt rang sie schweigend die Hände. *Könnte ich Lancelot doch nur warnen...* Aber sie lag hilflos wie ein Tier in der Falle.

Die Zeit schien für Gwenhwyfar quälend langsam zu verstreichen. Sie lag in ihre Kissen gepreßt und spürte den Druck des Messers am Hals. Es dauerte lange, ehe sie einen leisen Pfiff hörte, der an einen Vogelruf erinnerte. Gwydion spürte, wie ihre Muskeln sich spannten und fragte flüsternd: »Lancelots Signal?« Wieder drückte er das Messer gegen die weiche Haut ihrer Kehle, und sie flüsterte in Angstschweiß gebadet: »Ja.«

Sie hörte das Stroh unter sich rascheln, als Gwydion sein Gewicht verlagerte und sich entfernte. »Ein Dutzend Männer warten hier im Gemach. Versucht, ihn zu warnen, und Ihr werdet es nicht überleben!«

Aus dem Vorzimmer drangen Geräusche... Lancelots Mantel... sein Schwert... o Gott, wollten sie ihn nackt und unbewaffnet überfallen? Sie spannte ihre Muskeln an und spürte im voraus, wie das Messer in ihren Körper drang. Aber sie mußte ihn warnen. Sie mußte schreien... Sie öffnete den Mund, aber Gwydion... *ist es das*

Gesicht? Wie kann er es wissen ...? preßte ihr unbarmherzig die Hand auf den Mund und erstickte ihren Schrei. Sie krümmte sich unter der Hand und spürte Lancelot auf dem Bett.

»Gwen«, flüsterte er. »Was ist los? Hast du geweint, Geliebte?«

Es gelang ihr, sich zu befreien.

»Lauf!« rief sie. »Verrat! Es ist eine Falle ...«

»Himmel und Hölle!« Sie spürte ihn wie eine Katze zurückspringen.

Gwydions Lampe flammte auf. Die Flamme ging von Hand zu Hand, bis der Raum hell erleuchtet war. Gawain, Cai und Gareth, gefolgt von einem Dutzend verschwommener Gestalten, traten vor. Gwenhwyfar verkroch sich unter die Laken. Lancelot stand wie erstarrt nackt und unbewaffnet vor ihnen.

»Mordred!« sagte er voll Verachtung. »Diese List ist deiner würdig!«

Gawain erklärte förmlich: »Im Namen des Königs, Lancelot, klage ich Euch des Hochverrats an. Gebt mir Euer Schwert.«

»Mach dir darum keine Sorgen. Geh und nimm es dir«, sagte Gwydion.

»Gareth! Warum in Gottes Namen gibst du dich dazu her?«

Tränen standen in Gareths Augen. »Das hätte ich nie von dir erwartet, Lancelot! O Gott, wäre ich doch im Kampf gefallen, damit ich es nicht hätte erleben müssen.«

Lancelot senkte den Kopf. Gwenhwyfar sah, wie er sich gehetzt im Raum umblickte. Er murmelte: »Oh, mein Gott. So hat mich Pellinore angesehen, als sie mich mit Elaine im Bett überraschten ... Muß ich denn alle, alle enttäuschen?« Gwenhwyfar wollte die Hand nach ihm ausstrecken, wollte vor Mitleid und Qual aufschreien, ihn in die Arme nehmen, um ihn zu beschützen. Aber er sah sie nicht an.

»Das Schwert«, wiederholte Gawain. »Und kleidet Euch an, Lancelot. Ich will Euch nicht nackt und unschicklich vor Artus bringen. Genug Männer haben Eure Schande mitangesehen.«

»Laßt ihn nicht zu seinem Schwert«, rief jemand. Aber Gawain brachte den Mann mit einer verächtlichen Geste zum Schweigen. Langsam wendete Lancelot sich von ihnen ab und ging in das Vorzimmer, wo er Kleider, Rüstung und Waffen abgelegt hatte. Gwenhwyfar hörte, wie er sich ankleidete. Gareth legte die Hand ans Schwert, als Lancelot bekleidet aber unbewaffnet in das Gemach zurückkam.

»Ich bin froh um Euretwillen, daß Ihr keinen Widerstand leistet«,

erklärte Gwydion. »Mutter...«, er sprach in das Dunkel, und Gwenhwyfar sah fassungslos, daß Morgause dort stand, »... kümmert Euch um die Königin. Ich überlasse sie Eurer Obhut, bis Artus entschieden hat, was mit ihr geschehen soll.«
Morgause trat an das Bett. Gwenhwyfar sah plötzlich zum ersten Mal, daß Morgause eine große und harte Frau war.
»Kommt schon, meine Dame. Zieht Euch an«, sagte sie. »Ich werde Euch auch helfen, die Haare aufzustecken. Ihr wollt doch sicher nicht nackt dem König unter die Augen treten? Seid froh, daß eine Frau hier ist. Diese Männer...«, sie blickte verächtlich in die Runde, »... wollten doch tatsächlich warten, bis er auf Euch liegt.« Gwenhwyfar zuckte unter der Grausamkeit ihrer Worte zusammen. Mit zitternden Fingern begann sie langsam, das Gewand überzustreifen.
»Muß ich mich vor all diesen Männern ankleiden?«
Gwydion wartete Morgauses Antwort nicht ab. »Versucht nicht, uns etwas vorzuspielen, schamloses Weib! Ihr wollt doch nicht vorgeben, daß noch ein Funken Anstand oder Sittsamkeit in Euch steckt! Zieht dieses Gewand an, oder meine Mutter wird Euch darin einpacken wie in einen Sack.«
Er nennt sie Mutter. Kein Wunder, daß Gwydion so grausam und rücksichtslos ist, wenn die Königin von Lothian ihn großgezogen hat! Aber wie oft habe ich in Morgause nur eine träge, lustige, genußsüchtige Frau gesehen... was treibt sie dazu, sich zu so etwas herzugeben?
Gwenhwyfar schnürte sich schweigend die Schuhe.
Lancelot fragte ruhig: »Ihr wollt also mein Schwert?«
»Das habe ich bereits gesagt«, entgegnete Gawain.
»Also dann...«, Lancelot sprang blitzschnell auf Gawain zu und hielt mit katzenhafter Gewandtheit im nächsten Augenblick Gawains Schwert in der Hand, »... komm und nimm es dir!« Mit einem Satz war er bei Gwydion, der aufschreiend zu Boden fiel und aus einer großen Wunde blutete. Cai trat ihm mit gezogenem Schwert entgegen, Lancelot nahm ein Kissen, versetzte ihm damit einen Stoß, und der Hofmarschall fiel auf die Männer, die gerade vorwärtsstürmen wollten. Dann sprang Lancelot auf das Bett und sagte leise und knapp zu Gwenhwyfar: »Sei ruhig und halte dich bereit!«
Gwenhwyfar stockte der Atem. Sie machte sich ganz klein und drückte sich in eine Ecke. Die Männer stürmten auf Lancelot ein. Er durchbohrte einen, kämpfte kurz mit einem anderen, sprang über den Körper des ersten Mannes und versetzte einem schattenhaften

Angreifer einen mächtigen Hieb. Gareths riesige Gestalt sank langsam zu Boden. Lancelot kämpfte bereits mit einem anderen Angreifer, als der blutüberströmte Gwydion verzweifelt schrie: »Gareth!« und sich über den Körper seines Ziehbruders warf. In diesem Augenblick, als alle starr vor Schrecken zusahen, wie Gwydion schluchzend neben Gareth niedersank, spürte Gwenhwyfar, wie Lancelot sie mit einem Arm hochriß, wie er blitzschnell an der Tür herumwirbelte, noch einen Mann durchbohrte – sie sah nicht mehr, wer es war – und dann stand sie plötzlich im Gang zu den Frauengemächern. Lancelot schob sie in rasender Eile vor sich her. In der Dunkelheit stürzte sich jemand auf ihn, Lancelot fällte ihn erbarmungslos mit einem einzigen Hieb, und sie rannten weiter.

»Zu den Ställen«, keuchte er. »Auf die Pferde, und nichts wie weg.«

»Warte!« Gwenhwyfar packte ihn am Arm. »Wenn wir uns Artus vor die Füße werfen ... oder du fliehst, und ich bleibe und stelle mich dem König ...«

»Gareth hätte vielleicht für Gerechtigkeit sorgen können. Aber wenn Gwydion seine Hände im Spiel hat, würden wir nicht lebend vor den König gelangen. Ich habe ihm den richtigen Namen gegeben ... Mordred!«

Er eilte mit ihr zu den Ställen und sattelte in fliegender Hast sein Pferd. »Wir haben keine Zeit, um dein Pferd zu suchen. Du mußt hinter mir sitzen. Halte dich gut fest ... Ich muß die Wachen am Tor überreiten.«

Gwenhwyfar erlebte einen neuen Lancelot. Er war nicht mehr ihr Geliebter, sondern der harte, kampferprobte Kämpe. Wie viele Männer hatte er in dieser Nacht erschlagen? Ihr blieb keine Zeit, sich zu fürchten, als der Ritter sie auf das Pferd hob und dann selbst aufsaß.

»Halte dich an mir fest«, sagte er, drehte sich um und gab ihr einen langen heftigen Kuß. »Es war meine Schuld. Ich hätte wissen müssen, daß dieser teuflische Bastard uns auflauern würde ... Was auch geschehen mag, wenigstens ist es jetzt vorbei. Es gibt keine Lügen und kein Versteckspiel mehr. Du bist für immer mein ...« Zitternd brach er ab, drehte sich ungestüm um und griff nach den Zügeln. »Und jetzt geht es los!«

Morgause starrte voll Entsetzen auf Gwydion, der sich schluchzend über ihren jüngsten Sohn beugte.

Vor Jahren halb im Ernst gesprochene Worte stiegen in ihr auf ...

Gwydion hatte sich geweigert, im Turnier gegen Gareth zu kämpfen...
Mir schien, als würdest du im Sterben liegen... und ich wußte, es war meine Schuld, daß das Leben aus dir wich... ich will das Schicksal nicht versuchen.
Lancelot hatte es getan, und Gareth hatte Lancelot immer über alles geliebt!
Einer der Männer im Raum sagte: »Sie entkommen uns...«
»Was kümmert mich das?« stieß Gwydion wimmernd hervor. Morgause bemerkte jetzt erst, daß er blutete. Sein Blut mischte sich mit Gareths Blut auf dem Fußboden. Sie zog das Leinentuch vom Bett, riß es in Streifen und legte es auf die Wunde.
Gawain erklärte düster. »Kein Mensch in ganz Britannien wird sie aufnehmen und verbergen. Lancelot ist jetzt ein Verfemter. Er wurde beim Verrat an seinem König überrascht, und er hat sein Leben verwirkt. Oh, mein Gott! Ich wünsche, es wäre nie dazu gekommen!« Er betrachtete sich Gwydions Verletzung und erklärte dann achselzuckend: »Es ist nur eine Fleischwunde... das Bluten läßt bereits nach. Es wird verheilen, aber du wirst ein paar Tage nicht sitzen können. Gareth...«, ihm brach die Stimme, und der große, rauhe, grauhaarige Mann begann wie ein Kind zu weinen, »Gareth hat das Unglück getroffen. Ich werde ihn rächen. Lancelot wird von meiner Hand sterben, selbst wenn ich dabei den Tod finde. O Gott, mein Kleiner... mein kleiner lieber Bruder...« Gawain kniete nieder und wiegte den leblosen Körper in seinen Armen. Schluchzend fragte er: »War es das wert, Gwydion? War es Gareths Leben wert?«
»Steh auf, mein Junge«, sagte Morgause mit gepreßter Stimme... Gareth, ihr Kleiner... ihr letztes Kind. Sie hatte ihn schon vor langer Zeit an Artus verloren. Aber sie erinnerte sich immer noch an den blonden Knaben, der einen hölzernen, bemalten Ritter mit sich herumtrug. *Und eines Tages werden wir zusammen ausziehen und Abenteuer suchen, edler Lancelot...* immer nur Lancelot! Aber nun hatte Lancelot den Bogen überspannt. Jeder Mann in ganz Britannien war jetzt gegen ihn. Ihr blieb immer noch Gwydion... ihr heißgeliebter Ziehsohn, der eines Tages mit ihr an der Seite König sein würde...
»Steh auf, Gwydion! Steh auf, du kannst für Gareth nichts mehr tun. Ich will deine Wunde verbinden, dann gehen wir zu Artus und berichten ihm, was geschehen ist. Er kann dann seine Männer ausschicken, um die Verräter zu suchen.«

Gwydion schüttelte mit einer heftigen Bewegung ihre Hand ab. »Geh mir aus den Augen, verfluchtes Weib!« brach es aus ihm heraus, und seine Stimme klang furchterregend. »Gareth war von uns allen der Beste, und ich hätte ihn nicht für ein Dutzend Könige geopfert. Du warst es, du mit deinem Haß gegen Artus hast mich immer weiter getrieben! Was kümmert es mich, welcher Mann im Bett der Königin liegt! Gwenhwyfar ist nicht schlimmer als du ... seit ich denken kann, hattest du ständig andere Männer im Bett ...«

»Oh, mein Sohn ...«, flüsterte Morgause entgeistert. »Wie kannst du so mit mir sprechen? Gareth war mein Sohn ...«

»Was lag dir je an Gareth ... oder an einem von uns ... oder an irgend etwas. Du hast immer nur an deine Lust und an deinen Ehrgeiz gedacht! Du wolltest mir einen Thron aufdrängen, aber nicht um meinetwillen, sondern um deine Machtgier zu befriedigen!« Er stieß sie von sich. »Geh zurück nach Lothian ... oder in die Hölle, wenn der Teufel dich haben will. Ich schwöre dir, wenn du mir noch einmal unter die Augen trittst, werde ich alles vergessen, außer daß du die Mörderin des einen Bruders bist, den ich geliebt habe ...«

Gawain schob seine Mutter schnell aus der Kammer. Sie hörte noch, wie Gwydion schluchzte: »Oh, Gareth, Gareth, wäre ich doch vor dir gestorben ...«

Gawain sagte knapp: »Cormac, bringt die Königin von Lothian in ihr Gemach.«

Cormacs starker Arm hielt Morgause aufrecht; nachdem man die Halle durchquert hatte, und sie das schreckliche Schluchzen nicht mehr hörte, begann die Königin von Lothian wieder freier zu atmen. Wie konnte er sich so gegen sie wenden? Sie hatte doch immer nur an sein Wohl gedacht! Als Mutter mußte sie natürlich um Gareth trauern. Aber Gareth war Artus' Mann! Gwydion hätte das früher oder später sicher auch erkannt. Sie blickte zu Cormac auf. »Ich kann nicht so schnell gehen ... macht langsamer.«

»Gewiß, Herrin!« Sie war sich seines Arms deutlich bewußt, der sie schützend hielt. Sie lehnte sich einen Augenblick an ihn. Gwenhwyfar gegenüber hatte sie mit ihrem jungen Liebhaber geprahlt. Aber in Wirklichkeit hatte sie ihn noch nie zu sich ins Bett genommen ... sie ließ ihn zappeln. Nun legte sie den Kopf an seine Schulter. »Ihr seid Eurer Königin treu ergeben, Cormac.«

»Ich stehe treu zu meinem Königshaus, wie meine Familie es schon immer tat«, erwiderte der junge Mann in ihrer Sprache, und sie lächelte.

»Hier ist meine Kammer ... helft mir hinein, ich kann kaum noch gehen ...«
Auf ihn gestützt, ging sie zum Bett und ließ sich darauf nieder.
»Wünscht meine Herrin, daß ich Eure Frauen rufe?«
»Nein«, flüsterte sie und griff nach seinen Händen. Sie wußte, daß ihre Tränen verführerisch wirkten. »Du warst mir treu, Cormac. Und diese Treue soll jetzt belohnt werden ... komm her ...«
Sie streckte ihm die Arme entgegen, schloß halb die Augen und öffnete sie entsetzt wieder, da er verlegen zurückwich.
»Ich ... ich glaube, Ihr seid völlig durcheinander, Herrin«, stammelte Cormac. »Was glaubt Ihr von mir? Wofür haltet Ihr mich? Herrin, ich habe soviel Achtung vor Euch wie vor meiner Großmutter! Sollte ich es vielleicht ausnützen, daß eine alte Dame wie Ihr ... außer sich vor Trauer ist? Ich werde Eure Kammerfrau rufen. Sie wird Euch einen Schlaftrunk bereiten, und ich will vergessen, was Ihr in Eurer Verwirrung gesagt habt, meine Königin.«
Morgause spürte diesen unerwarteten Schlag in der Magengrube und immer neue Schläge in ihrem Herzen ... *meine Großmutter ... alte Dame ... außer sich vor Trauer ...*
Die ganze Welt war plötzlich wahnsinnig ... Gwydion hatte den Verstand verloren und sie verflucht ... dieser Mann, der ihr so lange begehrliche Blicke zugeworfen hatte, wendete sich jetzt gegen sie ... sie wollte aufschreien, ihre Diener rufen und ihn peitschen lassen, bis ihm das Blut über den Rücken floß und das Echo seines Winselns um Gnade von den Wänden widerhallte. Aber als sie den Mund öffnete, schien sich das ganze Gewicht ihres Lebens wie eine tödliche Last auf sie herabzusenken.
»Ja«, sagte sie tonlos. »Ich wußte nicht, was ich rede ... ruft meine Frauen, Cormac, und sagt ihnen, sie sollen mir Wein bringen. Wir reiten morgen in aller Frühe nach Lothian zurück.«
Nachdem er gegangen war, saß sie auf dem Bett und besaß noch nicht einmal die Kraft, die Hand zu heben.
Ich bin eine alte Frau. Ich habe meinen Sohn Gareth verloren. Ich habe Gwydion verloren, und ich werde nie als Königin in Camelot herrschen. Ich habe zu lange gelebt.

Gwenhwyfar klammerte sich mit geschlossenen Augen fest an Lancelot, während sie durch die Nacht galoppierten. Sie hatte das Gewand bis über die Knie geschoben, und ihre nackten Beine preßten sich an den Pferdeleib. Sie wußte nicht, wohin sie ritten. Lancelot war für sie ein Fremder, ein Krieger mit verschlossenem Gesicht, ein Mann, den sie nicht kannte.

Es gab eine Zeit, dachte sie, *da hätte ich mich hier draußen nachts unter offenem Himmel zu Tode geängstigt . . .*

Aber sie fühlte sich angenehm belebt und befreit. Irgendwo in ihrem Herzen trauerte sie auch um den freundlichen Gareth. Er war für Artus wie ein Sohn gewesen und hätte ein besseres Schicksal verdient, als auf diese Weise erschlagen zu werden . . . sie fragte sich, ob Lancelot überhaupt wußte, wen er getötet hatte. Sie empfand auch Trauer, weil die Jahre mit Artus zu Ende waren. Alles war vorbei, was sie so lange geteilt hatten. Aber nach dieser Nacht führte kein Weg mehr zurück. Sie mußte sich vorbeugen, um Lancelot zu verstehen. »Wir müssen bald anhalten. Das Pferd muß sich ausruhen . . . und wenn wir bei Tag reiten . . . man kennt dich und mich überall in dieser Gegend.«

Sie nickte, denn sie war völlig außer Atem und konnte nicht sprechen. Nach einiger Zeit erreichten sie ein Wäldchen. Lancelot brachte das Pferd zum Stehen und setzte sie sanft auf den Boden. Er führte das Tier an einen Bach und legte dann seinen Mantel ins Gras. Er starrte auf das Schwert an seiner Seite. »Ich habe immer noch Gawains Schwert. Als Knabe hörte ich Geschichten über die Raserei, die manche Männer im Kampf überfällt. Ich wußte nicht, daß sie uns auch im Blut liegt . . .« Schwer seufzend fragte er: »Es klebt Blut an diesem Eisen. Wen habe ich getötet, Gwen?«

Sie konnte den Ausdruck von Schuld und Leid auf seinem Gesicht nicht ertragen. »Mehr als einen . . .«

»Ich weiß, ich habe Gwydion getroffen . . . den verdammten Mordred. Ich weiß, ich habe ihn verwundet. Zu diesem Zeitpunkt hatte ich mich noch in der Gewalt. Ich nehme nicht an . . .«, seine Stimme wurde hart, ». . . daß ich das Glück hatte, ihn zu töten.«

Sie schüttelte wortlos den Kopf.

»Wen dann?« Gwenhwyfar antwortete nicht. Er packte sie so grob an den Schultern, daß sie sich vor dem Krieger fürchtete, den sie im Geliebten nie kennengelernt hatte. »Gwen, sage es mir! In Gottes Namen . . . habe ich meinen Vetter Gawain getötet?«

Diese Frage konnte sie ihm ohne Zögern beantworten. Wie froh war

sie, daß er nach Gawain fragte. »Nein, ich schwöre dir, Gawain hast du nicht getötet!«
»Es hätte jeden treffen können«, sagte er und starrte auf das Schwert. Plötzlich rann ihm ein Schauer über den Rücken. »Ich schwöre dir, Gwen, ich wußte nicht einmal, daß ich ein Schwert in der Hand hatte. Ich versetzte Gwydion einen Schlag, als sei er ein Hund. Dann weiß ich nur noch, daß wir plötzlich auf dem Pferd saßen...« Er kniete zitternd vor ihr und flüsterte: »Ich glaube, ich bin wieder wahnsinnig... wie schon einmal...«
Gwenhwyfar umarmte ihn und drückte ihn voll leidenschaftlicher und wilder Zärtlichkeit an sich. »Nein, nein«, flüsterte sie, »o nein, mein Liebster... ich habe das alles über dich gebracht... Schande und Verbannung...«
»Das sagst du«, flüsterte er, »ich habe sie über dich gebracht. Ich habe dich allem entrissen, was dir etwas bedeutete...«
Jäh schmiegte sie sich an ihn und sagte: »Ich wünsche bei Gott, du hättest es früher getan!«
»Ah, es ist nicht zu spät... ich bin wieder jung mit dir an meiner Seite. Und du... du warst nie schöner, meine einzige Liebe...« Er legte sie auf den Mantel und lachte befreiend: »Ah, jetzt steht niemand mehr zwischen uns... niemand kann uns mehr stören, meine... Gwen... oh, Gwen...«
Als Gwenhwyfar in seinen Armen lag, erinnerte sie sich an die aufgehende Sonne und an das Gemach in Meleagrants Burg. So ähnlich war es jetzt auch. Sie klammerten sich aneinander, als gäbe es für sie beide nichts anderes auf der Welt – nichts mehr und nie mehr.
Sie schliefen eine Weile eng umschlungen unter dem Mantel und lagen sich beim Aufwachen immer noch in den Armen, während die Sonne durch die grünen Zweige nach ihnen suchte. Lächelnd berührte Lancelot ihr Gesicht.
»Weißt du... noch nie zuvor bin ich ohne Angst in deinen Armen erwacht. Jetzt bin ich trotz allem glücklich...« Er lachte sie an, und in seinem Lachen lag etwas Wildes. In seinen weißen Haaren und in seinem Bart hingen Blätter und seine Tunika war zerknittert. Sie betastete sich und spürte Gras und Blätter in ihren Haaren. Ihre Haartracht löste sich auf, und sie konnte sich nicht kämmen. Aber sie flocht sich einen Zopf und band ihn mit einem Stoffstreifen zusammen, den sie von ihrem Hemd abriß. Lachend sagte sie: »Wir sind zwei richtige Wäldler! Wer würde die Königin und den tapferen Lancelot in diesem Aufzug erkennen?«

»Bedeutet dir das etwas?«
»Nein, mein Geliebter, nicht im geringsten.«
Er streifte sich Blätter und Gras aus Haar und Bart. »Ich muß das Pferd einfangen«, sagte er. »Vielleicht gibt es einen Weiler in der Nähe, wo wir Brot und einen Schluck Bier finden ... ich habe keine einzige Münze bei mir oder sonst etwas Wertvolles, nur das Schwert und dies ...« Er wies auf eine kleine Goldspange an seiner Tunika. »Im Augenblick zumindest sind wir Bettler. Aber wenn wir Pellinores Burg erreichen ... ich besitze immer noch ein Haus dort, in dem ich mit Elaine und der Dienerschaft gelebt habe ... und auch Gold. Damit können wir über das Meer. Willst du mit mir in die Bretagne kommen, meine Gwenhwyfar?«
»Überall hin«, flüsterte sie bebend; und in diesem Augenblick meinte sie es aufrichtig. In die Bretagne oder nach Rom ... oder in das Land am Ende der Welt ... wenn sie nur bei ihm bleiben konnte. Sie zog ihn zu sich hinunter und vergaß alles in seinen Armen.
Aber als er sie Stunden später auf das Pferd hob und sie in ruhigerem Tempo weiterritten, war sie schweigsam und bekümmert. Ja, zweifellos konnten sie über das Meer gelangen. Aber wenn man erst überall, von einem Ende der Welt bis zum anderen, von den Ereignissen dieser Nacht sprach, würden Schande und Verachtung über Artus kommen. Er mußte um seiner Ehre willen nach ihnen suchen, wohin sie auch flohen. Früher oder später würde Lancelot erfahren, daß er den Freund erschlagen hatte, der ihm nach Artus am meisten auf der Welt bedeutete. Er war von Sinnen gewesen, als es geschah, aber sie wußte, daß Trauer und Schuld ihn überwältigen würden. Wenn er sie dann ansah, würde er sich nicht daran erinnern, daß sie seine Geliebte war, sondern daß er um ihretwillen unwissend den Freund getötet hatte. Um ihretwillen hatte er Artus verraten. Wenn er um ihretwillen gegen den König kämpfen mußte, würde er sie hassen ...
Nein, er würde sie immer noch lieben, aber nie vergessen, um welchen Preis er sie errungen hatte. Weder Liebe noch Haß würden je Macht über ihn gewinnen ... beide Gefühle würden ihn nicht verlassen. Es müßte ihm das Herz zerreißen. Eines Tages würde er daran zerbrechen und wieder wahnsinnig werden. Sie preßte sich an seinen warmen Körper, lehnte den Kopf an seinen Rücken und weinte. Zum ersten Mal wußte sie, daß sie stärker war als er. Diese Erkenntnis durchbohrte ihr Herz wie das schärfste Schwert.
Gwenhwyfar weinte nicht mehr, als sie die nächste Rast einlegten.

Aber sie wußte, ihr Herz weinte. Sie würde nie mehr aufhören zu trauern. »Ich werde nicht mit dir über das Meer ziehen, Lancelot. Ich will keinen Zwist und Hader unter den alten Gefährten der Tafelrunde stiften. Wenn ... wenn Mordred seinen Willen bekommt, werden sich alle zerstreiten«, erklärte sie. »Der Tag wird kommen, an dem Artus jeden seiner Freunde braucht. Ich möchte keine zweite Helena sein ... diese schöne Frau aus der Sage, von der du mir einmal erzählt hast ... um die alle Könige und Ritter ihrer Zeit in Troja kämpften.«
»Aber was willst du tun?« Gwenhwyfar versuchte, die Spur von Erleichterung zu überhören, die trotz aller Verwirrung und allem Leid in seiner Stimme mitschwang.
»Du wirst mich auf die Insel Glastonbury bringen«, erklärte sie. »Dort gibt es ein Kloster, in dem ich als Mädchen erzogen wurde. Ich will dorthin gehen und ihnen nur sagen, daß böse Zungen zwischen dir und Artus meinetwegen Zwietracht gesät haben. Nach einiger Zeit werde ich Artus wissen lassen, wo ich bin, und daß ich nicht mit dir zusammenlebe. Er kann dann in Ehren seinen Frieden mit dir machen.«
Er widersprach: »Nein, nein, ich kann dich nicht gehen lassen ...«, aber Gwenhwyfar wußte, es würde ihr nicht schwerfallen, ihn zu überreden, und ihr sank das Herz. Vielleicht hoffte sie trotz allem, er würde um sie kämpfen ... er würde sie mit der Kraft seines Willens und seiner Leidenschaft soweit bringen, daß sie ihm in die Bretagne folgte. Aber das war nicht Lancelots Art. Er war wie er war, und was er war. Er war so und nicht anders gewesen, als sie sich in ihn verliebte. So war er jetzt, und so würde sie ihn für den Rest ihres Lebens lieben.
Schließlich gab Lancelot nach und ritt mit ihr nach Glastonbury.

Der lange Schatten der Kirche fiel auf das Wasser, als sie das Boot bestiegen, das sie zur Insel bringen würde. Die Kirchenglocken läuteten den Angelus. Gwenhwyfar senkte den Kopf und flüsterte ein kurzes Gebet. *Heilige Mutter Gottes habe Erbarmen mit mir, einer sündigen Frau ...*
Plötzlich schien sie in ein strahlendes Licht getaucht, wie damals, als der Gral durch die Halle schwebte. Lancelot saß im Bug der Fähre und ließ den Kopf hängen. Seit er wußte, was sie vorhatte, mied er jede Berührung, und sie war froh darüber. Bereits der Druck seiner Hand hätte ihre Entschlossenheit dahinschwinden lassen. Ein dün-

ner Nebel lag über dem See, und flüchtig glaubte sie, einen Schatten zu sehen – den Schatten einer schwarz verhängten Barke, an deren Bug eine dunkle Gestalt stand... aber nein, es war nur ein Schatten, nur ein Schatten...

Die Fähre knirschte im Ufersand. Lancelot half ihr beim Aussteigen. »Gwenhwyfar... bist du sicher?«

»Ja, ich bin ganz sicher«, antwortete sie und versuchte, entschlossener zu antworten, als sie in Wirklichkeit war.

»Dann werde ich dich zur Klosterpforte begleiten«, erwiderte der Ritter. Sie spürte plötzlich, daß ihm dieser Weg größeren Mut abverlangte, als ihretwegen mit dem Schwert gegen seine Freunde zu kämpfen.

Die alte Äbtissin erkannte die Königin wieder. Sie begrüßte Gwenhwyfar voll Ehrfurcht und Erstaunen. Gwenhwyfar erzählte ihr die Geschichte, zu der sie sich entschlossen hatte – daß böse Zungen ihretwegen Streit zwischen Artus und Lancelot gestiftet hätten. Sie habe deshalb beschlossen, hier Zuflucht zu suchen, damit die beiden Männer den Zwist beilegen konnten.

Die alte Frau tätschelte ihr die Wange, als sei sie die kleine Gwenhwyfar, die man hier als Kind unterrichtet hatte. »Seid willkommen, meine Tochter. Ihr könnt bleiben, solange Ihr wünscht... auch für immer. Wir weisen niemandem die Tür, der Zuflucht bei Gott sucht. Aber hier werdet Ihr keine Königin sein«, erklärte sie warnend, »sondern nur eine unserer Schwestern.«

Gwenhwyfar seufzte unendlich erleichtert. Bis zu diesem Augenblick hatte sie nicht gewußt, wie schwer die Bürde auf ihr lastete, eine Königin zu sein. »Ich muß meinem Ritter Lebewohl sagen, ihm alles Gute wünschen und ihn bitten, den Streit mit meinem Gemahl beizulegen.«

Die Äbtissin nickte ernst. »In diesen Tagen kann unser guter König Artus auf keinen seiner Ritter verzichten und schon gar nicht auf den edlen Lancelot.«

Gwenhwyfar ging in den Vorraum zurück, wo Lancelot ruhelos auf und ab lief. Er griff nach ihren Händen. »Ich kann es nicht ertragen, dir hier Lebewohl zu sagen, Gwenhwyfar... oh, meine Herrin, meine Geliebte, muß es wirklich sein?«

»Es muß sein«, erwiderte sie unnachgiebig, wußte aber gleichzeitig, daß sie zum ersten Mal handelte, ohne dabei an sich zu denken. »Dein Herz gehörte immer Artus, mein Liebster. Ich denke oft, unsere einzige Sünde bestand nicht darin, daß *wir* uns liebten, sondern daß ich zwischen eurer Liebe stand.«

Wenn es zwischen uns Dreien immer so gewesen wäre wie in dieser Nacht an Beltane, als ich Morgaines Liebesamulett trug, dann hätte es weniger Sünde gegeben, dachte sie. *Die Sünde war nicht, daß wir zusammenlagen, sondern daß daraus Zwietracht entstand und dadurch weniger Liebe.*

»Ich schicke dich in aller Liebe zu Artus zurück, mein Geliebter. Sage ihm, daß ich ihn deshalb nie weniger geliebt habe.«

Lancelots Gesicht wirkte beinahe verklärt. »Das weiß ich jetzt«, sagte er, »und ich weiß auch, daß ich ihn deshalb nie weniger geliebt habe. Ich glaubte immer, dir Unrecht zu tun, weil ich ihn liebte ...«

Er hätte sie geküßt, aber es schickte sich hier nicht. Deshalb beugte er sich nur über ihre Hand. »Betet für mich, Herrin, solange Ihr im Haus Gottes weilt.«

Meine Liebe zu dir ist mein Gebet, dachte sie, *die Liebe ist das einzige Gebet, das ich kenne.*

Sie glaubte, ihn nie mehr geliebt zu haben, als in dem Augenblick, in dem sich die Klosterpforte mit einem harten und endgültigen Geräusch hinter ihm schloß. Sie glaubte, hinter den Mauern eingeschlossen zu werden.

Vor langer Zeit hatten diese Mauern ihr das Gefühl gegeben, so sicher, so behütet zu sein. Jetzt wußte sie, daß sie den Rest ihres Lebens zwischen ihnen verbringen würde ...

Als ich die Freiheit besaß, dachte sie, *ersehnte ich sie nicht und fürchtete sie. Jetzt habe ich gelernt, sie zu lieben und mich nach ihr zu sehnen und gebe sie im Namen meiner Liebe auf!*

Undeutlich spürte Gwenhwyfar, daß es so richtig war ... ein Geschenk und ein Opfer, das sie Gott darbringen konnte. Aber als sie durch den Kreuzgang ging, blickte sie an den Mauern empor, die sie umgaben und gefangenhielten.

Für meine Liebe ... und für die Liebe zu Gott, dachte sie und spürte den Keim des Trostes in sich. Lancelot würde in die Kirche gehen, wo Galahad gestorben war. Dort würde er beten. Vielleicht erinnerte er sich an den Tag, an dem die Nebel von Avalon sich geteilt hatten, und sie und er und Morgaine knietief im Wasser des Sees standen ... sie dachte auch an Morgaine mit plötzlich erwachter Liebe und Zärtlichkeit.

Heilige Mutter Gottes, verlasse sie nicht und bringe sie eines Tages hierher zu dir ...

Die Mauern, die Mauern, sie werden mich um den Verstand bringen. Ich bin eingesperrt und werde nie mehr frei sein ...

Nein, um ihrer Liebe willen und im Namen der Liebe Gottes würde sie eines Tages sogar lernen, sie wieder zu lieben. Die Hände zum Gebet gefaltet, ging Gwenhwyfar zu den Zellen der Nonnen, um für immer dort zu bleiben.

Morgaine erzählt...

Ich glaubte, das Gesicht habe mich verlassen. Viviane hatte es verloren, als sie noch jünger war als ich und hatte eine andere Herrin berufen. Aber es gab niemand, der nach mir den Schrein der Herrin hüten würde und niemand, der sich der Göttin nähern durfte. Ich mußte hilflos mitansehen, wie Niniane starb und konnte nicht die Hand über sie halten.
Ich hatte dieses Ungeheuer auf die Welt losgelassen und den Plan gebilligt, der dazu führen sollte, daß er den Hirschkönig stürzte. Ich sah aus weiter Ferne, wie auf der Dracheninsel der Schrein zerstört wurde und die Hirsche im Wald gejagt wurden – ohne Liebe, ohne Herausforderung und ohne Gebete an Sie, *die den Menschen den Hirsch schenkte. Man erschoß sie mit Pfeilen und Speeren, und ihr Volk wurde gejagt wie die Hirsche. In der wirklichen Welt brach eine neue Zeit an. Manchmal sah ich, daß auch Camelot in den Nebeln dahintrieb. Kriege tobten überall im Land. Die Nordmänner, die neuen Feinde, plünderten und brannten... eine neue Welt und neue Götter.*
Ja, die Göttin hatte die Welt verlassen und auch Avalon. Nur ich, eine Sterbliche, blieb allein zurück...
Und doch trieb mich eines Nachts ein Traum, eine Vision, ein Aufblitzen des Gesichts zur Stunde des dunklen Mondes zum Spiegelsee.
Zuerst sah ich nur die Kriege, die im ganzen Land wüteten. Ich wußte nicht, was Artus und Gwydion entzweite. Aber als Lancelot mit Gwenhwyfar geflohen war, brach unter den alten Gefährten Feindschaft aus. Gawain schwor Lancelot Blutrache. Und später, als Gawain im Sterben lag, bat dieser großherzige Mann Artus mit seinem letzten Atemzug, Frieden mit Lancelot zu schließen und ihn nach Camelot zurückzurufen. Aber es war zu spät. Nicht einmal Lancelot konnte Artus' Legion wieder einen, so viele folgten inzwischen Gwydion, der jetzt die Hälfte von Artus' Männern – die meisten der Sachsen und sogar ein paar verbündete Nordmänner – befehligte und sie gegen den Großkönig ins Feld führte.

In der Stunde vor der Dämmerung klärte sich der Spiegel, und im unirdischen Licht sah ich auf einmal das Gesicht meines Sohnes. Mit dem blanken Schwert in der Faust irrte er suchend durch die Dunkelheit . . .
Er suchte, wie Artus damals gesucht hatte, als er den Hirschkönig herausforderte. Ich hatte vergessen, wie klein Gwydion war . . . nicht größer als Lancelot. Elfenpfeil nannten die Sachsen Lancelot: klein, dunkel und todbringend. Artus überragte ihn um mehr als einen Kopf.
Ah, in den Tagen der Göttin stellte sich ein Mann dem Hirschkönig, um seine Königswürde zu gewinnen! Artus wartete den Tod seines Vaters ab, aber jetzt geschah etwas Neues im Land: Väter und Söhne waren Feinde. Und die Söhne griffen nach der Krone ihrer Väter . . . ich schien ein in Blut gebadetes Land vor mir zu sehen, in dem die Söhne sich nicht damit zufriedengaben, den Tag ihrer Krönung abzuwarten . . . und jetzt in der drohenden Dunkelheit sah ich auch Artus . . . groß, blond und allein, ohne seine Männer . . . und in seiner Hand hielt er das Schwert Excalibur.
Aber durch die suchenden Männer hindurch sah ich Artus in seinem Zelt, der in unruhigen Schlaf gefallen war. Lancelot hielt Wache. Und ich wußte, auch Gwydion schlief irgendwo bei seinen Truppen. Trotzdem kreiste ein Teil beider Männer mit gezogener Klinge ruhelos am Seeufer und suchte in der Dunkelheit den anderen.
»Artus! Artus, stellt Euch der Herausforderung, oder fürchtet Ihr Euch zu sehr vor mir?«
»Kein Mann kann behaupten, ich sei je einer Herausforderung ausgewichen.« Artus wandte sich nach Gwydion um, der aus dem Wald trat. »So«, sagte er, »Ihr seid es, Mordred. Ich habe nie ganz glauben wollen, daß Ihr Euch gegen mich erhebt. Aber jetzt sehe ich es mit eigenen Augen. Ich glaubte, man versuchte, meinen Mut zu untergraben, als man mich vor dem Schlimmsten warnte. Was habe ich getan? Warum seid Ihr mein Feind geworden? Warum, mein Sohn?«
»Glaubt Ihr wirklich, ich sei je etwas anderes gewesen, mein Vater?« Er sprach das Wort ›Vater‹ mit größter Bitterkeit aus. »Wozu bin ich gezeugt und geboren worden, wenn nicht für diesen Augenblick, in dem ich Euch wegen einer Sache herausfordere, die nichts mehr mit dieser Welt zu tun hat? Ich weiß nicht einmal mehr, weshalb ich Euch herausfordern muß . . . nur daß außer diesem Haß in meinem Leben nichts mehr übrig ist.«

Artus erwiderte ruhig: »Ich weiß, Morgaine haßte mich . . . aber ich wußte nicht, daß sie mich so sehr haßte. Mußt du ihr selbst darin zu Willen sein, Gwydion?«
»Glaubst du, ich würde ihren Willen erfüllen, du Narr?« antwortete Gwydion höhnisch. »Wenn ich wüßte, daß ich Morgaines Willen erfülle, dann wäre das für mich der einzige Grund, dich zu schonen. Wenn ich wüßte, daß sie dich stürzen möchte . . . ich weiß nicht, ob ich dich oder sie mehr hasse . . .«
Ich drang in ihren Traum, in ihre Vision, oder was auch immer es war, ein und stand am Seeufer. In den Gewändern einer Priesterin stand ich zwischen den beiden Gegnern.
»Muß es sein? Ich fordere euch beide im Namen der Göttin auf, euren Zwist beizulegen. Ich habe mich an dir versündigt, Artus, und an dir, Gwydion. Aber euer Haß gilt mir. Ihr dürft euch nicht hassen, und ich bitte euch im Namen der Göttin . . .«
»Was ist mir die Göttin?« Artus umklammerte Excaliburs Griff fester. »Ich habe die Göttin immer in dir gesehen. Aber du hast dich von mir abgewandt. Und als mich die Göttin zurückstieß, suchte ich mir einen anderen Gott . . .«
Gwydion sah mich verächtlich an und sagte: »Ich brauchte nicht die Göttin, sondern die Frau, die meine Mutter war. Und du hast mich einer überlassen, die weder eine Göttin noch einen Gott fürchtet.«
Ich wollte rufen: »Mir blieb keine Wahl! Es war nicht meine Entscheidung . . .«, aber sie gingen mit ihren Schwertern aufeinander los, stürmten durch mich hindurch, als sei ich Luft. Ich glaubte, von beiden Schwertern durchbohrt zu werden . . . ich war wieder in Avalon und starrte voll Entsetzen in den Spiegel . . . wo ich nichts sah, nichts, außer dem Blut, das sich in dem Heiligen Wasser ausbreitete. Mein Mund war trocken, mein Herz klopfte, als wollte es ein Loch durch die Mauern meiner Brust schlagen, und der Geschmack von Untergang und Tod lag bitter auf meinen Lippen.
Ich hatte versagt, versagt, versagt! Ich hatte die Göttin verraten, wenn es tatsächlich außer mir eine Göttin gab. Ich hatte Avalon verraten, Artus verraten; ich hatte Bruder, Sohn und den Geliebten verraten . . . und alles, was ich zu erreichen versuchte, lag in Trümmern. Dort, wo bald die Sonne aufgehen würde, verblaßte der Himmel und färbte sich rot. Ich wußte, daß jenseits der kalten, grauen Nebel von Avalon sich Artus und Gwydion an diesem Tag irgendwo zum letzten Mal begegnen würden.
Ich ging hinunter ans Ufer, um die Barke zu rufen. Plötzlich schien

das Kleine Volk mich zu umgeben. Ich schritt zwischen ihnen als die Priesterin dahin, die ich gewesen war.

Ich stand allein in der Barke, und doch wußte ich, daß andere mit mir dort standen: Gekrönte Gestalten in dunklen Gewändern – Morgaine, die Jungfrau, sie hatte Artus zu den Hirschen geschickt, um den Hirschkönig herauszufordern; Morgaine, die Mutter, ihr Leib war bei Gwydions Geburt aufgerissen; die Königin von Nordwales, sie hatte die Sonnenfinsternis gerufen, um Accolons Zorn gegen Artus zu entfachen; und die Dunkle Königin der Feen ... oder stand die Todesbotin an meiner Seite? Als die Barke sich dem Ufer näherte, hörte ich einen seiner Männer rufen: »Seht ... seht dort die Barke mit den vier Königinnen in der aufgehenden Sonne ... die Feenbarke von Avalon ...«

Dort lag er mit blutverklebten Haaren ... mein Gwydion, mein Geliebter, mein Sohn ... und zu seinen Füßen lag der tote Gwydion, mein Sohn ... das Kind, das ich nie kennenlernte. Ich beugte mich über ihn und breitete meinen Schleier über sein Gesicht. Ich wußte, das Ende einer Zeit war gekommen. In der Vergangenheit hatte der junge Hirsch den Königshirsch besiegt und war selbst zum Hirschkönig geworden. Aber die Hirsche hatte man niedergemetzelt. Der Hirschkönig hatte den jungen Hirsch getötet, und auf ihn würde keiner mehr folgen ...

Und der Hirschkönig mußte ebenfalls sterben.

Ich kniete an seiner Seite. »Das Schwert, Artus, Excalibur! Nimm es in die Hand. Nimm es und werfe es von dir. Wirf es in die Fluten des Sees.«

Die Heiligen Insignien waren für immer der Welt entrückt. Das Heilige Schwert Excalibur mußte ihnen folgen. Aber er umklammerte das Schwert und widersprach flüsternd: »Nein ... es muß denen erhalten bleiben, die nach mir kommen ... es muß ihrer Sache dienen ... König Artus' Schwert ...« Er blickte Lancelot in die Augen. »Nimm es, Galahad ... hörst du nicht, wie die Trompeten von Camelot Artus' Legion rufen? Nimm es ... für die Gefährten ...«

»Nein«, erklärte ich ruhig. »Diese Zeit ist vorbei. Niemand nach dir darf vorgeben oder behaupten, König Artus' Schwert zu tragen.« Sanft löste ich seine Finger vom Griff Excaliburs. »Nimm es, Lancelot«, sagte ich leise, »aber wirf es weit von dir in die Fluten des Sees ... die Nebel von Avalon sollen es für immer der Welt entrücken.«

Lancelot folgte schweigend meinem Befehl. Ich weiß nicht, ob er mich sah oder für wen er mich hielt. Ich wiegte Artus in meinen Armen. Das Leben wich schnell aus ihm, aber ich konnte keine Tränen weinen.

»Morgaine«, flüsterte er. In seinen Augen standen Verwirrung und Qual. »Morgaine, war es also alles umsonst, was wir getan haben und was wir versuchten zu tun? Warum sind wir gescheitert?«

Es war meine eigene Frage, und ich wußte keine Antwort. Aber von irgendwoher kam die Antwort. »Du bist nicht gescheitert, mein Bruder, mein Geliebter, mein Kind. Du hast diesem Land viele Jahre Frieden geschenkt. Die Sachsen konnten es nicht zerstören. Du hast die Dunkelheit eine Generation zurückgehalten, bis sie zu zivilisierten Menschen geworden waren. Sie haben Musik, Gelehrsamkeit und den Glauben an Gott kennengelernt, und sie werden darum kämpfen, etwas von der Schönheit vergangener Zeiten zu bewahren. Wäre das Land bei Uthers Tod in die Hand der Sachsen gefallen, dann wäre das Schöne und das Gute für immer aus Britannien entschwunden. Deshalb bist du nicht gescheitert, Artus, mein Bruder. Keiner von uns weiß, wie Sie *wirkt ... wir wissen nur, daß* Ihr *Wille geschieht.«*

Selbst damals wußte ich nicht, ob ich die Wahrheit sprach oder ihn nur liebevoll trösten wollte, wie das kleine Kind, das Igraine mir in die Arme legte, als ich selbst noch ein Kind war. Morgaine, hatte sie zu mir gesagt, sorge für deinen kleinen Bruder. Das hatte ich immer getan, und ich würde es immer tun ... jetzt und über dieses Leben hinaus ... oder hatte die Göttin selbst Artus in meine Arme gelegt?

Er legte die kraftlosen Finger auf die große Wunde in seiner Brust. »Hätte ich nur ... die Scheide, die du für mich gemacht hast, Morgaine ... dann müßte ich jetzt nicht hier liegen und langsam verbluten ... Morgaine, ich träumte ... und im Traum rief ich nach dir, aber ich konnte dich nicht halten ...«

Ich drückte ihn an mich. Im ersten Licht der aufgehenden Sonne sah ich, wie Lancelot Excalibur hoch über den Kopf hob und weit hinaus in den See warf. Das Schwert sirrte durch die Luft, und es glänzte wie der Flügel eines weißen Vogels im Sonnenschein. Dann stürzte es torkelnd hinunter, und ich sah nichts mehr. Die Tränen und die Sonne blendeten mich.

Ich hörte Lancelot rufen: »Ich sah, wie eine Hand auf dem See auftauchte ... eine Hand ergriff das Schwert, schwang es dreimal durch die Luft und zog es unter das Wasser ...«

Ich hatte nichts gesehen, außer einem aufblitzenden Fisch, der aus dem Wasser sprang. Aber ich bin sicher, Lancelot hatte die Hand gesehen.

»Morgaine«, flüsterte Artus, »bist du es wirklich? Ich kann dich nicht sehen, Morgaine. Es ist so dunkel . . . geht die Sonne unter? Morgaine, bring mich nach Avalon. Dort kannst du diese Wunde heilen . . . bring mich nach Hause, Morgaine . . .«

Sein Kopf lag schwer an meiner Brust, so schwer wie das Kind in meinen kindlichen Armen, so schwer wie der Hirschkönig, der als Sieger zu mir kam. Morgaine, rief meine Mutter ungeduldig, paß auf das Kind auf . . . und mein ganzes Leben lang hatte ich es getan. Ich hielt ihn fest und trocknete ihm die Tränen. Er hob den Arm und griff nach meiner Hand.

»Du bist es wirklich«, murmelte Artus, »du bist es, Morgaine . . . du bist zu mir zurückgekommen . . . du bist so jung und so schön . . . für mich wird die Göttin immer dein Gesicht haben . . . Morgaine, du wirst mich doch nie mehr verlassen?«

»Ich werde dich nie mehr verlassen, mein Bruder, mein Kind, mein Geliebter«, flüsterte ich und küßte ihn auf die Augen. Und er starb, als die Nebel sich hoben und Avalon im Sonnenlicht erstrahlte.

EPILOG

Im Frühling des folgenden Jahres hatte Morgaine einen seltsamen Traum:

Sie stand in der alten Kapelle von Avalon, die Joseph von Arimathia erbaut hatte, als er aus dem Heiligen Land gekommen war. Und am Altar, vor dem Galahad gestorben war, stand Lancelot. Er trug die Gewänder eines Priesters, und sein ernstes Gesicht strahlte in einem überirdischen Glanz. Im Traum ging sie zum Altar, um Brot und Wein zu empfangen – das hatte sie noch in keiner christlichen Kirche getan –, Lancelot beugte sich herunter, setzte den Kelch an ihre Lippen, und sie trank. Dann schien er zu knien und sagte zu ihr: »Nimm diesen Kelch. Du hast der Göttin gedient, und alle Götter sind ein Gott. Und wir, die wir dem Einen dienen, sind alle Eins.« Sie nahm den Kelch aus seinen Händen entgegen, setzte ihn an seine Lippen – die Handlung einer Priesterin für einen Priester –, und er war wieder jung und schön wie früher. Sie sah, daß sie den Gral in ihren Händen hielt.

Plötzlich rief er, wie damals, als Galahad am Altar kniete: »Ah, das Licht... das Licht...« Er stürzte zu Boden und blieb regungslos auf den Steinen liegen.

Morgaine erwachte in der Abgeschiedenheit ihres Hauses auf Avalon, und der verzückte Ausruf klang ihr noch in den Ohren. Aber sie war allein.

Es war sehr früh, und Avalon lag unter dichtem Nebel begraben. Sie erhob sich lautlos und kleidete sich in die dunklen Gewänder einer Priesterin, wand sich aber den Schleier so um den Kopf, daß man den tätowierten Halbmond nicht sah.

Sie ging durch die stille Dämmerung. Schweigen umgab sie, aber sie ahnte geräuschlose Schritte, die ihr schattenhaft folgten. Sie war nie allein: Das Kleine Dunkle Volk umgab sie immer, obwohl sie nur selten einen von ihnen sah – sie war ihre Mutter und ihre Priesterin, und sie würden sie nie verlassen. Als die alte christliche Kapelle schattenhaft vor ihr auftauchte, blieb einer nach dem anderen zurück. Hierher folgten sie ihr freiwillig nicht. Morgaine blieb an der Tür stehen.

Im Innern der Kapelle glühte wie immer ein kleines Licht. Die Erinnerung an den Traum war so wirklich, daß Morgaine nahe daran war, das Heiligtum zu betreten... sie konnte kaum glauben, daß sie Lancelot nicht sehen würde, den der Gral mit seinen überirdischen

Strahlen zu Boden geworfen hatte... aber nein, sie hatte dort nichts zu suchen, und sie würde nie in das Haus ihres Gottes eindringen. Wenn sich der Gral tatsächlich dort befand, war er ihr entrückt.
Aber der Traum ließ sie nicht los. War er ihr als eine Warnung geschickt worden? Lancelot war jünger als sie... sie wußte nicht, wie die Zeit in der Welt draußen verging. Avalon lag inzwischen so weit in den Nebeln, und es konnte gut sein, daß jetzt hier geschah, was sie in ihrer Jugend im Feenland erlebt hatte... während in Avalon ein Jahr verging, waren es draußen in der Welt vielleicht drei, fünf oder sieben Jahre. Und deshalb mußte sie jetzt tun, was getan werden mußte. Noch konnte sie zwischen den Welten hin- und hergehen.
Sie kniete vor dem Heiligen Dornbusch nieder, flüsterte ein leises Gebet zur Göttin und bat den Baum um Erlaubnis, dann schnitt sie einen Zweig ab. Das geschah nicht zum ersten Mal. Wann immer in den letzten Jahren jemand nach Avalon kam, der in die Außenwelt zurückkehrte – ein wandernder Druide oder ein Priester auf einer Pilgerfahrt, denn einige wenige konnten die alte Kapelle auf Avalon immer noch erreichen –, hatte sie ihm einen Zweig des Heiligen Dornbuschs mitgegeben, damit er ihn in der Welt pflanzte, wo er Wurzeln treiben und blühen sollte. Aber diesmal mußte sie es mit eigener Hand tun.
Nur ganz selten hatte sie die *andere* Insel betreten. Jetzt rief sie die Barke, beschwor weit draußen auf dem See die Nebel, und als sie wieder ins Sonnenlicht hinausglitten, sah sie den langen Schatten der Kirche auf dem Wasser und hörte das sanfte Rufen einer Glocke. Sie sah, wie die Männer in der Barke erschraken und wußte, daß sie ihr auch hier nicht folgen, ja die Insel nicht einmal betreten würden. Nun gut, sie wollte auf jeden Fall vermeiden, daß die christlichen Priester voll Angst und Entsetzen auf die Barke von Avalon starrten. Unbeobachtet erreichten sie das Ufer, unbeobachtet ging sie an Land und sah zu, wie die schwarz verhängte Barke wieder im Nebel verschwand. Dann schritt sie mit dem Korb über dem Arm, wie eine alte Marktfrau oder eine Bettlerin auf einer Pilgerfahrt, den Pfad hinauf.
Es ist erst hundert Jahre her... vielleicht noch nicht einmal so lange... in Avalon ganz bestimmt nicht... daß die Welten sich getrennt haben. Aber die Welt hier ist bereits anders.
Andere Bäume standen hier, die Wege verliefen anders, und verwirrt blieb Morgaine am Fuß eines kleinen Hügels stehen... das gab es

doch in Avalon nicht? Sie hatte geglaubt, das Land sei gleich, nur die Gebäude seien verschieden, denn schließlich war es *eine* Insel, die nur eine magische Nebelwand trennte ... aber jetzt sah sie, daß sich Avalon von der Insel der Priester sehr unterschied.
Und dann entdeckte sie die Prozession der Mönche, die sich der kleinen Kirche näherte. Mit sich führten sie auf einer Bahre einen Leichnam.
Also habe ich richtig gesehen, obwohl ich glaubte, es sei ein Traum.
Morgaine blieb stehen. Die Mönche stellten die Bahre vor der Kirche ab, sie trat näher und schlug das Leichentuch zurück.
Lancelots Gesicht wirkte eingefallen und gezeichnet. Es schien weit älter zu sein als damals bei ihrem Abschied ... sie wollte nicht darüber nachdenken, wie viel älter. Aber im nächsten Augenblick sah sie auf seinem Gesicht nur noch den Ausdruck eines süßen und wunderbaren Friedens. Er lächelte und blickte weit über sie hinaus, und sie wußte, was seine sterbenden Augen erblickt hatten.
Sie flüsterte: »Du hast am Ende deinen Gral gefunden.«
Einer der Mönche fragte: »Kanntest du ihn draußen in der Welt, Schwester?« Sie begriff, daß er sie in dem dunklen Gewand für eine Nonne hielt.
»Er war ... ein Verwandter ...«
Vetter, Liebhaber, Freund ... aber das liegt schon lange zurück. Am Ende waren wir Priesterin und Priester.
»Ich dachte es mir«, sagte der Mönch, »denn an König Artus' Hof nannte man ihn früher Lancelot. Bei uns hieß er Galahad. Er hat viele Jahre hier gelebt und wurde erst vor wenigen Tagen zum Priester geweiht.«
Soweit bist du auf deiner Suche nach einem Gott gekommen, der dich nicht verspotten würde, mein Vetter.
Die Mönche hoben die Bahre wieder auf ihre Schultern. Der alte Mann, der mit ihr gesprochen hatte, sagte: »Bete für seine Seele, Schwester.« Und Morgaine neigte den Kopf. Sie konnte keine Trauer empfinden ... nicht, nachdem sie den Widerschein des fernen Lichtes auf seinem Gesicht gesehen hatte.
Aber sie folgte ihm nicht in die Kirche.
Der Schleier ist hier nur dünn. Galahad kniete damals hier und sah das Licht der anderen Kapelle, der Kapelle auf Avalon. Er streckte die Arme nach dem Licht aus. Aber bei seinem Griff in die andere Welt starb er ...
Und hier ist Lancelot ans Ende gelangt, um seinem Sohn zu folgen ...

Morgaine ging langsam weiter und dachte daran, ihren Plan aufzugeben. Was bedeutete er jetzt noch? Als sie unentschlossen stehenblieb, hob ein alter Gärtner, der in einem Blumenbeet neben dem Weg kniete, den Kopf und sprach sie an. »Ich kenne dich nicht, Schwester. Du lebst nicht hier«, sagte er, »bist du eine Pilgerin?«

In gewisser Weise war sie das, wenn auch keine Pilgerin, wie der Mann sie sich vorstellte. »Ich suche das Grab meiner Verwandten... sie war die Herrin vom See...«

»Ach ja, das war vor vielen, vielen Jahren, als unser guter König Artus noch regierte«, erwiderte er. »Ja, es liegt dort drüben, wo die Pilger es sehen, die auf die Insel kommen. Von dort führt ein Weg hinauf zum Kloster der Nonnen. Wenn du hungrig bist, Schwester, werden sie dir etwas zu essen geben.«

Ist es soweit gekommen, daß ich schon wie eine Bettlerin aussehe? Aber der Mann hatte es gut gemeint. Deshalb dankte sie ihm und ging in die Richtung, die er ihr gewiesen hatte.

Artus hatte Viviane wirklich ein würdiges Grabmal errichten lassen. Aber hier lag nicht Viviane. Hier lagen nur Knochen, die langsam wieder zur Erde zurückkehrten, aus der sie gekommen waren...

Und am Ende legen alle ihren Geist und ihren Körper wieder in die Hände der Herrin...

Weshalb hatte ihr das damals soviel bedeutet? Viviane war nicht hier. Aber als sie mit gesenktem Kopf vor dem Grab stand, weinte sie.

Nach einiger Zeit näherte sich ihr eine Frau in einem dunklen Gewand und einem weißen Schleier über dem Gesicht. »Warum weinst du, Schwester? Sie ruht hier in Frieden. Sie ist in Gottes Hand. Du mußt sie nicht betrauern. War sie vielleicht mit dir verwandt?«

Morgaine nickte und senkte den Kopf, um die Tränen zu verbergen.

»Wir beten immer für sie«, sagte die Nonne, »ich weiß zwar nicht, wer sie war, aber man sagt, sie sei eine Freundin und Wohltäterin unseres guten Königs Artus gewesen.« Sie neigte den Kopf und murmelte ein Gebet. Während sie betete, läuteten die Glocken. Morgaine fuhr zusammen. Hörte Viviane anstelle der Harfen von Avalon nur diese lärmenden Glocken und die düsteren Choräle?

Ich habe nie geglaubt, ich würde einmal neben einer christlichen Nonne stehen und gemeinsam mit ihr beten. Aber dann erinnerte sie sich an Lancelots Worte im Traum: *Nimm diesen Kelch. Du hast der Göttin gedient, und alle Götter sind ein Gott...*

»Komm mit mir hinauf ins Kloster, Schwester. Du mußt hungrig sein und müde.«

Morgaine ging mit ihr bis zur Klosterpforte, folgte ihr aber nicht hinein. »Ich bin nicht hungrig«, erklärte sie. »Aber wenn ich einen Becher Wasser haben könnte...?«

»Natürlich.« Die Frau winkte einem jungen Mädchen, das mit einem Wasserkrug kam und einen Becher füllte. Morgaine setzte ihn an die Lippen, und das Mädchen sagte: »Wir trinken nur Wasser aus der Quelle des Kelchs. Sie ist heilig, wißt Ihr?«

Sie glaubte Vivianes Stimme zu hören: *Die Priesterinnen trinken nur das Wasser der Heiligen Quelle.*

Die Nonne und das junge Mädchen, das ebenfalls schwarze Gewänder trug, wandten sich um und neigten den Kopf, als eine große Frau aus dem Portal des Klosters trat. Die Nonne sagte: »Dies ist unsere Äbtissin.«

Morgaine dachte: *Irgendwo habe ich sie schon einmal gesehen.*

Aber noch während ihr der Gedanke durch den Kopf ging, sagte die Äbtissin: »Morgaine, erkennt Ihr mich nicht? Wir hielten Euch schon lange für tot...«

Morgaine lächelte sie bekümmert an: »Es tut mir leid... ich weiß nicht...«

»Nein, Ihr werdet Euch nicht an mich erinnern«, entgegnete die andere, »aber ich habe Euch hin und wieder in Camelot gesehen. Natürlich war ich damals noch sehr jung. Ich heiße Lionors. Ich war mit Gareth verheiratet. Als meine Kinder alle erwachsen waren, kam ich hierher... um meine Tage zu beschließen. Seid Ihr zu Lancelots Begräbnis gekommen?« Lächelnd fügte sie hinzu: »Eigentlich hätte ich ›Vater Galahad‹ sagen sollen. Aber es ist schwer, sich daran zu erinnern. Jetzt ist er im Himmel, und es ist ohnedies nicht mehr wichtig.« Sie lächelte wieder. »Ich weiß nicht einmal, wer König ist, oder ob Camelot noch steht... im Land herrscht wieder Krieg. Es ist nicht mehr wie zu König Artus' Zeiten. Das scheint schon so lange zurückzuliegen«, fügte sie gelassen hinzu.

»Ich bin gekommen, um Vivianes Grab zu besuchen. Sie liegt hier... erinnert Ihr Euch?«

»Ich habe das Grabmal gesehen«, erwiderte die Äbtissin, »aber das geschah alles, ehe ich zum ersten Mal nach Camelot kam.«

»Ich möchte Euch um einen Gefallen bitten«, sagte Morgaine und deutete auf den Korb. »Dies ist der Heilige Dorn, der auf den Hügeln von Avalon wächst. Man sagt, Joseph von Arimathia habe dort seinen Stab in die Erde gestoßen, und daraus sei der Dornbusch erblüht. Ich möchte einen Zweig auf ihr Grab pflanzen.«

»Tut es, wenn Ihr wollt«, entgegnete Lionors. »Ich sehe nicht, daß jemand Einwände dagegen erheben könnte. Es erscheint mir richtig, daß er hier in der Welt wachsen soll und nicht verborgen in Avalon.«

Sie sah Morgaine betroffen an.

»Avalon! Kommt Ihr von dort? Aus diesem unheiligen Land?«

Morgaine dachte: *Früher wäre ich deshalb zornig geworden.*

»Es ist nicht unheilig, was immer auch die Priester sagen mögen«, entgegnete sie freundlich. »Denkt darüber nach ... hätte Joseph von Arimathia seinen Stab dort in den Boden gesteckt, wenn das Land ihm unheilig erschienen wäre? Ist der Heilige Geist nicht überall?«

Die Äbtissin in ihrem weißen Gewand neigte den Kopf. »Ihr habt recht. Ich werde Novizinnen bitten, Euch beim Pflanzen zu helfen.«

Morgaine wäre lieber allein geblieben, aber sie wußte, es war freundlich gemeint. Die Novizinnen kamen ihr wie Kinder vor ... Sie waren so jung, daß Morgaine sich fragte, ob sie überhaupt genug von geistigen Dingen verstanden, um sich für ein solches Leben entscheiden zu können – und vergaß dabei völlig, daß sie selbst mit achtzehn zur Priesterin geweiht worden war. Sie hatte geglaubt, die Nonnen wären immer traurig und ernst. Sie glaubte, sie würden immer an die Worte der Priester denken, die predigten, die Frau sei in Sünde geboren. Aber die Mädchen waren unschuldig und fröhlich wie Vögelchen. Sie erzählten Morgaine begeistert von ihrer neuen Kapelle und baten sie, sich auszuruhen, während sie ein Pflanzloch aushoben.

»Eure Verwandte ist hier begraben?« fragte eines der Mädchen. »Könnt Ihr lesen, was da steht? Ich hätte nie gedacht, daß ich einmal lesen lernen werde. Meine Mutter sagte, es schickt sich nicht. Aber als ich hierherkam, verlangte man, daß ich das Meßbuch lesen kann. Deshalb kann ich jetzt Latein. Seht Ihr«, verkündete sie stolz und las, »König Artus errichtete dieses Grabmal für seine Verwandte und Wohltäterin, die Herrin vom See, die durch Verrat an seinem Hof das Leben verlor ... das Datum kann ich nicht entziffern, aber es war vor langer Zeit.«

»Sie muß eine sehr heilige Frau gewesen sein«, sagte ein anderes Mädchen. »Denn man erzählt, daß Artus der beste und christlichste aller Könige war. Er hätte keine Frau hier begraben lassen, wenn sie keine Heilige gewesen wäre!«

Morgaine lächelte. Sie mußte an die Mädchen im Haus der Jungfrauen denken. »Ich würde sie keine Heilige nennen. Aber ich habe sie geliebt. Zu ihrer Zeit gab es Menschen, die sie wie eine böse Zauberin haßten.«
»König Artus hätte nie eine böse Zauberin hier bei den Heiligen begraben lassen«, erklärte das Mädchen. »Und was Zauberei angeht ... es gibt unwissende Priester und unwissende Menschen, die nur allzugern Zauberei rufen, wenn eine Frau nur ein bißchen klüger ist als sie selbst! Werdet Ihr hierbleiben und den Schleier nehmen, Mutter?« fragte sie. Die Anrede verwirrte Morgaine, aber dann erkannte sie, daß die jungen Frauen ihr mit derselben Achtung und Ehrerbietung begegneten wie ihre eigenen Mädchen im Haus der Jungfrauen, als gehöre sie zu ihnen.
»Meine Gelübde binden mich an einen anderen Ort, meine Tochter.«
»Ist Euer Kloster so schön wie hier? Mutter Lionors ist eine freundliche Frau«, sagte das Mädchen, »wir sind alle sehr glücklich hier. Einmal hatten wir unter unseren Schwestern eine Frau, die früher Königin war. Ich weiß, wir werden alle in den Himmel kommen«, sprach das Mädchen lächelnd weiter. »Aber sicher ist es auch dort gut, wo Ihr Eure Gelübde abgelegt habt. Ich dachte nur, Ihr wolltet vielleicht hierbleiben, damit Ihr für die Seele Eurer Verwandten beten könnt.« Die Novizin erhob sich und klopfte den Staub von ihrem dunklen Gewand. »Jetzt könnt Ihr den Zweig pflanzen, Mutter ... oder möchtet Ihr, daß ich ihn in die Erde setze?«
»Nein, ich will es selbst tun«, erwiderte Morgaine. Sie kniete nieder und drückte die weiche Erde fest um den Zweig. Als sie sich erhob, sagte das Mädchen: »Wenn Ihr es wünscht, Mutter, verspreche ich Euch, jeden Sonntag hierherzukommen und für Eure Verwandte zu beten.«
Morgaine spürte, wie ihr aus einem unverständlichen Grund Tränen in die Augen traten. »Gebete sind immer etwas Gutes. Ich danke dir, meine Tochter.«
»Und Ihr müßt in Eurem Kloster, wo immer es auch ist, auch für uns beten«, erklärte das Mädchen schlicht und half Morgaine beim Aufstehen.
»So, Mutter, ich will Euch den Staub vom Gewand klopfen. Jetzt müßt Ihr mitkommen und unsere Kapelle sehen.«
Im ersten Augenblick wollte Morgaine widersprechen. Als sie einst Artus' Hof verließ, hatte sie geschworen, nie wieder ein Gotteshaus

zu betreten. Aber dieses Mädchen glich so sehr ihren eigenen Priesterinnen, daß sie den Namen nicht entweihen wollte, unter dem das Mädchen seinen Gott anbetete. Deshalb ließ sie sich in die Kirche führen.

In der anderen Welt, dachte sie, *muß die alte christliche Kirche genau hier an dieser Stelle stehen. Etwas von der Heiligkeit Avalons muß die Welten und den Nebel durchdringen ...*

Morgaine beugte nicht das Knie und bekreuzigte sich auch nicht. Aber sie neigte den Kopf vor dem Hochaltar. Dann zog das Mädchen sie sanft mit sich fort.

»Kommt«, erklärte es, »der Hochaltar ist Gott geweiht. Hier fürchte ich mich immer ein bißchen ... aber Ihr habt *unsere* Kapelle noch nicht gesehen ... die Kapelle der Schwestern ... kommt, Mutter.«

Morgaine folgte dem Mädchen in die kleine Seitenkapelle. Vor der Statue einer verschleierten Frau mit einem Heiligenschein und einem Kind in den Armen standen große Sträuße blühender Apfelzweige. Morgaine holte erschauernd tief Luft und beugte den Kopf vor der Göttin.

Die Novizin erklärte: »Das ist die Mutter Christi, die reine Jungfrau. Gott ist so groß und schrecklich. Vor seinem Altar fürchte ich mich. Aber hier in der Marienkapelle dürfen wir zu ihr wie zu unserer Mutter kommen, denn wir haben gelobt, keusch zu bleiben. Seht, hier haben wir kleine Statuen unserer Heiligen: Maria Magdalena, die Jesus liebte und die seine Füße mit ihren Haaren trocknete, und Martha, die für ihn kochte und mit ihrer Schwester schimpfte, weil sie ihr nicht helfen wollte ... mir gefällt Jesus am besten als richtiger Mann, wenn er etwas für seine Mutter tat, zum Beispiel, als er bei dieser Hochzeit das Wasser in Wein verwandelte, damit sie nicht unglücklich war, weil der Wein nicht für alle reichte. Hier ist eine sehr alte Statue, die der Bischof uns gegeben hat. Sie kommt aus seiner Heimat ... es ist eine ihrer Heiligen. Sie heißt Brigid ...«

Morgaine betrachtete die kleine Statue und spürte die Kraft, die von ihr ausging und mit starken Wellen die Kapelle erfüllte. Sie verneigte sich.

Brigid ist keine christliche Heilige, dachte sie, *selbst wenn Patricius es glaubt. Sie ist die Göttin, wie sie in Irland verehrt wird. Ich weiß, diese Frauen kennen die Macht der Unsterblichen, selbst wenn sie es nicht wahrhaben wollen. Sie können sie ruhig verbannen, die Göttin wird herrschen. Sie wird sich nie von den Menschen abwenden.*

Morgaine senkte den Kopf und flüsterte das erste aufrichtige Gebet, das sie je in einem Gotteshaus gesprochen hatte.

»Seht Ihr«, verkündete die Novizin, als sie Morgaine wieder ins Tageslicht hinausführte, »wir haben hier auch einen Heiligen Dornbusch ... Ihr habt zwar einen anderen auf das Grab Eurer Verwandten gepflanzt ...«

Und ich habe geglaubt, ich könnte etwas tun! dachte Morgaine.

Der Heilige Strauch hatte sich sicher selbst verbreitet. Er war den Heiligen Dingen in die Welt der Menschen gefolgt, denn dort wurde er am meisten gebraucht. Er würde auch weiterhin verborgen in Avalon wachsen, aber sich auch gleichzeitig hier in der Welt zeigen.

»Ja, ihr habt den Heiligen Dornbusch. Und künftig soll jede Königin, solange das Land besteht, an Weihnachten einen Zweig vom Heiligen Dornbusch erhalten zu Ehren der Einen, die Königin im Himmel und in Avalon ist.«

»Ich weiß nicht, wovon Ihr redet, Mutter. Aber ich danke Euch für Euren Segen«, sagte die junge Frau. »Die Äbtissin erwartet Euch im Gästehaus. Sie wird mit Euch frühstücken ... aber vielleicht möchtet Ihr zuvor noch eine Weile in der Kapelle beten. Wenn man mit der Heiligen Mutter allein ist, hilft sie einem, klar zu sehen.«

Morgaine nickte, unfähig zu sprechen. Das Mädchen verabschiedete sich und sagte: »Also gut, kommt einfach später hinüber zum Gästehaus.« Es wies auf das kleine Gebäude. Morgaine ging in die Kapelle zurück. Sie verbeugte sich und sank schließlich auf die Knie.

»Große Mutter«, flüsterte sie, »vergib mir. Ich glaubte, tun zu müssen, was du selbst für dich tun kannst, wie ich jetzt sehe. Die Göttin ist in uns, gewiß. Aber jetzt weiß ich, daß du auch draußen in der Welt bist, jetzt und immerdar ... so wie du in Avalon bist und in den Herzen aller Männer und Frauen, sei auch in mir und führe mich. Sage mir, wenn ich zulassen muß, daß nur dein Wille geschieht ...«

Morgaine kniete lange Zeit schweigend und mit gesenktem Kopf. Aber dann blickte sie wie unter einem Zwang auf. Sie sah ein Licht auf dem Altar, wie sie es in der alten Kirche in Avalon gesehen hatte ... das sie gesehen hatte, als sie es in Artus' Halle in ihren Händen trug ... das Licht strahlte auf dem Altar und in den Händen der Herrin ... und sie sah den Schatten, nur den Schatten eines Kelchs ...

Er steht in Avalon. Aber er ist auch hier. Er ist überall. Und alle, die in dieser Welt ein Zeichen suchen, werden ihn immer finden ...

Ein lieblicher Duft erfüllte den Raum, der nicht von den Blüten kam.

Morgaine glaubte Igraines flüsternde Stimme zu hören . . . aber sie verstand die Worte nicht . . . sie glaubte auch Igraines Hände auf ihrem Kopf zu spüren. Als sie sich blind vor Tränen erhob, überflutete es sie wie ein großes Licht.

Nein, wir haben nicht versagt. Ich habe die Wahrheit gesprochen, als ich den todwunden und sterbenden Artus tröstete. Ich erfüllte das Werk der Mutter in Avalon, bis schließlich jene, die nach uns kamen, Sie *in diese Welt bringen konnten. Ich habe nicht versagt. Ich habe getan, was* Sie *mir aufgetragen hat zu tun. Nicht* Sie, *sondern ich in meinem Stolz glaubte, ich hätte mehr erreichen sollen.*

Draußen vor der Kapelle lag das Land im strahlenden Sonnenschein. Und ein frischer Frühlingsduft erfüllte die Luft. Die Apfelbäume wiegten sich im sanften Morgenwind. Morgaine sah die noch grünen Knospen, die bald erblühen würden. Und wenn ihre Zeit gekommen war, würden sie Frucht tragen . . .

Morgaine wendete sich dem Gästehaus zu. Sollte sie wirklich hineingehen und mit den Nonnen frühstücken? Sollte sie vielleicht mit ihnen über die alten Tage in Camelot sprechen? Morgaine lächelte freundlich. Nein, sie empfand für die Schwestern die gleiche Zärtlichkeit wie für die knospenden Apfelbäume. Aber diese Zeit war vorüber . . . Morgaine kehrte dem Kloster den Rücken, ging zum See hinunter und auf dem alten Pfad am Ufer entlang. Hier gab es einen Platz, an dem der Schleier zwischen den Welten nur dünn war. Sie mußte die Barke nicht mehr rufen – Morgaine schritt durch die Nebel hindurch und war wieder in Avalon.

Danksagung

Ein so vielschichtiges und umfangreiches Werk führt den Autor zu so vielen Quellen, daß es unmöglich ist, sie alle anzuführen. Wahrscheinlich sollte ich an erster Stelle meinen Großvater John Roscoe Conklin nennen. Er schenkte mir als erstes Buch ein zerlesenes Exemplar der Sidney-Lanier-Ausgabe der *Tales of King Arthur*. Ich las es so oft, daß ich die Geschichten praktisch alle auswendig kannte, noch ehe ich zehn Jahre alt war. Aber auch verschiedene andere Quellen regten meine Phantasie an; etwa die wöchentlich erscheinenden Bildergeschichten von *Prinz Eisenherz*. Mit fünfzehn schwänzte ich oft die Schule und versteckte mich in der Bibliothek des Department of Education in Albany, New York. Dort verschlang ich die zehnbändige Ausgabe von James Frazers *Der Goldene Zweig* und ein fünfzehnbändiges Werk über vergleichende Religionsgeschichte. Dazu gehörte auch ein dicker Band über die Religion der Druiden und Kelten.
Bei den Vorarbeiten zu diesem Buch waren mir die Werke von Geoffrey Ashe von großem Nutzen. Durch sie wurde ich auf andere Quellen aufmerksam gemacht. Ich möchte mich auch bei Jamie George von der Gothic-Image-Buchhandlung in Glastonbury bedanken. Er zeigte mir nicht nur Somerset, den Standort von Camelot und die Lage von Guineveres (Gwenhwyfars) Reich (ich übernehme für dieses Buch die neuere Theorie, daß Camelot auf dem Platz von Cadbury Castle in Somerset stand), sondern geleitete mich auch durch die Glastonbury-Pilgerfahrt. Außerdem machte er mich auf die noch heute lebendigen Überlieferungen in Zusammenhang mit Chalice Well, dem Brunnen des Kelchs, in Glastonbury aufmerksam. Er erzählte mir auch von der Legende, daß Joseph von Arimathia den Heiligen Dornbusch auf den Wearyall Hill gepflanzt habe. Bei ihm fand ich viele Schriften, die sich mit der alten keltischen Überlieferung auseinandersetzen, daß Jesus im Tempel, der einst auf dem *Glastonbury Tor*, dem heiligen Felsen stand, in der Religion der Weisen unterrichtet wurde.
Als Quelle für das voraugustinische Christentum habe ich mit besonderer Erlaubnis ein Privatmanuskript von Father Randall Garrett mit dem Titel *The Pre-Constantine Mass: A Conjecture* benutzt. Außerdem habe ich syro-caldäische Liturgien – einschließlich der heiligen Qrbana von St. Serapion – zu Rate gezogen, ebenso liturgische

Schriften von Gruppen der St.-Thomas-Christen und vornizäischer Katholiken. In diesem Zusammenhang möchte ich auch Christine Hartleys *The Western Mystery Tradition* und Dion Fortunes *Avalon of the Heart* erwähnen.

Jeder Versuch, ein Bild der vorchristlichen Religion der Britischen Inseln zu zeichnen, muß sich zwangsläufig mit Mutmaßungen begnügen, denn die nachfolgenden Religionen haben alles darangesetzt, die Spuren auszulöschen. Die Meinungen der Wissenschaftler gehen so weit auseinander, daß ich mich nicht dafür entschuldige, unter den verschiedenen Quellen die ausgewählt zu haben, die sich für einen Roman am besten eigneten. Ich habe die Werke von Margaret Murray gelesen und mehrere Bücher über *Gardnerian Wicca*, bin ihren Aussagen aber nicht sklavisch gefolgt. Sehr dankbar bin ich einheimischen nichtchristlichen Gruppen, die mir ein Gefühl für heidnische Riten gegeben haben; Alison Harlow und dem Orden der Großen Göttin, *Otter and Morning-Glory Zell*, Isaac Bonewits und den Neuen Reformierten Druiden, Robin Goodfellow und Gaia Wildwoode, Philip Wayne und *Crystal Well*, Starhawk, deren Buch *The Spiral Dance* mir eine unschätzbare Hilfe für die Schilderung des Werdegangs einer Priesterin war. Für persönliche und emotionale Unterstützung (einschließlich tröstender Worte und Rückenmassagen) beim Schreiben dieses Buches möchte ich mich bei Diana Paxson, Tracy Blackstone, Elizabeth Waters und Anodea Judith vom *Darkmoon Circle* bedanken.

Liebevoller Dank gilt meinem Ehemann Walter Breen, der mir in einem entscheidenden Moment meiner Karriere sagte, es sei an der Zeit, mit der Lohnschreiberei aufzuhören und dem Versuch, auf Nummer Sicher gehen zu wollen. Er gab mir finanzielle Sicherheit, und so konnte ich seinem Rat folgen. Ich danke Don Wollheim, der an mich glaubte und seiner Frau Elsie. Vor allem und für immer bin ich Lester und Judy-Lynn del Rey dankbar, die mir halfen, über bestimmte Kategorien des Schreibens hinauszuwachsen – das ist immer ein angsteinflößendes Unterfangen. Nicht vergessen möchte ich meinen ältesten Sohn David; er hat die Endfassung des Manuskripts mit großer Hingabe durchgesehen.

Unterhaltsame Literatur

Eine Auswahl

Jules Verne
Reise zum Mittelpunkt der Erde
Roman Band 8901

20 000 Meilen unter den Meeren
Roman. Band 8906

Reise um die Erde in 80 Tagen
Roman. Band 8907

T. H. White
Schloß Malplaquet oder Lilliput im Exil
Roman. Band 2702

Tad Williams
Traumjäger und Goldpfote
Roman. Band 8349

Barbara Wilson
Mord im Kollektiv
Band 8229

Barbara Wood
Herzflimmern
Roman. Band 8368

Seelenfeuer
Roman. Band 8367

Sturmjahre
Roman. Band 8369

Bari Wood
Tödliche Augenblicke
Thriller. Band 8373

Bari Wood / Jack Geasland
Die Unzertrennlichen
Psychothriller Band 8357

Geert Zebothsen
Wettlauf mit dem Tod
Roman. Band 8348

Marion Zimmer Bradley
Tochter der Nacht
Roman. Band 8350

Marion Zimmer Bradley (Hg.)
Schwertschwestern
Magische Geschichten I Band 2701

Wolfsschwester
Magische Geschichten II Band 2718

Windschwester
Magische Geschichten III Band 2731

Traumschwester
Magische Geschichten IV Band 2744

Zwölf fröhliche Geschichten
von Werner Fink, Ephraim Kishon, Jack London u.a.
Band 1705

Fischer Taschenbuch Verlag

fi 1220 / 1h